# 西域英雄传

Ⅰ

XIYU YINGXIONG ZHUAN

李茂询 著

陕西新华出版传媒集团 陕西人民出版社

**图书在版编目（CIP）数据**

西域英雄传 / 李茂询著. — 西安：陕西人民出版社，2023.3

ISBN 978-7-224-14775-9

I. ①西… II. ①李… III. ①长篇小说 - 中国 - 当代 IV. ① I247.5

中国版本图书馆 CIP 数据核字（2022）第 248032 号

出 版 人：赵小峰
策划编辑：张孔明
特约编辑：杨乾坤
责任编辑：王彦龙
封面设计：杨亚强

**西域英雄传**

作　　者　李茂询
出版发行　陕西新华出版传媒集团　陕西人民出版社
　　　　　（西安市北大街 147 号　邮编：710003）
印　　刷　西安五星印刷有限公司
开　　本　787 毫米 ×1092 毫米　1/16
印　　张　96.25
字　　数　1520 千字
版　　次　2023 年 3 月第 1 版
印　　次　2023 年 3 月第 1 次印刷
书　　号　ISBN 978-7-224-14775-9
定　　价　258.00 元（全四册）

---

# 主要人物表

| | |
|---|---|
| 刘　彻 | 汉武帝。汉景帝第九子 |
| 李　广 | 号飞将军。历任上谷、上郡、陇西、北地、雁门、代郡、云中太守，后任卫尉、骁骑将军 |
| 韩安国 | 御史大夫。马邑之战统帅 |
| 王　恢 | 大行令。马邑之战后卫统领 |
| 张　骞 | 大汉使节队正使 |
| 堂邑父 | 又名甘父，使节队队员，后被张骞任命为副使 |
| 秦自乐 | 本为峦芳洲大王，中途参加使节队，被张骞任命为副使 |
| 公羊鸣执 | 使节队队员，被张骞任命为参军 |
| 由天际 | 使节队队员 |
| 任　扶 | 使节队副使 |
| 夏　宏 | 使节队副使 |
| 李中壮 | 使节队副使，中途因伤返回 |
| 孙治瑾 | 使节队队员，皇宫医官 |
| 苏　疾 | 使节队队员，担任通译 |
| 杨　柏 | 使节队队员，擅种植与膳食 |
| 赵无偏 | 使节队队员，擅玉雕 |
| 陈尚斗 | 使节队队员，驯马师，马医 |
| 范佑铭 | 使节队队员，擅冶铁、铸剑 |
| 王　兼 | 使节队队员，擅音律 |
| 周　重 | 汉中郡郡尉 |

| | |
|---|---|
| 李　武 | 李广帐下将官 |
| 周月英 | 张骞未婚妻，死于寻夫途中 |
| 俞志达 | 斗山书院主讲，张骞恩师 |
| 聂　壹 | 马邑富商 |
| 军　臣 | 匈奴单于 |
| 老国师 | 匈奴国师 |
| 呼日勒 | 单于侍卫 |
| 托力鲁 | 匈奴王爷 |
| 塔丽版宓赤 | 托力鲁五女儿，又称五公主 |
| 勒古台 | 突阿贺部落族长，张骞友人 |
| 阿果拉芒娃 | 勒古台之妻 |
| 昆古丽玛月伦 | 张骞之妻 |
| 蒙利克 | 匈奴义士，使节队友人 |
| 达力诺 | 草原艺人 |
| 卡帖娜 | 达力诺之女，秦自乐恋人、妻子 |
| 嘎女子 | 堂邑父恋人 |
| 索日力 | 张骞友人，草原牧民 |
| 突尔榔 | 绰号小榔子，堂邑父友人 |
| 枯木绿仙 | 草原巫师 |
| 查合拉灵 | 王兼恋人 |

库　录　　匈奴武士

宝力奇　　龙廷客栈店主

戈　泊　　大月氏守灵人

掸于螭　　大宛国王

帕　卡　　边城军官，后为国王卫士

克里泊尔　王廷卫士

别孜勃　　王廷卫士

犅　牴　　大月氏国王

嶆　操　　大月氏主大臣

飉　飗　　大月氏大将

鸧　璨　　大月氏知宾大臣

拓　箨　　大月氏知宾主事

巴雅合　　大月氏知宾次事

热瓦甫　　于阗国市民

沨沨敏妙　呙国部落酋长

罛米尔　　扜弥国市民

廓尔汗　　精绝（月亮神）国国王

阿发里　　楼兰国王储

泮　惹　　楼兰国王廷卫士

# 目录

第　一　回　天成店北凶杀库录　副选官洛阳追知情……1
第　二　回　斗山书院明师引路　韶乐之会韶乐抒情……10
第　三　回　司家铺汉江寄哀情　盘龙地褒河存知心……21
第　四　回　歇脚塃恩师赐简帛　摩天洞金猴引宝剑……34
第　五　回　抱犊斗狼英雄初现　习剑收谷奇获异珍……45
第　六　回　筹费走江生发惨剧　投军赴戎辞家应诏……56
第　七　回　俞志达细述匈奴史　虎威城张骞扬军威……68
第　八　回　称职司御卫青褒许　血战疆场斗俘库录……82
第　九　回　未央宫库录说月氏　汉皇帝下诏揽群英……95
第　十　回　探家母结识李中壮　俘虏营初会堂邑父……109
第十一回　谋嫁娶鸳鸯惜别离　赴皇考张骞获正使……123
第十二回　长安获邸旌节定样　校场纳贤队伍成型……135
第十三回　集贤馆张骞颁律令　未央宫汉皇饯英雄……149
第十四回　陇西城情动使节队　沈达成计袭匈奴军……164
第十五回　李肃百舍身救夏宏　由天际履艰立战功……179
第十六回　由天际颠颠追大队　堂邑父娓娓道狼情……194
第十七回　暴风初遇天际拜师　临敌灭匈夏宏负伤……209

第 十 八 回　日出日落大漠奇景　荒野荒村惨况伤情……………………224
第 十 九 回　孙治瑾荒村施医术　大峡谷土著阻行程……………………239
第 二 十 回　大荒原巫师做迷法　小丘陵大王弄虚头……………………255
第二十一回　呼日勒卖友露真相　堂邑父拼救使节队……………………270
第二十二回　王爷奸徒各逞谋算　众英甘父了却心结……………………285
第二十三回　过大漠张骞甘父话险　遭沙暴戴羽杜槐失踪………………301
第二十四回　大漠觅踪张骞寻水　雪山征途夏宏殒命……………………316
第二十五回　夜宿雪山张骞励志　粥饭难炊杨柏煎急……………………332
第二十六回　赋豪情张骞歌胸臆　滚老驴甘父解危难……………………347
第二十七回　思亲情抒胸臆诗话　越高峰翻峻岭猎奇……………………363
第二十八回　由天际出战大力士　使节队陷落峦芳洲……………………379
第二十九回　见旌节秦大王释疑　启民智峦芳洲归汉……………………395
第 三 十 回　群英用命芳洲见曙　张骞自乐义结金兰……………………411
第三十一回　因突部落恶战骑痞　再遭强敌张骞陷俘……………………428
第三十二回　噶弘因土司欲逞凶残　使节队正使救友说真………………444
第三十三回　沙丘暗夜六英相聚　凄凉陌地老人哀歌……………………460
第三十四回　六英雄道途救队友　一鬼魅暗中施阴计……………………478
第三十五回　赵信城群英遭暗谋　《大漠行》张骞励众志　………………494
第三十六回　独战龙廷张骞斗志　群英遭解探知下落……………………510

第三十七回　秦自乐遭厄噶弘因　达力诺仗义小牧场……………………………526
第三十八回　舍恋情惜别卡帖娜　驰原野遍寻张正使……………………………542
第三十九回　张骞含垢忍辱负重　汉皇震怒张母受侮……………………………559
第 四 十 回　采茶歌中家乡念念　卫士营里逆境图存……………………………576
第四十一回　都嘎部落陌地落户　搏杀狼群草坡逞雄……………………………592
第四十二回　误补鸟首犯险托力达　孤胆斗匪获牧小黄山………………………611
第四十三回　说际遇公主展心意　斗强人张骞示胸怀……………………………628
第四十四回　新居未果膳食情厚　羊舍初成风雪迎畜……………………………645
第四十五回　牛潭谷拒情五公主　托力鲁兴战突阿贺……………………………661
第四十六回　突阿贺实施美人计　托力鲁罢战获艳色……………………………677
第四十七回　张骞听琴琴师叙友　聂壹献计计定朝堂……………………………693
第四十八回　哨长叛变聂壹殉国　马邑无果王恢顶罪……………………………710
第四十九回　智勇周重血战匈奴　张母月英祸中双亡……………………………729
第 五 十 回　万里感应张骞聚友　部落闹鬼王府占卜……………………………747
第五十一回　托力鲁阴施轴婚计　谋脱困张骞假迎合……………………………766
第五十二回　张骞大义成人之美　痴情男女得机双偕……………………………785
第五十三回　祥和饭庄囚徒得亲　英雄大会甘父夺魁……………………………806
第五十四回　堂邑父大闹河督府　公羊氏遇害沼泽地……………………………827
第五十五回　孤胆展武杀熊诛虎　侠义逞威扫匪灭恶……………………………848

第五十六回　绝命地双雄相聚首　小沙丘凭吊众英灵……………………868
第五十七回　欣逢正使天际逞欢　偶遇张骞王兼说屈……………………888
第五十八回　病王爷再设羁縻计　苦难女又遭绑缚劫……………………909
第五十九回　孤单苦女张骞佳偶　一众英雄沙丘相聚……………………828
第 六 十 回　图脱困两队员自折　谋旌节一英雄拼命……………………948
第六十一回　自乐苦战双王弃野　张骞得子产婆弄俗……………………970
第六十二回　故人施惠犒及队友　新程西行巧逢杨柏……………………991
第六十三回　绿洲立足杨柏施政　草滩度势张骞斡旋 …………………… 1013
第六十四回　居延血战九英殉难　牧场愚弄一鬼遭戏 …………………… 1034
第六十五回　西行路众英雄用命　乱石滩陈尚斗病殁 …………………… 1056
第六十六回　乱石长滩生死跋涉　鬼域魔境甘父获救 …………………… 1076
第六十七回　张骞重疾队友受挫　奇雨异草绝境逢生 …………………… 1094
第六十八回　野马狼群血腥荒原　陌路遗骸以礼葬骨 …………………… 1113
第六十九回　战地坟丘张骞祭灵　守灵月氏戈泊说事 …………………… 1133
第 七 十 回　狼虎恶斗象群惊现　张骞智退噬人雄狮 …………………… 1154
第七十一回　艰越葱岭误入大宛　惊识异产谋划都城 …………………… 1174
第七十二回　使节队异国成邦国　大宛王国宴待国宾 …………………… 1195
第七十三回　撰文蚕桑获赠宝马　授受国书张骞放歌 …………………… 1216
第七十四回　小店定夺交际规范　大路体察月氏民情 …………………… 1239

第七十五回　大月氏盛情迎汉使　孙治瑾妙手医公主 …………………… 1260
第七十六回　月氏王宫分辨诸臣　大汉使节出访列国 …………………… 1280
第七十七回　走呙国中途逢险情　阻翠浣设计除蟒灾 …………………… 1301
第七十八回　大月氏盛情送汉使　于阗国初识玉石情 …………………… 1322
第七十九回　白毛风使节队受阻　战狼群二英雄捐躯 …………………… 1344
第 八 十 回　张骞斡旋两国息争　鬼城留踪楼兰觅情 …………………… 1364
第八十一回　雪峰遭厄四英殒命　痴女申志万里寻亲 …………………… 1385
第八十二回　张骞设计自陷囹圄　自乐获聚择居荒坑 …………………… 1405
第八十三回　龙廷独歌张骞明志　龙城追踪甘父守义 …………………… 1426
第八十四回　一士陷身迫为井奴　双侠纵横千里救友 …………………… 1445
第八十五回　张骞得助妻儿团聚　自乐失爱遭匪杀仇 …………………… 1465
第八十六回　两落情谊三场拼杀　一英殒身双雄归汉 …………………… 1485
张骞、堂邑父后续简述 ……………………………………………………1505

后记 ……………………………………………………………………………1513

# 第一回　天成店北凶杀库录<br>副选官洛阳追知情

古来西域，亘千山，断却穷荒游履。擎节何人？迎险恶，无数英雄一体。瀚海突围，荒原觅径，雪域决生死。十三年里，艰辛荣辱休计。

一举丝路凿空，驼铃声过处，景奇情异。珍物琳琅通远域，各逞妍姿绮意。华夏文明，于兹播四方，遍贻遐祉。博望功业，千秋延誉青史。

这一首《念奴娇·西域英雄传》，是对两千一百多年前，汉武帝初登皇位之时，张骞出使西域传奇故事的总述。本部小说拟在历史事实之上，予以演绎，让读者诸君能够看到一个血肉丰满的英雄群体。

天色向晚，天成旅店店主刘能举灯掩门，准备回房照应客人，洗漱歇息。

公元前140年早春的夜晚，让洛阳城里的刘能有些瑟缩。从邙山刮来的朔风，与洛河吹来的寒风，相互交织，在天成旅店门前不停地打旋。也不知从何处刮来的枯叶碎屑，忽忽悠悠旋上房脊，又跌落下来，散了一地。刘能感到这风刮得十分诡异，接连“呸呸”两声，方转身关门、闩门。

这是一座地处洛阳西北的小店。五正六厢，茅草苫顶，土坯砌墙，木栅围成小院，小院正中修一小小门楼，门楣上悬一布幌，上书“天成旅店”四字篆书，夜色中被风刮得摇摇晃晃，看得不甚清楚。倒是门前的两株桃树，因为刚吐嫩芽，枝条显得分明。院子里，正房五间，做了客舍，两边厢房，分别做了灶房、马厩、主家寝室、猪舍与五谷轮回之所，柴草、煤块则随意堆在外间敞房。

这晚只来了两位客人，听口音像是京城人士，来洛阳欲去邙山访贤，听说那里有得道仙人。刘能知之无多，也只乐得一听，唯想着生意的清淡，心里不免唉声叹气。

刘能闩门，转身走了数步，门便被人擂得山响，一个粗重的声音生硬地叫道："店家，店家！这么早就把鸟店关了，不做生意了？"

"来了，来了。"刘能一边应着，一边转身开门。

门闩刚一拉开，就撞进一个长条大汉，刘能几乎一个趔趄，定睛看时，发现长条汉子是一位匈奴客。

洛阳城里，匈奴人倒是常见。自汉高帝刘邦开国以来，历经惠帝、高后（吕雉）、文帝、景帝，到如今新皇帝登基，六十年来的和亲政策，使许多匈奴人来到中原，寻找通商的机会。但是匈奴在边境上的骚扰和劫掠，也让中原人心生警惕。刘能知道，凡是单身匈奴客，都是武艺高强、胆气非凡之辈。他本能地又仔细打量了一下来人。

来人与他年龄相仿，也只四十来岁，足蹬一双皮靴，上穿一件盖过膝头的羊毛大氅，长脸鹞眼，鸟窝样的一头卷发，遮得只露出耳垂。腰间挎了一把三尺来长的翘尖狼刀，一件软皮褡裢斜背于右肩，显得沉甸甸的，有些下坠。

一般匈奴客都有坐骑，只有这位独步而来，不知是何缘由。刘能不便打听，唯提灯前导，礼让道："尊驾稀客，光临小店。请移步上房歇息，有什么差遣，尽管吩咐。"遂引至偏东一间空房，进屋点亮油灯，又道："我去弄盆炭火，再打盆热水，保你晚上暖暖和和，舒舒服服。"

匈奴客笑着说道："你倒挺会侍候人。当今皇帝若是选你进宫，胜过你在这里劳神受苦——不过，热水暂时不必了，有酒有肉，不拘多少，尽管拿来。走了一天，吃了一天干粮，肚里早就闹鬼了。"

"啊哟哟，贵客折杀我老刘了。我有老婆孩子，太监的差使，我是不想的。"刘能又道，"酒可以管够，只这肉食一时没法去弄。早间倒是有十几斤牛肉，前后来了两拨老客，都吃完了。”

“你这厮说得好听，怕我白吃是吧？你竖起狗耳朵听着，我叫库录，是你们新登基小皇帝的客人。四天前在长安皇宫大殿，小皇帝问我西域月氏国的情况，光赏赐的富贵，吓都吓死你！”

刘能将信将疑，口里应道：“真是失敬得紧。倘若知晓贵客临门，早前我就应做准备，只是这么晚了，委实找不着去处弄来肉食，还请尊驾体谅则个。”

“你这厮，说来说去，还是不拿主意。不信偌大个洛阳城，就找不出一家屠户？对了，把你家的鸡杀一只何尝不可？我这里的铜钱，都是新皇帝登基刚出的制钱！”库录从褡裢里捋出一把崭新的铜钱，哗啦啦地堆在桌上，“这些钱，够你买上十只鸡，还不赶快前去操持！”

盯着灯下一堆黄亮亮的铜钱，刘能双眼发直，忙不迭将钱收起，躬身而退：“真是遇着贵客了。我这就去，我这就去，挑一只肥肥的母鸡，一个时辰之后，你就等着享用吧！”

“不要切碎，得是整只！”

“小人晓得规矩。草原上吃肉，羊都是整只上桌，何况是几斤重的母鸡。”

待店主退下，库录解下腰刀，放在桌上，在房里慢慢地踱步，寻思近来接连发生的事情。

其实，库录所说的皇宫大殿之事，并非四天之前，而是二十几天之前。

二十几天前，机缘巧合，他以受降者的身份受到大汉皇帝的召见，询问一些关于匈奴单于和西域的情况，而且对月氏部落的下落，问得最为仔细。

库录乃一介匈奴武士，思维单纯，而巍峨宏伟的宫殿、汉皇帝的威严以及丰厚的赏赐，使他没有什么谎言可说，凡自己所知，尽皆道出。关于月氏部落的事体，他也作了大概的叙说。

月氏部落原在敦煌、祁连之间，过着半耕半牧的生活。河西走廊物产丰饶、水草肥美，引起了匈奴冒顿单于和老上单于的垂涎，于是开始对月氏不停地攻掠，月氏国王率众与之争战了十几年。公元前 177 年，冒顿单于攻伐月氏。二十多年后，老上单于又重创月氏，其国王被俘，头盖骨做了单于的酒器。月氏人含垢忍辱，深怀大恨，在新任国王、王后的率领下，向西远迁，也不知去了什么地方。

库录领了赏赐，出了皇城，即在马市买了一匹棕色大马，京城逛了一遭，就东去中原地带领略汉民的富庶。四天前，出了潼关，黄昏时走到了一处密林，忽而有一支利箭带着啸声，向他迎面射来。库录反应极快，头一偏，将箭绰在手中，还没有扔下，又有三支箭流星般地射向他的要害。库录用手中箭矢，迅即将其拨开。张眼密林，并无人的踪影，犹疑间，又是三箭，连续射向他的坐骑。棕色大马负痛倒地，库录飞身站住，掣出腰刀，扔了褡裢，准备迎敌。瞬间，密林处窜出两条汉子，一前一后，对库录形成夹击之势。两条汉子，一人持矛，一人舞刀，蒙着面孔，也不搭话，一上来，便对库录实施砍杀。

最初，库录以为是剪径的强盗，得了钱财马匹，也就离去。可是对方既无威吓，又不在意马匹，库录便觉得蹊跷。几轮交手下来，库录已知对方的底细，他们是匈奴龙廷的杀手。他向汉皇帝说了不该说的话，已被军臣单于视为叛逆。

既如此，也就无话可说，眼下他必须以一敌二，和龙廷杀手决一生死。

库录使出了他的独门绝技：旋风刀。这旋风刀是他从沙尘暴获得灵感，自创的一门绝杀之技。舞动起来，刀锋瞬间左旋，又瞬间右劈，上下左右，翻飞如电，让对手无从防御。他与汉军对垒时，立创数人后才因败于张骞青锋剑下而被俘。

对方二人并非庸夫，见库录十分凶狠，便以缠斗方式寻机下手。

缠斗间，库录向使刀者卖了个破绽，刀锋旋至右方倏地一凝，对方见是机会，径直劈来，库录反手躬身，刀口恰恰迎着对方右臂，刹那间血光一闪，那只右臂连带手中的长刀跌落地下。库录顺势将刀一翘，戳向对方的脑袋，半颗人头飞入草丛，顿时没了踪影。

持矛者见不是对手，转身逃向密林，身上箭袋里的箭矢一路抖落，也顾不得拾捡。

库录拾起杀手的武器，发现是把三尺来长的翘尖狼刀，比他在京城所买的普通腰刀不知锋利若许。他顺手劈向一棵手臂粗的松树，那松树齐崭崭地立即断为两截，再看自己刚才使用的武器，刀口竟有三处卷刃。库录不由得惊出一身冷汗，若非使出自己的独门绝技，今日定是命赴黄泉了。

马没了，却得了一把龙廷卫士使用的宝刀，库录的胆气壮了许多。

他仍按原来的路线，一路向东，这日住进了天成旅店。

库录仍在房里踱步，时刻没有放松警惕。如果没有记错，这天正好三月初十（全书所称皆为农历），天气很好，月光如银。他想，他走出房门，势必成为龙廷箭手的靶子。以他对军臣单于的了解，在潼关，他杀了单于的卫士，单于更会派出第二批、第三批杀手，直到弄死他为止。

既如此，不如吃饱喝足了，随时以命相搏。或者干脆投了汉皇出使西域的使团，当一名使者。

等候了大约半个时辰，库录闻到了炖鸡的肉香。

再说刘能，拿了库录的铜钱，便与娘子在厨间忙乎摆治。他十五岁的儿子刘天成见了洗得白白嫩嫩的母鸡，那馋兮兮的目光，就一直盯着。刘能心疼儿子，索性又杀了一只母鸡。连店名都是儿子的名号，又何必在乎一只母鸡呢！

炖鸡弄妥，刘能用一只陶钵盛了，向正房东间走去。

将匈奴客安置在偏东房间，是刘能的心思。他一家三口和灶屋都在西边厢房，离这样的恶客远点儿，心下稍许安全一些。

匈奴客的房门却是关着。刘能一手托钵，一手敲门："是我。给尊驾送鸡来了。"

库录听店主敲门，遂侧身将门拉开，又向后睄了一眼，接了陶钵，凑着闻闻，说道："嗯，还中。"放下钵子，又掏出一锭银子，"再弄两只鸡，给我卤上。"

"啊唷，尊驾的胃口真是不小！再弄两只，我家就没得鸡了。"

"你这厮是不是糊涂？这银子变鸡，难吗？"

"不难，不难。是我糊涂。"刘能拿了银子，返身出门。

库录追上一句："慢慢弄好，明早拿来就是，我路上好用。"

刘能心里琢磨，家里一公四母五只鸡，已经杀了两只，再杀两只，就剩一只了。这个匈奴客，让人敬，又让人怕！

库录一边喝酒，一边吃鸡，心里拿着主意，如果再和龙廷杀手遭遇，就真得去投汉皇出使西域的使团。这消息他在京城就已得知，汉皇准备派出一百人的使团，而京城报名的就已经有八百多人，主选官是人称飞将军的李广，副选官是中郎将张骞、任扶和武骑常侍夏宏。他相信，凭自己的一身武艺和对大漠草原的了解，李广、张骞定会执手相迎。

这边库录想着心思，那边刘能进屋放好银子，又去捉鸡。

刘能刚捉得一只，一回头，便见院子里蹿进三条人影，一个个明晃晃地将刀齐胸平端，分犄角之势站定。一个矮个儿似乎是个头儿，发话道："冤有头，债有主。列位闲杂人等听着，我们奉单于之命，前来捉拿叛逆库录，尔等候在屋里，不许妄动。妄动者，格杀勿论！"

刘能一屁股栽倒，不敢动弹，只心里牵挂着儿子、娘子，千万不要出事。这些凶神恶煞，杀人比杀鸡还快，眼都不眨。

难怪风刮得诡异，原来要摊上大事。

那矮个儿对着东间客房，又呜里呜噜地说了一通。刘能知是匈奴话，猜那意思，是要库录缴械，随他们回去向单于领罪。库录呜里呜噜地回了一通，随即持刀跳出门外，向那发话的汉子奔去。

顿时，月光下，四个人打作一团。人影倏忽，刀光闪闪，刀刃相撞，叮当不断，刃过服饰，衣服如絮。刹那间，有残衣飞落，有断发飘飘，看得刘能头晕目眩，胆战心惊。

库录没有料到，龙廷杀手来得这等快速。这说明，在京城长安，杀手已分拨而入，只是害怕惊动官府，未敢造次。直到过了军事要塞潼关，才予以截杀。

比起潼关遭遇，这三人的武艺明显高出一截。他一使出旋风刀，对手便跳出圈外，至多是衣服被削，或者头发受损。而三人改为轮番上阵之后，那意图便变得分明，等他疲劳刀慢之时，胜负也就立见分晓。

库录觑空一下跳上檐坎，背倚东墙墙角，只作正面迎敌，并以守势为主，以节省体力。大不了这夜就这样对峙下去，待到天亮，早有人报知官府，彼时其困也就自解。

然而，库录想错了。矮个儿却以同伴性命为饵，乘隙弩箭连发……

库录见此，心中兀地一凉：吾命休矣。因为这次的弓箭手，是草原上最为精悍的射雕人。

库录危急之中，另有三骑正星夜赶往天成旅店。

这三骑，便是西域使团副选官张骞、任扶和夏宏。

以三人的军阶，不足以出入朝廷，与皇帝当廷议事。可事有机巧，黄土塬一战，库录降了张骞。后经卫青引见，张骞得以随李广引领库录面圣，被皇帝当朝封为郎官，随侍左右。库录孤身而出，不知自己被张骞荐为向导，长安城里逛了一通，又一路东行，去了中原。

三人打听得实，一路寻踪而来。

三人中，夏宏三十六岁，军阶比张骞、任扶高出一级。他身材修长，心思缜密，虽为贵族子弟，但立功心切，一匹白色战马，已随他征战数年。刀术箭术，历经战阵考验，对付匈奴武士，从无惧色。平时华服轩昂，不苟言笑，好读兵书，交友无多。但与张骞相识之后，相处十分投契。

任扶则与张骞同庚，生于公元前 175 年。只是张骞生于该年二月一日，任扶则小了半岁。虽也出身于官宦之家，但任扶并无骄纵纨绔之行，中郎将之职，亦是凭在战场上一刀一枪获取。他肤色略黑，脸型略长，膂力奇大，上阵贯使一杆长戟，身下坐骑，奔跑时如一团飞驰的黑云。与张骞相熟，亦缘于同匈奴作战。

三人中，唯独张骞出身底层。其父张汉灵，母王氏，原来守有三十余亩良田，在城固白崖村也算殷实之家。然而厚葬之风，却使家境陷入困境，祖父母去世，大半良田随了他姓。张骞既无手足相扶，亦无姐妹相帮，只有一个小他半岁的养弟，后来还被其生父索回。但是张汉灵重教，张骞自幼就读于离家五里的斗山书院，且品学兼优，并具音乐天赋，亦喜武术和武器套路。他十五岁开始下田务农，十六岁培育出黑色水稻，成为朝廷贡米，汉皇以宝物待之。十八岁时，为改变家境，也为了探寻异地风俗民情，他与父亲和同窗备下丝绸葛麻制品南下营商，不幸在汉江西城（今日安康）段船遭倾覆，父亲与同窗好友葬身鱼腹，唯有自己获鱼神（江豚，后来传说为龙王之子）相助得救。十九岁时（前 156 年），汉景帝刘启扩军抗击匈奴，他于是应征入伍。起初，在卫青部下做司御养马，后因骁勇善战，往往出奇制胜，成为卫青部下十五大将之一。三人中，也唯有张骞尚无家室，未婚妻周月英小他一轮，系周重将军之女，今年等其完婚。三人中，张骞个儿最为魁梧，身体最为强壮。他方脸隆额，眼圆眉浓，为人豁达，性格坚韧，入伍后，擅于绘图，凡经战阵或别人口述的地方，山川水草，沙漠路径，必于图中详为标注，多次因此率军脱困。其胯下枣红战马，亦是从匈奴百夫长手中夺得。一柄青锋剑，使得出神入化，夏宏、任扶等一干战友，皆敬其品德、服其智能。所以张骞的主意或决策，都会得到认同。

追踪库录，大家认识并无分歧，但在方法上，却有不同意见。任扶认为，副选官一人足矣，不必三人同往。张骞却道：“以军臣单于的凶残个性和对匈奴叛逆处决的残忍手段来看，库录途中必遭龙廷卫士的截杀。眼下我们对匈奴西部情况知之甚少，如若库录出了意外，这损失则非同小可。我们三人同行，一可使库录看到我们对他的诚意和重视，二可使单于杀手心有忌惮，不敢在中原施暴。”一番分析，让李广也连连颔首：“还是你们三人同去为妙，一路上也不致寂寞。”夏宏、任扶听了，尽皆莞尔。

途经潼关，便获知库录与龙廷杀手在丛林打斗的传闻。其传闻被说得神乎其神，说有一名被当朝皇帝召见的匈奴客，武艺十分了得，一人独斗七人，损其四人，匈奴客仍毫发无损，悠然去了洛阳。

张骞等人心中顿时一紧，按时辰推算，如库录步行，当于明日（三月十日）暮中抵达洛阳。而此间已近巳时，三人不敢耽搁，立即催马向东，一路驰去。

按张骞的主意，三人一到洛阳，便去了府尉府，将当值军士分拨派往各个街巷旅馆，一旦发现匈奴客，立即回府报知。并设下重奖，报知库录准确踪迹者，赏纹银十两，能引其回府者赏二十两。

此时，已天近黄昏。

然而，去天成旅店的两个军士怯于斗狠，夜色中见到打斗场面，便吓得不敢上前，连出气之声都怕被人发觉，施援更是休提。二人战战兢兢回府，等及三人飞马赶到旅店，打斗已然结束。

场面非常血腥。

库录胸部连中两箭，倚墙跌坐。右手被齐腕砍去。砍去的右手依然紧握狼刀——显然人已毙命。其旁倒一杀手，虽腿臂负伤，但丧命一着，仍是箭入后脑，箭杆兀自竖立。

杀手不惜以同伴性命相诱，可见其凶残狠毒，卑劣手段，令人不齿。

张骞发现库录口腔流血，掰开一看，舌头被割，也不知被扔到了什么地方。一时间，痛惜、憎恨、失措的情绪一齐涌上心头。半会儿才回头对夏宏、任扶说道：“我们还是晚来了一步。”

根据死者凝血情况，任扶又叫出了住店客人，夏宏搀起瘫痪在地的刘能，皆曰杀手离去不过一盏茶工夫。三人不敢耽搁，立马回府尉衙门，商议追捕凶手之事。

张骞道："大家须得注意，凶手中有人是草原匈奴射雕者，其箭镞棱状带钩，一旦被射，拔箭必使伤口再次受创。射雕者不但眼疾手快，且奇准奇狠，飞雕狼群，亦无所惧。非天赋异禀十数年功夫，难达其境。"遂又讲了一段关于射雕者的故事。

十年前，李广任上郡太守，驻守边关，抗击匈奴。汉景帝派宫中亲信中贵人前往李广行营，跟随李广抗敌。一日闲暇，中贵人率五十余骑外出狩猎，途中见有三名匈奴人负弓而行。中贵人以为有可乘之机，立即改围猎为围捕，意在生擒。孰料三名匈奴人箭无虚发，五十余骑纷纷落马，中贵人带箭负伤，仅得十数骑回营。李广知其所遇者乃匈奴射雕人，不敢怠慢，率一百余骑追击四十余里，以强弓射杀二人，擒获一人。

一番计议，兵分两路，夏宏、任扶负追凶之责，张骞回京向主选官复命。

这真是：

洛阳之行看无果，西域大计步坎坷。
远望何方月氏国，英雄自古多蹉跎。

欲知张骞嗣后行踪，诸君请看下回分解。

# 第二回 斗山书院明师引路 韶乐之会韶乐抒情

公元前159年二月一日，张骞十六岁生日。

三天前，斗山书院的授课业师俞志达便来到白崖村，一进张汉灵家门，刚一落座，便道："汉灵老弟，今日特地赶来，有一事需要与你相商。"

时张汉灵四十挂零，俞志达已是望五之人。张汉灵葛麻短褐，而俞志达帛袍罩身；张汉灵系一木讷村汉，而俞志达乃饱学之士。这时张汉灵见先生亲自登门，又是如此客气，竟至手足无措，应对有些局促："不知先生所指何事？"

"二月初一，可是张骞生日？"

"正是犬子诞育之日。难为先生记得清楚。"

"骞儿的生日，今年放在书院大家一块儿过可否？我有些话，需要当着大家的面儿相嘱。"

张汉灵木讷，却不笨。去年腊月就听骞儿说过一事，先生俞志达称以自己所能，已难尽为师之责，让张骞去京城另访名师。张汉灵寻思，俞志达此举，多半是为了让骞儿访师一事，做一次送别的程式。

"汉灵老弟，骞儿是天才，我们不能在这小地方委屈了他。"

这话已经说得很透彻、很明白了，张汉灵点头道："全听先生吩咐。"

张骞的十六岁生日，便在斗山书院度过。

斗山书院的生日经历，成为张骞的终生记忆。后来出使西域，在被匈奴囚禁的十三年里，这次的生日场景，成为他巨大的爱国精神源泉之一。

此是后话，其后再行叙及。

这斗山书院历史悠久，环境优美。春秋时期，这里便辟为教习之所，后来为眷顾远方学子，又建了寝坊和膳坊，连带制简、著述、典藏、韶乐、辩经诸坊，竟成为声名远播的书院。汉文帝刘恒登基之后，恤民重教，斗山书院又获修葺，至张骞入学，书院已整修一新，主讲、侍讲先生均礼请到位，连膳坊做饭的苍头，也择优入坊。举凡《易》《礼》《乐》《诗》《论语》、老庄、兵书、制简、膳刻等诸般学问与技艺，均有各个侍讲司其职守。主讲俞志达，析疑解难为其主职，享有很高的声誉。

张骞六岁破蒙入学，十岁学习制简，十一岁学习篆刻简册，至十六岁这年，各学科均臻于熟化，尤擅韶乐、辩经，见地卓尔不凡，胸怀大气，志向高远，是俞志达最为看重的弟子。所欠缺的只是谋略与武艺的提点，而以斗山书院的条件，恰恰不能满足张骞的需求。俞志达为此决定，结束张骞在斗山书院的学业，让其去长安以求闻达，如能得到通晓经书大义的中郎将袁盎[①]的指拨，再有飞将军李广的提点，张骞成为大才的机会，将大大增加。

起始，张骞不想离开书院。十一年的书院生活，他和俞志达已情同父子，不管学业抑或精神，他对俞志达都有着深深的眷恋。乍一听到俞志达的决定，张骞立刻有些发蒙。

俞志达见到张骞这般模样，一则以喜，一则以忧。喜的是，张骞是个情义特别深重的后生；忧的是，缺乏理性的决断，将会影响到他宏伟抱负的施展。俞志达斩钉截铁道："人的一生，父母妻儿和要好的长者朋友，谁也不能终生相伴。唯一终生相伴的，是汉家朝廷和整个国家。好男儿就应该为国尽忠，为朝廷建功，能够青史留名。若是老在斗山书院，顶多也就我和侍讲们这样的出息。以我观之，你是书院中最有前景的大才士子。如果墨守书院，既委屈了我的愿望，也耽误了你的前程。我相信我的眼光。你才十六岁，有些话可能暂时不甚明白，以后经见多了，自会明白我的用心。"

张骞的养弟张謇[②]亦在一旁聆听受教，见先生如此看重哥哥，深为激动。不等张骞回复，便抢先回答："先生所言极是。哥哥且请放心，爹爹和娘有我在家侍奉，你如能为朝廷做事，弟弟脸上也有光彩。”

张骞没再犹豫，起身一拜：“学生受教了。先生恩德，学生当终身铭记。”又向张謇深施一礼：“感谢弟弟如此明礼，为兄亦当不负此恩。”

“也不能就这样让你离开书院。为师没有记错的话，明年二月初一是你的生日。届时为师当有所措置，让你、你的同窗和书院各尽心意。”说到此处，一向老成持重的俞志达也有些动情。

张骞心灵一震：主讲恩师竟记着自己的生日！仅此一事，就让他的心情难以平复，于是又起身深深一揖：“但凭恩师主张，学生谨遵受命。”

“你也不必如此客气。为师初想，就在韶乐坊相聚。为师知你喜好音乐，你就以家乡歌谣，用埙曲笛调抒发离情。为师即以俞伯牙、钟子期之‘高山流水’相送。这样可好？”

这完全出乎张骞的料想。原以为会在辩经坊擅其所得，先生却这样措置，以乐传情，以乐互赠，各人直达心意的底端，雅而有趣，趣中有悟。世上恐怕也只有俞志达这样的恩师，才会如此善待即将别离的弟子。

此是去年腊月初八早晨的事。张骞清楚记得，那是在俞志达的寝室。室中一张长桌，八张跽席，两旁各三，相对各一。跽席干净、绵软，膝盖置于其上，十分暖和。寝具很窄，仅可容得一人，被子叠得棱角分明，整齐地码放在床头。最显眼的是一人多高的书架，占满了三面墙壁，书格上分门别类，码放着书简。从竹简的颜色看去，最早的当在百年以上，最新的正在刻写，桌上堆放着空白竹简。张骞睄了一眼刻好的简书，内容似是《晏子春秋》。张骞离开时，一种怅然若失的感觉，突然像重锤一样，敲击着他的胸腔。他不由得停步，向房里深深地回望了一会儿。

腊月初八之后，张骞一直在搜集、整理当地的民乐民曲，凡是旋律悦耳、内容昂扬的曲子，都用谱子予以记载，只有个别地方，略做改动。如《船工号子》《凉爽竹林》《打谷歌》《桃花姑娘》《上茶山》等，分别以埙和笛子，做反复练习。

张汉灵早已从张謇口中得知此事，知道张骞为此做着准备。他只等儿子发话，看他如何相告。

腊月十六，张骞终于开口：“父亲，先生让我去京城的事儿，弟弟可能给您说了。

先生对我寄予厚望，我自然高兴，可是迟迟没向父亲说知，是因为去长安求学，得许多费用，我怕家里承受不起，所以一直犹豫。”

“我猜也是。儿怕为父受苦受累，自是你的一份孝心。可是先生既然看好你，那么儿的才干将来一定会非常出众。父母若是因为疼钱而不疼人，这样的父母也太不是父母了。现今家里尚有三十多亩良田，拼去一半给儿花费，也十分值得。”张汉灵很少说这么多话，说到动情处，脸都有些涨红。

父亲这般的大气和笃定，让张骞异常震惊。他无言以谢，扑地给父亲跪下：“儿若学有所成，当舍命报效朝廷，报效父亲、母亲和恩师的怜爱。”

张汉灵扶起张骞，道：我有此儿，夫复何求！”

日子过得飞快，一晃，二月初一到了。

白崖村离斗山书院五里，沿途一路平坦，大多从稻田中的大路穿过，以张骞的脚力，一顿饭工夫即可到达。按斗山书院学规，冬夏概以天明到达为准。因为这天日子特殊，张骞换下了葛布旧衣，着一身青色帛袍，天色黎明时就到了书院。

书院大门尚未开启，张謇遂在院外等候。

因是早春，地上寒气凝重。张骞却顾不上拢袖取暖，只是贪看着书院周遭的树木花草。

书院门前是一条可以驾车走马的甬道，长约二十来丈，挨路两旁是两排水杉，青郁挺立，肃然如仪。水杉其后是葱茏花草，牡丹、芍药、栀子、茶花、须草等，占地宽约丈余，此时虽然花期未到，但是迎春的叶子已经暴芽。再其后又是两排梧桐、白杨，如执戈兵士，肃整凝然。而整个书院的建筑，除大门之外，全为竹林所掩映。迎阳一方，是为斑竹，那是用作竹简的原料之地；西边却是大片紫竹，其材可做竹杖；房北则是水竹和少见的方竹，是学子们夏天乘凉的惬意去处。

而这一切，今后都将成为记忆。

多美好的书院，多美丽的家乡！张骞心中有着无限的感喟。

书院开门之前，他最为要好的同窗楚建雄来了。紧接着，沙河营的刘苟成、杨虎娃、梁清泉等一干同窗也来了。

他们都换了新衣，见了张骞，少了往日的嬉闹，多了几分郑重和严肃。唯楚建雄紧紧地拉着他的手，却一言不发。

与张骞相比，楚建雄显得有些瘦弱，他平时话就不多，此时更难以措辞，千言万语，都在执手之中。

张骞十分感动，将楚建雄的手用力相握："建雄，今后见面的机会仍然很多。即使以后去了远方，我还是会想念你们的。"

说话间，书院大门已经打开。同窗们让张骞先行，张骞仍拉着楚建雄的手，并肩礼让。大家于是互相簇拥，向韶乐坊走去。

韶乐坊里，俞志达正在摆放古琴。琴案旁边，一只与琴案等高的香炉里，拇指粗的檀香已被点着，袅袅的白烟正随风摇曳。大家见了，立时敛容而进，各自到了自己的位置，跽席而坐。

案几之上，摆放着各自最娴熟的乐器。案几中间，两盆炭火烧得正旺。

不一时，书院里十六岁以上的三十余名学子全部到齐。几名侍讲也在前面跽席而坐。

俞志达笑容庄重，肃整而立。头上的束冠、发髻纹丝不乱；身上的帛袍，脚上的棉靴，显得异常整洁。见大家已然依次就位，便开宗明义说道："今天是张骞生日，书院为此举行'张骞韶乐之会'。这是书院的首次盛事，今后或许还有第二、第三次，这要看列位弟子的造化才干。虽然愚师已无能力为张骞的前程铺路，而又认为他是可造之大才，但是仍然得看张骞有无此等机缘。张骞去京城，只要是珍珠、是金子，总会被贤达之人发现。报效朝廷、报效国家，也就有了进身之阶。当然，张骞自已也得有克难制险、坚韧不拔的汉家骨气。今天以乐抒情，张骞你可以借此直表胸臆，大家尽可从中体味。好了，张骞，你开始吧。"

张骞起立，抱拳躬身，先向俞志达诸先生深深一揖，而后又向诸位同窗恭敬施礼，然后道："本想以家乡民歌在此献丑，后来见书院竹林，心有所动，遂作歌如次，以师襄子[3]《文王操》之琴曲为引音，为先生和列位同窗在此咏以为歌。歌曰《竹丈夫》——"

青青竹林，山斗其华。翠于子心，凤和其家。
青青竹林，山斗萌牙[4]。笛[5]于子心，苍苠[6]无涯。
青青竹林，山斗虬螭[7]。飞于子心，簟筒[8]其霞。

俞志达非常吃惊，一个十六岁的孩子，歌声竟是无比的苍凉、旷远，既饱含着别离之情，又能将古曲翻新，唱出当下的意境，而词义又是如此的深邃、贴切。心下不由赞叹：我没有看走眼，此子是可造之大才。

看张骞，已是双泪盈眶；看众生，也人人动容。俞志达带头，为张骞热烈鼓掌。顷刻间，掌声响彻韶乐坊，连窗外的竹林，也迎风起舞。

张骞歌罢，意犹未尽，又对身旁的楚建雄道："请为此歌击缶，我再以筝为大家搏髀而歌，如有挫浊，请责之谅之。"

随之，筝音镗鞳，满坊飞音。时而如汉江涌浪，时而如竹林过风，铮铮然，絮絮然，几达迷醉。

俞志达又一次吃惊不已。以他的了解，张骞最擅长的，是埙，是笛子。今天以筝抒怀，虽然出乎意料，倒也与《竹丈夫》的意境相契合。张骞据情而歌，其审时度势之功，实非一般人可比。

张骞之歌与筝音，让大家在痴迷中又有深悟。他们在场所有的人，都终归有离开书院的一天，今后漫长的人生，将依靠各自的努力和造化。现时虽然汉兴一统，国内叛乱平靖，但是面对匈奴外侮，内部的重要修备，朝廷仍处在用人之际。人生世间，如若无所建树，实在不如草木。所以，当俞志达要求众生以歌相送之后，楚建雄立即击筑而歌，歌曰《棫朴》⑨——

芃芃棫朴⑩，薪之槱之⑪。济济辟王⑫，左右趣之⑬。
济济辟王，左右奉璋⑭。奉璋峨峨⑮，髦士攸宜⑯。
淠彼泾舟⑰，烝徒楫之⑱。周王于迈⑲，六师及之⑳。
倬彼云汉㉑，为章于天㉒。周王寿考，遐不作人㉓。
追琢其章㉔，金玉其相。勉勉我王㉕，纲纪四方㉖。

侍讲申荣先生则鼓瑟弹奏了一首孔子所作的琴曲《陬操》。此曲大家甚感陌生，申荣便约略讲了讲孔子拜师襄子为师之后，学习音乐的情况。孔子的音乐技艺已臻完美，举凡击磬、鼓瑟、弹琴、歌唱、作曲诸方面，都是能手，可是他仍不满足，拜师襄子为师，学弹琴曲《文王操》。师襄子几次感到满意，可孔子说"未得其数（技艺）”“未得其志（文王志向）”“未得其为人”，直到文王的形象在琴声中跃然而出，方才罢休。

张骞避席长揖，十分动情：“申先生，弟子谨受教，弟子将终生铭记师之所嘱。”

一旁张謇拿过一磬，嘻嘻一笑：“兄长，我才疏学浅，宫商角徵羽的道道，也只晓得个皮毛，我爱磬音脆亮，就唱首《诗经》里有名的《关雎》吧，望兄长早日找一个漂亮贤惠的嫂嫂。”

众皆莞尔，立刻少了许多凝重，一时都屏了声息，单等张謇的歌声。

这张謇生就一副笑脸，眉毛弯得像个女孩，脸形也十分秀气。大家不料他有此一举，诧异中又感到非常符合张謇的身份。

张謇清了清喉咙，啜了一口热茶，又敲了一下铜磬，方才启口而唱：

关关雎鸠[27]，在河之洲。窈窕淑女[28]，君子好逑[29]。
参差荇菜[30]，左右流之[31]。窈窕淑女，寤寐求之[32]。
求之不得，寤寐思服[33]。悠哉悠哉[34]，辗转反侧。
参差荇菜，左右采之。窈窕淑女，琴瑟友之[35]。
参差荇菜，左右芼之。窈窕淑女，钟鼓乐之[36]。

大家一时兴起，有歌唱当地民间爱情小调的，有弹奏古曲《阳阿》《薤露》的，雅俗相间，共享其乐。俞志达看时届中午，便让众人暂且歇息。并让苍头奉以酒食。大家看去，钵盂甑鬲之中，有当地米酒烧酒，有清炒竹笋、酱香猪肘、蜜汁百合、鱼烹豆腐、红烧鸡块、酒炝茭白、粉蒸羊肉、木耳鸡蛋。汤菜只一荤一素两种，清炖团鱼汤、芫荽冬瓜汤。饭食却非稻米，而是茭笋的籽实“菰米”。

这菰米饭甜而香脆，为众人喜食之主食。今以此为张骞饯别，自有深意。俞志达举箸道：“书院略备薄馔，只愿张骞和尔等学子，勿忘今日情景。他日远游，当思之念之，乡情乡恋，常在心中。老朽在此，有话相嘱，《孔丛子》曰：‘不自高，人将下吾；不自贵，人将贱吾。’谦逊做人，当少祸而多助。现在大家餐后歇息片刻，然后再行聚齐。”

餐罢，许多同窗随张骞去了书院竹林，体会他的《竹丈夫》的意境。张骞谦和少语，仍在咂摸“不自高，人将下吾；不自贵，人将贱吾”。

斗山书院以磬、筑为号。磬声起，大家回坊受教；筑声鸣，下坊歇息。半个时辰过后，磬声传来，大家复回韶乐坊。

俞志达复点燃檀香，然后盥洗净手，轻拂琴面，也不言语，只将目光亲切地注视众人，待大家安静如斯，目光殷殷之时，遂弹起文武七弦琴，先是孔仲尼叹颜回，词曰：

可惜颜回命早亡，教人思想鬓如霜。
只因陋巷箪食乐，留得贤名万古扬。

弹毕，俞志达道：“颜回贤而寿促，非今日祝福之语，我将借此反其意而为之，以求通达激扬。”词曰——

学有张骞不相忘，如鹏飞天唳声扬。
只因书院池水浅，报国维艰起铿锵。

大家齐声赞好，可是此时谁也没有想到，“报国维艰”本为激励张骞等学子的话，后来竟成了张骞出使西域的谶语。被匈奴一囚十三年，让其“报国维艰”达到了考验的极致，亦让几千年后的人们肃然起敬。

俞志达没有接着弹奏《高山流水》，却讲起何谓知音。他微笑道：“人生在世，其实知音难觅，何哉？恩德相与者，可谓知己；腹心相照，可谓知心；唯有声气相投者，才谓知音。与人交往，我们需要朋友遍天下，可是能引为知己和知音者，却甚寥寥。”

俞志达于此讲到俞伯牙与钟子期缘何一面之缘便成知音：“俞伯牙本名俞瑞，原为楚国郢都人氏，后来却做了晋国的上大夫。作为晋国的重臣，奉晋主之命，到楚国修聘示好。是年八月十五日，月明星稀，俞瑞乘舟夜游至汉阳江口，兴之所至，遂开囊取琴，调弦转轸，弹出孔仲尼叹颜回曲，至第三句末，孰料‘刮啦’一响，琴弦断了一根。伯牙惊诧，若非知音倾听，琴弦断不至此。于是命人寻求，得识身为樵夫的钟子期。问答之中，钟子期讲了文武七弦琴的由来——”

讲到此处，俞志达忽然停顿，蔼声问道：“谁可知晓此琴故事？”

在座众人，对于伯牙、子期的传说虽都知晓，但是今日由俞志达娓娓道来，心里都大感受教。至于琴的由来，大家确乎不知备细，于是皆噤声不语。

俞志达似乎不在求解，只在知识的传输。遂借钟子期之口，续道：“子期说，此琴乃伏羲氏所斫。伏羲知梧桐乃树中之良材，堪为雅乐，遂选一棵三丈三尺高的梧桐树，令人伐之，将其等分三段，试叩上段，其声太清，下段又太浊，唯其中段，清浊相济。于是将其浸入长流之水，计七十二日，再取起阴干，选良辰吉日，请高手匠人刘子奇斫成乐器，因有瑶池之雅乐，故称瑶琴。此琴按周天三百六十一度，长为三尺六寸一分。又按八节，前宽八寸；按四时之分后宽四寸；按两仪，琴厚二寸。有金童头、玉女腰、仙人背、龙池、凤沼、玉轸、金徽之分。按十二月，徽有十二；按闰月，加一中徽。按五行金木水火土，五条琴弦在上；内按五音，宫商角徵羽。后因周文王吊子伯邑考，加一清幽哀怨之弦，称为文弦；又因武王伐纣，加一激越昂扬之弦，谓为武弦。此琴遂称文武七弦琴。此琴抚到极致之时，啸虎闻而不吼，哀猿听而不啼。伯牙听子期细数琴之由来，遂生心仪之情。又抚一曲，子期道“心在高山”；再抚一曲，子期道“意在流水”。伯牙大惊，推琴而起，连称抚琴半生，今始得遇知音。伯牙自此难以忘怀，后访子期住地集贤村，方知子期已是泉下之人，遂持琴抚于子期坟前，一曲抚毕，摔琴以祭。”

讲完琴与知音的故事，俞志达道：“我这琴当然并非伏羲所制，但是也并非等闲之物。它原是烈王姬喜宫中之物，距今已经二百多年，其中不知经过了多少仁人圣手，其音质仍是琴中上品。”倏地又话锋一转，“若要成为知音，一需抚琴者技艺高超，能以琴音阐发万物之声与心中所思；二需听琴者乐音娴熟，屏息宁静，如仙飘然。我虽年齿痴长，但对抚琴之道，并未臻于化境。今日借张骞韶乐之会，抚《高山流水》一曲，作为此会的纪念。”

俞志达试拨了一下，便很快进入冥思状态，精妙的《高山流水》之曲，随之随手指或轻或重、或急或缓地从指间流出。

公元前 159 年二月一日，张骞十六岁生日的韶乐之会，令张骞终生铭记。

事后，俞志达将《高山流水》写成帛书，连同给有一面之缘的袁盎的帛书，一同交付张骞，嘱道："若遇举孝廉的机会，袁盎或许能帮你出头。当然，这首先得看你办事的才干是否让人中意。"

张骞诺诺，展开帛书，见是一笔苍劲、雄浑的隶文。他将其卷起，贴胸而藏。

这真是：

大音希声韶乐会，世间谁人相与行？
不是恩师惜人才，哪有高山流水情！

欲知张骞是否如愿进京，且听下回分解。

**注释：**

① 袁盎（àng）：汉文帝时为中郎将，景帝时任太常，因主张立刘彻为储君，被梁王刘武派刺客暗杀。

② 张謇（jiǎn）系司家铺宋家弃婴，被张汉灵夫妇收养，小张骞半岁。后又被生父索认，张骞母王氏仍由张謇奉养。

③ 师襄子：孔子之音乐老师。

④ 笋初出叫"萌"，稍长谓之"牙"。

⑤ 笋渐长叫"笛"，又叫"子""苞"。

⑥ 竹之颜色为"苍"。茛（gèn），草名。

⑦ 古之龙的传说，有角者叫"虬"，无角者叫"螭"。

⑧ 簟：竹席。简：简书。

⑨ 棫（yù）朴：指棫树和枣树。

⑩ 芃芃（péng）：形容树长得高大繁茂。

⑪ 薪之槱（yǒu）之：干树枝可以用作烹饪的薪柴，未干的树枝可堆积备用。

⑫ 济济：形容容貌俊美出众。辟王：我们的君王。

⑬ 趣：即"趋"之意，此处引申为"跟随"。

⑭ 奉璋：发兵征战。

⑮ 峨峨：形容军队威武雄壮、盛大无敌。

⑯ 髦士：俊士。攸宜：俊士之所宜。形容俊士有了施展本领的地方。

⑰ 淠（pì）：船顺流而行的样子。

⑱ 烝：众多。楫之：两旁划桨。

⑲ 于：往。迈：行军。

⑳ 师：二千五百人为一师。六师：六军。及：跟随。

㉑ 倬（zhuō）：大。云汉：天河。

㉒ 章：文采。为章于天：一道文采在天上。

㉓ 遐：远。遐不作人：意志远扬。

㉔ 追：雕，指金；琢：指玉。以雕琢而明其质。

㉕ 勉勉：勤勤恳恳。

㉖ 纲：网弦。纪：别丝。张之为纲，理之为纪。谓治国理政。

㉗ 关关：相互和鸣。雁鹜之类，喙扁者，其声“关关”。雎鸠：水鸟名，又名王雎，生江淮间。

㉘ 窈窕：美好。美心为“窈”，美貌为“窕”。淑：善良。

㉙ 逑（qiú）：匹配。好逑：佳配。

㉚ 参差（cēn cī）：长短不齐。荇（xìng）菜：一种上青下白、叶色紫赤的水生野菜。

㉛ 流：捋取。左右流之：前后左右去捞它。

㉜ 寤寐：梦寐。求：思念。

㉝ 思服：“思”为助词，“服”为想念。

㉞ 悠：长远。悠哉：长夜思念，辗转反侧。

㉟ 友：亲近。琴瑟友之：弹琴鼓瑟亲近她。

㊱ 左右芼（mào）之：这边那边来择荇菜。

# 第三回　司家铺汉江祭哀情　盘龙地褒河存知心

斗山书院的韶乐之会，使张骞之名很快被当地人知晓，说媒的闻风而动，纷纷来到张家，首先与张骞的母亲王氏说合，然后与张汉灵详述女方的种种优势。

春困让张骞有睡午觉的习惯。一天，邻居张妈妈中午又来到他家，提说他的亲事，并与他开起玩笑："骞儿，想媳妇吗？我帮你找一个，又漂亮，又能干，又贤惠，保你喜欢。"张骞情窦初开，"腾"的一下满脸泛朱，一头钻进寝室，扯起薄被，将头脸蒙住，不一时，便昏然睡去，并做起春梦。

好像是在一个夏天的午后，他来到汉江边，先在柳荫下观景。这一段江面平缓，波浪如纹，骄阳之下，灿烂的金光晃人双眼。张骞将眼光移开，看着江岸，两岸的杨柳、榆树，高高矮矮，参差不齐。榆树如壮实的汉子，枝枝叶叶周身披挂；柳枝犹如款步而行的少女，一枝一条迎风扭腰。岸边皆为光滑的石头，干枯的苔藓煞白无光。而水边的石头，被江浪一波一波地冲洗，苔藓如发，绿油油显出柔弱的样子。过了石滩，绿草如茵，处处葳蕤，白的、黄的、粉的蝶儿、蜂儿在花丛中上下翻飞。

转眼之间，江面上行、下行各驶来一船。不同的是，因为江风上行，上行的船帆像鼓起的旗帜，纤夫们将纤绳搭在背肩，半俯着身子，随着舒缓的号子，一步一步向上挪进。而下行的船只光着桅杆，像一根木柱，光溜溜戳向半空，纤夫们则绷直了纤绳，船工号子也是另一种声调，舒缓中带着一种压迫性的急促，两船相遇时，下行纤夫都挺直了身子，按规矩船行水道右侧，让上行船从旁而过，双方太公也互道祝福。

两船远去，江面恢复平静，唯有带着水气的风儿，一阵一阵扫过花草树木和两岸的稻田。而清亮亮的江水，诱使张骞产生了下水一戏的念头，于是也脱下汗渍斑斑的葛布单衣，露出一身健壮的肌肉，到了水边，发现自己忘了脱芒鞋，他几下蹬掉，这才“扑”的一下扑向水中。

江水的浸润，江浪的拍打，让张骞兴奋得忘了时辰。

眼看太阳偏西，他才恋恋不舍地站起来，准备回到江岸。

就在这一刻，张骞发现水边有一位非常美丽的姑娘，正在搓洗他那满是汗渍的衣裳；他胡乱丢下的芒鞋，也被收拣，整整齐齐地放在柳荫树下。

这是谁家闺女？为什么来到江边，帮他洗衣？

他看看自己光着的身体，实在不好意思上岸。于是远远站着，不知如何是好。

那姑娘居然发话道：“张骞，你等啥？还不赶快上岸换衣服！”

姑娘竟然知道自己的姓名，还叫他上岸换衣服。张骞心中琢磨，他身上只有一件衣裳，哪来干衣可换？遂道：“姑娘尊姓大名？缘何替我洗衣？”

姑娘的回答非常干脆：“我姓昆，叫昆丽。我是你的媳妇，自然须得互相疼爱。”

“尚不知姑娘所居何处？小子当请人择日下聘。”

“我家在沙河营的司家铺。我在家等你的消息。”话毕，倏地没了人影。

张骞醒来，才知刚才做了一梦。梦中的一切，仍旧历历在目。

既然有姓名有地点，不妨去那里看看。于是他将梦中的情景向父母作了禀告，并说了自己的打算。或许，他的姻缘就在司家铺。

张汉灵似信非信，梦里的事，未必靠得住。倒是母亲王氏，心中喜不自禁，鼓励儿子前去试试。反正这里离司家铺不远，五里路抬脚便到。张汉灵无可无不可，允了儿子。

第二天一大早，张骞稍作修饰，便去了司家铺。

村口遇一老妪，手持陶钵，正向一株老高的榆树走去。榆树下，影影绰绰，坐落着几间草房。而路旁的一溪流水，好似就从那里潺潺而来。

张骞上前躬身施礼道：“请问老妈妈，司家铺有家姓昆的，您可知所居何处？”

老妪看他一眼，脸上堆满了笑容：“你这孩子，看去就是个斯文人，不知你找豆腐昆所为何事？”又语气一转，“昆捷就住在那棵榆树下边。他做的豆腐出货早，沙河营一带的人都晓得，去迟了就买不上。豆腐昆来这里不过七八年光景，做的豆腐又白又嫩，人人爱吃。这里的人，没有谁会这手艺。他来这里之后，也从来不收徒弟。”

张骞灵机一动，道：“我家在白崖村。我来这里，就是想拜师学艺。也不知他家里有些什么人，能不能跟他们说上话。”

老妪又瞅了他一眼：“我看你倒适合做豆腐昆的女婿。做了他的女婿，这师傅也就不用拜了。他家就四口人，除了豆腐昆的娘子，还有一个闺女，一个十来岁的儿子。那女子今年二八年纪，生得忒俊，漆黑的眉毛，杏子眼，鹅蛋脸儿白里透红。附近说媒的，把门槛都踢断了。”

说得张骞心中热烘烘的，恨不得立即到豆腐昆家看个究竟。

一里来地，转瞬即到。

这是一排五间草房外带两间敞屋的房子。房屋坐北向南，土墙上抹了层麦糠泥，房顶为当地的红茅草，檩条为陶钵粗的红椿。客房却没在正中，在东二间堆放黄豆的房里，东一间做了灶屋和熬制豆浆、压制豆腐的地方。外间敞房堆满了柴火，里间敞房置一盘石磨，一匹黑骡正在惬意地吃着豆渣、草料。

这豆腐昆生得秀气，约莫四十开外，举手投足不像俗夫村汉，倒像是从大户人家出来的人物。见了老妪，十分恭敬：“二司娘，家里来客人了？”又微微抬手，掌心向下，向张骞一斜，“这位公子，看着眼生，不知是二司娘什么人？”二司娘笑得满脸开花：“他嘛，是我的小外孙，念书时改了名字。叫什么来着——你看我这老糊涂，一时半会，还是只记得他小时候的名字谦谦，就是谦让的谦。”

再不开言就露馅了。张骞心中感激老奶奶为他遮掩，他不能不实话实说：“外婆，我叫张骞，白崖村的张汉灵，便是我父亲。”

“呃呃，你看我这记性！你是斗山书院俞志达的弟子，我怎么就忘了？前一时，书院还特地为你办过一次韶乐之会呢。”

张骞大为吃惊，他在斗山书院的事，连这样的老奶奶竟然都知晓！

而豆腐昆顿时非常客气，叫出昆丽为客人煮茶让座，并端出一钵五香豆干，双手递与张骞二人。

张骞一见昆丽，更是万分惊讶，这不就是梦中所遇到的姑娘吗？天下竟有这般巧事，连名字都一点儿没错！

他的心中一阵“怦怦”乱跳，目光竟不敢与姑娘对视。

反倒是昆丽，一再追问张骞韶乐之会的详细经过，并道：“我阿爹跟我老说这事，说啥时有机会去白崖村看看，是什么样的小子，值得斗山书院闹那么大动静。既然你今天来了，不好好说说，我阿爹是不会放你走的。”

看张骞局促无措的样子，豆腐昆道：“别难为情。如果一时不好开口，下次来说也行。”

张骞十分佩服豆腐昆的心机，不露痕迹地表明了态度，并给人留下余地。看来，这昆捷是个有来头的人物，他的答话，得小心斟酌。

昆丽懂得父亲话中有话，父亲已相中了张骞，而她也一见便难以忘怀，同时也猜到张骞心中所思。这个书生无缘无故到她家干什么？傻子也明白其中的目的。

昆捷给老奶奶称了两斤豆腐，坚决没有收钱，随后又拿出几块豆干，用梧桐树叶包了，捆好，让张骞提上。

这一切都由昆丽完成。在递出豆干时，忸怩中说了一句让张骞特别归心的话：“记住我阿爹刚才说的话。”张骞颔首，没理由再行逗留，遂随了老奶奶，惜别而去。

张骞回家，说了备细。王氏见了豆干，连称这是稀罕之物（从淮南王刘长发明豆腐至当时，不过二十来年时间，民间操此技艺者非常罕有），力主立即去昆家下聘，张汉灵亦满心欢喜，去找张妈妈操办此事。定亲的日子，选在五月初五之后。何时进京，将视情况而定。

昆捷自然允准，并说张骞进京用资，亦可尽力相助。

虽未操办定亲酒席，张骞去司家铺已不下三次，每次都留宿数日，做豆腐的诸般技艺，已了然于胸，和昆捷相处得十分融洽，和昆丽也心心相印，如亲人般体贴。

交往中得知，昆捷原是淮南王刘长的一名抄手，《淮南子》中的一些篇什就由刘长草就，由他主要润色并抄定。刘长是个美食家，他发明的豆腐的做法，之后也由昆捷首先掌握。后来刘长因反叛坏事，饥毙槛中，昆捷因此从王府出走，流落数年，最后落户于此。

然而，未及定亲，噩耗传来：昆捷的小儿子一天去汉江洗澡，上游突然涨水，汹涌的浪头在江中横扫一切。昆丽为救出弟弟，投身水中，就再没出来。

张骞悲痛难抑，一连睡倒数日。数日起床，已是病体快快。张汉灵夫妇少不得百般劝慰，弟弟张謇也终日守护，并道："哥哥，还不知昆捷现时咋样，无论如何，你得去看看。"

弟弟的话顿时提醒了张骞，他还有更重要的事情要做，昆丽没了，情分永在，他不能只沉沦于自己的悲痛中。于是向着司家铺，在江岸的路上踽踽独行。

这路他已走过数次。哪里有稻田，哪里有人家，哪里有大树，哪里有竹林，哪里应该拐弯，哪里应该注意岔道，他无不稔熟。特别是紧挨江边的两里多路，有一次他陪昆丽去江边洗衣，一路话虽不多，但是彼此的心却贴得更近。她的弟弟小虎，一会儿蹦前，一会儿跳后，"哥哥"叫得特别亲热。昆丽洗衣时，他就用埙和比竹[①]，吹了一曲又一曲，连路过的村民也驻足谛听，十分羡慕，说他们是一对神仙伴侣，说得昆丽一张俊脸红似胭脂。而鸟儿们则纷纷翔集，展开优雅的翅膀。

而今什么都没有了，唯有江水仍旧拍着波浪，送来"啵啵"的水声，岸边的白鹭、白鹇、白鹳，或伫立，或浅飞，仍旧显得那么悠闲，天空也蓝得深邃，仍旧与远处郁郁的青山相互吻接。物是人非，张骞不由哀叹道：

> 吾之良人兮十梦一遇，江岸柳丝兮千缕万结。
> 彼之汉江兮幽水一池，寸心千古兮满天愁日。

不一会儿，张骞来到昆丽的殒身之处，他点燃香烛，堆排冥币，然后默默跪下，双泪潸然，轻吟刚才的悼亡诗句，看着烧着的冥币漫天飞舞。

到昆捷家，俩人又是一番互劝，张骞道："昆叔，我需延时进京，一切等秋后再说。"昆捷道："不能为昆丽的事误了进身机会。当今匈奴猖獗，有志之士就该报效朝廷。你是一个重情重义的汉子，相信你定能建功立业。”并拿出若许银两，让张骞收下。并道，“你我虽非正式翁婿，却是忘年知己，这点钱，也只是略表心意。”张骞哪里肯收，毅然道：“我进京将凭本事做事，不在银钱上多想。即便缺少花费，我也得自己去挣。”一番话，让昆捷更加钦佩。

此事表过，暂且不提。

屋漏偏逢连阴雨。稻秧下田，昆丽的事刚刚了结，张骞将家乡的山川地貌、集市村庄、大道小路、古迹名胜刚刚绘制完毕，祖父、祖母便先后患病，百药不治而亡故。

先是祖父，未及半月又是祖母，五月整月全在忙于丧事。而这里盛行厚葬之风，老少外家、远近族人、村民邻居、亲疏友人，每天一拨拨的流水席，从早到晚，无休无止，丧歌不绝于耳，冥钱香烛烧个不停，银钱像汉江的流水，一去不返。张汉灵无计应对，只得贱卖青苗良田，眨眼之间，十余亩良田随了别姓。

一日昆捷前来吊孝，礼钱一出手便是百两纹银，按市价能购十余亩良田。如此重礼，白崖村人几曾见过？张汉灵只取其五两，余者全部退回。昆捷豪爽不依：“区区百两银子，何足道哉！想当年在淮南王府，朋客之礼也非此数。若非准备纳妾续嗣，再多一点也不为过。你若相拒，我和张骞恐怕连朋友也没得做。”说得张汉灵无言以对，心中浩叹：如此豪杰之士，而姻亲无望，真是可惜了骞儿和昆丽。

昆捷的百两银子，张汉灵一两未动，他要留作骞儿进京的费用。张骞却想着，平白受人大恩，非大丈夫所为。昆捷不是准备纳妾续嗣嘛，正好以此回礼。至于进京的费用，他也想好了，推迟一年两年，其间走汉江，去汉阳，做点生意，一方面见见世面，一方面挣点费用，两全其美，完全可以。

于是对父亲说道：“昆叔是豪爽重义之人。父亲相拒，反倒显得我们小气。大恩不言谢，儿有这样的忘年之交，这是儿的幸运，儿自当铭记于心。”

昆捷道：“骞儿的话，才是大丈夫所言。可惜我生得太早，骞儿生得太迟，但是有缘相识，亦此生无憾。我坚信骞儿，将来一定是个做大事的伟丈夫。”

说得悲情中的父子两人，心中顿生一抹亮色。昆捷生于王府，阅人无数，眼光不会错的。

丧事办毕，良田去了一半。张汉灵辞了两名帮工，一切农活，自行扛起。张骞见父亲、兄长辛苦，也辞学回家，分担农活。张汉灵、张骞自是不许，可百般劝解无效，只好任其如此。然而张骞疼他，田中重活，就是不让张骞上手。

六月初，俞志达捎信过来，要张骞到他隐居处一叙。俞志达隐居之地在褒河深山，距此地两日脚程，于是张骞请好友楚建雄结伴而行。

二人择日起程，先是平畴原野，稻青荷绿，脚下大道平阔，一望无碍；入得河口，有一村依山傍水，秀美如画，少男少女皆亮丽可人。一打听，传说此地为美女褒姒的故乡，名曰盘龙村。此时已晚霞满天，日头渐没。山的阴影将村子渐次遮蔽，回林的鸟儿低空归巢，杜鹃、黄鹂等也不辨身影。二人相商，当夜宿于此地。

村中却无旅店。张骞寻得一处院落，门启处，乃是一对中年夫妇，男人袒胸而出，女人拿一把棕扇，悠悠扇凉。见张骞二人系年轻小伙，又身无长物，女人首先相拒："我家窄敝，且两小人均为闺女，多有不便，请尊驾另寻别处。"张骞观之，见一正四厢还有敞屋，便知女人所说皆是托词。遂道："我们原是山斗书院弟子，为拜望恩师俞志达途经此地，我们就在敞屋借宿一晚，明日便就启程。如能眷顾，请赐一艾绳，以便晚间驱蚊。"张骞十分诚恳，并无怍色，说毕深施一礼。

楚建雄见女人以谎言相拒，便对张骞道："人家房屋窄敝，何必多费口舌？不如另寻他处，我不相信就没有厚道人家，不能借宿一夜。"

此时那男人插言道："不知道二位是俞先生的高足，实在多有得罪。别说一夜，十天半月也不打紧。二位休要生气。只怪我们思虑不周。"遂又说着女人："怎的不长眼色，还不快去煮茶备饭！二位走了一天，早肚饥了。"说得女人歉然一笑，立刻去了厨间。

男人向客房相让，张骞道："有茶有饭足矣，不敢多行打扰。趁天未黑定，我们先去外边转转。"说罢，又躬身一礼，道声"叔你歇着"，便叫上建雄，抬脚出门。

院外迎面先是两棵大树。一棵皂荚树约二人合抱，枝繁叶茂，绿蓬高耸，上面有五七处鸟巢，有斑鸠"咕咕"叫着；另一棵皂荚树好似弟弟，双臂可围，枝叶生得不似那么强势，鸟巢也仅一二处，倒是新结的皂荚，一样的累累满目。房侧则是一处竹林，朦胧中不辨种类。一条村中道路，依着大树竹林，蜿蜒两端，有暮归的村夫，牵牛屹羊，从路中各入其家。路旁有盛开的栀子，白花点点，香气悠悠。路下有渠，水声淙淙，绕村而过。此时夏忙已毕，故渠水满满，时泛光亮。渠之外，稻田荷池，片片相接，半人高的荷叶稻秧，遮得满眼青绿，不绝的蛙声，摇动晚空。稻田之外，是为褒河，因为离此甚远，只见黑黑一线。

时有晚风轻轻拂过。做晚饭的炊烟从各家升起，被吹得歪歪斜斜，飘忽不定。此时的风儿已有深深的凉意，不似白天那么炙热，楚建雄忍不住连打几个喷嚏，说话间顷刻带上了囔声。张骞见此，立即转身回屋。

此时，那男人恰好出来，呼道："饭已备好，二位公子请用。"

饭间张骞得知，盘龙村人大多姓姬，这家男人就叫姬远浩。膝下两个女儿，长女姬花，次女姬朵，家中有良田二十亩，桑园十五亩，每年收茧三百余斤，缫丝二十来斤。家中房屋虽较宽绰，但其中两间做了蚕室。此时蚕儿恰好上簇，委实难以留客。

饭食并无特殊，稠稠的米粥散发着香气，配以凉拌马齿苋、清炒鸡蛋韭菜。姬远浩并不劝餐，唯他一人作陪，问了张骞、楚建雄的情况，再不作声。

晚间，二人被安置于蚕室就寝，一架半新蚕床，做了睡具。

第二天凌晨，孰料楚建雄患病不起，全身发烧，如炭火般烤人，鼻翼翕忽，双眼赤蒙，软若打湿的面巾。

张骞煎急，又不便相扰他人，只以湿凉的面巾敷其额头，反反复复，更换不歇，又举扇轻摇，帮其降温。挨至天明，听得姬远浩开门喧叫，方启门相求，细述情状，问道："姬叔，请问此地有无医者？居于何处？如何请得他来？"又表以歉意，说道，"我这朋友看来一时半会儿走不了了，还得在这里耽搁一些时日。如果真有不便，我们当另寻他处。"

姬远浩实言相告："若是二位公子昨夜另投别家，自然不关我事，可如今既成这样，怎能撵二位出门？如此打脸之事，张公子休得再提。"遂又说了村中姬老先生，懂医术又心怀慈悲，如若请他，没有不允的，只姬老先生行医不计远近，不知是否在家。

按姬远浩的指点，张骞很快来到姬老先生院门，一阵犬吠，从里走出一位与自己年龄相当的后生，问来者所为何事。张骞说了备细，后生扭头进屋，不一刻，一鹤发童颜老人相跟而出："这位小哥有事？"张骞躬身一揖到地："请爷爷移步，为我兄弟瞧瞧病情则个。"姬老先生一笑："小哥客气。若迟半个时辰，今日恐怕也见不着老朽。既然有缘，且先瞧瞧有缘人。"

张骞移步于侧，让姬老先生先行，自个紧随其后。一老一少，一问一答，得知张骞二人系俞志达高足，姬老先生喜道："难得相遇二位公子，果然非一般后生，俞先生得人矣。"

一阵紧走，来到姬家。奉茶者姬花，脆声叫道："爷爷好硬朗，爷爷请喝茶。"姬老先生呵呵一笑："我们的花儿成大姑娘了，得找婆家了——喝茶之事，等会儿再说。爷爷的规矩，是先瞧病患，再说其他。"

姬花一脸臊红，瞟了一眼张骞，道："爷爷瞎说，孙女不理你了。"

姬老先生又呵呵一笑："爷爷瞎说。爷爷将来定为花儿找个天下无双的好女婿。"

说着，进了楚建雄房中。

这姬花是张骞首次见到。她的勤劳，张骞已从姬家的养蚕中知晓，她的美丽，于此时方才相识，由于昆丽之殒给他带来的伤痛，挚友又忽患疾病，所以他对姬花未有过多留意。

经诊别，楚建雄罹患暑热（中暑）伤食之病，可寻芭蕉叶汁先行降温，再将浮麦炒焦熬水消食，同时开汤药三服，分三天服完即愈。

于是，张骞先去煎药，守候于陶罐，待药熬成，滗药汁于陶碗，鼓腮将其吹温，然后用木匙一勺勺喂于楚建雄。毕，又去村中寻来几匹芭蕉叶和一升浮麦，按姬老先生之嘱，一一认真做去。

姬远浩夫妇和姬花姐妹，将张骞所为所做，一一看在眼里。

下午，张骞又相求于姬远浩："姬叔，可否将所存皂荚赐予数枚？"

姬答："张公子索此何用？"

张骞回道："昨日一路奔波，所穿衣裳均被汗渍浸透，下河洗洗，也好换穿。"

"想不到张公子是个细心之人，由皂荚树想到我存有皂荚。"姬远浩取来皂荚，心中却透着欢喜。

“哪里哪里，姬叔见笑。”进屋换了件短袖白色绢褂，一条天青绢裤，去了河边。

这一番换装，更衬得张骞风度翩翩，俊朗无比。

张骞提一只竹篮，将二人的脏衣和皂荚装入，想想，又寻了只缺口破钵，一块儿盛入，这才动身下河。

几双眼睛一齐看着他远去的背影。

张骞找了一处地方，在流水里置好搓石，然后寻了块石头坐下，将皂荚砸碎，捧入破钵，再浇入河水，搅搅，见皂液泛起，这才先将楚建雄的衣服内裤一件件浸湿。然后，又一件件抹上皂液，上衣从领口袖口、裤子从腿面裤腰，一俯一仰，逐次搓洗。

楚建雄的衣裳尚未洗完，姬花也提了几件脏衣，来到河边。

却未动手洗涤，站在张骞旁边看着。

她很纳罕，年轻后生洗衣，而且洗得有模有样，这是她平生第一次见到。

这张骞究竟是什么人？既像文雅书生，又像行伍壮汉；既心细如发，又对友人关怀备至。既是俞志达的高足，那文墨也定然上乘。

如果有这样的人做自己的夫婿，可谓正对心愿。

她看得出来，连自己的爹娘也十分中意。所以，自己一提下河洗衣，一向严厉的父亲，竟莞尔一笑默许。

姬花忍不住说道：“张公子，这不是你该干的事，还是我来吧。”

张骞停了搓衣，仰脸一笑：“谢谢小姐美意。扰害你们我心中已经过意不去，再这样，我会连觉也睡不安稳。”

“张公子错了。我不是什么小姐，你看见了的，我就是一个农家小女子。我相信，张公子绝非势利小人，不会瞧不起我们这样的人家。”姬花伶牙俐齿，说得张骞无言以对。

话虽说到这种份儿上，张骞仍未起身。

姬花十分失望也十分生气：“张骞你瞧不起人！”于是再不言语，唯将衣服狠搓。

张骞心明如镜，但也只好这样。

二人相跟着回去，姬花仍生气不语。

晾好衣服，张骞对姬远浩道："姬叔，谢谢你们的收留。我等无以感谢，给你们做个豆腐如何？如有黄豆、石膏，今晚先将黄豆泡上可好？"

姬远浩不太相信："像你这样，还会做豆腐？"

张骞乘机说了昆捷、昆丽之事，只回避了昆丽的变故。姬远浩有些失望，又显出高兴的样子："这就有劳了，让小女先跟着学学。石膏之事，我去姬老先生家寻找。豆腐做好了，也好请他老人家尝个稀奇。"

是夜，楚建雄的病情有所好转，只高烧尚未退尽。服药后，楚建雄要求张骞，将《竹丈夫》为他再奏一遍。

张骞拿出随身携带的埙和竹笛，先用埙吹了一遍，然后用竹笛再吹一遍。笛音袅袅，在盘龙村的夜空回旋。

第二天，当给姬老先生送豆腐时，姬远浩道出了原委，并说张骞这后生是个奇人，将埙和笛子吹得出神入化，非常感人。若非张骞已有佳偶，非得请姬老爷子从中说合，将姬花许配于他。

"怪道昨夜笛音缥缈，穿空裂帛。人家既有佳偶，这事就勉强不得。"突然又发奇想，张骞尚未结账，自己恰有古琴一张，何不借此求其一曲？遂对姬远浩说道："请贤侄转告，明日请其为老夫弹奏一曲可否？"

回得家来，姬远浩寻得张骞，将姬老爷子的话全盘转告。

张骞道："这有何难？只这顶替诊金一事，无此一说。"

第三日早晨，姬老先生携琴早早来到姬家。此时楚建雄已经大好，于是大家齐聚客堂，观张骞抚琴。

张骞焚香净手，整衣端坐，打开琴盒，捧出古琴，轻轻置于案几，试拨了几下，而后稍作调音。

看琴体，此琴已颇有年代。张骞不便探问，坐着冥想了一会儿，这才边弹边唱，将心意予以透彻表达。其歌曰《盘龙之识》：

盘龙村，扬之水[②]，既见虹霓，吾自知乐[③]。

盘龙人，扬之水，喜若飞鹄[④]，椒聊远条[⑤]。

盘龙地，扬之水，山水栉比[⑥]，粼粼四野[⑦]。

歌毕，姬远浩一家虽然听不大懂，但悠扬婉转的琴声，使他们感到从未有过的快乐。而姬老先生连赞道：“听此一曲，真人生快事！”

独有姬花，爱恋和哀怨的目光，始终未离张骞。

下午，楚建雄叫住张骞道：“恩师之意，似有要事见你。我已大好，只是虚弱，不宜奔走于山道。为不误事，明日只好你一人前去。”

张骞思虑了一会儿，道：“只好委屈兄弟了。我多则四日，少则三日，必定转来接你。”

翌日绝早，张骞独自一人上路。

褒河路径虽为汉中去京要道，却处处险峻，处处危崖。栈道高悬半空，脚下水流湍急，蓝天窄如罅隙，岩松盘根错节。正是六月暑天，却是凉气森森。山鹿、麂子、金丝猴时时可见，锦鸡、翠鸟、啄木鸟彩羽飞飞。一路之上，美景入目，倒也使人心旷神怡，气清意爽，足下带劲。

路程未及一半，路中突然跳出一猴，金色毛发粲然发亮。它拦着张骞，“吱吱”急叫。张骞知其意为索讨食物，于是掰块面饼递去，金丝猴接了，却并不离去，前爪扯住他的衣衫，提高了声音，叫得越发急促。

张骞不便耽搁，对金丝猴笑道：“你这畜生，阻我行程，所为何事？明天，或者后天，转程回来，再行相见可否？”

那猴儿似乎懂得张骞之意，目光一闪，让在路边，注视张骞，直至拐入山道。

张骞一路联想，仍百思不得其解。若按山中猴儿习惯，见人早已远避，可这只猴儿缘何阻拦于他？于是存下念想，回转时若遇猴儿，定要解出谜团。

这真是：

司家铺，盘龙地，两次接踵逢佳丽。

思绪满腹见金猴，谜团待解存奇异。

欲知金猴之事，且看下文备细。

**注释：**

①比竹：排箫的别称。

②扬之水：意为清清的河水慢慢流，喻为遇到了好人。

③吾自知乐：遇到好人我非常快乐。

④喜若飞鹄（hú）：欢喜的心情像鸿鹄一样向远方飞翔。

⑤椒聊远条：一串串的红花椒远远飘香。

⑥山水栉比：美丽山水看不完。比喻好人很多。

⑦粼粼四野：到处都有清泠泠的水波流入心中。

# 第四回　歇脚垰恩师赐简帛 摩天洞金猴引宝剑

俞志达隐居之地，原叫金猴垰。许多年前，这里榛莽浓密，四季有果。八百余亩的土地上，春有野樱桃、野枇杷和遍地的野韭菜；夏有野桃、野杏、野李子，以及桦栎木、鸡骨头树上生长的木耳、山菌；秋季则更为丰富，有以野板栗为主的坚果与秋菌、秋木耳；冬季里，带冰堆雪的桦栎树上，挂满了果实，扒开积雪土堆，还能找着天麻、茯苓。后来，褒河成为通京要道，这里便被渐次开发，地名也改为“歇脚垰”。而今，歇脚垰住了十户人家，均为垛木石板房[①]。除了新来的俞志达，其余九户都是开店的。自然，此处也没了金丝猴。

张骞一路疾行，未时便来到这里。

去了趟茅厕，洗了把脸，张骞刚一坐定，俞志达的次子便端来一笊篱煮豆角。

俞志达道：“六月还有鲜豆角，是不是稀奇之事？在汉中郡平川，四月底间，豆角便就老了，黄了，收到家里去了。可是在这深山老机，六月豆角鲜，是为常事。所谓山无常势，水无常形，做人做事，于理毫无二致。”

于是讲了他缘何短短数月之间，便隐居于此。

按汉制，举孝廉在春秋两季。被举孝廉者，须在一月之内由当地郡守派员护送至京，先任郎官之职。郎官本为营中禁卫，在此只是虚名。嗣后经丞相、太尉考校，最后由皇帝直下钦命，或留京，或外任，各听差遣。

孝廉一般三年一举，在春、在秋由皇帝钦定。各郡必须举出本郡贤能之士，无举者必受罚处。今年恰逢此岁，汉中郡守特举俞志达为赴京孝廉。俞志达事父事母极孝，恰巧其母体弱多病，自己也已年届五旬，此一去，不知何年何月才得相见，侍奉膝下。如在京城，还则罢了，若去了外郡，或代表朝廷，去了某个王爷封地，由此卷入是非危境，此种夺情之举，实非所愿。

故而，俞志达得此消息后，便携父母子女来到歇脚塥，借住于表弟的一所别院。表弟划了十余亩山田坡地，供其耕种。此地山高路远，郡守只好另择他人。

俞志达一笑："这里正好避去暑热。夏季一过，再回斗山书院。"

张骞也一笑："这儿真是个安享度日的好去处。他年如有机会，当得如此效仿。"

俞志达正色敛容道；"骞儿不得有此一念。今日召你相见，恰巧是为了你今后之计。来此之前，我新得两书，一为《武经秘要》，专讲兵器制作；一为《剧孟[②]之术》，专述拳术、剑术和刀术。剧孟系本朝大侠，自有可取之处。而今匈奴猖獗，今后朝廷必有惊天之举，彼时骞儿学得文武全才，报效国家，报效朝廷，正当其时。"遂取出两卷简册，连带绘有图形解说的帛书，用丝锦包了，递与张骞。

张骞迅即站起，躬身一揖，道："恩师之情，没齿不忘；恩师之期，永铭于心。我当博采众长，取其精要，不惧艰辛苦难，以大情大事为行。"

"据传大侠李中壮正在汉中郡，你回去打听得实，不妨见见。如若相处投机，倒是多一倾心相交的朋友。"俞志达又行叮嘱。

"诺。学生谨遵先生之命，回去我就去寻李中壮。"

"楚建雄还在病中候你，我就不再挽留。明日早起，仍原路返回。记住，带足干粮，无须客气。"

"诺。"想想，张骞又将金猴之事向恩师作了禀告。

张骞嚼得满嘴清香，俞志达偶尔取出一枚煮得褪青的豆角，放入口中，慢慢捋去外皮，留下豆粒，轻轻摇动齿颊。听得张骞一说及金猴拦道，阻其前行，感到十分惊异。于是又将已经取出的一枚豆角放下，道："猴通人性。或许有什么灵异之事等你发现。这是天赐机缘，你不可错过。否则，为何这条道上，一年四季成千累万的人途经彼处无事，偏是你去，才有此等景象？为师得先行恭贺。"说得张骞心中一阵急跳，恨不得立即揭开金猴之谜。

趁闲暇，张骞挑着一担水桶，去水井处担水。恩师次子相阻于道，张骞声气哀哀：“我没什么报于恩师，就剩这点力气，让我尽点心意，难道不在情理之中？如相允，请将水井处指予我可否？”

俞之次子见其情恳切，遂让于路侧。

水井不远，约莫半里石碥路，沿途长满了高粱、糜子和苦荞。且参差不齐，颜色不一。高粱高而深绿，糜子齐腰而呈翠青，苦荞平膝而显微红，白蝶黄蝶粉蝶时歇时动，款款而飞，乱人双眼；大蜂小蜂嗡嗡不停，出进花丛；不知名的山雀，鸣叫于近空远山，其声尖锐脆亮；庄稼地中的野雉，时时嘎声喧叫，弄出许多热闹。水井周遭，有栀子数株，花苞露出些许白缝，花朵如无瑕玉片，迎风颤颤，飘出扑鼻的芳香。水井就掩映在这花儿之中，让初来水井的张骞，有走神般的迷恋。

水井不大，但井水很旺，也很浅近，站在井沿，即可将水打出。张骞将一只水桶投向水面，然后将桶口倾斜，水入多半，又将桶竖直，直至把水桶全部没入井水之中，再提起，于是满满一桶清亮的井水，便被置于井台平整之处。如是打满另一桶水。

两桶水，一百余斤。张骞搁下扁担，双手将其提起，竟然无碍，行之水桶平稳，不洒一滴。

远处，却看呆了一人——俞志达的表弟。

张骞二次复去，见井旁候着一人，年约三十七八，形态体貌与恩师相类。攀谈之下，知是恩师表弟，店房就在井侧拐弯山洼处，远祖姜尚，自名姜域，十五年前卜居于此。他发觉张骞为能异后生，遂候于此。

姜域得知张骞系表兄高足，顿生敬意。张骞于此也方才知晓。俞志达早已声名远播，民间不称其号，只称“大先生”。自俞志达来此，姜域的客人日见增多，众人不为其他，只求一睹大先生的尊颜，便是莫大荣耀。

姜域由此依势扩建，修出一溜拐角房。

他很是不解，其表兄只是学富五车的大先生，并非名号响亮的武术家，可张骞的做派，显见有着扎实的武学功底。难道他的表兄是一位深藏不露的武学人物？如果真是这般，那他也太走眼了。

张骞深深一揖，笑道：“姜叔，此雕虫小技尔。我幼时即喜拳脚功夫。自入斗山书院，亦从未丢下，恩师知我，多有鼓励罢了。”

知张骞明晨便将返程，姜域惜道：“若非挚友患病望于路途，在此小住数日也好。张骞你有所不知，此地虽安定平静，胥吏也极少骚扰，可孩儿们的教育却是我等无法开解的心结。”姜域说着，竟有些唏嘘，又道，“我明白，大先生并非久留之客。举孝廉的事情一过，他还得回斗山书院。我也只能是他在此一天，我等就敬他一天。”

这种感情，早已超出亲戚范畴。张骞无语，却有许多感喟。最后，姜域拿着扁担，随了张骞，到俞志达处，说了若许话儿方走。

晚间，餐后掌灯，师生二人重新打开《剧孟之术》，进行文图比照。俞志达问道：“骞儿，有何发现？”

张骞回道：“愚知有限，只在皮毛。其拳术、剑术、刀术，均取于《易经》，且均为七十二式，其精要又在临阵变通，敌变我变，我变在先，在于制人，而非制于人。”

俞志达笑颜一展：“此书得人矣。术象为表，术意为里，不墨守表象，是为术之要诀。若临阵，当以斩其心为上，斩其肢为下；以一人敌作万人敌，以一己胜作万民胜，一己之誉不若国之誉。为师于武术之外，探得此理，愿与骞儿共勉。”

这一番讲述，让张骞茅塞顿开，他对武术武艺的理解，也达到全新的境界。

俞志达又道：“世上之树，有大有小；所谓武功，有高有低。初起者，应脚踏实地，万勿好高骛远。无韧性勿近武术，无苦劲勿近武艺，无理性勿近国是。好书只是一盏明灯，如若心里无灯亦通明透亮，大丈夫成矣。此次为师特召你远赴于此，得书为要，得理则更其紧要。骞儿你应记住一理：欲成天下之大才，必先得天下之大气。”

张骞恭敬回道：“诺。骞儿再受教，骞儿不枉此行。”心中却深为恩师惋惜，若恩师此次被举孝廉，朝廷定会多一重臣。恩师如此淡然，当是恩师的另一番眼界，作为一个受他器重的弟子，只有为国报恩一途。

这里入夜沁凉，不需寝席，张骞首次（也是唯一一次）与恩师抵足而眠，使他终生未能相忘，尤其后来在被囚匈奴的岁月，一切都异常清晰。

第二天，天刚破晓，张骞便被唤起。俞志达嘱道：“怕你路途干粮发馊，你师娘连夜烙了干饼，另备一竹筒开水带上。若遇金猴，定须善待。”

末了，又道：“骞儿应以谨言慎行为要，《剧孟之术》万万不可轻泄于人。不防直中直，须防仁不仁。江湖险恶，在某些人眼中，此书便是武功秘笈，觊觎之心，不可不防。”

张骞跪下，行匍匐之礼：“诺。恩师保重，学生就此别过。”起身已是双目盈泪，遂戴了遮阳草帽，走出数步，又回头注目。

此时，恩师的旁边又多了三人，师娘、恩师次子和姜域。虽然面目不甚清楚，但从体貌亦能一一分辨。张骞驻足，高举右手，使劲挥动。尤其姜域，仅为井上之缘，又是长辈，竟如此重情，让张骞再次迈步时，不觉有些踉跄……

大山深处的日出，可谓别具风情。山垭处先挤出几线红光，红光像是趴着东山的脊梁，然后又跳上它的肩头，拉弓射箭一般，让红光直指无边无际的天空；而后，红光变成涂满手掌的胭脂，一瞬间抹得天空绯红，也将众山抹成一色。随之，太阳怕羞似的露出一点红红的脸蛋，再猛地一挤，将一张大圆脸搁在山垭上，接着，一蹦一跳地往上直蹿，胭脂色顷刻没了踪影，唯见万道金光洒满乾坤。山野显得格外青翠明亮，路边树叶草茎上露珠儿也个个粲然。

张骞一头走，一头回想歇脚垴之行。恩师于己，不啻有再造之恩，回家之后，须对《易经》再行探究，而后对《剧孟之术》再逐式揣摩，以得其精要为准。

行之思之，忽听几声“吱吱”乱叫，张骞也才突然警醒，昨天的猴儿早已候于丛林，见其现身，即刻窜出，守于当道。

“你倒是个守信于人的畜生。”张骞一笑，取出一张硬饼，递与金猴。

金猴毫不客气，一边眨着圆杏般的双眼，紧盯张骞，一边咯嘣咯嘣嚼着硬饼，不停地抓耳挠腮。阳光下，周身金黄的毛发映出油脂般的润滑和光亮。张骞不由得展开手掌，欲去摸摸这只金猴。

金猴却闪电般一下将他的手掌击开，又“吱吱”乱叫，引导前行，并不时回望，他若慢得一步两步，金猴便纵身而来，上下抓挠。

张骞顿生童心，孩子气般夺路疾奔，满以为猴儿被他落下，却是他稍一错步，金猴便现身于前。

行约两里，到一处崖下，金猴倏地停下，站将起来，双爪抓牢他的衣襟，开始“吱吱”急叫。张骞好奇，想起恩师所嘱，要善待金猴，遂止步，看猴儿有何动作。

崖壁之上，松根似虬，一丈高处悬一手臂粗细的红藤。那红藤也不知历经多少岁月，皮翘节突，红隐色暗，似一长蛇。那猴儿纵身崖壁，紧贴而上，就去抓那红藤，而后坠藤续行，约三丈余，没入一洞。

金猴入得洞中，将头伸出，向举目相望的张骞，又是一番“吱吱”急叫，似乎在催他入洞，去捡什么宝贝。

张骞卸下草帽，放下行囊，欲攀缘而上。孰料那猴儿哧溜溜地一转眼下来，拿了遮阳帽戴于猴头，又去提那行囊。

见金猴此等行径，张骞哪敢怠慢，迅疾将行囊抓在手中。干粮饮水尚在其次，囊里的两卷书简可非等闲，稍有差池，即会悔之不及。

猴儿见行囊抓失，倒也不甚在意，只将帽儿扣于头顶，显出得意模样，脑袋摇来晃去，一会儿抬起，一会儿低下。头小帽框儿大，头一低，帽儿便往下滑落，忙不迭地伸爪拾起，又扣于头顶。直看得张骞忍俊不禁，心中直乐。

还是金猴领头，戴着帽儿复入洞中，看张骞背着行囊爬壁抓藤，身手敏捷，那猴儿高兴得又是一番“吱吱”乱叫。

进得洞中，从洞口向下望去，哪里还有什么道路、河流！全被满山的绿荫遮得没了踪影，只几处不生草木的悬崖，显出山势的巍峨和险峻。

看洞口崖壁，陈迹漆黑，于凹凸不平中，影影绰绰露出三字。张骞扒去苔痕，仔细辨认，却是三字甲骨文，曰“摩天洞”。这字也不知何时何人所刻，风吹雨蚀，竟至漫漶难识。看洞口，高不及一丈，看洞里，却高过两丈，深达五丈，宽过四丈，因为突然来到暗处，崖洞地面看得不甚清楚。张骞闭了双眼，候时稍许，复慢慢睁开，地面除若许蝙蝠粪便和干枝木棍，倒也没有其他秽物。尽管如此，阵阵恶臭，仍然使人难耐其味。

洞口之外，却是知了的天下。山谷上下，喧闹不息，弄出长长短短一片声响。

金猴见张骞滞留洞口，迟迟不入洞中相察，复又“吱吱”催逼。张骞笑道：“你这猴儿，真是猴急。我且随你去洞深之处瞧瞧，看看有无意外之获。”遂掩鼻而进，直达洞底。

这洞却奇，洞口向上是一段两丈平缓上坡，过此又是两丈缓缓下坡，下坡走完，才是一丈平整岩面，岩面上有一长条状箱笼，灰沓沓没入粪中，不到近前，难以发现。即使发现，若无金猴引导，也会将其当作一块岩石。

张骞拣得一根粗棍，用劲刮去箱笼上的粪渍，又倒上饮水些许，用芒鞋蹭去粪斑，箱面上渐渐露出两行石刻篆字。他闪开光亮，逐字认读，凑起来却是："石箱重万斤，内藏青锋剑，只待国之秀，仗剑西域行。"试搬石箱，却如生根一般，难撼分毫。

有箱必有锁钥。细察石箱，并无锁迹，只在背面有一锁孔模样的细缝。张骞将细缝垢物清除，见是一条拇指长短、一分薄厚的缝隙。于是揣知此箱无外锁，其锁与箱笼一体，缝隙即为锁孔。

那么，钥匙呢？找遍地面，没有发现，复察四壁，亦无痕迹。张骞喃喃道："骞若逢机，西去万死不辞。既赐剑于骞，又缘何不舍石箱之钥？"

话音刚落，石壁之右一丈高处忽有白烟生出，烟散露出一枚寒光闪闪的石钥，镶嵌于壁之凹处。张骞以提纵术欲取其钥，可手刚及石钥，身便坠落，如是者数次，尽皆无果。他又不敢硬取，怕将石钥折损。复拣了木棍，小心拨弄，可那石钥嵌得甚紧，非手拔难出。张骞寻思，倘能拣得石块数枚，垫于脚下，则是易事一桩。可这石块一时哪里寻得？除非下百丈崖壁，去褒河中取之。如果这般做法，只有明日才可获剑。

金猴见张骞纵跳无果，取钥无计，亦抓耳挠腮，"吱吱"连叫。

见金猴着急，张骞笑道："你这猢狲，急个什么？如能助我，我自万般感谢。"遂又取一硬饼，递与金猴。

猴儿得饼，扔下草帽，出溜一下，便窜至崖壁凹处，一爪紧抠崖壁，一爪取下那枚石钥。

张骞伸手讨要，那金猴却前蹦后跳，将那石钥当作玩意。怕其将石钥摔折，张骞又急忙取出一饼，这才将那石钥拿在手中。一看，原是一块白玉。

于是小心翼翼，去开那石箱。手刚触及，张骞又忽然警悟，大凡这种结构的箱笼，内中必设机关，轻者伤人肢体，重则取人性命。于是捡来几根粗壮木棍，左手持之，遮蔽于外，右手将石钥轻轻插入。

先是顺向一转，不动。张骞不敢用力，又反向一拧，只听“啪”的一下，不知什么物事，将头撞得生疼，双眼发花，周遭一片昏黑。

张骞阖目摇头，不一会儿睁开双眼，一看，自感好笑，击其头撞其眼者，原是木棍被箱盖所撞，飞而冲及。

眼中所见，先是剑鞘。张骞伸入右手，却拿它不动，于是双手将其捧出，再一看，剑鞘下压着一卷简帛。他小心将其取出，向洞口行囊处走去。

行囊已被金猴弄得一片狼藉。简册、帛书散了一地，面饼悉被掏出，金猴双爪各持一饼，伸腿坐于地上，左一口，右一口，“咯崩咯崩”嚼得一片声响。张骞收拢简册、帛书，对那金猴笑道：“你这猴儿，立功受奖本来该当，这么一搞，叫我再拿什么犒赏于你？”迎亮翻开新得简册，首枚简牍上赫然刻写着一行篆书：“青锋剑谱七十二式。”既是剑谱，一时半会也所得甚少，不如先看宝剑是何神物。

张骞托起剑鞘，捉住剑把，却紧拽不出。细察之下，剑鞘侧面有一突兀小钉，拇指一按，剑把“嗖”的一下弹出寸余，“哗啦啦”抽出宝剑，剑鞘竟“啪”的一响，贴合成一把精钢钝剑。再按小钉，钝剑张开，复为剑鞘。这一剑二器，张骞何曾见过？赶快去看宝剑，忽然洞口一暗，举目看天，不知从何处生出一团厚厚的红云，一个闪电，将山谷照彻，紧接一阵轰隆隆的雷声，似乎欲将山谷炸裂，震得金猴停食乱叫，一下子钻入崖洞里端。

闪电钻天入地，雷声摇山动谷。而宝剑在张骞手中竟寒光闪闪，杀气腾腾，不停地抖动。不一刻，雀蛋大的冰雹像万千战阵上的军士，呐喊而来，将山林枝叶弄成浑然一体的乱响，将光光的山石岩体敲成杂乱无章的混响。不过一盏茶工夫，红云又变得一团漆黑，随着闪电雷声，奔流如注的豪雨从天而降，水雾如漫天帐幔，将洞口也遮蔽得如月黑之夜。

剑身仍在手中抖动。倏地，剑柄上散发出莹莹的紫光，将洞内诸物照得透明。张骞一看，原来剑柄上镶着一颗蓝莹莹的宝珠。

紫光过后，剑身停止了抖动，而洞外也顿时雨住云收。不一会儿，仍如来时，云淡风轻，日光灿亮。

好一场落剑雨！如此灵异之物，张骞不由得高声叫道：“张骞何德何能，天赐如此宝物？苍天苍天，张骞定当努力，为天下奔走，至死不悔！”

复察青锋宝剑，剑长约在三尺三寸。剑刃锋利，可吹毛断发；剑身趁手，以现时之力，只可使得三十余式，欲上战阵，功夫尚缺。而剑柄一面镶着宝珠，一面刻着四字：“欧冶子[3]铸。”张骞见此，心中又一阵“怦怦”乱跳，惊喜之情，难以言表。天下人谁不知晓，欧冶子之剑，乃无价之宝！

张骞感恩金猴，又无以致谢，收拾妥当，临别向金猴深深一揖：“他日有缘，当深表谢意。”那猴儿手持面饼，似乎相当满足，翻起眼睛，看着张骞，“吱吱”叫了数声，再不阻拦。

摩天洞得剑，误了大约一个时辰。所带干粮，已被金猴弄得罄尽，身上所负行囊，连带新增简册、帛书和青锋宝剑，也逾五十斤，看看日头，抵达盘龙村，约在日落光景。张骞不敢耽搁，趁肚中尚不太饥，大步流星，沿着坡路，一顺赶去。

离盘龙村尚有五里，张骞肚中饥甚。此处山势渐降，林中有野桃毛茸茸挂于树上。张骞解下行囊，挎着宝剑，攀岩而下，取桃十数枚，抹去茸毛，将一桃搁入口中，却又酸又涩，难以下咽。凑合着吃下三五枚涩桃，其余装入口袋，以备不时之需。

紧走慢赶，及至盘龙村，已到掌灯时分。入得姬远浩家门，恰逢姬花走出灶房，遥喊楚建雄夜餐。看到张骞夜归，喜不自禁，叫道：“张公子，昨日出去，今日即归，往返二百五十里，你可够快的！”张骞道：“谢谢姑娘挂念。你家的恩德，张某自难相忘。”

听得姬花与张骞对话，楚建雄高兴得一头奔出屋子，几步来到张骞面前，帮其解下行囊，一眼看到宝剑，又十分惊异：“骞兄，你这怎么回事？”张骞看看好友，道：“建雄，你已大好无碍？”又轻拍宝剑，“这事一时半会儿说它不得，待回家路上慢慢再叙。”建雄道：“也好，也好。”又随张骞返回屋内，将一应物事归置整齐，方去夜餐。

一番应酬问答，自不待言。

翌日凌晨，张骞将诊金、店钱和饭钱付于姬远浩，姬远浩却拒不接受，并提一要求：再做二升黄豆豆腐抵账。

张骞知是姬花的主意，心中不由得慨叹道："姬花，委实委屈你了。"他应了姬远浩。又想，让楚建雄再歇息两天，更好。

楚建雄早已瞧见，暗劝张骞与姬花相好。然而此时张骞更不同于两日之前，他已立志要离开家乡，去未知的远方献身国是，他不能让任何姑娘为他守候空门，误其一生。但是，这话一时说不清楚。说了，别人也未必相信。所以只能缄口不语，任其如此。

在盘龙村又多住了两日。两日中，关于简册、帛书和宝剑的事，楚建雄不问，张骞不说，说了，也以含糊其词对之。回家的路途之中，张骞索性挑明了原因："你虽是我最要好的朋友，但是此事的详细经过，你不知最好。先生说了，江湖险恶，人心难测，若为此事引发事故，这是先生最不想见到的。所以，回去之后，此事万万不可泄于他人。"

楚建雄诺诺以应。

快到白崖村，天色尚明，为回避麻烦，张骞延至夜黑方才回家。

回家连续十数日，除了吃饭、做工，再是暑热难耐，他也掩门攻读。

第十二天清早，张骞突然喊住父亲："阿爹，请您老探问一下，附近谁家有没长犄角的小牛犊可卖？"

张汉灵一愣："买牛犊何用？"

"练功。"

"噢，行。为父现在就去为你探问。"

"谢谢阿爹！"

张汉灵看看儿子："何时学得跟老子也这般客气？"转过身，走了。

这真是：

简帛三册各逞异，青锋宝剑紧随身。
从此立下天下志，不是英雄不见亲。

欲知张骞如何练功，如何学得文武全才，且看下回叙述。

**注释：**

①垛木石板房：古代山区建房，原木扣码成墙，缝隙抹以麦糠泥，房顶镶嵌石板。至近代，山区仍可见到。

②剧孟：西汉著名游侠。

③欧冶子：春秋末期著名的冶铁铸剑大师。

# 第五回　抱犊斗狼英雄初现　习剑收谷奇获异珍

十二天里，张骞只做一件事：逐式琢磨《青锋剑谱》。对于《剧孟之术》，只大略翻翻，考虑再三，先行放下。至于《武经秘要》，主要是武器制作及用法，亦暂不理会。以他的思虑，《剧孟之术》虽然武功精微，但其首要的，是侠客书、一人书。而《青锋剑谱》是入阵书、退敌击敌术。倘恩师在此，亦会赞同他这般取舍。当然，青锋剑学成，再行体味《剧孟之术》，或许可以事半功倍，武功精进。

剑谱于第二、三枚简牍之上，对持剑者的功力，有着明确提点：身轻如燕，力沉千钧者，方可使得青锋重剑。习剑者抱犊二年，则犊长，力长，功成；七十二式互为融通，以剑气退群敌于数丈之外，则艺成。张骞明白，尽管青锋宝剑剑芒森森，但要挥洒出令人惊魂的剑气，手提如此沉沉重剑，谈何容易！若无拔地而起，提纵如意，持千钧如鸿毛的功夫，哪能将剑使得疾如闪电，剑气逼人！

一切，须从根基做实。

故而，张骞求于父亲，寻购小牛犊一头。

要将剑谱七十二式融通，先得诵其精要。

《青锋剑谱》七十二式均由《诗经》中的句式蜕变而来。

第一式："在河之洲[1]"。此退群敌之式。敌若周遭之水，已困于洲渚，以提纵术剑气护体掠于水，于敌隙间出之，迫之敌有先后，斩其先挫其后，胜算。

第二式："旄丘之葛[2]"。此攻坚拔城之式。敌居高，势利；己居下，势促。避其牒口，钝剑格羽，青锋扩隙，猱身上附，登城，剑削其刃，奋神武却敌，敌怯，功成。

第三式："以阴以雨[3]"。此双手持剑式。钝剑以阴，密防无隙；青锋以雨，进之无歇。逢强敌，二三之敌，或对强弩硬羽，剑随意行，先于敌踪，损其器，夺其志，有赢。

第四式："执辔如组[4]"。此持剑如纤丝缰式。初逢敌，剑斜劈于侧，剑芒偏映敌目，左钝剑以垂。初接敌，以钝剑闪电击之，敌器不落，复以青锋削之，敌器损，钝剑折其臂，敌畏怯以窜，得利。

……

纵观《青锋剑谱》七十二式，张骞发现，皆以退敌为主，伤敌其次；挫敌为主，杀戮再次。张骞亦明白，剑艺非达绝顶功夫，绝难达到如此境界。而功夫需靠点滴积累，日月渐进，思索比照，归于人剑合一。

剑谱其后，又有提点：持剑者当以报国为念，以黎民为念。七十二式，式式勾连。勿囿于谱，所见风霜雨电、飞禽走兽、虫鱼藤蔓，皆可为谱，直至无谱是谱。道可道，非常道，老子如是说，剑亦如是者也。若至此，神鬼莫测也。持剑者不可偏于此道，切记，切记。

张骞受教于剑谱，胸怀顿觉大开，日思更其深远。为习剑，特在房后辟一场地，以墙围之。每夜三更起床，天明收剑。若逢月明之夜，则疾步汉江江边，于草地上逐式习之，风雨无阻，日日如此。若某剑式因地域受限（如"旄丘之葛"），则以他物（如大树树体）代之。

往往，张骞收剑，家人刚刚起床。张謇知兄长练剑，倒也无甚惊奇，只是觉到兄长太苦，心中有些恻然。

日前，张汉灵已购得一头小犍牛。其色纯黄，其鼻纯黑，双耳扇动，灵活自在；双眼视人，温顺灵光。张骞大喜，拥身相抱，约在一百余斤。只这畜生四腿弹动，不欲此举。张骞双臂使力紧搂，牛犊才未挣脱。

不消说，父子上下其手，重新起一牛圈。怕其受欺不与大牛一处。怕夏夜蚊叮虫咬，夜夜燃以艾绳。并日日刷洗，不使牛虱生长；圈干草净，不使毛色失彩。

每日天明，张骞盥洗毕，必抱牛犊出栏，至三里外江边草场，至日高草热，又抱其入栏。始走平路，数月后，逢坎越坎，遇障跃障。手提重剑，亦轻了许多，一气呵成六十余式。

见牛儿可爱，张骞名其曰“飞黄”。

这牛儿却怪，始拒张骞双臂相拥，继而不拥不出，每早撞栏“哞哞”以呼，见张骞，立停，摆正躯体，候其双臂搂颈挎臀，一路疾行。

邻居见此，无不大乐：“张骞搞什么名堂，哪有让牛享福自个受罪的道理？你是吃饱了撑的，还是自找苦吃？张汉灵也不管管。”

张骞抱牛立定，笑道：“我喜这牛儿，力气没处使，可以吧？”

有老人投来深邃的目光：“我看这事儿，不似这般简单。俞志达先生的高足，怎会做出不可理喻之事？其中原委，只是我等不明白罢了。”

时日越久，“飞黄”与张骞的感情越深。有时“飞黄”半日不见张骞，便不吃草料，不喝饮水，奔前跑后，焦躁不安，“哞哞”不停。张汉灵便前去安抚：“你这哑巴牲口，找骞儿吧？骞儿今日有事，去外公家里了，你不用这般着急，下午就见着了。”

一番话，竟让“飞黄”安定了许多。张汉灵就想，骞儿对畜生尚且如此，出去对人，就更没说的。他相信，即就骞儿有了一身武艺，也不会仗势欺人。相反，还会帮人解困，脱出凶险。

一次，张謇欲效兄长，抱“飞黄”出栏。张骞闪在屋拐，隐身窥之。此时“飞黄”已成半大牛犊，体重几近四百斤，加上“飞黄”不断踢腾，张謇哪能抱动分毫！末了，还是张骞出面，抱它出栏，又一气送到汉江岸边。

一日奇热，众皆挥汗不止，张骞敞怀，发达的胸肌和双臂上大块的腱子肉，亦突楞楞汗珠闪亮。张骞去抱“飞黄”回家，不料滑溜溜两次不成。张骞遂去江中清洗汗渍。不料，“飞黄”相随而来，亦“扑通”跳入水中，瞬间被冲走，唯见一只牛头在水中挣扎。眼见着愈飘愈远，江面上传来“飞黄”的呼叫。

张骞顿时着急，也亏他从小在江边玩耍，而今又气力大增，于是一个猛子扎入水中，几下潜游至“飞黄”侧面，右手揪住一只牛耳，左手奋力划水，漂漂荡荡，于下游近一里处方才上岸。上得岸来，“飞黄”犹自周身淋漓，四肢发颤。张骞看其眼，抚其头，摸其耳，好一会儿抚慰，始方安定。

“飞黄”自此十分乖觉，见张骞，则倍亲。

阅剑谱以求神会，练剑式以求融通，抱牛犊以增功力，吹埙笛以娱家人，读书简以习圣贤，做稼穑以事勤勉，张骞生活得紧张且有乐趣。

转瞬，公元前159年的秋收季节来到白崖村。

俗言谷黄一晌，麦黄一时。张汉灵的十几亩稻谷，才一夜，便成金灿灿一片，与其他田块一起，成为一望无际的金黄世界。

今年收谷不比往年。以前，张汉灵有三十余亩稻田，收谷时需三合桶[5]下田，除自己和两个长年帮工各管一桶，临工多从下游或上游请来。在汉江平川坝子，下游每十里谷子早熟两天，而上游恰恰晚熟两天。故而，这里的谷子能于四天之内收完，最易请到帮工。而今，十余亩稻谷就他们父子三人，而张骞、张謇还算不上熟手，若将谷子按时收净，没有两合桶下田是不成的。开工前一天，张汉灵即去了下游，熟门熟路，请得五名帮工连夜赶回。行前，让俩儿子清理拌桶、挡席、镰刀、沙子[6]、扁担、箩筐等一应收谷用具。张骞母亲王氏，则将临工睡具安置清整，并煮好腊肉，包好米粽，洗好蔬菜，让张骞劈好木柴，让张謇剁好梢子柴，灶具也一律清洗干净，仓储清扫无碍，单等第二天开工。

收谷最怕落雨，尤其雷阵雨，风大雨重，一场雨下来，谷粒落满田中，一季的收成立时减产。村中人便说：“庄稼庄稼，装进家里，才是庄稼。”由此，农人于收谷前，均备礼向谷神[7]祭祀祷告，保其颗粒归仓。

为避露水谷子，打谷时出工较迟，日高一丈，方才下田。此时，夜露已无，谷粒易落，担谷回家，也较轻便。收工则可直至傍晚。此为经验，亦成规矩。若收露水谷子，帮工即口有啧言，翌年难请——除非不让送谷，少出力气。

翌日天色未明，张汉灵即令张骞端了刀头、香烛到谷神庙。张骞去时，恰逢邻居张妈从后走来。见此，张骞即刻避让一边，道：“张妈妈，你先。”这张妈年逾四十，无儿无女，却最是热心，守一残疾丈夫，事事由己出头，竟把自个当作男人使唤，常常，张骞能帮上的，不吝时日，亦不吝气力。

张妈至今犹自有愧。昆丽虽好，却遭意外姻缘不果，有心另寻，可哪里找得昆丽那般既美丽又识文断字的姑娘？一般女子，不说难入张骞之眼，就她这一关，就先挡却。

见张骞避开让己先行祭祀，张妈只说得一句：“骞儿，你真是个十分懂事的好孩子！”竟自有些哽咽。

怕往事伤情，张妈只字未提昆捷、昆丽父女。

祭祀毕，张骞回家，又将“飞黄”抱至汉江边草场。“飞黄”早已习惯独自吃草、玩耍、到树上蹭痒痒。届时，主人准来，抱它回圈。

适逢帮工们起床盥洗，准备用罢早膳出工打谷，见张骞抱犊出门，疾行而去，皆瞠目以视。一长者问道：“汉灵老兄，你这孩儿年不过十七八岁，怎的恁大气力？那牛犊没有四百斤，也在三百斤以上，他是否在练什么功夫？”张汉灵瞧着儿子渐渐远去的背影，笑道：“孩儿家爱玩、爱显摆，当不得正经。”却替张骞隐去了练剑的事体。

孰料，吃饭时又让帮工们大吃一惊。人们最大饭量，也就两大钵盂，可张骞呼呼啦啦一下子三钵下肚。而一百多斤的椿树拌桶，竟然一甩上肩，到了田头，无须帮扶，即轻轻放下。

按收谷规矩，上午出工，中途送一次挑子[8]，至小晌午，主家送餐送水至田头，餐饭一般都是面饼、粽子和米酒。而后歇上两袋烟工夫，每合桶再打够两挑谷子送回，继续再打三挑谷子。收工时，一人掮拌桶，三人担谷子。古时没有亩产 ×× 斤的计量，均以某块田去湿谷多少挑衡计。一挑湿谷，平筐约一百二十斤，冒头就是一百五十来斤。湿谷送回主家晒场，由主妇（或家中女子）扒开、扫毛[9]。一般的，一合桶四人一天打八挑湿谷是为标准。而送桃子均由打谷人承担，割谷人只管割谷，收工时方担谷回去。

张骞初做割谷，以“两骖如手”[10]剑式施之。兴起之时，迅若疾风，但见谷穗纷纷倒状，顷刻攒下一溜“把子[11]”，两个打谷人忙得昏天黑地亦难追撵。其一人叫道：“张骞你这何样功夫？搞得我们屁也难得一放。这一天下来，骨头架子非散不可。”张骞直身一乐：“我就一个割谷功夫。你歇会儿，我来打谷。”遂即抱了谷把，去了拌桶口前。

张骞即以“鹤鸣九皋[12]”剑式摔谷。只听“叮咚”一下，谷穗撞着沙子，拌桶四周抖动，和着“咚咚嚓嚓咚咚嚓嚓”的韵律，他如闪电般放下颗粒落尽的草把。陪桶之人气喘吁吁，脚步若飞亦难跟趟。帮工又道：“张骞，一天挣你五十文，让人怎生得了！”张骞又乐：“出谷送挑子之际，尔等尽行歇着。”

出谷之时，张骞又非常人所为。常人做法，持搓箕于桶中向前铲谷，再取沙子置其后，湿谷垒至桶口，方置箩筐紧依桶沿，将谷铲出。筐满，移于一旁，复置空筐，再铲，直至桶中湿谷出净，再将沙子安放于桶口，搓箕撂于桶后。张骞却拔起半边挡席，将四只空筐于桶边一字排开，沙子置于桶外，拿着搓箕，跳入桶中，一下扎入湿谷，一拢，一倾，湿谷入筐，筐皆满，复插挡席，放置沙子。看得一干帮工眼花缭乱，啧啧赞好。

及至送谷，张骞又以“翩翩者雏[13]”式行之。双手抓绳，提谷而起，两只满筐湿谷，悬于直若木杠的双臂之上，飒然而去。一里之地，两挑湿谷，往返似在玩耍之间。

这次不但一众帮工，其父张汉灵、其弟张賨，亦看得目瞪口呆，久久发痴。好一会儿回过神来，众皆不语。待张骞回转，还是那多语帮工说道：“我帮人打谷，十数年矣，何曾见过这等割谷功夫、打谷功夫、送谷功夫？晨间你的抱犊之举，已让人惊异。勿要我等不明尔之所为，就以此相瞒。”

张骞见此，心中歉然：“非我有意相瞒，实为功夫尚未初成，只是借此试之。列位欲想知晓，可略略以告。”

遂举起手中镰刀：“尔等且看，此镰所像何物？”

众人初不以为意，细瞧却是异样。此镰且宽且重，锋露寒光，倘若去掉前端弯头，俨然一柄宝剑。众似明未明，复又发痴。

张骞知众人皆田间村汉，解说《诗经》乃白费功夫，只以浅近之理比之喻之：“割谷若对敌，敌处高位，敌利；我身倾伏，视在谷根，势劣。其谷穗犹似敌刃，稍不慎，敌加头面，己必伤。为使敌形错乱，我以‘两骖如手’之法攻其脚踝，敌足被削。所谓‘两骖如手’，意即右手镰剑，左手钝剑，犹似伸长的双手，灵活自如，可任意挥洒。割谷时左手无剑，但剑式若存，无往不利。”

至于打谷时之“鹤鸣九皋”，张骞未多做剖析，只以“以高凌下，突兀破敌”解之。

“众皆见我送谷，翩翩然如飞翔的鹁鸪鸟。此式看似简单，功夫却全在双臂膂力，若无六七百斤托起之力，平提一挑湿谷，那只是说说。”张骞言及送谷，又多说了数句，“所谓‘翩翩者骓’，实为上阵杀敌之基本功夫。尔等想想，手握三十余斤之重剑，一场征战，几个时辰，若中途乏力，怎可胜敌？”

众皆动容，杂然道：“张骞你既有大志，何不去随了李广将军，杀杀匈奴的气焰，没来由与我等村汉一般，在田中受苦。”

张骞道：“不瞒列位乡亲，大里说，为国效忠，上阵杀敌，我是必去的；小里说，让众乡亲种好田地，过好日子，我也该去。只是当下功夫远远未达其境界，家境亦不似往昔，等得两年三年，如得双亲允诺，再说负笈仗剑远行。”

众人正为张骞赞叹，张妈一本家侄儿吁吁奔来，惊慌失色道：“张骞，快去江边看看，上头打谷人说，有三五匹灰狼正向下蹿行。你家的‘飞黄’，我家的‘大黑’，还有附近几家庄户的牛羊，都在草场上。”

张骞尚未听罢，已手握镰剑，绰根扁担，几个纵跳，跨出数条田塍，直奔江边而去。

恰恰与群狼劈面相遇。

张骞首次遭遇狼险，一时之间，不知对敌章法，只站定了脚步，右手平举镰剑，左手杵着扁担，定睛而视。

一匹大狼由后上前，灰色的狼毛根根奓撒，前爪杵地，双腿斜立，狼牙龇出，作跃扑之势。两狼悠悠散开，于两丈处伏身草中，将张骞三面围定，而另两狼则渐渐逼向挤成一团的牛羊。

狼之狡猾，张骞算是初次领教。稍作观察，即知大狼是为头狼，若能伤毙头狼，其险也即自解。

头狼之策，是假对峙，而让他狼真攻击。如若与头狼相持，牛羊则危矣。

张骞倏然醒悟，立即向头狼发起攻击。他先用镰剑将扁担斩去二尺，留下三尺，再“以阴以雨”起式，在头狼伸爪纵扑、利牙大张瞬间，张骞亦提纵半空，高出狼头之上。他全无疑惧，手疾眼快，以扁担击中狼头，镰剑削其左爪，只听“刮啦”一下头骨碎裂之声，头狼竟来不及嗥叫，便已毙命。

两条伏击之狼并未退却。一狼当前阻其前进，一狼其后，伺机进攻。张骞知两狼目的，仍是为攻击牛羊之狼赢得时间。而眼见着牛羊即将遭厄。

张骞执双剑之式，大吼一声，斜刺里一跳，摆脱双狼攻势，又几个纵跳，便去击杀攻击牛羊之狼。两伏击之狼亦顷刻变势，从后追来。

前面两狼见张骞凶狠，瞬间与后狼相合，将张骞困于垓心。

此间，周围打谷汉子皆手持扁担，呐喊而来。

张骞信心大增，以“在河之洲”式对一稍远之狼跃而劈之。电光石火之间，左手劈中一条狼影，听得訇然坠地之声，而右镰削中一条狼足，使其再无蹿跳扑噬之力。余狼这才悻然远退，遁入草丛。

两条残狼，被众汉顿时击为肉浆。

张骞见此，竟然有些发呆。狼之狡猾、狼之合群、狼之舍命相搏，竟然让他深感敬畏。当人们将狼尸拖之于前，问他作何处理时，张骞道：“我知众意，欲食肉寝皮。可以狼之习性观之，还是不以此为好。我意将其撂入江中可否？”

众人复观头狼，但见脑髓外溢、双眼暴突，众皆赫然，这需要何等力道！张骞既是此意，乡邻不便相违，遂“扑通扑通”，将狼尸抛入江中。

这时“飞黄”向张骞奔来，张骞拢之抚之，“飞黄”犹自簌簌发抖。一场恶斗，张骞并无得意之色，只觉得有些疲累，试了两次，方将“飞黄”抱起，脚步竟也显得有些迟滞。张妈侄儿即道：“下午打谷，我替你吧，你且暂歇。今日若非你出面解救，我家‘大黑’定必遭殃。”

一众乡亲，亦谢不绝口，并道：“乡有张骞，谁敢欺咱？”

张骞无心唱曲，乍然无事，竟无所措手足，看了一会儿在田塍上吃草的“飞黄”，末了捞了几串谷穗，细数谷穗上的颗粒。

数至第四株，张骞突然发现，该株上的稻粒生得有些异样。一般稻穗上的稻粒，呈纺锤形，两端略尖，中端略鼓。可这株稻穗上的稻粒，窄而细长。将两种稻粒置于手心，一比便见差异。张骞奇之，取窄长稻粒剥壳细察，所见却是一粒黑米。

“黑米，黑米！快看黑米，咱田里长有黑米！”张骞平举左手手掌，兴奋地大声叫着。

张汉灵、张謇疾步走来，一干帮工亦停了割谷、打谷，纷纷围将过来。

众人一看，皆啧啧称奇。

"张謇，你我再去找找，田中肯定不会仅此一株。"张骞吩咐弟弟。果然于田中见着一蔸，细数约在八九株。张骞稍一琢磨，有了主意。他让弟弟仍去打谷，自个四处奔走，向众乡亲恳切告白黑米之事，并允诺，今年收此谷一穗，明年付此谷一斤。

一众乡亲见张骞发现此等异物，皆争相助之。有者兴高采烈，无者深以为憾。张骞则宽言相告："他年如收得黑米，乡情乡谊当不相忘。"

几天下来，张骞计得二十七穗黑米，按每穗一百二十粒，计约三千五百粒。恐其遭逢糟损，张骞逐穗以手捋之，而后做一棕袋，以麻绳扎口，高悬于通风当口。

公元前158年早春，张骞特辟一泥床，拌以猪粪，宽宽地播下黑稻。为防雀害，日间以疏眼葛布罩之，夜间复将葛布卷起，如是者六七日，黑稻冒芽出青，方罢。直至清明，黑稻成秧，嫩叶互蓬，小风拂过，秧苗似波，柔柔的，惹得路人无不疼爱。众乡亲知其为黑稻秧苗，皆寻机察看，乐呵之情，溢于言表。

至插秧季，张骞特选一肥田，逢中垒一田埂，将特殊田块细耕细耙细施肥，并嘱父亲以及弟弟："秧距上下左右各在一尺，宁慢勿快，每蔸三根，无窝根[14]，无漂秧[15]。"栽罢细数，计约一千二百蔸。张骞暗暗默计，若是每根秧苗分蘖四株，则每蔸可得黑稻十七穗，无须两季，则众乡亲家家皆有黑米矣。

是年秋，张骞除留下一升黑米做种，一升黑米试吃外，其余悉数配给了各个乡邻。

试吃黑米之日，张骞又请母亲以大锅熬成稠粥。粥起，浓香四溢。阖家每人一钵，其味之美，竟难以言说。张骞道："如此美食，应与乡亲共味。"征得家人认可，将余粥盛入大桶，而后逐户送食，一众人等，皆交口赞叹："有张骞如此，是我等之福！"

至公元前156年张骞离开白崖村，戍边作战，黑米已成为当地重要作物。公元前141年刘彻登基，及后历代帝王，均以黑米作为贡米。而常食黑米者，也都发黑齿固，精神爽利。至今两千余年，黑米成城固特产。

遵师嘱，张骞回乡亦曾打听过李中壮的行踪，据张家集知情者所说，李中壮已去了蓟北。张骞只好作罢。

其间，楚建雄又捎来恩师书简，问及斗狼保民之事，并再次鼓励他去京城长安，以求一展所学。张骞少不得细述作答，而赴京之念愈加强烈。

倏忽两年过去，张骞之青锋剑已使得出神入化，一柄重剑如手持竹剑。即就一柄竹剑，剑风所及，亦可使虎豹骨破脑裂。而恩师所赠之《剧孟之术》，刀术、拳术之精要，均已了然于胸，并有融通机变之独到领悟。个头亦长得十分魁梧，豹眼突额，双臂可轻松托起三五百斤重物。

公元前 157 年秋播毕，张骞做出重大决定：出门经商，挣出去京城的用度。

张骞虽有文武之才，但于商道，却两眼茫然。而同窗中唯有龚若成出身商贾之家。适间，龚家经营着上元观老字号酱菜行，常走汉江水路贩货经营。

九月初二，张骞去了龚家。

见是张骞来访，龚家老幼大为惊喜。龚若成将张骞请入厅堂，机灵的双眼带着询问神色："骞弟此来，该不是为愚兄演示功夫吧？"

这龚若成长张骞一岁，发髻上别一枚蓝色玉簪，身着锭蓝绢衣，长脸高鼻，显得风度翩翩。张骞见问，即快言回道："想挣几个盘缠，明春去京城看看。思来想去，还得请贤兄相助。"

"我知这是恩师的心愿，亦是众友心之所系。没说的，你大概说个日子，咱就起航。"

"九月十二可好？"

"行。待我向家父禀明。最后由船太公请人选好开船日子。"

龚家人十分敬重张骞的文品武德，自然允了张骞所求。因商铺生意太忙，只派得一位账房先生申某相随。

张骞便欲返回，于路途琢磨相应事体。

这真是：

青锋剑谱多机变，文品武德睦乡邻。

留得黑谷传佳话，欲从汉江取一润⑯。

欲知张骞是否如愿得济，且看下回分解。

**注释：**

① 在河之洲：《诗经·关雎》之诗句。此处以喻剑式。

② 旄丘之葛：《诗经·旄丘》之诗句。指高坡上的葛藤。喻剑式。

③ 以阴以雨：《诗经·谷风》之诗句。意为一会儿阴一会儿雨。喻剑式。

④ 执辔（pèi）如组：《诗经·简兮》之诗句。辔，握着缰绳如丝组。喻剑式。

⑤ 合桶：收谷时四人一组为“一合桶”。即二人割谷二人打谷。

⑥ 拌桶、挡席、沙子等：均为收谷农具。“沙子”：木制、弧状，木条间有空隙。

⑦ 谷神：传说中的后稷。

⑧ 送挑子：收谷时中途将所出之谷担回家。

⑨ 扫毛：将所收毛谷在晒场摊开，用竹条扫帚扫去草屑、残叶。

⑩ 两骖（cān）如手：《诗经·大叔于田》之诗句。意为两驾辕的骖马像双手。喻剑式。

⑪ 把子：割谷时三握稻谷为“一把”，打谷人打谷时就叫“抱把”。

⑫ 鹤鸣九皋：《诗经·鹤鸣》之诗句。九者，虚称，比为九天九地；皋，泽中之水从坎里溢出。此处喻剑式。

⑬ 翩翩者骓（zhuī）：《诗经·四牡》之诗句。指鹁鸪鸟翩翩地飞翔。喻剑式。

⑭ 窝根：插秧时，秧根上翻。

⑮ 漂秧：插秧时，秧根没有插入田泥，秧苗浮于水面。

⑯ 一润：获取属于自己的那一份。

# 第六回　筹费走江生发惨剧　投军赴戎辞家应诏

张骞说完话就走，龚若成哪里肯依！硬拽着吃了晚饭再说。按龚若成的心意，要将张骞留宿，以便叙话。这张家集与白崖村虽然相距不到十里，但龚若成忙于生意，张骞忙于钻研剑谱与《剧孟之术》，两年来，二人竟未相见。

一顿饭，直吃到月牙儿山边露脸。

饭中语及龚家上元观字号的红豆腐，张骞便心下存疑。这豆腐技艺，从淮南王至今，不过二十来年，难不成龚家豆腐由昆捷相授？一问果然。张骞顿时思及昆丽，心内不由一阵阵隐隐作痛。至于又怎么做成了红豆腐，红豆腐如何供不应求，成了上元观龚家的独门生意，只听着一句听不着一句，唯以“诺诺”称好相答。直到一盂红豆腐蒸肉上席，张骞才大感惊异，如此美食，他几曾听过、见过、品尝过？龚家若以此上船，必成俏货。

虑及自己所携之沙河铺烧酒、豆瓣酱，以及木耳、山菌，酒坛、酱坛尚未上防撞篾箍，这一程顺汉江至汉阳，少算亦须半月。对于首次远行的张骞，心下未免有些忐忑。起程开航的日子既已说定，便无心滞留。

彼时，张家集至白崖村虽有大路，但人户稀落，草木茂盛，夜间时有猛兽出没。等闲人若需入夜出门，必数人结伴而行。龚若成见张骞执意回家，便去寻找防身武器。张骞道：“无须长矛、腰刀，有竹剑两柄足矣。”遂选一竹，削剑而携。

见龚家大小人等迟疑，张骞遂将竹剑舞动。初起，人们还能辨出人影，渐至唯见剑影。人们尚在数丈之外，便觉剑气扑面而来。其后只听“咔嚓”一声，墙边所竖粗木，竟被斩为两段。人们同观，见茬口稍斜，木面光滑。

众大惊。想张骞一人斗五狼的场景，该是何等之惊心动魄！

龚若成为张骞备了火油、火把，直送至张家集城门外，方才告别。分手时龚若成又道：“找船请工的事，骞弟不用挂心，自有家父操持。上船货物的多寡，按这次说定的，一家一半。至于船上的规矩，张伯会予细说，实在不明白的，上船之后看我的做法行事。”

张骞“诺诺”，内心极是感动。同窗情谊达至此境，世间屈指可数。

路上虫鸣不断，或长或短，或高或低，或慢声轻诉，或锐声刺耳，其中以螽斯[①]最是特别，长声短声之后，稍一停顿，便又开始。张骞脚步所至，众虫即刻静默，脚步声过，复又开始，使夜声更加静寂。而天上的夜色和地上的夜色，好似连成一体，却又断然分明。天上，灿亮的繁星使天空无限深邃；地上，黑黝黝的森林，迎风“嚓嚓”作响的长草，像紧压胸间的鬼魅。纵使张骞浑身是胆，仍不由加快了脚步。

张骞倒不是怕什么野兽，而是不愿找无端的麻烦。黑夜，那是野兽的天下，盲眼的人，倒有诸多的不便。亏了龚若成的火油、火把，它把粗、油足，火焰上窜足有二尺，等闲野兽早已规避。

九月初的原野之夜，潮气浓浓，水霜釅釅，及至到家，头发、衣服皆若水浸。

父母少不得一顿埋怨。张骞笑道：“儿将来涉险，恐其为此的百倍千倍。”

张骞父子话至夜半，方才安歇。

张汉灵生在汉江岸边，又经常去张家集办事，对汉江船运上的诸多规矩、习俗甚为了解。

例如，船主称“老板”。父子共有一船的，父为“大老板”，主管经营；其子为“小老板”，随船劳作；称一般船工为“好朋友”；称掌舵的为“太公”或“舱工”“驾长”。

上水时负责拦头、探水，下水时负责打棹、装货、点货与保管货物的，称为“拦头工”或“棹工”。拦头工要撑篙避让明石暗礁（要求熟悉水道），停泊起航时要负责下锚、起锚、扯篷、看潮、搬根子、升降立绳套、卡纤绳，在八人以下小船上还得兼作炊工。

负责喊号子的称为“捞辫子”。船上行，捞辫子要在岸上指挥拉纤工，并与船上联系。船过险滩，除负责抱纤担（拉纤工用的纤绳与肩上搭包）、撒纤担外，还须依据拦头工船篙入水状况，喊出不同的号子，指挥拉纤工的行动、步调和用力，使之谐和一致。捞辫子责任重大，得熟悉沿途水路地形地貌，由此决定如何过沟套、过桥、过岩、过乱石窖、过险滩的方式步骤，保证船工、船客和船只的安全。

此外，还有与太公、捞辫子一块儿决定拉纤工的调配，参与监督检查的“搬稍”（或叫“抬挽工”）；在有九名以上拉纤工的船上还有“开绳工”；在有八名以下拉纤工的船上，由太公指派一名经验丰富的拉纤工任职“抱二合”；船上其他干杂活的统称“水手”。

开船必须选日子。此事由船老板和太公共同请人做出决定。日子选定，由船老板通知货主准备装货，并通知各船工。开船前一天“烧开头”（置办酒席）。人到齐，由太公分工。分工毕，先为货主装货、点验清楚。然后下行船就表演一阵摇橹、搬棹，喊一阵号子；上行船就表演拉纤担、拦头，也喊一阵号子。最后进入船舱入席，吃肉喝酒。

船上用餐，饭碗（或盂、钵）叫“莲花”，筷子叫“划食子”。饭前，不许说妖魔鬼怪、虎豹豺狼，不准说夜梦与不吉利的话。船上人不许端饭上岸。

船上不许说“打”“翻”“沉”及其同音字。以“调个向”代“翻”字，以“弄瞎了”代“打”字，以“提不起”代“沉”字，以“顺个风”代“搭船”。停船叫“扯头”，沉船事故叫“在青龙背上出了事”等。

张汉灵平时少言寡语，此夜的说白却奇长奇多。最后坚持要与张骞同船而行，并道：“不是为父不放心骞儿，实乃汉江水路凶险，且生意场上人心叵测。此行或由为父一人前去亦可。”

父命难违，张骞只好点头，又道：“此次走货，除豆瓣酱、烧酒和山菌，还应买些桂皮、杜仲与石斛，家中已无余资，可否动用昆捷之部分银两？如父允准，我明日即去盘龙村一遭，无论天气好坏，三五日必定返回。”

张汉灵沉吟若许，道：“我知骞儿之意，此次出行不易，想多挣点银子。这样吧，取其一半，骞儿看着去办。”

父命如此，张骞只能照办，翌日晨，即携了相应运具，疾步而行，去了盘龙村。

此次仍借宿姬远浩家，因天色尚早，张骞一说备细，即被引领到所需山货人家，至夜色降临，竟一应备齐。

两年未见，姬花已经出阁[2]，姬朵也年已及笄[3]。姬远浩看张骞，亦无点滴稚气，更加英气逼人，更加成熟稳重。姬朵见到张骞，也喜出望外，只碍于父母，不便过于亲近。唯独姬远浩知张骞的志向在千里之外，既然佳婿无望，也不再提及次女的婚事。

起航的日子定于九月九日，比张骞预计的日子提前了三天。这一来，父子三人便忙得连轴转，一千多斤烧酒，七八百斤豆瓣酱，连带几百斤山货，装坛的要封好坛口捆上篾箍，打包的要束紧货物捆上绳索，忙到初七，便将全部货物运至张家集汉江码头，等待点货装船。

龚若成所携货物略多于张骞，租船、运价一应事宜，均由龚若成之父一手操持。因装船货物所限，故而租得一艘八人以下的小型帆船。

船老板姓申，约莫四十余岁，系一敦实黑脸汉子，为人诚实守信，与一姓周的太公系多年搭档，对汉江沿途之水道滩口，稔熟如指掌，往返汉阳、汉中，十数年有惊无险，与龚家有着多年情谊。

九月初八，天有小雨，大清早便淅淅沥沥下个不休。张骞担心耽误装船，申老板却道："早雨下不下，晚雨下得大，且把心放进肚里。"

果然，早饭刚刚开始，天便放晴，太阳穿过地上的水雾，将房屋道路照得鲜朗。拦头工便开始点货验货，一一装船。

第二天起航，天气却有些怪异，去泗王爷庙给水神上罢香烛，开船前的表演刚一结束，船工和货主还未来得及进仓吃肉喝酒，天空突然垒起厚厚的乌云，将江面遮得一片乌沉。紧接，一束闪光通天彻地一亮，倏地一个炸雷在船篷上暴响，船只簌簌一抖，豆大的雨点瓢泼般击打着船篷和江面，激起的水雾笼罩四野，白茫茫看不着江岸，也看不着码头上送别的男女亲朋。

张汉灵不语，搁下杯箸，心中直犯嘀咕。龚若成和账房先生直把眼睛盯着申老板和周太公。申老板不以为意，说道："我走汉江近二十年，什么样的天气没有见过？九月雷雨，算不上奇怪。你说是否如此，周太公？"那周太公即道："开船的日子既已定下，天上下刀子也得船行江水，这是规矩，不得更改。”

众皆默默，一边听着雨点在船篷之上“砰砰”敲击，一边开始吃肉喝酒。

独有张骞，心中突然生出某种不祥的预感。这预感影影绰绰，断断续续，说不清楚，道不明白。因是第一次远航，老板与太公既叫放心，那就应该无甚疑虑。

偏是起航之后，风又刮得诡谲。本来刮着下河顺风，待篷帆扯起，船行不到几里，又风向一变，成了上河逆风，急忙将帆落下，行至十里左右，又变成了顺风……这样反反复复，直至雷雨收束，蓝天渐显，江面上刮起轻轻的微风，才罢。

几番折腾，第一天船行竟然不到百里。

这点雨，汉江自然不见涨落，水势仍显枯少，船一稍稍偏离航道，拉纤工就需调正方向。

后续几天，天气晴好。船入西城县④境，地形陡然一变，唯见两山夹峙，犬牙交错，绵延不断。断崖绝壁之处，岩石裸露，偶有须草吊松；山脊山峰处，榛莽盈顶，长藤虬结，青山蓝天，相融相接。密林深处，时有猿声长啸，猴群“吱吱”，长尾锦鸡，金背啄木鸟，偶尔从空中划过。而江水也激荡有声，水拍岩石，啪啪然，訇訇然，一波一波浪花，相拥相叠，不见际涯。

此时忙杀了太公，一手掌舵，一手摇橹，扯起嗓子指挥，吼着喉咙骂人，满头汗珠直滚。张骞见了，不禁失了看景的兴趣，深为太公的行为感动。他虽有一身力气，此间却一丁点忙也帮不了，只能一旁干急。

这还不在险滩。如过险滩，太公、船工尚不知急成何等模样。

张骞感喟，在汉江讨生计，无疑是在龙王嘴中抠食。

船行第五天日落之前，弯在一处山拐。此处洄水，波平浪缓，且上有台地，有土著巴人聚居，持酒、盐诸物，可换取野物干肉与糜子秫子杂粮。

听得有巴人聚居，张骞、龚若成顿生好奇，欲登岸趋之。太公老周、老板老申皆一脸坏笑：“两位公子上岸，小心被弄成‘干人’。”

张骞止步船舷，以目相询：“此话怎讲？何谓‘干人’？”

申老板道：“巴人男子以狩猎为主，穿崖走壁是其家常便饭，搏狼斗虎间有血腥场景，再加蛇咬蜂蜇、虐蚊毒虫，是故男子多亡、多伤，巴人女子往往虽成年亦难寻得夫婿。倘有外族青年男子误入其地，三女、四女争为相侍，不若则以催情之物煮水灌之，直至该男油尽灯枯。即令铁打的身坯，最终也骨瘦如柴，一命呜呼。我等如若上岸，亦须扮为蹒跚耆老。”

言罢，申老板、周太公将乱糟糟白须粘满下颌，曲着腰肢，携了诸物，蹒跚上岸。

申老板煞有介事，绘形绘色，一番话语，让张骞二人不由却步。张汉灵、账房先生亦极力相阻，为避其“干人”之厄，堵道船舷。

时日暮渐阖，月明如辉。台地之上篝火熊熊，人声鼎沸，一片热闹景象。唯有申老板、周太公去了许久，仍不见回转。

张汉灵暗自担心，作为货主，疑其“干人”之说是否纯系伪词。有心前去打探，又恐因腿脚碍于纵跃，另生枝节，思前虑后。遂示意账房先生，让道船舷。

张骞立即明白乃父之意，与龚若成如出笼的鸟儿，直奔台地。

篝火四周多为青年男女。皆身着兽皮，足蹬芒鞋。并以棕毛裹之，甩手扭腰，前俯后仰，长发飒然。二人张眼，见申老板、周太公各挽一女，杂然其间。男女老者则席地而坐，远远围观。

一少女发现张骞，当即奔来，抄起右手，紧紧拽住，火光中闪着晶亮的眼睛，嘻嘻笑道：“我叫山梨花。欢迎远方的客人，参加我们巴人的月亮会。请勿相拒，拒绝一个喜欢你的姑娘，是巴人最不喜欢的事。”

“什么是月亮会？”张骞问道。

“每个月的十四、十五、十六晚上，互相喜欢的男人女人可以在一起，”山梨花又道，“嗨，男子汉，你喜欢我吗？喜欢我，就跟我走，我会永远记住你。”

此时，龚若成亦被一个少女拽住。他望着张骞，手足无措，投来求助的目光。

这是一个完全陌生的地域。这里的女子既不同于昆丽的柔情，也不同于姬朵的含蓄，炽热得像一团火，奔放得像一匹母狼，令男人难以招架，只要稍一把持不住，即会被情欲融化。若是好色之徒，自会成其“干人”。

想到昆丽，张骞提高了声量：“山梨花，你很美丽。可是我的心已被昆丽占满，容不得别人挤她半分。”

“呃，男子汉，那个叫昆丽的女人真走运。”山梨花将手一松，却突然抱着张骞，在他眼睛上一吻：“知道吗？我更喜欢你！”说完，撒手跑开。

申老板、周太公见到张骞、龚若成，像被人脱去了裤子，满脸羞惭，十分尴尬：“吾等怕带坏了二位公子，故而将事说得玄乎。像我等常年在汉江讨生活的人，不定哪天真成了水鬼。能快活一天是一天，快活一次是一次。此事还求二位公子贵手高抬，勿事张扬。该换取的肉食粮食，业已妥帖。吾等即刻就下山上船。”

“那么，九月九日开船的日子，是与巴人的月亮会相关了？”张骞端出心中之疑。

二人默然。张骞、龚若成亦默然。

翌日晨，船工、货主用罢早膳，拦头工刚刚搬根子，上游的雨云便压上了头顶。且越积越厚，越压越低，厚得将两岸山峰长岭全部吞没，压得船只桅杆嘎吱有声似将碎裂。众人正自心惊，瞬息间滂沱大雨蔽空而来，耳边只听得一片风声雨声，身上的夹衣竟若树叶，一丝暖气全被冷风带走。

申老板犹疑，欲等等再行定夺。周太公却道：“此乃汉江峡谷惯常景象。本船下行，正好借风快驶，晌午之前，便可拢岸西城县城。”

于是扯起帆篷，冒雨鼓帆，破浪而行。

彼时众人并不知晓，汉江上游数百里已豪雨三天，大小河流皆水浪滔天，一齐奔向汉江，两三丈高的水头，离巴人部落已不足百里。

遥看西城方向，云薄色亮，白得透光。可船速不及雨脚之疾，船与众人始终在水雾蒙蒙之中，且前方的亮色愈来愈暗，终至暗入一片混沌。

沿江一线，既未与上行船只相遇，亦未与下行船只相错。与平昔相较，大为迥异。

船鼓帆续行，渐至织女石。

申老板喜道：“前边即为织女石。过此至西城县，只需一个多时辰，在那里喝酒吃肉过晌午，在下掏银子。”又对张骞、龚若成等逢迎一笑，“相传许多年前，织女搿梭时不小心右手一抖，将织布梭子掉落汉江，那梭子一入水便兀地长出一块梭状巨石，矗立滩边。因那织女石离西城县城不甚遥远，故此见到了织女石，西城县亦即在望。”言罢，申老板抬颏一眺，却突如泥塑，惊骇绝望之色吓倒众人，惨声叫道：“天绝我也！”

众皆回头，唯见百丈远处三丈多高的洪水浪头，翻滚着浑黄的巨浪，汹涌奔腾，席卷而来。

周太公强自镇定，却难掩心中懊悔。如若按照张骞希望的日子开船，如若没有巴人部落里的相好，如若在巴人台地洄水湾候上两天，那么，这霉运即可远避。而今，这一船的货物，这一船人的性命，即刻就将交给织女石。

浪头巨大的呼啸声愈来愈近。像巨斧劈崖，锐声刺心；像滚雷逼人，闷声裂骨。

周太公嘶声吼道："各位船工，砍下篷帆，把吃奶的劲使出来，拼了这条命，也要把船划到江边去！"又对货主吼道，"列位无须害怕，请抓牢船帮船舷，有老周在此抵命，龙王爷也得让出三步！"

然而，扑天而下的浪头，卷没了那羸弱的声音，船只刹那间被倒扣江中，如朽木被拆得七零八落。坛子、货包亦如抛入浪中的泥丸，迅即被吞没。

隐约中，张骞听得一声"骞儿"，父亲便没了踪影。

张骞竭力叫了声"父亲""若成"，鼻腔被水一呛，亦昏晕一沉，没入江浪。

求生的本能，让张骞于浪中胡乱抓挠。

倏地，浑噩朦胧之中，张骞感到一个巨大的活物将他拱出了水面。他长长地吸了口气，发觉是一条巨大的长鱼⑤，其头扁圆，其脊宽阔，其尾悠长，背鳍柔软坚韧。那鱼极是聪明，见张骞将背鳍业已抓牢，即昂首迎浪奋进，尾鳍剧烈、快速地摇摆，身如离弦之箭。而且，其身旁一左一右有两条较小的巨鱼，紧紧地相随，似为张骞保驾护航。

哗哗的江浪被犁成墙幕，倏地陡立两侧，倏地在尾后相阖；呼呼的疾风被搅成空洞，倏地刺人肌肤，倏地变作气旋。张骞偷眼自瞧，发觉全身的衣裳已被洪水剥得精光，成了赤条条一个失魂落魄的汉子。

似乎只在转瞬之间，巨鱼便将张骞送至巴人部落之洄水湾。

洄水湾水势几被抬高两丈，且雨住风歇，适有五六个巴人男女持镖猎鱼。巨鱼见此，即将张骞抖落岸边，而后一声柔和响亮的啸叫，在洄水湾绕了一圈，一头扎入浪中，没了踪影。

猎鱼巴人起始惊愕发呆，继而一阵欢呼，皆弃了鱼镖，将张骞捞起，又不由分说，四人凌空抬着张骞，走向台地。

时有巴人女子早就奔往部落，将“神鱼巨鲤送神人”之事，报与酋长知晓。

原来巴人部落却有一俗，凡“神鱼巨鲤”从江中所救之男子，皆被视为天上下凡的神仙，会给部落带来吉祥与福气。或五年一遇，或十年一遇。遇之则举族相庆，由酋长主持，以最美的酒食奉之，以最美的女子伴之。“神 人”离别，则举族相送。

山梨花得知今日之“神人”即昨夜登岸之男子，即刻抱了衣裤芒鞋，在酋长面前一跪：“尊敬的酋长，请将‘神仙男子’交给山梨花吧。我保证让他喝上最甘甜的美酒，吃上最鲜嫩的汉江美鱼，当然，还有山梨花最甜美的笑容。”

酋长颔首一笑：“山梨花，你是部落里最美的姑娘。他一定能够给你，也给全部落的人带来天上的福气。”

山梨花抚着张骞胸膛上一块块鼓突坚实的肌肉，才缓缓抖开衣袖，准备为张骞穿衣。

张骞早已绯红了脸膛，从山梨花手中一把扯过衣裳，迅速穿起，而后向酋长深深作了一揖：“我并非神仙，实为城固白崖村一农家小子，此次失事幸被大鱼救得性命，并有幸来到贵地，受到尊敬的酋长和你的族人的照拂，我将铭记于心，永世不忘。可是我父和挚友刚刚葬身鱼腹，我伤之痛，我悲之苦，我情之哀，谁人解得？”想到父亲、龚若成和一船人顷刻之间阴阳两隔，连一具尸首也无法寻得，一种剜心之痛再也难以抑制，不由得号啕大哭，声震四野。

孰料，一众巴人，不分老少男女，亦一齐大放悲声，其中又以山梨花最是响亮、最为真情。

张骞顿生诧异，止哭相询：“尊敬的酋长，缘何如此？”

“不为什么。人生皆有缘分。父子缘尽，即永远做不得父子；朋友缘尽，即永远做不得朋友。财帛缘尽即净，财帛本为身外之物。尔与吾族因缘相敬，即神人的快乐便是吾等的快乐，神人的悲伤即是吾等的悲伤。仅此而已，别无他意。”

张骞突然有所醒悟。父亲既去，还有高堂需要过此一劫；若成既去，还有若成父母须过此一劫。他复深深一揖：“谢赐教。”遂与山梨花一道，告别酋长，去了山梨花住处。

巴人无闺房一说。山梨花所居亦为垛木做墙，石板盖顶，一间之中隔出一卧一厨，茅厕则在外边，以粗木相撑，茅草苫顶。为待张骞，一卧之中又隔出一个小间，以狼皮做褥，葛布衬以兽毛做被。张骞以新丧守孝三年不行人道[⑥]相拒，只食杂粮与汉江鲜鱼。山梨花虽爱之急切，却也不作强求，每日价以鲜鱼做羹，以宽言慰之。举凡黄鲇、钱鱼、鲈鱼、鳜鱼、鲶鱼、钢鳅鱼、马口鱼、桃花瓣、红尾鱼、鲤鱼、草鱼、团鱼、花鲢、翘嘴红帕等，几乎顿顿新鲜，餐餐惊喜。

时至第五日清晨，日光柔和，江水见清，张骞自感身体、心理已无大碍，遂由山梨花作陪，向酋长道别。

酋长并不作丝毫挽留："神人之志，千里万里。今日晴好，昨日有上行船泊此。缘尽今日，唯求神人予本族给以祝福。"

张骞道："吾名张骞，略通剑术、音乐。请许以剑术献丑，复以近日所做竹笛吟唱祝福。"即脱去外衣，擎起竹剑，剑尖向下，双手抱剑，周遭一揖，将《青锋剑谱》七十二式悉数使出，其剑气竟然将围观之人逼让数丈之外。

复又歌之，歌曰《吾见巴人》：

吾见巴人兮，其智巅巅[⑦]，峰壑渺藐[⑧]，眺之若澜[⑨]。
吾见巴人兮，其勇凛凛，干戚舞武[⑩]，仰之霄云。
吾见巴人兮，其信悠悠，赤心远达，思之啁啾[⑪]。
吾见巴人兮，其花灼灼，李白桃红，念之江河[⑫]。
吾见巴人兮，其怀洋洋，天近心底，歌之久昂。

歌罢，复以笛声奏之。其笛声也，高亢嘹亮，又有若许苍凉。笛声达于峰巅，倏地戛然而止。张骞走近山梨花，将竹剑、竹笛交付于她，又紧紧给了一个拥抱，向她眼睛一吻："对不起，请原谅张骞相负！"言讫，低头，噙了热泪，决然而去。

张骞归家，自有一番伤情，一番劳累。至于巨鱼相救，别人信与不信，亦不作解。是年（前157）冬，汉文帝刘恒驾崩，汉景帝刘启即位。翌年（前156）春，景帝诏告天下，为抵御匈奴外侮，各郡县实施招兵，凡年在十六至二十五岁的健康男子，均在应召之列。并明确奖掖，乡村应召者，奖军耕田一亩，战死疆场者，奖永耕田两亩。城中市民，照此以币付之。家有两丁者，必得其一应召。

诏令行至城固，县令吴焕即命各乡里正察知备细。

白崖村里正知张骞新遭大难，人财两空，连张汉灵的遗骸都无法寻得。张骞虽有一弟，但系别人弃养，张家抚之成人而已。故而里正不作他想，数次皆过门而不入。

适间汉中郡差报："着城固新军五日内如数上路。"而高桥城（官井村）县衙招兵已经三日。张骞思之再三，以己年轻之躯，正当报效当今，护得家乡父老安宁，怎可惜命终老田野？此等作为，岂不有负恩师殷殷之期？遂于高堂膝前跪下，泣告王氏："母亲大人在上，且容骞儿禀告。母乃深明大义之人，家中虽遭不幸，但那是天命。比之匈奴，屡侵边关，掠杀百姓，汉中、城固亦多次遭劫，此国家之难，民众巨患，骞儿岂可安守一隅？可慈父非命，母恩难报，遽然远行，又非人子所为。故踌躇数日，难以决断。今日泣告，恕儿不孝，儿仍以报国为先，明日前去县衙投军，尚请母亲允准。"言讫，叩头不起。

王氏急急以手相扶，凛然道："我儿志向远大，一身本领自当于军中施展，为母哪有为一己之私阻儿前程之意？我身康健，且有你弟相侍，儿尽可放心前去，搏杀疆场，为国效力。"

时张謇亦随兄陪跪，本欲随兄应召，张骞却以母相托，且言战场凶险之地，謇又武艺平平，家中有他出征可矣，不必让张謇涉险。

张謇知兄长有关照之意，便也剖示其心："兄长在上，容弟一禀。家中之事，吾必料理清整，母亲大恩，吾必尽心侍奉。"

张骞复向张謇长长一揖："谢贤弟大义，愚兄就此别过。"说罢，携了青锋宝剑、地图剑谱诸物，大步流星，向县衙走去。

走出两里余地，张骞忽又想到，恩师向与朝廷重臣袁盎交好，想必对匈奴之事了解颇多，再者临别家乡，理当向恩师鞠礼辞行。恩师由歇脚塥回书院已有时日，临行再次聆听恩师教诲，应为学子应有之举。

张骞遂又移步，向斗山书院疾行。

这真是：

筹费走江惨剧生，江豚救得博望成。

巴山部落际遇奇，投军赴戎志向明。

欲知张骞辞见恩师有何受教，从军路上起步征程状况，且看下回。

**注释：**

①螽（zhōng）斯：一种秋虫，常夜间鸣叫，其声嘹亮。

②出阁：即出嫁。

③及笄（jī）：古代女子满十六岁曰“及笄”，象征已经成年，可以出嫁。

④西城县：今安康市的古称。

⑤长鱼：即江豚。两千多年前汉江水势较今更为浩大，有江豚游走其间，且江豚有逢险救人之举。古人不知，奉为神鱼。

⑥人道：古人对房事之雅称。

⑦其智巅巅：智慧之高，像山峰那样兀立。

⑧峰壑渺藐：山谷绵延遥远，看不到尽头。

⑨眺之若澜：远远看去，山谷中的云雾像波浪一样翻腾。

⑩干戚舞武：干戚：即武器；舞武：挥动武器时威武灵动的样子。

⑪思之啁啾：啁啾：鸟叫。想到时心中像鸟儿一样飞翔鸣叫。

⑫念之江河：思念之情像江河之水奔腾不息。

# 第七回 俞志达细述匈奴史 虎威城张骞扬军威

以对自己最得意弟子的了解，俞志达料定，此次新皇扩军招兵，张骞定必应召，且行前定必来书院阶辞[①]，有所求教。其心中所疑，定必与匈奴相涉。

如若细究，张汉灵之死，与他俞志达有根源上的关系。他多次鼓励张骞去京城寻求进身之阶，甚而不惜亲自登门，向张汉灵陈述，张骞乃可造之大才，埋没乡野，混迹于村夫莽汉之间，实为可惜。

而京城繁华之地，所需费用不菲，以张骞为私利不求于人的个性，唯有自筹一途，故此有汉江之行，有洪水之厄难。俞志达心中愧然，又恐张骞消沉，遂暗自决定，若今日不见张骞，翌日即去白崖村相访。

眼见已到正午，门外仍寂寂无声，俞志达心绪难宁，即向书院大门踱步，方至大门两丈之外，便见张骞大步流星，负剑而来，并远远地叫了一声："先生！"

细察张骞，有豪气干云之气势，无忧戚蹙额之神色，俞志达心中顿感释然，不禁情自外露，朗声相呼："骞儿，为师可盼你多时了。"

至书房入座，俞志达端起茶水，又轻轻置于案儿，向张骞面前一推："茶水尚温，正好适口。"

张骞欲起身相谢，俞志达右手向下一压："今日不必拘礼。你我师生就此一别，尚不知何时得见。匆匆之间，为师只能凭先时燕、韩记载，蒙恬将军的边塞要略，秦丞相李斯之边陲御胡方略，以及本朝对匈奴之羁縻故事，予以简略陈述。尔若有幸得与李广将军际遇，其细情自会得解。”

张骞热泪一涌，席地长长一揖：“谢恩师知我。”

俞志达遂倾其所知，将匈奴之今昔状况，政治制度及风俗民情，分别层次，一一述及。

战国前期，无匈奴一说。大漠南北分布着鬼方、荤粥、猃狁[②]、戎、狄等诸多氏族，彼时无财产之分，所得收获由酋长发配。至战国末，各氏族分分合合，其中形成一最大氏族，并自名“匈奴”，随着时间的渐进与所获财物的积累，酋长及其执事者亦渐次成为大小贵族，并以世袭维护其既得权力与利益。而拥有奴隶的多寡，成为贵族们财富的象征，这也决定了匈奴人以劫掠为荣之特性。

秦二世元年（前209），匈奴发生了一个重大事件，冒顿弑其父头曼，继“单于”之位，从此确立了单于世袭制度。

按匈奴语，“单于”即“天之骄子”，地位与皇帝并无区别。冒顿本为头曼长子，起先被头曼指定为单于的继位者——亦即“太子”。其后，头曼续立“阏氏”（皇后），又生一子。头曼爱屋及乌，欲废长立幼，惜无借口，遂心生一计，将冒顿质于月氏国，施借刀杀人计。

彼时月氏生活于祁连山北麓，那里草原丰美，物产富饶，匈奴尚未强大到敢对月氏发动灭国之役。相反，月氏对匈奴东部之东胡、中部匈奴之阴山一带，形成胁迫之势。匈奴无奈，质子于月氏，以做远谋。

冒顿方质于月氏，头曼即亲率大军进击，月氏国王大怒，派一骁将率兵捕杀冒顿。冒顿十分警觉，从月氏一头领处抢得一匹快马，连夜向北遁逃，保得一条性命。

匈奴人尚武，不管出于何种目的，只要足够勇敢，且技压部众，便能受人尊敬，享有崇高地位。这头曼见冒顿只身脱敌，遂心中叹服，命其为匈奴骑将，率一万甲骑，复攻月氏，以报赶杀之仇。

孰料月氏早有准备，以其骁将率兵对攻。冒顿月余无果，见粮秣不支，遂收兵回国。而对其父之作为，已生芥蒂，暗谋弑父行动。

冒顿首施驭众之术。他制作出一种发射即生哨音的钻孔骨箭，取名“鸣镝”。

鸣镝所指，无论何物，部众即弯弓搭箭，同时射出。否则，当场予以格杀。训练有日，一天将鸣镝射其爱侣，数骑心生疑惧，控而不发，冒顿无言，将其立斩马下。

一日，冒顿随父出猎。途中，冒顿忽以鸣镝射向头曼，冒顿部众立即万箭齐发，将头曼射作一只刺猬。冒顿见大事已遂，复返身入帐，将阏氏及其幼子、头曼的亲信近臣，一概予以剁杀。

一番整顿，匈奴甲骑成一掠杀狂魔。冒顿施计东胡，先疲其志，骄其军，而后率兵攻杀，行前许以将士，劫掠所得，三分之一上缴，三分之二归个人所有。不及旬日，东胡亡国，成匈奴属地。

稍作休整，又攻灭月氏，虏其妃为妾，国王头颅成冒顿酒具。月氏余众被迫远徙葱岭③之西。其后，冒顿单于又率军向南吞并了楼烦、白羊，向北征服了浑庾、屈射、丁令，拥有北接北海④、南临长城之万里疆域，遂将中原地区当作财富主攻方向，抗击匈奴亦成中原历朝要务。

高帝刘邦称帝第二年（前 201）冬，下诏亲征匈奴，率步、骑兵三十二万人至北部边城马邑，初战皆捷。冒顿故伎重演，以羸马弱兵相诱，伏精兵四十余万相候。高帝拒奉春君刘敬苦谏，驱兵向前，被困于白登。

时大雪纷飞，严寒难禁，汉军多为南方人士，衣薄肚饥，皆苦不堪言。高帝突围无望，幸得陈平献计，用美人离间之计，加上重金利诱，让阏氏说动冒顿，让出脱困道路。

高帝一路奔波，至洛阳早已心力交瘁，疲惫不堪。面对匈奴，问刘敬有何良策。刘敬据实以答："我朝初定，将士历战，百姓流离，国力军力，均需休养生息。而匈奴驭马善战，聚合飘忽。我大攻，敌远遁；我小伐，敌骤至。欲使匈奴臣服，可暂施和亲羁縻之策。亦即于后宫选一美丽女子，假以公主之名，嫁于匈奴单于。公主被封阏氏，生下儿子，自是未来单于。届时，世上哪有外孙打姥爷之理？"

此策虽是屈辱，却使我朝有了储备国力之机。文帝六年（前 174），冒顿单于亡故，其子稽粥继位，是为老上单于。

老上单于初立，文帝依照惯例，嫁一宗室公主与之为妻，并派宦官中行说为陪嫁大臣。中行说一到匈奴便即叛汉，成为老上单于宠信的谋臣。此后，匈奴依中行说所谋，专事窥伺中原要地，劫掠边民，成一巨害，而以云中、辽东两郡受害最深。

文帝后元三年（前161），稽粥死，其子军臣继位，便是现在的军臣单于。

军臣单于登位年余，断绝和亲，并大举入侵上郡、云中，肆意杀掠。文帝遂遣张武、苏意、令勉三将率军分驻北地郡、句注山与飞狐口，防备匈奴入侵。又派周亚夫、徐厉、刘礼三将军分驻于长安西之细柳、渭北棘门与霸上，用以拱卫京城。景帝即位，一面继续和亲，一面扩军备战，是为今年（前156）诏令征兵之因。

“关于匈奴的概况，大略如此。”俞志达给彼此续水之后，又道，“至于匈奴王廷之等级制度，这点为师倒是明白。”

匈奴的最高首领，是单于，匈奴人称之为“撑犁孤涂单于”，汉话之意为“像天子那样广大尊贵的首领”。单于执军政与对外交往大权，并设首脑谋划机构“单于廷”。单于有辅政大臣曰左、右骨都侯，其地位比之于当朝左、右丞相。

匈奴人崇左，以左为大。匈奴单于之下，分设左、右贤王，左贤王常以单于继位者担任，王廷设于驻牧之地。左、右贤王之下，是为左、右谷蠡王，亦有各自的王廷。再其下依次为左、右大将，左、右大都尉，左、右大当户，他们均为匈奴高官，战时统军作战，平时饮酒作乐，处理部落与部属之间的矛盾纠纷。这些高官亦有强弱，大者统兵万骑之上，小者数千不等。匈奴统有万骑者二十四个，称作“万骑长”。万骑长之下，各自设置千骑长（或千夫长）、百骑长（百夫长）、什长、裨小王、相封、都尉、当户、且渠等中、下级军官。彼之权力与地位之高下，均以部众多寡相区分。

匈奴一般民众的习惯，则分别以大王爷、王爷、小王爷、土司、族长、头人相称。

此外，草原上另有专事劫财杀人的劫匪“骑痞”。或数十人骑，或百余人骑，皆为亡命之徒，视别人性命为草芥，视己之性命为蝼蚁，飘忽不定，胡作非为，为匈奴之大恶。

说到匈奴人的习俗，俞志达顿了一下，道：“我与我的朋友没到北地去过，所知皆为传闻，骞儿，你将与匈奴作战，从旁了解一点，亦有裨益。”

“匈奴人尚武，从小在马背上生活，这在前边说过。但匈奴人奖掖军功较为特别，但凡作战，斩敌一名取其首级，凭首级获赐一卮酒，并将所俘人与财物奖之于彼，人成为奴隶，可任其鞭笞驱使。故此，匈奴兵上阵，皆奋不顾身、拼死向前，即使负伤或者阵亡，家人亦可获取牛、羊赏赐。这点骞儿须得切记，战阵之中面对匈奴，即面对生死，容不得半点犹疑。以骞儿现在的武功，当不致落于下风。以师观之，骞儿尚缺的，是战阵之中的杀伐决断气概，若假以时日，当自有另一番面貌。当然，除了机智勇敢，忠诚与坚韧，吃得非常人之苦，受得非常人之罪，舍得非常人之盼，亦是成就伟业的基础。”

张骞心怀难禁，伏地以头相叩：“恩师之教，学生谨记。他日顺境、逆境，骞儿当不折其志！”

“骞儿不必如此。为师假若年轻，亦会舍家卫国，虽无上阵拼杀之勇，也可略尽出谋划策之力，”话题随又一转，“匈奴地旷人稀，怀孕之妇与多子之妇，因此备受尊敬。偏僻之地尚存‘轴男轴女’陋俗。若两男交好，而某男不育，便邀其友与妻妾共寝一夜，此夜之后，其妻即随他人而去，原配男子可在数年之后将其妻及所生之子索回，亦有终生不予相认之举。此为闲叙，骞儿姑且一听。”

张骞微微一笑：“也就匈奴人，才无中原之礼。”

俞志达又道：“单于与王爷如若召见敌国俘虏，不管俘虏何等身份，必须墨面敛衽，不从者，便予以杖杀。当然，匈奴草原广阔，沙漠横亘，不事稼穑，不植蔬果，日食奶酪，间以熟肉，以马牛干粪行炊，以羊绒羊皮为衣，因不能沐浴，故匈奴人多腥膻之气，多豪爽之人。”

话到此处，俞志达情绪一转，不再凝重：“骞儿年已十九岁，若遇合适女子，当以佳偶对之。此为为师一点念头，不欲见人间憾事发生。”

“谢恩师挂念。只是从此一去，不知何日重返家园，儿女之事，且看机缘。”遂讲了司家铺的昆丽，盘龙村的姬花、姬朵，巴人部落的山梨花。而昆丽已成张骞心中永远之痛。说及昆丽，禁不住语气低沉，双眼涌泪。

俞志达不料一句话触及张骞心中痛楚，沉默有顷，复道：“为师有一柄制简小刀，骞儿此去或许小有其用。”遂从屉中取一拃长单刃利刃，插入刀鞘，递与张骞，又朗声一笑，“用其削木剔肉，保其利落。呃，对了，为师替你熏了一束腊肉，路途之上，暂且疗饥。”复从案儿之下取出一束扎好的腊肉，置于几上。

张骞一并谢了，起立将欲辞行。

“且慢，为师有歌一阙相送，骞儿谨记。”接着，一苍声高亢而起：

大国情怀兮云海四方，明戈骏马兮神威飞扬。

大漠荒原兮悲喜负载，异域踏阙兮英雄儿郎。

歌罢，师生执手，直至斗山书院门外。

门外，恰有沙河营之刘苟成、杨虎娃、梁清泉，与饶家营之温万世，四人结伴而至，见张骞与俞志达执手而出，皆恭敬施礼，齐声道："见过恩师。我等今日便投军去了。"又依次对张骞一揖，"张骞新遭大劫，仍一心报国，实乃大丈夫作为，可敬，可佩！"张骞亦依次答礼："之前是同窗情谊，今后是生死兄弟，吾与尔等，定然不负恩师之期。"

众人与俞志达免不了又是一番话别。

几个人让张骞先行，紧跟着是刘苟成、杨虎娃、梁清泉与温万世。刘苟成细瘦，比张骞年长一岁，着一身剪裁得体的青色葛布衣裤，显得机灵精悍。大家见张骞步子貌似随意，却非常迅疾，众人初始尚可紧随，渐渐便就迟滞。刘苟成回首一望，胖墩墩的杨虎娃竟开始气喘吁吁。于是道："张骞兄弟，我们知你武功了得，飞檐走壁亦为寻常，我们哪里及得上你。"

张骞止步，回眸一笑："莫怪莫怪，是在下虑事不周，大家原谅则个。"遂让路于侧，让众人先行，却又道，"上了战场，这脚下功夫却是第一要事，否则匈奴人连逃命的机会亦不会与你，更甭说追敌歼敌。"

杨虎娃憨憨一乐："我当打仗就凭刀快力气大，哪曾想过逃命？不过，脚下功夫再好，也追不上战马。你说此理可对？"

"此理对，也不对。人不能与战马相较，这对。战场上眼疾手快，脚下生风，便上可避其下劈之刀，下可力伤马腿，敌落于马下，即可成其刀下魂，此理亦对。"张骞想象着未来的搏杀场景，不禁热血沸腾。

刘苟成兀地横插一句："兄弟投军，缘何不叫上吾等？怕吾等武功太差，累及于你？"

众人亦纷纷以此事相诘。

“岂敢岂敢，诸位有所不知。投军必上战场，匈奴人素称彪悍，战场险地，生死立判，诸位都是家中骄子，我怎能不顾惜伯伯、婶婶们之恋子情怀？”遂又将龚若成失事汉江之事说与众人，“我若不约同窗好友做那生意，与龚若成怎得阴阳两隔？此终身之悔，每一虑及，心中便如汤似沸，备受煎熬。”

温万世动容道：“张骞虑事周全，又如此重情重义。吾等就想知道，你是怎么被人救出的？”

“彼时哪有人救得了我？是鱼，一条很大很大的鱼，巴人把它叫作神鱼大鲤。”遂又讲了那次奇遇，只略去了山梨花一事。

“彼时身上的宝剑你也带着？”身为铁匠家庭的温万世，最终关心的是张骞身上的佩剑。

“做生意用不上携剑上船。如若携剑上船，这剑亦就没了。”张骞道。

“可否让大家瞧瞧？”梁清泉忍不住，一旁插言。

“这有何不可。”张骞解下青锋剑，递与梁清泉。

见张骞一手轻轻递来，梁清泉亦一手去接，孰料一沉，没能把住，直往下落。张骞眼疾手快，一把抄住：“此剑忒重，小心落下砸了脚趾。”

“我一抡大锤者，总不会如梁兄这般。”话虽如此，温万世仍以双手接过宝剑。

左抠右抠，却拔不出剑体：“这是什么宝剑？可着劲儿，亦弄它不出？”

众皆纳罕，围着温万世，细察宝剑，却不知机关何在。

张骞接过，于剑把微凸处，轻轻一点，那剑便“呛啷”弹出半尺：“此系重剑，计七十二式，双臂若无六七百斤膂力，休想以此上阵杀敌。”遂一手执鞘，一手执剑，将“两骖如手”式使出。

“厉害厉害，怪道兄弟能一人斗败五狼。”刘苟成等由衷赞道。

见众人好奇，张骞又将此剑来历略作讲述。

说说笑笑，未时将过，众人齐至县衙。

县令吴焕见是张骞等人，大喜过望，即令衙役用心接待。餐毕，召张骞等人问话。候张骞等落座，复观张骞，但见他：广额环眼大脸盘，面孔微黑鼻准端，虎背熊腰身板正，声宏气阔自凛然。其搏虎缚龙之气概，让人过目难忘。而一身短褐赭衣，更显威武出众。

高兴之余，吴焕又轻声一叹。

“县尊有何烦心之事，不妨告知我等。”张骞道。

“还不是诏令征兵闹的。依汉中郡守差令，本县投军需在三十人之上，而今仅只二十人数，尚差十人无处着落，新军后日便需上路，故而为此焦心。”

“此话怎讲？”

“吾欲从牢中选十名囚徒充军，又恐囚徒半途逃脱，所以踌躇难决。”

“呃，是这样。不知牢中囚徒几何？可否将其解出，让我一观？”

县令即命牢头，将囚徒悉数解出。张骞一瞥，约可四十人等。

“如若不责吾之僭越，县尊大人可否允我做一决断？”张骞兀地想到恩师之教，不若做一次杀伐决断。

吴焕自然点头。

张骞遂对众囚道：“我系大家的老乡张骞。而今新皇登基，欲扩军备战匈奴，现县尊大人委我为城固新军统领，这四位——”张骞指刘苟成、杨虎娃、梁清泉与温万世，“为新军副统领。现在听我的命令，身体有病与年龄三十岁以上者，站在右边。”

一阵骚动，右边去了八人。

“身负命案者移后。”

后边去了五人。

“县尊有令，凡愿意投军上阵杀敌者，均可以军功补过，并一概视作城固英雄。乐意者请上前三步。余者仍回囚牢。”

一阵扑簌，上前者一十八人。余下九人见上前者顿时去了木枷，亦一齐向前迈出。

张骞提高了音量，说道：“我与四位副统领师出同门，就读于斗山书院。刘苟成处事公道，爱护弟兄，他将管着兄弟们的人吃马嚼；梁清泉精通汉律，军纪执法，非他莫属；杨虎娃吃苦耐劳，不避凶险，担负开路先锋之责；温万世善于锻造，日后胯下马掌与手中武器，均由他修理。目下还需于尔等之中选出一位副统领，随时传我调遣之令。条件唯有一条，我以青锋剑使出六种招式，谁能依次使出一个模样即可。”

随即，哗啦啦掣出宝剑：“看好了，第一式‘以阴以雨’。”起式右剑平端，左鞘劈后，瞬间前穿后刺，左右缠绕，双脚剪空，拔地而起，又蹲地横扫，剑风所及，树上青叶纷飞，众人皆退至两丈之外。

第二式“旄丘之葛”，第三式“执辔如组”，第四式“两骖如手”，直至第六式“鹤鸣九皋”接连使出。

囚徒之中文盲者众，哪里识得《诗经》，更遑论以此衍生的剑式？故皆茫然以对。

一少年折一树枝入场，道：“张头领之重剑吾无法使得，且许我以此习之，不知可否？”

“有何不可？尔尽管使之。”

少年做抱剑式以谢，一招一式，竟然舞得有模有样。

“尔之师傅系为何人？你叫什么名字？小小年纪，缘何成了囚徒？”见少年明眸皓齿，神色爽利，张骞顿生好感。

“禀张头领，我叫肖人杰。我师李中壮。只因嫂嫂不守妇道，我遂打折奸夫双腿，故此身陷囹圄。”

“年齿几何？”听说是李中壮的弟子，张骞心中越发怜惜。众人想笑，却又不敢。

“年方一十七岁。我不当什么副统领，只图相跟于你，当个杀敌英雄。”

“人间英雄，当有多种。知难而上，锲而不舍，是为英雄；助友脱困，不求回报，是为英雄；扶孤助弱，见义勇为，是为英雄；蒙冤受挫，其志不坠，是为英雄；当然，报国杀敌，舍生忘死，亦是大大的英雄。肖人杰，许你跟我，但须记住：兄弟不衣，我亦不衣；兄弟不食，我亦不食；兄弟有难，必舍生救之；兄弟伤痛，必求医医之；兄弟有苦，必以心解之。肖人杰，尔能做到否？”

“我能做到。张骞你当大英雄，我就当个小英雄，或者，当个没名英雄也不错！”

一些人憋不住，终于笑将起来。这个替兄长痛揍奸夫的小猴儿，着实可爱。

而县令、县丞、捕头、牢头、衙役、皂隶一干人等，皆看得呆了。

“县尊大人，此事已妥，请大人发话。”张骞向吴焕躬身道。

“呃，甚好，甚好。捕头，将你的坐骑牵来，赠予张壮士。你的坐骑本县另行设法解决。张壮士不要见笑，上过战场的战马，也就这匹，拿来以壮壮士行色。”吴焕郑重道。心中却喜之不禁，有此张骞，牢房为之一空，省了多少财帛与担心，如若城固出一将才，那是多么光彩的美事。

捕头虽有不舍，但张骞的一篇英雄论，使其顿时开窍，高高兴兴地牵一匹红鬃大马出来。

张骞所求，吴焕亦一一允准，计有行军铜锅一口，净米一百五十斤，麦面一百二十斤，腊肉五十斤，木耳、黄花各十斤，弓箭六把，腰刀六把，马粮黑豆八升，一齐让马驮了，准备隔日起程。

翌日，张骞利用一日工夫，以《剧孟之术》为要，缩成一套刀术套路与近身搏杀之技，教与新军战士。肖人杰另有投石之技，亦作教习之要。并以恩师之歌作为军歌习唱。

行前一夜，按张骞指令，皆补衣纳鞋，剃须洗发，统一木碗，统一水具，备好被褥绑带，剪去指（趾）甲。爱说梦话者，口衔木棍：爱蹬腿架腿者，以布带捆之。

出发之晨，新军一行四十七人，插花编为四队，杨虎娃率十二人为先导，梁清泉率十一人押后，张骞居中，齐声唱道：

大国情怀兮云海四方，明戈骏马兮神威飞扬。

大漠荒原兮悲喜负载，异域踏阙兮英雄儿郎。

一行人马出高桥城，至子午道，沿门河（文川河）西岸，越门河山脊，晓行夜宿，不扰民，不取财帛，一连五日，按指令准时抵达李广营地。

时李广任未央宫卫尉，名将程不识任长乐宫卫尉。汉中郡新军均被拨入李广将军麾下。

未央宫乃帝辇禁地，守卫十分森严。张骞率部众尚在外营地十丈之外，便被三名军士拦下，其一高大军士腰按刀鞘，厉声喝道：“来者何人，报上名来！”

众人远远观之，见营前拒马布列，营后五步一哨，百步一楼（瞭望楼）。哨如铁铸，持矛负弓；木楼空梯，双哨远眺。且时有流动哨，十余人骑，沿拒马游走，宽刃长刀，闪光发亮。再其后，营帐序列，战旗飘飘。而辕门大帐，尤显威武，两排武士，头戴簪缨头盔，身披鱼鳞甲胄，左手按刀，右手持枪，互相排定，中间空一条长长的甬道。大帐之外，一个斗大的“李”字大旗高高竖起，随风时卷时舒，猎猎有声。再其后，是长安城墙与影影绰绰巍峨入云的大汉宫殿。

来自远乡的村夫小民，何曾见过如此场面？俱看得如醉如痴，一充军囚徒慨然道：“此生有此一遭，死了也值！”

张骞迎着拦道军士，施一军礼，而后躬身而起，大声回道：“新军军士张骞，率城固新军军士四十六名，前来李将军帐下效力！这是城固县衙公文书简，请过目。”遂从怀中取出密封公文书简，递与来者。

高个军士翻来覆去看了看，语气稍缓了缓：“尔等之中有无充军囚徒？”

“没有。有小错者亦做了甄别。”

“嗯，看也如此。别处充军囚徒，无不以绳串之，饥瘦萎靡，不堪为军。城固新军个个精悍，人人精神，堪为大汉军士。请随我来，去帐下记名编营为是。”

记名之后，城固新军被编入勇士营，而他县有充军囚徒者，皆被编入一般军士营或训练营。

众人对张骞的敬佩感激之情，自不待言。

张骞被任命为卒长⑥，分驻两处营房。换装后一应军纪、军规皆记诵于心。

汉中郡新军被编为一屯，屯长即系高个军士，名李武，陇西成纪李广族人，马上马下功夫十分了得，凭军功做到部曲基层军官，二十七八年纪，原任北地郡⑦军士屯长，现予改任，主要负责新军战术训练。

李武见张骞腰挎宝剑，气度不凡，儒雅中不乏威武，即生好感，只是不知其是否有上阵杀敌实战功夫。首日战术训练，便心生考校，道：“张骞，可否与吾比试？我持长枪，尔用佩剑，来番厮杀？”

张骞躬身一揖：“还望屯长相让。”遂迈入场地，解下佩剑，却不拔剑。

李武也不客气，虎步一纵，亦左亦右挽出数个枪花，劈中带刺，罩住张骞，只待张骞露出破绽，便可一枪定局。

张骞仍未拔剑。只一味前后躲闪，不出一招。

兀地，张骞跃至半空，剑体一划，李武手中长枪“啪”的一下，被击落于地。

李武看双手虎口，均有轻微裂口。他心中明白，张骞并未使出全力。

李武忍不住好奇，向张骞索来宝剑，右手接过，剑向下一沉，不由暗暗吃惊，能将如此重剑运若轻叶，这是何等的力道！全军上下，怕也屈指可数。

城固新军的实战训练与管理，李武便全交给了张骞。

倏忽之间，两年过去。温万世去了匠造营，刘苟成、杨虎娃等十人去了骑兵营，而梁清泉去大帐做了文书。李武荐张骞去虎贲营，张骞不舍同来弟兄，没去，继续当他的卒长。不同的是，他的红鬃大马送给了刘苟成，众兄弟将《剧孟之术》之拳法、刀法亦习练得有模有样，而军歌《大漠行》亦传遍军营。

景帝三年（前 154）正月，七国叛乱。同年，周亚夫、卫绾等平定七国之乱，卫绾被任中尉，参与朝廷中枢决策。

翌年，为解京城肘腋之患，上命李广率部收复北地郡要地虎威城。

时虎威城被匈奴右大将两万人马占据，时时袭扰大汉边境，汉民遭其掠杀。李广曾任北地郡太守，离任后匈奴乘隙入侵，致该城沦陷。现接令收复失地，李广所部上下均同仇敌忾，欲与匈奴一搏。

此城地势，李广甚是熟悉。其形为“斗”状，南低北高依小山倾斜，易守难攻。北临黄土断崖，城下仅容双骑，不宜大部队实施进攻，小部进入，无疑送死。南部开阔，但城垛较北高出两丈，无九丈云梯难达城上，即便登城，北敌凭高压来，亦难立足。东西两边，城下均为硬岩滚坡，云梯无处生根，弩箭难达成效。一连数日，李广亦无妥善之策。这攻城真不比草原上厮杀痛快。

若是有一支奇兵由北城源源攻入，此城破矣。

可奇兵何来？

此间，张骞约了李武、肖人杰，亦在秘密计议。

肖人杰已长成一个彪形大汉，按张骞指点，臂力大增，鸡蛋大的石头，三十丈开外可击中移动目标。而李武武功，与昔日相较，亦判若两人。

最后议定，用碗口粗的椿木，做五架云梯，以北城城高为度，梯高达其垛口之下即可。攻城之日，每架云梯下坠三百斤大石。如此，敌无力达其梯尖，刀枪达及亦无力掀之，届时由张骞居中，李武、肖人杰左右相辅，率勇士营攻入，这叫“出其不意，攻其不备”。一旦登城，即由张骞向西，李武二人向东，顺垛口一路杀去。

李武将此报与“曲领”军候，军候复报与“部统”校尉，校尉率二部下报与李广。

得知此为一小小卒长之计，李广大为惊异，他疑信参半，问张骞之能。李武称张骞文武两造，本系斗山书院鸿儒高足，懂音乐，善画图，一套青锋重剑七十二式，端的出神入化。并道初次与之比武，张骞仅用重剑稍稍一撞，其虎口便即震裂。且此人十分仁义，顾惜朋友，不事张扬，极受军士尊敬，其属下个个勇敢，人人敢拼。

李广心喜，大声笑道：“你个狗奴才，一下说了若许好话，且看战场之上，是否能立此头功！”

是日攻城，为策应北城，李广命副将于南城高竖“李”字帅旗，大造声势，实施佯攻，一旦北边得手，便由佯攻变作攻坚。自己则驰马持“大黄”弓弩，匿于北城，见匈奴射雕者辄予射杀。

张骞则粘满胡髭，在李武、肖人杰护卫之下，迅即举起云梯，一一架于城垛之下，而后从中登梯，左手剑鞘，右手重剑，飞身跳跃而上，三五步即登垛口，剑锋所及，刀飞枪折，撞击垛牙，则碎砖纷飞，守军顿时倒下一片。一匈奴悍将舞刀奔来，只见张骞凌空飞起，一足踏定垛牙，一足踢其胁下，那将一个倒栽，坠落城根，被汉军顿时剁为肉泥。匈奴守军见虬须大汉如凶神恶煞般追杀而来，早被吓得灵魂出窍，弃城而逃。而张骞犹如砍瓜切菜，瞬间向西追出二十余丈。

李广不由得高声大赞：“汉中郡出良将也！”

这真是：

恩师细说匈奴史，《大漠行》歌壮远行。
情服囚徒塑好汉，神威慑敌动惊魂。

欲知后事如何，且看下回分解。

**注释：**

①阶辞：表示对长者、上司辞行的敬意。

②猃狁（xiǎn yǔn）：北方一部族名。

③葱岭：即帕米尔高原，古称葱岭。

④北海：即贝加尔湖，古称北海。

⑤铜锅：古时行军锅，可盛米一斗，白日做饭，夜间敲击巡逻。

⑥卒长：汉时军队实行部曲制。将军领军皆有部曲。大将军营五部，部领为校尉一人；部下有曲，曲领军候一人；曲下有屯，屯有屯长一人，屯下有卒长数人，所辖十数人数十人不等，多以同乡统属。

⑦北地郡：汉时边郡，与匈奴相邻，相当于今之甘肃东北与宁夏西南一带。

# 第八回　称职司御[1]卫青褒许 血战疆场斗伏库录

张骞一战成名。

可他却深陷自责之中。

此次作战，勇士营中，唯他所率城固军士损失最重。计阵亡九人，伤残六人，只剩十九人回营。他们都是朝夕相处的兄弟，亡者从此阴阳两隔，伤残者从此艰难度日。他暗责自己，平日的战术、武艺训练，没能严厉以对。

首次与匈奴将士作战，张骞感到胡人并不难以对付，但也不可小觑，武艺稍差、勇气稍欠者，便无胜算。他见到汉军双人战匈奴一人仍处于下风者，可见匈奴军士的凶悍。

当然，城固军士无不个个英雄，若非他们拼死紧跟登城，后续汉军便难以源源而上。在他们每一个阵亡、负伤兄弟的周围，匈奴兵都倒下一片，其肢残体破、身首异处、血肉狼藉的场景，不由令人想到当时格斗搏杀的惨烈。

战后用餐，多次都难以下咽。见许多军士与他一样，张骞不得不以胜利者的情绪感染众人："吾等还得吃好喝好，把身子骨养好，把战场功夫练好，唯此才可替死去的兄弟报仇，把匈奴赶到大漠深处去！让家乡父老不再遭劫，过上太平日子。"

众皆以为然。

于是又让大家计议本次战法得失。张骞道："打仗不可仅凭匹夫之勇。胜仗既在勇，亦在势、在智，在知己知彼，在临阵机变。即拿此次城垛之上毙敌悍将而论，吾一招制敌，全在瞬间机动。敌将尚在数丈之外，吾便看得真切，其以长刀挥舞，况且身坯粗夯，吾便知其转身不灵，而匈奴诸兵纷让，敬畏若神明，吾更知杀掉此将，敌兵必定崩溃。故其挥刀劈向我腹部刹那，吾即飞身一跃，一足踏定垛牙，一足踢其右胁，利用其刀沉体重之惯性，使其一个倒栽，跌于城外，成了我军刀下之鬼，匈奴兵亦顿时作鸟兽散。”

“故而战场之上，将军有将军的决断，小卒有小卒的机变，唯其兄弟生死相依，方可战场制敌。”张骞又道。

战场之上，众人唯见张骞猛似天神，狠若凶煞，剑与其身浑然一体，飞身纵跃万灵万变，杀敌将如踢朽木，哪知其中若许曲折。一听张骞自解，皆纷纷惊叹。

“兄弟说得极是。”孰料李武从帐外一步踏入，朗声以应。

见是李武，众皆起身相迎。

虎威城一战，李武与张骞、肖人杰及城固军士，几乎浑如一体。他也不甚客气，笑道：“李将军有令，命张骞即刻去中军大帐听召。”

众人杂然道：“不知何事相召，屯长可否告知一二？”

“我一小小屯长，哪里得知？去了，不就全都明白了？”

肖人杰顿感失落，喃喃道：“张大哥此去，再也不会回来了。”

众问：“此话怎讲？张骞兄弟能去哪里？”

肖答：“哪里也不会去，会被李将军留在身边听用。”

众人心中一下空落无依，皆不言语，以目注视张骞。

张骞慨然道：“如若果有此事，我亦不会视兄弟情分为敝屣。只虑一己之利，便不是城固张骞。”

张骞至，李武便即退出帐外。张骞张眼一望，见帐中两排，副将、裨将、校尉、军候列座如次，每人案几之上均有羊肉、猪肘各一木盂，酒一卮、竹筷一双。李广与一朝官于顶前并坐，李广居右，右下一几空着。

张骞立于案几尾端中间，躬身抱拳，致以军礼：“城固军士张骞见过大将军！”

李广诧异：“你是张骞？尔的络腮大胡须呢？”

“禀大将军，那是为吓唬胡人临时贴上的假须。”

李广大笑："好，好。尔且上前，在此处落座。"李广一指身前空位。

"这恐不妥。我乃来自乡间的一名小卒，着实不敢与众将军同列。"

"这有什么？我现在即命你为本将军的左常侍。"

"可城固来的军士皆为我的生死兄弟，我不能离开他们。"

"这有何难？有多少人？一概到帐前听候调遣。尔这等仁义，正合本将脾气。"

"其九人战死，六人负伤，尚存一十九人。"

"呃，是这样。他们都是这次攻坚拔城的英雄，李广敬他们一盏。"语毕，李广将一卮酒酹向地下。

张骞伺机一瞧，被传为战神的飞将军。其威武气势有诗为证：

身长体壮坐如钟，双臂似猿挽强弓。
面若重枣眉成剑，战衣锃亮声气宏。

他复暗测，李广年若四十许。如从文帝十四年（前 165）从军计，与匈奴作战已二十余年矣，其平易近人之状，令人钦敬。

张骞向众将一揖，蹑足入座，便听李广道："虎威城收复，歼敌一万五千余首，京城肘腋之患得解。上[②]大悦，遣大中大夫郎中令周仁[③]大人犒赏三军，现由周仁大人敬读上谕。"

原来左边朝官为当朝重臣周仁，众将皆注目为礼，屏息静听。

读罢上谕，周仁倒也随和，向李广与诸将道："列位不必拘礼，大口吃肉，大口喝酒，方为英雄本色。吾先干为敬，其后随意。"遂举起酒卮，一饮而尽，又夹起一块猪肘，大嚼起来。

李广却甚好奇，复问张骞："尔之剑术，系何人所授？"

张骞回道："禀大将军，青锋剑与剑谱得自摩天洞中，无人授之。"

"以后直接回话。客气了反倒生分——原来得自天意，我朝幸甚。尔如何练得重剑？"

"诺。大将军。我抱犊增力，细研《诗经》，三年方始完成七十二式。"

"尔以何招毙杀敌之右大将？——呃，尔怕不知，尔登城攻杀敌之悍将，乃虎威城敌之统领右大将。尔立首功，当以重赏。”遂命近侍捧一盘赏钱，置于张骞案几。

张骞细述毙敌悍将经过，却拒收赏钱。道：“请予阵亡将士增加抚恤。”

李广暗自称许，越发喜爱这一后生。

“尔所唱军歌，何人所授？”李广复问。

“恩师俞先生所授。”

“俞先生？可否将尔师之名见告？”

“尊师俞志达，系汉中郡城固斗山书院儒者。”

一旁周仁插言：“这俞志达可谓本朝名宿[4]，当年汉中郡曾荐为孝廉，被其婉拒。”

李广又暗暗点头：“张骞，可否为吾等放歌？”

张骞彬彬一礼，道声“僭越了”，便放声而唱。

“好一个‘大国情怀云海四方’，好一个‘异域踏阙英雄儿郎’！听此当浮一大白！”李广兴高采烈，举卮豪饮，一众部将亦热血沸腾，放浪形骸。

李广似乎尚未尽兴，取下身后强弩：“张骞，敢用此八百石硬弩否？”

“张骞斗胆，姑妄一试。”遂接过硬弩，离几而立，右手持弩，左手绷弦，将其拉如满月。

众皆吃惊，顷刻，又一齐叫好。

虎威城一役，匈奴收敛许多，自后十多年间无大的战事。但敌之军力益强，成大汉威胁。

公元前 141 年正月，汉景帝刘启驾崩，时年十六岁的刘彻登基，是为汉武帝。汉文帝刘恒在位二十三年，景帝刘启在位十六年，四十年间二帝实施“无为而治”，与民休养生息，国力得到空前壮大。其国库钱财以至无处堆放，串绳为之朽烂；国家粮仓丰实盈栋，底部为之霉变。刘彻虽然年少，且有窦太后掣肘，仍雄心万丈，破门阀管见，任用长姐平阳公主之骑奴[5]卫青为将，广揽军马数万匹，为讨伐匈奴积极备战。

卫青本姓郑，系其母卫媪与平阳县吏郑季私情所生。然卫青自出生，即饱受郑家白眼与欺凌，遂大怒，与郑家断绝一切往来，随其母姓，自名仲卿。卫青有三姐，均为绝色美人。大姐卫君孺；二姐卫少儿，生子霍去病；三姐卫子夫，后为刘彻皇后，生子刘据。

卫青一家，本为平阳公主家奴。但卫青英俊高大，力可扛鼎，且好读兵书，好练武功，好交朋友，深得平阳公主喜爱，名为骑奴，实则相伴左右。

机缘巧合，一日，刘彻看望姐姐，恰见卫青练武，其矫健的身手，让刘彻深深叹服。刘彻由此得识卫青，擢卫青于朝中。

军马齐备，卫青却恼于无主掌司御，举凡驯马、马粮之管理发放，马病之防范医治，鞍鞯马掌之配置制作，对军马安全的防卫，马厩的清理苫补，牧马的调配与马驹的照拂……诸般事体，亟须一个明事理、能服众的人掌总。如若选人不当，就坏了朝廷大事，他卫青亦吃罪不起。因郁闷，便去好友骑郎将公孙敖[6]处散心。

听得卫青正为司御一事烦恼，公孙敖道："我荐一人，保将军满意。此人心思缜密，虑事周详，讲仁义，爱朋友，知书达礼，为人恭谨，且喜音乐，善绘图，懂兵法，有骨气，武功十分高强，曾一招毙敌右大将于城下。"

"你说的此人，莫非是李广手下的爱将张骞？你从何得知？"

"正是。我从郎中令周仁处知晓。"

"唉，"卫青有些失望，"只怕李广不肯放人。"

"也是，"公孙敖亦跟着一叹，"听说李广正为张骞拉媒，将汉中郡都尉周重的女儿周月英介绍于他，虽然张骞大那女子一轮，但周重父女喜欢得不得了。"

"这不更没了指望？"

"可你在为皇上办事，为国家办事，为跟匈奴打大仗做准备。李广乃明事理之人，你不用拿皇上决策压他，他亦会放人。"

"你说得极是。我明日就去拜望。"

"如能将张骞那干铁杆朋友一块儿弄来最好，据说那些城固老乡人人能干，个个了得。"

"你呀，这不是掏李广的心肝吗？"卫青厚道一笑，"对不住了，李广将军，我得借张骞一用。"

翌日，卫青单人独骑，至未央宫卫尉[7]府。

听说卫青到访，对于这位天子近臣、年轻将军，李广倒也不敢怠慢，即命张骞前去迎候。心中却在揣度卫青来意，既是单人独骑，肯定不是传谕皇上的旨意，那么会是什么？

卫青知李广直爽，亦不作客套，直言道：“卫青今日有一事相求，万望李将军成全。”遂把此行目的道明。

“嗬，请告知于我，圣上是否准备打大仗了？老夫早盼着有这一天。”

“诺。将军面前，卫青不敢隐瞒。”遂将此行目的相告。

“老夫还是识大体、顾大局者。只是张骞此去，可否以一年为期？一年之后，上了秩序，你得让其仍回李广帐下。”

卫青想想，点头应允。心中却在暗笑，一年之后，还不知怎样呢！届时圣上一道旨意，谁敢抗命？

李广即唤过张骞：“过来，见过卫将军。”

张骞向前一步，俯身一揖：“张骞拜见卫将军。”

卫青一愣，原来刚才迎候他的就是张骞。随又一喜：此人果然儒雅知礼，落落大方，让人亲近。卫青端怕有变，即道：“既蒙李将军允准，现在即随我去。”

“诺，卫将军。”复又回头向李广深深一揖，“李将军，张骞有一事求将军一并允准。”

“说。”

“请让跟随我的兄弟一同前去。”

“这——”李广未防有此一着，犯起踌躇。

“将军，既放了张骞，又何必扣着我的生死兄弟？”

“好吧，允你。如若不允，反倒显得我李广不仁不义。”

“谢将军大量。”

卫青心中暗喜，一切果如公孙敖所料。

张骞遽然离去，李广顿感空落，禁不住起身向帐外走去。此时，忽见张骞取出怀中竹笛，站在“李”字大旗之下，将《大漠行》吹出，高亢、嘹亮的笛声，立刻响彻云空。吹毕，向后深情一望，方随卫青而行。

李广不由得双泪盈眶，坚硬的心亦软作不舍之情。

通过卫青，张骞要来了为皇宫经营御马的陈尚斗。

陈尚斗，年纪三十五六，中等个头、敦实，寡言少语，见人发怯，系宫内外非常出名的马经解疑者，张骞早有耳闻。后来成为使节团成员之一。

张骞要求，凡为马事，重订军规军纪，赏罚陟擢，均由司御定夺，他人不得干预。卫青应允道："我只要生龙活虎能上阵杀敌的战马，并能随时增补战马减损即成，余则不论。"

司御府在渭北军马场，张骞到任翌日，即率刘苟成、杨虎娃、梁清泉、温万世、肖人杰、陈尚斗一干二十余人，去丰峪、函谷、灞陵诸马场察看。

此时正是春末夏初季节，沿途草青麦黄、秫子放花、豆蔓伏垄。一会儿云遮雾罩，雨丝飘飘；一会儿蓝天炫光，金珠闪闪；端的一派祥和景象。加之绿树丛中处处屋角，缕缕炊烟，溪水中浣衣的少妇，捉虾弄鱼的小子，看得人心绪万端，众人皆暗自发誓：如此美好家园，岂容强盗践踏！

回总场稍事休息，张骞即道："各位兄弟，明日一天琢磨，后日请将所思、所虑、所议，凡关涉军马之事，列成条陈，备细述之。"

议事之日，各马场主事亦相应到场，从清晨到掌灯时分，皆尽其所言。

嗣后，张骞连续四日闭门不出。

第五日，张骞命肖人杰召众人听令。

司御府其实为一土墙筑就，茅草苫顶、旁临窑洞的五间排房而已。议事之处并不宽敞，二十余人进屋，只好自找地儿，席地跽坐。

张骞据案而跽，案几之上，码放着一堆书简。见众人已然坐定，遂道："奉卫将军令，命吾充任司御一职。此乃关乎朝廷灭胡大计，吾心时时惴惴，不敢有半点懈怠。列位皆生死兄弟，故望齐心，努力助我，亦是相助圣上，相助于天下百姓。"又一顿，道："吾虽不晓卫将军将率多少精骑讨伐匈奴，但从现有几近五万军马观之，其数将远不止于此。故而，吾与各位兄弟及马场一千九百七十三位军士，能以国之情怀，勤于马事，让每一匹军马皆可驰骋于大漠荒原而不疲惫，上阵杀敌而不畏葸不前，成为军之良马，敢拼敢死之马。为达此目的，现颁司御令如次——"张骞语毕站起，双手捧简而宣：

司御令一

令刘苟成为驯马师驭手总领。驯马驭手按等关饷。月驯马十匹以上者为一等。八匹以上者为二等，六匹以上者为三等。所驯之军马须经战阵拼杀之考校。

司御令二

令陈尚斗为军马总医官，并负良马挑选、配置之责。每千匹军马设医官一名，千匹中月患病千分之六以下者为一等，千分之八以下者为二等，千分之十以下者为三等。因病残亡者另罚。一匹罚饷两月，二匹罚饷半年。

司御令三

令梁清泉为军马粮秣、匠造材料、马厩苫补、冬饲列支、饷银发放总筹。每马场筹员两名，每季由总筹检算，无错讹者为一等，错讹一缗[8]以下者为二等，错讹一缗半内者为三等，自污其名者，无论多寡，均予除名。

冬饲筹备，改单一贮草为放贮秫子、高粱、糜子秸秆相举，贮饲铡以寸长为准，精饲每马每日每晚一次。

司御令四

令温万世为鞍鞯、马掌匠造总管。以每三百匹设匠造一名计，所制鞍鞯、马掌全部合格为一等，破损之比三百比十以内者为二等，三百比十五内者为三等。由总管指定八人为验造师，验造师作弊者，予以除名。

司御令五

令肖人杰为军马场守备与军马考校总领。骑战军士五十名，流动骑士二十名。军马之灵变与胆量考校，均以战阵拼杀格斗进行。每月全员出场，格斗十之胜七者为一等骑士，十之胜六者为二等；余则为三等。与外敌、马贼舍命相斗者，无论胜负，一律重赏，赏银从五缗起，直至百缗。

司御令六

令杨虎娃为联络快骑总提，并司各部日作巡检纪要。各马场设骑检联络二人，以恪尽职守、提前到卯者为一等；尽职守、按时到卯者为二等，余者为三等。月误事一次，误卯三次者，罚其除名。

司御令七

命原各马场主事为副司御。副司御犯重错一次，降职留场，犯重错二次，报卫将军另处。

司御令八

令本次所随军士自荐其用，每掌总者亦可认选，但认选不得超于三人。

司御令九

马场所有执事、军士，因病需假者，由副司御核准；因他事需假者，报司御核准。因病、因婚丧之事需假者，视其病况与乡路远近给假，假日之内不扣饷银，并视情予以抚慰，超假无重大原因者，按误卯、误职处置。

司御令十

每月底为司御检讨、议事日。马场上下人等均可直面而言，凡谏言被施之有效者，均予奖掖。司御疏忽误事，造成损失，轻者罚俸两月，重者罚俸半年。如特别重大，自请解任。

听罢张骞之司御十令，众人皆有陌生之感：这还是他们的同门学子、城固老乡的张骞吗？似乎是，又似乎不是。尽管其中一些思虑为众人所议及，但条理如此周密，赏罚如此明朗，对事如此公平，却令人钦敬折服。这不能不说，城固有张骞，是他们之幸运，他们从中学到了许多东西，亦随之成长起来。

此令一经实施，皆人人努力，个个争先，马场整体面貌为之一新。而张骞似乎十分悠闲，每日晨未到点卯，便听到他吹埙弄笛；每次马场考校，他必擂鼓相助却从未入场；医官施医，他必仔细询问，余不多言；匠造所中，亦时时拿起大锤，叮叮咣咣，抡上一阵；冬饲购秸，亦必时时光临，与农夫攀谈……久而久之，人们方体味到张骞之关切、之亲近。其心细如发之举止，让人无不动情。

是年年底，卫青调出战马两万匹，组成新军，同时调张骞出任军中司御。张骞一职，令梁清泉继任；梁清泉一职，另行选任。张骞十令，一字未动，只陈尚斗又回到宫中。当着众将，卫青放言：“有张骞之马，诸将尽可放胆搏杀！”又指张骞：“此是张骞，现为吾军中司御。其在马场特殊之功，当今圣上亦已知之！”

消息传入李广营中，李广心中大悔：吾只知张骞能战，却不知张骞能干，惜哉！

军中司御，却又不同，张骞观察多日，方理出头绪，其关键在骑士对战马之爱、之关切，亦即重在“知马”与“懂马”。知其脾性与病痛，懂其所需与所求。关爱多于漠然，安抚多于责难，情注其心，临战才会相融一体，平添杀敌之力。其他诸事，均为补辅。但于卫青营中，不敢做司御之令，只从“知马”“懂马”入手，列出相应条文施之。

于是，军中皆以“懂马”“爱马”为赛事，马之战力，与昔日不可同语。

卫青赞叹：“一个张骞，平添一万战力！”

一日，公孙敖到卫青营中，毕恭毕敬，施礼唱喏：“卑下有一事相求，请予允准。”

“甭弄这些噱头。谈甚事？”

“能否请张骞去我那里做客数日？”

“仅仅是做客？你心里是否又想着什么好事？你不用瞒我。”

“诺。我欲请他做几日练手⑨。”

“此事无须告我，只他乐意即可。”

“公孙敖明白。他人如若问及，我回卫将军不知，纯系友情而已。”

“去你的‘而已’。”

公孙敖悄然而出，悄然而去。

帐外，张骞早已候着。公孙敖不语，向他招了招手，二人即到拴马桩，解下缰绳，一跃，蹬上马鞍，又拍拍马脖，一个啸声，远远奔去。

时在腊月底间，残雪盈地，西风凛冽，树木萧索，道路冻结，马蹄落处，响声铿锵。路途上偶尔遇着行人，皆早早避在一旁，树上的斑鸠乌鸦，亦振翅飞离。此地离京城较远，在渭北马场之北三百里地，时有与匈奴游骑遭遇的状况。故而，俩人驰出刚二十里地，便有百骑汉军前来接应。

此地地处长城之南旱塬地带，塬平峁陡，沟壑深陷，唯有秦时留下的驿道可供战车驱驰，这也为汉军戍边军队和匈奴的南侵，提供了便利。

营地离此尚有五十里地，张骞、公孙敖居前，率百余骑刮风般疾驰，人与马喷出的鼻息，瞬间凝成团团白雾，散入干冷的空气中。

张骞第一次到这样的地方，走这样的路。城固的冬季也冷，但没有令人周身寒彻的劲风，出门穿一身棉衣足矣，竹林松柏青郁惹眼，而这里穿着羊皮大袄仍让人抖索，一路上绿影儿亦难一见。

老在沟壑中打转，张骞有点不太放心，于是道："公孙将军，是否派斥候[10]到前面看看？"

公孙敖道："回营地五十里，眨眼即到，我看——"见张骞恳切眼色，又转了语气，"也对。这里歧路甚多，说不准哪个岔口碰上几个劫道的蟊贼，也好试试手中的快刀。"遂命三五名精悍机灵军士前出，自个儿缓辔而行。

说话间，一斥候疾驰而回，一时忘了军礼，急急地禀报道："将军，前面塬上匈奴掳掠了一群百姓牛羊，避开驿道，欲从小道遁行。"

公孙敖急问："敌骑几许？百姓几许？牛羊几许？"

"敌骑八十左右，百姓百名上下，牛羊近三百只。"

回营调兵时辰不许，对付小股敌骑，所率人马足够。他一望张骞，张骞道："保境安民为我等本分，下令吧，将军，吾等就让这些强盗在此过年！"

据斥候回报，从塬上下坡上路，有两处岔道。公孙敖与张骞各分兵五十，疾奔塬上。

张骞先到，疾眼一瞥，见百姓多为妇孺，在前；牛羊拥挤而行，在后。敌骑前后两拨，持刀夹挟，时以马鞭向汉民乱笞。

时有两民乘隙欲逃，一敌骑弯弓搭箭，瞄一高个边民后背欲射。张骞来不及上前解救，遂掷出剑鞘，空中一个漂亮的弧线，飞出二十余丈，正中敌骑后脑，只听"砰"的一声传来，骑敌与剑鞘同时落地；又一个剑花，削中一敌骑耳门，顿时，血如开闸猛水，直喷而出。一敌俯身避开剑锋，横劈张骞，张骞离鞍纵身一跃，剑锋向下一划，只听"呛啷"一声，刀从敌手中脱出，"嗖"的一下，扎入硬土，张骞乘隙将敌踢出，又听"咔嚓"一下，地上的刀柄竟从敌之胸前贯通。

电光石火间，张骞毙敌三骑，汉军威风大涨，纷纷与敌拼杀缠斗。而敌骑见张骞骁勇机灵，武功高强，敌酋砍杀汉军两人后，遂弃他不顾，率三骑奔张骞而来。

四敌围着张骞打转，无人敢于上前。

那敌酋并无顶盔，身长体大，一头过耳卷发随风飘然，一张黑红长脸，配一双浓眉鹞眼，手挥一把三尺来长的狼刀，直似一尊恶煞。张骞匆忙间暗自掂量，须先挫其一敌，再做计较。

昔日见肖人杰投石，屡中敌之要害，尤其虎威城一战，凭一袋卵石，击敌而远，敌畏而奔。张骞亦习之，袋中常揣石数枚。而今剑鞘脱手，不若取石，乘敌不备予以袭之。遂取石于左掌，右剑作劈杀式击向一敌。那敌不敢接招，双眼专注于剑，不料张骞石出，竟洞其左颊，敌立时而坠。张骞乘一敌惊惧愣怔，纵马于后，剑及马臀，那马一纵一闪，一个右侧，倒于地下，那敌来不及倒手，刀竟自伤左胁。

转瞬间四敌去二，除敌酋，另一敌怯而避之，却被相跟汉军击杀。

那敌酋似乎并不在乎三骑被灭，挥着狼刀，直面张骞，杀奔而来。

那敌酋果然了得，马背上不见人影，不见刀影，唯见一团白光，如射出的箭矢，向张骞飞奔而来。

立即，张骞马背上亦迅起一团青光，与白光相互拧绞，一声声激响震人耳鼓。此时敌骑已被悉数剿灭，阵地上敌我尸身一片狼藉，一些负伤的马匹在地上挣扎不起，被救下的百姓，皆睁着惊恐的双眼，不知去留，连牛羊亦禁了叫声，挤作一团，呆立一旁。

公孙敖欲上前帮张骞斗杀敌酋，但观察移时，竟无从帮起。他今日始见张骞之真功夫。此人文武双全，见识卓异，又温良谦让，真是值得终生相依的好朋友。他又自觉可笑，本欲请张骞做军中练手，孰料途中在此练上。

倏地，敌骑与张骞坐骑竟同时倒地。二人滚下马鞍，又在地面相搏，大约三十几个回合，那敌酋突然用生硬的汉话叫道："不打了，不打了，我认输，我投降！"一下跳出圈外，将刀扔下。

张骞住剑，一汉军骑士早把剑鞘找来，递与张骞。

张骞纳剑入鞘，用番语问道："你叫什么名字？在匈奴干什么的？"张骞处处留意，早在李广营中，便习得匈奴语言。

"你叫什么名字，干什么的？"敌酋反问。

"我叫张骞，原是一种田庄稼汉，现为汉军军士。"

"我叫库录，右贤王手下百夫长。今日打得痛快，也输得痛快。再打，我这虎口就被你那宝剑震得流血不止了。”遂伸出右手，展开手掌，嘻嘻一笑，“你看，手成这样了，还怎么拿刀？”又拉过张骞右手，啧啧称赞：“你这家伙，再斗三百回合，也不在话下。我服你。”

二人看马，两马竟因二人力道过猛而累至趴下。

刚才还是死敌，此刻却似朋友，公孙敖等还从未见过这样的敌手，尽皆精神一弛，不禁莞尔。

这真是：

卫青请贤张骞至，农夫却作司御职。
疆场杀寇解缧绁⑪，斗伏强敌心自炽。

欲知后事如何，请看下回文章。

**注释：**

①司御：汉代武官官职。一切有关战马马事管理人员的总领。

②上：下面官员对皇帝的尊称。

③周仁：汉景帝时太中大夫（大夫层级）、郎中令（朝官要职，主议政国事），曾为太子舍人（师傅）。廉洁谨慎，有官声。

④名宿：著名儒学大家。

⑤骑奴：奴隶之一种。主人乘舆（双轮马车）出行，奴隶骑马警卫随行。

⑥公孙敖：卫青至交，卫青手下十五大将之一。卫青发迹前，前皇后陈阿娇之母大长公主擒卫青欲杀之，幸得公孙敖拼死相救。

⑦卫尉：汉代武官名，掌管宫门警卫，统率南军（宫廷警卫部队）。

⑧一缗（mín）：古时货币单位。一千文为一缗。

⑨练手：军中武术教官、陪练。

⑩斥候：古时军中的侦察兵。

⑪缧绁：缧（léi）：捆囚犯的黑绳子。绁（xiè）：拴着、牵着。这里比喻遭劫难、被解救的边民百姓。

# 第九回　未央宫库录说月氏　汉皇帝下诏揽群英

公孙敖与张骞均感诧异，库录的同伙死了个干净，他却没事人一般，无悲无憾，无哀无叹；对于自己的败落，亦无半点儿羞惭。反倒是上赶着向张骞大献殷勤，“大哥大哥”地叫个不停。

“张大哥，凭你这身本领，你在我们那里，可以有最漂亮的女人，有一大片草原，一大群奴隶，一大群牛羊马匹。你可当第一勇士，我只可以当第三武士——呃，而今做了你的俘虏，连第三也当不成了。”库录有些惋惜。

“那你们那里的第一勇士究竟是谁？”张骞有些好奇。

“是甘父，也叫堂邑父。他与我一样，也是百夫长。”

张骞记下了这个叫作甘父，也叫堂邑父的名字，又道：“我在你们那里可以当上第一勇士，可在汉家这里，我只能是最末等的小卒。譬如这位将军——”张骞抬起下颏向公孙敖示意，“他是我们这里的将军，我只是一个给他喂马的马夫。”

库录惊奇地张大了嘴巴，看着张骞，又望望公孙敖，显得似信非信。

“哎，我问你，你的同伴全死了，你就一点儿也不可惜？”张骞单刀直入。

“他们？他们不是我的同伴，也非同伙，最多算是同路。他们是草原上的骑痞，早就该死！”

公孙敖有些不解，张骞遂把从恩师那里听来的作了解释，骑痞乃是专事杀人越货的匈奴强盗。

看来库录不算坏得透顶，张骞道：“和他们搅在一起，是否你也该死？”这话有一半认真，亦有一半玩笑。

“若我抢了东西还杀人，那也该死。可我只拿东西，不杀人。”库录认真起来。

“是‘拿’吗？人家与你非亲非故，就那么愿意让你‘拿’？还把人家的财物‘拿’个精光！”张骞带笑，却十分严肃。

“是抢。”库录竟有点忸怩，“过年了，原想去弄几只黄羊，捉两只狍子，半道遇上他们，说汉民那里有现成的，让我当个头儿对付厉害角色，他们抢得的人与牛羊、粮食、衣物，分我三成。这么省力气的好事，自然应允了。哪料想遇上张大哥，吃了大亏。”

“你吃亏？你本来就两手空空，没折损一分半文，何来吃亏？”

库录无语，又对张骞的宝剑来了兴趣：“张大哥，你的剑真厉害，我这刀就够厉害，一下就能砍折别人的刀，可刚才被你砍了两个大豁，再打一小会儿，我这刀就成了切菜刀。”

“你想看？我给你。”张骞解下青锋剑，左手一横剑鞘。

库录接过，却拔不出宝剑：“你的剑真怪，它只认你。”

“剑鞘侧面有一小钉，按它一下。”

库录一触，剑把“嗖”地弹出，剑一抽出，剑鞘“啪”的一下合成一把钝剑，再一触小钉，复又成一剑鞘。细瞧那剑，青乌乌剑芒刺眼，没一点痕迹，又挥了挥，觉得太沉，自己怕也使不到半个时辰。他觉得刚才认输很有道理。说道：“张大哥，从此以后，你便是我的主人。你到哪里，我就跟到哪里。”

公孙敖正为如何处理这百余具尸体拿不出主意。就地掩埋？冻土硬如石头，再说也无挖土工具，刀剜枪戳亦非办法。就地焚烧？这不合汉民礼数，活着的军士也不会同意。现在又出了个库录，又该如何理论？于是望着张骞：“张司御，这事儿咋办？”指指库录，又指指敌我双方战死的军士与骑痞。

地上，汉军军士的遗骸散落各处，与匈奴骑痞的尸体相互纠缠着。张骞心中倏地感到一阵刺痛，尽管他们中的许多人他叫不上名字，甚至不怎么认识。但他们一个个都还那么年轻，他们的父母兄弟姐妹，无不在倚门盼归，可而今他们却长眠于此，身上还带着刀枪的巨大伤口，身下结着一块块僵硬的血痂。

匈奴，匈奴，又是匈奴，若非匈奴的肆意妄为，匈奴骑痞怎敢如此施暴！

张骞纵目环视，被救百姓已渐行渐远，没入沟底；而不远处一处干沟，黄土壁立，甚是狭窄，且黄草稀落，人迹不入。遂道：“将军，不若将战殁将士葬于彼处？”也不等公孙敖应声，便轻轻拉出两具汉军军士遗体，双腋一夹，径奔而去。

库录一见，亦学着张骞，紧随其后。

至彼处，放正遗体，张骞持剑飞登壁顶，待其后的将士遗体一一摆正，即双手挥剑，砍劈黄土。那库录不甘落后，亦登壁劈土。

公孙敖等，但凡身具提纵功夫者，皆纷纷登壁于顶。

顷刻，大块小块冻土、酥土，扬扬撒撒，渐渐将遗骸遮没。

张骞又对公孙敖道：“若许骑痞尸身，不若葬于吾军军士脚下？”

公孙敖有点不太乐意，觉得张骞太过仁慈，慈不带兵，他不会不知。于是道：“你看，没地方了。”

“可以将其搁于一处，以土掩之。公孙将军，我们是礼仪之邦，文明之师。你给兄弟们讲讲可否？”

这种央求的语气，让公孙敖顿悟。

一场遭遇战，于此可谓全部结束。至于库录，还是交给卫青大将军处置。

人人皆累，回营无话。唯有库录，紧随张骞，一步不落，连夜宿都在一处。

翌日晨，公孙敖道：“张司御，我派五十骑士随你。”

“不必。库录不会逃逸。昨夜问了他一些事体，他对月氏国与西边之山川地貌、各匈奴部落知之甚详。他已是我们所需的紧要人物，我怎会让他溜走？再说，我眼下是他的‘主人’，匈奴人对‘主人’从不背弃。”

“噢，那就好。行前，兄弟们想请你讲讲昨日的临战战法。”

“好。听将军吩咐，我这就去。”

至校场，黑压压一干汉军骑士，早已候着。

张骞思虑，军士之中，知书者甚少，知兵法者更为罕有，一部《孙子兵法》数天数月亦无法说得明白，遂道：“前人曾道，为将之道，在智、在信、在仁、在勇、在严。临阵作战，吾等只看到他的勇敢与严明。而为兵之道，则在仁、在智、在勇、在变、在武。仁为兄弟生死相依，智为善思、善虑，勇为不畏刀枪斧钺，变为奇招频出，武为江河不竭。如此，临战之时可自保，可得势。个高个矮，力强力弱，器利器钝，马上马下，若能悟得各自战法，则可积一人胜为全军之胜。”他见有人低语，有人互议，便以实例叙道：“昨日之战，吾首杀骑痞，用的剑鞘远击之法，亦可称作‘尾击’战法。人眼在前，后脑为盲，彼时骑痞欲箭射出逃百姓，吾距其尚有二十余丈，遂以剑鞘击其脑后。其后又卵石击穿敌之右颊，此为击其不意‘侧击’战法。而与库录相对，是为‘正击’，库录力大刀沉，且以旋风刀法欲从快中胜吾，吾则以快制快，使之不可近身，而吾则有机可乘。”

库录一旁咧嘴大笑：“张大哥说得极是。打得可真叫痛快，输得也十分痛快。”

军士们亦嘻嘻而乐。公孙敖暗道：这匈奴汉子倒很爽直，是个憨种。

“此外，还有一种‘伏击’战法。此战法只可用在敌暗昧昏蒙，而我清明有备之时。昨日是为遭遇战，故无‘伏击’施之。”张骞最后道，“临阵‘伏击’最为得势，可达伤敌十之，而我伤其一；‘尾击’得势，可伤敌其七，我伤其一；‘侧击’得势，可伤敌其五，我伤其一；‘正击’均势，势敌者互伤，势弱者自伤，势强者敌伤。功夫器利固然重要，但临战唯知对杀者，非取胜之道。”

语罢，张骞恭谨揖别公孙敖，呼库录相随而去。

而库录正右掌贴胸，向公孙敖弯腰行礼。

为避唐突，至卫青行辕，张骞未让库录随进，命其留帐外相候。

张骞唱喏：“军中司御张骞求见。”

卫青一常侍橐橐而出：“将军吩咐，若是张骞，即刻相见。”

卫青正与部将商议年事，见张骞顶盔贯甲而入，即道：“司御何来？若为马儿年事，可先候着。”

“非也。此有公孙将军呈报书简，请将军过目。”张骞掏出简报，呈于常侍，常侍持简轻轻置于卫青几案。

卫青心犯嘀咕：“这个公孙敖弄什么玄虚？年事军中早有安排，何由又报书简？”

刚读数行，卫青兀地站起：“张骞，尔与公孙敖途中遭敌是怎么回事？这库录又在何处？”

“回禀将军，这库录，卑职已将其带至帐外。”遂又拣紧要处叙说与匈奴骑痞的遭遇战，所掳百姓、牛羊已全被解救。

“好，好。张骞，让你当我的司御，可惜你了。且将库录带来，本将军有话问他。”

库录入帐，见张骞神色庄重立于一旁，亦立即敛容站在张骞肩下。

“汝即库录？”卫青复踞于案几之后。

库录茫然，眼瞅张骞。

“这是卫青大将军，还不快快见礼！将军问你，你是库录吗？”又对卫青抱拳施礼道：“他不大懂得大汉军中之规，请将军以俚语询问即可。”张骞以不同语境两边说话，见机之快，让卫青着实称许。

库录忙不迭地又是按胸鞠躬，又是抱拳作揖：“回大将军话，我是库录。我吃了败仗，才做了张大哥的俘虏。”

一众部将见此，亦笑上眉梢，尽皆注目。

“你可知月氏国？”

“知道，知道，我太知道了。那儿的党河水，清亮亮的，大姑娘一洗，好看得叫人掉眼珠子；那儿的草原——”

张骞赶快打岔：“将军问话，问啥说啥。不相干的事不要乱说。”

库录不解：“张大哥，我没乱说呀，若是月氏国那里水草不美，女人不漂亮，冒顿单于哪会带上全部兵马灭了他们？”

卫青粲然一笑：“只要不伤大雅，随便说说也好。”心中却道，这样的匈奴汉子，话才实在，如报与圣上得知，圣上也才相信。

库录间或冒出几句匈奴语，张骞即刻译为汉话，卫青偶尔发问一句半句文辞，张骞又得向库录解说，三个人这般将近半个时辰，卫青方做出决定：择日让张骞通过未央宫卫尉李广，带库录直接面见圣上。

卫青欲留张骞在军中过年，却被张骞婉拒：“我想乘此机会去会会回来的城固兄弟，尚望将军恩准。”

“这库录——？”

“库录对军中完全陌生，多有不便，还是让其随卑职同行。我可在此立下军令状，走了库录，张骞提头来见！”

“军中无戏言，五天之后前来缴令！”卫青将令箭交与张骞。

张骞郑重接过令箭，走出帐外，勒马一想，又带着库录，去马厩换出两匹驽马[①]，才回到自己的营帐。

早有人将此报与卫青，卫青笑道：“张骞虑事周全。”

翌日清晨，天上忽然飘起鹅毛大雪，北风带着啸声，半空里将雪花搅作一团，落在营帐，落在地面，击打着面孔，让人难以睁眼，战衣里，浑身透凉。库录生在北方，见惯不惊，倒是张骞，骑着驽马，不一会儿，战靴里的双脚便有些麻木。

张骞索性下马，将马尻一拍，追马而奔。

库录以为张骞欲与他一赛脚力，顿时来了劲头，紧追其后。

这天恰是腊月二十九，尽管大雪纷飞，办年货的百姓仍络绎不绝，见一个军汉，一个匈奴人有马不骑，追马嬉戏，无不感到十分怪异，不知这匈奴人与这军汉什么关系。

出于本能，人人皆远远避开这带刀匈奴。

库录发现百姓向自己投来憎恨、畏惧的目光，骤然感到汉人对匈奴的掠杀行径有深入骨髓的仇视，他突然怀念起那宽阔的草原来，也突然闪出一个念头，若非胯下是一驽马，而且张骞大哥的坐骑也是一匹不堪奔驰的驽马，则可寻机回到草原，哪怕是孤独无依。

张骞见库录忽然放慢了脚步，便停下候着，看到库录脸上的愧色，立即明白库录为什么这样，于是慰藉道：“他们若是知道你已是我们最受欢迎的客人，他们就会像对待自己的亲人一样对你好。”

库录想了想，道：“张大哥你说得是。”复又高兴起来。

俩人赶到渭北军马场，天已向晚，只那雪花仍在漫空飘飞，远远近近，山山岭岭，一片银白。

张骞早已告知库录，这里有他许多生死相依的兄弟，他们会将库录也看作自己的兄弟，因为他们绝对相信张骞。

果然，进了马场和众人相逢之后，一经张骞介绍，大家就拉着库录去司御府烤火。不一刻，又置酒上菜，挨挤围坐，为他们洗尘。

库录也记住了他们的名字：梁清泉、刘苟成、杨虎娃、温万世、肖人杰，还有特地赶来在此过年的李武。

一听说李武是李广的族人，库录即刻站起，向李武深施一礼："李广是匈奴人最佩服的将军！他的那把弓箭，匈奴十个射雕人也不及他。"而李武与张骞分别日久，今次偶然相见，端起酒卮手竟有些发抖，虎威城一战结下的生死情谊，让他终生不忘。张骞亦非常激动，拉着李武双手，紧握不放。

大家索性放下酒卮，一齐放声唱起《大漠行》。

库录尽管对歌词似懂非懂，但他已经体会到，这是一群有情有义能战敢战的血性军汉。他若有这样生死不渝的兄弟，为其舍命也十分乐意。

跟张骞，是跟对了。由此他想到右贤王的第一勇士甘父，那个有两个名字的家伙，倘若遇上张骞，肯定会与他一样，与张骞生死相依，才不管他什么汉人、匈奴人。

从年三十到正月初二，热热闹闹过了三天。初三是张骞缴令的好日子，天也恰好放晴，虽是清晨的阳光，望着厚厚的雪塬，晃得双眼仍然放花，出门立定，好一会儿才策马前行。

张骞谢了兄弟们的好意，没有换骑军马，司御十令是他颁定的，他就不能坏了规矩。再说此行只是以马代步，故此，堂堂司御，仍骑了驽马上路。

见库录心情大好，张骞便知，而今撵他，他也不会离开。

回到卫青军中，张骞缴令。卫青问道："尔以何法，至库录不离不弃，相与相随？"

"唯情义。"张骞遂道出去军马场的双重目的。其一，看望多日不见的城固兄弟，他们舍家为国，理应得到心灵慰藉；其二，感化库录，只要他是看重情义的汉子，并非毫无人性的豺狼，那他必然视我等为兄弟。再说，库录武功不低，放在营中，若众军士憎之，防之，就必生变数。

卫青颔首称是，又道："刚刚开年，李广不便，圣上事多。给圣上的奏简，亦须琢磨。为不使库录闲而无事，不若让其做军中练手数日。"

"诺。谨遵将军之令。吾与库录共而为之。"

卫青一笑："如此最好。"

此番教习，又与公孙敖处不同。公孙敖处时辰紧迫，容不得歧议不说，只以例简述击敌方式。而此番时日颇多，又有库录陪战，故从军中优选百名将士环窥，并与敢战者真刀真枪相较。

“先说马战。马战之器，其类颇多，大砍刀、大环刀、大弯刀、大链刀、双刀、双剑、长矛、长枪、长棍、长戟、链锤、铜锤、长鞭、飞石……不一而足。总体不外乎刀枪两个大类。”张骞依《青锋剑谱》七十二式所说“见物皆谱”之理，又据实战所得，复道，“用刀者，不外乎抉、砍、削、劈、剔、掠、压、挑、抡、撞、摇、抟、撇、挽、掠、挑、划、掠、拨、欺、晃等招数，以求制胜。此外，护马之术，俯仰纵跃之术，亦不可懈。尚有以一敌三，双马对战，双马并战，提马侧战，纵马尾战，提马追战，势不敌而退战，诸多马战，亦应明白。最忌者，系盲战、乱战、蛮战、拙战；最糟者，为慌战、怯战。是故有报国之志，方可为战。”

言罢，让库录换马，持一长柄大刀，张骞飞身上马，以一长矛，做拼斗演示。有三骑分持大刀、长枪与双剑者，将张骞围在垓心，张骞仍持长矛相对。

张骞拍马，纵身一跃，只听“啪”的一响，一骑大刀落于地上，顶上头盔亦被挑走，人们眼花缭乱之间，长枪已到了张骞手中，长矛被扔于马侧，而双剑骑士的护心铜镜，也被一颗飞石砸出一个凹坑。

片刻静默，众皆高声叫好。

张骞抱拳以谢，又将马上对马下、马下对马上、地上斗杀、无器相搏等诸种情形，尽其所知，一一述及。能一招制敌，即可避免缠斗，得势得时。

正月十八日，卫青将张骞唤入帐中，手托两部简册，道：“重一点者，系给圣上的奏简；轻一点者，系给李将军信简，你带库录入朝面圣之事，本将因脱身不得，故请李将军从中筹谋。此乃国之大事，切记，切记。”

“诺。张骞定不负所嘱。”

李广见张骞归来，自是欣喜。看罢卫青信简，方知事体关乎圣上决策，若立即带张骞、库录面圣，又恐库录失礼失言，不能摘要奏对，累及张骞。凡事万妥万当为要，遂道：“面圣大事，不可草草。尔与库录先习礼仪，再酌奏对，陛下聪颖，虑事决断，廷奏之时，万万不可以你我常态而语。”

二月八日朝会，李广将卫青奏简呈于刘彻。

刘彻翻至落款，问道：“李将军，卫青书简何以今日方到？”

“微臣愚见，库录乃化外之人，臣见其粗鄙，恐其冒犯陛下。而陛下又是雷厉风行之圣主，故而迟了数日，此乃微臣之过，请陛下明鉴。”

“罢了。待朕看了卫青奏简再说。”

“诺。微臣谨遵圣命。”李广退入朝班。

二月十五日晨，一姓房年长太监抵李广营中传诏：“着未央宫卫尉李广带张骞、库录即刻入朝谨见。”

从不知什么叫作害怕的库录，突然紧张起来。他万万没有想到，就因为他对月氏国与西域的了解，竟被汉朝皇帝召见。据知这位皇帝非常年轻，但其雄心可盛日月，可纳百川，其势如江河之水，一往奔腾。真不知他的应对是否合乎礼仪、合乎汉皇所思所虑。

库录早已换装，依然匈奴装束，只不过全身簇新而已。张骞见其神色无措，即道：“记住一条：圣上问甚回甚。不适地方，听我咳嗽，便即住口，改说他事。”话虽如此，张骞仍然心中没底，因他亦是首次面圣。

房太监前导，一行四骑至宫门前下马，门将接过马缰武器，收枪放行。库录张眼一瞄，见宫门奇高，上覆之瓦，阳光下绮丽夺目，而门限足高半尺。抬脚跨过，是一条宽且长的御道，两排武士，顶盔贯甲，执戟而立，似铜铸铁就，于早春的寒风之中，凝然不动。

二人跟在李广身后，徐步而行。再前，便见台阶如梯，斜担于坎，巨坎其上，平坦如畴，一宫殿高大雄伟，巍然于中，两旁配殿飞檐翘角，拱立于侧。

库录哪里见过如此撼人心灵的瑰丽雄壮宫殿，他突然觉得自己渺小得如草原上的一棵野草，谁也不在乎它的生长与消亡。

台阶上又是两排武士，长枪上的枪尖发着闪烁的光芒，令人不敢注视。

朝堂门外，李广让二人暂候，自己随房太监进入朝堂大殿，趋前向刘彻行匍匐之礼，道：“微臣启奏陛下，张骞、库录已经带到，在朝堂门外候旨。”

“宣张骞、库录觐见。”刘彻吩咐传旨太监，又对李广道：“卫尉平身。”

李广趋步于自己座次，跽于几案之后。

随着传呼，张骞二人蹑足入殿。不敢正视，唯低头悄步；不敢侧视，唯以目之余光掠之。见朝堂宽阔似无所依，顶之高，似无所限，敞亮、安谧似入秘境。

两旁朝臣，皆依位次据案而跽。

俩人不敢靠前，远远地便行匍匐之礼。

刘彻发话道：“朕看不清楚，且上前来。”

二人跪膝而行，距刘彻约五丈之地，复又低头停下。

“抬起头来，让朕看看。”

二人抬头。刘彻目视张骞：“你就是在虎威城一招毙敌右大将，现时又任司御的城固张骞？”

“回陛下，正是微末。”张骞此时也才看清当今皇上，激动的泪水不由盈眶而溢，刹那间竟有些模糊，匆忙中竟然失礼，用手背一揩。

“好一个微末。你是见到朕高兴过头了吧。”

“诺。皇上天纵聪明，微末瞒不过的。”张骞对皇帝的印象，已深深嵌入脑中。有诗为证：

皇冠平顶垂琳琅，声宏气阔赛大江；
冕服裘身天下谋，雄心壮胆气昂扬。

而在库录的眼中却是：

汉皇天子生威严，身直肖然高坐前；
衣冠华丽世无配，眉浓鼻挺美少年。

“张骞听旨，今日起为朕之郎官，随侍朕之左右。”

突然而至的旨意，让张骞惊愕无措，愣了一下，方才伏地谢恩。

刘彻这才面对库录：“库录，且将你对大月氏国与西域诸地情况细说与朕。”

库录不知从何开头，抬着脑袋吭哧了半会才道：“月氏立国，比匈奴早一百多年。前秦时期，匈奴头曼单于当政，匈奴还常受月氏人欺侮。若说月氏那地儿，真让人不舍，千里之地，水草丰美，牛羊肥壮，一条清悠悠的党河，将月氏的姑娘养育得人见人爱——”库录正说得顺溜，忽听张骞微微一声咳嗽，便又转入正题，“哪头曼单于的大儿子叫冒顿，太子之位本来没有什么问题，哪知头曼单于喜欢年轻漂亮的小老婆，把小老婆立为阏氏[②]，又生了个小儿子。头曼单于想废长立幼，于是心生一计，将冒顿送到月氏国当人质之后，立即攻打月氏，想让月氏国王杀掉冒顿。哪知冒顿机警，抢马北遁，月氏国王派杀手追了三天没能追上。再后来冒顿弄死了他的父亲和他的弟弟，自己当上了单于，和月氏国打了十几年仗。后来冒顿倾全国之力，灭了月氏，杀了月氏国王，把月氏国王的头颅做了酒器，妃子做了自己的小老婆。月氏人被撵得无处藏身，于是举族西迁。”

“西迁到了什么地方？你去过没有？”刘彻问道。

“还在葱岭以西。我只随后来老上单于和而今的军臣单于骑兵去过两次，最远到过葱岭北端的捐毒国[③]。”

“其路如何？”

“约万里之遥。沿途皆为大漠、荒原、雪山、草甸不毛之地。当年远征月氏，人马返回仅十之三四。”

“你怎得与张骞相识？”

“黄土塬一战，我打不过张大哥，做了张大哥的俘虏。张大哥是仁义英雄，我愿意他做我的主人。”

刘彻一乐：“愿意得到朕的什么赏赐？”又道，“赏库录金二十镒[④]，钱二十缗。”

库录不知多寡，见两太监抬出一大筐，高兴得晕了：“早知大皇帝赏赐如此之多，我就不去抢人家的牛羊了。”

刘彻又一乐：“库录退下，李广、张骞、夏宏、任扶听旨。”

见四人依次而立，刘彻道：“朕决定派遣使节队出使西域，寻找月氏国，与月氏联手，消灭匈奴之害。因路途遥远，无比艰辛，朕下诏，将在全国各郡遴选忠诚武勇富有才干之士，组成百人使节队。即日起，卫尉李广为正选官，郎官张骞、武骑常侍夏宏、中郎将任扶为副选官，参选志士于正选官处纳名，翌年四月初正式进行文武双选。入选条件，由尔等分列，呈朕过目。尔等听明白了？”

“臣等明白。为国选士，我等定不辜负陛下厚望。”李广等一齐应答。

三日后朝会，李广率张骞、夏宏、任扶觐见皇帝，呈递使节队入选条件。刘彻过目首肯道：“可。即按此为朕遴选天下贤能之士。”复又唤道：

“丞相窦婴。”

“臣在。”窦婴从左边首席案几之后站起，前趋数步，面向刘彻，双臂抱平施礼。

“为朕宣读选贤诏令。”

“诺。”窦婴从房太监手中捧接诏令书简，展开读道——

大汉皇帝诏令

自高帝立国，至先帝驭疆[5]，凡六十余年，内患已解，民殷国富。虽我大汉武备不懈，守土将士朝警夕惕，然北夷眈眈[6]，其欲洓洓[7]，视我边关诸郡若囿林[8]，乡园如畋地[9]，劫掠杀戮，百姓怵怵[10]，遗骴[11]于野。惜吾子民，或寝病怏怏[12]，或鱼鲔淰淰[13]，每一念及，令人涕泣。

夷狄凶顽，不欲教化，睦邻之举，皆为逝水。以致京畿临危，国本亏输。其侵盗无已者，当以武拒之，以战攻之，以雷霆之势覆之，使其无复燃之余烬。

近闻有月氏国，乃夷狄宿敌，遭破国之灾，举族西迁，越葱岭，至陌地，重新立国。朕于此毅谡[14]，遣使节访其今踪，以兄弟之国联袂，灭此嚣鸮[15]。凡年在少壮，体魄强健，文武兼备，坚韧不拔矢志报国者，以贤者自举诸郡，简试之后，务使良者入京，于建元[16]元年八月二十日前赴集贤馆纳名，以备考比定录。

朕深知西域之途，蹈危履艰，途程万里，非临殒[17]不降其志、临刑不辱其身者，方可受命。国若树柢[18]，柢固则长，柢弱则倾。朕不欲日辟国百里[19]，但虞日蹙国百里[20]。诸贤须知朕之心，知国之需，知我万民安乐之所系。众贤归程入朝之日，朕必虡业维枞[21]，贲鼓维镛[22]，具秬鬯[23]以酬国士。

谨此诏令，维民所知。

大汉建元元年二月十八日

窦婴读罢，刘彻即道：“此诏令务在一月之内送抵各郡！”

“诺。陛下放心，臣务使诏令按期送抵。”窦捧简而退。

这真是：

张骞施义葬敌痞，卫青书简荐大贤；

库录朝堂说月氏，汉武诏令著史端。

读者欲知后事，且看下回分解。

**注释：**

① 驽马：不能上阵作战的劣马。

② 阏氏（yān zhī）：匈奴单于正妻，即皇后。

③ 揖毒国：西域小国，今之新疆乌恰县一带。

④ 镒：古代货币单位，一镒二十两。

⑤ 驭疆：驭：驾驭，喻为管理、治理；疆：疆界，喻国家。

⑥眈眈：贪婪、注视的样子。

⑦ 湫湫：贪得无厌的样子。

⑧ 囿林：皇家园林。

⑨ 畋（tián）地：打猎的地方。

⑩ 怵怵：惊惧的样子。

⑪ 遗骴（cī）：遗：撂下。骴：未完全腐烂的骸骨。

⑫ 寝病怏怏：寝病：病卧于床；怏怏：饥瘦无力的样子。

⑬ 鱼鲔淰（niǎn）淰：如散乱不定的鲔鱼。

⑭ 毅谍（shì）：毅：坚决、坚定；谍：改变、订正。即坚决改变原来对匈奴（和亲）的国策。

⑮ 嚣鸮：鸮：猫头鹰，喻不祥之物。此句专指嚣张的匈奴顽敌。

⑯ 建元：汉武帝第一个年号，系公元前 140—前 135 年。

⑰ 临殒：喻面临牺牲。

⑱ 柢（dǐ）：树根。

⑲ 日辟国百里：一天之内开辟疆土百里。百里：约数，并非实指。

⑳ 虞日蹙国百里：虞：担心；蹙：缩小、减少。担心每天国土缩减百里。

㉑ 虡(jù)业维枞(cōng)：虡指悬挂编钟编磬的木架立柱；业：乐器架上装饰的大木板；维：系；枞：树名，身如柏树，叶如松针，此处指悬挂钟磬木架上所刻的齿状物。

㉒ 贲鼓维镛：贲鼓：大鼓；镛：大钟。

㉓ 具秬鬯（jù chāng）：用黑黍酿制的香酒。具：用。

# 第十回　探家母结识李中壮　俘虏营初会堂邑父

库录晕乎乎地扛着二百多斤用黄绫包裹的银钱，走出宫门时方知，没有李广或张骞相随，他是出不去的。他只得放下银钱，候着。

他更不知道，这是少年皇帝一次不露痕迹的恶作剧。汉皇帝根本没有当着朝臣，用钱去赏赐某个该赏之人的例子。要赏，亦是职级的擢升，或是田地宅院的奖掖，怎会用区区二十镒金，两万枚铜钱打发人？而这么重的硬货，端的是成心出别人的洋相。

朝臣里心眼机灵者，见库录的狼狈模样，早已掩嘴葫芦而笑，只因这是圣上的恩典，方才不敢出声。

其实刘彻也忍俊不禁：你不是能与张骞对阵厮杀吗，你不是爱钱吗，朕偏不都赏你金子，给二十缗铜钱让你扛出殿门，看你如何应付？

见库录连打两个趔趄，刘彻赶快给李广四人下旨，不去看他。

库录只候到李广走出朝堂殿门。李广心中失望，本以为张骞回营，手下平添一员智勇双全的战将，不料皇帝一道圣旨，张骞就被留在宫中。好在他们还有相处的机会，他是遴选使节团的正选官，又是未央宫卫尉，张骞这副选官理当与他多多往来。

看到库录守着一堆用黄绫包裹的银钱，李广倒没多想，只感到年轻皇帝做事有些出格。见库录盼他的猴急模样，亦不多言，帮其提了两袋铜钱，疾步走下台阶。

库录扛着银钱，紧随其后。他虽在殿门之外，对皇帝诏令的文辞不甚明白，但派使节出使西域寻找月氏国，却是清楚。若是张大哥在，他可以问个明白，可惜张骞却被皇帝留下，心中不由得感到空落无依。

二人上马，李广犯了踌躇，这库录一非大汉军士，二非客人使者，只是一个皇帝问话人，怎么措置，均不相宜。思来想去，军中唯李武与其较熟，不如先放李武处，仍然做个练手，候张骞来后，再行决断。

回营之后，李广便让库录去了李武营帐。

李武亦不好怎么管束库录，一任他白天在长安城四处闲逛，傍晚铜锅一响准点回营。有时喝得酩酊大醉，军士们背后闲话，李武还得替他遮挡："人家是当今皇帝问话人，用的是皇帝给他的赏钱，他玩够了，自会去了别处。"而其心中，却盼张骞盼得焦急。

约略过了二十来天，库录突然对李武道："长安城里人说，洛阳挺是繁华热闹，我去那里玩上一时，若张大哥寻我，就说我去那里了。"取银钱时又道："我去那里有一百两金子、五千铜钱足够，余下的仍放在你处，回来我请弟兄们喝酒。"

库录前脚出营，李武便报知了李广，李广感觉有点不太对劲，亦未细加琢磨，便道："既已如此，我已知晓。"

这里不说库录走上了不归路，却说张骞虽在营中当值，心中却放不下库录。眼下这副选官似乎无事可干，可他不得不时时思虑。一天，他突然有个想法，何不让库录进入使节队。这样，使节队将来的行程会减去多少意想不到的艰难！库录虽是匈奴武士，但其对朋友的忠诚，憨直的性格，却非常人可比。

他决定先与夏宏、任扶相议，其后再回皇上请旨。

不料，夏宏首先反对："一个匈奴武士，一个劫掠杀人的恶魔，使节队坚决不能要这种人。"

问任扶，任扶亦道："此事非同小可，千万慎之又慎。大汉的使节队，怎能容下匈奴人？"

张骞想了想，对二人道："可否容在下背诵一段晏子谏齐景公之故事？"

二人皆答："可。"

张骞诵道——

景公成路寝之台。逢于何遭丧[①]，遇晏子于途，再拜乎马前。晏子下车挹之[②]，曰："子何以命婴也？"[③]对曰："于何之母死，兆在路寝之台牖下[④]，愿请命合骨[⑤]。"晏子曰："嘻！难哉！虽然，婴将为子复之。适为不得[⑥]，子将若何？"对曰："夫君子则有以[⑦]。如我者侪小人，吾将左手拥格[⑧]，右手梱心[⑨]，立饿枯槁而死，以告四方之士曰：'于何不能葬其母者也。'"晏子曰："诺。"

遂入见公，曰："有逢于何者，母死，兆在路寝，当牖下[⑩]，愿请合骨。"公作色不说[⑪]，曰："自古及今，子亦尝闻[⑫]请合葬人主之宫者乎？"

晏子对曰："古之人君，其宫室节，不侵生人之居；台榭俭[⑬]，不残死人之墓。故未[⑭]尝闻请葬人主之宫者也。今君侈为宫室，夺人之居；广为台榭，残人之墓。是生者愁忧，不得安处；死者离易，不得合骨。丰乐侈游，兼傲生死[⑮]，非人君之行也。遂欲满求，不顾细民[⑯]，非存之道也。且婴闻之，生者不得安，命之曰蓄忧[⑰]；死者不得葬，命之曰蓄哀。蓄忧者怨，蓄哀者危。君不如许之。"公曰："诺。"

夏宏道："这与留库录到使节队有何干系？"

"一个君王能听从臣下的告诫而改弦易辙，让一介小民葬其父母于宫殿脚下，我等怎么就容不下一个库录？诚然，库录曾为夷凶，可他能放下屠刀为我所用，难道不是我等的胜利？请再思之。"张骞恳切缓声道。

夏宏无语，任扶折中："此事事体非常，我看还是请旨之后再行定夺。"

"我意正是如此。"张骞蔼声一笑，"我等择机一同进言。"

一日，趁皇帝去平阳公主处兴尽之余，张骞将库录之事一一禀告，并行请旨。

"李广知否？"刘彻问。

"微臣等在宫中随侍陛下，李将军尚不知之。"

"夏宏、任扶知否？"

"知之。但有异议，唯请陛下旨意。"

"其理何在？"

张骞遂将留库录于使节队诸种之利摘要陈述，最后道："微臣以为，我大汉英雄，应有远虑容人之气概。”

刘彻止步，看定张骞：“能化敌为友，并为我所用，此即英雄之举。朕乃大汉天子，岂可效无耻小人计？裂其敌势，智也；削其敌力，勇也。凡天下可用之才尽为我用，何愁夷狄不灭？朕虽下诏令，然为备不虞，明日起，尔与夏宏、任扶即去李广处，传朕旨意，留库录于使节队，尔三人分赴各郡，为朕查访可造英才，为朕、为朝廷、为我大汉未来蓄势发力。”

张骞兴奋得面泛酡红，立即行匍匐之礼：“微臣领旨！”

翌日，张骞三人去李广处，传达旨意之后，便问库录近况。李广一听难言，深为自己的疏忽而自责，道出库录去向。

张骞顿觉不妙。他于宫中多次听到事关匈奴细作的情报，于是急道：“库录之事，恐匈奴细作早已告知军臣单于，而匈奴对变节族类，从来均以诛灭为手段。长安城内，杀手不敢躁动，一旦走出京城，库录纵有一身功夫，亦怕敌手暗算。李将军，我得即刻动身，寻库录回营。”

“你一人势单，恐其窘迫，还是夏宏、任扶同去最好。一旦遭敌，亦有照应。”

三人遂乘马东去。至洛阳天成店，孰料库录已毙于敌箭。

张骞唤过刘能，又提了提库录的钱袋：“此客系朝廷寻找之人，不料命丧于此。钱袋之中尚有七八十两金子、数千文铜钱，这些都留与你，找一块好地，买一口上等棺材，请人把他葬了。你也关了此店，尽快搬走，以免匈奴人寻事。这些钱财，除却安葬所需，够你另开一爿大大的店。”

刘能如鸡啄米，连连允诺。三人见事已如此，遂提马上鞍离去。

三人计议妥帖，张骞单骑返回，一路上心情悒怏，思虑深深。与库录缘分尽此，让人伤感不已。他突然想起十几年前与巴人部落酋长的对话：朋友缘尽，即永远做不得朋友。若想再次缘遇库录这等匈奴武士，怕是没了。

入得京城，进了军营，报知李广，李广亦扼腕叹息。即又说道：“尔曾言汉中有侠客李中壮者，皇上既有旨意搜罗人才，尔又多年未曾回家，不若趁此时机返乡，探望令堂。再者，周重之女月英亦盼与你早日完婚，正好一举三得。”

张骞叩谢李广，又去李武处道别，提起库录，李武亦咨嗟不已，问及库录余银做何处置，张骞道：“此为圣眷之恩，不便随意措置，我意先放你处，待后再说。或许，各路英雄齐集京城之日，可作贴补。”李武道：“大哥所虑极是。”

李武直送出军营之外，方与张骞作别：“贤弟一路保重，为兄等你的好消息。”直看到张骞没了人影，方移步转回。

张骞却是一身紧身剑客装扮。束发别一竹簪，上穿一葛布束腰夹袄，下着一条靛青布夹裤，足蹬一双赭色皮靴，左肩斜挎行囊，右肩挂着青锋宝剑，弃了马匹，径取褒斜古道，一路迤逦疾奔。

此间正是乍暖还寒时节。出了京城，沿途便见柳枝暴芽，春草改色，嫩黄嫩绿，风拂风吹，阳光柔媚，行人轻捷；渭水河面薄雾缭绕，平原麦苗含晶吐露，一声两声鸡鸣狗吠；一处两处牛哞羊咩，树深之处斑鸠咕咕，枝头之上喜鹊喳喳……让久处军营皇宫的张骞不禁为之一震，心绪一下子宁静了许多。

他一路思念最多的，是自己的高堂母亲。这些年的思亲煎熬，使他负疚不已，也不知母亲老迈了几许！古人虽道，忠孝不能两全，可这思亲之苦，何人解得？还有弟弟张謇，肯定早已完婚，侄儿、侄女都会呼爹叫娘了。当然，还有恩师俞志达，今年都七十靠边了，如若相见，恩师将是何等快乐！

疾行两日，第三天张骞宿在歇脚端姜域客栈。

姜域见是张骞，张大了嘴巴，惊异得欲语噤口，接着抄起他的双手直摇：“多年未见，仍轻捷非常。有人传闻，你在皇上身边做事，此事可真？”

张骞看姜域，已明显见老，见其兴奋，亦很高兴，免不得一番嘘寒问暖。提及做事一事，也只淡淡一笑：“也就当个郎官，专侍皇帝警卫。”

“啊哟哟，了不得，了不得。表兄若泉下有知，不知道高兴成什么模样。”

张骞大骇，拉紧姜域双手：“叔快告诉于我，恩师他老人家怎么了？”

“哎哟哟，我这双手哪禁得住你用劲去捏，手指头都快折了。”

张骞立即松手，又抄起姜域双手细看，眼见得指头都已泛青，搓了好一会儿，手指才慢慢泛红。

“表兄他已仙逝两年，病榻之上临终时候，还嘱咐于我，利用开店之便，打听你的消息。”姜域甩甩手，见无大碍，才又欢喜道：“你一去多年，也不找人捎话回来，致使我表兄临终还挂念于你。这下好了，你可备下香烛，到他坟前禀告。”

“不知恩师葬于何处？”

“他这人不喜红尘，喜这歇脚墙的宁静，将穴地选在他曾居家的房后。”

“我师母呢？”

“一年前，大先生的夫人也随他去了，如今合骨一处。”

张骞心中一凛，道：“我那师兄弟现居何地？”

“长子从军，据说在程不识将军帐下做掌记差使。次子就住这里，自耕自种，自食其力，守护着大先生坟茔。”

张骞撂下行囊，水没喝得一口，便向那口水井路径奔去。找着恩师坟茔，撮土为香，泪拜不止，而后去恩师次子家叙话，直到月上山巅，才脚踏月色，迎着啸风，回到姜域宿处。

一夜梦魇，直至四更时分，张骞才昏然睡去。

突然，一阵锣声、人声将其惊醒，只听人们大喊着：“捉匈奴强盗。”

张骞穿着内衣，手提宝剑，立刻奔出店门。张眼一瞧，火把照处，只见房上俩人足踏屋脊，乒乒乓乓，打得不可开交。月色之下，剑影刀光，闪烁不定。

再定睛细察，高个使剑，身体夯实，裸面迅捷；矮个用刀，身材细巧，黑衣蒙面，动作轻盈，但守势居多。一时之间，不知敌友，张骞不便出手。

姜域却识得高个剑客，并指与张骞：“那是大侠李中壮。蒙面之人算是触了霉头，逃不掉的。”

张骞又惊又喜：这真是踏破铁鞋无觅处，得来全不费工夫。不意在此场合遇着十多年欲见而不得见的侠客李中壮。遂问道：“怎知他便是李中壮？”

“大侠在此宿过，行事正大光明，从不蒙面。”

“哦，是这样。”张骞知李中壮胜券在握，便一旁仔细体会他的招式。姜域问道：“张骞，你的怎不出手？”

“他既能赢定，何必帮他？侠客之道，最是厌恶此等作为。”

姜域有些讪讪。这真是各行有各行的规矩门道。

矮个几次欲作挣逃，几次皆被一团剑影裹挟而无法脱身。

不觉然天已大亮。

只听李中壮一声大喝："下去！"

矮个骨碌一下从屋脊滚落地上，李中壮随即纵身而下，用剑尖挑去矮个脸上的蒙布："今日待我取了你的性命。"说着，一剑向下挥去。

不料，半途被人挡住，虎口也感到一震，有些微麻。李中壮心中一惊：此人力道在己之上，难道此贼尚有同道？再一看，见挡剑之人并未拔剑，只用剑鞘相隔，且面带喜色，并无恶意。

李中壮剑指张骞，十分生气："何方小子，敢挡我杀此采花大盗？为捉此贼，我连追数郡，就是为民除此一害，使姑娘女子免遭祸害。挡我杀贼，是何道理？"

一张圆盘大脸，满腮虬髭，眼瞪张骞，目眦尽裂，李中壮又将剑挥起。

"李壮士且慢。在下张骞，有几句话说与你听，觉得可行，请按我意去办。如觉在下多事，悉听尊便。"张骞收剑，向李中壮深施一礼。

"说来听听。"

"李壮士所作所为，我等非常敬佩。但家有家规，国有国法，官府治安不力，是官府的责任，我们可替官府捉匪缉盗，但不可替官府随意杀人。若行此举，实在有污壮士清名。"又道，"不知何样师父，教出这等徒弟。"那人叩头不已，只求饶命。

"可这采花贼实在可恶至极，是一民间大害。"李中壮止剑，却不甘心就此罢手。

"这很简单。"张骞提起脚尖，于贼之尻尾长强穴一踢，"此贼现已去势[18]，从此阳物不举。"接着，又在其肩井穴一戳，"武功已废，休想继续作恶。"

众皆莞尔，李中壮亦挠头一笑，与张骞相谈甚欢。张骞也方知之，李中壮此行系受周重将军之邀，为其军士教授搏杀之技，不意在此见着追寻多日的采花大盗，遂有此一战，亦得与张骞相识。

二人结伴而行，至当年天魔洞壁下，张骞伫立移时，不见金猴，心中怅然。至张家集，李中壮去了周重军营，张骞先行回家探母，并相约李中壮随张骞去李广处纳名。

看到自己家院时，已雾幔渐起，天近朦胧。但是那西墙边的竹林，东墙外的两棵檬树，三正两厢的瓦房，还依然清晰。张骞刚一踏入场院，便见自己寝室里掌起了明灯。他十分讶异，难道母亲未卜先知，知晓他这不孝之子今日远归？

将要推门而进，牛栏里的牛儿飞黄忽然连声哞叫。张骞快步过去，果然是飞黄撞栏而鸣，他抚着飞黄的脑袋，喃喃道：“飞黄，你还活着？”那牛儿不再挪动，竟然落下两串泪水。张骞未能忍住，亦含泪而泣。

此间，房门“呀”的一声打开，张母走出屋檐：“谁呀？客人来了，也不进屋。”

张骞转身飞步，一下跪在母亲脚前，叫了一声：“娘！”泪水便如奔泉，涌流不止。

张母伸手去扶，却触到儿子满面泪水，心中不由大恸：“儿呀，娘知你念我，但为国尽忠乃是大孝，娘懂得。”

母子正为相聚而泣，不防奔来一骑，来者滚鞍下马，亦跪于张母脚下：“月英来迟，母亲勿怪。”

“好，好，好。为母高兴还来不及，怎会怪你。月英怎知骞儿今日回家，及时赶来相聚？”

“李中壮大侠与张骞结伴，故此得知。”

“怎的，李大侠没来？为母倒听说过，可还从未见过。”

“他在爹爹的军营，不日便来看望你老人家。”

“好，好好。你们都快起来，到屋里说话。”

二人同时起身，互相对望一眼，又都别过脸去。

张骞还是两年前在李广军营与周月英见了两面。第一次相见，算是相亲。周重父女皆为豪爽之人，又是李广从中撮合，月英一见张骞，心中大喜，便就有了二次相见。驿馆里简单备了席面，张骞当场改口，称周重“岳父”，亲事由此定下。张骞几次欲回城固完婚，几次都因军职变动放下。这次回家再不完婚，实在有负月英一片痴情。可是他也知道，皇上组建使节队出使西域，不惜招揽天下英雄，作为副选官的他，怎可悠然局外？此去西域，不知年月几何，不知凶险几何，误了月英青春，他实在罪愆难负。

周月英哪知张骞若许思虑，心中兀自兴奋，脸上竟露出几分娇羞：“骞哥哥，你与李大侠是首次相识？可他说起你，就像在说一位老朋友、好朋友？”

“是吗？那是因为十几年前我就知道他，想去认识他。连我的恩师也多次夸赞他，说他疾恶如仇，好打抱不平，屡屡为民除害。我看吧，他除了脾气火爆，法治有些模糊之外，真可以成为生死相依的朋友。”

“骞哥哥，你若非从军，也可能成为文武双全、绝顶聪明的大侠。”

“月英，你高看我了。”

“不，我爹说了，你将来会成为顶天立地的大英雄！”

张母这时插话道：“骞儿，月英，甭净顾了说话，快来帮娘劈柴，剁肉弄饭。”

张骞发现张謇不在，便问母亲：“娘，弟弟呢，他人去了哪里？”

“你弟弟他——”张母欲言又止。

“我来说吧。”月英道，“自叔出事——呃，我该叫爹的。自爹出事，你又从军，田地一下少了许多，日子大不如前，你弟的生父便找上门来，要你弟认祖归宗，离开这里，名和姓都改了，叫作宋回。那宋回倒是个有良心的，坚持要为娘养老送终，否则不改名儿也不离开张家，后来宋回要接娘去司家铺养老，是娘不愿，说要在家等你回来，娘每天都把你的屋子扫得干干净净，晚上还要掌上灯盏，在你房里坐上多时才去就寝。那宋回无计，隔三岔五来这里为娘劈柴担水，为菜地锄草施肥，耕田耙地的活计一件不落，不叫娘不说话，倒也与昔日无别。”

张母即道：“自你们定亲之后，月英得空便来陪娘说话，娘的心情可好多了，月英真是个孝顺孩儿。”

张骞灯下再看月英，只见蛾眉大眼配一张俊俏脸蛋，真是美丽得无以复加。

“看什么啊，骞哥哥，你不认得？”周月英倒挺大方，将一张俊脸高高扬起。

“谢谢月英。”张骞站起，欲行施礼。

“大英雄，你酸不酸？我是谁？我是你即将过门的媳妇！”

“朋友之间搞惯的事，月英莫怪。”张骞自嘲一笑。又问母亲：“月英说，张謇老宋家在司家铺，娘可知晓昆捷叔现在怎样？得空我去看看他老人家。”

月英哧地一笑：“心里还放不下昆丽？”

“哪里，她都去了十多年，我都忘了她的模样。”

“是吗？若是有一天我先你而去，你也会忘了模样？”

张骞有些招架不住，讷讷道：“这怎么会呢？”

“其实，你对昆丽如此情深，我挺感动，故此对你，我更死心塌地。”

“你们两个，咳！骞儿不知，你昆捷叔他已去了一年多。”

又一个让他尊敬的人离世，张骞伤感不已，遂又道：“娘，骞儿明天想为娘做个豆腐，家里黄豆放在何处？儿去取来今晚将其泡上。”

“老地方。楼上仓储间进门右手瓮坛里。”

周月英非常惊奇：“骞哥哥，你会做豆腐？”突然又悟道，“呃，我忘了，昆捷叔就会做。”

“你说得是。我这手艺就是他教的。”

“真好。我今后有口福享受大英雄之大手艺。”

张骞一笑，不理周月英的玩笑与调侃，端了只大口陶钵上楼。

倏地，月英听到楼上“哐啷”一响陶钵打碎声。

周月英以为张骞未能拿住陶钵，对楼梯口笑道：“大英雄骞哥哥，要不要我再送——”话未完结，又听得楼间窗户“哗啦”一声碎裂，紧接着“扑通扑通”跳下三个人，落在昔日张骞练功后院。

周月英顿觉不妙，抄了宝剑直奔后院，院门刚一打开，便见一个矮个黑影直蹿过来，欲夺门而逃。月英挥剑以拒，那人见此女凶狠无隙可乘，遂又折身，与一高个联手，与张骞缠斗。

张骞大喊：“月英守紧门户，他们休想逃掉。”

张骞后院与一般农家小院不同，当年为练功之需，墙体加厚，加硬竹为筋，用黄土石子筑就，墙高升至两丈，除却自个，别人休想纵跃而越。高个数次肩撞墙体无果，数次纵跃无望，只得回身相搏。

张骞深研《剧孟之术》多年，对其拳术中之“三十六手法”“三十六足法”深得内中精要。诸如剑手、刀手、戳手、钩手、折手、隔手、搅手、拨手、翘手、扣手、花手、点手、滑手、播手、扫手、旋手，以及闪踢、拐踢、飞脚、膝靠、偏击、侧挑、连环、扫底、点额、敲穴、袭耳、高脚、蹬踝、压趾、撞髌、踹膝等，早已融为一体。只是像这样以一敌二，且是高手的近身相搏，尚为首次。

张骞并不急于进攻，只在细察敌之拳路，敌速己速，敌缓己缓，蓄力以待。数十回合过后，张骞发现，高个所使，乃鹰击长拳，以威猛刚劲见长；矮个纵跳似猴，以轻盈机巧为要。与高个交手，感到力道与己相差无几，乃敌手中所仅见。

而矮个似不足虞，他以一个划手触其腕部，矮个自此只在盈尺之外骚扰偷袭。张骞讨厌这等蝇式作为，乘隙一个提纵，以踹膝之法将其逐出。

矮个委地，龇牙咧嘴，吸溜不停。高个突然发力，使出全身解数，向张骞猛扑。张骞暗喜，他之所需，就是如此，借力打力，先行消其锐气。拳至五十余回合，张骞突然改变套路，以《青锋七十二剑式》为拳式，疾风暴雨般地向敌急袭，高个一下手忙脚乱，只得以力硬接，张骞竟然一时奈何不了。

此时，那个矮个突然用番语大叫："堂邑父，你个呆子，打不过，你不晓得夺门哇！"

张骞倏地收拳，跳出圈外，用番语问那高个："且请住手。你就是那个又叫作甘父的堂邑父？"

"我就是，怎的？你有本事，怕也杀我不得。"高个吼如惊雷，声震屋瓦。

"那你可认得库录？"张骞尽量放平声气。

堂邑父默然无语，矮个却一迭声地说道："我们不认识。匈奴人多了，我们怎会认识他！"

"可是堂邑父，库录对我曾说他跟你非常熟悉，说你是义字当先的正直兄弟。"

"你怎么会认得库录？"堂邑父反问道。

张骞摘要说了认识库录的经过，最后道："我们虽未结拜，可库录已是我真正兄弟，并且已获大汉皇帝之赏赐与允准，同意将其纳入大汉出使西域使节队。可惜不久之前，被匈奴单于派出的杀手追杀，死于匈奴射雕者箭下。自后我一直在想，如若有缘见到堂邑父，就一定要认他做兄弟，并向吾皇推荐他加入使节队，随我一道出使西域，做一辈子的生死兄弟。"

矮个咂巴了一下："真是可惜，这么一条好汉，就这么死于非命——要说他也是，怎么能将匈奴的事情，说给你们皇上？"这矮个两腮低凹，颧骨高耸，话不甚中听。

"不是匈奴王廷之事，是关于月氏国的去向。"张骞突然觉得矮个有些滑溜。

倒是堂邑父非常直撇："呼日勒，休得玷污库录清白。库录能与此人做生死朋友，我自然也能。不过，你这朋友还未告知你姓甚名谁，干何差使，缘何有这般俊朗功夫。"

“在下张骞。现为大汉使节队副选官，目前在正选官李广帐下做事。功夫嘛，打小自学，皮毛而已。我也是到家不久。”又一指周月英，“这是我即将过门的媳妇。我娘正在灶间忙着，敢问二位缘何藏于我家楼间。”张骞亦立即记住了矮个儿名号呼日勒。

“实不相瞒，我二人本是俘虏营中俘虏，逃到此处，见你家房门大开，趁机藏身你家楼间，欲俟至夜色再行离开，哪承想有此遭际。”堂邑父说道。

“这真应了一句俗话：有缘千里来相会，无缘对面不相识。”张骞大声笑道。

三人对话，一直以匈奴语进行，不防呼日勒突向周月英深施一礼，用汉话道：“小弟向嫂夫人见礼。”

周月英见三人罢战，互道款曲，虽不明白说些什么，但见全然没了敌意，一颗心也即懈怠，此时突见矮个尊自个为嫂夫人，一时之间，不知究竟发生了什么，兀自发愣。

张骞喜道：“你们会说汉话？真好真好。兄弟能否见告你的年龄？”

“我三十二。”堂邑父又指呼日勒，“他，我不知。”

“我刚满三十。”呼日勒道。

“我痴长三岁。甘父你是二弟，呼日勒就是三弟了。”

堂邑父又道：“我可以随你去西域，但到达目的地之后，我们各走各路。不答应，我们只能做朋友，兄弟是做不成的。”呼日勒亦随声附和。

“我答应。可你还未告诉我，你们跑到这里来干什么？”

“我们是从周重俘虏营里逃来的。是兄弟，就相救。”

“你们是怎么逃——”话未问毕，院子便来了一队人马，高举火把叫道：“开门，开门，快快开门！”

周月英将门打开：“闹哄哄的，发生了何事？”

见是郡尉周重之女，众皆毕恭毕敬：“不知小姐在此，多有搅扰。俘虏营里今日跑掉两个匈奴囚犯，周小姐若是碰到，一定抓他们回去。周将军说这是两个要犯，一定不能让其逃掉。”

周月英道：“知道了，你们去别处再找。”

周月英转回问张骞：“骞哥哥，咋办？”

张骞沉吟若许，唤过堂邑父、呼日勒：“两位兄弟先吃饱肚子。我有皇上为国遴选智能之士的旨意，所以不干偷摸之事，我要正大光明地将你们从周重将军手中带走，这样于你们，于周将军，于我均为有利。相信我这兄长，饭后请随月英重回俘虏营。不相信，我放你们走，私放囚犯的罪名我担了。”

堂邑父一仰长脸，掀髭一瞪，声若铜钟：“人生一世，无非信义二字。一会儿兄长把我绑了，我随嫂夫人去。”

“还有我。”呼日勒道。

“谢二位兄弟。出营后，我按你们的规矩，再重新结拜。”

这真是：

英雄本色有远虑，偶逢侠士道款曲。

若非使命在心中，哪得甘父助不虞。

欲知后事如何，且看下回分解。

**注释：**

① 路寝之台：大路旁边的寝宫。逢于何：人名姓逢，名于何。遭丧：遇到丧事。此文选自《晏子春秋·景公路寝台成逢于何愿合葬晏子谏而许第二十》。

② 挹：通“揖”。作揖打躬。

③ 何以命婴：有什么事要我（晏婴）去办。婴：晏婴，齐景公宰相。

④ 兆……牖下：兆：墓地。牖下：墙下。

⑤ 合骨：合葬。

⑥ 适为不得：假如办不成。适：如果、假如。

⑦ 则有以：你一定有办法。以：办法。

⑧ 格：通“辂”，车辕前的横木，作牵引用。

⑨ 梱心：拊心。用手拍击胸部。梱：通“捆”，叩打。

⑩ 当牖下：正在墙的下边。

⑪ 不说（yuè）：不高兴。“说”通“悦”。

⑫ 尝闻：曾听说。

⑬ 台榭：台：高而平的建筑物；榭：建在高台上的敞屋。

⑭ 故未：所以没有。

⑮ 兼傲生死：加上不管（别人的）生死。

⑯ 细民：老百姓。

⑰ 蓄忧：积攒忧愤。

⑱ 去势：原指阉割宫刑，此指使其再无性能力。

# 第十一回　谋嫁娶鸳鸯惜别离　赴皇考张骞获正使

张骞到张家集周重营外，正见郡丞吴焕带了几名衙役，与周重一道，张贴皇帝诏令。此时恰逢早膳餐毕，距军营操练尚有半个时辰，一干军士便在前边围观。许多军士并不识字，识字者对诏书文辞又多有不解，众人不敢向长官发问，有机灵者便道："我去请大侠李壮士！"

吴焕已须发半白，从城固县令升任郡丞七年，对张骞仍未能相忘。二人相见，四目相对，皆极激动，施礼之后，吴焕执张骞之手不放："张骞，虎威城一战，你为家乡争了大光，而今又受圣上眷顾，前程不可限量！"那周重一时难以插言，高声叫道："贤婿此来，可为诏令一事？"

吴焕即刻松手："是我糊涂，只管自个说话。快去见过你岳丈大人。"

张骞向周重单膝一跪，抱拳施礼："小婿见过泰山大人。请恕小婿来迟。小婿此来，不止为诏令一事，容小婿待后禀报。"复看周重，仍与两年前一般，面如重枣，长须飘然，双目炯炯，风度儒雅，四十七八年纪，并未见老。

周重呵呵一笑："生为人子，孝字当先，老夫岂会怪你！你来得正好，这皇上的诏令大意，来与众人解解。"

张骞遂将皇上下此诏令的因由先做叙述。听众对库录受赏，又被纳入使节一事，起始难以理解，经张骞深入剖析，众皆佩服皇上之博大胸怀，非大智慧怎可化敌为友，并为我所用？张骞一瞥，见周月英、李中壮亦在一旁静听，便将诏令逐字逐句，以口头常语作解。一时之间，议论纷纷，许多军士叹道，自娘肚子里出来，没钱读书，文盲一个，没机会拜师只有三脚猫功夫，空有报国之志，而无报国之力。这辈子只能当个小兵，日后有了儿子，卖田卖地卖房子，也要让他拜师读书。

张骞免不了，又道出一番激励之语，这才随周重入营。

吴焕见机，回了衙门。李中壮无事，去了别处。唯周月英紧随其后，欲助张骞说话。

周重何等样人，刚才张骞口赞皇上，纳匈奴武士库录进入使节队，其实是说与自己，放堂邑父二囚去营。况且，女儿亦提前说知，他心中已然允准，而今且看这雄心勃勃的女婿有甚说辞。

张骞却说起与月英完婚之事：“启禀岳丈大人，小婿自被皇上命为副选官，小婿便就知晓，使节队中小婿定是其中一员。而正选官李广将军眼下为未央宫卫尉，且又年近半百，使节队长一职定从我与夏宏、任扶中选任。依说，妄猜圣意非臣子所为，可事实确乎如此。小婿虑到，此次出使西域，路途凶险，遥远万里，不知何年何月可回，更不知能否全身而归，万一有了闪失，岂不误了月英一生?昨晚与母亲反复计议，军士、臣子报国为要，但也应有自己的妻室家庭。再说，我与月英两情相悦，又早过了婚嫁年岁。故而准备利用这段时日，将婚事办了。日子初定五月初五，若得岳丈大人允准，我即准备翻修房屋，做些筹备。至于堂邑父二囚之事，个中因由，小婿不再多说。望岳丈大人一并允准，让小婿带走，帮我做些事体，小婿也好再行细察，增进互知，将来之间有个照应。”

周重深为张骞的智慧与口才所折服，于情于理，于上于下，于亲于友，于今于后，皆有周到的考虑，心中不由慨叹：“真佳婿也。看来使节队长一职，非你莫属。纵使将来有什么不测，我和月英亦终生不悔。”

“日子定于五月初五，离此尚有一个多月，我也得为月英做些准备。贤婿若需什么帮助，尽管找我。”又对月英道，“拿我的令牌，去放那两个匈奴囚犯出营。”

周月英早已按捺不住心中的喜悦，拿了令牌，一路小跑而去。

周重摇头笑笑：“怪道人言，女属外相。”

张骞出营，果见堂邑父、呼日勒皆去了刑具，远远候着。二人一见张骞便道：“大哥真乃信义之人。”遂随了张骞，去白崖村，周月英亦押后相随。

张骞乃用心之人，来时便携了葫芦，于酒肆灌满烧酒，并购得牛肉若干。一回家，便付与月英与娘亲，在厨间整治起来。而后在堂屋叙话，探问匈奴结拜之俗。

呼日勒见有酒肉，早已垂涎欲滴。堂邑父却非常感动，心中已然认定张骞，乃此生可以相依相托之人。

原来匈奴之俗，与中原有偌大差别。中原人异姓兄弟结拜，系咬破手指，血滴酒卮，饮溶血之酒。匈奴人则以利刃剜出手臂肉粒，划碎置入酒中，搅匀分饮，寓意从此血肉相连，终生生死相依。

张骞取陶钵倾酒，又取一盂置于旁边，持匕首剜出一豆大肉粒入盂，划 碎；堂邑父即刻接过匕首，眉不皱，眼不眨，剜出肉粒，刀尖一拨，落下盂中；呼日勒连声吸溜，手腕抖索，一狠心，剜出绿豆般一颗肉粒。堂邑父将盂接过，将酒倾入，伸出食指，反复搅动，复倾入钵中，再次搅匀，方分倾三只盂杯，三人举杯一触，一饮而尽，再各将盂座向上，以示血肉之酒尽皆入体，从此便为生死兄弟。

周月英早将马齿苋[①]捣绒，为三个男人敷好伤口，又用净布条一一扎好。

堂邑父道："今日三月二十一日。今日盟誓，终生不悔，如若背信，必遭灭顶之灾，守信之人径可取其性命，灭其家人。"

二人便在张骞家住了下来，李中壮亦不时造访，因而意气相投。

眨眼到了麦熟季节。

那张誉——即宋回，并不因张骞在家，又有朋友相帮就少干农活，举凡犁田、耙地、割麦、插秧，一如既往，样样不落。娘亲还是娘亲，哥哥还是哥哥，两次带儿女来家，仍把张母呼为奶奶，将张骞称为大伯。甘父、中壮得知细情之后，亦为其厚道、纯朴、情长而慨叹不已。

婚事的筹备，亦在忙中进行。周月英来得更勤，对翻修的新房不时地检视。张骞趁暇日之便，先后去梁清泉、刘荀成、温万世、杨虎娃各家报知平安。与李中壮语及其徒肖人杰时，将其在虎威城与司御府中的立功表现，说得更为仔细。李中壮则面呈喜色："这肖人杰机灵、聪明，虽未行过拜师之礼，其实吾心早已许之。吾一向行踪飘忽，人杰在吾门下虽只三数月，却有如此长进，实实有愧于他。吾已年近四十，良徒极难寻得，老弟他日得便，还须多多提携。"

张骞自然允诺，又道："若你我均为使节，可待后再说。"语及堂邑父与呼日勒，李中壮却另有看法："这二人，堂邑父是真汉子，引以为友未尝不可。对你的结拜之举，吾起初不解，心有非议。尤其那个呼日勒，吾多年行走江湖，阅人无数，以此相察，此人似乎并非吾等一类人物。后又思之，老弟从大计出发虑事，或许应该如此。只是李广、夏宏、任扶能否接纳，尚未可知。毕竟大汉对匈奴积怨太深，此次出使系寻找友邦联合抗击夷狄，哪容敌国之人混入？至于库录，纯为特例，别人怎会相信你又遇上另一库录——不，这次是两个。你张骞老弟怎会如此幸运？"

真朋友的一番知心话，让张骞陷入深思。他很感动："中壮大哥，你的提醒很对。要让他们平白接纳两个匈奴武士进入使节队，确非易事。可是我们对西域路途路况、如何避险、如何克难，全都一无所知。如若有此二人相帮，将少却多少危险，少却多少牺牲！哪怕他们只帮使节队到葱岭，我也值得与之相交相拜。天假机缘，与之相识，一旦错过，则真的再无三次、四次了。中壮大哥，我之虑唯此而已。于此尚有另外一事，相告予兄，我将竭力进言，为壮大使节队核心之力，推举贤兄为未来使节队副使。此非为己，实为我大汉未来，望贤兄勿作他想。"

"贤弟如此切切，愚兄怎作他想。李广一关大略无碍，只怕皇上对吾等游侠人物心积啧言。"李中壮不无忧虑。

"以我对新皇所知，乃雄才大略帝王，不会囿于陋见。若非亲身所历，我亦不敢有此一念。至于他人，一旦圣命成局，亦无话说。以贤兄的武德人品，假以时日，与他们必成好友。"张骞信心满满，说得李中壮不由点头称是。半生游侠日子，由此有了满意结果。张骞此人，可亲，可信，亦让人可敬。

李中壮来得更勤，常与张骞互道心曲，与堂邑父互磋武艺，了解匈奴普通牧民与贵族之间的差异，以及奴隶生活状况。大漠荒原、雪山草地、狼群野兽、山川淖池等，亦在闲叙之中。

见李中壮与甘父等日渐走近，张骞心中甚是欢喜。他已想到，西行路上，队员之间，最需要的，便是这个。

张骞之事暂且按下，且说诏令一出，京城里几乎成了热锅之粥。诸多王公贵族、外戚重臣之后，纷纷去李广处纳名，以求于西行途中挣出一份功名。这些人大多认为，路途虽是辛苦，但不用上阵拼命，实为立功美差。故而说情者，钻门子托关系者，屡屡盈门，弄得李广十分烦恼。他想，倘能于此时定下使节队之正使、副使，己之军务少却多少干扰，且正、副使节早日履责，亦头绪顺畅，思虑备至，为国选能不致遗珠。

四月二十一日临朝，李广出班向刘彻奏道："陛下，臣有事启奏。"

"何事？卫尉尽管道来。"刘彻语调平静。

"自陛下诏令达于民间，纳名者众，一月之内，仅京畿已逾八百余人。为使节队确保精英贤能，依臣之见，应尽快确立正使、副使之职，使其早日履责，为国效力。"

"卫尉所虑极是。工欲善其事，必先利其器。朕之西域使节队，便是朕之利器。朕问你，可有合适人选？"

"启奏陛下，使节队人员遴选，臣为正选官。依说，臣自荐正使未尝不可，惜臣不善辞令，不善机变，且年已半百，实难充任。故此，正使宜在副选官张骞、夏宏、任扶三人之中择其优者确定。臣以为，正使应具以下品质：一者胸怀博大，胸襟开阔，善因才施任；二者临危决断，忠诚坚韧，不因变移志；三者善辞令，善交际，善机变，善处诡谲异事；四者深知大汉文化精髓，贤达通透，以艺以文，传我忠、孝、仁、义、智、勇、信、诚之大义；五者武艺高强，武德上佳，达化敌为友上乘之功。此系臣之愚见，请陛下察之。"

刘彻沉吟有顷，方道："朕为一国之君，社稷安危系于一身。夏宏、任扶虽有大臣说辞，张骞虽无人荐之，但于朕均为国之贤才。传旨，着张骞即刻进京，朕要亲自考校，以明正使职分。"

李广如释重负，叩头谢恩。

内庭传旨之人遂快马加鞭，驰往汉中。

四月二十五日下午，吴焕随传旨皇差来到白崖村。

张骞一家顿时慌作一团，周月英更是失望至极。命蹇如此，无以言说，欲哭无泪，佳婿情浓，却婚事瞬变，早知今日，何必修房置物？倘在一月之前便即成婚，做得一月夫妻，也不枉此一生。周月英痴痴呆呆，竟不知所以。

张母王氏看着心碎，泪眼婆娑，拉着月英之手："苦了闺女了。"回头又叫着张骞："骞儿，你来！"

张骞疾步而至，也不管别人怎么看他，紧紧搂着月英，喉间发哽：“月英，张骞有误于你，但皇命难违，我亦无法。待去了京城，择机再说。”

周月英缓过神来，从张骞怀中挣开：“此事怎会怪你？皇命国是要紧，我帮你赶快收拾，莫要误了钦命。”

一番草草收拾，张骞、李中壮、堂邑父、呼日勒四人即随了皇差，去了郡衙。

周重早牵了战马，在郡衙候着。几人草草吃了晚饭，携了水与干粮，便举着火把，连夜起程赶往长安。

四月二十九日上午，到李广军营。皇差回宫复命，张骞四人入帐拜见李广。此时已入初夏，帐外草木青葱，野花灼灼，燕子掠空，白云飘飘；帐里冬装尽卸，夏装袭身。四人内衣溻湿，额头汗珠晶莹，亦顾不得揩抹，一齐躬身于前。

张骞道：“将军，皇上有何圣意？”

李广却不答话，依次注目其余三人。

张骞赶快介绍：“此为大侠李中壮，愿为皇上效力，随我西域一行。”

李中壮复又一拜：“见过李将军，小人有礼了。”

“好，好，好。真乃英雄，真乃侠士。为国效力，此乃正途。好，好。”前后五个“好”字，说得李中壮满腹喜悦。

张骞又指堂邑父、呼日勒：“这两位，是我在汉中新结识的匈奴兄弟。高个兄弟又叫甘父，原是右贤王属下的百夫长，武功不错，射得一手好箭，对西域情况较熟；矮个叫呼日勒，匈奴武士，轻功甚好。二人原从俘虏营中出逃，恰巧落于我家，他们二人愿做向导，所以相随来此。”

前头是库录，这次又是甘父，这张骞化敌为友的本领，着实让李广青眼有加。见堂邑父刚正彪悍，呼日勒灵活机警，李广心下默许，遂道：“有二位路途相助，幸甚幸甚。”

李广此时方才道出皇上急令张骞回京，是为确定使节队正使一职。正使一旦确定，许多事体便须依次进行。至于皇上考校什么，怎么考校，大小臣子，无人知晓。

张骞有些紧张，这考校内容一概不知，便也无从准备。且时日紧迫，说不定明天后天，甚或今日，皇上一道圣旨，便得进宫临考。

李广却道：“正使一职，老夫未曾荐你。老夫思之，新皇非常人可比，你是大才，圣意自然属意于你；你若无异能，荐了亦属白荐。李广做事，从不暗昧，以我对你张骞的了解，皇上无论怎么考校，你都在出类拔萃之列。卫青亦未荐你，想法大概与老夫相若。”

李中壮说起粗话：“怕个鸟。这皇考能难到天上去不成？兄弟不能屙出好文章，难不成就写不出好文章？若是考校武学，岂不正中兄弟下怀！”

说得众人一齐笑将起来，连李广亦不再板正了脸。

果然，第二天巳时传旨皇差宣张骞于午时去未央宫偏殿，可携异能之物一件，余皆不备。

仓促之间，张骞携了两张舆图进宫。一张大汉疆域图，一张北征堪舆图。他不知这是否算得上异能之物，却是多年反复修改后之心血之作。这正使一职当与不当，且不想它，能为朝廷尽忠、为国效力，亦可告慰恩师之厚望、母亲与月英的期望，及其诸多上司与朋友的愿望。

偏殿门口，夏宏、任扶各持竹笈，早已候着。见张骞双手空空，面色淡然，步履安然，二人齐道：“张骞你好心情，你是有备之而不欲所求了。”

“哪里，哪里。二位许久不见，追凶辛苦。”张骞与二人执手寒暄，闭口不提考校之事。夏宏、任扶显见做了着意装扮，发髻光亮，绢衣飘飘。夏宏上白下青，任扶上绿下白，白者白得炫目，绿者、青者光彩晃眼。张骞一身浅灰葛麻夏布，相较之下，显得寒酸，可在气度上明显高出一筹，其温文尔雅之态，非诗书技艺多年浸润，难达其境。

午时钟响，殿门开启，从里走出一位中年太监，口中宣道：“着夏宏、任扶、张骞觐见。”一种不男不女的嗓音拉得很长，听得人格外别扭。

张骞作势礼让，自己走在最后。

偌大殿中，空无一人，唯中间每隔丈许安置了三张案几，几上放着同样一卷竹简，一方石砚，一支毛笔，一盂清水，一方墨锭，一把刮刀，左方案角置一香炉，香炉里插一炷笔杆粗细檀香，旁边置一枚火石，一截绒绳。

三人均感无措。既为皇考，却不见皇上，主考、监考均是大中大夫周仁，这是怎么回事？

周仁道：“皇上正与御史大人议事。皇上说了，三位各按名号入座，而后由我叫号开始。第一案，夏宏——”见夏宏于前案入座。又道，“张骞——” 张骞去了中间案几。“任扶——”任扶走向最后一张案几。

“研墨。”周仁道。

三人倾清水入石砚墨池，遂即䥯䥯②有声。

“开卷。”

三人打开竹简。竹简新制，背青面白，穿绳成册，每枚宽寸许，长一尺五寸五分。

“润笔。”

三人先将毛笔笔锋置清水润开，复用拇指按压，再捋顺，最后入墨池，蘸饱墨汁，滗至适用，轻置于砚台沿上。

“燃香。”

三人敲击火石，点燃绒绳绳头，以绳头杵于香头。

“每位空白简册竹简二十二枚，每枚限写十六字，书体或篆或隶，写完十五枚方可视为完卷，以一炷香时辰为计，香尽搁卷。策论题目系皇上钦定。各位听真切了，论题叫作《论使节队之必行及统领之法》。写毕之后，将所携异能之物与策论置于案几，各位即可离开。”

张骞未做准备，听了策论题目，觉得挺合乎日之所思所想。除却题目与款识，行文只得三百二十字。他略略一想，即以隶文着笔。

只夏宏、任扶完全出乎预料，顿时紧张起来，所准备的《论语》《孟子》《诗经》《易经》《道德经》，以及《离骚》《墨子》《荀子》《孙武子》等，均派不上用场。琢磨了好一会儿，方才命笔。

燃香尚有二寸，张骞文讫搁笔。再逐字逐句检视，确认无误，方从怀中掏出丝帛舆图，折得方方正正，轻置简册之侧。前瞻后顾，见夏宏、任扶仍在俯首行文，偶尔传来“哧哧”刮削之声，遂又安坐几后，思虑中壮、甘父之措置，怎么让夏宏、任扶认可，无论正使、副使，又怎得齐心协力。看来，若需意趣谐一，只可如刚才文中所述，“驭心为上，以术次之；驭己为上，以纪次之。”

燃香将尽，夏宏、任扶终于起身，张骞亦随之站起。夏宏道：“孰料你我三人同时完卷，此真巧事。”语及异能之物，夏宏是一袖箭，任扶为一飞戟。张骞不语，二人追询，张骞道是两张舆图。二人顿时默然，移时才笑意复归。

出未央宫，张骞道：“二位仁兄贤弟请留步，在下有两事相告，尚请二位应承。”沉吟有顷，觉着先说中壮为好。正欲提及，任扶插出一句：“张骞你从来快人快语，从不掖事，今日怎的欲言又止？是否想着皇考之事，弄砸了当不成正使？”

“非也，非也。谁当正使，得由皇上钦定，并非你我所能左右。我有两虑，今次明喻，大侠李中壮，此人武功上乘，且品德更佳，可否由你我三人同荐，为使节队副使？”

夏宏道：“李大侠虽未谋面，但除暴安良，屡有所闻，江湖衙门多有称许。他愿为朝廷效力，西行奔走，当然好好。只不知此人现在何处？”

“不瞒二位，此次回城固省亲，路途巧遇此人。我亦是早闻其名方始得见，其为人做事果然明是非而爽快。吾奉旨回京，他亦相随，现暂留李广将军营中。”

任扶道：“既如此，使节队得一得力帮手矣。荐为副使，我看使得。”

夏宏亦点头首肯：“另一事不知何指？”

张骞遂讲了结识堂邑父、呼日勒之经过，意欲让其做使节队向导。

任扶不语，夏宏却坚决反对：“匈奴人中哪有那么多库录？残杀库录的匈奴细作与凶手，至今找不着一丝线索，谁知这二人是否心怀鬼胎？此二人进使节队，万万不可！”

任扶亦接口：“任用敌方武士，还应小心为妙！”

张骞知再说无果，也不予动气，不予争辩，平静道：“此事仍请圣裁，二位认为可否？”

“也好。”夏宏、任扶应道。

张骞胸怀坦荡：“二位担心，自有道理。此事只好寄望于李广将军与圣上明裁。无论二位谁当正使，张骞皆任由驱遣。如骞骤临重任，亦望倾力相助，以完成圣命为至念。”

“这个何消说得！我等早已是三位一体。”夏宏、任扶皆道。

张骞心挂中壮、甘父、呼日勒，复回李广营中。

五月三日早朝，刘彻召张骞、夏宏、任扶进殿。

众臣依次跽席而坐。张骞三人跪拜之后，站成一排。

“尔等三人卷册，朕已阅过，现由太史令司马谈分别读与众卿审听——使节队出使西域寻月氏诸国，此乃非常之举，正使其责亦非同小可，众卿听后有何见地，不妨奏与朕知。”

司马谈首先拣出夏宏简册，慢声轻读。其文大意为：“臣系将门之后，世代食朝廷俸禄，为国尽忠。当此之际，有幸成为朝廷出使月氏使节，如应正使之差，更应不辞辛劳，为社稷和陛下扩疆拓土，成就霸业，于己亦可得以加官晋爵，云云。”

众臣无语，有人轻摇其头。司马谈即又捧读任扶卷简，文章要点为：“吾虽生于官宦富贵之家，但从不欲庸碌终生，老死于闲庭静窗之中。而今北夷猖獗，边民罹难，臣更应踏征程，联月氏，出兵西击匈奴，解我北方之患。如得正使之职，定不辱使命，凯旋以归，等等。”

众臣依然无语，有的竟失望地轻声叹息，不知张骞应对如何。

拿起张骞卷帙，司马谈顿时精神大振，朗声唱读：

论使节队之必行及统领之法

夷狄之患久矣。将士戍边，拒之则遁，懈之则如水滮滮[3]。致吾民难靖，吾国少宁。如此枭獍[4]，当以尽磔[5]之。然战之战者也，宜诸方合力，聚友邦而结朋国，以分其势而削其力，使北凶釜底无可燃之薪，己之势有瓴甂玙璠[6]之丰。

受教吾皇诏令，西有月氏国，乃匈奴宿敌，吾皇毅逞，遣使节访其今踪，以兄弟之国联袂，灭此嚣鸮。此乃保国本于岿然，窾[7]敌境而刲羊击豕[8]上上之策。然凭一己之力难达其效，大军往之将相累于途，故以精悍之使节队往之，必致烺烺[9]。西结诸国，更可扬大汉之国威，宣大汉之文明。

使节队百人，人人皆绚[10]，其智皆倍于吾，其能皆在峰巅。是故宜驭心为上，以术次之，以求上下一心，共克危艰；以驭己为上，以纪次之，以求皆为貔貅[11]，立坚韧不拔之志，致皇命得竟[12]，伐交如酣[13]。

蒿草浅识，菡萏远矣[14]，圣裁为是。

城固张骞

大汉建元元年五月初八

众臣皆喜，李广尤甚，有人竟求一睹。刘彻笑道："众卿还有不知，朕让呈上异能之物，张骞所献，一为我大汉疆域图，一为北征大漠草原图。未来必有通使西域图，朕信之。"又话锋一转，"张骞上前听旨——"

"微臣在。"张骞跪伏于御案之前。

"朕命你为中郎将、使节队正使，夏宏、任扶为副使，相助于你。使节队的担子从今日起，你给朕担起来。朕同时赐你宅第一座，以方便起息，应酬要务。"

"臣谢恩。微臣尚有事启奏陛下。"

"何事？尽管道来。"

"第一事，关于出使西域月氏诸国之我朝旌节，请陛下命造办府先拿出一个图样。"

"朕知道了。第二事——？"

"请陛下命李中壮为使节队副使。此系吾与副使夏宏、任扶共举，望陛下允吾三人所求。"遂将李中壮情况做了简要奏明。

"如此甚好。朕允之所求。"

"谢陛下破格用人之恩。第三事——"张骞斟酌措辞，略一沉吟。

"索性一并道来。"刘彻目视张骞。

"微臣失了库录，又复得匈奴武士堂邑父、呼日勒。此二人与骞肝胆相照，愿做使节队向导，请陛下恩准。"

刘彻一乐："你这个张骞，能耐倒是不小，折了一个，又来两个，且都服你，愿为我大汉效力。你就不怕他们系匈奴奸细？"

"微臣不怕。匈奴性恶，但性直，尤为佩服英雄。他们打不过我，做了我的俘虏，我以义礼待之，故而使其改弦易辙。纵为细作，众英之中，亦不敢造次。如造次，臣定斩不赦。"

"二人何在？"

"暂寄李将军营中。"

刘彻复问李广："卫尉，可有此事？以你观之，此二人可否做我使节队向导？"

"张骞做事，向来坦荡且思虑景远，此二人做使节队向导，以臣之见尽可行之。"

"朕准张骞所奏。"

这真是：

人称忠孝难两全，谁知鸳鸯团圆难。

一次皇考名千古，一任正使传万年。

欲知后事进展，且看下回分解。

**注释：**

① 马齿苋：一种野菜，可入药。古人多用其消炎疗伤。

② 騞（huō）：刀割声，摩擦声。

③ 漷（guó）漷：水流不停。此处喻匈奴侵扰不息。

④ 枭獍（xiāo jìng）：枭：一种恶鸟；獍：传说中的恶兽，生下即食其母。

⑤ 磔（zhé）：古代祭祀时分裂动物的尸体；后成为分裂人体的酷刑。此处喻消灭。

⑥ 瓴甋玙璠（líng dì yú fán）：瓴甋：盖房砌墙的方砖，喻大厦；玙璠：美玉，喻财富。

⑦ 窾（kuǎn）：掏空、挖空。

⑧ 刲（kuì）羊击豕：刲羊：宰羊；击豕：杀猪。喻战争胜利。

⑨ 烺（lǎng）烺：明亮的样子。

⑩ 绚：有文采。喻本领。

⑪ 貔貅（pí xiū）：猛兽。像猛兽般勇敢。

⑫ 得竟：得以完成。

⑬ 伐交如酣：外交的胜利像喝美酒一样酣畅淋漓。

⑭ 菡萏（hàndàn）：荷花。菡萏远矣：离荷花那样美丽的见识还差得很远。

# 第十二回　长安获邸旌节定样　校场纳贤队伍成型

走出北阙[1]，张骞正解马缰时，任扶兀地笑道：“张正使，可知皇上所赐宅院所在何处？”

张骞摇头，表示不知。

“在太学跟前的槐市[2]，今后有的热闹了。兄台若是不嫌，明日送两个丫鬟一个苍头过来，好给你洗衣做饭，看个门户。”

“我一人居家，哪里用得着这个？贤弟美意，我已心领。”

为堂邑父事，夏宏一直没别过劲，即就圣意难违，心中仍犯嘀咕。此间见任扶与张骞叙话，觉得自己太过冷淡，于是插话道：“张正使，你事事明白，怎么此事就犯糊涂？你能一人居家吗？你又非一介草民。为兄敢言，你一搬入，即会门庭若市。除任扶给予之外，我亦送两个丫鬟一个苍头，且是能干模样差不离者。另外，一些需用的家具，我与任扶议后，再行决定，此事你就无须挂怀。”

见二人极是诚恳，张骞亦不便拒绝。遂道：“那就承谢二位了。稍事整理安定之后，尔等与李中壮一道，请来做客，以便议定使节队诸般事体。”

任扶又开起玩笑：“若按一人居家之说，我等去你那里，还得自备茶水、酒食了。”

张骞亦爽声一笑，遂认镫上马，三人各奔去处。

张骞至李广营门，恰见李武送李中壮、堂邑父三人徒步而出，于是勒马问道：

“尔等何去？”李中壮答道：“见你与李将军上朝，不知何时得回，遂同他们去附近逛逛。张骞兄弟，有好消息不妨告诉我等。”张骞便即下马，见堂邑父、呼日勒皆换了汉服，又皆为徒手，知李中壮所言不虚，便拱手一揖，笑道：“吾不等李将军下朝提前赶回，就是有好消息相告。中壮兄，你已被圣上钦命为使节队副使，此事还得感谢夏宏、任扶两位副使帮你说话。当然，还有李将军之荐言。皇上还允准甘父、呼日勒同为使节队向导。功成之后，将不吝赏赐，愿在大汉为官者，亦可加官晋爵，保你们一生富贵。”

李中壮、甘父等人心知，这一切均为张骞从中斡旋之功，但其只字不提所做努力，使人倍感张骞心胸之磊落。李中壮道：“张骞你呢，定有什么可以同贺？”张骞一笑，回道：“当然有的。圣上命我为使节队正使，并赐宅院一座，自此我与尔等便可相聚一处，难道不可同贺？”随即告知了宅院地址，又道，“尔等甚时有了兴致，我可作一引领，到舍下闲叙。”

三人越发兴奋，皆曰不如趁现在闲暇，去那里看看。三人复又折身骑马而出。

李广行辕在西，张骞遂率三人直去西城雍门[③]。雍门壕沟之外，只见白杨参天，树下花草竞茂，灌木葳蕤，阳光之下，荫翳片片。适雍门校尉[④]系一皇亲子弟，正嘱门兵相关事宜，见张骞下马与己拱礼相呼，亦抱拳一揖：“郎官何事？”张骞回道：“刘校尉承让，领几位朋友欲去槐市。”原来张骞任御前郎官时，与十二位城门校尉均较熟悉。四人复又上马，从雍门而入。

这堂邑父首次进入长安城内，见城门门道与城墙等宽，门道长达五丈有余，宽可容四车并行，触其墙壁，坚硬如铁，气势恢宏似山，不由啧啧连声。

见堂邑父、呼日勒吃惊模样，张骞又道：“这长安城墙周长六十二里，惠帝元年（前194）春动工修筑，动用人工十四万六千余人，全为版筑夯土墙，强弓弩箭难以射入；惠帝五年（前190）春再次复工，直至工程全部结束。城墙东南西北各有城门三座。西城分别是章城门、直城门与刚才经过的雍门。我等去的槐市在太学附近，到各市，还有市门，由市令或市丞、市长管辖。市门多寡不一，街道称为‘隧’，街隧成‘井’字或‘十’字形状。为求整齐，门户均在街侧。住户庭院须植树种草及四季花卉，否则必受重罚。交易如有争执，皆由市令裁决。”

“规矩真多。草原上哪有这等名堂——不过，只需有钱，这里倒也方便。”

堂邑父又道："在你家城固生活，只需勤快，比这里自在。"

张骞接口道："这次皇命完成，你们都去白崖村，今后在那里过个散淡日子。"

"只怕想得好，做不到。"李中壮慨叹。

众皆默然。

四人橐橐而行，进入槐市市门，遥见市亭[5]之上，旗帜招展，迎风猎猎。低头见街隧之侧有两条布幌，轻轻拂动，一条上书"香喷喷"，一条上书"白嫩嫩"，街上熙熙攘攘，人头攒动，于是皆牵马而行。近前一看，原是一家面馆，一家豆腐店。众觉有趣，皆失声而笑。

张骞所赐府邸，原为赵王属下一在京联络官宅第，后七国叛乱，赵王自杀，此宅便一直空着。从景帝平叛至今，已十余年矣。

张骞打听得实，至槐市底端，果见一高大门楼巍乎于前。到得门前，见门洞大开，有宫人正指派杂役，在内清扫，一堆枯枝杂物，正行装车外运。那宫人认得张骞，立马过来行礼："正使大人，宫里吩咐，昨日起，便开始收拾。不知大人今日前来察看，有失远迎。这房闲置已有年月，补瓦刷墙，清基洗地，花木剪修，家具装置，尚须一些时日，估计十天半月之后，即可恭贺乔迁之喜。"想想又道，"大人此来正好，少叫奴才跑路，您尽可看看，不周之处，教训奴才便是。"

宫人极是玲珑，见张骞不太自然，笑道："大人生长城固，听说那地儿风光秀美，物产丰富，不比这京城里宅第相接，人声嘈杂，不过住得久了，也就惯了。有些事体，大人不说，奴才亦心下明白。"

张骞欲拱手以礼，那宫人却是慌急："大人万勿这般，别人一旦知晓，奴才可吃罪不起！"

"那就有劳你了。"张骞遂领着众人，入内细瞧。

这是一处三进四宅的宅第，每宅房屋十六间，前庭后院均有水池回廊，假山花坛迎面而立，劲松翠竹环伺四周。中间凉亭，亭顶彩瓦，亭柱彩绘，花鸟虫鱼虽不鲜亮，但却十分醒目。四宅之间，两边皆由走廊相连，走廊宽绰，廊柱方形，纹理细密，似为杏木。"人"字廊顶，筒瓦浅灰，尚有苔藓枯叶未及清除，一种褐背绒叶的小草杂然其间。后院两棵檬树，枝叶繁茂，高耸挺拔，一人合抱有余，蚂蚁细虫上下蠕动。前庭相对而生的桂花树，也青枝绿叶，郁郁葱葱。

张骞暗自叹息，体会到什么叫作深宅大院。即就李中壮等人随他入住，也会倍感冷清，而每天的清扫，亦不胜其烦。倒不如城固农家，住着舒心。由此他又想月英，以她的性格，怕也难以习惯。

但这是皇恩，他只能感恩，别无其他。偌大一处宅第，没有巨额钱财，怎生能够到手。这于他人，是意外惊喜，而于张骞，却是百倍的压力。

李中壮见过大世面，对张骞此时心情，约略体会些许。唯堂邑父、呼日勒，一直非常的惊讶、惊奇、惊喜。

四人返回，京城子弟仍由李广应付。张骞从李武处取了库录下余赏金，分与李中壮、甘父与呼日勒三人，利用半月闲暇，堂邑父二人去中原走走，他与李中壮去了军马场司御府。

去司御府，恰逢肖人杰大婚。肖人杰一见师父随张骞同来，大喜过望。梁清泉、杨虎娃、刘苟成、温万世亦倍感亲切，得知家人安好的消息，更加欣慰，众人皆将妻子儿女唤来，一一做了介绍。张骞原想叙及使节队征召之事，一见如此，把话咽了回去。

半月之后，张骞迁入新居，许多事情便也接踵而至。张骞忙于应酬，堂邑父自觉地当起了管家与传话人，呼日勒则忙于生活采购，每日大把金钱花着，也乐得逍遥。

时日转瞬到了八月，关于旌节的图样，也到了张骞手中。于是选了个天气晴好、桂花飘香的日子，请来三位副使，共同议决旌节的细节。

众人先传看图样及说明。

旌节总体由三部分组成：旌球、擎手与飘带。旌球总数二十七个，一大二次余者再次。大者居于顶端，象征汉家皇帝；二次象征日月，寓意皇帝代天行责；二十四个小旌球则代表四季二十四节令；旌球由棕色之马尾、黑色之旄牛尾（我国古人旗帜上常以旄牛尾做装饰）等量组成，以拳握为准。飘带长八寸、宽四寸，上书篆体“大汉使节”，寓意大汉使节由四面八方而来，向四面八方而去。擎手粗一握，长三尺六寸五分，由紫竹老根制成，有大小十二节，寓意一年十二个月三百六十五个周天。

夏宏首先说道：“此旌节虑事缜密，大概已征得圣意首肯。否则，缘何数月之后方有此样？依吾所思，可以按此制作——只这寻找十二节紫竹老根，又得合乎尺寸，便就难事一桩。”

任扶、李中壮见夏宏如此断言，哪敢再说，二人亦点头称是。

张骞则陷入两难。倘若圣意果真如此，真是不便建言。但送图样者无此一说，他亦不能与夏宏一般臆测。沉吟有顷，仍道出异议：“此图样思虑缜密，吾有同感，但制作者只虑及寓意，却忽略了气候、保管方便、不易损折诸方面事体。就说擎手，竹生于南方，南方多雨湿润，竹节不易开裂，而吾等所经之地，皆大漠、荒原，干旱少雨，竹品极易开裂；再说飘带，在风沙雨雪之中，极易缠结；而旄球过多，收拣保管、马背上擎拿，亦极为不易。吾以为，一切应遵从结实、耐受、简洁明白为要。就此吾亦另做了图样，请各位副使参照。”遂拿出自绘图样。

张骞的构图简洁了许多，但基本象征仍然保留。擎手三尺六寸五分不变，但质地换作了青冈木，用生漆漆成黑红之色，并刻以汉隶书体“大汉友好使节”六个嵌金大字；去掉飘带，旄球十二个大小一律，长一尺二寸，材质取五色丝绒，球之垂丝缀以旄牛尾须，寓意使节来自大汉丝绸之国；前端设一金色小扣，一则可使旄球收放自如，二则可以扣于擎手把杆，使旄球固定。

三位副使觉得张骞虑事得体，却又碍于夏宏蠡测。任扶道：“不若将张正使图样一并上呈，以作终决。”李中壮、夏宏亦表赞成。

后来得知，匠造府将两种图样一并做成实物上呈皇帝，刘彻取张骞之意，并予评语：结体坚实，光华鲜朗，雍容华贵，合乎大汉气象。

此是后话，不提。

是年八月二十八日，各郡应诏勇士考比初定，连带京畿初定人物，总计二千一百二十二名。若要从中选定百名精英，非得有套切实可行之法。张骞思虑多日，复与李中壮、堂邑父闲聊，至九月初八，又请来夏宏、任扶两位副使官，反复琢磨。九月十日，三人同去正选官李广处，做出最终选制定言。

转瞬之间，到了建元元年（前 140）十月初。全国各郡应诏之士已于月前全部来京。

十月初八，是武选日子。卯时，各路参选人员便骑马东行出霸城门，齐集灞河军校场下马入场。宽阔千丈的校场四周，站定了程不识的卫戍军士，显得异常肃穆、安静。卯时三刻，各方人员按指定方位站定。恢宏雄伟的点将台上，高高飘起一面五彩大旗，上面大书一个“选”字。大旗之下，坐着正、副四位选官与使节队副使李中壮，台左台右，各有二十五名近侍持刀挺立。

辰时正，司程夏宏站起，前趋三步，大声道：“现由钦命主选官李广将军宣明本次选官名号。”

李广站起，“嚓嚓”向前三步：“大汉使节选贤拔能选官如次：钦命正选官未央宫卫尉李广——”

校场上，一阵轻轻骚动，听得前面即是飞将军李广，人人无不动容，皆窃窃私语，抻长了脖子，欲一睹将军威仪。

李广提高了声量，如惊雷从人们耳旁滚过：“钦命副选官，使节队正使张骞——”又是一阵骚动。众人来京之后，虽然受过张骞的慰问，但是有关张骞的故事，仍传得神乎其神，觉得能在他的治下干事，无比光彩。

校场上继续传来李广的声音：“钦命副选官、使节队副使夏宏，钦命副选官、使节队副使任扶。”李广一顿，又道：“本次校选查校官、钦命使节队副使李中壮！”

一代大侠成为使节队钦命副使，使众人感到惊奇、惊喜和兴奋，也使众人对新皇有了非常不一般的认识。不看出身，唯才是用，使人平添若许希望与信心。

夏宏又道：“现由使节队钦命副使任扶宣告本次考校律令。”

校场顷刻鸦雀无声，静听任扶宣告：“大汉使节队考校律令：一者听从各选官之指令，服从各选官之终裁；一者量己之力，察己之能，拒奸宄[6]，拒机巧，一旦露底，即刻逐出；一者独具异能，未列考校者，允予自荐；一者考校之后，列入百名使节队员者，不得擅离，即入训练营，接受特别训练；一者凡落选者不得滞留，可继续磨砺，争取下次考校入选。滋事者交由有司严惩。”

任扶退下，夏宏复又宣告：“现由使节队钦命正使张骞宣告本次考校之法令。”

张骞不紧不慢，一字一句放开声量：“奉大汉皇帝诏令，为擢拔出使西域月氏国使节，特举本次考校。本次考校，设武选、文选两法，并先行武选，文选待后。武选之法有二：其一，各队两两相对，结为对手。六人一组，组与组相间两丈，每组由未央宫卫士一名见证，抽签定入场先后，胜者守擂，拔头筹者由卫士引领至校场之左待命。此法仅仅考校拳脚近身搏斗功夫，点到为止，不得伤及自家兄弟，此为日后路途保命手段，务要竭力而为。其二，特拔之法，凡能拉满五百石硬弓者，可由主选官李广将军直接考核以定去留；凡剑术上乘者，由副选官张骞考校，接满五招者即为武选合格；凡刀术上乘者，由副选官夏宏考校，接过十招者即可入选；凡棍术上乘者，由副选官任扶接招，满十个回合，即可左场待命；凡轻功佼佼者，由查校官李中壮检校，四丈之木，足踢竖起，提纵登顶，下踢三次不倒者当选。现为辰时三刻，至巳时结束。”

一时间，只见满场皆是腾挪跳跃、徒手相搏的身影。

李广未曾料及，他的前面，一下子来了三十余人，虽高矮胖瘦不一，但个个皆是铁骨硬汉，铮然有声，显见得他们不是为了一睹自个尊容，而为考校而来。李广大喜，让其依次排定，拿出硬弓，然后一一试拉。

第一位瘦高个，弓弦尚未拉圆便气力不逮放下，羞红了脸下去。

第二位矮个，臂膀肌肉隆起，倒是拉圆了满弓，但李广数到第八，便也力尽。李广深为惋惜，说只需练得半年，便是出类拔萃的弓箭手。

三十余人中，合格者十二人。李广已很满足，决定此十二人无须文选，可直接进入使节队。

相较之下，张骞、李中壮最是失望。能接满张骞重剑三招者，仅为二人，大多均在一招之下，便兵器离手。李中壮亦成了自我演示，他将四丈圆木踢立场中，而后拔身飞顶，底下数人足踢手掀，亦如生根一般。不料此时来一少年，先吹起一个响亮的口哨，然后叫道：“这有何难？”将旁边另一四丈之木一脚踢起，后如燕雀一般登上顶端，木下之人连踢十余次不倒。

李中壮大喜，叫着少年：“你这娃娃，赶快下来！”

少年道：“下来可以，你须应我一事。”

“何事？”

“让我进使节队，到远方看看。”说着，又吹着悠长的口哨，如轻叶一般飘然而下。

下来一看，见少年眉目清朗，十分俊秀，李中壮更是喜欢：“你叫什么名字？家住哪里，今年几岁？”

“我嘛，行不更名，坐不改姓，由天际是也。说家？家在中州，足十四岁矣！”

看由天际故作大人模样，周围人等莫不暗笑。没想到这小家伙轻功如此了得，也不知他师父究系何人。

“你师父尊讳，可否见告？你是怎么来到京城，又进得校场？”李中壮心中好奇，接连追问。

“师父说了，他的行踪，不得向世间之人相告。而皇帝的诏令，天下志士谁不知晓？这里他们来得，我也来得，我来又不让尔等破费。再说壮士行事，理应言而有信，我已照说照做，你这天下大侠，不能阻我随队西行。”又一声口哨，吹得更其自信、悠长。

见这小家伙伶牙俐齿，一副老江湖做派，李中壮已有几分默许：“由天际，只是你年岁太小，律令不许，只怕此行枉然。”

“李大侠，李大副使，这么说，你已心中许可了？”由天际十分机灵，挺会揣摩。

李中壮未置可否：“此事谁也帮不了你。你还是哪儿来哪儿去。说不定你父母正盼着你回家呢。”

由天际不禁失望：“我自有办法。”

不说这里大小二人心眼相撞，且说搏斗场地已渐至尾声，除三五处尚在互搏，凡拔得头筹的壮士在各卫士引领之下，加上通过夏宏、任扶直拔之三十余人，皆齐集校场点将台前，静候张正使宣告文选律条。

不一刻，互搏悉数结束，李中壮很快得出武选获选人数，计三百七十九人，除却李广将军所定一十二人，以及正副使节四人，只需从中选出八十四人。

张骞用匈奴语说道：“文选之法第一条，尔等之中，凡是懂番语一门以上者，请出列站于左侧。”

场中许多人一阵骚动，不明这张正使叽里咕噜在说什么，而会番语者纷纷从行列中走出，到了左侧。李中壮一清点，计三十九人。

张骞复用汉话道：“文选之法第二条，凡在匈奴居住，生活过一年以上者，请出列。”

人丛中又走出十七人。

张骞又道："文选之法第三条，凡曾经徒步沙漠，经历七天以上饥渴，以野菜充饥，以马尿、小便解渴者，请出列。"

又有十九人出列。张骞一默，使节队定选九十一人，向导堂邑父、呼日勒二人，尚缺员七人。

许多饱学之士大失所望，原以为文选之法定必涉及圣贤之说，不料却是这等条件，想想又心中释然，使节队定选从实际所需虑定，其实理该如此。

落选者无话可说，皆渐渐散去。

张骞心甚愀然，这些壮士一心报国，实该嘉许，可名额有限，路途危艰，不得不以此择尔。但愿他们回去之后，成为一方土地上的叱咤人物。

七名缺额，只能待后再说。

此时，一位身着葛麻短褐的长条大汉，双手抓着大把野菜，从外飞奔而来，到了各选官面前，大声叫道："启禀李将军与各位正使副使，我叫杨柏，世代为灞河菜户，专为皇家种植新鲜、稀罕蔬菜。我还侍弄各种庄稼，我种的麦子品类多，我种的秫子糜子比别家黏。我会烤酒制糖，还弄得一手好饭菜。功夫赶不上你们，但是刚才也拔了头筹。一次对付三人不成问题。我想，使节队里个个都是好汉，好汉也得吃饱吃好，才有劲儿做事。我真想去异国他乡看看，看他们种啥吃啥。不及我的，我亲手将大汉的美味做给他们看；咱没有的，把那里的种子带回来，咱学着种。他们高兴，咱也高兴，军国大事也好商量。我算过了，使节队还差七人，算上我杨柏，亦不为过。"

张骞细瞧，见大汉面孔黧黑，浑身是劲，眼睛不大，但炯炯有神，手中的野菜有七八种之多，有小蓟、灰条、马齿苋、蒲公英、鱼腥草、野芹菜、荠菜等。听杨柏说得振振有词，条条在理，即对李广与三位副使商议道："这杨柏将有大用，可否将其纳入？"李广等点头称是。张骞面对杨柏，轻声笑道："好吧，使节队等着吃你做的好饭菜。"

杨柏一下扔掉手中野菜，高兴得深深一揖："谢谢你们知我懂我，我杨柏定当不辱使命，为大汉争光！"

此例一开，引起了一些具有异能志士的关注。杨柏刚进左侧队列，便有一人上前唱了一个大喏："李老将军，在下范佑铭，这厢给您见礼了。"说着，插烛似的一躬下去，起身之后，又面向张骞等四人道，“我与几位虽然面生，但在京城一提范铁匠，没有不知者。所铸剑器，不敢说干将、莫邪、欧冶子重生，却是诸位将军喜爱之物。如若不信，请李老将军拿出佩剑，与之一观。”

李广取下佩剑的同时，又不乏调侃：“你这个小老范，在家里干铁匠活挣钱不好，也想参加使节队去挣功名？”

“禀李老将军得知，您知我原在边城，为驻军将士修造兵器，后来匈奴南侵，边城不保，于是毁了铁匠炉，当了一名军士，接连跟匈奴人打了几仗——我才不愿当俘虏做奴隶，给强盗造兵器，反过来杀我家乡父老。我听说西边有极好的铁沙，以我大汉上乘的炼铁术，不愁造不出上阵杀敌的好兵器。我敢说，使节队里现在还没有这号人物。”

张骞瞧着听着，心中哑然失笑；这范铁匠真像个铁匠，矮墩墩的个头，膀粗腰圆的身坯，黝黑放光的皮肤，一副喜眉笑眼的模样，让人一见便觉亲近。他抽出李广佩剑，阳光下，熠熠生辉，晃人双眼；一弹剑锋，铮然作响，脆音悠悠。复递与夏宏等人，李中壮亦啧啧称羡。见众人首肯，遂笑眯眯道：“范佑铭，你这雅号我不好叫得，今后我们还叫你范铁匠。暂时不说铸剑，先把钉马掌的活计弄妥帖。”

范佑铭高高兴兴，与杨柏挤在一块儿。

见范铁匠顺利入列，一旁急坏了他的好友王兼，他于是掣出怀中竹笛。

顿时，一曲高亢嘹亮，苍凉中又饱含坚毅的《大漠行》，如穿云裂帛，响彻整个校场。

张骞吃了一惊，这是何人，竟将恩师之曲吹得如此佳妙，其精髓神韵又传达得甚为透彻。他不由得张目搜寻，欲睹其人。

此曲除李中壮外，李广、夏宏、任扶亦较熟悉。

唯见一翩翩青年踱步而出。定睛一瞧，生得令人忘俗，一副浓眉大眼的模样，一张白皙俊朗的面孔，一架胖瘦适中的身坯，再配一袭葱绿的夏装，若非左边鬓角处一个难以掩饰的泛红伤疤，以俊秀相夸毫不为过。

此人开初不疾不徐，待得相间三丈左右，倏地两个纵跃，一下跪于李广面前：“老将军，请助我王兼。”

“你已是我军中之‘先导联络’，还需老夫助你什么？是否又犯下桃花之事，请我从中说合，让人再次饶你？”

自称王兼者瞬间满脸泛朱，无比羞赧：“老将军，王兼再也不敢做那丢脸之事，更不敢对有夫之妇乱起色心。脸上这一刀之伤，已给我留下终生耻辱，我怎敢再胡乱而行——今日所求，只求做个为使节队探路、联络的使者。”

“使节队不缺吹笛唱曲之人。若论吹笛唱曲舞弄器乐，你还得拜张正使为师。去去去，回去找个正经婆娘，生他一堆小王兼，也不枉你来人世一遭。”

众人眼中，李广虽平易近人，也有些口讷，但话语历来检点有加，今日这是怎么了，竟也口吐俗言，对这王兼于规劝中透着若许怜惜与关切。

这王兼继续跟李广磨牙：“找婆娘生娃娃，对我王兼，迟点早点不是难事。人言人活一世，草活一春，错过这次机会，我哪能去大漠草原增加历练，哪能去异国他乡见见世面，又哪有机会建功立业？我王兼之前做事是有失检点，可青年男女那点事，世上多了去了，连孔老夫子也说‘食色，性也’。老将军，您不要老不放心王兼，您不给机会，我如何重新做人？老将军，王兼知您疼我，我若去了，保证一不叛国，二不辱身，虽死仍葆汉家气节！再说那匈奴女子浑身的汗臭、膻味，离她三丈都嫌太近，哪有肌肤之亲念头？我去了，这好色的毛病自然就痊愈了。至于吹埙弄篪⑦弹琴奏比竹，自会拜张正使为师。”

众人皆笑，这王兼真是个活宝。一会儿慷慨激昂，煞有介事，一会儿又没个正经，话不着调，看那纵跃如飞的机灵劲儿，倒也让人觉得有趣。

李广有心成全，遂以商议口吻道：“尔等正使、副使，不如让他相跟着大家，让其受些磨砺可好？”张骞等人碍于情面，不便拒绝，皆道“也好”。

李广面向王兼，微微一笑：“你这娃娃，好好地去挣个前程。想那些花花事，不如找个正经、干净的匈奴女子做老婆。不要没有老婆时，把见到的出色女子都当老婆。有了老婆，还把别人的老婆当老婆。”

一番拗口的“老婆”话出自李广之口，让张骞四人皆感惊诧，也看到这位让匈奴人闻风丧胆的老将军，其真性情，真正大仁大义的一面。众人忍耐不住，终于憋不住笑出声来。

王兼也自感好笑，给李广行了一个响亮的叩头礼，几个纵跳，跑到范佑铭的面前，便轻轻叩了一下范铁匠的下巴。那范佑铭手疾眼快，一把将王兼逮住，叩了他一下左颊上的伤疤："看你还敢不敢把别人的老婆当老婆。"

原来，范佑铭为李广铸剑时，跑腿之事全由王兼承担。这王兼秉性嬉闹，每去范佑铭处都携酒带肉，一来二去，便成了要好朋友。

故而，王兼一见范佑铭被破例选中，一下子急得六神无主，最后以笛声出场，又依仗与老将军之稔熟关系，软磨硬泡，终于如愿以偿。

那由天际从未离开，一看李广是正主儿，立即也在李广面前跪下："老将军，飞将军，大仁大义的大将军，请恩准由天际入那使节队。我会轻功，刚刚李大侠李副使考校过了。他嫌我小，其实我不小，今年十四岁，明年就十五岁，后年就可以找媳妇。"

"说来说去，你还是个小崽崽。等你那小胳膊小腿长壮了再说。"李广道。

由天际转回头，又去求夏宏："夏叔叔，夏将军，夏副使，我是您看着长大的，您一直照顾我，求您帮我说说嘛。"

这由天际确乎是夏宏看着长大的。由天际之父原是夏宏部下的军士，九年前其父与匈奴作战阵亡，其母在家乡亦被匈奴掳去，一直杳无音讯，一个舅父一个姑母，也死的死、伤的伤。一个兄长，懦弱无能，嫂嫂悍恶。夏宏看其可怜，便留在军中，军士们亦十分疼惜，皆处处照顾。这由天际耳濡目染，将练功当作玩耍，先是抱块砖头整日里跳上跳下，后来抱根圆木，再后来便双手提着几十斤重的锁子石，纵跳的石坎也相应增高，十三岁时偷偷跟在队伍后面，跟匈奴骑兵打了一仗，竟杀死杀伤三个敌人，还救下一个平日相好的军士。同时养成了一个习惯，一边拼杀战斗，一边吹着口哨。说起来，这由天际既是一个苦命的孩子，也是一个勇敢倔强的孩子。

听罢夏宏介绍，李广、张骞等人无不动容。李广沉吟有顷，仍然婉拒："小崽崽，你轻功厉害，我们知道；你聪明勇敢，我们也知道。如果信我这大仁大义的大将军，就请你暂时甭想出使这等事，回去抓紧学习，多读兵书，咱跟匈奴的仗有的打。说不定，你将来能当上一个比我还大的大将军。"李广回头又对张骞等人道："咱得为大汉留下这棵好苗子。"

由天际见所求无望，草草行了一礼，低着头走开了。

见午时已过，张骞遂向台下人员宣告："各位使节队员听着：第一，先向诸位兄弟祝贺，我们将肩负大汉皇帝使命，奔向西域，出使月氏国；第二，全体在集贤馆待命，择日宣布使节队律令与特训要目；第三，即日起，正使、副使入住集贤馆。有作伪犯奸者，查证后立即取缔使节资格。现在可以离开校场。"

使节队员们喜笑颜开，人人兴奋，片刻散去。校场上除相候的甘父、呼日勒，尚有两位体态修长、身着白绸衣衫的青年，显得分外抢眼。

张骞、任扶认得其中一位：宫廷医官孙治瑾。

不等张骞等人开口，孙治瑾便笃定了口吻："李将军，张正使，夏宏、任扶、中壮三副使，我给使节队当医官来了。"又拉过同伴道，"他叫公羊鸣执，满腹学问，有胆识，有见地，系京城裁剪高手。他专门来给使节队全体队员做漂亮衣服来了。"

公羊鸣执笑呵呵一揖："在下公羊鸣执拜见各位钦命官长，吾功夫不在上乘，但也不在下乘，不敢与大儒相较，但等闲小儒亦不在话下；见机行事不敢说玲珑剔透，倘若遇险仍进退有序。不是我自夸自赞，同样的衣料，我会做出最得体最漂亮的服饰，保证大家在异国他乡穿出我大汉的气魄与辉煌。"

张骞首先点头："二位这等才学，正是使节队之所需。"

李广却故作惋惜："孙医官，你就不知宫廷御医乃医林人士祈盼之职？还有公羊鸣执，为皇亲国戚、王公贵族做得一件衣饰，赏金何其多多，何必跟着使节队蹈危履险、受苦受难？"

孙治瑾却道："老将军此言差矣，有出息的医士，亦应心怀天下苍生，去异域寻求良药良方，以解病患之疾。"公羊鸣执亦相跟道："他国远乡服饰，定有奇异可取之处，将其为我所用，更显我大汉子民之美。"

李广呵呵大笑："老夫戏言耳。"

不久，皇帝又从宫中抽出八名精英，以充实使节队。使节队总计一百零七人。

这八人是：驯马师陈尚斗（张骞任司御时便就相熟），玉石匠造师赵无偏，制简刻简师沙里修，水利工程师宋石、宋木昆仲，土木建筑师容南、容北昆仲，以及懂多种语言的通译官苏疾。

这真是：

人生难逢机遇，机遇几经风雨；
风雨征程濒险，险处几许得意？
得意，得意，得意，得意磨难累积。

欲知后事情境，且看下回分解。

**注释：**

①北阙：位于长安西城南隅，高踞于龙首原的未央宫，是一非常巨大的宫殿建筑群。它以前殿为主体，四周为高大宫墙，形成宫城。四座宫门，以北宫门最为重要，它直通皇帝枢密要地，北宫门外有高耸的阙楼，称为北阙，文武大臣入宫之前，均候于阙下。

②槐市：西汉时长安有八条大街（亦称为“隧”），街宽二十余丈。市场区在西北横门附近，以正对横门的南北大街为界，街东为东市，街西为西市。除此之外，还有横桥之北的交门市，便桥东的交通亭市，雍门附近的孝里市，昆明池之南的细柳市，太学附近的槐市等。

③雍门：西汉长安计十二座城门，依次是：东城宣平门、清明门、霸城门；南城覆盎门、安门、西安门；西城章城门、直城门、雍门；北城横门、厨城门、洛城门。

④城门校尉：长安城门管理严格，皆有重兵把守，设城门校尉。校尉皆由皇帝亲信或皇亲国戚充任，门兵亦经严格选择。

⑤市亭：市场管理官员所在地，建筑较高，旗帜大书“××市”，时人称之为“市亭”。

⑥奸宄（guǐ）：狡诈、作乱。

⑦篪（chí）：一种古老的竹制吹奏乐器。

# 第十三回　集贤馆张骞颁律令　未央宫汉皇饯英雄

孙治瑾、公羊鸣执上马欲走，却被张骞叫住："请二位暂且慢行，我有话相问。"

二人一惊，难不成情况又有变化？以他们对张骞的了解，应该不会言而无信。二人对望一眼，勒马停住，以怀疑的目光看着张骞。张骞却又叫着堂邑父，让其将杨柏唤回。

"二位不要误会，实为有事相商。"张骞回头笑道。

二人松弛下来，下马答道："张正使不用客气，你是我们的统领，有事尽管吩咐。"

"孙医宫，使节队尚有一段特训时日，其间所需药物，请列出节略，以便寻购及列支。使节队登程之后之所需，先按两年计，请一并列出。此事七日之内办妥帖可否？"张骞征询道。

孙治瑾没料到任务来得恁急，也没料到使节队里他是第一个受命出于正使。他难掩心中的兴奋，大声回道："张正使，我定必如期做到。"

"我比你年长，以后你们就叫我张大哥罢了，不要正使、副使什么的——这不是自谦，实为路途安全着想，说漏嘴被敌人侦知，那就是麻烦事。使节队律令中有此一条，我先说知。"张骞和颜悦色稍作解释，又道，"今后吾等亦不称你孙医官，一概直呼其名。你还有一宗事体须得做好，明日起，对使节队每人的身体状况一一了解，事后报与我知，药物上需做特别准备的，决不能落下。如七日之期紧张，亦可多点儿时日。”

此间，杨柏已被堂邑父唤回，与公羊鸣执并肩站立，只听得后边一句。

仅此一句，便使杨柏感动不已，有张骞这样的人当正使，实为下属的福祉。

孙治瑾激动得更是意欲下泪，作为医者，也未必谋虑得如此细致体贴。他连连点头：“张大哥你就放心，有你这样的大哥，何愁找不着月氏国！”

“另有一事尚须在心。你就说奉我之令，必须脱衣检查，凡有疝气或平脚板[①]者，予以留意。这样的人走不得长路，问题我来处理。”张骞又道。

“诺。大哥所虑极是。”孙治瑾心中又生发感慨。武选、文选之后，将此复作特情处置，张骞实乃大体贴、大智慧之人。

孙治瑾并未就此走开，他想听听张骞对杨柏、公羊鸣执说些什么。

“杨柏，大哥唤你转回，是有事现在必须得说。一会儿为落选壮士举行的饯别宴会，使节队员身份便成了主人。故而宴会之后，你就是使节队的后勤掌总，从即时起，你心中就应有所谋划。以半年之期，将全体使节队员身体养得更加壮实，起程之后，尽力不使大家承受饥馁之苦。”

“诺。杨柏谨遵大哥之令。如若路途断炊，杨柏将以己身相饲。”“你也无须如此玄乎。兄弟之命即己之命，吾等亦将共赴危难。”张骞温和一笑。

“至于公羊鸣执，所担之责可能最重，从今日起，亦即饯行宴会之后，集贤馆之银钱进项及列支条目，全部由你查验接管，孙治瑾可予襄助。旧账结清，新账确立，以三日之期可否？”张骞问道。

银钱大事，如此重责，张骞竟交付于己，而自个与张骞也才刚刚相识。这种信任，那是知交才可得见者，公羊鸣执竟然有点结巴：“张，张大哥，我，我……”

“还望公羊兄弟不要推辞。我等都在为皇上做事，为大汉做事，可我一个人做不来许多事，还得请各位兄弟尽其所能，分担一点儿。”

“不是，不是。我从未做过这等事体，怕误了张大哥与使节队之所愿。”公羊鸣执缓神过后，话又顺溜许多。

“人这一辈子，没做过的事不知何其多多！到西域找月氏国，谁做过？这世上之事，但凡认真做了，便没有做不好、做不到的。”

“诺。张大哥说得极是。我想，三日之内结清旧账，建好新账，应该没甚问题。”

“三日之后，你得一边理账，一边为每一队员量好身体尺寸。依我初想，每人须做国装一套、商装、便装、番装、春装、夏装、冬装各一套，还有帽子、被子、防风防沙防雪盲眼罩各一，皮靴、芒鞋，翻越雪山、冰盖所需之脚下抓钉等，均须一一登记，按体准备，仅仅衣饰即七八百套，凭你一人之力，累死也难完工，因此你得另想他法，以你的交际，应该不难——另外，为避嫌疑，钱财进出，由杨柏经手，此亦合乎杨柏后勤掌总之责。”张骞又面向杨柏、孙治瑾，“三位兄弟，此事做好，尔等便是使节队和大汉的功臣。”

话刚说完，便见李广与三位副使来到近前。张骞遂将刚才之事与三位副使说知，并道：“此事较急，武选时我就琢磨，可一时尚无合适人选。我见杨柏、公羊鸣执与孙治瑾皆忠诚精干之人，故而未与尔等相议即委以其任——我想，皇上既命张骞担正使之职，张骞自当多担其责，此系从权，勿做他想。吾将使节队聚合之日未做定夺，亦是此因。好在自今日起我等皆到集贤馆相守，议事可谓便利。宴会之后，夏兄、任弟可径直回府，略做安置，两日之后再来集贤馆。吾与中壮兄无甚牵挂，先与使节队在那里住着。”

夏宏等人异口同声说道：“正使不必客气。朋友归朋友，部下归部下，尔既为使节队统领，但凡有甚执事，下令即可。”

张骞笑道：“那就谢谢了。”就又催马向前，从右侧错后半个马身，向李广道：“李老将军，张骞知您军务繁忙，饯行宴会一过，自后相见无多，但明日面圣，呈递使节队员名册一事，我将在卯时前于辕门外相候。”

“此为要事，老夫还怕时辰紧促，明日你来不了。听此一说，老夫便知，皇上命你为正使，实为最佳人选。你尽可放心，以后有事需老夫出面相帮者，老夫决不推诿，必定全力以赴。”

“如此，张骞谢老将军。”

“谢个屁！既为正使，关怀部属应该，但面临大事急事，应有杀伐决断气概。你能为皇上找到月氏国，这才是最大的谢！”李广笑道。

“诺。找到月氏国是为最大的谢，其他之谢，均其为屁！”

二人复又大笑。

此前，长安宫卫尉程不识之卫戍军士、李广之执监军士已先后撤离。李广十人骑复折回霸城门，由东向西，穿城而过，出直城门，向龙首原下集贤馆驰去。入得馆内，但见宴席已然齐备，只等几位选官莅临。

将集贤馆设于龙首原下（可以遥见未央宫之雄伟），定选之后为各地落选志士举行饯别宴会，将定选使节队员排于宴席末位，宴会污物归拢一处，不得乱扔，均出自张骞主张。仅此数举，夏宏、任扶、李中壮等，便对正使张骞又有另一番认识。

宴会设于排房之前宽阔场地。场地上绿草如茵，野花灼灼，黄的、白 的、红的、粉的，杂以闻香而来的蜜蜂、蝴蝶，轻轻吹拂的暖风，撺入鼻中的酒香、肉香，使人格外惬意。场地中央新砌一座五尺高台，待到李广登上高台之时，众人方才大悟高台之意。

李广之一番祝福勉励，“落选不落志”之点睛之语，使人倍感振奋。有人竟高声叫道：“此番得识飞将军，吾等亦不虚此行。”

待到张骞登台，却挽着一黑脸大汉道：“他叫杨柏，使节队后勤掌总。列位有谁需在长安短时滞留者，请告知杨柏则可。我无他嘱，此后如在某位壮士家乡相遇，请赏一盂清水。”众皆畅怀大笑。

饯宴即将结束时，张骞对使节队员嘱咐道：“凡是使节队员，餐后去宾堂会齐，不得有误。”

未时末，使节队员齐集宾堂，众皆不知张正使有甚事吩咐，互相耳语，胡乱猜着。张骞见此，笑道：“大家不用猜了，有两事须在三日之内完成。第一事，辟一密室，由队医孙治瑾逐人脱衣查体，如有疮疖疥癣之类病患，以便早日给药医治；第二事，我们同做一件妇人之事——将全部被褥里子面子进行拆洗、晾干、叠好，自用部分自己缝好。寝室安置皆由李副使统一调配，李副使需何人相助，由他点将。杨柏先去查查皂荚多寡，如若不敷，交由堂邑父、呼日勒前去置办。特训期间，此二人交由杨柏指派。余不多说，先留下二十一床被褥给吾，省下的银钱，我们吃肉喝酒。”又叫着孙治瑾，“大哥随你先去查体。”

此等活计，许多人何曾做过。但既是张正使之令，且张正使率先而做，众皆无言。或许，此为特训首例。细一琢磨，也是，一旦起程，踏入异国他乡，何来妇人替你拆洗衣被？只是，三日之内，洗却二十一床被褥，未免太难。虽有这等想法，但顷刻之间，众皆忙乎起来。

唯夏宏、任扶因尴尬而心生芥蒂。身为贵胄子弟，过惯了饭来张口、衣来伸手的日子，何曾干过被视作下等人干的这等事体？二人查体之后本欲回家，此间却不便离开，尤其身为副使，哪能遽然脱身？于是带着满脸的不悦，去寝室搜集污物。

孰料，集贤馆的宫中杂役早早地手拿皂荚、藤桩候着，一人相跟着一人，向山下小河走去，现成的小水池、搓衣石亦早已十分清整，人人帮着使节队员浸洗被子。

夏宏、任扶不由得心生喟叹：吾等不及张骞远矣。

众人之中，也唯有张骞一人独自洗涤。浸泡、搓洗、甩干，花样百出。尤其甩干，手提被头，“哗”的一声向空中一抖，水珠如雨点般落下，再几抖，即干。而后走向山坡草坪，一抖，撒网般平铺于地。人们见此发问，张骞道，这叫“功夫洗”。

戌时，孙治瑾报知，定选队员中有一名患有疝气，另一名平脚板。张骞道：“此系私密，勿传他人。”遂立即唤来二人，晓以道理，妥为处置。

翌日寅时，张骞便携了名册，去李广营外相候。不一刻，李广出，即相随面圣。刘彻听了详奏，又提调陈尚斗、赵无偏、沙里修、苏疾、宋石、宋木、容南、容北八人加入使节队（详见上回说明），使节队定为一百零四人。

公元前140年十月十六日晨，使节队整饬一新，全体队员齐集厅堂，跽席而坐，张骞踞于案几之后，将一卷简册打开，道：“现宣告使节队律令，诸位谨记。”

大汉使节队律令

律令一

使节队特训期从建元元年（前140）十月十六日起，至建元二年四月二十六日止，年关给假，距京千里之内半月，二千里之内二十二天，二千里以上者一月。除重疾或遭考妣之丧，一概不予给假，凡擅离者，取缔队员资格。

律令二

以新作《大漠行》为使节队铙歌[2]，由王兼教唱。入匈奴之地禁唱，只可以心默之。

律令三

即日起，不以正使、副使或其他职衔相称。对正使，以“大哥”“统领”“头领”相称；对副使，以“兄长”“某兄”相称；余者皆直呼其名。经匈奴之地，均以商队名之。列位须知，使节队的使命在出使西域，寻找月氏国，而非灭敌作战。

律令四

使节队编队，由三部分组成：前导三十二人，货队三十九人，后卫三十二人，张骞为总提调。前导执掌李中壮，范佑铭副之；货队执掌夏宏，杨柏、公羊鸣执副之；后卫执掌任扶，苏疾、赵无偏副之；炊工杨柏，容南、容北、宋石、宋木助之。

后勤财物执掌杨柏、公羊鸣执。

特训期间，按此编队行进。

律令五

张骞为使节队旌节执掌，夏宏、任扶、李中壮依次副之。旌节乃国之象征，全队须以性命相护。

律令六

使节队队医孙治瑾，马医陈尚斗，掌记沙里修，向导堂邑父、呼日勒，联络王兼。

律令七

使节队卯时以笛声起床，戌时以比竹（排箫）之声歇息。日息放单哨，夜息双哨，夜哨三班对换，以专用哨香一炷为限。笛、箫由王兼司之，王兼缺，由张骞司之。哨人派遣，由李中壮司之。

律令八

特训期间，衣被定期自行洗涤，起程之后，视情而定。

律令九

特训期间，每人必须学会常用番语，由苏疾、堂邑父分类教习。匈奴风俗、沙漠行进、雪山翻越、猛禽猛兽避险之要，毒水、毒草识别等，由两位向导分述。

律令十

严格遵从异国风俗习惯，不做有辱国格、有辱人格之事。禁奸淫妇女，禁抢掠财物，禁无妄杀人，违者按战场军规处置。

律令十一

不得做叛国之举，不得以出卖兄弟求其残生，纵使被俘为奴为仆，亦应坚守西行信念，以完成圣命为终极目的。

律令十二

爱护同伴，爱惜财物。不得妄生龃龉，不得惜命退缩，不得背令而行。切切此令。

律令宣告完毕，张骞又道：“使节队统一着装，不在律令之列，但须作一告明。每人着装如次：浅绿丝绸大汉国服一套、各色葛布商装一套、各色麻布番装一套、乳色夏布夏装一套、各色葛布春秋装一套、皮质冬装一套、皮靴两双、芒鞋八双、棉丝被一床、狗皮褥子一张、软棕十片、冰雪脚扣一副、浅黑透纱丝品防沙雪盲眼罩一副、五斤装水袋一个、六斤装干粮袋一个、遮阳软冠一顶、油衣雨披一件、五寸匕首一把、皂荚十枚、火石一枚、火绒两束、棕榈硬碗大小各一个、竹筷或木筷两双。另外，每人自带伤药一袋、雄黄半斤、盐粒一斤、棕绳或麻绳两丈。诸位可都记得清整无误？”

众皆兴高采烈，方方面面，如此细致，父母亦未必想得如此周全。王兼首先拍掌叫好，一时之间，厅堂里掌声如雷，一齐叫好。

候至掌声渐息，张骞又微微一笑：“这是几日以来，吾与各位副使及杨柏、孙治瑾、公羊鸣执、堂邑父等人计议所定，若有缺漏，应及时见告。因制衣、购药需时费力，故特训期间，特许孙治瑾与公羊鸣执、范佑铭视情而行，特告列位知晓。”

孙治瑾、公羊鸣执、范佑铭正为特训之事挠头，听得张骞一说，顿感全身一松，有如此体贴入微、善为部下着想的头领，又复何求？

最后，张骞道：“关于特训要目及其要求，现由夏宏见告。”

夏宏站起，清清嗓子，慢声说道：“头领刚才在律令第三条已经强调，使节队之使命在寻找月氏国，而非其他。故而此次出行之路线，将尽力绕开匈奴人聚居之地，走无路之路。行漫漫沙漠，踏莽莽荒原，迈凛凛冰坂，翻峨峨雪山。一路之上，将会频遭猛兽狼群、猛禽毒虫之害。或许，十天半月难遇一人，甚至难遇活物，以致陷入断粮、断水之绝境。使节队之使命，决定了特训要目，须在断粮、断水情境下学会生存技能，须在极寒、极热天气中坚持信念，获取生存之道。但是，吾等不能为此将身体弄垮。头领为特训做了十六字归总：‘掌握技能，锻炼意志，增强体质，互爱相助。’从明日起，将按变化安排特训要目，首先去秦岭深山以求野外生存之道，给粮半月，一月之后下山。”

翌年初，使节队便去了北地郡东北沙漠，以见识沙漠行路之艰；又去了雁门一带，以感受大雪酷寒之难。途中亦遭际零星之敌，皆有惊无险。至二月底返回京城营地，以学习番语为要。转瞬之间，到了出发时日。

之前的年关，按照律令，张骞有半月探望家母并与周月英成婚时日，可堂邑父、呼日勒却无缘得回，无处可去；李中壮父母早逝，本为游侠，无妻室挂碍（其妻因不守妇道而被休），虽其徒弟肖人杰处可去叨扰，肖人杰却已完婚，去了多有不便。固然，张骞亦可率三人去城固过年，但使节队尚有诸多事体须得加快办理，譬如物资筹措，年关乃是最佳采购时机。再者，他也暂时不能与周月英完婚，西域一途，凶险难料，倘能全身而回，完成圣命，再办此事不迟。

腊月二十三日，张骞叫来孙治瑾、杨柏、公羊鸣执，让公羊鸣执将账务向李中壮做了临时交割，从孙治瑾、杨柏手中要来采购目单，便按律给假，命二人回家。

除大宗礼物如各色绸缎、彩绢、白绢、丝帛、铜锅等由宫中供给之外，其他一应杂物皆须从市场购入。

据公羊鸣执与范佑铭禀报，使节队员个人衣被及用品翌年二月即告完成，衣被系京城最好的两家衣庄缝制，且由公羊鸣执逐件查验合格。而所佩匕首及公用之大、小剪刀二十把，剔刀、砍刀二十把，镰刀一百一十把，马铁掌七百五十副，翌年正月即可全部交付。

因已购物品皆由甘父经手，一一检验存入张骞新宅，张骞少却了许多麻烦。经甘父逐屋介绍所存物品之后，四人又去市场购入货物包装麻布及油衣，捆扎货物之棕绳、麻绳，以及火绒、火石、火油、火把数百，盐粒二百斤，油脂三百斤，熏腊五百斤，风干牛肉三百斤，粳米十斛[3]，籼米三斛，黄豆两斛，马粮十斛，秣草二十担，墨锭二十枚，毛笔五十支，备用木碗、竹筷若干，雄黄三十斤，皂荚二百斤，齐眉短棍一百五十根等许多杂物，直忙到腊月二十九日才罢。

建元二年（前139）三月二十二日，皇帝传下旨意，命司马谈代拟与大月氏之国书，并定四月二十八日为使节队出行之日。是日晨，皇帝将召见使节队全体队员，并举行盛大国宴为其饯行。得知此讯，使节队上下人等无不欣喜。即令来自宫中的陈尚斗、孙治瑾、苏疾、沙里修诸人，何曾与钦赐国宴挨过边儿？

集贤馆与未央宫虽相隔不过五里，每日都可遥见那宏伟壮阔的皇室宫殿。可这五里之遥，不啻天壤之别。使节队中的许多队员，都对那里感到莫名的神秘与敬畏，人人皆曰：有此际遇，此生足矣。

为使队员熟知宫廷礼仪，张骞特请旨召司礼官来集贤馆，做示范演习。

特训亦提前至四月二十一日结束。二十二日接收宫中货品，计绸缎二百匹、彩绢一百二十匹、白绢一百匹、丝帛五十匹、铜锅两口、驮马五十匹、硬弓十五把、箭矢五百羽，各类药物一百三十余种三百余斤，茶叶二百斤，各种漆器、瓷器若干件，金银若许。二十三日至二十五日捆扎货物，包装肉油粮食盐粒，领取个人衣被及其他用品。二十六日演练入宫朝觐礼仪。二十七日洗澡、整饬换洗被褥并换装国服、马匹换掌。整个使节队喜气洋洋，亮丽一新。

二十七日傍黑，集贤馆路灯显得格外灿亮，纱罩里的油灯盏盏结起了灯花。晚间的微风徐徐吹拂，送来了缕缕麦香与河边花草气息。而放眼未央宫，龙首原上一大片灯光如明星闪烁，初夜的柝声[4]，隐隐约约，亦不时传来。

戌时，王兼站在草坪上的砌台，吹起了比竹。大概因为是最后一次在这里为熄灯就寝而吹，往昔吹两遍，此夜却吹了三遍，箫声亦显得分外悠长而清亮，仿佛不是为了让大伙儿赶快入梦，而是在提醒大伙儿想着心中的美事。吹罢，王兼还有些不舍，仍然站在那里，凝望着龙首原上那些灿若繁星的灯光。

“王兼，看什么呢？赶快回屋吧，明早寅时就得奏笛催大伙儿起床呐。”

“诺。张大哥，今夜我睡不着。”

“为什么？”

“没瞌睡。瞌睡都到那上面去了。张大哥，你说说，皇帝长什么样儿？是否说赏就给赏？说杀人就杀人，还自个不动手？”

“皇上个儿比你高，模样比你俊十倍。皇上不赏则罢，一赏就是终生富贵——但是，你得有大功于国家。皇上杀的关的，也是那些误国误民、罪不可赦的军国大臣。”

王兼顽皮一笑：“这我就放心了。我不够皇上一赏的本事，亦无皇上一杀之资格。”

“贫嘴。快进屋去，没瞌睡也给我躺着。”张骞命道。

张骞每晚都是最后就寝，是夜更不例外，见王兼进屋，仍在外边查看。

见最末一盏路灯远处有一人影，张骞低沉了声音：“何人？出来！”

“张大哥，是我，呼日勒。”呼日勒转身，向张骞走来。

“箫声已过，缘何不睡？”

“张大哥你说，汉皇的卫士是否与单于龙廷一样，都是武艺超群的大汉？”呼日勒突然问道。

张骞兀地警觉起来，问道：“此话何意？你去过匈奴龙廷？”

呼日勒急道：“没有没有，龙廷之事，也是听别人说说。匈奴人崇尚英雄，故而有此一问。”

“睡觉去。明日你什么都会看到。”

“诺。”呼日勒几个闪步，进了寝室。

四月二十八日寅时，王兼的笛声刚一吹响，即有人牵马而出，不到一刻，李中壮、夏宏、任扶便分别率领前卫、驮队与后卫于草坪列队整齐。

张骞命道：“用一刻时辰，各队再查有无遗落物品。”

不一刻，夏宏、任扶、李中壮分别禀报查验无漏。

“马衔枚，人禁口，上马！”张骞命令。

“双骑列队，走马而行，随我去未央宫北宫门外候旨听宣。”见队员依令而行，张骞下达了出发令。

虽天尚未明，夜色朦胧，但使节队行进得井然有序，人马寂然。唯新钉的马掌，马蹄落地，响声清脆，踢踏踢踏，像许许多多小鼓，被快速敲击。

将至北宫门，东方泛起鱼肚白，倏然之间，一束霞光扑面而来，鲜红的太阳亦渐渐升起，将北宫门外高大巍峨的阙楼周身照彻。

此时，各个应诏为使节队送行的文武大臣，亦默默地候于北阙之下，直将双眼向使节队员看去。

使节队员已按张骞之令，将兵器、战马和驮马，一并交与卫戍军士，全体挺胸拔背，列队于门外大坪。

李广走到李中壮面前，注目一笑，而后从头至尾，与每一队员注目交流。因他迎着太阳，而队员丝绸衣服的闪光异常灿亮，竟让李广有些炫目。最后，他对张骞道："以此色此料做成国服，显我大汉之气魄，华贵而又文雅，皇上定必喜欢。"

张骞正欲答话，却见传旨太监快步走来，宣道："皇上有旨，着未央宫卫尉李广、使节队正使张骞与列位臣工由端门入前殿觐见。使节队其他人员暂候听召。"

文武大臣一走，使节队员即刻活跃起来，众人看着阙楼之上木头镂空雕刻，形状古怪难猜，范佑铭拉住宋石、宋木："你二位说说，这上面究竟刻了些什么？"

宋木一挣："范铁匠，你扯我干什么？你问我，我看神仙来也闹不懂。这叫罘罳[5]。上朝大臣在这里等候召见时，对其奏章继续反复思考之意。里面一大片宫殿，名堂多得谁也数不清，等会儿到了前殿，你才会明白，什么叫皇家富贵！"宋石亦插话过来："真是乡下佬进城，看啥都稀奇。有本事这次挣个功名回来，保你们看个够。"

宋石一言，让一干人等立时兴奋起来，拼死也要去西域将月氏国找着。即使找不着，也得联络上尚不知名的国度。

议论间，又见那传旨太监走来宣道："皇上有旨，宣使节队各位壮士进宫陛见。"

众皆紧张起来，悄无声息地紧随传旨太监鱼贯而行。不辨方向，亦不敢去看沿途执戟挺立的卫戍军士。转了数拐，来到前殿南端正门（即端门）门前。而门前十名全副武装手执长戟的谒者[6]，目光专注地看着这一串服饰华丽的人群。

看那端门，与阙楼又有不同，端的壮丽华贵，十分高大，镏金铜饰，令人目眩。入得门里，门内却是极为广阔的庭院，庭院之内，数百面饰有龙、虎、熊、罴、豹、雕、巨蟒等各色旌旗，在朝阳下猎猎招展。手持金瓜、斧钺，衣着华美服饰的仪仗井然有序，静立如桩。至庭院之北，是前殿大门，大门之上装饰着镏金的铜铺首，铺首周围镶嵌着闪闪发光的蓝宝石、红宝石和绿宝石。那呼日勒看得双目痴迷，心旌摇动，想着，这汉皇的随便一件宝贝，都可换取数十个奴隶、一大群牛羊、一大片草原。

入得门里，前殿的三座大殿才全部呈现眼前。唯见屋脊、斗拱、椽头全都贴敷着金箔，晨光之下，金灿灿晃花双眼。偌大的窗户，雕饰着古色古香的荷花、牡丹、芍药、月季、茶花等各种花纹，回廊栏杆上雕刻着活灵活现的各种飞禽走兽，回廊间高大耸立的铜柱之下，基座全为洁白无瑕的玉石。中部大殿坐北向南，地势最高，亦最为宏伟，宽展的玉石台阶直达而上，台阶两侧，每阶站着一位执戟武士。

使节队中，竟有数人如醉汉一般，脚步踉跄；有人亦如梦游，晃晃悠悠。倘无同伴撴衣提醒，早已失仪。

进得大殿，一众人等尚未看清皇帝，便皆匍匐于地，行三跪九叩朝觐大礼，只听前边张骞朗声跪道："启奏陛下，臣张骞率大汉使节队一百零三名壮士觐见陛下，祝吾皇万岁万岁万万岁！"

众人亦齐呼万岁。

"好，好。各位壮士，抬起头来，上前让朕看看。"刘彻大声吩咐。

"臣遵旨。"张骞抬头，率众跪行上前，至御案三丈之地停下。

那王兼却趁机瞧了瞧大殿模样：地面紫红，光洁无尘，窗帘壁带，金光闪闪，其煌煌气派撼人心灵。

后边之人因被挡着，只能偏起脑袋，抻长了脖子，向皇帝这方看着。

刘彻微微一笑："朕看得不甚清楚，朕还是下来吧。"

大臣们欲行阻止，齐声叫道："皇上！"

刘彻右手一挥："使节队里，不是有两位匈奴客人吗？让朕猜猜——"竟径直走到一虬须大汉身边，"如果朕没有猜错，你就是甘父，又叫作堂邑父者。"

堂邑父禁不住双泪盈眶："野民之两个名号陛下均知，野民当铭感肺腑，终生不忘。"竟大着胆子，仰脸与刘彻对视了一眼。

仅此一眼，他便见识了这位年轻汉皇的超凡坚毅与包容天下的威严气度。这是匈奴所有大王，包括单于，都难以企及的。

刘彻又一指矮个儿：“你是呼日勒，据说有轻身功夫，是在哪里学的？”

呼日勒却显得惊恐和惶悚，声音不自主地发颤：“我是呼日勒，我的功夫，我的功夫，我没什么功夫。”

“朕不过随便问问。尔等如若向导当得好，朕不会忘记尔等有功于大汉，朕会重重地赏赐尔等。”刘彻走至最后，又连续叫了杨柏、范佑铭、公羊鸣执、王兼等人的名号，对来自宫中的八人及其三位副使，亦作了勉励。

刘彻复回御座，即道：“使节队全体乃我大汉之精英，而今身负皇命，远赴凶险莫测之地，为大汉谋结诸方友邦，朕当给予国礼之荣耀。司礼监宾仪官何在？”

后边一位身着红色朝服长条汉子跪道：“臣在。”

“赐旌节，敕国书。即率使节队全体去御宴处相候。列位臣工一律随朕前去。”

张骞迅即起身，双手捧接灿亮闪光的使者旌节，以及盛有书与大月氏之国书的锦盒，而后施礼告退，快步退至队员面前，对正在转身的使节队员道：“使节队注意，现后卫变前队，前卫变后队。随吾依次跟进。”

御宴设在高耸云天的柏梁台，其华丽与雄伟又别于他处。宾仪官将使节队引导至宾位坐定之后，又去主位专候皇上，大臣们则依次于两侧跽席而坐。

观瞻殿宇，又见皇帝，诸多队员恨不能生出千只眼睛，将此绝世机缘之所见、所闻、所感，全部纳入心中。唯有杨柏，心无旁骛，细细地察看案几上的皇家美味，瞅瞅，嗅嗅，用筷头悄悄沾着尝尝。

菜品不多，但样样精美，其酱鹿蹄、蜜炙熊掌、爆炒驼峰、醋溜野山萸，差不多是听说过，没做过。一盂黑米稠粥，表层黑亮，冒着袅袅的香气；一黑釉陶壶里，似乎装着米酒，甘甜的气味不断从中逸出。杨柏正陶醉间，突听宾仪官唱道：“奏燕乐⑦。”

顿时，丝竹笛磬之声悠扬而起，乐声之中，传来皇帝的祝词。杨柏努力谛听，方知黑米、糯米、山珍均来自张骞的家乡城固，其意为预祝使节队远行顺利，早日返回家乡。

杨柏亦不知乐府乐人是什么时辰来的，那燕乐直使人万念皆忘，飘飘欲仙。

没人强行劝酒，亦无使人辄饮辄醉的暴烈烧酒。他们离席之后，就得骑马远行，不与烈酒，乃为皇帝贴心之举。

巳时末，宴饮已至尾声，宾仪官复又唱道："奏相和大曲⑧。"

立即，御几之前，六十四名舞女分列而入，编钟、编磬两侧分列六十四名俊美男子。编钟大鼓镗鞳之声，编磬小钹清越之声，伴着八佾⑨之舞开始不久，六十四名男子即唱起新编《大漠行》（使节队成立后，张骞将恩师之词又做了续编）。张骞见此，即率全体队员加入合唱：

大国情怀兮云海四方，明戈骏马兮神威飞扬。
大漠荒原兮悲喜负载，异域踏阙兮英雄儿郎。
泓⑩下龙吟⑪兮衡轭⑫奋蹄，登峰造极兮葱岭履荒。
践而无逵⑬兮勿问懭悢⑭，劈棘所届⑮兮问鼎他乡。

众皆激情澎湃，热泪满面。

这真是：

几多云行雨步，几多鹤鸣九皋⑯，
直说那北斗天罡⑰英雄事，一次荣华终生忆。
从此后身负皇命履险地，直把那缟素⑱作品记。

欲知后事如何，且由下回叙说。

**注释：**

① 疝气、平板脚：疝（shàn）气：一种腹下之病，走不得长路，夏天更甚。平板脚：又名实脚板，行路无减震能力，不能长途跋涉。

② 铙（náo）：一种古代乐器。铙歌：古代军歌。

③ 斛（hú）：古代量器。十斗为一斛，南宋末年改五斗为一斛。

④ 柝（tuò）：巡夜打更用的梆子。柝声：即梆声。

⑤ 罘罳（fú sī）：反复思考。

⑥ 谒（yè）：请求、陈述、拜见。谒者：本意指请求拜见的人，此处指守护拜见人员的武士。

⑦ 燕乐：古时宫廷饮宴时的音乐。

⑧ 相和大曲：中国第一器乐合唱曲。源于西汉乐府。

⑨ 八佾（yì）：古代乐舞行列，一行八人叫一佾。佾之多寡依主人身份而定，皇帝才拥有八佾之尊。

⑩ 泓（hóng）：水很深的样子。

⑪ 龙吟：像龙在啸吼。形容气势壮阔。

⑫ 衡轭：指车辕头上套牲口的横木。衡通“横”。

⑬ 逵（kuí）：四通八达的道路。无逵：没路。

⑭ 懭悢（kuǎng liàng）：失意、不得志。

⑮ 届：到达。所届：所到达的地方。

⑯ 九皋：九为虚指，皋指水边的高地。

⑰ 天罡（gāng）：指北斗星斗柄那四颗星。

⑱ 缟（gǎo）：白绢。缟素：此处指品德像白绢那样素净。

# 第十四回　陇西地情动使节队　沈达成计袭匈奴军

丞相窦婴授受天命，由仪仗队前导，率相应大臣，直把使节队送至北阙门下，候使节队全部上马，队列排定，方拍马上前，对张骞道："代上谕，祝使节队早达目的，凯旋回朝。"张骞在马上躬身施礼："臣等决不辜负吾皇之盼，骞虽万死，亦当效命于我大汉！"

窦婴驻马，留下六十四位司礼，由宾仪官前导，骑马举各色旌旗相送。李广与张骞并辔而行，并从怀中掏出一束书简曰："此去途经陇西（今甘肃临洮），陇西太守沈达成原属广之部将，汝将此简交付与他，以示问候。吾送汝到前边路口，便行告辞。西行之路，陇西之后，即入匈奴辖境，尚望一路小心。"

张骞心知，临行托书，实为关照之意。沈达成为边境大吏，从未谋面，遑论交情。或许系于钦命，因之予以接待，情谊之上，却不敢奢望厚道。而今有李广书简相托，陇西一途，可谓无虑。遂道："骞受惠于老将军多矣，将军所嘱，当铭记于心。陇西有沈太守相助，定必不负老将军之所期。"

复至集贤馆岔道，李广向西，去了行营。张骞驻马凝望，直至李广没入树荫之中。

众皆驻马，回望集贤馆。仅仅相去数个时辰，却有恍若隔世之感。王兼取出笛箫，抚弄若许："唉，再也不能在此吹笛弄箫矣！"范佑铭即刻讥道："舍不得，不若相告张大哥就此留下。"杨柏等亦跟着凑趣："反正皇上也见着了，御宴也吃过了，去不去西域尔亦无憾，不若留在这里，吹来一位美妇，也可好好受用。”

王兼翻了个白眼，嘻嘻一笑：“休得取笑于我，尔等就如此绝情，就毫无留恋？”

说得众人皆寂然无声。

张骞一扯缰绳，面对众人：“故乡家园，谁不思之？此处乃我等出发之地，亦是毋忘之地，此后亦在念想之中，留恋实为本真情分。”遂又对离京取道做了解释，“使节队离京，取道南城西安门入城，由西城直城门出城，而非随李老将军，取捷径绕城径去西路。此乃圣意，意使我等牢记故国家园之美，并非炫耀之举。尔等谨记，入城之后，应马口衔枚，缓辔而行，以微笑平静颔首之态示人，勿逞张扬得意之色。”

队列中，唯夏宏、任扶、容南、容北、宋石、宋木及孙治瑾诸人懂得，此乃张骞为其争得与家人、邻居告别机会，因他们俱居于南城大街。张骞请旨行事，其意深焉，其关照之情亦不露痕迹焉，不事炫耀，而炫耀在焉。余者亦十分兴奋，多一点在京城露脸的机会，亦是人生快事一桩。

未时末，使节队抵南城西安门。入城前，张骞让众人略事整理，又将夏宏、任扶唤至前列，道：“你二人熟知街况，可与李中壮一道，作为前导率队前行，吾殿后督之。”夏宏、任扶知其用意，欲作别语，却被张骞截住，“此系命令，焉能不遵？”遂将汉使旌节交付夏宏。

二人语塞，却极为感动，遂与李中壮一道，紧随司礼之后，分三行队列，依次入城。

且说长安城里，早已万人空巷，道路为之壅塞。皇上派使节队出使西域，从皇帝下诏，到今天使节队陛见皇上，齐赴国宴，到目下入城西去，前后几经一年光阴。街巷之中，从商贾富族到贩夫走卒，充满了对张骞、对使节队中诸多英雄的传奇故事。

得知使节队欲从西安门入城，从直城门出城，西门校尉早已从李广军营获调数千名卫戍军士，于大街两旁拦起两道人墙。诸多军士亦难捺兴奋，欲一睹使节队风采。

入得城来，市民所见，先是看到着一色绸衣的司礼，高举六十四面各色彩旗，马蹄嘚嘚，不疾不徐，前导而过，其后才是由三位副使引领，着一色浅绿丝织汉服之使节队。市民欲一睹正使张骞模样，直到最后由青锋宝剑猜知，此人才是一招毙杀匈奴大将的英雄。

于是议论纷纷，有说西域之途险恶者，有说过境匈奴艰难者，亦有说月氏国是否真实者。但不管怎么说，人们仍从新皇大胆举措中揣测到，讨伐匈奴的战争，指日可期。

夏宏、任扶等人从家门经过，却未见到父母家人身影，只看到家中仆人与一应邻居。他们带着疑惑，未事停留，率队前行。

直至申时，使节队才出直城门。张骞拍马上前，与司礼官谢别，方引领使节队至一军帐之前停下，令王兼吹笛，并令众人下马。

笛音甫起，只见军帐中涌出一大群男女老幼，夏宏、任扶等诸多京城队员之父母家人，皆寻着亲人，互道衷肠。

不等张骞放眼寻找，梁清泉、刘荀成、杨虎娃、温万世、肖人杰、李武等诸多乡友、朋友，亦纷纷将张骞、李中壮、甘父、呼日勒等人围住，提起酒坛，向棕碗哗哗倾出酒液，并道，皇上的送行酒要喝，朋友的送行酒也要喝。梁清泉等陪张骞喝过，几人又分别走向其他队员，将酒倾入每人碗里，大口饮过，说，能随张骞出使西域，真乃快哉！

夏宏、任扶等人无不眼含泪花，心生感动，原来这一切事体，张骞暗中早有安排。

时交酉时，张骞命王兼吹起排箫。箫声一起，队员立即上马归队，由张骞前导，上了西行驿道。

渐渐，与送行亲友愈来愈远。

乍然离别，众皆默默。此行一去，尚不知何时方能回到故乡，与家人团聚。

入夏的渭水两岸，田野上麦黄似金，东风吹过，麦香四溢，有农夫农妇弯腰刈麦，捆扎的麦捆裸立地中；河岸上树影长曳，相互交叠，白杨作响，柳枝轻拂，蝉鸣不绝；而眼前的驿道之上，秦槐兀立，槐花飘香，白色紫色，串串低垂，两旁落英，纷乱芜杂；空隙之处，间生花草，或葳蕤生爱，或柔弱生怜。

杨柏率先打破沉寂：“这槐树却是荒年度命之上品。槐叶可熬粥解饥，槐花做菜，可使人忘情，树皮磨粉，其饼可让人饱肚。驿道植槐，可视为荒年计。”

公羊鸣执、沙里修即道："说得恁好，今日晚餐弄碗槐叶粥尝尝。"

"弄就弄，这有何难？端怕尔等中午刚吃御宴，此时涩口难咽。"

张骞亦即停下："眼下已近戌时，前边便是鄠里小镇。为避免扰民，今夜就宿在驿道树下。现在下马解驮，持镰刈草，马儿每匹一捧黑豆。刈草之时多折枯枝，以备支锅造饭，夜燃篝火。注意刈草之前，一律换葛布夏装。"

晚餐之中，杨柏果然熬了槐叶槐花粥。由于里边放了花椒、油脂与盐粒，闻着香气不绝如缕。张骞带头舀了一碗，吸溜一口，除了发涩发糙，野草味较浓外，倒也并不难以下咽。记忆之中，家乡城固鱼米之乡，即令歉收之年，亦未吃过槐叶、榆皮。而特训期间，山中蘑菇、山菌、山药、野果、野物取之不尽，野地中兔子、野菜亦可果腹，何曾吃过槐叶？觑了一眼夏宏、任扶，那种塞牙皱眉模样，煞是可笑。

张骞心中一叹，只怕沙漠、雪山之中，难有此粥。

餐毕，捋草叶将碗揩净，铺狗皮褥子于地，周遭撒雄黄粉以防蚊子、虫蚁，王兼箫声吹起，众皆沉沉睡去。耳旁，唯听到马儿吃草嚼豆之声，以及堤下渭水缓流之声。

此时，守哨赵无偏悄悄到张骞身旁蹲下，轻声唤道："大哥，鄠里里正来了。他有话说。"

张骞一骨碌翻身而起："请问里正何事？"

看不清脸面，微弱的星光被树影遮住，张骞凭身形看出，此人体量与王兼相似。暗夜如此，他不知里正来此何意。

"刚才这位小哥已经告知老朽，你是我大汉使节队的统领大哥张骞？"从苍老而略显沙哑的声音揣度，里正年龄已然不小。张骞恭敬答道："正是在下。"

"你不该让孩儿们在野外露宿。村子里最不济，也有藏头之地。这倒显得鄠里人不那么地道，我这里正老脸也没了光彩。"

"这不怨你。我们有军纪约束，不许扰害百姓。再说西行不知尚有多少坎坷，野宿露营，将是常态。这里已经很好了，没有危险，没有干扰，睡觉心中踏实——您老且看，他们睡得多香！"张骞一指同伴，又道，"谢谢您老，我送您老回去，夜凉，不宜久待。"

里正却站着不动："小老儿有一事相求。"

"您说。还未请问您老尊姓，如何相称。"

"贱姓郑，人都叫我郑老汉。小老儿有一子郑珏，目下在陇西郡沈太守属下充任都尉，请为小老儿带话于犬子，就说家人一切均好，希望他努力为国杀敌。"

张骞大感意外，小小的鄠里村，竟出了这等人物。真是老天有眼，有缘结识一位新朋友，倘若今日错过了鄠里，也就错过了郑珏。于是喜道："郑老太爷放心，此话一定带到。"

"犬子喜食酱菜，务请一并带去。村口第三家便是寒舍，明晨小老儿在家相候。只是给张统领平添麻烦，小老儿着实过意不去。你不知道，老百姓所求不高，只盼有个安宁日子。这匈奴人太狠，又无信义，你们西去万里，定须万分小心。可怜见的，一个个多好的后生，却要受天大的苦楚，父母的心都疼坏了。"

没料想这老里正如此饶舌，张骞见机即刻岔开话题："太晚了，您老前边带路，我送您回家，老妈妈在家怕等得焦急。"想想，这老里正虽然话多且无秩序，但又句句在理。

"你说得是。你不消送我，我有狗儿黑子相陪，放心。"

因是暗夜，那狗又浑身漆黑，张骞此刻才得以发现，一条黑影正无声无息地偎在老里正脚边。

"那，您老慢点儿，恕我失礼。"

翌日晨，张骞率使节队刚至鄠里村口，便见一瘦削老者与十来名男女百姓，每人提一篮尚冒热气的煮鸡蛋，守候在那里。一见使节队员，便拿起鸡蛋，向每人递送。队员们则一律摆手相拒。王兼开起玩笑："若是我家人相送，我吃了还得拿些揣起。"

那老者却是机灵，拦着张骞的马头，道："张统领，这鸡蛋已然由生的变成了熟的，你不发话，这么多鸡蛋就遭践了。看你也是农家孩子，这一粥一饭可谓来之不易。"张骞也才看清，这老里正慈眉善目，须发麻白，黑红的脸膛皱纹如渠。他于是下马，掏出银子递与老者："您老夤夜劳作，吾等实感愧怍。鸡蛋，我就收下；些许银子，亦请您老收下。捎与郑都尉的酱菜请交付我队杨柏——"回头叫道，"杨柏，你过来，将捎与郑都尉的酱菜带着。"又取了三枚熟鸡蛋，揣入怀中，向老里正一揖，“张骞就此别过。”便即上马，两腿一挟，又回头一笑，走了。

如此晓行夜宿，不日抵达边塞要地陇西。

这沈达成前日便接到李广信使函简，称大汉使节队将于五月初二午后抵达陇西，并称正使张骞文武双全，有勇有谋，待人谦和，定为大汉一代名臣，让其倾心结交为盼。

于是与都尉郑珏相议，为迎送使节队做出布置。

果然，五月初二日午后，使节队如期而至。

张骞举着旌节，去城下叫门——原来陇西乃边塞要地，为防匈奴入侵或细作混入，启城只在辰时、未时，出城、入城均受门尉、门兵盘诘。

城头门尉问道：“城下何人？”

“我乃大汉使节队正使张骞，率使节队出使西域，请开启城门，让我等过境西行。”

“尔等有何凭证？”

张骞高举旌节：“此乃吾皇钦赐旌节，凭此为证！”

便见门尉从城头下来，打开城门，数骑人马迎出。

张骞不甚在意，于马上躬身施礼，对其中一高个长脸约可三十余岁军士探问道：“请问尊驾，可否告知沈太守寓所，此有李广老将军书简与他。另请一并告知郑都尉尊邸，其父母有鄠里酱菜与他。”见其迟疑，即又说道，“如若军务繁忙，无暇得见，尚请予以代转。”

长脸军士一脸着急：“不不，张正使休要误会，我便是沈达成。”他又一指身边瘦削军士：“他便是郑珏。李老将军早有所嘱，使节队出使西域乃为秘密，不能张扬，故而只有我与郑都尉，以及亲兵数人相迎，且未戎装，张正使休怪简慢失礼。”

张骞又深施一礼，笑道：“谢沈太守、郑都尉懂我。此次领钦命率使节队出使西域，实为皇上谋番大计，朝廷屡嘱机密行事。陇西地处边塞，慎之在理。”又一转话题，“听口音，沈太守似系中原人士。”

“对的。我家在洛阳城下洛河岸边。张正使可曾去过洛阳？”沈达成道。

“说来话长，我与两位副使为追寻向导库录，曾从京城一路撵至洛阳，可惜慢了一步，其人死于匈奴龙廷杀手之手。”遂收好旌节，一指李中壮，“他是李副使李中壮，原为江湖大侠，游历全国各地，以除暴安良为己任，本领很是了得。”李中壮即向沈、郑二人施礼：“在下李中壮，现为张骞麾下副使。”沈、郑二人亦回礼：“英雄之名，早有耳闻，只是无缘得识。而今同为朝廷效命，返程之日，当予深叙。”

张骞趁机叫来夏宏、任扶，与沈达成、郑珏一一相见，又掏出李广书简递与沈达成。沈达成接了，心中突感不快：这李老将军未免太过小心，前日信使专程到此，而今又让张骞持此书简见己，是怕自己关照不周怎的？想想李广豁达惜才之举，无非是给了张骞相与结交的方便。老李广如此看重张骞，而张骞能受命于新皇，为使节队天下英雄之统领，这张骞绝非常人可比。

此间，张骞又唤来杨柏，将酱菜交付郑珏，并概略说了与老里正相遇经过。郑珏一见是家里的物件，又知父母安好，直把张骞当作亲人一般，殷殷叙话，详询备细。

任扶见缝插针，将张骞如何收服匈奴武士库录，库录如何死心塌地跟随张骞，又如何去了皇宫接受奖赏，如何在洛阳死于非命，讲了个大概。

张骞一笑：“其实，匈奴也非人人皆坏，也有真正的血性汉子。不瞒沈太守、郑都尉，使节队里也有两名匈奴向导。一叫堂邑父，一叫呼日勒。二人一高一矮，你们无须猜测，一看便知。”

李中壮插言：“他们也是张正使的拜把子生死兄弟。”遂又将收服甘父、呼日勒的经过做了介绍。

沈达成心中吃惊：“张正使，两次惊人之举，够传奇够大智大勇了。化敌为友，并为我所用，这要多大的胸怀、多大的能耐！我等相信，此次出使西域，定必大有所获！”

张骞毫无得意之色，反而忧心忡忡：“皇命所系，个人力微，还是靠众英雄共同努力。”

“张正使所说也是。但是成败仍在统领之决策是否得宜。”沈达成道。说话间，到了演兵场门外。

门外，是两里多长的拒马与鹿寨[①]。相距鹿寨十余丈处，西边一里地均为马厩，东边一里地全是营房；大门之上，是四丈多高的敌楼，敌楼下边设营灶、餐室，亦是郑珏与卫士的宿处。沈达成虽在太守府衙，但每逢演兵、出战大事，亦宿在此处。

沈达成、郑珏双双礼让道："使节队一路劳顿，请到饭堂歇息，打尖[②]，马儿交与司御马弁即可。"

可容数百人的饭堂，百来人进入，显得有些空落。八人一围，依次坐定之后，只见二十几名司厨如步军军士操演一般，端甑持盘列队而出，接着是布筷、置盂，井然有序。

范佑铭早已肚饥，盯着盘中的葱饼直咽口水；挨坐的王兼则吸溜吸溜，嗅着甑中的酸疙瘩汤。苦于汤中无勺，干急又不便催问，于是偷偷瞧着张骞。

张骞端坐不动，只跟相陪的太守、都尉叙话。

这边关军营里不知是甚规矩，难道吃饭亦如行军打仗，非号令而不动？

王兼踢了一下范铁匠："老范，吾在李广将军营中吃饭也无此等做派，一餐便饭有多大名堂可弄？"

范佑铭瞪了一眼王兼："你看——"

王兼一看，乐了。只见司厨们返回厨间，每人又手持长勺、长筷，齐胸端举，操步依次而出，到各人照看的席间，不语不笑，左手敛衽，右手汤勺轻放，给每人舀满一盂，再放勺拿筷，给每人夹饼两块，且恰好夹完，随即拣起饼盘，将长筷交于左手，右手翻掌一平："边关缺蔬，唯此陋餐，勿嫌怠慢。"

观其行，听此言，众人皆凝重起来。

难怪，郑珏家中所捎酱菜，竟成稀罕之物。即令主宾席，也只抄得半盂。

疙瘩汤里无半点绿叶，又酸味太浓，夏宏吃了一盂，便即放下。看张骞，似乎吃得很有滋味，直吃得见了甑底，方才放筷，并把掉在几上的饼屑，亦一一纳入口中。

沈达成因谈得投契，竟然开起玩笑："我这里无论将佐军士，凡遇见糟践食物者，皆杖二十军棍。张正使如此惜食，不但可免遭我二十军棍，还可再赏葱饼一块。"说着，竟自认真起来，叫出两个司厨，吩咐道："且去各处看看，谁个若似张正使这般惜物，再赏葱饼一块。"

两司厨得令，果然一一看去，结果有杨柏、孙治瑾、公羊鸣执、堂邑父等七人获赏。余者见此，哪敢弃物，皆将几上食物消灭得干干净净。

唯夏宏，心中感到一阵赧然。张骞发觉，即岔开话题：“军中黄豆不缺，亦可做些豆腐、生生豆芽。”

郑珏一叹：“惜司厨中无此等人物。”

“城中百姓里或许有的。吾亦可给司厨们讲讲——吾在家乡城固，经常做了自吃。只是一会儿你们邀我去演兵场，晚间还得计议使节队如何顺利走出陇西，无暇顾得此事。”

“啊唷唷，我等怎能以此屑小之事相烦正使！”

“食乃军中大事。使节队有一杨柏，系此中高手，不妨让其与众司厨交个朋友。”当即唤来杨柏，如此这般相嘱一番。夏宏、任扶、李中壮亦大讲杨柏之能，来此途中，每餐必有一味野蔬呈现，全经其手调治，云云。

沈达成、郑珏自是欣喜。

使节队员单等张骞发令，便即起席。又见五七名司厨各提一大长嘴铜壶，从厨间鱼贯而出，至各席立定。而后长嘴一倾，水流如线，无论远近，给每人盛满一盂热水，且即满即住，滴水不漏。

王兼等人看得呆了。这等功夫，唯在京城见过，孰料在边关一隅，又复看到。他晓得，若无相当臂力、腕力与眼力，寻常人等极难做到。

仅此，沈达成、郑珏之治军严整，便可见其一斑。

王兼一看盂中，茶色显见。明摆着，此系餐后茶礼，绝非漱口之水。于是慢慢啜饮，小口小口地吞下。

那范佑铭却是一饮而尽，见王兼做派，哧地一笑：“王兼真小女子耳。”

“老范可尝得茶水味儿？”

“茶即是茶，啥味儿？”

“你不觉得茶水之中有点土腥味儿？”

一经提醒，勾起范佑铭回忆，遂道：“陇西缺水，水从土层深井出，哪比得溪涧江河之水？不日将过沙漠，彼时能有此水，可堪比甘露了。”

王兼默然，复又一叹：“不知何年何月何处找上月氏国，亦不知究竟还有没有月氏国。”

“你这家伙，是否又想着谁家的姑娘美妇了？”

“不听你浑扯。且看，张大哥要发话了。”

范佑铭回头，见张骞已然站起：“使节队员出门列队，且随沈太守、郑都尉去演兵场。”

演兵场上，举行了盛大热烈的欢迎仪式。

三千名军士，居中一千骑兵明甲亮戈，为一方队；右边一千步战军士，挺胸持戟，盾遮颔下，为一方队；左边一千弓弩手，背负箭袋，右挎腰刀，前张大弓，为另一方队。四周军旗迎风，猎猎有声；居前一队军乐手，鼓、铙、笛、箫齐备。

一俟太守、都尉偕张骞与三位副使登上检阅台，立即鼓乐齐鸣，声震远空。使节队员则依引导军士，于台前与众军方阵迎面立定。

九面军中大鼓，每鼓两名鼓手；九面铜锣，九名长大锣手；九提铜铙，九名灵巧铙手；九名笛者，九名箫者，组成偌大的军乐方阵。方阵前一身披红色战衣军士，两手各举一面黄绿小旗，随着小旗上下左右挥舞，鼓乐奏出不同声调。或如闪电惊雷，或似疾风暴雨，或若冲锋喊杀，或是虎啸龙吟……使人不由得血脉偾张，激情昂奋。

最后，鼓声突停，铙声乍息，九笛相合，“嗖嗖”拔高，直干行云。俄顷，忽又舒缓悠长，九箫柔入，缠绕不歇，如和风艳阳，缥缈四界，渐至梦幻。

“真好一阙《边塞旅战》[3]曲。有此一曲以壮行色，足矣！谢太守、都尉知我，知使节队。”张骞由衷赞叹，又道，“不知挥旗者叫甚名号，可否唤来一见？”

沈达成当即叫道：“翟英，张正使欲见你，你且上来。”

翟英下马，将小旗向肋下一插，蹭蹭几个箭步，奔上阅台，向张骞躬身施礼道：“卑下翟英，见过张大人张大使！”

“哦，我成张大使了。”张骞见此人剑眉入鬓，脸膛黑红，虽个头一般，却英气逼人，不由心喜，“看尔只在弱冠[4]之上，却于韶乐如此稔熟，且能善于变通，极尽渲染，以战阵大曲达其锐进之意，着实不易。”

“谢张大使夸奖。卑下自幼随祖父、父亲游走民间，以乐技张扬于婚、丧大礼之中，故得音律耳。容卑下失礼，卑下尚有余礼未施，务请张大使见谅。卑下下去了。”

“是我入了迷道，扰了礼程。”

翟英走下检阅台，复又上马，取肋下小旗，右手黄旗向上一指。

“吾皇万岁！吾皇英武！”三千军士齐吼，如山岳之震。

翟英右手绿旗一平。

“欢迎使节队！欢迎张大使！”三千军士欢声如雷。

翟英左右手平举。

“陇西战鹰，人人奋勇！”三千军士手举如林，群情昂奋。

翟英双旗向前一平。

“请使节队亮艺！请张大使逞技！”三千军士齐声请求。

张骞未料到有此一着，稍一沉吟，遂请沈达成、郑珏与三位副使避让一旁，放声道：“张骞谢过太守、都尉，谢过诸位将士。使节队以《大漠行》歌之，吾以剑舞助兴。”即令王兼以笛引歌，自个掣出青锋宝剑，剑尖一指，笛声即鸣，使节队唱起《大漠行》。

三千军士皆屏息引颈，注目检阅台。一旁之沈达成、郑珏与三位副使亦目不转睛，紧盯这位传奇人物。他们均未亲历虎威城之战，不知敌之凶悍右大将，竟然被张骞一招毙之。而对其青锋宝剑，亦多新奇。即就这曲《大漠行》，亦是师生合作，其师料得先机，成皇宫相和大曲，传唱于军营，其师真乃名宿鸿儒。

人们初能于剑影中见出张骞身影，而当《大漠行》之歌高潮迭起之际，检阅台中央便只见一团滚滚青光，忽左忽右，忽前忽后，忽上忽下，让人眼花缭乱，难以捉摸。其剑风犹如疾雨骤风，阅台旁人们的衣袂亦呼呼闪动。

唱至“劈棘所届兮问鼎他乡”，张骞恰好收起剑势。

静默有顷，三千军士倏地拍起响遏行云的掌声。

由于张骞坚持与官兵一致，会后的晚餐亦较简单，仅一饭两菜一汤而已，只不过为迎接国使过境，菜品中有一钵羊肉。军营里不许喝酒，今日破例，每席上了一壶野果果酒。沈达成、郑珏深表歉疚。张骞则道：“你我均知，荒原大漠之中，有此则是奢想。”

饭后，几人去郑珏房中议事，余皆散处叙闲。

呼日勒乘机将堂邑父拉到马厩旁边一阴影处，选了一旮旯蹲下，又拉了拉堂邑父裤脚，夜色中闪动着一双鼠眼："蹲下蹲下，弟有话说。"

"甚话？让我去请孙治瑾给你治病？你自个儿去说。"

呼日勒近日因春夏交替，虚火上攻，鼻中出血，牙疼不止，见许多人对自己戒备讨厌的神色，便一直忍着。听得堂邑父如此问话，却又连连摇头："不是，不是。病我能忍，但明日的机会难得。"

"你想离开汉人，逃回匈奴，向龙廷告密？"

"我们本是草原上的狼，而今成了汉人的狗，这肮脏气我咽不下。"

"匈奴人讲信义，张骞是我们大哥，你背信就不怕灭了你？"

"张骞是大哥不假，如果有那么一天，我会保全他。"呼日勒有点不耐烦，"我尊你一声二哥，明日跟不跟我一块儿往回出溜？"

"不讲信义，总该讲点良心。这两年张大哥如何待咱，你该不会这么快就忘掉吧？退一步说，信义良心都不要，可匈奴人是最守诺言的，既应承了给使节队当向导，你怎么好意思这么快溜掉？即就想离开，也该明明白白跟大哥说。再者，使节队里个个武功高强，你有本领逃脱追击？若是张大哥出手，不出两招，你就得束手就擒。"

"可你也不要忘了，你帮我杀过库录！"呼日勒出言威胁。

"你说的是与库录潼关一战？那是你骗我，请我帮你杀一仇人。我发现是库录，便即收手退出——你想做的事，甭以为我不知情。集贤馆最后一夜，你就想第二天谋刺汉皇帝，你跟张大哥说漏了嘴，引起了张大哥警觉。第二天面见汉皇，把你排在人群中间，左有杨柏，右有宋木，前有宋石，后有公羊鸣执。幸亏你没做下蠢事。否则，你还有机会在这里瞎说瞎道？"

呼日勒脊梁骨直冒冷汗，这个堂邑父，简直就是另一个库录。于是自找台阶："你我兄弟，何必较真？我也不过说说而已。这种话，还是不让张大哥知道为好。"

"走吧。日后这样的事，不要再想；这样的话，也不要再说。"

"二哥教训的是。"呼日勒起身，又嘿嘿一阵腆笑。

不料陈尚斗过来瞧马，听得呼日勒笑声，问道："黑麻咕咚，你们有何可笑之事？"

“没什么事。我跟堂邑父闲话王兼，演兵场看到九人吹笛，那种抓耳挠腮、噘嘴攒眉的模样，让人此时还觉好笑。”呼日勒若无其事，娓娓絮叨。

“那又何必躲在黑旮旯里说话？”

“是我发现堂邑父躲在此处撒尿。”

“噢。”陈尚斗走开，去了使节队拴马处。

此刻，张骞与沈达成、郑珏等人的议事，也接近尾声。

原来，陇西城北三十里处，驻扎着一千余名匈奴守军，而西去之唯一途径，在其营帐五里地山下，且有一哨五十名番兵。使节队即使扮为商队，亦难以招架劫掠。故而，如何能瞒天过海，顺利冲关，成了西行首逢险事。

商议许久，亦无良策。

“张正使，你担心我等出兵有损，于心不忍，这不为过。可作为边关守将，更不能让你们身陷危境，有负皇命。连出境第一关都保证不了，我与郑珏岂不在这里白吃干饭？要打仗，就有牺牲，好男儿沙场马革裹尸，这是军人的荣耀。我还是坚持明暗双施之策。明晨我率一千铁骑直击番兵营帐，张正使率使节队暗走西行通道。郑珏你也不必与我相争，你还有老父老母需要孝敬，我父母早已亡故，且儿子已过总角⑤。就这么定了，毋庸再议。”沈达成做出最后决断。

翌日拂晓，沈达成率九百铁骑直击番营，并令翟英率一百精骑直取番哨，张骞率使节队随翟英之后，向西进发。

事发突然，番兵仓促迎战。那匈奴人自小在马背上生活，又以射箭为乐事，因之人人弓马娴熟，虽事变骤起，仍与汉军杀得难分难解。

翟英所率百名汉军，却是精锐中的精锐，人人善战，个个骁勇，连战马也匹匹历经战阵，进退有据。一和番骑遭遇，即长啸而入，又踢又咬又避又撞，让主人任情搏杀。

使节队中除张骞、夏宏、任扶等人，皆未曾在战场直接对敌，前卫中一名叫李肃百者，竟毅然纵马，去了翟英军中，与番兵杀在一起。待李中壮呼叫，已然迟了，于是索性纵马杀入。

其他人见此，亦跃跃欲试。

张骞大喝一声：“不许妄动！看好旌节与货物，准备快速通过！”

那些番兵哪经得住强手攻击，箭未及上弦，刀未及出鞘，顷刻之间便被杀了个干净，五十番兵一个不剩。

李肃百提着滴血砍刀，兀自说没有过瘾，匈奴人的脖子，经不住砍刀一挥。又对范佑铭笑道："范铁匠打的砍刀，就是好使。"

张骞瞪了一眼李肃百："没有命令，擅自行动，依照律令，当揍你二十军棍，此时不便行刑，账先记着。"

"诺。肃百记着，还有二十军棍没揍。"李肃百一笑归队。

李肃百生于荆楚之南，因语音迥异，平日很少与人交往，不怎么引人注意。今日经此一战，众皆对其刮目相看。这个南蛮，倒挺有血性。

张骞正说着李肃百，翟英拍马过来："张大使，你我就此别过，他日有缘，还得向大使请教音律之事。我得去看沈太守。"说着，除留下十二名伤员自行赶回陇西，其余八十八名骁骑皆带着满身血污，刮风般地冲往番营激战之地。

张骞来不及答话，即令全队纵马西驰。

跑了约可八十里地，来到一处溪边。

此处绿草如茵，碎花朵朵，是马儿最宜歇息之地。陈尚斗见马儿汗液浸身，饥渴难耐的模样，忍不住向张骞建言："少歇片刻，让马儿缓缓吧？"

张骞也欲下令全体换为番装，忽见远处驰来数十匈奴游骑。既然无法避开，那就只能迎战。李中壮跃跃欲试，斜刺里却冲来夏宏："李兄暂歇。请张大哥下令，让我率前卫去试试快刀！"

敌方亦发现这边的人马不多，催马疾奔而来。

不容犹疑，张骞道："以勇搏之，打跑即可，勿要恋战。"

"诺。"夏宏率先驰出。李肃百大声叫道："这一身血衣正好无须更换，待我再杀他个痛快！"一拍坐骑，亦直奔而去。为尽快结束战斗，张骞命任扶率后卫一并参战。

这真是：

人生起点何处，起点何处可说？

英雄之路缘于胸怀，尚须坚韧舍身依托。

且将此生托付家国，直将一腔浓情点着。
浓情似火行艰履险，刀光剑影西域山河。

欲知使节队出使西域第一战的境况，且看下回分解。

**注释：**

①拒马：一种三角形铁蒺藜，防敌方人马踏入。蒺藜本为一种长着三角刺的野生植物。鹿寨（zhài）：像公鹿鹿角那样互相交叉的营垒。

②打尖：临时吃点东西充饥。此处系客气话。

③《边塞旅战》：一种失传的战阵古曲。此处依推想而描摹。

④弱冠：古代男子二十岁称“弱冠”。

⑤总角：将披散的头发挽在头顶。古时因受“身体发肤，受之父母”之教，无论男女，头发都得蓄着。男孩到十二岁，就须将头发挽在头顶，以簪簪之，象征童年结束，少年开始。

# 第十五回　李肃百舍身救夏宏　由天际履艰立战功

见前卫后卫队员尽出，身为前卫副手的堂邑父，却仍在犹疑。他目注张骞，看张骞是否守信。

原来，早在城固他应下向导之请，就与张骞约定，只做向导，不做斗杀族人之事。当张骞命他配合李中壮，做前卫副手时，他曾问此为何意。张骞所答十分干脆，对付沙漠荒原险境，为使节队规避不虞，是其要务。

张骞目扫堂邑父："甘父与我与孙治瑾且作壁上观。若有伤者，当施援手，及时救治。"又对孙治瑾说道，"我知你心中愧恧[①]，且有些怨我。翟英所率百骑为使节队清障，十二名伤者未予当即救治。此事非我不愿，实为不能耳。再者，沈达成之九百精骑，其伤者将远远不止此数，我等若为此滞留，沈达成之努力，岂不成无果搏杀？"

"是我虑事太窄。"孙治瑾道。

"这不怨你。你是医者，医者仁心，此为常情。只是我等肩负皇命，你就不是一般医者。凡有利于完成皇命者，可尽力施为；凡有碍者，只能忍心而过。你懂大局，勿嫌啰唣，使节队还得仰仗你的医术。"为降其愧恧，张骞委婉而叙。

此时，使节队与匈奴游骑之遭遇战，正打得异常剧烈。

夏宏一马当先，白马长啸而驰，离敌尚在十丈之遥，即弯弓搭箭，射落一人。敌刚落马下，白马又窜出数丈，夏宏趁势挥起长刀，阳光下白刃一闪，恰好劈着落马之敌，敌刚刚挣扎站起，又扑地倒下，一股血液，狂喷而出，白马一侧，尽皆落红。那敌眼见是活不成了。

众敌见夏宏凶狠，立时围上三骑。一骑断后，欲劈白马；一骑袭右，欲取颈项；一骑攻左，欲戳其胁。此间李肃百恰好赶到左侧，趁敌骑不备，一刀划过敌之左臂。那刀果然锋利，只听得一声脆响，敌之左臂便悬筋而垂，血溅草地，那刀亦落在夏宏马侧。敌负痛拍马，疾蹄而逃，避过李肃百夺命一刀。

余下两敌见取胜无望，顿陷险危，亦拍马欲撤。夏宏与李肃百对望一眼，立即合攻尾后一敌。那敌脱身不得，立即大叫："射雕者何在？"虽是番语，夏、李二人亦懂其意，间隙之间，目扫远敌，以作应对。

然则晚矣。听得敌呼，远侧敌箭已破空飞至，仅离夏宏数尺之遥，而夏宏之刀正劈入尾敌马尻骨缝，急急难以拔出。见夏宏命在须臾，李肃百索性脱手飞刀，砍中尾敌后腰，同时纵身一跃，挡住敌箭，大叫一声："夏宏小心！"便倒在马背之上。

夏宏拔刀回视，见李啸百舍命相救，敌箭竟从其右肩胛斜贯前胸，不禁惊怒交加，不顾一切，拍马直取远在十丈之外的射雕者，将张骞于库录现场所嘱之语，忘得一干二净。

那匈奴射雕者竟掉转马头，一次连发三箭，箭箭瞄着夏宏后背要害。其速之疾，只在转瞬；其瞄之准，只在方寸。夏宏俯身不及，眼见得难逃一劫。

夏宏心中浩叹：西行首战，寸功未立，为友复仇，竟至无果，命绝于此，心实不甘。

兀地，耳后"铮铮铮"连响三声，三箭被斜刺里另外三箭击落。夏宏回身一瞥，原来六支长箭互撞，发出那种铁器碰击之声。其一箭芒相击，落在眼前；其一箭杆被撞，落入远处草丛；其一箭羽被撬，与来箭箭矢对顶斜倚侧旁。

夏宏吃惊，箭术如此之高，不知队中何人所为。刹那间他想到张骞，想到甘父，可他们离此足有二十余丈，这需要何等的力道与准头。不管怎么说，有此强力作为援手，夏宏顿时胆壮无忧。

瞬间，敌又射来三箭。夏宏又听得"砰砰砰"三声，敌箭尚在半空便被击落。这次击落三箭者，却是三枚石子。夏宏亦顿时明白，替己解危者，是正使张骞。

队中除却张骞，无人有此之能。

连续六箭被人中途击落，射雕者不由无比惊骇，一摸箭袋，仅余两支，不敢再行冒险，便欲撤出，可见骑白马者此时又杀掉一人，心有不甘。正自犹豫，眼前忽见一半大小儿，吹着口哨，双手舞着两打短枪，凌空飞足，以众骑为垫，到了头顶。

射雕者匆忙掣出腰刀，突感脖子一凉，左手一摸，喉间竟是枪尖，尚未弄个明白，枪尖一抽，射雕者“扑通”一个倒栽，倒在草地。

恰在此时，任扶一杆长戟、一匹黑马，纵入敌阵，刀劈戟挑，毙伤数敌。

匈奴余骑见来者个个悍勇，射雕者亦命丧草场，遂一声呼哨，悉数逃离。

夏宏滚鞍下马，向李肃百狂奔而去，一抱搂起，跌坐草地，连呼其名。

张骞、孙治瑾亦相应赶至。

夏宏大叫：“孙治瑾，快救快救，快救李肃百！”

李肃百看看夏宏，看看任扶、李中壮、孙治瑾、杨柏、苏疾等人，又看看范佑铭，最后盯着张骞，微声道：“张大哥，对不起，我不能随你一块儿去了。我看见我的大大和姆妈[②]，就在前边，就在前边……”话未说完，头一低，便没了声息。

张骞双眼噙泪，为李肃百阖上眼睛，沉声道：“李肃百，你是使节队的英雄，我们都会记着你。你还有两个弟弟一个妹妹，我们会照顾好他们的。”

王兼却号啕大哭起来，同时絮絮叨叨数说自个的不是。不该嘲笑李肃百不会说长安话，学习番语也是个二五眼；吃饭挑食，喜米不爱面，穷讲究；三天两头就换洗衣物，像女人；穿长裤里边还用布头把屁股卵子包着……说得众人起头十分悲戚，末后竟有点好笑。也就王兼鬼头，连人家裤裆里边的物事都看得清楚。可是看到王兼发自肺腑的痛哭，复又潸然泪下。

见李肃百战殁，孙治瑾虽然心痛，也只好暂且放下，去救治一受箭伤、一受刀伤的两名队员。所幸没伤着筋骨，一番止血包扎，两名队员便无甚大碍。

李肃百身上的箭矢被孙治瑾处理之后，公羊鸣执立即脱下他身上的血衣，为其换上国服，并扯了两丈白绫，杨柏相帮着，严严地裹好，而后起身，等候张骞发话。

唯有夏宏，仍蹲在李肃百遗体旁边，抱着头，默默流泪。

众皆肃然，围了一圈，不动。

此时，李肃百的坐骑突然撞过人群，站在李肃百遗体一旁，伸嘴拱他。

本已止泪的王兼，见此复又放声大哭。

张骞面色凝重，制止道："王兼且住。李肃百如若有知，其最希望看到的，是我们继续西行，完成皇命，为彻底铲除夷狄之患而努力。我们可能还会有伤亡、有牺牲，我们不能为此而消沉、而委顿。朝夕相处的兄弟突然身殁，固然使生者无比悲痛，可殁者的遗愿，还须生者完成。"张骞见王兼业已止哭，众人举颈相望，遂斩钉截铁道，"现在我命令：夏宏、公羊鸣执、宋石、宋木、容南、容北负责李肃百安葬之事；任扶、杨柏、苏疾、沙里修、呼日勒负责餐炊之事；李中壮率其他队员先去清理战场，而后去草丛中拣拾牛、马干粪——此后行炊、举火全得靠它；餐后全体换上番装，见匈奴牧民百姓一概讲番语。一个时辰之后，出发西进。"

夏宏受命，便带了一干人等，为埋葬李肃百遗体选址。这时他们也才看清此处之山形、地势。山不高，坡势较缓，犬牙交错，中间闪一窄长平垴，靠南有一小溪，埋于灌木草丛之中，平垴西窄东宽，刚才的遭遇战，便发生在脚下东垴。

夏宏道："长安在东，其家乡在南，就让肃百卧南面东吧。可惜难措棺椁，委屈你了，肃百。"于是择南坡一株小树旁，掘井葬之。葬后，又带头行跪叩之礼，道："如得返回，必来再祭。"

公羊鸣执乘机告知夏宏，救其性命者，前有李肃百，后有甘父、张骞。只不过甘父系以箭击箭，张大哥是以石击箭。这俩人，真好本领，随行诸人都看得呆了。

夏宏沉默有顷，又一声轻叹："彼时吾尚愤然。甘父人在前卫，却不出战，不料又施技相救。吾知其意矣。只不愿搏杀其族人罢了。"

且说张骞彼时见李肃百中箭，夏宏追击射雕者时，便立即紧张起来，不由得去掏袋中石子。石子刚握手中，堂邑父已用硬弓连发三箭，将射雕者射向夏宏的三箭击落。按时差，堂邑父完全可以乘隙将射雕者射杀，却听堂邑父道："我不杀族人，但不能不救友人。"

张骞以后击落三箭，正欲用石击杀射雕者，倏地见一少年双手各持一把短枪，如雨中飞燕，以敌、我之人头马背为垫足，七拐八扭，转瞬之间杀却射雕者。其轻功之妙，让双方拼战者俱为惊骇。匈奴游骑以为汉人有天神相助，丢下同伴尸体，拼命逃窜而去。

看体形、看轻功、看枪械，张骞脱口而出：“由天际！”

众人亦道：由天际，是由天际。这孩子，一路上悄无声息相跟着，谁都没发现，真好本领，好韧劲！

张骞忧喜参半。喜的是这孩子太像自个，不达目的，誓不罢休，有股子狠劲；忧的是这孩子毕竟太小，西行路上万一有什么闪失，实为可惜，让他独自返回，也似不妥。

于是决定，暂不管他，歇会儿听听几位副使主张，再行定夺。

纵目一望，张骞见由天际正与李中壮黏在一起，于是暗嘱任扶、杨柏，餐饭份额仍按原数不减。

这由天际杀掉匈奴射雕者，本以为夏宏会惊呼他的出现，孰料这位副使没瞧一眼，便只管抱着李肃百不放。由天际觉得挺没意思，就去寻找能说上话的队员。后来听了张骞命令，便尾随李中壮，先去清理战场。

到了刚才的战场，由天际突然从草丛中一跃，跳到李中壮面前一跪：“孩儿拜见李伯伯！”李中壮倏地一愣，发现是由天际，便道：“你这孩子忒胆大，敢独自来到这里，还跟匈奴人打了一仗，杀了匈奴射雕者。”口吻中透着若许喜悦。

由天际也不等李中壮搀拉，一下子站起：“孩儿谢伯伯夸奖。”

“你这个小由天际，我怎么又成了你的伯伯，你怎么又成了我的孩儿了？”李中壮看他机灵乖巧不无调皮的样子，心中竟有几许认可。

“告伯伯得知：自武选那日起，在我心里就认定您是我伯伯。再者，小由天际很快就会长成大由天际。您看，这半年没见，我是不是长高长壮了些？”

李中壮上下一瞧，果真比武选场上时候长高了，也长壮了，于是点点头，又摇摇头：“可你才十五岁，还是个小孩子，我若真是你伯伯，也不愿看着你出门远行，去遭罪，让人担惊受怕。”

由天际急了。李中壮是他参加使节队的最大希望。这一关他无论如何都得迈过去。复又扑通一下跪着：“请伯伯可怜可怜由天际。由天际打小父母双亡，偏又兄长懦弱，嫂嫂悍恶。伯伯若再嫌弃，由天际就没得亲人可依了。”说着，竟呜咽声哽，泪水泉涌。

“那你缘何要随我们去西域。”

“我吗？”由天际想了想，又孩子气一笑，“我就想长见识。看看万里之外的人长得啥模样，吃什么，穿什么，住什么；好人好到啥地步，坏人坏到啥地步；有没有侠客武士，有没有文人墨客……反正想看的东西多了，一时我也说不来。”

“你就不怕危险送命？”

“我一个人或许有点怕，可使节队里有那么多伯伯，我怕什么？送命的事，我看一时还轮不上我——李伯伯，您应下了？”

“我可没答应你。”

“可您心里已经应下了。”由天际一下跳起来，说道：“战场你们不用清理了，杀敌获马，两个整数，这里毙敌七人，前边山弯处还有三名敌尸，所俘十匹战马亦在那里，有陈尚斗陈伯伯看着。枪械都是破铜烂铁，没啥弄头。”说毕，口哨锐声一吹，只见山弯处吆出各色战马，陈尚斗押后而行。

“山弯处敌尸是怎么回事？”

“是我追俘敌马顺手而为。”由天际说得就像在地里收庄稼。

李中壮不由倒吸一口凉气：“你这孩子，你不知道穷寇莫追？敌骑反身迎击咋办？孤身犯敌，如此弄险，我可不敢留你。”

“伯伯，伯伯，好李伯伯，以后我全听您吩咐不行吗？”又嘟囔道，“杀的都是受伤之敌。他们见我，犹如看到天神、鬼魅，逃命都来不及，还敢——”忽见李中壮盯他，又立即住口，拨弄着手中短枪，头也低了下去。

“歇会儿见着张统领，你好好说。”

“诺。全凭伯伯美言。”又看看其他队员道，“还有各位伯伯多多美言。”

“你这小鬼头，倒成了我们大家的事。且先随我捡粪去。”

跟随队员亦笑将起来，已然喜欢上这聪明伶俐又胆大非常的小大人。

餐前，由天际随李中壮来到张骞面前，这次却不跪地呼叫“伯伯”，而学着大人模样，抱拳一揖：“由天际参见张大头领！”

张骞已知李中壮心思，并不因为由天际人小便不予还礼，亦施礼道：“由天际，见我何为？若说彼时武选之事，请免开尊口。”

“非也，非也。请大头领允准，西行路上赏我一口饭吃，其他别无所求。”

由天际亦文绉绉说道。

张骞暗自好笑，这机灵鬼不直说参加使节队，偏作乞讨模样，倒让他一时难以措辞。遂道："小小年纪，就学会绕圈子说话。西行路上有没有你吃饭机会，我还得听听其他几位副使的想法。"

"张伯伯，我可是立了功的。就在刚才，我让四个匈奴凶人听我短枪指挥，躺在这里，做这草地上的肥料。您若不信，可让李伯伯、陈伯伯做证。此外，还有匈奴十匹马。"

"嗬，功劳还真不小。这顿饭，就赏你一份。"张骞一笑，又故意道，"由天际，你如把夏宏、任扶请到这里来，算你有本领。"

"得令！"由天际一揖，转身就走。

张骞问李中壮："你允了他？"

"不允咋办？逼他一个人返回？不可能，亦让人不放心。"李中壮回道。

也不知由天际怎么说的，夏宏、任扶很快到来。

张骞不便相问，又让人叫来杨柏、苏疾、公羊鸣执与堂邑父，说道："有三件事，须得急办。其一，须得提振士气。李肃百之死固然使人痛惜，可李肃百之勇敢、之舍命救友壮举，应予肯定、提倡；再者，此次遭遇战毙敌十人，获马十匹，实为使节队首战首捷。其二，重新确定行走方式、行走路线，以互有照应、安全少险为要。其三，由天际之去留，做一利弊相较与决断。"

对于第一事体，众皆无甚异议。否则，连即将进行的餐饭亦吃不痛快。对于其二，任扶坚持兵合一处，既换番装，说番语，不如索性扮为匈奴商队，走易走路线，只不过可将驮队与前卫首领做一调换。公羊鸣执则另有说法：既被视作使节队重要一员，当竭力为完成皇命终极目的相谋。现在既入匈奴辖境，就得万虑万当为要。我等虽换番装、说番语，可汉人的面孔无法改变，此间可与堂邑父、呼日勒一较便知。我意可分两队，拉开一点距离，走偏僻无路之路，这样可以互有呼应，避非常倾覆之虞，路虽艰而少险，请张大哥度之。对于由天际的去留，夏宏坚持让其返程，理由一条，使节队员名册系由钦定，留下不合名分。李中壮却道凡事可以从权，应从实际着眼，以由天际之坚毅、之韧性，即使不被纳入队列，亦必会紧随其后，此次参战，已为明证。

张骞一边谛听一边琢磨，众人语毕，即做出决断：“第一事既无异议，下去对于相应队员仔细作解。第二事命令如下：全队分两拨，取偏僻之道行进。第一队张骞率之，李中壮、公羊鸣执、堂邑父佐之，率员五十名；第二队夏宏率之，任扶、杨柏、苏疾佐之，率员五十四名。两队相间五里。以报警响箭互知为准。由天际暂补李肃百缺额，协助陈尚斗，关照全队马事，具体由李中壮提点。现请即刻进行分队，夏宏先行定员。”

夏宏诸人立时忙活起来。

且说由天际，半年来可谓历经波折。

他深为懊悔，未能紧抓武选关键人物李广。李广看似严肃，其实极好说话。经李广点头直接进入使节队者，竟有十数人之多。而他虽经李中壮考核合格，但年龄一卡，希望成了泡影，眼睁睁看着错失了机会。

武选场上，人已走得干干净净，由天际仍在远处发呆。过了许久，才信马由缰，向西走去。

那是李广回营的方向。而李广早已不见人影，连那些近侍也不见一个。

由天际决定，索性去李广营前看看。

然而，行至集贤馆路口，却见李广正登上草坪露台，向一众落选人员讲话。这种饯行宴会由天际也可参与，但他了无兴致，去了溪边，就着溪水，吃着准备充饥的麦饼，如嚼蜡一般，胡乱咽着。估摸宴会结束尚早，便就势躺在草地上，看马儿“噌噌”地啃草，看蜂儿蝶儿乱飞。

由天际心中琢磨，事情既已这样，就做这样的打算。先找李广，如李广不给答话，就到渭北马场去找张骞城固老乡。再不行，就在使节队后边死跟。主意既定，心中的不快也就烟消云散。于是，一边晒着暖热的太阳，一边悠悠地吹着口哨。

还是王兼眼尖，由天际在路口远远地一晃悠，就被他见着了。以他对由天际的了解，这小子一定不会善罢甘休。故而，宴会上他快速填饱肚子，便拿了一根肥肥的鸡腿，提前退席，一溜烟跑到集贤馆墙外，果然看到由天际躺在溪旁草地，响亮地吹着口哨。

果真还是个小孩子，心事来得快去得也快。王兼几步跨到由天际跟前，用脚轻轻一踢："想什么呢，是否又有了鬼主意？告诉我，看我能否将你的鬼主意弄得更加圆泛一点？"又将鸡腿一伸，"想不想吃？想吃就接着。"

由天际一下子坐起，伸手抢过鸡腿："啥鬼主意？还没鬼到一半，就被鸡腿搞乱了。"·边吃着，一边唔哝道，"我正为今晚的宿处犯愁呢。"

"这有何难？我跟张正使相告一声，住长住短没问题。其实张骞表面看去说一不二，可对下属极是体谅、极为关照。你就是年纪小了两岁，他还是挺上心的。"

"甭拿好话搪塞。上心管甚用？他不让进使节队，我自个进。"

正说着，范佑铭也拿了只鸡腿跑过来："我当王兼你又勾搭上谁家女子，原来是由天际。由天际，你跟王兼密谋什么呢，小心王兼把你往阴沟里带。"

说得王兼、由天际一齐笑将起来。王兼一本正经道："由天际，哥哥托付你一件事，长安城里细柳市碗碗香菜馆有个小厨娘蓝媚儿，与我相好已两年。我走之后，你帮我看着点，别让野猫沾了她的腥。"

"狗屁！由天际甭听他的。他这偷摸夫妻上不得台面，瞎瞎事管不得——王兼快走，张正使要在厅堂说事。误了卯，将你罚出使节队，可就吃了大亏。"范佑铭将鸡腿往由天际手中一塞，折身拔腿一路小跑而去。

王兼一下子慌了神，紧追范佑铭。

两只鸡腿下肚，由天际精神倍增，骑上马，就奔向李广军营。

营门禁军却不给通报："谁家小孩儿，这是你闲玩的地方？你个屁大的孩子，有甚军国大事需面见老将军？去去去，滚远点，小心军棍伺候！不看你是小孩儿，早已把你叉将出去！"

连续七天，天天如此。最后门禁烦了："把你的事写在简册上，老将军甚时高兴，甚时给他看看。不听话死缠烂打，就把你抓起来！"

第八天，由天际又来到营外。

门禁道："书简给我，即刻走开。"

"我不识字不会写，没得书简。"

"那你来干甚？"

"等你们将我抓起来。不抓，我就自个进。"由天际吹起口哨，顽皮一笑。接着，从门禁头顶一跃而过。

几名门禁个个身强体壮，十分灵巧，见那门禁薅不住一个小孩儿，不由哈哈大笑，于是数人一齐上手，去抓由天际。

可由天际泥鳅一般，哪里抓得住！几个人反而时不时地被由天际挠着耳朵，搔着脖子，或腿被一绊，腰被一戳。

众人大骇，这若在战场，早就不死即伤。

这时，听得营门喧闹，李广走出辕门。

由天际见丢下众门禁，一下跪倒叩头道："李爷爷，李老将军，李大将军，我不该如此惊动您老人家。可是实无他法，连续七天，他们不让我见您，因此只好出此下策，有扰于您，请李爷爷原谅小人则个。"

"我知你所为何事。可现在主选官之责已经完结，使节队钦定之后已成定局。你不如顶了王兼差使，在我这里领一份军饷。"

"谢李爷爷肯欲收留。可我是个死心眼，笨得让人讨嫌。思来想去，还是外边自在些。"

李广掀髭大笑："若是家家都有你这样的笨小孩，还不翻了天了。也好，随你，只是不许你再来胡闹。"又从怀中掏出一袋钱币。"这是我昨日领的饷银，揣在身上，怪硌人，你拿去帮我花了它。"

"啊唷哟，好我的李爷爷，李大将军，这会让人家耻笑于我，打秋风[3]打到李老将军门下，不成体统，不成体统。"却又双手接过钱袋，"由天际不争气，眼下的确有些拮据。这次算我借的，其后定必归还。"遂面向各门禁军士道："请各位军爷好汉做个见证，由天际今日所借李老将军钱币，他日归还时务请高抬贵手，让我做个信义之人。"说毕，又向李广一跪一揖，"李爷爷，今日就此别过。"

出得营门，又听一声口哨，一跃上马，便没了人影。

知晓说情无望，由天际没有再去找张骞城固老乡；得知使节队全体去了秦岭深山，也再没去集贤馆。李广所赠钱币，又欲留作念想，这吃饭睡觉的事体，便成了问题。

想了想，偌大的一座长安城，可去的地方只有两处：一是皇帝赐给张骞的新宅。公羊鸣执、孙治瑾、范铁匠因另有任务没去秦岭，时时要去槐市新宅放置物品，自荐去当个守护者，那是他们求之不得的帮手。另外就是去细柳市碗碗香菜馆，当个小堂倌，受那蓝姓小厨娘的辖治。

思虑再三，还是好奇心占了上风，决定去一睹小厨娘的芳容。由天际见天色尚早，便先在护城河堤上闲逛，并把马儿的勒口取下，任由它乱走。

这马儿刚刚成年，且生得俊俏，通休乳白，鬃毛却呈棕红，额头鼻梁双耳另为纯黑，纯白的马尾长及蹄脚，配以锃亮的鞍鞯，爱马之人一见，眼珠子都往下掉。

口嚼一取，马儿似乎十分兴奋，一阵小跑，在一处草丛前停下，开始"噌噌"地吃草。见马儿不走，由天际下马席地一坐，开始把玩手中的短枪。

这枪甚为特别。一支枪尖似针，似针却又有四个棱槽，或刺或插，易进易出，由天际叫它"小尖尖"；另一支枪尖带钩，亚似一只鹰嘴，或扯或撴，利利索索，由天际叫它"小钩钩"。两支枪，带把各长一尺五寸，平时斜插后腰，取用十分方便。

渐渐，太阳斜照过来，由天际觉得身上发燥，于是握起马儿缰绳，到眼前一棵白杨树下假寐。

由天际不知，两个马贼早早盯上了他的马儿。见他丢盹儿，又欺他是一个孤身小孩，便蹑足而来，取出一柄利刃，欲去割断他手中的缰绳。

由天际何等警觉，觑见高个马贼去割缰绳，心道：缰绳一断，麻烦颇多。于是轻轻一跃，先用枪把一击矮个望风马贼胁中，又一击割绳马贼肩胛，二贼一个立时跪倒，一个利刃脱手，右臂下垂。其速之疾，犹如闪电。

由天际又吹起口哨，嘻嘻一笑，双枪向跪倒马贼肩窝一按："啊哟，小爷可经受不了尊驾如此大礼，你还是躺下比较舒服。"语毕，那马贼果真躺倒。见割绳马贼欲逃，由天际又一纵至其头顶，将其左肩肩胛一击："想走也不与我相商，真乃大大的无礼。不如将左臂一块儿放下，这样跑起来才叫好看。"

那马贼告饶道："啊哟小爷，我俩今日认栽，请放过我俩，饶命之恩，没齿不忘。"

"我可不敢妄想尔等记住小爷恩德。小爷的记性太差，或许三十年之后忘记了，记得提醒于我。"

"小人不敢，请小爷解了小人的穴道。"两贼哀求道。

"尔等竟敢胡说！尔等是小人，那小爷岂不成了更小的小人？"

两个马贼被戏弄得无所适从，割缰马贼声带哭腔道："小爷意欲何为，才肯放过我俩？”

周围一干闲汉觉得十分有趣，私下议道：也不知这小孩是哪位大侠的弟子，两个瞎眼马贼算是触了霉头。看来这孩子虽然顽皮，却很有修为，对马贼只是制服，并无伤害。若按时下对马贼的处罚，当剁其一手。于是纷纷叫道：“剁手，剁手！”

由天际作势掣起短枪，两贼已吓得面无人色，皆言家中尚有八十岁老娘需得奉养，失去一手，弄不了营生，只能与老娘一块儿等死，云云。

由天际“哧”的一笑：“骗小孩儿呐！谎话也编不圆泛，真笨！尔等不过二十几岁，给你们找个五六十岁的妇人当媳妇，一年内弄出个儿子来，小爷定会夸你们干得好。”

众人哄堂大笑：“弄一个，弄一个，一人再弄一个贼儿子！”

“年纪轻轻，好脚好手，干此营生，也不嫌害臊！”由天际正经地说道。

羞愧，尴尬，狼狈，二贼无言以对。

“不剁尔等之手，且把所窃银钱全部拿出！”

二贼迟迟疑疑，慢慢吞吞，窸窸窣窣，手却难以运作。

“咳，看我这记性，刚才的事，这一旋便忘，真是抱歉。”遂解了二贼的穴道。

二贼掏出约可五六十枚铜钱，一二两散碎金子。

“就这么丁点儿？”由天际将短枪端起，太阳下闪着灼目光刺，“信不信，我将尔等裤带挑开？”

“不，不，小爷饶了小可。”于是背过身，二贼从裆里摸出十几两金子，哭丧了脸道：“再没了。你剐了我们，也没了。”

由天际拿过金子，将铜钱扔了：“滚！这点钱赏你们吃饭。”

二贼转身就走，暗道晦气，却又被由天际喝声“站住”。

二贼一抖，怯怯站住。

“回去告诉其他贼人，每日来此偷我一回。记住，凡带金子来偷，我一律打赏！”

众闲汉大乐，天下竟有这等奇事。这孩子真是个惹事的鳌头。

“小可们不敢。”

“有啥敢与不敢。我说敢就敢。”由天际将笑憋住。

“诺。小爷说敢，我们不敢再说不敢。”

二贼离开数步，又被由天际叫住：“回来！”

“小爷又怎么了？”

“尔等怎么说话？什么‘小爷又怎么了’？且随我去细柳市碗碗香菜馆。小爷这会儿高兴，请你们喝酒。”

二贼满腹狐疑，不知这位小恶煞葫芦里卖的什么药，又不敢不跟，于是相跟着去了。

众人无人能解，皆曰此事端的是桩咄咄怪事。

路途中，由天际得知，高个马贼姓田，矮个姓韩，滋水[4]蓝田杨村农人，均为二十二岁，原想来京挣些银子回家娶亲，不料被骗入了匪道，每十日向头目交利市五两金子。否则轻则揍个半死，重则削其一臂任其生死，发现逃跑告官者，则剁其一足。

由天际暗中一叹，这京城看似安全光鲜，孰料竟有如此龌龊罪愆行当。他不再捉弄两人，说道：“且随我去找个正经营生，有甚麻烦，有我担着。”

紧走慢行，三人来到碗碗香菜馆。专事迎送的店小二一见，立即笑眯眯地上前打了个千儿[5]：“三位老客请上雅座。”顺手接过缰绳，将马牵至后院马厩，夸道：“好俊的马儿。”

菜馆规模不小，相连两个庭院均置席口。由天际一瞄，餐案在五十桌上下。七八个堂倌穿梭般地忙个不停，食客大多衣着光鲜，举止有度，即使猜拳行令，亦都压低了声音。且人马分道而行，相互绝无干扰。

王兼之前曾在此执侑酒[6]之业，并由此勾搭上这里的厨娘蓝媚儿。

由天际带着二人却未上坐，摸出十来个铜子递给店小二：“请带我去见我姑姑蓝媚儿。”

店小二见着铜钱，立刻眉开眼笑，带上楼房，拐两个拐弯，在一处临街房间前停下，右手一平：“这里就是。”

“去吧，以后会有好处给你。”即轻轻叩门道，“媚姑姑，侄儿拜望你来了。”

门“吱呀”一声被拉开，门里站起一个媚态十足的年轻美妇。由天际立即单膝一跪：“小侄拜见姑姑，姑姑安好。”

“你是谁？我怎的不认识？”蓝媚儿见是一个俊俏飘逸、眉眼生动的半大小孩，心中便有几分喜欢，“快进来说话——这两位是谁？”见“侄儿”带了两个后生，问道。

“都是滋水老乡。高点的我叫田哥哥，矮点的我叫韩哥哥。姑姑忘了，我是滋水霸王庄蓝拐拐的幺儿蓝天由，小时候姑姑还背过我、抱过我呐。”

蓝媚儿双掌轻轻一击：“你看姑姑这记性！小时候你可是全庄子最漂亮、最逗人疼的小孩儿。跟姑姑说，找姑姑做甚？”

“妈妈病了，想挣点钱回去，请姑姑赏我一口饭吃。这两位哥哥也是走投无路，还请姑姑给细柳市的菜头说合说合，给他俩找份差使。”又从怀中掏出十两金子，“他们不好意思给您添麻烦，让我把这点钱与姑姑，给菜头买些见面礼。”

蓝媚儿银铃般地笑将起来：“小小年纪，便有江湖做派。我知侄儿仗义，姑姑怎好丢了侄儿面子。这样吧，先委屈侄儿去楼上包间，专门侍候官宦人家贵妇。你的两位哥哥饭后且随我去拜望菜头。”

田、韩二人自是千恩万谢感激涕零，不料今日遇着了小贵人。

自由天际来后，楼上包间的生意便奇好无比。挣得的钱，也每日有增。

隔三岔五，由天际都要抽空去集贤馆，打探使节队的消息。

由天际绝口不提王兼。间或，王兼来到这里，二人见了，也装作互不相识。

一月之后，蓝媚儿突然将由天际叫去她房间：“说，你个小冤家缘何如此骗我？”

由天际做了个鬼脸：“我哪敢？我确实将您当成我最亲的好姑姑。”

“还嘴硬！说，使节队副使大侠李中壮是你什么人？王兼是你什么人？一个你师父，一个你好友，来头不小啊，我可不敢当你的亲姑姑。”

“行。不当我的亲姑姑，今后就当我的好姑姑。”事已至此，由天际一咕噜将实话说了个透，最后道，“使节队西行之日，也是我向姑姑告别之日。”至于李中壮是否是他师父，亦含混过去。

蓝媚儿竟有些伤感：“王兼，还有你，一个个地，都丢下我。”瞬间，将由天际一搂，又丢开，“大丈夫为国建功立业，该！上路所需物品，姑给你准备，张骞若不留你，你还到姑这里，姑是真心疼你。”说着，竟唏嘘起来。

由天际欲走，蓝媚儿又拿出一堆银钱：“这是黑头儿退给你那俩哥的利市，他带话请你和李大侠饶过他这一次。

翌年四月二十八日，使节队出发西行。二十九日晨，蓝媚儿送由天际至西城直城门，才依依惜别。

这真是：

一腔热血倏地喷洒，一个英雄刹那惊魂。
说不尽的英雄英灵民族事，写不完的透骨透香中华情。
且问大丈夫所在何处？衡量又岂在年长年轻！
而今大步迈进西域，从此只在草原荒漠埋名。

欲知使节队下步西行之路，且由下回分解。

**注释：**

①愧恧（nǜ）：惭愧、后悔。

②大大和姆妈：彼时南方方言，父亲称“大大”，母亲叫“姆妈”。

③打秋风：向别人告艰难，讨要金钱。

④滋水：即灞河。先秦称滋水，西汉初改名，发源于秦岭北麓，注入渭水，当时当地百姓仍称其原名。

⑤打千儿：古人表示问候、迎接的一种礼节。右手平胸，腰肢微躬。

⑥侑（yòu）酒：用音乐、歌声劝人饮酒。

# 第十六回　由天际颠颠追大队　堂邑父娓娓道狼情

由天际穿着与使节队一样的国服，从城里到出城，沿路引起人们的议论。特别是又有蓝媚儿相送，更其引人注目，七七八八，说什么的都有。人们最惊讶的是，使节队里竟然还有小孩儿！也不知是谁家的公子，有如此天大的福气，受到皇上的垂爱。听到他不绝于耳的口哨声，骑着漂亮的马儿，直让人们羡慕不已。

由天际心中自是得意，而蓝媚儿越来越感到不舍，直到出了直城门，由天际一再地“姑姑长、姑姑短”请她留步，她这才怏怏地转回。

走了不及一里，后面突有两骑飞来，一迭声叫道：“小侠且慢，我等来也！”

由天际一回头，才知是田、韩二人相约赶来，遂纵声而笑：“二位尚不死心，是否又来偷我的马儿？”

“小侠甭拿我等寻开心。请让我等相送一程。”田姓汉子向韩姓汉子一伸手，拿过一件软皮背包，“这里边有五斤腊肉，二斤豆干，务请收下。”

由天际倒也干脆：“收下就收下。哥哥送弟弟，不用讲客气。两位日光混得好，这比啥都好。”又调皮一笑，“两位哥哥，赶快找两只花母鸡，下他几窝小鸡鸡。”

“小侠又拿我等取笑。”田、韩二人开怀大笑。

至鄠里小镇，恰遇郑珏父亲，老里正一听由天际去追赶使节队，不由分说拽住缰绳欲行留饭，并道，张骞一行宁肯野营也不进村，想起来直叫人难过。

适逢中午，由天际也已肚饥，即道：“既如此，就烦请爷爷烙几张麦饼。”

老里正口中说是，端出来却很丰盛，白米饭、秫子酒、腊肉、鱼肉、炒蛋、木耳、山菌，摆了一案。由天际陪田、韩吃罢，悄悄拿出五两金子，往案几一拍，然后起身道："谢谢爷爷款待，见着郑钰叔叔，我会代爷爷问好。"

老里正取金欲作退还，哪里拿得出来。田、韩本想付钱，却让由天际抢了先手。二人亦去取那金子，才知那金角已深嵌入木。临别出门，由天际又用枪把将案几一杵，只见那金"嘣"的一下跳起。

老里正叹道："我儿郑珏也不过如此。此钱老朽收下，权当一个念想。"

由天际坚决不让田、韩二人再送，遂换了服装，一人一骑，独自西行而去。

人与马均已吃饱喝足，由天际双腿轻轻一磕，那马儿便"嘚嘚嘚"地跑将起来。一时间两旁的田野树木皆一闪而过，带出的风儿也直袭面额，衣袂飘得老高。

自鄠里出发，一路没见使节队留下的踪迹，一直跑到太阳偏西，才在一处浅山脚下发现被踏熄的余烬。看到马儿身上浸出的汗渍，由天际突然感到疲乏肚饥口渴。他舍不得用掉水袋中的净水，于是四处寻找有无使节队掘出的水坑。果然在一处稍远的草丛下边，新掘水坑里有溢出的清水。而从这里看七八里外之渭水，犹如一条细线。偏偏那里山崖陡起，没路。秦之驿道，亦只到这浅山脚下。山脚下原有驿站，也成了断垣残壁。

那马儿相跟着走来，见到水坑，便举蹄而上。由天际轻拍马儿："这么大个子，怎的还不懂事？歇会儿再喝怎样？我都不急，你着急什么？"那马儿果真停下，用嘴杵着由天际。

由天际取下镰刀，割了一大堆青草，才生火烤肉吃干粮。

这一气工夫便跑到了渭水平原西边边际，按老里正所说，距离京城已在三百里之外，而到陇西尚有八百余里。快一点，骑马两天可到，慢一点，还需三天。

人烟愈来愈少，原野亦越来越荒凉。听不到烦人的蝉鸣，看不见低空掠过的燕子，路上路下的树林生得七拐八扭杂乱无序。松树、栎树、檀树、杨 树、鸡骨树、野栗树……或高或矮，没个正经模样。而丝茅草、红茅草、龙须草、宽叶草、针叶草，则见缝插针，一蔸蔸、一窝窝、一绺绺、一块块，将秃秃的石壁石皮遮住。稍敞亮的山坡之上，则是马桑拐的天下，枝枝杈杈，弯弯扭扭，刚结出的绿籽，像蛾儿屙下的蛹蛋，挨挨挤挤，一串一串。间或冒出一蓬刺莓，繁星般的白花飘出阵阵香气，于是可以见到野蜂、黄蝶在花间乱飞。

大路时上时下，随弯就势，虽然不及驿道宽敞，但也可容马车通过。这是为陇西驻军运送给养的通道，因而有两行深深的辙沟。大概雷雨过后不久，辙沟中尚有积水，显得浑浊肮脏，成了小虫子的乐园。由天际有些着急，眼见得红日西沉，还找不着合适的露宿之处，这独行的滋味真不好受。

转了两个山拐，突然闪出一片杉树林子，离路数丈，林子边缘，有三五间夯筑的土墙房屋。由天际猜想，这定是往返信使与给养人员歇脚之地，心中不由大喜。

到了近前，却见这房屋修得古怪。一排房屋，只一处门洞，且开在侧角；墙基石砌，高过一丈；房顶苫着茅草，茅草之上又盖着石板；后墙无墙，以崖壁作墙；五扇窗户，依次间隔，开得很高很小。

由天际打开门扇，却是独扇，且奇厚奇小，仅能容得马身进入。掩了门扇，发现侧旁放着两根粗壮的顶杠。房里光线很暗，好大一会儿，由天际才看清房中的设施。

房里有土炕，有马厩，有锅灶，还有茅厕。灶台旁有一木槽，从崖壁处接入，一股拇指粗细的泉水无声无息地流着，落到地面，又由地面上的小水沟，注入墙基石缝，再流到外边。

使节队留下的痕迹十分明显。灶间有没烧完的枯枝，炕头上有干净的铺草，还有摆放整齐的木墩，以及没点完的松明子。只一样苦了由天际，周围一里的青草被割得净光，他跑到很远的地方，才为马儿弄够夜草。

夜间，时有野兽出没。而当狼群呼应嗥叫时，由天际才感到特别瘆人，不由得毛发直竖，马儿也显得非常惊慌。这是由天际第一次听到狼嚎，才知夜间孤身野外荒山，若无大火相伴，是多么的危险。他将马儿牵到身旁，又点燃一根松明子，才沉沉睡去。

由天际推测，像这样的房屋，每三百里左右必有一处。撵上使节队之时机，应在出陇西入匈奴辖境一百至二百里时段。而使节队里最让他担心的，不是张骞、李中壮，而是夏宏。一见他高人一等的做派，就心中腻歪，尽管夏宏是他的恩人。

当翟英率兵攻杀小股匈奴游骑时，由天际强忍冲动，没有出手。而当使节队遭遇敌骑，夏宏生命危在旦夕一刻，那种任侠之气不由陡升，将恶番戳于马下。

使节队中所有认识由天际的人员，包括夏宏、李中壮、王兼，谁都没有料想到，他会单人独骑，暗中跟踪一千余里，突然出现在使节队首战战场。而不相熟悉的队员，对他所施展的杀敌轻功，亦感到十分惊讶。一个十四五岁的半大小子，功夫如此了得，胆量如此之人，真乃世间少有。故而当张骞宣布将其留队时，许多人情不自禁，鼓掌示好。

李中壮自是欣喜。他明白张骞所说“提点”的真实含义。他不是一直苦于求徒之难吗？而今送来一个由天际，岂不正好圆了他收徒之梦。

由天际何等伶俐，顷刻便知“提点”二字的分量，不啻是一种强烈的暗示，一种适时的给予。他立即奔至李中壮马前，双膝并跪，行叩见大礼：“李伯伯，由天际自此无怨无悔，乐意接受伯伯任何提点。”只差叫声“师父”。

“你得感谢张头领。无他，则无你今日之遇。”李中壮下马，将其扶起，笑道。

“诺。天际谢伯伯提点。”由天际“扑”地又给张骞跪下，“谢张伯伯恩典！天际从此之后，与伯伯、哥哥们有饭同吃，无饭同饿；水少不喝，无水同渴；美景共赏，烂景同过；遇敌先杀，不留后路；有险不避，逢危不缩……”

“好了。我知你意，是让我将你与大伙儿同等待之。”张骞亦下马去扶。

由天际却使了个千斤坠：“天际唯有一事请予留情。”

“且将道来。”张骞暗中加力，将由天际强行提起，心道：这小把戏，倒有一手。

“早晨起来，容我多睡片刻——就那么一小会儿，保证不误大事。”由天际故作正经，煞有介事，一双灵动的眼睛，不停地眨巴。

“调皮。去去，公羊鸣执、陈尚斗、王兼皆有事候你。”

“天际得令。天际自此一定多多调皮。”由天际做了个鬼脸，面向陈尚斗深深一揖：“陈伯伯，让您久等了。”

陈尚斗指指侧旁一人：“他是公羊鸣执，有事找你，你先与他说说。”

由天际一揖到底：“谢谢公伯伯、羊伯伯。甚事吩咐小可？”

“怎的如此乱叫，‘公羊’是复姓，懂否？”陈尚斗急忙指点。

“诺。小可谢谢公公伯伯、羊羊伯伯，是否为穿衣一事询及小可？”由天际依然一本正经。

“猜得不错，正是此事。”公羊鸣执知其故意逗乐，并不在意。

倒是陈尚斗显得诚实："系公羊伯伯，而非公公羊羊什么的。"

"噢，小可明白。天际应与陈伯伯一般，叫公羊为公羊伯伯。"由天际将陈尚斗绕进去，又装作十分高兴的模样："幸亏系有角之公羊，若是复姓无角之母羊，叫母羊伯伯多难听、多别扭。"由天际仍然不露一丝笑容。

陈尚斗这下明白，小鬼头是在故作调侃，并非不敬，不由得一乐："真是个调皮鬼。"

"张伯伯军令，天际焉敢不遵。"悠悠地吹了声口哨，这才正色道，"谢公羊伯伯关照，天际做了几套衣服，不知是否合乎公羊伯伯所制精美装束。"即从马背上取下包袱，解了绳扣，将所有衣饰掏出，甚至包括一副黑纱眼罩。

公羊鸣执一件件看过，十分不解："你从何处得知使节队衣饰配发之情？你这衣饰系何人所为？"感到语中有审查之意，又缓了声气，"没别的意思，随便问问。伯伯佩服你，人小，鬼主意多。这做衣饰的钱，得如数退你。"

"小的不要钱。小的唯求一事，请予答应。"

"甚事？"

"小的今后不叫您公羊伯伯，小的只叫您伯伯。"

"又来了，又来了。所问之事，我还未听得一字。"

由天际遂将半年来的经历，做了一番大概介绍，只回避了蓝媚儿与王兼的私情，又编了夏宏夫人去菜馆吃请，透露使节队细情之事。由天际拿准了人们心思，有无此事，公羊鸣执等亦不会去问夏宏。何况，此为闲叙，说说而已。

"小鬼头，我正为你的衣饰发愁呐，晓不晓得？"公羊鸣执宽心一笑。

王兼早急坏了，欲将由天际拉到一旁细问，又被陈尚斗叫住。

王兼知陈尚斗一说起马经，就没完没了，于是道："老陈你歇会儿行不？让我跟弟弟说点体己话。"不由分说，扯了由天际就走。

"说甚呢，让我也听听。"不提防，范佑铭凑了过来。

"又不是打铁弄刀的事，你凑什么热闹。"王兼欲撇走范铁匠。

正闹着，杨柏喊叫吃饭。

范佑铭拉了由天际就跑："不跟他说。走，吃饭去。"

吃饭当口，王兼用肘拐悄悄撞了一下由天际，示意到一边去吃。

王兼端碗就走，由天际搛着一片肥肉，举着追道："王兼哥哥，弟嫌肉太肥，你帮我把它吃了吧。"

"你骗我，我才不信。"王兼故意放大了声音，心中却道：这个小机灵鬼！

一见已错开人群，由天际一边扒拉饭粒，一边小声道："蓝媚儿让我带给你一句话：王兼你个死鬼。"

王兼很是失望："就这？"

"还有一句：王兼你个没良心的，临行也不来看看老娘！"

"完啦？"

"还有就是'呸呸呸'，不知这算不算？"

"应该算。"王兼突觉上当，就去胳肢由天际，"让你连我也编排！"

由天际一跳避开，"咯咯咯"笑着："人家想你呢。怪你临行之前也不去道个别，说你日后求得富贵，就会撂开手。"

"怎么会呢。"王兼怅然道。

"我也说不会。我说王兼是个情种，打死他，他也不会忘了蓝媚儿。"

"小小年纪，就知情种，你若长大，更是百花丛中的花蝴蝶。"扒了一口饭，又道，"后面的话，是否又是你编的？"

"非也非也。"由天际转身吃了那块肥肉，又钻到李中壮近前。

人们已见惯不惊，看着两个活宝胡闹，对李肃百的悲情，无形中又减了许多。

两拨人马分派确定之后，张骞带队先行，夏宏带队俟后，待前队走离约可五里，方整队出发。

按事前所定，两队仍分前卫、驮队、后卫，有序行进。堂邑父做前队向导，呼日勒做了后队向导。夏宏并不相信呼日勒，见张骞对其太过于信任，遂主动将其要了过来，暗嘱任扶予以监视。故而，呼日勒名曰向导，其实徒有其名，任扶作为后卫头领，全依张骞前队留下的印记行进。

夏宏严守"慈不带兵"之训，职守排序确定之后，即按军规执行。不许高声喧哗，不许乱插队列，不许乱说怪话，不许衣冠不整，不许随意离队，不许轻狂放纵等，定了一大堆规矩。自己亦不苟言笑，无事静默，时时查看前后队列。在荒无人迹的山川草原中，一干人等感到愈加寂寞，亦愈加拘束。

行了一程，夏宏察觉不太对劲，于是带头轻声唱起《大漠行》，人们骑在马背之上，一颠一簸，自然不成曲调，加之张骞之前有令，为避不测，入番地不唱汉歌，故而应者寥寥。

任扶移后委婉提醒：“夏头儿，着番服唱汉歌，似有不妥，你意下如何？”

“是我一时疏忽。”于是立即禁口，亦不与任扶闲言。

一干人沉闷地骑马而行。

好在行于陌路，风光与中原迥异。怪异的山石，浩瀚的荒原，高飞的大鸟，出没不定的野羊和草原鼠，无不令人感到新奇。

张骞一行则甚为宽松。职守分定之后，便自选同伴，前卫、后卫、驮队混搭而行。高腔呼叫，纵声大笑，轻轻追逐，争辩吵闹，如赶集市。张骞只时时提醒，尽量使用番语，有生意人的做派模样。

歇息时，王兼趁机用番语打趣由天际：“尔在碗碗香菜馆，日日服侍贵妇、美妇，她们摸尔脸蛋否？美妇之美，为何种之美，可否见告，让我等也好乐乐？”

由天际自是茫然，见众人盯着自个脸蛋大笑，即连张骞、公羊鸣执、堂邑父亦笑上眉梢，便知不是好话，于是一把揪住王兼：“刚才说的甚话？老实说与我听。不然休想安宁。”

“好我的小兄弟，哥哥的话句句中听。”遂将刚说的话用汉话重述一遍，一下惹得更多人发笑。

由天际松开王兼，却乐不起来。这多半年的变化实在太大，许多原本天各一方的人，由于皇帝的一道诏告，走在了一起，并成了生死相依的兄弟，学会了相容相守，亦学会诸多技能。例如番语，例如洗衣饲马。

若要快学番语，当然最好拜师匈奴人堂邑父。可由天际对其尚为陌生，相识也在分队之后，对匈奴人没有好感。当然，也可拜师苏疾，据说此人懂得多种番语。偏是苏疾去了夏宏队里。他眼珠一转，有了主意，不若去找张骞，张骞自认师父最好，不认亦定有指派，彼时名正言顺，师父弟子，关系自然顺溜。

王兼见由天际慢行不乐，当是刚才玩笑出格，惹得他不甚高兴，于是道：“好弟弟，别不高兴，只怪哥哥说话不够检点，只图嘴巴快活。弟弟如不见怪，就笑一下。”

由天际“扑哧”一笑：“就你那话？还不及豆腐房里的烂豆渣。”遂将刚才所思之事说与王兼，并道：“你甭想当人师父。就你几个月光景番语，天知道对匈奴人能应付几句？你也甭说不学番语无大碍之语，这西行之路刚刚开始，谁能料得及今后之事？”

“其实，那甘父极好相与的。使节队里两个匈奴人，像朋友的，也就是他。那个小个子呼日勒，总感到不对劲，原因在哪里，却又说不清。我不是嫌他长得丑，不周正。这个人就像阴沟里的马桑拐，不抻脱，不敞亮。”王兼对两个匈奴客做了一番比较。

“我才不找呼日勒。我对世间丑货一概没好感。我还是先求张头领，若仍让李伯伯做提点，我也认。李伯伯再差，也比你王兼强。”

二人说话慢行，不觉已脱离队尾半里，殿后的张骞回头向他们招了招手，二人将马一拍，及时赶上。

“以后注意，千万不要掉队。即就半里，亦不允许。事情不怕一万，就怕万一。而今是在匈奴辖境，路况完全陌生。匈奴游骑神出鬼没，什么情况谁都无法预料。你们若被敌人抓去做了小奴隶，我张骞怎对得起家乡父老？”张骞见由天际顽皮模样，又加重语气道，“甭以为这是在吓唬你们，也甭以为自个行为机灵、武功不差。天下之大，什么人没有？”

“有劳张伯伯挂心。张伯伯是见我俩落后，才赶到后队吧？天际知错了，张伯伯原谅则个。”由天际乘机说了学习番语一事。

“我看无须专求一人，众人皆师也。我、李中壮、堂邑父、陈尚斗，后边苏疾、杨柏，包括王兼、范佑铭、孙治瑾，遇谁问谁，谁懂问谁，岂不更好一些。”

“谢张伯伯指点，张伯伯果然好主意。张伯伯不愧为大头领，小可打心眼里拜服了。”

张骞一笑，道声“贫嘴，调皮”，又赶上前去。因为此刻全队停了下来。

公羊鸣执与张骞迎头相遇。公羊鸣执面孔泛朱，显然是生气所致。

两人同时张口，张骞让其先说。自相识以来，张骞还是第一次见公羊鸣执生气。

“前面出现了三条沟岔，为走哪条沟口，我与甘父发生了争执。张大哥你也知晓，这路口即路线，走对走错，关乎使节队西行方向与生死。你去看看，你来定夺。”

此时日已偏西，离京已是第六天二千多里之外，除第四天见到几顶匈奴牧民帐篷，昨日见到几匹灰狼追逐一群黄羊，再没见到过大一点的活物。走哪个方向，几天来问无所问，只能靠天上的太阳、星星与月亮以定方位。

张骞之所以让公羊鸣执参与路向判别，一则因为堂邑父对此地亦不熟悉，几次拿捏不定，二则由于公羊鸣执展现出辨向识路的本领，且证明了他的正确。

到了沟岔，张骞见此处草木稀疏，前面荒山荒沟岩石裸露，即下令全体下马，先行割草刈柴拾粪掘井，而后随了公羊鸣执去沟岔察看。

堂邑父仍在向对面呆看，见张骞来，只将身子挪开两步。张骞即向沟岔看去。

所谓沟岔，实际是三山对两山，如从对面看这面，是三条岔道。从这面看对面，则是四条岔道。两山之间被一处深深的沟槽分开，有流水痕迹。从痕迹判断，水从右向左流去，再按日头判断，应是右北左南，此为两条岔道。对面左右两山夹一山，出现两处沟槽，此为另外两条岔道。两人的分歧在于，堂邑父主张从对面右边岔道进入，公羊鸣执坚持从对面左边岔道行进。二人各持理由，争执不下，于是叫来张骞。

堂邑父认为，对面右槽是为正西，左槽是为偏西，偏至哪里，谁也难料。公羊鸣执则坚持偏西。正西貌似正确，必经匈奴人活动区域，隐含着凶险。偏西可能有点绕行，且遭风沙之苦，但可避开敌之犯凶，云云。只左槽沟口之外有小山样一堆碎石，并未引起三人注意。

有一刹那，张骞动了顺深槽南行念头，却又很快被自己否定。是听从向导的主张，抑或按“参与者”的分析定向，张骞一时之间，亦难拿定主意。最 后，他取出一枚铜钱，说道：“这枚铜钱系吾皇新制，且由它做一判定。字面为甘父所选岔道，背面为鸣执所执道口。”遂阖目默念有顷，将铜钱抛向半空，左掌接住，随即右掌平压其上，再慢慢移开右掌，三人一瞧，字面在上。张骞道，“既如此，右边沟槽即为入行道口。”

公羊鸣执默然无语，堂邑父似乎也无喜感，俩人对望一眼，同时“唉”了一声。张骞深知，此次判定关系重大，一旦有误，谁也难担其责。思来想去，仍是匈奴所害，若是一路祥和，何至于此！彻底消除匈奴之患，实为势在必行。

为国家，为皇命，张骞更加坚定了西行的决心。

十几年后，张骞从戈壁道返回时得知，此处乃祁连山余脉。堂邑父所选为野狼谷环道道口中，公羊鸣执所定为进入西域之戈壁北道。倘若当时以他的一闪念，从南边深槽进入，行一千余里再折西而行，则免去了许多灾难。命运如此，岂可奈何。

此为后话，不提。

因是重要岔道，张骞决定等候夏宏率队来后，一块儿行进。

队员们没有停止劳作，仍在四处搜集草料、燃料，并继续在深沟掘井。而所得井水，苦味、土腥味忒浓。

至夏宏率队到来，太阳将及西边山巅。陈尚斗奔前跑后，让人们检查马掌有无松动破损，鞍鞯是否牢靠，一阵忙乎，又耽搁了一会儿，待到进入谷口，西边的山影已将东边的阳面全部遮住。

沟中几乎看不到泥土，七棱八翘的红色石块满布沟槽，石缝中偶尔可见棱状植物，既不像草，亦不像灌木，高至盈尺，矮至数寸，摸着扎手。堂邑父说这是骆驼刺，说明沙漠离此不远。人们顿时有些紧张，明日的行程，就是一望无际的沙漠了。

由于怕咯伤马蹄，行进的速度较慢。张骞时时提醒走在最前列的王兼与由天际，勿得贪快，须以人马安全为紧要。

行不及二十里，山谷中突然刮来阵阵燥风，风中带着细微的尘土与浓烈的骚臭味，让人感到有些不适与窒息。堂邑父暗暗担心起来，对张骞道："大哥，不能再走。今晚最好就宿于此处。"

见堂邑父神色凝重，知有不妙之事，张骞即道："以你所虑，有甚危险，不妨直告于我，也好早做应对。"

"前面是狼谷。"

"狼谷？你说前边是狼群聚居之地？"张骞吃惊不小。

"是这样。不若退回谷口，明天白日再行？"

张骞陷入紧张的思虑。

"或许，狼群中的斥候已经盯上我们的马匹。"堂邑父又道，"我等一旦退却，狼群可能会提早发动攻击。退，看来是下策。”

“这么说，今夜我等无论宿在何处，都将遭到狼群攻击？”

“是这样。如有狼王统领，狼群活动范围可达数百里。何况，这里又是草原与荒漠交会地带，食物相对短缺，狼群觅食范围会更大。”堂邑父不无忧虑。

“依你估计，这狼群会有多大？”张骞想着对策。

“这个，我很难预料。狼是草原上最聪明、最能一心、最敢于牺牲，也最讲复仇的野兽。一般地，草原人不会去招惹它们，如若它们突袭牛羊牲口，也只将其吓走为是。狼群的多寡，一靠狼王的地位与号召力，一靠狼王对袭击对象反抗能力的判断。如使节队这种状况，狼群最少也在五百只以上，多则一二千只，亦说不定。冒顿单于东征东胡时，曾有过千人骑士遭五千余只狼群攻击之事，狼群被杀二千余只，骑士仅有百人生还。”

说得张骞有些毛骨悚然。他立刻下令停止前进，就地宿营，并叫来夏宏、任扶、李中壮、公羊鸣执与杨柏，屏退王兼、范佑铭与由天际，进行紧急商议。

张骞将所知情况作了简要介绍，最后道:“在这种进不可能，退亦不可的境况下，我等首先应该镇定，不可乱了方寸，不可有丝毫畏惧情绪。我们可以向队员告知真实境遇，树立胜利信心，而不可有大难临头的表露。请相信，我们承认危险，但是办法与机遇亦同时存在。请各位有什么好主意，有用无用，先说与我等听听。”

在场诸人，除了堂邑父，谁也不了解狼和狼群的习性。张骞十几年前有过与狼群搏斗的经历，但与目下相较，根本算不了什么。一时间，谁也拿不出能够保全无虞的主意。

张骞已经预料到情况会是如此，召集之目的，是树立决胜信心。于是道：“时辰紧迫，容不得拖延。现命令如下，请诸位执行：其一，我率十名精悍队员前导，配弓弩手两人；夏宏、任扶率十名精悍队员后卫，配弓弩手二人；驮队居中，李中壮率其他队员维护，堂邑父、杨柏、公羊鸣执佐之，其他弓弩手辅之，首先保护好旌节，勿使损坏。其二，倘遭狼袭，苏疾、公孙瑾、陈尚斗、赵无偏皆浸以火油，以火箭射之，狼退停矢；所有队员各持火油、火把，听号令三分之一燃之，三分之二候之，断不可使火把尽熄。其三，以吓退狼群为要，狼离人马十丈之外，一律不许追杀、射杀，若有惊马逸出，一概不许追回；所有队员，临场须对马儿予以安抚，马仗人胆，免其惊惧。其四，其他对付狼群之法，全部听从甘父调遣。现乘间隙时刻，先让人马吃饱喝足，准备夜战。诸位还有甚话要说？”见众人无语，张骞即道，“那就即刻执行此令。”

全队立时进入到紧张备战之中。

由天际听得命令中将自己列为被管护者，十分不服。欲找张骞理论，又心中发怯；想对李中壮叙说，又觉不便。于是就拿管护人杨柏开涮：“杨伯伯，你的名字取得真好。”

杨柏正为此事挠头，见由天际主动接近，便道：“何以见得？”

“你看，杨树长得快，叶片儿大，却‘骨头’不硬冬天叶儿落；柏树长得慢，叶儿小，却‘骨头’结实冬季叶儿绿。有快有慢，有软有硬，有黄有绿，狼若知您能耐，一定会说，啊哟哟，这人咱可惹不起，还是躲远一点好。如若咱俩在一起，狼会把您的年纪看成一棵百岁老杨树，会说，要吃那个小孩儿嫩肉，得先把老杨解决掉，免得他碍手碍脚，让狼兄狼弟、狼妹狼姐吃得不痛快。”

“小鬼头，你说破天，也休想离开我半步。除非张头领不让我管你。咱先吃饭，把马儿喂饱，看这狼群如何作怪。”

由天际知再说无益，便随了杨柏，先去吃饭。心中却嘀咕道：到时候，还不知谁管护谁呐。

这一次的夜宿，却不如之前。之前夜宿，有平埫可选，有青草可垫，狗皮褥子一铺，盖被一捂，睁眼可数夜空上的星星，闭眼一会儿即入梦乡。马儿有小树可系，守夜人踏步寂然无声，连王兼早晨的笛声、晚间的箫声，也吹得入耳动听。可在这里，想将脚掌放平都得费番工夫，遑论狗皮垫褥？而马儿也无处可系。狼群来袭之前，睡一会儿也行啊。谁睡不着是谁的事，反正由天际见黑犯困，就上下眼皮打架。

由天际正自犯难，又传来张骞命令：除相应值守人员，其他队员一律实行“狗睡”——像狗子打盹儿那样坐着睡；并左牵马儿缰绳，右按武器、火把，随时准备投入战斗。

一道命令下来，许多人都没了睡意。由天际左右一瞧，都是被张骞下令的“管护者”，而左边有公羊鸣执，右边有杨柏，杨柏前边有堂邑父，堂邑父旁边有张骞。

只是张骞坐一会儿又去了别处，有时还将堂邑父叫走，去一旁小声说话。

由天际与王兼只要醒着无事，便要找人说话，逗乐。王兼总爱与范佑铭取笑，说一些姑娘、女子、媳妇的酸事。由天际却喜欢捉弄一些好脾气的长者，或者心中喜爱之人。

由天际慢慢凑近杨柏："杨伯伯，看到没有？对面山坡上有两匹狼。"

杨柏信以为真，睁大了双眼望着灰蒙蒙的山坡："没有，没见影儿。"

"只怪月亮是个大芽儿，若是晴夜满月，定能看到——不好，那狼正往坡下走。"

杨柏一下子紧张起来，问堂邑父："老堂，这是甚情况，要不要立刻告知张大哥？"

"小鬼头吓你呐。"

孰料堂邑父话音刚落，远处便传来"嗷——呦——嗷——"的狼嚎，不过不那么尖厉，也不那么难听。

由天际自感吃惊，只不过一句玩笑话，果真就引出来两只狼嚎。即连堂邑父亦似疑非疑，回头望了一下由天际："这狼离此最少还有两里地，就能看得见？"又摇摇头，"不可能，不可能，除非是一双狼眼睛。"

正在此时，遥远的山坡上出现了几点绿光，荧荧灭灭，闪闪忽忽，像乱坟堆里跳跃的磷火，忽东忽西，忽左忽右，使寂静的山谷更加显得阴森恐怖。

不等堂邑父的火箭射出，使节队宿营地立刻燃起三十余支火把，明亮的火焰一下子照亮了半条山谷，狼嚎之声也停了下来。

张骞踏着"咯巴咯巴"连声乱响的石块，走来问堂邑父："老甘，这狼嚎是什么情状？有无险情？"

"暂无险情。"堂邑父道，"这两只狼嚎有几种情况。一是狼王在责备下属，未能恪尽职守——也即对我等的监视，那狼下属向狼王低头认错。二是狼妻正带着小狼崽，责备狼丈夫久去不归，那狼丈夫狩猎一无所获，在向狼妻赔礼道歉。还有就是一只地位高的狼正在对一只地位低的狼发脾气，地位低的狼俯首帖耳，表示顺从。总的来看，不像发动攻击的信号。"

这位有两个名字的匈奴客真神了。仅凭两只野狼不同的嚎声，即能分辨出这么多道道，由天际不由得心生佩服。并由此更佩服头儿张骞，不但有化敌为友之胸怀，更有知人善任之本领。今夜若非堂邑父，此刻张骞也许做出错误判断。

堂邑父说起不是闲话的闲话："其实，人之德远不及狼之德。狼从不攻杀劫掠同一族类，而人却常生阴谋罪恶，以劫掠他人为要事。狼之夫妻生死恩爱，同甘共苦，而人间夫妻多有不贞不忠、同床异梦之事。狼之友情纯真无瑕，生死与共，而人却多有卖友求荣、阳奉阴违之举……"。

遂又说了实例："狼妻在下狼崽时，狼夫定要寸步不离，守在身旁。下崽之后，狼妻专伺哺乳与看护，狼夫则专伺捕猎，先让狼妻吃饱，而后才去吃狼妻吃剩下的残骨肉渣。倘若狼夫两手空空而回，狼妻顶多是失望而不责备，仍会嗅着狼夫的身体，在狼夫身边跳跃转圈，欢迎狼夫平安而归；并且不断地舔着自个的嘴角、唇吻、胡须、前爪以及肚皮，向狼夫表示自己吃饱了，劝狼夫不必垂头丧气。只有当狼夫久久不归，过了回家的时辰，狼妻才会发出十分凄厉的嚎叫。"

众人啧啧称奇，由天际则道："这世间有的人看来只宜做人夫，不能做狼夫。他若做了狼夫，那狼妻肯定造了什么孽，才倒此血霉。"人们知其所指，皆笑。王兼便过来追打由天际："让你拐着弯儿作践我，你个小狼崽！"

二人正闹腾，兀地，一阵凄厉的狼嚎从另一面坡上传来。嚎叫未歇，七八只狼跟着发出同样嚎声，"嗷——呜——嗷——呜——"声震山谷，使得马儿战栗，人更受惊，许多人已掣出刀剑，准备与狼群搏斗。

堂邑父却长吁了一声，笑道："真乃天佑我等。张大哥，请下令起程，连夜赶路。因为这是狼妃即将产崽、狼妃与她的属下正在呼叫狼王，要狼王火速回到狼妃身边之行为。依我估计，即就狼妃顺产，也需一个时辰以上，如若不测，三个时辰亦属正常。我等此时不走，更待何时？待到狼王缓过劲来，那局面可就有些糟糕。"

依照提点，张骞下令，全体队员下马，拽紧缰绳，身贴马脸，步行前进，驮队中驮货马匹则一律串起，连同坐骑，每三匹马由一人看护。过狼区同唱《大漠行》，且以最大声量歌之。而所执火把，必须保证三分之一不熄。

张骞牵马仗剑，踏步先行。此时月牙已没，四周一片昏黑，夜风刮来，臊臭味越发使人窒闷。不大一会儿，便来到狼声嚎叫之地，唯见两面山坡之上，闪闪烁烁，如天上繁星，有无数绿荧荧闪光，跳来跳去。有少数竟离使节队不到一箭之地，连那飘忽的黑影也可见到。当人们同声高唱《大漠行》时，那些黑影又倏地蹿入黑暗之中，那些荧荧绿光亦顿时杳然。

走过狼区，堂邑父又道：“狼在发动攻击之前，并不长声嚎叫，而是尾巴平举，喉间发出‘咕噜咕噜’的低沉声音。今夜如若候在那里，狼妃一旦顺产，狼王或许会铤而走险，发动攻击——当然，这是在没有火把威吓的情况之下。”

一夜奔波，天明来到一处路口，众人一看，尽皆傻眼：原来此处正是昨日出发之地。

这真是：

一生一次相遇，一次相遇终生堪忆。
真情不必以咏，心中才是永远珍视的驻地。
人说陌路可能出错，出错并非智慧太低。
岂知路错可以重走，止步将是一文不值的犹豫。

欲知使节队重走何路，且看下回分解。

# 第十七回　暴风初遇天际拜师<br>临敌灭匈夏宏负伤

堂邑父心情沮丧，坐在草地，抱头不语。

误入狼谷也则罢了。然而，一夜紧张，一夜未眠，一夜奔波，天明却是一场难以叙说之失望，这让堂邑父无法接受，亦无法释怀。

他等待张骞、夏宏、公羊鸣执等人的埋怨与责备。

呼日勒却跑过来火上浇油：“老甘，我的话你不听，你就等着好看吧。”

公羊鸣执听呼日勒话中有话，将其一把扯开：“你跟老甘说过什么？你是在泼水，还是在浇油？你想干什么？”

呼日勒翻起眼白：“我跟二哥老甘说话，关你屁事，我跟他说过，我俩是匈奴人，做事勿得逞强，爱出风头没有好果子吃，这话有错？你说，我能干什么？”

“你想干什么，只有你自个知晓。你手拍胸口自问良心，使节队从上到下，谁没有把你们当兄弟？不管你是汉人还是别的啥人，想要别人将你当兄弟，你得也把别人当兄弟！我与老甘是有争执，但我们并非为自己，看不到这个，就不配做使节队的好汉！”

堂邑父明白，公羊鸣执一番话，明着在教训呼日勒，暗中是在劝慰他，于是起身将呼日勒推得更远：“你闭嘴！有你这样跟自家兄弟说话的吗？我堂堂七尺汉子，劳烦你来指教？事做错，错就错了，谁敢说一生不做错事？”

呼日勒悻悻地走开。走出数步，又回头瞪了一眼。

此间，张骞已将使节队人员集中一处。众人或站或坐，各听其便。有人说话，有人打着哈欠，有人干脆躺在草地，让早晨的阳光携着山谷中吹来的凉风，从身上刮过；还有人嚼着随手扯来的草叶，又“噗”地吐出。马儿们则立在主人身旁，一边吃草，一边喷着鼻息。唯有管护驮队的队员，寸步不离地站着，尚有杨柏数人正在埋锅汲水，准备做饭——大家一夜劳累，紧张一卸，肚子便闹起饥荒。

王兼与由天际同时跑来，叫着公羊鸣执与堂邑父说：“张头领请你们过去，有话要说。”由天际笑嘻嘻地说道：“二位伯伯，大家说了，吃罢饭，有请二位伯伯去野狼谷走趟亲戚。看那尊贵的狼妃生的什么小把戏，将使节队送的礼物带去，让狼王看一看。礼物嘛，就我与王兼哥哥，让狼王莫嫌礼物太薄，将就将就吧。”

公羊鸣执正色道：“你这孩子，怎能开这种玩笑？”

由天际吐了吐舌头：“我是想说，大伙儿没谁埋怨甘伯伯。甘伯伯不应过于自责。”

公羊鸣执拍拍堂邑父的肩头说道：“老甘，你看孩子都这样说了，你还跟自己过不去！”

“我就是生自个的气。昨日不与你死争，也不至于让大伙儿白白地担惊受怕。”见公羊鸣执明事理、知大义，而非小人做派，加之小鬼头的玩笑，堂邑父心情一下子松缓了许多。他拉起由天际一只手：“真要遇着狼王，怕不怕？”

由天际抬头一看堂邑父，狡黠一笑：“遇着甘伯伯这样的狼王，不怕。倘若遇上王兼哥哥那种狼王，我害怕。”

王兼知由天际嘴里没得好话，便要过来追打，公羊鸣执却一把将其扯住：“听听何妨？身上又少不了二两肉。”

堂邑父来了兴致：“此话怎讲？”

“甘伯伯，您想，您若是狼王，狼妃没得多余，就没得帮手，怕它什么？王兼哥哥则大大不同，狼妃一大堆，帮手一大群，谁个敢说不怕！”

由天际说得振振有词，听的人无不感到喷饭。连王兼自己亦笑出眼泪：“好你个小贼！作践人的话一拉一出溜。”

张骞遥见堂邑父等人已经过来，便择中站在前列，面对众人说道：“对于昨夜之事，我来说说看法。我等劳累一夜，却是这等结果，有怨气可以，但是泄气却不可取。为何？因为谁也不知这浑圆山头，像个馒头，其路环曲。以狼王之眼光，此乃收放自如之地。队中亦有多人知晓，昨日路口之事，公羊与甘父发生争执，委决不下之时，我以吾皇铜钱作判。而以此相测，此系天意。当然，此非张骞委责，倘论干系，实乃张骞所为，怨气应向吾发之。至于甘父，亦为生路，但其遇险应对有度，早已不是一般向导所能为。遇险狼群，此系初次，亦为生路，尚不知还有其许！昨夜若非甘父，我等怎能识狼性、知狼情，轻松应对？昨夜冤路，看似无果，其实所获颇丰，下次再遭狼险，我等即有足够底气。上天开此玩笑，我等不能以玩笑待之，此系对我等意志与能力的一种考校。我等既然是好汉而非孬种，几步弯路何足道哉！”

张骞顿了顿，眼光一扫，见众人脸转霁色，又笑道：“我亦饥渴难耐，口干舌燥。今日日程安排如次：现为卯时末刻，辰时三刻前吃饭。而后就地宿营补觉，午时末出发赶路。吾已告知杨柏，今日加餐，每人半斤腊肉。另外一事，作为纪律：凡大便者须离营地十丈以外，掘坑掩埋；小便于远处掘坑，齐溺于彼：马儿屙粪，亦应拉至远处，只无须掩埋，待其粪皮泛白，捡之作为炊薪。各位勿笑，此乃孙治瑾建言，现时天气大热，蚊蝇滋生，由此染上疫病，我等当后悔莫及。此纪律即日起施行，无论何时何地，皆须如此！”张骞说得斩钉截铁，不容置喙，众人亦忍住笑连连称是。

出发时分队行进，但餐食、宿营仍在一处。

至昨日公羊鸣执所指山沟沟口，张骞复心念倏出，冥冥之中似有暗语，应顺深槽南行。张骞驻马回望，只见公羊鸣执迎面而来：“张大哥，有甚事不能放心？”

那一念之思倏地全无踪迹。张骞一笑，回问道：“今日是否将遭狼事，应当知会夏宏。”

“老甘说，今日不会。因为昨夜狼妃生崽，我等没有乘机攻击，狼王亦会放过我等一次。再说两队相距不远，回援亦只在瞬间。这事我已问过，并告知夏宏，大哥宽心。”

复看堂邑父，见他与由天际闲扯。也不知小鬼头说了些什么，逗得他笑脸如花。张骞亦想，如若狼事不谐，他早与自己说了，不会等人相问。张骞暗暗一叹：有人能揣知狼性，却猜不透人心，真是人世间一大悲哀。

今日之路，较昨夜为优。石皆大石，并无崚嶒，垭似平铺。好走不过半个时辰，突然风起，瞬间风力奇大，刮起来呼呼作响，似有无数哨音，绵延不绝。风从迎面削过，让人双眼难睁，脸也被沙砾打得生疼。马儿亦举步维艰，将头乱摇，萧萧嘶吼。

堂邑父迎风跨至张骞面前：“此系远方沙尘暴之余风，顺山谷狂刮而过。可命令将马儿掉头，以其屁股迎风，人贴于马颈或马腹之下。沙尘暴一过，风自息弱。”

张骞即命戴起眼罩，并依堂邑父之说避风。正自想着怎的知会夏宏，只见由天际顺风而奔，隐约听得一句：“张伯伯，我去也！”人马便没有了踪影。

张骞心头不由得一阵发紧，此风尚为沙尘暴之余力，倘此时行于沙漠，其境况尚不知糟糕到何等地步！他愈发感到，堂邑父于使节队，有着无人替代、举足轻重之作用。还有那由天际，机灵得让人时时挂怀、操心。

公羊鸣执却挣扎移步，欲行离开。

张骞立知其意，与他相搀而行：“老甘，这里就交付于你，我与公羊去后面看看。”

公羊鸣执心中激动：“谢大哥知我。”

“面临危难，想到的却是他人，使节队中，为数怕也不多。”张骞大声道。

“大哥差矣。许多人看似默默，其心却炽烈如火。如李肃百，平日少言寡语，危急时刻敢于舍身救人。谁敢断言，队中 × × 不是英雄？”公羊鸣执的声音，被风刮得时断时续。

张骞自任正使以来，从未听到有人说他“差矣”，即便是恩师俞志达，指其不足亦相当委婉。检查起来，他对使节队员的了解，大多只在表象，只知其家庭、学识、性格，却不知其所思所想。公羊鸣执可谓诤言，如何看人，帮他打开了另一扇窗口。

“张骞受教了。人有良师，再有益友，人生方称完美。张骞得一益友，实为大喜之事。”张骞竟忘了肆虐的暴风，松手去击公羊鸣执的手掌。待到醒悟，两人已被狂风刮离数尺。

二人再行搀挽时哈哈大笑，笑声亦随即被风带走。

一一关照完毕，二人又相携至驮队，照看队中最薄弱部分。

张骞、公羊二人转至中间驮队之时，由天际也已抵达夏宏之后队，见夏宏打头，率一干人等顶风而进。

如此暴风，人马哪得迈出半步！马皆趔趄不止，人皆离地欲飞。由天际尖声大叫：“夏叔叔，马屁股顶风，人匿避马下！”反复数次，夏宏始知其意，立令全队原地停步，按此施为。

由天际亦不敢懈怠，以千斤坠运立足下，如锥入地，方欲少歇，疾风中忽然听到不远处“哐当”一响。由天际打眼一睄，见是一口煮饭铜锅滚落，被风带着上下跳窜而去，“丁零当啷”响声不绝。那杨柏如疯了一般，披头散发，手足乱舞，跳跳跃跃，奋力直追。

那是使节队全体队员吃饭的家什，一旦弄丢，可谓麻烦透顶。队中虽然有锅两口，但其各有用处，一口煮干，一口熬稀，众人肠胃全靠它们滋润，杨柏舍命相追，自是情理之中。

由天际哪敢有半点儿犹豫！撇下马儿似箭矢一般，顺风疾行，至杨柏处足踏其肩，一跃而过。

杨柏听得一声口哨，又听得一句：“伯伯勿慌，小鬼来也！”便见一条小小身影，如流星般飞至铜锅前边。

由天际落地，铜锅便至。他疾伸短枪“小钩钩”，铜锅却一滑而过。由天际急了，复又赶至铜锅之前，紧握短枪“小尖尖”，瞅准锅沿，奋力一扎。

那锅遽然受力，猛地一停，顷刻又带起由天际向前翻滚。

紧要时刻，由天际却童心大发。趁锅底迎风，锅口失去兜风之力瞬间，右足乘机勾着一道石缝，使锅停响，然后左手掣出“小钩钩”，在锅底轻轻一敲：“响呀！咋地不吭声了？”

杨柏恰巧赶到，听得由天际对锅一问，不由得又好笑又怜爱。暗道：真是个淘气孩子。

眼前一幕，皆被夏宏看在眼中。

其实，夏宏对于由天际的心疼，甚至疼过自己的孩子。

由天际其父战殁，其母被掳之后，夏宏曾有过将其收养家中的打算。但这孩子十分好动，非常淘气，喜欢舞枪弄棒，又爱捉弄人，家中根本无人能予管束。

于是就将其留在营中加以照看，平时训他的时候居多，以致小家伙有些怕他，一见他立时规规矩矩，叫一声“夏叔叔”，再无别话。

夏宏始终不想让由天际进使节队，以种种理由予以拒绝。他的想法与李广一样，这样一个聪明而又善于机变的人才，稍加提点与历练，便是一个将军材料。故此不想让其小小年纪，便陷入不测之地。

他有些苦恼，小家伙并不理解他的苦心，自入使节队，对他总是敬而远之。他甚至有些嫉妒，由天际对谁都喜笑颜开，唯独对他，从无半句笑话相谑。

他也从中了解到，这孩子可谓绝顶聪明，由天际所有的调皮、玩笑与对人的捉弄，都雅而有趣，心地极是善良，性格豪放且非常勇敢。

夏宏懂得，小家伙是记恩的。一路走来，第一次，是为他报仇，杀掉匈奴射雕者；这一次，是冒险向他告知暴风躲避之法；而抢回铜锅，又替他挽回失察之责。

此时，风渐趋减弱，杨柏仍紧抱铜锅不放。由天际急了：“杨伯伯，我的‘小尖尖’还在锅上呐！”过来就去抽拽短枪。因扎时力道太猛，一下子竟未拽出。于是又道，“杨伯伯，您可抱紧了！”说着，左脚将铜锅一蹬，“嗖”地一下拔出他的短枪，看看枪尖，又看看锅沿，只见拇指大一个眼眼，透风透亮。

由天际做出一副难过害怕的模样道，“杨伯伯，您千万千万不要生气。好好的锅被我扎出一个窟窿眼儿，您可莫要做出一锅夹生饭报复我。”

杨柏腾出一只手拢了拢头发：“你个小鬼头，你帮了伯伯，就甭想赖账。这个窟窿扎得好，恰好在锅沿，又恰好能穿过棕绳，捆绑时则更牢靠。”

“这么说，您在感谢这风刮得好？下次刮大风，我保证将另一口锅也扎它一个眼儿！”

“你甭想，没得下一次。”

由天际故作失望：“唉，我的‘小尖尖’，只能在番敌身上去戳窟窿眼了。”

看看杨柏，又显出一副惊讶状：“杨伯伯，您真新鲜。别人用水洗头，您却用风洗头。”一摸自个，脸上趴了一层灰，脖子里灌满了小沙粒，从头到脚灰蒙蒙。

杨柏没有心思与由天际斗嘴，夹紧铜锅顶风回到队列。

风又小了许多，路也平顺了许多。由天际发现，沟里的小石头、小石子已被一扫而光，在坡上四处滚动。他索性去了发髻，脱光了衣服，蹭掉芒鞋，将头发迎风乱捋，将衣裤乱抖，又去抠摸趾头缝里的小沙粒，连胳肢窝里，裆里刚长出的小毛毛，亦去抓捋一番。杨柏见了，反倒生出几分羡慕："小鬼头，你倒是挺会寻自在。小心大风刮掉你的小鸡鸡。"

见任扶、苏疾、沙里修、赵无偏、陈尚斗一干人的灰鼠模样，由天际大乐："各位伯伯互相瞧瞧，一个个是不是大鬼头？就这么回家去，敢保各位婶婶拿起擀面杖，迎头不揍个一死，亦揍个半死！"

其他队员则纷纷仿效由天际，剥了个一丝不挂，嘻嘻哈哈，互相打趣。

夏宏、任扶诸人身份尊贵，遵孔夫子之教，不欲裸体示人。而通身之不自在，又实为难受。夏宏忽生一念，此处离午时出发之地不过三十里地，何不策马返回，取水涤之？且借此将所有皮囊盛水，亦可供穿越沙漠时人畜饮用。

待与任扶相议，任扶却甚犹疑："里程虽为不远，可谁敢保其不虞？况身在敌国异域，仍须小心为好。尔若心意已决，最好告知张骞大哥。"

"这桩小事，我看不必了吧。老任倘不放心，吾多带几个人去。"遂点了京城的蒋八七、鞠无田、严放远、刘伦、傅光、尚在升以及汉中、陇西的蹇栗、艾古、巩用、言原、栾北荒、梁州嗣等二十来人，准备返程取水。

杨柏大叫"不可"，由天际拦阻马头，反让夏宏生怒："尔等敢违将令否？还不给我速速滚开！"二人见劝而无果，便即让道，由天际只说得一句"夏叔叔小心"，夏宏已驰出数丈。

由天际飞身上马，返身向张骞驰去。

张骞倒没有什么讲究，风息之后，即令大伙儿脱光了衣裤，散了头发，抹去芒鞋，将灰尘、沙粒进行了彻底清扫，并用马篦篦去马鬃、马毛里的脏物。

公羊鸣执一边收拾，一边与张骞叙话。

"我现在知晓，这条沟里为甚石面光溜，且无碎石硌脚。"

"说说看，是甚道理？"张骞来了兴致，连一旁的堂邑父等人亦伸长了耳朵。

"大哥可曾记得沟口那一堆小山般的碎石？"

张骞想想，道："开始没大注意，现在一想颇感奇怪。"

"其实没甚奇怪。都是这沙尘暴狂风捣鬼。这条沟槽与沙漠相通，沙尘暴一起，狂风顺槽而入，碎石沙粒乱滚而下，磨光了大石，而碎石则堆积于沟口。"

“呃，我明白了，昨日所走沟槽，因其回环闭塞，故而狂风将山顶碎石吹落，致使碎石满沟。”扭头一望堂邑父，“老甘你说，是否此理？”

堂邑父吁声一叹：“察物之细，吾不及之。”

张骞笑道：“老甘亦不必自责。若无今日之风，吾与公羊哪知此理？”

“我也是事前蒙昧事后明，算不得什么。”公羊鸣执接道。

堂邑父心中感动，却又不善于表白，只说道：“察事、察物、察人，真不是一桩简单事！”

几人正自叙话，突见由天际飞马而至，双足一剪，立于地上，喘吁着奔至张骞面前：“张伯伯，夏叔叔带人返回弄水去了。凭谁也拦不住，特禀告张伯伯。”

由天际又抹了一把被汗渍弄成的五花脸，哭丧了声气：“张伯伯，我的感觉很是不妙……”平日一张利口，此时却欲语又止。

想到前日与匈奴游骑之遭遇战，张骞心头一紧。夏宏好勇斗狠爱冲动的毛病，令人早晚担心，他立马吩咐道：“此处由公羊鸣执、堂邑父暂管，中壮、治瑾且随我去。”见由天际掉转马头相跟，他只看了一眼，并未阻止。

对于夏宏，由天际的心情有些复杂。对这位亦兄亦父的恩人，他特别不喜欢其长者身份的严肃。对于其说教特别反感，故而对其只有感恩，没有依恋。但在隐约之中，又有一种无可言说的亲情，尤其是在夏宏临险蹈危的时刻，心中之牵挂与熬煎，难以解脱。

由天际的预感正在接近真实。

当夏宏一行人马走出沟口，跨过深槽，来到槽边水井时，打头的他立即发现，半里之遥的地方，有四名负箭持弓的匈奴游骑，悠然而来。

匈奴游骑亦同时发现了夏宏一行人马。

匈奴箭手系为到深槽附近寻找水源而来。领头的高个匈奴见迎面一行人皆为番装，以为是附近哪个部落兵士，于是吹起联络的口哨，呜里呜啦说了一通番语。

此时，双方相距不足五十丈，须眉轮廓已瞧得清楚。

夏宏等人哪里懂得复杂的匈奴语！从中只知“部落”“大王”“小王”一些词语，自然难以对答。加之他对持弓负箭匈奴人的切齿痛恨，对方又仅只四人，于是对弓弩手鞠无田、严放远、尚在升、傅光低声命令：“尔等以二对一，先期射杀二凶，余者我等对付。射！”

顿时，四箭齐飞，一匈奴倒栽于地，高个匈奴负伤伏鞍。

高个匈奴已然发觉对方身份有疑，虽为番人打扮，面相却是汉人模样，问话亦无以回言，遂张弓搭箭，准备三箭齐发，先于吓阻。

孰料对方抢先出手，以强弩射毙一人，且伤及己之右胸，致使弓箭不举。又见对方一骑白马者右持砍刀，率先杀来。其刀刃迎阳，闪着耀眼光芒，气势让人惊惧。

匈奴射雕者并非寻常俗辈，皆为久经战阵之人。匈奴细作早已潜伏长安，将汉之使节队一应情况，报与军臣单于。为侦知张骞一行西行路线，特遣四名射雕者跟踪而行，准备择机联络部落武装，予以击之。

高个匈奴名呼鲁特，原系龙廷二等侍卫，自从与呼日勒于洛阳射杀库录后，被军臣单于擢升为一等侍卫。本次又请缨跟踪张骞使节队，其使命有三：其一，杀掉堂邑父；其二，联络呼日勒；其三，覆没使节队。

呼鲁特沿途只注意到汉装汉人马队，不料在此与夏宏一行遭遇，且受此重伤险些送命。根据细作所述，骑白马斗杀凶狠者乃张骞手下副使夏宏，于是命其余二人，集中齐射骑白马者。

呼鲁特却犯了致命错误。在二名射雕者一齐对付夏宏时，鞠无田等四名硬弓弩手又四箭齐发，二名射雕者箭矢刚刚出手，眨眼间，皆一命呜呼。

那夏宏疾眼瞧见二名射雕者六箭铮然，分向射来，因之前已有领教，知其厉害，立即一个镫里藏身。只见两箭从刚才的头顶飞过，两箭从马背方寸处飞过，另两箭一箭穿进马腹，一箭扎入右肩肩胛。夏宏负痛，掷出砍刀，劈去高个匈奴——呼鲁特的半颗脑袋。随之，与白马一齐倒下。

张骞率后队其他队员赶到时，搏杀已经结束。四名匈奴射雕者，三名被射杀，一名被夏宏最后飞刀砍杀。夏宏受伤，箭锋入骨，一条右臂，功能全失。

孙治瑾急忙投入救治之中。由天际弄来一钵清水，先与夏宏喝了，又打湿汗巾，轻轻擦拭夏宏脸上的污渍，抹去脖子里的细沙。而后又将汗巾淘净，拧至半湿，揭开夏宏上衣，在其前胸后背仔细擦拭，安慰道：“夏叔叔，您曾说过，刀伤箭伤不用害怕，救治及时，便好得很快。孙伯伯医术高明，用药得劲，您会好得更快！”

此时，李中壮、任扶、杨柏、苏疾、赵无偏、沙里修、宋氏、容氏昆仲一干人等俱围在周围。张骞蹲着，紧握夏宏左手道：“老夏，恕我来迟，否则，你或许不致受此一箭。尽管目前不知匈奴人身份，意欲何干，但一次灭杀四名射雕者，这战果与功劳，对使节队都非常重要。今后之事，有任扶、中壮、杨柏、公羊鸣执等人全力襄助，夏兄不必多虑。我知你事事要强，不避箭戟，认为自此成了拖累。你有此想法，可以理解，但我的酌情，你不能漠视。你领衔之责，先由任扶、中壮分担，伤情由孙治瑾监护，生活料理且由蒋八七、刘伦、栾北荒分时侍守。”抬头一望，见众人皆在，便道：“尔等兄弟听着，这是命令，不许让夏副使有半点差池！”

正在忙着的由天际尖声叫道：“张伯伯，张大头领，还有我呐！”

“哦嗬，怎么将你忘了。”张骞稍一沉吟，说道，“每天将你的夏叔叔至少逗乐两次，我自有赏。”

“奖赏什么？”

“扔石子。好玩儿吧？”

人们都知道，张骞之飞石破敌，乃其另一绝顶功夫。由天际如若得其教导，真是莫大的彩头。

由天际自是惊喜非常，立即对夏宏做了个鬼脸，央告道：“夏叔叔，我给您讲笑话，您会笑吗？”

夏宏破颜一乐：“谁拿你都没法使。”又疼得一塞牙，“只要你不怨我。”

“若想不让我怨您也容易，只要叔把切西瓜的秘诀告诉我一人。”

“我甚时切西瓜了？还秘诀？”

“夏叔叔这么快怎么就忘了？”由天际故作神秘，小声道，“就在刚才，匈奴大个子那颗西瓜被一刀劈成两半。那颗西瓜还说，啊哟我的妈，这骑大白马的人刀真快！”

夏宏憋不住，又是一乐：“真是个调皮鬼。”

众人随之大笑，刚才沉闷的气氛，亦一扫而光。

由天际对张骞道：“张伯伯，夏叔叔笑了两次了。您是大头领，不会自食其言吧？”

“不会，不会。张伯伯还要给你一个大大惊喜！”起身拉过李中壮，面向众人道，“征得大侠李中壮同意，今日当着众人之面，他正式收由天际为徒——咱也不搞什么形式，就在夏副使面前，由天际先向夏副使叩三个触地响头，以谢养育之恩；再向李副使叩头，行拜师之礼！”

众人哗哗哗拍掌，向李中壮道喜。夏宏亦强行站起，兴奋得泪涌脸颊：“中壮兄，这顽皮小子所归高人，吾心心结顿解。张头领，你费心了。”

由天际兴奋得晕了，向夏宏、李中壮不知叩了多个响头，叫了多少声“叔叔，师父”，最后起身，额头满是青草的绿汁与横七竖八的印痕。他眼睛一转，“噗”的一下又向张骞跪道：“谢张伯伯成全，由天际没齿不忘。”起身后，又向李中壮扭捏一笑，“师父，徒儿这样做对否？”

“对的，对的。不是你张伯伯如此措置，你我尚不知何时方有师徒名分。”又对张骞道，“头领如此成人之美，可谓知我者，张骞也。”

“李兄，客气了不是？”张骞又对一干人吩咐道，“掘一大坑，将此四人掩埋了吧。”

于是，黄土塬一幕又重新出现，有些队员不乐意。

张骞少不得又讲了一番道理。

任扶则观察到，自始至终，呼日勒皆默默无语。起初似乎非常惊惧，一刹那之后，又表现出某种庆幸。待到张骞下令掘坑埋人，又露出有些过火的热情。

他想待机与夏宏交换看法，但一想到夏宏的伤情，又打消了这一念头。他又不便将猜疑与张骞等人说知，遂将对呼日勒的看法暗藏于心底。

其实，任扶所猜没错。呼日勒初见呼鲁特四人悉数被杀，心中不由得生出异常的恐惧。这些人在匈奴人中，皆是一等一的高手，特别是呼鲁特，连库录都非敌手，而今顷刻之间，便被夏宏率人杀却。而夏宏在使节队中，其武功尚远不及张骞、李中壮等人。庆幸的是，这呼鲁特没来得及与他联系，便一命呜呼，让他的小命没有受到丝毫威胁。

张骞亦在琢磨，四名匈奴射雕高手结伴同行，游荡于草原荒漠，绝非打猎，也非为了抢劫，那么，他们在干什么？

一种猜疑倏地一闪：他们在跟踪使节队！跟踪的目的只有一个：对使节队实

施捕获。

这不是可能，而是必定。使节队从皇帝下诏到选定组成，到隆重的国宴饯行，前后历经一年时光，其目的早被匈奴军臣单于侦知。军臣单于能派龙廷杀手除掉库录，就不能派人跟踪使节队？看来，使节队面临的凶险，不仅是荒原、大漠、雪山、葱岭，更是来自匈奴时时刻刻之威胁。

如若所猜无误，那么夏宏全歼匈奴射雕者之意义，就显得异常重要。起码，使节队在半月、二十天之内的行程，不会受到匈奴的阻遏。而那时，使节队已在数千里之外矣。

张骞让由天际唤来沙里修，以及弓弩手鞠无田、严放远、傅光、尚在升，先对沙里修道："老沙，尔为使节队掌记，今日一战，意义非常，请予详载。"又对鞠无田等人道，"尔等知否？今日之战，尔等为使节队、亦为朝廷，立下大功！"

鞠无田、傅光诸人皆喜形于色，谦虚道："都是夏副使指挥得当。我等不过遵令发箭而已，所幸全歼匈奴箭手。那射雕者端的厉害，一手三箭，箭箭无虚，我等不敢懈怠。"

"请诸位尽量细述。"

四人便你一句我一句地说将起来，讲到关键之处，无不眉飞色舞。张骞用心听完，和颜悦色地嘱咐道："打仗作战，不能单靠勇武。以智制敌，乃是取胜之道。匈奴射雕者固然厉害，但也并非无隙可乘。我想，经此一战，各位定有心得，下次亦更有决胜之心。"

四位弓弩手，连同周围旁听者，皆以为是。由天际则大呼过瘾。

夏宏负伤，使节队遂又合在一起。驮队辎重及相关人员由任扶、李中壮、杨柏担责，张骞、公羊鸣执、堂邑父则前后照应。十二名弓弩手，前队、后卫与驮队各置四名，由张骞直接提调，分由鞠无田、严放远、尚在升统领，傅光担负弓弩手调配。前队遇事，则调驮队弓弩手至前队；如若后卫事紧，则驮队弓弩手支援后卫。使节队总体联络，交付王兼、由天际，旌节保管，交由任扶。夏宏有伤，仍在驮队，之前已令蒋八七、刘伦、栾北荒侍护。

使节队遭暴风突袭，又遇夏宏灭敌负伤，两事叠加，误了几乎两个时辰。至重新编队出发，已近酉时，尚未走出沟槽，便见暮色来临。张骞即令就地露宿。

由天际贪看落日，仰着脖子，望着西山，露出许多惊讶与兴奋。

没有一丝云彩，天空蓝得出奇，像无边无际的万丈深渊，又像无边无沿的蓝色大幕。光秃秃的山脊，开始泛着耀眼的白光，不一会儿又抹上了蛋黄，再一会儿又是一色赤红，后来又泼上了淡墨、浓墨，但天上的余光仍使沟槽显得清晰。

王兼将其一撞："看什么呐，这般出神？张头领有令，命你我去请你师父，还有公羊、任扶等人前来议事。"

由天际逗道："我看我姑姑蓝媚儿，关你甚事？蓝天姓蓝，蓝媚儿也姓蓝，你不知晓？"说着，已窜出数丈，一望张骞，道："张伯伯，我去也！"王兼一时手忙脚乱，赶快追了上去。

不一会儿，任扶、李中壮等人均到前队，夏宏亦带伤前来，杨柏照看炊事，暂时缺席。

见夏宏抱着右臂、绑着绷带，张骞立即站起，扶其坐于一块石台，并用衣袖将台上灰尘扫了扫："本想事后去驮队会你，你却来了。咋样，还疼得很吗？"

"说一点不疼，那是假话。但腿脚灵便，走路无妨。要在战场，就是个小创，算不上疼。鞠无田已经跟我说了，你对今日之事，有不一样看法。我就想亲耳听听各位是怎么想的怎么说的。"夏宏之语似乎无序，但其心情之急切，却一目了然。

众人免不了又是一番劝慰。

张骞首先向堂邑父提出一问："老甘你说，匈奴人里，四名射雕高手相聚一块儿，在草原大漠千里游荡，这事儿是否常见？"

"不常见。也可以说几乎没有。"

"那么，他们凑在一起四处乱窜，是为了什么？"

"除非欲达到两个目的。"

"你说得稍为细一点儿。"

"其一，追杀某一人物。这个人武艺非常高强，即使以二敌一、以三敌一亦无胜算。"说到此处，堂邑父忽然想到库录，想到自己，说不定那四人就是奔着自己而来。他迟疑了一下，又说道，"其二，寻找与跟踪某支不明身份的人马。这支人马战力十分强大，强大到让追踪者感到性命堪忧，不敢露面。"

“这就对了。”张骞便把自己所思所想和盘托出，并推测道，“说不定，敌人的两个目的都在我们使节队。”

堂邑父内心一震，看了看张骞，又一下释然：张大哥是血肉相融的真兄弟。两年多来，大事小事，宗宗件件，其情唯一，其命也唯一。此生此世，有此一人，足矣。

“那么，据你估计，他们有无第二批？或者能否重新派出第二批？”张骞复问道。

“或许有第二批，但要组成如此强悍力量，一时之间，不太可能。若系单于某一谋臣之秘密行动，则可能性更小。毕竟，以匈奴人的性格，武艺高强的射雕者，大都不会任人驱使。除非奉龙廷单于之命，或者受巨大利益诱惑。”堂邑父知道库录被杀，系呼鲁特所为，但现在不便说，也不能说。而且，据由天际对四名死者的描绘，里面就有呼鲁特与另一名他所认识的托乌斯曼，此二人皆是见利忘义、作恶多端的家伙，死不足惜。

任扶几次欲将呼日勒之异常神情告知，只因没有真凭实据而作罢。再说，呼日勒系张骞、甘父结拜弟兄，如无铁证，反而会使人产生误会，故而只听不说。

夏宏有伤，心情不佳，一旁默默。

李中壮仍然侠风不减。他喜欢明来明去，不谙阴险之道，亦不多语。

反倒是公羊鸣执，做了种种分析，他同意对夏宏歼敌意义的定性，亦同意张骞对于此事的推断，却不同意“有半月至二十天安全”之说。其理由有两条：其一，此系匈奴腹地，大、小王爷皆有自己的武装，且喜四处游弋，很难说不会与他们发生遭遇；其二，匈奴境内有专事杀人越货的土匪骑痞，使节队又货品丰富，难保不受歹人之垂涎。因此，必须时刻提高警戒，不宜赶路受累使使节队战力下降，更不宜长时间地断水、断炊，马儿断料。行进路线最好选其沙漠边缘，离人烟较远，又能够寻得水草之佳地。

张骞点头称许，郑重道：“我收回所谓‘安全’说辞。公羊鸣执之议可行。如无异议，明日即依此行进。”

这真是：

狼性风性齐出，人事天事难说。
敢将智勇灭凶徒，哪论敌强敌弱！
且把一腔热血抛撒，且将七尺身躯许国；
脚踏荒原，管他有路无路，
足蹈危地，管他遭险逢恶！

欲知使节队如何行进，且由下回分解。

# 第十八回　日出日落大漠奇景　荒野荒村惨况伤情

吹罢起床笛声，王兼拍拍左边的范佑铭，又拍拍右边的由天际，叫道：“两个大懒虫，起来！再一会儿，太阳一把火，就烧到屁眼了。”

范佑铭后半夜值守，睡了不到半个时辰。伸了个懒腰，又长长地打了个哈欠：“叫魂呐，这么早！你倒好，早笛晚箫，还免了夜岗。我等命苦，缺息少觉。”

王兼将笛子往范佑铭脸上一搁：“不服气是吧？我免夜岗，那是张大哥给的恩典，不妨你把我的活儿也揽了去？”

“谁稀罕！”范佑铭拿开笛子，索索坐起，揉揉眼睛，“天才刚刚发白，就如此相催，也不怕别人骂你。”

“张大哥昨晚吩咐，今日之行，将入大漠，大漠暑热，当于早行。谁若骂我，我先骂他！”

由天际仍然齁齁大睡。王兼与范佑铭之戏谑争辩，他竟毫不知晓。

王兼捏住由天际的鼻子，凑近耳朵叫道：“赶快赶快，匈奴人杀来了！”

由天际一骨碌翻身而起，就去拿放在身旁的“小尖尖”“小钩钩”：“在哪里？在哪里？”

王兼“咯咯”大笑：“敌人在匈奴王廷，只怕你的短枪够不着！”

由天际放下短枪，就去胳肢王兼，王兼知有此一着，早跑远了。回头见范铁匠正在抹脸，于是也将汗巾打湿，草草抹了几把，就去看望夏宏。

栾北荒正在为夏宏穿衣梳发。由天际先问了声“栾伯伯好”，便挨到夏宏身边：“夏叔叔，还痛吗？若是还痛，叔叔就说‘痛是个屁，痛是个猴，一个眼眼算狗’，就不痛了。”

“真是个调皮蛋。”夏宏少有地慈祥一笑。一旁的栾北荒等人亦满脸粲然。

由天际一蹦一跳，又奔向李中壮：“师父，早安。徒儿这厢有礼了。”随即单膝一跪，抱拳一揖，“师父今日有甚见教？”眨巴着双眼，笑嘻嘻盯着李中壮。

李中壮知其语意，却故作不解：“今日无甚见教。即刻准备出发。”

“徒儿明白，见教尚在今后。徒儿就此告退。”复施一礼，随王兼去了前队。

李中壮甚为作难。依授徒之规，传习之时当秘不示人。可在使节队，此情万难做到。如若因此延宕时日，则失收徒意义，亦可惜了资质聪颖之由天际。思来想去，还是以大局为重，干脆破了陋规，公开传习，一则以提高由天际之人品战力，二则默援一众队员，以增强整体应敌之力，减少伤亡。西行一路，当为张骞、为使节队倾力帮之。

一旦想通，也就释然。于是暗自琢磨，首先授予什么技艺为妙？既然此孩颇有轻功功底，那就从轻功开始。至于刀术、剑术、拳术，以及搏杀之技，全可由轻功一技，蔓生诸般武艺。以其机智善变天赋，他日必成大器。思及此处，不由暗生喜悦。

不料却被一旁任扶瞧见：“好一个李大侠士，一个人偷乐什么？你看大漠日出，多么撼人魂魄！”

“还不是因为那个调皮捣蛋的徒儿，想到今后有得乐呵，故而有些忍俊不禁。”随即向东看去，才知刚刚踏至沙漠边缘，又恰巧看到日出。

张骞与使节队员均驻马迎着旭日而立。

天空如晕似染。西边一片暗蓝，头顶渐为浅蓝，再前黄蓝，挨着冒边的阳光则呈红蓝，且蓝得隐蔽，红得显豁。

沙丘如浪似波。由北向南，从天际之处发动，滚滚而来，又寂寂无声；其汹涌之势，似将一切吞没；其澎湃气概，似将一切横扫。眼前之沙白得耀眼，远方沙丘如黄龙飞舞。太阳渐出，则沙丘渐成一色，红光炎炎，如烈火炽燃。

东边天际，无轻烟雾霭，无云霞纤丝，干净得无一点瑕疵，太阳的轮廓分外分明。

一点一点，一跳一跳，先露出小小的切角，红红的，晕晕的，温和地看一下脸旁的沙丘，而后倏地一蹦，半张大脸如胭脂一般，向天空投出万丈光芒，目光所及，全都灿烂发亮，连一众队员的衣服马匹，都被抹成金黄。

待到太阳全部露出，沙漠则如一只巨大的金色托盘，稳稳地将它托起，大得离奇，亦圆得离奇，天地之间，似乎唯有一轮冉冉升起的太阳。

待其升空数尺，太阳便渐渐小了下去，浓酽的晕黄也渐渐淡了下去，火焰般赤红炫目的光芒亦趋收束，沙砾渐渐变成了一望无际的白色，而天空也没了暗蓝浅蓝黄蓝赭蓝的区分，一律成了邃远惊人的深空。没有一片云彩，没有一只鸟儿，没有一声虫鸣，死一般的沉寂，使人心房颤抖，血液凝固。

而沙丘背阴处偶尔爬动的甲虫，成了慰藉心灵的珍宝，追赶它的褐色蜥蝎，则上演着生死之战。沙漠边缘上稀稀落落的小草，让静默的太阳有了些许喜色。李中壮回望沟口，见其呈簸箕形状，太阳因其斜照留下半边阴影，所经沟壑一览无余。

难怪沙尘暴在沟壑中显出那么强大的威力。

李中壮眼角一扫，却见夏宏面无表情，一旁茕茕孑立。于是示意任扶，驱马前去。

夏宏左手执缰，驻马于众人身后，似乎有意离开守护他的蒋八七、刘伦与栾北荒。众人皆沉浸于壮丽绝伦的沙漠日出，没人注意到神情落寞的夏宏。

负伤之后的夏宏，心里极为敏感。他本来是个十分好强不苟言笑之人，突然之间变成累赘，一下子让三个人对他分时照顾，连穿衣吃饭皆需帮助。这种从峰巅跌入谷底的经历，无人能感受到他的痛苦。

西行漫漫，路途遥遥，敌情频频，处处艰危，他不知自己还能坚持走多远。

沙漠日出，在别人眼里是罕见之壮美，在他的眼中却是阔大之血色黎明。

他开始强烈地思念风烛残年中的父母，思念家中的妻儿，甚至他常用的器物，常见的花草树木。那些平日毫不起眼的东西，现在已成了珍贵的记忆。

回家养伤是不可能的，它已是一种奢望。不说真诚体贴的张骞不会做此处置，让他对待，亦不会如此安排。如若让他返程，没有五七个人护送，便难成行。使节队里，人人皆经御览钦定，他们身负皇命，而非普通军士，不能因他而终止使命。

使节队里，张骞是不可多得的朋友。他的忘我、他的关爱、他的坚毅、他的机敏与忠诚，无人能够替代；而他的文才武艺、包容一切的胸怀，亦无可匹敌。至于任扶，那是知心换面的至交，二十年来，相扶相助，走过了许多困境。而李中壮，则是侠义之人，心也纯净得如一汪清水，与其交往，是一种爽快。若说最放心不下，最让人留恋的，就是小由天际。这个他看着长大的调皮蛋，每一见着，都叫人高兴。当然，如能再拜张骞为师，那可是一桩极美之事。

夏宏见任扶、李中壮向自己走来，心中顿感熨帖，于是咧嘴一笑："美景如此，平生何曾见过，二位这就罢了？"

"我在想，沙尘暴中的太阳又是什么模样。"任扶道。

"见不着最好。沙尘暴中的太阳，怕是与我现在一样，昏蒙无力，光气柔弱，甚或隐没。""老夏你怎么有这般想法？尔乃久经沙场之战将，岂不知伤亡为寻常之事？"李中壮深感诧异，很是不解，"凶顽毙于尔之刀下，乃奇功一件，使节队中，谁个不知！"

"毙敌乃分内之事。若中壮兄临此，亦会予以痛歼。只己不慎，让各位负累，实堪歉然。——不说了吧，大队即将出发，二位照看驮队当紧。"

任扶皱皱眉头："夏兄不能如此自责。"又对栾北荒诸人道，"夏副使如有急需，务必随时见告。"

后卫公羊鸣执遥见三位副使凑一搭叙话，开头不甚介意，后见三人游离队外，且两人面对一人，便觉气氛不对。想到夏宏之伤情与个性，李中壮、任扶定必在做劝慰。他想过去看看，但碍于身份，又交情泛泛，故而未动。他想择机与张骞说说，应密切关照夏宏，不致使其感到冷落，以利伤情恢复。

使节队重新出发，只见由天际、王兼奔前，张骞滞后，一齐到了驮队。

由天际远远便叫道："夏叔叔，刚才太阳的味道闻着否？"

处于变声期的由天际，他的声音与问话，使人感到有点儿古怪。沙漠上的太阳有甚味道？

夏宏一笑："沙漠上的日出，除了又大又圆有黄有红，什么味道，我没闻着。"

"沙漠之白，天空之黄，太阳之红，像不像一块奇大无比的腌腊肉？所以它有一股浓浓的腊肉味！"由天际说得一板一眼。

"你这看法，真叫奇怪。"

“我都流涎水了，夏叔叔，您就没流？没流才叫真奇怪！”

夏宏心知由天际在故意逗乐，于是道：“去看看你师父吧。说不准，他这会儿正想着你。”

“好嘞。我去也。”由天际转身，去寻李中壮。

此间，张骞正在询问孙治瑾：“老孙，你说实话，老夏之伤尚须多少时日才得恢复？”

“俗话说，伤筋动骨一百天。其箭伤致一根锁骨断裂，若得愈合完好如初，静养就得三个多月。像这样每日颠簸，天气又渐趋酷热，风沙日盛，好人皆日行艰难，况其如此重伤，什么时日能够痊愈，我亦一时拿捏不准。或许，心情好点，好得快点。”

张骞轻叹一声：“你已尽力，我知道了。换药时多加劝慰，你是医官，你的话，他会听的。”

“诺。大哥放心，职守所在，敢不尽力？”

张骞来到后卫，让公孙鸣执去了前队。

使节队背着太阳，顺着沙漠边缘，不紧不慢地向前行进。

将及酉时，使节队来到一处沟口。仍是光秃秃的山梁，仍是两山夹一沟的深槽，仍是死一般的寂静。唯一动着的，是刚刚刮起的沙风，将头上的遮阳帽吹得闪闪摇动。

张骞命使节队暂停，让公羊鸣执、杨柏率十来人去沟中寻找水源——尽管驮队水袋满满，亦不予动用。谁能预知，前边是否处处有水？

趁公羊鸣执、杨柏找水时刻，张骞将堂邑父、呼日勒唤来，摊开出发之后重新绘制的羊皮地图，问道：“二位可知此处沙漠何名？东南西北四界何处、地域大概多少里数、有无绿洲、水源分布在何位置、现在属于什么部落？”

呼日勒摇头，表示不知。堂邑父指着陇西道：“我等离开陇西，按日行三百里计，眼下位置，西行已近千里。陇西之北乃阴山、大青山，河西之西乃祁连山系，如若没有猜错，此沙漠当为巴丹吉林沙漠①。此大漠东西一千余里，南北约五六百里，原系匈奴与东胡交界之地。我去西边，走的沙漠北缘，南缘之路与龙首山相接。多有险地，未曾走过。故水源位置，我亦不知。”

张骞点头："这已经非常不错了。起码我等知道，还需多少时日方能走出沙漠。"于是拿来毛笔，以口水磨墨，在图上绘出大概轮廓，将近日所经之地，一一予以标注。

尚未绘制完毕，前去找水的队员商禾气喘吁吁下马向张骞告知："张头领，公羊鸣执让我前来，请你，还有老甘、沙里修一同前去。"

"可知为何？"

"进沟五里地，发现一处汉人曾经住过的小村子。"

"有这等事？"张骞异常兴奋，即命王兼告知沙里修，简单收拾了一下，便与堂邑父一道，上马随商禾前去。由天际、王兼好奇，亦紧紧相跟。

公羊鸣执与杨柏已在前面候着。

见公羊鸣执立在一处草丛旁边，手捧一坨白白的物事，亦立即下马，凑上前去。

"张大哥，老甘，你们看，这是不是坨狼粪？"公羊鸣执将其拨开，"你们瞧瞧，里面有牛毛羊毛，还有一截鸡毛。这说明这里曾有人居住，且为我朝之前的汉人。不过，这已经是很久之前的事了。"

堂邑父凑近一看，断然道："这狼粪当是十几年前所留。只因这里长年无雨，故此才得以留存。至于为什么成了荒村，得去看看村中遗留之物。"

张骞已猜出十之八九，只是未得明证，听得堂邑父如此说法，正合己意，便随了公羊鸣执继续前行。

前行约可三里，遇一山拐抹角，走过抹角，皆惊诧伫立：只见一处山弯，阡陌纵横，槽渠贯通，依山一溜屋宇，虽呈残垣断壁，但其布局与中原无异。其更令人吃惊者，系阡陌之上残留桑园，遥遥望去，虽寥寥数株，仍从从浓绿。

张骞粗略估计，平畴之地当在一千三四百亩。

专事农耕者，唯有汉民百姓。

进其"村"，石磨、石辗、辘轳水井、钉耙犁弯，一一毕现。数株榆树、白杨，翠叶迎风，簌簌有声；一残壁之侧，指头粗毛竹弯而倾覆，几茎苎麻顶叶而立。

眼见夕阳西下，张骞即令由天际、王兼通知大队，今夜宿于此"村"。

由天际、王兼复至沙漠沟口，正见大漠落日。任扶、李中壮虽命大伙儿进沟，但一干人等均驻马不动，于是索性暂停，与众人一同瞻望。

大漠日落与其日出却又不同。

日光渐弱，东边天际亦渐呈暗蓝，如穹庐覆顶，渐迫四野；原本泛白沙丘，渐趋黯淡，与天际相接之处上下模糊，难辨分际。

头顶蓝天，渐失深邃，逐青逐黄，逐淡逐浓，终成红黄，且厚重如山，似欲倾压而下。众皆摘下纱镜，眼前沙丘，再无针芒般闪闪白光，成一片温和涌浪。

东边天际，亦红如血，天空、沙丘皆为一色。太阳将光芒悉数收束，将一张轮廓分明的大脸，向沙丘做最后张望。人之目可与其互睹，可察圆脸之中小疵（日斑）。

沙丘边际犹似断崖，一张圆盘大脸正从那里坠落，一格一格，一层一层，相切相黏，渐渐嵌入崖底，剩若许紫红，抹出最后的亮色。

沙漠日落不比中原地带。中原地带日落即成麻影，此处日落仍光亮如昼。待日落光芒不再，众人方上马而行。

由天际、王兼挂念荒村景况，当即跨马先奔。

张骞、公羊鸣执与堂邑父等，仍在“村”中四处察看。

在一敞地处，几十具森白人骨引起他们注意。

散落残留的剑把刀把，折损的腔骨腿骨，说明这里曾经发生过极其惨烈的恶斗。

张骞拾起一支铜质箭镞。

箭镞铜锈斑斑，已不识本来面目。张骞将其在一块石上磨磨，发现为青铜质地。他将铜箭递与堂邑父：“老甘你看，此系何人兵器？”

堂邑父拿在手中，约略一看，即道：“此系匈奴人常用箭镞。匈奴势盛始从冒顿单于，而彼时汉人普遍用铁器，唯匈奴人仍以铜器为主。”

“这么说，这里之所以成了荒村，系匈奴人所为？”

“诺。大哥说得是。是他们杀掉了这里的男人，掠走了这里的妇孺，抢光了这里的粮食、牲畜以及这里的一切。”

“以你估计，此事距今当有多少年月？”

“大约在十五至二十年前。”

“这么说，是在我朝景帝年间。”一声叹息，又道，“如此劫掠杀戮，恁人亦难忍其仇，难忘其耻。只是不知，这些汉人系何时从何方何地迁居此地，沙里修若寻得一星半点痕迹，也可一解此疑。”接着又是一声叹息，“我朝新立，此地人们竟自不知，消息闭塞竟至如此。”

“或许，他们已认从这世外生活，不欲内迁。”

“尔之语，亦甚合情。这里不赋不役，不兵不武，宁静恬适，逐日守岁，何人不思之慕之？设若无匈奴入侵，不失为人间福地。”

正议间，公羊鸣执奔来相告，有一队员名李石头者，不听劝阻，欲强行下井探水。

张骞深知，但凡废井，必瘴气充斥，若入定毙。现又天气燥热，瘴气更盛，若无保障，决不能以身相试。

对石头其人，张骞只知系齐鲁人氏，年轻好武，为人爽直，为当地李氏族中驯良后生。不料是个犟种，不避凶险，强行硬闯，对公羊鸣执之语，竟视若无闻，非得要他出马劝阻。

张骞匆匆赶至井边，见辘轳已换新索，他摇摇辘架，拽拽把手，看看木质，外边虽有朽屑，剥开都是椿木质地，且辘架稳当，摇把紧实，遂颔首一笑。

那李石头早脱了衣服，露出一身黑红肌肉，见头领颔首点头，便甩开相阻队员，一把拽紧绳索，即行下井。

张骞大急，薅其左臂，一把扯开：“谁让你就下了？”

李石头一个踉跄，竟跌坐于地。他大吃一惊，叫道：“不让下就不让下，何必摔我！”

“对不起，兄弟，我也一时情急，力道大了一点。”张骞歉然，弯腰伸手，欲去拉他。

不料李石头乘机用尽全力一扯，将张骞拉离井沿：“张骞大哥，我还是没你力大。”

张骞呵呵大笑：“好你个李石头，乘人之危啊！使节队里，想与我比试之人，大概不少。你们这些人——”一指井边周围队员，“心思是否与石头一样，也想乘人之危？”

众人只笑不语。只有一名叫作朱厚良的队员，坏坏地一笑：“你是我们的大哥，我们怎敢对大哥无礼。”

“只怕是没逮着机会吧？”即指着他，吩咐道，“看附近有无老鼠，找一只来试试。”

朱厚良眨巴了一下眼睛：“张大哥想用老鼠探井，那石头兄弟咋办？”

李石头一听，知朱厚良在拐着弯骂笑，便握了双拳，前去追撵。

公羊鸣执身体一隔：“我看还是多去几个人。不一定能找着。”

数人走却，公羊鸣执、堂邑父与张骞重至井边，细察井情。

井里黑咕隆咚，有潮气漫出，不见水之反光。堂邑父道：“年深日久，只怕井已干涸，不若另寻水源。田地之中既有槽渠，亦必另有水道。此处离弱水[②]不远，或许有溪水流经。”

公羊鸣执道：“我已派人沿渠槽遗迹寻至二十余里地，仍不见来水之处。所谓溪水，理应在之，只不知尚有多远，更不知而今是否断流，极短的时辰，哪能一时寻得？”

“公羊所说也是。”堂邑父又道，“此处有井，亦必有水脉，只水脉走向深浅，我等无从知晓。即使知其所在，哪能临渴再掘一井。”

张骞应道：“二位所说，均非眼下即能解决。我已前后察知，所掘废井即有四口，只是已被填平，不太引人注意。故而办法仍须从此井细想。不妨先察井之深浅，有水无水。”遂捡了一块石头，向井水一扔。

随着“咕咚”一声水响，紧接便有一股腐殖气味逸出，令人鼻息凝滞。

众皆齐呼：“有水！”顿时喜笑颜开。公羊鸣执即道：“井深当在三丈之外。吾知之，井中杂物尘灰甚厚，故不见水之反光。张大哥此石一投，投出一桩喜事。”

“且不要高兴过早，井中瘴气不除，亦见水无水。”张骞言罢，即向“村”中张望。

遥遥地，见朱厚良、李石头联袂而来，手中空空如也。

朱厚良离井尚在数步，便双手一摊：“老鼠屎倒是看到几颗，老鼠一个也没见着。估计它们见村中无人，待着没甚意思，去草原改行当草原鼠了。”

李石头道：“弄了一头一脸灰尘，也没见着老鼠，这比老牛身上找虼蚤还难。”

张骞一笑：“是我差了。我在城固农村听人说过，老鼠这东西挺神的，是人在鼠在，人亡鼠逃。如此荒村，哪有老鼠？也罢，弄支火把，我来试试。”

公羊鸣执很快弄来一支火把：“张大哥，我来吧。我知晓，以火试之，火燃人可下井，火熄则是瘴气未除，人去则险。”

遂以火石燃之，以索吊入井中。

索入约两丈许，火把渐熄。余光中，见井中水面秽物遮蔽，黢黑如墨。张骞目视李石头："尔敢下否？"

李石头咋舌道："不敢。若非张大哥，我命丧于此矣。不值，不值！"

朱厚良又行打趣："有如此深井葬之，当是你的福气。只是可惜了，废了一口井，大伙儿没有水吃，还得赔上几滴泪。"

未与朱厚良打闹，李石头一脸无奈："秽物不出，井水难淘。这应了张大哥之语：见水无水。"李石头耳朵也真灵，张骞那么远一句话，他也听得清楚。

众人皆无计可施。

李石头敲敲撂在一旁的木头井盖："也怪，既有井盖，何不盖上？害得我等'见水无水'，好生作难。"

"这有什么奇怪，你没见敞院里那些白骨，若非匈奴人入侵，事发突然，这水井怎得如此！唉，这匈奴之害一日不除，国家便无一日安宁。尤其我朝边民百姓，性命都无保障，遑论一口水井的维护。"公羊鸣执深为感慨。

张骞突有警悟："公羊兄弟，话到此间，有两件事体须得去做。其一，敞院白骨，多为我朝族民，如任扶、中壮已到，带人将其妥为安葬；其二，告诉杨柏，凡'村中'可燃之物，悉数搜集，以作路途薪柴——或许此为废话，杨柏已经做了。至于这井，我亦思得一法，不知是否可行。"一阵沉吟，却欲言又止。

"有何良策，说来听听。"公羊欲将离开，又复住步。

"此法常人听了，会觉匪夷所思。小时候在农村，人们怕古窖难入，往往以风车向里打风。现临荒村，即有风车，亦朽烂不堪其用。我意先向此井灌水，迫其瘴气逸出。这也可说是'将欲取之，必先予之'。尔等意下如何？"想想又补上一句，"所俘十四匹马儿，所驮尽皆为水，不若以其一半灌之，可否？"

此时，任扶、李中壮已率全体人马到"村"。王兼、由天际见村外一簇人围着，不知有甚好看，当即奔了过来。一看，是张大头领、公羊鸣执、堂邑父一干人围着井台议事，于是也凑进来。

听得张骞一说，由天际大声道："什么可否不可否，十四匹马儿是白捡的，那水自然也是白驮的，先灌他几水袋再说可否。"一扯王兼，"走，咱俩把这事儿办了，免得张头儿跟人叙说‘可否’。”

众人皆乐，这调皮蛋人小，办事却干脆利索。张骞亦为自己过于小心而生惭愧。

事已至此，张骞遂对公羊鸣执、堂邑父道：“你二人在此盯着。葬骨之事，我去跟任扶、中壮说说。我还得去寻沙里修。老沙这人，但凡见了古物，便甚事都会忘得一干二净。此时尚不知钻在哪个旮旯，让人好找。”又看了一眼李石头，“勇敢可嘉，但勿要犯傻，更不能犯倔。聪明的勇敢，其勇敢方更有价值。”

“诺。石头受教了。石头定当改之。请大哥今后多多赐教。”

“赐教不敢。谁人无错？只是不要大错，大错如覆水，再难挽回。”

李石头目送张骞远去，心中感喟：此生有幸，得遇这样的大哥。

由天际不放过取笑机会：“李伯伯，您真像一个人。”

“我像什么人？”李石头认真问道。

“像个傻婆娘。傻婆娘望汉，您不知道？”由天际亦十分认真。说毕，不等李石头反应，便已跑开：“我弄水去也。”

一干人皆捧腹大笑。

张骞对任扶吩咐完葬骨之事，便唤了方峒秋、石舛两人，去找沙里修。

荒村房屋依山排定，长约两里，三人分工，由两头向中间寻找。后到人马正在选宿营之地，杨柏等人正在一残壁处埋锅造饭。见其码放了一大堆木头柴棒，便知柴薪之事，已行搜集。杨柏眼尖，遥见张骞，便即问道：“张大哥，找人呐？是不是沙里修？老沙这会儿正对几块牛板骨发呆呐。”

“你见了？在哪里？”

“就躲在这墙后面，一个人守着一堆牛板骨，傻子一般，叫他，也一声不吱。”

转过墙拐角，果真见沙里修坐在一根木头上，手中举着牛板骨，蹙眉攒目地哈嘴看着。一张本显略长的脸，再张嘴哈气，吊得更长。

一见张骞，沙里修便没头没脑来了一句：“此村有老夫子。匈奴人可憎，匈奴人可恨，匈奴人杀害这样的老夫子，罪恶滔天，罪不可赦！”又将手中的牛板骨举到张骞面前，说道，“张正使你看，这上面所刻文字，是些什么？”

张骞接过牛骨：“老沙，叫我张大哥吧。”一瞧牛骨，两行古字赫然其上：

张骞学识匪浅，但于古文字，却未曾接触。第一列中，“三”字不成问题，余者皆不能确认；第二列首字像画了一只蝎，怎么念，亦为不知。他瞅了一眼沙里修，不由得心生佩服，于是诚恳道：“请沙先生教我。”

“我不叫你张正使，张大哥亦请勿称我‘沙先生’。这第一列所刻内容为‘三友益我，百年树人’，系从孔老夫子‘三人行，必有我师’化意而来；第二列‘万物并作，天下为公’，系从老子《道德经》中化意而来。我说村中有老夫子，当然远不止这点东西。单我找到的这十几片牛骨文，即可证明我大汉文明，何其久远，何其厚重！”

经沙里修一番念读作解，张骞顿感这牛骨文字之神圣。西域之行，单就这点，便是了不起的收获。尽管他不知道荒村中这位老夫子姓甚名谁，又是怎么来到这里，起码他已知道，这村中之人，其文明程度，已到了让人引颈相望的地步。

沙里修有个说不上好，亦说不上坏的毛病，只要有人听他说讲，便话如江河，滔滔不绝，也不管别人听不听得懂，乐不乐意听。他看到张骞虚心受教的样子，便更加来劲：

“这老夫子不但有对《周易》序卦[③]最早的记载，亦有对兵书《刑德》[④]与星占[⑤]的研究，以及对方技[⑥]一类如《阴阳十一脉灸经》等的体会。所见较多者，是《春秋事语》[⑦]，文字记事虽然简略，但对本朝之前几百年间发生之事，却有所了解。而最为重要的是，让我们知道了这个村子的来龙去脉。且说《刑德》一书——”

“老沙且慢，请将该村作一详解。其他的一时半会也难讲清，待后再说如何？”张骞急忙打断沙里修之冗长讲述。

“好的。”沙里修从一堆文字牛骨中找出两三块，指与张骞，“他们系夏启后代，魏国颍川人，因避战乱，于周赧王丁未五十五年[⑧]，有陈、李、商、言、汤五族五十七户二百二十八人，迁居于此，至老夫子，已一百五十余年矣。”

张骞略一推算，其灭村惨剧果真发生于本朝景帝年间。又问：“我有一事不解，一千余亩田地，其灌溉水源又在何处？”

沙里修又去翻找文字牛骨，因天色向晚，看不清晰，遂道：“我见过有对开荒引水之记述。东边离此五十里地，有水名曰‘泉溪’，那里山林密布，多有飞禽走兽，三五人不敢入其境。”

“呃，这里竟有此等地方？可惜不能睹其风光。”

话刚一落，墙拐便伸出一颗小脑袋：“张伯伯——还有沙伯伯，井水出水啦，大伙儿都在那里亮膘[⑨]，洗澡洗衣服，好不快活！”一晃，不见人影。

“是由天际吧？”沙里修问道。

“不是他还能是谁？这个调皮蛋。”张骞一笑，又道，“走吧，老沙，你也去凉快凉快。这些宝贝一会儿再收拾。”说着，挽了沙里修的手臂就走，“怕什么？都是大男人，谁笑谁？”

张骞稍稍一带劲，沙里修哪里挣得脱？只好随之而去。

杨柏等已将晚餐做好，见张骞、沙里修从墙后出来，便行“诉苦”：“晚饭已好，都不来吃，张大哥你说如何是好？”

张骞将杨柏一拽：“不急不急。饭没吃，在锅里。尔等也去洗洗。”

井周到处是人。井旁原有一处贮水池，亦被公羊鸣执等人淘净，李石头、朱厚良正一水袋一水袋地往出打水，倒入水池。周围的火把照得如同白昼。张骞悄悄来到夏宏近前，脱下上衣，接过鞠无田手中一瓢清水，一边揉搓夏宏的头发，一边向他头上淋水。鞠无田、由天际张口欲语，张骞做了一个闭嘴的手势。直到头发洗净，揩干，挽起，夏宏睁开眼睛，方知是张骞为其洗头，颤抖着嘴唇叫了声“张大哥”，竟至哽咽无语。

“张伯伯，你的法子真管用。不再是‘见水无水’。这水也比那沟沟里的好喝，连马儿也喝了个贼饱，草料都少吃许多。”由天际欢畅地脱光了衣服，一下跳进水池。

王兼一见，即高声大叫：“大伙儿快看，调皮蛋那里开始长毛毛了。”由天际捂着裆部，一下蹦出水池，就去找裤子。裤子却被王兼抢走，举着舞着。张骞又一把抢过去，扔给由天际。

大伙儿舒舒服服地洗了澡，舒舒服服地换上干净衣服，这才去吃饭。

在荒村的遇合，张骞感触颇多，饭后一点时辰，他让公羊鸣执将大伙儿集合在场院，将自己的所思所想和盘托出：

“大伙儿知晓，就在这里，刚刚埋葬了那些白骨。我等都很痛心，因为那些白骨，曾经是我们的同胞。他们从遥远的中原迁徙到这里，用他们的勤劳智慧，使这里成为良田沃地，创造出极高的文明。沙里修从牛骨上的文字，为此提供了足够的证据。他们向往的，是征服恶劣的环境，过上和平宁静富足祥和的生活。可是在十几年前这里却遭到野蛮的抢劫杀戮，成了没了人烟的荒村。他们有能力让这里成为一片美好家园，却没有能力保护家园，以致受到惨无人道的侵害。这说明一个问题，一个国家真正的强大，不仅在于能创造出丰饶的财富，还在于能将入侵的强盗打得跪地求饶。我等身负皇命，出使西域，就是在做这等大事。故而请大伙儿永远记得这座荒村，坚定西行，哪怕剩下最后一人，也勿停步。好了，今夜宿在自己人的‘村’里，井水给了我等最美好的招待，大伙儿一定能睡个好觉。”

偏偏，有人却半夜闹鬼。

王兼箫声吹过两遍，就去找自己的宿头。

他一直与范佑铭为伴，提前找了一处墙角，让范佑铭先去占位，不料转身回来，他的地儿却睡上了由天际，且已经进入梦乡。他虽然与这调皮蛋常开玩笑，此时却没搞恶作剧，反而疼惜地为其掖好被头，以免背心着凉，即又去了别处。

寻至又一残壁，见堂邑父侧旁有一空位，且地面铺了木板，便将被褥展开躺下。王兼琢磨，不就是睡觉嘛，躺下去，眼一闭，啥地方也不晓得，何必挑来挑去？

堂邑父另一侧，睡着呼日勒。

大约一个时辰之后，呼日勒突然满地翻滚，哭爹叫娘，破着嗓子叫痛。

堂邑父迅速点燃火把，插在一旁：“呼日勒，你怎么了？”

“痛，痛，痛。痛死我了，我要死了。哎哟，我的娘吔……”

众人皆被吵醒，一看呼日勒光着身子，汗如雨下，捂着肚子，又开始翻滚。

忽地，他从被褥下抽出一把小刀，强行递与堂邑父：“二哥，求求你，赶快把我杀了。”

堂邑父扔掉小刀：“你胡说什么！哪里痛，我替你揉揉。”

呼日勒又捡起小刀，递与王兼："王兼兄弟，求你把我杀了吧。"

王兼吓得披了衣服就往外跑，一边高喊："张头领，张骞大哥，这里要死人了！"

这真是：

左猜右猜，难料自然之事，
上测下测，哪知人间悲喜？
一样日出日落，且将一段风景谨记，
一段惨痛伤痛，就把今昔恶煞忘却？

欲知后事如何，且由下回分解。

**注释：**

①巴丹吉林沙漠：位于内蒙古阿拉善高原。

②弱水：今之居延到张掖水系，多半为沙漠季节性河流。

③《周易》序卦：春秋战国时代，有几种版本《周易》流传。后期《周易》六十四卦分上下两篇，上篇起于乾，终于离，计三十卦；下篇起于咸，终于未济，计三十四卦。

④《刑德》：古代兵书。分刑德大游和刑德小游。以判断战争胜负为主述，并有关于星占之内容。

⑤星占：古代占卜术，以星相（金、木、水、火、土五星）之位移卜吉凶。

⑥方技：古人将医书称为"方技"。

⑦《春秋事语》：古代史书，计十六章。所记从鲁隐公被杀（前712），到韩赵魏三家分晋灭智伯（前453）。

⑧周赧（nǎn）王丁未五十五年：周赧王，周朝最后一位大王。丁未五十五年为公元前310年。

⑨亮膘：俗语。脱光衣服以裸体示人。

# 第十九回　孙治瑾荒村施医术　大峡谷土著阻行程

见王兼走开，呼日勒忍痛掏出贴胸而揣的小包："二哥，我快死了，请你将这个小包包交给我的父亲，我与我父亲都会感激于你。"

"你父亲？你父亲是谁，住在哪里？你可从来也没告诉我。"堂邑父不接，"再说，你也不见得这么快就去了长生天。"

他"父亲"是谁？这个却说不得。知晓他"父亲"的呼鲁特与托乌斯曼，均被夏宏杀掉，而小包里藏着龙廷的信物黄金虎皮绢，还有呼鲁特四人被杀的情报。这些比性命还要贵重的物件，必须交给龙廷——也即他的"父亲"。呼日勒犹豫了，忍痛吭哧了一会儿，想着眼下也只有堂邑父可以托付，于是断断续续道："我知晓二哥系信义之人，答应的事一定办到。我……请你……请你应下……一事，拿到……小包之后，不……不许拆看，并……并且……立刻离开……离开使节队，去……去找，去找……"话未说完，又疼得在地上打滚，呼爹叫娘，"哎哟，妈哟"地闹个不停。

尽管如此，右手却将小包攥得死紧。

堂邑父见其疼得着实可怜，便即起身："我去找孙治瑾，请他替你看看。"

"不用找，我来了。"阴影处来了三人，孙治瑾首先答话。

"呼日勒，我当你自个把自个杀了呐，结果没有，还在吼吼。"王兼对呼日勒没有好感，虽然向张骞作了禀报，找来了孙医官，却并无宽心话可说。

“王兼，不可如此说话。”张骞轻声责备。

“诺。”王兼抱起被褥，走了出去。

呼日勒见张骞、孙治瑾同时向他走来，急忙将小包揣入怀中。

张骞二人一心在于察看他的病情，倒没有在意他的小动作。唯有堂邑父，见呼日勒的鬼祟行径，心中不由得直犯嘀咕：小包里究竟藏着什么，不许让人看到。

孙治瑾让堂邑父将火把凑近，翻翻呼日勒的眼皮，又看看他的指掌与舌头：“呼日勒，近来是否常流鼻血？”

“哎哟哟，我的妈哟，先用啥法子不……不叫我再……再疼，流鼻……鼻血的事以……以后再……再说。”

一干人大多被呼日勒吵醒，但无人起身。

“是不是肚子下方特别疼？”

“是的吔，哎哟，我……我的娘吔。”

孙治瑾放下一只偌大皮囊，从中取出一个大竹筒，拧开盖，又小心掏出一小把草药，交与堂邑父：“去杨柏那里，将此药分三次煎服，今晚一次，明早一次，明晚再一次即可。”

堂邑父问道：“请问老孙，呼日勒啥病，可否见告？”

“亦非见不得人之秘密，啥见告不见告。他的病，叫‘尿结石’。就是尿尿的管管里长了石头，把尿堵在尿脬里出不来。这种疼，与女人第一次生孩子差不多，往往会出人命——这病听着邪乎，不过呼日勒你不用怕，今晚这服药下去，你就能尿尿。再有两服药，也就用不着请人杀你了。”孙治瑾亦开起玩笑。

此时，张骞却接过草药：“我去吧。堂邑父你仍在这里照看呼日勒。老孙去歇息。”

不料王兼又气喘吁吁地跑来：“孙哥哥、孙医官，老范，范铁匠屙不下，快一个时辰了，还在野坝里茅坑边蹲着，挣得汗珠乱滚，屎尖尖也见不着。”

张骞拿着草药，停住：“老范究竟怎么回事？”

王兼便说了经过。

原来，王兼从这里走后，就仍回到原处，欲与范佑铭、由天际挤挤。反正由天际人小，不占地儿。去后一看，不见范铁匠人影，最初当老范出去小便，等了许久，十泡尿也尿完了，仍不见其人。于是推推由天际："调皮蛋，是不是你将老范日弄走了？"由天际眯眯瞪瞪坐起来："啥事？睡醒之后再说。"又"砰"的一下倒下去。王兼准备再推，却闹醒了另一边的商禾："调皮蛋睡得像个小猪崽，甚事不知。你问老范？老范说肚子胀，要出去屙屎——怎么，他的铺空着？这个老范怎么搞的，屙泡屎比女人生娃还费时辰。"王兼也不答应，转身就去了使节队刚掘的茅坑。一看，一边插着火把，一边蹲着范佑铭。

王兼并未意识到范佑铭正难受得周身出汗，还开起玩笑："商禾说你躲着人，正在外边生娃娃。要不要我去告诉一声张大哥，准备办喜事？"

"生你个鬼！我这里肚子胀得要命屙不下，你还说风凉话。小祖宗，活祖宗，劳烦你帮我找一下孙医官，行不行？"

王兼这才知事态严重，于是转身向"村"里跑："对不起，老范。我这就去找人。"

王兼边跑边想，是否因这"村"里死人太多，冤魂不散，白骨没有葬好，故而才半夜闹鬼？先是呼日勒疼得鬼哭狼嚎，接着是范佑铭肚子胀得要死，那么下一个又会是谁个？没跑几步，他突然感到裆里两个卵蛋也开始湿漉漉的，隐隐作痛。王兼吓得不轻，不由得放慢了脚步，不断祷告："'村'里的冤魂听我言，尔等的仇人在北边；我等皆为汉使节，去国西域寻外援；如若佑得我平安，势必为尔报仇冤。"

他反复默念几次，内心果真平复了许多。想想刚才祷告之语，顺口而又押韵，不禁对自个儿大加称许。

除了祷告之语，王兼禀告了范佑铭之状况，又添油加醋，说"村"里冤魂太多，所以闹鬼。若是一人、两人在此，吓都吓个半死。

张骞从来不信鬼神邪说，但今夜连续有人生出怪病，闹得大伙儿睡不上个安稳觉，难免使王兼等人生疑。他急于要给呼日勒煎药，只放低了声音说了几句："啥鬼？心中有鬼，就处处见鬼；心里无鬼，就时时没鬼。鬼是啥模样？谁见过？世上只有活人怕活人，没有活人怕死人之理。"

张骞又对孙治瑾歉然道："看来，你今晚睡不成了。我信你，治好了他们的病，亦正好说明，说鬼的话，均为鬼话。"

回头又对王兼道："我不仅说你。范铁匠就不怕鬼。他若怕鬼，就不敢半夜去野地里消胀。当然，你也有胆量，敢在半夜里去找范铁匠。”语毕，便放轻脚步，去找杨柏熬药。

张骞的责备与劝勉，王兼虽然不太受用，却长了胆量，拽起孙治瑾就往“村”外走。孙治瑾悄声道：“且慢，我给呼日勒嘱咐几句话。服药之后，找一处后坎或土坎，从上往下蹦个几十次。不要怕疼，蹦上几十次，尿道里的石头一落，病也就没了——堂邑父，你得监督他，不能一时怕疼就不蹦。”这才随了王兼，去找范佑铭。

使节队宿营，一般分成三块：前队、驮队（货队）、后卫。脾气相投者，亦可自找宿伴。唯呼日勒人在驮队，却始终与前队堂邑父夜宿一处；而王兼、由天际人在前队，又与驮队之范佑铭挤在一搭。刘彻从皇宫调来的八名队员，均被安排在驮队，予以保护。张骞与公羊鸣执，自夏宏负伤之后，或前或后，夜宿并不固定。这一夜，公羊鸣执在前，张骞在后。

公羊鸣执睡在稍远的边沿，亦早被闹醒。只因淘井清洗贮水池、打水一事，弄得周身困乏，故此闹醒之后又入朦胧，加之是呼日勒闹病，听得孙治瑾已到，便又进入半眠半醒状态。当张骞轻声经过时，他突然坐起身来：“张大哥，我去煎药，你去歇会儿。”

张骞轻轻一按公羊鸣执肩头：“睡下，睡下。我既已起来，你就不用挂心。我呐，行军打仗十几年，早已具有白日马背上打盹儿的本事。你却不行，既然不行，就安心睡着。”

虽是轻轻一按，那力道却恰好让公羊鸣执躺下。

这一幕恰巧被孙治瑾、王兼见着，二人对望一眼，俱为吃惊，而心底却感到分外温馨。孙治瑾突然又想起了什么，一拍右手大皮囊，轻声道：“我还得随张大哥一块，去取两样东西。”

王兼好奇，亦相跟其后。

张骞并未唤醒杨柏，而是去寻陶罐，找柴熬药。

孙治瑾放下大皮囊，又取来一只小皮囊，打开后掏出一支竹制唧筒。王兼一瞄，见皮囊里一格一格，别着各种奇形怪状的小物件：小弯刀，小尖刀，小圆刀，小剪刀，小钩子，小夹子，小镊子，小起子，小锤子，小别子……应有尽有。那唧筒却十分奇特，前端安着一根五寸来长拇指粗细的小圆管，也不知用来干什么。

接着，又找出半只皂荚，用剪刀剪碎，倾入一只石臼，将其砸成粉末，再将皂粉刮入陶钵，倒水，拇指一阵混搅，至皂泡泛起，这才抽出唧筒推把，将皂液倒进唧筒，最后将推把推上，试了试，只听“吱”的一下，一股皂液直射而出。

王兼顿时明白，这唧筒用来做什么。想到老范屁眼里塞进去这么个家伙，忍不住笑将起来：“孙医官，你也忒绝了。到明日，老范是该谢你呢，还是该骂你？”

“勿得取笑。老范这是便秘。你若患上此病，你说你是该骂我，还是应该谢我？”

“老孙勿怪。我有一事不懂，便秘这病，是饮食引起的呢，还是自个原因？”王兼收了笑容，口气显得庄重。

“也有因饮食而引起，譬如只吃干硬食物却不喝水，譬如过量食用柿子等涩滞食物。但主要还在于自个身体状况，每个人状况都不一样。老范这病，与他干铁匠活有关，长年累月，受烈火炙烤，便积下内部燥热的毛病。使节队上路之后，饮水受限制，烈日暴晒，沙尘袭扰，故而诱发此病。老范那里，你就无须相跟，与张大哥一块，为老范熬药。我这就为老范开药。”孙治瑾遂拿出戥子[①]，称出九钱地龙、九钱木通、九钱车前子，分为三份，包好；又剪下三截桑根，交与王兼，“与桑根一起，分三次煎服。我这皂液，只是应急，而非治病。”想想，又将小包拆开，添上一味鱼腥草，“张大哥正在外面熬药，你也不要打搅大伙儿。”

王兼欲说自个“卵蛋”之事，又羞于启口，老范还在野坝里候着。只好“嗯”了一声，目送孙治瑾举着火把，踏入夜空。又发了一会儿愣怔，这才到外面，去了张骞熬药的地方。

一处无人宿营的残壁墙角，张骞已撤去残柴，留下炭火，陶罐罐底现出一片赤红，映着他的脸庞，神情专注而又坚毅。罐中逸出的药味儿，使荒村变得不再那么瘆人，有了些许烟火气。

见张骞捏着罐耳，提起，向钵中滗出药液，王兼轻声叫道：“张大哥，药煎好了？我也熬药——给范铁匠煎药。”

张骞早已听出王兼的脚步声，只是不知干啥。听王兼如此一说，心中不由一个激灵，关于鬼魂之事，话说得重了一些。他体贴一笑：“明早起觉，吹笛之事，你就不用管了，稍稍多睡一会儿。”说罢，不等王兼回话，便端着药钵，走进暗夜，连火把也给王兼留下。

刚才目送孙治瑾，现在又目送张骞，王兼愧然：使节队有这样的人在，还怕什么死鬼冤魂！

此时的呼日勒却心中忐忑。张骞一番关于鬼魂之语，句句戳中他的要害。他甚至怀疑，张骞是否已经看穿他的行为，现在只是引而不发，只等他露出破绽。所以在张骞离开这段时间，呼日勒竟忘了剧痛，紧张地溢出更多汗珠。堂邑父取笑他：“咋地？见张大哥替你熬药，痛也减轻了？”呼日勒只咧咧嘴苦笑，无一句应对。

听得张骞脚步声音，堂邑父便即迎了过来：“大哥，药碗给我，你去歇息。”凑近一闻，又道，“此药无甚苦味，也不知什么药熬的。”张骞道：“也就是常见之金钱草。不过，据老孙说，此药看似平常，排石利尿却是第一，且采集很有讲究，保管亦十分不易。其采集最佳时辰，应在秋后早晨，露水未干时段。采回之后不能置于阳光之下，应让其慢慢阴干。阴干之后将其轻轻捋顺，放入竹筒塞严盖子，以防发潮、霉变。”将药液递出之后，张骞又道：“也好。我还得去看看范佑铭。”临走，又叮咛呼日勒：“三弟，坚持服药，照孙治瑾说的办，病就会好的。如果还有其他什么毛病，一样一样让老孙给你瞧瞧——近几日见你饭量有减，什么原因，不应瞒着，使节队还指靠你呐。”呼日勒讷讷地应着，心情复杂而又矛盾。倒是堂邑父，显得异常激动：“大哥如此细心关照，还有什么话可说？今晚我又长了见识，随处可见的金钱草，还是一个宝贝。”

张骞一笑退出，见公羊鸣执复又醒来，便即停步，“嘘”了一声：“没你的事，睡吧，睡吧。”一闪，便没入暗夜，去了王兼熬药之处。

王兼将药熬着，人却在丢盹儿。脑袋舂米似的，一杵一杵，头上的发髻也歪斜着，一绺儿头发从左耳旁垂下来，被火焰的气流吹得飘飘扬扬，鬓角那道伤疤显得分外刺眼。右手攥着一根木棒，杵在火边，尖头已烧成半焦、即将要燃的样子。罐中的药液“扑扑噜噜”响着，药液泡沫渐渐漕出，顺着罐沿，滴入火中，发出一种焦药味儿。

张骞轻轻地提起罐盖，错开磕着；又用一根短木，将王兼手中的木棒轻轻拨开，再填进两根短木。火立即旺了若许，光亮将人影映在残壁之上，忽上忽下，忽左忽右，不停地闪动。敞原上也不知什么时候起了风，且越刮越大，丝丝凉意渗进身体。张骞脱下衣裳，给王兼披上，自己只留得一件坎肩，两臂鼓突的肌肉，暴露于风中。

张骞心挂两头。一边熬药，一边注意野坝中的孙、范二人。野坝中，两支火把相对燃着，但大小有别，想是范铁匠的火把燃时过长。他不由得生发感慨，使节队里，幸亏有了孙治瑾。这才开头不久，即如此多事，今后情景，则更难预料，孙治瑾有得辛苦。

药将熬好，也终于看到野坝中火把移动。张骞立即退出燃柴，又怕火旁的王兼出事，于是双手抄起他的大腿，轻轻端离，准备放在侧旁。王兼却醒了，一见自个蜷在张骞怀中，立即明白怎么回事，“出溜”一下下地，又站起来：“对不起，张大哥，我睡着了。是你帮我在熬药？”又见身上披着张骞之衣，急忙将其褪下，递与张骞，“都怨我，差点儿坏事。”

张骞接过衣裳，拍拍王兼肩头：“你已做得很好。现在没你甚事，你去睡吧。我得将他们迎到这里，以免扰了任扶、李中壮一众人等瞌睡。”说着，披上衣服，没入暗夜。

张骞三人转来，王兼并未走却，正将药液滗入碗中，一见范佑铭，便递了过来：“老范，趁热喝下。”看到他一副舒坦模样，又嘻嘻一声坏笑，“屁眼被人弄舒服了，也不谢谢人家。亦不知孙医官这接生婆用的什么法子，捣鼓捣鼓，‘孩儿’就落地了，而且悄没声息，把‘孩儿’遭贱在野坝。”范佑铭端着药碗，不便发作，亦坏笑道：“有我报复的时候。”而一想到孙治瑾不顾脏臭，助其排便的作为，眼眶里便转起泪花，只一味说道：“老孙，孙大医官，我没事了，你歇息去吧。”又对张骞道，“张大哥，你不用操心，我的确已经没事。”

“那好。歇息时尽量放轻动作，勿要惊动别人。”张骞语毕，一闪身，便去了后卫宿处。

孙治瑾亦准备离开，却被王兼叫住：“孙哥哥，暂请留步，兄弟另有一事相烦。”

孙治瑾停下，望着王兼：“甚事？”

王兼吞吞吐吐，忸怩起来。

“我替他说了吧。”范佑铭一口将药喝完，道，“他这病，人前不好说。进使节队之前，他曾与一有夫之妇有染。事后不久，卵蛋便整日价湿漉漉，不利索，并且屁眼周围似有许多小虫子，痒得要命。看在他替我熬夜煎药的情分，请孙哥给他治治。”说毕，又反唇相讥，“王兼你说，你这事是否比我‘生孩子’‘光彩’许多？”

孙治瑾却十分严肃：“此病不能久拖，久拖必很严重。我这就给你抓药——你们等着，我去取我的药袋。”说着，便走了出去。

王兼乘机道：“谢范哥替兄弟说话。”语气显出少有的诚恳。

“兄弟之间，什么谢不谢的，比起张骞大哥对待吾等，相差甚远。”

这时，孙治瑾提药过来，亦说道：“张骞大哥的宽宏敦厚，那种气量，别人是学不来的。”遂立即抓药，并对王兼嘱道，“你记住，治阴囊潮湿，计防风、青皮、山楂、甘草各两钱一剂，再加豆娘（蜻蜓）干虫七只相煎，以其药汁先洗后以气熏，坚持三五次即可痊愈。至于肛门瘙痒，可用茶叶一两②、老翠叶一两、白矾二两，共研成末，以醋和为胶状，以火燃之熥于肛门。如无条件，亦可直接塞敷肛门，直至病去为止。余不多说，赶快收拾歇息，离天明尚有一个多时辰，还能睡上一阵。”亦不等二人回言，提起药袋，先行离去。

任扶、李中壮得知张骞忙了大半夜，便就埋怨，怎的不吱一声。张骞笑道：“一人忙活，赚得多人歇息，与多人闲忙，无一人安眠，此等折本买卖，谁肯做它？只孙治瑾最为辛劳，你二人设法让其于行走途中，稍作歇息。至于我，尽可放心，马背上丢个盹，并不妨事。”说罢，去了前队，后卫留与公羊鸣执照看。

翌日清晨，全队起程，王兼欠觉，有些昏沉，故而懒于说话。由天际数次相逗，亦无反应。想到师父“见教”一事，于是又退至驮队，先向夏宏问安，再叫了一声“师父”，那目光便殷切地看了过来。

李中壮自然明白其目光含意，笑道：“怎的，今日不说‘见教’了？”

由天际像被抠着了机关按钮，一下子眉开眼笑起来：“谢师父还记着徒儿的胡言乱语。徒儿这厢有礼了。”说着，“嗖”的一下反向立于马背之上，随着马儿的颠簸，身子一歪一斜，向李中壮行了一个抱拳礼。

李中壮则松开持剑右手，左足挂镫，左手扶于马脊，斜立马侧，将右剑在地上轻轻一划，随即一个雁飞，双腿凌空伸直，连续两个剪脚，于由天际马臀上右足一垫，又是一个雁飞，从由天际头顶越过，左手于马背上稍稍一杵，再凌空一跃，如鹞鹰收翅，双足立于前边马臀。如此这般，连续越过七匹马身，方折身复至自己的坐骑。

使节队中，只有张骞见过李中壮以绝顶轻功捉拿采花大盗，其他人包括任扶、夏宏、堂邑父等，皆是耳闻，未曾目睹。刚才李中壮为授徒所作之轻功展示，让大伙儿无不目瞪口呆，吃惊非常。眨眼工夫，往返越过七八匹马位，这是何等功力！倘若在战场，取敌首级、毙敌战马，与探囊取物何异！大侠之名，确非浪得。而其品性之敦厚平和，其行事之疾恶如仇，更令人敬佩。

夏宏忘了身上的伤痛，孙治瑾亦没了瞌睡，连王兼也跑了过来，倾听大伙儿的叙说。

最激动的，当然是由天际。遗憾的是，这个师父带徒弟，似乎全凭徒弟的悟性，提前没打招呼，事后没得讲解。一番“见教”，瞬间完毕。

在场之人，只要悟得真谛，谁人都可成其“徒弟”。由天际小脑瓜里转轴似的琢磨，终于顽皮一笑：“师父本领高强，可惜徒儿愚笨，只能拍巴掌叫好。”话未毕，便学着李中壮的样子，一个雁飞，向前一匹马上飞去。

这匹马上，骑着一位名叫先偃的队员。见由天际凌空骤至，吃了一惊，下意识两腿一夹，那马便向前窜出。由天际见前马窜出预想距离，不由有些着慌，于是临机一变，用“小尖尖”在地上一点，以提纵术跃至半空，又一个剪式，立于先偃背后，凑近先偃耳朵大叫道：“先伯伯，劳烦你给我师父鼓掌！”

那先偃不由自主地一勒缰绳，响亮地拍起巴掌，拍着拍着，忽又一停：“小调皮，我怎听从起你的话？”

惹得一干人尽皆发笑。

李中壮至此亦长吁了一口气。小家伙确乎是一可造之才，其机敏应变能力之强，可谓天赋，非师传所能授。假以时日，其必胜于己矣。

众人对由天际领悟之快，仿效之准，亦无不称许，皆谓李中壮得人。

一时之间，对于顶空之烈日，地下之炙沙，耳际之燥风，沙漠之静寂，亦暂时忘却。张骞为使节队留下这个调皮蛋，对极，妙极。

后来，人们对沙漠中日出、日落之奇诡景况，亦习以为常。最烦人、折磨人的，是口渴、口渴，不断地口渴；连马儿也渴得气喘吁吁，呼哧呼哧不停地喷着鼻息。因为不知道还需多少时日，方能走出沙漠，或者能重新找上水源。因此，除夏宏、范佑铭、呼日勒等病员，每人每天只供水一袋，马儿供水两袋，饮食亦免了米粥。即便如此，存水可用时日，不足两天。

这已是离开荒村第三天。

天上仍不见一丝云彩，天空是永远的碧蓝、深邃，宽广无垠。而此时的江南，已经进入梅雨季节，在张骞的家乡汉中，连阴雨也下得日日盼晴。出得门去，无处不有水，无处不见水，连草叶、树叶上的水珠，也久久地挂着，不肯落地。

第四天，仍然没能找到水源。荒沟倒是看到一条，但是杨柏与公羊鸣执进入沟中十几里，所见全是赤红的崖壁，燥热的石块，无一根绿草，更无鸟兽痕迹，空旷得令人畏惧，好似从未被雨淋过、被水润湿过，与荒村不可比拟。

使节队上下尽皆紧张起来。行进的速度，亦愈来愈慢。张骞与任扶、李中壮、公羊鸣执、杨柏、堂邑父商议，准备即刻宿营，夜晚行进，以此达到节水、节省体能之目的。

众皆以为然。

遂召集全体队员，为避免引起紧张，张骞放缓了语气："几天来沙漠中赶路，人人辛苦，却无一人叫苦。所幸上天眷顾，几天来没有遇上吞噬万物、令人畏惧之沙漠风暴。但是，沙漠之行常见之险，却与我等撞面相遇，那就是断水。面对此情，兹决定现即就地宿营，以雨披遮阳，马蒙双目，午膳晚膳并为一餐，至戌时起觉用餐，亥时赶路。明日起，人畜供水减半，若后日再无水源，则供水再予减半，且依今日之样，午时至戌时宿营，夜间亥时起程。此系命令，勿得有违。"

众皆无语，一阵窸窸窣窣，除值守者，或假寐，或真睡，片刻寂然。

王兼免了吹箫，仍与范佑铭凑在一处。他垫上褥子嫌热，取掉褥子嫌烫，仰着睡嫌阳光太烤，侧身睡又怕耳里灌沙，咋弄也没有晚上睡觉好。一切全怪这该死的沙漠。他不明白，就去撞范佑铭："老范你说，这好好的地方，同一个天下，缘何就变成寸草不生的沙漠？"

"你傻呀？不下雨，没有水。"

"明知沙漠没水，缘何偏从这里通过？"

“还不是因为害怕遇上匈奴敌骑。”

“这我知道，张大哥讲过了。”

“既知晓，还问个屁——你是不是没有瞌睡，找碴儿闲磕？去去去，给我滚一边去！”

“只是这又热又烫，没法睡。”

“没法睡也得睡。否则，夜间赶路从马背上掉下来，还以为你那马儿生了个小崽崽。”

“那就坐着睡。”王兼一把拽起范佑铭：“你也坐着，咱俩背靠着背，稳当些。”

范佑铭觉得主意不错，于是与王兼两厢靠着，双目一阖，不一会儿，便有了睡意。

呼日勒却难以入眠。他外病虽已见好，心病却越发滞重。尤其见了李中壮师徒的武功展示之后，更感到难有挣脱使节队的机会。堂邑父的死心眼及其忠义做派亦加重了他的绝望心情。几天来，他努力吃饭，企图解除张骞对他的心疑（他不认为那是一种关怀），可是过后的腹胀，又使他十分难受。他仍与堂邑父宿在一处。堂邑父是沙漠行旅行家，只需右手杵剑，双腿一盘，便即入眠。呼日勒依样葫芦，仍然睡意迟迟。

张骞对白日宿营不那么放心，遂轻轻地走了一遭，一见堂邑父、王兼与范佑铭的睡姿，方知自己因沙漠生存经验欠缺，不明炎阳下，沙漠白日宿营之难，使得许多队员难以入眠。故而一见有人仍然醒着，便告知睡眠之法。夏宏两法皆难，张骞遂让栾北荒解下一件货捆，置于夏宏身后，又让蒋八七、刘伦、栾北荒三方相靠，使货捆不致位移。一件货捆，四人相依，张骞心安。

戌时末，见王兼未起，张骞吹起了笛音。

笛音格外的深沉悠扬，似将无尽的夜空穿透，直达遥远的家乡。张骞自十九岁进入李广军营之后，吹笛弄埙的时候便就不多，而身负皇命、任职使节队正使以来，这样的机会就更为稀少。故而，他一吹响笛子，就有些忘情。笛音中，他想到多年未见的老母、刻骨相爱的月英、葬身汉江的父亲、已经作古的恩师、竹篁环绕的斗山书院，以及刘苟成、梁清泉、杨虎娃、温万世等一干学友乡亲。后来，又开始吹奏豪情激越的《大漠行》。

队员们早已起觉，听得是张骞吹笛，皆默默谛听，思念起自己的家乡亲人，有的人竟暗自下泪。待到《大漠行》笛音陡起，忽又精神一振。

“张伯伯也傻啦？杨伯伯他们已经生火做饭啦！”由天际跑来说道。

回头一望，见范佑铭傻乎乎双眼挂泪，又道：“范伯伯，我看您就是个傻子头儿。”

“我是傻子头儿，那你是什么？”

“你说我？”由天际眼珠骨碌一转，“我就是一个小傻子。”

听的人皆笑将起来。

沙漠夜行，别有一番滋味。

半边月亮恰好当顶，星星的颗数，比无月之夜显稀，比满月之夜显密；北斗七星之中，处在天罡位置的四颗星星显得分外清晰，而最明亮的太白金星，老在月亮附近打转。所谓的“天河”，千千万万颗大小星星成团成块，似在其中洗浴。而所有星星的后面，全是无比深远的黑洞，显得阴沉，使人恐惧。沙漠中的沙丘，像鼓涌而来的黑色魔鬼，静悄悄地匍匐着，窥伺着，随时准备抓捕它瞅准的猎物；风则像正在磨牙的厉鬼，潜在暗中，不露形迹，啸啸作声，追撵着它看到的一切；风中的沙粒犹如万千虫子，嗡嗡作响，遍地狂飞，使人心烦意躁，无从躲起。若非使节队人马众多，声威胆壮，单人独行，非生癫狂不可。

沙漠热得快，凉得也快，张骞令大伙儿暂停，立即添衣。

三十余支火把，如一条动感十足的火龙，在沙漠中蜿蜒而行。

翌日将及辰时，堂邑父突然叫道：“张大哥快看，前边不远的天空之上，有大鸶③盘旋。”

顺其所指，张骞等人均望见前边十几里的天空中，有几只黑点移动。但“大鸶”之名，他们还首次听到。

“老甘，你怎知它们是大鸶，而非金雕、鹞鹰之类？这又意味什么？”

“金雕、鹞鹰较大鸶为小，这么远的地方一时难以看到；而秃鹫、兀鹫之类较大鸶为大，且盘旋的高度更高，更远的地方便能发现。这说明马上就将走出沙漠，到达有人烟的山谷或者绿洲，有充足的水源补给。”

张骞大喜，立令全队加速前进。众人得知消息，亦无不振奋。

细心的人们发现，沙漠中有了葱绿的小草，那种蒺藜状的小灌木，也长得格外茂盛。

马儿们也不鞭自驰，奋蹄如飞。

由天际前呼后叫：“终于快要见着姥姥了。姥姥亲，姥姥爱，不亲不爱不自在。”

“谁是你姥姥？你姥姥的骨头都成鼓槌了。”王兼讥笑道。

“我姥姥是哗哗作响的甘泉水，尔等谁个不爱？谁个不亲？”

这比法有点怪，却能道出此间欣喜之情。这个古灵精怪，亏也想得出，众人皆乐。

转瞬之间，使节队到了大鹫盘旋之地。

沙漠已完全干缩，蜷曲于身后。而前边，是一极为深邃的大峡谷。是使节队西行必经之路。

山谷山势奇特。谷口很陡，崎岖崚嶒、路径隐蔽，深约五里，方至谷底。而谷底又生一山，突兀似壁，将谷底之路挡阻，左侧留一湾溪水，绕过山脚，不知去了何处。也亏了谷口山壁，将风沙挡住，想那山壁的背后，必定是绿水青山，人之生存佳境。

为防不虞，张骞加强了前队力量，让李中壮率傅光、严放远、尚在升、鞠无田、孟慎、先偃、朱厚良、商禾到了前队，并让公羊鸣执、苏疾随行，自己与堂邑父做开路先锋，任扶仍照看货队，并兼顾后卫。由天际、王兼仍作传讯。

由天际却赖在前队，称“师父在哪里，徒弟就该在哪里”。张骞知撵不离他，只嘱了句“凡事见机，勿抢他人之先”，便遂了他的性子。

路为小径，处处逼仄，处处险陡。不及半里，张骞令大队停下，人人脚底换上抓钉，并察看马掌，若有缺豁松动，即让陈尚斗、范佑铭予以更换。

树木渐多，皆奇形怪状，扭曲似虬；而长草亦渐渐多见，如髯髯长须，随风拂动；一些枯藤细蔓，乱刺杂荆，则成蓬成架，四处攀附，随地窜生。约一个时辰，终至谷底。

乍见溪水，由天际叫声“姥姥”，便剪脚离镫，一个箭步，奔向一处水潭。

张骞当即大喝："由天际止步，退回！"

由天际止步，却未退回，只回头显出迷茫不解的模样。

张命令道："请杨柏、堂邑父前去察知。"

杨柏二人应声去了溪旁，蹲下细看，俄尔，起身道："禀张大哥知晓，此水可饮。水里有虾蟹活物。"

"一半人戒防，一半人饮水汲水，马儿随之，勿得滞留。"张骞令道。这是使节队启程以来，遇到的最好甜水。众人恋恋不舍，若能擦擦身上的积垢汗渍，那可真应了由天际的戏言——姥姥。

"既逢好水，即有洗涤之时，而眼下一切陌生，不能因此误事。"张骞语气和缓，道出队员们的心思，又予以劝慰。

随水流方向转过山脚，迎面却是一处遮天蔽日的密林。

密林树丛枝杈之上，正有一群土人密切地注视着使节队。他们的哨人早已发现张骞一行，并告知了酋长。几位头领认为，这群人手持刀剑，一定是来侵占他们的山川土地，应该予以消灭，或者赶走。因之召集了全族所有男人，持矛拿箭，守候于密林要道，准备杀他个措手不及。

张骞等哪知此情，甚至对埋伏于密林里的土人武士，一时也未能发现——土人皆长发覆肩，以树皮、树叶遮体，肌肤黢黑，与树干无异。他们隐匿于丛林，如不出声，势难见之。

因行侠习惯，李中壮常注意高处与隐秘之处，所以土人首先被他发觉。

为不惊动张骞等人，他疾步上前，瞅准一树，欲借树杈之便，跃上树颠，与土人先行会话，而后再定进退。

然而，他却着了土人的道儿。那树上也不知涂了什么，滑溜无比，李中壮一脚未能垫住，往下直跌。

见遭了算计，李中壮情知不妙，立即矮下身体，旋至另棵树下，大声叫道："我等只是借道路过，并无半点恶意！"

无人应答，却见七八支木制土箭"唰唰唰"，一齐射至刚才树下。

堂邑父即刻上前："中壮兄且请暂退，我来问话。"

土人见未能伤到刚才来人，便即停射。

堂邑父空着双手上前，用番语道："请主人放心，我等并非歹人，无半点恶意，只是借道路过。有什么要求与条件，可以心平气和地谈谈。尔等看着，我手中什么东西也没有。"说罢，挥着两只空手，向树丛中的土人频频致意。

不料，"嗖"的一支冷箭射向他的喉咙。

亏得是辨音高手堂邑父，听得一声弓弦微响，即向下一蹲，冷箭仅伤及额头皮肤。

可是，血却"唰"的一下流出，顿时污了双眼，唯见面前一片血红。

土人见机，跳下七八条汉子，端起长矛，疾刺而来。

张骞见堂邑父势危，手握青锋宝剑，一个凌空飞跃，大吼一声："看剑！休得伤吾兄弟！"声落剑落，只听一阵"噼里啪啦"乱响，七八支长矛，不是连人带矛被撞飞撞倒，便是人被撞跌，矛被震为数段。

土人大惊，却并不怕死。密林中的土人哇哇乱叫着，如蜂群般围杀过来。

李中壮等人立即加入战团，由无际则吹着口哨，杀得土人如见鬼魅。

张骞大声道："勿要伤人，打败即可！"不提防左腿被一树茬扎伤，顿时血流不止。

堂邑父却杀心顿起，孙治瑾稍一包扎，他便拿起硬弓长箭，冲了过去。

遥见张骞负伤流血，堂邑父更是来气。于是专找土人头领，一次三箭齐发，数名头人如穿肉串一般，个个被长箭前后贯通。他又持刀护体，飞身前去，将箭拔出，稍稍一揩，纳入箭袋。那土人头领的血液便如喷泉，血线血花溅入人群。

土人一见，当时泄气，带着无比的惊恐，争相逃命。

一土著少年却被呼日勒捉住，一刀举起正欲杀掉，却被王兼、朱厚良阻住："张大哥有令，不得妄杀。"呼日勒一声奸笑："那好，留命不留舌，免得他日后通风报信，祸害使节队。"一刀将其舌头割下。

这一幕恰被张骞见到，他不由心中一凛，立时想起库录被人割舌的惨景，遂对呼日勒陡起疑心。加之刚才堂邑父之第二次"亮箭"（第一次为救夏宏），其箭术技艺之高，令人吃惊。倘此二人皆为匈奴奸细，那么，对于使节队，将会带来无穷祸患。想想两年多的相处，堂邑父显得忠义磊落，而呼日勒滑不溜秋，很难预料。

他决定，且与几位副使与要员密议，以期预留应变之策。

这真是：

仁者仁举扮亮仁心，君可仔细体味；
侠者侠行烛照侠义，君可详加意会。
强者示好并非示弱，哪可相欺简慢。
铁腕在手底气丰盈，自可事事无畏。

若知下情如何，请君翻阅下回。

**注释：**

①戥（děng）子：药房里称量药物的小秤。

②“一两”：先民所用十六两一斤秤中的一两，因时代不同而异，西汉时的一两，约合现在的 16 克。

③大鵟（kuáng）：一种猛禽，多见于北方草原山岭峡谷。

# 第二十回　大荒原巫师做迷法　小丘陵大王弄虚头

一场短暂接战，虽以土著败北收束，张骞并无喜悦之情。土人保家之举固然可许，但土人之愚、之不可理喻，却让人不可接受。而呼日勒之残忍行径，更让他忧心忡忡。

为不使堂邑父、呼日勒起疑，张骞准备采用分别通报之法，以征求见解。

正自琢磨，只见堂邑父半拽半抱地将孙治瑾拉至近前："孙医官，求你快快与张大哥包扎。大哥为救我受伤，让人好生难过。"并守在一旁，看着孙治瑾为张骞包扎伤口，问道，"大哥伤情怎样？会不会有甚影响？"孙治瑾笑道："大哥不急，你倒先急。不要紧的，皮外伤。只要不见生水，不暴露于外，不被蚊叮虫咬，再换上一两次药，便即结痂愈合。"

堂邑父展颜一笑："这就让人放心。大伙儿都指靠大哥呐，你说我怎得不急。"

见堂邑父至情至性模样，张骞甚感欣慰：并非为腿部之伤，而为此人真是过命的兄弟。

在与夏宏、任扶相议时，他渗透了倾向性见解。

夏宏之疑虑始终难消，对此决然道："疑症既已明确，就当迅速解决。找准时机，突然下手，除掉二人，应该不是难事。"任扶即将心中存疑和盘托出，因其主要针对呼日勒，故而对甘父持保留看法，并对夏宏道："毕竟，甘父曾以其箭技相救于你，平昔亦无奸诈作为。"

张骞道："二人之意，我已知晓，且看中壮、公羊作何思虑。"

公羊鸣执不知库录被杀惨象，经张骞一说，不由震惊，沉吟有顷，方道："吾观二人，并非一体。堂邑父耿直，胸襟开阔，对人对事，不藏不掖；呼日勒却让人捉摸不透，其心中似乎还有一个另样呼日勒。不管怎么说，得有真凭实据，有把柄落入我手。若真是匈奴奸细，亦除之有据，心中无愧。"

问李中壮，其见解与公羊鸣执大致相合。

张骞遂决定，暂时不毁结义之盟，密查其细作行径。在无真凭实据之前，不予动手。

而众多土著亦像空气，散失于莽莽林野，显现出山谷中应有的祥和宁静。

但是，张骞不敢有半点松懈，在补充好充足的水源饲草之后，吃了一点便餐，各人拿了一个麦饼，便令全队加速行进，尽快离开此地。

不用解释，使节队中人人明白，就在此刻，土著哨人正躲在树上密切地注视着他们的行踪。他们死了头领，定必会找来更多的土著前来寻仇，甚至找来匈奴敌骑进行报复。一旦此情景发生，使节队必遭一场血腥厮杀。

策马奔驰，尽皆无语，中午以麦饼充饥，马儿暂歇片刻，便又开始奔走。

早已走出山谷，前面是一望无际的原野，张骞与堂邑父按照太阳的方向，一路向西，避离毡房牛羊，一直奔出二百余里路程，看到日落，方离鞍下马，准备露宿。

人人双腿发僵，双足落地时，几乎难以迈步。而马儿亦遍体汗液，斜阳之下，鬃毛闪闪发亮，体弱的马儿竟干脆躺了下去，大口喘息。有人便学着马儿，四肢伸展，仰躺于地上，口中叫道："真他妈的舒服死了。"

杨柏、容南、容北、宋石、宋木却无此"享受"，腿脚稍能走动，便即忙活起来。

杨柏决定找地方掘井取水。

张骞当即走来："杨柏，本已太累，还要受累，吾心何安！简单点，先将饭弄起。掘井之事，待后另说。勿犟，这是命令。"遂助其取柴拿锅，掘灶引火。

孙治瑾撵至张骞面前："张大哥，你该换药。"

"早间你曾说过，此药可管一个对时，怎么现在就换？"

杨柏方知张骞负伤，劈手夺下张骞手中的火绒："你这样做法，才真叫人于心何安。”

孙治瑾接口道：“所说一个对时，是在静养之下。今日驱驰数百里，无伤之人皆双腿僵直，何况腿部带伤之人？即令铁打硬汉，也难忍受。你与我，都应为使节队前景着想。”张骞正欲作答，只见任扶、李中壮、公羊鸣执、堂邑父等一干人向自己走来。本来落后的王兼、由天际竟连蹦带跳，窜到了前面。

张骞就势席地而坐，将左边的草尖揪去：“那就请你快点。”

不料被由天际听到，立即大叫：“师父，各位伯伯快来。张伯伯让孙伯伯快点。”又回头故意问道，“各位伯伯，张伯伯说快点儿，哪是啥意思？”

张骞咧嘴一笑：“小调皮，算你聪明。”

由天际忽又一惊一乍大叫：“啊唷哟，血红血红，筐篮大的眼眼，还叫孙伯伯一个‘对时’。张伯伯，您也太瞧不起这个眼眼了。”

众人到时，孙治瑾正用盐水清洗伤口。那伤口虽没有筐篮大，但也有拇指大个窟窿，多半日的策马奔驰，伤口复又崩裂，如不重新上药，后果实难料想。

众人尽皆埋怨，而堂邑父尤甚，恨不能以己替之。

由天际取笑道：“甘堂伯伯，到底是结义兄弟，与我等不同。张伯伯被戳个眼眼，你恨不能自个身上也戳个洞洞。今后若我有此兄弟，这一辈子连媳妇也省了。”

众人想笑，却又忍住：这堂邑父能是匈奴奸细？

张骞十分感动：“诸位好兄弟，我的确无甚大碍，人说‘疮疥易溃，红伤易愈’，战场上这点小伤根本不值一提。尔等还是各干各事吧。老孙这就包扎妥当，我也得去加绘地图、记叙见闻——虽有沙里修在做掌记，但各有各的记法。”

任扶、李中壮诸人见其确无大碍，方各自散去。

张骞亦取出笔墨，将狗皮褥子翻转折成正方形状，再铺上绢帛，开笔记述道：

此日所历颇丰矣。先是沙漠之行，所携之水几近断竭。至辰时，堂邑父指前方空中大鸟曰：此为大鸷，其下必有人烟，且沙漠必尽。于是大喜，马亦为之一振，疾行向前，果然至一深谷。

深谷小道，危崖垒石，陡峻炫目。下得谷底，回望来路，唯见怪木乱藤，直接天际。而谷底有溪水淙淙，泠泠作响，清亮诱人。试之，乃少见之甜水，与家乡水质无异。谷口突兀一山，崖壁裸露，登无所依，将谷后境况，尽行遮却。

转过山脚，密林生焉，里匿土人，不欲让道。中壮、堂邑父卸武以礼相诉，孰料竟遭偷袭，群而攻杀，为求自保，不得不操戈以向，土著头领数人，悉被箭杀，土人遁却。

适有一土人少年，遭呼日勒擒拿。吾曾有令，只需退敌，不许妄杀，然呼日勒以割舌刑之。兀然间，想到库录其舌被割惨状，不由疑窦顿生。

为避再生不测，吾命全队速行，驰出峡谷，宿之。思之念之，尚不知西行之路不预之事，尚有若许。时建元三年五月十一日傍晚。

这一夜，不等王兼箫声吹起，许多人便起了鼾声。王兼应景儿吹了半阕曲子，也一头挤到范佑铭身旁，连连打着哈欠铺着褥子，连防蚊防虫的雄黄也未撒上一点，“扑通”一声，倒下便睡，嘟囔了一句“土著可恶”，即刻睡着。

李中壮加派了二名值守队员，是夜由先偃、朱厚良、巩用、言原四人当值，从亥时起，经子、丑、寅时，由原来一人两个时辰，临时变为一人一个时辰。四人持了哨香，依依宿在一处，以便相唤方便，不致惊扰他人。

这哨香系使节队让人特制，短而粗，便于携带，不易熄灭，且刚好一个时辰燃毕。哨香捉手的一头裹了油棉，放哨时手捉油棉，即便打盹，亦不妨事。哨香燃尽，油棉立着，手指被烫，人也立醒。

先偃、朱厚良皆无事发生，至巩用，却失了哨人的职守。

李中壮并不知晓，这巩用却是出名的瞌睡大王。他出身京畿，系家中幺儿，俗话说，皇帝疼幺儿，何况巩用前四位均为荆钗，他长大后除了习武，便是吃饭睡觉。结果是武艺功夫不错，睡觉功夫也很不差。朱厚良将其唤醒之后，巩用便点燃哨香，去了一处较厚的草丛，一屁股坐下去，感到很舒服、很惬意。加上凉凉的夜风，温温的草垫，刚被唤醒的意识，又渐渐模糊，眼皮亦愈来愈沉重，很想倒下去，好好睡上一觉。

但他明白哨人责任重大。一旦发生“荒哨”，夜中的使节队便丢失了眼睛，置全队于险境。无事万幸，有事则懊悔无穷。

巩用开始看天上的月亮。这里的天空竟有了白云，云成条状、块状、絮状，薄得透亮，似无所依，轻飘飘地去遮月光，却又遮它不住，匆匆一抹而过。月辉如冷霜般，静静地泻入荒原。去看那些星星。那些星星好像十分的遥远，每晚都在相同的位置，钉子一般，钉在那里，没见移动。最显眼的，当然是北斗七星，每一颗都非常醒目。他不懂那些搞占星术的家伙是怎么弄的，竟能从中鼓捣出许多对于命运的估算。

他又开始看这荒原，不知这荒原界畔所在何处，亦不知这荒原是否真的再无人烟。同一天下，匈奴这地方却十分怪异，一处沙漠，走了数天，峡谷森林，土著又满含杀机。

随近有虫子唧唧的叫声，在旷野中此起彼伏，传到很远的地方，而这似乎成了队员们的催眠曲，让所有的人都睡得很香。

巩用只能从三大块模糊的黑影中，知晓前队、驮队、后卫人员的位置，而遮身的油布，则完全分辨不来。显眼的是那些马儿，分块站立，一动不动。

他不明白，马儿站着睡觉，这本领从何而来。倘人有此能，省却了多少麻烦。无须床铺，无须被褥，夜行也无须值哨。想到此处，他似乎看到了家中的床铺，多么柔软、多么舒适，夏天的凉席又是多么的凉爽，他不由自主地躺了下去。他根本没有料到，手指虽然捏着哨香，但哨香的燃点却杵在一片宽阔的草叶上，而草叶上正凝结着一颗颗露珠，哨香的燃点以下渐渐全被浸湿，巩用睡得很香，自然也不会去唤言原换哨。

第二天第一绺阳光照来，张骞倏然惊醒坐起，手刚触及笛子，却一下呆住。

数百男女土人，已将他们团团围住。

数百土人，男人尽皆手持长矛，周身全裸；女人皆手握石刀石斧，双乳垂垂，只以草裙、兽皮遮着脐下。他们人人双眼圆睁，表情古怪，显得惊讶、茫然、好奇，只将使节队员看成一种另类怪物，并无劫掠攻杀之意。

张骞吓得不轻。数百土人无声无息将己围住，竟无人知晓。这些土人从何而来，甚时来此，来此想干什么，皆一概不知。

张骞很快判断出来，这拨土人并非昨日密林土著，他们应是这片草原某个地方的土人，经常在草原四处游荡，以捕猎草原动物为生，他们或许是在夜间发现了这群马儿，并为此来到这里。若是昨日密林土著，使节队早已暗遭杀戮。

这实在万幸之至。但张骞不敢掉以轻心，不敢有任何惹对方生疑的举动。他拿起竹笛，向周围土人举过头顶予以示意，并向头上敲敲，表示这玩意儿并非武器，然后慢慢站起来，手握笛子，微笑着行了一圈拜揖之礼。

许多土人看到张骞以笛敲头时，皆笑将来，不知这“怪物”玩什么把戏；再见到张骞恭敬行礼模样，却都知晓，这“怪物”是在向他们表示尊敬，于是皆以长矛杵地，一前一后，一左一右，摇着矛尖——张骞即刻明白，他的友好之举，引起了土人的共鸣。

礼毕，张骞即吹响了起觉曲子，当悠扬高亢的笛音响彻原野时，有些土著女人竟匍匐于地，进行膜拜；一些土著男人竟扔下长矛，极其夸张地舞着跳着，直到一位个头奇矮的土人“呶呶呶”一叫，才行止舞。

张骞乘机以番语唤起使节队员：“各位兄弟，使节队来客人了。诸位无须惊慌，勿以武器示人，擦把脸，即向这里集合。”

除却张骞，使节队上下，乍见众多土人相围，无不惊骇。若非张骞镇定以告，众人第一反应，便是仗剑以对。

大伙儿按序列队，却将匕首暗藏腰间。

王兼愧惧，不敢以言，直骂自己该死，竟睡过了时辰。倘若及时起觉吹笛，也能发觉不妙之事，亦不致土人来了，竟浑然不知。

公羊鸣执见张骞温良平和，知无险事，遂向前数步，向矮个土人深施一礼，以番语说道：“不知贵客光临敝处，有失迎迓，尚望原谅则个。如有指教，请向我们张大哥张统领告之。”接着，双手翻掌，向张骞一平，示意对方。

巩用突然向张骞双膝一跪：“张大哥，我该死，是我失哨，陷使节队于险境。我愿接受处罚，此事与接哨的言原无干，非言原之错。”

张骞欲扶巩用起来，不料一些土人也向他下跪，同时呜噜呜噜地叫着。

张骞吃惊，不知如何是好，只见那土著矮子又急又慌，又复“呶呶呶”大叫。

下跪土人立刻弹身而起，退回原地。

原来，这矮个土人系土人“通神智者”（巫师），所有土人无不惧其“法术”。他本想不费吹灰之力，将这群精壮“土人”收服，未曾料到这群“土人”头领，以一支小棍（笛子），吹出了悦耳之音，使他麾下土人心生敬畏。大急之下，便开始施展他的“法术”。

他首先以红、白、黑颜料，将自个抹成花脸，而后将一串铃铛拴于腰间，接着手舞足蹈，转着身子又蹦又跳，并呜呜啦啦，以刺耳的喉音拖着怪腔乱唱。唱至中段，又掣出一面小鼓，叮咚叮咚一阵乱摇，摇着摇着，突然“啊”的一声倒在地上，死了一般，一动不动。

张骞扶起巩用，又对自称失职的言原进行了宽慰：“请二位暂退，吾还得妥善处置土人巫师之术。”巩用、言原退下，孰料由天际轻轻一跃，吹着口哨，到了“死人”近前。

张骞当即大喝：“由天际，不得无礼！”

由天际做了个鬼脸，双手一摊，嘻嘻嘻一笑：“张伯伯，我空拳双手，是没得一‘礼’呀。”却俯下身子，去看那怪物。

不料那“死人”怪物一下子圆睁双眼，挺身而起，从怀中掏出一面小镜，将阳光反射到由天际脸上，用番语大声叫道：“刚才我去了天庭。天神让我转告尔等，从此之后，尔等均为我的奴仆，我是尔等的主人，若果有违，天必谴之！尔等还不快快跪伏！不跪者，此镜照之必死！”

呼啦啦，所有土人全都跪伏于地。使节队中，堂邑父、呼日勒亦跪于地。

由天际见“死人”复活，怪眼圆睁，猛地吓了一跳。后见“怪物”以镜相照，不由得失笑，亦从怀中掏出一面更大的铜镜，以反射之光去照“怪物”之脸。

此镜系从蓝媚儿处所得，不料今日派上了用场。镜子乃汉人常用之物，大伙儿对巫师小镜皆嗤之以鼻。

土人一片哗然，惊愕得无所适从，堂邑父、呼日勒也以困惑目光，注视由天际。

那巫师见第一招“法术”失灵，即向张骞挑衅：“敢再行试之？”

“悉听尊便。”张骞十分淡定，并吩咐众人，“不用惧怕，这位大师还有什么法术，让其尽管施之，一切按我号令行事。”这次，后句用的汉话。

那巫师眼珠一转，即从使节队中挑出七人，一排站好，并让七人一律袒出左臂。

哪七人？任扶、李中壮、范佑铭、孙治瑾、堂邑父、由天际、呼日勒是也。

矮个土人又开始蹦跳，并呜呜啦啦，一会儿拉长了腔调，一会儿又像喉间卡着了骨头，一阵乱咳，然后拿出一只小木罐，打开罐盖，以指头从中醮出药水，在七人臂上一一抹之。抹后闭上眼睛，重复刚才的举动，装神弄鬼一番，又取出另一只小罐，又醮出另一种药水，向七人手臂逐一抹去。

渐渐，任扶、李中壮、范佑铭、孙治瑾手臂之上出现蓝色，而堂邑父、由天际、呼日勒却显出红色。

土人巫师指着堂邑父、由天际、呼日勒三人，大惊失色："魔鬼、魔鬼，此三人均为魔鬼。孩儿们快来，将此三人拖至远处杀掉！"

呼呼啦啦，一大群土人男子扑了上来，将三人死死围定。

匈奴人素信鬼神，堂邑父、呼日勒服服帖帖，任其摆布。由天际却一把将"怪物"揪住："你敢报复于我？你才是魔鬼，看小爷今日怎么收拾你这怪物！"

由天际手指铁钩一般，深掐入肉。土人巫师挣了几下未能挣脱，疼得龇牙咧嘴，如土中被挖出的蛐蟮，扭来扭去。

由天际说着汉话，土人自然不懂，还以为这是上天的话语。见其不过是一只小巴掌搭在巫师肩头，巫师便疼成那般模样，一时之间，惊讶万状，不敢擅动。

孙治瑾乘机出来，仍用巫师的药水，在其胸膛上抹来抹去。

男女土人越发吃惊，眼睛紧盯孙治瑾手上动作。

不一时，巫师胸膛上出现白色，又一刻现出绿色；再抹，出现粉色；再抹，有了蓝色；再抹，尽为红色；再抹，尽皆黑色……

孙治瑾用番语道："我是大汉药师，用药水变色是极其寻常之事。他可以糊弄你们，却糊弄不了我大汉子民。我们从无害人之心，只是从这里路过，饭后我等即行起程。"

那巫师见骗术被揭了个底儿朝天，早已吓得面色如土，央求道："小哥哥，放了我吧。"

由天际不懂其说甚，兀自紧抠不放。

张骞笑道："调皮蛋，人家向你求饶了，得饶人处且饶人吧。"

"哦嗬，我才十五岁，却有四十几岁的老弟弟，天理不应呵。"又一紧手指，"说，今年贵庚几何？"巫师不懂，还是堂邑父递话："问你几岁了。"

那巫师倒学乖了，伸出四个指头，翻了两下。

“哦，明白了。你今年‘死是死’（四十四）了。”手一松，那巫师鼠窜而去。几个土人向着他的后背方向，现出一种憎恨神色，直吐唾沫。

男女土人渐渐散去，有十几个年轻女子，却赖着不走。

十几名土人女子，各自瞅准了她们想要的男人，带着妩媚的笑容，拢起长黑的头发，一个个小鹿般地跑来。

两个女子同时来到张骞身边，不由分说，一边一个，拖起张骞往外就走。并遥指远处影影绰绰的森林，比着交媾的手势，一边媚笑，一边“啰啰啰”地吐着舌头，显出极为高兴的模样。

张骞哭笑不得。打不是，骂不是，情急之下，使了个千斤坠，同时叫道：“公羊鸣执！”

两个土人女子十分困惑，走了没有几步，此人怎么被钉死在地？俩人同时撅起屁股向张骞脚下看去，又同时摇着张骞双腿，再摸摸挠挠，发现左腿包扎着伤口，似乎明白了什么，于是皆道：“不碍事，不碍事。我们不碰它。”一拽，却仍然不动。俩女子对眼一望，一高个壮实女子立即向下一蹲，另一女子将张骞一搡，将其搡到下蹲女子的背上。

张骞没料到有此一着，顺势滚到地下，又唤了声公羊鸣执。

俩女子竟显得无限羞态，莺声道：“这多羞人答答的。”张骞一个鲤鱼打挺，迅速站起。

公羊鸣执也正遇上了“麻烦”事，一个粗壮的土人女子正撵得他四处“逃窜”，看着张骞受逼也是干着急。

由天际开始看着好玩，渐渐感到有些不妙，这样闹下去，何时是个头？于是掏出那面镜子，向那些土人女子一一照去。

土人女子如见鬼魅，立时逃得一个不剩。

他还意犹未尽，放声笑道：“各位姐姐走得恁急，连情郎都丢下不管了？这也太狠心了，你们的情郎会伤心欲绝的。”

张骞笑道：“调皮蛋，你哪里有这么多话。”

由天际顽皮道：“我晓得，张伯伯只给周小姐当情郎。只是我搅了别人的好事，有的人恨不得吃了我。”说罢，向王兼一瞟。

一场麻烦事，被一面镜子了结得十分干脆。

使节队复又整队出发。中午时分，到一处小丘陵，见这里水草方便，张骞命众人在向阳的南坡暂作歇息。

中午行炊。宋石、宋木、容南、容北等人去草地寻找牛马干粪。

他们愈行愈远，离开大队已有两里之遥，并且转到了山丘侧面。

宋石觉得不能再向前行，听不到大伙儿的说话声，心里不踏实，于是止了脚步："哎，各位兄弟，不能太远了，我们还是慢慢往回找。"

几人伸腰一看，果然远了。宋木道："兄长所说极是，回——"后面的话尚未说完，突然失声叫道："快跑！匈奴骑兵来了！"

大伙儿转身眺望，只见丘陵背后，一大股人马墨线般出现在天际之处。

宋石叫道："把粪扔掉！谁跑得快，谁尽力快跑，去给张大哥报信，他们在山背后，一时发现不了匈奴人。"

几人奋力狂奔。宋木因常在林间奔走，练得一副好脚力，不一会儿，领先半里之遥。

匈奴骑兵的蹄声，渐渐清晰，宋石诸人仍在奔跑。

宋木先到，见了张骞，上气不接下气，大口喘着："大，大哥，匈奴，匈奴骑兵，来了！"说毕，一下栽倒。孙治瑾赶快掐人中，压胸膛，宋木刚醒，宋石诸人也到。

使节队马刚上鞍，便被一千多匈奴骑兵困于垓心。呜呜的号角声，不停不息。

不等张骞下令，人人已持刀拿剑，准备死拼。

夏宏伤已大好，见张骞犹豫不决，遂提刀上马，大声叫道："张大哥，大敌当前，犹豫什么？既然进退不能，不如拼他个鱼死网破！有不怕死的兄弟，跟我一块儿上！"

张骞道："夏兄少安毋躁。以我观之，敌占绝对优势，却围而不攻，是因不明我之底里。以我揣测，敌以我为商队，敌亦非骑痞，故而围而另有所谋。我若躁动，必使其生疑。容我问问甘父，再作计议。"随即唤道，"老甘——"一见堂邑父已不唤自来，知其必有另见，亦迎了上去。

"张大哥，我识得这彪人马，系匈奴幺素王爷麾下骑士，向以骁勇善战受到王廷器重，真要打起来，莫说咱这一百多人，即就人马对等，也未必能取胜。"堂邑父说道。

“依你之意，作何处理？”

“我看对方并不知晓使节队之使节身份，也不知我等去向，他们是在观望，是在等候我方主动与其联系，自报家门。依我之意，大哥是汉人面孔，不宜露相，还是我去探其虚实，较为妥当。”

张骞正自沉吟，对方号角之声陡地一变。

堂邑父立即呈现紧张神色：“张大哥，事不宜迟，幺素王爷已发出战斗号角之声，再一刻对方发出进攻号角，就一切都晚了。”不等张骞作答，堂邑父已双腿一夹，撂下一句，“我去也！”便飞马驰向幺素王爷驻马之处。

张骞断然道：“呼日勒，你也且去，助甘父说话。”

见呼日勒离开，又断然下令：“大伙儿围成一圈，以遮敌方视线，任扶率蒋八七、刘伦、鞠无田、栾北荒、艾古、巩用、言原迅速掘坑；公羊鸣执率李石头、柳常、路之岑、方壬、陈殿善、石舛、尤习重整理旌节、重要武器物资，予以埋之；李中壮率其他兄弟负责警戒。埋藏之后，尽量恢复原样，使其不露痕迹。此为不得已之法，各位兄弟谨记此地。如若堂邑父、呼日勒情况有变，视情予以除之。我等长械虽无，但匕首暗器勿得离身。”

一众人等，俱皆忙碌起来。

且说堂邑父骑马奔至幺素王爷近前，飞身下马，即行叩拜之礼：“百夫长堂邑父拜见大王爷，请大王爷暂停进攻之令。”

“呃，小小百夫长，你让本王暂停进攻就暂停了？难道你那些人是自己人？”

这幺素王爷堂邑父只听说过，却从未见过，照面一看，只见这王爷生得：

> 鼻似蛤蟆眼如豆，身若狗熊两猿手；
> 脑袋光光不毛地，耳朵尖尖成叶柳；
> 声出鸡鸣人掩耳，笑声如鸮名幺素。

呼日勒突然横插道：“他们不——”

堂邑父瞪了一眼，即刻予以截断：“他们不敢面见王爷，是惧怕大王爷的威名。他们皆为微不足道之贱民，来与不来，没甚关系。”

“你们总该有个头人吧？你去跟你们头人说，叫他来见本王爷。”

“我们的头人——”呼日勒又横插过来，见堂邑父恶狠狠地一瞪，后半句又咽了回去。

这秃头幺素是乌鸦却嫌猪黑，见这矮个匈奴人生得太丑，就不大乐意搭理。他当这堂邑父亦是如此，故而对呼日勒的半句话不甚为意，只对这名叫堂邑父的匈奴人感兴趣。

“我们的头人就是我，王爷有甚吩咐，尽管道来。”又板着脸对着呼日勒，“头人与大王爷叙话，没你说话的份儿，不能太没规矩，中途胡乱插言，若不记住，回去按规矩整饬。”再面对秃头幺素，满脸堆笑，“大王爷，让您见笑了。”

“没什么，这是你头人之事，而非我之事。我这里如若有人胆敢如此，早已一鞭子抽过去。”

呼日勒噤若寒蝉，再也不敢出声。而心中的怨毒之气，却愈积愈浓——本意为张骞放他一马，是个机会，不料被这位“二哥”堵个贼死。看来，只能另行谋划。

“既然你是头人，我有几个问题，你须老实回我。”秃头幺素紧盯堂邑父的眼睛，如若目光闪烁不定，说明内心有鬼，他也将另做打算。

堂邑父并不回避躲闪，反以灼人的目光紧盯秃头幺素：“大王爷请说。”

秃头幺素被盯得有些不自在，不由得对堂邑父有了几分敬畏：“你们手操刀剑，意欲何为？是否想抗击我幺素大军？”

堂邑父知张骞已将长械收起，便坦然答道：“我们没有作战武器。所见几支刀剑，亦是防身之用。大王爷请想想，百来号人马，岂敢与幺素大军相抗？这不是拿鸡蛋打石头，自己找死！再蠢的人，也不会这么干。”

“嗯，这倒也是。那么，你们是干什么的？是遛马（放牧）的遛箭（打仗）的，还是遛货（做生意）的遛人（捉人当奴隶）的？——让我猜猜，对了，你们是遛人的。捉了那么多汉人，准备给你们当奴隶，我猜得对不对？如果有漂亮的女奴隶，能否卖与我几个？”

呼日勒不敢插话，却将双手向秃头幺素直摇。

秃头幺素怀疑地看了一下呼日勒。

堂邑父赶快对秃头幺素解释：“大王爷猜错了。”

“错了？为何？”

“我们是遛货的。”

秃头幺素眉毛一挑，大感兴趣：“呃，遛的什么货？遛货带这许多汉人干什么？”

“大王爷有所不知，自汉匈和亲以来，双方遛货的人多了去了。只要是能挣大钱，许多匈奴人去了汉人的中原一带，许多汉人也成群结队，到咱匈奴地界。一来二去，互相熟悉，两方面的人往往凑在一块做生意，两遂其便，双方发财，多美的事情。”又语气一转，“我知晓大王爷财大气粗，也喜欢中原物品，像茶叶、布匹之类，我们都有一些。不过，这号角的呜呜声，有些影响我与大王爷的说话。”

秃头幺素对卫队首领劈手一切：“吹个屌毛，还吹！人家是遛货的，甭影响我做买卖。去去去，除了卫队，其他人都给我滚蛋！”回头又对堂邑父道，“茶叶、布匹我都想要，只是得算便宜。”

秃头幺素的军队刹那间走却十之七八。张骞遥见堂邑父还在与那王爷说着什么，他的担心顿时放下，堂邑父乃真兄弟，没有做下出卖朋友之事。

看着秃头幺素贪婪的样子，为减少使节队的麻烦，堂邑父做出一副非常仗义的样子：“人说一回生，二回熟，三回就是好朋友。谁让我在此有缘结识尊贵的大王爷！关于价钱好说，我们只需拿回本钱，以及来往的花费即可。再说，您让我做折本生意，传到草原各处，对大王爷的名声也不大好，下次我也不敢在这地儿惊扰大王爷。您说，我这话对否？”

呼日勒对堂邑父虽然心怀不满，但对堂邑父这番滴水不漏、恰到好处的会话，又心生敬佩。这个结义“二哥”，缘何只对汉人“大哥”张骞讲忠讲义，与他这位匈奴“三弟”却尿不到一处？他想不通。

秃头幺素小眼珠一转：“你的话倒还中听。价钱之事咱看货再说。走吧，看货去。”

堂邑父领着秃头幺素一干人马，向张骞这里走来。并吩咐呼日勒：“你先说与大哥得知，幺素大王爷看货来了。”呼日勒马头一掉，快马奔向张骞。

堂邑父忽又停住：“大王爷，这做生意也得有个场合。您知道，茶叶非常贵重，我们总不能将其拆包放在草地之上吧？您看，能不能选个合适地方，也好摆放？当然，大王爷只买一包两包也则罢了，可大王爷是什么人？不会如此小气。再说，我们得吃饭，弄晚了还得住店——呃，您放心，我们吃饭给饭钱，住店给店钱，不会白吃白住。”

秃头幺素亦勒马停住：“你这话在理。那就去我的王廷，不远，山后二十里地就是。但我有一事不明，我所见遛货之人，也就三二十、三四十个，你怎的有一百多人？”心里犹暗自高兴，加上店钱、饭钱，又可少付一笔。

堂邑父随即答道：“大王爷有所不知。我们是四支小货队组成的大货队，其中匈奴人两支、汉人两支。这样，在两地都有照应，所以货队里共有四个头人。他们见我为人仗义，又有一点武艺，便推举我为总头人。不过，大王爷，我也有一事不明，大王爷率大军何往？是否要去遛箭？如果系军事机密，就当我这话放屁。”堂邑父深悔，不该要求更换交易地点，使节队到了王廷，无疑增加了更多危险。呼日勒会不会乘机坏事，他也难以预料。但话已出口，又不便收回，只能如实向张骞禀报。而向秃头幺素打探军事动向，亦是一种探测。

熟料秃头幺素被搔到了痒处：“狗屁军事机密。你有所不知，我有一个世仇：比佤部落。打了七八年，前几天终于被我拿下，我的领地一下扩大了三分之一，几处肥美的草场，几百户牧民连带他们的牲畜，都归到我名下。恐其反叛，我不时率军前往查看，今日遇着你们，我改日再去不迟。”

“偌大的喜事，请大王爷接受我对您的恭贺。”堂邑父以左掌按着胸膛，在马上行了一个贴胸礼，复道，“我怕汉人头人乱拆货包，我先去了，请大王爷随后就来。”

秃头幺素却不放心，指派两个心腹相跟。

堂邑父见到张骞，先阻了拆包，又将两个“跟班”另做安排，然后一五一十作了禀报。

说话间，秃头幺素已到。张骞仓促间对堂邑父道：“你已为大伙儿解围，其他事体，随机应变。”即与夏宏相偕，恭恭敬敬向秃头幺素弯腰一揖：“不知大王爷在此，有失拜谒，尚请原谅则个。我叫张骞，”又一指夏宏，“他叫夏宏，系汉人遛货头人。听大头人说，大王爷想买茶叶、布匹，我等十分高兴。不知大王爷所需几何？关于价格，既然大头人已经发话，那就按大头人说的办。但是买卖有买卖的规矩，请大王爷先付一半货款，余款验货之后再行付清。”

张骞装出一副锱铢必较、贪财逐利模样，“认认真真”与秃头幺素谈起“生意”。

“本王爷少不了你一个子儿，且随我去王廷再说。”

一行人到了王爷王廷。

所谓王廷，由几十顶毡帐组成。秃头幺素毡帐最高最大，称为“王廷大帐”，里面可容百人饮宴作乐。茶叶、布匹生意便在大帐中进行。具体由四个“头人”出面，其余人员去了四顶小帐中歇息。为便于传递消息，除王兼、由天际、任扶，又加派了范佑铭、宋木，一顶帐篷一人。与大帐的联系，则由公羊鸣执与李中壮二人相机行事。

秃头幺素见了毛尖细茶与光滑柔软的葛布、夏布，高兴得两眼放光：“还有多少好茶好布，索性全部拿来，本王爷都要。”

张骞道：“毛尖茶叶只有两包五十斤。这本是汉皇皇宫贡品，市面上根本没有，是我花大价钱利用宫中朋友购得。至于这三包细布，得来也十分不易。我有一朋友系丞相府总管，由他出面，才买下这些俏货。我看大王爷真诚仗义，我也乐意交上您这位王爷朋友，故此才命下人将最上等的货物拿来，请大王爷过目。”张骞知其贪婪，不敢以全部物资示之，尤其丝绸等贵重物品。

堂邑父亦从旁连连夸赞。

夏宏则紧盯呼日勒，盯得呼日勒心中“扑扑”直跳。

秃头猿手一挥：“货款先付一半。今晚我请客侑酒，余款宴后再付。”

张骞深知其意，但也只能如此。只宴会一事，他不欲参加。

这真是：

神耶鬼耶，神鬼皆由心出；
装神者是鬼，是鬼者鬼蜮伎俩藏谋；
弄鬼者称神，神仙是些什么东西什么来头？
权力至上者贪婪至上，天下唯我者奢欲无救。
此一段西行之路艰辛怪诞，此一段遭际再铸筋骨。

欲知秃头幺素夜宴后续故事，请阅下回篇章。

# 第二十一回　呼日勒卖友露真相 堂邑父拼救使节队

张骞向秃头幺素深施一礼："十分感谢大王爷美意。一顿便饭，可以叨扰，这宴请之事，却不敢让大王爷破费。现货已查验无误，我等便去歇息，明晨好趁早赶路。"

秃头幺素一把抓住张骞手腕："这事万万不可。你们汉人常说'客随主便'，你若折了本王爷的面子，不说下回生意，恐怕这次也做不成的。"

张骞乍被抓住，本能地欲要脱手反抓，倏然之间，忽又警悟，立即卸了劲道。见秃头幺素话里软中带硬，端怕为此生出意外枝节，也就顺坡下驴道："既如此，那就客随主便。只是让大王爷太过于破费，我等实在过意不去。"

秃头幺素初抓张骞手腕，亚似捏着一块硬铁，并有一种反弹力道透出，然而瞬间又变得非常绵软，如一团棉絮。秃头幺素一吓，继而又有些不解，脸上现出一副迷茫神色。后见张骞服软留宴，还当其惧怕自己的威胁，心中顿感满足，亦客气道："这就对了。本王爷看不惯的，就是你们汉人的假模假式。"他又显出一副关心样子，"不知你们明日去向何处？"

"如若路途可以，想去西边看看。"张骞欲探询西边路径，但话说得模棱两可。

"啥啥，西边？去跟大漠做生意，跟大雪山做生意？你们真会开玩笑！"秃头幺素哈哈大笑，肚皮上的肉抖噜抖噜上下直颤。

"大王爷你觉得好笑？可你应该知晓，过了大漠、翻过雪山，那地方的人烟稠密得像天上的星星。大漠雪山固然危险，但是，不危险哪能挣到大钱！”堂邑父亦做出一副生意人贪财的样子。

“是这个理儿。说个大王爷你不多心的话，我们卖给你最上等的茶叶、布匹，本钱才给了一半。这里折了，不到别处挣回来，还做什么生意？”张骞显出吃亏委屈的样子。

秃头幺素觉得不能跟生意人扯生意经，又打了几声哈哈，道：“不扯那些闲事，我们还是来些实在的。”随即向大帐隔档里边一拍巴掌，“上菜，上酒！我的兄弟，我的朋友，一块儿出来作陪。”话毕，里边走出四个匈奴汉子，向下方空案案后一坐，也不与张骞等人答腔，挺着腰，直愣愣端着身板，装出一副文明守礼的模样。

紧接，便是九位匈奴美女，各自端着酒肉，分案一搁，然后将酒碗斟满，双手捧起，递到每个人的嘴边，看着把酒喝干。

张骞、夏宏显得浑身不自在，僵直、生硬，还有难以言说的惊慌，酒液将胸间的衣服都洒湿了一大片。

秃头幺素见状哈哈大笑：“张头人，这样喝酒美不美？在你们汉人那里，恐怕拿钱都买不上。歇会儿，还有更美的事情。”又一拍巴掌，“美女们出来，跳一个！”

立即，四位分别身着黄、红、白、绿四色短衣短裙的美女，相跟着飘然而出，在案儿之间舞之蹈之。腰肢俯仰，无比婀娜；满面含春，百媚丛生；一双双柔荑，时不时地轻轻抚过九个男人的脸蛋。

见张骞、夏宏满脸涨红、不时闪躲的样子，秃头幺素更显得开心：“这是我从比佤部落俘获的美女。她们长得美，跳得美、侍候男人更是美。你们说，她们比起汉人美女，是不是更舒心？”

秃头幺素的兄弟朋友，早已丑态百出，应声道：“大王爷今日之举，真是千金难得。大王爷说得不错，我们匈奴美女，更叫人销魂！”

堂邑父似乎见惯不惊，脸色始终平静，不为所动。呼日勒却渐渐显出真面目，眼睛直勾勾地盯着这些女子的脸蛋、胸脯和屁股，嘴边流起哈喇子。

秃头幺素又道：“姑娘们，敬噙酒！”

张骞不知又有什么花样，心里更加紧张。看夏宏，夏宏也正看过来，显得一脸惶然，备受折磨的模样。

只见侍酒的女子嘴里噙着酒，抱着男人的脸颊，嘴对嘴地向口腔里喂。

急切之间，张骞撮起左掌，让其将酒液吐入掌心，再举掌抿之。

秃头幺素脸色一沉："张大人恁地？嫌我们匈奴美女嘴脏？"

张骞起身一揖："非也。汉人喜欢一个女子，就将其捧在掌心。我这是按汉人的规矩，表示我的心意。这个，您可以问问我们的大头人。"

"是吗？你的匈奴话说得倒是很不错。可是你错了，这是在我这里。既然客随主便，就得按我的规矩办。"

"谢大王美意。可我的酒量与大王爷相比，那是这个——"张骞举起一个小指，"那一半货款，就再减一半吧，只请大王爷饶了我与夏头人的酒。"

秃头幺素暗暗一乐，他知汉人是什么"礼仪之邦"，讲的是男女授受不亲，这还有四分之一的货款，还得再打主意。至于那位匈奴大头人（堂邑父），只要他一言不发，他在生意上的损失，自会由汉人承担。

堂邑父却在暗中一直紧盯着呼日勒。自从呼日勒在荒村患病，将贴身小包交付于他，让他转交彼之"父亲"之后，他心中便一直生疑。而在小丘陵与秃头幺素的对话中，呼日勒又两次欲向秃头幺素道出实情，进得大帐，更其显得兴奋。这些反常举动，让堂邑父越来越不放心，暗暗替张骞着急。

再说呼日勒，从一见到秃头幺素，便认为这是一个捉拿使节队之绝好机会。因为从战力对比上，使节队再厉害，也绝非幺素王爷骑兵的对手。不说他手握单于之黄金虎皮绢，可以调动各地大小王爷、部落酋长土司及其军队，单是使节队那价值连城的物品，也会让幺素王爷垂涎三尺。更不说奇功一件，单于赏赐无算。那么大的油水，他能不动心嘛！

为此，当堂邑父将交易场地更换到了王廷大帐，呼日勒还当是在帮他，心中喜不自禁，一路上"二哥"长"二哥"短，叫得分外亲热。哪知进得大帐，这个"二哥"仍不给他任何机会向幺素王爷递话，其后又将他看得死紧，心中又渐生暗恨。

后来一想，呼日勒又有些明白，或许是为幺素王爷安全着想。张骞武功奇高，夏宏也十分凶狠，大帐内一旦动手，不说自个的小命不保，那毫无准备的幺素王爷，瞬间便会落入敌手。那时候，小命都没了，再多的赏赐顶个屁用。

明着不敢，暗中总有机会。管他妈的，两年没摸过女人了，先把瘾过足再说。

只听秃头幺素放荡地叫起来：“姑娘们，‘喻酒’暂停，现在进行怀中‘肉’礼！”

听到秃头幺素猥亵、淫荡的声调，张骞便心知不妙。果然，那些匈奴女子立即钻进每个男人的怀中，双手乱摸一气。秃头幺素的四个兄弟朋友，包括呼日勒，索性与怀中女子抱在一块，在地毡上滚成一团。

张骞挺身站立，双手直扰：“大王爷，我们不能坏了汉人礼数，那一半货款，算是大王爷全部付清了。”

“哈哈，那怎么好意思。货款是货款，请客是请客，这叫我如何是好？也罢，你们明日要趁早赶路，本王爷酒也喝高了、喝大了，我就不留你们了。”

呼日勒趁机将小包塞进所抱红衣女子的胸膛，并凑近耳朵暗嘱：“将它交给大王爷，王爷会给你许多赏赐。”这才随张骞等人走出大帐。

到了帐外，凉风阵阵，让人酒意顿消。月辉之下，张骞见四名宿卫按刀挺身而立，虽看不清面目，但都身材高大。他们看到张骞等人出来，皆默然无语，亦不移动站位，木桩般一动不动。呼日勒主动上前问话，也无人搭理。

使节队所住帐篷，位置偏西，距大帐三里之遥；使节队的坐骑及驮队马匹，则关在南栏子马厩，距使节队帐篷大约一里之地。夜间，马厩约有十来名匈奴守军。秃头幺素的军队驻扎地，则在大帐东边三里之外。大帐之北三里之后，零星有一些牧民小帐。因大帐之西、之北无甚紧要，夜间并无军士值守，但大帐宿卫却昼夜轮值，四人一组，个个武功高强、精于骑射搏杀。

四人徒步向西，行约一里，呼日勒突然叫道：“张大哥，坏了，坏了，刚才我有件东西落在大帐里了，我得去取回来。”

“什么东西？非要这会儿去取？”夏宏即刻犯疑，冷冷地问道。

“都怪我犯浑。刚才跟那女子亲热的时候，我给我‘父亲’攒下的银钱，悉数被那女子掏走。我得去把它要回来。辛辛苦苦攒了两年多，舍不得吃，舍不得用，我容易吗？”呼日勒说着，竟拖起哭腔。

张骞亦顿生疑窦：“丢了多少钱？”

“多少钱，我没数过。”

“没数过？”

张骞疑窦更深。以呼日勒的品性，这是绝不可能之事。他又问道：“有没有一百两？没有吧？这一百两，我给你。再说，丢了的银钱，你也取不回来，人家认账，岂不承认自己是小偷？此事若是你干的，打死你，你也不会承认。”

“张大哥说得对，银钱可以不提。但是里面有比银钱更重要的东西，不能丢。”呼日勒暗中小眼一眨巴，又道。

“若真是要紧东西，我替你去取。或者，让你二哥老甘去取。”

“啊哟，那可不敢。那是父母留给我的念想，是不能让别人知道的。若是大哥怕我取不回来，那就让二哥陪我一块去。不管怎么说，二哥在幺素王爷眼里，是咱遛货的总头人，幺素王爷占了我们大便宜，不会不给总头人的薄面。你说是吧，大哥？”

看来，呼日勒是非要再去大帐不可。话说到这种地步，想阻止又无其他理由。张骞想了想，道：“老甘，那你就随三弟去趟大帐。记住，速去速回，以免我等挂念。”侧脸又对夏宏道：“夏兄，你看如何？”

夏宏一时亦无良策相阻，便道：“也好。”

张骞二人并未即行举步，见堂邑父、呼日勒一高一矮两条人影渐至大帐，夏宏忧虑道：“张正使，我总觉得，今晚有大事发生。”

“我亦有同感。我们快快回去，且与任扶、中壮、公羊相议，拿出一个万全之策，以保不虞。如若情况有变，也当应变有序。”

二人遂大步流星，向西疾行。

时任扶等人亦未就寝，同在驮队眠帐相候，听得帐外脚步声响，一齐迎了出来。

公羊鸣执心细，首先发问：“大哥，怎的不见老甘与呼日勒？”

夏宏遂将原因道出，并问道：“尔等怎么看待此事？”

“大哥是甚想法？”公羊鸣执反问张骞。

“我看此事令人十分生疑。原因有四：一者，是否落下东西，真伪难辨；二者，以呼日勒之吝啬贪财品性，不可能在离开大帐之后方才发觉；三者，所谓父母‘念想’，是否真有其事，亦难判定；四者，呼日勒与秃头幺素从始至终，未有单独说话机会。据老甘禀报，在小丘陵堂邑父与秃头幺素会话时，呼日勒曾有两次插话情节，但两次均被老甘挡却。呼日勒坚持返回大帐，就是在急切之中，寻找一个与秃头幺素单独说话的理由。至于说什么，我等不知。不过，根据任扶之前对呼日勒的观察，如果系为告密，使节队定必遭险。故而，我等须速做准备。”

“那么，大哥对老甘是何看法？”公羊鸣执又问。

“至于堂邑父，并非与呼日勒同道。其理有三。其一，老甘若欲告密，不必候至今夜，其在小丘陵即可向秃头幺素表明，彼时秃头幺素兵力十倍于我，机会最为难得，但堂邑父以‘遛货’之名替使节队解困；其二，秃头幺素宴请之时，仅仅我与夏兄在场，抓扣我等，亦是机会，堂邑父亦无异动，没将我与夏兄身份暴露；其三，呼日勒欲返大帐，堂邑父似乎毫不知情，没有助其一语。有此三点，我才敢让老甘同去，以此对呼日勒做一钳制。”

夏宏对堂邑父本不放心，经张骞一说，觉得有些道理，没有再吭声。

李中壮、公羊鸣执对堂邑父早有区分，认为其人并非卖友求荣之背义小人，任扶模棱两可，便都同意张骞的分析。

“既无歧义，现做如下安排：任扶、公羊鸣执率十二名队员立即做准备，跑步前去小丘陵取出所埋物品，待坐骑与驮马送到，不必再行返回，径直去北路二十里处相会；李中壮率二十名精悍队员，即去南栏子马厩，以突袭方式，将值守军士全部击杀，勿使有一人逃逸报信，将坐骑驮马悉数解回，且上好勒口，勿使嘶叫。回来之后，即刻为任扶送马，并随行北去；夏宏在此守候，整装待发，队员可依托货捆行李暂憩；我率朱厚良、李石头等人，守候于秃头幺素大帐之外，若情况有变，当即将叛徒当场格杀。非常时节，不容争辩，请即刻执行。”

李中壮刚欲离开，又被张骞唤住：“差点儿忘了，你把陈尚斗带上。记住，不许他参战，他只需将马儿顺利带出即可。马儿们跟他熟悉，有他在，你们会少些麻烦。”

任扶、李中壮等将所带队员做了简单分派，便迅速投入各自的任务之中。

张赛亦将朱厚良、李石头、尚在升、鞠无田唤醒，从货捆中取出长剑、弓箭集合于帐外，简单说了任务，便悄然向秃头幺素大帐出发。

在经过由天际、王兼寝处时，张骞曾犹豫了一下，要不要唤醒这两个机灵鬼。尤其是由天际，人小、轻功也还不错，最适宜在夜间隐蔽。但一想到一旦发生打斗，那种立判生死的剧烈场景，便轻轻地从其身边迈过。毕竟，他们还太年轻，不能轻易使其身临险境。为大汉保留一棵将来可堪大用的根苗，亦是他的责任。

使节队这方暂且不叙。且说堂邑父与呼日勒也各自陷入极度紧张的状态。呼日勒在塞给红衣比佤女子银钱时，亦同时将黄金虎皮绢——证明自己为龙廷贴身近卫身份的信物，也塞了进去。另外，还有一份重要情报——追踪使节队的呼鲁特、托乌斯曼四人，已被使节队副使夏宏击杀的概况，也与黄金虎皮绢包在一起。

东西交出，呼日勒又深感后悔。这红衣女子系比佤部落族人，比佤部落战败，她自己成了幺素王爷的女俘，怎能不怀恨在心？更糟糕的是，倘红衣女子并不识字（这是一定的），将虎皮绢与情报，误以为他所赠的信物，或秘不示人，或扔在哪个旮旯，那真叫作弄巧成拙。

因为极度地放心不下，故而一出大帐便想返回，欲单独面见幺素王爷，立刻派兵，捉拿使节队一干人马。

不料，张骞、夏宏先后相阻。急忙之中，他编出父母“念想”一事，终于得以脱身。

呼日勒深信，他的举动已引起张骞、夏宏等人的怀疑，他的所谓“念想”，亦不能叫人信服。依他之计，只要能够重入大帐，那种种信与不信、疑与不疑，一切都成了狗屁。

最后，张骞让他的“二哥”相跟，呼日勒立刻松了口气。在他看来，堂邑父跟与不跟，已经无关紧要。这位“二哥”毕竟是匈奴人，相识也已数年。这次若非“二哥”暗中“帮助”，他就根本没有机会进入大帐。虽不能与幺素王爷直接对话，但也有了传递消息的渠道。

二人默默走着，堂邑父不语，呼日勒亦不说。

堂邑父紧张地琢磨着。他坚信，呼日勒在说谎。

自进入秃头幺素大帐，呼日勒的一举一动，皆未逃过他的眼睛。他时刻警惕着，一旦呼日勒有什么异动，他就将予以制止。就像在小丘陵一样，呼日勒的两次插话，都被他挡了回去。

可是，当呼日勒将其贴身小包乘淫乱之机，悄悄塞入红衣女子怀中时，他乍然明白，那小包里面的东西，绝非寻常之物。这小包在荒村呼日勒病得要死那会儿，就曾托他带与呼某的“父亲”。而在这时，缘何偷偷塞与陌生女子？当呼日勒借口返回大帐时，堂邑父做了两种推测。一是呼日勒不失为血性汉子，不该有借用小包向秃头幺素传递消息之举，不能置结拜兄弟情义于不顾；二是呼日勒不放心红衣女子，又因此返回，以求单独面见秃头幺素，盯实消息，做出对张骞大哥极为不利之事。

堂邑父深知，张骞在无法相阻情形之下，让他“相跟”呼日勒的用意。因此，在进入大帐之前，他必须将两种推测弄实。

至离大帐五十余丈外，堂邑父突然止步，将呼日勒拽住：“三弟，现在大哥他们已经走远，你可以告诉二哥实话。”

“实话？什么实话？实话就是那女人偷了我的东西。”呼日勒不知堂邑父什么目的，仍以假话搪塞。心中却在想着，要不要将实话告诉这位“二哥”？毕竟，这“二哥”还是匈奴人。

“什么‘偷’了你的东西？我亲眼所见，是你自个将那个小包塞入那红衣女人的胸膛。那小包不是曾经托我带与你‘父亲’吗？怎么，那女人便是你‘父亲’？真奇怪！你若瞒我，今晚你休想见到幺素王爷。”堂邑父紧拽不放。

“痛，痛，痛。二哥，你轻点行不行？”呼日勒龇牙咧嘴，大声叫痛。

“不想跟我说实话，是吧？”说着，堂邑父又加了把劲。

“哎哟，我说，我说。你先丢开手。”呼日勒又大叫起来。小眼珠却暗暗一转，反正幺素王爷的宿卫就在眼前，只要大声一喊，他这“二哥”也拿他无法。不若将实话道出，又能怎的？或许堂邑父能替匈奴着想，不会为难于他。

堂邑父松手：“说，小包里是什么东西？重返大帐是甚目的？”

“不瞒二哥，小包里有两样比性命还要贵重的东西。”呼日勒突然又住口，眼珠直向大帐睃去。

“痛快点！不要老是吞吞吐吐。”堂邑父作势又去抓呼日勒手腕。

呼日勒一闪：“甭急甭急，待我想想。噢，对了，小包里有我的黄金虎皮绢。”呼日勒故意拖延时辰，意欲引起大帐宿卫的注意。他却不知，这宿卫对发生在三十丈之外的所有事情，一概不感兴趣。尽管他几次大叫，宿卫亦未前来一问。

堂邑父大吃一惊：“什么，你是黄金虎皮绢携带者？这么说，你是龙廷军臣单于的贴身卫士？身份如此高贵，真是让人难以想象。”

堂邑父深知这黄金虎皮绢的巨大作用，它就像汉皇的圣旨、诏令，草原上单于以下之左右贤王、左右谷蠡王、左右大将、左右大都尉、左右大当户，还有各地的大小王爷、土司、族长、部落酋长、头人，只要见到手持黄金虎皮绢者，就得听其号令、服其指挥，犹如单于亲临。堂邑父吃惊之余，却另提一问：“那银钱是怎么回事？这两年一直在使节队，你又没做什么生意，哪来的银钱？”

虽在月下，呼日勒仍看到堂邑父吃惊的模样，当他被黄金虎皮绢镇住了，正等待他提问下文，不料却又问起银钱之事，便嘻嘻一笑：“你真是个傻子。张骞——呃，应该是大哥。大哥让咱为使节队购物时，那钱花得，比草原上的牧草还多。随便从指缝里抠那么一点点，七八百两千把两，成什么问题？”

“那么多钱，你都藏哪里了？”

“这还用问，自然是皇帝送给大哥的那座宅邸了。”

“你到不了长安，钱岂不白藏了？”

“说你傻吧，你还真傻。只要幺素王爷或其他什么王爷将张骞他们一捉，再送到龙廷，由单于一打发，咱不但能领到一大笔赏赐，去长安城取回银子，还不是易事一桩。”呼日勒说得眉飞色舞，不禁哈哈大笑。

“哈哈，这出卖朋友、出卖兄弟的主意，还真是不错。呼日勒，咱们与张骞大哥那是血肉相连的兄弟，张大哥不但没有做过一件对不起兄弟之事，反而牺牲了与周小姐完婚的机会，整个年关都陪着你和我。你就没有一点情分？再说，若非孙医官施救，你早已命丧荒村，这般地恩将仇报，也太丢人，太不是一个匈奴汉子的作为。如果还有那么一点良心，就该把黄金虎皮绢找回。”堂邑父仍想劝其迷途知返。

呼日勒狡黠地一笑：“说你傻，你还愚。不就是在城固与张骞喝了顿肉粒酒嘛。那叫权宜之计。不喝那顿酒，我的小命当时就没了，还有今日的呼日勒？张骞对咱好，我承认，那是他另有目的，企图让咱为使节队带路，到西边去找什么狗屁月氏国，好互相勾连，对付我们匈奴。至于荒村治病一事，我不那么看。我要不去使节队，就不会走荒原，过大漠，把人渴死，整夜睡不着，也就不会得那病。还有，天天看到的都是一伙光杆男人，连个女人的影子也见不着，我又不是七老八十的老男人，还时时担惊受怕，这种日子，我连一天也不想过。”

“所以，你宁肯出卖朋友、出卖兄弟，也要伙同秃头幺素做这伤天害理的缺德事？”

“二哥，看在同是匈奴人的份儿上，我还尊你一声‘二哥’。二哥！你不能把话说得如此难听。啥叫‘伤天害理’？啥叫‘缺德’？只要他们不反抗，顺顺当当地当好俘虏，我绝不会让幺素王爷取其性命，而且之后还会安排好他们每人适合干的事情。”呼日勒认为大势已定，说话也就无所顾忌，对堂邑父亦越来越放肆，“二哥，只要你肯帮我，今后的好处多的是。”

堂邑父暗做决定，绝对不能放呼日勒进入大帐，遂冷冷一笑：“你还有一事没告诉我。”

“甚事？哦，想起来了。里面还有一份向单于报告的情报。龙廷派出跟踪使节队的四个人，其中与我联系的呼鲁特、托乌斯曼，还没与我联系上，便被夏宏带人全部杀掉了——不过，这情报现在已经无关紧要。”却瞒下了除掉堂邑父的重要情节。

“呼日勒，你认为，你今晚进得了秃头幺素的大帐吗？”

呼日勒倏地向大帐狂奔而去，并向宿卫大喊道：“宿卫兄弟，快快拦住后面此人。他是叛徒，要对幺素王爷欲行不轨！”

变起突然，堂邑父一把未能抓住，又无弓箭在手，竟让呼日勒乘隙逃脱。持刀追至大帐门前二十丈许，又被宿卫挡住。

四名宿卫乃秃头幺素心腹，武功高强，极为忠诚。在堂邑父、呼日勒于帐前较远之处说话时，四名宿卫并未放松警惕。宿卫头领吐玛斯暗暗相嘱：“我看这二人十分可疑，你们须得做好准备。若有图谋闯帐者，先行捉拿，如有反抗，诛杀不惜！”

吐玛斯先见矮个狂奔而来，口中还大声呼叫。因一时难分敌友，遂命一名宿卫看住矮个儿，命另外二人去对付高个儿。

堂邑父见一时难以将呼日勒捉拿，便欲迅速离开，去向张骞报告紧急险情。不料，两名宿卫却用前后夹击之势，堵住退路，命他弃刀投降。堂邑父哪能受此羞辱，何况事情万分紧急。他不想耗时缠斗，遂杀招顿起，欲在瞬间脱离此地。

这两名宿卫并非等闲俗辈，一见高个起手便是夺命杀招，也以狠招对杀。一时间短兵相接，乒乒乓乓，月夜下火星直溅，乍明乍灭。

堂邑父所使之刀，乃库录用过的翘尖狼刀。库录被杀后，张骞将其拾回，一日被堂邑父见到，一个劲儿夸其为少见好刀。张骞看他喜欢，便送与了他，只是没有说明此刀来历。

这翘尖狼刀端的锋利，堂邑父以一敌二，斗到二十余个回合，便渐渐占了上风。

吐玛斯心挂两头。既怕小个子乘隙逃走，或钻进大帐，搅扰幺素王爷，又怕大个子难以降伏，部下吃亏。见二宿卫渐处下风，便欲出手相助。

那名看守呼日勒的宿卫瞧出苗头，叫道："吐玛斯，我去会会那厮。"不提防错眼之间，呼日勒一个打滚，窜入大帐。这宿卫欲入帐内抓捕，却被吐玛斯叫住："既入帐内，且由他去。幺素王爷那副虎掌，够他受的。大不了，王爷将咱骂上几句。先对付这厮要紧。也不知这厮有没有同伙，干什么的，最好能将其捉住，慢慢审他。"

说话间，那两名宿卫已倒下一双，既无声息，亦不动弹，眼见是凶多吉少。

吐玛斯又惊又怒，见那大个子抽身欲逃，便一个虎跳，跃至堂邑父面前："哪里去？且先吃我一刀！"声起刀落，斜刺里从右横劈过来。那名宿卫也如狸猫，悄然袭至堂邑父身后。

堂邑父见呼日勒进了大帐，心中不由得大急，迅即杀掉二宿卫之后，便欲驰回使节队宿处，孰料又有两名宿卫相阻，且出手便是狠招。见对方刀光一闪，向自己腰间劈来，即一个右旋，穿至其人身后，亦是一个斜劈，却与偷袭宿卫恰恰打上照面，刀锋相撞，铿然一响。由于堂邑父倾力相拼，力道奇猛，那偷袭宿卫被震得虎口欲裂，刀亦几乎脱手，踉踉跄跄退了数步才未跌倒，遂大叫道："吐玛斯小心，此人厉害。"复又上前，不敢接招，只做骚扰，像只老鼠，在堂邑父前后左右不断出溜。

堂邑父心厌且烦。既要与这名叫吐玛斯的宿卫接招、出招，又得提防这只老鼠宿卫的暗算。遂打定主意，先除掉这只"老鼠"，再全力对付这位吐玛斯。

瞬间，堂邑父使出他的独门刀法——"天女散花法"。此法只在城固与张骞第一次对垒时用过，若非张骞过人的臂力和那青锋重剑，还从未有人有过胜算。

吐玛斯见这大个子突然变招，且套路怪异，无以破解，心下赫然，只以刀体护身，等待熟知其招数之后，再行攻杀。

堂邑父见吐玛斯被逼，只取守势，当即以明刺暗挑欲左向右之法，将其逼退数步，而后一个侧转，瞄准“老鼠”宿卫下颚，右脚脚尖狠狠一挑，只听腭骨“咔嚓”一声微响，便倒地不起。

即在同时，堂邑父耳际传来刀风，迅即以胸刀旋顶之法向上戳出，刺入攻者胸膛，自己背部亦被划出一道血口。

吐玛斯顿时晕死，寂然无息，躺在对手背上。堂邑父掀落吐玛斯，顾不上揩去脖子胸间敌手淌出的污血，也顾不上背部伤口流出的鲜血，稍稍吁了一口气，便向西疾走。

未及一里，遇到张骞数人。

此时已是残月，星星渐渐密了起来，草尖上慢慢有了露水，夜风也凉了许多。张骞遥见一人向此而来，定睛辨认，知是堂邑父身影。旷野上，孤身只影，显得仓皇无依。

张骞立即飞奔而去，到了近前，闻到满身血腥之味，其浓烈，其恶臭，直欲令人作呕。

张骞大惊，一下将堂邑父抱住：“兄弟，你怎么了？来，我背你回去。”俯下身子，便将堂邑父往背上一掴。

暗夜中，堂邑父不由双眼涌泪。张骞甚事不问，首先顾惜他的伤情，让他心情得以平复。一种从未有过的归依感，让他不由得泪如泉涌。他轻轻推开张骞，道：“我无大碍，只背上受了皮肉之伤，大哥无须紧张。刚才若不与四名宿卫恶斗一场，我也不至于此时才得回转。大哥，呼日勒系龙廷单于派往大汉的奸细，使节队危矣，大哥勿以我为念，请即去安排撤退之事。”

“二弟，我的好兄弟，使节队撤退之事，已做安排。呼日勒借口返回大帐，当时我已心疑，让你相跟，便有监视之意，只是不便明言。当然，毋庸讳言，于此亦可证明兄弟心迹，兄弟乃光明磊落之大丈夫！”

“大哥真心待我，堂邑父早已知晓。一生有你这样的大哥，夫复何求！”

堂邑父咬牙忍痛，宁肯伤口涌血，也不让张骞负之。张骞亦不再说话，半背半搀，与堂邑父搭肩而行。初，张骞不敢快步；后，堂邑父向前疾行。张骞这才发足，相偕并进。

至使节队宿处，见众人已收拾好行囊、货捆，只等李中壮从南栏子牵马回来，便即出发。夏宏看到堂邑父负伤报信，心中之疑顿释，即点燃火把，为其疗伤照明。孙治瑾亦不待吩咐，便兑了盐水，先为堂邑父止血、清洗伤口，然后敷药包扎。堂邑父的一身血衣，也被张骞脱下，将其脖子、胸间的污血揩抹干净，为其换上杨柏递来的净衣（杨柏身材与堂邑父相近）。接着，朱厚良又端来一碗热水，递与堂邑父。堂邑父接了，仰脖一饮而尽，欢喜地叫了一声："真乃痛快！"这才将刚刚发生之事说了个备细。只将与宿卫打斗经过，说得甚是简略。

对于黄金虎皮绢，张骞与所有的人都是首次听说，原来，呼日勒竟有那么大的来头。张骞深为自己察人不慎而自责。问及堂邑父与呼日勒缘何得识，堂邑父道，是四年前在长安一家茶行做生意时互识。至于黄金虎皮绢，也是今夜才知，呼日勒乘乱将其塞给了一个穿红衣的比佤女子。呼日勒怕比佤女子有失，故此才借口返回大帐，欲面呈秃头幺素，派兵捉拿使节队一干人马。我看情势危急，便欲回来报信，偏偏又被秃头幺素四名宿卫阻住，不得已，只好与其相拼，回奔时，半道遇上张大哥。

张骞道："情况险极，时辰不多。从呼日勒进入大帐，到秃头幺素发兵，只在一个时辰之内。我已察之，北边均系牧民，故此撤退的方向在北，我已令任扶、公羊鸣执率人起出小丘陵所埋之物，径行北去相候，请诸位得知。在场人员，不必惊慌，现即点名查看，有无缺漏。

只听王兼叫道："张大哥，由天际哪里去了？"

却听帐外有人远远应声："由天际去南栏子看马戏去了。"随着，一声轻快的口哨吹响夜空。

应声者，正是由天际。

由天际前边，是一串黑幢幢人影；后边，是大队马匹。由天际骑在他的马儿上，显得格外逍遥自得，大众虽然看不到他的表情，也知晓那张小脸上，正泛着顽皮的笑容。

不知为何，队员们一听到由天际那快乐的口哨声，心情霎时不再那么紧张。

走近一瞧，见是驻守马厩的那十来名军士，一个个串鱼般被绳索拴着双手。张骞不解，问道："由天际，怎么回事？"

由天际嘿嘿一笑："张伯伯，你极聪明的人，不去问那十张嘴，缘何问我这一张嘴？他们一次能说十句，我一次才说得一句，是不是这个理儿？"

张骞急欲了解情况，不想跟由天际闲扯，便让鞠无田等人上前，掏出"军士"口中塞的烂草："说，你们是些什么人？看你们就不是秃头幺素的军士，又缘何换了军士的衣服，替人去守马厩？"

十名假军士七嘴八舌，说了来历。

原来，他们是北边一带的牧民，入夜不久，便被几名军士叫至帐外，一人给了二两金子，随他们由东边去了南栏子。然后集合在一块儿，一个头目样的军士，命令他们脱光衣服，换上军士的服装，那些军士则换上了他们的服装，说是去执行秘密任务，到二十里外的小丘陵挖什么财宝。那些军士走后不久，你们的人便来了。幸亏这位小爷，说张伯伯有令，不许滥杀无辜，将我们解到这里。

张骞倏地又紧张起来，他压根就没想到，在万分危急之中，又突生枝节。他不知道驻守马厩的军士，是怎么知晓小丘陵使节队埋物之事，现在只替任扶、公羊鸣执担心，他们所去，也只十多个人，一旦和这些窃贼遭遇，免不了又是一场恶斗。而现时派人，也来不及。这真是千虑万虑，意外之事难虑。

夏宏、堂邑父立即请战："张大哥，我等立即前去小丘陵。想那些贼人，说不定任扶正在与之酣战，我等快马，顷刻即到。"

"这怎么成？夏宏旧伤尚未痊愈，老甘刚受刀伤，要去，也是我去！"张骞即刻点将，准备出发。

不料由天际大声叹息："唉，可惜了若许上好草料，噙在嘴里正吃得舒服，却被几位伯伯掏出来全被糟践。张伯伯，你们也真是人忙无计，怎不问问我老由，我师父他们哪去了？"

是呀，李中壮他们干什么去了？从南栏子回来的人马中，除了马儿，就只由天际、陈尚斗二人。起初，张骞还以为李中壮等人在为马群断后，现在看来，全然不是。

陈尚斗这时才插上话头："张大哥，老夏、老甘你们放心，李中壮他们早已从南栏子出发，去了小丘陵。”

由天际却摆出一副郑重其事的样子：“陈伯伯说得不对，我师父找孙子算账去了。”

陈尚斗不解：“明明是去了小丘陵，你师父何来的孙子？”

“陈伯伯您不懂，我师父到了小丘陵，杀得那伙贼人跪地求饶，直叫‘爷爷饶命’，他们不是我师父的孙子，您说是什么？陈伯伯，您该知道，我师父此去小丘陵，主要是为了完成张伯伯交给的任务。”

“任务？甚任务？马儿不全都回来了吗？”

“陈伯伯，张伯伯让咱把驻守马厩的十名军士全杀掉，结果没杀成，人家换了地方，我师父当然也得换个地方，去把任务了结了。你说是吧？”

众人皆笑。张骞催大伙儿赶快备鞍上路。

由天际道：“张伯伯不用太着急。我在南栏子演了场马戏，把‘秃头要死’的军马全部赶到南山山谷里去了。听牧民说，那地方草美狼群更美，马儿和狼们都有吃的，多美！”

这个小调皮！大伙儿不觉松了口气。

这真是：

山之高，高之有度，比之心，人心不可量之。
海之深，深之可测，比之海，人心不可测之。
邪耶，正耶，大事若沸，沸水鉴之；
奸耶，忠耶，生死如溺，溺水判之。
吾叹瀚海奇幻，真伪幻境互撞；
吾叹荒原地旷，实虚旷野相搏。

故事纷繁，头绪多多，欲知以后情节进展，且由下回一一讲述。

# 第二十二回　王爷奸徒各逞谋算　众英甘父了却心结

原来由天际被范佑铭唤醒，得知原因之后，便问道：“我师父哪去了？”

“你师父？李中壮带了二十个人，还有陈尚斗，去南栏子吆使节队马儿去了。”范佑铭如实道。

“只吆马儿？杀不杀人？”

“张大哥说，怕走漏风声，秃头幺素驻守马厩的军士，都得杀掉。”

“呃，那‘秃头要死’的驻守军士多不多？”

“不多。听说有十来个吧。”范佑铭知这小调皮鬼名堂多，不由心中犯疑，“你打听这干甚？”

“不干甚。只是操心我师父。我师父也真是，十来个匈奴兵，都不够他一个人杀，还去那么多人！”由天际装出一副失望的样子，又问，“范伯伯，您说，您帮我磨‘小尖尖’‘小钩钩’，磨了没有？”

“磨了。磨好之后，已放回原处。”

“谢谢范伯伯。我去看看。”由天际吹了声口哨，兴高采烈地去取他的兵器，乘范佑铭和其他人不注意，一下子溜出帐篷。

由天际将轻功发挥到极致，奋力追往南栏子。几乎在同时，与李中壮一行人赶至南栏子，并于相距三十余丈处停下。由天际辨认了一下方向，系为马厩东边。

马厩修得奇特，整整一个偌大的圆圈，周遭总有两里，且外围全为夯筑土墙。

一道独门，向东而开，门旁插两支硕大的火把，将附近照得通亮，连门上挂的大牛角号亦遥遥可辨。有两个值班军士，其唠嗑之声时断时续地传来。

欲要进得马厩，须先解决守门军士。大家皆等李中壮拿主意。至于里面的值守军士，只要大门这关解决顺利，当在掌握之中。

时辰紧迫，李中壮叫出四名弓箭手，以二对一，以达一次中的。

不料衣襟被人一扯："师父不可。"听得是由天际声音，李中壮一愣，他来不及责备，问道："有何不可？难不成你有什么妙法？"

由天际轻轻一笑："夜间弓箭响声甚大。我有一计，唾手可得。"

"你有何计，还唾手可得？"

"我可扮为师父的奴隶，师父您自然是奴隶的主人。奴隶在前边叫边逃，主人在后追赶谩骂。咱再后退一百丈开始，到门前我往里一钻，您紧跟一撵，不就借了？理由嘛，我白日丢失了牛羊，夜里才偷偷回家，结果被您发现。只是，师父要演得越像越好。"

李中壮一笑："小鬼头，你哪里是我的徒弟！"

"师父，您同意了？不过，师父您手中缺样东西——我见艾古艾伯伯拿了根长棍，不妨借来一用。"

于是，师徒二人上演了一场好戏。

李中壮对于此道，确乎够不上"师父"标准。舞着长棍"追打""奴隶"时，一边暗笑，一边还"嚯嚯"有声，显得很假。但在夜间，还像那么回事。

由天际瞬间"逃"至东门，"呜呜啦啦"哭着叫着（说不好番语，只好装哑巴）。一头就往里钻。守门军士伸手去挡，却未能挡住。

奴隶主鞭笞奴隶，追打奴隶，在草原匈奴这里，早已习以为常，见惯不惊。两名军士发现被追打者又是汉人小哑巴，更其不以为意。不料这"小哑巴"非常滑溜，一下就钻了进来，将一矮个军士拦腰搂住，一件冰凉梆硬的家伙抵到喉间。

转瞬之间，高个军士亦被李中壮制住。正欲一掌劈下，那"军士"突然瘫倒在地，大叫"饶命"，说他不是军士，是附近牧民。

李中壮本为侠士，对一般善良百姓有一种保护欲，他急喝由天际住手，待问明情况再行定夺。

那矮个军士竟被吓呆，半句话也说不出来。听得师父急喝，由天际挪开“小尖尖”，笑骂道：“屄蛋！”用短枪将其逼住，听师父审问。

一审之下，李中壮大惊，真军士竟去了小丘陵！问另外的假军士在何处值守，高个牧民指着说在里间睡觉。由天际立即向门外响亮地吹了声口哨，艾古等人立即到了门里，由天际随着陈尚斗，举起火把，去马厩寻找使节队的马匹。

这马厩修得甚为严密，周遭的夯土墙，一坡水的茅草顶，既防风又防雨水，既防马儿被盗，又防马儿自跑。中间偌大的圆形场地，草料堆积如山，挨门不远一排五顶帐篷，有值守军士的宿处、炊间、马掌间、鞍镫堆放间，及其废弃兵械间。

由天际骑了自己的马儿来到大门，正见师父等人押着那些假军士，分派人员看守。他大摇其头：“师父不必这样劳神费力。请师父派人，将‘秃头要死’所有战马的缰绳割了，拿到这里来，一把火烧了它。请师父再问问这些牧民大哥，这南栏子南边是什么地方。若是地方合适，就把‘秃头要死’的马儿全给他放出去。”

李中壮又暗暗发笑，他真的要重新认识他这个小徒弟，随机应变能力绝非常人所能及。

由天际又叫起陈尚斗：“陈伯伯，麻烦您一件事，请将‘秃头要死’的头马找出来，咱得把这‘跑马溜溜’的活儿，让它干得漂亮些。”

不一刻，所有的缰绳齐集一处，由天际从中抽出十几根：“师父，请伯伯们将这牧民大哥串起来，嘴里塞上现成的草料。之后师父你们干你们的事，这里就不用管。”

有人拿了火把去点缰绳。

由天际急得大叫：“那么大一堆缰绳，燃起来该是多大的火苗！分成小堆，塞把干草做引火，既烧得快，外边又看不到火苗儿。”

陈尚斗也吆出了头马。由天际得知南边是一山谷，且有狼群，遂一拍自己的马儿，轻声道：“跟着。”便跃上头马，向南奔驰了大约三里地，才一跃而下，骑上自己的马儿回转。

李中壮见由天际转回，即率二十名队员与部分马儿向小丘陵方向疾驰而去。

任扶一行赛跑一般，向小丘陵埋物处奔去。为避开秃头幺素驻军，绕了两里，任扶在前，公羊鸣执断后，个个跑得气喘吁吁。

刚要拐过山脚，任扶突然蹲下，右手向后一压，悄声道："蹲下蹲下，不要出声，前边山坡上有人。"

公羊鸣执弯着腰，尽量压低了身子，来到任扶身边，按其所指的地方一看，果然有十来条人影不停地晃动，时不时传来隐隐约约的说话声。

此时将近月中，草原上的夜空几乎没有白云，显得十分的空旷明亮。公羊鸣执努力辨认，发现是些牧民，正在下力掘挖。

不好！牧民掘挖的地方，正是使节队白日埋藏物品的地点。任扶亦看出了蹊跷。

这些牧民是从什么地方来的？他们怎会知晓使节队埋藏物品的地方？真的好奇怪。

任扶急了，抽出宝剑就欲上前。

公羊鸣执一把拽住："甭急。再看看。这一路跑来，大伙儿皆累，不妨少歇。即就出击，亦宜奇袭。依我之察，这伙人训练有素，不似牧民。"

任扶静心一瞧，亦渐渐看出端倪。这伙人不多，却分工明确。有哨口，有指挥，五人挖掘，三人在地下铺着什么东西，准备放置物品。背后二十来匹马儿，站列整齐，静静肃立，非战马无此有序。

"瞧出来了。他们是军士，并非牧民。"任扶不由得大疑，"既为军士，缘何乔装牧民？"

"只有一个理由可解。他们是独自行动，并不想让他人知晓，更不想让秃头幺素知晓。物品得手之后，肯定会远走高飞，不再在此逗留。"公羊鸣执分析道。

突然一阵顺风，送来对方的对话。

"忽勃儿你说，我们弄到汉使的旌节，单于能赏给什么？这旌节是什么东西，真的比牛羊金银还要值钱？"铺东西的三人中，有一人问道。

"旌节是什么东西，我也没见过。不过，听呼日勒说，那东西是汉朝皇帝的信物，没了它，汉人使节队便证明不了自己的身份。就像单于发给亲信侍卫的黄金虎皮绢，左右贤王、左右谷蠡王见了，也得听命于它，是比自己性命还贵重的东西。你们说，它值不值钱？"

"这呼日勒是什么人？他怎么会把这么好的发财机会让给你？他告诉幺素王

爷不就行了嘛。”

“呼日勒是什么人，且看怎么说。之前，他是汉人使节队的向导。据说，跟使节队头人张骞还是结拜兄弟——不过，今晚使节队就完蛋了。在我这里，他是我姐夫呼鲁特的下属，见过两面，喝了两次酒，人长得不怎么样，但贪财好色，阴阳难测；在龙廷单于那里，与我姐夫一样，是手持黄金虎皮绢的贴身卫士。他将发财机会让我，也是为了巴结我姐夫，他今晚捉了汉人使节队，他发的财更大。我们是好兄弟，得了汉使旌节，去单于那里，不知比在这里好多少倍！快快干活，我们得赶在幺素王爷来人之前把事做完——小心，不要把东西弄坏了。”

答话的人，看来就叫忽勃儿。忽勃儿这些人是从哪里来的，这事已经不重要。呼日勒是匈奴奸细，现已坐实。

任扶二人吁了口气，幸亏张骞已有警惕，做了安排。否则，后果难料，使节队定遭倾覆。只这黄金虎皮绢系第一次听说，呼日勒又将其藏在什么地方？

公羊鸣执道：“皓月当空，实难隐蔽接敌。如若这样攻击，以我方十二人对敌方十人，急切之间，恐难迅速取胜。对方虽只十人，但既系军士，又敢擅自行动，其战力亦当不俗。我意不若假作秃头幺素亲信，放胆前去，而后乘其不备，实施突袭，彼方心虚，定必溃败。只这马儿怎么控制，以防逃脱，得有良策。”

任扶仰头凝望，不一会儿，低声道：“商禾、方峒秋对付战马，将其驱散。由我对付那忽勃儿，公羊你去对付哨人，其他人以一对一。争取瞬间结束战斗。”

“可以，以什么为信号？”

“恐其识破，时辰不能久耽。当我大呼‘忽勃儿，你好大胆’那一刻，便即动手。”

任扶率一干人等，大摇大摆地向前走去。

忽勃儿远远地大喝道：“谁？你们是什么人？给我站住！”

“你是谁？是不是忽勃儿？”任扶加快了步伐。

“为何不告诉幺素王爷，私自行动？”任扶继续质问。

“这——，我们不是，不不不，我们是在帮幺素王爷……”忽勃儿张口结舌，神情慌乱。

“放屁！忽勃儿，你好大胆！”任扶说着，一剑撩向忽勃儿的脖子。

忽勃儿惊恐万状：“你们是汉人，不是幺素——”亏他久经战阵，毫发之间，一退一仰，竟避过任扶一剑，并掣出腰刀，与之相搏。

任扶更不答话，既然突袭未果，只得以硬对硬。

用剑并非任扶长项，突袭未能得手，后来便无一招制敌之效，几个回合下来，堪堪打个平手。忽勃儿不敢恋战，便欲寻机脱逃，遂有意识退向马儿一方。一瞥之下，见马儿正被两个汉人赶开，不由大急，叫道："各位兄弟，不要恋战，赶快回营。"

"怕是回不了了。"远远地，一人大声喊道。转瞬之间，一彪人马呼啦啦到了眼前。只见说话之人离鞍腾起，凌空而下，一剑逼住忽勃儿："撒手！"

忽勃儿持刀硬接，只听"当"的一响，腰刀应声落地，看虎口，已然裂开，流血不止。

任扶乘机一剑刺入忽勃儿左胸，忽勃儿犹自手指来人："你，你是何人，如此厉害？"

"我乃大汉侠客李中壮，使节队副使。"

"李中壮！我，我记住，记住了。"语毕，倒在草地，再无声息。

"中壮兄，你们来得真是及时。再晚一步，情况实在难说。"任扶欲行拜礼，却被李中壮阻住："生死兄弟，有什么可谢，若非你们拖住贼人，亦不可能将其全歼。"

"中壮兄，你这一剑，可谓帮了忽勃儿大忙，让他能够早一刻到阎王那里应卯。"公羊鸣执兴冲冲走来，与李中壮一行相见。

"公羊鸣执，我与忽勃儿相拼时，还着实替你担心，倘若也遇上硬手，岂不糟糕。"

公羊鸣执笑道："那哨人是不是硬手，我不知晓，因为我未与他过招。他的送命，也多亏了这个忽勃儿。当时接近他之前，我已暗握匕首，接近两丈来远时，我叫道，'嗨，兄弟，忽勃儿叫你下去呐'，那人不知有诈，便往下走。我怕他看出我是汉人，便背转了身子，待他从我身旁经过时，我立即转身，将匕首插进他的后颈。后来我就观察各位兄弟战况，有谁不敌，就立刻助其一臂之力。"说毕，又嘿嘿一笑，"任兄可不能怪我未能助你一臂之力。原本想放在后续进行，不料被李兄抢了先机。"

起出物品，包扎捆好之后，任扶牵过送来的坐骑黑风宝马，擎起他的惯用兵器长戟，便欲率先而行。

不料却被公羊鸣执伸臂一挡："任兄，忘记张大哥的作为了？忽勃儿自掘的墓坑，缘何不用？由天际既将秃头幺素的战马悉数放走，那咱尽可为忽勃儿做件好事。呼日勒知后，也好让他感叹一番。"

任扶将长戟一插："就怕张大哥半道等得着急。"话这样说着，已捉住忽勃儿的双腿，将其往坑里一扔。见其被扔得歪了脑袋，压了胳膊，公羊鸣执又跳下去将其摆正。后面的人见了，亦一一将敌尸抬入坑内，摆正，然后以土掩之。

任扶在前，李中壮断后，公羊鸣执中间照看驮队，一行三十二人七十来匹马儿，并辔向北疾行而去。

此间已近子时，因与秃头幺素王廷距离较远，任扶等人无法知道那里的情况。张骞、夏宏等一干队员甚时走的，走了多远，只能凭其猜度。不过，想到秃头幺素见战马走失、气急败坏的样子，大伙儿皆乐不可支。

草原的月夜很美。月亮尽管不是很圆，但其冷冷的光华，让眼前的人仍然须眉可见。地上高高矮矮的牧草，摇着弱弱的影子，那些草影交叉互迭，随风起伏，左右拂动，并有微微的绿意闪出。天地相接之处，看似一抹黑线，但走着它就退着，走得愈快，退得也愈快，稍一停下，那黑线亦倏然停下，究不知那神秘的黑线在于何处。天上的星星则十分稀朗，但颗颗粲然，星光一闪一闪，格外耀眼，似在向世人宣告，它们是自在之星，并非借了月华之光；星星们好像离得很近，仔细看去，又异常遥远；它们是那么的逗人，使观星者不由得浮想联翩。而唯一的月亮，因其孤独，则尽量显出它的柔媚；你尽可以随时随地与它对视，亦可背负着它，感到它无处不在的关照，使你的身影悄然地印在草地，将草的影子遮住；你行走，有行走的安谧；你坐下，有坐下的安谧；你如果躺下，月亮便不声不响，悬空而挂，与你不离不弃。偶尔飘来的薄云，则一条条，一绺绺，凑不成团块，从月儿的面前经过，也难成翳光；它们轻而无依，在静谧的深空四处游荡，或疾或徐，以此显示深空之上风的强弱……

公羊鸣执以一位成衣家的眼光，欣赏着这草原之上的月夜景色，想象着出使任务完成之后，如何能够做成一件世间独一无二的衣服，让它既有神秘莫测的草原夜色，也有安谧恬静的月华俏影；既有深邃寥落的星星之光，也有柔若蝉翼动感十足的薄云。不一会儿，他收回臆想，悄悄看了一眼紧随其后的队员，问道："柳常，以你的眼力，五丈之外能否识得他人面目？”

这位名叫柳常的队员，系齐鲁人氏，视力极好，听得公羊鸣执吩咐，遂前后一看，道：“虽须眉模糊，但面目可辨。”

此处离北边相会地点尚有二十余里，又系秃头幺素屯军之地，公羊鸣执猛然想到，大伙儿皆汉人面孔，若夜遇不虞，难免不被识破，于是拍马上前，对任扶道：“任兄且住，我有话说。”

任扶驻马：“甚话请讲。”

公羊鸣执便将忧虑道出。任扶一想，深以为然，即令大伙儿停下，自蒙其面。又与李中壮议定，倘与敌相遇，先由公羊鸣执应付，若应付有失，则由任扶、李中壮率一众队员，实施突袭，打跑击溃即可。对于驮马，则指派艾古、柳常、蹇粟、陈殿善守护。

行约五里，果然遇着秃头幺素游骑。

原来，这秃头幺素看似是一莽汉，行事却非常小心，他四面征讨，四方树敌，为防暗算，每夜必有二十游骑，于十里范围之内来往游走，如遇敌情，少则灭之，多则吹号示警。

这二十游骑的头领恰是忽勃儿的把兄弟，月夜中乍见走来一队马，且人人蒙面，还以为是流窜骑痞，随意问道：“对方何人？是遛货，还是遛人？”

“我是忽勃儿，一帮朋友前来借马运货，我答应了，明晨便即返回。请 问，你们又是什么人？”

“你是忽勃儿？怎的声音全变了样？见了大哥我，也不叫一声！还有，这些人从哪里来的，又到什么地方去，我也从来没听你说过，你有这帮朋友。我们是幺素王爷的哨骑，难道你也不知？”

公羊鸣执叫道：“任兄，李兄，大哥不信我呐。”

话未说完，只见任扶举戟、李中壮挥剑，瞬间袭入敌群。

长戟连挑带刺，立毙敌骑二人；李中壮凌空舞剑，剑芒所及，鲜血激射，加上一干队员勇猛杀人，眨眼之间，敌骑已失去一半。那头领见不是事，急命号角手吹号，号角手却已了账，遂对着马儿打了一声“呼哨”，率先败逃，所有马厩里的马儿，亦随之而去。

一场短促接战，以失去所俘战马结束。

回忆起来，任扶等人才对那声呼哨感到蹊跷。那呼哨之声两声短促锐利，两声轻曼悠长，似乎是特地为秃头幺素战马而设，短时之间很难习得。

一行人重又上路。

任扶不无忧虑：“我等的身份恐被识破，秃头幺素的追兵便会赶来。”

“我看未必。起码在一到两个时辰之内没有追兵。理由有二：一则，我报了忽勃儿之名，敌哨骑头领以为此事与忽勃儿相关，以其把兄弟关系，或隐而不报，或先去南栏子查证，若见战马走失，必先寻找忽勃儿问明情况，一来二去，一个时辰亦难弄清；二则找不着忽勃儿，也会以为是敌对部落所为，而不会怀疑是使节队出手。即令是呼日勒，他也只会想到小丘陵，想到张大哥，不会想到此地会出现使节队。待到敌人弄清，找回部分战马，我等最少也走出八十里地。”公羊鸣执做了一番辨析。

“不管情况如何，我等都得加紧赶路，早点与张骞相聚。”李中壮去了后边，连连催行。

那哨骑头领见敌人并未追杀，便停止了奔逃。这帮人出手如此凶狠，他认定是一伙杀人越货的草原骑痞，便对所余部众相嘱，见了幺素王爷，就说骑痞劫马，与之遭遇。

目睹那帮人向北疾行而去，他犹自心存畏惧。看来，忽勃儿已命丧这帮人手中。

秃头幺素非常得意。他以一点酒肉与几个女人的风骚做交易，便能以半价获得上等茶叶和布匹，实在是桩难得的买卖。那几个遛货头人走后，他顺便也将他的兄弟、朋友打发得一个不剩。下来的事，就是尽情地享受美色。

他只留下红衣与黄衣女子。留下她俩，不仅是因为她们美丽出众，主要因为她们是比佤部落头人的女儿。他还不知晓她们的真名，只知大点的黄衣女子叫“阿果”，小点的红衣女子叫“斯芒”。姐妹两个，尤以斯芒最俏，腰肢一扭，媚眼一丢，男人的魂魄都会被蚀掉。秃头幺素虽已五十岁挂零，一见斯芒，半边身子也酥麻得瘫软如烂泥。

难怪那个遛货的矮个头人，一见倾心，不知给了她什么宝贝。

想想，能将仇人的女儿弄来取乐，那是令人多么快意。

秃头幺素取出一块崭新的白毡，整整齐齐地铺在地上，然后扔去上衣，褪掉长裤，唯余一块白色勒裆布，猿手一招："阿果，斯芒，来来。侍候得好，本王爷重重有赏！"

两盏巨大的油灯，闪着明亮的灯光，将大帐中的一应家什照得清晰分明。秃头幺素胸间的胸毛，黑黢黢连成一片；双腿上的长毛，直似狗熊；而蛇一样的眼睛，也在发着绿幽幽的闪光。两姐妹又惊又怕，兀立不动。

她们恨透了这个野兽般的男人。富足的比佤部落，毁在他手里；她们的父亲，比佤部落的男人，死在他手里；而她们心爱的情郎，现在也成了任他驱使的奴隶。

现在，她们还得接受这个野兽的凌辱。

她们恨自己太柔弱、太无能，来到这里，不是献舞，就是花样百出地陪酒。想逃，没有机会，逃又能逃到哪里？想死，又没勇气。她们还向往着为心爱的人儿生儿育女呢，轻易地死掉，也太便宜了这个野兽。她们宁肯在别的男人那里放纵，也半点不想与野兽亲热。故而当呼日勒向斯芒示好时，斯芒未予拒绝，而将所赠之物藏于暗处。

秃头幺素以为两姐妹害羞，当即走来将阿果抱起。再去拉抱斯芒时，不防斯芒转身从案上取了一把剔肉小刀，对着自己的喉咙："王爷再逼，我就自杀！"

秃头幺素不以为然，淫笑道："杀吧，杀吧，杀一个让本王爷看看。"

斯芒丢下刀子，放声大哭，一下子跌坐在地。

秃头幺素丢开阿果，乘机坐下，将斯芒紧搂于怀，然后一把扯掉裆布，撕去斯芒的衣服，然后说道："多美的事情，你咋就不晓得……"

此时，帐外突然传来说话声，紧接着，是一连串的打斗。

秃头幺素停了淫乐，侧耳谛听，大帐之外似乎来了两名不速之客，其一人意欲入帐，另一人极力相阻，一言不合，便打将起来，不知是那两人互斗，抑或与他的宿卫相打，弄得叮叮咣咣一片声响，也惹得他格外心烦。

他曾严令，不管白天黑夜，凡未经他的允准，任何人不得入帐。强行入帐者，卫士可当场予以击杀。而以吐玛斯为首的十二名贴身卫士，四人一组，三班轮换，皆是他的死士，且武功高强。尤其吐玛斯，号称幺素第一勇士，等闲之辈，休想近身三尺。

外间还在拼杀，帐门里突然滚进一个人来。阿果吓得失声大叫，直向帐边躲去。秃头幺素定睛一瞧，正是参与饮宴的矮个儿头人，亦是与斯芒捉对儿互戏的情敌。不由得大怒，趁其立足未稳，甩起巴掌狠劲地扇去，只见那矮子陀螺般地转了两圈，又“扑通”一声，倒在地下。秃头幺素提起一脚，欲将其碾死，忽又放回，骂道：“也不撒泡尿照照，你是什么东西，敢打斯芒的主意，不看你是遛货的头人，本王爷岂能饶你！”

说着，将其一脚撩到阿果近前：“看住他，勿让他坏了咱们的好事。”遂又向斯芒扑去，“你他妈的也不是正经东西。一会儿不把这败兴家伙的信物交出来，且看本王爷怎么收拾你！”也不管斯芒什么神色，只管自己尽情发泄兽欲。

阿果又失声大叫，躲到远处，浑身瑟瑟发抖。

秃头幺素坚信，有吐玛斯在帐外，不会再有人敢来打搅。这个矮子敢于溜进大帐，吐玛斯大概以为此人是遛货头人，前来向他卖好。不过吐玛斯坏了规矩，这是绝对不许可的，明日得抽他几马鞭，让他长长记性。

果然，帐外安静了许多。

秃头幺素又去拽阿果：“别怕。有本王爷疼你，你怕什么？”

只见那矮子又爬了起来，半边脸肿得老高，嘴角还在滴血，咕咕哝哝地也不知说些什么，一双手不停地向他比画着。

“晓得求饶了？本王爷可以饶你不死，但是，你坏了本王爷的好事，却容不得你在这里碍眼！”随即将矮子倒提了双腿，扔了出去。

呼日勒算是得了大彩。

他原来想得很简单。只要进了幺素王爷大帐，将情况那么一说，找着黄金虎皮绢，那么，幺素王爷就得听从他的指挥，立即派出人马抓获使节队。即使堂邑父拼死报信，张骞等人也不会跑得太远。到时奇功一件，以此一生荣华富贵，享用不尽。什么牧场、牛羊、女人，全然不在话下。单是使节队所带的茶叶、丝绸、金银珠宝，就能让人顿时变成富豪。

当然，还有那汉使旌节，也不知呼鲁特的小舅子忽勃儿挖着没有。张骞很鬼，有意将他支走，与堂邑父一道，去和幺素王爷叙话。但他更鬼，见张骞一圈人围着，迟迟不散，便知张骞等人为防幺素王爷有变，在埋着什么东西。什么东西？当然是使节队最当紧的宝贝，除了旌节，应该还有绸缎之类的物品与武器。后来他观察到，有八匹驮马放空，连任扶用的长戟也不见踪影。

呼日勒没想到，看似绝好的机会，却事事不遂。先是该死的堂邑父坏事，若非自己见机开溜，借宿卫之力相阻，差点被其捉住；接着是这幺素恶煞，不分青红皂白，一掌抡将过来，当即牙掉了两颗，嘴里淌血，脸也肿起，一句话也说不出来。若那一脚踩到胸膛，小命也就撂在这里，就有黄金虎皮绢，亦难救他。

也怪自己心急，少了心眼儿。宴会时，那幺素王爷的双眼，就没离开过那红衣女子的胸膛和屁股。也就因为这个，他才选中红衣女子，将黄金虎皮绢塞入她的怀中，以期那红衣女子能主动拿出来，或能被幺素王爷发现，哪知竟引起幺素恶煞的妒火，看到他，如见不世仇敌。

不过，他返回大帐却是对的。那女子既未将黄金虎皮绢献出，幺素王爷亦未发现。那比他性命还贵重的黄金虎皮绢，也不知是被扔在那个旮旯里了，或藏在那个旮旯里了。

想到那红衣女子——幺素王爷似乎叫她“斯芒”，呼日勒便爱恨交加，那柔软的身子，那让人欲火升腾的骚劲儿，简直是人间尤物；却又正是因为她，使得自己平白遭罪。

呼日勒被扔出帐外一刹那，他感到自己就像一只死狗，或者像一根被啃光了的骨头。脸和嘴疼得他眼泪直流，也不敢哼哼，怕那恶煞跑出来，再给他一脚；他也不敢再行入帐讨打，只能忍痛等候。

大帐里先是不堪入耳之声，其后便是雷一般的鼾声。

再看那几名宿卫，呼日勒不由得倒吸了一口凉气。

二十丈远的地方，明亮的月光，冷冷地照着四名宿卫的身影。

刚才凶神恶煞般的宿卫，现在却横七竖八地躺在地上。

其中有两人无声无息，一动不动；有两人哼哼，声音微弱，似乎伤情极重。呼日勒这一惊几乎忘了疼痛。自他与堂邑父认识以来，这是首次“见识”了此人的真正功夫。以一敌四，全身而退，想想都让人惊怕。

他知道，一切都晚了。等到幺素王爷明日醒过来，张骞与使节队早已跑得没了踪影。

唯一的希望，是呼鲁特的小舅子忽勃儿，能撵在张骞前面，将旌节弄出来。

脸上嘴角又开始一抽一抽地疼痛。呼日勒不由得想到了孙治瑾，想起在荒村，张骞为他熬药时的情景。回想两年多来与张骞的相处，大多时候，都在被体谅、被关照。若说恨，他恨不起来；可要说亲近，也无法亲近。因为一直以来，他都认为张骞是在利用他，以期达到张骞之目的。或许，他与张骞真的能够成为兄弟，可他作为单于的贴身卫士，又是黄金虎皮绢的持有者，就注定了这绝不可能。

朦朦胧胧，呼日勒进入半眠状态。

秃头幺素一觉醒来，天已大亮。他第一件事，便是逼斯芒交出矮子所送信物。迫于淫威，斯芒取出所藏之物，秃头幺素劈手夺去，扔了银钱，将小包乱翻一气。

当他翻出黄金虎皮绢时，顿感大事不好，让他又惊又怕。原来这矮子竟是军臣单于的亲信贴身卫士。这矮子向他出示单于信物，肯定有大事发生。他大骂一句“女人误事”，便疾步而出，找那矮子问话。

走至帐外，秃头幺素又大吃一惊。他的四名卫士，竟倒下两双。一双已显僵硬，另一双中，吐玛斯身体尚有余温，刚死不久，另一人颌骨碎裂，虽然活着，嘴却吊着。回头一瞅，矮子蜷成一团，窝在帐边一角，双目茫然地望着什么。

从矮子断断续续的话中得知，他叫呼日勒，系龙廷派往汉地的杀手和细作，杀掉库录之后不幸被俘。后来机缘巧合，进了汉人的使节队。出示黄金虎皮绢之使命，就是要幺素王爷出兵，捕获化装成遛货的使节队。

秃头幺素默想，现在集合人马要追上使节队，几乎是做梦。而对其所施加的暴虐手段，要想让这矮子不记恨，也不可能。他看得出来，这呼日勒就是个小人，他可不想让这矮子回到龙廷之后，在单于面前给他下烂药，将失职之责，全部推到他身上。

看到四名心腹卫士的惨状，秃头幺素恨得牙巴骨直痒。若不是这矮子引来的祸水，何至于此！就凭此，这矮子就得偿命。择机除掉呼日勒，到时报个追敌战死，龙廷也理不了这笔糊涂账。

想定之后，秃头幺素嘿嘿一笑：“呼日勒，对不起，实在对不起！本王一直将你当作了遛货头人。你既有黄金虎皮绢，就该早点儿告诉我——呃，本王爷知道，你是不是怕死？害怕一旦露底，就被人当场击杀。这么一来，龙廷给的好处，岂不全是本王爷的了？你既想得好处，又怕死不敢逞英雄，欲借我之力，达到你之所求，你可真聪明。你暂且养伤吧，待我率兵去追张骞，追上了，有你一份功劳，追不上，休怪本王不努力。”

对呼日勒也不做任何安排，骑上马，便去了东边营帐。

秃头幺素的一番话，使呼日勒周身顿时冰凉，他目送这恶煞王爷渐渐远去，挣扎着站起来，解了宿卫的一匹战马，乘无人防守之机，绕过兵营，向东北方向仓皇逃去。

秃头幺素奔至兵营，却接连听到坏消息。先是南栏子战马走失，仅仅找回三百来匹，接着是在小丘陵发现忽勃儿十名尸体，再是值夜游骑来报，在东北方向五里地遭遇骑痞，损失十余名骑士。秃头幺素气得暴跳如雷，大声叫道：“呼日勒，你就是个灾星。”拍马就要返回大帐。骑兵统领问还追不追汉人使节队，他生气道，“还追个屁！”想想又道，“追还是要追。你用三百人马，不管往西往北——不，还是往北，追到今日下午，追不着，你就给我连夜往回赶。”

回到大帐，却不见了呼日勒。一问，有人看到那矮子骑马跑了，跑得有一个时辰。

秃头幺素气得差点儿跌下马来：“这个该死的矮子，便宜了他。”

张骞遇到一个难题：捉到的十名牧民，不好处理。既不能杀掉这些无辜百姓，也不能像呼日勒那样，残忍地割掉他们的舌头，更不能将他们捆在这里——倘若秃头幺素来人，威逼之下，向秃头幺素告密咋办？当他看到陈尚斗、由天际给那些空马分货时，他突然对夏宏道：“不若将这些牧民带上，走出五十里地之后，再放掉他们，让其徒步而回？”夏宏一琢磨，觉得可行：“此主意甚好。”堂邑父听了，也不无感动：“大哥你这般宽厚仁慈，相信他们终生也难忘怀于你。”

一行人向北疾行而去，月光无言，却将路径照得分明。一到岔路口，那些牧民自动指出正确方向，并言前方二十余里地的地方，有一片小树林，在那里隐蔽等待最妥。

众人进树林不久，便见任扶、李中壮、公羊鸣执一干人疾驰而来。因为见不着张骞等人，三人正商议着什么。突然听到树林传来一声悠长的口哨，三人同时喊了声："由天际！"

两队人马会合之后，又向北疾驰三十余里，在一小山弯处停下。张骞让众人少歇，又请牧民们下马："对不起各位牧民兄弟，让你们骑马来此，却叫你们徒步返回，实在是情非得已，我们这里出了叛徒，秃头幺素要来追杀我等，只得委屈你们一次。"他又吩咐杨柏，"且将驻守马厩士兵的武器还给他们，好作防身之用——草原狼多，莫让牧民兄弟有失。还有，取一枚火石、三支火把，好给他们壮胆。"

牧民中一高个汉子接刀后，立即单膝一跪："我等草原人皆是血性汉子，此恩当没齿不忘。还请统领赐名！"

"我叫张骞。为求得安宁和平，率众英雄西行遍访诸国。"

十名牧民皆单膝一跪："谢张骞！祝众英雄西行顺利。"遂起身，昂扬而去。

一众整队将行，堂邑父突然对张骞说道："张大哥，我有几句话要跟大伙儿说说，耽误不了多少时辰。"

张骞笑吟吟道："兄弟，大哥知你想说什么。说吧，说了，从此就轻快无虑了。"

"大伙儿知晓，我，还有那个呼日勒，与张大哥是结义兄弟。大哥仁义，只管现在与将来，对于前事一概谅之。呼日勒系匈奴单于贴身卫士，又持有权力无上的黄金虎皮绢，此事今晚我才得知。因阻他面见秃头王爷无果，只得杀败王爷卫士，向大哥告警。"

众人安心静听，堂邑父有些激动："我出身奴隶，因我的奶奶系汉家女子，小时候在奶奶身边长大，随父姓，名叫甘父。后来，父亲甘畴被征为匈奴骑士，我即改为主人的姓氏，叫堂邑父。我愿意随张大哥西行，其实有我的目的。我父随军西行征战重新立国之大月氏，结果战死异国他乡，我去，就是要找到他的遗骨，接他的魂灵回家。"

说到此处，堂邑父不禁潸然泪下："我不明白，各国的子民缘何要打打杀杀，不能友好相处？这次看到贪得无厌的王爷，我似乎明白了一些。我讨厌无端的杀戮，更加痛恨背信弃义的家伙。我坦承，我曾为呼日勒的巧言所骗，参与过在潼关对库录的狙杀，但我并未动手，临场我才知晓是我的朋友库录。但我未能阻止呼日勒的恶行，致使库录惨死于洛阳。幸好，行凶者呼鲁特等人已为夏副使率人诛杀，库录亦可瞑目。”

“若说有错，我有大错，”堂邑父慨然道，“使节队陛见皇帝时，呼日勒曾有异动；陇西时，他曾欲秘密潜逃，我念及情分，未能及时禀报，致使酿成今日之患。”

静默良久，倏地响起一片掌声。夏宏大声道:“我们的好兄弟，从此不相疑也！”

这真是:

明月如水，如水明月照彻人间邪祟;
草原如茵，如茵草原廓清世上罪愆。
枝叶万千，万千枝叶迷迷茫茫，
心绪万千，万千心绪枝枝蔓蔓;
漫说险途万千阻遏频现，
且说万千险途付于足端。

欲知使节队是否脱险，脱险之后又遭什么祸端，且看下回分解。

# 第二十三回　过大漠张骞甘父话险　遭沙暴戴羽杜槐失踪

“停下，停下，杜槐，你给我赶快停下！”

名叫杜槐的队员将驮马牵到一旁：“戴羽，你真莫名其妙，停下何事？你不是张大哥，也非杨柏，没叫歇火，没让做饭，你要停下就停下？”

“你看看你后边驮马上的米包，它漏米了！”名叫戴羽的队员说道。

杜槐一惊，下了坐骑，奔向驮马，果然，米包中间有一拇指大的小眼，米颗流水似的不停漏出。

这杜槐却是个火暴脾气，不由分说，吵将起来：“戴羽，这米包不是你打的结吗？眼睛长裤裆里了？这一程不知漏掉多少米！我看，你就是个呼日勒，想饿死大伙儿。”

戴羽是个打结能手。在使节队，他打的梅花结、蝴蝶结、凤尾结，比任何人打得都结实、都漂亮，而且极易解开。解时只需将绳头一撴，绳结便立即散为一根绳索。因此，使节队之货包，上驮打结，大多由他包揽。今夜起程仓促，他只顾捆包打结，哪有工夫细察。漏了不知多少米，他想着也心疼，不料杜槐这般说话。他感到憋屈，亦口不择言：“我看你才最像呼日勒！你经管的米包，你有失察之责，却赖上别人，简直混账！”

全队不得不停下。王兼、由天际最爱凑热闹，立即赶到二人身边。

王兼道：“杜哥哥，戴哥哥，净是你俩热闹可不行。我最公平了，我来当证人。

你俩谁吵赢了，是呼日勒第一；吵输的，是呼日勒第二。你俩现在重新开始。”

“王兼你放屁！我俩都成呼日勒了？”杜槐不由得失笑，对戴羽道，“揍他！”举起右拳，便向王兼撵来。

由天际却道：“王兼哥哥说得不对。吵赢的，是呼日勒他爹；吵输的，是呼日勒他娘。”一察米包，又大叫道，“啊哟哟，不好！我成呼日勒他爷了。这米包上的小眼眼，是我去南栏子时走得急慌，取‘小尖尖’时不小心撞了一下。当时没破，戴伯伯一勒绳索，杜伯伯一掂包包，它就成‘呼日勒’了。两位伯伯若是喜欢‘呼日勒’这顶帽帽，可以接着热闹——只是呼日勒他‘爷’没工夫。我找针线去也！”一眨眼，到了公羊鸣执身边。

张骞一看天色，大约正在寅时，将近三个时辰，跑出已有八十里地，离天亮不到一个时辰。秃头幺素虽因战马走失不能及时发兵追击，但此时凑上三五百骑，极有可能。故而不能说现已脱险，不可在此久留。

堂邑父亦说，再行一百余里，才能跑出秃头幺素的属地。

杜槐与戴羽因米包漏米发生争吵，张骞听得明白。因为驮队有夏宏等人，他没有去管，却停了来，只是将马头掉转看看。后见王兼、由天际去撵热闹，遂会心一笑，更没有去管它。

公羊鸣执缝好米包窟窿，继续直奔。

渐渐，东边出现亮色。

接着，天边抹出一道红线。那红线两端看不到尽头，像一把赤红巨刀，将草原大地进行着无情地切割；瞬间，那红线如一团摊开的胭脂，向天际上的天空尽情地搽抹；而后倏地一下射出无穷的金光，太阳的半边彤脸，于是在金光的簇拥之中，十分张扬地露出；盯着它，从一到十尚未数过两遍，一张硕大的红脸蛋，便圆圆地搁在草原的边际，将草原上所有的东西都染成了胭脂色；继续再盯，则不成了，那炫目的光线，会让人眼前顿时漆黑一片，低头阖眼移时，方可看清物事。而此时，夏天草原上连天遍野的花儿草儿，便呈现出恬人的美丽，再有牛羊其间，风拂其间，那种旷远无垠的天地奇景，让人不由生出无限遐想。

使节队里除了无忧无虑的由天际，都不敢有片刻留恋。直跑到辰时，日已三竿，张骞才让人马少憩。马儿吃草饮水，人下马解手，喝水吃前日烙下的硬饼。接着，又折向西南方向，沿着一条小山沟疾行。直到过了午时，才在背阳的一处山弯前停下。

堂邑父说，这里，大概已走出秃头幺素地界五十来里。不过，草原地广人稀，秃头幺素又十分贪婪，跨界追击亦极有可能，此处不宜久停。

张骞心中有疑，问道："秃头幺素何以知我等已转向来此？"

"草原人察迹辨踪之能力，大哥应该有所知晓。否则，我怎能当此向导？"堂邑父笑道。

"是我着急了。弟兄们一夜未眠，太累太乏，马儿亦渐见不支。既如此，依你之见，应做何措置？"张骞歉然一笑。

公羊鸣执插话道："不若让部分兄弟健马向西，奔驰三十里，而后折回，随大队向南再行一个时辰，以此迷惑秃头幺素，可否？"

堂邑父点头："欲西而南，此计可行。"

不等张骞发话，任扶即道："待我去做疑兵之计。"便叫了一拨人马，向西而去。

不料，在此遇着一处水源。

是一溪水，淹于草丛。细而清澈，流而无声。洼处成潭，潭映蓝天；凸处成岛，岛石润泽。这于汉地山清水秀无甚稀奇，可于干旱少雨之漠漠草原，乃是弥足珍贵之处。使节队从昨夜至今，所携之水无点滴补充，已濒临绝水状态，续行将陷艰难。任扶欲汲水以备，惜贮水水袋未带一只；欲遣人返程禀知，又怕误了行程。一时委决不下，立马踌躇。

时杜槐在任扶左近，见其状，探问道："任副使，是否为取水之事发愁？"

"正是。使节队所携之水即将告罄，如此好水，尚不知何处再有。"任扶说道。

"既如此，就该以取水为要。任伯伯，小可替你放一支响箭若何？这样一来，先吓张伯伯他们一跳；接着，又喜他们一回。"由天际总是嬉皮笑脸，看似不太正经的话里，却又透着巧妙的主意。

若想让张骞一众来得快，当然以响箭为妙，但这样做，显得有些捉弄人。正自沉吟，由天际已找来栾北荒。任扶见此，也就默许。

果然，一听响箭，张骞、李中壮、堂邑父、公羊鸣执一干人，刮风般迅即赶来，一看并无敌情，皆长吁了口气。一听又是由天际的主意，张骞笑对李中壮道："你看你这徒儿，满肚子弯弯绕。小小年纪便即心计百出，长大了可能名过其师呐。"

"调皮是调皮，但还有趣。"李中壮心甚喜之，遂将昨夜去南栏子弄马，互扮奴隶与主人一折，叙说了一遍，引得一干人皆大笑不止。

却见由天际像做错事的孩子，在马背上趸着身子，向李中壮施礼道："师父，请恕徒儿无礼。徒儿也是一时情急，趁任伯伯犹疑之时，撺掇栾伯伯放了一箭。"

对爱徒此举，不好赞许，亦不好责备。李中壮正难措辞，张骞已作评判："由天际此举尚可，只是不怎么地道。且下马汲水去吧，我等还得及早离开此地。"

"诺。张伯伯说的极是。"由天际下了马，满心欢喜地便去帮杨柏等人汲水。

取足水，使节队复向南行，至申时，又变向西行，至一荒沟十余里处，才作歇息。

但是，未敢下驮解鞍，并加放哨人哨马至两里之外。

人人饥肠辘辘，下马即卧，四肢瘫软于地。只苦了杨柏等人，忍饥劳作，脚手不停，先煮了两锅疙瘩汤，让众人垫饥。这才四处寻找柴薪干粪，以供蒸饭做菜之用。

此荒沟虽类似荒村，却无人烟痕迹，柴薪极少，干粪更为难寻。眼见得日落西沉，杨柏一干人只好罢手。

半道上，由天际拦住杨柏："杨伯伯，幸亏我眼尖，在草丛里找得若许干粪。"语毕，举着挎篮，递与杨柏。

杨柏一看，当即笑道："此系狼粪。烧起来，烟雾奇大，臭味奇大。只可作长城军士报警之用，其他毫无用处。若用此做饭，饭熟与不熟且不论它，单是狼烟，便是给追敌报信。我若用它，真就成了呼日勒。"

由天际觉得，此事做得太过丢脸，将挎篮倒扣于地，道："这狼不是个好东西，连狼粪也如此肮脏，真叫人恶心！"看看一旁含着笑意的苏疾、戴羽，又打了一躬，"还请各位伯伯勿笑天际无知，勿让我师父等人知晓。"

"这怎么会？你问你戴伯伯，小时候他父亲在云中①郡戍守，他去那里闹过多少笑话！他见铜锅用来敲击，不知亦是煮饭的家什，就向锅里撒尿呐。"杨柏道。

戴羽被说得不好意思："谁都有小时候，世上不知道的事多得很。就说这粪，马粪、牛粪、驴粪、骆驼粪缘何可以当作柴薪？因为这些牲畜吃的是草，这种干了的草粪比干草更耐烧。草原树木极少，牧民做饭、取暖全得靠它。当然，羊粪也可以，可羊粪一颗一颗太小、太瓷实，不易捡拾，也不易点燃。这吃肉的狼、豺之粪，与草粪就完全有别。人们可以拿木头、干草当柴火，却从来没有谁拿骨头做燃料。”

由天际又调皮一笑：“我知晓，人吃粮食，因此人屙的也不能当柴火。”

“这孩子，怎么这么说话？”苏疾面呈不悦。

由天际也觉得刚才的话有点走味：“苏伯伯勿怪，是我熏着你了。”一蹦，吹着口哨，又去找王兼寻乐。

远远地，他见张骞、夏宏、任扶、师父、甘父与公羊伯伯在一块儿议事，遂绕开他们，去来时的路上找王兼——王兼这时正与范佑铭在两里之外放哨。

且不说张骞等人在一处议事，端说那秃头幺素，暴跳如雷之后，平静下来，便一心想着复仇。按其折损的人员马匹，比之所捡的便宜，何其多多。现在，汉人使节队跑了，呼日勒也跑了，这口气出不了，他会憋出病来。无论如何，他得把损失找回来，而据呼日勒所述，使节队所携财富，抵过他的半个草原。所以，三百骑的追击骑士排定之后，他改变主意，决定亲自带队，根据之前分析，向北疾驰。

半途，遇返回的十个牧民，一审之下，才知看守马厩的忽勃儿缘何死在小丘陵。秃头幺素又大骂一通忽勃儿该死，又问使节队去向。高个儿牧民言称，使节队带他们一直向北五十里，才放掉他们，让他们徒步回家。当时使节队分成两派，一派主张杀掉他们，然后折向西去，一派说杀了他们无益，还是继续向北。一听他们相争，我们便乘机逃走，那些汉人究竟是向西或者向北，也不清楚。

秃头幺素却一马鞭抡过来：“放屁，若杀你们，还发给你们武器？扯白都不会！”

高个儿牧民立即一跪，道：“王爷有所不知，这些武器是我们刚捡的。听说是汉人里有个叫范铁匠，他看不上忽勃儿的兵器，嫌带着累赘，故意扔的。我们看着可惜，便给王爷拾回来了。王爷如若不信，可以问问他们。”双手将刀平举，一侧脸，又面向其他牧民。

众牧民亦同时举刀下跪，纷纷说道，兵器确系刚刚捡的。

“滚！本王爷没工夫跟你们闲扯。”即刻向北追去。

秃头幺素估时一算，汉人使节队最慢也跑出一百五十余里，里边又多了个匈奴人堂邑父，这将会给他的追击带来许多麻烦。而汉人再跑八十余里，就出了他的地界，顶多还可再追五十里。三百里地，他只能追到傍黑，届时遭敌，人困马乏，即使取胜，其损亦难估出。

但只要出了这口恶气，有折损亦值。

然而，察踪辨迹，使秃头幺素耽误了不少时辰。追至使节队取水的地方，月已初升。所有军士这一天饭没进一口，水没进一滴，战马亦汗渍鬃毛，疲态万状，见了溪水，皆挣命而往，难以阻遏。

一时之间，有人说汉人取水之后，去了西边；有人说，汉人可能去了南边。他们马快，但汉人也不慢，一天的干粮吃完，再追，只能杀马解饥。在别的王爷地界，百事不便。

秃头幺素与两女人折腾一夜，只在天亮小寐了一会儿，由于心肝焦躁，虚火冲顶，使得牙疼难忍，浑身不得劲儿。想了想，罢了，已追出自己地界近百里，没追着，乃是天意。他心里窝火，不由骂道：“狡猾的汉人，让大漠渴死他们，让雪山冻死他们，我们走他娘的，回去！”上马折身而回。

张骞等人自然不知，秃头幺素离此仅五十余里。倘若不是甘父劝行，在取水之地宿营，一场恶战恐怕现在还未结束。而商议的路线，也有了结果，今晚在此歇息，明日沿此荒沟继续西行。

路线虽定，堂邑父仍很担心：“张大哥，诸位兄弟，使节队前次虽曾走过大漠，但是尽皆顺着边缘，并未到达中心。这次西行路线必须穿越沙漠，而沙漠之险，实难预料。当然，如果再向南行，须得多绕六百余里，方能避开大漠。”

“你不是说过，只需三天，至多四天，即可穿过大漠？”公羊鸣执问道。

“是这样。那是在正常没风的情景之下。大漠如果起风，风会越刮越大，形成沙暴，最后横扫一切。大家已经见识过一次，那还只是余风。”堂邑父解释道。

夏宏坚持道：“绕行六百里，谁知路途遭遇什么？倘若再遇上两个秃头幺素之类的王爷，岂不糟糕？既然四天即能穿越大漠，以使节队所备之粮草与水，就不必再绕那六百里路。当然，甘父的担心也对，所以该做甚样准备，应提前做好。”

张骞断然道："定下来的事，不必再议。这里除老甘见过大漠之凶险，余者皆未亲历。我以为，过于强调凶险，将会使大伙儿心生惧怯；而将凶险避而不论，又会让人心生轻视。故而大漠凶险要说清楚，应付之法要弄明白。遇险镇定，其险减之；逢险慌乱，其险倍之，此理应让大众得知。今夜好生歇息，哨位不可有懈，此事由任扶分派。"

适杨柏饭菜已妥。因一天奔波，虽饭食定量，菜品却有所增加，除每人一份酱菜，外加腊肉豆干炒木耳，还有一碗藕粉甜汤，乐得大伙儿兴高采烈，皆呼，有酒更美。

使节队实行分餐制，米饭或面饼由苏疾掌勺，汤类、稀饭由宋石分配，杨柏负责烹饪，宋木主管生火添薪，如遇好菜，则由杨柏分处。米饭若有余头，可由饭量大者分食，锅巴则一概予以积攒，以做锅巴稀饭，或做中途干粮。凡夜间值守队员，则加饭半份。此规则由张骞所立，出使以来，皆已习惯。

而打饭排序，则由杨柏定之，其先后实行前队、货（驮）队、后卫轮流制。但伤者、病者一律优先，并视情予饭菜上做些调配。凡未及时打饭者，则预留之。

此次打饭，除给哨位上的王兼、范佑铭预留之外，还多了由天际。杨柏颇感奇怪，平昔杨柏每做饭，小家伙便叽叽喳喳闹个不停，若有肉菜，则更像猫儿见腥。看他切肉，薄了、厚了、大了、小了，都要说上一番。有由天际一旁闹着，杨柏反而感到愉快。

今天是怎么了？从一开始，杨柏就觉得缺了什么，原来是少了由天际的闹腾。他问了数人，皆说不知，杨柏只好予以留之，并将自己碗中的腊肉，搛了几片添上。小家伙正长个儿呢，不能让其亏着。杨柏想着家中的小弟，不由有些出神。

不防肩膀被人一敲："杨伯伯，想什么呐？啊哟嘿，真香，还有肉呐，我的饭呢？"

不用猜，杨柏也知道是谁："小调皮，又到哪儿去了？饭菜都在锅里捂着。"

揭开锅盖，双手去端，由天际烫得双手一缩："烧，烧。"眼一瞅，从杨柏肩上一把扯下揩汗搭巾，叠成条状，将热碗一围，取出米饭，倾入自己碗里，然后取出炒菜、粉汤。

由天际一拨弄炒菜，又叫道："杨伯伯，你又把你碗里肉给我多搛了。"

“小调皮，你想得美。每人一份，我还不够呐，会给你搛？”杨柏说得郑重其事。

由天际又数了一遍：“杨伯伯，你又哄我。甭以为我不知道，每次吃肉，每份都是八片，今日多出的三片是怎么回事？”不由分说，就将多出的三片搛给杨柏。

杨柏早有提防，将碗一捂：“好了。我也不用瞒你，多出的几片腊肉，是你师父给的。你张伯伯也要给，是我没让。”

“这容易。我一问师父便知——呃，不对，我师父和张伯伯每逢吃肉，是要多搛给我，可我每次都早早躲开。今日他们并不知我去了王兼哥哨位。杨伯伯，这事你认下了，我就吃；不认，就不吃。”

“好吧，今日此事就算是我所做，可你得告诉我，这会儿找王兼干啥去了？”

“打赌。”由天际往嘴里扒拉着饭粒。

“打什么赌？”杨柏将空碗倒扣起来拿着。

“我赌‘秃头要死’追不上使节队，他赌‘秃头要死’可能追上来。谁输谁翻二十四个筋斗。”

“小调皮，如果今日将狼烟点着，你不但会一输到底，使节队更会遭受极大灾难。”

由天际想了想，说道：“杨伯伯，此理甚是。这二十四个筋斗，应该由我来翻。”

一夜平安无事。

行至翌日午后，仍无滴雨。云团倒曾出现过两次，但经不住烈阳炙烤，不大一会儿，便消失得踪影全无。人与马儿，均汗流浃背，咽干舌燥，鼻孔直喘热气。且杂草渐少，骆驼刺渐多，沙棘亦渐次出现。堂邑父对张骞说道：“张大哥，近不过二十里，远不过三十里，就要开始穿越沙漠了。歇息吧，为时尚早，再走吧，就到了大漠。大哥你看——”

“大漠之行既然不能规避，那就走着，今夜干脆宿在大漠。届时，由你讲讲大漠之行备细事项。”

“不若我先说与大哥，再由大哥细述？毕竟，大家都听信大哥。”

“怎的老甘你对自个还没信心？之前之事，早已过去。你是个爽直重义之人，坦坦荡荡去讲，谁也没来由不信于你。至于任务之分派，你不用管它，那是我分内之事。”张骞说得坚决而肯定。

“好吧。弟就依大哥之说。”堂邑父爽声笑道。

果如堂邑父所料，大队行进二十余里，便进了大漠。

此时大约酉时过半，一颗硕大浑圆的太阳正与西边大漠相切，照得大漠一片金黄，即令眼前的沙粒亦熠熠闪光。这里比中原入夜晚了将近一个时辰，有些队员还不太习惯。因要做些准备，张骞令大伙儿在一沙窝处歇下。

张骞与几位副使及公羊鸣执、堂邑父简单商议之后，即令大伙儿集中一块儿，发话道：“此处无座，但处处有座，大伙儿尽可随意，或坐或立，悉听尊便，只是不要躺着。”见大伙儿皆笑，张骞亦笑，“今日看到笑脸，不知明日、后日、大后日、大大后日，是否仍笑容如常？只怕未必。为什么？我等在京城集贤馆，总说大漠凶险、大漠艰难，但是谁也没有穿越过沙漠。有限的特训日子，大伙儿亦只知什么叫沙漠，前几日缘沙漠边沿经过，也只是从大漠脚趾头缝里出溜了一下。而从明日起，大伙儿就得接受大漠那令人畏惧的热烈拥抱，那令人窒息的夺命亲吻。大伙儿不要笑，三四天之后，谁能经受得住大漠的亲吻与拥抱，谁就是大大的英雄。只需历经此劫，将来年迈之时，才可在子孙面前大肆炫耀。大漠险则险矣，对于一人、数人可称夺命之途，但于我大汉使节队，集群体之力，必可化险为夷。”

张骞见大伙儿具呈勇武之色，语气又随之一转：“但是，众人皆曰大漠凶险，故而万勿掉以轻心，不要以为老虎这次没吃人，下次就一定不吃人。如何规避大漠之险，让其险降等，得有处理之法。这方面，在我们使节队，唯有堂邑父有此经历。昨日，为此事他对我不止一次提出，要将其大漠经历向大伙儿一一叙说，现乘此时刻，让甘父兄弟为大伙儿讲讲。”

堂邑父很不习惯在大庭广众面前说话，显得格外局促。张骞一见，拽住他的胳膊在人前站下：“能一人杀退秃头幺素四名宿卫，你还怕什么？都是自家兄弟，有啥说啥。”

由天际一下蹦到前面，施了一礼，问道：“甘伯伯，我听说，过大漠容易口渴，万一水喝光了咋办？你有啥好办法，让人不受渴死之罪？”

不等堂邑父回答，王兼已抓住漏洞：“这个我能回答。既然已经渴死，也就无罪可受。”

范铁匠将王兼一扯：“胡搅也得看地方。”又对堂邑父道，“老甘，甭管他，他就爱开玩笑。你讲你的，我们都听着。”

这一闹，倒使堂邑父神情松弛许多：“小由天际之所问，实为穿越大漠之生死大事。这穿过大漠须得做好充分准备。第一宗，所走大漠有多远，平常人走完大漠须得多少天，倘若是大队人马，所需时日则取决于身体最弱之人。第二宗，每个人每匹马或骆驼，携带了多少水。这里先说人，假若每人只有五斤水，穿越大漠需时四天，则第一天可以不喝水，或至多喝上半斤水。半斤水，一大口几口喝完，一小口几口喝完，心中要有个数。往往，你每次少喝一口，你就能活下来，坚持走完大漠；而每次多喝一口，你就可能被渴死在大漠。到第二天，将比第一天更渴，但还不是最渴，你可以喝上一斤水。这一斤水，也绝非一次喝完，最好是正午一次，下午一次。第三天一斤半水，第四天也是一斤半，所留下的半斤水，是以防意外，假若碰上沙暴，耽搁半天一天时辰，那半斤水就是救命之水。另外，从进入大漠第一天起，你就得把小便之后的尿液积攒下来，或许，到最后救你一命的，正是你自己的尿。如果你走了一半就没了水，你也找不着水源，那就只能渴死在大漠。当然，大漠之中有的也有绿洲，但是那绿洲在什么地方，谁也不晓得。你碰上了，说明你命不该绝；碰不上，说明你命该如此。大漠之中，甭指望有雨，亦甭指望随便可以找到水源。在大漠，几年、几十年不下雨、不降雪，都是常事。因此，想在大漠不被渴死，靠谁也没用，只能靠自己。”

“甘伯伯，这一条水说了这么多。说来说去，没有水还是被渴死。”由天际有些泄气。

“还没说完呐。刚才说的，是在大漠如何喝水，还有如何节水。这节水第一件，口中浸出的唾液要全部咽下去，不能唾掉；第二件，少说话，最好不说话；第三件，再累再喘，都把嘴闭严；第四件，尽量少出汗，也就是不要急着赶路，做到多停少歇。累了，站着停一会儿，然后再走。”

“甘哥哥，这‘意外’是否只指沙暴？沙暴厉害到啥模样，能否说得明白些？”王兼装得十分严肃，实际上不以为然。

张骞觉得，这一问一答，比一个人干巴巴地说道要好：“老甘不妨说得细一点，大伙儿都想知晓，这沙暴究竟凶到啥样。”

“这沙暴没嘴巴没肚皮，总不至于将人与马一口吞掉吧？”杜槐对没见过的事物，有些不太相信。

堂邑父抓起一把沙粒，迎着下坠的夕阳，向空中一撒：“这一把沙子，因为没有风，故而随撒随落，无甚稀奇。但是如果有风，它会飘得远一些，如果是大风，它就会飘得更远。若是飓风，就会在它经过的地方，将所有的沙粒都卷至空中，遮得暗无日光，并且发出巨大的‘嗡嗡’声，尺寸之远亦听不到对方说话声。像这样的沙丘——”堂邑父一指身边十几丈高的沙丘，“转瞬之间就会被吹得无影无踪。而像这样的沙窝子——”又一踏脚下站立的地方，“也会在转瞬之间被填满，甚而成为新的沙丘。那种沙粒如果打在脸上，顷刻之间脸会肿起老高；如若你孤立无依，你就会像断线的风筝一样，被刮到几十里几百里远的地方，然后被其后落下的沙子埋在几丈几十丈的深处。那时，再大的英雄，再强壮的好汉，也休想活着出来。”

众人听得尽皆咋舌，有的人甚而面呈畏惧之色。

张骞立即插话：“老甘所说，为一般人所逢之险况，我大汉使节队乃一英雄群体，即就万端风险，亦应有应对之法。”

“张大哥说得对，使节队只要上下一心，个个意志顽强，便可临危不惧，履险不慌。对于沙暴，只要做到九个字，便可对付。哪九字？就是‘早发现、早选地、早结队’。早发现，就是早早地观察到沙暴的迹象。一般来说，从发现沙暴迹象，到沙暴临近，大约不到半顿饭的工夫。早选地，就是早早地离开沙窝地带，选前面沙丘与沙丘相交地方停下。早结队，就是早早地将人马用绳索拴紧腰部，互相串起来，尽量团在一块儿。这对于打绳结的人来说，要求非常高。为什么？打紧了，飓风刮来，能将人的腰勒折；打松了，人会被刮得滑出去。而最怕的是散结，散结的后果是什么，无须我说都知晓。”堂邑长长地吁了口气，“张大哥，该说的我都说了。我能做的，也就这些。”

一众队员，不少人开始窃窃私语。由天际却大声叫道：“甘伯伯，像我这样的小身板儿，打结时，是否与你拴在一块儿才牢靠？”

王兼道：“由天际，你怕死？”

“死有什么可怕？怕的是要死不活，难受。一说是被风刮死的，难听！”

张骞知这二人斗起嘴便没完没了，便道：“现在宣布几件事，既是要求，也是命令。”

由天际、王兼立即住口。众人也尽皆抬头，望着张骞。

“第一事，人畜饮水。明日起，所有兄弟的水袋尽皆灌满。水袋恰好只装五斤水，其喝水之法即按堂邑父所说执行。甚时喝水，喝多喝少，是大口小口，一切统一，按令而动，禁止擅自饮水。第二事，查险。此事交由堂邑父，此关系甚大，大伙儿应予密切配合。第三事，打结。我，任扶，李中壮，公羊鸣执，堂邑父，杨柏，从现在起，以戴羽为师，以最快的速度学会串捆与打结。第四事，演练。饭后做串捆与打结演练，人员顺序由任扶、李中壮预先排定，务求快速有序，一遍不行两遍，两遍不行三遍。”张骞一招手，“戴羽，且即前来，教我等串捆打结。任扶、中壮请即排定人员秩序。”

“张大哥，这串捆打结之事，吾亦习得不差，请允吾参加！”杜槐叫道。

“好吧。既有此能，大哥允你。”

杜槐高兴得一蹦一跳，向前一搡戴羽：“你能，吾亦能！”

饭前饭后一番忙碌，杨柏正在刷锅装捡。张骞走了过来：“杨柏且慢，你得再辛苦一阵。一旦进入沙漠，这做饭费力之事，将使尔等多耗体力，做饭吃饭多有不便，故而宜以干粮为要。但若做成干馍，缺水咬嚼增难。吾意可否这般为之——先将米饭蒸得软烂，再羼以适量油脂与麦芽糖，再以此兑水和面，以每人五斤供给，可否？”

杨柏连连叫好：“大哥心思如此之细，杨柏不及。加油脂以使馍酥，咬嚼为易；加麦芽糖以使馍甜，口中增润。此乃妙法，极好极好。”

见由天际一旁伸头伸脑听着，张骞笑道：“小调皮，派你一个差使，将你师父、任伯、公羊伯伯，请到你杨伯伯这里来一趟。”

“张伯伯，我知晓，你不是派我差使，是派他们差使。这差使是甚呢？噢，是帮杨伯伯和面。一百多人，几百斤面，一人两人忙活不过来。”

“小鬼头，那你就跟他们这么说。”

“我才不这么说。我得请他们来这里，看张伯伯在练一种古怪‘功夫’。”

由天际一个飘步走了。

由天际办完“差使”，又四处晃悠。倏地，忽见戴羽坐在沙地，正脱光了衣服，两只手在身上乱搓，不由好奇，凑拢一看：“戴伯伯，挠痒痒啊！我帮你，抓一把沙子，往身上搓，保你百痒立止。”说着，抓了一把沙子就向戴羽身上搪去。

戴羽一下跳起来：“小调皮，莫胡来，我正在‘洗澡’。”

“没有一滴水，你洗的甚澡？”由天际感到奇怪。

“我这叫洗旱澡，不用水——你看，趁身上出汗之机，垢痂一搓，一条一条就出来了。”这戴羽生在水乡，皮肤较白，一搓一块红印，确乎没了垢痂痕迹。

由天际却被感动了：“戴伯伯，你管着三只驮马的水，却在这里洗‘旱澡’，真是大好人。”

“使节队里，人人都是好汉子。譬如杜槐——你杜伯伯，也管着三只驮马的粮食与干粮，你问他私自拿过一块锅巴没有？”

与戴羽一块儿的杜槐被说得不好意思：“这事儿搁谁都一样，没啥说头。”

平时不大说笑的孙治瑾却笑道：“他们呀，是有贼心没有贼胆，不敢！”

杜槐呵呵大笑：“只要不在使节队，看我敢不敢！”

此时，王兼的箫声悠悠吹起，飘荡于沙漠夜空。除杨伯那里火把通明之外，十之七八的火把均已熄灭，由天际打着呵欠，寻至范佑铭处，褥子都没铺，倒在沙地上，一会儿便进入梦乡。

大漠西行第一日，无事。

太阳成为辨认方向之主要参照物，加上沙丘之形状，堂邑父与公羊鸣执相互印证，引导大队前行。行前，每人携水五斤。加米糖馍五斤、锅巴半斤。

前队、驮队、后卫之事由张骞、任扶、李中壮分别照看。夏宏因连日炎阳炙烤，加之劳累，致使伤情难愈，除任扶、孙治瑾不时关照，具体则交与蒋八七、尚在升、鞠无田三人轮流守护。

很快，人们便见识了大漠的残酷。

太阳如一只巨大火炉，悬于头顶，无从逃避，亦无法推开。它很安静，却安静得十分可怕，只管一味地压在遮阳帽上，让脑袋“铮铮”作响，耳朵里像有万千只蜜蜂在飞，使人的脑袋发胀，眼睛发蒙。汗液随出即干，衣服渐渐成为茧壳，磨得皮肤分外难受。

马儿喘着热气，没了平地上踢踏作响的威风，每进一步都蹄陷沙窝，奋力方能拔出。它们不嘶不吼不再鸣叫，长长的脑袋像一个个石杵，一沉一仰之后，才再行迈步。

由天际心疼自己的坐骑，下马步行。然而一脚下去，芒鞋里便灌满了沙粒，没走多远，脚掌脚踝，就磨得生疼。脱掉芒鞋，光着脚丫，即如踩上赤炭，烫得他连声吸溜。没法子，仍旧上马，无意间仰面看到蓝天，蓝天好似巨大无比的魔洞，闪着刺眼的蓝光，连薄纱眼罩也难抵挡它的刺入。一低头，沙粒反射的白光，又如炽热的蒸气，迎面扑来。才到中午，嗓子眼里已干得起火，舌头也显得僵硬，此时甭说唾沫，连尿也没有一滴。

由天际有些发晕，但意识仍旧清醒。这时李中壮走了上来："徒儿，坚持，一会儿就有水喝。"由天际摇摇脑袋："师父，徒儿没事，只甭提水字。"

午时，张骞下令，每人喝水八小口，吃馍一份（五斤馍掰成十份）。并浸湿草料，喂了马儿。人与马皆精神一振，加快了行进速度。

晚间，人们以"狗睡"②或"倚睡"（互靠或靠物）入眠。

翌日晨，堂邑父发现太阳出现了日晕（太阳外缘的光圈），便对张骞道："大哥，天上有日晕，说明大漠天气有变。特别中午之后，尤应警惕沙暴袭击。"

张骞当即叫来任扶、李中壮商议对策，说道："在大汉中原，天上如有日晕，预兆将有异常天气，此理于大漠依然，它不能是大雨、冰雹，只能是大风、沙暴。我意有三：第一，午时喝水半斤，食干粮一份，马儿仍以湿草饲之，并加润湿豆料半斤。第二，之后按排定顺序缓行向前。第三，安抚情绪，不要紧张，对陛下派来的八人与孙治瑾、由天际，必须保证其安全。如有异议请说，如无异议，即按此执行。"众皆表示没有异议。

未时末，大漠北边天际之处出现了一条长长的黑线。堂邑父一见，立即大声惊呼："张大哥，沙暴再有吃半碗饭的工夫就来了，离此估计不到二十里。"

张骞大吼："沙暴马上即到。大伙儿勿慌，以最快速度，到堂邑父处集中，按各人职责，实施串捆。"

此时，一股股炙热强劲的北风，正向人们的脸上削来，话一出口，声音便被带走，相互之间，只能靠手势比画。而奉皇命而来的苏疾、沙里修、赵无偏、陈尚斗、容南、容北、宋石、宋木，以及受重点保护的孙治瑾、由天际，被集中在一块，他们的串捆重任由戴羽、杜槐分担。二人深知干系甚大，串捆时便格外细心，不敢太紧亦不敢太松。二人刚刚串接完毕，便见沙尘蔽空而降，刹那间暗如无月之夜，无穷无尽的沙粒像无穷无尽疾飞的箭矢，穿透衣服，直钉人体，沙粒互撞的怪响，如万千魔鬼狂叫，震耳欲聋。

戴羽、杜槐二人脚步飘浮，正欲串捆自个，戴羽倏地想到尚有两匹负水的驮马未曾串捆，遂躬身去寻，不料被狂风高高卷起。杜槐伸手去抓戴羽，霎时亦被狂风卷入暗空。由于狂风与沙粒的裹挟，眨眼间，二人的眼睛、鼻孔、耳眼、嘴巴，便被滚烫的细沙塞满，衣服悉被剥光。

人们皆按堂邑父的要求，勾着脑袋，闭着眼睛，掌心护耳，双手扣于头顶，背风而蹲。

待风暴渐弱，夕阳重现时，人们才发现，几乎被埋了半条身子，而周围的沙丘形状，也彻底变了模样。张骞清点人员，独独少了戴羽、杜槐；清点马匹，少了三分之一，而其中就有驮水的两匹马儿。

这真是：

漫道神州好汉威武，大漠断魂难有觅处；
遽论大汉英雄凄美，长安颂歌自有苍梧。
尔乃使命即命，临危不虑千古；
尔乃雄心万夫，涉险只问征途。

欲知是否寻得戴羽、杜槐二英，且由下回叙及。

**注释：**

①云中：西汉边郡，今之内蒙古包头一带。

②“狗睡”：详见第十八回描述。

# 第二十四回　大漠觅踪张骞寻水 雪山征途夏宏殒命

任扶从沙中拔出双脚，扭头一看，见夏宏与其左边的尚在升、右边的蒋八七三人仍埋于沙中。遂解了绳扣，挨至夏宏身旁，双手伸于夏宏两胁，欲助其出来。孰料尚未使力，夏宏便忍声叫痛，刘伦、鞠无田去帮尚在升二人，二人亦同声叫痛。

任扶见大事不妙，即让刘伦二人罢手：“鞠无田，别动。你去请孙治瑾来这里看看。”

由天际眼尖，早已瞧见。巨风沙暴来时，他被戴羽与宋石、孙治瑾串捆一起，沙暴刚呈弱势之时，即猴儿一般解下绳扣，从沙中跃起，并助宋石、孙治瑾同时脱困。此时见任扶面对夏宏三人束手无策模样，即拽住孙治瑾之手：“孙伯伯，孙大医官，夏叔叔有情况。”

鞠无田行不及两丈，见孙治瑾随由天际而来，便即折身，去寻张骞。

孙治瑾轻轻拭去夏宏上身灰垢，一触左肩锁骨，夏宏即咧嘴吸溜。孙治瑾反复察之，最后道：“夏副使锁骨因受猛撞而致骨裂。加上旧伤，本须静养，奈何在此险途。夏副使，听我一言，今后遇事勿要逞强，勿要怄气，也勿要以为拖累别人而生愧。我当以最好的伤药为你敷之。在此他国异地，谁也不会弃了兄弟情分。”

是时，张骞、李中壮、公羊鸣执等人亦至，一听孙治瑾所说，皆在情在理。张骞顾不得擦去满脸灰垢，亦道：“夏兄，尔素为明理之人，孙医官之‘三勿’，胜过所施良药，尔万勿使我等失望。”见夏宏脸起霁色，遂又去看望尚在升、蒋八七。

由天际一反嘻哈之色，眼神十分关切：“夏叔叔，痛吗？若痛，就哼哼几声，不要憋着。天际没用，不能替叔叔分忧，让人愧杀。”

夏宏反倒关心起这打小抚养的孩子：“天际没出甚事，真好。叔叔之伤，你不必挂在心里，你有你张骞伯伯、李中壮师父关照，叔叔很是放心。叔叔真心希望，你将来能够成为我大汉朝有用之人。”

“夏叔叔，我走了，去寻戴羽、杜槐俩伯伯。”由天际施了一礼，缓步转身，转身之后即快步去追宋石、宋木及苏疾。

孙治瑾细察之后，即向张骞禀报：“尚在升右肩肩头脱臼，蒋八七左肩错骨，均无要害之伤——请张大哥助我，抱紧其肩头，待我施以接骨斗榫之术。尚在升、蒋八七，你们也须忍得暂时之痛。”语毕，双膝跪于沙地，双手紧抱尚在升右臂，见张骞已将其肩头抱紧，遂使劲一撴一杵，只听“咯嘣”一声脆响，而后摇摇。尚在升自己晃晃、摇摇，喜道：“孙医官，神了！”无须别人相助，斜身一滚，从沙中拔出双脚，一挺身，站了起来。

蒋八七亦如尚在升，自行站起。

夏宏忍痛歉然道：“二位，是我连累了你们，对不起。”

尚在升整理着被巨风狂沙撕破的衣服：“夏副使，你又来了。张大哥、孙医官还没走，刚刚说的话，就被大风刮跑了？真要说，是我与蒋兄未能照顾好你。”

张骞免不了又是一番劝慰。眼却睄着由天际，见一干人向南追去，大声呼叫着戴羽、杜槐。他放心不下，草草交代了任扶、李中壮几句，亦向南追去。

追了将近五里，仍是茫茫沙丘，波浪一般，无边无际。甭说人迹，连一星半点儿残物亦了无所见。

堂邑父随后追来：“张大哥，我知道大伙儿心里难过，可这是没法的事。”

张骞心情沉重：“多好的兄弟，就这么去了，什么都没有留下。”

“大哥，此非人愿，更非大哥之误。后面还有那么多兄弟候着，西行大计你得主持计议。”

这种凛然大气的口吻，搁在往昔，堂邑父绝不会说。张骞惊异地望了一眼这位异族兄弟，心中突然警悟，作为大汉使节队的正使，灾后还有更多的事要做。遂道：“兄弟的提醒很对，但戴羽、杜槐的殉难，亦是锥心之痛。我猜定，他们是为那两匹驮水的马儿而舍命追寻的。寻找他们，无论对逝者、对生者，都是心灵上应有的慰藉。”又对苏疾、陈尚斗一干人道：“戴羽、杜槐对尔等细心捆结，以使众人免受沙暴之祸。现在二人陷凶，大伙儿愧疚，此在常情，亦在常理。戴、杜二人如若有知，当不许大家如此伤情，而应为西行之路虑之。我意且请各位兄弟回转，共商今后西行之宜。”

众人以目向南，延留许久，方折身随张骞而回。

由天际神情怅怏，以几近于哭腔说道：“戴伯伯，再也见不着您洗‘旱澡’了。”

回到大队，张骞再一细察，发现许多人衣服被飓风撕破，有的竟尔被剥光了上身；还有人被狂沙打肿了脸庞，露在外面的肌肤亦被打青。个个灰头土脸，头发散乱，没有话语，更没有笑声，有的人神情仍在惊骇之中。

张骞当即叫来任扶、李中壮、堂邑父、公羊鸣执诸人：“乍遭巨灾，蒙受损失，心情灰败，此情可谅。我意当下有两事必做：一应坦承困难；二要提振意志，不知各位意下如何？”

公羊鸣执道：“困难之重，莫过于缺水。据我所查，沙暴之后，有三分之一的人水袋失却，加之两匹驮水的驮马被暴风卷走，人心难免惶惶，担心明后几日的大漠行程，是否走得出去。”

张骞心中暗暗吃惊，万万没有料到，竟有三十余人未能将水袋护住。

其他人亦是同感，皆望着他，等他拿出主意。

思索有顷，张骞道：“问题如此严重，我等更不能呈惊慌之色。单就饮水之事，我说两条：其一，从今日起，两人共一水袋，且将水袋灌满，其余水袋，交由杨柏统管。至于谁与谁共一水袋，先自行结合，余者由任扶、中壮相商搭配。其二，从明日起，每日用一个时辰寻找水源，此事交由甘父做主，我等参与。”

任扶道：“此议可行。我等即去召集众人，张大哥你以命令下达。”

不多时，众皆聚集。

见队员们满含期盼又灰头土脸、衣衫不整的样子，张骞心头有些发哽：“各位兄弟，我等身负皇命，西行以来，所受灾难，当以本次为最。戴羽、杜槐为救负水的驮马，长眠于异域大漠；有三分之一的马匹、物品被沙暴吞噬；有三分之一的兄弟或负伤、或被沙暴击打得鼻青脸肿；有三分之一的兄弟，失去了赖以保命的水袋；有不少兄弟的衣服被撕裂，甚而上身赤裸；我等人人都因缺水而舌苔厚硬，说话困难。但我等又是幸运的，知道了大月氏重新立国的准确消息——堂邑父曾告诉我等，十几年前，他的父亲作为一名军士，随匈奴大军远征西域，返回家乡者仅十之二三，他们大多并非战死，而是死于大漠沙暴。这次假如没有堂邑父，我们不会有一百零二名幸存者，而且早在野狼谷，亦不会那么幸运。”

张骞随之向堂邑父注目以礼，又用舌头舐了一下嘴唇，声音渐次变得嘶哑：“我等皆是本朝的精英好汉，天大的灾难也休想阻挡使节队的西行意志。《大漠行》中的歌词，就是我等的誓言：‘大漠荒原兮悲喜负载，异域踏阙兮英雄儿郎。践而无逵兮勿问慊恨，劈棘所届兮问鼎他乡。’百折不挠，我等方受一折；万死不辞，我等才二三死。可面对缺水之难，又该咋办？为此我命令——”

由天际倏地跳至张骞面前，高高举起水袋：“张伯伯，喝口水，润润嗓子，否则哑腔哑调，大伙儿听不清楚。”

张骞心头一热，却推开水袋。

“张大哥，喝口水，否则你的命令都听不清！”王兼、范佑铭异口同声叫道。

王、范二人一带头，下面全都应声呼叫。

张骞眼眶噙泪，接过水袋，抿了一口，将水袋递与由天际。

由天际却不接：“张伯伯，您骗人。由天际不是好骗的。大伙儿说说，人喝没喝水，是不是一靠看，二靠听？真喝水，喉结会上下移动，喉管可以听到‘咕’的一响。可张伯伯喉结没动弹，喉管里没响声，他是不是在骗人？张伯伯骗人，张伯伯的命令我就可以不听。大伙儿说，对不对？”

大伙儿纷纷道：“张大哥不能骗人，尤其不能骗小孩。”

张骞不得不赞叹由天际，小小年纪，察人之细微，远胜他人。他也又一次领教了小家伙的聪明，在由天际的注视下，不得不喝下一大口水。

这水远远比不上家乡白崖村井水之沁凉，其水温与大漠的炙热几乎等同，但它一样让张骞感到沁人心脾。即就这水袋，也热热的让人不忍释手。这一口水，成了他西行路上永远的记忆。他塞严了水袋，交与由天际。

由天际却仍然不接："张伯伯，人常说好事成双。您的好事，也就是我们的好事。您再喝一口，讨个吉利，凑成双数——"又回头对众人道："大家说，好不好？"

大伙儿齐声道："好。"

张骞笑笑：这小调皮鬼心眼儿太多，谁知他还会弄出什么花样？索性拿着水袋下达命令："非常困难，非常对待。命令一：从现在起，所有人两人共用一只水袋，并将水袋灌满，其余水袋交由杨柏统管。两人可自愿组合，亦可由任扶、李中壮指定。命令二：夏宏、孙治瑾、由天际三人各用一只水袋，因为夏宏有伤，孙治瑾有医者重任，由天际乃为成长中的孩子。命令三：每日午后用一个时辰寻找水源，由堂邑父主导，我和公羊鸣执参与，其他人休息等候。命令四：马匹仍以湿草湿豆饲之。因为马若渴死，我等行进将更加困难。另外，组合之后，尚余一人，此一人可供水半袋。今夜就在此歇息，修补衣服、眼罩、遮阳布帽，去除身体灰垢。两人失去坐骑者，由公羊鸣执从驮马中调配，卸下的物品，由健马分负之。"

此令一下，夏宏却宁死亦不接受一人独享水袋的待遇，孙治瑾、由天际亦不予接受。张骞深知夏宏脾性，遂道："命令已下，难以更改。不若这样吧，尔等三人拿一水袋，可喝下半袋。"

一场沙暴，使大漠行程增加了一天，且愈深入大漠，行程愈加艰难，其缺水的程度越发加深。即按每人每天耗水二斤计，每人最低缺水五斤以上。由于干渴，人们的尿液极少，偶尔那么几滴，还未凑近嘴边，太阳已晒得几近于无。

五斤水，何处可得？

第一天寻水，无果。

第二天寻水，亦无踪影。

大漠里边，见不着一星绿色。张骞又一次想到家乡的稻田，那一望无际的水稻，正逢拔节时节，夏风拂来，绿浪起伏；还有斗山书院的竹林，其遮天蔽日的绿荫，淙淙而响的溪水，身置其间，是多么的惬意。

即就从京城出发之日，对大漠的概念仍然只停留在想象之中。

而今身临其境，亲率一支大汉精英队伍，方知蹈危履艰的担子何止千钧！

第三天午后，大漠仍是一望无际的沙丘，不知尽头究竟在何处，而水袋中最后那点水，摇起来几乎听不到声响，人人都显得两腮塌陷，眼神呆滞，嘴唇干裂，血痂凝固。张骞三人仍去寻找水源。前两日，仍有二十来人相随，今日只剩下杨柏、朱厚良、李石头、由天际四人。堂邑父看了看沙丘走势，顺一沙丘凹处向东慢行。人们背负着阳光，只感到阵阵令人疼痛的炙烤，汗渍层叠的衣服，将皮肤磨得沙沙作响。没有风，没有任何活物，天空蓝得刺眼，唯有无限的静寂。

走了大约四五里，堂邑父有些泄气："大哥，没指望，回转吧。"

"此时还不到半个时辰，再向前两里看看。"

张骞便欲上前。公羊鸣执亦道："或许，前边有好事等着。"

堂邑父也不甘心，看着张骞满脸的焦虑与憔悴，不由有些心疼，遂继续向前。

又走了两里，众人正感失望时，堂邑父隐隐约约看到一棵小草，那稀罕的一点点绿色，像星空中遥远的星星，一眨眼，似乎就变成了幻影。他以为是大漠中碰到的海市蜃楼，没有声张，只轻轻一拍马儿，向前窜行了数丈，复定睛一看，这次肯定了，是一棵小草，有两三片叶子，在炎阳下，散发着顽强的生命之光。

堂邑父仍不敢肯定那里有无活水。但起码说明，那里的沙地有湿潮之气，予以深掘，或许可以见水。他回头一望，见张骞诸人亦疾赶而来，便知他们也发现了小草，就径自向前，这才发现，这是一棵沙棘幼苗，再行数丈，又发现正在暴芽的沙蒿、罗布麻、盐生草，周围沙地有了湿气的影子。沙地也瓷实了许多，马蹄落下，没了沙窝。

"这是前次沙暴过后才生出的草芽。"堂邑父解释道："再向前走走，或许可以找到水。找不着，亦可掘井一试。"

众人皆喜不自禁，信心大增。李石头不言不语，趁堂邑父说话的工夫，拍马直窜，朱厚良、由天际一见，亦紧随其后。

行约五十来丈，李石头大声惊叫道："张大哥，此处有水。"跳下马来，直奔一滩浅水，双掌一合，捧起一捧，就向嘴里送去。

不妨被由天际用枪把一击，一捧水全都洒光。

李石头睁眼大吼："由天际，你干什么？这里的水，你管不着！"

"李伯伯，您忘了？在土人部落那里，我们去小河饮水时，张伯伯让我们干什么？这水有毒没毒，能不能喝，得让张伯伯、甘伯伯看了再说。还有在荒村淘井之事，您就忘了？您若喝死在这里，晚上做鬼可不要吓唬我。我人小，胆儿也小，小鬼我不怕，就怕您这样的大鬼。”

正在捧水的朱厚良，立即将手撒开，又去沙窝里把手搓了又搓：“李石头，小调皮说得没错。真要因为喝毒水死了，那就冤死了。”

李石头仍不死心，犹疑道：“有谁没事干，到这里放毒？”

随后赶来的堂邑父道：“若是毒水，不是人放毒，是老天是太阳放毒。”凑近一看，对张骞道：“大哥你看这水——”

张骞蹲下细察，又上下一看，道：“此系毒水，虽不知其毒性如何，倘若人畜饮之，必受其害。其水毒性表现有三：一为断流之绝水，上无来水之迹，下无去水之踪；二为恶水，其水浊中带赭，色妖而不清澈；三为死水，水中蚊蝇虫豸皆无。若为活水，水中必有活物，此为判其有毒、无毒最为显著的佐证。”

堂邑父虽判定此为毒水，但不能如张骞这样，条分缕析，明白确切地予以表述。故而，将其交由张骞析之。

张骞复道：“此水初起并非毒水。但经太阳曝晒、沙尘浸入，渐至失了活性，从而带毒。”

李石头不禁咋舌：“今日若非天际干预，吾命休矣。”又一叹，“有水却毒，老天真要将我等渴死于此？”朱厚良等人亦感绝望。张骞却向前凝望远眺。

公羊鸣执剖析道：“此虽死水，但起初系活水。此水从何处渗入？再者，虽为死水却未干涸，亦必有渗水补充。”

张骞立现坚毅神情：“公羊所说，正是我之所思。走，再向前找找。”

行约一里，果见小草渐次繁密，有一小溪，断流于此。

再行半里，小溪由线状渐至泉状。径流虽在一握，但其淌流不息，有蚊蝇飞舞，甚而有一两只蜻蜓做点水之欢。

张骞用食指蘸水一抿，除了润热，并无异味，遂大喜：“李石头，罚你喝水，喝好之后，且与朱厚良一同回转，带众兄弟来此。我等以刀剑掘坑，蓄水以待。”

“诺。李石头谨遵大哥之令！”

虽在申时，有斜阳照彻，张骞仍命大伙儿就此歇息。连日以来的遭遇，使节队全体委实疲累已极。人人一身厚厚的汗渍灰垢，许多人因此而发生烧裆[①]、脚趾红肿，都亟须清洗。他唤来蒋八七、尚在升，特意嘱道："夏宏生性清洁，你二人心细，可将夏副使置先，而后再为自己清洗。"二人应道："大哥放心，我等当竭力为之，使夏副使愉悦。"

张骞随二人慰藉夏宏之后，略作清洗，又唤来沙里修："趁此歇息，可予志之。"

俟沙里修取了书简，磨墨命笔之机，张骞亦摊开地图，予以补充。本想议议明日行程，见任扶等人忙于清洗，便又展开绢帛，搦[②]笔而书：

数日来，使节队命途多舛。先是遭呼日勒出卖，续遭秃头幺素王爷算计，致使使节队陷倾覆之渊。幸有堂邑父舍身拼救，任扶、李中壮、公羊鸣执等人机智用命，加之秃头幺素混账，使节队逃出一劫。

然大漠之险，远超想象，尤以沙暴之恶、之毁杀能力，非人力所能敌。沙暴所经，沙粒如矢，遮天蔽日，一片昏暗，人若飘絮，骏马亦滚若坡石。若非堂邑父前有此历，串捆结阵待之，使节队之损伤，当无计矣。即此，亦致戴羽、杜槐两英失踪难寻，货品三去其一。而贮水丢失，顿使我等陷于危境。

大漠失水，当与失命等侔[③]。寻水三日，几近绝望之时，受上天眷顾，觅得一溪。适众已蹀躞颠扑[④]，半命悬线于地府，至此复鲜活矣。坚韧执着，可向佳境，寻水是其一例。前有险途，不知凡几。

时建元三年五月二十二日记。

傍晚前，杨柏做了顿好饭。几天来一直以干粮为生的一众队员，总算用上了碗筷，有人吃得狼吞虎咽，有的则细嚼慢咽，仔细品尝那米粒久违的香甜。餐后的由天际，也吹起了悠长的口哨。

不等王兼的箫声传来，许多人已酣然入眠，连马儿亦渐次合目，站立不动。

自误入野狼谷以来，张骞首次撤了夜哨，亦首次放松心神，踏踏实实睡了一宿。

按正常日程，使节队本可四天走出的大漠，最终耗时五天半。第六天午时前，当草原的凉风送来清爽时，人与马儿尽皆兴奋异常，前撵后赶，不多时，便来到绿草如茵的原野。张骞一声“暂且歇息”，人人立时滚鞍下马，往草地上一躺。

张骞召集任扶等人，商议行走路线。

堂邑父道：“向前行约半日，也即今日天黑以前，便将抵达查鲁干部落属地。查鲁干地位特殊，十分尊贵，因为他与军臣单于一个姓氏，我们匈奴人叫他‘黄金姓氏’。查鲁干部落拥有杂木河[⑤]水系，有十来处大型牧场。如经其境，遭际难测。而其北侧又是茫茫大漠，南侧须得翻越六月积雪之冷龙岭[⑥]，其险峻艰难，难以叙说。”

任扶沉吟，头脑里飞速转动，估摸着各种利弊。

由于呼日勒的叛变出卖，使节队再扮遛货商队，已属幻想。而且，面对的又是匈奴“黄金姓氏”，获知消息定必最快，如若径直向西硬行通过，其遭险程度，将远胜秃头幺素所历。可是，九死一生，刚脱大漠之困，今复再涉大漠，无论如何，此议不可行之。那么，踏冰裹雪，陌路高山，以现时衰弱之躯，涉艰履危，存息又复几何？倒不如杀出一条血路，拼却几条性命，保得张骞西去。

想定之后，任扶举起右手，一劈而下：“我意径取西去之道。查鲁干是否已获呼日勒所递消息，我等不知。即使查鲁干已经获悉，其也不知我等从何时何地途经彼地。万一碰着拦路敌骑，大不了拼杀一场。我等皆人人勇武，生死不惧，只需保得张大哥等人安全西去，便是胜利。”

“李兄，你意如何？”张骞征询道。对于任扶之策，他未有只字表示。

李中壮经沙暴一难，深感天公神威之力，人在其间，纵有盖世武功，亦败若飘絮。他理解任扶之意，正与己之所思契合。可一想到张骞曾说，使节队并非作战军士，一切以保全为上，故而尚在犹疑。听得张骞相问，他随口即道：“既然过大漠越雪山，艰险难避折损，倒不若依任扶所计，轰轰烈烈行大丈夫之所为。”

张骞渐渐神色凝重，企望地注目公羊鸣执，心中却在暗自琢磨，如若三人意见相同，该当怎样决策？他略作斟酌，复问堂邑父：“据你所知，查鲁干部落有军士几许？其战力在匈奴骑士之中居何位置？”

公羊鸣执正欲表露心中所思，见张骞问及查鲁干军骑的战力，便即住口。他尚不知，张骞此问何意。据他所知，查鲁干人战力不俗，系入侵大汉匈奴的劲旅之一，张骞应该有所了解。

“查鲁干人向以凶猛著称，尤擅弓马箭术，曾数次参加对汉地征战，与之对垒的汉朝军队都未捡到便宜。其军骑较幺素王爷为多，且战力更胜一筹。若使节队与之相敌，人数均等我可略胜，但伤亡难估；人若倍我，其厄必大。”堂邑父回道。

公羊鸣执接口道：“使节队小股人马，且方经大漠之难，人马体力尚未完全恢复，骤逢强敌，我等虽无畏敢战，但即胜亦是惨胜，那么所负皇命能否完成，实难料想。我意认为，能避当宜避之，硬拼只是情非得已。”

四人均作表述，一齐注目张骞，单等他做最后决策。

正在此时，由天际一头撞来：“张伯伯，前方五里地发现一伙敌骑，正缓缓行进。”

“所向何方？敌骑几许？”任扶问道。

“大约三十几骑。其中有两辆篷车，缓辔向北而行。”

“有车必有辎重。使节队粮食已所剩无几，敌骑又十分有限。张大哥，不妨将其截下？”任扶激动得跺脚而起，面色红紫，双手摩挲。

“不可。我虽可获物，但若跑掉一敌，我等定必陷攻伐危境。李兄，且去传我之令，命大伙儿立即隐蔽，待敌去后再作区处。”

“诺。”李中壮师徒二人奉命而去。

“事急矣。吾将吾之所虑简述如次：一者，使节队之要务，是为吾皇探得西行之路，此乃唯一使命。故而避强敌避灭顶之祸，应为首选。二者，使节队并非作战之锋，虽精悍，但人数仅止百余，且系孤军，无一后援，减损无补。三者，凡战，亡者不计，伤者何置？其必导致滞留缓行，彼时进退两难，其危其困，将数倍于大漠雪山之行。四者，生不惧死，固然可嘉，但能生受磨难挫折，更见其顽强意志。我等既决心西行为国谋其大计，就当忍受常人不能忍受之大灾大难、大饥大苦，以不达目的誓不罢休之勇气、之豪气，彰显我大汉英雄之霸气。故而，我决定，宁登雪山之险，也不逞血气之勇。任弟，我的话重了些，你系人中豪杰，当可谅之。”

“大哥所言极是，是我欠虑，未能从大处着眼。”任扶语气诚挚，复道，“大哥，你我相知，肝胆相照，言语不用客气。”

堂邑父、公羊鸣执二人自无异议。至众人隐蔽处，张骞又将议定结果向夏宏、李中壮作了详告。

李中壮豪侠，道理一旦明了，其胆气亦愈壮烈。只夏宏，因伤情加重，累及他人，心情总是郁悒。他也知张骞正确，一旦生战，再添三五名伤者，那使节队必被拖累，而难避敌，亦更难西行。可是，爬那高耸入云的雪山，其陡其险，其危其难，不知凡几！以此伤体，无异于痴人说梦，将要累及的人，就不是一个两个。而以张骞的品性德行，拼了性命也要让他跟队。只要累及张骞，亦必然累及整个使节队。他夏宏不是一个惜命之人，若因此连累张骞、连累使节队，他将无颜面对他的勇敢、他的骄傲！

但是，这种想法，他不能告诉任何人，更不能诉诸张骞。张骞将决定转告完毕之后，他只浅浅一笑：“张正使，你的决定十分正确，我没意见，完全同意。”

“你不要说得这么正式，叫我张骞就行。你不用担心，如何助你顺利翻山，届时我自有妥当安排。眼下你应尽量少动，有什么想法，可随时告诉我。”

张骞回头看到了由天际，又道，“小调皮，给你的任务——每天逗你夏叔叔欢笑两次，你可不能忘了。”

“诺。张伯伯，小可记得，小可就是今天娶媳妇，媳妇不笑，也得先让夏叔叔乐得大张嘴。不信你看，夏叔叔笑了呢。不过嘴咧得小了点，像……像什么？夏叔叔甭生气，笑得就像长安大户人家小姐的樱桃小口。”

张骞不由得咧嘴一乐：“这个小家伙，真是说什么来什么。”

使节队一干人马顺着荒无人烟的边缘地带，晓行夜宿，谨慎而行。途 中，主要以捕猎草原鼠、黄羊、草原羚为食。剩下的，杨柏以盐粒渍之，予以贮存。人们的体力渐次有所恢复，笑声也多了起来。很多人虽年年见雪，走过雪路，但对高山雪域却完全陌生，做着各种各样的猜想。人们在沙漠被炎阳、沙暴、干渴折磨得半死不活，反倒以为翻越雪山没那么可怕，甚至有些好奇。起码，雪山之上，不会受干渴之苦。

不日，到了一处山冈尾端。

山冈不高，西南走向。尾西而头南，南不知没于何处，一眼望去，不见其踪。山却奇特，崖陡坡缓，岩层红黄相间，秃若无物，日光之下，奇艳瑰丽，炫目争彩⑦。众皆以为误入魔境，近前一观，山坡植物，亚似蓬蒿，满身毛刺，艳艳红花，连坡架岭，一望无际，奇香无比。众皆痴然，不知身在何处。

众人驻马，四处遥望。

复观左近，无溪无草，无树无土，了无人迹，一片静寂，处处通红通黄。而两山之间，宽窄不一，宽处宽若巨大簸箕，窄处窄若肘窝。隙可作路，一凸一洼，皆为片石，马蹄踏之，炸裂之声不绝于耳。

孙治瑾登石攀崖，采得数朵红花而回。人们细观，才知其花有叶，只叶如豆，皮厚而鼓，似小小纺锤，破其外皮，有绿汁溢出。

张骞问："可否识得此花？"

孙治瑾摇头："不识。且先尝之，如有药用，当多多采撷。"说着，便将花儿搁于口中，细细品嚼。张骞恐其有毒，欲以相阻，但花已入口。

孙治瑾竟自咽下花液："大哥担心，我自知之。岂不知神农尝百草，我方尝一草，大哥便如此挂怀，若瞻前顾后，怎获进益？此花花间，有蝶飞蜂舞，自属无毒。"看看众人，见王兼、范佑铭、赵无偏、沙里修等一干人等着下文，复又道，"此花类若细辛。细辛芳香气浓，性善走窜，功擅祛风散寒止痛，又可温肺化饮、宣鼻通窍，主走少阴经络，主治头痛，亦可治牙痛痺痛，外感风寒，阳虚外感，寒饮伏肺诸症。这细辛离京时备之虽多，但难得有此花作补。不识此花，权且将其称作'辛花'吧。有谁助我，采些辛花回来？"

众人一听，尽皆愿往，不一时，采得许多"辛花"。

张骞又与任扶等人相议，决定越此山路，径入山口。

堂邑父道："使节队大方向向西，而冷龙岭为西北走向，我等现在的位置，系为该岭西南之北端。入口位置，应该先向北走完这段山冈，然后折回西边寻之。"

置此陌生地域，张骞等人皆无可置喙，全队遂缘山岗北进，接连越过四座山岗，方至大山身前。而此间已入酉时，西边的太阳全被遮没，巨大的山影，直至远处绵延的冈峦。

山下有林，青葱浓郁。因草原狼有钻草不入林之习性，张骞命令全体人马入林歇息。一面可防草原狼之侵扰，一面可就近获取薪柴，以利备餐。另 外，树荫之下，必有燥地，且可避夜露侵邪，有利保全身体健康。

乘饭前间隙，张骞将大伙儿齐集一棵大树之下，依据别人之经验与自己之经历，做了备细要求与安排。

张骞道："明日清晨，我等便要翻过身边这座大山。大漠以它吞噬一切的威力，让我们领教了它的严酷。而大山则会以另一种方式，让我们领教它的冷酷。在大漠，一跤栽倒可以爬起来；而在大山，一跤栽倒，可以使人万劫不复。在大漠，炎阳热浪，会叫人目眩头晕；而在山顶，会让人脑胀欲裂，胸间憋闷，难挪其步。当然，一入雪境之后，那种寒彻入骨的冷风，那种脚无落处的滑溜，现在都得了解。"

"张伯伯，我若是鸟儿就好了。乘太阳晒得暖和，翅膀几拍，就飞了过去。"由天际嘻嘻笑道，"我再若如甘伯伯曾说的大鸟，比金雕还大的大鸟，我就把叔叔、伯伯还有那些马儿，一个个都背过去。"

"你是公鸟还是母鸟？若是一只母鸟，那就啥指望也没。"王兼取笑道。

大伙儿皆笑。由天际正欲斗嘴，张骞双手一压，道："二人暂勿取闹，待我把话说完——人常说，山高没有脚背高。我们知其险处，即可规避其险。现在，大伙儿过的夏天。明日上至半山，便会过上秋天。进入雪境，就是十足的数九寒天。应该注意的是，登山不可骑马，随时注意自己脚下与马儿蹄下，一定得在踩实之后方可举足，对驮马的安全尤应注意，至山顶胸闷气短，并非患病，下山之后过了雪境，自会恢复正常，大伙儿无须惧怕。我们事前备有脚马⑧，可防滑跌，但下山之时，脚掌不可前杵，应作横步保其安全。明日行进秩序如下：开路先锋十二人：梁州嗣、滕广条、巩用、言原、汤二娃、宠常亥、马予、柳常、钱佑喜、李石头，堂邑父领头，张骞副之；押后十一人：方峒秋、原有才、魏田林、石舛、尤习重、于起、陈名份、马大喻、冼老九、匡利，李中壮领之；其他队员均在驮队，由任扶领之，公羊鸣执、杨柏副之。若逢有事，以笛声为号，张骞在前，王兼在后，分负之。由天际居中，可用其口哨之声与前后联系。谁若有话，请即见告，如无他言，即按此执行。"

众人皆曰："张大哥如此安排甚妥，我等信你。"

张骞又将任扶叫到一旁："据夏宏伤情，其手不堪攀缘，为保其翻山安全，我意让蒋八七、刘伦、尚在升、鞠无田四人，绑一担架负之而行。至于担架材料，我已察之，此处广有林木，尽可选其直溜者用之，此事由你担责，连夜赶制。若担架硌人，可以须草絮之。夏兄性刚烈，恐其相拒，我即去劝慰。”说罢，便去了夏宏歇息之处。

望着张骞的背影，任扶不禁心中生愧。仅夏宏一例便即证明，自己的硬拼硬闯主张，是多么的合时不宜。张骞避战，并非怯战，是对使节队的保全之举。随即，便去召集蒋八七等人，做好准备。

夏宏听得张骞劝慰，并得知周到的安排之后，木然道：“谢张头领挂念，我会很好的。”

翌日晨，使节队按张骞之令，依次登山。

初，山势较缓，如衣之下褶，皱而平垂。但林木密密，藤蔓虬结，阻人前进，且枯枝落叶厚达盈尺，一脚下去，虚实不辨。常常有人马陷入岩坑，需数人相助方始得出，所以虽有荫蔽，而人马仍大汗淋漓。只苦了张骞、堂邑父等开路先锋，入密林如钻暗夜黑洞，偶见光亮，却是光秃崖壁，能予落脚之地，又多为杂木乱根。繁密紧要之处，张骞不得不抽出青锋重剑，如对凶顽之敌，一一劈之。

其后，林木渐疏，山势琅琅；老刺嫩刺，筋筋串串。其长刺长若狼牙，其短刺短粗若钉；其老刺褐黑似铁，其嫩刺嫩似童牙。张骞生于城固农村，刺架之恶，心中尽知，那种长若狼牙的皂角刺，凶如虎齿的狼牙刺，挂衣衣破，碰手手破，倘若有野蜂匿之，则更其令人生惧。故而，他叮嘱堂邑父诸人，披荆斩棘之时，应先察其有无野蜂蜂窝。

此时，刺蓬之上千万朵黄色花儿正在盛开，黄蝶、白蝶、黄蜂、黑蜂亦四处飞舞，但他们无暇一观，只埋头于开辟登山之道。

待荆棘渐疏，天气亦渐转凉，放眼望去，尽为草甸，山势似又一缓。初入草甸，脚触之处尚硬，不料却愈走愈软，行约一里，便不能再进。繁草之下，皆为泥淖，浅处深及踝骨，深处木棍探之，齐腰齐胸。大伙儿不得不停了下来，另寻登山之路。

张骞、堂邑父极目四顾，见左边一崖壁之下，兀出一石，其石巨大，将视线尽遮。二人遂去彼处寻看。

时公羊鸣执诸人也已抵达，亦相跟而去。

巨石之后并无草甸，但上下山势极为陡峻，山迎倾覆般碎岩，下临如渺渺无际之万丈渊薮。三人试攀，岩隙可登，岩石且坚，遂决定选此处登山。

张骞却心生忧虑。此处登山，常人犹可，而夏宏担架，实难行进。唯一办法，是选一善攀缘且力大灵敏者，负之于背，予以捆结，上接下应，蚁附而行。

问夏宏，有人说，尚在后边。

夏宏却拒绝躺上担架，坚持下地行走。因夜来受凉，头沉鼻塞，走得更是踉踉跄跄，趔趔趄趄。蒋八七几人只得提着担架，慢挨慢跟。直至李中壮押后赶来，与任扶一块儿，硬性将其簇上担架。夏宏不语，却暗自落泪。他仰望蓝天，目注远山，又痛苦地闭上眼睛。

至巨石之处，夏宏突然要看汉使旌节。张骞取出，夏宏站立，只手相迎，以脸摩挲，突然，松手闭眼，一个倒栽，跌向万丈深崖。

张骞猝不及防，伸手一把挠空，惊愕得失声大叫："夏宏——"

这真是：

后人不知，前人何以作古，
无歌英雄，何须再问英雄谱；
泪飞滂沱，悲恸仰天而啸，
意志所向，遍地荆棘岂能相阻！

欲知后事如何，且听下回分解。

**注释：**

①烧裆：因长途跋涉，裆部不洁，致裆部发红、肿痛。

②搦（nuò）：握、拿。

③俦（chóu）：伴侣。等俦：相等、同样。

④蹀躞（dié xiè）：小步走路。颠扑：栽倒。意为小步走路也会栽倒。

⑤杂木河：流经今甘肃武威，发源于冷龙岭。

⑥冷龙岭：今甘肃与青海交界的山系，最高海拔4843米，终年积雪不化，六月飞雪是为常事。

⑦岩层红黄相间……炫目争彩：即丹霞地貌，此处为描写而设定。古人不知，以其为异。

⑧脚马：登山专用物件。套于脚掌，有铁齿，可防滑。

# 第二十五回　夜宿雪山张骞励志　粥饭难炊杨柏煎急

张骞痴痴地望着夏宏不断下坠的身影，眼见得愈来愈小愈来愈小……终于，归于寂静，没有一丝回声，没有一丝痕迹。

听得张骞失声惊呼，公羊鸣执等人纷纷回望。乍见夏宏投崖自尽的情景，众皆惊愕，久久无语，直至不见了人影，仍倾着上身，凝望着夏宏身坠的崖谷。

崖谷深邃，望去令人目眩，不敢久视。蒸腾的雾气缥缈不定，时浓时淡，时卷时舒；高矮不定的树林乍隐乍现，呈一坡状，向着来时的方向倾斜。

由天际号啕大哭："夏叔叔，夏叔叔，你的恩情尚未报答一二，你就这样去了，呜——呜——。回去之后，我怎么向伯娘叙说啊，呜——呜——"

任扶神情呆滞，眼神怅惘。那么刚强无畏的人，就因伤病雪山难越，而以这种极端的方式结束自己。他心生疑问，这翻越雪山的决定，是对，还是不对——上山之路还未及一半，上边的雪域险路，究竟隐藏着什么凶险，谁也难料。

李中壮、堂邑父则感到愕然、惋惜，进而心生敬佩。为了不拖累张骞与使节队，以这种悲壮的方式解脱自己，需要何等的勇气！

张骞手握旌节，心神难以平静。近日来，夏宏一些细微而反常的表现，都浮现于眼前。从大漠遭难、受渴，到昨日的担架安排，那种客气的反应，就该引起他的警觉。夏宏是一个非常高傲而自责的人。戴羽、杜槐的不幸，以及数次议事未能让其参与，对其心灵都可能造成了伤害。他深感自己未能完全尽到正使之责。

现在面临两个实际问题：一则，夏宏的遗体，是自己率人下山寻找，还是面对实际作罢？二则，夏宏之举，对使节队其他人员造成的影响，如何消除，才能使大家重整信心，继续克艰履难走西行之路？

当紧的是，使节队的核心人物，得要拧成一股劲，以非凡的决心与毅力，面对一切艰难，包括队友的失去。

公羊鸣执凑近低声道："大哥，这事得立刻予以妥当解决。夏宏既去，我等还得继续前行，不能在此久待。"

"你之所虑极是。"见由天际仍在抽噎，张骞道："你夏叔叔见你如此悲戚，会很不高兴。你且去一旁相候，我和你几位伯伯有事相商。"

见由天际掩面与蒋八七等人离去，张骞擎起旌节，道："任弟，李兄，甘父，鸣执，此旌节上刻'大汉友好使节'，还记得吾皇之评否？'结体坚实，光华鲜朗，雍容华贵，合乎大汉景象。'所谓'结体坚实'，它不仅指此旌节，亦寓意于我大汉使节队。夏副使之举，固然使我等深感悲痛，作为正使，心更愧然。但是，我等不能就此止步，怀疑之前的决定。原因非常简单，夏副使是因作战负伤致此，他今日所为实属英雄之举。他自解拖累，是为了让我等轻装上阵，继续西行，而非心生动摇，止步回返。个人命运与整体使命相较，永远应为从属。倘若我遭不幸，唯望尔等仍以大汉使命为重，不达目的，誓不罢休。"接着，又将两个实际问题摆出。

张骞暗自掂量，觉得此事委实难决。罢手不管，会使众人心寒；若去寻找，耽搁时日不说，其途中的凶险，谁能测之？

不料任扶表态，语气决然："夏宏此举既是自解拖累，我等若耗时费力寻他，岂非违背了他的本意？下山险途，再逢不测，更其非他所愿。我知张大哥仁义，大伙儿也不愿看到大哥亲身历险。若怕众人心生寒意，我等可帮解之。不知大哥意下如何？"

公羊鸣执虽心中惊异，却立即附和。

李中壮、堂邑父亦道，非常之地，非常处置。任扶所说，乃英雄大气之言。

"只由天际与夏宏情同父子，悲伤难抑，只怕难逾此关。"张骞不无忧虑。

李中壮道："此孩聪颖异常。吾既为其师，吾当助其解之。张统领放心。"

"但夏副使之殁，合当以祭。公羊鸣执，且备白绫一丈予吾，吾虽不能亲裹其遗体，亦不能草草罔顾，致使心惭不寐。”张骞道。

张骞遂召集使节队全体人员，擎起旌节，将刚才所议先作宣告，接着说道：“夏副使壮烈取义，令人痛心。此举虽不可取，但其大义可嘉，现召集大家，共送夏宏一程。我代大家，口占诔文[①]如次——”

长安夏宏，勇武刚烈，二十载沙场征战，杀敌无数，累有建树，官至武骑常侍。入使节队，代天子出使西域，尽副使之责，冲锋陷阵，襄助正使，尽心竭力，克己正直，堪为股肱[②]。惜先遭敌矢成疫，复遇沙暴增疾，一路而来，虽施医不辍，终因辛苦颠扑难愈，以致其心焰焰[③]。

俱已矣，夏副使殒身全节，吾等痛哉惜哉，当踵其光明熠爚[④]之志，行其西域凿空之举。

行途艰险仓促，无以具殓栖柩，仅以白绫馈之，惟请体谅。呜呼哀哉，伏维尚飨。

时建元三年五月二十六日，使节队于雪山之途。

读罢诔文，张骞又折身，西向夏宏舍身之处，哀声道：“请向夏副使拜别。一拜——再拜——三拜——礼成。”而后，将旌节递与任扶，手捧白绫，凌空恭敬一送，便见那白绫飘飘摇摇，缓缓坠下。

张骞回望众人，见大家仍肃穆凝重，便换了语气道：“现在我命令，开路先锋仍执先遣之责，后续人马宁慢守稳，危险之处施行解驮吊运，务使马匹安全相随。此时万念唯有一念，就是决心越过雪山。注意，不远处便是雪域冰盖，我将在前方相候。”

众皆一改悲伤恐惧之情，亢奋道：大哥敢为前驱，我等亦非孬种。大哥放心，我等决不落后！

王兼嘻嘻笑道：“大哥在前，万勿冻掉耳朵。没得耳朵的大哥，那可丢了使节队的脸面。我等也只好叫你‘没耳朵大哥’了。”

范佑铭取笑道：“你操心大哥的耳朵，我还操心你的小鸡鸡呐。若把小鸡鸡冻没了，回到长安，怎么去见你那撕心裂肺的蓝媚儿！”

众人一扫阴霾，尽皆大笑。

好在该段险路并不太长，除一匹马儿蹄下打滑，缰绳撕裂鼻孔坠入崖下，余皆顺利抵达又一稍缓之处。而皑皑雪线，也只百丈之遥，扑面而来的寒风，使人上下顿感冰凉，刚刚出来的一点汗气，被吹得一干二净。

王兼忍不住，响亮地打了一个喷嚏。

立时，有人相跟着喷嚏连声。

张骞命令大家赶快停下，换上冬季服装，将芒鞋换成了皮靴，并稍作休整。

一位与李肃百同乡，名叫段昉的队员，极少见雪，十年八年遇到，也多为雨中夹雪，雪花落地，只薄薄一层，太阳一照，便即化掉。而今见到山上泛着银光的积雪，他不禁大为惊叹：“那么多雪，不知有多深多厚。李石头，你们那里有没有这么多雪？”

李石头系齐鲁人氏，家在半岛北边海岸，听段昉相问，便道：“我们那里是出了名的雪窝子。每年冬至前后，雪一下就是几天十几天。那雪片也大得出奇，像千千万万的鹅毛，漫天飞舞，雪深深过膝盖，我们都叫它‘鹅毛大雪’。不过，春秋和夏天从不见雪。夏天热起来，仍像在火炉边过日子。”说完，突然又“咦”地叫了一声，随即喊道：“孙医官，快来看看，这是一棵什么草，怪好看怪好看的。”

一些队员听得“怪好看”的喜悦之声，也都簇拥过来。

小草很矮，高不过五寸，在一石罅旁边，不细看很难发现。那草通身葱绿，叶片细若毛绒，顶着一朵小小的紫花，在寒风中轻轻摇曳。再细瞧，还有两个小小的花蕾，中间已微微裂开。有人说，这是蒿草。有人立即反驳：蒿草有长绒毛开紫花的吗？谁见过？李石头道：“孙医官来了，听孙医官怎么说。”

孙治瑾蹲下身子，细细察看，很是纳罕，脑子里飞速地想着与此接近的草药模样。随又捋下一点绒叶，搁于齿间，以舌尖慢慢舔舐，其味涩苦之后又有些返甘。好一会儿，记忆中仍是一片空白，遂摇摇头：“此草我亦首次见到，犹如所见之‘辛花’。该草其色绿，其叶绒，不若叫它‘绿绒草’吧。此草稀罕，待我采集回去，再予请教。”说罢，抽出小刀，将其连根带须取出，小心翼翼，纳入一只竹筒。

正将盖子旋上，忽听先锋队伍中又有一名汤二娃者，向孙治瑾大呼：“孙医官，你来看看，这又是一棵什么草？堂邑父他也不认得。”

孙治瑾上前一看，又被惊呆。这株草黄得剔透，有黄绢那样的光泽，顶着一朵浅红的小花，但其叶片也是绒绒的，显得柔弱而美丽。

他细细端详，最终还是摇摇头：“此草从未见过，我亦不知。”

由天际却伸过一嘴：“孙伯伯不知，我知。”

众人自是不信，只当这小调皮搞怪。唯有王兼问道：“你知？你知它叫啥名，可作何用？”

“它吗？刚才孙伯伯将那棵草叫绿绒草，这株自然就叫‘黄绒草’。既然都是绒草，作用当然一个样。就像王兼哥哥你，穿一身绿衣服你是王兼，换一身黄衣服，还是你王兼，绝不会就变成王歉、王奸什么人。”由天际说得振振有词。

“你才是由歉，‘油煎’，由田鸡——不过，好像有那么一点点小道理。”

孙治瑾却郑重其事：“不是一点点小道理，是十分的道理，应该称它‘黄绒草’。”说着，亦将其全株全须采下。

见由天际又恢复本性，张骞暗暗放心。毕竟是个孩子，心事来得快，去得也快。

大家四散去寻，又发现几棵黄绒草、绿绒草，其他除了苔藓，还是苔藓。

由天际又道：“黄绒草、绿绒草，都是绒草。他大娘、他二娘，都是他娘。”

只堂邑父刨出一株不一样的小草，拿来递与孙治瑾。

这棵草却甚是奇特，一根草茎，七匹小叶，顶着一朵小花。

孙治瑾一见，立刻两眼放光：“这叫‘重楼’，也叫七叶一枝花。极难见到。不料此处却有此等好药，可惜了，只此一棵。”

听此一说，人们又到更远的地方去寻，结果除了绒草，又得两株重楼。

此时天气骤变。南北两大云团像两支极其庞大的军队，以极快的速度，互相缠斗，搅动得山顶啸啸作响，似有无数的鬼怪在那里哄闹，又似有成群的虎狼在那里嗥叫，发出摄人心魄的声音。而偏西的太阳也以极快的速度褪掉了红色，变成一颗被凌空吊起的蛋黄，而又似被擀成的一块面饼，薄薄地摊在雪山的脸旁。

不一会儿，那云团便越来越低，越来越低，终于将雪山严严地裹住。而风，也顺着山坡直奔而下，带着尖锐的哨声，将雪粒从雪面上搅起，浓酽的霰子直击山下。

张骞直感脸上辣辣地疼痛，眼不敢睁开，双手也木木的不太灵便。他赶快将大伙儿聚拢，道：“我等不可久停，得要向上走动。冷，是必然；走动，才会暖和。”

大家开始顶风而上。尽管身弯得像虾米，那风也欲将人从地面兜起来。几乎是进两步退一步，蜗牛般向前爬动。马儿块头大，头一俯一仰，迈步也十分吃力。

进入雪线之后，风似乎小了些，而且越进入风越减弱，但是雪也越来越深，天色越来越暗。雪以最初的打齐脚踝，到深齐膝盖。负责开路的张骞与堂邑父等人，每进一步，都须先以木棍探出虚实，一不小心掉入雪窝，人往往只见到一颗脑袋，甚至连脑壳也霎时消失，须得数人将雪扒开，一齐拉拽，始得出来。

汉中人滕广条，算是张骞名副其实的老乡。勇敢、力气大，就是个儿较矮。被张骞委派为开路先锋之后，感到莫大的荣光，从开始登山，便事事争先。三次掉进雪窝，三次被人搭救，他觉得很是丢脸，于是暗自琢磨，迈步之前先盯准方位。第四次埋入雪窝之后，便以老鼠打洞之法，从雪窝拱了出来，惹得堂邑父不禁失笑：“腾广条，真有你的，打起洞来，比老鼠都快。”滕广条亦呵呵一笑：“我可不是什么老鼠，我是可以上蹿下跳的松鼠。”不料巩用接口取笑道：“管你老鼠松鼠，反正都是鼠辈。”

这玩笑却开得有点重，滕广东反唇相讥：“有的人掉进雪窝，还须别人七拉八扯方始得出，我看连鼠辈都不及。”

巩用不太受用，正想词儿反驳，却被张骞截住：“广条，少说两句行不？巩用不过是开个玩笑，话虽有点不妥，也是无心之语，何须认真？”

巩用倒挺机灵，立刻就势转舵：“老滕勿要多心，我得拜你为师呢。”

滕广条回嗔作喜：“拜师不敢。也就是事前瞅好方位，掉进雪窝不要心慌，然后按记准的方向双手扒雪，自个也就钻出来了。”

张骞道：“此法不错，可向后传之。”

然而，愈来愈暗的天色，眼见上山的人马拉得越来越长，让张骞不敢再向前进。而且，人们呼气吸气越来越费劲，人人的胸膛都像压了一块石板。那石板拉不开，挪不动，喘得逮不上气，憋闷得脑袋也开始有些昏沉。

想在当日翻过雪山，已经毫无希望。

张骞只能下令，今夜就在原地歇息。

只是，宿处却成了极大的问题。

天已经奇寒无比。人走着动着，倒还能忍受，但是只要一停下脚步，不到片刻，周身便寒气刺入骨髓。牙巴骨“嘚嘚嘚”上下磕得直响，舌头僵得不能说话，清涕一出鼻孔即成冰凌，身上的冬衣如树叶一般枵薄，裹得再紧，冷气也如针芒般一扎而入。

即使裹上狗皮褥子又能怎样？谁知道午夜时分，又将冷到何种地步？没准儿，一觉睡过去，便冻成了冰人。

“二弟，你们匈奴人在此境遇下，夜宿该如何解决？”张骞问道。

滕广条一句插来：“老甘，你先甭说，让我猜猜——按我在雪窝里的感觉，一定是老鼠打洞之法。人在雪窝里，反倒比外边暖和。只是这马儿不好弄它。”

“是呀，是呀，这马儿一没棉衣棉裤，二没狗皮褥子，光腿四只脚杆。冻坏了，我们没了马儿，再走，只能凭自个儿的两条狗腿。”巩用也替马儿担忧。

堂邑父笑道：“老滕说的有道理，巩用的担心也应该。只这打洞之法，却有些讲究，否则人会吃亏。”堂邑父想把话说得像张骞那样，条理分明，十分透彻，却又一时无法措辞，便就停住。

“说呀说呀，老甘，你把人都急死了。”马予、柳原、言原等人连连相催。

“大伙儿勿催。我想，老甘只是想把话说得更清楚更明白。”张骞笑道，“二弟无须讲究，想到哪儿，就说到哪儿，说漏了，一会儿再补就是。”

“大哥知晓，我历来嘴笨。”又回头对大伙儿道，“这雪洞，第一是选点。雪不能太厚，也不能太浅。洞顶上的雪，厚不宜超过二尺，薄不能浅于一尺。为何？雪太厚，气眼一被封死，人在雪洞会被憋坏；雪太浅，人在雪洞里哈出的热气，会将洞顶上的雪化掉。第二是气洞。此为最最要紧之事，许多人不知晓，只图暖和，不打气洞，特别在人多的时候，往往开始活着进去，早上硬邦邦地死在里头。我见过不少。”

这话被随后赶上来的由天际听着，立刻叫道：“啊哟哟，甘伯伯，我明白，这就叫作活得清楚，死得糊涂；活着不用气眼，死了容易闭眼。只是这气眼打在什么地方，如何打法，甘伯伯您还没有讲清。否则，我等明早变成了死鬼，您可休想安宁。”

几句杂七杂八的话，看似玩笑，却道出了实际问题。张骞心中赞道，这小家伙忒聪明。正想听听堂邑父作何回答，却听由天际又开始自问自答。

“不过，甘伯伯且请放心，我等不会变成死鬼。这雪里打洞，与盖房子、挖窑洞一个理，没谁把窗户留在房顶上，所以这雪洞气眼，应该就在侧旁，而且不要搞得太低。太低了，晚上若是下起大雪，就把眼眼堵死了。没得眼眼的雪洞，人还能活得成？但这眼眼也不能跟盖房子开窗户一个样，我想应该斜着打。若是直着打，岂不是为外边的冷气行方便？斜着打，那冷气在外边说，这人真鬼，让我找个暖和人都不方便。甘伯伯，您看，我说得对不对？”由天际神采飞扬，十分得意。

“小调皮说得有道理。”早已赶来的公羊鸣执道。

“对的，对的。由天际说得没错。”堂邑父又补充道，“万一只能在顶上弄气眼，更应该斜着打。而且，半夜要有人去查看，不能让它堵着。至于马儿，少了，可以进雪洞。若是较多，可用雪隧避冷之法——就是开出一条长长的雪槽，体弱的马儿放中间，体壮的放两头，互相挨着暖和。马有灵性，照不照看没有紧要，野兽也无法到此，尽可放心。”

张骞立即召集任扶等人，按此法吩咐下去，进行夜宿准备。

杨柏却找了过来：“张大哥，人常说，饥则寒，饱则暖。如此极寒之地，又得在此夜宿，总得让大伙儿喝口热水，吃口热饭方好。”

“粮食肉食怕是不多了吧？”张骞问道。

“幸亏前几日过草原时猎得一些野物。否则，粮食早已告罄。现时，面饼可以凑合六顿，米饭亦可将就六顿。若是做成稀饭，还可多出一半。至于薪柴，上午过林子时捡了一些枯枝带着，这个不用操心。大哥你看——”

“那就给每人熬碗肉丁稀饭吧。只是辛苦尔等了，在这里，说话都逮不上气，何况劳作，我真得替大伙儿谢谢你。”

“大哥这话说得见外了，杨柏不爱听。”

“那就越简单越好。容南容北身子弱一点，就不要让他们插手。”张骞叮嘱道。

“诺。杨柏明白，杨柏去了。”

望着杨柏的背影，张骞突然生出若许心疼。自打离开长安，使节队里，最是劳累、最为辛苦的，莫过于杨柏。本来略黑的脸庞，而今显得更黑，一双手结满了硬茧，也显得更其粗糙。个儿高高，心却极细。使节队里，人人都能感受到他给予的体贴与温暖，没有任何人对他产生过不满与怨怼。更为可贵的，是他几近于严苛的自律，不会因为有特殊的方便而多吃一口饭，多夹一片肉，尤其对由天际的关照，简直胜过了一般父兄。张骞琢磨，一定得选出一个适当时机，把杨柏的事，向大伙儿好好说说。

杨柏取下铜锅、稻米、腌肉与薪柴，却遇到一个极难解决的事情——铜锅无法安置。

在草原可以挖个土坑，在沙漠可以扒出一个沙窝，在山间可以借助石头，可在这大雪覆盖的地方，神仙也无法可使。

挖雪坑？这连傻子都知道，锅未烧热，锅下便成了一摊雪水。将积雪刨开再挖出一个灶坑？刨雪倒是不难，可刨开之后，下面究竟是土底，还是石底？即便是土底，其冻结的硬度，与岩石怕也相差无几。在这连喘气都艰难的地方，想凿出一个灶坑，这顿饭恐怕等到半夜才能吃上。

一时之间，陈尚斗、宋石、宋木、沙里修等人都为杨柏发急。

宋石道："不如向公羊鸣执告以实情，请他告诉张大哥，这顿饭一时之间，实在是做不出来，大伙儿亦会体谅我等。"

杨柏却固执道："我既向张骞大哥说了，就是架在我的腿上做，也得把它做出来！"

"啊哟，杨伯伯，你想请我们吃人肉啊？可那也不够大伙儿分啊。再说，您那肉黑不溜秋，我可没兴趣。"由天际一听几位伯伯在为架锅烧饭作难，打趣道。

宋木道："你这个小把戏，人都愁死了，还有兴趣取笑你杨伯伯。"

"不就因为没法支锅嘛。现成的救星不去找，光急有啥用？"

杨柏一把抓住由天际的手："快点告诉杨伯伯，现成的救星是哪个？"

由天际一翻眼睛，坏坏一笑："告诉您了，您咋谢我？"

"你说。让我叫你由哥哥都可以。"

"不成。这么做，辈分太乱了。我只想看看您大腿上的肉，到底黑成啥模样。"

"行。我这就脱给你看。"说着，便解开了裤带。

"甭，甭，甭。我只一句笑话，您就当了真？快去找我范伯伯范佑铭吧，他那里铁家伙多，光马掌就一大摞。铁家伙烧不坏，支锅不正好使？”由天际赶快捂住杨柏双手，“天气这么冷，冻坏了可不好。大伙儿听说您在弄饭，都高兴死了。我赶来，就为了烤烤火，不料还是冰锅一口。咳，真是不走运。”

“由天际，你可帮了伯伯的大忙了。”杨柏重新勒紧裤带，就去找范铁匠。

“范伯伯在前边二十丈远的地方掏雪洞呐。”由天际追着杨柏的背影喊道。

由天际却没走，帮着几位伯伯刨雪。陈尚斗等人不让，由天际道：“伯伯们想冻死我啊？也不晓得把我心疼心疼。”

几个人只好由着他。也是，这么冷的地方，身子不活动，真会冻坏人。

不一会儿，便见杨柏打头，范佑铭、王兼紧随其后，一步一步，踏雪而来。

支锅的地方亦清理得有了眉眼，而清出的雪槽几乎深过一丈。公羊鸣执前来一看，高兴得迭声叫好：“再弄长点宽点，正好让马儿在此过夜。”就又叫了些人来，将雪槽继续后扩。一时之间，来的人愈来愈多。

杨柏等人将背来的东西“哗”地一扔，立时传出铁器碰撞的声音。大伙儿一看，马掌、镰刀、小铁砧，堆了一地。于是七手八脚，很快支起两口铜锅。无须招呼，搬柴弄火的，往锅里堆雪的，忙得竟让杨柏难以插手。

杨柏就取来一块腌肉，放在小砧板上剁着。一刀下去，“啷啷”一响，刀被弹起，那肉面上只一道白痕。不由骂道：“啥鬼天气，这肉冻得，比石头还硬。”

范佑铭将肉夺来，用火钳夹起，放在火上去烤：“杨柏你这人，怎的不骂自个却去骂天气？铁比石头硬吧，我老范叫它软它就得软，何况是块肉！人常说，一行服一行，扁担服箩筐。比如王兼，小鸡鸡再硬，一放到漂亮女人那里，自然就软。”

王兼捡出一根红头柴棍，作势往范佑铭身上戳：“好你个范铁匠，想着法子编排我！”

范佑铭举起肉块一挡，只听“吱”的一声，冒出一股轻烟，棍头即熄，肉的焦香味随之传来。王兼将棍子随手向火里一扔，那火又“嘭”的一下，跳出一股火苗。

“好香，好香！”

杨柏循声一瞧，只见雪堆外拱出一颗脑袋。由天际首先叫道：“孙伯伯，雪刚化水，您来早了，这时只能喝水。”又突然醒悟似的，“孙伯伯是来看扒开的地上，长没长草药。”

“我不是找药，是来下药！”孙治瑾随即打开一只布包，从里边抓出一把黑乎乎的叶儿、杆儿、籽儿，向锅里一扔。

“下的啥药，孙医官？可不能把粥饭弄得变了味儿。”杨柏有些担心。

“杨大厨放心，不会的。下的是紫苏。我见好些人都受了风寒，让大伙儿喝碗热热的紫苏粥，发发汗，驱驱寒气，明日好爬山越岭滚这雪窝子。”

正说着，李石头、段昉凑过来烤火取暖。一见孙治瑾，段昉问道：“我这手背，还有耳朵，又红又痒痒，不会有事吧？”

李石头道：“我也是。”

孙治瑾捞过段昉的双手，又一看耳朵，立即将二人拉开：“你们生冻疮了。见不得火，也见不得热水。一遇火与热水，会更痒，痒到一破皮，就流黄水，溃烂，一时难以痊愈。”

二人惊怕起来：“这，这如何是好？”

“不怕不怕。你二人这是冻疮初起，并未破皮。只这火不能再烤，热水不能再碰。立即去用雪搓手、搓耳朵，直到搓热为止。冷了，再搓，搓它几遍，明日一下山，遇上暖和天气，也就啥事没有了。”

“孙伯伯，我明白了，虽然我没生冻疮，也要用雪搓脸搓手搓耳朵，搓到冻疮只长在爱烤火的人身上去。”由天际走到雪墙，抠出一把雪，就往脸上搓。

锅里的雪水很快烧开。杨柏先倒米粒，歇歇，又倒入肉粒。随即双手捉着长长的木勺勺把，缓缓地反搅顺搅，待面上飘起一层浮沫，刚打起一勺，见上面净是苏叶，即又将勺子放入，撒入盐粒、干姜末。又搅搅，舀起一点汤液，尝尝，又放入些许盐粒，盖上锅盖。

不一会儿，粥液噗噗作响，白白的米汁潽了出来。杨柏心疼，揭开锅盖，让宋木将火弄小，再伸进勺子搅搅。如此反复数次，按日常做饭时辰，粥应该煮得透熟，可一尝米粒，米心仍硬。于是再煮，再尝，米心并不糯软。

如此鼓捣了数次，米心仍与初时无甚差别⑤。杨柏十分不解，感到诡异，遂问孙治瑾：“孙医官，这粥老煮不熟，可知为甚？”

王兼抢道："这事儿该问谷神后稷，孙大医官哪知米病之事。"

"米怎的有病？让我猜，是山有病。应该将这里的山鬼抓来，一问便知。"由天际故作正经，说得十分认真。

"那行。你轻功了得，你去抓只山鬼，让我等开开眼界。"

"不要斗嘴，且听孙医官理论。"杨伯心中着急，不想跟两个活宝扯淡，催着孙治瑾。

恰巧，张骞、任扶、李中壮、堂邑父这时走了过来。听得杨柏言语，堂邑父道："在这雪山之上，饭再煮也就那样。"

张骞即道："既如此，那就按序开饭吧。"看看众人皆已拥来，便移后与公羊鸣执站在一处，深深吸了一口冷气，然后说道："趁大伙儿都在这里，我有几句话说与各位听听。"

众人听得张骞讲话，立时静了下来。舀上粥的，嘬着嘴，轻轻吸溜；没舀的，排着队侧脸看着张骞，脚下轻轻移步。

"我等离京几近一月，所历之事比预想严酷得多。先有李肃百为国捐躯，沙暴之难又让使节队失去了戴羽、杜槐，今日夏副使又解厄赴难。他们皆为我大汉英雄，我们既有锥心之痛，亦深感无上荣光。我等不会因此而止步，更不会因艰险而畏葸不前。毋庸讳言，寻找月氏国的西域之途还很遥远，前面之凶险艰难，实难料知。下一个为吾皇、为大汉使命献身者，或许是我张骞，或许是我们其中的一位。为完成我大汉使命，现做以下决定：若我遭难，任扶即为正使；任扶不在，李中壮继之；中壮不在，公羊鸣执继之；鸣执不在，甘父继之；甘父不在，杨柏继之；杨伯不在，由大伙儿公举。若使节队剩下最后一人，你就是我大汉正使，皇命即由你完成。大伙儿可听清了？"

众皆倍感悲壮而又神圣，纷纷道："我等知晓了，定当舍身为国，完成皇命。"

此系张骞与任扶等人的临时计议，面对未知之艰险，不得不预先做此处置。

"当然，未来之情景，不一定就那般严重。但是，预则立，不预则废。譬如作战，料敌为先者，则可立于不败之地。我们做事亦如此理，料事为先者，可以事半功倍。现此议不再叙之，还须说的，是另外之事。"张骞又深吸一口气，待喘息稍定，续道，"使节队中，赴难的英雄理当敬之，而身边活着的英雄，一样可亲。即拿杨柏等人来说，在这雪山严寒呼吸困难之中，我等能喝上这样一碗热粥，是多么的不易！我等入密林登山，只虑自行过之，而杨柏等人还须捡拾柴火；我等到此雪域，只虑夜宿之事，而杨柏等人却在此刨雪支锅煮粥，且为粥之不熟深深自责。他的双手，老茧比我们任何人都多，他的肤色，因烟熏火燎，比我们任何人都黑。离京以来，他不因特殊的方便而多吃一口饭，多吃一片肉。还有范佑铭，他让使节队始终保有战斗的利器，我等歇息时，他就在那里为大伙儿磨刀磨剑；而陈尚斗，则让大伙儿的马儿蹄掌不伤，行进得力；当然，甘父的率先涉险，更使我等难以忘怀。凡此种种，其例甚多。以吾观之，皆系英雄之举。在此险途，张骞唯望大伙儿上下一心，以我大汉英雄之举，历陌域而不息！”

众人振奋之余，又无不感动，原来大伙儿的克难之行，尽在张骞的眼中心中。

时粥已舀完，只剩锅底锅巴。而张骞、公羊鸣执、杨柏尚是空碗，无粥可舀。

最后十余人见之，皆欲拨粥以济，杨柏却将锅盖一捂：“我有办法。”

只见杨柏长勺一伸，直取雪堆，挖出六勺白雪，沙沙连声，飞入锅中，加了盐粒，重新填柴。待雪水咕嘟冒泡，再将锅铲置入锅中，一阵吱啦之声过后，三碗雪水米粥锅巴汤，带着黑白之色，便到了三人手中。

三人不以为意，众人却心绪杂然。

时王兼不忘箫声，断续吹出。而山风亦骤然加紧，带起啸声，啸声卷着箫声，搅成一种怪异的声音。

吹罢歇息，范佑铭却久候未归。王兼初始以为这铁匠受到夸奖，高兴得晕了，后来突然想到那些做锅撑的铁家伙，于是一骨碌翻起来，去寻范铁匠。

朦胧之中，由天际见王兼翻身外奔，虽不知甚事，亦一揉双眼，溜出雪屋，接连打了几个雪滚，追上王兼，问道：“王兼哥哥，哪儿去？”

“还不是你的主意，弄得铁匠急急不得歇息。”

“什么我的主意？呃——我明白了，是那些铁玩意儿被烧成了烙铁，一时之间不便收拣，范伯伯还在那里傻等。”由天际哈哈大笑。一口气没接上，又喘得直咳。

李中壮一看由天际溜出雪屋，不放心爱徒，即默默起身，相随其后。任扶见李中壮外出，也悄悄起身相跟。同一雪屋的其他人，一看两位副使出了雪屋，不明就里，皆互相询问，竟也出“屋”察看。

王兼、由天际一瞅杨柏生火做饭处，果然火把通明，从身影看去，张骞、公羊鸣执、杨柏、宋石、宋木、赵无编等人均在。

王兼在前，到了地儿，不料脚底一滑，“出溜”一个坐墩，爬起一看，原来踩着一块坚冰。正诧异间，只见张骞将一捧雪扔在铁器堆上，只听“吱”的一声，立刻冒出一股白气，挨地面就有雪水流出。再瞧，那雪水流不及二尺，便结成了冰块。

杨柏正在收拣铜锅，将绳索从边沿小眼中穿过。由天际一摸，铜锅仍呈温热，不由得笑道：“我扎的眼眼是否好使？杨伯伯真会捡便宜。”

“我捡甚便宜？”杨柏最怕人说起这个，问得一脸认真。

“这铜锅尚温，背在背上，岂不暖和一阵子？”由天际也一脸认真。

张骞一笑，对大伙儿道：“都来做甚？杨柏、老范正在收拾，大家快去歇息。明天，更难的路，正等着我们呐。”

众人一见无甚大事，遂返身回“屋”。

这真是：

谁道艰危难扞[6]，将此敢说张骞？
砉[7]若寒隼[8]惊禽，大爱比却雪山。
炉火心中烹得骇谷之名，
英雄遒劲其声镗鞳[9]万端。

欲知使节队翻越雪山惊险之举，请阅下回所述故事。

**注释：**

①诔（lěi）文：叙述死者生前事迹，以示哀悼。

②股：从胯到膝盖的部分。股肱（gōng）：比喻得力助手。

③焰焰：火势微弱的样子。

④熠爚（yì yuè）：明亮。

⑤因高山缺氧，水难达沸点，故煮饭不熟。古人不知其理，感到奇怪。

⑥扞（hàn）：抵御。

⑦砉（huā）：象声词。此处形容隼从空中下掠的迅疾声。

⑧隼（sǔn）：一种猛禽，也叫“鹘”。

⑨镗鞳（tāng tà）：象声词，形容钟鼓的声音。

# 第二十六回　赋豪情张骞歌胸臆　滚老驴甘父解危难

范佑铭拦着张骞，不让动手："张大哥，你也歇息去吧。这里有杨柏、王兼，人手尽够。再说，是他们搬来的，再让他们搬回去，怎么解的，再怎么捆，比你明白。"

"也罢。只不要耽搁得太久。"张骞顺着大伙儿蹚出的雪路，走了。

三人却站在那里，望着张骞的背影，久久无语。

虽在暗夜，但雪的反光，仍让人能看得较远。

一天的艰难攀登，大伙儿均已透乏，然而不知何故，交过子夜不久，许多人却醒了过来，并且一醒之后，再也无法入眠。

由天际、范佑铭是使节队里出名的瞌睡虫，此时亦睁开了发涩的双眼。

"刚才谁在我胸口拍了一掌？王兼哥哥，是不是你？"由天际紧盯王兼，问道。

"鬼才拍你呐。你去问你这些伯伯，还有你师父，谁又拍他们胸口了？"王兼正做美梦，却被人"拍"醒，正自懊恼，却被由天际搅闹，于是作色回道。

由天际知道错怪了王兼，便车转身向外走去："我去问孙伯伯。"

"由天际，回来！"

听得师父呼叫，即刻停住，回头看看暗中的李中壮："师父叫我何事？"

"这又不是病，找你孙伯伯做甚？睡不着，你就坐着，眼睛闭着，练习吸气呼气。"

莫非又是高山捣鬼？由天际脑子一转，回道："诺。师父，徒儿知晓。"

“知晓就好。你乖乖坐着。为师出去看看气眼。”李中壮拐了两拐，出了洞口。

原来这雪洞洞口也有讲究，并非砌造房屋那般，端进直出，而是以雪墙相错两次，始得进出。这么做，主要以防寒气冷风直接灌入。

李中壮从洞口出来，一阵寒风刮过，不由得一个激灵，接连打了两声喷嚏。抬头一看，只见浑蒙蒙的天空中，正飘着大雪，雪片被寒风搅着，互裹互缠，纷繁混乱，拥挤而落。这雪也不知下了多久，眼见得积雪比昨日厚了许多，心中倏地忧虑起来。

因为背风，雪洞的气眼并未被大雪堵住。从雪洞外墙转来，却迎头碰上张骞、任扶与公羊鸣执。三人查完几个雪洞的气眼之后，正向马儿夜宿的地方走去，也顺道看看这里的雪洞，一见他在洞外，张骞唤了声“中壮兄”，便即停下。

知张骞等人去看马儿，李中壮亦相随而去。

遥遥地，只见马宿之处有一支火把，在乱雪飞舞之中，发着灿亮的光芒。

“那里有人守候！”李中壮惊奇之中，又有若许激动。

“你们都回转吧。我去看看。”张骞道。

“回到雪屋也睡不着，不如一块儿去看看。”公羊鸣执坚持道。

张骞知劝也无用，便不再言语。顺着昨日蹚出的雪路，踩着夜来的积雪，“咯吱咯吱”走在前面，心里兀自猜着，为马守夜的人会不会是陈尚斗。按照堂邑父的说法，昨日并未安排任何人为马儿守夜。倘是陈尚斗，那就是他自作主张，甘受苦楚了。

马儿均三匹一排，整齐地在雪隧中站着，呈睡眠状态。而那支火把，正插在雪隧三分之一处。这也告诉张骞等人，那里有雪窝，守夜人就在里面栖身。

张骞有些犹豫。去看看？端怕惊扰了守夜者；不去看，又放心不下。最后道：“我等还是不去了吧。你们先走，我再候片刻，也即离开。”

突然，火把处拱出一个人来，压低了声音，喝问道：“谁？”

“我，张骞。”张骞也压低了声音，“陈尚斗，果然是你！”

“啊，是张大哥。”陈尚斗快步奔来，“啊，还有任扶、中壮、公羊老弟。我这里有段昉、孟远两人陪着，大哥尽管放心。这里马儿的脾性只有我知晓，它们服我。”

“好，好。这里就交给你们了。”

捱至拂晓，不等王兼的笛声吹起，人们尽皆钻出雪洞，随地抓起冷雪，搓手、搓脸。

雪仍在下着，风仍在刮着，只是比夜间稍小了一些。天虽亮了许多，仍昏蒙蒙看不甚远，唯有眼前的雪况十分清晰。

张骞、堂邑父、公羊鸣执在前面察看着登山的路径。

抬头仰望山顶，隐约可见两处垭口，一处偏北，一处偏南。偏南垭口近点低点，偏北处远一点高一点。究竟应从哪处垭口翻越，堂邑父与公羊鸣执又发生了分歧。

堂邑父主张从近点低点垭口翻越：“大雪山不比平常山岭，高点低点，差别极大。我们尚未登上最高之处，便已喘得上气不接下气。而像这样的雪山，即使低上一丈，体弱之人便可捡得一条性命；高上一丈两丈，其情便很难预料。至于越过之后是什么样子，只能走一步看一步，届时再做定夺。”

是时使节队全部人马已集结完毕，整装待发。见负责开路的张骞、堂邑父等人尚无举动，任扶、李中壮便来到前边，探听情况。

听到堂邑父所说，不待张骞表态，任扶即表示支持：“老甘所言不差，是一妥善保全之举。”

张骞却道：“任扶老弟，还有李兄，不妨听听公羊鸣执有什么说法——鸣执，大伙儿都在等着呐。”

“若从雪山之艰难着眼，老甘所言的确不差。但从总体来看，我看从偏北垭口翻越为妥。我等应该承认，翻过此山之后，究竟又会遇到什么情况，谁也无法预料。可有两个理由，可供我等做出判断。”因说话较急，公羊鸣执有些接不上气息，喘得厉害。

“不要急，你说简单点，说慢一点。”张骞有些心疼，便去轻轻拍着他的后背。

公羊鸣执轻轻一挡：“其一，我从杂木河的水域径流情况，分析过冷龙岭的整体走向，系呈南高北低之势。翻过大山的皆知，从不同的垭口翻越，所抵达的地方，往往相差上百里甚至数百里。我不知晓我等现在即将翻越的大雪山，是不是冷龙岭之主峰，可我可以判定，从北垭口翻越，不会遇上比这更高的雪山。而若从南垭口翻越，所逢雪山，其高其险，实难料定。”说罢，又喘。

“鸣执，有此其一即可矣。”张骞道。

“其二，我等现在的方位已在西南，若从南垭口翻过，则更偏南，若求正西，仍须北上再折方可。我意如此，请予析之。”公羊鸣执坚持把话说完。

“鸣执纵览整体，我所不及。”堂邑父首先放弃所做主张。

任扶则又一次感到自己思维之狭隘，亦佩服公羊鸣执之大气、之缜密，也明白了张骞缘何能获得大伙儿衷心拥戴。

李中壮亦将公羊鸣执看作一位智者。这个裁缝，不简单。

张骞立即下令，全体人马取道北垭口翻山，并让任扶等人向大伙儿说明因由，以作鼓励。

此时雪已渐小，风却更加张狂，似一只只巨大而无形的巴掌，顺着山头下来，毫不留情地袭击一切，将刚刚落下的雪花，重又卷至半空，向人们的身上甩来，又穿过人体，向山下扑去，变成雾状的霰子。

大伙儿只能牵马而行，有人干脆身贴马腹，躲着针刺入骨的寒风。有人骂口，但话一出口便被风带走，只能向同伴打着手势。

只苦了打先锋的张骞等人。张骞欲第一个上前，堂邑父却拽住不放：“有我在，还轮不着大哥如此。过大雪山，我有经验。”遂一个扑爬下去，压出一道人形雪槽；站起来，再一个扑爬下去，又是一道人形雪槽……，直压到第十个，站起来，喘道，“现从梁州嗣开始，每人压五个雪槽即行换人。次序按张大哥昨日所排执行。如此反复，不愁不快。”

梁州嗣即刻上前，却被张骞一挡：“许你随我之后。”已然按照甘父方式，扑雪而进。

其后之梁州嗣、滕广条、巩用、言原、汤二娃、庞常亥、马予等人，皆忘情注目，眼眶盈泪。

行约一里，遇一陡崖，壁立于前。适逢柳常、钱佑喜、李石头在前探路，见崖壁，三人驻足，向后回望。张骞早已瞧见，即刻与堂邑父一同上前，寻登山路径。

张骞细察，崖壁高约二丈，呈尖耸状，顶端垛雪，亚似头冠，两端削立，渐至低矮，底宽可在五丈上下。其壁光裸，如烙饼层叠，色黑色黄，相互间之。隙中有零星须草，不知其名，绿意翩然，在这遍山皆白中，显得格外抢眼。他无心观赏，只低头察其崖脚，与堂邑父商定登山途径。

崖脚呈倾斜状，左高右低，可容五七人站立。眼见得崖壁之高，人马难以逾越，欲至垭口，只能从壁下两端选择。二人商定，张骞去了高处，堂邑父则从另端寻路。

顺其崖脚，张骞右倚崖壁，左手以剑拨雪，逐步挪移。所幸此处积雪甚薄，稍拨即可见石，只石头鼓翘崚嶒，有数处须得砸去翘尖，方可保得人马不失。再行续探，其径渐行渐宽，不由心中大喜，至二十余丈处，眼前兀地一亮，竟是一处平堳，那山垭豁口，也无雾无霰，格外明朗。

张骞扭头，恰见堂邑父从右边堳角拱出，并向他招手示意。张骞双手击掌，表示认可，孰料堂邑父急指凹堳，又连连摆手，而后直指他的脚下。张骞顿时明白，堂邑父所探路径，不可通过。再看，堂邑父已然退回，不见人影。

见柳常、钱佑喜、李石头等人紧随其后，相跟而来，遂向最后的马予唤道："马予，且去请范佑铭前来，拿一铁锤，将所经之处锐石砸掉。"

不等马予相唤，王兼即道："不烦老马，老范我去唤他。"

不一刻，范佑铭至，顿时，铁器砸石之声，在雪山之中，发出阵阵回响。其后时停时骤，时轻时重。由声音的断续之间，张骞判知，有若许队员争相执锤，为大伙儿开路。

张骞止步，等候堂邑父。从此处去垭口虽无百丈之遥，且无削壁陡崖相阻，但路径之择，仍不敢掉以轻心。这世事之路似有规律：认为最危险的地方，因为谨慎小心并无险情发生；而认为平安无事的地方，却往往阴沟翻船。十几年前汉江罹难一幕，即为终生教训，何况此刻肩负上百人马的重责，怎能率意而为。

堂邑父见张骞止步相候，立道："大哥，我真担心死了，生怕你从平堳处前往垭口。依我估计，凹堳之处积雪，其深当在三丈开外，尚不知凹处还有更凹之处，底部有无锐若利刃之石，一旦坠入，生死难测。我先以手指于此处，又摆手示意，便是阻你在此犯险。"

"二弟放心，何处可以冒险，何处不可，我自有分寸。"张骞一指左边小埂，"二弟，从这条梁脊去垭口可否？"又左右看看，"看来，也只有这山埂可达垭豁。"

堂邑父却不作答，只跻身于前，入埂上雪中。

因寒风劲吹，山埂积雪仅及脚踝。堂邑父顿为兴奋，挥刀拨雪。刹那间，只见雪粒纷飞，硬石立露，其色青黑，坦若鳖甲，显露之处，尽皆如此。

此间恰巧风息雾散，高天白云隙间，洒下万道金光，照得遍山白雪熠熠生彩，目之所及，晃花双眼。

罕见的蓝天，罕见的坦途，人们竟自惜步，有人干脆停下，极目远空。

“二弟，暂且歇息片刻。此情此景，难得一见。”张骞道。

早晨辰时出发，到此已在巳时，西南走向的山势，恰将登山一面照彻。眺望远方的草原，唯见一望无际的氤氲之气，如江河湖海，波涛翻滚，不止不息，那绿茵如被的草地，不见分毫。复观太阳，竟带温柔之情，唯有暖意，而并不炙人。而本以为山高近天，不料蓝天更其遥远，也更其深邃；只那蓝色，显得格外透亮，格外洁净，与白雪辉映之间，使人感到一种十分神秘的意境。双目近视，半山之中，仍云雾缭绕，起起伏伏，缥缈不定。云收云起之际，间或露出峭壁危石；雾聚雾散之处，偶见林木葱茏。

倏地，大伙儿皆齐声惊呼，只见半空之中，飞来两只大鸟，翅膀展开，悠悠盘旋。一时之间，有人说它是大鸶，有人猜它为金雕。

张骞即问堂邑父：“二弟可识得此鸟？”

“此鸟名胡兀鹫，只在大山可见。有的头顶光秃没毛，又叫秃兀鹫、秃鹫。此鸟极大，双翅展开一丈有余，其巢大到可容两人躺卧，常在大树之上或绝壁陡崖之上垒巢栖身。此鸟亦极其凶猛，羊子、乳牛、獐子、麂子，可凌空抓起，不但食肉寝皮，即连腔骨亦能整根吞下。举凡活肉、死肉、腐肉，直至其他野兽吃剩的残骨，皆一概吞食。此鸟视野极宽亦极敏锐，方圆二十里地上的大小活物，皆瞧得一清二楚，即就一只老鼠也休想躲过它的眼睛。它追捕猎物的速度堪称一绝，收翅俯冲时，快如闪电，就连草原狼也惧其攻击。此鸟还很聪明，对于难于吞下的大型股骨，往往会选一平岩，将骨头叼至半空，然后扔向岩石，待得骨头破损，吸食骨中的油髓。”堂邑父虽然说得时断时续，听的人仍个个咋舌，这雪山峻岭之中，竟有此等大鸟，真是稀奇。

大伙儿正自惊诧议论，忽听由天际颤声问道：“甘伯伯，兀鹫如此凶猛，眼睛如此尖锐，它们是不是冲我夏叔叔来的啊？对了，还有坠崖的马儿。”

众皆顿时噤声，由天际所问极是，这猛恶大鸟就是为此而来。想到夏宏被兀鹫啄食的场景，无不感到凄然。

张骞亦心中一凛。一时之间，竟难以措辞。

堂邑父却笑道："由天际所虑不错，依我估计，确有此情。不过，按照匈奴人的看法，这是喜事而非悲运。我们认为，人死之后，若有大鸟前来吞食，便可助其灵魂升天，转生为人间猛士，并非像中原汉人那般，入土为安。当然，死后无此际遇，匈奴人仍以土掩埋。夏副使命归匈奴之地，当以匈奴习俗观之。所以，我等应替夏宏高兴才是。"

王兼拉起由天际左手："甘大哥的话，你可听着？即令不信匈奴之俗，也总比曝尸荒野好得很多。我看，应该感谢这些大鸟。"

"你们都说得对，我只是一想到夏叔叔，就心里难过。"由天际心中好受了许多。

不料，沙里修却冒出一句与此事毫无干系之语："前人曾言，天无绝人之路，此乃真也。"

沙里修系荆楚人士，长安话不怎么地道，将"之路"变成了"吱溜"，"此乃"说成了"滋奶"。他话音刚落，便逗来王兼的调侃："老沙，尔不登'滋'山，焉知'滋'有天无绝人'吱溜吱溜'？还'滋奶真爷'。有兴趣，口占一诗，让吾'滋'一听。"王兼学样，文绉绉地说道。

"吾才疏学浅，口齿笨拙。尔有兴致，且去请张大哥一吟。"

王兼尚未应对，许多人已经随着沙里修起哄，请张骞应景吟诗。

事起仓促，张骞毫无准备。刚刚尚在为夏宏伤情，陡地又来吟诗应景，这情绪变化未免太快，太让人为难。而自从军以来，战事、琐事、俗事、使节之事，接踵而至，几乎从未停歇，根本没有闲情逸致作吟诵歌唱之事。然而，他又不便挫伤大伙儿难得的好心情。看来，只以讲话对之，是有负期望之举。

正自沉吟，公羊鸣执已凑近身旁，低声道："张大哥，好赖你得吟上几句，此系另一种形式之激励，勿要误之。"

任扶、李中壮等人亦相继央求。任扶甚而说道："长安时，人皆议论，张大哥乃当代名儒俞志达的高足，赋诗抚琴，无人能及，今日怎的发起怯了？不应该呀！”

“非为发怯，实为旷日未涉此道，加之出使以来，诸事难料，诗思啬耳。既如此，吾以歌吟之，即以《冷龙岭》为题，以博一哂。”

大伙儿不集自聚，屏息静待，只听张骞吟唱道：

胯下冷龙兮作阵恶恶，乱树无隙兮蛇绞藤萝[①]；
荆棘芒剑兮刀丛觅径，陡崖削壁兮蹊足寻豁[②]；
汉使无惧兮践之冷龙，浩气应天兮横空探戈！
胯下冷龙兮六月飞雪，遽寒彻身兮歙蠡吞沱[③]；
人马彭彭[④]兮兹求友邦[⑤]，大汉煌煌[⑥]兮负命执拓[⑦]；
维此汉使[⑧]兮维吉四方[⑨]，日高嵯峨兮冷龙其何！

白雪莹莹，蓝天湛湛，日高华华，山岭峨峨。大伙儿听着张骞喘息之中仍带浑厚的吟唱，豪壮之气顷刻激荡胸臆。使节队中，人们只听过张骞领唱《大漠行》，如今天这样地应景作歌，应景吟唱，尚属首次，众人无不为他的磅礴大气所折服。好一阵，人们仍在回味之中。

张骞歉然一笑：“虽有误视听，但其吟唱确乎出自心中感应。”

众人听得此言，立即叫好，报以掌声。由天际叫道：“张伯伯歌儿唱得好听，尽管有些我不大懂得，但我知晓，这冷龙岭不是个东西，又算什么东西，冷龙岭还有些啥东西。”

“冷龙岭还有些啥东西，去垭口一望，不就能够看个七七八八？”王兼道。

“不错，我们上垭口。”张骞手臂一挥。

堂邑父仍在最前边，以刀拨雪，踏步前导。这是一条埂状石砭路，约可二十三四丈，便到了垭口。

垭口有脊，呈拱状。右边断崖如削，顶约七八丈，上有积雪，垮塌相垒，堆于垭口，受风一吹，雪粒成晶，光滑若润，似一圆坨；左则渐缓渐高，呈一坡形，积雪如毡，白无瑕疵，使垭口半高半低，仅容得一人一骑通过。

因尚是巳时之初，太阳仍在所来方向之东照临，垭口西山则一片荫蔽。过垭口，偏又右旁依山平缓，左边陡峻难以涉足。举目远望，其山势果如公羊鸣执所料，虽迎面峰峦层叠，顶覆白雪，但显而易见，北低南高，雪线亦北浅南深。阳光所及，白亮如镜，依次递远，山山相嵌，苍苍茫茫，似无际涯，复不知何处与平地草原相衔接。

收目近观，右边缘尽之处兀地伸一山埂，如人之肘拐，将坡势情景尽行遮却。

张骞随堂邑父向右蹚雪，雪及腿肚，移步虽难，但行进无碍。到了山埂，却雪深陡涨，山埂俨若雪埂、雪桥，埂之两侧皆为深谷，雪埂如锥相连，堆至雪埂尽头。

立足细察，山埂宽窄不一。宽处约在两丈，窄处不足六尺，且宽处雪埂似丘，窄处雪埂仅及裆部。埂之长约在半里，形若高耸天桥，两侧深谷，积雪之深，犹如巨渊，以眼实难测之。堂邑父一边蹚雪，一边向后告诫，过此山埂，一旦滑倒，跌入雪谷，将救无可救，致万劫不复之中。故而，应遵张骞之教，宁慢守稳，万分小心。

而每逢雪丘相阻，堂邑父仍以扑击之势，压出一条雪道。

张骞看着惊心动魄，欲与替换，其后紧随着梁州嗣、滕广条、巩用一干人等，亦目不转睛，紧盯甘父，欲行替之。

堂邑父立定回身，大口喘道："非是我不相信各位勇敢之举，但这力道、方式的选择，脚步的步幅、劲道的处置，即如张大哥，亦不及我。好在这山埂不长，稍待片刻，便到前端。"

堂邑父不让，张骞等人也不能硬挤，只好亦步亦趋，随其向前。

果然，不到片刻，便到山埂前端。

张骞俯身一望，不由得倒吸一口冷气。

山埂前端却似凌空而悬的万丈高台，台面平如田畴，雪深及膝，可容二十来人站立。台下一匹大梁，陡若攻城云梯，白雪皑皑，滑溜无物。梁亦有脊，脊甚宽阔，脊之两侧，仍为雪谷。脊下大约两里之地，有一巨大平台，鲜朗可见。平台之下，有斜坡与其相接，因荫蔽晦暗，又相距较远，所见不甚真切，黑乎乎一片朦胧。

只有一点可以肯定，平台之下，雪痕渐少，草丛树木，渐浓渐密。

堂邑父欲冒险下山，并道：“好大哥，应我一事，我若遭际不测，万勿寻我，请另想他法，过此险关。”

滕广条却腰系棕绳，走了过来：“甘大哥，这次让我一试。坠索下去，可保无虞。”

张骞回望，见一盘大绳，被梁州嗣、巩用、言原、李石头四大力士挽臂紧拽，另四人顶住四大力士之足，合保滕广条探路之行。

只见滕广条晃晃悠悠，坠绳而下。

不料那坡上积雪深及胸膛。滕广条无抓无挠，全靠身体蹚雪，行速极慢。

看来他也心急，竟尔学着堂邑父，用以身扑雪蹚路之法，猛地向下一扑。

他未曾细想，此法只宜在上坡、平路处行之，而此系下坡，一扑之后，再难翻身。他双手乱扒，却越是挣扎，头越前杵，眼见得头及上身已钻入雪中，不得出来。

张骞见滕广条势危，即命梁州嗣等人将其拽出，并强行上拉。那滕广条却一边大口喘气，一边用劲摇手，欲再行蹚路。张骞不依，仍命上拽。

滕广条重上高台，已是头发散乱，脸色青乌，发梢之上挂着许多冰凌，皆指头大小，看得人既心疼又好笑。问其钻雪体会，只说得一句“憋气”，上下牙便抖得咯巴乱响。

时任扶、李中壮、公羊鸣执亦前来探询，见张骞着急，也没有好的主意。

张骞知晓，即令滕广条其法可行，其速亦太慢，上百人何时方可下完？何况，一百多匹马儿怎么下山，粮草、物品怎么拖拽？一点虑之不周，都会造成不可估量的损失。

堂邑父即对张骞说道：“大哥可曾看清，山下大约两里远处有一大大的平埫？”

“这个来时已经见着，二弟欲将怎样？”张骞疑道。

“我们匈奴人翻越雪山时，为求快速避险，常用‘滚老驴’之法——就是先将马儿前蹄后蹄分别捆扎，人抱着物品，蜷作一个圆球，先掀倒马儿顺坡下滚，人紧随其后，滚至平处自然停住，然后收拾续行。”一顿，又道，“不过，方向不得有丝毫偏差，若误入雪谷，便无生还之路。我观此山梁、山脊甚宽，我先行前导，滚出雪槽，随后诸人顺槽下之。请大哥允我先行。”

“你有几分把握？”

“我不敢说有十分把握，但按此情形，也只有此法最为有效。”

“我只是担心二弟——”

“大哥，还有各位兄弟，请不用替我担心——呃，我忘了一件事情，马儿下滚时候，因头轻屁股重，所以马头应带倾势，途中如其身斜，可以足踹其头。”说罢，即牵过自己的坐骑，轻抚其头，向其耳际说道：“伙计，躺下！”那马竟应声躺倒。堂邑父用活扣捆了马蹄，将马头略向前倾，右脚一踹马脊，叫道：“伙计，走吧！”便见那马儿翻滚而下，堂邑父紧接怀抱弓箭物品，双腿蜷缩，成一圆球，随马翻滚。

大伙儿紧盯右坡下滚的一人一马，只见愈滚愈快，愈滚愈快，似乎只在刹那之间，一人一马已至平坳偏右之处。随即，两个黑点动了起来。

复观雪坡梁脊，只见一条深深的雪槽直达平坳。

人们顿时惊喜不已。张骞也放下心来，激动地自语道：“二弟，你真是张骞的好兄弟。”当即，便与任扶等人计议，排定下山秩序，知会‘滚老驴’之法，分派携带货物，对不便携带的铁器随后，以免滚马将人压伤。待一切妥当，张骞便欲率先而行。

公羊鸣执却将其抱住：“张大哥，不是我等不相信大哥能力，但大哥身负全队使命，无论如何，须得等下去部分队员再说。”

众人亦不许他即刻去“滚老驴”。张骞难拂众意，只好暂时作罢。

再说堂邑父，早已将张骞看作最亲的兄长，只要自己力所能及，他都乐意为其分担所有的忧虑、危险，及其难以解决的责任。凭他去过葱岭的经验，最怕天公爷爷发怒，弄出一场雪崩。而此山积雪如此之厚，山势又如此陡峻，翻山的人马又如此之多，实在替张骞和使节队担心。可他又不能将其道出，怕引起大家的惊慌。

其实这“滚老驴”的办法，堂邑父也只听他父亲说过，自己从未滚过。今天若非事情危急，他也不敢弄险。幸好，这个“老驴”有惊无险，弄成了。

在倒下身体触及白雪的那一刹那，堂邑父已不知道什么危险，只感到一阵发晕。虽然马儿已在前边滚出一条雪槽，可他所见，仍是乱飞的雪粒，它们成团成块，不断地漫天而至，弄成白茫茫一片雪雾。他只是下意识地去踹一下马头，然后赶快将腿缩回，让身体团成球状。

在滚至多半时，堂邑父渐渐清醒了一些，发现雪槽有点偏离正中坡梁，于是赶快向正中靠了靠，以身体滚出另一条雪槽。

结果，马儿在离正中大约两丈远右边落定，自己在距马儿一丈之处停下。

堂邑父站起，发现自己所立之地，已被他砸出一个雪坑，深约三尺上下。而且，呼吸顺畅了许多，胸口再无憋闷的感觉。他赶快向右蹚去，为马儿解了绳扣。马儿刚刚站起，抬头便见有人与马儿从上边接连滚落下来。

滚下来的人中，老不见张骞，堂邑父有些着急，他仰头而望，见高台之上倏生白雾，将山顶严严罩住时，不由得更急。直觉告诉他，那白雾倏生，绝不是好兆头。也不管上边的人听不听得见，开始放声大喊："张大哥，你们快点下来！上边危险！"

"二弟，不用喊了，上边只十来个人了。"张骞隔着数人，高声应道。

堂邑父扔下马儿，连跌带撞，几步奔来，一下抱住张骞："大哥，真让人担心死了。"

张骞呵呵笑道："好兄弟，大伙儿都替你担心呐。"

最后下来的是李中壮。张骞让任扶等人各自清点人马，让杨柏等清点物资。正在清点之中，忽听山头上传来一阵惊天动地之声。

声音十分的沉闷而又奇特，既不像天空中爆裂炸响的雷声，也不像暴风怪叫惊人的啸声。它像从山体极深之处发出，却又让大山闭紧了嘴巴，然后从喉管里迸发出来的闷哼之声。整架山梁都因此摇晃，都因此而剧烈颤抖。马儿也因此而不停地摆动、嘶叫，有的竟紧倚主人，显出张皇、惊惧的神态。

人们尚未明白发生了什么惊人之事，便见刚才的坡顶上飞起漫天的浓雾。那浓雾非常奇怪，并不漂浮缭绕，而像浓密的骤雨，一泻而下，并将山上所有的积雪都抄底带起，如巨大的瀑流，从半空轰轰隆隆直击而来。

瞬间，刚才本已溜光的雪槽便被填满、垒厚，人们站立的平台之上，也扑簌簌下起一阵雪团、雪粒，明亮的天光也暗如黄昏。

突然，两只黑影从半空砸进平台，落在范佑铭前后。大伙儿吓了一跳，不知什么物事。张骞疾步前去察看，是两只野物，已经气息奄奄，却不认识。堂邑父一看，喜道："我等有肉吃了，是山公爷爷送来的两只岩羊。"

候有一顿饭工夫，那古怪声音便不再发出，山上的白雾、半空而降的雪粒，也没了踪影，天色也重见光亮。人们惊魂初定，堂邑父即道："刚才是天公爷爷发怒，发生了骇人的雪崩。现在幸亏是夏天，积雪还不那么厚实。秋冬之后，只要在山上大声一喊，积雪便会崩塌，像这样的平台，也会在顷刻之间，被埋入深雪之中，人畜休想逃得出去。今日估计是因为人多，动静过大，虽是夏天，也发生了雪崩。要说这雪崩之灾，比起沙暴，其威力只在其上，不在其下，雪崩所经之处，所有活物均被深埋雪底，谁也无法寻得。"

"甘伯伯，请受小可一拜。今日若非您这'老驴'，我怕连小驴也做不成了。"由天际说得十分认真，并规规矩矩行起拜揖之礼，"还有我师父，他最后下来，离这索命的雪崩，只差那么一点点。我也一并代我师父谢谢您。甘伯伯，请再受一拜——不，我师父比我命贵，我得再行三拜。"语毕，又躬身三拜。

"别，别这样。这'滚老驴'我只是做了个样子。"堂邑父摆手急道。

大伙儿虽无由天际之举，心中却认可其行，都向堂邑父投来感激、敬佩的目光。

张骞道："大家此次得免雪崩之难，全赖甘父之法。大伙儿相谢，理所当然。"

任扶疾步走来："老甘，此次幸亏有你，否则后果难以想象。"又放低了声音，"张大哥，大伙儿均在，只段昉、孟远二人失踪。"

张骞一惊："'滚老驴'时，有谁见过二人？"

无人得见。我问过李中壮，他是最后一个下来。他说，当时各人都提心吊胆，心无旁骛，谁敢东张西望？我与李兄估计，二人可能因为顾及坐骑，偏离了方向，误入雪谷——我查了，他们的马儿也一齐失踪了。加上刚发生的雪崩，二人怕是凶多吉少，难以生还了。

张骞悲戚难禁："昨天晚间，二人尚与陈尚斗一块儿，为大家在雪槽守马，现在却——"又长叹一声，道，"告诉大家，一边整理，一边再等等。"

"诺。你也请勿太过伤心，此乃天灾，非大哥之过，大家尽皆明白。"任扶遂去料理余事。

杨柏却是忧喜交加："告大哥得知，'滚老驴'之后，丢失物品两驮，一驮茶叶，一驮布匹。获山公爷爷所赐物品两样，一样岩羊，另一样还是岩羊。下午，即可让大伙儿开开‘羊荤’。”稍等，又道，“大哥你说过，使节队即使剩下一人，也得完成吾皇之令，虽段昉、孟远遇难，我们仍得前行。你若为此哀伤过甚，我等心情亦会不悦。”

李中壮、堂邑父、公羊鸣执亦劝慰张骞振作。孟远、段昉二人既生还无望，此地便不宜久留。

张骞遂令继续下山，而心中仍伤感不已。

幸好，下山之路并无险恶，未及一里，没了冰雪，且有绿草盈目。再下，则野花遍山，红黄紫白，大朵小朵，各逞妖艳，蜂儿蝶儿，起起落落，杂然其间。接着，须草杂木，粗藤细蔓，肆意生长，阻人行进。间或有蛇蜥、野兔惊窜逃逸。

此时，太阳已越过山巅，直照山体。夏天的那种灼热，又复降临。张骞令大家换下冬装，吃点干粮，就地少歇，候人马体力稍有恢复，继续下山。

因岩羊羊皮尚未剥离，羊尸亟待处理，杨柏便与张骞相告：“张大哥，天气燠热，这两只羊子不敢拖延，我得即刻下山寻水剥皮清洗。”

“杨柏不提，我倒将此事忘了。只是你不可一人先行，得有几个帮手一同下山。”

堂邑父一下子离开坐石，站了起来：“大哥，我去。可叫鞠无田、栾北荒持弓随行。因有羊子，得有三防。一防雪豹抢劫，二防大鹫夺食，三防野狼强掠。大哥、杨柏有所不知，在这深山荒野之中，亦时时暗藏凶险。别的不论，单说这雪豹，便是顶尖杀手。一般说来，有岩羊的地方，必有雪豹。岩羊跳涧越岩如履平地，狼拿它无法，但它却难逃雪豹的猎杀。凡岩羊中的老弱病残，几乎无一例外，都成了雪豹腹中之物，且这雪豹白毛披身，匿于雪中岩石，很难发现，其纵跃之速，比之岩羊，更胜一筹。我虽不知雪崩之时，两只岩羊来自何处，但可以断定，雪豹已暗匿此山。倘杨柏一离群体，必遭雪豹窥伺。”

一番解说，说得众人毛骨悚然。张骞欲再增派人手，堂邑父却豪气满怀：“大哥无须多虑，有我尽可对付。这雪豹虽然厉害，却是独来独往，不像土狼，成群结队。不待其靠近，敢说百丈左右，便可将其射杀。这雪豹之肉什么味道，我还从未尝过。所以，有鞠无田、栾北荒帮我盯着，管它天上飞的、地上跑的，它要敢来，定要它有来无回！”

“二弟，真乃英雄！”张骞算是默许。

由天际暗做准备，见杨柏驮羊弄锅，刚一开步，便抢先插在前面。杨柏不许，由天际涎起脸皮："杨伯伯，帮您弄点柴火也该好吧！再说，我更想看您剥羊皮的手段。"杨柏只好由他。

未及一里，一行十来人便到了山脚。

山下景色却奇，唯见溪水与丛林共生，水鸟与山雀同戏。溪水泠泠作响，却不见其形，皆被枯枝烂叶遮蔽。划开落叶，其水沁凉入骨，牙不敢触。间有水潭，明亮似镜，山顶积雪，映入其中。若有日照，必有水鸟，水鸟极小，却十分美丽，尾巴上下直闪，于潭周跳来跳去。

杨柏无心观赏，选一山拐处最大水潭。宋木等人支锅烧水，杨柏于潭边刳剥羊皮。

由天际目不转睛，紧盯杨柏的双手。见其先用柴斧剁去羊角，复将蹄甲剁完，然后悬挂于树，拿出剔尖利刃，割下羊头，在颈部划一小口。由天际还未看个明白，只听砉然一声，整张羊皮已被剥下。紧接去热水中一焯，又兑入少许冷水，撂入一只羊头一张羊皮，连转带搅，不一刻捞出。宋石等人接了，即拿出糙石，去潭边将羊毛搓光，将羊皮漂洗干净，待其凉却水渍，又将其割成带状小块儿，用盐腌了，再予晾之。杨柏笑道："断粮之时，将这腌羊皮炖了，也可充饥。"

这边羊皮、羊头收拾完毕，杨柏分割羊肉也宣告结束。因羊肺最是无味，杨柏即和了面糊，灌入肺中扎紧，与羊肉同煮。而羊肠则灌入羊血、面浆煮之。

面浆羊肺刚入锅中，栾北荒又拿来一只三十多斤的大鸟："这兀鹫刚被堂邑父射杀，相信大厨定能做出天下无双的美味。"

这真是：

做得一代天下英雄，赋得一代天下豪情，
敢为貔貅[⑩]驱此身，自将鹍鹏志凌云！
谁谓驹騟[⑪]？谁临枭境[⑫]？
一锅岩羊野味，香余直到而今。

此番惊心动魄之旅叙过。至于后续故事，且由下回分解。

**注释：**

① 蛇绞藤萝：藤蔓像群蛇绞缠在一起。

② 蹊足寻豁：小路都难寻找。蹊，小路。

③ 歙蠡（xī lí）吞沱：歙，吸。蠡，用瓠做的水瓢。沱，长江支流的通称。

④ 人马彭彭：人马十分强壮。

⑤ 兹求友邦：只是为了结好友邻邦国。

⑥ 煌煌：盛大、堂皇。

⑦ 负命执拓：肩负开拓（邦国）的使命。

⑧ 维此汉使：只有大汉的使节。

⑨ 维吉四方：只是给远方的（友邦）送去吉祥。

⑩ 貔貅（pí xiū）：古书上说的一种猛兽。

⑪ 騊駼（táo tú）：一种名马。

⑫ 枭（xiāo）：大鸟、山顶。枭境：大山山顶。

# 第二十七回　思亲情抒胸臆诗话　越高峰翻峻岭猎奇

且说堂邑父见杨柏选定行炊之地，即吩咐鞠、栾二人：“你二人持弓，分别盯紧东、南各方，尤其山上无草无雪裸石，若那‘裸石’移动，必为雪豹，可用箭矢吓走为是，我也不想取其性命；倘若天上飞来大鸟，即以口哨为警，我倒想试试这把强弓。土狼惯于草丛隐身，这里离草丛甚远，它们见有人守护，不会冒险而行。既是山公爷爷送来的礼物，我等定当不能让其有甚闪失。”

鞠无田、栾北荒自然“诺诺”以应。

由天际看过杨柏刳剥羊皮，便没了兴致，遂悄悄踅近栾北荒：“栾伯伯，假若此时天上飞来大鸟，敢不敢自己弯弓一射？”

“我可不敢。那兀鹫飞得太高，以我之技，以我之力，顶多也就吓它一吓。那大鸟倘若像你这小调皮，还会嘲笑于我。再说，看你甘伯伯的模样，很想在此露出一手。”

“嗯，这倒也非常有趣。栾伯伯，您那口哨吹得像公鸡打鸣，这事就归我了吧。”

就在杨柏分割羊肉即将结束之时，由天际首先发现，在东边遥远的天际，飞来一只黑影。于是，立即吹响了口哨，并道：“甘伯伯，您念想的贵客到了。”

堂邑父转身道：“啥贵客？是不速之客，是强盗！”见大鸟甚远，只将大弓取下握在右手，却未取箭。

只见那大鸟愈来愈近，也渐渐降低。在山谷的半空中，由一个黑点变成一团

黑影；又由一团黑影变成一团黑云；快到头顶时，又变成一面展开的黑旗。由天际注目看去，却不见翅膀扇动，两只爪子也紧紧收着，脑袋脖子抻得笔直。他深感奇怪，问堂邑父："甘伯伯，这兀鹫在半空一动不动，不但没掉下来，还越来越近，它究竟是怎么飞的？"

"不要说话，它正准备向下冲击。"堂邑父左手已卡了三支长箭，搭在了弦上，并倾斜了上身，仰头注视着大鸟。

倏地，堂邑父拉满了弓弦，三支长箭随着"嘣"的一声嗡响，射向兀鹫。

那兀鹫应声向上回蹿，向南飞了不到半里，又像一块黑色的石头，直落下来。而射向空中的三支长箭，有一支亦坠落于地。

"甘伯伯，好，好。射中了，射中了。"由天际兴奋得大声叫好。

栾北荒、鞠无田立即赶往大鸟坠地之处。堂邑父去寻那支落地长箭。由天际相跟着栾北荒等，去看那只大鸟。

兀鹫中了两箭。一箭贯穿左翅，一箭直插尾羽。去时，那大鸟并未死去，两只利爪抓着一段朽木，一见人来，便扇起右翅，作势欲飞。阵阵劲风，直袭人面。而尖锐带钩的巨喙，圆而褐色的大眼，随着人的移动而移动，威猛吓人。

"由天际，离远点！此鸟猛恶，啄上一口，一大坨活肉可就没了，只留下一个大大的血窟窿。"栾北荒一把将由天际拽开。鞠无田掣出长剑，一下劈掉鸟头，又将其头踢入草丛。

随即，鸟血狂喷而出，洒了一地，右翅扇了几扇，双爪蹬了蹬，不再动弹。

鞠无田拔出长箭，栾北荒提起没头大鸟："好重！怕有三十几斤。"便向杨柏行炊处走去。

杨柏接过大鸟："这倒是个稀罕东西。恐怕皇上也没吃过。不过，今天吃不上它。两只岩羊，不算头蹄下水，净肉都七十来斤，足够。这会儿两口锅都煮着羊肉，吃毕之后再弄它。"

这时，张骞等一干人马也到了行炊之地。大伙儿闻着肉香，又听得堂邑父射杀了一只大鸟，皆纷纷围观。王兼见没了鸟头，又深为惋惜："老鞠，你把鸟头弄哪里了？长得啥模样，也不让我们看看。"

"这鸟太恶，头被我劈掉了。脑袋上没肉，只一个弯得像镰刀的硬嘴壳，啥

看头？你想看，就走几步，在那棵大白杨树旁边的草丛里。”鞠无田遥指半里外的一棵白杨树。

“那还是算了吧。”

王兼正在贫嘴，却被张骞叫住：“王兼，去宋木那里取把小锯给我，我有用处。”

王兼虽不知张骞要锯作何用处，仍去宋木那里要来小锯。

张骞接过锯子，走到大鸟面前，将左右两边最长的翅骨齐根锯下，又取出小刀，刮去羽毛肉质，再取出竹笛，比着翅骨，锯掉多余部分：“王兼，你知不知晓，匈奴人的骨笛[1]，就是用这种大鸟翅骨做的。你我的竹笛，经大漠之后已经开裂，若无丝线包缠，早已废掉。”

王兼搔搔脑勺：“张大哥，此事我的确不知。可你一支足矣，缘何又多做一支？”

“一支与你，一支与我，不好吗？”

“好，好。谢张大哥。”王兼心里激动，反倒说不出多余的话来。

“自家兄弟，说啥呢。待我将骨中的油髓弄净再说。”

后来王兼在匈奴遭厄，在双目失明的困境中，这管骨笛都从未离身。

此是后话，暂且不提。

时已申时，大家早已饥肠辘辘，岩羊肉经过一个多时辰的炖煮，也已肉可离骨，大伙儿遂按序分餐。

堂邑父却捞出一只羊头、两只羊耳：“各位兄弟且慢，我等虽在路途，但规矩不可偏废。按照我们的习俗，这羊头须先敬与长者或者头人。头人取食之后，大家方可享用。不知大伙儿是否认可？”

“此俗堪称合理。堂邑父，你先奉与张大哥。”公羊鸣执首先发话，又对张骞道，“张大哥，你也不必客气，你取首之举，便是就餐命令，大伙儿都候着呐。”

突然生出这么一折，张骞显得有些无措：“这么大一只羊头，这也太不合情理。”

“张大哥，也不是让你将其吃得一干二净。这不过是个礼节，只需你用小刀割下一块羊头皮即可。割下吃了之后，再将羊头交还主人——今天的主人应该是天公爷爷，可是天公爷爷请不来，那就交由主厨杨柏替之。”堂邑父解释道。

“呃，这还可以。”张骞用剔肉小刀割下一小块羊头皮，两口嚼完，即将羊

头交与杨柏。

杨柏一笑接过，便在刀俎[2]之上剞骨剥肉，双手交替。顷刻之间，将其处理得干干净净。

“至于这羊耳朵，按敬尊惜幼之俗，应在敬尊之后，交与在场年龄最幼者享用。由天际，且来接过羊耳。”堂邑父显得十分郑重。

“甘伯伯，我知晓您的用意。我只可享用其中一只羊耳，下余一只由我再送还主人。是也不是？”由天际尽管装出认真的样子，但仍给人一种调皮的感觉。此语一出，众皆暗赞，此孩之聪明，绝非一般人可比。

“你所说极是。”

由天际却不用小刀，而用他的“小尖尖”一下穿起：“这只羊耳朵归我了。”携着另一只羊耳，向杨柏招摇而去。

除锅中羊肉，杨柏在石砌简易灶台上，另放了三只铜盆，分装羊头羊耳羊杂切片、羊肺面片、羊血灌肠切片。分发羊肉时，每人皆有三种片食。由天际送来的羊耳，杨柏刹那间切完，拌入羊杂之中。虽忙，仍不忘吩咐由天际：“羊耳是你的彩头。你的一份照常。不要走远，轮着你时，不要让我再次唤你。”

“羊头羊杂就算了。其他的，倒想尝尝。太多，胀坏了，上路时你背我。”一声口哨，走了。

使节队里，即就堂邑父，亦从未吃过羊肺面片与羊血灌肠切片。匈奴人吃羊，因羊肺腥膻无味，都扔给了猎狗牧羊犬；而羊肠也从无此等吃法，大多与羊杂混煮。今天吃到这种食物，且滋味鲜美润滑，不由大感惊异，对张骞道：“杨柏真是异能之人，最不起眼的羊肺，却能做出如此美味，真不知他师承何人。这若在匈奴王廷，杨柏获得的赏赐，可能比任何人都多。”

张骞也是今日方见杨柏高超的烹饪技能。杨柏师承何人，他也不知。张骞见问，即按己之所思回道：“依我之见，大概是杨柏临时见机，得此妙法。使节队现在缺粮，这羊肺吃了无味，扔掉可惜，便将面浆、佐料灌入，从而获此美食。就像我们西行之途，艰难危险，迫使我等要想出办法应对。当然，这与平日积累的信念、友爱与智慧紧密相关。一个懒散、自私、不讲情义的人，断无关爱他人之举。”想想，又道，“我们不说杨柏，就说二弟你，若不将我等当作生死兄弟，就不会以身涉

危去‘滚老驴’，使大伙儿脱出险境。”

“大哥所说极是。只这‘滚老驴’之举，大哥不用再提，那是为大伙儿做样子，也是为了救自己。”堂邑父十分折服这位结义大哥，不管什么事，都比别人看得深一层。

果如所料，当大伙儿吃到这样的美食，去问杨柏从何处获此做法时，杨柏笑道：“没有人教我，只随机应变而已。大伙儿觉得尚可，今后我便放胆而为。”

“好哇，好哇，杨柏你有本事，再弄出一坛好酒出来。吃肉喝酒，岂不更美！”王兼说道。

范佑铭当即插言：“杨柏，甭听他的。你弄出好酒，他还会让你变出一个蓝媚儿。”

不料却戳中王兼痛处：“我就想蓝媚儿了，又怎的？我倒要问你老范，还有各位兄弟，有谁不想家中的妻儿老小？”

“好你个王兼，诚心逗大伙儿思乡伤情啊。”范佑铭说着，声调不由为之一变。

在使节队，除却张骞、任扶、李中壮以及已故的夏宏，没有人了解各个队员的家庭状况。对范佑铭，张骞仅知其父母健在，但母亲多病，妻子可称壮妇，有一儿一女两个幼子。另有一个弟弟，却是文弱书生。离京之前，张骞曾呈书汉皇，争取到一笔赡养金，并行文至队员所在郡县，以军例予以照顾。但这思亲之苦，却无以替解。即使作为正使的自己，其对母亲的思念、对周月英的眷念，又有何人解得？

张骞深知，这思亲之情只要有人一开头，就不能堵之截之，而应疏之泄之。于是，大声对全体队员道：“思故乡，念亲情，此乃热血男儿的本真之情。我有老母，在城固老家孤身一人；我有还没过门的媳妇周月英，可谓才貌双全、女中豪杰；我有许多同窗好友，待我都极为真诚；我的家乡山清水秀，有汉江的肥鱼、稻田中的香米……这一切，都无不让人思之念之梦中梦之。现在方交申时，堂邑父所猎大鸟，杨柏也需时辰收拾，今天就宿于此处。如果酉时之后就寝，这段时辰大家不妨直抒胸臆，或说或思，或歌或诗，一吐思念之情。而后好好歇息，明日登临对面此山。”

经王兼、范佑铭一闹，众皆勾起思乡之情，因为碍于情面，不好说与他人。

不料张骞首先披露自己的心绪，既让队员们感到意外，又让大伙儿无不感动。现在又鼓励大家当众叙说自个的心事，一时之间竟无从说起。

几个核心人物中，李中壮有一出嫁的妹妹，但外甥尚小，另一徒弟肖人杰，业已成家。任扶和公羊鸣执，在京城长安均有家小，父母妻儿、兄弟姐妹、亲朋好友，皆常在念中，只不与他人语。堂邑父唯有老母和妹妹娲霞，让他时时挂怀。

见大家低头静默，公羊鸣执即道："张大哥，不若你带头思乡咏怀，我等随之。"

"也好。那我就先行吟唱了。"张骞即以家乡民歌小调入谱，倾情唱道：

我有情，情在城固白崖村，
家中老母盼儿归，儿在征途西域行。
我有情，情在汉中周重营，
月英姑娘盼完婚，我为使节天上云。
我有情，情在书院绿竹林，
一山一水常入梦，稻花桑园堪醉人。
我有情，情在远方如月轮，
照彻西域波滟滟，贻[③]于子孙大汉明。

听罢张骞的思乡之歌，人们并未感到伤感，更体会到的，是胸怀壮志的气概。许多人为自己的那一点小情而心生惭愧。任扶将原来欲要叙说的又做了改动，接着吟道：

爽借清风兮长安远念，严父慈母兮诗酒把欢；
妻曰贤姝兮秀外慧中，娇儿蟋蟀兮斗戏檐前；
我在征途兮朝思暮想，不敢以寄兮漠暑山寒。

任扶诗情达意，短而精粹，又是一番意境。人们不禁想起家中那些日常有趣小事，一旦忆及，竟是满含春意的幸福。

李中壮不改侠士作风，抽出宝剑，将剑"铮"的一下弹响，边舞边作吟唱：

万山万壑兮风雨奇异，仗剑天下兮家国所系；
寄情高月兮云海蹈碧，乡花纷繁兮移步西域！

由天际首先大声叫好：“师父实为天下豪杰。师父之情，情在高天，情在皓月，大汉天下皆为之情！”

“由天际所说极是。”张骞也投来赞许的目光。

大家又是一番别样的体味。公羊鸣执想了想，道：“我有几句俚言，供大家一娱。”

父母在，儿之饥渴有人念；父母在，嘘寒问暖挂心间。
有贤妻，熬更守夜有人陪；有贤妻，穿针引线无须看。
梦里最堪相忆处，膝下小女常作怪，故将大针穿细线。

“大伙儿见笑了。我是个裁缝，作不来诗。不过实情确乎如此。”公羊鸣执又道。

范佑铭一听，乐了：“我也想父母，想媳妇。裁缝说得，我也说得。几句顺口溜，说的也是实情——”

铁砧叮当响，健妇来帮忙；
媳妇掌铁钳，夹得贼稳当；
大锤砸下去，火花溅上墙。
铁器样样美，不求挣家当；
全家有吃穿，不遭敌人抢。
来到使节队，还是范铁匠！

范佑铭说毕，大伙儿不禁开怀大笑。王兼以拳擂着他：“好你个范铁匠，这顺口溜说得跟你打铁一个味儿。虽然不全乎，倒也挺有趣。”

一下子，众人皆一扫沉闷，活跃起来。孙治瑾、沙里修、赵无偏、陈尚斗、

鞠无田、栾北荒、滕广条、宋石、宋木、容南、容北、苏疾、朱厚良等三十余人，或以歌吟，或以大白话，尽情地表述了各自的思乡之情。张骞见时辰已晚，杨柏亦收拾妥当，遂命王兼吹箫，让大伙儿歇息。

因是夏日，蛇虫蚊蝇特多，除夜间照明的火把，张骞又将雄黄撒防状况查了一遍。对贪凉的队员进行劝服，盖好薄被。见大家情绪已然稳定，这才放心睡去。

翌日晨，未等王兼的笛声吹起，各种各样的鸟叫已嘈杂一片。婉转悠扬的，尖锐刺耳的，浑然慢调的，不绝如缕。习惯早起的习武队员，大多已在收拾寝具。杨柏等人起得更早，因张骞昨晚吩咐，全体吃了早餐之后登山，所以他便早早起来，生火做饭。

这日所翻之山，虽然难走，但并无昨日那般艰险。一路所遇，老树时时横亘于前，枯藤青条常常盘结左右，岩石如漆，落叶似毯，树丛之下，绿草稀见。树稀之处，则为灌木草丛，时见岩羊、盘羊、野猪、麋鹿、獐鹿。那些野物并不惧人，常停蹄伫立，远远回望。

大伙儿甚是奇怪，同为大山，缘何昨日所见野物甚少，今日甚多？问堂邑父，堂邑父道："大概昨日所经之地山势太过险恶，且多荆棘，少野草。"公羊鸣执却道："依我之见，主要原因有二。其一，昨日其山与草原相邻，必有猎人常常光顾，故而，野物见人即匿；其二，昨日之山山顶有雪，雪水并未成溪，而是渗入昨日所经草甸，野物不可能登山吃雪。野物饮水不便，自然另择佳境。而今日所登之山，可能从未有人涉足，且山下雪水成溪，常年不涸，加上山间的如茵野草，树上的野栗、橡子，足可供其享用。"

公羊之语，众皆膺服。唯独由天际问道："公羊伯伯，我只奇怪，这两山之间定有蹊径，为何无人在此涉足？"由天际此语一出，大伙儿亦疑。

"这个嘛，您甘伯伯比我知之更详。"见堂邑父显得有些尴尬，公羊鸣执见机而语。

"甘伯伯，你若说得明白，在下有赏。"由天际学着大人口吻，并加重了"有赏"二字。

"你能赏个什么？调皮。不过，话我得说。"堂邑父笑着看了看由天际，接

续道，“匈奴是个马背上的国家，大小王爷，大小部落，都以拥有多少草场为目的。这里尽管有水，但连巴掌大的草场也没有，所以匈奴人是从来不占山场的。再说，这里虽然处在冷龙岭的北段，若想从外进入此处，我看最少也要三四天，何况行走山峡，多有不便。不能骑马到达的地方，除非战争需要，匈奴人也是从来不去的。怎么样，满意吧？你给甘伯伯的‘赏赐’在哪里，拿来看看？”

“在下明白了，谢甘伯伯。我们翻此山，经此道，再也用不着担心什么秃头王爷、没头王爷，而且不担心饿肚子、没肉吃。这‘赏赐’嘛，由天际说话从来是算数的。只是甘伯伯听好了——”随即以口哨吹出一首歌。

大伙儿一听，又惊奇，又叫好。原来由天际所吹的曲子，就是张骞昨日所唱的民歌。

“中壮兄有你这样的徒弟，真是好福气。”堂邑父由衷地赞叹。

“甘伯伯，您也好福气。使节队里，就您和张伯伯是结拜兄弟。大家都很羡慕您。”由天际反应极快。李中壮一旁听着，也连连点头。

堂邑父自是感动，心中即刻想到呼日勒，这个有眼无珠、背信弃义的家伙，迟早得找他算账。话出口，却是另外一事：“这么多野物，不妨弄它几个，今天嘴巴又能享福。”

众皆齐声叫好。鞠无田、栾北荒、尚在升、严放远等人也摩拳擦掌，跃跃欲试。

但大家都在行进之中，欲要停下行猎，得有张骞命令。

由天际走上前去，笑对张骞：“张伯伯，您见着那些野物没有？”

“看到了。你是不是想跟它们比试比试，看谁跑得快。若为此事，我看还是免了吧。你师父肯定不许的。”张骞猜到他的来意，却故意调侃。

“张伯伯，我可不敢跟那些畜生比试高低，给人落下笑柄。几位伯伯说了，想请那些野物出来会会，让杨柏伯伯为它们洗个开水澡，把一身白膘亮亮。”由天际装得十分客气。

“好你个由天际，将打猎说得像做善事。你无非是想让我下令，让大伙儿停下打猎，以解今日之饥。此事我自有主张，我对他们说去。”张骞笑笑，即折身走向堂邑父。

由天际亦转身相随，却难掩兴奋，响亮地吹起口哨。

张骞对堂邑父等人道："你们一见猎物，便手心发痒，欲为今日之计早做准备，此举甚好。但依我所想，应宜暂缓。原因有三：第一，尚不知山顶积雪与道路情况，平添负担，便多拖累。倘雪深路险，届时扔之可惜，留之作难。第二，猎物到手，应及时处理，又逢天气暑热，猎物易腐。此时正在半山，又在巳时，烈日当头，杨柏咋办？第三，此处猎物多多，依理山后猎物当亦不少。故此，我与杨柏已有计议，翻过山脊之后，下至半山之处，当在未时，尔等用一个时辰打猎，申时即到山下，杨柏就鲜处置，岂不更好？不过，有一事，就便相与告知。狩猎之时，凡幼崽不可猎杀，带崽母畜亦不可射杀，其他野物也不可多杀。"

堂邑父回道："大哥所嘱极是，匈奴人亦是如此。除非阴狠极毒之人，一般猎人并无此等行径。只大哥所说第一原因，是我等欠虑。"

"甘伯伯，快看快看，那是什么？"由天际却心有旁骛，双眼瞅着别处。此时发现左近狭沟上方有一大型白色猛兽，正在追逐一只一身红毛的野物，于是大声惊呼。

顺由天际的手指看去，堂邑父等人看到，在左边一条深沟与视线齐平的地方，有一通身雪白带浅色黑斑的野物，在十几只长着红毛的野物中，追着其中一只叼着猪腿的红毛野兽。

眼之所见，不到半里。因沟深而且狭窄，且乱石林立，大家不太注意。两兽追逐的地方草下有雪，若非那白毛巨兽腾跃不止，则更难发现。

堂邑父欣喜不已："通身雪白的野物，便是雪豹。若说这世上最漂亮最华贵的野物，也只有雪豹。大伙儿可以仔细看看，特别在它奔腾跳跃之时，可以见到它胸腹是雪白的，四条腿也是雪白的，只在背上有一圈一圈浅黄的花纹；我们再看它的尾巴，又长又大又蓬松，白得晃眼，美得惊心，让人着实不舍。"

"那一身红毛的野物是啥东西？雪豹不停地追撵那只红色野物，是要把它当作猎物，捕杀吃掉？"由天际认真地追问道。

这时有许多人停了下来，听说不远处有雪豹捕猎，皆顿起好奇之心。

张骞见此，即道："二弟，素性多讲讲。不管怎么说，我们这也是首次见到。"

张骞如此恳切，堂邑父立刻郑重起来："这红毛野物，就是大家通常说的豺狗，因为它的皮毛为土红色，匈奴人又将它称为红狼。这豺与狼一样，是吃肉的猛兽，

有首领王者，有其王后王妃，喜欢结成群体，少则几只十几只，多则数百数千只——这个，大家已在野狼谷见过。不过，豺比狼更凶狠更贪婪，为数众多时，连老虎、黑熊都敢攻杀。而雪豹与老虎一样，喜欢单独捕猎，因为它个大力猛，腾跃极为迅疾，所以堪为兽中之王。”

大伙儿又要听又要看，忙乎得有些顾此失彼。堂邑父便停了下来：“大家先看，等会儿再说。”于是，也随了众人，看那豹豺之战。

堂邑父逐渐发现，这只雪豹十分年轻，举动有些冒失。尽管一只雪豹对付三五只豺狗稳操胜算，但面对十几只豺狗，却风险极大。可它又为什么置其他豺狗于不顾，偏去紧追那只嘴叼猪腿的豺狗？并且，雪豹有好几次机会，可以将豺狗一爪拍翻在地，却将机会放过，还一改捕食静默的习惯，连声大吼？

堂邑父终于发现了蹊跷之处。这些豺狗可谓满载而归。十几条豺狗，个个都叼着食物，或猪腔骨，或猪脊骨，或猪尾巴，或猪脑壳……唯独雪豹所追豺狗，叼着一条连胯带蹄的肥腿。这只豺狗大概是这群豺的首领，若要发动对雪豹的反击，就得放下口中食物，而这是豺非常不愿做的事。

那么，豺狗口中食物从何而来，便成了雪豹攻击的缘由。堂邑父猜想，豺的食物来路不外两点：一是自行捕获，二是在雪豹攻杀野猪之后，群体发动了抢夺。若是第一种，那么就是雪豹想不劳而获；若是第二种，那么就是雪豹进行报复。无论何种情况，雪豹的目的，只是为了获得豺口中的那条猪腿。那吼叫的意思，就是警告那只豺狗，赶快放下口中之食。

豺虽然奔逃有方，但毕竟体形瘦小，嘴里又叼着长长的猪腿，不一会儿，便愈逃愈慢，体力不支。雪豹一个扑跃，前爪伸出，将猪腿拍掉，迅疾叼住，向高处雪地奔去。

这群豺立即放下口中食物，分向包抄雪豹，可追至雪线不远之处，皆又停下，慢慢退回。

而雪豹未将豺予以击杀，它怕与豺结下生死仇恨，对日后捕猎行动产生不利。

堂邑父向大家详述了对雪豹从豺口夺食的看法。

大伙儿尚在沉思，由天际却独发感慨：“张伯伯、甘伯伯，依我之见，咱大汉就像那只雪豹，而秃头王爷、无头王爷就像那些豺狗。雪豹不想与豺狗结仇，

可豺狗却本性难移。”

此话由一个小孩口中道出，大伙儿从惊异中又感到贴切。他不拿匈奴人而将秃头王爷作比，又见其对分寸的把握很准。堂邑父心中赞赏，口气温和：“其实，无论多么猛恶的野兽，只要吃饱喝足，再喜爱的野物从它眼前经过，它也不予理睬。”

大伙儿一边议论，一边行进，不觉踏入雪线。因为骤遇寒冷，张骞遂命换装。

所幸雪境较昨日短了许多，积雪也浅了许多，只天空又成雾蒙蒙一片，将日光尽遮。且有风，带着啸音，从山头刮过。张骞命大家不用停留，尽快翻越垭口下山。

下山坡路虽怪石嶙峋，但较昨日缓了许多；虽仍需牵马而下，却无须冒险“滚老驴”，出了雪线，下至半山，也才未时刚至，炙热的阳光，从头顶直灼而下。

张骞遂选一平缓台地，命大伙儿换装，并命堂邑父带了七八位弓弩手，猎捕野物。

堂邑父将狩猎队员分成两组。一组鞠无田带队，率栾北荒、严放远、傅光去了右边山林；一组自己带队，率蒋八七、刘伦、尚在升到左方山林。由天际、王兼好热闹，亦相跟其后。李中壮也想让徒儿适应一下丛林狩猎生活，但又约法三章：一切听从堂邑父指派，不得擅自行动；遵守狩猎规矩，不得乱说乱讲；逢危镇定以对，不能自乱方寸。并附加一条，不许与王兼取笑打闹，妨碍狩猎。

由天际“诺诺”以应，心中却暗自生乐：“真是师父呵，管得真细。”

不料却遇到一桩奇事。

因为堂邑父专去林疏之处寻猎，入林三十来丈，便来到一处凹槽。凹槽上方有一野果林，成熟的野杏、野桃在槽里落下厚厚一层，因为日照发酵，竟然散发出一股股浓烈的酒香。一大群野猪正在那里连吃带喝，发着酒疯。个个歪歪斜斜，趔趔趄趄，乱翻乱拱，追逐打闹，将满槽酒果弄成一摊泥浆。

几人大乐，竟忘了射猎。由天际兴之所至，刚刚噘起嘴，突又停下，将口哨声硬硬憋下，只悄悄触了一下王兼：“王兼哥哥，你看哪只母猪漂亮，不若将其带走？”

“可以可以。带回去，让它再生一个小小由天际。”

“嘘——”堂邑父向二人嘘道，又轻嘱蒋八七：“你三人瞄一公猪——最好

是刚刚成年的，我瞄那只大耳朵公猪，我说声‘射’，便同时放箭。”

“诺。”蒋八七应道，“我等已经瞄好，就是那只不胜酒力、醉倒槽边的公猪。”

“射！”

“射”音甫落，便见六箭齐发，两只公猪应声倒地，挣了挣，不再动弹。

大小野猪被突然发生的事故惊住，片刻，即向深林逃去。

野果酒池顿时宁静下来，乱糟糟的果浆酒池，酒香依然浓烈。

王兼抽抽鼻子：“实在可惜了，好一槽果酒。若是干净，够咱使节队喝上几天的。”

堂邑父等人将猎杀的野猪拖出沟槽，便即伐藤砍树，做抬运野猪之事。一路上，边走边说，嘻嘻哈哈，对于今天的奇遇，无不感到兴奋。四人抬着两只野猪，每只一百多斤，路径虽坑洼不平，藤蔓阻碍，树枝戳人，亦不觉累。

行十余丈，途经一棵小松树，由天际抬眼一瞧，兀地看到一条花斑蛇，正滑身而下，冲向堂邑父。他来不及呼叫，迅即抽出小刀，用力甩去，将蛇钉在树上。这才大叫道：“甘伯伯，蛇，蛇！”

堂邑父与刘伦正抬着野猪，刘伦在前，堂邑父在后。听得由天际呼叫，二人立即停下。抬头望去，发现那蛇头正冲着下方，离堂邑父的脑袋不到二尺之遥。若无由天际及时处置，蛇的攻击只是瞬间之事。

蛇被钉在树权之间，并未死去，仍吐着芯子，蛇头乱摆，而蛇身则盘旋扭曲，没有一刻停歇。那刀所钉之处离蛇心七寸尚有寸余。几人见了，皆惊出一身冷汗。堂邑父恁是一条铁铸硬汉，亦心有余悸。他识得此乃一条剧毒之蛇，人畜被其所噬，毙命只在一时半刻。

“由天际，今日若非你见机施以援手，甘伯伯此命休矣。”堂邑父不禁摩挲着由天际的肩头，以少有的温婉语气说道。随即，长刀一挥，剁下蛇头，拔出小刀，在树身搪搪，递与由天际。

看那落在地上的蛇头蛇身，仍在不停地扭曲掣动。

堂邑父等人回到台地，恰逢鞠无田人刚到，一只几近二百斤的黑熊，被置于草地。据其所述，亦是奇事一桩。他们见到黑熊之时，这熊正蹲在树权，埋头吃蜜。一只爪子按着蜂巢，一只爪子不停地掏蜜。野蜜蜂一群一群一波一波向其头部攻

击，熊即一巴掌一巴掌向自己的头脸拍去。鞠无田等人见是机会，便以弩箭射之。熊受伤坠地，猛扑反攻，幸其双眼被蜂蜜所黏，鞠无田向其胸膛补了一剑，方始毙得此熊。

双方互道奇遇，尽皆乐呵。

适间，使节队大部人马已与杨柏下山而去，台地唯有张骞、公羊鸣执率十数人在此相候。见狩猎队员安然返回，且所获颇丰，张骞即与一众人员相互轮换，抬着猎物下山。

对由天际见机斩蛇之举，张骞亦大加赞许。由天际自是高兴，一路不停地吹着口哨。

先行下山的任扶、李中壮等一干队员，见猎得一熊二猪，无不欢欣鼓舞。只嗜酒之人听得山中有果酒，不由得口中流涎，大叫遗憾。

唯孙治瑾疾步来到杨柏面前："这熊胆、熊油请留下与我，我有大用。"

熊胆药用，杨柏知之，可熊油有何用处，却不甚了了，即随口问道："孙医官，这熊油有甚用处？"

"熊油有透骨温阳之功，凡老寒腿、骨痛病人涂之，有奇效。"

"孙医官不必在此守候，我将悉数与你留下。"

杨柏又与张骞商议对野物的处置办法。今明两日食用熊肉及其内脏，至于两猪，猪杂不便存贮，宜先食用。至于猪肉，可以用盐腌之，以松枝相熏，以备后续之用。

用罢熊肉大餐，天已及黑。杨柏等人来不及歇息，复又整治四只熊掌两头野猪，直到子时方告就绪。张骞早已命人砍来许多松枝，以藤结网，将盐腌肉块琳琳琅琅挂了，在下边拢起松枝，让松烟直袭肉块，并加派值夜人员，以保松烟不熄。

孰知熊肉性燥，许多队员扒去衣服，裸身而眠亦感灼热。王兼也不嫌臊，与范佑铭大谈行房之乐，范佑铭则予警告："你这毛病不改，早晚得吃大亏。"王兼则怪熊肉火性太烈。

早晨晨起，仍以炖肉为主，但里边添加了少许蒿类野菜，味微苦，细嚼却香。每人另外配以凉拌猪杂，碗边卧几枚雪白菌片，吃着脆而微甘。张骞虽生于农村，对此却未曾识得。问杨柏，杨柏回道："这蒿菜叶绒杆空，权且称其'筒蒿'。因见它鲜嫩可爱，途中弄了两包，昨晚试吃尚可，今晨遂切碎与熊肉同煮。孙医

官亦道，此蒿可降燥火，宜与熊肉同吃。可惜采摘甚少，只是作了点缀。今日若逢此类野菜，当多多采撷。至于那白色菌片，乃是冰雪松茸，此乃稀罕之物，可遇而不可求，亦系路途偶得。此物多生于高山，实为山珍之中极品。”

张骞赞道：“尔处处用心，实为使节队福气所在。今后若遇此类事体，当及时告知。我自会派人助你。此系使节队大利之事，不能由你一人担当。”

“诺，杨柏知晓。只大哥操心之事太多，不便以此相烦。”

“看看，又客气了不是？”

“不客气，不客气，再也不客气。”杨柏一边收拾，一边笑吟吟作答。

第三天翻山，山顶几乎无雪，皆为千年老林。树隙之处，孙治瑾还采得一种名叫“元根”的药食两用植物。树干之上长着厚厚的苔藓，被子一样，将其紧紧裹住。而树上所生的一种白皮，马儿则争相啃食。堂邑父即道：“我父亲随匈奴军远征大月氏时，曾在葱岭之上见过这种树苔，据说没有七八百年时日，树苔便无此状貌。此树苔有一妙处，若夜宿于此，可用此树苔做被，很是暖和。树上的白皮，不但可做马儿饲料，人亦可以食用，特别在断粮之时，实为救命之物。”

大伙儿尽皆感叹，若非西行途经此山，哪知如此奇妙之事。杨柏等人听得白皮可做食材，当即请张骞下令少歇，采下不少。

至第四日，使节队终于翻完冷龙岭四座山峰，来到一处两梁夹一川的绿洲。

绿洲南北宽约二十里，东西长不知几许。从半山俯瞰，两边丛林密密，中间绿草葱茏，有一小河，从山脚蜿蜒而去。天空净若水洗，蓝得深邃旷远。间或有一朵两朵白云，似悬空堆雪，日光映照之下，又白又亮。若不是连日翻山，还以为回到了山明水秀的家乡。

张骞召来任扶等人，商议下山西行的路径。

这次意见无甚分歧。因现在的方向偏南，欲求正西，须得向北纠偏。故而，都主张沿绿洲北沿，傍林向北而行。路径一定，堂邑父便率先而行。

时在正午，堂邑父欲于行途之中捕点猎物，获张骞允准后，即唤来鞠无田、栾北荒、尚在升一同驭马入林。然而不到片刻，四人却惊慌而出，堂邑父大叫道：“张大哥，林子里有许多山鬼，他们阻人入林，马亦受惊。”鞠无田等人也道：“他们长发遮脸，浑身漆黑，腾挪跳跃，迅疾非常。其爪利如刀刃，所及之处，衣若破絮，

肤若损肉，我等皆被挠伤。”展衣以示，果如其说。

众皆骇然，目注张骞。

这真是：

天近黄昏，天上飞几朵思乡的云；
人在陌域，胸中挂千颗念亲的心。
爹亲娘亲，父老乡亲，山青水清，泥土情深，
千言万语难抵，大丈夫征途一咏。
更有崇山峻岭，异事万端，
禽兽风流堪忆，风云变幻堪吟。

欲知“山鬼”之谜，请看下回分解。

**注释：**

①骨笛：1987 年河南舞阳县有其出土，距今已八千余年，据考证为丹顶鹤翅骨做成，此处因小说情节所需，写为大鸟翅骨。

②刀俎（zǔ）：切（剁）肉的砧板，古时形若坐凳，形状微凹。

③貤（yì）：重叠。此处作“延伸”解。

# 第二十八回　由天际出战大力士　使节队陷落峦芳洲

张骞不信山鬼之事，可又不知实情，沉吟有顷，方道：“据尔等所述，所遇是否山鬼，暂且不论，但有两点可以断言：其一，他们绝非野物。凡野物，只在十分饥饿或自身受到威胁时，方会主动攻击人类。其二，他们并非鬼魅。凡鬼魅，皆匿其行踪，暗中作祟，人欲见而不能。以此推断，尔等所遇，当是身体极其灵巧且有一定智慧之生物。如果没有忘记，前时我等亦在林中遭逢土著袭击，甘父还为此受伤。故此，依我猜度，他们应是当地土人无疑。”

堂邑父不再惊慌，却又不无忧虑：“若果如大哥所言，麻烦亦多。这林子奇大，深不知几里几十里，其匿土人不知有几百几千。我在明，土人在暗，饶是利器在手，也难避算计。”

“二弟所言极是。待与任扶等人商议之后再行定守。”

因前队滞留，驮队、后卫陆续聚合。不等张骞呼唤，那由天际、王兼早已请来任扶诸人。

任扶主张硬闯：“土人怕他怎的？他们手无利器，指爪树棒尖棍其奈我何？纵使受袭，无非一点儿皮肉之伤。若是因为害怕土人绕开林子，尚不知要绕行多少里程！”

李中壮亦同意任扶主张：“我愿与堂邑父为开路先锋。上次因讲先礼后兵吃了土著之亏，这次吾当先下手为强。他既是人，心中必定发怯，不妨让吾与其比比胆气。”

张骞当即插言：“二位勇气可嘉，让人敬佩。但我等来自大汉礼仪之邦，又是西行求友，只是从此地过境，与土人又无冤仇，所以绝不可枉杀。”对于是否由此穿行，却未置言。

公羊鸣执已察张骞之意，遂道：“完全避开密林，绕行太远，此策当不可取。依我所思，凡林必有疏密之别，可否绕行些许，取其林稀之处穿行？此有两大好处：一则可以避开土人，即有土人，也会因其无处藏身而不敢冒险行事；二则可以加快行进速度。因林疏无甚阻碍，我等大可驭马而行。请张大哥和列位酌定。”

“此策甚好，请各位按公羊所说，告知大家。”张骞断然道。

于是，使节队便顺着密林绕行而去。一路之上，密林之外野花灼灼，长草拂拂，河清风软，艳阳烈烈，蜂儿蝶儿嗡嗡嘤嘤，大鸟小鸟掠空疾飞。林中时有啄木鸟啄木之声，斑鸠咕咕呼唤之声；高空蓝天之上，白云似帆，飘飘然然；一只两只鹰鹫，悠悠展翅，时不时，一声两声唳叫，传至远方。

人们无心欣赏，只杨柏扬声慨叹：“此地好一片沃土，辟为田园，种上庄稼，盖几院茅屋，喂几头肥猪，养一群鸡鸭，不纳租，不纳粮，真乃世外神仙居所。”

王兼接口道：“杨柏说得如此之好，可没有女人，这日子怕也难熬。”

“土著里有现成女人，弄几个过来，头发剪一剪，身上洗一洗，弄一身衣服穿上，不说秀色可餐，大概也还赏心悦目。”范佑铭戏道。

“老范，依我之计，不若给张大哥说说，你也留在此地，娶一房土著老婆，也强似你那夯妇。”王兼嘻嘻一笑。

“我说的正经营生，你二人却拿土著女人开心——不过也是，有田园无人伦之情，那日子也太寡淡。想想，一个没有小儿幼女闹腾的村子，一个没有婚丧嫁娶的地方，那还叫人生？”杨柏正说着，前边却传过话来，前队已到林疏之处，让大伙儿准备策马快行。

其路果如公羊鸣执所料，全队绕行不到五里，便遇一处小山拐角，荡出一块开阔地段。树林稀疏，宽窄不一，宽处一里二里，窄处亦有五十余丈。且树木多为白杨，棵棵挺立，虽有蓬草矮丛，但无碍马儿行进，密处略加刈除，即可通过。张骞等人细察，似有人迹踩踏之痕，并有牛马粪便，呈半干或湿润状态。人马通过之时，两边密林，时见黑影倏闪，不甚真切。张骞心知，他们这一干人马，仍

在土人监视之中。

开阔地段并不端正，而向西北一方倾斜，这也正是使节队前行方向。所以，人马进入之后，张骞即令快速通过，所遇野菜、野果之类，亦不许驻马采撷。

即令如此，大约一个时辰之后，才通过密林之隙，来到一处小山坳。任扶心中不由得叹曰：若按己之主见硬行撞入密林，即使没有土人相阻，此时也未必过得一半。

而山坳之外，却是一处平坝，满是田园风光。平坝之中，渠溪相通，稻麦盈野。只那水稻正在圆秆，不似城固丰茂；麦子尚呈半黄，不似城固已收获毁茬。糜子正在抽穗，黄豆正在结荚，另有莜麦，正在扬花。一个多月来，所见不是一望无际的草原，便是黄沙滚滚的大漠，即在荒村所见，亦是劫后荒园，何曾有此生动场景？所以乍一见此，许多人当在梦幻之中。那杨柏犹似疯了一般，滚鞍下马，直向稻田奔去。

张骞心中大疑：难道这里有汉人居住？有心相问，田野之中却杳无人影，目之所及，也不见庄户村落。见杨柏直奔稻田，也即驻马，等候杨柏。

使节队亦人人惊喜。多日不见的田园风光，让人心胸倏然开朗。大伙儿纷纷猜测，这地方肯定不属匈奴辖地，应为另一邦国。这邦国土地人口多寡，眼下谁也不知。但有一点可以判明，此地尚未受过匈奴或其他外敌的侵入。

张骞问堂邑父：“二弟可知此地归属？”

堂邑父摇头：“我亦不知。这里四面环山，且丛林密密，山外之人不敢涉入。看这里境况，好似汉人作为。可这里离中原江南汉人居处如此遥远，路途又如此艰险，他们又为什么来到此处？而且看其田园规模，人口当属不少，年代也属久远。”

“二弟也会虑事了。我想找个当地村汉问问，可遍观田野，杳无一人。连个放牛牧马之人也无——杨柏回来了，看他是否有所发现。”

杨柏却难掩失望：“大哥，据我所察，田园耕作不似汉人所为。其原因有三：其一，耕作粗放。田泥浅不过三寸，纯为人作牛力，肩曳木犁所致；地亦板结，纯为尖木杵眼下种。其二，不知选种。稻为长秆，而长秆稻子宜于深水栽植，此处栽之，遇风易折；再有麦子，纯为‘和尚头’，此麦喜肥，因麦芒较少，若扬花时不遇风或蜂蝶相助，产粮便低；且此麦麦粉只宜做饼或烙馍，用来擀面，下

锅即成面片面糊；我掐得一穗，算是最壮最长者，亦不过食指半截。其三，不知管理。我掘土细察，没有施肥、追肥痕迹；再者杂草丛生，不曾殳除[1]，田中的水草、稗子与稻秧竞长，而麦地里的野燕麦亦与麦穗等高；其豆类地中，亦无畦垄排水水沟，回土青、丝茅草随处可见。不过，却见着了丝瓜、南瓜，且知给丝瓜搭架，倒是令人惊喜。总之，以我观之，其耕作技艺，大概与古之商汤有其一比。”稍停，又道：“不过，我发现田中有条路径，直通西北方向。”

张骞等人向西北望去，所见仍是一片树林，仔细谛听，似有鸡鸣狗吠之声，林中亦有烟岚飘起，明显与他处有别。

“杨柏，依你之见，田园作物系何人耕种？难道是堂邑父林中所见之‘山鬼’？”张骞一边相问一边思索道，“若系林中土人耕种，使节队可能又将遇到麻烦。”

堂邑父却感不解：“大哥何出此言？我们只是过境而已，又不挠害于土人。”

杨柏道：“大哥所虑甚是。之前我亦没有虑及。老甘记得上次遭逢土人是何情景？语言不通，不讲道理，总拿别人当入侵者。他们要保卫家园，他们没错；我们只是过境，也没错，可为什么偏偏弄得水火不容？就说今天，你刚进林子，便遇‘山鬼’袭击，说明这里的土人，哨口放得很远，我们还在下山时刻，便被其盯上。大哥不说，我亦虑不及此。若作细想，刚才我去田间察看之举，可能亦是错着。土人暗中可能以为，我在细察麦熟程度，准备抢收他们的粮食。”

堂邑父点头称是，不由得有些紧张。

张骞亦倏然警悟，即刻令道：“由天际，速速向后传令，勿在田园之处逗留，随我去山坳背处稍歇。”又对堂邑父、杨柏等人道，“时近申时，西北土人村落是不能去了，今日就宿在山坳背风之处。那里有灌田溪水流经，行炊亦甚方便。”语毕，即率先离开田园，策马驰向背坳。

全队人马到齐，张骞即对任扶、李中壮、公羊鸣执说明事由，并道明自己的猜测。任扶、李中壮不大相信会发生重大事态，公羊鸣执道：“凡事预则立，不预则废。我等做些准备，亦当应该。”

张骞便命全部坐骑与驮队集中一处，并嘱守护队员，无论发生何种事态，均不要介入，以看管马匹与驮马货物为要事。又唤来苏疾，道：“你且随我左右，一旦土人袭来，先与之沟通，务求解除误会。”苏疾应道：“大哥放心，我自省得。”

杨柏等人即埋锅造饭，准备以野菜、肉丁拌饭作餐。

刀俎刚刚支妥，溪泉刚刚添满铜锅，宋木刚刚引得火着，便听左边林子里传来“嗷”的一声长号。紧接，四周林子应声发出山呼海啸般吼叫，无数披头散发的土著男人，手持木刀、木枪、木棒、木箭、木棰，如蜂群般涌出。皆双足赤裸，身无蔽衣，唯以树叶、兽皮遮羞，逢沟跳沟，逢坎跨坎，黑发飘飘，像狂风，像山洪，像沙暴，像雪崩，排山倒海般地向使节队狂奔而来。使节队所据山坳，亦为之颤抖。

这种亡命迫敌的气势，即使张骞、任扶多年来与匈奴战阵对决，亦未曾见过。

所有队员不待张骞号令，皆纷纷掣出刀剑，将张骞、由天际、孙治瑾与汉皇派来的八人护至垓心。守护驮队的二十余名队员，则分列马之两侧，持刀剑以待。

张骞跃至高处，大声道：“大家不用惊慌。土人虽人数众多，但以我观之，冲阵者不过数百人。我们未曾伤及一人，亦未取其一物，土人即就再其蒙昧，亦未必会舍命攻击。当此时刻，大家务必冷静，万一接阵，当以格拒护身为要，不许伤人，更不许取人性命，如若引起血腥之战，使节队必遭大难，这也有违我大汉使节队初始之命。一块石头扔上天，必有落地的时候，只要我们有足够的和平诚意，问题总会有解决之法。”

见大伙儿情绪渐次安定，张骞又斩钉截铁道：“所有队员必须听我号令，听从调遣，任何人不得擅自行动。这是命令，大家切记。”

大家便随张骞之镇定神态，静观土人潮水般的围攻。

静观片刻，便皆发现，此次所遇土著，与前次遭逢土人，完全有别。区别不在人数的多寡，而在攻击阵形的组织与发动。起初，看似杂乱无章，尚在半里之遥时，四面尽出，可一到百丈左右，便显得井然有序，训练有素。冲锋队伍主力分东、西、北三个方向同步包抄，只南边有三十余名青壮男子呈锥状队形，慢步楔入。其意图十分明显，只在围堵，不在于进攻。而担任三个主攻方向的土人，又以北攻为最。虽然三个方向皆以大个子、孔武有力者居前，小个子、壮妇殿后，但北边进攻者大个子、年轻力壮者所占几近一半。且其中有一膀大腰圆、头若饭甑的最大个，其高高过堂邑父一头，一双巨如蒲扇的大手，握着一根长约八尺，粗过碗口的檀木，一步一纵，居前跳跃而来。

土人队伍虽无喊杀之声，但“嗷嗷”连叫却有张有弛，声调统一。“嗷——嗷！”

一个节奏，周而复始，不衰不绝，其声震天。连天上的云朵，亦随着土人的脚步而前移。

到相距五十丈左右，张骞与使节队员才逐渐看清这些“山鬼”面目。他们状似野人鬼怪，其实与人无异，只是在脸上、手臂涂成条状、网状的赭色，不知是红色石粉，抑或动物污血。而不论男女，前胸后背大腿小腿，皆涂为青黑或黄绿颜色。女人的双乳或呈漆状肉团，或呈待放的荷苞，于胸前随着跳步而不停抖动。

至四十丈上下，大家便即发现，土人无论男女，个个怒目圆睁，一脸仇恨，满面杀气，无人畏葸退缩，无人却步滞后，一副舍生忘死的亡命状态，令人生惧。

此时，连喜欢拿女人打趣的王兼、范佑铭亦噤声不语。

张骞不明白，这里的土人，缘何有如此之大的仇恨。以使节队所行，毫无结仇举动。那么，问题出在什么地方？

是因为他们这样的人？或是他们这样的装束？或者是他们这样的人这样的装束？

极有可能，是后者。

这么说，在不久之前，或在很久以前，土人遭到过像使节队这样人的攻杀、屠戮。由此积下仇恨，一旦发现使节队，便早早布阵，发动围攻。

如若这般，这麻烦想要得解，误会想要消除，就须大费功夫。

张骞将所思忧虑向任扶等人告知，并道：“如若果真如此，我等则更须谨慎行事，以更大的耐心对待来自土人的误会。”

任扶则道：“这是张大哥的推想。但是我们也不能就这样束手就擒，坐以待毙，受这莫名其妙的攻击。这土人既不讲理，以野蛮手段对我，我等又何必客气到置自身安危于不顾？依我之计，带上二十人骑，一个冲锋，便可将对面之敌打个落花流水。”

“任弟此言差矣。第一，我等面对的，并非敌国的武装军士。土人虽然手持武器，可他们仍是普通百姓。第二，面对误会，只宜解之，不应结之。只要不危及使节队员的生命安全，决不可倚仗快刀利剑，逞一时之勇，坏了我大汉使节队的名声。”面对重大决策，张骞不做丝毫退让。

他想，上次所来汉人不知是什么人，或许，就因为一时冲动，由此与土人结

下了仇恨。

而土人的进攻队伍，愈来愈迫近。二十丈、十丈，直到五丈地方，才停下脚步。但“嗷嗷”的吼声，仍不绝于耳。那大个子并未带头进攻，而将檀木杵在地上，回头向一土人长者张望，似乎在等候发令。

使节队人人紧张焦急，武器攥得手心出汗。鞠无田、栾北荒、滕广条等二十几名队员，索性剥去上衣，裸出或黑红、或白皙的胸背，准备冲锋厮杀。

双方皆须眉尽现。前列土人男子按大小个，二十人一排，刚好五列；后面是土人女子，按年龄、壮弱排列，亦是二十人一排，共计五列；再其后便是老人与少年幼童，亦整齐有序；东、西两个方向实施包围的土人，却在十丈左右的地方停下，人数略少于北进土人，纵观土人男女老幼，约在两千余人。

土人男女看到使节队员的模样神态，感到十分诧异。这样衣着整齐、不施文身的青壮男人，手持闪着银光的绝好武器，缘何只守不攻？年轻的土人女子甚至带着羡慕欣赏的目光，注视着那些赤膊男人，她们目光仇恨，却表情怪异，连张骞也看出其中蹊跷。他唤来苏疾，让苏疾与土著头人叙话，探明围攻的事由，申明使节队的去向。

苏疾抱拳一揖：“请问谁是你们的头人？”

那大个子虽然强壮，却呈傻相，只呆呆地咕哝出“噢——呜”两字。

苏疾只得以手势作此，指着自己的脑袋：“头人，头人！”

傻大个总算明白了其中意思，回头望着后面第五排的一位长者。

苏疾拍着双手，示意自己没有武器，带着笑容，向那位长者走去。

张骞欲阻苏疾前行，但已经来不及措手，只得大声道：“苏疾止步，勿要上前。”

苏疾倏地停下，离土人大个子不到三丈距离。

那土人长者亦走到前排，与傻大个并列站住。

看那土人长者，虽涂得满脸血红，但从其皮肤纹理可以推断，其人年约四十挂零。个头中等，也不甚壮实，腰间围一圈草裙，偏偏又将一根并不硕大的命根暴露于外，手持一根溜尖长棍，双目灵活飞动，配一张四方脸长鼻头，显得机智而又古怪。

苏疾又向其打了一躬：“请问你是这里的头人？”他先用汉语相询。

土人长者“唔唔”地摆手摇头。

苏疾又以匈奴语相问，无果；接着又以乌孙语、吐蕃语发问，皆无果。苏疾无计可施，只得退回，向张骞叙知。

语言不通，无法交流，问题便严重了许多。张骞只得再次叮嘱大家：其一，不主动发动进攻；其二，不许伤人性命。对方只是木制武器，大家只要回避格挡得宜，自身可保无虞。

那土人长者见苏疾退走，即对傻大个咕哝了一句，那傻大个立刻来了精神，将手中檀木大棒高高举起，向使节队“啊啊”大叫，所有土人亦跟着“嗷——嗷”大叫。公羊鸣执一见，便向张骞道：“以我察之，土人的意思，是要我们也派一名力量最强的人出去，同那大个子比试比试。”

任扶一下松弛了许多：“兵对兵，将对将，不一哄而上，这倒也合乎关内打仗的规矩。张大哥，不若随便派个人出去，跟那大个子比试比试？”

“一旦对阵，必有输赢。以我之力，赢面较大。我方若赢，事情必会没完没了。原因不说，尔等亦非常明白，苏疾所见之土人长者，并非土著真正首领。稍具军事素养的都可看得出来，能将土人进行如此严密的组织与调遣，其必有异能之士，而此人至今未曾露面，想必有后手布局。我等与这帮土著非敌非友，出战不宜，武艺切磋不可。既如此，不妨再行静观，土人无趣，或许自行撤退。”

那大个子见对方无人应战，越发得意，将身边的一根石条移了移，只把那檀木大棒舞得虎虎生风，又向前逼近一丈。其他方向的土人，也跟着向前逼近，并群起大吼。

“大哥，看来土人在逼我方派人应战，不若我去试试？”公羊鸣执道。想 想，又补上一句，“权当一场游戏。我自有办法应付。”

“公羊伯伯，既做游戏，还是我去。”由天际调皮一笑，又对张骞道，“张伯伯，做游戏的事，我最为拿手，您让我跟那大个子耍耍可好？”

一个大个，一个小个，互相对阵，看着就是一场游戏。这样也好，这本身就是向土人传送一个信息：使节队根本不愿与他们为敌。张骞应道：“由天际，你轻功不错，要善于保护好自己。但是，你也不能仗着轻功，去伤害对方。这两条，不得有违。”

“诺。由天际游戏去也！”几个纵步，便到了大个子面前，悠悠地吹着口哨。

那大个子正舞得高兴，见对方来了一个半大小子，即将大棒往地上一杵，露出不屑的眼神，摇着大脑袋“唔唔”地连叫。由天际明白，这是嫌他太小，要他回去换人。

由天际学着大个子的模样，也露出一副不屑的眼神，摇着头“唔唔”连叫，并用“小尖尖”戳戳大棒，再指指自己的脑壳，做了一个砸的动作。

大个子倒也明白，对方是让自己举起大棒，向他脑袋上砸。

既是对方让砸，那就砸吧。大个子呼地掣起大棒，向由天际砸去。

双方都听到“砰”的一声，大棒棒头落地，将地面砸出一个深坑。看由天际，却站在离大棒不到两尺远的地方，又用“小钩钩”敲敲棒头，再指指自己的脑壳，口哨声吹得更响。

反反复复，大个子砸了七八次，地上除了七八个土坑，什么也没有挨着。

由天际竟吹起了歌儿，用“小尖尖”拨了拨大木棒，做了一个扫的动作。

大个子果真按照由天际的指拨，抡起大棒，向由天际横扫而来。

眼见即将扫着，突然人影一闪，由天际跳过木棒，并顺势将大棒一拨。那大个子就像磨道上的驴子，随着大棒的惯性，转了两圈方才停住。

如此这般，转了三次，大个子已气喘吁吁。

至第四次，由天际将其手腕一击，只见那大棒“呼”地脱手飞去，落在数丈远的一处草丛，将草压倒一片。

不料大个子怒气顿生，将身边的那根石条绰在手中，向由天际猛地戳去。

由天际不料大个子有此一着，饶是轻功出色，左脚脚踝亦被擦了一下。不由得有些恼怒，于是腾挪跳跃，将“小尖尖”“小钩钩”舞得飞花一般，不离大个子面门身体左右。若非张骞事前叮嘱，已在大个子身上弄出几个窟窿。

这样你来我往，又是几个照面，由天际觉得与这傻大个越玩越没意思，于是寻得一个机会，也在大个子脚踝上戳了一下。

只听“砰砰”连响两声。双方人员看时，那石条正砸在大木棒上，而大个子也立足不稳，犹如一堵山墙，倒在地上。

由天际一下站住，有些发愣。他没想到，这大个子这么不经玩，只不过轻轻

点了一下，这就倒了？大概是戳到大个子脚上麻筋了吧，他想。

“由天际，回来！”张骞大喊。

由天际却走不了了。

正在由天际突然警悟，返身而回时，面前突遭双枪一挡，直袭前胸。他甚至尚未看清来人面目，便紧急应招。

张骞、任扶、李中壮、堂邑父及使节队员们却看得十分清楚。有道是：

来去无踪好匆忙，现身无影到战场；
一双短枪鬼神惊，卓尔不凡真轩昂。
粗布麻装秦时衣，面如冠玉俊儿郎；
土著老少欢雷动，羡煞张骞热心肠。

谁也没看清这个清俊人物怎么现身的。就连身经百战的张骞和一代大侠李中壮，也只看到在大个子倒地那一刹那，土著人群中有个人影一闪，便阻住了由天际的退路，并不由分说，双枪直取由天际。

才过数招，任扶便道：“这下子，麻烦真的来了。”

“是的，这才是我们要应付的正主儿。不过这事也未免太奇怪，土人之中，怎么会有此等人物？”张骞口里应着，心中却想着另外一事：此人系汉人无疑，西行之路若得此人相助，那真是意外之喜。

裁缝出身的公羊鸣执，对此人的衣着自有一番见解：“我观此人衣饰，均为苎麻织就，但衣料、做工均显粗糙，前襟右衽，裤脚肥大，显是先朝秦人样式。大概其先祖为避战祸或苦役，从中原某地亡命于此，并收服当地土著，为其效命。”

话音未落，忽听李中壮大声叫道：“我徒危矣！”说着，便掣出宝剑，作势欲奔。

土著老少仍然欢声不止。已经翻身站起的大个了，也不断跳跃，嘴里“呜呜”地叫着，似乎在说：“打他，打他！”

原来这清俊汉子果如公羊鸣执所料，系一汉人。他姓秦，名自乐，汉中人氏。其曾祖父曾为秦国将军，一身绝世武艺。嬴政做了始皇帝之后，他因不愿笞督修造陵寝苦役而获罪，依秦法当予灭族。为避其祸，举族逃亡，穿沙漠，越雪山，

千辛万苦，历经月余，方寻得此地峦芳洲，并收服当地土人，自命峦芳洲大王，至秦自乐，已是第四代大王。

秦自乐其先祖曾有遗命：因暴秦苛政，举族不得已而来此，后人如有佳遇，须回故乡汉中定居。凡秦朝官军如若来犯，其官员一律剿灭，部属一律收服；对逃亡而来的故国民众，一律收留，不得枉杀；对当地土著大小人等，一律严加保护，不能让其受到任何伤害，并教以田园耕作技术，达到粮食、蔬菜自给；对外部土著亦采取收服之策，以求扩大规模、增加人口；对所有土著实施战时机制，教习行军布阵之法，平时耕作狩猎，战时上阵退敌，凡战殁土人家庭，生活一律由大王府库供给；土著中凡立功者，皆冠以“英雄”称号，可选择族中美女为偶；凡获罪者，视其罪行大小，予以处罚，如杀人者，可以身抵命，或搏杀两熊补命。凡此种种，俨然一国之治。

故而即使大王有事他出，土著亦战力不减，人人用命。

此日，适逢秦自乐外出，为收服邻近一帮土著而忙碌。返回时，恰见大个子被由天际放倒，因恐其被害，遂一个飞身，挡住了由天际，并默声出招，直取对方前胸。

秦自乐出招奇快，由天际暗暗吃惊，再无闲心吹起口哨，打起十二分精神，连连躲过十数招。渐渐只有招架之功，没有了还手之力。

秦自乐暗自惊奇，对方不过是个十四五岁的半大孩子，武功轻功就如此了得，真不知对方还有何等厉害人物。而且，这孩子生得眉清目秀、满脸喜庆，真像少年时候的自己，心中不由生出怜惜之情。他见大个子安然无恙，突然暗生一念：自己有一幼妹，此孩堪为佳婿，不若将此孩俘获，然后再与对方提出讲和条件：留下此孩，对方走人。

此念一生，秦自乐不取要害，却加快了进攻，快得只见枪影不见人影。

由天际见对方突然加快了速度，心中不由得着忙，最后快得连对方招数都分辨不清，更顾不上脚下草蔓石块情况，脚上芒鞋被草蔓一缠，立即一个坐蹲倒在地上，双手一个扎撒，还未回转，便被大个子重重摁住。

由天际不知那双枪汉子说了句什么，那大个子突然放松了双手。接着，被捆了起来，大个子一手捡起他的武器，一手挟起他，便欲回到土著队伍。

不待大个子转身，李中壮已一声暴吼："把人放下！"随即声到人到，一柄长剑直逼大个子挟人右肢，其快如离弦之箭。

不料，剑芒尚离大个子方寸，便被一枝短枪拨开，其力道，其准头，恰在其时。

双方来不及答话，一对双枪，一柄长剑，立时"哐哐啷啷""叮叮当当"互相交织，如疾风骤雨，对决起来。

李中壮剑术多变，已臻化境，从十八岁出道，行侠于长江以北各郡县，未尝有过败绩，除张骞数人，连棋逢敌手者亦寥寥无几。今日骤遇此人，令他颇感诧异。于是攻防结合，欲窥出对方套路之后，再伺机破之，而后救出由天际。

再说这秦自乐，除幼承家教，秉承乃祖、乃父之武功心得外，因其聪颖好学，又自创体系，将临战马背上枪法，结合步战与近身格斗，以"快、准、狠、猛、圆、灵"为核心，形成一套完整的战法。其"快"与"准"，主在眼力、臂力、腕力的融通与谐调，百步之内，飞枪所达，若伤其皮肉，必不伤其筋骨；若使其致残，必不取其性命。若非冤家仇人，必只给教训，不使致命致残，预留和解之机。为此，除手中拒敌双枪较长，更比射箭快了许多。其"狠"其"猛"，除眼力、臂力、腕力的配合，更在于腰力与足腿之力的适时发动。若遭沉重刀剑攻击，则先避其锋，复以巧劲卸敌之力，再全力以赴击其回旋之器，这一切，须得在瞬间一气呵成，决不能给敌留下任何破绽。所谓"圆、灵"，是在遭逢特强之敌时，须得先有自保之法，不使自己有招失着。"圆"则护身，"灵"在多变，使敌难察己之枪术套路。秦自乐自二十一岁自成武学体系，二十二岁继承父业，五年多来，峦芳洲远近土著皆已臣服，人口已达一万六千有余。

秦自乐接招十余回合之后，便知对手绝非泛泛之辈，其剑术之高超，堪比祖父所述的荆轲、高渐离[2]。这样打下去，耗时费力亦难取胜，而己方只己一人，对方尚不知还有多少高手，唯一办法，只能以计谋之。谋划一定，便渐次向南引退，欲借预设陷坑泥淖之力，巧胜对手。

李中壮与这清俊汉子交手之后，亦感到其枪法太过诡异。纵横江湖几近二十年，从未遇到过如此强敌，前后三十余招过去，仍不知对手枪法套路，一时救不下徒儿，心中未免有些着急。于是又改作快攻剑术，以求谋得一隙之机。自施展快攻剑术之后，眼见对手向南退避，不由得心中暗喜，浑不知已入对手彀[3]中。

到了陷坑泥淖之处，秦自乐便以纵跳躲闪之法对之，李中壮不知是计，一个纵跳，右腿便落入陷坑，齐膝的稠泥，胶一般地将腿吸住，半边身子亦顺着右方倒伏于地，右手虽持利剑，却一点劲道也使不出来，眼见得一帮土人拿了绳索，向自己脖间套来。

由天际见师父遭擒，顿时大哭不已："师父！师父！让我替您去死吧，师父！"挣着绳索，便向大个子撞去。那大个子冷不防被撞了个正着，打了个趔趄复又站住，并"嘿嘿"一笑，将大肚皮向由天际挺去，示意让他再撞。一帮土人也跟着"嘿嘿"大笑。

秦自乐因从小在峦芳洲长大，汉语说得不太利索，但因祖父母与父母的教养，对汉话却听得真切。听知此人系那所俘孩子的师父时，顿感麻烦和无措。只嘱得一句"绑松点"，就又与对方来人对招。

来者何人？甘父是也。

且说张骞与堂邑父等人在旁观战，因相距仅只数丈，两人的接招进招，看得甚是明白。初见李中壮攻中有防，是在试探对方招数；而那清俊汉子防中有攻，打得看似谨慎，谨慎中频出险招、凶招。无论枪法、剑法，其速皆极快极狠，且极富变化。张骞不由称奇不已。而堂邑父只紧盯李中壮，将弯刀紧握，如若李中壮有失，便即跃入战阵，以助一臂之力。见二人交战三十余个回合，仍难分伯仲，使节队众英雄都有些焦急难耐。

后见那清俊汉子以退避之式，渐渐偏离正面，向南折去，张骞还心中暗喜，有些松懈。孰料数招过后，李中壮却一足踏空，顿失平衡，斜倾于地。张骞大叫一声："不好！"便见堂邑父几个飞步，挥刀敌住了那清俊汉子。

李中壮虽侧身于地，持绳土人却近他不得。左手挥拳所指，均在土人跟腱，倒下之后，便趴地不起，一时之间，土人拿他无法。瞥眼一见，堂邑父持刀相救，李中壮趁机右肘杵地，左足一蹬，将右腿拔出泥坑，勉强站起。无奈稠泥难除，行动不灵，急切间只好退阵。

秦自乐见舞剑师父要溜，便一手抵住来人，一手抽出短枪，瞅准泥腿膝下，撒手扔去。

李中壮"哎哟"一声栽倒，再也站立不起。几个土人立即上前，一齐按住，

将绳索套住脖子，打了死结，又将其双手绑牢，亦打上死结，抬起回撤。

堂邑父见未能救下李中壮，更是怒气填胸，吼声如雷。不管三七二十一，一套连环劈敌刀法悉数使出，恨不能在数招内，将对手劈成两半。对阵双方之人，只见刀花乱飞，枪芒遮目，不知谁攻谁防，谁弱谁强。

秦自乐敌住对方第一轮猛攻之后，心中颇觉奇怪，这帮汉人之中，怎有匈奴汉子出现？且其刀法、功夫如此了得，为救出同伴，竟不惜以性命相搏。这帮人究竟是什么人，既不像官军，也不像流寇，更不像流民，一色的青壮男人，看起来，好像个个武艺精强，他们干什么来了？如果来此有所图谋，那真是峦芳洲天大的灾难。

可是，若说有所图谋，似又不像。他们武器精良，强过土人百倍；他们武功高超，也强过土人百倍。然而，他们却在他未来之前，没有主动攻击，即使退避受困，也未伤土著一人。

当下，面对强手，不容秦自乐分心多思，无论结局好坏，他都得让自己立于不败之地。

堂邑父哪知对方转瞬之间，有如此思量。他只有一个目的，拼却性命，也得将李中壮师徒救出。

堂邑父乃血性汉子，心胸坦荡，即使对敌，亦光明正大，视阴谋诡计为邪道。他急于取胜，却急切之间无法取胜。眼见得首轮进攻被对方化解，且愈打愈不慌乱，应招有章有致，心中也就明白，急攻不能奏效，须在拼斗之中发现破绽，而后一招制敌于顷刻。

双方战至七十余个回合，仍难见分晓，秦自乐复又故技重演，将其引至另一陷坑。

堂邑父心无块垒，不知暗算，向对手紧逼不放。不料，一招刚出，左脚踩空，高大的身躯倏地一下向左倾斜，堂邑父急忙左手支地，右手杵着刀柄，欲将左脚拔出。

又是一坑稠泥，一时之间哪里拔得出来。堂邑父闭了双眼，等待对手取己之命。

对手却立即停招，只招呼土著拿绳绑他。

堂邑父睁眼一看，那白脸汉子的目光，正紧张地注视着使节队一干人马。他

趁机一边拔腿，一边抵御着土人，只听半空响起一个炸雷似的声音：“二弟、中壮莫慌，大哥来了！”

张骞见李中壮、堂邑父最强的两员干将，顷刻之间遭此厄难，心中不由大怒。权衡之下，唯有自己方可胜此强手，便握着重剑，如虎啸一般跃身而来。

一干英雄见正使张骞出阵，亦高举刀剑，蜂拥相随。

秦自乐有些着忙，立即打了个呼哨，高声叫道：“贴身搏，贴身搏！”所有土著听得一声呼哨，立即蚁附一般，亡命贴身上前。

双方顿时乱成了一锅稠粥。到处是人头，到处是胳膊，到处是拳头。什么套路，什么拳术，什么章法，全无一点作用。此时甭说武器，就是要把胳膊伸直，拍个巴掌也绝不可能。搏斗双方只要有人倒下，便休想再行站起，只能双手护住头脸，任人踩踏。

张骞平生哪见过如此打法！他见南边土著人数不多，遂大声叫道：“拉开距离，向南撤退！”

南边土著见对方来势凶猛，似乎自感不敌，纷纷避让。而后边的土著仍然你推我搡，贴身围攻。张骞、任扶、杨柏、公羊鸣执等人坚持断后，皆双肘拃撒，以力拒之。

约莫可退有五六丈，忽听身后队员大声惊呼：“有陷阱，有泥坑！”

张骞刚一回头，四五个土人便搡着他，一同落入泥坑。

这泥坑深而且大。刚落入时，脑袋正好被泥糊住，踮起脚尖，方可露头。陷坑宽十余丈，长及一里。人一旦落入，即使爬上岸来，也只能任人宰割。

张骞乍入泥坑，便知遭到暗算，心中不由得透凉：“使节队完了。”待伸出脑袋，才知自己还活着，但双眼耳孔被泥糊着，什么也看不见，什么也听不见。不大工夫，有两人将他从泥坑里拉了出来。随即，脖子被套上绳索，双手被牢牢绑住，一直紧握的宝剑，也被人拿走。

秦自乐紧盯着这一幕。泥坑上的一层青草已被弄得七零八落，到处都是泥糊的人头，几个个矮的尚在上下蹿动。秦自乐心中大急，急令土人将其首先捞出。

谁也没有注意到，天上一股黑云倏然而至，随着几个炸雷的暴响，闪电亦通天彻地，令人目眩神摇。紧接一阵狂风呼啸而至，猛烈的豪雨，如暴豆般倾泻而下，

山川人马顿时沉入一片迷蒙之中。

这真是：

后人回眸，前世英豪。双枪舞武，縰[4]若兜鍪[5]。
且不论英雄成败几何，且不论勇士遭遇徽纆[6]；
一生壮志直干云霄，一腔热血洒向山河；
凭什么甘受苦楚也不回头？一往无前只为家国！

欲知使节队如何脱困，且由下回分解。

**注释：**

①殳（shū）：古代一种有棱无刃的竹木兵器。殳除：除去，除掉。

②荆轲、高渐离：秦时著名剑客。“荆轲刺秦”故事流传至今。

③彀（gòu）：把弓拉满。彀中：射出的箭所能达到的有效范围。此处指陷坑之内。

④縰（xǐ）：古人包头发的布帛。

⑤兜鍪（móu）：古代用的一种头盔。

⑥徽：三股韧材搓成的绳索；纆（mò）：两股韧材搓成的绳索。

# 第二十九回　见旌节秦大王释疑　启民智峦芳洲归汉

这场奇特的暴雨，使秦自乐惊愕不已。所有土人以为是天公发怒，纷纷跪地叩拜。秦自乐怕对手趁机反抗或逃逸，顶着暴雨查看被俘者。还好，这帮人在暴雨降临之前，已全被绑缚妥帖，且绳结皆为死扣。几个土人心腹，死死地攥着绳头，使之没有反抗和逃跑的机会。

在峦芳洲，绑缚俘虏有一套非常特殊的办法。这里不长棕榈，所以没有棕绳；这里的苎麻产量很少，所以也没有麻绳。但这里长构树，山里有须草，有红藤，有兽皮，于是便以此为编绳韧材，搓成两股或三股的草绳、藤绳与皮绳（构皮、兽皮）。而草绳不结实，藤绳、兽皮绳太硬，所以绑人多用构皮绳。

绑人不但要将双手在身后交叉绑缚，而且用绳扣将脖子拴住。俘虏行进或退后，皆以脖绳为牵引。其绳扣分死结与活结。死结固定，拖曳不致勒脖；活结则每人必须快慢一致，若想挣逃，便会愈勒愈紧，往往会让人窒息而亡。活结、死结视情况而定。如欲杀之，则以活结绑缚；如欲活之，则以死结绑缚。

秦自乐因使节队是故国之人，皆以死结缚之。或杀或放，待弄清原委再说。绳索带泥而结，在喉管上下相磨，与前后队员相串，相距不过四尺，一路跌跌撞撞，不辨东西。前边之人稍快，后边之人稍慢，脖子即被拉得生疼，人欲窒息。加之鼻孔之泥无法清除，吸气呼气更倍感困难。张骞真是欲哭无泪，深责自己虑事不周，因之酿成灭顶之灾。他早应该从李中壮、堂邑父遭困中看出，这是对手的有意算计。

而今说什么也晚了，只可惜这一帮生死相依的兄弟，一路走来，历尽艰难，却在此因自己的失误招致大祸，更可惜皇命未竟，辜负了皇帝的期望，也有负老母及家乡百姓的厚望。

一场暴雨的骤降，一阵雷声的轰鸣，使张骞于悲凉中感到震栗，难道这是天不灭使节队的昭示？豆大的密雨不但彻底洗刷了身上的泥垢，也洗刷着心灵的屈辱。只要生命没到尽头，就不能轻言放弃。他不相信，这个武艺高强、智谋过人的清俊人物，是一丧失理性、滥杀无辜的狂魔。

现在，他可以正眼一瞧这位近在咫尺的对手。虽雨雾迷蒙，但也可以看到，这人眼神迷茫，叉手而立，双枪插于后腰，显得愕然无措。见他目光扫来，却不敢对视，将脸别开。

秦自乐乍见张骞，即被其凛然正气所震慑。尽管此人黑发黏湿，衣服尽被污泥吞没，赤着双脚，几近全裸的身躯在雨中哗哗流水，但并无落魄畏葸的神态，以至不敢与其对视。秦自乐心生疑窦：此人是什么人？何以有如此气概？

这雨来得疾，去得也疾，不过一盏茶工夫，便即云收雨住。一抹夕阳照射过来，使山川草木格外清新，也使双方人员格外醒目。被俘一方，身体白亮，高雅清洁，泥淖吞没了衣服，反倒让他们显出本色的神圣。李中壮因腿有刀伤，被堂邑父搀扶着，许多因踩踏致伤的队员也互相搀扶着。他们双手被绑、脖子被拴，却没有一人倒下。

而土著一方，却使人不忍卒视。他们脸上、身上涂抹的物事，被冲得一绺绺一道道，混成一团，似乎成了一群非人非兽的鬼魅，偏又眼神之中充满了畏惧。

堂邑父始终怒目圆睁。他对这种暗施诡计的打法，一点也不服气，一迭声叫道：“白脸汉子，有胆量放我出去，跟你再战三百回合。拿泥坑陷人，算什么英雄，算什么本事！”

“二弟，多说无益，他是不会那样做的。”又冲着这清俊汉子道，“我是他们的头领，要杀要剐我顶着，与他们一概无关。”最后又冲着使节队员道，“各位兄弟记住我的话，使节队哪怕只剩下一人，也要千方百计完成我们的使命！”

原来这位一身凛然正气的人，是这帮人的头领。秦自乐掂掂刚从这人手中缴获的青锋宝剑，暗自沉吟：能使用这样重剑的人，将有何等的力道，其武功定在

大个子匈奴人之上，若非以计擒之，以己之力与其对垒，必输无疑。而其所说哪怕只剩一人亦要完成使命，是什么意思？又是什么使命？将使命看得比自己的性命还重要，那就绝非寻常可言。

秦自乐暗拿主意，先命土人将对方拉至一处密林，一一绑在树干，绕成两圈，让其彼此可以相视。而后于每人面前搁一小木盆，盆里盛半盆清水，盆边搁一把尖利的青冈木木刀。这才以不太流利的汉话说道："如果谁想活命，愿意投在本大王麾下效力，请伸出你的贵足，将你面前的木盆踢翻则可。否则，将按照我峦芳洲的规矩，请你享受一下这把木刀和这盆清水——你们不要小看这把木刀，虽然比不上你们随身携带的匕首，但也是用最坚韧的青冈木制成，可以毫不费力地穿透牛皮熊皮，直达心脏。还有这清水，系峦芳洲最干净的清泉之水，凝血效果无与伦比。这是我峦芳洲最高的祭礼，我不会亏待你们这些不请自来的客人。怎样，你们有谁乐意投在本大王麾下——呃，我再加一条，愿投于我麾下者，便可娶上这里最美的女人。我也忘记介绍自己了，本大王姓秦，名自乐。省得你们临了还不知本大王姓甚名谁，留下遗憾。"

使节队上下人等这才弄清，原来这地方名叫"峦芳洲"，面前这位会说汉话的对头名叫秦自乐。张骞等人只是不明白，他明明也是汉人的后代，心地怎的如此狠毒，将一场即将进行的杀戮说得这般轻描淡写？看来，之前所想皆成了奢望。

秦自乐见无人答话，便向张骞走去。

这时只听王兼说道："秦大王，这里面的人，谁都知道我有好色的毛病。你可否先弄两三个美女过来，让我看看再说。"

"呃，你叫什么名字？看模样倒也标致。不过，我可不要草包。"秦自乐又折至王兼面前。

"谢谢夸奖。"王兼嘻嘻一笑，"我呀，行不改名，坐不改姓，笛箫王兼是也。我会一点轻功，擅长吹笛弄箫。不信让我去马搭里把笛箫取来试试？"

"这有何难。你们的马儿都在这里。你给我指指，哪匹是你王兼的坐骑？我帮你取。"

王兼等人闪眼一看，使节队的马儿全都隐在这群土人的身后。王兼于是指了指自己的马儿。

秦自乐去马搭里一掏，果然见到一支竹笛，一支骨笛，一支长箫。当他触到竹笛时，心头倏然一颤：这就是爷爷说过的竹子了。爷爷曾说，在汉中他的老家，有很大很大一片竹园，家里的许多用具，比如箩筐、筛子、筷子、椅子、席子，都是用竹篾和竹做的。直到而今，在他的大王府里，还有一把从老家带来的吊筛，那几十双竹筷，也成了王府的宝贝。他拿出竹笛，又去寻找做笛膜的竹茹①，然后交给王兼："你若赚我，就拿你第一个开刀。"

王兼举起被缚双手："你让我怎么吹？"

张骞大声道："王兼，你果真要屈膝而降？"

范佑铭则破口大骂："王兼，算我范铁匠眼瞎，交了你这等怂包软蛋朋友！"

王兼不以为意，仍然嬉皮笑脸："张大哥，老范，使节队的各位兄弟，我王兼只不过是想最后看一眼美女，再吹一次笛子，仅此而已。"揉揉松绑的手腕，接过笛子，用口水向膜孔一舔，贴上笛膜，然后甩甩，再看看膜孔，见笛膜已干，先试吹了一下。

王兼的表情突然严肃起来："张正使，请您带起各位兄弟，领唱《大漠行》可否？"

张骞即刻明白误会了王兼："各位兄弟，王兼是好样的。现在，请大家与我一块儿，唱好我们的《大漠行》！"

大伙儿异口同声道："好！"其声音之大，连树叶也随之簌簌发抖。

秦自乐自然不知什么是《大漠行》。见这帮人将此歌看得如此之重，说明《大漠行》一定非同凡响。他倒显得有点急不可耐。另外，这王兼叫他们的头领为"张正使"，这"张正使"是他的名字，抑或是职务？如若是职务，又是什么职衔？上百条好汉对他这般尊敬，这职衔肯定很高。

秦自乐正自揣摩，《大漠行》的歌声已经唱起：

大国情怀兮云海四方，明戈骏马兮神威飞扬。
大漠荒原兮悲喜负载，异域踏阙兮英雄儿郎。
泓下龙吟兮衡轭奋蹄，登峰造极兮葱岭履荒；
践而无逵兮勿问懭悢，劈棘所届兮问鼎他乡！

歌声悲壮而又昂扬，面对此情此景，使节队员们从未有过激荡灵魂的感触，唱着唱着，一个个不由得泪流满面，纵声放情。那王兼竟闭了双眼，泪珠滚滚，笛音撕空而鸣。

土人们痴了一般，目瞪口呆地望着这帮青壮男人。

秦自乐被深深震撼了。他强压内心的复杂感情，走到张骞面前：“你究竟是什么人？你的这些部下又是些什么人？”

张骞凛然一笑：“大丈夫死则死耳，秦大王又管我什么人？只是我大汉皇命半途废于此地，吾实不甘心！”

“既是大丈夫，又何妨报一名号？”

“我乃汉中城固人氏张骞，现为大汉使节队正使，奉汉皇之命，率部去西域寻找大月氏国，欲与其结盟，共同对付匈奴之敌。途经此地，遭尔暗算，我无话可说。”

“等等。你说什么？你是汉中人？你们不是秦皇派来的官军？”

“秦皇？什么秦皇？秦始皇暴虐可恨，传至二世胡亥，没几年便被灭掉了。现在是大汉皇朝，建国已经六十多年。当今圣上，年轻有为，雄才大略，选拔天下英雄，组成了这支使节队，一路之上，穿大漠，翻雪山，冒风雨，忍饥渴，真有说不尽的艰险困苦。”

“既为使节，有何凭据？”

“取下王兼绳套，让王兼代我取之。”又面对王兼道，“王兼，将旌节取出，让秦大王看看。”

“诺。王兼谨遵大哥之令。”

秦自乐已心中了然，这是一次极大的误会，即刻割去王兼脖间绳索，笑道：“大汉使臣的旌节究竟什么样子，倒真想见见。”

时太阳已落，林间光线渐暗，秦自乐命土人点起火把。

土人火把系藤蔓浸入油脂编成，即在雨中，亦照燃如故。顷刻之间，林子里被照得明亮如昼。

王兼取出汉使旌节，将其高高擎起，庄容肃穆，正步而来。这旌节于王兼，是既熟悉又陌生。熟悉，是在皇宫大殿之上，皇帝陛下将其郑重交与张正使时，

大家都看得仔细；陌生，是王兼从未触碰过它，收捡的权力全在正使与副使手中。今天有缘亲手将其擎起，激动得热泪盈眶，几乎将此时的场景都忘了。

使节队所有队员一见旌节，眼泪亦奔涌而出，有的竟放声号啕，浑身颤抖。

秦自乐何曾见过此等场面！旌节上五色丝线编就的旄球，个个发出灿烂夺目的光芒，在火光下不停地闪烁，“大汉友好使节”六个嵌金大字，在擎手上犹如金色的彩练，在火光中不停地飞舞。旌节散发出的那种无比高贵的气象，使人顿然感到它的神圣不可侵犯。

秦自乐再也不容迟疑，大步上前，向张骞深深一揖：“张正使，请恕秦自乐有眼无珠，几乎酿成大错。”随即“嘣嘣”两下，割断套索，并以土语命令一干土人，立即割掉所有人的套索。

三十几个身受重伤的队员，精神一懈，竟自倒下。秦自乐又命土人立即绑好担架，送往大王府医治。同时传令大王府，准备膳食，款待故国家乡的客人。

谁也没有料到，土人里突然跑出一个少女，直奔王兼，一迭声叫着他的名字，到了跟前，将他一把拖住。笑靥如花，眼含爱恋，说着一连串的土语。

即使不懂一句土语，使节队员们也明白怎么回事。

“王兼，想不到你的桃花运来得这么快。我看你也不要跟我们去大王府了，你去跟着姑娘，准备做新郎官吧。”范佑铭取笑道。

这少女，一头密如黑瀑的头发并未任其披散，而是绾成一束，披至后腰胯间。一双眼睛，圆而又大，灿若朗星；一张鹅蛋脸型，配以小巧的鼻准，以及虽不白皙却健康润泽的肤色，使人一见便难忘怀。她拖住王兼的右手，将其举至眼前，一根根指头仔细看着。显出惊讶而又喜悦的神色；又踮起脚尖，去看王兼的嘴唇，似乎想要看出什么名堂。她见王兼不懂她说的话语，着急地连连比画，问他是怎么吹出那么美妙的声音。最后又指着自己，一个字一个字说道：“木——嘎——娜。”说完，又指指自己的胸口，指指王兼的胸口，意思是她喜欢他，她要跟他心贴心，成为一个人。

使节队员和所有土人都停了下来，看着。不同的是，张骞及所有队员都表情复杂，不知如何应对，而土人们皆同声欢呼，喜笑颜开。

最难堪的，是当事者王兼。尽管他算得上情场老手，脸皮够厚，可在这种场合下，

却是手足无措，毫无主意。他求救般地叫道：“张大哥助我！”

因使节队有纪律，不许队员欺侮妇女，也不许拈花惹草，以免惹下麻烦。可是此情此景却让张骞拿不定主意，刚刚缓和的气氛，须得恰当维护，倘若一不小心坏了土人的风俗习惯，并因此产生裂痕，那可不是上策。尤其在男女之事上，无论什么地方、什么民族，人们都看得很重。想了想，此事若无秦自乐的帮助，凭谁也解决不了。

“秦大王，我们使节队有律令规定，出使期间，严禁男女私情。现在这事，还得烦请大王予以解决。”

“张正使，张大哥——请允许我也称你为大哥。从现在起，大哥就叫我自乐，或秦自乐，不要再叫什么‘大王’‘秦大王’。”语气复又一折，“此女叫木嘎娜，是土人长者之女。这里土人的婚俗十分开放，只要某一女孩在族人面前向某一男子公开示好，那么这个男子便成为她被大家公认的丈夫。如果遭到拒绝，便会被认为很没面子，从而记恨在心，必予报复。或毁其家，或残其肢，无所不用其极，而且会遭到族人唾弃。一旦发生此种情况，大王府亦无法解决，该男子只能远走他乡，另投别处。”

“难道一点办法也没有？自乐，不瞒你说，我担心此例一开，使节队之麻烦将会接踵而至。使节队其所以有那样的律令，就是要让大家心无旁骛，于西行之路上一心前行，顺利完成吾皇的使命。”

“这倒也是。”默思有顷，秦自乐复道，“不若让王兼先予应承，我再给木嘎娜父女讲明，待西行回归之后再行合卺[②]之礼。至于其他人，就说皆有妻室，汉俗不许再纳新人——但应承亦有俗礼，王兼得抱起木嘎娜行走九十九步，并行吻礼。”

“这倒便宜了王兼这个好色之徒。”张骞暗道。遂让秦自乐向土人予以宣讲，复让王兼依土人俗礼行之。张骞又向大家讲明了因由。

一段插曲，总算了结。

张骞让大家抹净泥块，重新换上衣服芒鞋，然后随了秦自乐，向大王府进发。一路之上，张骞与两位副使以及堂邑父、公羊鸣执，免不了向秦自乐介绍了

各自的情况，秦自乐亦将从曾祖父来峦芳洲之后，几十年来的经历，作了详尽介绍。得知秦自乐先祖系汉中人氏之后，皆曰：此种巧合，恐怕是上天的安排，张骞因此遇上乡人后裔，应是大汉皇帝的福佑、使节队的福祉。

“可是差一点闹成终生悔恨的误会。”秦自乐犹在深深自责。

“自乐不必如此。当时的情景，任谁也会心中生疑。一帮青壮男人，且都身带利器，谁见了，都会觉得有所图谋。倘若细究起来，吃亏在语言不通，无法让人释疑。不过事情已经过去，自此之后，自乐再不要提及。说起来，对于自乐的非凡武艺，使节队人人都很佩服。”张骞道。

“哪里哪里。若非预先设置陷坑淤泥，哪敢轻言取胜——我这也是不得已而为之。我还有个胞弟秦自游，一个十二岁的小妹秦自东。倘遇强敌，我俩兄弟哪是对手！”

“你还有弟弟？”

“是的。他外出办事去了，这会儿应该回来了。”

正说着，只见远远地奔来一大一小二人，他们高擎火把，一个大着嗓门叫着“哥哥”，一个脆生生一迭声地叫着“哥哥”。秦自乐悦声叫道：“游游，东东，来见过各位来自故国家乡的哥哥、伯伯。”

张骞等人打眼一看，那秦自游年不过二十二三岁，长相、装扮与其胞兄几无差别，只是个头还要稍高一点，显得英气逼人。而秦自东却是天生的美人胚子，眉里眼里透着聪慧，在火光照耀之下，顾盼有神。

张骞命陈尚斗又牵过一匹马来，付与秦自游。

秦自乐即向弟妹一一作了介绍。当说到由天际时，他迟疑了一下，按其与李中壮的师徒关系，小妹该称其为“伯伯”，可按小妹的年龄和心中的打算，又该是“哥哥”。正自委决不下，却见由天际双掌一拍，扮了个鬼脸，笑道：“既然叫不成秦大王，那我该叫你什么？秦伯伯？不成不成，你才好大个年纪，甭看你把我打赢了，但要当我的伯伯，还不行。那么，叫秦大哥？也不成，使节队里，能被称为大哥的，唯张伯伯一人。不若我也叫你哥哥算了，自游我就叫他二哥吧。”

“这样好。东东，过来见过你由哥哥。”秦自乐笑逐颜开，心中暗喜。

这小女孩却奇，与由天际似曾相识，连蹦带跳来到马头一侧，扯着缰绳道：“由

哥哥，你在马上，我在马下，怎么相见啊？”

由天际便即下马，学着大人的模样，双手抱拳，向秦自东躬身一揖：“由天际这厢有礼，见过秦妹妹。”

小女孩却打了他一下：“我不是秦妹妹，叫我东东，叫妹妹也行。”

“那我就叫你东东妹妹。”

“东东妹妹？不好不好，就叫我东东吧。”

这时只听秦自乐唤道：“东东过来，大哥带你。”

“不。我要由哥哥带我——由哥哥，扶我上马。”

由天际不怎么用力，东东便骑上了马鞍，待他上马，刚刚落鞍，不料东东一抖缰绳，马儿便向前蹿去，顷刻便离开了大队，丢下一串银铃般的笑声：“大哥二哥，小妹先走了。”

张骞心中蓦然一念：由天际倘若不在使节队，说不定日后与东东便是一双璧人。觑了一眼秦自乐，见其一脸的欣喜，遂又一念：看来这位峦芳洲的大王，倒是十分中意由天际。

只听公羊鸣执一声慨叹：“真是一对玉人。”接着，话题又转到秦自乐的武功，“自乐兄弟，你虽在这偏僻之地，而武功如此之高，可见你的家学底蕴极为深厚。如若在大汉军队，对付匈奴，杀敌立功，定在我等之上。”

“公羊兄长过奖了，我也只是将家父武学再作发扬而已。”

“自乐兄弟又作自谦。想那李中壮一代大侠，能敌得过他二十招的，在中原可谓凤毛麟角。再说堂邑父，那可是匈奴百夫长，是匈奴中数得着的勇士，你与其相搏，七十余个回合仍不分胜负，亦实属罕见。”公羊鸣执继续说道。堂邑父咧嘴大笑：“此战倒是让人痛快！”

李中壮因腿部受刀伤，已被土人先期抬去大王府。公羊鸣执提及李中壮，秦自乐深为自责：“真不该伤了李大侠——这事原本不应该发生的。只怪我冲动欠虑，不问青红皂白，上来便挥枪相向。还有堂邑父兄长，见你是匈奴人就恶向胆边生，不管三七二十一便下狠手——只是我到现在仍不明白，堂兄怎么也进了大汉使节队？”

张骞道：“这事还得从库录被害，堂邑父汉中被俘说起。”遂将整个过程，

包括钦点使节队，备细说了一遍。

“原来如此。失敬失敬，堂邑父——甘父，乃系大汉皇帝钦命成员。你之际遇，可谓非凡！”

“我有此际遇，全赖我的结义大哥张骞。若无他的相携相托，我至今怕还是个阶下囚。我这一生，有此生死相依的大哥，亦不枉来到世间一遭。”说到动情处，堂邑父不禁喉头发哽，显得有些英雄气短。

一干人等，亦无不动容。

秦自乐大为感慨：一个匈奴血性汉子，张骞都能与其成为患难与共的兄弟，更何况使节队其他队员呢！张骞此人，实为真正的大丈夫、真英雄。此生若能与其相偕共事，建立一番功业，回到家乡重整家族，合当胜过在此充这大王。

此念一生，便在心头久久萦回。秦自乐因是初次相与，不好骤然道出，就又问起青锋宝剑之事：“张大哥，你这重剑，看来绝非寻常之物，可否见告？若有暇时，可否施展其剑术，让我等一观？”

“这有何难。自乐兄弟有此雅兴，为兄定当献丑。”张骞又将得剑经过大概说了，只隐去了剑匣之上所镌刻的文字（详见第四回所述）。

青锋宝剑之事，许多人并不知晓，现在听张骞亲口所述，无不啧啧称奇。皆曰：张骞大哥奉皇命率众西行，行使节之责，实乃天佑。

说话间，大王府到了。

说是到了，可使节队见到的，仍是一片林子。只不过路宽阔了许多，也平整了许多，四人并骑，亦互不相扰。路也曾被夯筑，呈拱状，虽刚经暴雨，亦无积水。且两边的树木疏密有致，高矮相差无几。因是傍黑，除识得白杨之外，余则不辨是何树种，张骞从其枝干挺拔树形度之，大概系冷杉、云杉之类，显见有意为之。

其路不过一箭数武[3]，遇一小溪，溪上有桥，拱状石桥，与路等宽，长不过十丈。过桥，又复北折，再穿过一片林子，便豁然见到无数的火把，将一处山弯照得通亮，方圆总有两里之地，黑压压有无数的房屋，呈“井”字形组成四条街衢。而秦自乐的大王府，巍然耸立于中位。

说其耸立，是其全为双层楼房。而土人皆为平房，且用垛木或石头砌成墙壁，缝隙用泥抹之，房顶苫以茅草。大王府则全为夯土墙，前为大门，后为庭院。大

门对开，门槛门墩高约半尺，门扇高约一丈，宽约六尺，厚过三寸，光亮结实。进门便是一堵与门等高的照壁，绕过照壁，是一宽阔平整草地，距庭院大门十丈开外，以围墙与前面大门相衔接。庭院大门门前，有五层石砌台阶，上完台阶，有十二根一人环抱的立柱，撑出一丈多宽，近二十丈长，约三丈高的门廊。每根廊柱一人高的地方，都有一盏油灯，火苗随风飘忽，照得如同白昼。十二面巨型窗户，窗棂粗约一拳，亚如椽檩。

秦自乐道：“敝舍马厩甚窄。张大哥，窗棂甚为结实，此处权当马厩可否？至于货品，请置于里间，敝舍夜有值守，尽可放心。再说，凡王府里的物件，土人是不会动的。”

“这已经够叨扰了。”张骞回道，“只是马儿遗下的污物，打扫之后，气味亦一时难去，对王府多有玷污。”

“张大哥外道了不是？你我有此机缘，乃自乐与峦芳洲之福，又何谈叨扰二字！”

等候大伙儿卸了货品，拴好马匹，秦自乐与其弟复又前导，进入庭院。

此时由天际与东东相偕出迎。看到这一对天真无邪的小儿女，张骞不禁心头一热，对由天际说道：“小调皮，是不是眼羡这大王府了？”

“禀张伯伯得知，眼羡是眼羡，但我也不能滞留于此。”

“哦？为何？”

“因为我也皇命在身，我得替夏叔叔完成他的心愿，随张伯伯去西域寻找友邦。”

由天际一提夏宏，张骞等人顿时默然。想到他悬崖殉难的场面，恍若昨日之事，不由得心中唏嘘。

秦自乐不明事由，小心询问。张骞遂从李肃百说起，历数一路的艰险困苦，但使节队仍百折不挠，西进之途半步不退。

秦自乐又一次深为感慨：这才是大英雄、大丈夫之所为。张骞真乃人杰。

不说秦自乐暗中所思，且说众英雄一进庭院，便为之震撼，其建筑即使在汉中、在京城，亦可称宏伟。据秦自乐介绍，大王府一共三进，每进结构均不雷同。庭院第一进为“回”形结构，四周回廊，两排廊柱。第一排宽一丈，为通道；第二

排至后面墙壁，宽两丈五尺，分割为各个作坊，包括酿酒、匠作、屠宰、原粮加工、制衣、兵器修造等，而其中膳房占据最宽，一排六口巨形陶锅。此时正有十数名土人厨工紧张忙碌，为使节队准备饭食。

张骞不禁好奇：“王府多少人丁，何须如此铺排？”

秦自乐笑道：“张大哥有所不知，王府在每年的播种、收割、大型畋猎，或战前战后，都要进行聚会，每次聚会或二百人，或三百人，吃饱喝足之后，由大王分派任务，所获粮食、猎物、战利品，由王府总管按每户人口多寡，进行合理分配，以略有节余为准——我们且到聚会大厅一观。”遂前导推开大厅大门，礼让张骞、任扶、堂邑父、公羊鸣执等六十余名队员进入。

此时孙治瑾前来禀报，三十几名负伤兄弟，已在二进宾堂里妥为安置。张骞即向秦自乐致谢，秦自乐赧颜道：“此事羞死人了，若再言谢，我这脸都不知往何处搁放。”张骞大笑：“好吧，不提，不提。”遂细观大厅布局设施。

大厅宽可十二丈，长在二十余丈，高在两丈之外，由八根六棱巨大木柱撑起，上以方形粗木拼为楼层。秦自乐言称，楼之上为仓廪，主要存放粮食谷物。肉食、熏腊、酒醋作料在二进楼间。三进为家眷、王府女仆起居之处，男仆皆在二进廊坊，与大厅对应的，是为宾堂。

整座庭院呈东西走向，故大厅南北皆有巨大窗户。墙壁虽为夯土，但不知涂抹何物，火光照耀下却呈暗紫颜色，且光滑犹如肌肤。地面板石平铺，青白相间，拼接无缝。餐几坐凳，相对排列，中为甬道，三百之数，所言不虚。且前置铜锣、铜磬、牛皮大鼓、羊皮小鼓各二，显见为聚餐歌乐所用。

至二进宾堂，房型却呈椭圆，每一窗户下隔为一间，南北两两相对，每间可宿六人，寝具一应俱全。张骞即命任扶、公羊鸣执分派入住，盥洗候餐。秦自乐昆仲亦暂时告辞，去了后庭。

张骞先去看望了李中壮等一干负伤队员，而后才去取水处，清洗身上残留污泥。

刚回宾堂，便见秦自乐来请。这一天，使节队员还是早晨吃了点干粮，下午又遭逢与土人的一场混战和在泥坑中的挣扎，早已饿得前胸贴上了后背。当前面膳房中飘来阵阵酒肉香气时，恨不得喉咙里伸出爪子。此时峦芳洲的大王亲自来请，无不喜笑颜开，紧随其后，步入大厅，按序入座。

杨柏灯下观之，每人案几之上皆三菜一汤：菽[4]焖腊肉、盐荠鸡块、山菌煎馃花，鹿蹄汤，主食穈子稻米干饭管够，外加高粱烧酒一瓯[5]。

众皆食而不语[6]。至酒足饭饱，张骞方为秦自乐昆仲一一予以介绍，最后道："看来，使节队在此还得耽搁些时日。在此期间，杨柏于农作、餐食，范佑铭于铁艺、铜器制作，容南、容北于水利勘查，宋石、宋木于木器、石器打造，孙治瑾于医疗、医术，沙里修于木简制造，任扶副使于军队组织，堂邑父于刀术、箭术，公羊鸣执于制衣裁剪，陈尚斗于马匹训练，赵无偏于玉器打磨，苏疾于语言教习，还有其他兄弟，均可任由驱遣，于土人中选其能者，予以帮助。张骞自荐，可以充任剑术陪练。"

自乐、自游自是喜出望外，使节队中精英能人如此之多，实属罕有，二人忙不迭连声致谢。秦自游却在无意之中道出一句："不知有无制盐好手？"

大凡习武之人，听力特灵敏，张骞已然知晓。他记得队中庞常亥系肤施[7]人氏，因近淖池，祖上操盐业，后遭匈奴入侵南迁。听秦自游提及盐事，心中一动：使节队所携盐粒，食用连带疗伤，所剩已然无多，若能在此予以补给，当为幸事。于是问道："自游所说制盐，是否有甚碍难之处？且说来听听，或许可以相助。"

秦自乐即道："实不相瞒，峦芳洲三面雪山环绕，唯西面尚称平豁，偏又与大漠毗邻。我祖孙四代在此惨淡经营，诸般事体皆可自解，唯其盐事重压于心。初来时，寻得硝盐一处，那硝盐苦涩不说，现已面临枯竭。拙弟自游即为此事西行，意在寻得淖池，熬盐以图长久之计。经旬日跋涉，果然得见盐淖，可拙弟与土人皆不得法，三日辛苦，仅得盐十数斤，今天系约定回程之日，自游缘此返回。今日张大哥与众位兄长所食菜肴，便系此盐。若仍以硝盐下锅，其味大减矣。"

张骞爽然笑道："此易事耳。吾处有一庞常亥者，祖以盐业为生，尽可以其制盐之术授予土人。再者，使节队亦亟须补充此物，有此便利，理当倾力相助。"当即叫来庞常亥，与秦氏昆仲相见。又唤了七八位使节队员，嘱道："明日起，尔等便是使节队的采盐队，由庞常亥统领，随自游兄弟前往盐淖处制盐。"众皆离席然诺。

这一夜，伤员得治，张骞等一干队员心中无事，着实睡了个好觉。

独王兼例外。林间一幕，终生亦难忘怀。即使永远离开峦芳洲，"木嘎娜"

的名字，都难以抹去。

当他抱起木嘎娜那一瞬间，一种从未有过的异样感觉，便袭遍全身。那种如火焰般的炽热，使他如蹈大火，胸口似将迸裂，面孔烧灼得赤红欲破。其肌肉紧实得犹似硬石，连乳房也硬挺得格外杵人。木嘎娜眉里眼里全都漾着爱恋，双手紧紧勾着他的脖颈。看他一眼，贴贴他的左脸；看他一眼，又贴贴右脸：突然一下，又噙住他的嘴唇，他的舌头。王兼晕晕乎乎，早已忘了步数，直累得浑身沁汗，皮肤滑溜，木嘎娜这才松手站住，为他抹去汗珠——王兼也不知是抚是抹，他只感到木嘎娜指尖所传递的，是一种令人为之心颤的疼爱。然后，又拉着他去见她的父亲土人长者："乌督达，乌督达。"王兼不知，这是木嘎娜父亲的名字，抑或土人对"岳父"的称呼，亦跟着叫道："乌督达，乌督达。"那土人长者立刻笑得满脸开花："依波，依波。"木嘎娜又拉着王兼，去见张骞，向张骞以手贴胸，弯腰行礼："索尔卡依波。"秦自乐见张骞茫然不解，立刻予以译之："'依波'是好女婿之意。'索尔卡依波'，就是谢谢头人赐给她好女婿。"

"我该怎么说？"

"您就说——"秦自乐斟酌道："您就说'托乌斯托琪，苏苏尔卡依波'，意思就是王兼转回之后，将好女婿还给她。"

张骞便依秦自乐之语，说与木嘎娜。木嘎娜有些失望，仍贴胸还礼退回。

木嘎娜并未就此作罢，当王兼欲要归队之时，木嘎娜却将其拽住，指指天上的星星，又指指将要去的方向，脸靠着手掌，做了个睡觉的姿势。又望着他，等他点头。

王兼嘴角向张骞一呶，摆了摆手。又不由自主，点了点头。

吃饭时，王兼便有些魂不守舍。就寝后又如烙饼，翻来倒去。倾耳屋外，似乎木嘎娜正在叫他。他翻身而起，想去相会，却又不敢。范佑铭被他折腾得难以入眠，打着哈欠道："王兼，你真是个情种。你要有种，现在就去找她——不过你得小心，不要让那女子把你的精髓吸干。"

王兼果真蹑足而去。

王兼之事撂过。且说翌日晨起，张骞即与秦自乐、任扶、堂邑父、公羊鸣执相议道："庞常亥随秦自游前往盐淖采盐，往返需两个旬日；而使节队疗伤人员，

痊愈亦须时日。在此期间，使节队当为峦芳洲做点事情。现当着自乐兄弟之面，自乐兄弟先提峦芳洲之所需，而后据使节队之所能，一一议之。”张骞语毕，即目视秦自乐。

秦自乐双手搓膝，慨然而道：“今日起，峦芳洲归属大汉矣。为长久计，农田水利设施应予重修规划，土人的教化亦应紧随。固然，此非一日之功可臻佳境，但吾将选其优者，教以礼仪，使民知耻、知勇、知义之所在。如何措置，请张大哥与诸位兄长示下。”

张骞道:“自乐兄弟有心归属大汉，此乃大事、喜事。他日回朝，吾定当奏明吾皇，予以敕封[8]，赐‘峦芳洲大王府’印以证，并遣使送达。”又语气一转，“至于自乐兄弟所述，我意作以下分派：其一，采盐队，由庞常亥领之，另派队员七人；其二，水利队，容南、容北领之，加派队员五人；其三，狩猎队，堂邑父领之，另增弓箭手四人；其四，石艺队，宋石领之，衔队员四人，其碾、磨碓、臼，各做一范；其五，铁艺队，范佑铭领之，衔队员四人，此地铜多铁少，可据其实况，多造利器，尤其犁具，宜援之以技；其六，服饰队，公羊鸣执领之，助手二人，由公羊选之，我意先为王府成员，每人制绢衣、葛衣各一套，仆从制葛衣一套；其七，土木队，宋木领之，助手二人，其艺不仅在于匠作，更在于陶工传授；其八，厨艺队，杨柏领之，三人襄助，待宋石手磨凿成，传以豆腐、豆豉及酱菜制作技艺；其九，礼仪队，沙里修领之，苏疾、赵无偏副之，选土人中青少年优者若干人，予以教习；其十，马艺队，陈尚斗领之，王兼、由天际实参；其十一，医护队，孙治瑾领之，选细心者五人听遣，一方面照拂使节队伤员，一方面选土人中能者三数人，传以大汉医术。吾与任扶总揽。上述总计五十三人，除去伤员三十一人，余十五人作机动调配。吾做这样的配置，其要旨唯有一个：一切为了开启民智。诸位兄弟如有更佳思虑，当请陈情。”

众皆称道，张大哥思虑周详，此段时日，使节队尽可为大汉新辟之地一展拳脚矣。

这是秦自乐首次见识张骞议事处置能力，其周全，其侠义，其气度，其强悍，实为世间罕见，难怪使节队各位英豪尽皆服膺。

自此，秦自乐便与张骞形影不离，随时讨教各种问题。

忽一日，秦自乐与张骞去查看修渠途中，上前说道：“张大哥且请慢行，自乐有事相求，望能允准。”

张骞立即止步：“你我之间不必客气，有事但说无妨。”

这真是：

远山远水苍茫掩映，又几番沟壑几遭烟雨；
夏雨如仙哗然清侮，英雄施能又展羽翼。
可堪追忆，唯我大汉使节稻粱西域。

欲知秦自乐所提何事，张骞是否允准，请看下回分解。

**注释：**

①竹茹：竹子内芯里的一层薄膜，因其柔韧，可作笛膜。

②卺（jǐn）：古代婚礼用的酒器，以瓢为之。合卺：新婚夫妇喝交杯酒。

③一箭：一支箭射出的距离。武：古时以六尺为“步”，半步为“武”。一箭数武：形容距离很短。

④菽（shū）：豆类总称。此处指黄豆。

⑤瓯（ōu）：古代一种盛物的小盆。此处指酒器。

⑥食而不语：古礼，吃饭时不讲话，但劝酒除外。

⑦肤施：地名，今之榆林东南一带，古称“肤施”。

⑧敕（chì）：告诫、嘱咐。敕封：指皇帝颁诏赐封官爵。

# 第三十回　群英用命芳洲见曙<br>张骞自乐义结金兰

且说张骞亦有不解之事，需问及秦自乐，而今听其有事相求，当即侧立路旁相候。

时在早膳之后，六月中旬的阳光，已以它的炙热，照拂着峦芳洲的百里原野，以及青郁滴翠的山林。蔚蓝的天空时有云翳，成堆成垛，或青或白，向下投出一片片阴影，倏然而来，倏然而去；天际之处有数只大鸟，不知是大鵟，抑或是鹞鹰、兀鹫，就那么悠悠地盘旋、飞绕。而两里之外的田园，数千亩麦子一片金黄，有无数的土人正在忙着收割，他们只弄走麦穗，却将麦秸留在田中，故而远看金黄依在。稻田则更是葱绿，并呈现出应时的浓郁与老辣，昭示着稻穗的孕育。与稼穑之地相毗邻的草地上，有成群的牛羊，或撒欢吃草，或哞叫相唤。此情此景，让人醒目愉悦。

秦自乐没戴遮阳帽，浓密的头发挽髻于头顶，双臂赤裸，着一件无领粗麻灰白背心，下穿齐膝粗麻黑色短裤，足蹬一双枸皮耳鞋，手持一镰，臂挎藤筐，俨然汉中田间农夫。张骞本有遮阳帽，却将其斜挎于肋，头发高挽，以簪簪之，一件葛布夏衣搭于右肩，裸半身红黑光亮的肌腱，下身裤脚挽至膝头，一双半旧芒鞋，露出若许苍颜。立定之后，与秦自乐笑颜相对。

“且请去前边树荫处坐下说话。”秦自乐弓身前导，至一棵大白杨下，搬来两块石头，薅一把青草，将其掸净，而后请张骞坐下，即正身一拜。

见秦自乐如此郑重，张骞不禁一笑：“你我之间，有事但说，何必如此！这样反倒显得外道。”说着，便欲起身还礼。

秦自乐赶快将张骞肩头一按：“只是事情太过重大。王府里人多眼杂，平时又纷繁忙乱，眼见得时日已过半月，再不说就将错过机缘。自乐所求，在于三条：其一，愿与大哥结为异姓兄弟，此生唯大哥马首是瞻；其二，请大哥允我参加大汉使节队。我虽无缘荣获大汉皇帝钦命，但大哥以正使身份接纳我，亦是名正言顺；其三，小妹东东年方十二岁，而由天际将来必成大才，我意将东东许配于他，请大哥与其师父从中说合，俟西行归来，携东东去城固择地定居。此三事，于心头久萦不去，不知作何思虑，请能直接见告。”

张骞初觉太过突然，继而又十分惊喜，慨然道：“结为异姓兄弟，乃骞之所望，骞之福气。可择其吉日，待叩拜高堂之后，向峦芳洲所有族人，使节队全体成员示之以礼。日后定居故乡，亦是吾之所愿。至于参加使节队西行履职国是，汝当慎重虑之。土人毕竟新归大汉，其开化之途任重道远，若无强悍睿智之大王统属，有恐祸患难御。再者，西行途中，因匈奴阻遏，艰险无由揣知，此事可否容后再议？”

与张骞和使节队半个多月的相处，秦自乐的故乡话已说得十分流畅，此时见允，自是高兴。至于参加使节队一事，张骞虽有所虑，但并未完全拒绝，所欠只是自个的措置是否得当，态度是否坚定。于是回道：“大哥所虑，系在情理之中。不过大哥尽可放心，我弟秦自游，处事能力与我不相伯仲。使节队来峦芳洲之前，我们即在着手建立军队事宜，无事种植、狩猎，进行攻防训练，有事便是上阵杀敌战士，所差只是武器装备及战马。使节队此来，无疑雪中送炭，有一批能工巧匠打底，峦芳洲底气足矣。届时粮秣充足，战士勇武，装备精良，不说其他土人部族，即令匈奴来犯，亦不敢藐视于我。”秦自乐见张骞凝神谛听，略作停顿，又道：“大哥所说西行之路艰险难测，此语确系实情。但大丈夫在世，岂可偏安一隅？虽然，峦芳洲经我祖孙四代经营，已颇具规模，可先祖的嘱咐，未尝忘记，如时机成熟，当重返故里汉中。今次机缘巧合，恰与大哥相识相知，值此建功立业机会，自乐岂肯轻言放弃？西行之路固然艰险，不艰险又何显英雄本色？望大哥勿要以此相拒。”

一番肺腑之语，张骞亦为之动容：“弟之所愿，骞实求之不得。即令面见皇

帝陛下，亦当予以重用。如若相携西行，以弟之能，可任副使。”

“能追随左右，吾愿足矣。副使一职，自乐不敢奢望。此语并非自谦，吾半途加入，骤然委以重任，恐难服众。”秦自乐连连摇手。

张骞却一半玩笑一半认真：“堂堂峦芳洲大王，屈居百人副使，有何不可？再者，汝之武艺，汝之真诚，汝之气度，汝之谋事之能，皆有目共睹，亲身感受颇多，中途共赴危艰，此乃大丈夫勇气所在。副使一职，不在名誉，而在多多担责。弟既为义弟，就该兄弟同心，成就一番伟业。此事就这样定下，择机将予以昭示。”

“诺。自乐遵命。”想到三事俱谐，秦自乐不由得满心欢喜，“若按大汉皇帝纪年，今日乃建元三年六月十五日，自乐将毕生牢记此日。”

“我亦何尝不是？今日且先将琐事料理清正，明日我与甘父一道，前去拜见父母高堂及令夫人。待自游返回之后，择佳日行结拜大礼，弟意若何？”

“自乐但听吩咐。家母若知此事，定会欢喜不禁。还有吾弟及小妹，以及土著族人，自会当作峦芳洲天大的喜事。”秦自乐仍沉浸于喜悦之中。

“吾另有一事不明，多日思之，却不便问及。”张骞见机另提一事。

“何理不明，大哥尽可见告。”

“吾与任扶、甘父、公羊鸣执等人有一事相疑，土人之中，缘何呆傻痴笨者甚多？而且愈幼者愈是严重，我等深为峦芳洲的将来担忧。就说此次传业授技，各领队皆曰聪明能干者太少。不得已，从土人女子中择优选之，不料却又发生了问题，使节队中除却王兼，据报另有七人有了相好。背过你，我对王兼及其涉事队员进行了严厉训斥，可收效甚微，有土人女子竟向我兴师问罪。看来，没有你以大王身份干预，此事实难了结。”张骞将数日以来之忧虑，向秦自乐和盘托出。

“大哥既将事情点破，我也不再瞒你。”秦自乐斟酌道，“峦芳洲的土人，最初不到一千口，近亲婚姻乃普遍现象，经六十余年的经营扩展，将周边土人悉数纳入，而今也才一万六千余口。姑表亲、姨表亲、未出五服[①]之家族亲，仍比比皆是，尚不计许多悖伦野合[②]现象。这种情况之下诞育的后人，能好到哪里去？”

“故此，你就默许土人女子与外来男人相好。一些使节队员之暧昧私情，其实你早已知晓。”张骞道。

秦自乐一笑，表示默认。

“可你知不知晓，这些队员大漠雪山九死一生都未尝塌火，却在温柔乡里被磨损了意志，如若导致皇命半途而废，我张骞便是一个罪人。”

“对不起，大哥，我没想到事情会如此严重。我只想到峦芳洲的将来，本欲让使节队在此多耽些时日，为今之计，最好能早点出发，不必等到伤员彻底恢复。”秦自乐十分担心，怕因此事导致张骞后悔，于是小心翼翼地提出建议。

张骞立即意识到刚才的话语太重：“你我兄弟之情，此生永远在心，不会因屑屑小事而更张。尔之建议，值得考虑，待我与几位倚重人员予以商定——只是这样一来，留与兄弟料理时日便就不多，你我得共同加紧才是。”

“这个自然。唯望大哥随时提点。”秦自乐又高兴起来，“前边地里围了一堆人，不知在干什么，大哥随我去看看。”

土人们一见秦自乐、张骞，皆恭敬地退到一旁，但双目仍紧盯着地中。

原来，地中正有一人一牛一犁忙乎着。

杨柏扶着崭新的犁头，铮亮的铁铧，半截外露，半截钻在土中，一条壮硕的黑犍牛，曳着犁铧，一步一步地向前挪着。

下犁的地块，麦秸已被连茬清除，唯杂草乱乱地长着。那牛因是头遭拉犁，走得七扭八拐，杨柏不得不时时做着调整。而宋木则瞧着他做的耒耜[3]和轭头[4]，范佑铭看着他铸造的铁铧。有两个土人汉子紧跟杨柏，做出跃跃欲试的样子。

张骞不觉技痒。自从军以来，十几年没摸过犁头了，此情此景，使他想起了早年的田园生活，便即脱去芒鞋，赤脚入地，替下杨柏，走了五六个来回，然后交与一个土人汉子，听杨柏讲述扶犁、转赛之法。

土人们见使节队的“头人”亦精于此道，皆窃窃私语，面呈惊讶。宋木、范佑铭刚禀报了近日情况，已造出风车一架、连枷十把，脱米之轞轹[5]一副，葛线纺车一辆，而葛布织机正在建造之中，土人中已有两人掌握了初步技艺。至于绩麻织布的绣娘，得请秦大王从土人女子中进行遴选。当然，取麻沤麻成丝之技，亦得即刻着手——只是不知何处有石灰石，可作烧取石灰的原料。

短短半个多月，已造出若许物件，委实出乎张骞预料，亦使秦自乐分外感动。两人说了许多勉励之语，又去察看容南、容北对水渠的规划与施工。

容氏昆仲对现有稻田与旱作地块，全部做了重新规划，并对可以开垦的荒坡

草地，一一做了标识。总渠南北两条，各长二十余里，以下支渠、毛渠若干。总渠渠首于雪山之下建贮水坝。除灌溉用水外，人畜饮水另行凿空渠槽，引至大王王府及土人聚居街衢。为防止大小渠槽漏水、渗水，须以石灰、沙粒与黏泥搅拌砌石。初步计算，所需石灰用量，当在万斤开外。

又是石灰。秦自乐有些无奈："我走了，只能交与自游了此心愿。"又对张骞笑道，"倘若使节队里能留下三两人相助，峦芳洲成为米粮之川，将指日可待。"

"可让使节队的伤员在此多耽一些时日。"张骞已经认可秦自乐之建言，决定与非伤人员重新组团，继续西行之路。

这是张骞明确的认可与让步。秦自乐焉能不知！见张骞如此重情，他十分感动，遂又一次表明心迹："谢大哥对小弟与峦芳洲的关照。自乐此生是跟定大哥了，赴汤蹈火，亦吾所愿。"又语气一转，"据前日土人禀报，宋石兄弟为新凿石碾石磨，没日没夜，吃住全在山上，昨日已将其运回，不妨前去看看？我真的应该好好感谢，不管宋家昆仲、容氏兄弟，或者使节队其他好汉，为了峦芳洲而如此不辞辛劳，这心地，这境界，真乃大汉英雄。兄长有如此效命国家的部下，西行之途即使有天大的艰危，也定可达其目的。"

"峦芳洲既然归属大汉，我等就更应该为它尽力，使其尽快得到帮助，民众得到开化。这虽然不是使节队之主要目的，但既遇之，即当帮之。"张骞又道，"使节队成员皆为千里挑一的全国精英，除各有特长之外，主要在其坚忍不拔，意志坚定——走吧，且去看看宋石他们做得怎样。"

宋石所选之碾坊、磨坊，位于王府左侧墙外。为方便出进王府，围墙新开一门。张骞、秦自乐去时，土人正在宋石指挥下，搭建碾坊、磨坊。两房彼此连通，中间相隔两丈。磨盘平整坚实，系由青石砌就。磨石豆绿颜色，浑圆崭新，磨石之上，凿槽横排，深约半寸。推杠粗约两握，适间正由大个子试推，新麦麦粒被磨成了粉状，一圈土人男女皆咧嘴大笑。

宋石与其四名队员皆在，张骞抄起宋石双手，见其满手硬茧，抚之砢碜如刃，不由将其双手高高抬起："大家且看这双大手，谁的硬茧有如此之多、如此之粗糙！"又让另外四名队员同时亮出手掌，"大家再看看他们，这石碾、石磨来得真是不易！"

秦自乐趋步上前，细察宋石双手，激动得几乎落泪，回头也不知对土人说的

什么，只见所有土人皆毕恭毕敬，深深弯腰，连续鞠躬三次。宋石等人手足无措，急忙回以鞠躬之礼。孰料，宋石等人鞠躬一次，土人又连鞠三次。秦自乐赶快道：“各位英雄无须回敬，只管受礼。若回敬，即表示不受土人敬意，这会没完没了，让他们很没有面子。”

宋石等人只好立定受礼。

宋石受礼毕，土人们又一齐向张骞鞠躬，同声道：“乌其尔塔！”

张骞因有宋石之鉴，遂以受礼。只是不知“乌其尔塔”是何意思。秦自乐解释，是感谢头人之意，可用“大汉朵春获卡其诺”回之——即“大汉子民，理当相帮”之意。

张骞以其回之，土人尽皆喜悦。

其时，磨坊土人男女亦全都在场。木嘎娜竟自拽起张骞右手，说道：“张大哥，请看我磨的豆浆，能不能做成豆腐。”

张骞轻轻抹去木嘎娜之手，心中暗自吃惊，短短时间，能将汉话说得明白流利，不能不说这是一个聪明女孩。当然，也与王兼的努力相关。

磨坊之中，有牛拉大磨与手推小磨各一副。土人尽皆好奇，但相较之下，对手推小磨兴趣更浓，人人相争着前去推拉。大多因为未能掌握用劲之窍，磨把推至后边便即住。张骞见杨柏不在此处，一时无人给予示范讲解，便移步上前，双手捉牢磨把，左脚跨前一步，右脚蹬住地面，身体随磨撑之前进后移，身体亦随之前倾后仰，当磨撑将抵磨身之后时刻，带劲一闪，而后向怀中缓拉，只听上页磨身辘辘然旋转有致。张骞将其要领向木嘎娜一一分解讲述，复由木嘎娜向众人授之。几圈下来，土人中会者渐多。那木嘎娜欢喜不禁，满脸春色，向张骞连声致谢。

秦自乐自是吃惊：“大哥，你连这也会得，真是出人意料。”

“这有什么？在咱故乡汉中，凡农家孩子，打小就会。不仅是这，即连做豆腐的手艺，吾也不落人后。”

秦自乐啧啧称道：“真不知大哥尚有多少技艺在身，自乐自愧，连做饭一事，亦不省得。”

“人生一世，除读书、习武，为国效力，谋生技艺亦不可少，即使不能样样俱精，

亦应大都知晓。譬如取麻、沤麻、绩麻、织布；譬如植桑、养蚕、缫丝、织染；譬如种茶、采茶、揉茶、制茶等等，不仅可以解决日用，还可积累财富，使百姓、国家富强。我们西行寻找盟友，除了带去我们的丝绸与其他技艺，还得学习别国的生产技能。如此，方可不辱使命。”张骞娓娓说道。

与张骞的多日相处，秦自乐感到，今日之前，多的是朋友般的亲切，而今日皆为家人般的亲近。这种感觉难以言说，十分微妙，却又那么真切。自己不及之处远矣，他只能连连点头称是。

二人正欲离开，只见杨柏数人肩挎手提，负重而来。及至走近，方才瞧清，所携之物均系山菌、野菜，以及土人丢弃的萝卜缨。山菌用细绳串起，野菜、萝卜缨用细绳捆成小把。到了碾坊、磨坊，便绕着房柱绑上绳索，而后将山菌、野菜在绳上一一搭挂晾起来。

秦自乐不知做何用处，当即问道：“杨柏老兄，你们弄来这些东西做甚？像萝卜缨子，拿来喂猪，猪都不吃，有何用处？”

“秦大王有所不知，山菌且不说它，就这野菜与萝卜缨，先将其晾至茎叶疲软，再予淘净晾干水气，而后细细切碎，用盐粒一拌，歇一时半会儿，再予捏干，拌以佐料，装入皮囊（如在家中就用陶罐），用擀面杖杵紧、封严，路途之中乃是最佳下饭菜。如果以肉食相炒，实为美味佳肴。虽张骞大哥在此，我仍冒昧猜想，使节队离开峦芳洲的日子，不会太久，我等不早做准备，届时哪来得及。路途之上，鲜蔬难遇，总不能盐水泡饭吧？”

杨柏此举，张骞并无嘱咐。什么是生死相依、兄弟之情？使节队中之成员，凡事先顾及他人，顾及整体，此种作为便是。秦自乐又一次深深受教：“大哥，我命土人送些萝卜，且由杨柏老兄处理。杨老兄之野菜盐作之法，当让这里的子民习之，免遭冬日无菜之苦。”

“如此甚好。杨柏事事料先，使节队一路饮食，全赖他的操持。”张骞未予拒绝，并称赞杨柏。又向秦自乐一招手，帮杨柏等人悬挂野菜。

“谢秦大王美意。”杨柏一边挂着野菜，一边对张骞道，“大哥过誉了。比起大哥，杨柏差得甚远。”

直至野菜、山菌挂完，张骞、秦自乐方返回王府。

时已下午申时，膳房正在准备晚餐。

张骞回到宾堂，时堂邑父等人刚归。他们每日均有所获，今日猎得一猪一羊，野猪约一百五十余斤，岩羊也在七十斤开外，正由膳房厨师收拾。连日所获，早已超出使节队出发之负载。张骞欲让罢手，秦自乐却道，正好借甘父射技，多些捕获，以备王府今后之需。今日一番心迹的吐露，才知他早有存心。

因已临近晚餐，主厨踅身进来，小心问道："正使老爷，你们怕是饿坏了吧？是我让人将饭食端到这里来，还是去客堂方便？"这主厨虽是土人，因在王府，汉话倒还利落。

"张正使不是外人，不必端来端去那么讲究，我们就在膳房用餐。"回头又对张骞等人道，"大哥，你们不会怪我太随便了吧？"秦自乐从后院过来，正好听到主厨之语，便自主做了安排。

"谨遵大王之命，我即刻回膳房准备。"主厨诺诺连声，即行退下。

这完全是对待家人的一种处置，张骞心中暖意顿生："这样最好不过。"

堂邑父却心生诧异：这秦大王今天是怎么了？再也没了往日的客套与客气，亲密得就像自己对待张骞大哥一个模样，让人倍感亲切。他是一个粗线条人，虽然诧异，也没再细想。

餐后，张骞照例逐个看望受伤队员，并向孙治瑾询问相关情况。到李中壮宿处，却见由天际与东东俱在。也不知由天际又说了什么可笑之事，连见多识广的李中壮亦咧嘴直乐。东东似乎不明就里，显得有些莫名其妙，一旁跟着乐呵。

由天际见张骞到来，倒挺知趣，一拽东东衣角，向外努努嘴，便即退出。张骞仔细看了看李中壮腿伤，见其尚未愈合，便有些疑惑："未曾伤到筋骨，按说不至于这样。习武之人皆知，像这样的外伤，十天半月便可下地，不知孙医官有甚说法？"

"孙治瑾说，主要是受伤之后污泥侵入体内，其内毒一时难除。队员中三十来名伤者，皆与我类似，若得痊愈，尚需月余，甚至更久。否则，内毒不清除干净，强行敷药愈合，一日复发，将危及性命。"说着，神色渐呈黯然，"我与这些队员，怕是难履西行之命了。"

张骞亦显神伤，说了些宽慰之语，最后转入正题："使节队在此耽误时日，

已过半月，其间好事颇多，但令人担心之事亦有不少。其最不便处理者，便是男女私情。目前据我所知，已有八人之多，倘时日延宕，尚不晓得会有什么场景。一些队员千难万险走了过来，不能为此栽了跟头。而所负皇命，还得继续完成，我意请你留此继续养伤，待所有伤员痊愈之后，由你带队返回。我与任扶等人率其他队员，继续西进。”

李中壮沉默有顷，方低沉了声音：“你是使节队正使，虑事从来比较周全，而今看来，也只能如此。滞留队员，我一定将其安全带回，这点你尽可放心——对于孙治瑾，他应随使节队同行，因为使节队更需他照拂，这里有我这半拉子医者，不会有碍。”

“中壮兄，尔乃侠义之人，不能随队，让人着实不舍，但面对此情，又不得不下这样的决心。我得谢谢你的理解，让我少了这份牵挂。”遂又向他叙说了与秦自乐结拜、秦自乐参加使节队之事。同时，为加强使节队骨干力量，欲任命堂邑父、秦自乐为使节队副使，任公羊鸣执为使节队参军。最后，才谈及由天际与秦自东的婚事，希望当师父的能予玉成，待使节队返回中原时，携东东到汉中定居。

李中壮由衷一笑：“秦自乐愿与正使结拜为异姓兄弟，并舍大王之位随队西征，实为使节队大喜之事。其人有胆有识，完全可以胜任副使一职。至于天际与东东，倒是十分相配。所谓千里姻缘一线牵，此为天作之合，我怎会不予玉成其事？其实，我也想好了自己后半生的归宿之地，亦回汉中定居。以后老友之间，彼此也好方便往来。”

与李中壮谈妥，张骞便告辞退出，又先后与任扶、公羊鸣执交换意见，其后将甘父唤出，到前院之外草坪，二人一边漫步，一边相议。张骞道：“你我兄弟结义在先，而今自乐与我结义，按年龄，自乐亦是你之兄弟。候自乐胞弟自游回转，便行结拜仪式。在此之前，你我先去拜望其高堂，以安自乐之心——以吾之见，迟行不如早行，明日早膳过后，即在后院向老夫人行义子之礼。礼物吾亦措置妥帖，一匹绢帛、一匹花绸，外加一包茶叶，一枚金簪，四色水礼，权尽义子之孝。至于副使一职，尔亦无须礼让。西行一路，贡献颇多，尔之实心待人，众皆有目共睹。任尔为副使，只是让你承担更多重责。若自乐兄弟担负先锋，则使节队之后卫便有赖于你。”

“大哥如此信赖兄弟，甘父有何话说？使节队确乎不宜在此久耽，因见中壮等人伤病难行，一直不便言语。大哥有此安排，甚合我意。也不知庞常亥采盐若何，甚时方回。”堂邑父倒也直撇，有甚说甚，“明日暂不出猎，我随大哥拜见义母就是。”又一声长叹，“也不知我之老母而今情况若何，令人好生牵挂。”接着，又嘿然一笑，“怪道这峦芳洲的大王今日表现异样，待大哥直似家人，没了昔日的客套。此生又有了这样一位兄弟，真乃人生大幸！”

张骞自是高兴，二人又说了许多相关趣语闲话。

秦自乐携小妹东东，早已候在后院大门之前。二人穿戴整齐，神色庄重，挺拔着身子，专注地凝望着通向宾堂的走廊。不一刻，便见张骞、甘父身着汉家国服，气宇轩昂，联袂而来，便迎了上去：“谢二位兄长屈尊看望家母，小弟不胜感激——东东，前面带路。”

这后院又是一番景致。楼梯宽阔结实，栏杆光滑锃亮，拾级而上，唯觉些许震动，并无其他异响。上得楼来，又是可容二人并行走廊，却不知门在何处，只有偌大的四扇窗户。将至南边拐角，东东轻轻一带，一扇推拉门便滑向一边。里边，又是四扇折叠屏风。东东尚未张声，两位年近十六七岁的女仆便将屏风合在一旁，又将南北窗户高高撑起。

房间顿时豁亮醒目，窗外的阳光、白云，房里的各种物件，一一毕现，纤毫无蔽。南北通透的穿堂风，飒飒而过，使人暑热立消。红藤编织的几案与坐墩，两边分排，各为八座。顶端一张长条大几，几后一张红藤圈椅，坐着一位中年妇人，其貌皎然，有诗为证：

云鬓高耸颤巍巍，眉似远黛睛如漆。
一轮皎月当间明，华服崻嵲[6]更昳丽[7]。

张骞虽知秦自乐之令堂系土人女子，平时常见亦未曾答话，但如今日这般端庄、美丽，尚属首次。完全一副汉家贵妇的气质、做派，丝毫不见土人的影子。而在她一旁侧坐的自乐之媳，亦是一样风范。

张骞一瞅甘父，见其一副发痴的模样，立即撴了一下，向上座妇人行跪拜大礼，自报家门：“自乐义兄提前拜见义母大人。”

甘父紧接道：“自乐义兄堂邑父，提前拜见义母大人。”

“些许薄礼，请义母大人与夫人笑纳。”张骞即让甘父捧上礼物，秦自乐双手接过，置于母亲案几之上。

自乐之母轻抚礼物：“自乐与二位高士义结金兰之事，昨日已与老身备细说知，老身非常高兴——呃，二位赶快起身就座。”又对秦自乐道，“把几坐打近一点，方便叙话。”一口带汉中腔调的汉话，说得如汉中人一样流利。

“老身亦有礼物回赠——自乐，且将那两柄玉如意取来，奉与你的两位义兄。”

“诺。自乐知晓。”即拉开身后寝室房门，端出两只雕有麒麟的檀木匣子，分别奉与张骞、堂邑父。二人起身接了，躬身齐道：“谢义母恩典。”

“此物系秦家祖传之宝，六十多年前由汉中带来，现赠予二位高士，也可算作物回故里，了却秦氏先祖的一份心愿。”秦母蔼然一笑，目透慈祥。

张骞再次起身致谢：“待自游制盐回来，我等即与自乐举行义结大典。大典之后，自乐即与使节队一块儿踏上西行之路。我们是生死兄弟，彼此当舍命相顾，万望义母保重，待西行归来，再来拜望。同时，让由天际迎娶东东，回汉中故里择地相守。”

“如此甚好。老身亦了却一桩心事。”又对立侍一旁的东东道：“还不赶快谢谢你张大哥！”

秦自东虽然年幼，却很泼辣，并无忸怩羞涩之态，走上前来，面对张骞，鞠礼道：“东东谢张大哥。彼时到了汉中，仍望大哥予以眷顾。”

“那是大哥的责任。由天际敢有不敬，我与他师父均不会轻饶于他。”

结义大典不便言说的事体，今日有了交代，张骞轻吁了口气。当即，便与甘父辞别而出。

现在，只盼庞常亥等人与秦自游早日归来。

张骞掐指一算，采盐队出去已十七天，按说应该回程，却缘何毫无踪影？莫非遭遇什么变故？

张骞所料不差，庞常亥与秦自游果然遇到一点小麻烦。

庞常亥率队员七人，秦自游率土人骑者六人，十五人骑带驮马五匹，携半月粮秣，至第二日午时方到盐池。

却被一帮土著拦住。

土著约二十余人，皆张弓搭箭相阻。

按庞常亥等人之快马利刃，只需一个冲刺，即可将其杀得大败，但庞常亥牢记张骞之嘱，非万不得已，决不伤及无辜。他猜测，这拨土著无非为盐而来，而偌大盐池，所取又复几许？缘何不可各自相安无事，甚而携手合作？土著眼界狭窄，可使节队不能动辄无情。他见秦自游欲作驱逐，当即予以劝阻："自游老弟且慢，此等情景，当以息事宁人为佳。可先问及彼系何处土人部落，张弓搭箭意欲何为。"

秦自游自知有些莽撞，右手向后一绕，阻住手下，将双枪插于腰后，空举双手，打马上前，用土语相询。

对方有位三十岁左右汉子，出列对话。言称自己系丹皓部落酋长。

经一阵交涉，秦自游对宠常亥道："对方系丹皓部落土著，距此四百余里，居于合黎山麓[8]。他说，盐池是他们首先发现的，应该归属丹皓部落。我等若要采盐，得先缴付十头牛羊，或打败他们。他们如此蛮不讲理，我看就不必客气，只我对付他们便就足够。"

"我知你们秦氏昆仲武艺超群。我意以德服人，点到为止最好。你且问他，可否以徒手相搏定胜负？如若可以，由我解决，老弟尽可一旁观战。只要不是匈奴骑士，就不必以刀剑相对。"

秦自游年少，好奇之心未免重些，亦想一观使节队一般队员之武功，即与对方酋长交涉。

只见那酋长弃了弓箭，跨步上前，做出搏斗架势。

这庞常亥在黄土塬长大，为防匈奴欺侮，练就了一身拳脚功夫，尤其硬功，更是了得。使节队里，除军事素养、武术理论稍欠以外，他徒手相搏可与任扶、夏宏相佶伉[9]。加之他生得膀大腰圆，面色黑红，犹似铁塔，尚未出场，便逞先声夺人气势。

庞常亥抱拳以礼，并不主动出手，只示意对方，放胆进攻。

那酋长却不致礼，握紧右拳，恶狠狠猛击过来。

庞常亥一个千斤坠，笑眯眯将胸脯一挺。

只听“咚”的一声，庞常亥仍笑嘻嘻一丝未动，那酋长却打了个趔趄，撒拳吸溜。

那酋长又提起右腿，一脚踹来。

这次比上次更糟，其脚似遭骨折，疼得难以立足。将欲倒下，幸被庞常亥扶住。

庞常亥随手捡了块青石，伸手如刀，一劈之下，石成两半；又撸住身旁一棵碗口粗细树木，一挺腰，将其连根拔起，复一脚，将其“啪”的一下踹折，扔到一旁。

那酋长和土著见了，早已吓得面如死灰。即就峦芳洲的土人，亦纷纷咋舌。

酋长即匍匐于地，连连叩头，嘴里咕咕哝哝，不知说些什么。

秦自游对庞常亥自是佩服，将酋长的话予以翻译。大意是问庞常亥等人是些什么人，缘何也到此处采盐，丹皓部落愿意臣服尔等。他们部落约有一千多人，常受匈奴人的欺凌，所以想重新找一处落脚之地，希望能够接纳他们，不要予以拒绝，云云。

庞常亥又眯眯一笑：“你据实相告即可。恭喜二王爷，峦芳州又添人进口了。”

“常亥老兄休要取笑于我。此次若非你把握分寸，以理、以力折服于人，此事处理哪得如此之妥善。”

“张骞大哥常说，欲成英雄，就得心系国家，心系百姓，我不过照做而已。”

两家遂在一处，庞常亥教以采盐之法，天晴下雨皆有活干。那酋长名字却怪，叫作“野刀风”，他坚持多采盐粒，以此作为礼物，欲随秦自游、庞常亥一块儿，面见张骞、秦自乐，相议部落迁徙事宜。

故而，至六月十八日，一干人才回到峦芳洲。

张骞听了原委，自是高兴，连夸庞常亥处事妥当，干得漂亮。趁秦自乐与野刀风洽谈两部落合并之机，将王兼、李石头、鞠无田等八人找来，开门见山道：“后日，也即六月二十日，我与秦自乐举行义结金兰大典，二十一日，使节队重新整顿出发，所有伤者全部留下，继续养伤，其后由副使李中壮带队返回长安。尔等八人因与此地土人女子相好——别不好意思，也无须瞒着，事情我早已知晓。尔等皆知使节队纪律，只因情况特殊，秦自乐又替大伙儿暗中求情，因此这段时

日吾未作任何处置。吾并非草木，愿意背负棒打鸳鸯恶名，但使节队之使命尔等皆十分清楚，无须再作申述。”话到此处，略作停顿，察王兼诸人神色，个个紧张无措，又放缓了语气，“此时将尔等召来，只申明一事，愿随使节队继续西行，再蹈生死未卜之路者，即请妥当处置好这段情缘；如若放弃西行使命者，就在这里当好峦芳洲人的女婿。王兼，先说说尔之打算。”

一向伶俐的王兼，此时却显得瓷硌：“我，我还是随大哥继续西行，木嘎娜那里，我会处理好的。大不了西行返回之后，再到这里将其接到中原。”

“好吧，尔即去找木嘎娜，好好讲清楚。”又回头对李石头等人道，“从李石头开始，说清各自的想法——不要勉强，亦不要说违心之语。”

李石头等人纷纷表示，皇命系身，是为大事，情缘所系，乃为个事。好男儿七尺之躯，不能为私情困于偏僻之地，而应继续西行，纵使为此捐躯，亦应不惜微命。

张骞说了一些勉励之语，遂将此事了结。

二十日早膳过后，宾堂被清扫布置一新，临时担任宾仪官的公羊鸣执，催促所有队员全部换上大汉国服。一时之间，只见满堂华彩，熠熠生辉，丝绸所显示的雍容华贵，令参与大典的土人艳羡无比，如敬神人。

宾堂布置简洁明净，庄严肃穆。正中置一长条大几，几案之上搁三只黑釉陶钵，钵中盛谷，因此处无烛，各插一尺八寸松明以替。几上右边三只漆木小碗，碗口各放五寸利刃一把；几上左边置一卣[10]，里盛秬鬯[11]。距几案左侧三尺左右，悬挂着钟、鼓、磬、钹等乐器，几案右侧是为进出门楣，门楣皆涂以赭石粉浆，艳红欲滴。几之前方一丈，等距三具较小案几，亦被涂为红色。三具案几之后，左为宾位，分坐使节队成员，并为丹皓部落酋长单设一座；而右为主位，是为峦芳洲受邀土人分坐，亦单设一座，系秦自乐胞弟——接任峦芳洲大王秦自游之座。

上午巳时许，公羊鸣执见使节队员与一众土人均已入座，遂大声喝道：“张骞、秦自乐、堂邑父义结金兰大典现在开始——有请丹皓部落酋长野刀风入座！”

候在门外的张骞、秦自乐、堂邑父、野刀风、秦自游，以及王府乐人早在门外站定，听得宾仪官呼叫，野刀风显出一副拘谨的样子，进门入座。

底下，引来一片窃窃私语，由天际竟“扑哧”一下，几乎笑出声来。

公羊鸣执向由天际瞪了一眼，又道：“请新任大王秦自游入座。”

秦自游骤然受命担当重任，亦显局促，庄重而入，正襟危坐。

“请义结金兰者张骞、秦自乐、堂邑父入座。”

只见张骞当头，满脸挂笑，先向众人招手致意，而后深鞠一躬，稳步入座。秦自乐、堂邑父亦如此走到各自的座位坐下。秦自游复站起，面向土人，将汉话予以翻译。

“请王府乐人守候职位。”

当即，约七八位乐人身着礼服，鱼贯而入，于乐器之前站定。

“燃明烛，奏韶乐。”公羊鸣执上前，点燃松明，鼓乐亦同时奏起。

乐毕，公羊鸣执倏地声调高亢，满脸兴奋：“请张骞、秦自乐、堂邑父行歃血[12]结义之礼。”

只见张骞三人离案于几前并肩而立，手提酒卣，将酒分别注入碗中，又各取利刃，于左臂剜肉粒一颗，拨入酒碗，再划碎，将酒液与带血碎肉互倾，混为一体。最后，三人捧碗转身，面向众人，三只碗沿相互轻轻一磕，同时仰脖，一饮而尽。

趁三人歃血之机，公羊鸣执道：“此次歃血之礼，主要依照匈奴之俗。因为堂邑父与张正使乃盟兄盟弟，与峦芳洲现任大王秦自乐义结金兰，堂邑父自在其中。堂邑父力主汉匈通好，又肩负吾皇之命，故此歃血之盟，相较汉人，略有差别，诸位勿要诧异。”

见三人歃血礼毕，复又道：“请三位结义兄弟叙年龄，起盟誓，而后入座。”

三人依次叙岁，并行盟誓之语。按长幼，张骞为兄，堂邑父居二，秦自乐居三。

三人入座之后，公羊鸣执又挺身拔背，朗声道：“下面，继续进典——行三喜大——第一喜，恭贺秦自乐自今日起，成为大汉使节队队员。现请使节队正使张骞致辞。”

张骞含笑站起，面向众人，致以一礼，手捧简册，肃立读道：

兹峦芳洲大王秦自乐者，积秦氏四世之业，成一方豪杰，先有率峦芳洲子民归汉之举，复有下睽山川[13]作鹍鹏之行，屡求入列大汉使节队，为国作西域履险先锋。此不图大赉[14]，只欲报国之志，的皪灼灼[15]，令人

如入清流洴澼[16]，感佩至甚。骞于是假皇恩以允。西行复命之时，当奏明吾皇，以达天听，凭圣聪予以奖掖。今当此时，骞受命使节队全体，鼓掌以迎，愿与自乐甘苦与共，殊勋同建。

建元三年六月二十日大汉使节队正使张骞逊之以词。

秦自乐递次以明心志。毕，公羊鸣执续行宾仪之责，三喜大典之第二喜——秦自游继任峦芳洲大王，第三喜——丹皓部落迁并峦芳洲，亦相继进行。最后道："余众退席，使节队全体队员留坐，听取张正使新令。"

这真是：

大旗于前，群英显能；
蓬立麻中，不扶也直。
志向契合，莫道罕遇，
英雄同归，知者一体。

欲知张骞有何新令，使节队前程如何，且看下文分解。

**注释：**

① 五服：同宗族第五代。古人认为，同宗族五代之后已无血缘关系，可以婚配。

② 野合：指野外不正当男女关系。

③ 耒（lěi）：古代农具，状如木叉。耜（sì）：古代农具，即犁。

④ 轭头：搭在牲口肩上的木制农具，用以拉动犁头。

⑤ 辚轹（lìn lì）：车轮碾压。此指古时脱米器具，似磨，木齿，可脱壳见米。

⑥ 嵽嵲（dié niè）：高山或山的高处。

⑦ 昳（yì）丽：神采焕发，容貌美丽。

⑧ 合黎山：位于河西走廊，与祁连山相对。

⑨ 佶（jí）：健壮。佶伉：抗衡。

⑩ 卣（yǒu）：一种古代酒器，椭圆状，肚大口小，有盖和提梁。

⑪ 秬鬯（jù chàng）：黑黍与香草酿制的香酒。

⑫ 歃（shà）：喝、饮。歃血：古代盟会时杀牲饮血以示诚意。

⑬ 睽：离开。下睽山川：离开生长的地方。

⑭ 赉（lài）：赏赐。大赉：大的奖励。

⑮ 的皪（lì）：鲜朗。的皪灼灼：像火焰般鲜朗。

⑯ 洴澼（píng pì）：漂洗。

# 第三十一回 因突部落恶战骑痞 再遭强敌张骞陷俘

虽然，一众队员已然知晓，使节队明日将起程西行，但重新登程的使节队将如何组合，却不甚明白。故而公羊鸣执宣告张正使有新令颁布，众皆肃穆以待。

见大伙儿翘首举目，肃然无声，眼神关切，张骞禁不住心头一热："各位兄弟，使节队来峦芳洲，不觉然已是两个旬日。其间，许多人为峦芳洲子民的启智开化不辞辛劳，将其技艺倾囊相授，博得新拓子民之尊崇。可我与尔等肩负皇命，未曾须臾忘却，时日不许再行延宕，经与几位副使商议，决定明日凌晨起程，继续西行之路，并为此命令如下：

命令一。为补夏宏、李中壮使节队副使之缺，特命秦自乐、堂邑父为大汉使节队副使；同时，命公羊鸣执为大汉使节队参军，参与使节队重大措置之谋划。

命令二。秦自乐暂摄使节队先锋一职，近期负责探路、探险，移后与后卫堂邑父调换。副使任扶为驮队护卫，保护驮队安全。堂邑父任使节队后卫，嗣后视情与秦自乐互换。正使张骞为使节队总调配，并确保旌节不失。

命令三。使节队先锋十四人，名单如下：尚在升、傅光、严放远、鞠无田、栾北荒、艾古、梁州嗣、滕广条、李石头、吕淦、陈殿善、朱

厚良、魏田林、石舛；

后卫十四人，名单如下：臣环、蹇栗、唐忠佐、汤二娃、庞常亥、马予、柳常、钱佑喜、路之岑、方壬、郭殿士、雷少政、钟离帆、马大喻；

驮队二十八人，名单如下：蒋八七、刘伦、巩用、言原、方峒秋、尤习重、于起、陈名仿、巩老九、匡利、陈尚斗、赵无偏、容南、容北、沙里修、苏疾、孟慎、先偃、商禾、宋石、宋木、孙治瑾、王兼、范佑铭、杨柏、原有木、冼老九、由天际；

正、副使、参军五人：张骞、任扶、秦自乐、堂邑父、公羊鸣执。以上共六十一人，组成新的大汉使节队，完成西行之使命。

命令四。原使节队负伤队员及其他人等，候副使李中壮等完全伤愈之后，由其安全带回长安复命。在此期间，须全力相助峦芳洲新任大王秦自游，做好善后之事，并妥当完成丹皓部落迁并之事。

切切此令。

张骞于大汉建元三年六月二十日峦芳洲之途。

读罢命令，张骞又道："今日之庆典宴会，亦是饯行宴会。宴会之后，我与堂邑父相偕秦自乐，行祭祖告别仪式。明日起程队员，由任扶、公羊鸣执与李中壮行交接之责，一切事体，须得料理妥帖。记住，明晨卯时初，听王兼笛音起床，卯时场院集合，点名出发。一切善后准备，须在今日酉时前完成。

宴会进行得却比较沉闷。多日生死相依的使节队兄弟，自小在一起生活的秦氏昆仲，从明日起便两两相隔，不知何日方可相见，所以虽酒肉足够，但皆未能开怀畅饮。此情此景，亦不必尽述。宴会之后，大伙儿忙忙碌碌，各尽其事。是夜，辗转难眠者，亦难以尽数。

翌日卯时，大王府场院中，却是黑压压一片人群。土人长者率数百男女，人人高举火把，分立两旁，环拱着即将出发的秦自乐与大汉使节队，用汉话呼喊着："大王！大王！使节队！使节队！"

张骞从秦自乐口中得知，此为土著最为隆重的"神火"欢送仪式，遂与秦自乐并辔而出，绕场一周，向土人们一一招手致意，不时抱拳以谢。土人则更加起

劲高呼。而以木嘎娜为首的八名土人姑娘，无不双眼滚泪，纷纷奔向各自的情郎，拽住马缰，高喊着他们的名字。一时之间，许多使节队员只感到至情至性与莫可名状的凄然，并不觉得土人姑娘的放浪与轻薄。土人长者此时亦停止了呼喊，唯叫着“木嘎娜”等土人姑娘的名字。木嘎娜等人听得呼叫，才依依不舍，回到土人欢送的人群之中。

李中壮等一干留守待返队员，相互搀扶站立，人人眼眶濡湿，哽咽难语。

张骞当即下马，与李中壮等人一一相拥惜别。

重新上马之后，即右臂一挥，背负着东方的晨曦，一抖缰绳，决然率队前驱，向西而去。唯秦自游，送至百里之遥，方才返回。

秦自乐率十四名先锋队员，一马当先，走在最前列。

峦芳洲方圆数百里，雪山、荒原、湿地之分布，秦自乐对其了如指掌，故行进速度较快。而使节队员有了秦自乐的得力相帮，则更有底气。张骞、秦自乐、堂邑父结义三兄弟之无碍相依，任扶历经磨炼而示之以老辣，公羊鸣执之智谋相补，尽呈一副全新气象。

出王府三十余里，即进入密林。林子里古树参天，阳光尽蔽，生人不辨方向。人们随着秦自乐，时而下地牵马而行，时而跨镫缓辔而进，几乎用去半个时辰，才见眼前豁然一亮，来到一处荒野。众人纵目极眺，那荒野竟目无际处。张骞不由慨叹：“若无自乐引领，即予密林，亦入迷境，端不知何时方可走出。”

自乐即道：“若要绕过险恶雪山，回避雪崩之灾，此乃唯一路径。此路为先祖年轻时探知，我只走得三次。而胞弟自游，加上此次，亦只三次。”回头对送行的自游道，“弟弟，为兄说得没错吧？”秦自游答道：“兄长说得不差。他日有幸出山，还得全赖此路。”

这荒野却渺无人烟，不见骆驼、牛、羊，更无一星半点庄稼地垄。偶尔所见，皆为黄羊、野驴、野马、野驼一类兽群。远远一见人群，迅疾逃得了无踪影。远看荒野，蓝天白云之下，犹似绿毡。而近前却看它不得，绿草蓬蒿联结纠缠，灌木藤蔓虬结，一朵朵白的、红的、粉的花儿，像苦命的贫妇，做着软弱的挣扎。

复行三十余里，至一处沼泽边缘。秦自乐再三叮嘱，不得偏离他行走的路线。

并道："此处乃极为凶险之地，一旦误入泥沼，人马顷刻之间便被吞没，人若相救，连相救之人亦遭灭顶之灾。"

由天际与东东虽有那层关系，仍免不了顽皮的本性："这么说，哥哥在峦芳洲所做之陷阱，这泥沼便是师父了。哥哥见了师父，也不揖之以礼？"

秦自乐回眼一瞧："天际你倒挺会联想。我那泥沼之用尽人皆知，何能有此恶毒置人于死地之师父？"

"哥哥责备的是，是天际想岔道了。"由天际倒十分乖觉，立刻转弯。

"提起岔道，我倒要跟大家说说——前边两山之间有一峡口，是为北上绕过雪山的唯一岔道。如果行走顺利，三天便可出山。出山之后便进入草原与大漠相交地带。那里有几处水草丰茂的绿洲，只是三十年前已被匈奴因突部落、噶弘因部落分别占领。这两部落多出强盗，也就是草原上所称的'骑痞'，经常神出鬼没，专事杀人越货勾当。如若经此，须得万分小心。过此向南约一千里地，有一大湖（罗布泊），其东南有一国名曰楼兰，王城为扜泥城；若向北行五百里再折向西，即到姑师国（今之吐鲁番），再向北，即到疏勒（今新疆喀什噶尔一带），再北到伊犁河谷，那里有一大国名叫乌孙，据说那里有一种宝马叫汗血马。这些也只是听我祖父说过，细情我亦不知。至于大月氏而今在什么地方，因为西域太过宽广，且葱岭以西更不知几许，非一年半载时光，恐一时难寻——不过，雁过留声，人过留名，十几万人几十万人的大部族迁徙，总有踪迹可寻。只需不懈努力，不惧危险，不怕艰辛，使节队之使命，定能完成。"

这些话，平时也与张骞说过，但都比较零碎，像今日这样完整地叙说，实为首次。一席话说罢，大伙儿对这位峦芳洲大王又有了一番新的认识，张骞任其为使节队副使，确堪当其任。

此刻已近午时，大伙儿已经肚饥，马儿亦应补充草料，而更其要紧的是秦自游及其五名跟随，还得返回峦芳洲。张骞即令全体队员暂歇，就地生火煮饭。

餐后，秦自游率土人亲随返程，使节队进入岔道峡谷。

初，峡谷并无奇处。丛林、灌木，不时闪现的草甸野花，数不清的大小乱石，大股小股从石罅中涌出的泉水，以及从两边山上淙淙而下的大溪小溪，除了偶尔几声遥遥传来的鸟叫，静寂得有些瘆人。而天空也不再那么辽阔旷远、一望无际，

像一条条、一绺绺被扯成锯齿样的蓝带子，高悬于头顶。阳光则格外吝啬，只在正午时分向下窥探那么一会儿，还被树叶掰成奇形怪状的光斑。唯有两边高耸入云的大山，山上皑皑的积雪，将阳光反射出一种纯净的亮丽，静谧得犹似仙界。但太阳一落，那寒风即如千军万马，从山上山谷各处杀奔而来，虽在六月炎夏，亦冻得人瑟瑟发抖。宿营时，不得不以篝火取暖。

大约夜半时分，突见远处一阵通天彻地的电闪，瞬间传来轰轰隆隆雷鸣之声。秦自乐急声叫道："大哥赶快唤大伙儿起来，搬离此地，迁往高处，否则危矣。"

张骞知骤雨将至，山洪即在顷刻到来，遂与堂邑父、任扶、公羊鸣执等人，分别叫醒一众队员，牵马坠镫，迁至左边一处三丈多高的台地。大伙儿立足朱稳，豆大的雨点便追风而来，打得树叶树枝遍山乱响，并不时夹带着雪花霰子，扑打着脸庞。而乍明乍熄的闪电，将眼前的山谷摆弄得时明时暗，怪石险峰犹如地狱中的鬼魅，显得格外狞厉。雷声巨大的震动，使脚下一阵阵剧烈地颤抖，似乎山峰将倾，天欲塌陷，受惊的马儿也发出凄厉的嘶叫。

也就一盏茶工夫，山洪的浪头便不期而至，呼嗵呼嗵，嚣声震耳。闪电中人们发现，刚才的宿营之处，已被浊浪完全吞噬，不见一点痕迹。大伙儿不由暗自吃惊，若非秦自乐提早提醒，这无妄之灾，必受其害。

至天明，却又云收雨住，太阳的光曦一如往昔，宁静地撒向山谷。除谷中昨日的小溪变成了小河，流水不似昨日那么清洌之外，好似昨晚什么都未曾发生过。众皆相议，倘若昨夜宿于峰顶雪窝之中，将是怎样的情景？

在山谷中行走，虽难，却相对安全。第二天下午遇到一拨土人，亦无什么阻遏。秦自乐以土语与他们做了一番交流，讲明来历与去向之后，也只是做了一点交易，以使节队的铁器、茶叶与葛布，换取了一些粮食与猎物。至第三日黄昏，便走出了山谷，来到一处草场。

昏蒙之中，张骞见遥远的地方有一处白色毡房，即问秦自乐："三弟可知此系何处？"

"应是因突部落草场之一。我曾两次随先父取道这里，欲东去回汉中故地看看，但两次均与匈奴骑兵相遇，不得不遁入山中，终止行程。据先父介绍，从这里向东，是噶弘因部落，东南方向是比侃部落——大哥途经该地时已然知晓，现属幺素王

爷辖治。倒是因突与噶弘因两个部落的土司，受着匈奴右谷蠡王的管辖，而右谷蠡王的王城，尚在西南距此将近两千里的地方。其下有一匈奴大将，大都尉山戎乌达，常常派兵来此巡逻。”

张骞打开另一份帛绢地图，与几位副使、参军仔细寻找，但对此处草场及其他地方并无标注。商议移时，张骞决定，为规避敌骑，实行夜行昼伏，避举火光，依北斗星所示，先向北续行两日，而后折向正西，取道疏勒一途。

遂令大家暂歇，亦不行炊，只喂马儿以青饲，人们以炒面为主食，以熟干腊肉、盐菜佐之。毕，马衔枚、人噤声，绕开毡房，连夜悄然北去。

俗言，二十一二三，月出半夜间。是日正是六月二十三日，前半夜，唯有星光伴随，稍远之处便漆黑一团，什么也难以分辨，偶尔有一对一对的绿光，亦神秘地一闪而过。堂邑父即道：前面奔跑的大概是黄羊，而在后边追逐的，定必是草原狼。草原狼夜间猎食并不出声，更不嗥叫，只发出嘶嘶的龇牙之声。大家已在野狼谷领教过群狼之凶狠，心中未免有些紧张，加上又无火把仗胆，更是心生怯意。

堂邑父又道：“大伙儿无须紧张。以我观之，这群狼不过十只左右，又有黄羊可猎，一般情况之下，只要不去主动招惹，都会避开人马。”

大家便紧随秦自乐、堂邑父，放胆疾行。所幸草地深厚，马蹄之声并不响亮。只草原风渐凉渐寒，有的队员禁不住接连打起喷嚏。张骞立令暂停，一律换上加厚衣服。

至后半夜，半边月亮悬于半空，眼前的草原泛起青白之色，显得十分的清冷，而远处于朦胧之中露出一种莫名的幽谧。由天际小声咕哝道：“此种情状，只怕鬼魅孤魂也不敢到此间一窥究竟。”王兼便即接口：“我若身赴黄泉，也得选个人多的地方。”

范佑铭连声“呸”道：“净说不吉利的话头。王兼你舍得下人间美事？长安城里的蓝媚儿，峦芳洲的木嘎娜，哪一头你能舍得下？”

三人边行边小声打着嘴仗，不觉然已是天色微明。

大伙儿一看，却是一处荒漠边缘，草场被撂在了身后。一夜奔走，大概也有二百里地，队员们无不人困马乏，加之并未遇到敌骑，一些人便有些懈怠，盼着

吃点东西，便去找地方歇息。

任是张骞那般铁铸样的身体，亦深感夜行的劳累，远较白日行军辛苦。何况又是白日黑夜，山谷草原连轴无休。但是，为安全考虑，仍坚持深入荒漠，选择了一处小沙丘下的窝坑，才让大家停下，并让杨柏埋锅造饭，好叫大伙儿吃口热食。

这一觉，直睡到日渐西沉，堂邑父与公羊鸣执才首先醒转。

堂邑父保持野宿习惯。右手杵刀于地，背靠一物（人），双腿盘起或伸直，一有风吹草动，便可立即站起。而公羊鸣执习惯半倚，宝剑置于右侧，稍感垫硌，亦即警醒；若睡前有疑，则多为浅睡，周围稍有异动，亦十分易醒。

二人几乎同时醒来。堂邑父迅疾站起，一撞张骞、秦自乐：“大哥、三弟，我看落日有晕，今晚天气可能有变。”

张骞挺身站起，向西看去，果见太阳周边有一晕圈，薄得似有似无，便道：“看来没有大的风暴，但月黑头是肯定的。只要方向对头，我们继续向北再走一夜，而后折向西行。”

复又拿出地图，仔细思虑。几人觉得，如此时转向，确非正西，且有极大可能进入茫茫无际的大漠，不若续向北行，一夜之后再做定夺。

为支撑夜行体力，张骞仍命杨柏举火行炊，饷以热食，并让堂邑父、秦自乐各带数人，将哨口放至五里之外。

是夜果然天变，凉风飕飕，不停地刮着，且风向变幻不定，挟带着乱飞的微雨，击打着冰凉的脸颊。天上无一点星光，荒漠一片混沌，人们仿佛进入无底的黑洞，不敢与前边的人马错开一点距离。张骞让打头的堂邑父、秦自乐不要走太快，又嘱后边的队员千万不要落下。不久，人们便感到，在如此漆黑的暗夜赶路，无不全身紧绷，实在太累。由天际又小声骂道：“该死的匈奴强盗，害得人走路都不敢大方一点。我若有一支敢拼敢杀的军队，非要打得他们爬地叩头不可！”

“不要图嘴巴快活，与前边的人跟紧一点！”王兼在后边提醒道。

后半夜大约丑时，云收雨住，风也小了很多。月牙余光之下，张骞等人陡然发现，一夜行程，复又回到了出发地点小沙丘，连埋锅造饭的痕迹仍是原样。

堂邑父一下跌坐于地，直捶脑袋：“大哥，我对不住大伙儿。我碰到鬼了，害得大伙儿白跑一夜。”

“你没碰见鬼，是迷路了。这不能怪你，漆黑之夜，任谁带路，都会出错。”公羊鸣执安慰道。

张骞亦道：“这在农村是常见之事。夜行荒野，甚至明明很熟的路径，只要遇到‘鬼打墙’，人就犯魔怔，咋走也找不着回家的路。除非一听到鸡鸣或者狗吠，人才会倏然醒悟。”

虽是这般劝说，但大伙儿仍很泄气。张骞见此，又说了许多鼓励之语，若与沙暴、雪崩和在秃头幺素的遭遇相较，这点小小的挫折，根本算不了什么。续行既不可能，索性让大伙儿将重要物品埋藏起来，安排歇息。怕旌节有失，将其包好插入腰间，并派范佑铭、陈尚斗二人值夜。又为议事方便，与几位副使与参军宿在一处。

黎明前，是人们最易犯困的时辰，范佑铭、陈尚斗的眼睛，早已捉对儿打架，眼皮如千斤之重，不久之后亦去了睡乡。而尤其糟糕的是，手上捏的哨香香头，由于夜雨刚过，露水太重，以致熄灭。

使节队西行以来，一场巨大的灾难，正向他们悄然迫近。

一支由因突部落与噶弘因部落组成的骑痞，昨夜因天气缘故，露宿于距小沙丘二十里远的地方，清晨醒来，准备由此游荡回程。

这是一支一百多人嗜血成性的强盗队伍，年纪均在三十岁左右，个个精力充沛，骑术精湛，善使弯刀，敢于拼命，视被掠者的生命如牧场上之羔羊。其头领人高马大，壮若牛犊，常年戴一顶狐狸皮帽，身披狐狸皮大衣，红色胡髭，满腮成卷，配一副绿油油大眼珠，活脱脱人间恶煞凶神再现。加之又系噶弘因土司的胞弟，在这一片草原上无恶不作。一般牧民见了，皆能避则避，避之不及，只能作服帖状。前些年，尚有胆大的汉、匈商人往来，自有红毛为匪之后，商贾便就绝迹。这红毛骑痞为掠夺财物、奴隶，便向更远的地方流窜。此次窜入东南十数日无果，准备返回西南噶弘因部落，补充水与食物之后，改向南边寻找抢劫对象，孰料在此遇着大汉使节队。

草原骑痞虽不像匈奴军队那么训练有素，但也各有各的习惯做法。这红毛匪首出发前，必派十数骑哨马在前探路，行劫前必听“军师”意见，打劫时必由自己下令。至于赃物的分配，则按地位高低、出力大小决定。若表示不平或有背叛，

轻则逐出骑痞队伍，重则予以格杀甚至将其全家斩杀。所以，一旦成了骑痞，便成亡命之徒，直到战死或身负重伤，方能结束骑痞生涯。而骑痞从军，亦为常事。这就决定了汉、匈之间的战争性质，汉军实质上是在和骑痞式的军队作战。

红毛匪首的“军师”却生得甚是猥琐，一副尖嘴猴腮雷公模样，再配以佝偻的胸背，直似阴间小鬼。但其生性狡诈，为人阴险，且有纵跳如鼠的避险功夫，深得红毛信赖，每次劫掠，必定对其言听计从。劫毕，获赃亦最为丰厚。

红毛匪首之十数骑探马本已越过小沙丘，并未发现沙窝中的人马。哪知刚刚走过，突听沙窝之中传来一阵马儿的嘶叫，其声响亮而又急迫。匪首探马头领立刻掉转马头，悄悄越过一座沙梁，向沙窝中偷窥，见有六十余人马尚在酣然入睡，遂不予惊动，悄然退下，而后向紧随其后的红毛匪首飞报情况。

使节队中，缘何有马嘶鸣报警?

这得从驯马师陈尚斗说起。使节队出发之前，陈尚斗即向张骞进言，使节队不能缺了久经战阵的战马。因为有了这样的战马，就有了三大好处：其 一，战马胆大，有了它们，其他战马也会变得胆大；其二，战马机警，遇险必有异动，如暴跳、嘶叫，向主人示警，让主人有所警觉与准备；其三，战马镇定。并出主意，让其向李广将军索要，以其与李广的关系，十匹八匹要不着，三匹五匹总会有的。

张骞觉得主意不错，心中琢磨，也只有向李广求告，结果要来三匹战马，连带自己与夏宏、任扶的坐骑，计有六匹经过战场厮杀的战马。平日里，陈尚斗将这些战马视如自己的性命一般，处处予以呵护。

第一次，有两匹战马示警，堂邑父与公羊鸣执顿时醒转，睁眼一看，似无异常，遂又阖目。那战马见敌方遁去，亦停止了嘶叫。

而此时，红毛匪首之探马，正向红毛飞报情况。

“你们看清了，那些人是遛货的？”红毛问道。

“看清了，除了坐骑，其他驮马皆有货包。”

“是汉人，还是族人？多少人马？有无武器？”雷公“军师”问得详细。

“看装扮，看长相，似为汉人。人数不多，五六十人左右，手边都有刀剑。不知何因，天已黎明，却都还在酣睡。有马儿十分警觉，我等刚一露面，便大声嘶叫。我们怕有惊动，立刻悄悄退下，急忙转来报告。”探马头领回道。

“事不宜迟，应乘其熟睡之机，赶快行动。我意先悄悄接近，待上到沙丘之梁，而后一个俯冲，以奔马践其于梦中，争取在首轮中毙其一半。待其余者惊起反抗之时，恰巧为我马刀所能劈及，转身第二轮挥刀劈之，则所剩无多，便可活捉，成我之奴隶。”雷公“军师”拿定主意。

“此主意甚好，就按此办法做去。伙计们，发财的机会到了，让这帮汉人好好享受一下死亡的滋味！”红毛匪首说得兴高采烈，众骑痞亦欢腾不已。

骑痞策马刚登上沙梁，陈尚斗身边战马又开始嘶鸣。堂邑父、公羊鸣执又一次惊醒，睁眼间，敌骑已刮风般地冲至眼前，二人慌忙间踹醒张骞、秦自乐、任扶诸人。急切之中，已来不及上马厮杀，皆持枪挥剑以步战迎敌。堂邑父、秦自乐端怕张骞有失，一前一后连杀数敌。张骞见敌三倍于己，即以提纵之术，挥起重剑，拦腰连斩近身之敌，顿时，污血、肚肠抛洒满地。同时，声若半天惊雷：“尔等休要管我，赶快救起其他兄弟！”

一干骑痞见此人武功之高，气势之凶悍如此了得，着剑者未及一合便身首异处，皆惊愕不已，只团团围住，一时不敢近身相拼。而张骞等人乘敌惊愕瞬间，全都跃上战马，立刻勇气倍增。堂邑父、秦自乐等见张骞威风凛凛，杀敌如割草芥，遂心无挂碍，放胆拼杀，救起若许队员，免遭骑痞二轮屠戮。

对于秦自乐，这是真正的首战。他目光尖利，动作迅疾，左手利剑、右手尖枪，将秦家功法发挥得淋漓尽致，到了登峰造极的地步。他不再顾及死于非命的队员，专找再次行凶的敌骑下手。他左剑右枪，敌骑只要被他盯上，那就是死神降临。三丈之内，可飞离坐骑，以剑斩其要害；三丈之外，则以飞枪夺其性命，而后夺敌之刀，回首杀却迫后之敌。往返冲杀，剑枪滴血，骑痞倒地瞬间腔管中喷出的污血直达数尺。不过盏茶工夫，秦自乐前后左右，已躺下十数具敌尸。

骑痞们见又是一个恶煞挡道，不由大惊。大惊之后又复大怒，数名骑痞强手，立即加入了对秦自乐的围攻。而被秦自乐救出的队员，随之与其并肩而战。这些队员个个武功不低，面对这群亡命之徒，皆无惧怯，杀得围攻骑痞奈何不得。

渐渐，秦自乐这里亦形成一个战团。骑痞们难以攻入，秦自乐急切间脱身不得。

红毛匪首随即调拨人手，加强对张骞、秦自乐诸人的围攻。

这一着，当即被堂邑父瞧清。

再说堂邑父，为吸引更多敌人，减轻张骞、秦自乐、任扶、公羊鸣执及其他人的压力，亦将刀法发挥到极致，主动追敌、杀敌，使之刀刀不空、处处见血。骑痞们见这高大匈奴汉子神勇无敌，刀光快似闪电，不知他和这帮汉人是什么关系，个个心惊，不敢上前。堂邑父乘机掣出强弓粗箭，一次三支，向红胡髭狐狸劲射而出。

这骑痞匪首正错眼不瞬，紧张地瞪着那个重剑汉人——张骞，将他的喽啰砍瓜切菜般一一击杀，而他的手下竟无还手之力，不由狂怒不已，又加派人手，上前围攻。

此时的张骞，眼见一个个队员被敌纵马践踏，尸陈于地，那种悲愤痛惜之情，早已壅塞于胸，泪烧欲燃。从军十几年，打过不少恶仗，都没有像今天这样，让他对敌有过这般的切齿痛恨。自身的安危他已全部忘却，心中唯存一念：救友、杀敌。一套青锋宝剑七十二式，向敌悉数使出。敌痞见其剑式怪异，神鬼难测。刀与剑相击，无不虎口震裂、马刀脱手，尚在惊愕，便脑袋搬家，肠肚外溢。纵使匪首加派喽啰，亦不敢近身攻击。

红毛匪首正欲纵骑，前去对付那挥剑汉人，冷不防三支粗箭，带着疾风，如钉墙般，同时钉入面门、胸膛和下腹，直贯而出。三支箭头从后脑、肩胛与腰脊齐齐透过，似三枚长钉，丁零当啷，带着鲜红滴沥的脑浆血肉。红毛匪只说得一句“好箭法”，便呜呼哀哉，倒栽马下，圆睁着两颗绿眼珠，瞪着满天霞光的太阳。

那雷公“军师”大吓之下不由大怒，死了红毛匪首，他无论如何，也无法向噶弘因土司交代。这场劫掠，便做成了折本生意。今日即使拼去一半喽啰的性命，也得把这射箭匈奴大汉或者生擒，或者割下他的人头，让其为土司的弟弟偿命。当即，便调遣了三十名骑痞，下了死令，即使全都拼光，也必须将这对头擒杀。同时，派出快马，向土司飞报此间情况。

堂邑父见大群骑痞蜂拥而来，正中下怀，遂拍马向北，装作疾驰逃窜的样子。一边近砍远射，一边给人以慌不择路的印象，使一干骑痞追击有“望”。于是愈追愈远，至日上三竿时辰，已离小沙丘百里之遥。后来便敌慢则己慢，敌快则己快。待到水和干粮用完，则反客为主，杀敌劫其水袋、肉干以食。到向晚时分，骑痞仅剩五六人尾随。堂邑父怕夜间有变，又连杀三骑，剩下三骑如惊弓之鸟，急急

回逃。堂邑父也不再追杀，择一避风处，即坐下歇息，心中兀自挂念张骞、秦自乐等人的情况，不知使节队死去了多少个弟兄，亦不知活着的人是否脱离了险境。挨至后半夜，终因放心不下，又摸黑返回。荒漠之中，孤身只影，相伴者仅是疲累不堪的马儿。他心疼这随他出生入死的伙伴，大多时候，只是牵着马缰，偎着它的脸颊，缓步行走。

此次自然无迷路之虞，不时倒毙的骑痞尸体，成了最明显的路标。当然，间或草原狼的光顾，堂邑父亦用不着惧怕。他了解这些畜生，它们并无骑痞那般贪婪，只要有现成的新鲜人马尸身，又何必对活着的人马大动干戈？

堂邑父完全可以心埋悲痛，回到草原故乡，侍奉年迈的母亲，与守望的妹妹娲霞、情人珀莉团聚，恢复他甘父的姓名。可是，对张骞、秦自乐的牵挂，那种铁血感情已成了他一生深入骨髓的肺腑之念。一日离开，便一日心绪难宁。他毫不犹豫，向小沙丘返回。如若不见，即使踏遍草原，也得将张骞等人寻着。

且说任扶、公羊鸣执二人，一见张骞、秦自乐、堂邑父吸引了大部敌人，即刻分头为孤立无援的队友助阵，帮其脱离险境，逐渐互为依托，与敌周旋，伺机灭之，并为尚未抢到坐骑的队友争取时机。渐渐，又形成几个小的战团，使敌之第三轮冲杀未能得逞。而在敌首被甘父射杀之后，双方渐成均势，且向此长彼消之势发展。一直斗杀到日中时辰，骑痞们不但捡不着便宜，且随着伤亡的增加，呈现出颓败迹象。

秦自乐虽面临险境，遭强敌围攻，却未尝忘却小妹夫安危。一瞥之中，见由天际业已脱困，于马背上时离时坐，将“小尖尖”“小钩钩”使得呼轮飞转、如花似锦，便知其无须担心，唯有一往无前，追敌、杀敌即可。

若说这由天际能侥幸存活，并毫发未损，全托范佑铭机警。是夜，范佑铭与陈尚斗当值，不料警香熄灭，二人尽皆睡着。马儿第二次嘶叫时，陈尚斗首先惊醒，见敌骑纵马而来，一脚将范佑铭蹬醒，范佑铭瞥眼看到一匹敌马踏向身旁熟睡之由天际，便提足将其踹开，一刀劈断敌之马腿，在敌倒地顷刻，一刀从后背捅入。其后紧跟之敌收势不住，两骑相继栽倒，范佑铭依样画葫芦，两骑痞随之一命呜呼。范佑铭乘机将由天际搡上马背，另一马由王兼骑了，自己与陈尚斗跨上两匹报警之马，四人成一战团，使十余骑痞奈何不得。

看着命丧敌骑之下的队友，范佑铭、陈尚斗深悔值守误事。二人拼尽全力，不顾生死，只顾杀敌、救人。由天际、王兼亦见形势险恶，不敢掉以轻心。由天际则更多了一些心眼，也不吹口哨，双目不离范、陈二人左右，倘有敌骑实施偷袭，便即纵跃以“小尖尖”戳其面颊、喉管。骑痞视之，唯见黑影飞掠，形若鬼神，过之则必有人倒栽马下。

一些骑痞，竟至生惧。

间隙之间，四人又救起苏疾、杨柏、孟慎、赵无偏，八人联手，其势倍之。

眼见这批骑痞劫掠之算即将落空，冷不防斜刺里又窜出一彪敌骑。

这拨人马大约一百余骑，系噶弘因土司的看家骑士，曾数次南侵，深入汉地，进行劫杀抢掠，都是历经战阵的兵痞，其战术、战力远胜过这帮骑痞。噶弘因土司得知其弟被射杀的消息之后，立即派出最精锐的部落骑兵，飞奔而来，务必将“凶手”及这帮汉人悉数擒杀。

敌骑统领系一百夫长，武艺精湛，并知用兵之道。临阵察之，见汉人各自为战，并未聚团共进退，当即调拨人马，予以分割包围。

张骞此时已知用兵失误。因变起猝然，一切始料未及。开初以为对付草原骑匪，各自为战，可分其势，待机灭其一股，再图余匪，怎料敌方平添久经沙场之生力军。己方队员已与骑痞缠斗多时，以己之疲累再战凶敌，纵有三头六臂，亦胜算无望。敌既以己为重点，为今之计，只有杀出重围，先期脱困为要。

主意拿定，便向秦自乐打了个“呼哨”，捡起石子，连中前后数敌，手挥青锋宝剑，拍马向西，冲出包围。听得后面有敌骑追赶，亦不回头，只以石子向后击去。

然而，后面的敌骑尽管不时有人落马，却紧追不舍。张骞宝剑的蓝光、背后旌节之上五彩斑斓的彩光，在太阳的照耀之下，显得无比的鲜艳夺目，使追敌以为那是罕见的宝物，见其又是单人独马，所以更加拼命狂追。夕阳之下，几匹人马的影子像狂风刮起的黑色布带，被拖曳得很长很长，似乎飘飞到了半空。

张骞所乘坐骑经一日战阵，早已疲累，汗液直滚。渐渐，两三敌骑已经迫近。张骞觑眼一瞥，见一敌人手挥长棍，两敌高举弯刀，相距已不及两丈。他一摸口袋，石子没了，遂去摸腿上所别小刀，不料马尻中敌暗棍，张骞被仰面掀在地上，紧

接，一敌挥刀砍来，张骞就地一滚，一个鲤鱼打挺，剑尖自下而上戳入敌之前胸，从后背而出。张骞脚蹬敌尸，正在拔剑，另一敌抢了旌节，回马即逃，那使棍之敌亦即相随。

匆忙之间，张骞纵身跃起，夺一敌马，欲夺回旌节，只听“嗖嗖”两响，两敌应声倒地。

原来是秦自乐恰巧赶至，飞掷两支短枪，将旌节夺回。

敌骑见三人失利，又有五骑飞驰而来。

秦自乐早已捡起敌之长棍与两把弯刀，又取回了短枪，候五敌骑迫近之时，瞬间掷出长棍、弯刀，毙敌三骑，张骞亦以小刀，飞插一敌喉间。余下一敌见势不好，即刻逃命而去，其速之疾，犹似狼奔豕突。

其后再无敌骑踪影。

张骞、秦自乐二人稍事喘息，走了不及五里，后面又追来两骑。

见只有两骑，二人索性驻马以待。若是敌骑，不足为惧；若是赶来的队员，岂不正好。

两骑渐近，果然是使节队宋石、宋木兄弟。二人一见张骞、秦自乐，紧张顿失，精神一懈，竟自一下跌坐于地，双臂抽动，放声痛哭。

张骞便即下马，双手抚着二人的后背，泪水亦潸然而下。秦自乐兀自向远处张望。

从宋石、宋木时断时续的叙说中得知，在骑痞第一轮践踏中，使节队有十四人死于马蹄之下，在后来的拼杀中，又有十几名队友死于非命。抱团争战的由天际、王兼、范佑铭、陈尚斗、苏疾、杨柏、孟慎、赵无偏八人，他们二人与容南、容北、先偃、商禾、朱厚良和孙治瑾八人，亦被后来的匈奴骑兵赶得七零八落、四散而奔，不知去向。另有十余名队员包括任扶、公羊鸣执等，境况与他们亦相近似。只是那匈奴骑兵并不分兵追赶，独独只对张骞大哥尾追不舍。我们兄弟二人见此，便远远尾于敌后，等待时机。张大哥、秦副使果然了得，十余敌骑杀得只剩一个。我二人乘机捡条漏网之鱼，以免其贼给那些匈奴杂种报信。可惜那匹敌马认生，蹿跳欲逃，我等怕老马识途坏事，遂一并杀之。话到后来，二人亦渐止泪，并从马背上卸下若许水袋、干粮，道：“都是沿途捡来的。”

张骞听罢，心似刀割一般痛楚。凌晨还是完好的使节队，突遭骑痞偷袭、复逢敌骑攻击，一天不到，使节队便惨遭灭顶之灾。一半队员为国捐躯，死于异国他乡；一半队员被彻底打散，生死未卜，不知去向，身边仅余三人。

他引颈张望，冀求再有队员到来。

然而夜幕渐沉，并无人影。莽莽沙野之中，是无边无际的寂静，只有燥风不时刮来，带起一些絮草，飘飘摇摇从眼前飞过。

他强压哀痛，哽声道："且找避风处暂歇，明晨再作计议，设法与生还兄弟相聚。"

遂又走出两里之地，至一小沙山，入其山坳，见其隐蔽，即下马，解下饲草，以水淋湿，先喂马儿。而后饮水，啃食干肉。

秦自乐、宋石、宋木嘴对水袋之口，连喝带呛，一袋水顷刻去其大半。然后塞了袋口，咀嚼干肉，嚼着嚼着，一个个竟自相继睡去，手中兀自拿着干肉。

见秦自乐衣着单薄，张骞即取了夹衣，与其盖上。心中怜惜，几欲垂泪。

六天之前，这位结义兄弟还是峦芳洲的大王，过着尊贵无忧的日子，而今却沦落如此，其忠其勇，其侠其义，可谓惊天地，泣鬼神。还有这宋石、宋木昆仲，凭其技艺，在中原过着富足的生活，只是为了完成国家皇命之大任，舍妻离子，无怨无悔，追随使节队。还有义弟甘父，身为异族，却义无反顾，成为使节队出类拔萃之人物，亦是自己最得力的帮手之一。白日之战，灭敌酋，斗群魔，以一骑对三十余骑痞，其英雄之气概，让人敬畏；其舍生忘死之情，使人震撼。面对众多凶敌，亦不知生死若何。还有任扶、公羊鸣执、杨柏、孙治瑾、范佑铭、调皮蛋由天际等等，都一一在张骞面前呈现，他希望他们都还活着，有重新团聚的时刻。

使节队之使命，再难再险，也得完成。

他开始检讨自己，夜行晓宿的决策是否一大失误。

如若按照正常行旅，晓行夜宿是为正理。这样，即便遇着打劫骑痞，亦可从容应对，不致遭到偷袭，第一拨让那么多队员殒命。

是值守人员失职？细究并非根本，根本原因仍是"夜行晓宿"之策。这种决策违背了人之生活常理，偶尔为之可能无碍，连续为之，必难承受。

张骞暗自深谴，大悔之后又复大愤：匈奴不灭，民无宁日，国无宁日，即使肩负和平使命的使节队，亦遭罹难倾覆之劫。

生命既在，使命不歇。西域之行，纵即四人，亦应一往向前。

意念一定，张骞便挨紧秦自乐，阖目睡去。

一天的厮杀拼斗，四人早已疲累乏极，一旦入睡，惊雷亦难震醒。

也不知在什么时候，张骞忽然感到周身难受，双臂一挣，却被缚住，再一睁眼，天色将明，四人全被捆了个结实。

周遭，三十余名敌骑开始挥刀欢呼。

一般棕绳、麻绳，张骞可以将其挣断，可捆绑他们的全是皮绳，对他尤其看重，皮绳更粗、捆得更紧。

看到秦自乐、宋石、宋木被绑，米粽一般被敌骑狠甩，他不由目眦欲裂，狂声叫道："有种的，尽管朝我来！"

这真是：

刀锋剑戟不避，首开万里西行荆棘路；
为国捐躯，英雄鲜血，志士头颅，
为了使命，生命就此一役一度。
踏过了狂沙暴雪荒原，又何惧凶敌强虏！
身遭危境，足蹈仇酋，意犹坚守，
从此又一番磨难，又一程苦斗！

欲知张骞众位英雄又历何险，请看下回后续。

# 第三十二回 嘈弘因土司欲逞凶残 使节队正使救友说真

且说在数千里之外的张家集，该月二十六日晚间，天尚未明，周重军营的后院里，一盏灯光便倏然亮起，将窗棂外湿漉漉的地面，照亮了一大片。

入夜之后一个多时辰的暴雨，使军营地面形成了无数小河，伴着雷声，在军营四处哗哗作响。由于后营地势较低，水流注入排水沟渠时，发出“空嗵空嗵”震耳的声音。周月英入睡之后，未及阖目，便陡地开始心绪不宁，加上暴雨之中的水声、雷声，那种莫名的不安，更搅扰得她心生焦灼。

去年春末夏初，自张骞离开城固之后，本来希望年关时能够聚首，并圆房成亲，孰料带回来的是一册书简。称其正使责任重大，要趁年关为使节队做事，做应用杂物准备。成亲之事，只能等待出使回朝，完成皇命之后，再行论及。言辞之间，极尽谦恭，极尽情意，亦极呈无奈，唯望能予宽宥。云云。

接到书简，已是腊月二十八日。看罢书简，周月英极度失望，万千恳切言辞，亦不及当面倾诉衷情。她突然产生一种冲动，既然张骞因皇命身不由己，那么自己去长安与他相会好了。

于是，傍晚周重下营后，她掀开父亲寝室的门帘：“父亲，既然张骞因要事不能回家过年，那我去长安找他。”

周重吃了一惊，按几而立：“月英，你说什么？你去长安找张骞？就你一个人去吗？”

“没错，就我一个人去。父亲军务在身，无将令不得擅离，而且年关安全更其紧要，须得提防匈奴人乘机入侵作乱。婆母年事已高，又道路艰险，纵使请得健夫相送，亦难避沿途颠簸。女儿乃习武之人，不怕它山高雪厚、贼人剪径。”周月英语气坚定。

周重心中暗叹，可惜月英是一女儿身，以其英武爽直、做事干脆利落之性格，倘若是一男孩，建功立业当不在自己之下。他不能像一般人家那样，以长者的身份压制尚未出阁的女儿，忖度再三，委婉道：“月英，你知为父秉性，并不拘泥于礼教，婚姻大事，向以你之意愿为准。若论张骞，确为难得佳婿。为父原来以为，以彼之品性、能力，无论在军中、在宫中，定能有所建树，孰料被新皇钦定为出使西域之使节队正使，此一去，尚不知何年何月才得回朝复命。而人生苦短，年华易逝，女儿有此之念，亦属常理，为父本该应允。可你想过没有，你若与张骞已经婚嫁，你为寻夫而去，世人谁能说你半个不是？反会作为美谈。可你现在还是待嫁女子，即就将一切俗礼抛开，也无双方父母均不到场、自论嫁娶之理。张骞既为正使，可谓国人注目，此等做法，岂不陷张骞于不孝？你让张骞又怎么去号令使节队，从而完成所负皇命重任？”

周月英低头，用脚跐地：“是女儿虑事不周。”怏怏转身而出。

月英出得门来，尚听父亲不停叹息。

绝了只身去长安的念头，月英显得郁郁寡欢。倒是周重，心疼女儿，又无计可施，索性破了常礼，让女儿去白崖村，与张母一块儿过年。

自此，周月英在军营日少，在白崖村日多。周重让女儿顶了个闲职，应卯只是个样子。

张母王氏自是十分高兴，欲另辟一室，作为儿媳的起居之所，月英却道：“婆母何须劳神费力？我就在张骞寝室里歇息即可。”

在张骞离家之后，周月英隔三岔五，常来看望张母。每次来过，都必到张骞寝室看看，坐坐，翻阅房内所存书简。尤其张骞留与她的《青锋剑谱七十二式详解》，可谓百读不厌，每看都必有所得，剑术并由此得以大进，令父亲都大为惊讶。

久之，月英发现，无论她何时来此，房内地面、墙壁，包括大小物件，都收拾得整整齐齐，干干净净，好像张骞刚刚外出的模样。月英知其系婆母所为，由

此知晓婆母思子之心何其深沉，又何其厚重，比之自己对张骞的思念，又是一种别样的况味。她由此遐想，与张骞成婚之后，倘能育得一男半女，那时老之将至，怕也是这般，甚而有过之而无不及。

张母没料到这尚未过门的儿媳如此开通，心里异常感动："我怕别人闲话于你，说我不明事理，想儿媳想疯了，做事没了规矩。"

"没事的，婆母。是您老人家想多了。我与张骞，将来不仅是夫妻，更是知音，一般人哪里懂得。再说，我在这屋里看东西方便，也格外安心。"周月英笑道。

"那就依你。"张母应道，随之，又露出若许怅惘，"也不知骞儿甚时才得回家。听别人说，西域在很远很远的地方，要经过许多荒原、雪山、大漠，一走几百里、上千里没有人烟。没水喝，没饭吃，还得时时提防匈奴人行凶作恶，真让人为他们担心。"

"您老放心，您和我是他最亲的人，他想我们，可能比我们挂念他还厉害得多。但是出了门，就不由人，许多意外之事，稀奇古怪的事，他们都会碰上。但他们是从全国各郡县英雄中选出来的英雄，他又是使节队正使。我相信，不管什么难事、危急之事，他都能对付。"

话是这么说着，周月英心中却犯嘀咕。西域之行，万里之遥，无前人可鉴，无路径可循。张骞作为首途探路者，需要多大的勇气，多少智慧！而最让人挂心的，还是出没无常、凶狠残暴的匈奴敌骑。使节队纵然个个英雄，但以张骞的品德与性格，当同伴遭逢凶险时，绝对会挺身而出，予以维护。

可是这种担心，她不能说。

偏偏，六月二十六晚间，陡然而生的不安，却让她异常的焦躁、忧虑。

如若从使节队四月二十八日出发算起，几近两个月的时间，再难、再险，也应该走出了匈奴地界，可心中缘何陡生不祥之兆？而且感应是如此强烈？

她不知张骞所在何地，身在何处，但从未有过的直感告诉她，张骞正在危境之中，性命堪虞。她急于想见到婆母，探探婆母的境况，是否亦有此感应。

周月英草草抹了把脸，拢了拢头发，穿了一身便装掩门而出。拐过屋角，见父亲的房间仍然黑着，稍一驻足，随即折身去了马厩，牵出自己的坐骑，至营门下马，对值星官道："点卯时烦请告诉周将军，我去白崖村张家了。"那值星官

早已习惯周月英的做派，回道："下官晓得。小姐这么早出去，肯定有要事。只这会儿天凉，小姐须得注意。"

周月英嫌其啰唆，应了一声，出营门便跨马疾走。

四周仍然漆黑，天阴沉得像倒扣的铁锅，马蹄声惊得青蛙下饺子一般，扑通扑通跳入稻田。亏得是条熟路，凡岔道口马儿便会自行选择。走了大约五里地，远处听到几声狗吠，接着，公鸡开始鸣叫，东边也抹出一线亮白。

虽是三伏天气，周月英仍感到周身沁凉，加上马儿兜起的凉风和心中的牵挂，不禁接连打了几个寒噤。她见天气尚早，怕婆母尚未起床，遂让马儿放缓了步子，慢慢地踢踏而行。

渐渐，四周皆呈亮色，一望无际的稻田，有的正在抽穗，有的已开始散籽，稻穗和谷粒仍与稻叶一样，一片青绿，而张家院子已遥遥可见。

马儿极聪明，似乎知晓主人的心情，一见要去的地方就在前面，立即嘀里嗒啦一路小跑。

马儿刚进院子，大门便即"呀"的一声启开，同时听得张母叫道："月英，这么早就来了。"

周月英叫了声"婆母"，即滚鞍下马，瞥眼一瞧，见拴马桩旁边早已为马儿备好了草料，心中不由一个激灵，这么说，婆母早已知晓她绝早要来了，婆母的直感甚至比她更其强烈！她细看婆母，眼圈泛红，似有泪痕，周身的衣着，也像一夜未脱，不是刚穿上的样子。

张母欲出门相迎，刚迈门槛，便打了个趔趄。周月英一个箭步上前，赶快将其扶住，又叫了一声"婆母"，进屋坐下，才又道："婆母，您没事吧？"

"昨晚我一直心慌眼跳，坐立不安，总感到骞儿他，骞儿他……"张母忽然悲恸不已，双目迸泪，泣不成声，断断续续道，"我知晓你和骞儿感情之深，非常人可比。骞儿如遭不测，你肯定有所感觉，果然你早早地就来了。我的骞儿呀，你，你……"说着说着，便哽咽难言。

周月英不得不按下心中的痛楚，安慰婆母："婆母，您是太想骞哥哥了，因为极度思念所致。以骞哥哥的智慧、武艺，以及过人的坚强忍耐能力，天大的事情，他也能从容应付。再说，跟随他的，全是天下英雄，人人非常了得，他怎么会有事？

即使遭遇到什么不测之事，以骞哥哥的机智为人，那难关总会过去。婆母想想，天下那么多智能之士，朝廷为什么偏让骞哥哥担任正使？这不说明他有逢凶化吉的本领嘛。我今日早来，是因为昨夜大雨，怕家里有什么地方出现渗漏，放心不下婆母，不是因为别的什么事情。”说着，她也坚信，张骞可能遭逢极为凶险境地，但性命暂可无虞。

“果真如此，当然甚好，只怕万一……”张母止泣，心仍似乱麻。

“婆母且请宽心，若有机会，月英当到塞外寻他。半年不行，就一年；一年不能，就两年。月英纵使千难万险，也要寻出一个结果！”周月英毅然说道。

数年后，周月英果然随讨匈大军去了塞外。不幸的是，出塞二十七天，便身染时疫，病殁于途中，到底未能与张骞见上一面，实乃终生憾事。此为后话，不叙。这里且接上回相述。

一干敌骑放下对秦自乐、宋石、宋木的摆弄，围向张骞。一高个红毛绿眼珠敌骑似是首领，提马绕着张骞转了一圈：“你这个南蛮汉子，刚才在说什么？”

“若是草原雄鹰，敢不敢放开我，我们一对一——不，一对五，杀上一阵？这样偷偷摸摸趁人不备下手，算什么雄鹰？顶多算作羯羊。”张骞知匈奴人尚武，崇拜英雄，故意用激将法，以作公开决战。因是番语，敌骑听得十分明白。

一些敌骑哈哈怪笑：“特鲁乌达土司大人，这南蛮把咱的话倒是说得流利。他说咱们是一群羯羊，不是雄鹰，你可同意？”

那个被称作“特鲁乌达”的土司并不生气：“狡猾的汉人，他在用激将法。大家说，我能不能上当？你们且看看这把宝剑，谁能使上几个回合？我敢肯定，死在这把宝剑之下的骑士，不在少数。否则他敢说以一敌五？”随即，将刚偷缴的青锋宝剑从马背上托出，试了几下，未能打开，于是带着剑鞘舞弄了几下，因其太沉，又置于马背之上，“回去交与部落第一勇士，且看他是否用得上。”又对捆在地上的张骞道，“你第一句不是这样说的。敢不敢把你第一句话再说一遍？”

见激将无效，但救友要紧，遂大声喝道：“匈奴鼠辈，洗耳听着，杀人不过头点地，死则死耳，死有何惧！有种的，尽管朝我来，让爷领教领教鼠辈的招数！”

“你这南蛮，真是活得不耐烦了，敢骂我们匈奴汉子为鼠辈！不过，想死可

没那么容易。大伙儿说，咱先怎么弄他？”特鲁乌达紫胀了马脸，恶狠狠道。

“打羊栏，钉桩！”“扔草捆，码草捆！”“撵羊儿，叼羊子！”一干人七嘴八舌乱呼喝。

“撵羊儿，叼羊子，得放开他的手脚。不行，不行。先给他来个‘打羊栏，钉桩’！”

所谓“打羊栏，钉桩”，就是把人捆成木桩形状，然后双人骑马，将人抬到半空，向下使劲扔。这是匈奴人折磨奴隶的一种刑罚。如若地面硬结，受刑人体弱，往往会将其脚踝、腿骨震裂，甩折，最后扔在一旁，也不予医治，任其自生自灭。

听得头领如此吩咐，立时走出两骑匈奴壮汉，捉住绑在张骞身上的皮绳，高高提将起来，准备向地上直直夯去。

“且慢。只我等观看有甚意思？把那三个南蛮一块弄来，让他们也来看看。”特鲁乌达阴声笑道。

“土司大人说的极是，让他的同伙一块儿看更有意思。”于是，又将秦自乐三人弄来，扔在近旁。

秦自乐、宋石、宋木被捆得站不起来，也坐不起来，只能斜身躺着，眼睁睁看着匈奴人折腾张骞。

张骞背上的旌节，因匈奴骑士匆忙，未及卸下，故此捆时连同旌节一块儿被绑，加之在沙地上的揉搓，旌节显得不再那么鲜艳夺目。敌骑见是一根棍棍，还有一些毛毛，当是汉人的祈神用品，一直没有在意。张骞暗自庆幸，宝剑虽失，但旌节仍在，于是决定，不管匈奴人搞什么样的鬼名堂，都得保全旌节不致受损。

初，张骞不知“打羊栏，钉桩”要什么花样，及至被高高提起那一瞬间，他便明白，敌骑是将他像木桩一般，从半空向下夯。于是，在两匈奴壮汉正要向下用劲时，以一个千斤坠挣脱敌手，装作被夯的样子，故意向下一杵，然后侧身倒下。

两匈奴壮汉显得神情怪异，有些莫名其妙，而一干匈奴人谁也瞧不出其中的破绽。

唯有秦自乐，见此即刻放下心来。以张骞大哥的力道和武功，于机变中吃不了大亏。可宋石、宋木却不解奥秘，心“怦怦”直跳，叫道：“放下他，朝我们来！”

两匈奴壮汉又连续搞了两次“钉桩”，却感到这人一次比一次重了很多。第三次，两人刚将张骞提起，便觉得膀酸臂麻，沉似千斤，骑在马上，摇摇欲坠，

不得不松开五指，任由张骞自落于地。此时甭说用劲下夯，能在马背上坐得稳当，已是侥幸。

二人更是神情古怪，下马同时走近张骞，周身上下仔细瞧瞧，又用手指上下戳戳，见没有什么特殊，即用脚狠劲踢他的腿和肩膀，踢得两脚，又同时呲起牙骨——仿佛踢在硬石之上。

“特鲁乌达大人，此人有神鬼附体，不听摆弄。”二人向头领报告。

匈奴人信奉鬼神，特鲁乌达也已瞧出其中蹊跷，听得二人之语，即道：“押上，回部落。”

二人即将张骞抬起，如货包一样，俯身横担于特鲁乌达坐骑之后。而后群起呼哨，向西南方向疾驰。他们不但帮助了那些骑痞，还捉住了若干悍勇的汉人，并将其所有的马匹、货物缴获。大获全胜的感觉，让这帮骑匪兴高采烈，于是开始纵马而行。

这一番就苦了张骞。由于马儿快速颠驰，不停地起伏弹跳，不久之后，他便开始头晕眼花，胸部被挤压得几欲呕吐，大约三十里地之后，耳朵里开始轰轰作响，眼睛也充血看不清事物，只感到大地绿茫茫在无休无止地旋转。后来，他便闭实了双眼，并努力将上身挺直，心中唯存一念：只要旌节不损不失，仍可待时重整旗鼓。

将及中午，张骞被掀下马匹，同时被掀下的，还有秦自乐、宋石、宋木。

张骞仍闭着眼睛，一动不动。他虽有一身好筋骨，仍感到周身撕裂般地疼痛。他暗自庆幸，知痛就好。大凡习武之人皆知，某处痛感一失，便是不良预兆。侧身躺了一会儿，血脉刚一顺畅，便感到有许多人围了过来。有人大呼小叫，有人小声私语，大人小孩男人女人都有，无不怀着惊奇、感叹的神态。

他缓缓睁开眼睛，便听一小孩发出一声惊叫：“阿妈，这个人没死，还活着呐。”

“啊，活着就好，活着就好。你看把人捆得，像个木桩，上百里地，幸好没把人颠死。这些汉人也是，想发财连性命都不顾，何苦！这下好，财物丢光，还得当奴隶。”匈奴妇人不断地唉声叹气，又对那个小孩道，“去看看，那二个汉人是死是活。”

张骞将目光顺着小孩方向望去，发现不远的地方躺着秦自乐三人，都一动不动。

“他们的眼睛都闭着呐。”小孩叫道。

“试试他们的鼻子，看看有气没气。这些人，把人一扔，死活也不管。”妇人小声道。

“我不敢。”

一个老牧民蹲下身子：“这有啥不敢？活着呐，看样子还昏着。”

“这就好，这就好。连上午捉来的八个，这次就逮了十二个汉人了。这些汉人，个个年轻力壮，做什么不好，去什么地方不好，偏到这地方来活受罪。”又转身对一手拿胡琴的老人道，“达力诺，你走南闯北，走过匈奴所有的草原，你可见过这等汉人？”

“依我看，他们可不是一般的汉人。你没看见，这些汉人虽然被绑被捆，却没有一人乞求告饶，纵有伤痛，亦不哼一声，眉宇间，充满了凛然正气！”被叫作达力诺的人小声应道。

那妇人点头称是。一眼见到达力诺身旁的一位少女，又不无惊喜：“这是你的女儿卡帖娜吧？几年不见，长成了大姑娘，我都不认得了。若不是我那小子太小，我真想——”妇人突然看到土司领着几个武士直奔过来，立即噤声退向远处。

而张骞由牧民对话得知，秦自乐、宋石、宋木都还活着。而且，另有八名队员同时被捉。他心中不由一阵惭愧和激动：这八人是谁？他们受没受伤？又绑在哪里？

此时，特鲁乌达大步走来，分别向宋石、宋木各踢一脚，而对秦自乐尤狠。秦自乐已然清醒，虽然面部于途中被马鞍硌伤，左额滴血，但睄见土司腿脚起势，当胸踢来之时趁机借力连打两个翻滚，滚到两个牧民脚下。

秦自乐刚停，便立即听到一声少女的尖叫：“阿爸，我怕！”

“卡帖娜，别怕，有阿爸呐。”一个老人不疾不缓，十分镇定。

特鲁乌达倏地停下：“哟，达力诺，你的女儿卡帖娜长得好水灵，好漂亮哦。你们父女俩在噶弘因想要什么，尽管找我，保你们满意。歇会儿，且先看本土司杀人，可不许走！”

“谢土司美意，我们不需要什么。我们也不想看杀人，卡帖娜人小，胆也小。”达力诺道。

“我说看，就得看，全部落的人，只要在家，都得看！哼，跟你达力诺好说，是本土司喜欢卡帖娜，别不识抬举！”特鲁乌达突然变得凶狠异常。

“是，土司老爷。”达力诺小心回道，但神情仍很镇定。

特鲁乌达说了句“本土司的话谁敢不听”，便转身向张骞走来。他想一把抓起，以显示神威，不料薅住皮绳向上用力时，此人却重似千斤，他想起手下曾说此人有鬼神附体的话，遂连拖带拽，拖了大约五十余丈，在一处白色大帐之外停下，解开张骞腿部的皮绳，而后绑在一根木柱之上。

张骞方始站定，便听多人呼唤，有叫“大哥”的，有叫“张大哥”的。他不用细察，仅从那一个个稔熟的声音，便知是任扶、孙治瑾、苏疾、陈尚斗、容南、容北、沙里修和赵无偏。

他一时无从安慰，只依次向他们注视。他们与后来的秦自乐、宋石、宋木并行绑在一排木桩之上，各自相距不过三尺。唯他一人特殊，被绑于一侧，且木桩最为粗壮。可能是怕他力大拔柱而逃，侧旁还侍立着两名持械的匈奴武士，而其他十一人，只有五名武士看押。

土司则去了大帐。

正午的太阳当顶直射，帐篷反射的白光格外刺眼，倒是远方的草原，大片大片的青绿，似乎无边无际，而羊群就像天上的白云，在慢慢地飘移。张骞周身冒汗，口干欲裂，身上的葛布衣服已被撕裂好几条长长的口子，脚上的芒鞋，亦各断了一只鞋耳。他早已顾不上自身的一切，唯将目光贪婪地察看着这些幸存的兄弟。

而在不远的四周，密匝匝围着噶弘因部落的牧民，他们大多投以怜悯、同情的目光。有两个五六岁的小孩，端着盛有清水的羊角，向秦自乐、任扶等人走去。

“谁家的小疙瘩，不许给汉人水喝！”一看押武士欲上前阻止。

“为甚不许？这不是匈奴人的做法。人死之前，尚许说出三个愿望，何况只是一口水！”达力诺大声说道，许多牧民也跟着附和。

特鲁乌达一头从大帐钻出来：“吵什么吵，不知道本土司正在吃肉喝酒吗？”

看押武士道：“报告土司老爷，他们有人要给南蛮子喂水。”随即一指达力诺等人。

“哦嗬，达力诺你心肠好，先让卡帖娜陪老爷我喝碗酒如何？”

达力诺并不正面作答："尊敬的土司老爷，你是噶弘因草原上最伟大的雄鹰，过往的人谁不知晓？您的宽宏大度，您的知礼好客，我们人人都在传颂，您又何必跟下等人计较呢！"

特鲁乌达听得十分受用，可又不能就此顺了达力诺的意思："你们可曾知晓，这些汉人杀死了我手下多少勇士，连我的亲弟弟，也死在这些人的刀箭之下！"

"战场上是战场的事。尊敬的土司老爷，您完全明白，这与给他们水喝扯不上任何干系。何况，他们只是一帮到这里遛货的汉人，不是李广、程不识手下的汉军。现在，他们货没了，又都将是您的奴隶，若因缺水而渴死，岂不因小失大？"

土司无言以对，恶狠狠地撇下一句话："兄弟之仇，不能不报，待会儿我还要杀人！"

趁饮水的工夫，张骞用汉话一一作了询问。从而得知义弟秦自乐受伤之因，任扶先后杀掉三个骑痞，杀伤其中一个之后，因左臂负伤逃出，复遭土司骑匪擒拿；赵无偏躲过第一轮偷袭之后，以步战击退两骑痞的攻杀，后因腿伤被俘；苏疾、容南、容北、沙里修皆负轻伤；孙治瑾因为机敏，脱险之后便与陈尚斗逃出杀场，进了大漠，又因迷路，同时被噶弘因部落十余骑匪循迹赶来，二人一番搏斗，终因寡不敌众，遭其捆缚。所携药袋，敌匪见是草叶草根树皮，悉被扔掉。

陈尚斗泣声叫道："大哥，是我对不住大伙儿，失哨之罪，罪不可恕，尚斗万死难赎其一！"匈奴小孩举起羊角喂水时，坚决拒而不饮，只求速死。

"尚斗不得如此。如若追责，责在张骞，还轮不着你与范铁匠。是我决策失误，不该以昼伏夜行之策行之。眼下要务，应以保全性命为先。这不是怕死，是因我等皇命在身，只要一息尚存，就不许死，不能死！死有何难！引颈一刀而已。可要活着，就得准备接受诸般痛楚、万宗苦难，难道你们怕了不成？我等只要活着，就有希望。熬得住钻心般的煎熬，才是大汉英雄。此时此地，此情此景，张骞没有别的希求，唯望各位兄弟能渡过此难关，而后再做图谋。"张骞深掩悲伤，鼓励大家，坚强面对苦难，以做不屈不挠的斗争。

一番话语，使大伙儿又希望重启，不再唉声叹气，也不再显绝望之情。

"只要有大哥在，我等凭什么就没了活路，非得等死不可？"秦自乐大声道。

其他人亦精神一振，准备应对未知的命运。

卡帖娜很是好奇，刚才这些汉人还是垂头丧气的模样，怎的这大额头汉人一番话之后，突然都面呈坚毅之色？她很是不解："爸爸，那个壮实汉人——"她指张骞，"都说了些什么，那些汉人——"又一指秦自乐等人，"就变得勇敢的样子？"又再一指秦自乐，"那个生得很英俊的汉人最后又说的什么？"

"他们说的汉话，那个大额头壮实汉人，肯定是他们的头领，而且是非常了不起的人物。他在鼓励他的部下，一定要坚强地活下去，不能就此一死了之。最后那个年轻汉人是在向他们的头领表明决心，必须寻找活路，不能在此等死。"达力诺走南闯北，系草原上有名的歌唱艺人，说得一口流利的汉话。

"可是他们被绑得如此结实，土司老爷又死了兄弟，他会报复他们的。"卡帖娜担忧道，"他们好可怜啊。货物被抢得一干二净，还面临为奴的下场。"

"小声点。这话不能在这里说，小心被土司的人听到。你就没有看出来，土司没怀好心？"见女儿点头应允，又小声道，"听说杀死土司弟弟的，是一个大个子匈奴人，这里边没有。按匈奴人的规矩，报仇只能去找仇家，与他人无干。只这土司并非善类，许会做些违规之事。在噶弘因，好事坏事，全凭一时的喜怒哀乐，没人能予阻挡，我们早点离开为好。"达力诺拽住女儿，便欲离开围观人群。

一干匈奴牧民对这些汉人前后神态变化亦感惊异，有好奇者寻到达力诺，请予解说，见达力诺父女欲行离开，便相跟着追了上来。

这时却见几名土司武士持械拦截："大小人等，不许离开！"

"这里是我们的草原，我们居住的地方，我们回家有事，为何不让离开？"达力诺质问道。

"土司大人一会儿要在这里杀人，祭奠他的兄弟。全部落一千多户，在家牧民都得来此参加祭拜仪式。"土司武士面无表情，叉腿横立。

"凶手没有抓住，土司老爷杀谁？"达力诺继续质问。

"杀谁？当然是凶手的同伙。捉到了凶手，然后再杀！"

"匈奴人也讲以命抵命，难道想把他们全都杀死？"

"土司大人说了，先解心头之恨再说。至于杀谁，是都杀或先挑上几个杀掉，等会土司老爷出来之后，便就知晓。"

达力诺无奈，只得携着女儿，重回人群之中。他害怕女儿见到血腥场面，暗

嘱卡帖娜一会儿退后，不要睁眼，紧拽他的左手。

但达力诺与土司武士的对话，张骞却听得甚是清楚，并由此对匈奴普通牧民心生暖意。从牧民小孩持羊角壶送水，到牧民艺人父女的质问，到围观牧民同情怜悯的神情，使他觉得，劫掠成性、嗜血好杀的匈奴骑匪只是匈奴人中的另类，恰是这些另类，执掌着大批牧民的生死，使汉匈之间难以和解。因此更理解了使节队担负着极为重大的使命。只要一息尚存，就得拼争到底。他暗自决定，如若噶弘因土司报复杀人，他就亮明公开身份。从土司贪婪的欲求中，获得一线生机。

通过与任扶等人的交谈，以及自己掌握的情况，张骞初步断定，使节队里已有二十九人在匈奴骑匪的袭击中丧生，他们是：

蹇粟、唐忠佐、栾北荒、艾古、梁州嗣、滕广条、巩用、言原、汤二娃、庞常亥、马予、蒋八七、刘伦、尚在升、傅光、严放远、臣环、鞠无田、柳常、钱佑喜、李石头、路之岑、方壬、庞子庸、吕淦、郭殿士、雷少政、钟离帆、陈殿善

有十二人目前不知去向，他们是：

堂邑父、公羊鸣执、方峒秋、原有木、魏田林、石舛、尤习重、于起、陈名份、马大喻、冼老九、匡利

有二十人确定存活（包括绑缚在此的十二人），他们是：

张骞、秦自乐、宋石、宋木、任扶、陈尚斗、孙治瑾、苏疾、容南、容北、沙里修、赵无偏、王兼、范佑铭、杨柏、由天际、孟慎、先偃、商禾、朱厚良

由于自己的失误，一次就损失了这么多兄弟，张骞无法原谅自己，除了钻心般的痛楚，现在唯一能做的，就是一定得保全这些幸存兄弟的性命。

当然，仅就战力来说，若无后来土司骑匪的出现，仅仅那一百余骑骑痞，最终不会捡到便宜。其中八十余骑被消灭，二十余骑被杀伤，剩下三四十骑，仅他

与秦自乐，即可再歼灭过半，使节队虽折损惨重，也不致全体倾覆。

事已至此，复念何用。张骞目注大帐，只等土司将有什么凶狠手段。

张骞的镇定，让秦自乐、任扶等人胆气顿生。尤其秦自乐，仅仅数天时辰，便经历了山崩地裂般的变化，从一方土地的大王成了匈奴土司的俘虏，性命悬于一线。但他不悔，此生能有张骞这样的人做他的大哥，即便死了也值。

所有人都注视着白色大帐之门。

特鲁乌达吃饱喝足，手持一根粗长的马鞭，一掀大帐挂帘，醉醺醺走到帐外。

后面，两名土司武士挟持着一匈奴矮子，相跟走出。

卡帖娜小声问道："阿爸，那人是谁？好像不是汉人。把他绑出来干什么？要杀他吗？"

达力诺小声应道："这人是因突部落的，是那帮强盗的军师，因为生得尖嘴猴腮，人都叫他'雷公军师'，此人甭看其貌不扬，心肠却极坏，牧民都恨他，怕他，凡是杀人越货的勾当，都是他先拿主意。这土司兄弟俩也不是什么好人，兄当土司，弟当强盗头领，二人一明一暗，相互勾结，真是害苦了两个部落的人。"又张目一瞅，复道，"看样子，这土司是要先拿此人出气，同时向那些汉人示威。我看此人不会被杀，因为此人毕竟是因突部落土司的人，但一顿鞭刑，是躲不掉的。"

达力诺话刚说完，便见人圈草坪上土司大声喝道："将人押上来！"

二武士立即将矮子一把搡到土司面前，立定，站住。

"你是什么狗屁军师，我弟之死，你该不该顶罪？"

矮子跪地叩头，连连求饶："是小人的不是，但求老爷格外开恩，不要杀我！"

特鲁乌达阴笑道："你的性命比我兄弟值钱，还是比那些汉人值钱？唵？你说！"

"我的性命不值钱，可以后还有些用处。我会死心塌地地听候土司老爷的使唤。"

"哦嗬，骗我是吧？"

"土司老爷，我怎敢骗您。如果骗您，您再杀我不迟。"

"看在因突部落土司为你求情的份儿上，这次暂且饶你不死。但死罪虽饶，活罪难免，且先吃我三十鞭子，然后滚回因突部落！"说着，挥起皮鞭，便向那

矮子没头没脑地抽去，一阵噼里啪啦乱响，打得那矮子抱着脑袋呼爹叫娘。

打毕，又问矮子："你如实回答，杀我弟弟的凶手缘何没能抓住？是你派出的人手太少，或是人不得力？那人长什么模样，总该知晓。"

"回土司老爷，小的前来领罪时就已说过。事发之后，我曾派出三十精骑予以追击，并下了死令，无论生死，务必追杀到底。谁知凶手乃本族一射雕者，生得高大威猛，次次箭无虚发，硬弓粗箭，中者立即毙命，且刀风凶狠迅疾，接阵不上三个回合，追击者便一命归阴。三十精骑追了半夜，仅余三骑返回，据报此人已深入大漠百里，不知去向。"

张骞听得清楚，放下心来。以二弟之能力，眼下当已脱险。

"此人与这帮汉人是什么干系？"

"以小人看去，这人应该是这帮汉人的同伙，是匈奴人的叛徒，与这帮汉人关系非同一般。"

"滚回因突部落去！这里没你的事了。"特鲁乌达朝矮子屁股上踢了一脚。

矮子如临大赦，忍着疼痛，连爬带滚，出了人圈之外。

土司回头道："我知晓你们这帮汉人，有不少人会说我们的话。刚才你们也听得明白，杀我弟弟的'凶徒'是你们的同伙，且与你们的关系非同一般。本老爷现在给你们一次活命的机会。谁能告诉我，那'凶徒'的名字，住在什么地方，是我们哪个部族，家里有什么人，那么，我不但不杀，还立即放说话的人回去。我的话，你们听清楚没有？谁先说？"

张骞等人扬着头，一声不吭。

"没人告诉我，是吧？用你们汉人的话说，这叫'先礼后兵'，既然都不愿意说，那就休怪本老爷不给你们活命机会——来呀，先把这五个人拉出来，给我挖心掏肺，祭拜我那弟弟。"特鲁乌达点着秦自乐、任扶、苏疾、孙治瑾、赵无偏五人，恶狠狠地说道。

立即，上来十名土司武士，两人挟一人，将秦自乐五人拉至平时杀羊的木桩前，重新绑定。

五个土司府的刽子手亦手持尖刀，端着木盆，在秦自乐等人面前分别站立。

五名使节队员皆面无惧色，怒目圆睁。秦自乐首先道："大哥，我们先去了。

西行使命，惟望大哥替我们继续完成。”孙治瑾不忘本行，嘱道：“张大哥，一路之上，疾病伤痛应尽力避免。原谅治瑾，再不能为大家尽力。”任扶、苏疾、赵无偏亦各自相嘱。

“你们这些汉人，啰唆个卵。”偏过脸，又对张骞道，“看来，你是他们的头领。既是头领，你就眼睁睁地见死不救？你再不说，只需我的手向下一劈，你的五个手下可就立刻血溅当场，没得命了。”特鲁乌达一双绿眼珠紧盯张骞，阴沉沉说道。

“土司大人，我可以告诉你实情。如果要为了你的兄弟杀人，杀我一人足够！”张骞朗声道。

秦自乐大叫道：“大哥，你不能说，不能死！土司要杀人，就杀我们！”

任扶、苏疾等人跟着叫喊，不让张骞道出使节队实情。

人群中，卡帖娜悄悄说道：“最后那个人在喊什么？看样子，他宁肯被杀，也不愿连累那个壮实汉人。他还那么年轻，就这么被土司杀掉，实在太可惜。”

“啊，我的宝贝女儿，你也看出来了。这个人很勇敢，不但年轻，还很英俊。”达力诺道。

“阿爸！”卡帖娜显得忸怩。

特鲁乌达绿眼珠一转，又盯着张骞：“实情？什么实情？我不要你告诉什么实情。你想死，容易，但现在不行。且把你的妖术与重剑的事弄清楚再说。不过，我可以告诉你，我为什么要杀他们五个。我派出了本部落最勇敢的八十名骑士，仅四十五人生还。近乎一半都死在你们的枪刀之下，而这五个汉人杀人最多，当然，还有不少勇士死在你的重剑之下。”

“你们匈奴人应该明白一个道理，战场上拼杀，是你死我活的作战，凭的是勇敢、智慧与本领。而现在算什么？是你的勇敢，还是你的本领？我说要杀就杀我一人足够，那是有道理的，这是实情，可你又不愿意听。如果我将实情告诉你，你们的军臣大单于，定会赐你比现在更大的草原、更多的牛羊。”张骞回道。

土司走近张骞，绕圈儿看了两遍，有些将信将疑。这人是什么人？能让大单于给那么多的赏赐？若真是这样，那么这次袭杀受些损失，也太值了。

于是双眼直勾勾地再次盯着张骞：“本土司信你一次，你据实相告。”

秦自乐等人仍宁死也不让张骞告知实情。

“三弟，任副使，各位兄弟，张骞不是不懂，但眼睁睁看着你们平白受死，张骞办不到。”复又对着特鲁乌达，用番语一字一句大声道：“我乃大汉使节队正使张骞，奉吾皇之命前往西域各国，传达大汉的友情。不料来到此地，受到如此接待。土司大人你应该知晓，即使是敌国，两国来往，亦不斩来使。你若擅杀我们，因此挑起两国战争，那么大单于将会怎么对付你，恐怕届时悔之已迟。”

特鲁乌达大吃一惊：“凭什么让我相信你们不是遛货商队，而是汉朝使臣？而且，你就是使节队正使？”

“凭什么？就凭我背后捆缚的大汉皇帝旌节！”

这真是：

家亲人亲国亲，何解休戚相关意？
遭厄逢险陷困，英雄心胸澎湃忾悌。
慨然相视屠刀，舍己救友何须思虑；
纵使含垢受辱受死，依然是一腔报国正气！

欲知后续故事情节，且看下回分解。

# 第三十三回　沙丘暗夜六英相聚　凄凉陌地老人哀歌

特鲁乌达令武士为张骞解开皮绳，取下背后旌节，见外面套着帛套，那武士便去用力抓扯。张骞一见，当即大喝：“休得无礼。此乃无上圣洁之物，怎容如此粗暴对待！”张骞双臂因被捆缚得太久，困麻而不甚得力，蜷腕回肘上举下杵数下，方抱拳向特鲁乌达一揖：“尊敬的土司大人，请容我对旌节拜之以礼，再行展示。”

特鲁乌达见张骞如此郑重神圣，即令武士将旌节交付张骞：“你自称为汉朝使节队正使张骞，且看你这旌节有何玄虚，以此证明你们的身份。”

张骞不与言语，将旌节插于刚才捆绑自己的木柱之上，而后向旌节行三跪九叩觐见皇帝之大礼。毕恭毕敬取下旌节，左手平持，右手伸出三指，轻轻脱下帛套，将帛套搭于左肩，左手竖起旌节，右手食指于旌节尾端轻轻一点金色小扣，只听“嘭”的一声微响，十二个五彩丝线旄球倏地撒开，于阳光中散射出灿烂夺目的光芒。

此时，不仅刚刚凶相毕露的土司面呈吃惊神色，所有围观的牧民亦无不发出啧啧赞叹。张骞高举旌节，走向特鲁乌达：“土司大人请看，这擎手之上所刻的六个嵌金大字，‘大汉友好使节’，它虽是汉文，以土司大人之学问，想来肯定识得。此旌节乃吾皇钦赐圣物，在面见大单于或一国国君时方可打开。今日为你所逼，情非得已，只好展示于大庭广众之中——需要说明的是”，张骞指点秦自乐、任扶道，“此二人乃使节队要员，均系副使。其他人亦系吾皇钦点，各司要职。

有专司看病疗伤的医官，有专司马事的驯马师，有专司水利工程的专才，有专司修房造屋制作工具的巧匠……我们是专门为异国他乡传播大汉文明的友好使者。请土司大人万勿意气用事。”语毕，复用帛套装好旌节。

特鲁乌达难抑心中狂喜，他已确信无疑，这是一支南蛮皇帝所派出的使节队。但既是使节队，缘何途经匈奴地盘要隐瞒身份，不去单于王廷，偏去西域？既如此，就得向大单于报告。这可谓奇功一件，那赏赐正如这正使张骞所说，将是令所有部落眼红的大牧场、大片土地、大量的牧民与牛羊。

遂向张骞索要旌节：“张骞，你既为大使，从匈奴过境，我就得凭你手中旌节向我们大单于报告。我可以暂时不杀你们，待从大单于那里证实之后再行定夺。”

“旌节可以给你，但你得先撤下刽子手。”

“呃，我把这事忘了。”土司即令道，“你们几个，快滚一边去！”

“还有，旌节乃圣物，不能有任何损坏，更不能丢失。”

“记得，记得。还有什么？”

“立刻为我手下队员解缚，并保障我们所有人的安全，不得停水断食。”

“这很容易，我立刻选一处稳妥地方，派三百人轮番保护。”土司应道。

张骞知土司这一手实为狠招。名为保护，实为看守。但势危之下，也只能如此。

特鲁乌达暗自筹谋，一下子逮着汉朝正使副使三条大鱼，绝不能有任何闪失。特别是与此邻近的幺素王爷，南蛮使节队从他眼皮底下公开溜走，一旦得知消息，一定会派出他的精锐骑士前来抢夺，比佤部落的教训即是一例。而比起噶弘因部落的那次重大收获，更让幺素王爷眼红。于是对所有在场的人厉声说道：“在场的大小人等，都竖起耳朵给我听着，使节队之事，不许任何人向外透露半点风声。如若有人胆敢做下有损部落之事，本老爷将杀其全家！大家可听清了？”

见无人应声，特鲁乌达暴跳如雷：“他妈的，你们都哑巴了？要我一个个去问，是吧？”

牧民们这才七前八后地回应道：“土司老爷，我们都知晓了。”

“知晓了就好。谁要是心里憋不住，就跟你的牛羊说去！”又特地盯住卡帖娜父女，恶声道：“达力诺，你的嘴比大漠的暴风还大，背上个胡琴，不许将此事编词儿乱唱。你不可惜自己，我还疼惜卡帖娜，你可得小心行事！”

为了女儿，达力诺只能忍气吞声：“老爷放心，我不会编唱汉朝使节队。只唱我们匈奴宽广美丽的草原与牛羊，还有部落里优美的爱情，以及勇敢的武士。”

“谅你也不敢乱唱。”见此事了结，又对张骞道，“我晓得你们个个武艺非凡，人人功夫了得。我也有一条规矩，你们不要密谋逃跑。只要安安心心待在这里，本老爷就不会断了你们的吃喝。直到大单于有了答复，然后再行理论。”

也不等张骞应答，特鲁乌达又回到大帐，与两个心腹密议道：“这次噶弘因部落走了大运，逮到南蛮几条大鱼。只是如何关押，如何看守，二位有何见解？”

两心腹恰好一胖一瘦，胖者胖似肥猪，瘦者瘦如猿猴。瘦猴道：“挖出一个大坑，像我们关狼一样，顶上加盖，盖子上码上石头，将其撂进大坑，四周再派上武士看守，纵有登天的武艺，也休想逃脱。”

胖猪则道：“草原上有的是牛马粪便，大木巨石都还在两百里之外的山上。十几个人，得要多大个坑？平时关狼，一条、两条而已，容易解决。这么多人，此法不妥。”

特鲁乌达急了：“此法不妥，你有何法？”

“我不是正在想嘛——呃，不若这样，老爷你看可不可以？土司府大帐之外，弄一顶空壳帐篷，帐篷四周挖上一人深的陷坑，陷坑里灌满泥浆，再派武士加强巡逻。这么一来，不管帐篷里面的汉人，或是外边漏网的汉人，要想联手出逃，岂不比登天还难？”

“嗯，此法不错，我看可以。”土司点头称是，又道，“十二个精壮汉人关在一块儿，我总觉得有些不妙。按其正使张骞所说，他们每人都各有所长，可是我们噶弘因部落不需要修房造屋，也不需要兴修水利，至于会说多种话的，会搞什么玉器玉石鉴别制作的，也用他不上。我意只留下正使、副使三条大鱼，加上会看病的、会驯马的两个，总共五个人即可。另外七个汉人使者，卖与附近部落为奴最好，这样一来，我们不但可以挣上一大笔钱财，还可以减轻看押的负担。此事就交与你们二位去办。至于大单于那里，只要将三条大鱼看好，一切都可以应付。”

二人自然应诺。瘦猴感到没出上主意，便道：“老爷，我们不仅要提防漏网汉人劫人，还得提防其他王爷前来抢人才是。这一时，明哨、暗哨、近哨、远哨

都得精细布置。”

“嗯，也是。此事就由你去办理。出了事，别怪老爷我心狠。”

特鲁乌达密议之时，围观的牧民亦渐渐散去。反倒是达力诺父女最后离开，一直看到张骞等人被解了绑缚，又被上百名土司武士圈在一处，才缓步回去。卡帖娜问父亲：“这些勇敢的汉人，爸爸你真的不唱他们了吗？”达力诺道：“傻孩子，这时不唱，以后会唱的。如果宝贝女儿想听，爸爸就给你一个人唱。你喜欢谁就先唱谁。”

“阿爸，你又取笑女儿了。”卡帖娜抬头一笑，显出几分羞怯。又道，“那些人到现在不给水喝，也不给饭吃，土司老爷的心不知是怎么长的。”“走吧，走吧。土司老爷的心当然跟我们牧民的不一样。那些汉人虽然受些折磨，好在性命保住了。”

父女二人渐行渐远，偶尔，卡帖娜还回头看看。

张骞等人被解去皮绳、圈在一处之后，秦自乐、任扶还在埋怨，不该为了解救他们而暴露真实身份，更不该将旌节交出。倘若旌节找不回来，日后即便有机会逃出困境，再去西域，又拿什么证明自己大汉使者的身份？张骞道：“大家尊敬我、维护我，我很感激。但是，让我眼睁睁看着各位兄弟为此丢掉性命，我办不到。旌节是很重要，暂时交付敌人，还可以设法将其找回；性命没了，你们让我去什么地方寻找？两害之间取其轻，此事请不要再议。眼下应该思虑的是，要根据敌之动向，做好应对之策。”

“大哥！”秦自乐哽咽道，“我们一切都听大哥的。”其他人亦同声附和。

张骞等人的情况待后再叙。且说公羊鸣执被打散之后，遭到三名骑痞的追击。三名骑痞，其中二人舞着匈奴弯刀，一人以瓜状兵器追杀。公羊鸣执一睄之下，使瓜者力猛器沉，争先而来，眼见只有半匹马身，那瓜便横扫自己的腰身。他倏地伏鞍勒马，那骑痞匆忙收势，仍冲过半个马身，一瓜击空，亮出后背。公羊鸣执不容敌骑回头，一剑挥去，如取悬于杠上的猪身，一条臂膀带着肩胛，齐斩斩落于马下，那敌痞随之一个倒栽，头杵沙地，鲜血喷出一个殷红的扇面，而后只见“咕嘟咕嘟”地冒着泡泡。

此时，后面两名骑痞恰好赶来，见此大吃一惊，遂一前一后，对公羊鸣执成夹击之势，并不急于进攻，先只围着打转，寻找可乘之机。

公羊鸣执索性驻马以待。右手持剑，左手暗握匕首，看似目注前方左右，实则紧听着后面的风声。他是一个事事用心之人，平时对张骞的击石御敌之法，以及后来在峦芳洲秦自乐的短枪投掷之法，多有揣摩与探究，曾每日千次百次地练习，并以侧击与后击为要。为此，他还请范佑铭为他定做了五把匕首，时时别在腰间，此事也只有张骞、秦自乐、甘父数人知晓。

今日倏逢两敌夹攻，便瞬间决定，先以弱示之，而后再出其不意，攻其要害。

两敌果然以为这个汉人刚才是侥幸取胜，现在已怯意显露。遂互递眼色，前后疾冲而至，将两柄弯刀舞得如车轮般飞转，只见刀光，不见刀身。

公羊鸣执辨风识声，“嗖嗖”两击，一剑一匕首同时脱手。他以一个裁缝的精细，使匕首插入身后之敌面门，宝剑剖开前敌刀势，“呛啷啷”落于地下。间隙之间，又一匕首飞出，如钉墙钉一般，直橛橛钉入前敌胸膈。随之，后敌头杵在他的马尻，前敌杵在他的马头，“扑通扑通”接连两声，坠落马下。公羊鸣执下马，拾起宝剑，又将敌痞之干粮、水袋集拢，捆作褡裢状，捎于马后，转了一个大圈，待天色黑定，复回小沙丘。

小沙丘杳无人迹，看去像一座巨大的坟茔。迎风而来的血腥味，浓烈得令人作呕。公羊鸣执欲趋近细瞧，胯下的马儿却四蹄钉地，周身的肌肉传来一阵阵剧烈颤抖。他拍拍马脖，让其镇定，马儿似乎有所平复，但仍拒绝迈步。他只好下马，紧握宝剑，只身前往，那马儿却不愿独处，与他相依而行。

白日的争战之地，现在四处都是横七竖八的尸体。人的尸首，马的尸身，或蜷缩，或相叠；断刀残剑，破衣烂履，散散乱乱，举足即触。公羊鸣执小心翼翼，尽量躬低腰身，于微弱的星光下，努力分辨死难队员的遗体。

队员遗体之中，他没有发现张骞、任扶、秦自乐等人的影子。他默默核计之后，断定使节队尚有半数的队员存活。特别应该庆幸的是，张骞等人没有遇难。

可是，眼下他们都去了哪里？茫茫草原，茫茫大漠，何处是他们的存身之地？

他没有呼叫，没有去翻动遗体。他十分清楚，即就有队员当时负伤一息尚存，也会因为无法及时救治而血液流尽，终至归天。他也没有盲目地四处乱转，而是

决定留下来，等候能有活下来的队员，如他一样，返回这里。当 然，也许有敌人再次袭扰，来拣便宜。另外，可能还有闻腥而来的草原狼。一切命运，都在未知。而在暗夜中的孤独无依，又只身面对大片尸体，那种对灵魂的啃噬，使他的思绪十分杂乱。

倏地，他似乎看到了张骞，大额头下，一对灼人的目光，坚定地紧盯着他。他的思绪迅速平复下来。尽管，他不知张骞这时身在何处，但是好像正在呼唤着他。

公羊鸣执给马儿喂了一袋水，又找来一些草料，撂在马儿面前，而后席地而坐，一边饮水一边吃着干粮。他心中虽极为酸楚，仍强迫自己多吃一点。

为使自己不致暴露，公羊鸣执拍拍马儿，又抚抚它的脸颊："这一天随我出生入死，你也渴极饿极累极乏极了，你还是贴身躺下吧。"见马儿前腿一屈，后腿一伸，头杵在他的腰间，马儿身上立刻给他传来一阵温暖。顷刻，无边的睡意像笼罩四野的夜空，袭遍全身每一个毛孔，手中还拿着一块刚咬一口的牛肉，便倚着马儿沉沉睡去。

也不知过了多久，马儿突然用头连续地拱他。公羊鸣执半睡半醒睁开发涩的眼睛，只感到周身的骨头已经四分五裂，手臂酸胀，难以抬起。他听了听，除了夜风的呼啸，没有别的异样，随即又倒下。可马儿拱得更加用力，他勉强坐起，这次看清了，对面沙坡梁上，冒出四匹人马的黑影。

星光之下，那黑影起初像四颗小小的豆粒。那豆粒似乎被什么黏住一般，好一会儿，一动不动。瞬间，又似滚坡的豆子，到了小沙丘下的凹塝。

公羊鸣执亦在瞬间警醒。匆忙中，他未能判断出来者是敌是友。若是匈奴骑匪，以他目前的体力，要做到以一敌四，只会凶多吉少。唯一办法，只能先行装死，而后瞅准时机，实施突袭。心中正自琢磨，兀地一阵悲喜交加：来者非敌，而是朝夕相伴的生死兄弟！因为若是敌痞，早已高举火把，毫不犹疑地直冲而至。他喉间一阵哽咽，想喊，却呼叫无声。

这时，只听由天际对着一片尸体放声哭喊："我是小由天际，还有那位伯伯活着？如果活着，给个声气。应一声，哼一声也行。我和王兼哥哥，还有杨伯伯、范伯伯好来救你！"

杨柏发话道："由天际，甭喊了，省点力气。小孩子真是不懂，都这个时候了，

哪里还有活人！我们去看看，有哪些兄弟离开了我们。”

范佑铭、王兼亦道：“由天际，你不用动手，跟在后面就行。”

公羊鸣执终于叫出了声：“老范，杨柏、王兼、由天际，终于见到你们了！”

四人陡地大吃一惊。一片死寂的尸体中间突然冒出一人并与之答话，任凭是再大的胆量，也吃不消一吓。四人不由自主，勒马连退了几步，杨柏已然听懂了声音，仍然问道：“你是谁？你是人，还是鬼？是人，再给个声气；是鬼，不要吓到自家兄弟！”

“杨柏，才一天光景，就听不出我的声音了？我是公羊鸣执，也是刚来不久。不过，一来就睡着了，若非马儿拱我，我还仍然睡着。”

“公羊伯伯，你不要说睡觉，你一说，我的瞌睡也来了。”由天际精神一松弛，也想睡觉。

王兼、范佑铭、杨柏，即刻下马，一齐拥上来，紧抱公羊鸣执不放，一边呜咽哽噎，一边叫着他的名字，并道：“公羊鸣执，我们就知道，你不会死的！说说，这一天，你一个人是怎么过来的？”

公羊鸣执遂将与三名骑痞如何缠斗，如何拼杀，又如何转大圈避敌找人，大概说了一遍。说到凶险紧张之处，由天际不由得心口突突直跳：“公羊伯伯，你真聪明，杀敌像裁衣一样利索。让人看不出，还留有后手。”

范佑铭则道：“这就是以力杀人与以智力杀人的区别。人常说，机智勇敢，缘何将机智放在第一位？就是这个理。”

王兼取笑道：“老范这是在提醒我们，得好好夸奖他，他就是凭智力杀人的英雄。”

范佑铭有些不好意思：“我在说我们的参军呐，怎么又扯上了我？我算什么？咱们是以四敌七，先有你们杀掉两名最厉害的对手，随后才有我马蹄铁，还有铁钳派上用场。哪能跟公羊参军相比？以一敌三，孤身对敌，处处来的都是致命绝杀，个个都是强盗老手！”

公羊一问，才知细情。原来使节队员被冲散之后，特鲁乌达见有四人结伙逃出，当即派出五名骑痞和两名部落骑士予以追杀，意图以一骑对付小孩（由天际），另六骑以二对一，对付三个汉人。敌我双方十一骑边打边跑，缠斗到一处荒漠地

带，远离小沙丘三十里地。由天际吹了一声口哨，突然施展轻功，乘敌讶异瞬间，以“小尖尖”戳入一骑士喉管，另一骑匪急忙挥刀相救，杨柏舞起拨火铁杈一挡，只听“当”的一声脆响，二人兵器尽皆脱手。骑匪、杨柏各吃一惊，迅即勒马退出。一骑痞见有机可乘，舞刀直取杨柏。由天际瞧得分明，不容思索，将“小钩钩”当作投枪，用力掷出，“噗”地一下插入该敌后背。杨柏见机转身，将“小钩钩”拔出，回手挡住另一骑痞的侵袭。而此时由天际已拔出“小尖尖”，去帮王兼对付久战不下的骑痞。

再说那个脱刀骑匪，眼见刀落于地，却不敢去捡，勒马退阵刹那间，冷不防面门飞来一物，未等明白怎么回事，眼前忽见一片血红，额颅鼻骨随之传出碎裂之声，接着一个倒栽，杵在地上，再不见起——一枚马蹄铁，仍然稳稳地扎在面门之上。

范佑铭一招奏效，勇气倍增，遂故伎重演，乘隙袭击与杨柏对阵的骑匪，将夹火铁钳对准其后脑勺，猛力掷出，虽然未能一招毙命，哪骑痞也被打得双眼金星乱冒，不辨东西。杨柏那容敌痞喘息，“小钩钩”虽使得不太顺手，亦让敌痞的脑袋顿时耷拉于前。

几乎就在同时，与王兼、由天际对阵的骑痞亦被斩去两只胳膊，成一怪物，倒伏于地。

剩下两名骑痞见情况不妙，便欲逃离。四人哪里容他如此，立即转守为攻，前后堵截，上下其手。范佑铭将所携马掌悉数掷出，杨柏乘隙捡起铁杈。王兼、由天际联手重伤一敌，另一敌腰间被两马掌连续击中，杨柏横刺里又补上一杈，那敌顿时被齐腰折为两截，委顿于马背之上，一柄弯刀把持不住，坠落于地。

此时红日已渐西沉，一天的奔跑、缠斗、厮杀，至此方得喘息，而马儿亦通身汗液，举步迟缓。老范、王兼、由天际都看着杨柏，杨柏遂拿出主意：“先将敌之水袋、干粮、草料收拢，再找一处避风地歇息。夜色之后，复回小沙丘，以察细情。至于今后行踪，再视情决定。当然，能遇上张骞大哥最好，遇不上，只要张骞大哥活着，使节队就在，我们的使命就得继续完成。”

“结果，在这里遇上了公羊参军。”杨柏最后道，“公羊鸣执，目下，你就是我等的头领了——不过，我们还是想看看，这里有多少兄弟离开了大家。”

公羊鸣执语气低沉："你们不用看了。这里躺下的，有我们十五位兄弟。刘伦、尚在升、鞠无田、臣环、蹇粟、唐忠佐、艾古、梁洲嗣、滕广条、巩 用、言原、汤二娃、马予、柳常、钱佑喜，他们都在这里。后来在与噶弘因部落骑匪厮杀中，又有不少兄弟遭遇不幸，但因太过分散，现时又在夜间，究竟是谁，共有多少，一时无从知晓。不过我敢肯定，张骞、秦自乐不会有事。后来临阵时我远远瞧见，围攻他们的匈奴骑匪虽多，但落马的均系敌骑，且二人始终互相帮顾，后来二人联手远遁，尽管有十余骑匪尾追，但以二人之绝顶武艺，骑匪不会捡到任何便宜。只是不知，他们现在身在何处。而以张骞大哥的品性，只要时机许可，他一定会千方百计寻找我们。当 然，我等也不能就这么等着，也得千方百计找着张骞大哥。"

杨柏道："参军所说不差，相信张骞大哥定能脱险。只这些兄弟作何处置，总不能让他们抛尸荒原。"又一叹，"大漠、雪山、荒原都已走过，不料在此遭劫。这匈奴之害何时得除？"

"这些兄弟的遗体，当然不能就这样摆着，如何掩埋，待天亮再说。匈奴之害，年深日久，非一年两年、一战两战便能解决。这是朝廷和国家的大事，我等的使命，便是吾皇对付匈奴的重要决策。所以，张正使的话是对的，使节队哪怕只剩下一人，也得完成西域之行。"

由天际这时横插一句："且让公羊伯伯先行歇息，我们之前总算睡了一觉。反正晚上弄不成啥事。等候其他伯伯前来相会，就在这里静静地候着就是。"

范佑铭打起哈欠："小调皮所言极是，我还是补上一觉。"也不管别人怎样，倒地便睡。

杨柏低声道："你们放心歇息，我在这里守着。"

不一会儿，几人尽皆睡着，范佑铭竟自起了鼾声。

这个范铁匠，心眼儿倒挺实在。杨柏暗想，在重回小沙丘的途中，还一直痛哭流涕连责自己失哨有罪，这会儿却睡成死猪一般。使节队里，数他能吃，数他饭量最大。有人说他是饿死鬼投胎，他倒不以为然，反说一个铁匠没有几大碗饭撑着，恐怕连一把镰刀也打不出来。为此，张骞曾暗中关照，范铁匠的饭食，要比一般队员多出三分之一。后来他发现自己占了"便宜"，坚持要和大伙儿一样，得知此系张骞特殊指令，每次吃饭都眼中含泪。全队的刀剑磨砺，他全都包了。

此次遭敌突袭，许多队员能恶战中脱险，多亏了刀剑之利。

吃饭最为斯文的，当属公羊鸣执。杨柏想，这可能与其当裁缝相关。裁缝不比军士，吃饭无须狼吞虎咽，他可以一边吃饭，一边琢磨衣服的样式、裁剪的角度，想到得意之处，甚至可以停箸上案，展开布料，操起剪刀，完成构思。故而，每用餐，都是一副深思的样子。登程西行，大伙儿亦渐渐习惯，见他端碗之后，连张骞等人亦不去打搅。

最调皮、最不准时吃饭的，除了小调皮由天际，没有第二个队员。也不知他在军营里是怎么吃饭，怎么长大的。看来这与夏宏有关，夏宏看似对这小调皮严厉，实则太过疼爱，小事上就有些放纵。当然，这也与小调皮的天性相关。这孩子虽然淘气，却并不讨嫌，那种聪明机灵劲儿，似乎是与生俱有，任何人也学不来。他遇上了一个好师父，可惜相处时日太短。此次以四敌七，将敌全歼，四人皆毫发无损，若无这由天际的聪明机智，以及他不同凡响的轻功，胜负实难料定。

夜风渐劲，见由天际于梦中蜷紧了小小的身子，杨柏心中不禁生出一种痛惜之情。遂脱下身上的夹衣，为由天际轻轻盖上。心中琢磨，明晨让这几位兄弟吃些什么。连续的干肉凉水，难免会吃坏肚子。他暗中四处搜瞧，使节队的铜锅是否还在，有无可做薪柴的物件、有无遗下的水袋、粮食。第一眼看到王兼，心中嗔骂道：使节队里，数你最为挑食，好吃的吃个死，不好吃的死不吃！

看到一具具成了遗体的使节队员，杨柏不由黯然神伤。这些曾经朝夕相伴的兄弟，再也不能拿着碗筷，吃他做的饭食了，再也听不到他们在饭场之上的欢声笑语了。一股悲凉之气，倏地充溢胸间，生出一种莫名的隐痛，一时之间，竟喘不上气来。

杨柏不得不重新坐下，反复抚压胸膛，直至呼吸稍为顺畅，才又站起。

功夫不负有心人，他竟然发现，那铜锅居然还在，匈奴人没有掠走。

不过，那铜锅被鞠无田死死地压在身下，不细瞧，看不出来。

杨柏走过鞠无田遗体时，并没发现。而鞠无田奇怪的姿势，使他忍不住又回头看了一会儿，虽侧身，却是俯姿，右臂伸得笔直，上衣撒得很开，背腔拱得很高，肋下似乎遮掩着什么东西。杨柏索性掏出火石，点着火折——即使在激烈的厮杀中，他随身也带着三样东西：火石、火折、菜刀。他吹亮火折，一照之下，发现鞠无

田以身遮护着铜锅。

杨柏不禁热泪如泉，流淌脸颊。这么看来，鞠无田当下并未咽气，而在死前发现了滚在身边的铜锅，拼着最后一点力气，将其护在身下。他立刻想起当时情景，发现敌骑来袭，他被范佑铭一脚蹬醒，仓促间跨镫上马时，一敌挥刀砍来，他弃镫一个出溜从马肚下穿过，只听“当”的一响，敌刀砍到了铜锅，绳索一断，那铜锅滚落于地。趁敌愣怔，他一铁叉将敌戳翻，重新上马，与王兼、范佑铭、由天际相互掩护，杀出重围……

他轻轻地搬开鞠无田已经僵硬的身体，才见前胸塌陷——分明是敌骑马蹄所致。而铜锅却被翻转倒扣，一多半被埋在沙窝里——这分明又是鞠无田最后的努力。他掏出铜锅，又见到鞠无田所用的硬弓、箭袋。他取出一根箭矢，兀地灵机一动，这箭杆不但可以做薪柴，且可削成筷子。于是，杨柏开始四处翻找，居然捡到了两半袋稻米、一半袋麦面，十来斤从峦芳洲带来的腊肉，些许野菜。

渐渐，杨柏到了山丘半坡。他突然发觉，这是使节队事前埋藏贵重物品的地方。绝大部分丝绸绢帛、黄金玉器、茶叶粮食、备用兵器及其他铁器，都在这里，匈奴骑痞及后来敌骑并未发现。他暗自庆幸，使节队重要物资得以存留，全赖张骞事前的妥当处置。他为自己的无意行为感到吃惊，遂赶紧离开，准备返身回到公羊鸣执等人的身边。

他低头紧瞧，小心绕过一具具尸体。

突然，夜空中传来一声大喊：“你是谁？你是人是鬼！”虽是番语，但在静夜之中，传得很远，也格外清晰。

杨柏怀里的东西一下子全都掉落地上，连手中的火折也被扔在一旁。他呆愣愣痴立原地，动也不动。

那声音又重复了一遍。

这次听清了，是有人在喊，且声音熟悉，像匈奴汉子堂邑父。

他向声音方向张望，发现坡头有一个黑影，正向这里移动，遂颤声问道：“你是不是堂邑父？你有几个人？”

“我是堂邑父，就我一个人。你是杨柏？你们几个人？”

杨柏听得果真是堂邑父，也不去拾捡地上的东西，跌跌撞撞，急忙奔向前去。

那堂邑父见杨柏奔来，下马一抱揽住：“总算见到兄弟们了。快跟我说说，张骞大哥是不是跟你们在一起？有没有他的消息？有多少兄弟还活着？”

杨柏大概说了一下他所知晓的情况，又问堂邑父：“你这一天多是怎么过来的？拼杀匆忙中，见你射杀敌骑头领之后，一大群骑痞追杀你，见者无不替你担心。总算老天保佑，我们又见面了。”杨柏脱开拥抱，又捏遍堂邑父的前胸后背胳膊腿儿：“没哪里伤着吧？老甘，你真是神人！”

来到公羊鸣执等人歇息的地方，见他们仍睡得深沉，堂邑父便没去打扰：“这一天多往返二百多里地，杀掉骑痞二十多，我也累极乏极——杨柏，我先睡会儿，马背上驮有那些骑痞的干粮水袋和草料，你取下来，怎么处置，你一总分派。另外，烦你照顾一下我的马儿。”语毕，一屁股坐下，右握刀把，向下一杵，便立刻进入梦乡。

“真是个重情重义铁打的汉子。张骞大哥有这样的兄弟，真是使节队的福气。”随又想到秦自乐，宁肯不做峦芳洲的大王，也要追随张骞，踏上生死未卜的西行之路，这要多大的勇气！

杨柏将所捡到的东西拢成一堆，然后分类予以处置。估计时辰，约在半夜，离天亮尚早，于是取出一根哨香，掐出半截，点着，准备眯上一觉。孰料刮起了大风，漠北的天气虽在六月，夜风仍带来阵阵奇寒。怕大家冻着，杨柏又将各人的马儿牵到近前，让其挨着主人躺下，最后牵来坐骑，一手搂着马脖，一手捏着哨香，阖目而睡。

杨柏感觉回到了家里。弟弟正在倚窗读书，时而又在简帛上写着什么，那恬静的微笑，让他很是感动。他掮了把镢头，刚打开牛栏，只见三岁的儿子从屋里连蹦带跳直奔面前，高声喊着：“爸爸！”而妻子亦相跟出来，说：“夫君，我也随你下地去呀！”出了院门，门外几棵柿树，树叶繁茂、柿果青青，阵阵夏风吹得它们不停地摇曳。而一只公鸡，被一群母鸡前呼后拥，在路旁草丛中啄着蚂蚱、爬虫。眼见即到地边，地中的小米高粱叶株已清晰可见，突听村中传来震耳的锣声，接着是里正惊慌的呼喊：“快跑，快跑！匈奴人从北边杀来了！匈奴抢东西杀人了！”

他兀地惊醒，原来是一噩梦，便再也睡不着。

于是干脆起身，在暗夜中做着一应准备。

公羊鸣执睡觉较轻，乏劲一过，很容易苏醒。朦胧中听得一阵毕毕剥剥的响声，像是火烧青竹，颇感诧异，倏地挺身而起，右手提剑，睁眼四顾，才发现是杨柏正在生火做饭。刚要叫出声来，又见到阖目坐息的堂邑父，飘忽不定的火光不停地在那刚毅的脸上闪动。这一惊喜非同小可，让历来镇定持重的公羊鸣执，亦心跳加速，久久难以平复。他呆立于甘父面前，颤声喃喃道：“老甘，老甘，可见到你了。”再一看，见范佑铭、王兼、由天际仍在鼾睡，遂蹑手蹑脚，来到杨柏面前，“怎的，一夜没睡？甘父甚时来的？从哪里找着了铜锅？”

“睡了一会儿。让一场噩梦搅醒了，再也睡不着。”杨柏一边向锅里下着油脂，一边说了甘父的情况。说到铜锅，杨柏不禁又一次垂泪哽咽，“鞠无田真是一条硬汉！”以至油脂快要烧着了，也忘了向锅里倒菜。公羊鸣执听罢，看看堂邑父，又看看鞠无田殉难的地方，慨然道：“不管活着的，捐躯的，他们都是大汉英雄。”

公羊鸣执陪着杨柏，不知不觉东方已经发白。在太阳刚刚露头之时，堂邑父双眼豁然一睁，第一句却是：“杨柏你弄的什么？好香好香！”语毕才道：“公羊参军，可总算见到你了。”

杨柏急忙招呼：“甘大哥，擦把脸，再喝点热水，三个懒虫一醒，咱就开饭，吃罢饭，再听公羊怎么说，合计一下今后的事。”

不料由天际大声叫道：“杨柏柏，你说我们是懒虫，为何还辛辛苦苦给我们弄好的吃？”

范佑铭、王兼亦同时醒来，三人一见到堂邑父，立刻一齐奔来，由天际紧紧搂住堂邑父的脖子不放，连哭带笑道：“甘伯伯，小调皮想死你了。你杀了不少敌人吧？可惜我一个也没见着。下次一定得叫上我，我好给甘伯伯记数。”堂邑父的归来，给公羊鸣执等人带来了更多的信心与喜气。

一顿野菜腌菜肉丁拌米饭，直吃得人人打起饱嗝。

饭吃罢，又喝足了热水，喂饱了各人的坐骑，便围坐一圈，商议第一宗事：如何让殉难的使节队员入土为安。同时，如何对使节队埋藏的物资做好长久的伪装。

“伯伯们，这些宝贝是我们去西域的家当。依我之见，麻烦一点，重选一处

干燥稳妥的地方。简便一点，就弄几具匈奴强盗的臭尸，埋到宝贝的上面。他们不是爱财嘛，就让他们替我们看管家当，匈奴鬼想破脑壳也想不到。”一圈人，只由天际站着，一边四面乱看，一边信口说话，手中拿着他的“小尖尖”“小钩钩”，当作玩具一般，耍来耍去，不时还吹几声口哨。

甘父、公羊等人早已习惯了他的做派，虽不以为然，但他随口说出的主意，却让人上心。公羊鸣执正要开口，由天际却停了口哨，急急叫道：“不好，匈奴人又来了！”

几人手抓武器，忽地站起，顺着由天际所指方向，向西北看去，离此一里多地之外，有五十余骑匈奴人马，缓缓地向此处走来。

范佑铭顿时紧张：“敌人十倍于我，我们最好赶快离开此地！”说着，便上马欲行。

“逃？往哪儿去？敌人牛角号一吹，说不定有埋伏。大不了，再来一次厮杀！”杨柏道。

“勿要慌张，且听堂邑父有何主张。我们这里唯有老甘最知匈奴人习性。”公羊鸣执偏了脸庞，又道，“以我之见，这些人马散散漫漫，不像敌骑。老甘你看，他们究竟想搞什么名堂？”

堂邑父眯起双眼，看了许久，才道：“公羊参军所言极是，他们既非草原骑痞，也非因突、噶弘因及其他部落的骑士，他们手中所持皆为铜铲、铁铲，不是刀剑之类的武器。五十多人中，妇女、小孩、老人占其大部，且身穿皆为黑衣，所乘全是黑马。按照匈奴人习俗，应是为什么人举行葬礼——呃，对了，他们既向这里走来，就是为了埋葬摆在这里的尸体。”

“甘伯伯，你可知晓这些人是哪里人？汉人的尸体他们也管吗？”由天际将武器收在一处，插于后背，又对范佑铭、杨柏道，“两位伯伯，还不快把手里的劳什子收起来。”

“这些人肯定是附近的牧民，不是因突部落的，就是噶弘因部落的。匈奴人对所有的亡灵都一样尊重，不管这人曾经是敌人，或者是朋友，举行葬礼没有任何区别。”

“呃，匈奴牧民的胸怀，倒是令人十分尊敬。如是这般，我们该当做何准备？”

公羊鸣执道。

“我们？”堂邑父看看五位汉族兄弟，郑重说道，“能换上匈奴黑衣最好。可这急切之间，何处去找？也只能一律换上匈奴服装，实在无法，就去扒几件骑痞的衣服。只是我这胡髭太过扎眼，噶弘因土司弟弟又为我所杀，为不被其他人认出，公羊参军得想个办法——再者，你们均系汉人面孔，应尽量将脸包住，同时不要说汉话。我们现在就起身，从另一个方向，跟在他们最后。”

几人一阵忙碌。公羊鸣执拿起剪刀，几下剪光了堂邑父的胡须。大伙儿一溜烟向南奔出数里，复又向西北折回，尾随于牧民队伍之后。牧民们无任何理会，只一路慢慢前行。

离小沙丘不及半里时，牧民中一老者挥手让众人停下，回头对另一老者道：“达力诺，唱吧！”

达力诺调了调胡琴琴弦，随即，一个苍凉的声音悠悠唱道：

上苍，上苍，
何处说倾覆，
何处话凄凉？
从此便就没了言语，
从此便就没了悲伤。
呜呼，呜呼，一切就此罢手，
鞍鞯依然完好，
魂魄在此游荡。

上苍，上苍，
何处识得妻儿，
何处识得爹娘？
从此不知家门何在，
从此不知篷帐何方。
呜呼，呜呼，一切迷失于野，

看不到妻儿滂沱泪水，
听不见爹娘哑声哭腔。
上苍，上苍，
为何没了明亮的月亮，
为何没了光辉的太阳？
是大漠里无情的风暴，
是天上乌云无情的遮挡？
呜呼，呜呼，那都是一时的光景，
胸膛有一块漆黑的乌云，
心肠永远变了模样。

上苍，上苍，
川原给了无穷的稻麦，
草原给了千万只牛羊。
那是人世间说不尽的美满，
那是人世间享用不完的食粮。
呜呼，呜呼，双目怎的便就失明，
让草尖也挂起了泪珠，
让沙粒也浸透了哀伤。

上苍，上苍，
为何穷庐难挡寒雪，
为何人世变化无常？
……

达力诺愈唱愈加低沉，人马亦愈行愈慢，有不少人开始啜泣、抽噎。堂邑父终于把持不住，放声痛哭起来。

公羊鸣执比较冷静，一边轻声劝慰堂邑父。一边默默地注视歌唱的匈奴老人。

他非常惊讶，这匈奴老人之胸怀、之善良、之学识，唱词看似浅近，却直击人性心灵深处。这也使他感受到匈奴民族的另一面，堂邑父的直率与忠诚，老艺人的委婉与深沉。他真心希望，若有机缘，能与匈奴老艺人相识。

到小沙丘，达力诺停了歌唱，众人亦收泪下马，均双手并拢，放在头顶，一一从主持长老面前走过。长老一一将其双手从头顶放下，并轻轻三击右掌，表示接受来者参加葬礼。

堂邑父见此，当即向公羊呜执等人解释，这是西匈奴人葬礼的习俗，并让他们看他的样子去做。遂率先于前，向主持长老缓步走去。

葬礼两人一组，先为死者揩净身上的血渍和污垢，同时整理好衣服，而后掘坑予以掩埋，只需不露形体即可。主持长老则从每一死者身上剜下一坨指头大的皮肉，置于坟头顶端——如被飞禽叼食，则说明死者上了天堂。

为伪装使节队物资埋藏地点，公羊呜执等人果真弄来三具匈奴骑痞尸体，予以埋葬。

由天际暗中数了一下，敌我双方，总计七十四具尸体。他急于想探听一点张骞等人的情况，又怕因说番语露馅，一时之间，竟没了主意。

安葬完毕，主持长老择一平埫，安排所有人席地坐下，给每人割下一块腊羊肉，又倒上一杯马奶酒，不言不语，吃喝完毕，互不招呼，各人随意离去。

由天际双眼却没闲着。他发现，有一位很漂亮的牧民小姐姐，与唱歌老人情同父女，便立即有了主张：跟着他们父女俩定能打探一点意外消息。于是便与公羊呜执说了。

这真是：

前途漫漫兮刀枪阻遏，鞫[①]之以天兮飚飚[②]何方？
泪水涔涔兮难抑伤逝，敛之以陌兮憭栗[③]踉跄。
剑器叒叒[④]兮其志不坠，心系家国兮慨然无双。

欲知后事如何，且由下回分解。

**注释：**

①鞫（jū）：审问。

②飕（liè）飕：风刮得猛烈，此处喻气势。

③憭栗（liáo lì）：凄凉的样子。

④畟（cè）畟：形容锋利。

# 第三十四回　大英雄道途救队友　一鬼魅暗中施阴计

听了由天际的主意，公羊鸣执看了一眼这个小调皮，心中不由得暗赞：真是个鬼灵精。原来尚在犹疑思量，成为最终定夺：跟随歌唱老人父女，或许可以获得张骞等人的踪迹。一种直觉告诉他，这一跟随，不会有错。

时已日上三竿，万里无云的天空，蓝得有些发黑，太阳的光焰毫无遮挡，直射草原。眼前，青草簇簇，相连似毡，大小花儿，上下参差；四方远处，则遍地皆黄，直到天际；偶有印痕，弯弯曲曲，那是流经草原的溪流。而人马踏过的地方，不到眼前，见不着痕迹。

常常有风刮过，但有时风却吝啬，任凭太阳释放热量。这会儿便是这样，方走出五六里路，六个人便浑身燥热，汗液浸满前胸后背，人人解开了纽扣。由天际干脆脱下上衣，露出白光光的小脊梁，口里还一直叫热。王兼跑上来，乘其不备，“咣”地拍了一掌：“脊背沁凉，你还叫热！”范佑铭则道：“你知道个屁。这是夏天，人有病，身上才热！比起我夏天打铁，这是享福。”

“不跟你们说了。牧民小姐姐走远了呢。”由天际在马后拍了一下，又到了最前面。

达力诺由着马的性子，不紧不慢地走着，卡帖娜不上前亦不落后，跟父亲始终只错后半个马身。离开小沙丘，走出两三里地，见父亲一直不语，终于忍不住，小声道：“后边有人跟着我们。”向后一瞧，又道，“是五个男人，一个小孩。”

“我知道。”达力诺并不回头，“跟着就跟着吧。”

“他们不是因突部落的人，也不是噶弘因部落的人，可他们为什么要参加葬礼？阿爸，你一定知道他们是些什么人。”

“是的。我晓得他们是些什么人。卡帖娜，你不要再问，也不要再回头去看他们。”

“阿爸，你真奇怪，晓得也不告诉我。”又一叹，“那些汉人死得真是太冤枉。”

走了大约十余里，达力诺又扭转马头，去了土司方向。

“阿爸，你不是说好了，参加完葬礼就回家，怎么又去土司府？我讨厌去那里。”

“阿爸不去土司府。阿爸只是从它旁边路过。女儿讨厌的地方，阿爸不去。”

“阿爸你又叫人好奇怪。这一绕，不是多走几十里地？到家天就黑了。”

“天下奇怪的事情多得很。女儿以后会明白，许多奇怪的事并不奇怪，不奇怪的事，反倒会让人感到非常奇怪。”达力诺说完，便唱了起来：

一棵小树无人栽，自由自在长起来，
夏天太阳晒，冬天雪里埋，
叶枯叶落又一年，突然它就长成材。

斧头锯子相争斗，头破血流满尘埃。
从此树下无宁日，你说奇怪不奇怪？

一片荒地无人开，杂花乱草长起来，
远水草儿绿，近水生青苔，
一枯一荣又一载，突然它就成了钱口袋。

鞭子锄头不相让，刀枪剑戟变阴霾。
从此荒地多血腥，你说奇怪不奇怪？

卡帖娜听得似懂非懂：“爸爸，你唱的啥意思？能不能跟女儿说一说？”

“好闺女，阿爸不能跟你说，只要有人晓得啥意思就行。”达力诺又唱了一遍，接着道，“咱们走快一点，只要见到土司的白帐篷，就返身往回走。”

公羊鸣执等人与前边父女，因不便过于接近，相距始终在五十余丈。突然之间，前边传来老人的歌声，公羊鸣执稍一愣怔，便猜到了老人的用意，遂一人打马向前。听完第一遍，有的听得不甚真切，正极力回忆，又听到第二遍。这一次，逐字逐句牢记于心。他边走边凝望着前边渐次加快的老人，心中开始琢磨唱词含意。

待后面几人相继而来，公羊鸣执便将老人的唱词逐句说知。范佑铭、杨柏皆不解其意，堂邑父则道：“这老人虽不知其名，但小时候听别人说过，他是草原上有名的匈奴艺人。为人正直，不惧权贵，却很机巧，常常像汉人打哑谜那样，唱着歌儿让人猜。猜对了，办事便有眉眼；猜不着或猜错了，他也再不过问。听这歌词，似乎与汉匈争战有关，但说与张骞大哥是否有牵连，我猜不着。不管怎么说，他不会平白无故这样唱给我们听。”

“甘伯伯，公羊伯伯，何必费老劲去猜。依我看，那老爷爷所唱，张骞伯伯就是那棵长成材的树，变成钱口袋的那片地，他们都被关押在匈奴人那里，等我们用刀枪去解救。王兼哥哥，你说我说的对不对？”

“不管对不对，且跟着那个打哑谜的老人走，看看有啥结果。”王兼道。

公羊鸣执稍一掂量，觉得两个小鬼头的话也对，不若先跟着那父女俩，最后再作定夺。

孰料尚有两里地，刚看到一座白帐篷的影子，那父女俩便转向正西，打马疾行而去。只那匈奴少女转向之后，扭头打了一响鞭。

是继续相跟？还是就此止步？从那疾行的速度看去，是不乐意他们继续尾随。

“公羊参军，不用再跟了。刚才那一响鞭，就是就此告别之意。”堂邑父勒马道。

“呃，匈奴人的响鞭，还有这等含意。”公羊鸣执思索片刻。又道，“既见到了匈奴人的帐篷，不若再向前走走？”

“我猜那老人应该是这意思。”堂邑父语气笃定，又道，“你们暂且延后，待我与由天际走近看看。如若可以，由天际吹声口哨相告。”

二人拍马上前，走近一里多地，堂邑父突然停住：“由天际，咱们到噶弘因部落了。那顶白色帐篷最大，是土司特鲁乌达住的地方。”

面近阳光，由天际眯眼一望，于影影绰绰之中，看到了大大小小许多顶帐篷，其中甚至还有夯筑的土墙平房。它们互相间隔较远，零零落落顺着一条溪流，总有七八里地。唯有那顶白色帐篷周围帐篷较多，且有许多人影，不知忙着什么。

进不进部落，堂邑父拿不定主意，他让由天际吹起口哨，让公羊鸣执等人前来商议。

公羊鸣执观察了一阵，因那么多人究竟在干什么，颇费猜疑，遂下马，又向由天际一招手，躬下腰肢，从草深处向前再走了半里，这才蹲下，从草隙中看去。

“公羊伯伯你看，白大帐篷外侧那顶帐篷，那么多匈奴军士挎刀警戒，帐篷里一定关押着紧要人物——还有，伯伯你看，他们正在帐篷外边挖坑，不 对，是挖陷阱。”由天际指点着。

“这会儿不要说话。”公羊鸣执低声道。

“诺。里边关押的，一定是张伯伯他们。”由天际还是忍耐不住，紧张得小脸泛红。

“走，转去再说。”

二人回到原地，公羊鸣执让堂邑父等人下马围坐，做了简短分析：“现在可以肯定，我们有人被噶弘因土司所擒。眼下虽然不晓得是哪些兄弟，但里面定有张骞大哥，且张大哥的正使身份已为土司所知。否则，他不会派那么多兵力严加看管，还在帐篷之外挖那么多陷阱，以防被人相救或逃逸。另外，我们也不能突然去噶弘因部落，原因很简单，那些被杀的骑痞，我们不晓得是哪家的人。以我们六人之力，直接去救，几乎不可能。以我猜度，对于重犯要犯，一个小小土司，无权处置，必会押至匈奴龙廷——至少左、右贤王，左、右谷蠡王一级才可。故此，以我之计，以半道劫救为妥，彼时押送武士有限，且无援手，我若出其不意，定能奏效。谁有异议者，有其他良策者，可予申述，再行参议。”

堂邑父首先表示赞同：“公羊参军此计甚佳。我等可择其必经之地，以逸待劳，一举成功。”其他人亦认为此计虑事周全，皆道，若能救下张骞，使节队有盼矣。

“只是，这个‘必经之地’，须得老甘拿捏。匈奴地广人稀，歧路甚多，我等皆不熟悉，此事得有赖老甘副使了。”公羊鸣执为加强郑重，特意强调出“副使”一语。

堂邑父自然明白公羊鸣执语气所在，他深感责任重大，思虑再三，方道：“以张大哥当朝正使身份，他代表的不仅是使节队，更是汉皇的特使。如此重要人物，如此天大的功劳，以我对噶弘因土司的了解，特鲁乌达绝对不会拱手让与别人，哪怕他是地位很高的大王爷。故此，他必会派其心腹率得力武士，将张大哥押至单于龙廷。而军臣单于龙廷距此遥遥几千里，尚在东北方向的色楞格河畔。当然，我等也不能因此相跟几千里地才予下手。以我之意，可在噶弘因部落东北方向，于五十里处，至多一百里处，找一便于隐蔽的地方，埋伏起来，对来往人马予以监视。”

众皆以为然，遂由堂邑父前导，至五十里处，一山拐后边停下。众人下马细察，见此处后有密林，前有溪水，实为埋伏理想之地，公羊鸣执即让同伴做夜宿准备。

时已向晚，西边日落仅剩半张红脸，其光气由深渐暗，终至全无，草 原、山陂、树林亦浑若一体，寂然无声。因是六月底间，唯有满天星光，粲然发亮，远处物事，全然不辨。

杨柏欲行造饭，不小心弄响铜锅，其声格外脆亮，他一下吓得停住，持锅伫立。公羊鸣执走来，轻拍其肩：“今夜肯定没事，有口热饭下肚，我们都很高兴。”说着，便帮着杨柏操持起来。其他人则摸索着砍下许多树枝，搭起一处树篷，连人带马，一起钻入。

连续数天的守候，不见囚车或马背上捆缚的人迹，甚至过往的人马亦十分稀少。此处虽为通往单于龙廷的大道，但除偶尔经过的军士，有时整天也见不着人影。百无聊赖之际，范佑铭将所有能予打磨的东西，都弄得明光锃亮；杨柏除把玩种子，则找遍了周围的山菌、野菜；堂邑父无事，就练刀法、箭法；公羊鸣执一坐就是一两个时辰，遥望南方，陷入沉思，坐得久了，又去练投石之技；由天际、王兼最是难耐寂寞，二人临时相约，由天际教王兼提纵轻功之技，王兼则拿出不离身的骨笛，与由天际把玩。

第五天将及午时，天上乌云渐起，太阳渐被遮蔽，唯从云缝中撒下万道金光，直射眼前的草原。路上两端，仍空空如也。范佑铭有些灰心：“老甘，噶弘因土司的人，会不会绕到别处去了？害得我们像傻婆娘望汉，白等！”

“不是傻婆娘望汉，是峦芳洲的木嘎娜望王兼！”由天际说完，出溜一下蹿

上一棵白杨树。

王兼亦蹿至树下，却爬不上去，即仰头叫道："说我？还有秦自东，东东呐！"

由天际突然"嘘"了一声，小声道："甭说话，前边来人了。"

"哄鬼，骗人。你在寻开心。"王兼不信。

由天际却不搭理，又向上爬至树梢："离这里不到一里地。等我数数——总共九个人十四匹马。五匹居中，没人骑，好像驮着什么东西。等走近了，我再仔细看看。"候了一会儿，又道，"这次看清了，五匹马的马背上，都驮着一个又长又粗的羊皮大口袋，口袋有时还会动弹，里边装的不像活羊，倒像是活人。"

"由天际，赶快下来。"公羊鸣执命令道，随即就问堂邑父，"此等状况会是什么人？"

"此等状况，只是押送贩卖奴隶时才有。匈奴地广人稀，人力缺乏，军队和大小头领所供养的骑士又不事牧务，所以常有奴隶买卖。为防备奴隶逃跑，如若路程较远，便用此等方法装运。匈奴主对抢掠来的汉人，年轻女人都用来做老婆、做妾，其他无论男女，都用做奴隶。如若重要犯人，即用木架车押运——类似于汉人的囚车，但不能站立，只能平躺。"堂邑父说罢，又问，"公羊参军，劫？还是不劫？"

"劫！奴隶既为汉人，缘何不劫？"又问由天际，"押运人马中，前后各是几人？"

"五人骑打头，四人骑押后，手中均持弯刀。"

"我等六人，索性扮成骑痞。前五敌由老甘、杨柏、铁匠对付；后四敌交我与王兼、由天际送其归西。记住，下手要快、要准、要狠，逃跑者勿追。"又对王兼、由天际道，"且随我隐蔽上前，断其退路。"

战斗进行的异常迅速，不到盏茶工夫，堂邑父连毙两敌，杨柏、范佑铭、公羊鸣执、由天际各毙一敌，剩下三敌，鼠窜而逃。

公羊鸣执取下一只羊皮口袋，解开绳扣，拉开袋口，不由大吃一惊："苏疾！"其他人听得叫声，哪敢怠慢，立即将口袋小心取下，用匕首将绳扣挑断，发现皆为使节队员，分别是：赵无偏、沙里修、容南、容北。

苏疾等人一出口袋，便大张了嘴巴，"呼哧呼哧"地大口喘气，紫胀的面孔

渐渐开始泛红，但手脚依然麻木。衣服皱成一团，污秽之气直冲鼻孔。一见是公羊鸣执等人，皆瘫坐于地，忍不住开始抽噎、恸哭。

杨柏等人看着心酸，欲上前劝慰，公羊鸣执却摆手制止：“让他们哭哭也好，泄泄心中的苦楚和委屈。待会儿，他们自会心情平复。”

果然，悲情过去，苏疾欲行站起，杨柏伸手去扶，苏疾却用手一推：“我能行。”说着，便自行站起，“今日若非兄弟们相救，我等亦不知命丧何处。”

此时，其他四人亦走了过来，相问于公羊鸣执，缘何守候于此。

公羊鸣执急于探听张骞等人下落，便将守候于此的因由做了简单叙说。孰料误打误撞，救下五位兄弟，也算是失中有得。

苏疾这才说了张骞与他们十二个人的情况。本来，噶弘因土司为求证张骞的使节队正使身份，派往龙廷的信使快马往返也得半月。不料，三天前，一个龙廷卫士从赵信城来到噶弘因。那卫士十分神秘，一入土司大帐，便再不露面，长什么模样，他们谁也没见过。但是，那卫士对使节队的情况似乎很是熟悉，土司特鲁乌达一切按其安排进行。为防止有人半道劫持，就没按常理走这一条通往龙廷的道路，而在昨天，将张骞、任扶、秦自乐、孙治瑾、陈尚斗五人秘密装进囚车，向南绕了一个大弯，又改向东北方向去了。我等五人，还有宋石、宋木，先在肩头烙下奴隶印记，而后被当作奴隶，卖与其他部落——这些情况，也是从押送我们的匈奴人口中得知。

“可知噶弘因土司将你们卖到什么地方？宋石、宋木呢？”公羊鸣执问道。

“我们去的地方，叫查兰赤部落，据说还有三四天的路程。宋石、宋木卖与了比佤部落，给新土司当奴隶。我们是大约一个时辰解一次袋口，连解手带喘气。但这羊皮口袋不知装过多少次奴隶，里边的大便、尿液好像从未清洗过，若不是及时获得解救，臭也把人臭死。”

关于比佤部落，虽未去过，但都知晓，现在是幺素王爷的属地，在此西南方向，相距数百里地。对宋氏昆仲的解救，只能待后寻机进行。而对查兰赤部落，则完全陌生。问堂邑父，也只知大概，是琅艾王爷的属地，具体地点，不甚了了。好在五人已然获救，了不了解，无关紧要。

公羊鸣执当即做出处置：苏疾五人由由天际带领，去小溪清洗身体，一律换

为匈奴服装，至于肩头烙下的奴隶印记，因一时无法去除，能遮掩尽量遮掩；杨柏、范佑铭、王兼将所有马儿带回，去埋伏地点造饭，饭食尽量弄好一点，以慰苦难兄弟；自己与甘父，做战场善后。

大家依次忙碌起来。

清理匈奴骑士遗体时，堂邑父从一年长者身上发现一羊皮卷："公羊参军，快来看看，这是什么？"

公羊鸣执一笑："老甘，以后甭叫'参军'行不行？这么一弄，显得太过生分。"

"那我叫你什么？你当'参军'，是张大哥在大会上宣布的。"

"这么说，我得叫你'甘副使'，或者'堂邑副使'了？以后仍叫我公羊兄弟，听着舒坦。"说着，从堂邑父手中接过一张柔软方正的羊皮。

羊皮上写着几行匈奴文字。

这却难倒了公羊鸣执。堂邑父是个文盲，汉文、匈奴文一概不识。自己于匈奴文也是外行，这可咋办？倘若里面牵涉到张骞等人行踪，这可是了不起的发现。他见死者身旁有一硕大的羊皮包裹，遂道："老甘，将包裹打开看看。"

打开包裹，二人立即傻眼：里面全是金银珠宝。

这太令人费解。噶弘因土司是去卖奴隶，不是买奴隶，缘何让人携带若许财物？这些金银财物做何用途？答案只能从羊皮信函中去找。

"公羊兄弟，何不让苏疾、沙里修看看，这羊皮上究竟写了什么？"

"真是人忙无计。你一提醒，我亦明白。现成的教授在此，倒不急了，且把这里清理完毕，再仔细琢磨这事——后续之事实难料定，这些金银财物正好用上。"

二人回到山拐，苏疾等人亦清洗完毕。苏疾、沙里修接过羊皮卷，经反复比对，沙里修才道："这是一件求婚信函。大意是噶弘因土司特鲁马达，借卖奴隶的机会，派了他的心腹管家，向查兰赤部落土司求婚，于待嫁的几位公主之中，选其一位（最好是最美丽的公主），让他能够做一名佳婿。为表示他的诚意，特令管家携聘礼及五个奴隶拜见。并言，他已捉得汉皇正使张骞及其重要部属，婚事如若得谐，愿将单于赏赐的一半牧场及牛羊奴隶献于查兰赤。云云。"

公羊鸣执听罢，说道："至于查兰赤土司有几个女儿，乐不乐意将女儿嫁与噶弘因土司，这都无关紧要。这羊皮信函最有价值的，是为我等提供了张骞大哥

等人的行踪。匈奴单于的龙廷在东北方向，而查兰赤部落也在那个方向，这也说明特鲁乌达为何要将苏疾等人赠予查兰赤土司——在押送张骞大哥的途中，希望能得到查兰赤土司的帮助。”

堂邑父却有隐忧：“公羊兄弟说得不错。可我担心那个暗中的龙廷卫士，会不会有别的花招？苏疾说过，那卫士对使节队的情况很是熟悉。”

公羊鸣执道：“老甘的担忧不无道理。我却认为，单于卫士对我等熟悉，并不奇怪，自呼日勒逃回匈奴龙廷，使节队便成了公开的秘密，我等也因此时刻处在危险之中，这也是张骞大哥处处小心的原因。兵法有云，虚虚实实，虚则实之，实则虚之。只要那卫士不知晓我等截获了这羊皮函卷，就会以为我等不会在此道上候着，反而仗恃琅艾王爷的相助，从此间方向直达军臣单于龙廷。”

堂邑父无以反驳，但隐忧更重：如若这卫士是那猴精猴精的呼日勒，他会这么做吗？

他有些犹疑，该不该将他的隐忧和盘托出？一向快人快语的他，见到公羊鸣执十分笃定的样子，又将该说的话咽了回去。

于是决定，继续顺着东北方向，先寻着查兰赤部落再说。

此时乌云早已散去，虽然将过未时，太阳仍晒得全身如烧灼一样，前胸后背，汗液直淌。一行十一人，由堂邑父打头，公羊鸣执断后，一路行进，未曾少歇。

这一程却少阻遏，沿途所经，多为苍茫无际的草原，间或亦有蜿蜒起伏的山岭。而山岭必有密林，林木皆高大。时见粗木倒伏其中，无人理会，任蝼蚁、虫豸为其穴居之所，树苔或青或白，遍身孔洞。也有林鸟，多默声飞翔，张眼见时，已隐入青叶松针之中。林中虽多獐狍，遥听马蹄人声便已避开。走出林子，远处草原有十来户牧民正赶羊出栏。堂邑父便即驻马：“公羊兄弟，是绕行，还是顺道直走？”

公羊鸣执看看众人的匈奴装束，便道：“绕行没那必要，顺道走吧。顺便打听一下，这是什么地方，最近有无多人经过。如若可能，将我们俘获的闲马，抽出一二匹，换取一些食物。”

“你等缓辔而行，我去去就来。”堂邑父依言，去了最近的一户牧民家里。

公羊鸣执走走停停，候有半个时辰，才见堂邑父打马归队。

“这些牧民即属查兰赤部落，但土司府离此尚有一天多路程。除了征兵、征缴财物，土司府很少有人来到这里。牧民说，这一个多月以来，我们是他们见到的唯一过往客人。主人十分热情，执意要请我们去他家做客。我说我们有要事，急于去见他们的土司，这才作罢。因他家贮存的食物不够偿付马儿所值，又去几家凑了一些，仍嫌不足，我说，等我们转回再说，我这才得以脱身。”

范佑铭则发起感慨：“想不到这里的匈奴人这么好客，这么厚道。”

“老范你有所不知，匈奴一般牧民并非你想象的那样。如若有人去他家做客，哪怕是毫不相干的路人，他都认为是十分荣耀之事，会倾其所有，让你满意。如有交易，也绝对不会占你便宜。”堂邑父又道，“不过，你若欺骗了他们，他们也不会饶你。”

说得一干人皆啧啧连声。

由天际却甚是不解：“那匈奴人为何还去汉地抢掠不止，连年战争？”

“这是匈奴单于、王爷们的事。他们认为，从战争中获取财物、奴隶更来得直接、来得容易。他们将牧民变成战士，这个牧民上了战场，就一心想着去当英雄。因为匈奴人世世代代都崇拜英雄，也不管这个英雄是怎么当的。所以上了战场，个个都敢拼命，杀人、抢劫，本性全都变了样子。这其中的事，一句、两句，我也说不清楚。”

一干人又复默然。

范佑铭咕哝道：“我本来是个铁匠，杨柏本来是个种庄稼的，公羊鸣执本来是个裁缝，由天际本该去好好读书，沙里修本该去研究学问，还有宋石、宋木、容南、容北，为什么本来的事搞不成了？是因为参加了使节队？可为什么会有使节队？还不是匈奴人逼的。说来说去，我也搞不明白。”

公羊鸣执道：“有些事，现在不明白，以后会明白，我们不明白，后人会明白。我等只需将朝廷赋予的使命完成即可。在眼下，我等的第一要务，就是如何救出张骞大哥及任扶、秦自乐等人。”

堂邑父即道：“公羊兄弟，不若让大伙儿暂歇。我讨来一些马奶酒，大伙儿吃了喝了，好继续赶路。”

公羊鸣执点头称好，遂让马儿自寻青草，一干人围坐草地，随意吃喝。

翌日中午，堂邑父带头，到了查兰赤部落。此处又是一番景象，土司大帐居中而立，周遭牧民如繁星拱月，各有分布。粗略估计，约近百户，远的，距大帐总有十里开外。公羊鸣执怕惹麻烦，令大伙儿绕边而过，又让堂邑父去一牧民家打探消息。堂邑父打马而去，却不敢久待，不一刻回转，说查兰赤部落并无大事发生。

那么，噶弘因土司的押送人员没走这里，又去了哪里？或者，尚在路途？

公羊鸣执陷入了沉思。

倏地，他想起了苏疾曾经说过的一句话：那个匈奴龙廷卫士，是从赵信城去的噶弘因。遂问苏疾："你可曾听别人说过，那匈奴龙廷卫士从什么地方去的噶弘因？消息可不可靠？"

"从赵信城去的。是土司贴身卫士说的，应该可靠。"苏疾回道。

得到证实，又问堂邑父："老甘，赵信城具体位置在哪里？距此还有多少里程？"

"赵信诚在正北方大草原的中心，距此还有两三天的路程。赵信城是匈奴最重要的城池，约有三万余户十来万人，匈奴的许多王公贵族都在那里，常年驻有重兵。有时，匈奴大单于也去那里巡营，参与重大活动。"

"是我不该忽略了这一重要情况。走，我们去赵信城。押送张骞大哥的人肯定去了那里。就是龙潭虎穴，我们也要去闯一闯。"

一干人立即改变方向，纵马向北疾驰。

此时，遥见查兰赤土司府里驰出一支人马，大约二十来骑，后面追了一程，见前边的人马已渐行渐远，遂掉转了马头。

堂邑父的担忧，并非空穴来风，随意猜测。

因为这位龙廷卫士不是别人，正是在汉中城固张骞家中，与之结拜为"三弟"的呼日勒。

呼日勒揣知幺素王爷对自己已生杀意，即夺马逃出。由于失落了黄金虎皮绢，无法向沿途头人、土司们证明身份，又因仓促逃命，未能弄到银钱，沿途几乎靠乞讨度日。半边肿脸，五七日之后方消去大部，但被幺素王爷打落的两颗牙齿，

再也回不到嘴里，吃不成东西，睡不着觉，几天下来，瘦成了皮包骨。他觉得自己简直倒霉透顶，心中更恨张骞、恨堂邑父、恨幺素王爷，恨坏他好事的比佤女人，恨所有与他作对的人。

第六天，呼日勒终于病倒在一家牧民附近。牧民老人发现了他，将他弄回家中，仔细予以照拂。他编了一大套谎话，骗得了老人的同情与信任，老人从两百里外请来一位医生，为他进行调治，以一只两岁的肥羊为代价，使他有力气重新登程。

他用了整整二十天的时间，才回到单于龙廷。

看到单于的金顶大帐，呼日勒几乎全身瘫软，勉强挨至帐外，便被持械虎威卫士一刀劈至胸前："滚开，勿得再进一步！"

呼日勒站住，弯腰一礼："我是呼日勒，龙廷贴身侍卫，请禀告大单于，我从汉地长安回来了，有要事禀报。"

那卫士将他上下一瞧："就你？是单于贴身卫士？什么狗屁呼日勒，从来没听说过。"

"请侍卫长官出来，他一见便知。"

卫士睃了一眼，见其两手空空，便道："那你就等侍卫长官自个出来。"

呼日勒自然明白，没有好处相送，这帐门近在咫尺，却似万里之遥。都是该死的幺素王爷，手中若有黄金虎皮绢，这卫士怎敢以这副嘴脸待他？急切之下，他大喊道："托乌坎达，请你出来，我是呼日勒，我回来了！"

立时，里边走出一位高大魁梧的虬须大汉，几步跨至帐外："还真是呼日勒。两年多了，音讯全无，你都干什么去了？单于还当你被汉人杀了。"又一指卫士："他是去年来的，他不认识你，不要怪他。"

"不怪，不怪。见了单于，我再细说。"

进了大帐，见单于正与老国师议事，呼日勒便随托乌坎达远远候着，直到老国师退下，托乌坎达才上前禀道："大单于，呼日勒从汉地回来了。""是吗？唤他前来，我有话问他。"

不等托乌坎达相唤，呼日勒上前"扑通"一声跪下，呜咽道："呼日勒终于活着见到大单于了。呼日勒纵有一肚子委屈，现在也没了。"

军臣单于一笑："这不是废话嘛。给我说说，这两年你在汉人那里都干了些

什么？”

呼日勒便详细说了自己如何狙杀叛徒库录，因为事情暴露被俘；又怎么相与张骞，并虚与委蛇，与其结拜为兄弟；又怎么混进了使节队，因此受到汉朝新皇帝的接见和委派……

“且慢，且慢，你还见到了汉朝新皇帝？那皇帝什么模样？他派使节队去哪里？”军臣单于突然来了兴致，“你给我说细一点，越详细越好。”

“新皇帝名叫刘彻，登基时是个十六岁的半大孩子，到今年也才十八岁，脸型略长，一双剑眉，看上去威严英俊。他派使节队主要是去西域，寻找被我们打败的月氏国，欲和月氏国联手，从西向东，夹击我们大匈奴。”

“这个小皇帝，雄心、野心都还不小，我倒想看看，他能弄出啥花样——我问你，这使节队都有些什么人？这事我虽然知晓，但仅止一二。我曾派呼鲁特、托乌斯曼四人前往侦察，并设法与你联络，不知为何，没有消息。”

“禀大单于得知，他们四人已全被使节队的人杀了。”

军臣单于一下从虎皮王椅上弹起：“什么？被汉人使节队全杀了？是谁，谁有那么大的本领？”

“是使节队的副使夏宏。”呼日勒低声回道。

“夏宏？我记住了。逮着他，我要将他碎尸万段！”

“只是，夏宏死了，翻雪山跳崖自尽的，连尸首也没处去找。”

“自尽死了？为什么？”

“他负了重伤，无法翻山。”

“倒是一条血性汉子，便宜他了。”坐回座位，又道，“现在跟我说说使节队情况。”

“使节队的正使叫张骞——”

军臣单于又一次打断了呼日勒的话头：“张骞？张骞是个什么样的人？他比夏宏还要厉害？”

“张骞是汉中城固白崖村人，家有三十多亩稻田，家境还算富裕。他从小在斗山书院读书，酷爱武功，得异人传授。且膂力奇大，半大牛犊，双手环抱，上坎、下坎如履平地；一柄重剑，三十余斤，上阵格斗，数个时辰仍猛若下山之虎。曾

于虎威城杀我大将，并收服库录，为其所用。对人十分宽宏，其气量、意志非常人可比，使节队上下人等，尽皆服他。此人可谓文武双全，是使节队中的顶尖人物。”

“有这等人物？这使节队绝不可放其西去。其他人呢？”

“另有副使任扶、李中壮。使节队里各种人物应有尽有，铁匠、裁缝、驯马师、医官、厨师、修房造屋的、制作器具的、修渠造田的、鉴别玉石的、制作书简的、通晓多国语言的……出发时一百零四人，先后死了几人，现在大概不到一百人。不管他们原来干什么，个个武艺高强，而且会说我们匈奴话。是从全国几千名应征者中选拔出来的。”

“这么说，礼物也肯定不少吧？”

“尊敬的大单于，说到礼物，呼日勒有生以来，还从未见过那么精美的东西。单是那比黄金还要贵重的丝绸，就驮了三十几匹健马，此外还有无数的金银珠宝，以及精细的茶叶、又薄又软的夏布等等。我敢说，就连我们许多王爷，恐怕也没有那么多的财富。”

“是吗？那你为何没有跟随张骞一同西去？”

“我是您的卫士，到死也只忠诚于您。我时刻都在想如何将他们一举擒获，好不容易在幺素王爷那里找着了机会，可是不慎被他们发现，我只好连夜带伤逃出。天明我才发觉，单于所赐之黄金虎皮绢，也在打斗中丢失，只好一路乞讨，走了二十多天，才见到大单于。”呼日勒真真假假，连说带比画，话到伤心之处，竟自落泪不止。

“好了，念你一片忠心，黄金虎皮绢补你就是。这汉皇使节队之事，仍交由你办，务必要阻其西行，灭之擒之，据情而为。你且退下，歇息几天，具体事宜，由老国师安排。”

“禀告大单于，呼日勒不需歇息。再歇息，使节队过了匈奴地界，就有负大单于之命。据我推算，张骞之使节队眼下尚在右谷蠡王所辖地域。因此事事涉机密，为避人耳目，我此次之行不走西南大道，明日即动身去赵信城，在那里稍做准备，便直奔右谷蠡王府，由其下令，令其手下大将山戎乌达，分派骑士，搜寻张骞一干人等，请大单于见谅。”

“如此甚好。此事办成，本单于将不吝赏赐。”

呼日勒乐滋滋退出，即去面见老国师，将黄金虎皮绢和应支银两等要事办妥，第二天绝早，便催马向赵信城疾奔而去。不日到赵信城，择一客栈住下，备足了水和干粮，以及孙治瑾为他治病的药品，美美睡了一夜，而后按照心中早已谋划的路线，向南直奔噶弘因部落，准备从那里选几个随从，过大漠绿洲，去右谷蠡王府。

呼日勒到达噶弘因，正是张骞被俘第三天。呼日勒并不知情，径直到了土司大帐，也不下马，对帐外卫士道："去向你们土司大人禀报，我是龙廷单于贴身侍卫，有要事找他。"见那卫士迟疑不动，又复催道，"还不快去！"

那卫士这才去了，不一会儿，从大帐里走出一个红毛绿眼大汉，呼日勒这才下马施礼："请问你就是土司大人特鲁乌达？"

"我就是。你是何人？"特鲁乌达见是一个矮小丑陋汉子，并不还礼。

呼日勒拿出黄金虎皮绢："我是单于贴身侍卫呼日勒。"

特鲁乌达立即满脸堆笑，延请入帐，盛情接待。

呼日勒将此行目的和盘托出，最后道："大单于说，谁若办成此事，将不吝赏赐。"

"此事真巧。"特鲁乌达喜不自禁，"几天前我捉到十二个南蛮，为报杀弟之仇，挑了其中几个，想来祭奠我的兄弟，临了一个名叫张骞的人跳将出来，说他是汉朝使节队的大使，要杀就杀他一人，并拿出旌节以作见证。我见事关重大，就先将他们看押起来，然后派人去龙廷单于报告，等待单于的答复。呼侍卫可否有甚见教？"

呼日勒大喜过望，一一问了十二个人的相貌，证实确系张骞使节队一干队员。只是心中犯疑，副使之中缘何没了李中壮，却又多了个从不知晓的秦自乐？上百人的队伍，缘何只有六十来骑？二十多天快一个月了，缘何才走到此处？真是上天佑之，保他走此大运。

便将自己与使节队的相处经过，向特鲁乌达约略一叙。对于土司将宋石、宋木卖与比仳部落，将苏疾、赵无偏等五人卖与查兰赤部落，亦无可无不可，只要擒得张骞、任扶，还有那个功夫了得、凭空冒出的秦自乐，余皆次之。

只是，得知堂邑父、公羊鸣执未能擒获，呼日勒心里不由得打起"咯噔"，

决定暂不露面，并改变路线。

这真是：

真兄弟，心灵相通，生死相系。
奸诈者，心怀鬼胎，处处算计。
说不尽世间豪杰英雄胆，
道不完魑魅魍魉魔鬼域，
且将并作一书写，抒胸臆。

欲知后事如何，请阅下回故事。

# 第三十五回　赵信城群英遭厄难　《大漠行》张骞励众志

见查兰赤土司的人马追来又折转返回，公羊鸣执等亦停了疾奔，择一洼地草草休整。他掰指算道：“若是噶弘因土司押运人马，悉听那龙廷卫士调遣，其起程之日必速，最早当在四天之前，亦即苏疾众兄弟被救之日启程。我等绕了一圈，花去四天时间，而从这里到赵信城，快马还需三天，一来一去，就是七天。从噶弘因部落到赵信城，老甘说也是七天，因囚车不比骑马，即使慢点，八天亦可到达。如若夜间亦不停歇，那就很难料定。而我等道路陌生，对赵信城全无了解，故而各位兄弟务必克服一切疲劳辛苦，撵在敌人之前赶到。不是我有意相催，实为实情所致，大伙儿知晓否？”

“实情确乎如此，我等但遵如命。”众人纷纷应道。

一干人等，依然由堂邑父前边带路，公羊鸣执断后，晚宿早起，借饲马之隙稍作歇息，一应饮水充饥，均在马背上解决，偶遭暴雨，亦顶雨前行。至第三日午后，终于遥见一片城池，横亘于前。其氤氲之气，如云似雾，随风飘浮。

由天际不由大声欢呼，便欲拍马入城，不料却被公羊鸣执一声断喝：“由天际休得造次——各位兄弟暂且下马，商议下步如何行动，方为有利。”

由天际乖乖下马，与工兼凑在一起，将屁股下的须草聚拢，方才盘腿一坐。

堂邑父道：“这城最好不要进去。我等是来寻找张大哥的踪迹，再做解救打算的。而城里人多眼杂，防守甚严，各位兄弟又是汉人面孔，一旦当作奸细被抓，关进

了监牢，岂不是人没救成，却自陷囹圄？退一步说，即使探得张大哥等人被关地点，又敢怎样？这不是我怯战，实在是于事无补。”

众人见这位异族兄弟如此入情入理的分析，无不深为感动，于是一齐将目光投向公羊鸣执。公羊鸣执道：“城里城外，各有利弊。入城、探听消息方便，且人烟辐辏，便于隐匿，但随时伴有凶险，一旦出事，便会全军覆没。守候城郊，活动范围广泛，相对自由安全，但不利于打探消息，城门四处都得注意，彼此联络极为不便。”听得一番分析，遂决定以不入城为佳。于是又道：“老甘之语甚为妥帖。为迷惑暗中之敌，以我之见，落脚地点可选在西门城郊，择一普通客栈下榻，而后分组扮为闲游者，分赴各城门察看。容南、容北可去北门附近；王兼、范佑铭可去南门近郊；杨柏、苏疾则去东门近旁；沙里修、赵无偏守候客栈，监视西门。由天际往返联络，我与堂邑父去城中走动。每两个时辰之内即回客栈相会，不管有无情况，不得有误。若情况紧要，则由最先发现者分别知会众人，这就需要各位兄弟多跑路、多琢磨。”

众人听得公羊鸣执分派如此之细，皆无话可说。偏是由天际口不择言：“甘伯伯、公羊伯伯同时入城？不妥，不妥。依我之见，让王兼哥哥联络，让赵伯伯与范伯伯搭伙最好。我嘛，就扮个小厮，随大富商甘伯伯进城‘看货’，公羊伯伯就留在客栈坐镇，免得被人家一锅端。不要弄得张伯伯没救成，自己先弄了个不全乎。”

堂邑父亦有此意，不料被由天际道出，便趁机说道：“进城亦是为了打探消息，没有必要两人同时冒险。由天际一半大小子，倒不怎么惹人注意，他随我去，相对安全一些。”

其他人亦不赞成公羊鸣执与堂邑父同时进城，公羊鸣执只好重新做了调整。

陌城陌域，为避免匈奴人的猜疑，公羊鸣执等人挨至黄昏，城门欲将关闭时刻，方缓辔来到赵信城西郊。

西郊居民约五六十户，虽自成街市，但居住零散，有三家客栈，十余家酒馆。三家客栈，只一家名曰“英风客栈”较为宽敞，一溜十七八间房屋，全由泥坯垒砌而成，房顶苫驼毛毡布，布上以圆木捆缚，进户双门对开，户牖窗棂结实阔大，且吃住全包。一行人打听得实，正在望着那门外布幌出神，比较汉文、匈奴文两

行文字时，只见从门里走出一位胖墩墩、翘角八字胡，大约四十来岁的匈奴汉子，操一口流利的汉话，笑眯眯地说道：“列位客官远道而来，一路辛苦，可惜慢了一步，城门已关，不若在此委屈歇息。敝店虽比不得城中大店，但吃、住、洗漱，倒也不差。马儿的饲草，也保客官满意。”

堂邑父下马上前搭话：“我与这位——”一指公羊鸣执，“是遛货的头人。不知大掌事怎么称呼？”

“大头人，小的不敢，因是家中老二，称我胖老二即可。大头人手眼通天，汉、匈两地来去自如，下榻小店，是给小店大大地增辉。只本店资金有限，周转维艰，尚望大头人不吝赐饷，以利小店为客官们筹办一应物事。”

“你这家伙，全然不像匈奴人说话。不就是怕我欠你店钱饭钱，且先与你五十金，凡好吃好喝的尽管去办。”随即从怀中掏出一袋金子，付与店家。

那胖老二见了金子，立即眉开眼笑，忙不迭地吩咐店中杂役，做起一应事体。

公羊鸣执、堂邑父等十一人，便落脚“英风客栈”。

饭间，由天际抿了一口马奶酒，嘻嘻笑道：“这里虽比不上长安蓝媚儿那里酒香，但也多亏了噶弘因土司半道赠送的财物。若非如此，甘伯伯这遛货大头人就没法当。”

王兼撕下一块羊肉就往由天际嘴里塞：“小心隔墙有耳！”

由天际立刻噤声，嚼下一口羊肉后，故意大声道：“土司送财物，是人家的一份‘情义’，知道了怎的？”

然而，公羊鸣执，包括堂邑父，都未曾料到，匈奴龙廷在龙廷所在城市，包括重兵把守的赵信城，均设有一套严密的情报系统，以防汉人及匈奴内部野心者的觊觎。赵信城四门近郊，一概由龙廷出资，修建形式各样的客栈，选其亲信，以店老板身份做掩护，密查过往人员。一旦发现嫌疑者，即可予以擒获，或手持黄金虎皮绢，直报最高长官或大将军、大王爷。而这个自称“胖老二”的汉子，便是把守西郊的密探。

今天一下子来了十名汉人，且人人气宇轩昂，身带利器。“胖老二”便起疑心。又见那匈奴大汉出手阔绰，又闹不懂这大头人与这帮汉人是何关系，看样子，似乎非常亲密。当听到有噶弘因土司赠送财物一事，又想到这头人或许与那土司做

了一桩大买卖，心中又有些释疑。但不管怎么说，绝不可放松对他们的监视。

公羊鸣执等哪知已在被人监视之中，翌日天尚未曙，各人便按预先安排，分赴各处。唯堂邑父、由天际欲等城门开启，稍有延后。

最先牵马而出的容南、容北，劈脸便见到店主，胖老二正抱着柴火，一见立即满脸堆笑："客官，好早！"却不问去什么地方，去干什么。

容南一下踅住："哪有你早。"

"我不早，行吗？一会儿饿着客官，下次就不照顾小店了。"望着两人向北而去。

接着，又见两人绕城去了南边，两人去了东边，等到日头一出，又见那个匈奴大汉带着汉人小厮，径直去了西城门。

胖老二顿时生疑，他们真的是遛货汉人吗？既是遛货，有必要东南西北分别入城（他认为是分别入城）吗？而守候在客栈的三个人又在做什么？

正自琢磨，又见一英俊后生单人单骑出了店门，绕城向南走了半里，忽又掉转马头去了北边，而且像有什么急事，一路疾奔，一晃，没了人影。

胖老二被搞得一头雾水，犯了糊涂，眯了眼，直发愣怔。

"店家，想什么呐？直对着大门发呆！"公羊鸣执笑道。

"呃，是大头人。大头人早。我正犯愁，这早膳给你们弄什么才合适。贵客都是南边来的人，小店里稻米、面粉、糜子皆有，只北地不产稻谷，白米全从南边来的，因之要贵了许多。早起想去问讯，又怕搅了大头人的清梦。你看——"胖老二转弯极快，遮掩过去。

"原来为了这事。"公羊鸣执并未犯疑，"来来去去，我在北地前后十几年了，米饭、面食均无所谓。只是这次新参加了一些兄弟，那就米饭吧，贵就贵点。"

"我就知晓，大头人阔气。"胖老二忙不迭地点头哈腰，欢喜而去。

公羊鸣执感到这店主有些油头滑脑，不像一般匈奴人做派。可一想到人家是迎来送往的生意人，心中也就释然。于是只想着派出去的各位兄弟，以及进城的堂邑父有无甚事。

不到两个时辰，去各处的兄弟先后回到客栈，又等了一会儿，方见堂邑父、由天际二人怏怏而至。

除由天际说了一些无关痛痒的新奇之事，余皆摇头不语。

倒是久违的白米干饭，惹得众人一下来了精神。由天际吃了个肚儿圆：“各位伯伯，不能白吃干饭不干事。我先去也，免得有人说我是馕蒸饭的夯货。”说着，向王兼一挑眉毛。

王兼自是不依：“老范快点，赵无偏也太斯文了。我可不是受话之人。”

公羊鸣执一把揿住由天际：“知你机灵，但也不可由着性子，你得听你甘伯伯的。”

饭后，又各干各事。那胖老二见这帮汉人仍如早晨，心中渐渐生疑：什么生意，如此做派？

一天就这样过去。

翌日晨，容南、容北照例去北郊城外转悠。城门未到开启之时，二人突见出来几辆木轮囚车，由十几名匈奴老兵押着，“咿咿呀呀”上了大路。那些匈奴老兵似乎神情十分紧张，一出城门，便四面逡巡，明晃晃的弯刀，紧握胸前。容南、容北二人不禁又惊又喜，容北道：“哥哥，太远了，囚车里关着什么，看不清楚——这匈奴人也鬼得很，囚犯皆平躺其中，只能见其身影。不像咱们汉地，囚犯立于囚车，一颗脑袋，一眼就可看清。”

“弟弟说咱再走近一点？”容南有些迟疑，“那你先在这里候着，待哥哥前去看看。”

容南拍马，前行不到十丈，倏听容北急声大叫：“哥哥，转来，快！”

容南回头一瞧，不由得惊出一身冷汗：城门洞里，又走出一队铁甲骑士，总有五十余骑。

“弟弟，快去向公羊鸣执禀报。我先在这里跟着。”容南语气坚决，不容置辩。

“哥哥，你可千万小心。”掉转马头，劈面见王兼疾驰而来：“容北你去，我来陪你哥哥。”

容南、王兼不敢太过靠前，只能混在进出牧民、居民之间，遥遥地跟着。

哪知那些囚车绕至东门郊外停了下来。待二人见到杨柏、苏疾时，那囚车又原道绕至北郊，那些老兵先行进了城门，囚车由铁甲骑士押送，复又回到城内。

杨柏四人均感奇怪，一路乱猜，回到客栈。

公羊鸣执听了容北禀报，正在谋划解救之事，见四人一道而至，即道："赶快收拾，即刻启程，抄近道埋伏于半途，说啥也得将张骞大哥等人救出。"

"暂时不必了。"苏疾将刚刚发生的情况说了一遍。

"难道我们哪里出了纰漏，让人有所察觉？"公羊鸣执陷入沉思，"没有哇。按各位兄弟所述，均如远处看客，怎么可能？难道是别的地方出了什么岔子？"

正自检点，堂邑父一头撞了进来："张骞大哥肯定关押在西北一处大牢。今早我们入城不久，便听一干人在议论，也不知囚车里关的什么人，一律戴着头套，北门尚未开启，便押了出去，由精锐骑兵押送。按匈奴惯例，即使王爷犯事，也不会戴上头套。故此，解释只有一个，那龙廷卫士害怕走漏风声，由此为之。我与由天际不敢耽搁，可在城内，又不便扬鞭催奔，故而回来迟了一截。"

公羊鸣执这才说了突发情况。

堂邑父顿感诡异，原来那种隐忧，又倏地上了心头："这个龙廷卫士，要的什么花招？"

"不管什么花招，既然肯定张骞大哥关押此处，敌人总不会老是不动。他们终归还得押解上路，去龙廷面见单于——或许，敌人此举只在试探，如若我等躁动，正中敌之下怀。"

众皆以为然，遂做出决定：敌静我静，敌动我动。

再说这店家却一刻未曾闲过。胖老二见这帮汉人这么早回到客栈，且人人神色异样，进了房间，也不索要茶水，便七嘴八舌，议论纷纭，心中兀自起疑。想派手下借故偷听，又怕漏掉关键话头，遂自提了开水，伫立门外，有顷，方敲门道："大头人，开水来了。"

堂邑父开门道："要水时，自会唤你。"

胖老二偷眼一睃，哈腰退出，又故意栽了一跤，发出一声"哎哟"，而后拍拍打打地走了。

公羊鸣执心中起疑："这店家会不会有什么问题？毕竟，我等并不知晓其底细。"

"咳，生意人，就那样，没事爱给有钱的客人献殷勤。"堂邑父心里敞亮，不会弯弯绕。

堂邑父一说，这事也就撂过。

这胖老二却紧张起来，听得城内关了个重犯张骞，要押往龙廷去见单于，这可是件了不得的大事。他虽然不知张骞是何等人物，但等闲囚犯单于怎会管他？而且这帮汉人从数千里之外追踪到此，尚不知别处还有多少这样的汉人，这么多人为了一个张骞，明里暗里斗着。直觉告诉他，他走大运的时候到了。

胖老二按捺住心中的惊喜，这一天没有急着进城，仍如平时一般，只在店里忙活。

直到第二天早饭之后，借口采购肉食，方才去了城里。

晚膳时，胖老二亲自掌厨，拿出了他最得意的技艺：脆馕、羊肉汤、手抓羊肉，再配以少见的稷米酒。做好之后，他找上堂邑父："大头人，晚膳需用多少，请给个数。"说毕，掰着指头，将准备的食物点了一遍，又道，"大头人知晓，匈奴人一般都喝马奶酒，进城去买烧酒，但去时卖完了，只剩下稷米酒。这酒虽说颜色黑点，但劲头比起烧酒，一点不差，也是赵信城里的稀罕之物，平时很难遇上。你看——"对着堂邑父，直眨巴着眼睛。

恰巧杨柏出来，一听即道："老甘，这脆馕、稷米酒倒是头次听说，不妨弄些尝尝。如若可口，再多弄点。"

"那就十一个脆馕，十一碗羊肉汤，二十斤手抓羊肉，十五斤稷米酒。"

"好嘞。即刻就来。"胖老二兴冲冲地退下，不一会儿，三四个杂役流水般地将酒食端进屋里。

羊肉汤很鲜，羊肉很烂，脆馕看似像锅盔大馍，但入口却如油煎锅巴，嘎嘣脆响，嚼得满嘴喷香，再配以羊肉汤，简直绝了。而黑色的稷米酒，亦十分醇烈，让人贪饮。

人人酒足饭饱，有人手上兀自拿着吃剩的脆馕，便倒头齁齁大睡。

公羊鸣执虽酒量较浅，双眼仍渐渐发涩、发沉，看堂邑父诸人，已然鼾声大作。他搡了一把堂邑父："老甘，这酒里有——"话刚开头，亦昏昏睡去。

胖老二见时辰差不大离，即率领几名杂役，拿着皮绳，推门而进，将公羊鸣执等十一人一一绑了个结实，将所有兵器收在一处，藏进杂屋。一切弄妥，向另一客房连拍三下巴掌。

客房中走出呼日勒："胖老二，你还真有两下。"

胖老二笑眯了双眼："我这'闷倒驴'从未有过失着。即就酒量差的大汉，一碗羊肉汤也保他睡上半个时辰。有这半个时辰，捆死他绰绰有余。我的事，算是了结了，下来就看你如何摆布——你要的另外三十个人的酒食，也已备好。"

"不愧是手持黄金虎皮绢的龙廷坐探。我先按定制，捉得十一名要犯，赏你二十二只肥羊，明日进城领赏。这十一名汉人奸细，我得乘夜拉走。"遂到店门之外，将随同守候的三十名带刀骑士迎入店内，饱餐一顿之后，将公羊鸣执等人悉数戴上头套，而后搬入囚车入城，关进大牢。

且说张骞、任扶、秦自乐、孙治瑾、陈尚斗五人，从噶弘因部落被押启程之后，呼日勒一直在后边跟着，相距不过三五十丈。前边由三十名骑士押着，自带二十名骑士押后，一路星夜兼程，小心翼翼，每逢密林、洼地、山拐之处，必先派斥候侦察，终于撵在公羊鸣执等人到来之前两个时辰，进了赵信城，关入西北大牢。

因张骞是头等要犯，被单独关押，并加了双岗。

至此，呼日勒一颗心才算落地，草草扒拉了几口饭食，感到乏困已极，于是倒下便睡，直到半夜子时才醒。

呼日勒惬意地伸了一个懒腰，下地抹了把脸，整整衣装，突然想去看看张骞现在是个什么样子。是睡着，还是醒着？见到他，会是什么反应？

于是唤了两个值更狱役，打着火把，来到关押张骞的牢房。

呼日勒从窗户看去，见张骞并未在床上躺卧，而是将羊皮褥子垫在床前，背靠床栏，阖目而坐。看到火光，双目豁然睁开，直瞪窗口。一眼瞧见呼日勒，复又阖目。

"张大哥，怎的不认识小弟了？自幺素王爷大帐一别，也才将及一月。以大哥记忆之能，不会这么快就忘了吧？小弟我倒是常在念中，未曾敢忘大哥之壮举。"

张骞闭目不看："张骞平生，只记有情有义之人。"

"小弟怎的就无情义了？从噶弘因到此，一路之上，未曾断了你们的吃喝，未曾恶语相加，也未曾让手下鞭笞尔等。即就屙屎尿尿，何曾让你们憋过？到了此处，又给你开辟单间，床上物品，一应俱全，不是兄弟一场，怎得这般对待？"

“休要巧言令色。我深悔自己，怎的就那般真心待你。你走吧，我跟你无话可说。”张骞将腿盘起，再不言语。

呼日勒仍涎着脸皮，继续絮叨：“尊敬的张大使，你可知晓，你是我们大单于最尊贵的客人，大单于等着与你相见呐。你若依了大单于，富贵不在王爷之下。到时，小弟还得仰仗于你。”想想，又道，“我也奇了怪了，怎的走了二十多天，才到噶弘因？使节队还少了李大侠李中壮，队员也少了将近四十人，凭空里又多出个秦自乐，而且被任命为副使？按日程计算，你们应该已经走出匈奴地界才是。我到噶弘因时，心中还暗自着急，准备去找右谷蠡王，请他派兵欢迎使节队，不料被我遇着。张大使你说，这是不是咱俩前世就注定的缘分？”

“滚！你这人太无趣，太不要脸！”张骞倏地怒目圆睁，一声暴喝。

呼日勒吓得向后一退。一旁的狱役亦猛地一抖，手中的火把几乎掉在地上。

呼日勒从来没见过张骞如此暴怒的模样，一颗心兀自怦怦直跳，自己圆场道：“我还是尊你一声大哥。不管怎样，我不会亏待于你。”这才悻悻离开。

对使节队的中途变故，他仍然弄不明白。呼日勒心中暗道：管他的，弄不明白就弄不明白，只要抓到了张骞和使节队的两个副使，便是大功一件。

只是，一想到身在暗处的堂邑父、公羊鸣执，以及其他逃脱的使节队队员，心里就不由得犯怵。为了避免夜长梦多，呼日勒决定及早押张骞等人上路。一到龙廷，也就大事歇心。

呼日勒仍采取老办法，将押送骑士分为两队。稍有不同的是，为掩人耳目，让自己不被暗中之人认出，特意乔装成一小老头，率着十几名扮为老兵的精悍骑士，押着囚车在前，而让另一队骑士相距五十来丈押后。趁城门尚未开启，绝早出发，由北门出城。出得城门，一双鼠眼便未闲着，前后左右远眺近瞟，若无可疑之人，便快速折向东北，向龙廷方向进发。

出城郊约有半里，呼日勒突然看到两个熟悉身影。此时尚早，等候进城的人不多，纵然较远，亦可分辨。他先看见容南，接着又看到打马远去的容北。他们虽身着匈奴服饰，仍难掩汉人的神色举止，何况又在使节队厮混过那么多时日。呼日勒第一感觉是不妙。按他所知，这容南、容北本被作为奴隶，卖与了查兰赤部落土司，而今却出现在这里，说明半途有人解救。那 么，解救之人有谁，又有

多少，现在也一概不知。

呼日勒暗暗估算，按噶弘因土司所说，小沙丘突袭，使节队死了十五人，后来的一番厮杀，大约又死了十余人，那么按总数六十人计，除却张骞等五人，使节队逃脱的至少还有二十余人。更让他惧怕的是，堂邑父、公羊鸣执不见踪影。而使节队中的队员，其武功、其战力，均非常人可比，以一敌三，以一敌五，亦不落下风。想到此处，心中不由得陡升冷气，遂准备去东郊作一试探。

结果，又发现了杨柏、苏疾。

他即刻判断，南门、西门附近，亦有使节队员守候。而他们的目的，只有一个，谋划解救张骞等人。他们曾于噶弘因去龙廷的路途埋伏，结果未能如愿，但救出了苏疾、容南、容北五人。扑空之后，又来到赵信城。

最低估计，来到赵信城的使节队员，当在二十人上下，而他呼日勒只是个龙廷二等侍卫，只有调拨三十名军士的权力，以此上路，只会凶多吉少。

那么，这些人隐身何处？又是谁在调拨指挥？又有谁熟悉匈奴人的习性？

精明多智的公羊鸣执、高大凶悍的堂邑父，似乎正紧盯着他呼日勒。他根据城门未曾开启，容南、容北便出现在城郊之景象，断定这些人隐身于郊外某一客栈。

在没有找到这些人隐身地点之前，呼日勒决定不能冒险登程。主意一定，即下令原路返回，将张骞五人重又关回大牢，严加看管。

凭手中的黄金虎皮绢，再次求见当地驻军最高长官，从其口中得知，赵信城四郊均有龙廷派遣的密探，且皆以客栈栈主身份作掩护，有越级禀报之特权。

呼日勒大喜，复故伎重演，装扮为一瘦弱老头，从东、南、西、北依次查起。第三天，于西部“英风客栈”发现公羊鸣执等人的行踪。

他不敢入内，只在客栈门外，蜷缩着身体，坐在一截朽木之上，等候店里有杂役出来。旁边，一匹驽马啃着路旁的碎草。

有行人经过，扔给他半块面饼或一坨羊杂、牛肉。

几乎候了一个时辰，方才见着胖老二。其间，他瞅见了王兼、范佑铭、赵无偏和沙里修，吓得他一颗心吊到了嗓子眼。看到胖老二，他立即命令道：“走，搀着我，我有话说！”

直到拐入一个偏僻小巷，呼日勒才将此行的目的和盘托出，并许诺事成之后有重赏。

一番阴谋算计，公羊鸣执等十一条好汉悉数遭擒。

使节队十六名成员，以张骞为首，全被蒙上头套，装进囚车，由马拉着，摆成长长的一列，由东门而出。许多匈奴人围观、议论、胡乱猜着，但都不敢上前一步。

这些囚车规制一样，型号却有大小之分。其周遭皆为粗木，间隔不及一拳，手不能插入掰扯；一边木栏可以搬起放下，将囚犯纳入车内之前，先抽去上端榫插木棒，放下栅栏，纳入之后，即把栅栏搬起，将木棒插入榫孔，予以固定；囚车顶端以坚木厚板钉死，与囚犯“躺板”相距不到四尺，囚犯关入，只可侧身，不能坐起，更不能站立；其“躺板”长短分大、中、小号，大号长可七尺五寸，中号六尺五寸，小号长约五尺五寸；“躺板”下身屁股位置，有一圆孔，圆孔下方有一木板，可抽可插，大便每日定时一次，小便定时六次，届时抽送人员将孔下挡板一抽，完事后又插上；“躺板”上方有一木枕，余无他物。囚犯关入之后，左右手分别绑缚于左右栅栏，右手以能将水和食物送入口中为准；双足亦以皮绳绑缚，可以叉出一尺之距。路途之中，囚犯若以暴力试图脱逃，押送骑士可剁手削足，手段极为残忍。这一切，狱役都会提前予以警告。

哪辆囚车放前，哪辆放后，呼日勒着实费了一番琢磨。最后，他将关押由天际的五尺囚车放在最前端，而将张骞放在自己眼皮之下，亦即最后。堂邑父所在囚车太过扎眼，被排在中间，其余任扶、秦自乐、公羊鸣执三人则插花分排。这样一来，几个要害人物之间自然就断了联系。

出发之前，他叮嘱押解军士，因为这些人是龙廷要犯，必须全须全尾交与单于，故而，途中不许以别的花样进行虐待，不得克扣饮食。语毕自叹道：张骞大使，我们是各为其主，我的“仁义”，也只能仅此而已。

是日也，为建元三年（前 138）七月五日。

张骞见堂邑父、公羊鸣执、杨柏、范佑铭、王兼、由天际六人被俘，而苏疾等五人二次遭擒，心情极为芜杂，犹似被打翻的五味瓶，悲、喜、苦、怨、愤、恨，

什么滋味都有。他为壮志未酬而死去的队员深深悲伤，亦为百折不挠的堂邑父、公羊鸣执等人深感敬佩，更为情托匪人而深恨自己失察。囹圄之中，与堂邑父等人遥相见面，竟自没有说话时机。上了囚车，又被戴上头套，他只能以脚步的轻重声，判断出一个个熟悉的兄弟。

上路不久，张骞便觉囚车颠簸得非常厉害。左倾时，身体几乎欲要侧翻；右颠时，屁股几乎要甩离“躺板”。每次过后，“扑嗒”一声落下，骨头便被硌得生疼。不得已，每一遭颠，左右手就得抓牢栅栏粗木，使突兀其来的冲力稍有减缓。

十六辆囚车，几十人的押解骑士，在茫茫草原上，竟寂寂无声，唯有一阵阵北风，呼呼刮过。

突然，前边传来堂邑父的呼叫：“张大哥，你囚在哪里？在前边，还是在后边？”

“我在最后。二弟，你不该冒死救我。你应该和公羊兄弟一块儿，继续西行，完成使命！”

秦自乐紧跟叫道：“二哥，你的确不该冒死相救。以你的本领，完成汉皇西行使命，不成问题。而今倒好，陪我们一块儿睡这劳什子囚车。”

“三弟放着峦芳洲大王不做，遭此大险都不后悔，我能与大哥、三弟，还有这么多好兄弟在一起，怎会后悔？让我舍弃大哥、三弟，独自西行，非甘父之所为！”

“不许说话！都给我闭嘴。若再乱讲，休怪我不讲情义。”呼日勒喝道。

“哦呵，裤裆没系牢，把你露出来了。呼日勒，你有什么资格跟我与张大哥讲情义？张大哥将你当兄弟，孙医官为你治脏病，才几日工夫，怎么就忘得一干二净？我若是你，怎么有脸见人？不如拔根屌毛在‘英风客栈’吊死算球！”从不见说脏话的堂邑父，直骂得呼日勒张口结舌，无以应对，遂耍起赖皮，强作镇定道：

“我不跟你耍嘴皮功夫。是非成败，我只看结果。你愚，我不会跟着发蠢。”

堂邑父呵呵大笑：“有你这样奸诈阴险之徒，是匈奴人的耻辱！当年怕死伪作兄弟，而今为利反为仇敌，你算什么东西！”

呼日勒未曾料到，堂邑父为了张骞，与自己彻底翻脸，恼羞成怒道：“堂邑父，我最后再尊你一声二哥。从今日起，呼日勒与你已无任何干系。到了龙廷，你是

死是活，与我无关！”

“我才懒得理你。再也不想看到你的嘴脸——张大哥，唱支歌吧，给兄弟们长长精神。”

秦自乐、任扶、公羊鸣执等人亦相跟叫道。

呼日勒欲行阻止，同行的百夫长巴尔汗反倒来了兴致：“你不觉得这一路太闷？唱支歌怕什么？只当给咱解解闷儿。”

这百夫长却是一位王爷的亲侄子。听到大个子匈奴囚犯与这龙廷侍卫的对话，已知他是一个背信弃义的结拜弟兄，这在匈奴人眼里，是最为不齿的背叛。按照匈奴人的习俗，被背叛者有权灭其全家。所以，尽管他官阶较低，却敢提出反对。

呼日勒被揭老底，便显得色厉内荏，百夫长又背景高贵，也就不语。

“呼日勒！”张骞叫道。

“在！”见张骞主动呼叫，呼日勒有点受宠若惊，“张——”想喊声大哥，又怕遭白眼，遂改口道：“张大使何事？”将坐骑也向前驱进，与囚车并行。

“我的骨笛在不在你那里？”

“在的，在的。你的东西，除了旌节，都在。”

“王兼的骨笛也在？”

“在呢，在呢。”

“这不是刀剑武器，拿来还给我们。”张骞以命令的语气道。

“这——”

“这什么，这？你怕我拿着骨笛跑了不成？我能舍命救兄弟，就不会丢下他们去独自求生。现在你即使放了我，我也不会走。”

张骞的话一下戳到呼日勒痛处，正自犹豫，那百夫长巴尔汗倒觉得张骞是个英雄，一旁道：“呼日勒侍卫，不就是骨笛嘛，你拿着也没用，不若给他，让他为咱解闷。”

呼日勒扯过马背上的褡裢，从中取出两支骨笛：“张大使，哪支是你的？”

张骞侧身从木栅缝隙中一看：“那支稍微歪一点的便是。”

呼日勒将骨笛递与张骞，便欲走开。

“且慢，你不是‘情义’之人吗，我双手被绑，怎么吹？”

“这恐怕不行。我不能坏了押送囚徒的规矩。”

张骞并不理他，对着百夫长道：“规矩是给别人看的，这位长官大人，你说是不是？我承认，你们是各为其主，要完成匈奴单于交付的任务，在这茫茫原野，这规矩你们没看见，又有谁能见？我看你也是一条有血性的好汉，该不会为这样的小事刁难一个手无寸铁的囚徒吧？”

巴尔汗心中默道，这张骞真是个坚强无我的汉子，难怪能当上汉朝的大使，也难怪手下那么多兄弟千里追踪，舍命救他。若非汉匈之间互为仇敌，说不定自己也能成为他的好兄弟。也不管呼日勒是否同意，便下马走向囚车，解开张骞的双手。

“百夫长，出了事，谁担着？”呼日勒不太情愿。

“谁担着？他自己担着。我看人，从未出错。”

“但愿吧。”呼日勒仍然不放心，手握利刀，一步不落，紧随囚车。

张骞不能坐起，只能肩倚背后栅栏，半身挺着。他运足中气，大声道：“各位兄弟，我先吹笛，大伙儿跟唱。”

押在最前的由天际，虽只听到张骞的隐约之声，仍尖着嗓子应道：“张伯伯，你吹着，我跟着，保证半句不落。落下半句，我就是狗屁呼日勒！”

王兼接口道：“我若落下一个字，我就是臭婊子养的呼日勒！”

呼日勒恨得牙根直痒，却不敢接茬。这两人，在使节队时他便领教过多次，不管哪一个，他都斗不过。尤其是由天际，甭看是个半大小子，伶牙俐齿，一肚子鬼主意。他故作大气，以不屑的口吻说道：“耍嘴皮子，算什么功夫？我才不跟关在牢笼里的囚犯计较。”

呼日勒话音甫落，突听一声笛音破空而出。骨笛特有的锐声，如出鞘的利刃，直击耳鼓，连马儿亦陡地止步，撂起前蹄，所有的囚车刹那间停了下来。

一曲激情昂扬、响彻云霄的《大漠行》，顿时在草原上空起伏激荡。王兼以笛音、由天际以嘹亮的口哨声，紧随相伴，公羊鸣执、堂邑父、任扶、秦自乐等人则放声唱道：

大国情怀兮云海四方，明戈骏马兮神威飞扬。

大漠荒原兮悲喜负载，异域踏阙兮英雄儿郎。

泓下龙吟兮衡轭奋蹄，登峰造极兮葱岭履荒。

践而无逵兮勿问懭悢，劈棘所届兮问鼎他乡。

《大漠行》一歌，已经许久没有集体齐唱，此情此景之下陡地唱起，各人都有非比寻常的体味。曾几何时，百余人马从京城长安出发，是何等的辉煌！然而短短两个多月过去，使节队历尽艰险，却遭此倾覆。而今张骞带头重唱此曲，让大家不由想起他曾多次表达的决心：使节队即使剩下最后一人，也必须继续西行，完成使命。现在虽然身陷囹圄，命运难测，但只要张骞活着，大伙儿活着，终归就有继续西进的一天。

堂邑父唱着《大漠行》，心中便开始谋划重整旗鼓的路径。他认定一条：只要张骞大哥在，天南地北也跟定了他。

秦自乐亦充满了希望，他认定张骞这个大哥，决然不会向命运低头服输。

大家唱了一遍，又唱一遍，直到呼日勒强加干涉，干涉无效，他又向张骞恳求，才罢。巴尔汗虽然不懂汉话，但歌中的那种英雄气概，却使他感到十分震撼：这张骞究竟是个什么样的人？一首歌，就让手下精神昂扬、意气风发起来？全然不像一般囚犯萎靡不振的可怜相。

自此，张骞每日都要领唱一次《大漠行》。无论刮风下雨，无论呼日勒如何干涉，从未停止。后来呼日勒只好退让：唱就唱吧，只要不出其他岔子，安然抵达龙城，也就完事。而心中对这位百夫长，却甚为不满，认为其对张骞等人太过于宽容。

如此向东走了五天，第六天又折向北，走了四天，才到匈奴单于所在地龙城。

前五天，囚车皆行进在苍茫无际的草原，难遇行人，几乎隔天才走进一个部落，而一个部落的辖地绵延数百里。折向北后，全然成了另番景象，沿途皆为山岭丘壑，蔽日林木，人烟更为稀少，而夜间潮冷的穿林风，更是刮个不停。

巴尔汗又和呼日勒发生了争执。按呼日勒之意，押解骑士向火之时，囚车离篝火丈许即可。百夫长则道，一丈与五尺有甚区别？五尺之距更利于看管。令军士一律将囚车拉至篝火旁边，有的甚至向“囚犯”打听汉人的奇闻趣事，以此熬过漫漫长夜。

至龙城，张骞仍被押在单间，并加双岗看守。一连几天，呼日勒再不露面。

龙城在何位置，经张骞与狱役多次探问，从其零零碎碎回答中得知，其城傍色楞格河下游，规模甚为宏大，人口较赵信城两倍还多。只此地冬季奇寒，八月草枯，九月飞雪是为常事，至冬月腊月，则万户闭门，鸟兽绝迹，全为冰雪世界。

直到第七日，呼日勒突然手托一钵松烟，打开张骞牢门道："恭喜张大使，大单于要在龙廷见你——不过，按召见囚犯规矩，你得墨面前行。"

"墨面？为什么？我是堂堂大汉大使，即为敌国，此举亦毫无道理。此等做法，只能证明你们单于的野蛮与愚蠢。你去告诉你的主子，满足两个条件，就见，否则，将张骞的人头与你提去！"

"哪两个条件？"呼日勒深知张骞这不是威吓，他是说到做到之人。

"其一，我不能蓬头垢面，我要清洗干净，换我国服；其二，坚决拒绝墨面见人。"

不知怎的，在张骞面前，呼日勒总是感到矮其三分，听了张骞之语，竟自诺诺退下。

这真是：

灵魂不语，在其一言一行之中；
灵魂无言，在其命运决断时刻。
灵魂走失，则为流星过客；
灵魂毁灭，则是行尸走肉。
流芳千古，应有千古称道之事；
一个张骞，成芸芸众生之镜。

欲知张骞如何与匈奴单于相见，见后又发生了什么样的故事，且由下回具体交代。

# 第三十六回　独战龙廷张骞斗志　群英遭解探知下落

翌日中午，呼日勒随同一位高大威猛的匈奴汉子，来到张骞囚房。

狱役打开牢门，二人踏步入内，张骞仍阖目盘腿息坐，无任何反应。

呼日勒一看，见张骞已梳洗整洁，待命等召，顿时放下心来：“张大哥，大单于今日特命左侍卫长托乌坎达前来，亲自接你去龙廷拜见单于。”

张骞倏地双眼一睁，目光投向这位单于侍卫长，见是一个凹眼尖鼻、挺胸拔背的夯壮大汉，便道：“我的国服可曾带来？”

这托乌坎达亦在打量这位听说了不起的汉使，当张骞目光如炬、精气透骨般投向自己时，他便知此人非常了得。而宽阔的脸膛，突兀的额颅，健硕的身材，更给了他极深的印象。此时见问，倒也不敢怠慢：“张大使有所不知，尔等之国服太过贵重，被噶弘因土司私自留下。前日单于已派人去取，因路途遥远，尚需时日。现有一身洁净衣服，也不知合不合体，暂且换上。”遂从肩头取下包袱，拿出一套服装。

张骞接过一看，见是一套匈奴衣服，一扔，撂在床上：“吾系汉人，又系汉使，既无我朝国服，亦当身着汉服，去见尔等之帝王。”

“不就一身衣服，何必如此拘泥？”

“尔是单于左侍卫长，尔应如晓，凡使臣，头可断，国体不能丢！”

按张骞心思，能见见这位多次对大汉发动战争的单于，也未尝不可。对于这

位军臣单于，许多汉人，包括许多朝臣、战将，也只知其名，以及一些无以稽考的传闻。对于其人的真正秉性、作为直至喜好、相貌，并不了解。而今有此机会，理应一窥其貌。但以匈奴服饰而去，其寓意则非同寻常，那是一种表示屈服、自甘为匈奴人的象征。

见张骞如此决绝，托乌坎达显出一种无可奈何状：“可我一时从哪里为你寻得汉服？你还是将就将就吧。”

“笑话！这话恐怕连你自己也不会相信。堂堂匈奴龙廷，国土东西纵横上万里，臣民无数，骑士无数，和我大汉争战多年，怎会寻不着一套汉服？我倒要问问呼日勒，使节队的汉服，你给弄到哪里去了？”

呼日勒眨巴了一下鼠眼，却绕开话题：“张大哥，你现在不也正穿着匈奴服装？也没听说过你要重换汉服。”

“你知晓什么？既在囚室，就只配穿这样的衣服。”又扭头对托乌坎达道：“如若没有汉服，可将布料交与我的属下公羊鸣执，什么时候做起，什么时辰再说。”

“尊你是条血性汉子，这里有套汉服，不妨试试。”托乌坎达又从包袱里掏出一套衣服。

张骞搭眼一看，便大为惊讶，这身衣服正是自己那套葛布服装。衣襟上的那个小洞，还是在荒村为呼日勒煎药时，为一飞落的火星所致。他翻了一眼呼日勒，立时明白，刚才的一切，均系一桩阴谋。

走出监牢大门，便见十名军士骑着高头大马，人人衣着光鲜，刀光锃亮。其中一人牵一匹驽马过来，让张骞骑了，托乌坎达在左，呼日勒在右，前后各五名军士，挟持着，橐橐而行。

这龙城（今蒙古国额尔登特附近）街道甚为宽阔，虽然不能与长安相比，但也可容六骑并行。出大牢拐一窄巷，约行一百余丈便进入大街。张骞来时因戴着头套，市井容貌全然不知，今日乍见，颇感异样。大街之上，店面林立，多为皮草、餐馆、客栈、奶制作坊、肉店、粮栈、匠作、制衣、鞍鞯、日用器皿、洗浴、靴帽、食品等交易场所。步行者极少，多以骡马、骆驼代步，富商、贵族男女，则以高车驷马招摇过市。但无论何等人员，一见龙廷卫队，皆纷纷避让，侧立一旁，候卫队过去，方移动穿行。

张骞不知别处街道怎样，这条通往龙廷的街道，显得恢宏、整齐。街道一律长条青石相嵌，缝隙横竖规整，两侧均有排水沟渠；房屋则以夯筑土墙或土坯砌就，墙面抹以白色涂层，房顶“人”字相拱，有瓦坯，亦有石板。临街门窗似乎有一定规制，大小宽窄整齐划一。而大街通向外边的小巷，房屋建筑似很随意，时有帐篷、垛木草房杂然其间，猪、羊、鸡、狗等，亦在其中乱窜。

见张骞一路四处张望，托乌坎达道：“龙城比长安怎样？我没去过长安，听呼日勒说，长安城很大很大，城门就有十二座，且都有重兵把守。城里的房屋都盖得富丽堂皇，而皇宫里上面一颗门钉，都价值几十头肥羊，真是这样吗？”

“既然呼日勒都说了，又何必问我？我只是奇怪，单于今日见我，我的那帮兄弟缘何没有踪影？如若如此，你们还是将我送回大牢吧。”

“大单于不是谁想见就能见的。譬如你们汉朝皇帝，是人都可召见吗？你的那帮兄弟，自有我们老国师接待，之后去他们该去的地方。你若不是大使，也只能与他们一样。”

“这么说，我的这些使节队员，现在已经不在这里，都被押到了别的地方？”

“我只是一名侍卫长，只管侍卫长分内之事。”托乌坎达不作正面回答。

“呼日勒，这些兄弟的去向，你不会不知。因为他们每个人的情况，你最为熟悉。你休要瞒我，老国师一定向你了解过他们的概况。我不确定你出没出过什么主意，但他们各人的去向，你一定知情。今天当着左侍卫长的面，如果你还有丁点情义，算我张骞求你，请你将一切告知于我。”

张骞又对托乌坎达道：“大侍卫长你说，我这要求过不过分？我也自知，今日与单于一见之后，将会被押至一个完全陌生和遥远的地方，严加看管，想与任何一位兄弟联系都难上加难。不管怎么说，这些兄弟跟随于我，历经生死，结下了终生情谊，最后如果连他们的下落都不知晓，于情于理，都说不过去。你们又何须担心？退一步说，即使单于知道此事，又能怎样？一位堂堂匈奴大单于，还怕一个被囚禁的大使不成？”

“张大使，我是真的不管此事。”托乌坎达又向呼日勒一看，“你若知道些什么，不妨说与张大使听听。我匈奴疆域万里，随便一处，藏几个人算什么问题。这不是我以左侍卫长下令。说与不说，仍在于你。”

“我也只告诉老国师一些他想了解的事情。譬如孙治瑾是医官，公羊鸣执是裁缝，陈尚斗是驯马师，容南、容北会搞水利，杨柏会做庄稼、会弄饭菜，等等。至于将他们究竟分别押送到什么地方，因为属于秘密，别人并不知晓，只有老国师和押送人员了解。而押送人员也只知晓自己押送对象的下落，并不知晓别人去了什么地方，甚至连起程日子也不清楚。”这呼日勒暗自得意，反正自己在张骞眼中已是一个背信弃义之人，不若索性背信到底，当面恳求也不说知细情，让你张骞终生也难见到他们。

“这么说，他们已经全都押离了这里？”张骞十分失望。

“差不多是这样。昨日我去街上买靴子，见到由天际最后一个人离开。”

张骞知道再也问不出什么，遂缄口不语。只心中生出无限牵挂，猜想他们每个人的去处。

“其实，张大使不必太过伤感，你的那些部属，只不过换了地方生活而已。比如在这城里，就有不少汉人，他们就过得挺是不错。”托乌坎达道。

“这能相提并论吗？一是心甘情愿，一是情非所愿；一是来去自由，一是处处受到监视；一是平白之身，一是奴隶之躯。其中的委屈，何人能解？你也有生死相依的兄弟，如若他们突然不知去向，无从寻觅，恐怕也难安然面对。”对这种无关痛痒苍白无力的说辞，张骞再也不想多说。

自此三人皆默默无言，在一路马蹄声中徐徐而进。

将近一个时辰，张骞被押至一宽阔地带。

此处东西南北相距约在两里以上，依次排定九顶装饰华丽的大帐，而以中间的最为硕大。它几乎高过其他大帐一倍，洁白的羊毡作篷，帐檐镶以黄灿灿的金边，帐顶冠一枚将近五尺高的金顶。阳光之下，白光闪闪，金光灼灼，显示出一种华贵而威严的气势。金顶大帐之外，数百名虎卫士兵环绕守护，皆盔甲鲜明，戈矛锃亮，一律的虬髯大汉，个个笔挺屹立。大帐门外，一条长约百丈的甬道，宽阔平整，路面坚硬如铁。每隔一丈，虎卫卫士夹道挺立，皆猿臂长腿，体型威猛，个个长戟紧握，双目炯炯，凝视不瞬。九顶大帐外边百丈之处，均以拒马、鹿寨、暗桩分层防护，且有流动哨口，每五十人一队，昼夜不息，挎刀持弓，不停巡逻。

托乌坎达一行将张骞押至鹿寨门外，便即一律下马，十名军士去了自己的大

帐，自己手举黄金虎皮绢前导，张骞居中，呼日勒押后，由守门卫士放行入内。至金顶大帐甬道口，虎卫卫士虽面对侍卫长，亦无言语，依例以黄金虎皮绢为证，前导至帐门之外，而后入内通报，这才笑对托乌坎达道："请左侍卫长面见单于，履行公务。"

呼日勒欲相随跟进，却被卫士挡住："单于未曾发话召见你，没你什么事。你虽系单于贴身侍卫，但单于已经发令，命你在家歇息三日，轮值之时再来。"

他即刻明白，奖赏已经兑现，汉朝出使西域之使节队也已倾覆，此后便无他什么事情。而他唯一操心的，是长安城里张骞宅邸中那些私藏的银子，将以什么借口重返长安，悉数取出。那可是一笔不小的财富，丢掉十分可惜。他从背后看了一眼张骞，在银两的事情上，还是应该感谢这位大使。

张骞随托乌坎达一入金顶大帐，便觉又是一番景象。约有八十名贴身侍卫分行挺立，所执武器并不统一，铁锤、铁链、狼牙棒，各种异形兵器应有尽有。个头也高矮不一，胖瘦皆有。显然都是忠诚异能之士。所有卫士见张骞入内，皆双目圆睁，予以逼视。等闲人见此，无不心中发怯，双腿发软，跪膝而前。而地面，由白色玉石铺就，无比光亮滑腻。

张骞昂首阔步，旁若无人，不疾不徐，踏地有声。刚毅的目光犹似利箭，粗壮的双臂亚如探动的铁杵，至军臣单于相距三丈处，被喝令跪下。

托乌坎达完全变了模样，见张骞兀自挺立，又一次恶煞般喝道："大胆张骞，见我单于，怎得如此无礼？跪下！"

"我乃堂堂大汉正使，只可上跪天，下跪地，跪父母，跪吾皇，别的无此一说！"张骞运气中腑，音量不高，却震得帐内嗡嗡作响。

托乌坎达突然走近张骞，双手加力，按其肩膀："跪下！"

张骞身若石柱，纹丝未动，只听地面一块玉石"铮"的一响，裂为数块。

托乌坎达暗暗吃惊，提起右腿，一脚踹向张骞左小腿："断你一腿，看你跪是不跪！"他知此人厉害，便用了十成之力。

帐中尽人皆知，左侍卫长的腿功可谓独步侍卫之林，曾一脚踹折牛腿骨。今日这一脚下去，这位汉朝大使非残不可，没有半年医治，从此休想重新站起。

一干人却听到汉朝大使说着流利的番语："腿断了，也只有断腿的汉使，没

有屈膝的汉使！”

出乎众侍卫的预料，他们并未见到汉朝大使腿折，反倒看见左侍卫长右脚不敢落地，踮起脚尖，勉强立住。

只有托乌坎达知晓，自己的脚弓已经骨裂。当他一脚踹到张骞腿骨时，就像踹到一尊铁砖，想将腿收回，已然迟了。他系练武之人，浑知面对这样的对手，用力越狠，反弹之力便越大。他正琢磨如何收场时，只听单于发话道：“左侍卫长退下。此乃无双国士，给大使赐一机座。靠近一点。”

单于身旁一妙龄女郎立即端来一只机凳，置于单于前面一丈之侧，然后退回。

张骞张眼一睄，见那机凳高约三尺，三腿支立，颜色黑红，迎亮反光，显然是一漆器。遂徐步上前，向单于施以一揖之礼：“谢单于赐座。”即挺胸拔背，端坐于机。

张骞正眼向军臣单于瞧去，恰遇单于目光，四目对视良久，皆无退避之意。

于此，张骞瞧清了军臣单于的模样与气度。有诗为证：

身材魁梧似战神，相貌堂堂一国尊。
一颦一笑皆云涌，威风八面众服膺。
虎皮王椅堪其座，举手投足气凛凛。
锦袍玉带显华贵，声洪语亮入耳轻。

真可谓：

蛮夷之说多讹误，单于实乃一雄鹰。

张骞心中暗赞，这军臣单于堪称气度非凡，一代英雄。若非敌国君王，他倒真想向其表示钦敬。再一细瞧，这单于大约四十挂零，正当盛年，虎皮王椅虽有镶金嵌银的高高靠背，似乎只是某种象征，其身始终挺直端坐，两条长腿与王椅屈膝相平，一双镂金皮靴并未恣意叉开，一手按着面前长几，一手端着玉杯，偶尔啜饮一口，亦不知其中是水、是酒、是茶，或是奶茶。

其案几显系特制，长约一丈，宽约五尺，黝黑锃亮，金光闪闪——那是漆中

掺入金箔所致。案几之上，左放简册，右置帛书、刀笔，别无他物。玉杯一旦搁下，旁侍女郎便立即手捧玉壶，将玉杯斟满，轻轻盖上杯盖。

这军臣单于四方脸盘，面色黑红，鼻准奇高，眉毛奇浓，络腮胡须卷曲直至耳际，眼睛不大，却炯炯有神。张骞见其不语，亦不张口相问。

双方打量移时，军臣单于将玉杯一放："张骞大使，此次率队出使何地何国？"

"禀单于陛下得知，张骞此次率队出使西域各国，重在建立友好关系，达到互通有无、进行商贸文明往来。"张骞复又站起，施之以礼。

"既如此，缘何过我匈奴国境，不作事前通报，反而杀我匈奴军士？"

"单于陛下，此言差矣。我等进入贵国国境之后，都带有我皇口信，向各部族王爷致以问候，一路之上，从来不做扰民之事。至于同贵国军士的厮杀，其原因也并非由我方引起，全因贵国某些头人、土司意欲劫掠我方保障物资，实施暗中偷袭所致。尤其在噶弘因部落，我方六十来名使者，先后遭到贵国三百余名精锐骑士围剿，致使我方人员损失大半，余者不是失踪，便是遭擒，此等情理，尚请单于陛下为张骞做主。"

"此情怪不得我方地方部落。作为正使，你应先到我龙廷拜知。你也休得隐瞒汉皇之意，其实我匈奴早已侦知，你张骞此次率队出使西域，主要目的只有一个：寻找被我匈奴打败的月氏国，意欲与其联合，形成对我匈奴东西夹击之势。此等目的，我岂能容你出使成功？如今你既落我手，有两条路可供你选择。"

军臣单于语毕，便观察张骞神色，等待心中所期望的询问。

不料，张骞却反诘道："单于陛下，你可知晓，我使节队损失的都是些什么人？"

军臣单于瞪着张骞，却端起玉杯，只顾啜饮。

"他们一不是骑兵，二不是战士。他们一个个都是我大汉朝万里挑一的奇能异士。其中有房屋建造、土木工程者；修田造地、水利工程者；冶铁制作、锻造工程者；植桑养蚕、农用工程者；直至大汉朝最优秀的裁缝、最优秀的医官、最优秀的厨师、最优秀的文字制简者、最优秀的驯马师、最优秀的歌者……将他们放在哪一国、哪一地，都可以使那里的百姓很快富裕起来，不用战争、不用劫掠，都可以享受到幸福宁静的生活，可是，现在全没了，全没了，张骞好不痛心啊！"张骞说着，忍不住痛心疾首，泪如泉涌。

双方又复默然。良久，军臣单于停了啜饮，又旧问重提。

“两条路？无非是杀头或者为奴。张骞早将生死置之度外。”张骞十分坦然。

“我不会杀你的。你到这里几天了，你在想些什么？逃跑？寻找部下，重行西域？抑或认命服输？”

“我想我的故国边民，是否又受到他国骑匪的劫掠杀戮；我也在想我城固家中的老母，以及家乡正当收割的金黄稻谷。当然，单于陛下说得不错，如若有适当机会，我仍会代我大汉朝廷，再行出使之责。”

“你们汉人常说，识时务者为俊杰。张骞，可否当我匈奴大使，出使南粤，对汉廷实施南北夹击之势？如若见允，我赐你匈奴无双国士之号，地位与我匈奴大王相若，并接你老母到王廷安享晚年。我亦惜才，断勿错失良机。”

“谢单于陛下看重乡民张骞。可惜张骞生在大汉，身为汉民，心中唯有汉皇，只知报国，不会卖主求荣。”

军臣单于脸色陡地一变，大怒道：“既如此，留你何用！右侍卫长，将他捆了，带出去，派刽子手，予以斩首！”

张骞亦顿时大怒，左脚伸出，足下玉石皆成碎块，以番语放声唱诗一首：“贼酋高坐，实乃伪君；杀戮成癖，终现魔性。张骞引颈，自兹去也；看大汉来日，踏平龙廷！”

那右侍卫长刚见左侍卫长暗中吃亏，应声而出之后，又叫上四名侍卫上前，七手八脚绑定之后，又拽又拉，将张骞推至鹿寨门外侧旁，准备行刑。

刀斧手刚刚站定，突听一声断喝：“刀下留人！”

众人抬眼一瞧，原来是一六十多岁老者，骑马刚至。随着喝叫，人亦下马。

右侍卫长立即来到老者面前，弯腰施礼：“老国师有何见教？”

原来这老者系匈奴国师，地位极高，军臣单于对其十分尊敬，凡重大国策，都要征得国师意见之后，方予实行。王廷内外的王爷、近臣及众侍卫，对国师更是敬若神明。

“此人不能杀。”老国师端详着张骞，“张大使，我不晓得你与单于陛下说了些什么，因何惹得单于发怒。但我知晓，尔乃极为忠义之人，为救友敢舍其身；尔亦是意志异常坚定之人，认定了的事情，哪怕千难万险，亦不达目的誓不罢休。

我十分敬重你高洁的品德，你是罕见的硬汉，并有文武全才之能。你就这样丢掉性命，实为不值，亦实在可惜。你何不退一步想想，如若不让你参与匈奴征战之事，在不背叛汉皇故国的情况之下，为我匈奴百姓贡献出你的智慧？你且先不用答复，容我见过单于陛下再说。”老国师说罢，又叮嘱了右侍卫长几句，便即去了金顶大帐。

军臣单于一见老国师，便即起座，笑容满面，又是赐座，又是赐酒，又是问候，直到老国师从怀中掏出一卷帛书。

“这是为单于陛下新选的十名侍卫名单。他们的部族背景、年龄特长，都一一做了标注。他们皆为千里挑一的忠勇之士，经反复考察，方确定呈与单于过目。”

“有劳国师费心。”军臣单于见老国师欲言又止，复问，“国师是否还有话说？”

“是的。单于要杀张骞？”

“张骞狂悖，不肯为我所用，留下他没甚意义。”军臣单于犹自气恨。

“谁都可杀，但此人却杀不得。进来时我已见了，我已叫右侍卫长刀下留人。”

“这是为何？”军臣单于气恨稍解。

“我匈奴素重忠义之人。此人大忠大义，杀之于国不祥，于事无补。”

“老国师有何主意？”

“我观张骞，实为罕有之才。其人事母极孝，事国极忠，事友极诚，事事极为坚韧，胆识亦非常人可比。若他三言两语便归顺单于陛下，那他也就不是张骞。据我所知，其人六岁便即入学，之后受到名师之教；十六岁于农作之时，培育出珍奇稻谷黑米；十九岁逢得奇缘，获得古之珍宝青锋宝剑，学得艺成；入汉军之后，任司御时，即彰治理之能；其后收服库录，又与呼日勒、甘父结为异姓兄弟，可见其胸怀坦诚如广阔草原。此人若能为我所用，富国强兵当得其助力矣。”

“可他宁死不屈，还当廷辱骂于我。”

“对于此等人物，不可操之过急。我有一计，可使他再无西行之念、归国之行。”

“不知老国师是何良策？”军臣单于直直盯着国师。

“一个字：‘磨’。可将张骞发配到一位亲近可信的王爷处，先令其为奴，但又不以奴隶待之；展其所长，福我牧民，但又不以国是逼之；为其谋妻，生儿育女，但又不认其汉民身份。这样一来，用不了三年五载，至多七八年工夫，是块铁，也将其熔化；是块顽石，也将其磨得溜光圆滑。彼时召之，他必感恩戴德，

不复相拒矣。”

“此计甚妙。只是这亲近可信的王爷——”军臣单于陷入沉吟。

“来时我替单于陛下琢磨好了。右贤王处之托力鲁王爷，乃系近亲、龙廷黄金姓氏。托他监护，最为妥当。再者，那里远离汉地边关，离他的部下，一个一个也相距甚远。只要让托力鲁知晓龙廷用意，他定会尽力做好此事。”

“如此甚好，就依国师。只这押送之人，亦要妥当。”

“此事我也做了安排，来时已让右侍卫长去叫巴尔汗，令其候着。”

“巴尔汗？此系何人？”

“巴尔汗乃托力鲁王爷亲侄，现为百夫长。此次从赵信城押解张骞一干人等到龙城，便是他与呼日勒共同担责完成。”

“我见张骞武功奇高，左侍卫长一不小心都受其暗伤，不怕巴尔汗半道出甚差错？”

“这个不怕。张骞为人忠义，这既是其优点，又是其弱点，可暗嘱巴尔汗，以呼日勒为例，阴与结为异姓兄弟，他念己之去留与巴尔汗身家性命相系，便不会半途做反抗之争。退一步说，即便此着无果，以张骞为人准则，亦不会丢开他的部下，独自求生的。”

“国师谋算，可谓深矣——说到百夫长，我倒想起一个人来，那个名叫堂邑父的我族之人，不知国师何以处置？”

“启禀单于，堂邑父已被革除百夫长之职，撵回老家放羊。”老国师见事已妥帖，遂告辞退出，复至张骞待斩之处。

且说张骞只待引颈一刀，便魂归故里，虽有负皇命，但名节得存。孰料遭际匈奴老国师，一句“此人不能杀”，右侍卫长便懈怠下来，遣走了刀斧手，只留下四名侍卫看押。艳阳所照，他背缚立柱，身影孤独地投向脚下草坪。

老国师刚一转身，向金顶大帐去无两丈，又见右侍卫长派出一骑，飞也似的驰向城内。张骞不知此系什么名堂，但猜想当与自己相关。

既然留得性命，就当另做打算。张骞暗自掂量，老国师的一番言语，看似没有劝降之意，实质为一种软化手段。在各位兄弟不明下落的情况之下，不妨将计

就计，实施韬晦之术，以待时日。倘能寻得甘父、秦自乐、公羊鸣执、杨柏等人，一旦时机恰当，仍可继续西行。

不管老国师与军臣单于说些什么，做出什么样的处置，张骞断定，自己将会以奴隶身份，被送至与匈奴王廷紧密联系的地方，且被严密管押。这地方将会与汉地边关很远。

龙城七月下旬的太阳，也就正午时分使人感到有些炙热，太阳稍一偏斜，便只剩下温煦。张骞一看脚下，身影已渐偏东，而北边刮来的阵风，又送来王廷侧旁厨帐中的饭香。他强忍口渴，听着四名侍卫胡乱议论着王廷厨子的手艺，夸奖着其中一个汉人厨师，做出的豆腐如何如何的美味可口。

恰在此时，远处咕里咕噜来了一辆囚车，其后紧跟着四名匈奴骑士。及近，张骞陡然发现，四名骑士中除却那名侍卫，还有那百夫长巴尔汗。

张骞即刻明白，此次负责押解他远行某地的人，是巴尔汗和另两名匈奴骑士。

巴尔汗一到，便将囚车停在一旁，向另两名骑士招招手，一同下马默默侍立。

候有片刻，老国师亦至。老人态度和蔼，亲自为张骞解缚："年轻人，你应该谢我，免你做了刀下之鬼。"笑笑，又道，"我不指望你马上改弦易辙，重认新主，但希望你去托力鲁王爷那里，能为当地牧民做些事情。他们与你家乡百姓一样，只是想把日子过得如意一些，对一般汉人并无敌意。好了，此次送你去托力鲁部落的人，你已看到，也可算熟人。巴尔汗乃托力鲁王爷亲侄，他会为你向托力鲁王爷进以美言。但是年轻人你应晓得，你的身份既为汉朝使节队正使，便是我匈奴国的特等重犯，巴尔汗因此担负极大责任，关乎着他的身家性命，想你不会为一己之利而殃及无辜。当然，于汉皇，你是大使；于匈奴王廷，目下只可为奴隶。老夫再无别的相劝，但愿你好自为之。"语毕，向巴尔汗一招手，"你过来，将张大使领走。"

巴尔汗疾步而至，向老国师毕恭毕敬弯腰施礼："国师但请放心，卑下当尽心努力，不使出什么差池。不知国师还有什么吩咐？"

老国师抛过一只葛布口袋："这是张大使所携一袋种子，到时交还与他。"又转脸对着张骞，"年轻人勿怪，使节队其他东西不能归还于你。但这种子于你，或许有些用处。老夫就此别过。"随即跨马，甩出一个响鞭，头也不回，去了别处。

缚着双手的张骞，被巴尔汗从背后一推：“张大使，上车吧。”

早已候在栅栏旁边的两名军士，左右用手一擀，将张骞关入囚车。巴尔汗喝了一声：“走！”两军士便一左一右挟着囚车，巴尔汗紧跟其后，穿城向南而去。

见囚车所经系陌生街道，张骞用脚一蹬囚车：“巴尔汗，这就走？不去大牢了？”

“你这人少见，对大牢有瘾。大牢里有什么好待的！”

“可我的骨笛，还有换下的衣服，还在那里。”

巴尔汗取过褡裢，从中扯出一个包袱：“都在这里。别人看不上这个。”

经过一家烤馕店时，巴尔汗将囚车停下，买了几大摞烤馕放入囚车。接着，又去附近一家肉店买下若许腊羊肉、腊牛肉、腊猪肉，让两军士分着拿上。

街上有闲汉看着热闹，说着闲话。“这个汉人可不简单，又是馍，又是肉，怕还要给弄酒。”“可不敢弄酒。一碗酒下去，罪犯成了醉犯，那可犯了匈奴人的规矩。”“你们胡猜什么，这汉人明明就是个奴隶，酒肉哪有他的份儿！”“可押运奴隶，哪用得上囚车？”

巴尔汗也不言语，东西一买，只将拉车的马儿打得飞跑，一路叮里咣啷直奔城外。

到了郊外，囚车才缓了下来，至一处城郊客栈，太阳离远方的边际，已只数尺来高，所有房屋、树木的影子，被拉得又斜又长。巴尔汗道：“再走就没有人家了。今日就宿在此处。”也不知巴尔汗拿出了一件什么东西，店家一看，立即堆上一脸笑容，忙不迭地叫来几个伙计，弄起一应事体。

店家走后，巴尔汗便与两名军士将囚车推入一间大房，置于中间，并解开张骞双手上的皮绳：“张大使，我巴尔汗敬你是个英雄，更敬你的忠义。但匈奴有刑律规定，囚中重犯无论何时何地、白天黑夜，均不能放出囚车。我也不妨告诉你，此店对外是普通客栈，对内实为龙廷耳目，这与赵信城一样，城郊均有这种客栈，堂邑父等人被擒，一方面是遭呼日勒算计，更主要的是遭到龙廷耳目的暗着。故此，我更不能让你走出囚车。不过，你尽管放心，这两位军士是我过命的好友，也都是血性汉子，不会背过我，对你施以暗手。”随即，拉过一粗夯大汉道：“他叫图鲁。”又指另一显得年轻的汉子道：“他叫图音，是图鲁的弟弟。”也不等

张骞应答，又道，“你俩兄弟听着，我有老国师的印信，一会儿可以放开肚皮吃喝。不过，不能喝得酩酊大醉。走了张大使，你我三人连同父母妻儿的性命，便都交代了。”

张骞一听便知，巴尔汗明里在说图鲁、图音二人，暗地里是在提醒自己，既是忠义之人，就应如老国师所说，不能让他人遭受无妄之灾。尽管，巴尔汗等也是匈奴军士。

巴尔汗说罢，又给张骞送来一袋热水：“张大使，我们喝酒，你只能喝水，这是规矩。一会儿有什么好吃的，可以多吃一点，反正这不用我掏钱。”

张骞只知有黄金虎皮绢，不知老国师的印信亦这么管用，即道：“孰料凭老国师印信，亦可在匈奴境内通吃。”

“那是。凭此不但可在境内通行无阻，亦可根据用度，在龙廷与各地王爷处提取银钱。但要调度军士，只有龙廷侍卫凭黄金虎皮绢方可。此次我若无押送囚犯之责，老国师之印信亦不可得。不瞒张大使，你那些押至龙城的部下，已由我的军士押至老国师指定的各个地方。我与图鲁、图音三人留下，亦是老国师的指令，目的一个，为了你张骞。”

这巴尔汗倒是个直爽洒脱之人。张骞感到，此人与堂邑父的品性十分近似，如若不是双方身份对立，真可成为要好朋友。看来，要想探知甘父、任扶、秦自乐、公羊鸣执等人的去向，或许可以从巴尔汗口中获得。

“巴尔汗百夫长，你们最后送走的，是否是一半大的孩子？”张骞试探道。

“非也，非也。这是你那结义兄弟呼日勒嚼牙巴骨吧？我真是不懂，张大使你这样的人，怎么会有这样的兄弟？那半大孩子是不是叫由天际？你的那些部下，数他走得最早。这孩子机灵，兰扎吁王爷到龙廷办事，一下看上了他，便直接带走，当使唤奴隶去了。”

张骞心里发痛。呼日勒又一次骗了他。确乎，他为什么能与这种人成为结义兄弟？一片赤诚，换来的是彻底的背叛。可当时的情景，哪容得他细究？瞬间，他又有些欣喜，这巴尔汗不失为一条真正的匈奴汉子。张骞便把与堂邑父、呼日勒结义的经过，简单说了，当时的日的，只是为了西行经过匈奴地域时，能让其给予帮助。

巴尔汗见张骞真诚，也七七八八、拉里拉杂，将秦自乐等人被押解的日子、押解的去向一一道出，说漏了的，图鲁、图音一旁插话帮衬。总体上张骞逐渐有了清晰的掌握：

堂邑父：被削去“百夫长”之号，无人押解，遣回原籍，自行离开。因是族人，处理最轻；

范佑铭：押至包不讷部落为奴，由土司监管，负该部落铜矿、铁矿冶炼之责；

杨柏：龙廷奴隶。于龙廷郊外垦荒种地，负责单于、贵族们的粮食、蔬菜供应；

陈尚斗：发配于北海（今之贝加尔湖）一养马场为奴，担负驯马、医马之责；

容南、容北：发配至色楞格河下游修渠造堰，在匈奴河督手下为奴；

秦自乐：押至噶弘因部落，土司特鲁乌达手下为奴；

公羊鸣执、苏疾、王兼：押至东匈奴大兴安岭，左贤王部三个部落头人为奴，做伐木苦工；

任扶、赵无偏：发配至北海（贝加尔湖）南岸一土司家当牧羊奴；

由天际：发配至赵信城西边、兰扎吁王爷处，做使唤奴隶；

沙里修：发配至阴山南麓一部落小王爷家为奴；

孙治瑾：被单于近族琅艾王爷要去，为琅艾王爷家中医奴；

宋石、宋木：先期被交噶弘因部落土司，后卖与比佤部落土司为奴。

失踪不知下落人员：孟慎、先偃、朱厚良、商禾、方峒秋、原有木、魏田林、石舛、尤习重、于起、陈名仿、马大喻、冼老九、匡利。

使节队至此全部解体，由出发时的一百零四人，到峦芳洲整顿后的六十一人，小沙丘一役遭匈奴骑匪偷袭后，阵亡二十九人，失踪十四人，连同张骞自己幸存十八人，被老国师肢解，分布于匈奴各地，彼此相距均在数千里。

但张骞并不就此认命，只要自己活着，西行使命就得完成，何况尚有堂邑父、

秦自乐等一干兄弟在。不过，得等待时机，得相互之间取得联系，得在艰难的岁月中苦熬。

而他最挂心的是旌节的去处，那是大汉使节的凭据，重新出使之时，没它不行。

巴尔汗只管押送人员，张骞不晓得此人对此知也不知，于是试探道：“巴尔汗百夫长，谢谢你告诉了这么多人的去处。现在唯一遗憾之事，是使节队的旌节，不知被老国师收拣于何处。那东西也只是稀奇好看，别人拿去也没啥用处。”张骞故意说得轻描淡写。

“我本不知什么旌节，一次与呼日勒喝酒，酒后呼日勒吹嘘他的功劳，说：‘巴尔汗你知不知晓？张骞的使节队这回算是彻底完蛋了。张骞做梦也想不到，那个被他看作宝贝的劳什子旌节，连同他的青锋宝剑，都被单于送给了额塞王爷。’我知呼日勒这人不怎么地道，又因为事不关己，就只乐得一听而已。”

“这额塞王爷又是怎么回事？”

“要说这额塞王爷，与单于的关系可非同一般，说起来，也是我的族叔，赵信城那一块儿便由他统领。否则的话，这次美差也轮不上我巴尔汗——你看我，又扯远了。前时，单于的阏氏（皇后）诞一王子，额塞王爷来龙廷贺喜，席间，单于说新近得到两样稀罕之物。额塞王爷有一癖好，喜欢收藏世间古怪东西，便向单于索要一观。单于将旌节与青锋宝剑拿出，额塞王爷便爱不释手。单于见此，就做了个顺水人情，索性将此二物赏赐于他——这也是听呼日勒显摆，当时谁也没有在意此事。”

张骞显出一副无所谓的样子：“这样也好。物藏识家，总被随意糟践强了许多。”

巴尔汗却是不依：“据说青锋宝剑是张大使的随身武器，系世间罕见重剑，你的一套剑法更是出神入化。小沙丘一战，与特鲁乌达二十余骑对阵亦全身而退，此事已在匈奴人中传开，大使可否告知一二？”说到兵器武艺，不由得两眼放光。

“反正这才刚刚启程，去托力鲁王爷处时日尚多。我是一个阶下囚徒，不敢奢望与你成为兄弟，但作为汉人，能交上你们这些异族朋友，倒不失为一大乐事。”

“行。我去看看店家，饭食弄好了没有。”巴尔汗起身，却被图鲁挡下：“你在这里，这事应该我去。”

这真是：

仰望蓝天，蓝天云汉，云汉之间飞鹰盘旋；

凝望西域，西域茫茫，茫茫无际仍待英雄历险。

龙廷一战，富贵戮心，齿间夺命，谁个不是息息相关？

一磨一熬，一场比拼，意志信念，自此大幕徐展。

欲知张骞如何落难托力鲁草原，以及众英雄的命运落局，之后回目将逐次述及。

# 第三十七回　秦自乐遭厄噶弘因　达力诺仗义小牧场

一到噶弘因土司外边的场地，两个押解军士下马之后，便去了大帐，将秦自乐撂在囚车，无人理会。

时已过午，从早晨到现在，秦自乐没喝上一口水，没吃到一口饭。饥饿像着火的草原，烧灼与痉挛，折磨得他连手臂也无移动之力，眼睛亦懒得睁开。

这两名押解他的匈奴军士，全然不似去匈奴王城时的百夫长，从那里返回到噶弘因部落，路途的八天，只吃到十二次饭食，且每次只吃到七八成饱。八天之中，不与一语。二人有事，亦背着他咕咕哝哝，不知说些什么。一路之上，只有孤独与饥饿伴随。

秦自乐一直没弄明白，去匈奴龙城，经赵信城绕了一个大圈，在龙城大牢关了四天，没有刑讯，没有审问，也见不着大哥张骞，却又被押回到噶弘因。

他清楚记得，到龙城大牢第一天，由天际便被一个叫兰扎吁的王爷带走。当时什么话也没说上一句，由天际只回头叫了他一声“哥哥”。第二天是杨柏，来人说是奉国师手谕，将其带走，杨柏问：“去哪里？”来人一鞭子抽来：“这是你该问的？”杨柏回头望了大伙儿一眼，便被推搡而去。第三天，是医官孙治瑾；第四天，轮着自己，来人也说奉国师手谕，直到被推上囚车，出城走了五天，也不知押往何地。直到第六天，两个匈奴军士无意间说到噶弘因土司，秦自乐才从中猜到，匈奴单于国师的手谕所指，是押解他到此处为奴。

这真是冤家路窄。秦自乐对噶弘因土司特鲁乌达，只有切齿的痛恨。使节队因这恶魔而遭倾覆，大哥张骞也因这恶魔不得不暴露身份。而现在还得在这恶魔监管之下充当奴隶，这口恶气，实在难于忍下。

然而饥饿使他无力反抗，更无法逃脱。一番往返折腾，秦自乐瘦得皮包骨头，囚车一动，便硌得全身疼痛。而面对这熟悉的场地，那一根根曾经绑缚他们的木桩，心中的痛感，更其让他难以忍受。

两个匈奴军士已经去了大帐很久，仍无一人出来。场院里倒是来了两三个妇人和几个孩子，她们也只是好奇地走到囚车不远的地方，看了一眼便即离开。有一妇人似乎认得秦自乐，“咦”了一声，由惊讶转瞬变得不解，离开时又回头看了看。

终于，从大帐中走出一个瘦猴样的土司军士。那瘦猴一上马便向西北直奔而去，大约过了多半个时辰，又有一刀疤脸汉子跟随而来，与瘦猴一同进入大帐。

不一刻，从大帐中同时出来五人，绿眼珠土司特鲁乌达打头，两押解军士随后，再其后是瘦猴与刀疤脸，一同来到囚车跟前。

一押解军士打开囚车，解下绑缚秦自乐的皮绳，吼道：“自己滚出来，见过你的主子土司大人和头人！”

秦自乐稍稍活动了一下手脚，挣扎着下了囚车，打了个趔趄，又倚着囚车，低头喘气，不做一声。

特鲁乌达故作惊讶：“这不是汉朝使节队副使秦自乐嘛。怎的见了本老爷也没个礼节？你现在是本老爷的奴隶，打你骂你弄死你喂饱你，只看本老爷的心情，你听明白了没有？”见秦自乐仍不吭声，当即一个耳光扇来，“你是个聋子？本老爷跟你说话，敢不理我？”

不料秦自乐头向下一缩，一耳光扇空，特鲁乌达立即一脚踹来，秦自乐顺势倒在地上，好一会儿，才颤抖着爬起身子。

特鲁乌达瞪着押解军士：“这是怎么搞的？”

那军士现出一副无所谓的模样：“土司大人，这不能责怪小的。因此人是龙廷重犯，我们接到国师指令之后，怕在半道出了什么差错，有负国师对土司大人的信赖，故此在路途不敢使其饱腹。”又嬉皮笑脸向特鲁乌达施以一礼，“其实

应该恭喜土司大人，白捡了一个奴隶。此人看着虽然瘦点，但很年轻，有几顿饱饭一喂，力气也就有了。眼看秋草渐黄，牛羊冬贮草料备存在即，此时得一奴隶，是不是一喜？”

“屁！一趟差使，你们倒是白得了许多钱财。这里没你们什么事了，滚吧！”回头对刀疤脸汉子道，“格楞奇头人，此奴今天就交付于你，今后有什么情况，随时告知于我。”又对瘦猴道，“该给奴隶准备的东西，你是管家，你看着办，然后将其交付格楞奇就是。隔三岔五，你抽点工夫，去格楞奇那里看看。”

刀疤脸与瘦猴诺诺称是。两押解军士亦一溜烟离开了噶弘因。瘦猴扔了一个破烂包袱给刀疤脸，又牵来一匹驽马，污秽不堪的马鞍上插一根牧羊鞭，缰绳往地上一撂，便随土司进了大帐。

场地上只剩下刀疤脸与秦自乐。

刀疤脸将破包袱往秦自乐肩上一套，又将驽马缰绳向秦自乐身边一扔：“走！”

秦自乐连上马的力气也没有，只感到头晕眼花、浑身晃悠，接连两次未能上去。

“不走还待怎的？等土司老爷酒肉招待你？甭忘了，你是奴隶！”刀疤脸恶声道。

“头人，我饿！”秦自乐满腹仇恨，此时却只能强忍心间。

“真是饿死鬼变的。包袱里有一块干肉，水袋里有水——这可是你今天的饭食。”

秦自乐立刻将包袱解开，取出一小块干羊肉，就着生水，连撕带嚼，顷刻间吃得罄尽，这才上马，随刀疤脸向西北方向走去。

最初五里地，均有牧民的大小帐篷，帐篷外有拴马桩，以及牛栏羊圈。迎着夕阳，牧人们骑着马儿，打着响鞭，正从各个方向，将牛群羊群往回赶。各家的牧羊犬则奔前跑后，帮着主人，将掉队、离群的牛羊撵入队列之中。

匈奴人烟稀少，一般牧民见到陌生人，都会注意打量。但今日迎面相遇的牧民大多表情冷淡，有的远远看到刀疤脸，便装作追赶牛羊，别过脸去。刀疤脸似乎早已习惯这等场景，仍耀武扬威，神气活现，不把任何人当回事。

又走了大约五里地，一路之上，再无人影，路径也不甚明显，马蹄踏过的痕迹，均被或深或浅的草丛隐蔽。刀疤脸始终一声不吭，只在秦自乐跟不上趟时，才回

头恶狠狠地一盯，疤痕丑陋地连跳几下，然后一鞭子劈头盖脸甩过来。秦自乐见机策马一避，斜刺里冲过刀疤脸的马头：“你是头人，我不跟你计较。再这样，休怪无礼！”

“你一个奴隶，胆敢如此跟我说话！”随即，一鞭子又抽了过来。

眼瞅着鞭梢将至，秦自乐迅即一手将其抓住，加力一撴，刀疤脸前身一倾，鞭子仍脱手而出。秦自乐一扔，鞭子落地：“你这等人，懒得理你。去哪里，你在前面径走就是。”

刀疤脸捡起鞭子，再不敢肆意下手。他心知此人厉害，那使节队的副使，可不是白当的。对于这样的奴隶，看来对付的办法只有一个：不让其吃饱。

秦自乐哪会猜到刀疤脸的谋算，自此只想着自己的心思：不能受此羁绊，不能含垢忍辱、甘做奴隶，得设法逃出此地，去寻找大哥张骞。

于是，每经过的地方，他都予以观察、默记。哪里的地形地貌，哪里便于藏匿，哪里有牧民草场，一处山坳，一处森林，一处沼泽，一处帐篷，都不放过。

五里地，一直绕着一座浅山抹角打转，只见东南方向隐约一片森林，东北方向一片沼泽，抹角转完，前边豁然闪出一大片草场，草场旁边依次排着五顶帐篷。帐篷外，牛羊均已入圈，帐篷里逸出袅袅炊烟。偶尔间，有人走出帐篷，做些杂事。

刀疤脸将秦自乐引至迎路第二座帐篷外停下，铁青着脸道：“秦自乐，这里便是你‘享福’的地方。你给老子记着，好好放羊，甭想什么歪主意！若还想着你那使节队的美事，我不弄你，土司大人也会弄死你！”随即，便去点数圈里的牛羊数目。

这是一顶破败不堪、到处补着窟窿的帐篷。听得外面人声，帐篷里走出一个汉人模样、胡须花白的老奴隶，一见秦自乐立在帐外，便道：“小伙子，是新来的吧？且随我进去。”

听老人说的汉话，秦自乐略感亲切，问道：“老伯原是汉人？”再一打量，老人虽衣着破烂，但每块补丁都很规整；窄长的脸虽满满的沧桑，但并不污浊。而眯着眼缝看人，大概系常年的风霜雨雪及年岁所致。

“我姓赵，原是雁门郡人，景帝前元元年（前156）七月被掳为奴，算来已经整整十七年了，来时二十八岁，一晃苍苍老矣。”言罢，唏嘘不已。

年未半百便言说老，这奴隶的日子哪儿是人过的。秦自乐不胜感慨，手提着破包袱，看着光秃秃的地面，不知如何是好。

“老突，把你那干草匀一点给这新来的。我也匀一点出来，先将就几天再说。”老人又改用番语，对里边一堆草丛说道。

立即，草丛中冒出一个人来，也是胡髭花白的老头，大概也因眼睛不太好使，一直凑到秦自乐跟前，才笑道：“好，好，好。来了个年轻的，以后就不怕羊子乱跑了。”说罢，抱起一抱干草，放在旁边一块空地上，“你就睡这里，给老突做个伴。”

“你那里不行。老突你忘了，你晚上又是磨牙又是打鼾，起夜三四次，尿骚味儿太大。还是让他单独睡，地点由他自己选，选哪儿是哪儿。”又对秦自乐道，“年轻人，还没请教你的姓名呢。这样可好？”

“赵伯，我姓秦。还有突叔，你们以后叫我小秦即可。至于名字，就不必说了。”遂选了一处离赵老头不太远，也不太近的地方，将草铺上——秦自乐明白，这便是一个奴隶的“褥子”。

看来，两个老人对他的到来，均感高兴。那“老突”立即端来一木盂热水，递到秦自乐手中：“小秦，老突没酒，只有热水，先喝着，暖暖身子。”

秦自乐谢过，端起一饮而尽：“突叔，看你年纪虽大，身子骨倒还结实。你是匈奴人，怎的也——”

“怎的也成了奴隶是吧？说起来，真是一言难尽。”一声长叹，欲言又止。

“还是我来说吧。”赵老头接过话头，说道，“这老突甭看是一匈奴，却是个心地善良的大好人。他原是一名匈奴骑士，武艺也还不错。十年前随土司攻掠上谷郡，掳得汉人一家四口和家中所有财物，返回时，抢劫的一幕始终让他备受折磨。当时这汉人家中还有两个病卧在床的老人，他举刀欲杀，难下狠心，便只将老人的儿子儿媳、两个未成年的孙子及财物掠走。这四人一路走一路啼哭不已，他见其着实可怜，便偷偷将这一家四口全部放了。土司知晓之后，暴跳如雷，将老突抽了一百鞭子，取消了牧民族籍，罚为奴隶，家里也被弄得妻离子散——要说这些年我也多亏了他，要不，五十只羊、十头牛，凭我一己之力，哪能招呼得过来？稍有差错，头人轻则臭骂一顿，重则一顿鞭子，两天不给一粒粮食一块干

肉。去年老突突然患了一次眼疾，又不给医治，眼见得这些牛羊没法弄它，还好，你来了。”赵老头一口气说了许多，才想起秦自乐的来历，“小秦，你是新近被掳的边民吧，不知老家在什么地方，家里还有些什么人？”

秦自乐瞒了峦芳洲当大王一事，将使节队的情况简单说了一下。接着，便掏出包袱中所有的东西，一看，有一床羊毛掉了几乎一半又脏又膻的光皮“被子”，几大块颜色不一的旧布，一团七长八短的肮脏羊毛，一把割草的缺齿镰刀，一只污秽不堪的木碗，一双也不知合不合脚的旧靴，一顶充满头油气味的皮帽。

赵老头在旁边一直瞧着，见杂七杂八的全都掏完，当即问道：“格楞奇没把今天的吃食给你？”

“格楞奇？格楞奇是谁？”

“就是送你来这里的那个头人。”

“呃，我只知道他是个刀疤脸。下囚车不久，给过巴掌大一块干羊肉，我一天多没吃东西，连上马的力气也没有，当时就把它吃完了。”

“老突，咋办？”赵老头扭头道，“这顿小米干饭吃不成了，多添点水，煮粥吧？小秦被饿成了皮包骨，咱俩怎能忍心自己吃着，让他看着？”

“这还用跟我说？今后割草、弄柴、放羊，全都得指靠小秦。凭我俩？弄不好，格楞奇克扣咱俩，就得饿肚皮。”

赵老头便开始絮叨：“小秦你不晓得，这头人特别坏。这里的女奴隶，没有一个没被他欺负过，这里的男奴隶，没一个没挨过他的鞭子，没一个没被他克扣过。这里五顶帐篷，总共二十来个奴隶，负责放牧三百五十多只羊、七十头牛。前边第一顶帐篷住着五个女奴隶，最小的才十五岁。其中一个四十来岁长得漂亮的女奴隶，管着粮食、肉食和盐粒，每三天发放一次。明天恰好是发粮的日子，我带你去见见。我们这里，每座帐篷的锅灶是一样的。一口陶罐、一把木铲、一把木勺、一担水桶、一个木盆、一把锯子、一把小斧头。木盆洗脸、洗肉、淘菜、淘洗粮食，都是它。碗是各人的，大小一样。做饭互相轮着，不会，可以慢慢学。看你这样子，原来怕也是大户人家的公子，从来没做过饭。不过不要紧，我可以教你。坐凳都是自己解决。不过，也简单，像我和老突，剁一截木头即可。想坐高点，把它竖着；要坐低点，横起。”

“洗脚、洗澡、洗衣服咋办？”

“当奴隶哪有这讲究？也没工夫讲究。至多擦个脚。脚脏了，搁在外边，浇水洗洗。”想想，又道，“日后说话注意点，小秦你不晓得，这里虽然都是奴隶，但里边也有向主子讨好的人。你不要当着别人的面将头人叫‘刀疤脸’。对格楞奇来说，‘刀疤脸’是他很不光彩的事情。因为不是跟汉人打仗负伤，而是跟别人争风吃醋被砍。”见秦自乐将包袱里的破烂随便乱扔，接着说道，“小秦你不能嫌弃那些东西，它们都是你过冬需用的物件，你得及时准备缝制棉衣、棉裤、皮袍、皮帽、皮手套，一样都不能少。这里一到冬天冷得出奇，没有这些东西，只会被冻死。好了，有些事，以后再说，我得去煮饭。”

秦自乐又将那些破烂归在一处，想着：难道就这么安心当一个奴隶？一身肮脏破烂的穿戴，日复一日忍饥挨饿的生活，年复一年只知牛羊的岁月，时时提防头人、土司肆意践踏的日子。这可不是他能接受的。他之所以一心追随张骞，舍弃峦芳洲大王的一切，皆是为了故国建功立业。他坚信，张骞仍在翘首等待。无论何时，他得去寻他，趁现在刚刚出狱，天气未到极寒的时刻，走遍匈奴草原，也得与张骞大哥相会。

他又看了一眼那堆破烂。不说他不会弄什么过冬衣服，即便会弄，也不想碰它。

他近乎一月没有洗澡，身上的衣服溲得难闻，怎么也得收拾一下。遂打听了一下水源地，听说离此不到一里有一条小河，便起身道：“赵伯，我不能分吃你们的饭食，好意我心领了。我反正饿惯了，我得先去洗洗。”说罢，起身就走。

后边犹自听到老突那有些沙哑的声音：“小秦小心，这里狼多。特别在太阳落下之后，狼会四处蹿游。”

“不怕，我手里攥了根木棒。”秦自乐已到了帐外。

“瘦了吧唧的。有根木棒，还得有劲使它。”秦自乐还听得老突咕哝着。

秦自乐拿着湿衣，光着身子回到帐篷，天已黑定，一根松明子带烟燃着，光焰飘飘忽忽，照着寂静的空间。老突已钻入草丛，赵老头见他撩开帐门后便道：“小秦，饭在陶罐里捂着，没菜，只放了点盐。用不着客气，将就吃点。”

秦自乐本来肚饥，洗衣洗澡一番折腾，转回时眼睛放花，双脚打漂，更是举步维艰。一声“谢谢赵伯”，便端起盛满稠粥的木碗，目光四处寻着。

“小秦，我给你说了，没菜。你还找什么？”

“筷子。你们吃饭难道不用筷子？”

“我说你是大户人家的公子是吧？匈奴人吃肉用刀割、用手撕，喝粥、喝奶茶用嘴吸溜，吃干饭用手抓喂，很少用到筷子，何况是奴隶！粥喝完，剩下的就用指头去刮，用舌头去舔，要筷子干啥？”

秦自乐默然，一边喝粥一边想，若要逃离噶弘因，有三件事必须做好准备：一是武器，可以瞅机会去小沙丘那里去找，管它残刀断剑，可以当作短枪使用即可，如若没有，可以挖开使节队埋藏物品的地方，里边有范佑铭为他定制的十二支短枪，只是费力太大；再就是食物，没有充足的干粮，断然不行，还有就是逃离路径的选择，得要隐蔽、不易被人发现，这需要提前侦察。只是这干粮从何而来，成了阻碍行动的极大问题——实在不行，最后只能从羊群里打主意，不过这样一来，就害了他人，这又非他所愿。

“小秦，想什么呐，是不是想爹娘、想家里人了？还是想你使节队那些兄弟了？”

“想是想，可想又有何用？你看我这一身皮包骨的样子，哪有力气帮二位老伯放羊、弄柴、割草？我在想，有什么办法可以吃得饱点。”

“这倒也是。明天我告诉你一个法子，趁牛羊吃草的时候，去挖草原鼠，那东西多的是，现在秋天，正是草原鼠贮存过冬食物的时候。挖到一窝，连肉带粮食，就都有了，只是没有称手的家伙，也只能干看——凡铁器东西，除了锯子和那把小斧头，什么也没有。”

“赵伯，有你这句话，我就得感谢你。”

秦自乐连夜削了几支木枪，有了它，明天便可以去捉草原鼠，先让自己的体力恢复起来。

几乎一夜没睡。一方面草丛太扎，“被子”太臭；一方面为筹谋逃离之事难以入眠。天亮前晕晕乎乎眯了一会儿，又被赵老头叫醒，去领这三天的粮、肉及食盐。返回帐篷，见老突正在打开圈门，专等他们把饭做好吃了，一块儿撵羊子出来。

因为不能让牛羊吃露水草，直到太阳升高，早饭吃罢，才将牛羊赶往牧场。

各帐篷奴隶所管牛羊的牧场是固定的。秦自乐这块儿还在三里地之外，一路上两个老头轮番给他讲放牧的诀窍，什么头羊，怎么撵羊，如何提防草原狼对羊群的袭击，等等，一套一套，没完没了地说道。秦自乐听得一句听不着一句，只“嗯嗯”应答，心思全在捕捉草原鼠上。

东南方向，三里之处，一窄长牧场。赵老头说，到了。

牧场长五十余里，宽仅七八里，右傍矮矮山丘，左倚茂密森林，牛羊似乎十分熟悉这里，一到，便自行散开，低头吃草。老突说，三人分工，他在右，老赵在左，小秦在前。在前者只要不让牛羊离群便可。

秦自乐诺诺，任马儿自行其便，即开始掘鼠之事。

首次不利，仅得一鼠两窝“存粮”。鼠约一斤左右，“粮”在三斤上下，多为橡子、松子，亦有野生核桃、栗子。核桃、栗子当即下肚，算是第一次“野餐”。

其后几天，渐有起色，所获除供三人饱肚外，还落下七八只鼠肉。两老人见有利可图，对秦自乐的自行其是，便即默许。

第八天，羊群遭一狼突袭，待秦自乐持木枪追击时，那狼已负羊远遁。两老人顿时愁眉苦脸，神色黯然，喃喃道：今日回去，免不了一顿鞭子，再饿一天饭。秦自乐道：二老别怕，此事由我担着。

果然，刀疤脸发现少了一只羊，知其被狼拖走后，二话不说，便抡起鞭子向老突抽去。秦自乐挺身一挡，迅即将鞭梢接住：“不关他们之事，有本事你去找那匹狼算账！”刀疤脸已领教过这汉人的功夫，于是破口大骂，但凡世间能想到的脏话，暴雨般劈头盖脸一倾而出。

秦自乐武功很高，骂功却是稀松。一时之间，紫胀了脸，却无一言以对。刀疤脸骂了个痛快，方解恨而去。而望着刀疤脸的背影，秦自乐竟好一阵缓不过劲来。

自小到而今，何曾挨过如此的辱骂？秦自乐气愤难抑，折腾了一夜，第二天也不去掘鼠掏“粮”，专候那狼再次出现。

那狼见三人可欺，果然如约如时出现。秦自乐早已有备，俟其接近羊群，即纵跃而出。那狼并不惧怕，龇牙以对，半步不退。后来见人手持木棒攻来，便屈身一纵，跳至半空，狼眼圆睁，作扑噬之式。秦自乐恨极，间不容发之际，倏地一个缩身，到了狼的身后，狼刚一扭头，腰背便挨了狠狠一棒，顿时趴地不起。

下午日落之前，刀疤脸复来点数。秦自乐兀地提起活狼，扔其脚旁："格楞奇头人，羊是它吃的，你为何骂我？今日将它捉来与你，你可任意打骂。"

刀疤脸暗自吃惊，此人能将恶狼活捉，可见功夫了得。看着狼，竟一时语塞，不敢多待，铁青了脸，悻悻而去。

待其走远，赵老头道："小秦，你算是彻底将他惹恼了，日后得处处小心才是。"

"我现在已经沦为奴隶，还能再怎的？"秦自乐口中应着，心中却道，这鬼地方，他一天也不愿待下去。

"你年轻气盛，可你哪里晓得，这长年累月的奴隶日子，也不能再找罪受。"赵老头担心道。

"谢赵伯提醒。我见薪柴所剩不多。牛粪也很有限，明日我去砍些树枝回来，再慢慢砍几棵松树，以备冬日取暖。"秦自乐暗自打算，先去森林中探路。

两老人自然应允。

第二天到了牧场之后，秦自乐便去了森林。

林子里极静。有一种短尾褐色的鸟偶尔从林间穿过，却无翅膀拍打之声，像一道黑影，从头顶倏然穿过。林子也愈走愈暗，渐渐没了日光，没了风声，也没了方向。秦自乐怕失了返回路径，逐次在树上削去一块树皮，以做记号。相比草原，看来只有这林子最便于隐匿。他相信，只要照直走去，总能穿出林子，到达另一处完全陌生的地方。那时，他便可以任意行走，去寻找张骞大哥。他估算了一下，对于食物，还得五六天的准备。主意一定，即从原路退回，顺手在林子边上砍了些柴火，用葛藤扎好，让驽马驮上。

又是六天过去。秦自乐一切准备就绪，便借口砍柴，重入树林。

因不再返回噶弘因，也就无须做什么记号。又因林子越来越密，秦自乐遂弃了驽马，徒步自去。

不觉间天色渐黑，原本寂然的林子渐渐有了一些非常奇怪的声音。秦自乐不敢大意，在附近选定了一棵大树，爬到七八丈的高处，在一大枝丫上停下，准备在此过夜。

走了一天，早已饿极乏极。他掏出食物，大口嚼着。半干的鼠肉，煮熟的橡子，炒好的松子、栗子，香的，涩的，甜的，抓着什么吃什么，直到肚饱为止。肚子一饱，

瞌睡即来，眼皮下沉，便即阖目。

却哪里睡得着一刻半刻。树干上闻“风”而动的虫子，让他奇痒无比；远远近近各种野兽相互争斗撕咬的声音，让他如身临危境。直到天明，也未睡个囫囵觉。

又一天过去，仍未走出林子。

第三天上午，秦自乐昏昏沉沉盲目地走着。不久，眼前豁然一亮，重又看到了草原。秦自乐顿时兴奋，以为来到了一处陌生的地方，一下躺倒在地，伸开四肢，眯眼看着蔚蓝的天空。

瞬间，他看到有十几名匈奴骑士向他驰来。

秦自乐见势不妙，挺身而起，欲重新奔回林子。

但马蹄更疾，一骑士直冲而来，秦自乐身子一侧避过马头，却被马身撞倒。

不容他重新站起，几人一下子将他按住，捆了个结实。

先是刀疤脸过来：“姓秦的，我注意你好多天了。你不好好放羊，整天掘鼠存粮，想跑？可你没那本事。多少奴隶跑进林子，结果没一个人逃掉。不是喂了野物，就是重到草场。你他妈的，我治不了你，自有土司大人治你！”随即闪开身子，哈着腰，面对绿眼珠道，“土司大人，我把人交给您，您看咋办就咋办。”

特鲁乌达俯视着地上的秦自乐，阴声一笑：“你可知晓本土司最恨什么？最恨奴隶逃跑。你这人太特殊，鞭子就免了，且让你享受一下‘拖骨’①。来，把这位汉朝使节队副使给我绑在我的马儿之后，你们退后，让我单独跟他玩玩。”

那刀疤脸首先上前，将秦自乐双腕缚紧，牵一条两丈左右的皮绳，再牢牢绑在马尾之上，然后哈腰双手一伸：“土司大人，请上马。愿土司大人玩得畅快如意。”

秦自乐立时明白，这绿眼土司想以此将自己置于死地。心中不由一声哀叹：此命休矣。只这般殒身，太过窝囊，再怎的，也得拼上他三五个恶敌，方能解恨。

绿眼土司踢了秦自乐一脚：“你可记好，休怪本土司不让你活命，做鬼的时候不许找我。”随即上马，一个响鞭，便向南疾驰而去。

远处，两老人泫然泪下。赵老头自语道：“可惜了这孩子，性子太过刚硬。

在空旷的原野，特鲁乌达拖着秦自乐，没有目的，一味纵马直奔。

他心中有气。先是胞弟被使节队的堂邑父一箭射杀，后有“漏网”的使节队

员将他的管家数人劫杀，五个“奴隶”被救，连带送给查兰赤土司的求婚聘礼，亦一并失去。当他听到格楞奇回说秦自乐已然逃跑时，不惜带着卫士在树林旁边守候了两天——凭以往的几宗奴隶逃跑事件知晓，其结果只有两条：因为迷路走不出去死在里边，或者又转回原地。

格楞奇更是一番添油加醋，说这个姓秦的汉人本事了得，可以徒手捉狼，徒手夺鞭，等等，使得特鲁乌达杀心顿起，认为将这样的人留在这里，终究是个大患。故而捉住秦自乐之后，便施以酷刑，要将其拖得骨肉分离，以解心头之恨。

起初，秦自乐尚能凭借武功，以足点地，将肢体撑起，避去与地面的碰撞摩擦。他甚至想借马的疾奔之势，纵身一跃，给土司致命一击。他试了两次，均未成功——他太疲劳了，几天在密林中的折腾，耗损了太多的精力。他只能以最大的努力，拖延这夺命的时辰，希望有意外的奇迹出现。

特鲁乌达拖着秦自乐，继续在原野上奔驰。

跑过一面长长的下坡，又奔上一面长长的上坡，转过一座矮矮的山丘，特鲁乌达突然发现，前边两里多远的地方，有一座孤零零的毡房。

这是一处他未曾来过的地方。

这座显得寒酸破旧的毡房，恰是草原艺人达力诺与女儿卡帖娜的家。

此时，达力诺正在毡房外边低头捆扎刚刚弄好的箭镞。旁边，放着一把已经用过多年、略显陈旧的硬弓——弓虽旧，却被漆得锃亮诱人。另一边，牧羊犬“狸猫”贴耳于地，眯着眼睛，温和地看老主人弄箭。

达力诺不但以一手美妙的琴声打动牧民，同时也是一个深藏不露的射箭高手。他敢于带着女儿立身于此，全凭高超的箭法护得安全。而机灵的“狸猫”，则为他提供警报——只要它贴耳于地，远在两里地方的响动，也可使它“汪汪”不止。

而此时的卡帖娜，正在毡房做着早饭。饭后，她得赶羊出去。

突然，狸猫翻身而起，对着特鲁乌达奔来的方向，“汪汪”大叫。

达力诺停了捆扎，卡帖娜已奔出帐外。

眼前的血腥场景，让她惊骇不已。

只见一骑马大汉，马后拖着一人，那人已经衣服破碎、血肉模糊，不知是死是活。

她疾声大叫：“阿爸，阿爸。起来快看，有人被马拖死了！”

倏忽间，纵马大汉便到眼前，狸猫已扑了上去，卡帖娜又尖声大叫：“是土司纵马行凶！”

达力诺来不及应答，立即弯弓搭箭，“铮”的一声，箭矢直奔拖人绳索。

绳索应声而断。那马仍继续飞奔，秦自乐落入草丛之中，一动不动。

达力诺紧跟女儿，向草丛中那人疾行而去。卡帖娜和狸猫已到秦自乐身前。

特鲁乌达奔出数十丈才将坐骑勒住，随即掉转马头，将至达力诺父女时，便抡圆了鞭子。

突然，他手臂一缩，鞭子在半空转出一个大大的弧圈，鞭梢软软地落在一旁。

他看到一个美丽的少女，正侧身弯腰，伸手拨开草丛，去看那个被他“拖骨”的汉人奴隶。

那少女虽然侧着身子，但那红润俊美的半边脸蛋，以及那柔软似柳的腰肢，浑圆如鼓的屁股，使他一见便心旌摇动、淫性大发。

达力诺静立一旁，仍手持弓箭：“土司大人，人既然断了气息，就不要将他的尸骨再拖成零碎。上天有好生之德，给他一具全尸。他做鬼之后，就不会去找你。也不会赖在这里，夜夜吓唬我们父女。他去了远处，到了他该去的地方，大家都会得到安生。”

“呵，达力诺，我今天才晓得，你除了拉琴唱歌，还有这样一手好箭法。以前跟汉人打仗，你为什么瞒着不去？你还是不是匈奴人？下次噶弘因部队出征，你休想躲开！”说着，下马走近达力诺。

“土司大人，达力诺没那本领去抢别人的东西。达力诺只晓得吃自己喂的牛羊，只晓得用自己的牛羊去换别人的粮食衣物，只晓得自己的命是命，别人的命也是命。”

“你个老不死的，跟我胡吣什么！我处死一个奴隶，如同碾死一只蚂蚁，让你多管闲事！今天看在你女儿的面上，我不与你计较。但是你射断了我的绳索，你得赔上一根整的！”

“上司老爷，这个容易。你且候着。”达力诺走进帐篷，提出一捆草绳，扔到特鲁乌达脚前：“赔你。应该绰绰有余。”

特鲁乌达掂掂草绳：“老家伙，就这？你挣眼看看，我那是皮绳！”将草绳

一扔，倏地抽出匕首，猛地薅住卡帖娜，“皮绳就算了，让你的女儿今天陪我一晚。她还是她，保证叫她不折半两肉。”

达力诺连连打躬作揖央求道：“土司大人，你是噶弘因几百里草原上的伟大主人，你的女人跟草原上的牛羊一样多，美丽的，强健的，风骚的，随你任挑任选，何必在乎一个恁事不懂的孩子？土司大人，你若真的想娶我女儿，也得等她长大几岁再说。”

“娶她？你个穷酸，你能给我什么？是草原，是牛羊，还是珠宝，奴隶？做梦去吧！我说了，只让她陪我一夜，算是赔我的皮绳。她不懂事，这好办，我今晚好好教教她，不就懂了？老家伙，给我快快滚开，休得啰唆！”说着，挟起拼命挣扎的卡帖娜，朝马背上放。

达力诺作势让路，乘土司不备，猛地扑上去，夺去匕首，扔入草丛，又一把将其手臂死死抱住。卡帖娜乘机挣脱，捡起父亲的硬弓，劈向土司的脑袋。

这特鲁乌达是匈奴中久经沙场的战将，不但身长体壮气力无穷，且惯于摔跤、马战与步战，等闲军汉亦非敌手，何况这达力诺父女一老一弱。五六个回合过去，他们便势处下风。

不一会儿，达力诺后颈便挨了重重一拳。达力诺眼前一晕，便即栽倒，土司一脚用力踩住，右手掣出明晃晃的腰刀，对卡帖娜喋喋几声狞笑：“小美人，快过来，你若从了我，啥都好说，若有半个不字，我立马就将这老家伙开膛破肚，让他比那奴隶死得更惨。说，从还是不从？老爷我可没那么多耐心！”

见父亲命在须臾，卡帖娜万箭钻心，泪水不由得夺眶而出。淫威之下，她别无选择，只得放下硬弓，一步一挪，慢慢向土司走去。

达力诺见此，竭力挣扎道：“卡帖娜，不要管我，快去抢马！不要再到噶弘因！”

“嘿嘿！老家伙，真的不要命了？抢马！我让你抢！”随即狠狠一脚将达力诺踢昏，又跳起来，一把搂紧卡帖娜，“哧”的一下撕开衣服，一只手便去捏那双乳。

顷刻，又一声淫笑：“我可等不到今晚！”说着，又一把扯住卡帖娜的裤带。

卡帖娜羞极怒极，张口死死咬住那只手。

狸猫见女主人受欺，也一纵身咬住土司另一只手。只听“当啷”一声，刀掉

在硬弓上。

此时，昏倒在地的达力诺又复苏醒，看到女儿将被强暴，即不顾一切跌爬过来，拼命捡起腰刀，向土司大腿砍去。土司疾眼之间，将刀一脚踢飞，达力诺趁其回力之中，又将其小腿抱住。三人一犬打成一团。

达力诺父女终究不敌。土司屈腿先用膝头一磕达力诺后脑，复又提腿一拐将老人踹开，再一脚又将老人踢昏。接着双臂一挣，不顾被咬下的血肉，将狸猫摔出数丈之远。然后捡起地上的草绳，捉住卡帕娜，将其双手拧至后背，捆紧后又挽上死结，“呲啦”一下撕掉她的裤子，接着脱去自己的衣服……

且说躺在草丛中的秦自乐，凭借武功与沿途的草地，并非像常人那样，毙命于途。不过，至此也已血肉模糊，气若游丝。如若再被拖上一刻两刻，则此命休矣。

孰料，昏沉中他突然感到一撴，接着，被摔入草丛，随即昏迷过去。

也不知过了多长时间，秦自乐突然听到不远处有人打斗的声音。他无法挪动身体，更无法站起，下意识地举起双手欲拨开草丛，才发现绑着双手的皮绳已经断掉，死蛇般软软地落在旁边。于是拼尽全力，将双手伸到嘴边，然后用牙去咬绳结。因为拖拽，皮绳绳结奇紧，他只能咬咬，歇歇，有时昏沉过去，但意念又使他很快回醒。终于，绳结散开，而他亦喘息不止，又昏沉过去。只身上渐渐止血，渐渐凝成了大大小小许多血痂。

身旁打斗的声音使秦自乐再次惊醒。他见手中仍握着皮绳，便将皮绳扯拢，一看断头，系箭矢所致，于是立刻明白，有人施以救援，因此与绿眼土司发生打斗。他拨开草丛，想看看究竟，却见草丛里落下一柄匕首。秦自乐不由一喜，抬眼去看究系何人救他。

张目一看，正见土司向一少女作恶。他不由大怒，竟忘了一身伤痛，挺身站起，将匕首当作短枪，拼力投向土司喉管。匕首一出，眼前一黑，又倒进草丛，昏迷过去。

而卡帕娜已经痛苦地闭上了眼睛，等着那残暴的蹂躏。突然，她听到“呼嗵”一下土司栽倒的声音。睁眼一看，只见土司的喉咙被一柄匕首深深扎入，血线似飞箭般激射而出，溅向数尺之远的草地。她迅速蹭去手腕上的草绳，将衣服稍作整理，便掣起腰刀，向绿眼土司身上乱砍乱劈。

挣扎坐起的达力诺叫道：“卡帕娜，别砍啦，他已经断气啦。你赶快去做两件事。

第一件，把土司的马拴牢，决不可让它跑回土司府；第二件，去草丛找到救咱父女的恩人，不要耽误了时辰，依我看，百分之百是那个被‘拖 骨’的汉人，他的伤势肯定不轻。”

卡帖娜即刻醒悟，先拴紧了土司的马匹，紧接带着狸猫，向草丛奔去。

这真是：

破篷秽被，乱草为褥，奴人之拘挛[2]污地；
不认羹物[3]，志犹不泯，逆境之中重整胸臆。
谁解义老之心，谁知义之滂湃[4]，
一番倾泻，危境互解，生死只在分际。
恶者已矣，生者迻[5]矣，瑟兮僩兮[6]期冀。

欲知秦自乐被救之后有何故事，且由下回文章交代。

**注释：**

①拖骨：匈奴奴隶主对逃跑奴隶执行的死刑之法。将人绑于马尾，然后纵马疾奔，直到把人拖得骨肉碎裂。其刑极为残酷。

②拘挛：蜷曲。

③羹（kǎo）：干鱼干肉。羹物：干鱼干肉一样的东西。此处喻任人宰割压迫的奴隶。

④滂（pāng）湃：水势浩大。

⑤迻（yí）：迁移。

⑥瑟兮僩（xiàn）兮：《诗经·卫风·淇奥》句。瑟兮：庄矜的样子；僩兮：威武的样子。

# 第三十八回 舍恋情惜别卡帖娜 驰原野遍寻张正使

卡帖娜拔开草丛，见一青年男子头发散乱，臂张似蛙，俯身躺倒，全身上下血肉模糊，脚踝与肩胛之处几乎露出白骨。她又惊又怕，一时没了主意，慌急叫着父亲：“阿爸，你来看看，咋办啊？”

达力诺估计是此人伤情太重，吓着了女儿。于是挣扎站起，以硬弓作杖，拄着它，挪步而来。到了草丛一看，即道：“女儿，赶快，先将此人背回毡房。”遂让卡帖娜搭手，将秦自乐轻轻翻转扶起。

卡帖娜一见秦自乐的脸庞，不由得惊喜道：“阿爸，这人认得。上次在土司府前面的场院里，他也被绑在柱子上，当时土司要杀他。”又忧虑道，“阿爸，他该不会死吧？”

“呃，女儿记性不错，是你说的那人——女儿放心，他是一个毅力极强的人，这会儿不过是因为伤势太重，暂时昏迷——你小心，轻点，腰不能伸得太直。”达力诺帮着，将秦自乐双臂搭上卡帖娜双肩，卡帖娜半躬着腰肢，达力诺在后面小心扶着，慢慢走进帐篷。

达力诺铺了一张柔软的绒毡，扶秦自乐躺下：“女儿，先去弄一碗酽酽的奶茶。”

一碗又热又浓的奶喝下，秦自乐睁开了双眼：“是你们，救了我。谢——”话到半截又昏了过去。

“年轻人，不要说话，不要说谢。要谢，我们得要谢你，是你救了我们父女

免受其辱。”秦自乐又睁开了眼睛，脸上泛出笑意：“不，是你们先救了我。大恩大德，此生当涌泉相报。”

“阿爸，他笑了呢。他说的汉话，是啥意思？”

达力诺走南闯北，对汉话倒不陌生，便将意思说了，又道：“女儿，去弄一些温热盐水，拿块干净布条，再取一把剪刀，将伤药一并拿来与我。”

卡帖娜很快将一应物品放在父亲手边，蹲在一旁，帮父亲为年轻汉人清理伤口、抹药。

达力诺小心地将黏在血痂周围的碎衣剪掉，而后用布块蘸着盐水，从上到下，逐一揩净，再用木片抄着药膏，糊住每一处伤口，最后，用软和的绒毡，将其裹好。这才道：“女儿，得赶紧做第二件事。挖个坑，把土司深深埋了。”

卡帖娜一边挖着土坑，一边道：“阿爸，你发现没有？那个救我们的汉人，皮肤又白皙又细腻，不像是穷人家的人。”

达力诺笑道：“我的女儿心真细也真好眼力。不过，你还没发现，那人的肌肉比一般人紧实得多。这说明他是一个习武之人，并且武功十分高强。你想想，从土司府奴隶牧场到这里，三十多里地，一般人被‘拖骨’，十里不到，人就完了，可这人最后还能扔出匕首救人，而且准头、力道拿捏得恰到好处，他能是一般人？”

“等他完全清醒时，阿爸一定得问清楚。”

“那是一定的。但不管怎么说，他一定是个有本领的好人。好了，我们还是赶快逃命吧。”

“逃命？往哪里逃？”

“土司府里不见土司回去，他们能不找？幸亏土司的马没让它逃掉，否 则，不到今晚，土司府里的卫士就会找上门。所以，我们现在只做一件事，简单吃点东西，就尽快收拾，连夜向北，不能耽搁。地点我都想好了，去色楞格河上游的幽苏部落。幽苏部落的土司我比较熟悉，人还善良，也通情达理，投奔他没错。”

“是不是很远？那人那么重的伤，他支撑得了？”

“哈，乖女儿会疼人会关心人了。幽苏部落说远不远，说近也不近，大约两千里地吧。放心，只要过了今晚和明天，噶弘因土司府里的人，就再也不知我们去了哪里。之后，我们可以一边放牧，一边赶路，救我们的恩人，也不致吃太多

的苦。这样的话，撵在八月二十前赶到，就还有半个月为羊子弄储草的日子。”

父女二人回到毡房，吃了点现成的奶酪和羊肉，又让秦自乐喝了两碗浓浓的奶茶，又吃了一块羊肉，便乒乒乓乓很快收拾妥当。达力诺原来只有两匹马，搬家时一匹当驮马，一马父女共骑，牧羊犬狸猫帮着赶羊。现在多了一匹土司的好马，就将其作为卡帖娜的坐骑。秦自乐虽然伤重不能动弹，但神智已完全清醒，卡帖娜让他贴身坐在后边，再以宽宽的布带与自己拴在一块儿，他却羞得一脸通红，要与达力诺共骑。达力诺道：“我也有伤，我带不了你。你也并非等闲之人，怎的就没有我们匈奴人开通？是逃命要紧，还是你那脸面要紧——呃，年轻人，你还得告诉我们，你姓啥叫啥，原来是干什么的？至于缘何做了奴隶，怎么又到了噶弘因，以后再慢慢说。另外，你匈奴话说得也不利索，以后就让我的女儿卡帖娜教教你。”

“谢老伯，可我还没有请教老伯尊姓大名。”

“我嘛，姓也不尊，名也不大，人都叫我‘达力诺’。一大把年纪了，就与我女儿相依为命。”

“达力诺，达伯伯，有些拗口。算了，我就叫你老人家‘伯伯’顺口——至于我”，秦自乐掂对了一下，还是说了，“我姓秦，名自乐，家中还有个弟弟秦自游，一个小妹秦自东，祖籍汉中人。六十多年前曾祖父为避祸举族迁至峦芳洲，因为曾祖父曾是秦朝著名的战将，就在峦芳洲当了大王。我在与张骞大哥结拜为异姓兄弟之前，便子承父业，带领族人后代与当地土著，自耕自种，过着与世隔绝的日子。至于番语，呃，是匈奴话，也是最近零零星星学的。”

“呵，秦自乐，好名字。你果非俗辈，我们父女与你，恐怕是前世的缘分。”达力诺异常高兴，禁不住哈哈大笑，竟自忘了身处险境之中。

卡帖娜亦禁不住心中一阵“怦怦”乱跳，于是将布带扎得更紧一些。

三个人，三匹马，一条狗，一群羊，在夕阳之下，迅速地向北而去。夜幕降临之后，仍举着火把，不做丝毫停歇。第二天，为照顾秦自乐，做了一顿热饭，仍催赶着羊群加快行进，直到第三天，走出噶弘因地界近百里，才放缓了速度。

一路之上，秦自乐虽疼痛难忍，仍不吭一声，当卡帖娜问话之时，还响声应答。

也不知走了多少天，除了一望无际的原野，便是艰难跋涉的沙丘，秦自乐只

感到天气愈来愈凉，以致有一种冬日来临的体味。达力诺怕他着凉，又给他裹了一件羊绒毡毯。

终于，秦自乐看到了一条清亮的河水向北流去。达力诺高兴地说道：“前边就是幽苏部落的牧场，我们选一处就在这里安家。幽苏部落土司又新增了一户牧民，他会非常欢迎的。”

于是，在一处前有牧场河水后边不远有一大片森林的地方，支起了帐篷，修了羊圈、马厩。

秦自乐不由感叹，这匈奴的国土太大了，人烟也太稀少，牧民也太自由。只是，眼睁睁看着达力诺不停忙碌，还时时照拂他的一切，心里便愧得慌。

然而，脚踝之伤使他无法站立，肩胛与股骨渐渐长出的肉芽，亦不敢触碰。不能穿衣，不能随意翻身，每次换药皆须咬牙坚持。达力诺深感秦自乐惊人的毅力，实为世间所罕有，他所遇到过的匈奴汉子中，便无这等人物。好多次，他劝秦自乐，实在太痛，不妨哼哼一下，可每次秦自乐都口里答应着，却仍一声不吭，连吸溜之声也无一点。

卡帖娜最是难受。每次换药，她不敢看，不忍看，又憋不住不能不看。她真是想象不出，当时在噶弘因小牧场，如此重伤之人，缘何能一击命中土司喉管。这等汉子，难道不正是她心中慕想之人吗？何况此人于她与父亲，又有救命大恩。

所以，每次采药，卡帖娜必紧随父亲，起早贪黑，走遍附近的山坳原野，能多采尽量多采，虽辛劳却愉快。每一见到秦自乐伤口新长出的柔嫩肌肉、露出的伤骨渐渐被覆盖，那种暗藏的喜悦之情，连她的父亲也很少察知。

地处北海（贝加尔湖）南边的草原，秋天似乎只是打眼一瞥，转瞬便到了漫长的冬季，才到八月二十五六，纷纷扬扬的雪花便开始漫空飞舞，草也迅速枯黄，色楞格河开始有了冰块。峦芳洲的冬天就够冷，然而在这里秦自乐感到的是奇冷。十一月，秦自乐已经可以独自站立，搭把手还可移动数步，卡帖娜为他缝制的羊绒棉袄和羊毛长袍，也能一一穿起，只羊毛皮靴还不能上脚，毡房里只能以极柔软的靰鞡草鞋移步。一天中午，阳光和煦，寒风乍停，卡帖娜扶他走出毡房，秦自乐一个喷嚏，便见眼前落下无数颗晶莹的冰粒。他吃了一惊，叫了声：“这么冷！”惹得卡帖娜欢声笑道：“秦大王没见过是吧？若是一口痰吐出去，不等落地，

它就成了冰疙瘩。不过，这里的人已习惯了，冬天空闲日子，可以另外做许多事情。你现在身子还虚，不能在外久待，还是回毡房里去。”不由分说，撩开房门厚厚的棉帘，半扶半抱，双方移步回屋。

秦自乐顿时觉得暖和了许多。

毡房里的火炉自九月开始，便未曾熄灭。平时，一根松木就在里边煨着，袅袅的松烟，从土坯砌的烟道中排到房外。若要炖煮羊肉或者牛骨，则再加一根较小的松木。达力诺为使秦自乐加快恢复，特地去百里之外的土司府换来一只硕大的陶罐，并不时地从附近牧民家弄来许多牛骨。故而，毡房里经常飘着肉香。

火炉旁边，安放了一个齐胸的木架，结实的架杆，那是达力诺为秦自乐特设的“把手”。自秦自乐能够站立的那天起，这架杆便成他须臾不离的“伙伴”，卡帖娜则时时注意，以防其意外跌倒。

卡帖娜搀着秦自乐进入房内，并不言语，只以目光征询道：是躺着暖和一下身子，抑或去木架旁练习站立？秦自乐眨着眼睛一笑，又将目光向木架一瞥。倏地发力，挣开卡帖娜手臂，迈向木架，虽打了个趔趄，却握上了把手。

正在整理胡琴的达力诺早已瞧见，只抖了抖花白的胡须，并未发声，又开始调弦。

唯卡帖娜浑身一个抖擞，叫出了声音：“秦大王秦自乐，你吓死我了！”随即走近陶罐，打去上面的浮沫，然后又去卧铺枕前，拿起一只织了半截的毛袜，手上织着，看一眼父亲，又瞧一眼秦自乐。

这时，达力诺已将琴音调好，抿了一口奶茶，便一边拉琴，一边唱道：

色楞格河中的一条鱼，大兴安岭上的一棵松，
幽苏部落上空的一只鹰，草原毡房里的一女郎，
英勇无敌的大英雄，普天之下谁最想？
想当鱼儿，色楞格河便是你向前的路向，
磕磕碰碰，北海无垠可任你追波逐浪；
想做巨松，大山之顶便是你屹立的地方，
风霜雨雪，昂首天外可让你有千年回望；

愿做雄鹰，浩瀚蓝天便是你宽阔的毡房，
飞旋展翅，万里疆域可使你有驰骋的战场；
心爱女郎，女郎的痴情便是你不舍的家乡，
人生百况，悲欢离合你就得终生品尝。
啊唷哟，天下的女郎，天下的儿郎，
谁解人间世情，谁知等闲之中的异常？

琴音顿挫委婉，歌声苍凉忧郁，非经沧桑事变，难有如此境界。秦自乐与卡帖娜皆知老人歌中的所指及含义，一时之间，俱停了手中动作，静默不语。

“自乐，此系老夫即兴所为，多有词不达意之处。几个月没摸琴杆了，端怕生疏了许多。今日有兴，正如你的名字，自乐而已。”

“伯伯，您老太谦虚了。以自乐度之，实为世间罕有之歌，晚辈浅陋，竟不知伯伯有如此高才，端不知伯伯操此技艺何许岁月？”

“我嘛，从小父母双亡，十几岁随一位老琴师流浪草原。老琴师弓马娴熟，拳脚功夫亦称上乘，尤其品格高洁，为人豪放，实为终生之师。老琴师病殁之后，我独自浪迹匈奴东西南北，不参与征战，厌弃杀戮，只在人间自行游荡。那时年轻，认为多做善事，便可不老、不病、不死，浑然不知人其实为岁月中过隙之驹，眨眼而已。至三十余岁，遇卡帖娜母亲，为其美丽善良所倾倒，与之相偕，先期落脚比佤部落，后因单于征兵南侵，为避战逃至查兰赤部落一偏僻地界。卡帖娜七岁时，其母为保护羊群与狼恶斗，伤重不治弃我父女而去。我自此发誓又学草药医病之法，肩负女儿，重入江湖，专为贫苦牧民送乐解困。至卡帖娜十五岁，蜗居噶弘因部落那处小牧场，不觉已是三个春秋，老夫亦五十有三，体弱身衰矣。此次若非陡遭变故，怎得又到此地。”

“伯伯，您本来可以不施以援手，其祸亦可避之。”

“见死不救，非我达力诺所为，这是上天早已安排的缘分，非你我能左右。再说，以特鲁乌达能纵使其弟为骑痞首领的行为，你没了，转程之时，我们父女亦难避其祸——自乐，不说这个了，我今天高兴，让卡帖娜也唱上一段《摩诃兜勒》（见八十三回详解）曲，如何？”

“那真是求之不得，自乐孰料有此耳福。”

“我也很久没唱了。只怕唱不好，让‘别人’笑话。”卡帖娜一瞥秦自乐，即站直了，取下头上的绣花小毡帽，将粗黑的辫子向胸前一甩，大大方方唱道：

何方的太阳这般明亮，何方的月儿如此光堂？
英俊的勇士你不需要问我！
只看你心中有没有雨雪飞扬，
只看你心中有没有彩云飘荡。

何方的花儿那么芳香，何方的溪水如此清亮？
远方的英雄你没必要问我，
只要你盛开的花朵在我心中绽放，
只要你不息的浪花在我心中流淌……

歌声高亢明亮，如穿云裂帛，直击耳鼓。秦自乐从未听到过如此美妙的歌声，竟自有些发痴，卡帖娜已然唱毕，仍沉浸其中。直到卡帖娜“喂”了一声，又问道：“秦家英雄，你怎么啦？”秦自乐这才醒悟过来：“卡帖娜，你唱得太好，我都忘了自己身在何处，是在梦中，还是在云端，找不着梯子下来——在峦芳洲，唱得最好的木嘎娜，亦仅是悦耳而已，其声如没有鞍辔的野马，常常走风跑调，因无人调教，故此不入调门。”

卡帖娜嘎嘎笑道：“你真会说话。为了夸我，不惜糟践你的百姓。这似乎不该是大王所为。”“卡帖娜，你说的极是。但是，你，还有伯伯，你们的歌声确实叫人入迷。我不会唱歌，可你们唱的歌词，我全记在心中了。不信，我给你们背一下试试。伯伯那首，歌名不若叫作《雄鹰与女郎》，卡帖娜的歌名就叫作《纯洁的向往》。”语毕，便顿挫咏哦，一句不落地背了下来，除个别地方达不到番语标准外，并无错处。

达力诺父女大为惊讶，仅此一遍，便能背了下来，真好记性。卡帖娜十分高兴：“我阿爸唱歌几十年，少说也有七八百首，从来都是现编现唱，没有歌名，唱过之后，

再不记它。现在好了，以后有人帮着记歌，还有歌名，想学的人也可捡个现成。”话是这样明显，秦自乐自知，他们已将自己当作了家人，遂遮掩道：“伯伯唱了那么多歌没能记下，着实可惜。如果歌词为应景也则罢了，如若像《雄鹰与女郎》这般隽永、耐人咂摸，传之后世，也是后人对伯伯的一份念想。”

“到底是当过大王，又是使节队的副使，琢磨事体与我等常人大不一样。”达力诺感叹道——其实在他心底，何尝不想有人承袭其衣钵。

“伤好之后，我也想跟伯伯学学，哪怕仅及皮毛。”又一声长叹，黯然道，“如果我的大哥知晓伯伯之能，定会欢喜不禁，拜伯伯为师。若他能如此，那才叫高徒。”

“张骞？我只知其为人仗义，当时噶弘因土司欲以你们数人祭其恶弟，是他挺身而出，救下你们的。怎么，他还通音律、知歌唱？”说到歌唱，达力诺顿显神采。

“岂止知之。他擅吹笛，善抚琴，一根骨笛吹奏起来，鸟会停飞，羊会停食，曲罢，还久久萦回于耳。不说别的，单是一首《大漠行》便雄浑无比，让人无所畏惧。”秦自乐不由自主，哼唱起来，唱毕，又以番语逐句作了解说。

久久，达力诺方道：“你张大哥是个有大志向，并且毅力非凡的人。以我阅人经验，眼下虽遭大厄，但他一定会蛰伏于某地，单等时机一到，仍会履行其使命。”

“单于会不会因此将他杀掉？”秦自乐遽然担心，而一种希望，又升腾于胸臆。

“我想不会。对于这样的人，单于反而会心生敬意。若是劝降无果，亦会与你一样，押到单于亲信王爷处去当奴隶——不过，看管得更其严密。”

“伯伯，以你猜想，会是什么地方？”

“这个，我也说不太准。不过以常理推断，不会在色楞格河，因为这里离龙廷太近，你大哥武功奇高，单于不太放心。也不会去阴山、贺兰山，因为那些地方离汉朝边关较近。极大可能，不在黑龙江大兴安岭，便在右贤王大漠以西——怎的，你想去寻他？那可是大海捞针。你晓得的，匈奴地域宽广，遍是大漠、荒原、雪山，即使二人事前相约，亦极难相见，何况两眼一抹黑的汉人！”

“暂时我还没那打算，这事以后再看。我倒是想，以后有机会去色楞格河上下转转，或许能遇上其他兄弟。”秦自乐觉得此事不能操之过急，以他意遮掩过去。

他看到，卡帖娜向他投来忧悒的目光。他心中一颤，低下头，微微叹息了一声。

秦自乐又问了一些其他问题。北海为什么叫“海”，那里是不是匈奴管辖的地方？到色楞格河河口还有多远？除了草原，还有没有种庄稼的地方？到大兴安岭的路怎么走？等等。

达力诺倒很豁达，尽其所知，说了个详细。秦自乐心中遂有了一个大概轮廓。他们现在所在的幽苏部落，其实并不在色楞格河干流，而在它的上游支流哈努伊河右岸草原。过哈努伊河向右，还有色楞格河的两条重要支流：楚鲁特河、伊德尔河。据达力诺介绍，过了伊德尔河，在其流入色楞格河河口一带，有一大块水草丰美的大草原，是匈奴军马场所在地。从哈努伊河再向右行约三百里，便是色楞格河最大的支流鄂尔浑河，匈奴的龙廷，就在鄂尔浑河中游向下一点，龙廷附近，种有庄稼和蔬菜，而色楞格河下游，也种有庄稼，单于派有河督，在那里管着水利。至于北海为什么叫“海”，那是匈奴人的习惯。北海其实是个很大的湖泊，因为没人知晓它有多深，水势从来不见涨落，又在匈奴北疆，所以就叫它“北海”。那里除了上下千里的湖水，周遭全是森林，几乎没有人烟。

如果从哈努伊河出发去大兴安岭，大概需要一个多月的时日。向东直走，首先是茫茫千里的大草原，接着是绵延高耸的肯特山。过肯特山，又有两条路，去大兴安岭之北，顺鄂嫩河行约五六百里地，翻越加集木尔山，至黑龙江上游的额尔古纳河，过河便是密密的大森林，以及隐藏于枯叶草皮下的污泥沼泽，没有森林土著带路，多少人进去都是送死。如果走中路，则可顺克鲁伦河向东，进入呼伦贝尔大草原，再向东岔路很多，情况与前一样。

一番介绍，秦自乐也就明白，达力诺要他知难而退，不能去白白送掉性命。好不容易活了下来，就应珍惜他们父女的这番情义。他心生感激，由衷说道：“伯伯，自乐再怎么固执，也知晓险地不可莽撞蹈入。”

达力诺一笑，没有再说什么。

是夜，达力诺将秦自乐的夜眠位置做了调整。原来，达力诺居中，秦自乐与卡帖娜分睡两边。这一夜，却让秦自乐睡在中间，一下子要与卡帖娜挨身而眠。秦自乐显得十分难为情。达力诺倒不在意：“你是大王，讲究规矩礼数。我们匈奴人不讲究这个。人心正，怎么做都没事；心不正，啥规矩都是虚假。我见你晚上冷得蜷作一团，这对你的伤情很是不利。让你居中而眠，是让你暖和，如此而已。”

“真汉子，就撇脱些。听阿爸的，不会有错。”卡帖娜亦道。

原来，那时匈奴人的“寝床”，既无土炕，更无床具。安立毡房帐篷之前，先将地面整平夯实，再将晚上就寝的地面，用火焙烧（烘干），铺上晒干的软草，软草上铺以干净的带毛羊皮，皮子挨草，羊毛向上，夏天盖薄被，入冬盖羊毛大被，极寒时再加盖被子。

达力诺家所铺软草，是一种叫作靰鞡草的长草。这种草极其柔韧，除了可作春夏所穿的草鞋、芒鞋，还可用来搓绳、铺床，编织帽子、提篮、箭袋及其他生活用品。牧民放牧的时候，空闲时便带着这种草，编出各式各样的东西。

可能是怕秦自乐难为情，卡帖娜没有并头而眠。但在晚间，好几次都在为他的脚下加盖东西，后来干脆伸过臂膀，将其双脚搂住。弄得秦自乐像根木头，一动也不敢动。

秦自乐时睡时醒，早晨起来，忍不住哈欠连天。

达力诺看了一眼秦自乐，笑笑：“过几天，你就习惯了。”

一个冬天，几乎都在琴声和歌声中度过，到年底，连曾经露出白骨的伤口也已愈合。虽然体力尚差，但能自如行走，无须拐杖助力，给马儿和羊子加喂饲草，亦不成问题。

这是他自离开峦芳洲以来，度过的最愉快的时光。

幽苏部落草原上的春天，似乎来得格外缓慢。

二月中旬，仍未断雪。一阵北风，一片厚厚的积云过来，雪花便漫天飞舞，紧凑时，成团成垛，四处迷蒙，看什么都影影绰绰，放眼所及，不过三丈之遥。二月下旬，草丛仍时有冰凌，近看草芽嫩黄，遥望却呈一片葱绿，正午时的阳光，亦有了暖意。

秦自乐为了尽快恢复体力、功力，加强了四肢反应速度的训练。为此削了十数支椴木短枪，先以草人做定向投掷，其后于疾奔中发力，再其后于马儿驰飞中习以前掷、反手背投、左右开弓，最后于奔跑中飞身上马，达到百发百中，三十丈之外亦一击而成。

所缺者，唯对疾速移动目标之实战。

即便如此，亦忙杀了卡帖娜的一双眼睛。在秦自乐投掷训练时，她的目光始终不离其左右。若秦自乐到了远处，她便拍马前去，看个究竟，那牧羊犬狸猫亦兴奋好奇，奔跑跳跃，在二人之间穿梭往来。

往往，此时秦自乐便会驻马相候，甚或滚鞍下马，向草地上一躺，将一张红扑扑俊朗脸庞，向着蓝得滴翠的天空，眯眼迎着阳光，看卡帖娜奔跑而来。

草原上的匈奴姑娘，十分热烈奔放。爱一个人，从不惺惺作态，扭扭捏捏。爱就是爱，可以为所爱之人付出一切，即使是生命亦在所不惜。而恨一个人，亦会不顾一切，报复杀戮，不择手段。卡帖娜对秦自乐，便是生死相依的恋，而其父达力诺对这名异族青年的疼爱，更加加深了她对秦自乐的爱。

起初，卡帖娜只是依偎在秦自乐身旁，轻轻抚着他浸着汗渍的头发，要他不要将自己弄得太累。秦自乐答应得很好，却依然故我，一进入状态，便不歇不止。

卡帖娜不高兴了。一次，她突然搂紧了秦自乐："乐哥哥，你不喜欢我？为什么？"

这是卡帖娜第一次叫他"乐哥哥"，秦自乐又吃惊又感动："这怎么会？今生今世，我永远也不会忘记你，我的好妹妹！"说着，也搂紧了卡帖娜。

卡帖娜兴奋得脸庞发烫："乐哥哥，那你今天就要了我。要了我，我们就回去向阿爸叩头，你认了阿爸，我们从此就是一家人。"她不由分说，便去解秦自乐的衣服。

秦自乐感到猝然，有些发蒙，一种爆裂的情绪迅速弥漫全身。他几乎难以抑制，当手触及卡帖娜那同样发烫的胴体时，又倏然一惊，一下子坐起："卡帖娜，别这样。"

卡帖娜亦随之坐起，满脸的失望："乐哥哥，你为什么这样？为什么要说假话？"

"好妹妹，对不起。"秦自乐十分歉然，复又搂住卡帖娜，"我不是不想，只是因为还有更重要的事没办完，所以不能耽误了你。再说，我在峦芳洲还有妻室。"

"你要去寻找你的大哥张骞，然后还要去那遥远的西域？你有妻子，我可以与她成为很好的朋友。"

"我是要去找大哥，还要去西域。"

“那我怎么办？还有阿爸，他一年年老了，没个他喜欢的年轻男人做帮手可不行。”

秦自乐沉吟有顷，毅然道：“我今天就认了阿爸。我以六年为期，若事情顺遂，六年后一定娶你，让阿爸安享晚年；若六年后不见我返回，就另选好汉陪你终生。”

“我不要另选他人。你六年不来，我等你六年，十年不来，就再等十年，一直等到你回来。”

“我是说，六年之后，我恐怕永远也回不来了。”

“不。为了我，你一定得回来！”

“只怕路途遥远，凶险难测，有些事，并不天遂人愿。你若毫无希望地等我，我的心会非常非常难过。”秦自乐恳切道。

卡帖娜突然扑簌簌地掉下眼泪：“为什么我喜欢的男人会这样？天啊，这是为什么？”

秦自乐扶起卡帖娜：“天不早了，我们赶羊回家吧。”

回到毡房，只见达力诺喜滋滋拿出三柄新制的短枪、一匹沉甸甸的葛布：“自乐，看看，这几柄短枪合不合你的心意？还有这葛布，做换季衣服，你可喜欢？”

秦自乐早已知晓，在匈奴，钢铁利器是异常难得的东西，即使一把匕首，也非常昂贵。就这三把明光锃亮的锐器，没有十只肥羊作价，休想到手。面对这样珍贵的礼物，他无以言谢，突然一下跪倒于地，长长地叫道：“阿爸——”

“自乐，不必这样。其实没花多少钱，我将土司那把刀做抵换来的。秦家的传世武艺，怎么能以椴木做枪？岂不笑话。”

“不，从今天起，你就是我的阿爸，我先给您叩三个响头，请阿爸认下自乐。”说罢，三个响头叩地，“砰”然有声。

达力诺先是一愣，倏地喜不自禁，向卡帖娜叫道：“女儿，你该与我的好女婿一块儿叩头！”

“阿爸，您先听自乐跟您说，事情是这么一回事——”遂将今天的情况做了陈述。最后道：“阿爸，请理解当儿子当女婿的志向。”

“英雄儿郎当做英雄之事，我理解。阿爸今天先认下你这个儿子，女婿的事，等你回到幽苏部落再说。不妨跟阿爸说说，你怎么打算——怎么还跪着？快起来，

快起来！”达力诺十分开朗豁达，伸手去扶秦自乐。

“走之前，我得先为阿爸和妹妹做件事。”秦自乐抚着崭新的短枪，“使节队里有一个叫杨柏的兄弟，擅长侍弄庄稼。前时听阿爸讲，色楞格河有两处种菜种庄稼的地方，我准备先去那里。杨柏若当奴隶，定不会叫他放羊，在那里若能找着他，就让他设法弄些麦种、豆种及菜种，在这里开出一片荒地种上。我已看过这里，靠哈努伊河河边的土质黑油油非常肥沃，一定能长出好庄稼、好蔬菜，如能收得几百斤麦子、黄豆，冬天里除了自吃，给羊子喂上豆粕，羊子也不会掉膘——如在龙城遇上杨柏，五七天就可回转。”

“自乐有这心，阿爸和你妹妹领情了。一家人，也不客气，你什么时候去寻杨柏？”

“季节不等人，我明天就启程。”

“这么急？”达力诺想了想，又道，“也好。今天刚买回来一匹葛布，准备给你做身换季衣裳，一会儿让卡帖娜量下尺寸，候你回来时，衣裳差不多做好了。”又将秦自乐上下一打量道，“以你现在这副面孔在匈奴地面闯荡，恐怕麻烦之事较多。阿爸想办法替你‘打扮打扮’，先‘长’上一圈络腮胡须再说。名字嘛，也得改改，对外就叫‘达卡’吧。”

“谢阿爸。阿爸虑事周全。”

第二天一早，一个看不准年龄、满腮胡须的汉子，大步跨向羊栏，来到卡帖娜面前：“好妹妹，‘达卡’向你道别了。”说罢，便去了马厩。

卡帖娜掩嘴大笑：“甭以为你黏了一圈黑羊毛，我就认不出来，你一张嘴说话、你的身影、你的脚步声、你的眼神，处处都在告诉我，你还是我的乐哥哥。”

秦自乐叹了一声：“我这算是白‘打扮’了。”

“骗我与阿爸不行，骗别人还是满可以的。”卡帖娜又歪头一笑，“你说了的，五七天就回来，见不见得着杨柏，有没有种子，都得回来。”

“好的。我答应。”秦自乐牵出马儿，见鞍鞯已经上好，干粮、水袋一应备齐，感激地回头一看，达力诺正站在毡房门口，向这边望着。心中不由一热，低头上马，让马转了个圈儿，便策马而去。

“乐哥哥，等等，让我送送你。”卡帖娜策马跟了上来。

告别卡帖娜，牧羊犬狸猫又追了一程，秦自乐只好下马，抚着狸猫，嘱它回去。这才先向东驰过一片大草原，见到鄂尔浑河河岸，又向北而行。将近两天的奔驰，方到匈奴单于所在地。秦自乐没有进城，只在周边牧民家打听，知龙廷庄稼、菜地尚在离此地五十余里额尔登特一带，遂在一处牧民家歇下。

想到使节队去年六月从峦芳洲出发，到今年三月，数月之间，张骞大哥不知去向，活着的兄弟又各自东西，此情实在让人伤感。明日能见上杨柏固然可喜，见不着又该咋办？往返一趟，无果而回，委实不甘心。

一夜翻来覆去，不觉已经天明。告别殷勤的主人，顺大路驰去，不到一个时辰，便见一大片平整的田地，渠、路分明，阡陌相连，氤氲之气，如白色的薄雾，于晨光之下缭绕不息。而大路尽头正有一辆马车，吱吱呀呀，迎面而来，不一刻，便与其相遇。

车上仅二人，一人驾辕，一人似为管事。车上除几袋粮包，竟自有葱翠的芹韭，一捆一捆看得人眼馋。因此处系龙廷“帝辇”之下，并无人护送。秦自乐在马上向管事者一揖：“请问大人，在下向您打听一个人可否？”

那管事者见来人口呼“大人”，彬彬有礼，心中受用，即令停车回道：“不知所问何人？”

“去年由老国师发配来的奴隶杨柏，是否在此？”

“一个奴隶，找他何事？”

“实不相瞒，我乃噶弘因土司管家，几千里地来此，是因为有一笔账要与他清算。”

那管事将秦自乐上下一打量：“你这会儿找他？只怕什么账也休想有甚结果。”

“这么说他在这里？几千里地来了，没结果也得见上一面，给句话也行啊。”

“杨柏在这里可不是一般的奴隶。没他，这时单于就吃不上这鲜美的蔬菜。我知晓下边的一些土司，天高皇帝远，他就是王法。看你这人倒还识得礼数，只是千万不能动那杨柏，这里同样驻有龙廷的卫士，你得小心，甭惹出事来。你现在去找杨柏，只能去地头寻他，因为只要天气晴朗，他便整天都在地里忙着，吃饭喝水有人按时相送。”

“谢大人指教，在下打搅了。”秦自乐抱拳一礼，满心欢喜向地头驰去。

纵眼望去，田地约在千亩之外，离地头三十余丈的地方，正有十数人躬身劳作，不知是在点种麦豆，抑或侍弄什么菜地。他不便下地，就在地头喊道：“杨柏——谁是杨柏？有人找你！”叫声甫停，便见一人大步走来。秦自乐亦下马相候。

看到来人正是杨柏，秦自乐忍不住一阵悲喜交加：“杨柏，杨柏你真的就在这里，你还好吗？”见杨柏穿戴尚算整齐，脸上没有菜色，心中稍觉快慰。

杨柏却一脸狐疑：“你是何人？怎的认识我？”

“我是谁？短短不过数月，我的声音你就听不出来了？”

杨柏两眼发愣，顷刻双手紧抱秦自乐：“你是秦大王秦副使！你这副打扮，一下子把人蒙住了。你是怎么找到这里来的？有没有张骞大哥的消息？”

秦自乐简单说了这一段时日的遭遇，并说了来此的目的。达力诺父女之事了结之后，便去遍寻匈奴地域，一旦找着张骞，再与众兄弟联系，商议去西域之路径，完成使节队之使命。

“秦副使之决心，让人振奋，亦令人敬佩。我当寻机于途中相候，十年八年总能等到那么一天。”杨柏慨然道。至于籽种之事，单于鼓励王爷、土司们进行种植，如需种子，可凭印信到此领取，凡王爷，小麦、稻谷、糜子、黄豆、绿豆各一升，菜籽各类各一两，土司则减半。若印信遗失，付与金银亦可。但籽种由奴隶执事管着，他凭一手厨艺受到执事的看重，但也只能一旁建言。不过，那执事倒喜欢以金银进行交换，因为可以从中获得好处。

“印信哪里去寻？金子倒有一点，也只七八两左右，是达力诺给的盘缠。你把执事请来，不拘多少，随便给点。”

杨柏轻声一叹：“兄弟来了，什么忙也帮不上。不敢相认，不能接待，连一顿便饭都无法措置，这寄人篱下的日子，真不是人的生活。”

“你这境况算是好的。起码还能吃饱穿暖，无冻馁之苦。算了，且不说它，你我皆自心知。如能将执事请来，弄得一些籽种，也就帮了大忙。我相信，总有一天，又能吃上你做的饭菜。”秦自乐安慰道。

那执事听得有人将金子买籽种，顿时眉开眼笑，乐颠颠随杨柏来到地头。秦自乐自称幺素王爷管家，名曰“达卡”，因路途遥远，印信丢失，只好将回程盘缠作抵，换取些许籽种，好向王爷交差。并求将用秃了的镢头铁铲赠予两把，以

便回去照样制作。极尽谦恭奉承之能事，真像一个历经世事的王爷管家。

执事掂掂金子，似乎嫌少。杨柏赶快从中说合，今年开春以来，这是第一宗买卖，不妨大方一点，求得一个好的兆头。那执事心中默许，遂让“达卡”在此候着，骑了马，直奔营房。

那营房尚在五里之外，系一排夯筑土墙草房。乘此间隙，二人又说了许多话儿。

大约半个时辰，那执事便提着几个小布袋、一柄镢头、一把铲子，一下撂在“达卡”脚前：“回去告诉你们王爷，找几个会种庄稼的奴隶，多收一点粮食！”又对杨柏道，“怎的还不赶快下地？今天你可耽搁了不少工夫。搁在别人，我早就是一顿鞭子！”

杨柏悒悒，回头望着秦自乐，不舍地离去。

秦自乐望着杨柏渐渐远去的背影，怅然若失。接着捡起地上的东西，也不检视，用绳索一挽，一股脑儿搭在马背，向执事千恩万谢而去。

第二年春，杨柏寻机逃离了龙廷农场，到了七八千里之外西边的一处沙漠绿洲，收拢了八十多户流民，在那里种了九年庄稼，终于等到了张骞。此是后话，另有交代，此处不叙。

按照牧民的指点，返程时秦自乐走了捷径，第五天下午便回到了幽苏部落。狸猫最先发现了他，迎至两里地之外。卡帖娜正在收拢羊群，一见竟弃了羊群，拍马直奔而来，欢声叫着“乐哥哥”。

“阿爸呢？怎么不见他？”

“阿爸在河畔挖地。籽种弄到没有？”

秦自乐拍拍布袋：“这不是？”又道，“阿爸拿什么东西挖地？哪里来的镢头？”

“没镢头。是木耜、木锹。”

“卡帖娜，你先回。我现在就去阿爸那里。”不等卡帖娜应声，扭转马头，奔向河畔。

河畔一番相见，自有别样情景。秦自乐再次相告籽种安种下去之后，便行寻兄之旅，找到张骞，登程西域，三年五年，八年十年，如若有幸，当来此探望。

达力诺知无法相留，只能默然以对，心中替女儿惋惜。唯将匈奴江湖之事，向秦自乐反复叮嘱。

自此，秦自乐整天在河畔劳作。为了让女儿多陪陪这个未知的女婿，达力诺承担了牧羊之责。他尽量使羊群靠近河畔，时时拉着胡琴，唱着悠长的调子。

不觉间七天过去，籽种全部安种完毕，离别的最后一夜，三个人均无法入睡，于是索性起来，以歌互道心曲。

翌日，卡帖娜直送至百里之外，方才回转。

秦自乐先去了色楞格河下游寻找容南、容北，兄弟俩竟被活活冻死，成了白骨。秦自乐一怒之下，杀了河督，又去匈奴军马场找着陈尚斗。自后便开始了漫长的荒漠草原之旅，直到终于与张骞、堂邑父团聚，并经恶战杀掉巴布彦、律金答两个王爷，夺回旌节及张骞之青锋宝剑，相与去了西域，回国时为保护张骞，捐躯于长城边塞。

这真是：

舍情取义兮，騊駼①肆意，
鸿鹄②浴日兮，砉③如寒隼；
视死如归兮，豪雄载史，
莫其焰旸④兮，吹野燎山⑤。

秦自乐之事暂且搁下，下回着笔张骞于托力鲁王爷之处磨难，请君听我叙说。

**注释：**

①騊駼（táo tú）：一种名马。

②鸿鹄（hú）：即天鹅。

③砉（huā）：形容非常迅疾。

④旸（yáng）：日出。

⑤吹野燎山：系班固《蜀都赋》中词句。

# 第三十九回　张骞含垢忍辱负重　汉帝震怒张母受侮

张骞正与巴尔汗解说《青锋剑谱》七十二式。因其文字古奥，面对的又是匈奴军汉，每一句都要花费许多口舌。第一式尚未叙说透彻，便见图鲁一手托着一大盘手抓羊肉，一手提着一大壶马奶酒；图音紧随其后，一手托着一大盘油煎面果，一手卡一只陶碗，相跟进屋。

“对不起，张大使，你不是我们匈奴的客人，你只能喝水。”巴尔汗将水袋递与张骞，自与图鲁、图音二人尽情喝酒，“张大使，听说单于要封你为匈奴无双国士，过王爷一样的日子，为什么宁做囚徒、去当奴隶？”

“我是大汉朝出使西域的大使，忠于国家、忠于吾皇，是一个做臣子的本分。我凭什么要背叛国家、投降匈奴，替你们单于卖命？因为贪图富贵而变节，你巴尔汗瞧得起这种无耻之徒？”

“你是我见到的骨头最硬的汉人。可惜我们互为敌国，否则——不说了，这羊肉味道不错，你多吃点。”巴尔汗一口喝干碗里的酒，又轻叹一声，“单于和老国师有令，命托力鲁王爷将你看紧，我那叔父脾气不怎么好，我的话他不一定听得进去。但我可以跟他晓以利害，不能让你冻着饿着。不过你得小心，你是奴隶，做错了事，是要被鞭笞的。”

“谢谢你的提醒。我知晓，从拒绝你们单于劝降那时起，我便是一个阶下囚。”张骞道。

巴尔汗等人酒足饭饱，押着张骞，又复启程，离龙城亦愈来愈远。此时已是下午，巴尔汗也不催赶囚车，任由拉车的马儿信步走着，一路向西。那斜照洒满了草原，于金色中泛出一望无际的青紫，牧民的毡房愈见愈少，终至于无。牧羊犬的吠声，亦不复相闻。倒是那无遮无拦的北风，刮得越来越起劲。

张骞途中所绘地图已经丢失，后来又无法重新绘制，但所经匈奴的每一个地方，他都用心默记。依他料想，或许有一天，这都可能大有用处（后来在随卫青率部征战匈奴时，果然大有获益）。他发现，此时的路径与来时完全不同，即问道："巴尔汗百夫长，这是什么地方？与来龙廷时相较，全都陌生？"

"当然不一样。来时从南向北，走的额尔浑河东边草原，现在是向西，明日便进入哈努伊河草原。再走，便到了幽苏部落，折向西南，走完草原，就要翻杭爱山口。接着再走，不久就得穿过大漠，不过放心，何处有水有绿洲，我们都还熟悉。现在说，都是废话，到时从那里经过，你自会明白。"

可张骞哪能知晓，一个多月之后秦自乐随达力诺父女，来到幽苏部落。

是夜，他们宿在一处孤零零的牧民家中。

睡前，张骞向巴尔汗打探托力鲁王爷的情况，除了他的个性、擅长的武艺及其所率军队的战力外，他的家庭成员、所辖区域的牧民生活状况亦一一涉及。

巴尔汗盯着张骞，好一阵静默无语。突然哈哈大笑："你这人真有意思，单于是让你去当奴隶，又不是命你去帮托力鲁王爷治理那地方，这些与你有何相干？我只能告诉一点，托力鲁王爷今年五十岁，有四个老婆，生了九个女儿。但这都是十年前的事，十年没见他，还不知现在有没有小族弟、小王爷，即使有，也不会超过十岁。你这人，怕是当大使惯下的毛病，自己都是阶下囚，还操心那些不相干的破事。"

张骞被一顿抢白，招得其他人跟着大笑，他不做辩解，亦一笑置之。

巴尔汗将他重新锁好之后，便随其他人一块，沉沉睡去。张骞却毫无睡意，逐个想着被匈奴国师遣往各处为奴的兄弟。堂邑父只被褫夺①百夫长的名号、撵回原籍，情况可谓最好；范佑铭、陈尚斗、杨柏、孙治瑾各有所长，境遇不会太差；由天际聪明、机灵，应付逆境，不在话下；公羊鸣执多谋、苏疾善变、王兼伶俐，当不致吃亏（偏是公羊鸣执，后来被残暴的头人折磨致死）；只容南、容北为人木讷，

不善应酬，又系江南水乡人氏，对极寒北地，恐难应付（上回已有交代，二人被活活冻死）；任扶性倔、赵无偏缺生活技能、沙里修性格柔弱，让人挂怀；而最不放心的人，是义弟秦自乐。其情义之重，高于一切，且不受欺、敢拼命、不认命，恰巧又遭逢为人凶狠的噶弘因土司。为挣脱羁绊，定会弄出难以预知的大事——但愿不要危及性命，张骞暗中祈祷。

连续三天，囚车都在荒原中行进。巴尔汗似乎并不着急，由着拉车的马儿游游荡荡地走着。

至第四天中午，方到杭爱山山口。

先是一段顺着溪沟的缓慢上坡，道路甚为宽敞，可容三骑军士并辔而行，两旁皆为灌木蒿草，数丈之外山体突兀，长满白桦树林。张骞默想，此路定是匈奴大军南侵时所经要道之一，不可不予牢记。

缓坡至山口，几近二十里地。山口两边，裸出明显的开挖痕迹——这更证实此为匈奴军事通道。过了山口，南边山势却稍显陡峻，有的地方为减其陡势，以“之”字形大路予以减缓。行约十五里，遇一山洞，巴尔汗道：“今夜就宿在此处。”此时恰好夕阳西沉，天际并无遮挡，余晖照得山洞晕红透亮。图鲁、图音外出去弄柴火，巴尔汗将囚车卸了，推向里边洞壁之下，又将马牵出，饲以青草，复将干草、洞中剩柴拢在一处，敲打火石。

张骞细察，此洞甚大，可容三五十人马在此过夜，洞中干燥，有厚厚的牧草铺于地面，还有一处很大的火塘，表明此洞系过往行人的宿处。

第二天未及两里，便到了山根，却未走匈奴“军事大道”，改向西行，不久进入一片沙草地。一种叫作“梭罗”、叶少枝多的莎草，相互毗连。巴尔汗加紧了速度，曳着囚车的马儿上路，不时甩起响鞭，整天没有生火煮饭，除人马歇息饮水补充食物，一直都在赶路。直到傍黑，到了一处绿洲，并寻得一户牧民。

自此以后，行程便无规律，时紧时松，均在荒漠中穿行。但每次都会到达一处绿洲，无论绿洲大小，均可找着宿处。后来穿过额德伦金山[2]，又折向南，亦是一望无际的荒漠。直到到达一处名曰“嘎顺诺尔”[3]的地方，才又踏入草原。

张骞一听“嘎顺诺尔”之名，立即想到堂邑父，此乃他义弟的故乡，不知他是否已与家人团聚。原以为巴尔汗会从此地穿行而过，孰料只是擦边而行，且又

改为西向。张骞不便直接打听甘父下落，但此处所在位置，已默记于心。巴尔汗显得兴奋起来，对张骞道：“前边已是北山[④]，再走五六天，穿过北山，便到了特力鲁王爷的辖地库努克塔格[⑤]之东。不过，说是北山，并无山形，只是地势较高而已，囚车不会十分颠簸。”

一路走来，张骞不得不佩服这位匈奴汉子，其对匈奴路径之熟悉，远超他人。他将巴尔汗与库录、甘父暗作比较，在路径熟悉程度上，其似乎略胜几筹。可惜之前无缘结识，而今这种状况，前景未卜，一无深交之谊，更无生死之情，自己的愿望，也只是一种奢望。

进入北山第四天中午，囚车便又在草原上行走，下午，竟然看到一条小河，水流不大，但河水十分清澈，随着地面的起伏，弯弯曲曲，向偏南方向流去。缓处聚有水潭，阳光下闪着粼粼银光；急处又似银箭，激射而奔。却又听不到水流声息，岸边水草，格外葳蕤茂盛。北边七八里远处，有连绵的矮丘，矮丘之上皆为青郁郁的森林，矮丘之下，立着一溜白色帐篷，有男女牧民，拉长了声调，不知哼唱着什么。

囚车过河，与一群回栏的牛羊相并而行。巴尔汗道：“今晚就宿在此地，明晨便可到达托力鲁王府。张大使，这已是匈奴最西边的地域，再过去，便都是匈奴的属国。今夜你好好睡上一觉，明日托力鲁王爷如何措置于你，就非我能力所及了。”

张骞心中兀然一动，巴尔汗这么说是什么意思？他日复去西域，可以以此为出发点、省却不少路程？抑或是一种精神上的折磨，纵然知晓西去之路就在脚下，却孤身一个，又在强力监督之下，难有作为？但不管如何，只要活下来，就大有希望，他已准备背负“忍辱负重”之命，以换取完成使命之责。他虽不能将巴尔汗当作库录、甘父一般相待，仍得感谢这一匈奴汉子：“巴尔汗，你是一个有情有义的血性汉子，此生虽不能相与处世，但张骞亦会毕生感念。”

“张大使，你总这样，与人言语，忘不了自己的大使身份。我不知此等做法，将会给你带来什么，是麻烦？抑或朋友？”

“卑躬屈膝，非我之性，张骞耻为。屈辱我可接着，屈节决不可做。不管我何种身份，坦荡与真诚，乃是做人的本真。”

“大使所言甚是。只可惜相处的时日太少，又不能让你走出囚车一展拳脚，我对汉文化又知之甚少，《青锋剑谱》七十二式仅能了解一点皮毛。明日到了王府之后，便无缘再叙了。”巴尔汗轻叹一声，神色显得怅然。

自此，巴尔汗只顾饮酒，与图鲁、图音亦交谈无多。

托力鲁王府坐落于一处略带倾斜的草坡之上，前有溪流，后有森林，绵延十余里。王府大帐居中，左右各有五座小帐呈拱卫之势。左侧相距一里地之外，依次排着二十余座帐篷以及马厩，帐篷之上均有旗幡，之外便是鹿寨、拒马之类，显见是为兵营。右侧则是一大溜夯筑土墙房屋，房屋之外，间或有牛栏、马厩、羊圈。此时正是早饭过后，赶着牛羊外出放牧的时辰，只见一群群牛羊被赶了出来，牛哞、羊咩、马嘶、犬吠，牧者吆喝之声，向各个方向而去，煞是热闹。而有的房屋之外，却聚着一堆堆妇女，操持着理羊毛、织毛毡、做奶酪、缝皮衣、刮皮子、做皮鞭、搓绳索、捻毛线等诸般活计。张骞之前已从巴尔汗处得知，托力鲁王爷辖地方圆纵横约六百里，靠北多为大漠。境内大小五条河流、两千余户牧民。在匈奴一般王爷之中，面积算不上最大、人口算不上最多，但拥有的牛羊及其他财富，都在一般王爷之上。尤其所拥有的男女奴隶，让不少王爷眼红。托力鲁王爷的奴隶分两种：家奴与散奴。家奴主要为王爷府服务，约有一百多人，散奴相对比较自由，是为王爷放心之奴，为其指定一地点，交付二三十只羊子，在与王府相距数十里，甚至二三百里的地方，自行放牧，每年只需向王府交付三只肥羊即可。这样的散奴，亦有一百余人。

张骞正自观察、揣想，囚车已到王府大帐之外。巴尔汗让图鲁、图音相候，独自去和帐外卫士出示国师印信，其一卫士即刻入帐禀报，随即出来延请巴尔汗入内。

此间，图鲁掣出一块干羊肉，并递给张骞一只水袋：“张大使，这是巴尔汗百夫长最后一次对你的关照。你现在是一奴隶，此时早饭已过，不会有人为你安排饭食。你将此权且充饥，水袋你亦留下，相识一场，权当一个念想。”图音亦在一旁帮腔。

“一箪食，一饮水，此情此义，张骞当毕生铭记。”张骞接过肉食与水，谢道。

不一刻，图鲁、图音亦被请入帐内。一卫士拐入侧旁一座帐篷，不到半个时辰，

即有三四位厨师模样男女，端着大盘羊肉、酒食从囚车旁边穿过，进入王府大帐。

又约一个时辰，有七八人从大帐中走出。巴尔汗三人从拴马桩解下马儿，翻身上马，巴尔汗在马上躬身施礼道：“侄儿就此别过叔叔，再向右贤王复命。单于与老国师交付的差使，总算没出差错。叔叔的盛情招待，以及所赠路途用度、给家父之赠品，侄儿在此一并谢过。请叔叔多多保重，侄儿告辞了。”

巴尔汗向囚车睄了一眼，便拨转马头，向南而去。

“贤侄一路走好，亦请抽时来此看看叔叔，叔叔会常常想你！”一位五十来岁的粗壮汉子，大声叫道。

一个七八岁的歪嘴男孩，骑在一个人的脖子上，亦跟声尖着嗓子：“巴尔汗哥哥，不要忘记，下次要给我礼物，弓箭及马刀！”

张骞觑着那个五十来岁的汉子，已知他便是这里的王爷托力鲁，今后打交道的特殊人物，于是多瞅了几眼，但见此人生得有些蝎虎，有诗为证：

> 脸圆似鼓色赤红，须如山羊乱蓬蓬；
> 一双鹰眼露凶狠，两条胳膊藏衅锋。
> 腰挎马刀背插鞭，足蹬马靴匕首捅；
> 匈奴诸侯称王爷，天地之间一枭雄。

观其形，察其貌，张骞便知此人不好对付。而那个不足十岁的歪嘴孩子，显见是托力鲁之晚生儿子。如按匈奴人习俗，男孩七八岁便须学习骑马，但其还以骑人为乐，可见托力鲁对此子之骄纵，已超匈奴常理。正琢磨着，便见托力鲁折身向囚车走来。

“打开！”托力鲁一声令下，一管家模样的汉子应声下马，从怀中掏出钥匙，“咔嗒”一下打开囚车侧栏，躬身退至一旁。

“里边的人，给我滚出来！”

张骞因是匈奴王廷重犯，颈部一直锁着铁枷，铁枷虽只十来斤重，行动却很不利索。张骞先将双脚伸出，待双足落地，方躬身低头，慢慢缩出。

托力鲁抡圆了鞭子，猛抽过来：“且先吃我五十鞭子！”

张骞未曾料到有此一着，第一鞭着实挨了一下，左耳“嗡”的一响，脸颊上瞬间暴出一条血梗。待第二鞭凌空而下时，张骞乘隙低头，以铁枷迎之，只听“啪啦”一声，鞭梢缠入铁枷孔洞。托力鲁用力一撴，意欲将张骞拉趴于地，孰料鞭梢生根一般，丝毫未动。张骞不欲强硬对之，随即肩头一转，鞭梢随之“出溜”一下滑出。托力鲁讶异而又恼恨，第三鞭改向抽其腰部。

此时，那歪嘴小孩叫道：“阿爸，我要这人做我的‘新马’。阿爸且先放过他。”

托力鲁硬生生抽回鞭子：“便宜你这特号奴隶，本王爷暂且记下杀威鞭。滚过来，给我儿子当马儿！”

看来，巴尔汗的话没起任何作用。给人当马儿骑，这是张骞遇到的第一种屈辱，但比起孙膑与庞涓在魏国的斗智，孙膑忍辱装疯在猪圈与豕共食，又算得了什么？且对方不过是一小孩，供其顽皮取乐，何尝不可？于是双手着地，四肢齐动，做马儿奔驰状，向小孩爬去。

骑着颈项的小孩大声呵斥屁股下的汉子：“蹲下蹲下，我要下来！”那汉子应声慢慢蹲下，举起双手扶着小孩：“布赫小王爷，小心摔着！”那歪嘴小孩却是熟练，左脚一甩便双足落地，右手挥着小马鞭，几步跨到张骞左侧，右腿一甩，左手薅着张骞肩背衣领，便即“上马”，而后屁股一掂，马鞭向后一抽：“嘚儿驾！”喝令开步。

“布赫小王爷，要去哪里？”张骞已知其名，小心问道。

“废什么话，此地何处不是爷的天下？想往哪里就哪里！”

张骞稍稍一顿，扭头向军营方向奔去。

此时，布赫几个待字家中的姐姐，亦结伙而出，看弟弟新选的“人马”是何模样。听说此人原系汉朝新皇出使西域的大使，皆啧啧称奇。乍见此人身躯结实，孔武有力，尚且年轻，又心生怜惜，不知父王如何对待这一特殊奴隶。

布赫却敲了张骞一鞭：“不去那里，那里没甚好玩儿！”

张骞复又折转，向那一排土墙房屋奔去。

张骞乘机练起地躺功。移步、闪动、腾挪、前扑、后避、顿靠、左侧伏、右侧伏、矮甪挂枝、弓脊蹑足……花样百出，不一而足，乐得布赫手舞足蹈，欢声大叫：“好！好！妙！妙！”不一时，早已奔过十数间房屋，惹得一干做工女奴亦停了

活计，双目瞪起，只管叫好。有的悄声探问，这是从何处新来的男奴，当起马儿，比真马还真。

有一年轻女奴嘻嘻地笑道：“布赫小王爷，也不怕把‘马儿’累着？让‘马儿’喝口水可好？”

“也好。”布赫“下马”，又抽了张骞一鞭，“不知‘马儿’叫甚？”

“谢小王爷恩典。以后就叫我‘张马儿’吧。”张骞正渴，立即接过水碗，一触水碗，水尚温热，恰好适口，不由得看了年轻女奴一眼，以表感谢，“咕嘟咕嘟”地一口气喝干，将碗双手递出。

“这么大礼数。还喝吗？”年轻女奴不等回答，复倾一碗而出。

“我也要喝。”布赫叫道。

张骞立即将水递到布赫手中。

俟布赫喝毕，张骞将碗双手接过，仍以双手捧与年轻女奴，直到再次喝干一碗。

这一切，都被托力鲁一干人看在眼里。

儿子乍被一陌生奴隶背负而去，且此奴身份又极其特殊，托力鲁哪能放心！故此，张骞奔出未及数丈，他便手掣马刀，纵马紧跟。管家、卫士、女儿诸人见此，怎敢怠慢，亦仿效王爷，手持利器，尾随于后。

之后，见张骞对儿子并无不尊不敬之举，显得格外顺从且十分卖力，让儿子玩得很是尽兴，刚才的恼恨一下子消去大半，遂将刀入鞘，跟在后面乐呵呵的。想着：堂堂一汉朝大使，也不过如此。为了活命，甘当儿子的马儿，这等侮辱亦能忍受，何谈“气节”二字。

不知侄儿巴尔汗缘何对此人推崇之至。以他托力鲁的眼光看去，这个张骞除了体魄强健，有些汉家功夫之外，别的也看不出什么。也许才第一天接触吧，以后之事，他懒得去想，只要张骞安心当他的奴隶，不与他作对，也不谋划着逃跑，让单于、国师之命不致落空，他托力鲁便是匈奴的功臣。

后面的人见王爷纳刀入鞘，亦纷纷将利器收起。

张骞双手撑着地，低头回望，早将一切瞧见。待歪嘴布赫双腿重又胯上脊背，便道：“小王爷坐好，张马儿要做蛤蟆跳新玩意儿了。”说罢，保持背部平衡，向左窜出两步，四肢闪动数次，又向右蛙跳落地，闪动数次。之后，由慢逐次加快，

直到百丈之外，方才放缓。

张骞乃一代奇士，胸襟宽阔，具有非凡的容人之量，怎会与小孩儿计较。尽管这个布赫小王爷五官生得不怎么到位，嘴角又向左斜扯，本就丑陋，还生性顽劣，张骞亦无厌憎之色。他早已知晓，匈奴良医无多，迷信鬼神，人若患病，均以驱邪禳祟待之，这布赫嘴角之歪，显是高烧发热所致；而其顽劣，亦非天性，乃因托力鲁得子甚晚，溺爱过度所致。以人为马，作为嬉戏，常人看去，不近常理，而从孩童角度看去，实为受教失正之童心宣泄。以他现在的身份，没有对其实施校正的义务，但他可以用关爱融入其童心，使其长大后不致成一恶人，不致成为大汉朝的一股敌对力量。

歪嘴布赫显然有些累："张马儿，你原来是不是还给别人当过'马儿'？巴尔汗哥哥为何远天远地把你送给我家当奴隶？"

"小王爷，当'马儿'这是第一次。小时候，倒是我阿爸给我当过'马儿'。长大后，每一次想起来，心就暖乎乎的，忘不掉。至于为何到你家当奴隶，你以后会明白。"

"我明白了。你们家没奴隶，你阿爸就给你当奴隶，你长大以后，就再不当了。"

"小王爷，你真聪明，说得一点不错。"

歪嘴布赫受到夸奖，高兴得撅起屁股一纵一蹲，不料，右胯被张骞怀中一物戳中，当即一下扯出，握在手里，递到张骞面前："张马儿，这是什么东西？"

"这叫骨笛。是一种乐器。"

"乐器？什么乐器？"

"小王爷仔细看，那上面有几个小窟窿小眼眼，两个在前，其余几个在后。用它，可以吹出各种各样的歌曲，男女老少，人人都爱听。"

"你会吗？"

"会一点点。"

"你给我吹一个，让我听听。吹得好听，小王爷有赏——赏你什么？赏你不挨鞭子！"

"那得请小王爷下'马'。否则，怎么去吹？"

歪嘴布赫便当即从张骞背部撂腿落地，将骨笛交付于他。

张骞双手接过，见吹孔之后发音孔膜已破，遂举笛说道：“小王爷请看，这叫发音孔，专门控制声音大小高低轻重快慢，敷贴笛膜，可使声音悦耳动听，笛膜一破，便成破腔。生在南方的汉人，多以竹茹——鲜竹里面的一层薄膜，以它做膜。北方无竹，可以用薄似蝉翼的丝帛代替。我有竹茹，可惜不多，此物一旦用完，亦不知从何处去弄丝帛，故而每次收拣、取用，都须格外小心。”说罢，从怀中取出一个小竹筒，用食指从中拈出一块比指头肚儿略大的竹茹，用舌尖将笛孔周围一舔，轻轻将竹茹一贴，然后将骨笛连甩十数下。

布赫好奇，看着张骞抚弄骨笛：“张马儿，笛膜破了不要紧，我五姐姐那里有你所说的丝帛。不过，她一直将其当成宝贝，连我都不让摸一下。可是，你敷了笛膜不马上吹，还连甩多下，是想甩出声音？还是甩了之后才能吹出歌儿？”

“小王爷，你好聪明。你说得一点不错。刚贴上笛膜不能马上吹，因为它沾了水没干，一吹，气一鼓，就又破了离了。只有将它甩干了，才能吹得成好歌儿。”

歪嘴布赫又一次受夸奖，本来有些烦躁的心情又收了回去：“张马儿，你看看，笛膜干没干？”

张骞举起骨笛一看，又吹吹笛膜，试着吹了几个音，觉得可以，便道：“小王爷，想听什么样的歌？”

布赫抬头想了想：“随便，什么好听就吹什么，能叫人高兴就行。”

“好的。就先吹一首来到这里路上听到的，不知其名，就叫它《草原牧歌》吧。”

由于脖子上套着铁枷，张骞只能架起双手，骨笛到不了正确位置。于是向歪嘴布赫示意道：“小王爷你看，这骨笛本该与下巴齐平，双肘自然下垂，以便指头按住笛孔，因为有这铁枷碍事，我只能将肘乍起。再则刚才一路奔跑，有的指头被地上硬物磕伤，如若吹得不甚悦耳，请聪明的小王爷多加原谅。”

虽然到此不到一个时辰，张骞已十分明白，若要等待时机，就先要顺利生存。而顺利生存的关键人物，不是托力鲁，却是这个歪嘴孩子。他得争取到这个小孩的喜欢与信任。故此，从语气到礼节，都以成人对待与尊重，不因小孩有半点轻视。同时，充分照顾到因其特殊身份养成的自尊、任性、自傲，甚至不近情理的狂悖。

布赫心中受用，却没那么多耐心：“休要啰唆，本王爷晓得了。大不了，让我阿爸将你脖颈上的劳什子取掉就是。下次当马儿，你将指头缠上布绺就是。”

“张马儿真高兴，能遇上你这般聪明的小王爷。”于是将路途上听到的牧民歌声，加上自己的琢磨，以及一路西行的感慨、对未来的希冀，一并合成长曲，一一吹出。

初起为慢板，以极悠长、极悠扬的曲调，使笛音传至无边无际的原野，直至消失在看不到的远方。接着拔高了音量，显示出一个雄壮、年轻男人的粗犷，犹似骑着骏马在草原上纵情奔驰，直至消失在视线之外。紧接是一种柔和的声调，似母亲张望着远归的儿子，又似柔情的姑娘向情人倾诉心中的思念。突然，柔和之声戛然陡转，以急速的快板双吐，奏出战场之上激烈的杀伐之声，让人不由得全身血脉偾张，激情踊跃。最后复归慢板，使人重新回到风和日丽、百鸟争鸣、人欢马叫之中。

一曲吹罢，不但歪嘴子布赫听得发痴，连离此数武之地的托力鲁一行，房中的所有奴隶，尽皆伫立，好一会儿才回过神来，相互之间窃窃私语，眼露讶异、钦佩之色。

布赫索来骨笛，又看看张骞的嘴唇，再拿起张骞的双手，逐个指头看去，见它们并无奇异之处，于是搔着脑壳：“张马儿，你这奴隶真奇怪。这么个不起眼的东西，竟能吹出这么好听的歌儿。你说，我可不可以学会它？”说罢，将骨笛交还张骞。

张骞生怕这孩子任性霸着骨笛不给，见其交还，倒觉得这孩子并非顽劣透顶。遂道：“我学骨笛，师傅教了八年才会吹曲，其后又断断续续练了十几年。以小王爷聪明好学的劲头，五年便可自行练习，到我这个年龄，定会比我吹得更好。”

而心中却有老大的疑虑，以其歪扯的嘴形，实在不具备吹笛的条件，可张骞又不能将其点破。一旦此孩要求教其吹笛，真不知该如何应付。

如何及早回避此事？张骞灵机一动：“小王爷，有件事，张马儿须得先予提醒，这骨笛看似很不起眼，但要学成并非易事。首先，要学会记谱。凡是听到好听的歌儿，用谱子将它记下来，以免遗忘。有了谱子，什么时候翻出来，一看便知。遇上特别好的歌，就得把它的谱子记在心里，就像刚才吹的《草原牧歌》，便是这般。这学记谱，至少得用两年时日，如果你不懂汉文，时日自然会更长一些。会记谱了，才能学习吹笛。这吹笛须得过四关：口形关、舌头关、气息关、指法关。这里不

说口形，单是舌头关，就有‘单吐’‘双吐’等花样。因为舌头在嘴巴里，师傅怎么弄眼睛见不着，只能自己去体会、去琢磨。气息关则关系到怎么运气、吹气、换 气、止气等诸般手段。关于指法，牵涉甚多，移指、闪指、弹指、滑指等，一时也难以说清……”

不待张骞说完，布赫便现烦躁之色：“谁耐心听这许多闲话！有你张马儿，本王爷才懒得学它。我甚时想听，你敢不听吩咐？”

“小王爷此话对极。那现在还想不想听？”

“不听了。明天再说。我要回去吃煎果。”

“但听小王爷吩咐。可是我这身衣服又脏又破，实在有损小王爷脸面，再说我也肚饥，返回时可能没有刚才那么快，小王爷不要责怪。”

歪嘴子不由分说，给了张骞一鞭：“就你事儿多！”又歪起脑袋，将簇新的皮帽向上一掀，对着斜过的一间土墙房屋大叫道，“庄奴，庄奴，你给我滚出来！”

只见房里奔出一位年约四十、穿着补丁衣服的妇人，快步走来，在歪嘴子面前敛衽[6]单膝一跪：“小王爷，何事呼唤奴婢？”

歪嘴子双眼一瞪：“有甚干净衣服，给我的‘马儿’换上。有甚吃食，一并拿来！”

张骞一看庄奴，便知是汉家女子。其相貌堪称秀丽，年轻时定必美貌喜人，也不知何时从何地被掳至此。心中不由一叹：国之弱，民遭殃；国之乱，民遭难。不知大汉何时能予靖边？

庄奴站起，瞥一眼张骞，见是刚才吹笛的新奴，虽衣服破烂，却难掩英气，知他非一般汉人，即道：“奴婢禀告小王子，奴隶换季衣服正在赶制，你的‘马儿’今天刚到，尚未量得尺寸，只能先以旧衣更换。待奴婢取来，让你的马儿试试。”又对侧房唤道，“秀奴，有甚吃食，给小王爷的‘马儿’拿来。”随即，房里走出一人，恰是刚才送水的年轻女子。看长相，却是匈奴人，说不上秀丽，但面色红润、眼睛奇大。见是为歪嘴子新选‘骑奴’送饭，即面呈喜色，折身回屋，一手持一沓面饼，一手端一钵热水，递与张骞：“你叫什么名字？以后也好称呼。”

张骞接过面饼与水：“我叫张骞。请问你叫——”

“我叫秀玛古丽塔，人们都叫我秀奴，你以后就叫我秀奴。张骞你今天新来

不知，为王府放牧的奴隶，皆自做自吃；为王府做事的工匠奴隶，都在这里共餐。凡早、中、晚三顿，早为卯时，中为午时，晚为酉时，过时不候，可得记好。这顿饭，算你午时，下午酉时须得按点，一并领取你的餐具。”

张骞一边吃饼一边点头：“谢谢秀玛古丽塔，张骞记得。”面饼却是豆饼，色黑而硬，似为汉营中军马马料黑豆做成，但里面掺了莜面与盐粒，倒也不甚难吃——能让奴隶吃饱，已是天大的恩惠。

此时，庄奴亦抱出一卷衣物，轻轻地往草地上一放：“刚在屋里听得清楚，你叫张骞？衣帽靴子还有内衣，给你找了一套——放心，垢痂汗腥都已洗过。你先试试，若不合身，我可以再行挑拣，绝不可丢了小王爷的脸面。”

看看庄奴与秀奴，张骞犹疑：“怎好在此裸身试衣？”

不料歪嘴布赫一鞭子抽来：“你一个奴隶，讲究个甚？给我把烂衣服脱了，换！”

张骞将吃了一半的饼子及水钵递与秀奴，逐次脱下衣服，最后只剩下一个裤头。

恰恰，因为不知发生了什么事，托力鲁一干人也围了过来。他们还在为这个新奴的笛音称奇，不知缘何听得一曲便就没了。五公主十分生气：“阿爸，准是我弟淘气，待我前去看看。”说着，拍马而出。托力鲁见了，相跟而上，结果看到张骞脱衣、换衣。

这是一个何等健壮的男人！看胸腹、肌腱如瓦，条块分明；看双臂两膀，肌腱似铁，块块鼓突；看肩背，肌腱若棱，条条紧实；看大腿小腿，则肌腱堪比骏马之股，像毛线捻成的纺锤，棱线分明。

即使最强壮的匈奴男人，与之相比，亦等而下之。

“好壮的汉子！”五公主首先喝彩，又对歪嘴子道。“弟弟，你今天捡了个大便宜。”

歪嘴子非常得意：“阿爸，从今天起，就让他当我的‘马儿’，别叫他去放羊。”

托力鲁挽起鞭绳，用鞭梢指着张骞：“还不赶快谢过小王爷的恩典！”

张骞穿好衣服，脸色平静，向歪嘴子单膝一跪：“谢小王爷赐衣赐食。”接过面饼，几下吞咽完毕，即取下帽子，掖在怀中，将换下的烂衣扯成几个碎块，裹了双手，齐杵于地，“请小王爷‘上马’。”

那庄奴却递过话来："从王府转来，记得领取你的被褥寝具！你就跟工匠们住在一搭，来后我指与你。"

看张骞，已驮载着歪嘴子，几个奔跃，如飞而去。

原来，在托力鲁王府，由于奴隶众多，管家并不具体管事，而将男女奴隶分成几等。一等为散奴，可以成家立业、自主放牧，地位仅次于自由牧民；二等为管事家奴，吃穿用度由其具体管理，如庄奴、秀奴，以及负责放牧的主奴；三等的为从事各种匠作的工奴，以及为王府耕种三百多亩庄稼的农奴，总数四十来人。为老少王爷、几位王妃、未出嫁公主服务的男女奴隶，以及为王府造厨的奴隶，因其身份特殊，由管家直接管制。而张骞身份更其特殊，管家便向托力鲁讨要主意："王爷，这张骞放在何处较为妥当？"

托力鲁转着眼珠，思虑了一会儿道："暂且放在卫士营，由卫士看管。吃饭、用度仍由庄奴、秀奴分派。白天当小王爷的'马儿'，由两得力卫士跟着；晚上宿卫士营，由左、右卫士长监管。过段时日，如其服帖、遵我王府规矩，仍给我到牧场放牧去。"

"王爷此策，可谓万全之法。我这就去办。"管家鞠躬退下。

张骞从此开始了万般苦难的奴隶岁月，凭着惊人的意志，坚守到重新踏上西域之旅。

张骞并不知晓，他所率领之使节队在匈奴的覆灭，他在匈奴沦为奴隶的消息，不久便被匈奴细作在长安广为散布。而一些好事者更是添油加醋，使得此事更富于传奇色彩。一段时日里，诅咒、訾骂者遍于里闾，同情、怜惜者寥寥。当朝宰辅窦婴、太尉田蚡等重臣，早已闻得耳报，但鉴于派张骞出使西域之举，乃新皇刘彻登基之后的重大决策，谁也不想触此霉头。唯近臣黄门令⑦包桑，见此事已在朝廷内外闹得沸沸扬扬，皇帝刘彻迟早都将知晓，遂择机向刘彻作了跪禀。

刘彻果然大为震怒，质问包桑："此消息，尔从何处得知？是否传闻？有何证据？"

连续的追问，使包桑后悔不迭，朝廷自有大臣，边关自有守将，何需自己多事？他没有任何证据，只据传闻奏事，详情一概不知。他无以应对，只跪伏于地，

连连叩头，股栗不止："陛下息怒，微臣知错，微臣——"

"尔有何错？错在张骞！"刘彻举起玉杯，往地上狠狠一扔，将玉杯摔得粉碎，"待后日廷议[8]之时再说。"也不理包桑，拂袖而去。

第三日未央宫朝会，又廷议起与匈奴军臣单于和亲之事。刘彻越听脸色越阴沉，胸中之气涌塞上来，不由得怒道："和亲，和亲，和亲，除了和亲，难道就别无良策？如此下去，匈奴枭獍[9]何日得灭？"又陡地一转语气："诸位爱卿之中，有谁知晓，朕令出使西域之使节队已遭不测？正使张骞已被俘为奴？丞相、太尉，你二人难道没有一点风闻？"

窦婴、田蚡吓得立即离座，向前跪伏道："臣等虽有所知，只因尚在查证之中，故而未能向陛下禀报。"

刘彻哼哼两声："我有证人，可否一听？"立令包桑，"传证人！"

包桑向宫外大声叫道："传证人上廷！"

众朝臣回头，只见两名力士拎着一个匈奴人入廷，在距御案三丈处一掷："跪下！"

"包桑，你替朕问问此人来长安之目的。"原来，刘彻昨日密令在长安搜捕匈奴细作，捕获此人。

"诺。微臣遵旨。"包桑起身，叱问道，"你系何人？所问必须据实回答，不得有半点编造谎言。否则定斩不饶，你可知晓？"

"晓得的，晓得的。否则我这脑壳就成了别人的尿壶。我叫阿玛尔，是龙廷大帐之外的一名站守卫士，因为懂一点汉话，被国师派到长安，专门散布汉朝使节队被灭、张骞被俘为奴的消息。国师说，这样做，就能打掉汉皇西联月氏及西域各国、夹攻匈奴的梦想。"

"大汉使节队现在如何？张骞又是什么情况？"

"大汉使节队在噶弘因部落遭到偷袭之后，队员死了一半，还有一半四处逃散，先后又被捉得十余人，其中包括正使张骞和几个副使。单于劝降张骞，以王爷之禄相诱，张骞不从，单于本想将他杀了，是国师相劝不让杀掉，说留其性命更有用处，将他押往万里之外的托力鲁王爷处为奴。剩下的其他使节队员，也被国师派人押往各地为奴。国师说，以此便可磨去汉朝的锐气。"

刘彻气得脸色铁青，一挥手，说了声：“滚！”至匈奴人被擒出殿外，复对众臣道：“此事该当如何处置？”

众臣见龙颜震怒，尽皆噤声。唯独李广奏道：“启禀陛下，臣有话要说。”

“尔有何言？讲！”

“臣察张骞此人，并非贪生怕死之辈，其留命之举，定是另有隐情。以刚才匈奴细作所言，张骞尚有余部散落匈奴各地，张骞知之，故留命待机，再行完成吾皇之使命，请陛下能予体察。死节，易事。而以坚毅忍辱图存，以求再起，难！”

“此乃尔之妄猜。堂堂大汉正使，却成敌国奴隶，大汉国体何在？朕之脸面何在？朕让他从全国遴选精英人士，又给了他那么多财物，却弄成这样，不予惩处，如何以儆效尤？传旨，将张骞家人收监，所有财产予以籍没！”

李广仍跪地不起：“启奏陛下，据臣所知，张骞尚未成婚，其父已殁多年，早年曾收养一名弃婴，也已认祖归宗，家中仅张骞生母一人，系一杖藜老妇，请陛下容情。”

刘彻心中一悸，唤起恻隐之情，遂改口道：“其母已老，暂缓收监，城固房屋，留其一半。其余连带财物，一概籍没。此事今后不复再议。”

旨意到达城固县衙，县令不敢怠慢，率领衙役立即赶往白崖村。张王氏跪听圣旨，未及一半，便昏厥于地。县令心甚怜之，急令抢救，将几间闲屋贴了封条，上了官锁了事，十来亩稻田，收为官租，仍由宋回（即张謇）租种，年缴官租稻谷若干，云云。

那宋回却是个极孝之人。见义母遽遭大难，孤苦无依，不顾乃父劝阻，仍回张家老屋，侍奉义母。他不信哥哥张骞是一贪生怕死、苟且偷生之人。从小到大，十几年共同生活的岁月，他看到的，是张骞哥哥那无比坚强的意志、信念及毅力。世人之中，唯有义母与他最了解张骞的品性。张骞是个不屈不挠的人，只要活着，就有翻身的一天。他无法替哥哥背负那种无法想象的苦难，但他可以替哥哥尽心奉养好义母。张母王氏在养子张謇（宋回）的精心照拂及劝慰之下，终于暗下决心：一定要活下去，活到与儿子见面的一天。

遽遭大难，却未见到儿媳月英，张母放心不下，让张謇前去打探。张謇去周重军营才知，周重将军因受张骞牵连，连降数级，而今仅为“屯长”，周月英大

病在身，至今卧床不起。

张母心痛如绞，忍不住又啜泣多日。

这真是：

苦难铺于道途兮，踽偻[10]委奴[11]，
良驹鞚[12]于怐愗[13]兮，痛者血流。
叩问岁月长河，何处获取坚毅之果？
抹平历史折痕，何处觅得志士之足？
一种志向，万千挫折，只为一个守护，
一片忠心，百念未倾，谁说不是凿空圣手！

**注释：**

① 褫（chǐ）夺：夺取。

② 额德伦金山：现蒙古国与中国内蒙古自治区接壤的山系。

③ 嘎顺诺尔：内蒙古弱水下游、阿拉善高原之北，现已成沙漠。

④ 北山：疏勒河之北的地方，现成沙漠。

⑤ 库鲁克塔格：孔雀河、罗布泊北缘、博斯腾湖之南一带。

⑥ 敛：收起。衽（rèn）：衣襟、袖口。敛衽：将衣襟袖口收起。

⑦ 黄门令：汉时替皇帝传达命令的内侍近臣。

⑧ 廷议：即皇帝朝会。文武大臣当廷向皇帝陈述国家大事，并由皇帝发布决断命令，以成旨意。

⑨ 枭：一种恶鸟。獍（jìng）：传说中的一种恶兽，生而噬其母。

⑩ 踽（jǔ）：孤零零独行的样子。偻（lóu）：弯腰曲背的样子。

⑪ 委奴：委身为奴隶。

⑫ 鞚（kòng）：带嚼子的马络头。

⑬ 怐愗（kòu mào）：愚昧。

# 第四十回 采茶歌中家乡念念 卫士营里逆境图存

管家扎楞格走出帐外，忽又踅回大帐，向托力鲁弯腰施礼道：“王爷，张骞夜宿卫士营，加强看管之事，还得请您向左、右卫士长面嘱为宜。张骞那里，王爷可以不管，由我晓以利害，让他不要作什么念想。”

“也好。你去把呼力泰和额朗一块儿叫来，我给他俩说说。”管家转过身，刚要迈步，又被托力鲁叫住，“扎楞格，先去叫张骞在外面候着，小王爷吃毕煎果，马上就得‘上马’。”

“是，王爷。眼下看去，这张骞似乎还守规矩。刚才见他，独自在大帐之外十丈远的地方扔泥巴坨。当然，大帐外的卫士也没闲着，时刻都在盯守。”

托力鲁有些惊讶：“都成奴隶了，他倒有了闲心，扔起泥巴坨？”又摇摇头，“莫不是故意做给我们看的？这汉人的心，让人难猜。且不管他，该说的话，该弄的事，一件一件去办。”

扎楞格迈出帐外，迎头撞见五公主塔丽玛尔。塔丽玛尔年纪不大，却出奇的泼辣，扎楞格有些怕她，站住，低头叫了声“五公主”，就想走开。不料却被叫住：“扎楞格，是不是又在给我阿爸出什么坏主意？”

“哪里，哪里，五公主说哪里去了。是王爷吩咐，要我去请左卫士长呼力泰和右卫士长额朗一块儿面见王爷，有事要办。”

“是不是关于那个汉人奴隶的事？”塔丽玛尔右手一指远处的张骞，“是要

揍他，或是杀他、关他？还是嫌他脖子上的铁枷不够分量，再在脚脖子套上铁镣什么的？”

“怎的，五公主从来不关心奴隶之事，今天怎么突然有兴趣问起这个？”扎楞格反诘道。

“他是小王爷今天刚选中的‘马儿’，本公主也想听他吹笛，我不想让你们找碴儿折磨他。”

“看五公主说的甚话。只要他规规矩矩，做奴隶该做的事，我会整天甚事不干，只盯着他专门找碴儿？我现在就去找他，是晚上在卫士营住宿之事，还得跟庄奴说，给张骞的被褥寝具，不能太过寒酸，要照顾到小王爷与卫士营的脸面。”

“让一个奴隶去和卫士住在一搭？”塔丽玛尔感到透着古怪。

“是为了让小王爷使唤起来方便。不为别的。”扎楞格说罢，向外吼道，“张骞，过来！跟你说话！”

张骞“啪”地一下，看也未看，便将一坨泥巴从肩后扔向一个拴马桩，而后扯了一把衰草，搓搓手，才向扎楞格疾步走来。距离两步之处停下，以匈奴之礼，左掌贴胸，弯腰鞠躬道：“管家大人，有何训诫，是不是张骞有什么地方没有做好？”

塔丽玛尔并不晓得张骞的身份与来历，只是凭直觉感到，在她见到的数百名奴隶之中，这个汉人奴隶似乎太不一样。以刚才扔泥巴坨去看，表面像是无聊玩耍，实则透着非凡的功力，二十多丈远的距离，连瞄准都不用，一坨泥巴击在拴马桩，竟然发出那么大的响声。

扎楞格揶揄道：“谁管你玩泥巴坨的事！你的好事来了，王爷让你从今晚起，去卫士营歇着。”一指左边第一个帐篷，“诺，就那里。”走了两步，又扭头道，“这都是小王爷的恩典，为了使唤方便。他马上出来，你就在这里候着。”

张骞点头称是，仍退至原处。见有一石，铜锅大小，峻嶒翘角，遂伸出右足，踏其翘角，看管家进了左边卫士营帐，刚来的五公主，进了托力鲁大帐。大帐外两名卫士，手按腰刀，两对目光，不离自己方寸。复看石头，旁有一泉，一握大小，流入不远处的饮马池。

他即刻明白，这是托力鲁对自己的特级监管。卫士营中的卫士，人人皆为虎狼，

人人皆为托力鲁的心腹死士。将自己置于此类人群之中，无疑是羊入虎口，稍不注意，便有不测之患。好在只是夜宿，一觉起来，仍是“马儿”的角色。觉着无聊，右足稍一加力，将石头踏入泥地半尺，使翘角持平。刚欲坐下，却见管家与两个大汉武士向大帐走去，而大帐里一块儿走出歪嘴子与五公主，五公主向着自己指指点点，不知说些什么。

距离尚有两三丈，歪嘴子便止步叫道：“张马儿，过来！”

张骞疾步而到：“小王爷，打算去什么地方？”

歪嘴子向北边一指：“看到没有？那边有一片树林。五姐姐说，林子里有蘑菇，去那里看看。今天时辰不够，先去看个边边。我也已经同意，每天把你借给我五姐姐一个时辰。”

让一个半大不小的匈奴姑娘将自己当马骑？这可是亘古未有的奇耻大辱，张骞迅速琢磨着用什么办法打消五公主的荒唐念头，那女孩已失声大笑：“听说你叫张骞？我是五公主塔丽玛尔。我有那么可怕吗？把你吓成这样！我弟小王爷没有说清，本公主用你一个时辰，不是也要你当我的马儿——我才不稀罕小孩玩意儿，放着正儿八经的大马不骑，弄这没意思的可笑之事。一个时辰，给我半个时辰吹笛，半个时辰讲笛。吹得好听，讲得入耳，本公主有赏，听清楚了没有，张骞？”

“张骞知晓了，张骞定当让尊敬的公主高兴。”张骞顿时松了口气，即向那片林子眺望了一下，见其影影绰绰，约有五里之遥，有一面不大的小山坡，虽然已近暮秋，草色仍在泛青。已过正午的阳光，失却了许多暖意，寂寂的北风刮来，周身感到沁凉，而空旷幽深的蓝天之上，有几只鹞鹰乘着风势，悠悠地盘旋。张骞不敢久耽，紧了紧衣服，仍将帽子、笛子掖在怀中，躬下身子，双掌一裹，立即着地。

“小王爷坐好，张马儿开步了。”

歪嘴子跨腿上“座”，左手薅住张骞颈间衣领，右手执鞭向张骞臀部一抽：“张马儿记住，以后马鞭一抽，便可撂开你的‘蹄子’，让你慢时你再慢。”

“张马儿记住了。”张骞应声低头回看，见五公主塔丽玛尔已然上马，其后又有两名王府卫士相随，便知自己处处都在托力鲁的监视之下。他无暇细察两名卫士的模样举止，便迈步疾奔。

直到到了小山坡，张骞前胸后背已沁出汗液，才放慢速度。

塔丽玛尔紧跟其后：“弟弟，换个玩法，骑你‘马儿’的‘驾官’会更好玩儿。”

歪嘴子一听很是高兴，小马鞭向后一挥：“停下，停下！张马儿，我来骑‘驾官’。”

张骞便即止步，待歪嘴子落地站好之后，又立即蹲下，让其骑上脖子，轻轻握住那双小手之后，倏地挺直了腰身，一闪一闪，跨步前行，逗得歪嘴子嘎嘎大笑不止。

歪嘴子屁股在铁枷上倒是稳当，只张骞的锁骨被硌得生痛，幸亏不大一会儿到了林子。张骞放下歪嘴子，不知是随其进入树林，还是留在外面由卫士看着。不料，塔丽玛尔发话道：“你们两个（指卫士）陪小王爷去林子找蘑菇，我在这里听张骞给我吹笛子。我叫回去，你们便立即出来，不许耽搁。弟弟，五姐姐的话，你可不许违拗。”

两卫士便领了歪嘴子进了树林。塔丽玛尔取出水袋递与张骞：“喝罢水，给我吹一首好听的歌。”

张骞万端思绪汇于心底，顷刻想起家乡城固的父老乡亲，以及汉江两岸的无限美景。儿时听到的《采茶歌》，突然出现在脑海，于是极目远眺南方，纵情唱道：

二月里来好春光，早晨的太阳亮堂堂；
采茶的姑娘采茶去，上山走得好匆忙。

茶山葱绿春风软，茶尖暴芽嫩秧秧；
采茶姑娘唱茶歌，双手采茶十指香。

采茶的姑娘真漂亮，大大的眼睛水汪汪；
蛾眉桃腮红霞飞，大路上来了个俊俏郎。

采茶姑娘忘采茶，低头装作弄茶筐；
突然唱起一支歌，歌声一下飞过梁。

小伙子止步侧耳听，脚下一闪踏空档；
采茶人歌美人更美，从此俩人不相忘。

塔丽玛尔盯着张骞看了一会儿："张骞，你能不能不用汉话，用我们匈奴语唱一唱？歌声好听，可惜我听不懂。"

张骞试着用番语唱了第一段，却感到别扭，唱不出那种情韵。塔丽玛尔也觉得不对劲："算了，算了。你给我讲讲，你唱的啥意思，再用你的骨笛吹一遍。"

"谢公主。"张骞毕恭毕敬，弯腰致礼，"这是一首我们家乡城固的民歌，讲的是一位美丽的采茶姑娘与一名陌生小伙子的故事。"于是，逐字、逐句、逐段地讲了一遍。

塔丽玛尔眼睛扑闪了一下："张骞你不用客气。说，那采茶姑娘现在是不是你的媳妇，你就是那个小伙儿？"

"不是，不是。公主你误会了。像这样的民歌，我们家乡还有很多很多，都是大家平常唱着玩儿的。就像这草原上许多牧民唱歌一样，一唱歌，心里就格外亮堂——我还是用笛子再吹一遍吧。尊敬的五公主，可以吗？"

"你又客气。你怎么这么不长记性？"塔丽玛尔说着，一鞭子抽到张骞衣服上。

"我是你们家奴隶。王爷若晓得我没规矩，我可吃不起那鞭子——早晨那一鞭子，到现在脸上还留着血痕。"

"那是我阿爸的规矩。本公主有本公主的规矩。跟着我，你就得听我的。你吹吧，快点儿！"

"张骞晓得了。小王爷有小王爷的规矩，管家有管家的规矩，到卫士营，有卫士长的规矩，就连庄奴、秀奴，也各有各的规矩。"张骞拿出骨笛，努力调整心情，以重回家乡的思绪，开始吹奏《采茶歌》。

刚吹完第二段，歪嘴子与两名卫士便从树林里跑了出来。

笛音欢快跳跃，落句戛然而止。几个人正听得入迷，笛声便没有了。

"张马儿，这就吹完了？"歪嘴子意犹未尽。

"是的，小王爷。如果想听，我可以再吹一遍。"

“这歌儿怎么与中午吹的不一样？”

“禀小王爷，中午吹的《草原牧歌》，是北方大草原骑马放牧时唱的，是长调；刚才吹的《采茶歌》，是南方采茶姑娘唱的，是短歌小调。所以，它们完全不一样。不知小王爷喜欢听哪一种？请小王爷告诉我，我一定尽心尽意，一定让小王爷听得高兴。”

“什么长调、短调，什么放羊的、采茶的，只要好听就行，啰唆个屌毛！”

“弟弟，时辰不早了，回吧。第一天，不能让你的‘马儿’误了秀奴的饭点儿。”

歪嘴子作势正要跨上张骞的脊背，却听塔丽玛尔又道：“弟弟，你先不要急着‘上马’，听姐姐说，咱们来个新玩意儿怎样？”

一听说新玩意儿，歪嘴子顿时来了兴趣：“姐姐快告诉我，什么新玩法？”

张骞心中也打鼓，不知这个任性又充满野性的五公主，又用什么法子来折腾自己。

“叫那两个卫士腾一匹马出来，你骑上它，让张马儿跑在中间，我与你一边一骑，夹住他，看他快，还是咱俩得马跑得快。倘若他跑得慢，就用鞭子抽他。你看好玩不好玩？”

“玩是好玩，可是姐姐你知道，我还不会骑马。”

“弟弟现在是小王爷，将来要当大王爷，应该是这里最勇敢的男子汉。你看，哪家牧民的孩子不会骑马？姐姐这匹马最温顺了，弟弟骑姐姐这匹马，姐姐骑卫士的马，好不好？”

歪嘴子被说动了心思，上了塔丽玛尔的马，塔丽玛尔又教了他一会儿骑马的要领，又转了几圈，然后在马屁股上轻轻一拍。只见张骞站着未动，便凌空甩出一个响鞭：“你傻呀，还不快跑！”

张骞立即拔步飞奔。这轻身功夫久已未练，今日借此机会正好尽情施展。不料，不一会儿头顶又飞来一个响鞭：“你这奴隶是真傻还是假傻，跑那么快干啥？不等小王爷了？你要记得，你是小王爷今天刚选定的‘马儿’，不是叫你跑着玩儿！”

张骞突然大悟，他心生感激，立即放缓了脚步，宁肯挨上歪嘴子几鞭。

头顶却又一声暴响：“谁让慢下来了？装都装不像点！”塔丽码尔一声怒喝，而心中对张骞的轻功着实吃惊。这个奴隶，实在太特殊，太叫人不可思议。

一路下来，张骞果然挨了歪嘴子两鞭。歪嘴子十分高兴，满是胜利的喜悦。到王府大帐，将马儿交与五公主之后，大方地对张骞一挥手：“张马儿，早上我要困觉，中午再说。”

而从王府到奴隶吃饭的地方，尚有数里之遥，张骞不由得加快了脚力，如飞而去。两卫士互递了一下眼色，亦催马紧随其后。

塔丽玛尔见了，立解其意，大声道：“有我在，你二人就不必搅和。”二人齐道：“这怕不好吧？五公主，第一天就这样，怎么向卫士长交代？”

“是呼力泰，还是额朗？你们不用向他们交代，转来时，我会跟我阿爸说明白。”二卫士驻马。他们谁也不敢惹这刁蛮又变化多端的公主，眼瞅着塔丽玛尔放马，追逐那个让人麻烦透顶的南蛮奴隶。

张骞到达时，奴隶们正在吃饭。或立或蹲，或倚或坐，一人一碗奶酪，一钵手抓羊肉，有凑堆儿的，有避开人群的。他大概数了一下，男男女女约莫五十人。见到张骞，人们并不理会，唯有好奇者，至多瞟他一眼，皆忙着向着嘴里塞食，弄得满手满腮汤汁淋漓。

而在厨间，庄奴与四个厨娘亦在进食。秀玛古丽塔见张骞在门口张望，立即叫道：“张骞，不进来取你的东西，还在那里看什么？等王府的主人为你接风洗尘？可惜你只是‘马儿’，只有小王爷歪嘴子的小马鞭！脖子上的铁枷都不给取，真把奴隶不当人！”

一天之内，张骞连续领教了两名匈奴女子的厉害。性格泼辣、语言犀利，让见多识广的张骞难以招架。他回头一看，见五公主端坐马背，不错眼珠地盯着。但他要活命，要吃饭，不能不进。他毅然入内，庄奴只说了句：“来了？”其他几个女人则闪了闪，秀玛古丽塔放下手中的木钵，揭开偌大一口陶瓻：“给你留着，自己去取！”张骞试了一次，觉得烫手，便想如使节队就餐那般，杨柏递出一双筷子，将烫饭夹出。他四处一望，几个女人都在用手指抓食。秀奴一见，讥笑道，“两只‘蹄脚’整五双，还嫌少？”说归说，却替他将一钵羊肉飞速端出，置于灶头，又迅即将烫红的指头贴住两只耳朵，让其冷却。

“谢谢你，秀玛古丽塔。”张骞先致以匈奴之礼，而后才将双手伸向灶头。

不料，几个女人笑将起来，一高个方脸女子道：“秀头儿，人家感谢你呢，

也不表示表示？”

“他礼数多，他谢他的，关我啥事？不过，我已经吃饱了，剩下这坨羊骨头，张骞你帮我把它啃了——可不许嫌弃是我啃剩下的。”

方脸女子道：“秀头儿，你可真舍得，三天才吃一次肉，往日怎么就没吃剩的——不过，今天比往日是要多一点，我也有坨吃剩的，张骞你甭嫌弃。”

另两个女子亦嘻嘻哈哈端着肉钵走向灶头。

唯有庄奴不声不响，带着一丝微笑，拣出一块最大的羊肉，放进张骞的肉钵里。

顷刻之间，张骞的肉钵堆成了小山。

张骞心中感动，却欲语无言。她们并未将他视作可以任意欺凌的新奴，反而对他这戴枷奴隶充满了同情，她们的关照似乎微乎其微，却让他备感温暖。他甚至想到，为双方的百姓着想，汉匈之间为什么要争战不已？生活所需，完全可以通过边关贸易，达到互通有无。不过这样一来，匈奴中的王爷、将军、土司、头人，又从何处得到供其驱使的奴隶？看来，这样的死结，只能以战争解决。

张骞不想在这几个陌生女人面前暴露吃相，端起羊肉、奶酪便向外走，不料秀玛古丽塔叉开右腿一挡：“怎的，想出去给我们惹事？”

张骞恍然大悟：“是我虑事不周，谢谢提醒。”遂低头将所赠之肉大口吃完，这才出了厨门。

张骞出了厨门，一些奴隶装作无意的样子，向他一瞥，又装作无事的模样，或扔下最后一根骨头，伸出食指刮碗，放在舌头上一吮；或干脆伸出舌头，舔净碗里的汤汁，而后将钵碗往腋下一夹，四散离开。

五公主似乎很是不屑，露出厌恶的神色，将坐骑吆至更远的地方候着。张骞避开她的目光，蹲在一墙拐处，踢开脚下的残骨，专心进食。

不一刻，食物告罄，肚子已饱。张骞不想以手指刮碗，更是从无舔碗的不雅习惯，也不想每日挟着钵碗，在五里之遥的路上往返三次，于是又返回厨间：“秀玛古丽塔，请问有水没有？最好是热水。”

“要热水？呶，那不是，甑锅里的涮锅水，温热，还泛着油花呐！”

张骞显得有些难堪：“我只是想把碗洗洗。还有手，油腻得很。”

高个方脸女子哈哈大笑：“我猜得不错吧？这位新来的奴隶小哥哥，是个讲

究人。要洗碗、洗手还不容易？你看——”伸手从灶后一堆干牛粪里掏出一坨泛白的牛粪，贴着空碗顺一个方向擦了一遍，放下碗，又捏着牛粪，将双手一阵混擦，然后“啪”的一下将粪扔回原处。拿起碗、举着手，伸向张骞，“看看，干净了没有？”

秀玛古丽塔乘机道：“你不是草原人，你不知道，牛粪不仅能当柴，而且是最干净的东西。不信，你问庄头庄月蓉。”

张骞这才知晓这庄奴的真名儿。庄月蓉点头道：“是这样，秀头说得没错。”

使节队一路走来，还有小时候放牛的经历，张骞何尝不知牛粪是干净东西，但生在水乡城固的他，习惯了以净水洗涤碗筷，故而有此一举。看来，草原民族的生活习俗，今天的接触，才刚刚开始。他依样画葫芦，将钵碗“洗”净，然后恳求道：“秀头儿，我有一事相求。托力鲁王爷安排，命我晚间宿在卫士营。这钵碗往返携带多有不便，能否寄放在这里？”

众女听得此语，无不吃惊。让一个奴隶宿在卫士营，且由王爷直接安排！她们惊愕地望着张骞，好一会儿，秀玛古丽塔才从张骞手中接过钵碗，与几个厨娘的放在一块儿：“没事，去吧，外边还有小魔女候着呐。”

张骞随庄月蓉一同退出，去领取被褥。庄月蓉一边挑选着寝物，一边问道：“张骞，可否见告你究竟是什么人？”张骞觉得没什么可以瞒她，遂将自己的身份如实说了，同时得知，庄月蓉系北地郡人氏，出身小吏家庭，被掳入匈奴已经十余年，受尽了托力鲁的凌辱。庄月蓉挑出两床长绒羊毡，又用一床蓝色的旧床单包好：“卫士们用的全是长绒羊毯，一铺一盖，旧床单你可垫在身底，洗时方便。那个五公主性格乖戾，须得小心。去吧，我只能帮你这点。”

张骞掮着包袱刚出房门，塔丽玛尔便面露愠色：“一帮奴隶，有什么话可讲？啰里啰唆，我还饿着呐。”

“五公主，你别忘了，我现在也是奴隶，而且脖子上还多着一副铁枷。”

“大胆张骞，敢跟本公主犟嘴！且吃我一鞭！”抡圆了鞭子，直向张骞头上抽来。

张骞站直了身子，不躲不避，硬生生挨了一鞭。顿时，脸上又多了条血痕，嘴角也立刻肿起，血流不止，滴答滴答，靴子上溅满了血迹。

“张骞，你是个死人，连躲闪都不会？”

“不这样，你还有第二鞭、第三鞭。”张骞嘴角疼痛，说话没有刚才清晰。

塔丽玛尔一阵沉默。见张骞掮着包袱径自前行，又拍马赶上：“把包袱给我放下！”

“尊敬的五公主，这可不行。哪有主人替奴隶拿东西的？这不合规矩。”

“你个死张骞，臭张骞，看我怎么收拾你。”

“大不了再抽我一顿鞭子，不准我唱歌，也不准我吹笛子。反正十天半月我也吹不成唱不成。”说罢，觉得不值得跟这样的人怄气，又和缓道，“其实，我跟她们又能说什么？非亲非故，又是头一次见面，对方又都是女子。我向她们讨点热水洗碗，她们却给我一坨干牛粪，还讥笑我不懂草原人的生活；后来，我又央求将饭碗寄放在那里——因为往返带着它太不方便。庄奴那里，好一点的被褥不能与我，太破旧的又有损卫士营的观瞻，故此挑选的时候长一些。”

“你为什么不早说？”

“是张骞不对，请尊敬的公主原谅。”张骞不愿与这样的女子过多纠缠，主动退却。

行不及两里，张骞突然放下包袱，去路旁抠出一株小草，捋捋上面的灰迹，嚼成草浆，抹向嘴角。

塔丽玛尔十分好奇：“张骞，你弄的什么东西？”

“没什么，一棵草，蒲公英，我们家乡也叫它黄花苗。可以消炎去火当伤药用。”

“我阿爸那里有伤药，我可以去讨一点。”

“谢谢公主的好意。王爷不会给的，他哪能在乎一个奴隶的疼痛？何况就这么点儿小伤。”

塔丽玛尔又提起另外的话题，张骞总是显出格外的客气，最后以嘴痛为理由，给以简短而不失敬意的答复，弄得她十分无趣却又不好生气。

到王府大帐之外，一眼瞧见管家，塔丽玛尔叫道：“扎楞格，你鬼头鬼脑地瞅什么？”

“五公主，你总算回来了。王爷叫我候着你呢。”扎楞格满脸堆笑，忙不迭地弯腰鞠躬。

“候着我？以前怎么没这份好心？”又一指张骞，“人，我给你们带回来了，

现在就交给你。”说着，下马，跨前几步，一掀帐幔，进了大帐。

扎楞格一下拉长了脸：“走吧，张骞。左右卫士长候着你呢。”

呼力泰与额朗被扎楞格唤进王府大帐，刚一坐定，托力鲁即道：“你们两个左右卫士长，是本王爷最信任、最得力的武士，叫你们来，不为别事，军臣单于让我看好汉朝皇帝大使张骞，白天都还好说，就是夜间我最不放心。思来想去，还是放在卫士营最好。一则，你们都是我的心腹；二则，昼夜你们都有人轮流守卫大帐；第三，二十四名卫士，个个都似下山猛虎，对任何强敌从不怯阵。我们匈奴人历来敬重真英雄、真汉子，如果张骞规规矩矩当他的奴隶，彼此相安最好。你们嘱咐好那帮弟兄，只要张骞不惹事、不生事，就不要招惹他。”

额朗十分痛快：“请王爷放心，十个张骞也不怕他。无论哪个旮旯里，也把他塞得严严实实。”

呼力泰却沉吟道：“王爷，别的都没什么，有一事我还是担心。”

“甚事？”

“王爷，你是晓得的，卫士们为了方便，卫士营里放了不少刀、枪、剑、戟，以及弓箭之类的兵器。凡事不怕一万，就怕万一。万一有什么事端，只怕不好应付——听巴尔汗说，此人十分了得，一套青锋七十二剑式变化多端，神鬼莫测，曾在虎威城大战中，一招杀了我匈奴右大将。”

“怎么，怕了？此易事，将多余的兵器先收拣了，随身兵器晚上压在身底，不给他以可乘之机，不就结了！我观此人，并非莽夫，单于曾有意将其收服，国师教了一招——‘磨’。磨他个三年两年，五年八年，再弄个匈奴女子与其相配，说不定，到时他那剑法就能为我所用，不说征讨南蛮，就是本王爷的地盘，也可以再扩展三五百里。”

“王爷远虑，我等敢不尽力？我也有一法，先故意冷淡，对他不理不睬；而后视其行径，与之相交，获其好感。巴尔汗能够做到，我为什么不能？”呼力泰说到巴尔汁，不由生出一股不服之心。

“如此最好。若能将张骞收服，本王爷将记你们头功。”

“谢王爷信任。”二人告辞出帐，又密议了许久。

天将及黑，扎楞格将张骞带至卫士营帐。

帐内已经点燃一盏油脂灯盏，挂在里壁一人高处，灯光微弱，但可以看清帐内设施：两排随营帐之弧形呈拱月状的土炕，炕上铺以一寸多厚的木板，木板之上为卫士床铺，相互间隔不到尺宽，挨里端堆放着脏衣、靴子等杂物。除王府大帐值守卫士，余皆盘腿而坐，等候入寝号角，帐门角落处置一木制溺器，虽无尿液，但时有臊气冲鼻而入。这与匈奴一般军营以蒿草为褥相比，卫士的待遇可谓高出一截——因为在极塞天气中能烧炕取暖，且以木板隔之，无疑是一种奢侈。

帐里无人理会张骞，亦无人看他一眼。

扎楞格走到中间，先叫起左边一位高大汉子，又到右边叫起一位粗壮汉子："呼力泰，额朗，王爷吩咐，从今夜起，让张骞与你们共宿一处。"又对张骞指着左边的汉子道，"这是王府左卫士长。"又指了一下右边汉子，"这是王府右卫士长。"最后强调道，"张骞，你是个明白人，不是小王爷对你使唤起来方便，就不会叫你来这里睡安稳觉。到这里，一切得听从两位卫士长的指令。"语毕，便退出帐外。

刹那间，张骞有一种羊入狼群的感觉，肃杀的气氛翻涌而至。若在战场，这些匈奴勇士都可能是他强劲的对手。而今骤然相对，际遇有别，他得强迫自己尽快适应。他放下包袱，向呼力泰、额朗各施一礼："卫士长，张骞给你们添麻烦了。可否赏我一块容身之地，以供晚间蜷缩之用？"

"什么蜷缩之用？文绉绉的，我们不懂。不就找个睡觉的地方嘛。你看，现成的地方那不是——"额朗一指放溺器的地方，又道，"不过，既然是王爷让来的，也不能叫你睡地下，炕里边堆东西的地方，你收拾一下，但不要把东西搞乱了。"

"记住，营房有营房的规矩。这里不是牧场，更不是你的使节队，睡觉、起床得听号令。白天你听小王爷的指派，晚上不得擅自出帐。若有要事，须得我与额朗的允许。否则，以逃逸罪论处。"呼力泰疾言厉色，每说一句，眉毛皆向上一耸。

"在下明白，一定谨言慎行，按卫士长号令行事。"张骞拎起包袱，走到里间，将一件件东西叠成条状，码放在邻铺之间，腾出一绺仅够容身之地，再从怀中掏出那件破衣，轻轻揩了一下木板上的灰垢。而后展开绒毯，因为地方太窄，仅铺得半边，其余半边只好窝在一旁，绒被亦暂时堆在枕头之处。毕，下床登靴，向

呼力泰施礼道，“左卫长，张骞有一事要办，须得出去片刻，请予允准。”

“刚进来就要出去？缘何不在之前办好？你光杆儿一个，又有何事？”

“饮马池那里有水，我想把脸擦擦，把脚洗洗——囚车上坐了好多天，我怕臭着别人。另外，我带了一包种子，在草丛里放着，若不取出，会被虫子叮咬。当然，睡觉之前，还得尿一泡。”

“嗬，穷讲究挺多。”呼力泰叫了一个卫士的名字，“你陪我们这位‘客人’去一趟。”

“正好，我也想出去尿一泡。”额朗道。

张骞去了那块石头上边一点，那里有他预先掏出的一个小水坑，他双手捧水，先行解渴，再小心地用一块破衣蘸水将脸上的血痂揩净，又拢拢头发，最后脱下靴子，卷起裤脚，以仙鹤独步式，将两只脚分别浸水揩干，又将擦灰的破布搓洗一番，最后又去侧旁撒尿，取出一个布包，对一旁发愣的额朗道：“卫士长，让你久等了，张骞可以回营房了。”

额朗正对着那块石头发愣。他明明白白记得，这块翘角石头不是这般模样，是谁使其入地半尺成了平状？夜色之中，他看着张骞，冷天冷地，喝着冷水，又冷水擦脸，冷水洗脚，一副温文尔雅的样子，竟有恁大的功力？他心情复杂，竟然有些恨不起来。听得张骞叫他，他只简单应了一句：“那就回吧。”又向旁边迈出一步，让张骞走在前面。

三个月后的一场大雪，连降了三天，只要走出营帐，迎面飞来的雪花，密集得双目难睁。小王爷歪嘴子整天钻在被窝里不动。张骞无事，便举着一根长长的木杆，为逐座帐篷拨下顶上的积雪。拨下之后，又用一把大木铲，将雪铲开。做完这一切，又去铲除各帐篷通道上的积雪。而自己除了脸孔，上下成一雪人。

没有谁命令他这样做，他身后也再无“跟班”。到时到点，他独自一人蹚着厚厚的积雪，去几里外秀玛古丽塔那里吃饭。没人看到，当四野无人的时候，张骞施展轻功，在雪地上行走如飞的样子。他暗嘱自己，任何时候，都不能将功夫荒废。后来雪停，他又找了一截粗重的椴木，将一端削成剑把，提着它，于路途将青锋七十二剑式逐式习之。

张骞与呼力泰、额朗以及其他卫士已相处得相当熟悉，堆在他床铺的杂物已被撤走。闲聊之中，问及使节队的路途情况，他也将过大漠、翻雪山诸般艰险一一作了陈述。说到野狼谷，说到沙暴，说到与土著的交往，说到雪山“滚老驴”，说到荒村，说到小沙丘与骑痞的遭遇战，无不惊心动魄，让人终生难以忘怀。

“如果还有机会，你会不会还要去西域找什么月氏国？”额朗问道。

“你们看我现在这么个样子，没有出使旌节，没有礼物取信于人，没有一个帮手，我还去得成吗？”张骞不做正面回答。

“也是。光杆儿一个，事事难做。倒不如现在这样，起码没有性命之忧。”

“张骞，我看走眼了。”呼力泰插过话头。

张骞暗自一惊：“左卫士长，我有什么地方做得不对？”

“你好大的力气。恐怕你们李广将军的硬弓，开它也不在话下。”

“李广将军乃一代名将，我可不能与之相比。要说力气，是有一点，但不能说那样的大话。”

托力鲁突然掀幔而进：“大话不大话，我都晓得了。一场大雪，帐篷上的积雪，往年七八个人才弄得清整的事，这次你一个人就弄妥了。将近两丈长的大木杆，能轻松举起来，已经非常不错，还要挥之舞之拨弄雪堆，岂是易事？本王爷奖惩分明，张骞你能顾惜王府，本王爷也不能熟视无睹。”回头又对帐外叫道，“塔丽玛尔、布赫，你俩也进来。”

五公主与歪嘴子携手而进。

三个多月来，张骞一直充当“马儿”的角色。而歪嘴子每次“骑马”玩耍，塔丽玛尔都寸步不离，并努力转移着歪嘴子的“骑马”兴趣。张骞曾听庄月蓉、秀玛古丽塔介绍，在他未来之前，有七个奴隶当过歪嘴子的“马儿”，差不多嘴巴上还要勒上一条“缰绳”，稍有反抗，便被托力鲁鞭笞，抽得遍体鳞伤。有两个身体较弱者，竟宁肯自杀，也不愿忍受那种屈辱与折磨，而那个五公主更是助纣为虐，帮着歪嘴子欺侮胯下的“马儿”。偏是张骞来了之后，那五公主便突然变成了“善人”，歪嘴子也玩得特别高兴，不知道这是为什么。

“为什么？”张骞咕哝以对。他又不是一根木头，不知别人之所思。可他是大汉正使，未竟的使命，毕其一生的努力，也得必须完成。他得感谢这位刁蛮公

主当天那一鞭子，给了他与她“隔”的理由。自那之后，尽管塔丽玛尔没将他当作奴隶看待，他也只给她以朋友的真诚，有求必应而已。

姐弟二人进来之后，托力鲁便道：“塔丽玛尔，将开铁枷的钥匙给小王爷。”

塔丽玛尔瞟了一眼张骞：“恭喜你，我阿爸今天特别高兴，要为你取下铁枷。而且从今日起，你也不再是我弟弟小王爷的‘马儿’。”说着，将钥匙交与歪嘴子布赫。

张骞以匈奴最高礼节单膝一跪：“谢王爷，谢五公主，谢小王爷开恩。”

歪嘴子上前，为张骞取下铁枷：“张马儿，我以后要学骑真马儿了。但是，你每天还得陪我和我姐姐吹笛子唱歌、讲你们汉人那些皇帝大将军的故事。我阿爸说了，明年春天以后，你得跟老牧民学挤牛奶挤羊奶剪羊毛，为王府放羊。”

“张骞谨遵王爷、小王爷之命。张骞还得学会替牛羊看病，让王府的牛羊生得多、长得壮、养得肥，草场越来越大、越来越美。”

托力鲁哈哈一笑：“我们匈奴人没有虚情假意，本王爷信你说的真话。我还有事，走了。”话毕，便即拔步。

“王爷，我有一事相求，请王爷能予允准。”张骞道。

特力鲁止步：“何事？讲！”

“请王爷将铁枷留与张骞，以作警醒与纪念。”

“你还有点不舍？布赫，将那劳什子给他！”

歪嘴子好奇，将铁枷翻来倒去看了看。这铁枷不方不圆，像钻了一个洞眼的猪肾，前后窄而两头宽，套在脖子上，两端便似垫肩。铁板厚约一指，两块可以开合。锁环粗约一指，锁子重约一斤，置于左肩铁板之上。整副铁枷均已黢黑，只颈周一圈，被磨得锃光发亮。歪嘴子将其摇了摇，铁锁与铁板相撞，发出一种金属的音响，看着不似铁枷，倒像一件稀罕玩具。

塔丽玛尔发觉有些不太对头，即从其弟手中拽下铁枷：“此乃不祥之物，有甚可看？张骞既然想要，就让他留着。”而她心中隐约感到，在铁器缺乏的匈奴，张骞留着它，必定另有他用。

张骞接过铁枷，又深鞠一躬：“谢五公主成全，张骞不胜感激。”

塔丽玛尔鼻孔里一哼：“少跟我来这一套！”携了歪嘴子的手，追着托力鲁

的背影而去。

呼力泰、额朗等一干卫士一直未能插言。此时，托力鲁父女、父子一走，他们便都前来恭喜，说王爷从来不管奴隶之事，亲自示以关怀的，他张骞是独一份儿。张骞虽然心中明白，但也不能不予敷衍。

翌年三月，张骞果然被送至都嘎部落，当了牧羊奴隶。

这真是：

浩瀚之草原，落难之张骞，
心中自有一块净地，那便是洁净的蓝天。
蓝天在哪里？
在城固，在长安，在边关，在思念中的大汉。
曾记欢然的春酒，曾记墨香的书院，
霜酽雪垒，岁月掷还，
羞辱如肮脏的抹布，
飞鸿依然临渊翩跹。
那一穹广阔无垠的蓝天，
自有丽阳、明月、繁星灿烂装点……

欲知张骞后续故事，请阅下回内容。

# 第四十一回　都嘎部落陌地落户　搏杀狼群草坡逞雄

汉武帝建元四年（前 137）三月十八日，张骞匆匆吃罢早饭，将钵碗擦净，便向秀玛古丽塔等人鞠了一礼：“谢谢你们七八个月以来对我的关照，使我免遭饥饿之苦。从今天中午起，我得换地方吃饭了。”

“换地方？什么地方？总不会是卫士营或者是什么公主府吧？”秀玛古丽塔调侃道。

“秀头真会说笑。是都嘎部落头人那里。”

“都嘎部落头人？忽力拜尔？那可不是一个什么好东西。”

“秀头儿，你认识？”

“何止是认识！你忘了，我就是从都嘎部落来到这里的。忽力拜尔，一个好色、贪财、残暴、狠毒的家伙。那里可没有什么小王爷、五公主，你得处处小心。”

“远吗？部落里有些什么情况？”

“远也不远，近也不近，二百来里地吧。有十来处牧场，三四百人，一万多只牛羊。算是托力鲁王爷属下的一个重要部落。你去了，如果忽力拜尔问到我，你就说不认得，或者将我臭骂一顿也行。”

“为什么？”

“不为什么。我跟他有血仇。他杀了我男人，我杀了他儿子，我还要杀他，结果没杀成，被弄到这里当奴隶，就这么简单。”又弯腰从脚踝处取出一把带鞘

的匕首，“你对我总是那么客气。我没什么好东西送你，这把匕首你带着，防身、吃肉、剔东西，都用得着。如果你能杀了忽力拜尔，我就嫁给你，和你一起远走高飞，你去哪里，我就去哪里，这条命都是你的。”

“感谢你的勇敢和大胆。托力鲁王爷让我去学放牧，你叫我去杀人，我该听你的话，还是听王爷的安置？何况，家中尚有美丽贤惠的媳妇等着我。所以，你的礼物，我只能心领了。”

“我明白了。你是个令人敬重的汉子。你应该晓得，匈奴人送出去的东西，是不能再收回的。这把匕首既然已经取出，它就是你的。你若不喜欢，可以把它扔掉。”

“那就恭敬不如从命。我会珍惜它的。”张骞接过匕首，别入怀中，“谢谢你，秀玛古丽塔，我们还会再见面的。”一揖转身，大踏步走出门外。

“张骞，等等。”庄月蓉撵出门，叫道。

张骞止步，回头：“庄头儿，有何吩咐？”

“你不要这么生分。我难道就那么不屑，不值得你叫一声姐姐？”

“对不起，庄姐，是我小心过头了，请谅解。其实我心里一直将你当姐姐看的。”

庄月蓉认真地看着张骞，见其极为诚恳的样子，笑了：“我信你。这么多年，异域他国，能有你这样的弟弟，心中也就有了一份牵挂与念想。依我猜想，歪嘴子若不需要你这样的‘马儿’，那托力鲁对你这身份极为特殊的奴隶，必定另有措置。故此，姐为你早早缝制了一套换季衣服。原以为会叫你去种庄稼或干工匠活儿，不料让你去放牧。不过放牧也好，放牧自由，还能交上一些匈奴朋友。你虑事长远，处事冷静，姐都看得出来。否则，你不会以那种方式去处理秀玛古丽塔的私仇。姐不多说了，姐再送你把剪刀，剪剪胡子，剪剪指甲，方便。连同衣服，这次一块儿带上。什么时候王府召你回来办事，抽时来看看姐姐，姐就知足了。”

听到这似乎平淡的话语，张骞心中顿时掀起剧烈风暴。一个落难多年的汉家弱女子，仍心系故国，渴望来自故国的亲情友情。他不禁泪盈满眶：“庄姐姐，你太苦了。只怪大汉国力尚弱，使她的子民受侮受欺。不过姐姐放心，我观现在的新皇虽然年轻，但其雄才大略，性格刚毅，远在先皇之上。匈奴王廷祸我之冤仇，

必遭灭顶报应。即为姐姐，骞弟亦当衔恨隐忍，寻机完成吾皇所赋使命。弟不会说客气话，姐之苦即是弟之苦，姐之恨即是弟之恨，姐之音容笑貌，姐之言行举止，弟都会常在念中，挂怀如己之胞姐。话到此处，弟有一事相托，凡废旧脱毛软羊皮，姐不要扔掉，我有大用。绘图、写字，虽不及绢帛，但在此处，已是难得。今日只是暂别。我相信，我在都嘎部落不会久待。”

说话间，庄月蓉又用一裹单将衣服、剪刀包好：“你的话，姐记着。东西已经包好。裹单是洗净了的，到夏天，骞弟可用它遮身，草原上的蚊子挺厉害的。人多眼杂，姐不送你，你去吧。”

张骞仍向她鞠了一躬：“姐，骞弟告辞了。”出了门，大步流星，如飞而去。待庄月蓉出门，只见到数十丈外，张骞远远的背影。

赶至卫士营房，将一应物品重新包好，辞别呼力泰、额朗等卫士，张骞便去王府大帐之外，等候管家扎楞格。

不一刻，便见五公主与管家从兵营方向奔驰而来。管家仍骑着他的黑马，五公主却换骑了一匹高大的红马，快到王府大帐时，在空中甩出一个脆亮的响鞭。

二人下马，五公主便将红马缰绳向张骞一扔：“接着，这是王爷给你的牧马！”张骞一捞，刚一接住，塔丽玛尔又将响鞭扔来，“这是本公主送你的牧鞭。我阿爸说了，只要你能努力为王府增加财富，会另有赏赐。”张骞又用左手一抄，接住鞭杆。

托楞格则训斥道：“张骞你应该知足感恩。虽然上有王爷发话，但也得选马人尽心。我与五公主两人一同去马场挑此良驹，赶得上卫士们的坐骑。还有这鞍鞯、这缰绳，你手中拿的牧鞭，也是五公主为你挑选的上品……”

“扎楞格，你啰唣什么？张骞是骑过汉朝皇帝御马的人，听说还当过司御，见识能比你少吗？”接着伸出右手拇指、食指，将嘴唇一嘬，吹出一声响亮的口哨。

随着口哨声起，只见从卫士营帐后转出一位骑白马的武士，“嗒嗒嗒”一阵马蹄声，来到王府大帐之外，在三人面前勒马而驻：“五公主，职下已准备妥帖，悉听吩咐。”

来者乃左卫士长呼力泰。只见他身背箭袋、腰挎弯刀，左手握弓，右手拽缰。

头戴翻边毡帽，足蹬高勒战靴，一圈黑须，衬着紫红脸膛，挺胸拔背，雄赳赳，一副武士气概。

“呼力泰，你搞错了，不是本公主有什么吩咐，是我阿爸的吩咐。两宗事，哪宗都不得有误！”

“是的。一宗，是送张骞去都嘎部落，由忽力拜尔安置放牧之事；一宗，是从那里预选两名卫士，不日前来王府由王爷亲自考校。呼力泰敢不尽心竭力？”

扎楞格却在一旁发蒙：“五公主，张骞这事——”他本以为，押送张骞，是其“分内”职责，不料半道杀出个呼力泰，而且事前他毫不知晓。到手的肥差，突然不翼而飞，这心中的滋味，让他着实难受——因为在托力鲁王爷管辖的地面上，不管哪个部落的土司或者头人，只要是王府派送去的奴隶，负责派送的人都会得到许多好处。白天盛宴款待，晚上美女陪夜，临行还有丰厚的程仪。他有点不死心，道，“两件事，互不相干，王爷是否另有安排？”

“你不相信？”塔丽玛尔嘎嘎一笑：“我阿爸就在大帐。或者我请他出来，或者你自己去问问。两宗事，难道不能由一人去办？”

“算了算了，预选卫士是大事，那是卫士长职责所在。这里既然没我甚事，我得去地里查看庄稼安种情况。”走了几步，又拨马回头，向呼力泰拱拱手，“祝左卫士长一切顺利。”

张骞一旁观察，感到其中有难以言说的奥妙，而这个关键人物，便是这位五公主。还有呼力泰，事情怎会这么巧，偏是他去都嘎部落，就遇上呼力泰为王府挑选卫士？难道在托力鲁的兵营里就无可选之人？反正现在就将远离此处，远离托力鲁的视线，无论怎么去想，他的自由程度都大了许多。

“嗨！张骞，接着！你的干粮，你的水袋！”呼日泰扔来两样东西。

张骞从空中连捞两下，觉得东西不重，力道却猛，心中顿时明白。正要说谢，却听呼力泰呵呵一笑：“要谢，就谢五公主，是她为你准备的。”

张骞来不及放下干粮、水袋，双手一拱，在马背上躬身施礼道：“张骞谢过五公主。”

“跟你提前说明，你的水袋里是水，呼力泰水袋里是酒，到时不要说本公主闲话。”

“哪里话，这点规矩，张骞早已晓得。”

“晓得就好。水袋、干粮袋，从今天起，就都归你了。不要谢我，你能好好地为我阿爸在都嘎放牧，就是谢。滚吧，给我滚得远远的。”说着，在张骞的马屁股上狠劲一拍。

红马立即向前边的白马蹿去，张骞回头一望，塔丽玛尔已跨上一匹牝马[1]，并向空中打出一个响鞭。他觉得出于礼貌，应予回应，于是也向空中舞出一个鞭花，甩出一声暴响。

“呵，张骞，看不出来，鞭花甩得好漂亮，跟谁学的？”呼力泰放慢了马速，侧脸问道。

“我们汉人有句话，叫‘推磨碾碾子，一个理’。小时候放牛，常常使用牛鞭，虽然没有马鞭这么长，但也能甩出响声。再说来这里时间也不短了，自己挨鞭子，看别人甩鞭子，不会也应该会点儿。”

“依我看，你说掉了最重要的一点——你是一个具有上乘武功的人，学甩马鞭，委实为细微小事。”

“说到武功，也只是徒具皮毛而已，不敢僭称上乘。”张骞不否认，也不承认，却反诘道，“依我看，左卫士长才是一个具有上乘武艺的英雄。”

“我？英雄？还武艺上乘？你又没见过。我们匈奴人可不喜欢虚话。”

“虚话？凭你身上背的这张弓，没有五百斤以上的力气，休想拉开它。依我看，你就是匈奴汉子中少有的射雕者。没有过人的本领，托力鲁王爷怎会让你当他的左卫士长？亦不知你的师父究系何样人物。”

呼力泰沉吟有顷，方道：“此事提起来，话就长了。都嘎部落原属若羌国[2]。后来，右谷蠡王手下的大都尉山戎乌达率兵占领了若羌全境。在那次作战中，山戎乌达的父亲和我父亲结义为兄弟，跟随托力鲁王爷一同作战，我父亲战死沙场。那时我尚年幼，被托力鲁王爷收养，我的刀术、箭术，小时候由我父亲和义父传授，后来又得到托力鲁王爷的指点，加之自身有点儿力气，再后来又经历了几次战阵的磨炼，才有了现在的模样。”

“这么说，你和汉军也交过手？”

“打过，主要是李广的部队，但每次都互有死伤，捡不到什么便宜。还有一

种情况，你可能不太了解，在匈奴，虽然上有单于、左右贤王、左右谷蠡王，但下面的大小王爷、大小土司及其头人，莫不是为了扩大牧场、争夺牛羊奴隶与其他财富，相互之间经常发生流血冲突。土司以上的各地头领，都有自己的军队，头人看似不能拥有军队，但到战时，所有牧民男子都是骑兵战士，放牧的任务，全都交给了老人、妇女与奴隶。我们这些卫士，到了战时，自然就是王爷的卫队。张骞，说说你吧。”

“我？我有什么好说的？关于我的情况，你们匈奴国师，以及押送我的巴尔汗，从文字、从口头，都向托力鲁王爷作了介绍。若说细情，也没有什么复杂。据说，汉人的先祖黄帝有一个名叫‘挥’的孙子，是我们张家的始祖，因为他发明了弓和箭，被黄帝任命为‘弓正’，所在的部落叫作‘张部落’。‘张’的本意是指长弓，因为长弓才可以把箭射得更高更远。这是闲话。具体说到我自己，本是汉江边城固白崖村一个农家孩子。六岁时，家父送我去书院读书，少年时代，得到剑术名家、县尉陈般的悉心教习，后来奇逢异遇，获得古之重剑及其剑谱。十九岁应征为汉军兵士，最初在李广将军军中效力，后来当过司御、新皇帝的侍卫，再后来经过选拔，成为大汉使节队出使西域的正使。途中在噶弘因部落遭到袭击之后，仅存的队员全被国师肢解，押往匈奴各地当了奴隶。”说罢，不由得长长地一声叹息。

呼力泰见张骞如此坦荡，亦深感惋惜：“你是一个令人敬重的汉子。单于以高官厚禄相劝，你宁当奴隶，亦不折节，仅此一点，便非寻常人。可现在你空有报国之志，却断了报国之门，不知今后究竟有何筹划？能否见告一二？”

张骞顿生警惕，哈哈一笑：“左卫士长说笑吧，我现在一非将军，二非大使，将无一员，兵无一卒，身陷囹圄之人，何谈‘筹划’？如你所说，我被断了报国之门，故而现今所思，也就是希望头人忽力拜尔能如你一样，对我好点儿，再能交上几个匈奴朋友，早日学会放牧一应事体，以谢王爷对我的信赖，在都嘎部落冻不着、饿不死。如此而已！”

呼力泰并行于侧，偏着脸看看张骞：“你这话，我信，又有些不信。”

“你信也好，不信也罢，实情就是如此。有些事，现在想也是空想。不过，有一点请你回去转告王爷，张骞绝无逃跑之念，我会学会草原的生存之法的。”

“这个，我倒是信你。否则，王爷不会让你去那么远的地方——注意，到了

前面，便是一个垭口。过了垭口，是一处将近五十里的山林。那里没有人烟，常有豺狼虎豹出没。穿过山林，是一处大漠的边沿，路不长，大约三十里地，走完，便到都嘎部落地界。那里有一条小河，顺小河向北六十里，就是头人忽力拜尔的驻扎之地。”说罢，呼力泰即向前驰去。

张骞突然闪出一个念头，如若这样从若羌之北，譬如都嘎部落出发，去西域寻找月氏国，应该是条路径。此当详察之。

垭口系南北两座小山山头相错而成，并无险峻之处。有路，似为商道。拐过头面山头，果见有三十余匹驼、马，四十余个遛货商人在垭豁宽阔处歇息。那些商人与呼力泰相识，一见皆起身寒暄，对呼力泰恭敬有加。一番交谈，张骞才知，这些人系托力鲁王爷货栈上的“武商”，均系兵营的健壮勇士，由专事营商的“商头”率领，专事营运贩卖之道。此次系从于阗国[3]贩运珠宝玉石及食盐、布匹回转。

这些健勇、商头常年在外，与张骞并不相识，呼力泰亦模糊应之，不欲暴露张骞的真实身份，亦不参与这些人的生火聚餐邀请，叙话之后，便拱手告别。

“想不到，王爷还另有聚财之道。”张骞感慨道。

“王爷不但遛货，有时还遛人。”

张骞沉默了。遛人，无非就是奴隶买卖。而奴隶的来源，大多是故国的子民。

“王爷遛人主要是遛进，只有那些企图逃跑或者笨得猪都不如的奴隶，才予遛出。我听说，你们汉人互相之间，不但常常遛货，也常常遛人。尤其在官宦大户人家，奴隶婢女，也都凭此而得，没错吧？”

“此情是有，但汉人从不将异族子民入奴入婢。”张骞亢然道。

“那是你们汉人太多，无须那些语言、习俗的异类罢了——算了，咱不说此事。说了，你我也拿他无法，管不了，一时也改变不了。不若趁早，尽快穿过前边的林子。”呼力泰主动退却。

二人遂催马而进，不一刻钻入密林。

虽是密林，道路却还宽敞，马行之处，并无妨碍。当然，比起杭爱山匈奴之军道，逊色多多。但挡道大树，尽皆伐去，许多树枝，亦被斫除。树多白桦，间有杨树、橡树、椴树，藤萝牵挂，苔衣布身。眼力所及，可透数丈，深处则模糊漆黑，日光尽蔽。路边偶见兽粪，有干有湿，粪中皆有兽毛、甲角，可见呼力泰所言非虚。

呼力泰亦控弓而前，神情专注，嘱咐张骞小心。张骞从袋中取卵石数枚，紧握手中，以备不虞。

可能是刚过商队，一路并无异情，唯树林中有鸟鸣传出，只闻其声，不见其影。

张骞却知，虎豹之类，并不主动对人实施攻击，除非劈头相遇，或饥饿难耐。即便如此，攻击对象也以马匹等牲口为主。故此，他倒不像呼力泰那么紧张。

走出密林，却是一路下坡，绵延约有两里。遥望前边，日光下是一望无际白雪般的沙丘。在一处长满芨芨草、小花盛开的地方，呼力泰说，就在此处歇息一会儿，马儿让其自行啃草；人嘛，可躺可坐，可吃干粮，可以喝酒、喝水。

张骞打开干粮，掣出来的却是煮熟的腊羊肉，他刚要拔出水袋木塞，呼力泰已将他的酒袋扔了过来："马奶酒，不是什么稀罕东西。在这里不要扯什么规矩，把你的腊羊肉给我一些，我这里全是腊牛肉，也给你分一些。"说着，一块牛肉如飞而至。

"我喝过你们汉人的烧酒，性烈而浓，倒很合乎匈奴人的所求。看你这人，酒量一定挺大，这马奶酒只能算是凑合。"

这话含义不明，却另有指向。张骞道："酒各有性，不可相比。要比，也只可在马奶酒与马奶酒、烧酒与烧酒之间相较。我不知马奶酒酿制之法，对烧酒倒略知一二。"便将如何选料、如何酝酿、如何醅烧，什么头曲、二曲，大致说了一遍，又捎带说了关于柿子、拐枣等果酒酿造之法。

"你有如此能耐，真是让人小瞧了。我相信，你也将会是草原上最出色的放牧人。"

"希望是吧。"

呼力泰负弓于背，仍驰马前行。沙丘并不荒凉，小草荆棘不断，时而见甲虫沙鼠乱窜，马蹄踏处，业已板结，有路径无限延伸。三十里沙丘，不觉已到尽头，接着，便是微微起伏的草原旷野。

走过三处牧场，便到头人大帐，忽力拜尔却不在家，出迎的是他的两个女人。一个四十靠边，一个三十不到。呼力泰识得年长女人，一问，知其去了前边第二个牧场。呼力泰向张骞一招手，叫了一声："走！"便向前方直奔而去。

行约三十里，至一斜坡脚下，有一破旧毡篷。篷外，有一人正对另一人进行殴打，

另二人显出束手无策的样子。

到近前下马，张骞方才看清，打人者系一年约四十来岁，络腮胡、绿眼珠、圆盘大脸敦实汉子，被打者是一不足二十岁，身条细瘦的孩子。呼力泰唤道："忽力拜尔，你跟一个小奴隶生什么气？过来，过来，我有事找你。"

忽力拜尔抬头瞧见呼力泰，立即住手，满脸堆笑，一揖到地："不知左卫士长前来贱地，有失远迎，尚望原谅——你不知这个小东西，连剪羊毛都学不会，头一只被他弄死了，臭骂他一顿也就算了。不料第二只又被他弄得半死不活，揍他几下，让他长长记性。呃，你亲自来此，肯定是事关王爷的大事。走，跟我回家慢慢说。"

呼力泰将他拉到一旁，将张骞的情况详细作了介绍，要他妥为安排。忽力拜尔翻着眼珠回望了一下张骞，道："看着倒挺壮实，只要守规矩、会干活，我不会为难他。这样吧，这小东西我带走，就让他留在这里，跟着克孜库尔干。你看怎样？"

"克孜库尔是谁？我不认得。"

忽力拜尔指了指一个年约五十多岁的瘦小老者："就是他嘛。在这牧场三十多年了。"

"年纪太大了些，似乎身体也不怎么好。除了他，还有谁？"

"正因为年纪大，才弄了个小把戏给他。还有两个，年纪轻一点儿，但一个腿脚有点儿不方便——不过不影响骑马放牧；还有一个有点儿哮喘，天气好没啥，一逢雨雪，便有些犯病。"

"这么个样子，怎么能叫王爷放心？"呼力泰担心道。

"这个容易。我现在把那个有哮喘病的也带走，另派一个贴心长眼色的全乎人来，你与王爷总该放心了吧？平时呢，我再多到这里走走。"

"好吧，张骞就交给你了。关于他在这里的情况，凡是都嘎部落去人到王爷那里办事，都要报告。王爷也会不时派人前来查看。只要不出什么意外，你就是功劳一件。说不定，王爷还会举荐你给单于，让你当上土司。"

忽力拜尔显得心花怒放："在下记住了。在下十分感谢左卫士长和王爷的关照。"

“不过，话要说明，有了失误，单于责罚王爷，那你这头人非但当不成，弄得不好，你也就成了克孜库尔，给王爷放牧去。”

忽力拜尔额头开始冒汗：“这，这，这可真叫人——”一时不知如何措辞，结巴起来。

“怎的，害怕了？若是这样，我仍旧将他带走，愿意接手的人多着呢——其实你并不了解张骞这人，自到王爷府侍候小王爷，住在我们卫士营，近乎一年的相处，我觉得他心地坦荡，明事理，肯吃苦，很容易打交道。怎么样，是让他留下？还是——”

“我信你。留下！”

“这就对了。只要不是傻子，就会想到，王爷能放手让他到这么远的地方来，你又有啥不放心？他现在光杆一人，到汉朝长安相隔万里，大漠、荒原、雪山、密林，路径一抹黑。即使放他走，他纵然有天大的本领，也是找死。张骞不是傻瓜，他自然明白。”

“你这一说，我还有啥不放心？王爷既不亏他，我也不会无故找碴。”

进了毡帐，张骞觉得光线一暗，立定站了片刻，才看清帐内的安置。总体三个部分：左边四个铺位，每铺挨地均铺一层二寸余厚的干草，草上铺以草帘，草帘之上再铺以垫褥。褥子有毡有带毛羊皮，不尽相同。被子亦有区别，有布包羊毛、毡毯之类。右边分为两半，毡帐里侧堆放一应杂物，外侧为厨灶器具之类。克孜库尔显得和善而又客气：“张骞你看，愿意睡什么地方，我和努卡都可以腾地儿。”转脸即对另一位四十多岁的长脸汉子道，“努卡，今天晚饭弄早一点儿。张骞来此头一顿饭，没有好的，也不能太差，就羊肉疙瘩汤吧，别的，你也弄不来。”

努卡略显迟缓，有些木然，应声说“是”，便提出木桶，拿了水瓢，向帐外走去。张骞一见，将包袱向最外的空铺一丢，即去拽了木桶：“努卡大哥，水在哪里？这活儿以后就归我了。还有一只木桶，怎的不见？”又对克孜库尔笑道：“今后就是一家人，没啥客气的。大叔，我就睡在外边。我是生手，要学的东西还有很多，以后还得全凭大叔、大哥指教。”

那努卡窸窸窣窣找出另一只木桶，脸色一下活泛了许多：“出帐外一里多路，

再向右拐，有条茅草小路，走上半里，有条小溪，那里挖两个小水潭，下边的供牲口羊子饮水，上边的供人吃水。路远点，一只桶可以换手，两只桶，你行不行？不行可不要逞能，日子长着呢。”

“我试试看吧。”张骞一笑，跨出毡帐。

走出帐外，张骞又将自己的“居所”作了一番打量。进帐右侧，是茅草苫顶、横木作栅的马厩、牛栏。牛约二十余头，母牛居其三分之二，且大多临近产崽的状况；左侧是一羊舍，亦是圆木栅栏，大小羊子五十余只，羯羊不到十只，有三十余只母羊怀了羊羔。张骞暗自思量，眼下的剪羊毛，即将面临的牛、羊下崽产羔高峰，以及放牧、青草饲养，未来的一个多月，会使人忙得晕头转向。

而欲获得堂邑父、秦自乐等人的消息，就须定下心来，获取托力鲁及其耳目的信任。走出王府，这是第一步；到都嘎部落，此为第二步。他必须以具体行动，向忽力拜尔显示出格外吃苦耐劳、安心奴隶生活的样子。故此，除了放牧和一应余事，再忙，也得开垦出一块土地，种上糜子、黄豆、绿豆，撒上芹菜、韭菜、萝卜种子。另外，等此段时日忙过，还得割取艾蒿，搓些蒿绳，以备夏日驱蚊之用。最后再腾出手来，砌一土炕，以备越冬——克孜库尔与努卡的老寒腿，明摆着系因长期席地而睡所致。既在一处生活，予以关照亦是应该。

大凡菜地，以近为宜，张骞选中毡帐右侧一块塄地。只是这镢头如何解决，还得央求头人。双手提着两桶泉水，不觉间回到帐中。

两桶水，水满齐沿。克孜库尔二人看得目瞪口呆，上下重新打量这位新的“家庭成员”，几乎同声说道：“张骞，你原来是干什么的？恁大力气！”

张骞一笑：“我呀，原来耕田种地，后来参军打仗，本想去西域看看，不料遭到匈奴人的偷袭，结果成了给王爷放牧的奴隶。”

“是托力鲁王爷抓的你？”克孜库尔问道。

“不是。是噶弘因部落的土司。”

“噶弘因部落？不知道。离这里大概很远吧？可怜你了，家里父母还盼望着你回家呢。”

张骞顿时黯然神伤。想到母亲一人在家艰难度日，自己多年在外，不能膝下尽孝，而今又是如此境地，何日母子方可得见？他轻声一叹：“克孜大叔，此事

不提也罢。世事难料，谁能想到今后又会怎样？如若朝廷国家命运与百姓相连，那就只能等候了。”

“你还有朝廷、有国家可盼，像我们若羌，国家都没有了，只能老死于此。如你所说，不提也罢。”

张骞抖开包袱，发现里面多了一副枕套，两条面巾。霎时间，庄月蓉那关爱的眼神浮现于眼前。异国他乡，能有这么一位姐姐互相挂怀，让他心中有了许多温暖。铺好床铺，努卡的晚饭也已接近煮熟，帐篷里充满了饭香。他拿出钵碗，用水涮了，置于一旁木架之上，与其他两人的饭碗并放一起。

所谓的羊肉疙瘩汤，并非麦粉与肉丁相搅拌，而是将黍米搓成小圆团，与指头肚大的羊肉混煮而成。赭黄相间，似汤似粥，无一片绿叶，无一点佐料，绕着碗沿，嘬唇吮吸。

问粮食何处得来，克孜库尔道出，此处散奴及其牧民，可由头人指派组户，亦可夫妻单独成户，头人租给牛羊。一人十五至二十只羊子，年轻力壮者，另可加租五牛。从第二年起，租十五只羊者，上缴头人五十斤以上两羊，牛则两年上缴一头三百斤以上者。如遇疫病狼害，可视情减缴。只要牛群、羊群总数保持不变，富余牛羊便是牧户一年生活开销的指靠。如需盐粒、粮食、布匹及其他物品，可用牛、羊与头人或遛货者进行兑换。一般地，一斤活羊可换斤半到二斤粮食，五斤活羊换一斤盐粒，葛布五张羊皮兑换一匹，或五斤羊绒换其一匹。今年有十多头母牛、三十几只母羊下崽，头人明日再派一人，四口之家，日子尚可称为富裕。只是不知，明日头人会送来一个甚样人物。

张骞遂说了自己垦荒、种粮、种菜计划。克孜库尔与努卡尽皆大喜，称，如若头人不予支持，拼却一只羊子，也要换来镬锄。

翌日上午，忽力拜尔却领来一名年轻女子。

女子二十出头，一头金色卷发，一双蓝色的眼睛，皮肤粉白，骑一匹黑白相间的花马，苗条的上身，套一件黑底绣花马甲，乳白的裤脚下，穿着一双鞋头尖尖的马靴。样子不像来当奴隶，而是走亲戚。

唯身后马背上一件鼓鼓囊囊的大包袱，说明她的确是来当牧羊女的。

不等忽力拜尔介绍，女子已经下马，她好像对这几个人相当熟悉，笑着弯腰

叫道“克孜阿爸”“努卡阿爸”。轮到张骞，却偏抬了下颌，挺起高高的鼻梁，笑道：“你是张骞哥哥？我叫凡妮娅，来自北方乌孙很远的地方，望阿爸、哥哥收留眷顾。”

不说克孜库尔二人吃惊。张骞亦大大出乎意料：这绝对不是忽力拜尔心血来潮，而是呼力泰的密嘱。他忽然想到五公主、想到匈奴国师的软化手段，凡妮娅的出现，一定来自托力鲁的计谋。

他无法拒绝，更无法将暗中的决斗戳破，只能含笑以应。

见克孜库尔难为犹疑，头人道：“怎的，你想拒绝？你敢！”随即，紧绷的脸又松弛下来，“这姑娘非常能干。在这里，只会给你们带来财富。”回头又对凡妮娅道，“从今天起，你就在这里，谁敢给你使绊子，告诉我，我来收拾他。”说罢，扬长欲去。

张骞拦住马头，乘机说了开荒种地一事，需要镬头、锄头各一把。

“你有此等本领？甚时需要？收下的粮、菜，我得看看。”

“收下的东西，自然有头人一份。工具如若现成，现在便随大人暂借。”

“可以。走吧。”

从头人府转来，午时已过，克孜库尔等人放牧归来，尽皆候着。张骞迅速吃罢，放下碗便提了镬头，去了毡帐右侧，剥去上衣，光着脊梁，掘出两个粪坑，又用镬头将其砸紧夯实，分别用两根木头在上面一横，又在周遭夯下几根多半人高的木桩，再用废旧草帘一围、扎紧。这才对克孜库等人道：男左女右，左边粪坑，是男人的茅厕；右边粪坑，由凡妮娅专用。接着，又提了锄头去了羊圈，将新旧羊粪拢在一堆，没有撮箕，便用一张废羊皮作兜，堆满羊粪，双手扯起四角提起，将羊粪悉数倒入粪坑，并道：今后做饭的泔水，亦倒入粪坑。

看张骞忙乎，几人竟插不上手。只知围着感叹，恁大的力气，恁快的速度，又是恁巧的手段，一天时间不到，竟让毡帐周围焕然一新。羊栏、牛圈、马厩干净利落，远近再无遗矢尿坑，柴薪、草垛堆放整齐，帐外场院再无乱毛草梗，克孜库尔与努卡啧啧称赞不已。

唯有凡妮娅心情复杂。忽力拜尔已告知她张骞的身份，她的任务只有一个：暗中监视张骞行踪，并努力发展与张骞的关系，如能达到将其羁縻之目的，王爷

便允许她以自由之身，并奖以羊群，让她与张骞双宿双飞，自由放牧。为此，头人没有“碰”她。

由于忙于开建茅厕、清理环境，张骞未能参与剪羊毛一事，但这并不妨碍他对其细致观察。凡妮娅果然是把好手，长长的羊毛剪刀，在她的手中如他舞动的宝剑，分寸、力道拿捏得恰到妙处。羊子若立，即从背部先以指头分开毛际，劈出剪路，而后以剪尖探入，挨皮肉外留下寸许毛根，平稳下剪，“嚓嚓”有声，使其长毛如外套一般，脱下半边。剪毕，又转至另外一边，剪至腹部会合处，齐齐一剪剪下，其平整完美直似一件羊毛外套，其余颈部、腿胯羊毛，予以零碎剪下另装。羊子若躺，即从腹部开剪，此时凡妮娅则多取跪姿。若见张骞站立一旁，便放慢剪速，抬脸一笑，予以演示，并道：“知你不会，你且看着。开始学剪，宁肯将毛根留长，也勿伤及皮肉。”

不觉间，天色向晚，余晖入地，刹那间闪出一道明亮的光束。张骞收工，未作歇息，乘隙拿了剪刀，薅来一羊，欲作试剪。恰巧，克孜库尔如厕，努卡为晚饭造厨，凡妮娅赶上内急，道了句“等会儿，我来之后你再下剪”，人便没入茅厕。

这是凡妮娅二十二年来，第一次有了自己的专用茅厕。从此之后，再也不必去野地、草丛处急急慌慌处理这些不雅之事。茅厕挖建得小巧、隐秘而实用，悬空的两根木头又结实又稳当，中间的缝隙恰到好处——显见搭建者做了实际体验；更让她感到贴心的是，入口处做了回形处理，外面的人发现不了，而且，草帘也比男厕密实，有几处做了细心的修补。这样一个男人，本来相隔万里，昨日还素不相识，今天竟为她修建了专厕。而她，还得密切地监视他！

凡妮娅复至帐外场地，克孜库尔正在为张骞做着“善后”，半边乱七八糟狗啃一般的羊毛，分明是他的首次“业绩”。她想笑，却又忍住，只道：“让你等等，为何不等？”

“不自己上手操弄，何日方能学会？凡事都有第一次，一次便就成功，我又不是神仙。”

“没关系。张骞这话有道理，明日上手，就不会仍是这样。”克孜库尔道。

凡妮娅见他们误会了自己的意思，有些讪讪：“我是想手把手地教你——”却又顿住。

“对不起，我不晓得你是这样想的。”张骞有些歉然。

不一时，天已黑定，凡妮娅不等克孜库尔安排，便将铺位安置于里侧，中间隔以杂物了事。

晚饭后，张骞又提着镢头，独自出帐。凡妮娅亦相随出来，递出一只小包：“这是我从家乡带来的黄瓜种子，你把它种下。”

“黄瓜？是黄色的瓜吗？怎样种、怎样吃？”张骞接过小包。

“黄瓜可以生吃、凉拌、腌制。嫩时遛青，老时才黄。先撒苗，后移栽，要搭架、多浇水。天天有摘的，天天有吃的。”

一个春天，张骞不但学会了剪羊毛、捻毛线、放牧等一应杂事，还学会了给牛、羊接生。同时，开出的一亩多庄稼地、菜地里，豆苗、芹菜、韭菜、萝卜、青菜、黄瓜，亦绿油油一片。

夏初，当大伙儿第一次吃到青菜、黄瓜时，人人皆喜笑颜开。而且作为稀罕之事，传遍了都嘎部落，时时有牧民、奴主前来领教，希望来年能买上一点种子，予以试种。

张骞亦是首次见到黄瓜，吃到黄瓜，觉得此蔬绝佳。后来返回时，便将黄瓜种子，以及其他种子如苜蓿、石榴、葡萄、大蒜、芝麻、核桃、胡豆、汉菜、大葱、西红柿等，一并带回了家乡。

忽力拜尔亦来得更勤。每至，必去菜地，摘两条鲜嫩黄瓜，嚼得满嘴清香。

张骞编的艾绳亦派上了用场，夜初蚊飞之时，便于周遭燃烟驱之，连牛、羊、马儿也安宁了许多，甚至如厕之时，先以艾烟熏其蚊蝇，而后才行“方便”。

如遭疾雨，偶得闲暇，张骞便以悠悠笛声一抒胸臆，同帐之人皆静如默者。

最为苦恼的，是凡妮娅。这样的男人，何曾见过？可张骞若即若离的隐隐忧悒，使她只能充当妹妹的角色。

夏天，张骞又开始修筑土炕。

而盛夏时节，正是绿豆成熟的时节，每天都有黑色豆角挂枝，每天都需采摘。

秋末，张骞一边随众人为牛、羊贮存冬饲，一边还得收割黄豆、糜子。而留下的菜种亦到了收获的季节。

因种植有限，豆、糜各得一百余斤，头人拿去四分之一，自留四分之一，剩

下一半，克孜库尔以种子出售，获金十余两。这是他有生以来看到的最大财富，他高兴得为每人做了两身新衣。张骞本欲将种子以送为主，但 “家长”系克孜库尔大叔，他亦不便违拗。

这个冬天，由于帐内有了土炕，即使极寒天气，帐内亦温暖如春。努卡的老寒腿也竟然转好。

转瞬之间，又到了建元五年（前 136）春天。庄稼地扩大了一倍，菜地里绿叶盈盈，黄花灼灼，蜂飞蝶舞，一片盎然。毡帐中老少男女四人，有时端着饭碗，亦到此处或蹲或站，指指点点，喧笑不止。

然而，乐极生悲。一天夜里，连续两头母牛产崽，四人忙至子时方才入帐歇息。克孜库尔因为牵挂初生的牛犊，起床甚早，出帐一看，立时全身冰凉，向帐内大叫：“努卡，张骞，快快起来，羊圈里的大小羊子，全都没了！”

张骞一骨碌蹦起，赤脚光身奔到帐外，一见空空如也的羊圈，立时发蒙：“这是怎么回事？是谁偷了我们的羊子？”

凡妮娅不语，却骑了马，飞奔而去。

克孜库尔脸色灰败，努卡惊慌失措，羊群全部丢失，不但要挨头人的重责，连今后的生计也成了问题。张骞强使自己镇静下来，穿好衣服，在羊圈里外仔细侦察，寻找蛛丝马迹。

大大小小八十余只羊，怎么会消失得了无声息？这事难道就真的这么古怪？以他两年多来与匈奴人的相处，即使最狠者，也乐意在战争中进行掠夺，而不屑于为贼。至于一般牧民，无不性情豪放，更是以贼盗为耻。那么，剩下的只有一个可能：罪魁是草原狼。

此时，忽力拜尔随凡妮娅赶来，一来便气急败坏，抡起皮鞭将克孜库尔和努卡一顿乱抽，并大骂张骞，只知种地，将放牧当作儿戏，扬言要给他重新戴上铁枷。

张骞劝其息怒，称此系狼群所为，羊圈里有狼毛为证，并请找两个年轻胆大的牧民相随，他立即出发，撵天黑之前将羊群找回。

“我且信你。稍等片刻。”忽力拜尔即去了前边牧场，找来两个壮实汉子。

张骞揣了十几枚卵石，提了椴木长剑，手举马鞭，率先奔向一座小山梁。

他已经回忆起来，近几日有五六只草原狼，每至初夜，便出现在那里，一双

双绿幽幽的目光，阴森森的，直盯着山梁下。他因为怕吓着凡妮娅，没说。

两个牧民介绍道，一般地，狼群赶羊群，最少是四匹狼，头狼在前带路，母狼在后压阵，左右各一只专管拢群；如果五匹狼，则两匹狼在后；若是六匹狼，则由一匹幼狼协助头狼。狼边走边哄赶，稍有反抗、逃窜的羊子，便当即将其咬伤。所以，只要循着羊的血迹，便能找着羊群。

依照此法，张骞右手持鞭，左手握剑，纵马追至二十里地，果见羊群顺着坡梁，向一洼地缓缓走去。

张骞道："你二人暂且慢行，我先对付狼群，待后但请将羊群赶回便可。"遂纵马直奔而去。

他采取"斩其爪牙，再取其头"之策，在距两只压阵之狼十余丈时，以四枚卵石连续飞击两狼头颅，趁两狼倒地，于右侧突入，将右狼击翻。那头狼并不惧怕，龇牙一跃而起，直取张骞颈项，另一狼亦纵身奓撒，伺机从侧扑向张骞腰部。张骞坐骑并非战马，骤然受惊，双蹄腾空而起，张骞失衡，双胯用力夹住马脊，右手舞鞭，将头狼套牢，吊于半空，左手剑尖一拍，将侧狼前爪削伤。复一剑，将头狼脑袋击得粉碎，羊群左侧之狼见势不妙，即行逃逸，间发之际，张骞将木剑掷出，那狼应声而倒，剩一伤狼，只一鞭，便将颈脖抽断。

张骞连杀六狼，不过一盏茶工夫，直把两个牧民看得心惊肉跳。不是亲眼所见，哪知会弄农活的张骞，竟然如此神勇。

检点羊群，有一羯羊、一母羊受伤，且均被咬伤屁股。张骞不解，两牧民道，羯羊系羊群头羊，是为了护群受伤；母羊则是为了护崽受伤。狼很狡猾，只咬伤屁股，是为了让羊能继续走路。它们相中这群羊子，大概是见你们四个牧人，系一女子两老人，一个庄稼汉。一般说来，像这种情况，要想从狼嘴里夺回羊群，没有十几个身强力壮的汉子，只能干看。

弱小者被窥视、被欺侮，狼群与羊群是这样，异族之间亦极相似。但民族虽异，毕竟同类，故而有相互之间的融合，如他与这两个牧民，素昧平生，却成一体。张骞尚在思索，便听二人相问，狼尸作何处置？

"这种情况，你们作何处置？"张骞反问道。

"简单。弄回去，狼皮作褥子，狼肉盐腌作腊货。"

“那还等什么？一人两匹，先驮回去！”即捡起前面两具狼尸，置于坐骑。

羊儿们见危险解除，又是返程“回家”，一只只争先恐后，走得飞快，方及午时，便即回场。

那忽力拜尔并未离去，克孜库尔等人眼巴巴守候着，一见羊群出现，立即奔跃而上。

两牧民说起张骞一人独杀六狼，不但绘形绘色，而且以姿助势，直将众人吓得失神失色，不敢出声。察其狼尸，一狼卵石由眼中入脑，一狼由耳孔入脑，一狼颈脖断裂，一狼头骨碎裂，一狼侧脸豁然而开，一柄木剑直插脊骨。

张骞笑道：“今日得两兄弟相助，捡了便宜。依我之意，头狼狼皮拟送托力鲁王爷，其余五狼，头人从中任选一只带走。两位牧民兄弟，每人一整只狼肉，剩下四张狼皮，我们每人一张，不知这样措置可否？”

忽力拜尔道：“张骞，你是我们都嘎部落的福星。从明日起，部落安全之事交付于你，你可或三五日，或六七日到各处查看，不得有误。”

“谢头人信我，张骞定当尽职尽责。”回头见凡妮娅面有愧色，亦作劝慰，“失羊大事，告知头人，有利于寻回羊群，我等无人怪你。”

只因都嘎部落头人这番安排，其后又使张骞遭逢险事。

这真是：

潜龙入海，欲静却有介事生发；
飞鹰归巢，将憩忽见邪祟骤临。
斗士涛志[4]，岂容自槛[5]；
松柏生香，折枝可闻。
心底一炉烈焰灼照英雄本色，
臆间万丈光芒摇曳脉脉不息。

欲知后续事件发展状况，且由下回详细分解。

**注释：**

①牝（pìn）：雌性禽兽。牝马：母马。

②若羌：即楼兰国。后改名鄯善，故址在今罗布泊东南，已成沙漠。

③于阗：故址在今新疆和田、洛甫、墨玉三县境内。

④洊（jiàn）：再。洊志：志向再现。

⑤自槛：自我封闭。

# 第四十二回　误补鸟首犯险托力达　孤胆斗匪获牧小黄山

北方的草原上，秋天的野菊花，比起家乡城固，至少早开一月，而且开得非常急促和烂漫。头一天还是大大小小的花蕾，第二天便是遍野的黄花，阳光下发出灼目的花束。高高低低，大大小小，一丛丛，一簇簇，或半接，或并连，无边无际，不见尽头。纵马疾驰，前后依然，长长的秋草，竟成陪衬。

张骞一人一骑，一直向西驰去。

昨日，呼力泰与额朗同时来到都噶部落。托力鲁王爷的两个卫士长同时到此，当然非同小可。原来有一股草原土匪流窜至此，其人数不详，匪首托力达，半月之前在抢劫托力鲁王爷商队时，发生了一场恶战，双方互有伤亡。后来不知所终，卫士营出动数次遍寻各个部落，均杳无踪影。两卫士长遂至都噶，拟组织牧民，寻其踪迹，予以歼灭。

张骞请命，到最西边的牧场。

西边离住地大约八十里，吃罢早饭，他便携了马鞭、木剑，一路疾行，沿途牧场，均一一周知。张骞稼穑之能，以及一人斗杀六狼之名，都噶部落早已无人不晓，故而牧民们一见他骤然来到，皆欣喜非常，盛情接待，一听所嘱，尽皆整装而行。

适逢牧民们收贮牧草，以备牛羊冬季之需时日，张骞得知牧场饲草尽贮于西北一土围里边，不到五里之遥，见时辰方及中午，便打马上前，欲去瞅瞅。

那是一处小山包。在鲜有起伏的草原上，显得十分突兀。他的主要念头，是

想在那里“登高望远”，向西看看。据牧民说，那处小山包向西不到二十里地，便是没有尽头的大漠。如果真是这样，有朝一日西行之时，就得另寻路径。

小山丘之北有车行便道，而南侧是一桦树、松树混交林。林子树木并不高大，也不十分稠密，但其间氤氲之气，不绝如缕，过午之后，便有丝丝缕缕的水雾漫溢林间。张骞登山丘瞰之，西边极目之处，果真有沙丘白光闪烁，而南侧林子静得显出若许神秘。或许因为此处无人居住吧，他并未有所在意。

土围甚大，有一粗木栅栏，以皮绳系住，以作出入之口。观其围墙，高约一丈，全为新筑。张骞敲敲墙体，忍不住一乐：自去年发生狼袭羊群之事，他便仿故乡土墙夯筑之法，请木匠做了一副墙板、一对墙杵，拆栅栏代以墙围，孰料匈奴牧民用在此处。这下倒是省时省心，草料贮于土围之内，不但收贮方便，也免了野驼、野马、黄羊的糟害。于是解开皮绳，欲去里边看看。

只是在拆解皮绳时，张骞发觉有点儿异样：皮绳绳扣系从里边反系着。

或许，是牧民为防备其他野兽，从外边以嘴相啃，而特意为之吧？

进得土围，方觉土围宽敞阔大。西边，还特地苫出一间土屋，以作歇息之用。

土屋敞而无门，张骞牵马而进，陡然见中间有枯枝架烧的余烬。查看灰痕，似乎为两天之前所烧，且用尿液浇熄，数根柴头，显得格外焦黑。

草场防火，乃为要事，牧民深知此理，何况此间堆满了贮草。一码一码，七八垛草料，小山一样高过两三个人头。张骞见土屋空落，方欲退出，抬眼却见南墙上有人画一飞禽。

忍不住上前细看，原来那猛禽系由柴头画出，双翅翼展，利爪缩藏于腹，尾翼舒张似舵。却又奇怪，偏偏缺了禽首，观其羽翅爪子，似鹰、似鹫、又似隼。张骞心中一乐，不知哪位牧民，故弄玄虚，欲考赏画之人。

此禽若似大雁，该当多好！大雁南飞，有多少思念可寄！祈盼已归的慈母，祈盼完婚的月英，还有从小一块儿长大的弟弟，以及众多熟悉的乡亲、斗山书院的飒飒竹林、清清的汉江、青青的田野山林，哪一处都有让人揪心的眷恋。

不过，猛禽亦有猛禽的念想。西域之途，大漠绵延，葱岭巍峨，倘若人似猛禽，亦不致在此沦为牧奴。张骞感慨良久，叹息此禽无头，虽猛何益！不由拣一柴头，再次端详，补上昂首尖喙，其禽霎时便有飞离墙壁之势。

张骞扔掉柴头，天色倏地昏暗起来。也就在补画的瞬间，本来晴空万里的草原，突然就阴云密布，接着风雨交加，铺天盖地而来。

依据经验，他得等风头过后才可离开。

孰料，三个匈奴汉子此时亦相继进入土屋。

张骞一见，并不相识。他只当是路过躲雨的外地人物，即向一旁让了让。再一看，颇感奇怪，三条汉子，均无坐骑，身无长物，衣饰紧束，足蹬皮靴，乱发蓬头，却腰挎匈奴弯刀。

一高个马脸者却和颜悦色，主动上前与张骞搭话："请问壮士，适才是你将此禽之首补画吗？——请勿多疑，我只是想问个实情。"

"是我刚才补画完成。我到现在仍然纳闷儿，这画禽之人，怎的不画其首？难道是尔等为之？可又缘何如此做法？"张骞见问，便将疑问托出。

"壮士所问，实为在理。但此处不是说话的地方，这会儿风雨已稀，相烦壮士且随我等去树林僻静处叙话。"话落即牵了张骞坐骑，走向草场出口。

见来者并无恶意，似乎为江湖人物，张骞性本豪放，便也不甚介意，只在经过一处草垛时，发现有数人坐卧的痕迹，心中稍稍起疑：这三人在此似乎相候多时。可他们又在等候什么？

不一刻，进入林子，至一处数株松树间，竟有木石相垒的房屋，房屋却无里墙，系一洞穴入口。马脸汉子道："请壮士稍等片刻。"即派一人入洞，未几，人出，向外招手。马脸汉子即将张骞坐骑与另外十来匹马儿拴在一排，躬身相迎道，"有请壮士，里间叙话。"

张骞顿生疑窦：这些人身佩武器聚集于此，意在何为？而洞中又有何样人物？

然而，张骞已不及细想，便进入洞中。

洞中虽暗，但几根臂粗的松明子正悬插于壁，熊熊燃烧，将洞中人悉数照清：正中，三把高椅，高椅之上端坐三位白须老者，左右两排，各有十来个虎背熊腰，面目狰狞的虬须大汉，一见张骞，皆手按腰刀，瞠目以视。

中间老者双手一按："此系贵客，不得无礼！"遂将张骞上下仔细打量一番，向左右两位老者点头赞道，"此人气宇轩昂，英气逼人，看来机缘得人，我辈有望矣。"

“请问壮士尊姓大名，缘何到了此地？”中间老者双手按膝，挺直腰板，显出一副和蔼又略带威严的样子，向张骞发问。

“敝人并非壮士，姓张，单名一个‘骞’字，系单于和国师发配于此的奴隶。”

“壮士何方人氏，缘何得见匈奴单于，并成奴隶之身？”

“我乃大汉汉中城固一微小臣民，受吾皇器重，委以重任，以大汉正使之职，率领使节队出使西域。不料中途遭劫，陷为俘虏之身，在此为托力鲁王爷放牧。”

“壮士果非俗辈，乃大汉朝精英中的精英。老朽现有一事不明，不知壮士如何看待汉匈相争？又如何看待江湖人士？”

“所问乃国之大事，应由朝廷与龙廷中的重臣谋之。如若非要论及，卑意认为，汉匈相争，争方并不在汉而在匈奴。汉境边民，无不祈盼和睦，双方之间，可以互通有无，进行合理、合法之贸易。然而多年来，匈奴大小王爷直至单于，却以铁骑寇边，杀人越货，掳民为奴。常言道，物极必反，匈奴自种仇恨，日积月累，已成巨孽。依我管见，在今后的若干年内，必有规模空前的战争，以大汉雄厚的人力、物力，匈奴灭族之祸，我辈立等可待。”张骞一边论说，一边观察几位老者的神色，而心中已大略猜知，这些人绝非善类。为了探知底细，即以平和的语气，谈及另一话题：

“论及江湖人士，且听我先说一故事。秦汉之前，中原列国称雄，其有郑国公子兰，新立为穆公。秦国乘其初立，派大将孟明视、白乙丙率大军欲灭其国。时郑国有一商人弦高，贩牛途中闻知此事，为救故国危难，选出二十头肥牛，佯称奉国君之命，前来犒军。秦军见郑国已有准备，只好撤军另作他计。商人弦高，可谓江湖人士，而其行侠之义，远非常人所及。依想诸位老丈，对此亦必大加称许。”

左边老者少有耐心，语气重浊：“南国古人故事，与我等何干？不知对现在的江湖，你有何解？”

张骞心中明白，这些人其实想探究他对劫匪的看法，并以此判断他可否成为同道中人。在此大是大非面前，他不能含糊以对。“所谓江湖人士，无论大汉、匈奴，均有四种人物：侠、盗、匪、贼。凡侠者，必有悲悯之心、悲悯之智、悲悯之力。他们皆以匡扶正义为己任，为铲除邪恶而担责。一般情况下，吏治廉明而侠者隐；吏治晦暗而侠者生。我有一友，名李中壮，曾为追捕一采花大盗，跟

踪数千里，后来成为大汉使节队副使。他系一代大侠，不但有非常之智，且其剑术纵横天下，少有敌手。他也取财，但所取均为不义之财，更不聚财、敛财，所取之财均作扶危济困之用，而自己则粗茶淡饭，生活十分清贫。此为江湖侠士。而匪、盗、贼，则是江湖中的另类，为人所不齿，在此不说也罢。”

中间老者却拈须一笑：“你所说的侠客论，老朽倒也知晓。可有些事并非想象的那样，可以随心所欲、行侠仗义。相反，往往会身不由己，沦入绿林，你又何解？”

“老丈所说身不由己，无非因外力所迫。仅我所知，即在长安，亦有逼人为盗为贼者，且一入贼道，便陷泥沼，如若惜命，永难自清，直至沦为罪犯，背一世骂名。更有为匪者，视人命为草芥，劫财杀人，成官府清剿的对象，最后落个杀头下场。”

左边老者又道：“老酋长，我看别再绕圈子了。既然张骞此人不俗，即可将事摊明。”

右边老者也道：“如其所言，外力也罢，内力也好，既是上天决定，新的酋长便就是他。”

中间老者郑重起来：“张骞，老朽无须瞒你，我们便是‘托力达’。虽然我曾任酋长，但年事已高，力不从心，智弱力衰。故此，拟从少壮者中选一智勇双全之人任之。可惜，前时在与托力鲁王爷商队交战中，酋长托力达被其卫士长所杀，一百多人的队伍自此陷入群龙无首的境地。在后来数次攻伐之中，皆因有勇无谋而吃尽苦头，折损了不少弟兄。后经梦中神人指点，称可以用无头之鸟绘画，求得天赐新酋。为此，我等在草场土墙之上画一缺首飞禽。俗言‘蛇无头不行，鸟无头不飞’，人无头领，则百事难成。多日来所候无果，难得今日由壮士补画成功。以我等观之，以壮士之能，做我托力达新的酋长，其智、其勇绰绰有余，托力达发达之日，可在股掌之间。只要壮士点头允诺，托力达百余勇士，将悉听驱使。”

张骞万万没有料到，竟自在此处与“托力达”这帮劫匪相逢，一个鸟头惹下许多麻烦。刹那间，他想到了在噶弘因部落与骑痞的恶战。而这帮“托力达”则更其臭名昭著，他们个个都是杀人越货的凶手，四处流窜的逃犯，匈奴单于曾亲自下令剿灭，各路王爷为谋求自身及财产安全，亦不遗余力地派遣精锐骑士，四

处搜寻，力求剪除。他睄了一下洞里洞外，洞里之人虽然没有增减，但洞外不知甚时拥来三四十人，自己的坐骑亦被看住。张骞心知，此时凭一己之力，欲想逃离匪窟，委实比登天还难。可是，此情若不及时告知呼力泰与额朗，一旦这帮匪徒闻风而窜，再想找到他们，在这万里草原之上，无疑大海捞针。那时，不知又有多少人遭殃。

无论如何，得先稳住他们。

张骞遂从容问道：“老酋长，托力达现时究竟还有多少人可以上阵做事？”

“酋长之事，你还未应答，我等情况怎可告知？”

“可我乃奴隶之身，且为匈奴龙廷要犯，我若应允了此事，只会给托力达带来巨大的灾难。”

“奴隶算个什么？你问问在场诸人，哪个不是身负血案的要犯！你只要做了托力达的酋长，便日日有酒肉，夜夜当新郎，衣饰光鲜，金银满怀，享尽人间的快乐，比你辛苦放牧的日子好过百倍。”

“可我家乡还有老母贤妻，汉朝皇帝如若知晓我当了托力达之首，定会累及她们的性命。”

老者突然变脸：“我这是诚心诚意，为托力达选贤，可你总是推三阻四。你给句实话，这托力达酋长一事，你究竟是何态度？如若应下，此位便立即由你张骞来坐，并以削铁如泥的宝剑换下你腰间的木剑，再举行盛大的新任酋长宴会；如若相拒，即按托力达之规，当即处死，让你尸陈于地，黄泉路上，去找你的老母贤妻。”

两旁的大汉亦“呛啷啷”抽出腰刀，目光向张骞紧紧逼视。

洞内的气氛顿时显得万分紧张。

张骞迅速作了权衡，以己之力，对付洞内这十来个亡命之徒，尚有逃出的一线希望，可守在外面的汉子，却委实难办。他不能将性命随便丢在这里，西行的使命，更不能再次断送于劫匪手中。于是随之一笑：“老酋长何必这样性急！此乃大事，你们考查了在下，敝人也得了解考查一下托力达。死，易事耳，届时无须他人动手。老酋长刚才所说，毕竟系一面之词，若托力达并非那般凶悍，战力平平，徒有虚表，我这酋长又有什么干头？”话到此处，便就顿住，察看其神色

变化，以做下一步打算。

“你什么意思？你敢小看托力达？”

“非我小瞧什么人。如老酋长刚才所说，托力达诸位曾吃尽了苦头，折损了不少兄弟，恐怕不仅仅是有勇无谋吧？凡战，一旦上阵，捉对儿厮杀，至多以一对二、以一对三，怎么就‘吃尽苦头’呢？故此，我得首先晓得托力达如今尚有多少战力可用，其骨干悍勇之士又有几何。”

“老酋长”向左右两个老头悄悄嘀咕了几句，面带沉色道：“告诉你也无妨。从今日起，即使你无意任我托力达酋长，也得充任我托力达先锋队勇士。托力达在此处守护者计六十二人，在北边白桦林中蹲守者尚有七十人马。托力达中的精锐为先锋队，计三十六人。三十六人，人人弓马娴熟，武艺精湛，乃托力达之尖刀。”又一指洞中两旁大汉，“这十位好汉，还有引你来此的另外三位，都是先锋队勇士。他们怎样？可还中意？”

张骞点头称许道：“那七十人马缘何不在一处？白桦林中难道还有什么大油水，值得蹲守吗？”

“你身为奴隶，自然不知上层之事。托力鲁王爷因商队被袭一事，一直让其卫士营寻找我等下落。也不知哪里走漏了风声，我们到这里方才四天，昨日托力鲁的两个卫士长便同时到了都噶部落，结合头人忽力拜尔，迅速组织起一支二百多人的队伍。我等不得不防，暗中予以监视。”

一顿，又切齿道：“那个左卫士长呼力泰端的厉害，托力达上任酋长，便死于其手——张骞壮士，倘若你能杀了此人，不想参加托力达也罢。”

“老酋长，你说笑了。杀了此人，我还能回头？只能寄生于托力达，再无他路可走。”

“壮士果然聪明。那你是应下了？”

“这事歇会儿另说。请先将先锋队头领请出，我有计较。”

“壮士什么意思？”

“我与之比试。三局两胜。第一局射技，第二局步战，最后一局马战。射技以一对一，步战以一对二，马战以一敌三。”张骞暗中琢磨，这十三名托力达中的精锐，无论如何得设计将其全歼。

“这里只有二头领，大头领尚在北边。”

“那就请他出来。不过，这洞中不能作为比赛场地。”

“那是当然。且请壮士跟随我等，先去外面宽敞处。”

“请将比赛坐骑一并牵出——无须太多，连在下的一共四骑。”出了洞，有了马，张骞信心倍增，逃出匪窟，胜算加大。

头领持弓而出。张骞一见，乐了：原来竟是草场中守画的领头大汉。

张骞随即一揖：“失敬失敬，不知你是二头领，如有冒犯，尚请宽宥。”

大汉傲然道：“说，咋个比法？是射空中抛物，还是远处靶位？是你先，还是我先？”

“不不，还是来个好玩一点的办法。你我先去捡一些石子，而后，你可向任何方向射出三箭，我以卵石击之。若三箭均被击落，我胜；若有一箭疾飞，你胜。为示公允，此番之后，由我持弓，射出三箭，若有一箭被你击落，仍为你胜；倘若三箭均射出无阻，则我胜，而且弓箭暂时归我。二头领，你对此比法有无异议？”

此种比法新颖特别，明显有承让之意。围观众人一齐叫道：“二头领，此法有趣，快快应了，你还等什么？”

“规矩是你定的，别到时候不作数。”大汉道。

张骞一瞅，连带自己的坐骑，四匹马已被牵出，而时辰也渐向晚，阳光显得昏黄，不是那么亮丽，好在风止雨歇，乌云已散，林子、路径显得湿润而清晰。不能在此再行纠缠了。计谋既然实施顺利，就该早点脱身。即对大汉道：“二头领放心，当着这么多人说的话，若不作数，我还怎么做人？且先寻找石子要紧！”即去了场边，也没细数，拣了两兜卵石。

不说张骞在此思忖着脱身之计，另说这里的牧场牧民，依张骞之语，全副武装，去头人府会齐，到了两个时辰，眼见日头偏西，却不见张骞人影。呼力泰着急，向知情的牧民询问张骞的下落。

牧民道：“我是最后离开牧场的。临别时他说，要去土围子草料场看看。他说他马快，半途赶上不成问题——或许因为下雨，在草料场耽搁了。”

额朗有些担心：“该不会出什么意外吧？说好了的时辰，下刀子也该到的。他也在军队中干过，又当过使节队大使，不会不晓得误时即为犯纪，应受重罚。”

“该不会乘机跑出去，找他的那些部下去了？”忽力拜尔担心道。

“什么都没准备，怎么跑？要跑早跑了，何必等到如今？我们今天的目的，是搜寻托力达。大家仍按原来说好的路线走，带上火把，我率一百人向西，一边寻找匪徒，一边接应张骞。其余的人由额朗、忽力拜尔率领，向东寻找，以牛角为号，进行联络。现在立刻出发，连夜行动，每个山弯，每片山林，都不许放过。”呼力泰斩钉截铁，命令一出，即率先向西疾奔。

此时，张骞与托力达匪徒的比武，正在紧张地进行中。

二头领张弓搭箭，弓弦张满之后，向右边一棵树上的鸟巢射出第一箭。这大汉在托力达中号称第一神射手。人们不看箭羽，只看鸟巢，单等弓弦响后鸟巢落下。

然而弓弦响过，鸟巢仍在，箭矢却被钉在旁边一棵树下，插在树根之上。

众皆茫然。有人张大了嘴巴，惊愕不已。那大汉倒还明白，箭刚离弦时，便听得“铮”的一响，箭矢便飞至另一棵树下。

“二头领，你还有两箭。”张骞催促道。

大汉突然毫无目的，向空中射出一箭。

这次都看清了，那箭矢刚一离弦，便见一颗石子不偏不倚，直撞箭杆，那箭立刻断成两截，落在地上。

大汉神情紧张，动作失措，第三箭尚未搭稳便即射出。只见那箭摇摇摆摆，不到两丈远的地方，箭尾受石子一击，撞向一块岩石。

大汉满脸羞惭，将弓箭默默交出。

张骞将箭袋略看了看，见其中尚有十多支箭羽，加上兜中的卵石，对付二三十名匪徒，应该不成问题。又掂掂弓身，心中暗道：此物绝不可给他们留下，连带匪徒手中的几把，亦应予以解决。于是道：“二头领，刚才是你承让，现在可准备好了？”

大汉捏着一颗石子，却显得底气不足：“这玩意儿我还从来未曾弄过。”

“没啥奇巧，与射箭一理，都是凭力道、看准头。看好，我可开始了。”张骞随即弯弓搭箭。

都听“咔嚓”一声，弓体断为两截。

“二头领，可否叫其他兄弟将弓拿来，让我一试？”

大汉有些犹豫，目视老匪首。那“老酋长”早已暗自欣喜，若得此人入伙，对付呼力泰及其他强手，胜算可谓大矣。遂道：“将弓都付于他。”

瞬间，六把弓齐集张骞脚下。

张骞将两弓一握，奋起神力，只三次，六弓成十二截断弓。

众皆大吓，此等力量，怕有千斤。只听张骞叫道：“有无八百斤以上硬弓？不要藏着掖着！”见无人应答，又大叫一声，“二头领，看箭！”话音甫落，已右手一挥，三箭齐发，那树上的鸟窝插着三支箭羽，“啪”的一声掉落于地。

大汉攥着石子，仍在发痴。他已完全惊服，脸呈怯色。

张骞走过去，将箭拔了，装入箭袋。

接着第二局：地战。张骞以一搏二。

有洞中卫士两彪形大汉持刀而出。二人神情傲慢，语多藐视：“此有钢刀一把，换下你的木剑。否则，赢了也不光彩。”随即，一匪将一把匈奴腰刀扔到张骞面前。

张骞一笑，放下箭袋：“本为比试，点到为止。难道二位想以命相搏？”心中却道，这样最好，光明正大，残其一臂，今后便少了作恶之力。

“要比，就比个痛快！怎么，怕了？这以一敌二，是你说的，难道你想反悔？”

“啊哟，二位好汉有所不知，张骞从来没有临阵更换武器的习惯。再说，我也只惯用剑，不惯用刀。这木剑用起来，也免伤了和气。”伸足将地上腰刀向身后一勾，又道，“不过，小话说在前头，谁的刀剑落地，那刀剑便归对方所有。”

二匪互相对视，哈哈大笑。其中一恶汉道：“射箭赢了二头领，你就当我也是熊包，敢拿木剑逞能。咋办？你先，还是我先？”

“管他！他这是自找难看。什么新酋长旧酋长，只要赢了咱俩，我给他叩十个响头。一齐上！”另一恶汉怪声狞笑，挥刀直扑张骞。

张骞见二匪刀沉力猛，倒也不敢大意。便屏息凝神，以守待攻，先以一般剑式，以轻其心，而后寻机制敌。

那老匪犹自叫着：不得伤了新的酋长。

二匪刀锋虽快，却老碰不着木剑，偶尔挨上，亦在刀背，且被震得虎口痛麻。几个回合过后，并未捡到便宜，不由得焦躁起来，于是转换方向，改二人正面对

攻为前后夹击之式。

张骞亦陡地变换剑法，使出青锋七十二式，并辅以轻功，招招疾如闪电。那二匪顿时只见剑影不见人形。旁观群匪正在惊异，二匪已刀落抚臂，呻吟不止。

张骞将两柄腰刀轻轻一踢，归拢一块，大叫道：“牵马来！”

牵马匪徒愣里愣怔，将张骞坐骑牵来。张骞拾起箭袋，又将三把腰刀一束，置于马后，然后飞身上马，马鞭一插，双手分别捏出三颗卵石：“三局两胜，张骞走也！”六颗卵石，三颗掷向三个老匪，三颗掷向身后三匪。他未及察看，只听有人“扑通扑通”接连倒下，马已驰出二十余丈。

只听那老匪微弱了声气：“快！杀掉此人！”接着，便听有匪徒凄声喊道：“老酋长！”

张骞一听马蹄之声，便知所有的匪徒都追了上来，马快的，距后已至十丈之遥。

幸好，匪徒中的弓箭手已有箭无弓，无计可施。

袋中二十来颗卵石，先后击中十余名匪徒。其他匪徒毫不惧怯，仍亡命追来。

张骞以箭击之，并力争箭不虚发。随之，又有十来名匪徒落于马下。而张骞箭袋已空。

大群匪徒纵马舞刀，嘶吼如雷，接连追过两个牧场二十余里。虽然这股托力达群匪中的精锐悉数被歼，但其余悍匪已恨透了张骞，不顾一切，舍命追杀。

转过一处山拐，张骞陡见许多牧民飞驰赶来，离他不过一里之遥。为了全歼这股匪徒，使其不致逃逸，张骞扔了木剑，掣出两把腰刀，拨转马头，返身杀向追击之匪。

张骞连斩三匪，又有五匪群至，耳后突听一女子尖声叫道：“张骞勿慌，我来助你！”

张骞顾不得回望，只大声呵斥道：“凡妮娅，凑什么热闹？快快退下！”

群匪见大批牧民围将上来，便欲后撤。而当先五匪见生还无望，其一匪大叫一声：“掷刀，先杀了此人！”五把腰刀几乎同时飞向张骞。

张骞手挥双刀，一个提纵，离鞍丈许，瞬间将飞来之刀拨向掷刀之人。不料落鞍之际，后边一刀方至。张骞匆忙无计，只能俯鞍以避。

却不见敌刀飞来。

张骞回望，却见凡妮娅滚落马下，那把敌刀，从其后背插入。

呼力泰也已赶到，叫道："张骞，我来迟了！"

张骞顾不上搭话，飞身下马，扔了双刀，奔向凡妮娅，将她轻轻揽入怀中。

"张骞，我救了你一命，是吗？"凡妮娅蓝色的双眼紧盯着张骞，喃喃道。

"是的。凡妮娅，你不要说话，你得挺住。"张骞悲声哽咽，大颗泪珠滚出眼眶。

"真好。我今天看到了真英雄。你肯为我伤心，你会永远记得我，是吗？"

"凡妮娅，你真傻。你不要说话，我们马上去找都嘎部落最好的郎中。"

"抱紧我，吻——我——我——"

张骞将凡妮娅贴胸抱住，轻轻地吻着她那宝石一般蓝得晶莹的眼睛。凡妮娅伸出右手，想去轻抚那张刚毅而又哀伤的脸庞，刚一触及，便撒手瞑目一声叹息。张骞伸手一试，已经没了鼻息。

趁全身血凝之前，张骞用力拔出那把腰刀，将尚有余温的凡妮娅交与刚刚赶到的努卡，提起那把带血的刀，又飞身上马。

托力达余匪已悉数被歼，其中俘获十二名，毙命二十一名，脱逃仅两名。呼力泰返身赶至张骞面前，恰见张骞提刀上马，并叫道："左卫士长，另有七十名托力达匪徒藏身北边白桦树林，请迅速进剿，免其逃脱！"说着，率先纵马而去。

呼力泰即命吹响号角，率队紧随，喊道："张骞，且去歇息，那里有我足矣。"

"此去尚有三十余里，只恐群匪已获消息。怪我心慈，地战比赛时仅伤两匪之臂，致使两匪临场逃脱。"

"放心，他们逃不掉的。额朗与忽力拜尔已率其他人马前去搜剿。"

"为了凡妮娅，我得再杀二十个托力达为其抵命！"

"你已杀掉了二十七名匪徒，还有三名作恶多端的老匪。你已经为王爷、为草原牧民立下了大功。你是我们草原上真正的英雄！"

张骞不语，催马疾奔。他真想面对草原，大声叫道："我是堂堂的大汉使节，我与骑痞有不共戴天之仇！堂邑父、秦自乐，我的各位兄弟，你们都在哪里？"

然而，他只能在心中呐喊。满心的希望，满腹的仇恨，他只能向托力达匪徒发泄。

三十里路程，快马蹄疾，倒也没用多少时辰。

但天色已近黄昏。额朗所率牧民队伍，正在白桦林外与群匪酣战、缠斗。

张骞更不搭话，一马直冲敌群。

呼力泰与赶来的牧民，紧跟冲入。

二人入阵如虎入羊群，残肢断臂连带飞刀落羽，鲜血迸射四溅，所剩三十余名残匪慌不择路，乱窜而逃，一干牧民奋勇赶杀，仅有七八名匪徒逃得性命。

是夜，都嘎部落全体牧民齐集头人府，支起数十口大锅，杀牛宰羊，点起篝火，大事庆祝。

经此一战，为害多年的托力达基本被歼。人们议论功劳，皆称张骞第一。一个龙廷重犯，以奴隶之身，不受诱惑，凭计谋智慧与精湛的武功，独自消灭悍匪三十来人，实为罕见。而张骞却不矜不骄，甚至显得有些神色黯然，问一句答一句，将每次惊险场面都说得平淡无奇。

“张骞，一会儿回去收拾一下，明日你得随我和额朗一块儿回王爷府，接受王爷的赏赐。”呼力泰挨身坐下，望着熊熊燃烧的篝火，飘忽不定的火舌，舔舐着彼此的脸庞。

“可否容我一段时日？”

“为什么？是因为凡妮娅？”

“算是吧。”

“什么算是吧？是就是，不是就不是！”

“是。当然，我得等收一点粮食和蔬菜种子。”

“你希望得到什么赏赐，可否由我提前转告王爷？”

张骞想了想，道：“依我估计，离开这里之后，会去别的地方。可否先请王爷赐我六七把这次缴获的匈奴腰刀？”

“你要那些刀干什么？”

“我需要一些称手的家具。一把镢头，一把锄头，一把铁铲，一把铁锹，一把砍刀，一把镰刀，一把铁耙，一把斧头，十几根大小铁钉，外带一把锯子。”

“原来是这，你倒想得全乎。这都是成家立业的根本，我想问题不大——再有二十来天王爷的商队又将从这里经过，到时你随他们一块回去。就这么说定了。”

建元六年（前 135）八月二十八日中午时分，张骞带着一应行李，来到王府大

帐之前，等候托力鲁王爷的召见。他觉得自己极像一名草原上的流浪汉，不知道食在何处，夜宿何处。

守护王府大帐的那几名卫士他自然认识，但他们并非“自己人”，心总是隔着，没啥说头。他远远地看了他们一眼，将马儿牵到饮马池，自个儿去小溪寻找自己亲手挖的小水池。

水池还在，但长满了茅草。他拔去茅草，放走浑水，又重新堵上，而后双掌拼拢，捧水而饮。饮毕，又洗洗脸庞和脖颈。见王府仍无动静，就将茅草垫在石头上面，坐下，从兜里掏出一把炒黄豆，随意地嚼着。

这盐味黄豆是克孜库尔特意为他炒的。对于他的离开，克孜库尔与努卡都十分不舍，不但为他特地缝制了春秋穿的新衣，以及一套冬装和羊绒被子，同时还为他准备了许多食物，除了十几斤牛羊腊肉，还有七八斤饼子、盐炒黄豆。临行时千叮咛万嘱咐，送出五十余里方才告别。这种情谊虽然与使节队的兄弟不太一样。但是，那种发自内心的纯真，使张骞却格外感动、难以忘怀。

当然，商队的商头，包括都噶部落的头人，对他也非常客气。但那种客气功利味儿太重，使张骞心里很不舒服，甚至不及与呼力泰、额朗的相处。故而商队的商头挽留他饭后再来王府候命时，他婉拒了。他宁肯在这里吃炒黄豆，也不与商头共食酒肉。

恰在这时，酒足饭饱的商头到了王府，欲向王爷呈报此行的赢利收获。他一见张骞还在大帐之外相候，大为惊讶：“张骞，你怎么搞的，也不让人向王爷通报一声？”

“又不是什么大事，不急。总会有人来的——现在不是你来了嘛。”张骞一副悠闲的样子。

“你这人，真不敢叫人相信，一个人能对付一大群托力达。”商头说着，不等卫士通报，便进了大帐。

顷刻，管家扎楞格走出帐外，大声叫道：“张骞，王爷唤你进来！”

“谢管家大人，张骞这就妥帖。”遂系好坐骑，大步走来。

这是张骞首次进入托力鲁大帐。帐内的宽敞程度与秃头幺素的大帐相较，略显逼仄，但其豪华阔绰却甚为扎眼，一应用具多以金银装饰，地毯图案亦多猛禽

巨兽。托力鲁迎面兀然而坐，案儿之上布列酒食。左边，小王爷歪嘴子布赫、五公主塔丽玛尔于案后挺膝而跽[①]；右侧则是左卫士长呼力泰、商头与管家。张骞于帐幔旁边脱去皮靴，这才折身面对托力鲁，深深鞠躬致礼道："张骞拜见大王爷，不知大王爷有何吩咐？"又分别向左右两旁各人做了问候。

托力鲁看看张骞，放声一笑："一年多没见，你倒是黑了，也更壮了，像极了我们匈奴汉子。来来来，本王爷看到你现在的模样，心里高兴，下边有空位，酒食也都现成，中午就在这里随便用点——当然，本王爷叫你来，自有话说。"

"谢王爷恩典。张骞就叨扰了。"张骞落落大方，便向管家下手走去。

不料塔丽玛尔尖声叫道："张骞，过来！我阿爸说过之后，本公主还有话问你。"

张骞有些为难："这——"

"不必拘礼。既然五公主唤你，你就去那边。"

"谢大王爷，谢五公主关照。"遂在塔丽玛尔下手案儿之后就位。

"我知你饭量在一般人之上。若是欠缺，这里还有。"即向扎楞格一招手，"管家，将这罐羊肉与他。"

扎楞格依照吩咐，将羊肉移至张骞案儿之上："据我所知，在这里还从未见过，一个奴隶受到王爷如此之高的礼遇。"

张骞不卑不亢："是吗？张骞一生，只有过一次与吾皇共食之幸。但在匈奴，与王爷共食，这确乎尚属首次，特别由高贵的公主赐食，更铭感于心。按汉之礼节，'上赐食，必尽之'，我得加倍努力才是。"遂当着众人，大啖不歇，一罐羊肉，顷刻见底。又抱起罐子，将汤汁喝得一滴不剩。这才侧身向塔丽玛尔拱手以礼："谢公主厚赐。"

一干人看得目瞪口呆，半晌无语。呼力泰却由衷赞道："张骞，尔乃真英雄也。"

塔丽玛尔看得满心喜悦："我算什么厚赐？我阿爸给你的赏赐才叫厚赐！阿爸，说了吧，莫让人等得心焦。"

"等等。姐姐你赐了张马儿的肉，阿爸一会要赐给张马儿的羊，我呢，就赐给他一壶酒。"歪嘴子布赫端起案儿上一壶酒，"喂，张马儿过来，就在我面前，让我看着你喝！"

张骞起身，大步走到歪嘴子面前，致以一礼："我谢小王爷赐酒！"捉着壶把，

嘴对着壶嘴，“咕嘟咕嘟”一口气喝干，放下壶，又施一礼，“真痛快！”

“嗯，不错，越来越像我们匈奴好汉。张骞你能猜猜，本王爷今天唤你来干什么吗？”

“启禀王爷，张骞只晓得一点点，因为我杀了几个‘托力达’，王爷要奖赏我。”

托力鲁开怀大笑：“你们听听，张骞说的什么？他说他只杀了几个匪徒。”又侧脸对着呼力泰，“左卫士长，你来说说，那个孤身犯险，杀了三个老匪，又接连杀掉二十七个恶匪，被一群‘托力达’追杀几十里的人，究竟是谁？”又回头对着张骞道，“这可没有你吃肉喝酒来得痛快。”

“大王爷，张骞是怕那场面太吓人，太血腥……”

“吓人？血腥？本王爷什么场面没见过——噢，你是怕吓着了公主和小王爷。你帮我为王府、为匈奴草原牧民除了大害，我得重重地赏你。张骞，你给我听好了，本王爷给你的赏赐如下：三个老匪被灭，赏你全新毡帐一顶，全新车辆一架；二十七名悍匪被剿，赏你五只羯羊，十五只母羊，以及一年的酒食、衣被；至于什么镬头、锄头、铁铲、铁锹、斧头、镰刀，你列个单子，交与我的商头，由他替你置办。放牧地点，离此西边一百里地有一黄山小牧场，明日由管家带你前去，羊子由那里的头人调出，每年上缴两头羊子利市即可。你还有什么话说？”

自此可以脱离托力鲁的视线，张骞真有些喜出望外，他按捺住心中的兴奋，道：“大王爷如此厚爱，张骞真是感激不尽。小黄山从此便是我的安身之处了。既然是张骞之家，我得提前做些准备，羊子可否一月之后相赐？另外，请许我铸重剑一把，再给手磨一副、陶罐大小三个。”

“此易事，由管家告知头人即可。今天晚上，你还是去卫士营暂作歇息。铸剑一事，你自行知会一下铁匠作坊，就说奉我之命便可。”

这真是：

英雄施威，骤成扼杀暴虐的闪电，
异域歼匪，一束阳光蚀去逼仄的黑暗。
且将智勇汇集，一逞迥眺[②]，
咬定使命，只为西域钢铸一念。

欲知后事如何，且由下回逐次分解。

**注释：**

①跽（jì）：古人的一种坐姿，挺直上身，双膝着地。

②迥（jiǒng）：远。迥眺：向远方眺望。此处喻做长远计划。

# 第四十三回　说际遇公主展心意 斗强人张骞示胸怀

出了王府大帐，张骞刚解下马儿的缰绳，呼力泰便相跟过来：“此时尚早，意欲何往？商头正在那里候着，等你去选车子和一应物品，你没看见？再者，你也应该与管家商议一下，何时动身去西小黄山，怎么说走就走了。”

“左卫士长，谢谢你的提醒。可你误会了，我是先把包袱、行李放在你那里，然后随商头去他那里看东西。东西凑齐全了，再跟管家说动身的日子。王爷让我明天就走。可是王爷哪知过日子的艰难？吃、住、用度，哪一样少得了？我正琢磨怎么向王爷解释，既然左卫士长有心关照，那就请你向王爷递个话，不知可否？”

“这当然没问题。你心思如此缜密，我的确是有些误会。这样吧，包袱、行李卸下来给我，你们三人就在这里简单议议。不过，休怪我说话直撇，张骞，你这人对人是有敬无媚，我很喜欢。可是，商头与管家身份不同，处事习惯不同，你得适应。”呼力泰遂对走出帐外的商头和管家叫道，“那佤哲、扎楞格，你们俩过来，王爷赏给张骞的那些物品怎么弄，什么时候能弄齐全，你们就在这里简单说说。”

“那佤哲？那佤哲是商头？”

“不晓得是吧？那佤哲不喜欢人们叫他的名字，只喜欢叫他‘商头’，连王爷都这样叫他。还有——”呼力泰突然顿住，看到张骞迷惑的样子，又倏地一笑，“还有，西小黄山那里，巴颜也只是名义上的头人。其实，真正的主人是五公主。

五公主的真名也不叫塔丽玛尔，而是叫作‘塔丽版宓赤’。那里的七十多个牧民，十几个奴隶，连带草场，都是五公主的财产。所以，王爷赏给你的所有东西，就是赏给五公主的。商头与管家，不敢不尽心。”

呼力泰一番话，直让张骞听得目瞪口呆，纵使他心思万般缜密，也想不到事情会是这样。但不管怎么说，他得感谢这位血性汉子，一番并肩战斗，呼力泰是真心将他当成朋友了。他由衷地感谢道：“左卫士长，不，呼力泰，张骞斗胆，以龙廷要犯的身份，称你为我心中的朋友。”

“我敬你是我们草原上的英雄，才说这话的。如果瞒着，我这心里就老有一个疙瘩。若说身份，你是大汉朝的大使，能与你以朋友相称，那是你我之间的缘分——呃，他们来了，希望你去西小黄山之后，好自为之。”

“左卫士长，你跟张骞说甚呢，那么高兴？”那佤哲走上前来，问道。

“说啥？我让张骞猜猜看，商头的脑袋能值多少钱。”

“左卫士长也会说笑，我这颗脑袋能值什么钱？”

“可张骞说了，商头的脑袋是无价之宝，不能拿钱去算。就跟管家的脑袋一样，得由王爷去定。”

那佤哲却问起张骞：“那你这颗脑袋能值多少钱？”

“我这颗脑袋能值多少钱？你们各位大人不都晓得了嘛。一顶新毡帐，一辆新马车，二十只羊，外加镬头、锄头、铁锹、铁铲、斧子、锯子、手磨、木桶、陶缸、饭甑之类的东西罢了。”

几个人听罢，尽皆大笑不止。

因为托力鲁的货栈买卖在东边军营旁边，张骞便随那佤哲去了那里。

托力鲁的军营虽离此不远，可张骞始终没有机会一窥究竟。兵力多少，战力如何，更是无从知晓。今日正好借机看个大概。而要达此目的，在挑选物品用具时，就得多花点工夫。

“货栈”是一溜三顶很大的帐篷。其中两处是囤积货物和进行买卖的地方，一处是“店员”和护卫们食宿的处所，商头与武卫头领则在另一处较小的毡帐。张骞到后，那佤哲与相关店员简单地打了个招呼，说了声“我给你弄车去”，便不知去了何处。

那武卫头领听说张骞到了货栈，便即刻过来寻找，并坚持要张骞留下来，吃了晚饭再走，以感谢他剿灭托力达，为手下的弟兄报了仇。张骞心挂庄月蓉，可又不便道出，即以天黑有碍行车婉拒。不料那头领抱出七八根油脂火把，称届时派人相送，并说从这里去王府不过十几里地，堂堂草原大英雄，怕个什么！说得张骞只好答应留下。

那头领倒是非常热心，说这里除绸缎绢帛系王府特供物品外，其他东西都有买卖。张骞有什么需要，可以直接说与他知。张骞试探道，有无墨锭、毛笔，以及做泥坯的模具。头领高兴道，这些东西以前没有，这次刚好弄了一点，因为这些都属于“冷门货”，所以进的量少。

张骞一看，是正宗的蒙恬笔、松烟墨，遂各选了三件，另行包好。泥坯模具，与在城固家乡相比，灵活性显得略差，但能在匈奴草原见到，已属不易，遂也挑选了两具。同时，又索要了十来支火把，以备不时之需。本想弄些绢帛以作写、画之用，见没了指望，只好要了一匹葛布，其他一应农具、刀 具、灶具、日常用具，以及一副手推石磨、錾子，一一清点整齐之后，商头那佤哲和他的两个手下，也将一辆两轮马车拉到了货栈。

当晚入夜很久，张骞才回到卫士营，而呼力泰一直候着，告诉他，去西小黄山不再由管家随程，而是五公主亲自押送，要他等候她的安排。

去见庄月蓉一事，只好暂缓。

翌日晨，从来习惯晏起的五公主，早早地来到卫士营帐外，尖声叫道：“张骞，快快给我滚出来！我数到三，三以后再出来，我就用鞭子抽你！”

“五公主，我在这里。”张骞正在饮马池上方小溪边蹲着。

“大清早，在那里干甚？那里是饮马池，你又不是马——哦呵，你是马，小王爷的张马儿。”塔丽版宓赤挥了一个响鞭，大笑着走过来。

“我在这里漱口、洗脸。五公主事前有吩咐，我哪敢随意乱动？不过，有一事是否可以通融一下，昨日大王爷允我铸一重剑，我能不能明日动身去西小黄山？”

“重剑？多重？”

“用四把匈奴腰刀铸成一把剑。还有，我那副铁枷寄放在庄月蓉那里，也想把它取出来，再打两把大一点的镬头和锄头，因为车上的那两把太轻、不趁手。”

“四把腰刀铸成一把剑？力气可够大的。不过，我说今天走，今天就得走。你的剑和镬头什么的，反正一天两天也弄不好，再说也不急着用，一会儿经过那里，顺道跟铁匠一说，再从秀玛古丽塔那里取了你这一月的酒食，就跟我往西小黄山走。下月取酒食时，剑什么的，也妥帖了。”

“五公主所说极是，张骞遵命。”即去卫士营捆了行李。向呼力泰、额朗道了别，牵了马儿，去帐外套了车辆，前后检查了一番，才纵身一跃，坐入预留的车架前辕空处，打了一个响鞭，车子便“咕扭”一声，开始向前移动。

张骞回头，见呼力泰、额朗等人已走出帐外向自己挥手，遂也挥手致意，接着，又甩出一个响鞭。

走出王府大帐不久，塔丽版宓赤便道：“没想到，张骞你杀人利索，赶车也蛮不错。”

“五公主，张骞斗胆，驳你一句，张骞从来不杀人，只杀土匪、强盗和侮辱妇女的畜生。至于赶车，原来一点儿不会，是在都噶部落跟牧民学的。”

“你的话很对，是我说话没有分别。不过，我想知道，你在那里还学会了什么？”

“还有就是一个牧民应该会干的活儿。譬如剪羊毛、挤奶、做奶酪、做奶酒、打酥油茶、炖牛羊肉、熏腊肠、熏腊肉，以及给牛羊接生、给牛羊看病、辨认草原上的毒草，等等。”

“怕还有找媳妇吧？”

“你是说凡妮娅？这个不瞒五公主，如果我城固老家没媳妇，我或许会考虑。可是我家中有媳妇，而且是一位将军的女儿，很漂亮，也很能干，我不能做对不起她的事儿。”

“你说得太远，倘若你今后再也不能回去，你就始终孤身一人？我只是替凡妮娅可怜，一腔烈火，命都舍得，碰上的，却是一坨冰块。”

“五公主，求你不要再说了。每一想到她，我的心便锥刺般难受。她正在青春年华，不应该出现在鲜血飞溅的战场。至于我，顶多受一点皮外伤，可是她——”话未说完，张骞已是泪痕满面。

塔丽版宓赤吓了一跳。这是她生来第一次见到，一个强壮悍勇的汉子，为一个痴心女子而落泪，心灵不由得极为震撼。

“五公主，说点儿别的吧。我有一事十分不解，想找机会问你，可是又怕冒犯你尊贵的身份，因此惹你生气。”

“问吧，我不会生气。”塔丽版宓赤让马向前靠近一步。

“你又叫塔丽玛尔，又叫塔丽版宓赤，究竟哪个才是您的真名？”

“你想知道？晓得了，你敢喊吗？那是本公主高兴那么做。”

“您说的极是。”张骞倏然感到她凛然不可侵犯，一下子拉开了很远的距离。于是迅速转移了话题，“不过，有一件事我得告诉五公主。我在这里虽然只是一个奴隶，但是我也希望有一份亲情。而庄月蓉也是一名孤苦无依的汉国女子，因为她也是奴隶，受到的凌辱比我更多。恰巧，我上无兄长，亦无姐姐，在去都噶部落之前，我们便以姐弟相称。远在万里之外的异国他乡，我很珍惜这份亲情，还请高贵的公主能予理解。”

“是吗？这好像与我没有什么关系吧！”看到张骞一脸庄重的样子，塔丽版宓赤又心中一动，“真是想不到，草原上的大英雄，是这般的重情重义，难怪你的那些使节队的队员，愿意跟你出生入死。不过，我也有一事告知于你，西小黄山牧场是我的领地，那里有个头人叫巴颜，大事他做不了主，一切都得听我的。我和我阿爸一样，谁有大功，就有大赏；犯大错，就大罚。敢逃跑的，逮住之后抽一顿鞭子，再卖给手段更狠的王爷。”

“张骞晓得，我与那里的奴隶、牧民及其牛羊一样，都是您的财产。”可是一提到使节队，他心中不由得想到堂邑父、秦自乐、公羊鸣执、孙治瑾、任扶、范佑铭、王兼、杨柏、由天际等许多生死兄弟，一阵深深的刺痛，让他悲愤、思念不已。

“谁知道呢，那可不一定。”塔丽版宓赤又诡秘一笑，“张骞，你在想什么？是不是让你做我的奴隶，你不乐意？”

“我哪敢不乐意？我是在想，王爷说供我一年的酒食，不知每月给多少。如按一般奴隶，忙时每月供粮四十五斤，七天一次二斤肉，闲时每月只供三十斤，十天一次二斤肉，我吃不饱咋办！”

塔丽版宓赤嘎嘎大笑起来：“如若这样，你想咋办？”

“母羊不能杀，羯羊不肥不敢杀，秋天庄稼种不成，明春种的明年秋天才有

收成。我只能少干活去挖草原鼠，或者花功夫去找狍子、黄羊，如果遇上几只草原狼，那也活该它们倒霉。”

“你倒说得真轻巧，好像草原上的一切活物，你都可以手到擒来。放心吧，饿不着你，到秀玛古丽塔那里，你就晓得了。哎，你跟我说说你孤身一人恶斗托力达的事，说得越详细越好——就从草料场土围子补鸟首说起。”

张骞想，这位五公主无非因为好奇而已。她哪知其中的残酷、凶险，生死只是瞬间之事。于是，故意用极为平淡的语气，像说另一个与自己毫不相干的人，一一说去。

即使这样，那惊心动魄的场景，亦让塔丽版宓赤紧张得喘不过气。

五里路，很快便见到那一排夯筑土墙房。尚在门外数丈之遥，张骞便欢声叫将起来：“庄姐姐，骞弟回来看你来了！”

立刻，房门里奔出一位中年妇女。庄月蓉疾步上前，走到刚刚停下的车轮一侧，上下打量着张骞：“一眨眼，就是一年多。骞弟，你没瘦啥，就是黑了许多。”一眼看到塔丽版宓赤和车上一车的东西，又躬身一礼：“五公主好。五公主您越来越漂亮了。您这是到哪里去？骞弟你这一车东西是给谁拉的？”

此时，隔壁的秀玛古丽塔等几个女人也闻声走出门外，围着车子左瞧右瞧，透着好奇。

塔丽版宓赤甩胯下马：“庄月蓉，看你这个姐姐当得真有意思。”又转脸对着另一女子，“还有你，秀玛古丽塔，昨天下午，管家来后对你们是咋吩咐的？”

庄月蓉又是一礼：“禀五公主得知，管家只对我说，奉王爷之令，给张骞准备一年的衣服被褥。别的话，什么也没说。”

秀玛古丽塔也道：“管家也同样告诉我，奉王爷之令，给张骞发放一年的酒食。每月一次，分十二回发完，每月六十斤粮、十五斤肉、三十斤马奶酒、一斤半盐粒，由张骞自己来取。什么原因，没说。”

“这个扎楞格。”塔丽版宓赤咕哝了一句，又提高了声音，“他没说，我跟你们说。前不久，张骞在都噶部落痛杀土匪之事，你们都晓得吧？”见众人应声点头，又道，“张骞孤身深入匪巢，智取群敌，一人斗杀托力达二十七匪，这是多大的功劳！所以，我阿爸特别给他以重奖，让他去西小黄山自立门户。一应用品，要啥给啥，

这车上的东西，连这辆崭新的车子，都是。西小黄山是我的牧场，张骞虽是托力鲁的奴隶，可他现在是我们草原上的英雄，所以本公主得亲自监护，去西小黄山找一适合落脚的地方。衣、被之事，我就不必再说。只这酒食之事，我得细说，六十斤粮中，有四十斤麦粉、十斤稻米、十斤糜子，十五斤肉中牛羊腊肉各半，另外再加五斤油脂，三十斤马奶酒必须是新酿的，现在就去准备，一会儿带走。”

这位公主看似一副冷峻模样，心倒是挺细，并透着几份狡黠和聪明。张骞琢磨，还有从旁侦知托力鲁军队战力的想法，虽然昨日从武卫头领那里获得了一些情况，但要从这位托力鲁爱女口中获得准确信息，必须小心为是。

见塔丽版宓赤吩咐已毕，张骞即深施一礼，露出意外惊喜：“五公主想得如此周全，实在大大出乎张骞意料。张骞当竭尽心力，效命于五公主。”随即又一转话题，“我现在即去我庄姐那里取回铁枷，可否？”

“去吧去吧，我在这里相候，等秀玛古丽塔装好你这个月的酒食。”

一进屋，庄月蓉便道：“骞弟，有件事我现在还说不准。凭女人的直觉，我看这个五公主有些喜欢你。托力鲁的女儿虽多，但说到聪明漂亮，还只有这五公主。她是托力鲁的掌上明珠，而你只是托力鲁的奴隶，你还得处处小心为上。匈奴女子都忒大胆，为了一份情，有时什么都敢干。实在不行，姐教你一个办法：装傻、装糊涂。我知你心中放不下西行大事，所以你不能因此在这里再栽跟头。”又取出铁枷和一卷废羊皮，“这是你要的东西，拿上。姐没本事帮你，但姐姐一想到有你这么一个弟弟，姐姐活着就有盼头。”说到至情之处，不禁有些动容。

“谢谢姐姐，如此牵挂张骞。姐的至理名言，我句句记着，骞弟晓得如何处理好这件事。五公主多疑，我得走了，望姐姐千万保重。”拿了铁枷、羊皮，几步跨出门外。

秀玛古丽塔正在为他装置酒食，见他出来，立即抿嘴一笑：“张骞你现在有姐姐、有公主为你操心，我这不相干的人就不必多费神了。本想把你的早饭也做上，可五公主不让，说到了前边，诺月部落自会有人招待。下月取酒食时不要忘了，把你在都噶部落杀土匪的事，好好给我们讲讲；同时，请把你的笛子带上，给我们吹上几首好听的歌儿。”

“谢谢你，秀头儿，张骞一定照办。”即从车上取下四把匈奴腰刀，连同铁

枷一块，用左胳膊一夹，对塔丽版宓赤道，“五公主，我去铁匠作坊看看。”

“去吧。快去快回，不要让我久等。”

“晓得的，不会久耽。”张骞不觉地用上了轻功，几个提纵，眨眼之间已到数十丈之外。一干人看得惊讶不已，心都止不住地“怦怦”直跳。

铁匠的惊讶，更在众人之上。三十斤的重剑、五斤重的镢头，他何曾弄过，望着张骞远去的背影，犹自惊疑：这个奴隶，好不奇怪！

见张骞果然快去快回，塔丽版宓赤很是高兴，当车子刚一走出人们的视线，便即问道：“张骞，庄月蓉给了你一大卷废羊皮，有何用处？”

张骞没想到自己的一举一动都被她注意着，他小心回道：“禀五公主得知，这废羊皮于别人没有什么用处，于我却是难得的好东西。油脂刮尽，水发泡软晾干，便可以在上面画图、写字，成为很好的羊皮卷。我已经很久没有用过毛笔，再不写写、画画，手便生疏，写不好也画不好。再说，这废羊皮用来做门帘、做窗帘、做围裙，也十分不错。”

“张骞，你真是一个怪人。你好像不管在任何地方，都能生活得很好。”

“过日子嘛，啥都应该会一点。说实话，打打杀杀，都是情非得已。可是，一个国家，一个地方，为了求得发展，求得安宁，没有强大的武装力量却又不行。而想拥有强大的军队，又得花掉很多的财富，老百姓又要跟着受苦受累，真是两难。”

“养一支军队确实要花很多的钱，所以我阿爸平时就只养军官。”

“原来如此。难怪昨日我在货栈只看到两三百人的人马。我当时就在想，堂堂一个托力鲁大王爷，军队怎么这么少？我在幺素王爷那里就见过，人马一拉出来，就是一两千人。”

“你所见的两三百人中，职位最低的也是什长，里边的百夫长就有二三十人。每逢打仗，各部落的人马集合起来就是两三千人。像呼力泰、额朗等人，立马就成了我阿爸的千夫长。可惜你现在是个奴隶，而且看你的心思，又不肯与你的汉国军队打仗。否则，以你的武艺和智谋，最低也可以当个百夫长。”

“啊哟，那可不是我之想。能在西小黄山当个称职的‘羊长’，我就心满意足了。当然，倘若遇上几匹土狼、三五个土匪强盗，那也活该他们倒霉。话到这里，我还有一事请求五公主关照。”

“甚事？说！”

“不要因为这次我帮大王爷灭了托力达，日后在各部落军士秋后练兵时，将我也当作放心奴隶召进去。只要不让我跟故国家乡的人打仗，其他干什么，张骞都会在所不辞。就像剿灭托力达，拼掉性命都可以。我看这事谁说都不行，只有您说，大王爷才能答应。再说，汉匈之间一旦真的打起来，一定是规模空前的大仗。几十万人的军队动起来，少一个张骞多一个张骞，就像草原上的一棵小草，有它没它一个样。”

“你倒是想得挺远。行，这件事本公主不会强人所难，谁让你现在去了我的西小黄山。”

一颗悬着的心终于放下来，为了让塔丽版宓赤高兴，张骞主动说道：“五公主，我给你唱支歌吧，是为了怀念我的恩师俞志达。我一直想他，每一想到他，心就特别的温馨和安宁。”于是轻咳了两下，柔声唱道：

迎面而来的笑容，蹒跚而去的背影，
那是恩师俞志达，一生伴着我的行程。

六岁到十八岁，十二载的光阴，
一个瞬间又一个瞬间，让我逐渐透明；
一种隐秘的力量，在悄悄地成长；
空白的土地之上，有了斗山书院茂盛的竹林。

而今在广袤的草原，我只想对你叙说，
一生之中的岁月，都写着坚韧；
一天又一天，一册又一册，
享受着复杂的愿望，覆盖着痛苦的深情。

谛听着遥远的呼唤，那是恩师的声音，
响亮的名字俞志达，忧郁世界的一盏明灯。

唱罢，张骞久久无语，沉浸在复杂的心绪之中。塔丽版宓赤因为不懂汉文化中极其深厚的奥秘，故而只是被那种深沉的情绪所感染。她用鞭杆一戳张骞：“想师父就想成这样了？那想娘亲想阿爸时，还不想得晕死过去？你给我讲讲，究竟唱了些什么事情，就把自己唱成傻瓜了？”

张骞倏然警悟，感到刚才的失态，遂掩饰一笑：“是我对在斗山书院的年代记忆太深了，恩师的一颦一笑、一言一行，都不可磨灭。”于是，拣其中易懂的，予以阐释。至于其中更深的含义，他只字不提。

“除了你的恩师，能不能说说你家里的情况？”

“我家里？我的家离这里有万里之遥。那里气候温暖，四季常青。冬天偶尔有雪，春天来得很早，二月麦苗青葱，四月麦黄如金，割罢麦子，即刻插秧，七月又是稻黄似浪。而春夏之际，让人忙杀，采桑养蚕，蚕儿上架，抽丝剥茧，养护桑园，田里地里，外边家里，没有消停的时候。忙则忙矣，但无不透着丰收的喜悦。各种各样的瓜果蔬菜，香喷喷的米面肉食，醉人的烧酒，甜到心坎的米酒，味道醇美的汉江鲤鱼，旋律优美的汉中民歌，那种温馨与幸福，离开的日子越久，就越发思念。”

“让你说家里，你却说起你的家乡！难道这宽广美丽的草原，就比不上你的城固家乡吗？”

“若说家里，就必须先说家乡。我的家乡当然没有这宽广无垠的草原，更没有那如天上云彩一样多的牛羊。它们各自有各自的美丽，不可互相比拟。至于我的家里，住的当然不是草原上的毡帐，都是夯筑土墙房。我的父亲张汉灵，因一次意外，死于沉船事故，迄今快二十年了；母亲张王氏，至今一人在家。十七岁之前曾有一个弟弟，是我父母收养的一个弃婴，取名张謇。我父去世，家道中落，弟弟被其生父索回，认祖归宗之后，名为宋回。媳妇周月英，刚要准备完婚，我却被吾皇召回朝廷，组建大汉使节队。其后的情况，您都知晓。现在，我正赶着马车，去五公主的领地小黄山。”

“张骞，说漏嘴了吧？既未成婚，那个周月英就不能算作你的媳妇。”

张骞尴尬一笑：“成婚不成婚，只是时日问题。在我的心里，她永远是我媳妇。”

“现在恐怕只是你梦中的媳妇。至于那姓周的女子最终能否成为你的家人，

我管不着，我只想说，人生一世，就那么几十年，而青春年少更其短暂。我才不会像已经出嫁的三个姐姐那么傻，大姐夫是个连马都上不去的大胖子；二姐夫是个连走路都不稳当的病秧子，去年干脆就病死了；三姐夫比我三姐整整大了十七岁，显得比我阿爸还要老；四姐刚定亲，年龄虽相当，却是个丑八怪，看着叫人直恶心。他们有牧场、有牛羊又怎样？能和一个女人一生的幸福相比吗？”

“嗯，是不好相比。”张骞应付道。

“死张骞，你就不晓得问问本公主，将来要找一个什么样的人？”

“那还用得着问？当然是身份高贵的公主，得有一个同样身份高贵的匈奴男人，才相配。”

“你甭拿身份说事！你应明白，我不是那样的人。身份不身份，我才不管他！我要找的男人，必须是年龄相差不大，能文能武智勇双全体魄强壮的草原大英雄。”

“我想，大王爷能将公主您视为掌上明珠，就一定会希望公主您一生幸福——五公主，能否请您给我讲一下小黄山的地理及牧民情况？安身立命的地方，我不能不重视呀。”

“张骞，你又跟我绕圈子。行，我就给你说说小黄山。去小黄山，中途要经过诺月、诺日两个部落。诺月部落有四百多人，诺日部落多点，大约五百多人，分由两个土司管辖。每个部落各有草场五十来里，牛羊一万三四千头，另有七八百匹马和骆驼。小黄山要小很多，牧民与奴隶不足百人，牧场东西三十余里，南北二十多里，牛羊二千来头，马和骆驼各一百余匹。牧场北边皆山，靠牧场有树林，有三条小河，以四潭谷最大，但一到冬季，河皆干涸，人与牲畜全靠井水维持。井有五六口，浅者一丈多深，深者四五丈。你若会看水脉，可自掘一口，以免与人争水。牧场南边亦山，山势较陡，翻过山脊，可以看到无边无际的大漠。怎样，还满意吧？”

“四潭谷？缘何取这名称？它一定有四个水潭，牧民肯定比别处多些。再者，既叫西小黄山而不称‘小荒山’，那里的土层一定是黄色土质了。”

“你猜得不错，四潭谷那条河有四个水潭，它们从上到下依次叫作‘羊潭谷’‘马潭谷’‘虎潭谷’和‘牛潭谷’。羊潭谷、马潭谷长而平缓，水流不急；虎潭谷因地势陡险，故而总是白浪滚滚；最后一处牛潭谷，地势平坦宽阔，水量

较大，显得碧波荡漾、幽静宜人。那里的土质如你所猜，一黄到底，而且很有黏性。只有一点你没猜着，那里虽然水草丰美，却呈一处大大的斜坡，牧民的帐篷无法搭建，故此坡下五里之处，才有住户。不过，放牧时他们往往吆着牛羊去那坡上，只要小心土狼的袭击。怎么，看你的样子，好像对四潭谷有了兴趣？”

“这得到实地看了再说。”张骞看看渐渐升高的太阳，又看看前边青黄相间的草原，小心问道，“这走了快三十里了吧？五公主，您说的诺月部落还在哪里？”

“怎么，肚子闹饥荒了？我这里有一些腊羊肉，拿去垫个底——看到前边那片小树林没有？那里有两三户牧民，都热情好客，随便哪家，管饱！”

“我是想早一点儿到小黄山。一定点，便好动手安置。饿肚子的事，以前经常有过。”说罢，一挥鞭子，让马加快了速度。

未及半里，便见林子里出来一大群牛羊，朝着他们这方草场走来。塔丽版宓赤这才有些着急，倘若男女牧民全都吆着牲口出栏放牧，家里都空无一人，这顿早饭便没有了着落。她便对张骞道：“我先去看看，你随后赶来。这里没有岔路，放心直走。”一拍马，四蹄飞奔，眨眼只见人马成一小点。

穿过林子，张骞便就发现，前边不远处有一白色帐篷，帐外的场地上，有三男二女正在争吵对峙，而且声调越来越高，似乎要动起手来。他已听出，是塔丽版宓赤和另一陌生女人的声音——估计是这里的女主人。三个男人则显得十分凶恶，而且语言猥亵。

不好！两女人遇上麻烦了。

离帐篷尚有数十丈远，张骞便丢下车马，几个提纵，飞临现场。

三个凶悍的男人中，一个胖墩欲从羊栏里拖出一只母羊，塔丽版宓赤一鞭子抽去，鞭梢却被那胖墩一把薅住，往怀里拉去：“这么漂亮的妹子，咋就这么凶？对男人一点儿都不知道心疼。来来来，你不会，让我教教你。”塔丽版宓赤接连打着踉跄，眼见即将跌倒。

张骞凌空一个虎跳，劈手从塔丽版宓赤手中抢过鞭子，一放复又一撒，胖墩未及反应，上臂胸背便被牢牢缠住，鞭子一扯，立即陀螺样连转数圈，而后“扑通”一声倒下。

另两人立即放下对女主人的纠缠，一齐走近张骞，嘿嘿笑道：“鞭子使得不

错嘛，来教教我俩。”二人互相使了个眼色，同时从鞭筒里掏出匕首，向张骞扑来。

倒地的胖墩也翻身爬起，拔刀上前：“何方野种，这么爱管老子的闲事？不放一点儿血，就不晓得什么叫疼！”

张骞掏出三颗卵石，攥在掌心。他不想随意伤人，便即问道：“三位好汉且慢动手，能否回答在下一个问题？”

胖墩止步，向另两人将手一挥，面对张骞，冷冷一笑：“怎的，怕了？只要不管爷们儿的闲事，我等也不会找你的麻烦。”他刚才已经领教了此人的厉害，明白真要动起手来，弄不好就是两败俱伤，见其主动退让，亦相机待候，“说，什么问题？看爷们有没有兴趣回答。”

“你们也是草原人，没看到那只母羊正带着小崽？为什么捉它，捉它意欲何为？”

“这话问得好生奇怪，捉它当然是为了吃它。你没看见，我们三个大男人一顿要吃多少东西？”

“我不相信，这家主人会那么吝啬，连一顿早饭也不管你们。”张骞回头问陌生女人，“请问女主人，你们能叫客人饿着肚子离开你们家？”

陌生女人道：“哎呀，大兄弟，你可不能冤枉人。谁不晓得我们草原牧民，认不认得，进了家门便是客，不叫吃饱喝足不让走。今天清早他们三个一来，我男人就杀了一只羊，半条给他们做了手抓羊肉，又喝了半桶马奶子酒，临走又叫他们将另一半羊肉拿上。谁料想，这三个家伙见我家男人和其他牧人赶羊出门之后，又折身回来，要将我家这只母羊也要杀了带走。那个家伙（指胖墩）正在捉羊，恰巧五公主赶到，一听缘由，大为生气，便加以阻止。这人斗胆，连五公主也竟敢欺侮。”

张骞问胖墩：“你说，情况是不是女主人说的这样？”

塔丽版宓赤大声叫道：“他们和托力达一样，是土匪，是强盗！何须再问！张骞，拿出你杀托力达的本领，替我阿爸再做一次清扫！”

“五公主，不用着急，等我问明情况再说。”张骞又对胖墩催促道，“快说，再不说，可就没有机会了。”

胖墩道：“是怎么样，不是又怎么样，这关你什么事？我可不认识你‘张骞’‘闭

骞’！”

“如果是，请你们马上向五公主和这位女主人赔罪，放下东西走人；如果不是，可以不必赔罪。你们应该晓得，一个匈奴男人欺负女人，那是最丢人的举动。今天我如果没有看到，就不关我什么事。可既然碰上了，该管的就得管。你们也不必晓得我叫什么‘张骞闭骞’。”

“裤裆没关严，怎的钻出你这么个鸟来。你甭拿什么五公主、六公主吓人，弟兄们，上！”

一个“上”字还在嘴里嗡着，胖墩突然感到持刀的右手被什么东西猛力一击，接着半边身子顿时又麻又疼，那刀哪还拿捏得住？早已掉入草丛。

看另外两人，光景几乎一样，有一个竟然站立都感困难。

胖墩如见鬼神，脸色大变：“你是人是鬼？用的什么功夫？”

张骞又掏出一枚雀蛋大小的卵石，摊在掌心：“我和你们一样，肚子饿了要吃饭，口渴了要喝水，也会生气，也会生病，也要屙屎尿尿。至于什么功夫，看到没有，汉家的石子功夫。我晓得你们怀恨在心，你们每人可以上来打我三拳，或者踢我三脚，我保证不还手。”

胖墩十分好奇：“此话当真？”

“我对三岁的小孩都不说假话。”

胖墩乍起胆子：“若是打伤了人，你可不许赖我。”

“快点儿！不消啰唆。刚才的狠劲儿哪去了？”

胖墩一个黑虎掏心，挥起左拳，一下擂在张骞胸膛。

只听“咔”地一响，胖墩突然蹲在地上，哭爹叫娘。

那两人唬得哪敢再上前半步，呆若木鸡般满是惊骇的目光。

张骞走近胖墩，将其扶起：“对不住了，好汉。左手我已无法帮你恢复，你得用伤药贴上百天左右。这右手我现在可以帮你恢复到八九成，最低可以端碗吃饭。”说着，推拿按摩了好一会儿。推拿完毕，又让其试试右手，果然好了许多。

胖墩讪讪地：“现在我信了，你就是连杀二十七名托力达的大英雄张骞。她（指塔丽版宓赤）也真的是五公主。怪我们不识好歹，多有冒犯，尚望宽恕。”

“告诉你们八个字，作为安身立命之本：知恩、知足、知耻、知劳。知恩，

也就是知道感恩。人常说，受人滴水之恩，亦当涌泉相报。你们与这家女主人素不相识，萍水相逢，她凭什么为你们杀羊，半只羊都煮给你们吃？还喝了那么多的酒！一只羊，从小羊羔喂成肥羊，主人一家花费了多少工夫！难道是主人一家欠你们的，应该的？如果不知恩，也应该知足。一个陌生人家，热情接待了你们，不但让你们吃饱喝足，临行还让你们将另外半只羊带上，可你们还不知足，趁只有女主人在家，又返身要将带着羊羔的母羊杀掉。如果不知足，也应该知耻。三个大男人，欺负一个没有抵抗能力的女人，抢夺人家喂崽的母羊，难道不知此系极为无耻的行径，而与强盗无异？不知恩、不知足、不知耻，也应该知劳，这一牛一羊、一粥一饭，是多么的来之不易！你们应该从小见过父母为了养育你们的辛劳，一餐饭食、一块肉骨、一件衣服，哪样不经流汗受累就凭空而来？现在你们自己说，今天的夺羊之举是什么行为？”

胖墩低垂了脑袋：“大英雄教训得极是，我们今日所作所为，与强盗无异，万望五公主能予宽恕，今后再不敢了。”

塔丽版宓赤仍不解气：“一看就知这几个家伙为非作歹惯了。今天倘若遇上他人，岂不抢劫得逞？弄不好还血溅草原，必出人命！他们敢持刀攻击，就敢杀人越货，与托力达没有差别。狗改不了吃屎，狼改不了伤人，今日放了他们，说不定还会去别处作祸。依我之见，就该将他们交付我的阿爸，由他老人家进行处置。”

张骞不能违拗，只能作一解释：“五公主，请息怒。依张骞知人之力，完全可以断定，这几人绝非第一次为非作歹，他们的行径，与托力达可能仅一步之遥。我在都噶斗杀托力达，下手果敢，那是因为我已经知晓，那些人个个都是惯匪，人人都有血案、命案，而且是在杀伐恶战、生死立判的战场。而今天略有不同的是，他们只是为了抢夺食物，没有抢劫其他财物，对我只是威胁，那些低俗、威吓性质的话语，只能证明他们人品太差，丢失了匈奴汉子的血性。但是，只要他们有一点儿悔改之意，就得给他们一点希望。何 况，他们还有父母需要奉养，还有弟妹需要照顾。所以我在下手时，重在教训，不使他们致残，更没想取他们的性命。”张骞又掂掂手中卵石，对胖墩等人道，“你们可知那些托力达是怎么丢掉性命的？其中的十来个，都是这些不起眼的卵石，百步之内，一旦扔出，便掼入脑内。刚才为使你们弃刀，我只使出三分力道，而且是在肘部麻筋。”

塔丽版宓赤亲眼见到了张骞的功夫，又听到了他入情入理的诚恳规劝。这个男人的见识是如此的非凡，胸怀是如此的宽广，确实世所罕见，难怪大汉朝的皇帝能委以大使的重任。他对自己已经显示了足够的服从与尊重，遂也不便继续任性：“好了好了，你说的都有道理。知恩、知足、知耻、知 劳，乃是人的安身立命之本，照此行事，人的一生，便无祸患之虞。”

张骞一踢胖墩：“尔等还不赶快谢过我的主人！”

胖墩等人立即跪地，向塔丽版宓赤连连叩头：“谢五公主宽宏大量，不与我等计较。我等回去之后一定改过从善，重新做人，做一个孝敬父母、勤奋厚道的匈奴牧民。”

“滚！赶快离开托力鲁王爷的大草原，以后不要让我再见到你们！”

三个凶横汉子如获大赦，爬上马背，一溜烟地逃了。

女主人自是千恩万谢，又是置酒，又是烤肉，无论如何要让他们吃饱喝足再走。张骞只想早一点到小黄山，便向塔丽版宓赤央告：“五公主你看，为刚才之事，已经耽搁了不少时辰，此去小黄山还有一段不短的路程，我意在此把水喝够，随便吃点儿现成东西，不知可否？”

“你说的有些道理。可是，委屈了女主人琪琪格的心意，恐怕也不太好。”

原来女主人叫这名字。张骞立刻欠身一礼：“琪琪格大姐，张骞今后每月都要从这里经过一次，到时有一碗热水解渴便足够。今天我还得赶时辰去小黄山安门立户，你的心意就只能心领了。你也听到，五公主已经允准了我。”

琪琪格瞅着塔丽版宓赤：“五公主，您看这——”

“张骞这人就这样，有时拘谨，有时又十分豪放。我们家这个奴隶，太特殊太不一般。”

二人草草吃了顿便饭，一路趱行，终于在日落之前赶到了小黄山。张骞由此在小黄山开始了七年之久的囚牧生活。

这真是：

一个无须预告的秋天，一片无须瞻望的草原；
两个灼热的灵魂，掠过相互的肩头，

意志若刀砍斧劈，捂紧着带伤的呜咽。
因为无法赤裸，灵魂只能带着坚硬的披肩；
且将陌生的黄土小山，修成一处心灵的宫殿。
张骞张骞，生命只是上天的馈赠，
一切的等待，只在抹红大汉历史的长天。

欲知后事如何，且看下回分解。

# 第四十四回　新居未果膳食情厚　羊舍初成风雪迎畜

不知是好奇，抑或真的眼力不差，塔丽版宓赤尚在半里之遥，西小黄山的头人巴颜便拍马而来，到了近前，露出一脸的惊喜："五公主好。五公主多日没来，今日得闲看看小黄山，真是想杀巴颜和这里的人了。"一眼看到张骞，又问，"五公主，这是何人，来此做甚？看样子连家都搬来了。"接着，"吭吭吭"连咳几声。

此人便是这里的头人巴颜？张骞不由得多看了几眼：柿饼样的脸型上趴着一个蒜头鼻子，一双豆眼却配着笑意的黑眉，连鬓胡髭与一头鸡窝般卷发，使人只看到黑红色的耳廓；一袭土色棉袍长过膝盖，腰间扎一条布带，右边挂一把腰刀；年纪四十开外，说话声气带一点瓮音，胸背肥阔，四肢粗壮，显得很有力气，却又有些哮喘。

"你说得没错，从今天起，他就在小黄山住下了。"塔丽版宓赤用鞭杆一指张骞，对巴颜说道，"此人的名字，你一定知晓，只是未曾相见。他就是在都噶部落孤身犯险，斗杀托力达的草原英雄张骞。他虽说是我家奴隶，但我阿爸却非常看重。鉴于他为托力鲁立下大功，我阿爸以王爷之令，重奖于他，允许他来小黄山独自放牧，一应用品，全由王府供给。并传令于你，为张骞择优选出羯羊五只，母羊十五只，助其安家。恰巧在此相见，此事正好交付于你。"说毕，又一瞅张骞。

张骞早已从车辕上一蹦下来，走到巴颜面前，弯腰鞠礼："巴颜大人，张骞新来乍到，一切陌生，虽有王爷和公主传话，但实际尚须您的关照。张骞身系奴隶，

不敢骄功，一定小心做人，安心放牧，不给大人您添烦添乱。”

巴颜安然受礼，双眼将张骞上下直扫。见此人中个偏上，宽额头、国字脸，眉眼灵动，聪颖谦和，身体壮硕，举止有度，衣饰干净利落，语言诚恳稳妥，年约三十开外。巴颜不知此人缘何成了托力鲁王爷的奴隶，但以王爷和五公主对待此人的态度看，他不能怠慢此人。于是双眼一眯，笑道：“你就是张骞？闻名不如见面，果然一身英雄气概！看来你也绝非添乱之人，想在何处安家，可在小黄山任选。”

“谢大人如此成全。路途之中据五公主介绍，此处有一河名四潭谷，能否请予指引？”

“今日已晚，明天我派人相随吧。你不见五公主刚到？凡事总有个先后轻重，怎么不掂量掂量？”巴颜立刻皱眉睃眼，满脸的不高兴。

“巴颜大人，你误会我的意思了，我只是请你指个方向即可。我一离去，大人便可心无旁骛，专门接待好五公主。当然，大人若能派上两个牧民，帮我将毡帐立起来，我亦十分感激。”

此话一出，不但巴颜感到惊异，那塔丽版宓赤几乎吓了一跳：“张骞，你疯了是不是？你不看看现在什么时辰？此去四潭谷尚有七里之遥，等你将这一车的东西弄到最近的牛潭谷，天色早已黑定，还能立什么帐篷！即使将帐篷立起来，潮湿的草地之上能睡人吗？你晓得，牧民在立帐篷之前，都要将地面平整焙烧，使其干燥，而后铺上干草垫褥，这样做，人才不致生病。你再急，也不能在乎一夜两夜。临时住宿，你不用担心，也不要以为给头人和牧民添了什么麻烦，巴颜决不会将你撂下不予理睬。今后相处时日一长，你便会明白，我阿爸缘何让你来小黄山而不去别处，就因为巴颜为人可靠，待人热心，处事在理。”

张骞没有料到，自己的一个决定，惹出塔丽版宓赤许多话。当然，这其中透露着明显的关切。巴颜见势顺风道：“张骞，你到此是住家，不是来闲逛。既是安家，就不应草率，而以妥帖为要。你再急，也不在乎一夜两夜。”

“谢五公主，谢巴颜头人。非是张骞不知好歹，也非我行事急迫。其实我早有琢磨，小黄山既为黄色黏土，便欲仿效长安之北黄土塬人，以窑洞作为宿处。我曾在窑洞待过，其优点颇多。它不怕暴雪猛雨，亦不惧狂风沙尘，极寒天气可

以烧炕，炎热天气免于炙烤。缺点是不能移动。但若需要，帐篷可作机动。故此，立帐于我，亦是临时之举，无须焙烧地面。车上的东西一经拿下，车厢便是现成的床铺，再以四根木桩一钉，绑缚固定之后，稳当实在，睡之安然。至于夜色，又算得什么？一根油脂火把，可以两个时辰不熄。两个时辰，能挖出半个窑洞，打出几十个泥坯——说到这个，得请巴颜大人通融一下，待我用泥坯将羊圈砌成之后，再将羊子调配于我。四潭谷方向我已知之，于此向西七里，坐北朝南一长长缓坡便是，现就此别过。”张骞扭转身子，向二人拱手一礼，随即跳上车辕，甩出一个响鞭。

碍于巴颜，塔丽版宓赤不便相阻，亦不好使性，眼睁睁地看着张骞乘着暮色向西而去。好一会儿，才对巴颜道：“不管他，我们走！”

见王爷的宝贝女儿为这个特殊的奴隶生气，巴颜小心道：“该管的还应该管。张骞要弄什么窑洞就让他弄，我一会儿派两个有经验的牧民去，还是帮他先将帐篷立起来。”

马车赶至四潭谷坡根，已经暮色苍茫，晚风骤起。有两三户牧民，牛羊也早已归栏，晚炊的白烟正随风飘散。牧羊犬见了生人，立即大声狂吠，于是有牧民走出帐篷，搭眼见到了张骞，走上前来，打量询问。

张骞遂将自己的姓氏，以及来此落户的实情，一五一十作了扼要介绍。并称欲去牛潭谷附近择一地点，连夜将帐篷立起，若能予以帮扶，当不胜感激。

他一边说着，一边观察着这位未来的邻居。他越看越感到这汉子像极了由天际，只不过比由天际个子高点，年龄长点，甚至连说话时的声音与神态，都十分近似。像这样的清俊人物，在匈奴汉子中极其少见。他不由得有了几分喜欢：“张骞斗胆，称你一声兄弟。不知兄弟姓甚名谁，今后相见，也好称呼。”

那人却脑袋一偏，嘻嘻一笑：“你是汉人，斗胆是多大个胆，我可从未见过。究竟比羊大，还是比牛大，甚至比骆驼还要大，你得好好跟我比画比画。不过，我虽然已经有了两个哥哥，再添上一个汉人兄长，也很不错。小弟我嘛，行不改名，坐不改姓，在小黄山，张兄一叫索日力，保证没有别人应声。”随即，将嘴唇一嘬，吹起欢快跳跃的口哨。

张骞大为吃惊，这个索日力的口哨声，竟与由天际无异，欢快中透着一些调皮。而更让他吃惊的是，随着索日力口哨声的跳跃，那牧羊犬停止了吠叫，并向张骞摇起了尾巴。同时，三座帐篷里男男女女走出来十数人，一齐向这方张望。其中两个高个男子大步而来，几乎同声叫道："索日力，是何方的客人夤夜来此？"

"大哥二哥，不是客人，是新来的邻居，姓张名骞，是一汉人。他斗胆认我为兄弟，我就斗胆认他为张兄。两位哥哥，快来见见，这位张兄要连夜去牛潭谷立帐。"又对张骞道，"张兄有所不知，我的口哨是有差别的，刚才所吹，是告诉家人，有远方的客人来到。"又一指即将拢身的两个男人道，"走在前面的，是我的大哥索恩；跟在后面的，是我的二哥索图。我们三家十一口人都在这里，一百多头牛羊，白天在一块儿放牧，傍晚牛羊各回各家。"

索日力正说着，索恩、索图已来到近前，在数步之外站住，将张骞上下作了一番打量，又看看车上的物品，索恩点点头："三弟的话不假，你这位新认下的张兄，果然是新来的邻居。"又对张骞道，"就你只身一人？你的牛羊呢？没有牛羊，算什么牧人，又靠什么过日，唵？"

索图亦道："你这人好生奇怪，"又拨弄了一下车上的镬头、锄头、铁锹、铁铲等，"我明白了，你想在这里种庄稼。来个种庄稼的当邻居，倒也不错。"

"他可不是什么庄稼汉！"巴颜这时策马驰来，接口道，"张骞，五公主不太放心，催我前来看看。正好，索家三兄弟都在这里，看来无须我多费口舌了。"又对索恩等人道，"此人张骞，是我们托力鲁草原上的英雄。前不久在都噶部落，曾孤身进入匪窟，一人斗杀托力达数十人，王爷为此重赏于他，允他来小黄山放牧，今日由五公主亲自遣送。张骞既想在牛潭谷立帐，就由你们予以帮扶。待其将羊舍修起，再来安置。我还有事，就不久耽。"说完拍马而去。

头人匆匆而来，匆匆离去，索家三兄弟不以为意，但对张骞来了兴致。索日力锐声吹了一下口哨，围着张骞转了一圈，又伸手捏捏张骞的臂膀，放声叫道："啊哟哟，还真是草原大英雄。大哥、二哥，我这张兄的两条胳膊，怕有千斤力气！我说张兄，去牛潭谷还有三里多路的慢上坡，那里倒是有一处小平端，坐北朝南，方向也还对头，但是太冷漠、太清寂，晚间时有土狼出没，白天在那里放牧还可将就，想在那里安家落户，却不适合。依我看，你还不如就在我们前边立帐，也

好做个邻居。这里上下七八里地，多你一人，不算什么。”

相见未及一刻，牧民的炽热真情便扑面而来，张骞很是感动。但他有着坚定不移的打算：有朝一日若能与堂邑父、秦自乐、公羊鸣执、孙治瑾以及由天际等人相逢，免不了有许多非常隐秘的行动，他不能因此给这里的牧民带来意外麻烦。于是委婉道：“你们的美意真情，使我这异国他乡之人深感慰藉，可我已经与五公主和巴颜头人说定，安家于牛潭谷。男子汉大丈夫，一言既出，就不能收回，这一下情，尚请谅解。”

“既如此，我等也不好勉强于人。可再急，立帐大事，也得选出一个吉日，这几天不妨在这里委屈一下，你意如何？”索恩语气十分诚恳。

“在我们汉家，有一句话叫‘择日不如撞日’。今天恰巧有五公主相押，自然便是好日。”

索日力突然冒出一句粗话：“那还脱了裤子说卵！哥哥们动手，帮张兄立帐去！”说着，便奔到车前，欲去驾辕。

张骞当即将其拽开：“索弟只需在车后助力即可。”

四个人、一匹马，生生将一车数百斤东西连拉带推，拽至牛潭谷侧旁的小平端，叮叮梆梆一阵忙乎，将毡帐在草地上立起来。

告别索家三兄弟，张骞要做的第一件事：取水。

他拒绝了索日力为其带路的好意，一手举着火把，一手提着水桶，顺着杂草丛生、树木掩映的石碥毛路，走了一里多，到了牛潭谷。

此处果真如塔丽版宓赤所说，地势平坦，水面宽阔，显得格外静谧。细看水面，漂满了落叶枯枝。张骞顺着潭边向下寻去，找到一处沙窝。因未带工具，他只能将火把插在一旁，双手掏出一个沙坑，待渗水迅速浸满，用水瓢将水舀入水桶，估计一桶水当晚够用，遂提水返回。

此时，林子里已有动静。也不知是些什么野兽，一双双磷火样的眼睛，时隐时现，发出蓝荧荧的绿光，并有奇怪瘆人的声音在空谷之中回荡。

马儿尚在帐外，张骞有些记挂，于是加快了步伐。那马自从经过与托力达战阵之后，与他的情谊又进了一步，胆子也大了许多。此时见主人提水返回，便立即凑将过来。张骞拍拍它的脖子道：“不急不急，这就给你弄水。”拿出洗脸木盆，

将水盛满，又拿了镰刀，就近割了许多牧草，再点燃一支火把，插在帐前。这才又拿起斧子，去取水路上寻找枯木树枝。

做饭时他突然想到了杨柏。他虽然不知此时的杨柏在何方何地，可他知晓杨柏的奴隶生活，一定与土地和锅灶相关。他想到使节队开始西行之路的那段时光，露宿、野炊、大漠、雪山、荒原，虽有一个个难以卜知的艰险，但互相之间是那么的暖心，使人体会到什么叫作生死相依。他不觉然有些感伤，不知那样的体验，何时才能重现。

为避免熏着簇新的毡帐，张骞在外边砌了一个简陋的石头灶，以肉粒疙瘩汤作为来小黄山的第一顿饭食。饭毕，又举着火把将小平埫前后踏勘了一遍，在一僻静地方，先为自己掘出一处茅厕，而后烧了一盆热水，将全身擦洗清爽，这才以车铺床，准备就寝。

一夜之中，野兽的吵闹之声时远时近，四处飘忽；秋风带着啸声，时紧时慢，没有消停。陌地陌境，孤身独处，暗夜如墨。好长时间，张骞都难以入眠，思绪老在家乡转悠。

明日便是建元五年（前 136）八月二十八日了。从建元二年四月二十八日使节队出发，倏忽之间已是三年零四个月。如果不是匈奴骑痞相阻，他和队员们早已越过葱岭，到达西域远国，并找着重新立国的大月氏，甚而在返程回京的路途。而现在却独自一人，在这小黄山清冷栖身，做着坚韧的等待。

意志不能颓废，身体不能偏废，武功、学业更不能荒废。张骞非常清楚，牛羊于牧民，是他们的全部；而于自己，只是一种谋生的手段，一种等待机会的方式。他也领教了这里极寒的气候，有许多事情得在十天半月之内完成。

第二天绝早，张骞走出毡帐，冷风便扑面而来，他浑身一个激灵，随即打了一个响亮的喷嚏。他赶快紧紧衣服，将帐前大小石头捡在一处，打了一套长拳。待到天色大明，红日喷彩，才细察坡形山势和出行路径。

四潭谷山体不高，却比较奇特。以牛潭谷为界，向下三里如孕妇的肚腹，土厚而草盛。向上却于右边冒出一条长长的棱线，棱线之左为臂，折进一里有余成为崖谷，崖下即为牛潭谷；而棱线之右为肘，成一向东五里、向下三里的巨大草坡。坡下几顶帐篷，便是索家三兄弟的住处。张骞所处小平埫，恰在棱线右边肘

部。而要掘窑洞以居，也只有此处适宜。只是土层厚不盈丈，难成大窑。不过，有三四小间相连，一人居之，仍为宽绰。为防土狼偷袭，羊舍、马厩应以土坯砌就。至于饲草、柴垛，可在平端坎边堆之。菜 地、麦地、稷糜豆地，亦应在大冻之前开垦出来，以求土酥、以便来年春天播种。

谋划妥帖，张骞开始平整场院，填洼铲凸，捡尽石块，以 夯砸，周遭掘出排水沟槽，约至卯时，场院初成。这才携了工具，提了水桶，去牛潭谷。

日光之下，这才看清，所谓的“毛路”，几乎没有路，多岩、多石、多草、多树，有两处因岩石突兀，侧身方可通过。而“路”之上下，除茅草齐膝，尚有许多趴地松及次生灌木。白杨、枞树枝丫则张牙舞爪，交叉乱伸。其间又有枯藤活蔓，琳琅垂挂。张骞暗生讶异，昨夜取水，竟自无碍？

复观毛路之上高处，则山势陡峻，密林深深，不知有几里许。崖谷之上尚有“羊、马、虎”三处潭谷，且有可观水势，想必有山泉涌流，致水源不竭。其中情景，只能待闲暇时探知。

一路刀砍斧劈，镰挥锄落，路径渐次清晰，至牛潭谷，方见全貌。其潭若匙状，宽约两丈，长约三丈，水深约七八尺，里边崖壁有水痕，下落已逾两三尺。而崖壁或仰或卧，苔藓离水者惨白，接水者挂绿；枯枝落叶，零零散散，岩岸其上者萎黄残乱，飘入水中者杂沫黏附。岸上静观，水清冽如镜面光洁，阳光反射，刺人眼目。如若扔物入水，其水立变，水中枝叶，黏沫四散，其水浑浊不可视。张骞暗自庆幸，昨夜幸而未予直接取水以用，而是在一匙把处掘坑得其渗水。

于是至昨夜取水处，将坑掘深掘大，使成一井。复察牛潭谷水脉，即令严冬水涸，此处亦应有地下隐泉渗入。为使水井不致崩塌，来日须砌石以固。此大事，不能懈怠。

张骞稳稳提着两桶水，转过山棱，便见场院旁边白杨树下拴一马儿，正和自己的马儿一块吃草。只看毛色，便知是塔丽版宓赤的坐骑。此时大约辰时，正是牧民吃着早饭、准备放牧的时刻，她这么早就来到这里，想干什么？只是看看，抑或有什么不放心？

不管怎么说，她是第一位客人，又是公主身份，不能慢待了人家。他估计，这位公主一定在帐篷里，于是，尚在帐篷之外数丈，便大声招呼：“五公主，不

知贵客到此，张骞有失远迎！”

果然，帐篷里走出塔丽版宓赤：“你个死张骞，取水用了这么长时辰！”又见两桶水满至桶沿却滴水未洒，又十分吃惊，“好大的劲道！”

张骞嘿然一笑，将水倒入陶缸：“五公主少歇片刻，我这就去弄饭。”说着，翻出米袋，拿起饭甑、火石，向外边走去。

“我就缺这一顿早饭？算了吧，下次再说！我这里带着，尚是温的。”塔丽版宓赤打开一只小包，左手一托，递到张骞眼前，“尝尝，油煎面饼，味道怎样！”

一沓煎得黄黄的麦饼，逸出的香气直窜鼻孔。张骞取下一张，一叠一卷，一口咬去半截：“好香！”却又将其包上，“我去取两样东西，再烧一罐开水。”迅速卷起车厢中的被褥，又去粮缸中取出两只罐子、削了一双筷子。罐子放在厢板，筷子递到塔丽版宓赤手上：“五公主，您先尝尝这个，我去烧水。”

塔丽版宓赤没有打开罐子，却先端详手中的筷子。对于筷子，她并不陌生，在王府中倒是经常使用。只要一有筷子上桌，必有精细菜肴端出，等待的是绝佳的口福。而筷子也是雕刻精细的汉国竹筷和匈奴的驼骨、牛骨骨筷。像这种临时削出的木筷，她还是第一次见到。因为是第一次，故此感到稀罕。她看看地下的残木，又掂掂筷子的分量，知其系椴木所成。椴木似乎并未干透，还有隐隐的湿气；筷子也不方不圆，没有准确形状。但是从长短粗细看去，却有一种说不出的美观，而且恰好趁手，心中不由得赞道：“这个张骞，世上难事，于他桩桩皆是易事。”再小心打开一只罐子，一股酱香扑鼻而来，用筷子夹出一粒豆瓣咂咂，其味似乎胜过王府所制；轻轻打开另一只罐子，却是浓浓的酸香，里面腌着寸长的黄瓜条。这是她从未吃过的东西，赶快夹出一条，一下子填入嘴里，“咯嘣”一咬，那种酸、脆、香、爽，顿时四处窜开，引得涎水竟至包留不住，从虎齿之间滴溜下来。她赶快抹去袍子上的涎痕。此时，张骞正好提着开水进帐，往厢板上一放，又去寻找水碗。

“你个张骞，开水罐子怎的不放在地上？”塔丽版宓赤提起开水，作势要挪开地方。

张骞碗也不拿了，一步抢过来：“五公主，千万别——”接过开水，又道，“五公主您有所不知，我这里可不比王府的牛皮大帐，地面干燥，还铺有厚厚的地毯。小帐刚立，草亦未除，地面湿气很重，开水罐子一触地面，罐底便会立即剥离。

这样一来，非但开水喝不成，烧水的罐子也身首分离。”又搬来一只新锯的木墩，“五公主，您请坐。我不知今日有贵客驾临，仓促之间，只弄出一只坐墩——我就站着，或在一旁蹲着。”

塔丽版宓赤也不客气，袍子撩起，便即坐下，揭了一张油饼，一边喝着开水，一边就着两样小菜：“张骞你给我讲讲，这豆瓣酱与酸黄瓜是怎么弄的？”

“其实也没什么稀奇。这豆瓣酱的工序与腌黄瓜无甚差别，先将黄豆弄成两瓣三瓣，然后将盐水烧开，随豆瓣一块儿倒入盆里，待其泡发，再适量点水，放入佐料，搅拌均匀，就放在太阳地里晒，每日再搅拌一两次，豆瓣便渐渐由黄变红，再由红变黑，以至成酱。放在秋冬，可使人开胃多食。不过，我这酱多了一样东西：野菜。在我的家乡，每到春夏，到处都可挖到野蒜。尤其夏季，野蒜的根都会长出一个骨朵儿，吃着忒香。原以为北方草原，不长此物，哪知我在都嘎部落发现也有。经过牧主克孜库尔和牧人努卡一同努力，寻得不少野蒜，将其拌入酱中，味道果然不错。”

“这酸香黄瓜又怎么回事？”

“制作酸黄瓜，还有酸萝卜条，当然离不开醋。醋以粮食为原料，以米最佳，亦可用肉质果子，如杏、桃、李、柿子等。做醋的关键在发酵，弄得不好，便出不了醋味儿，变成溲味儿。只能倒掉重来。初学做醋，最好用上‘醋引’，这样最为保险。在这北方草原，牛羊肉稀松平常，粮食反倒显得金贵，好醋便难一见，又何处去寻‘醋引’？恰巧，草原上也有一种名叫‘酸酸草’的野草，将其切碎捣绒，捏出汁水，作为‘醋引’，其效尚称不差。有了醋，便是腌制了。腌之前，须得黄瓜、萝卜切条晒蔫，以不能捏出汁水为度。然后拌入盐粒，浇上醋汁，装坛封严，半月左右，即可取出食用。其中的关键，是盐粒、醋汁的多寡与浓度，太酸吃着倒牙，淡了又易发生霉变。我还有一罐酸萝卜，是行前临时腌制，时日不够，尚未入味，没有拿出。”

“你倒是挺会过日子。照此说法，明年这酱香豆瓣是弄不成了，因为即就种了黄豆，也得秋天才收。”

“我可以去找商头那佤哲，用羊子换一些黄豆。另外，再请他想法子弄一点石膏。”

“石膏？石膏是什么东西，能吃，还是能喝？”

“石膏是什么东西，咋说呢？它像石头，却比石头要软；说它软，摸着又硬。它很容易被砸碎，磨成一种白粉。汉人常将它入药，打碎成豆粒大小，用帛、绢包好，和葱煎水喝，可散阴邪、去头痛；如将石膏炒热，配以川芎、甘草，以葱白、茶水调之，内服外敷，可治刀枪伤湿。石膏细分，又有理石、长石、方解石之分。理石，即石膏中顺理微硬似肌肉条理，主治利胃解烦、益精明目；长石，状似软石膏而块不扁，坚硬洁白起齿棱，击之则片片横碎，莹莹发光，它利小便、通血脉、明目去翳、杀蛊毒；方解石，由许多小方块结为团块，作用与长石无异。我用它，除了入药，还在于做豆腐。为此我特地从那佤哲那里弄来一副手推石磨。石磨既可磨碎粮食，还可以磨豆浆、做豆腐、制豆干。至于豆腐如何做法，三句两句也说不明白，只需亲眼看过一次，便就知晓。不过，这做豆腐用水颇多，对水质的要求极高。水好，做出的豆腐又白又嫩，或烹或煎或炒，吃到嘴里妙不可言。”

“啊哟哟，你个死张骞，真把人说得口水直淌。不行，我马上回去，弄一斗黄豆来，看着你怎么做豆腐。”塔丽版宓赤将刚拿上手的油饼又放下，“不吃了，我这就走。”起身便向外开步。

“五公主，您也忒急了点。您看看，没有大灶，大锅怎么安放？没有宽展地方，手磨无处生根；过滤豆浆的帛布没有着落，石膏没有一两，黄豆就成不了豆腐。再说，一升黄豆磨成豆浆就需一个时辰，做成豆腐，就有二十斤上下。一斗黄豆，十次方可做完。我又不是卖豆腐，以豆腐为生，大可不必如此差遣于我。”张骞觉得落句语气稍重了一些，又道，“五公主，您也不必就回，去牛潭谷看看也好。我陪您走走，就便取回工具，再打两桶水。”张骞也放下油饼，将手一揩，提起水桶。

塔丽版宓赤犹豫了一下：“算了。我在这里，只会打搅于人，你忙你的事吧。”一掀帐帘，却见一人一骑上坡而来，定睛一眺，又回头道，“张骞，又有客人来此。大概是你山下的邻居。你等着迎客，我就此告辞。”去树下解了缰绳，一跃上马。

那人已离此不远，在马上高声叫道：“五公主，请留步，索日力有话要跟您说。”

张骞大声问道：“索老弟，你不去放羊，来此做甚？”

“禀张兄得知，奉兄长之命，为两事而来。第一，我等见五公主来此，特来

迎候五公主到家一坐，以使下民能予侍奉主人；第二，带来一点酒食相与张兄，以尽我等地主邻居之谊。就便看看张兄，有需要相助之处，请张兄尽管吩咐。”索日力下马，即从马背上取下一包东西，双手递与张骞。

张骞郑重接过，凑近一嗅，便知内有三物：油饼、手抓羊肉、马奶酒。即道：“谢索兄弟及令兄所赠美食，贤昆仲盛情美意，再次谢过。张骞乃托力鲁王爷家奴隶，贤昆仲尚如此厚待，骞实感佩之至。至于相助之语，我知并非客套，如需合力之事，我定求告。不过，我在此另有一言相告，五公主系尊贵客人，哪种场面未曾见过？我的家乡城固有一种小吃，最宜姑娘、少女常食，即米酒柿饼黑米粥。此地无此条件，可用马奶酒兑入少量开水，留其酒香，加核桃、板栗、红枣，煮稷米粥，或白米粥、糜子粥。我敢保证，五公主下次来小黄山，定会不请自到。”又对塔丽版宓赤道，“五公主，此粥回到王府亦可常食。常食此粥好处颇多，最能使人皮肤细腻、红润白嫩，且神清气爽，心情愉悦。”

塔丽版宓赤“扑哧”一笑：“张骞你这人人缘不错，一夜工夫，便与人称兄道弟。酒肉刚拿手中，好话就是一串。”又笑问索日力，“张骞所说之粥煮得来吗？煮得来，本公主就去；煮不来，那就下次另说。”

“煮得来，煮得来——谢张兄指点。请五公主先行。”索日力喜不自禁，嘿嘿笑道。

目送二人下坡，张骞折身入帐，风卷残云般吃饱肚子，又烧了一罐开水晾着，便按计划忙碌起来。先将水缸盛满清水，又剁了一堆草节，这才用镢头去开挖窑门。

这窑洞样式只在公孙敖驻军之处见过，在黄土塬与库录一战之后，因事去过一家窑民，对窑洞内部的构造设置算是有过一次直观了解。张骞坚信，凭此记忆和心中的构想，二十天之内，除却为即将而来的羊子准备好足够的冬饲，连带夜晚赶工，定能将窑洞、羊舍、马厩修成。

他以剑术套路，将镢头挥舞得如暴风吹花。初，泥块带着草根簌簌跌落；其后，唯大块大块黄土如骤雨般狂落。当黄土垒至三尺多高时，便将其扒开捣碎，拌以草节，而后簇拢，弄成围堰状，堰中倾入清水。毕，复又深入掘进，又弄一围堰。此堰一将齐整，便去首堰实施搅拌，使黄土成泥，再取来模具，制作泥坯，晾于场院。如此反复，除吃饭喝水，无一息耽误。

这日中午，张骞赤着双足，上下脱得只剩一件裤头，吃了一些索日力送来的油饼，正抱着水罐狂饮，忽又上来一人一骑。骑者为一虬须粗壮汉子，到了场院，见泥坯占去多半场地，遂小心将马牵至空处，这才对张骞深深一揖：“看来你就是张骞壮士，请受兄弟一礼。”

张骞放下水罐，随即还礼：“不知兄弟何方朋友，缘何来此，如此高看于我？”

“我叫达斡汗，来自诺月部落。前时之事，好汉应该记得，我老婆琪琪格面对强人抢夺羊子，若非好汉相助，赶跑强人，家中定遭大殃，连五公主亦会带灾。我们匈奴人有恩必谢，这是规矩。今日先来看看，择日再来重谢。”言讫，又是一揖。

“你看我这一身，实在让你见笑。如若所看不差，达斡汗，你是一个十分重情重义的汉子。至于前时之事，实为举手之劳。在我们汉国，老百姓有句俗言，‘路见不平，拔刀相助’，只要在我能力之下，凡恃强凌弱、横行霸道者，张骞见了，必予驱除。这是我应做之事，不敢求其相谢。达斡汗朋友，来此相见可以，再言重谢，可就有违我本意。你远道而来，定必人饥马渴，我即刻行炊，吃顿便饭再走。”

“没料想你会忙成这样。早知如此，我今日就不该打扰你。重谢不重谢，不能由你说了算。你是独斗土匪托力达的草原大英雄，我若不予相谢，不但琪琪格不高兴，我的所有朋友都将瞧我不起，与我生分。”达斡汗从马背上取下一包东西，就向帐篷里走去，“便饭可以，行炊可就不必。张骞壮士如若不嫌达斡汗愚鲁，请来同饮一碗如何？”见张骞赤足跟进，达斡汗非常高兴，打开包袱，首先取出一只大号陶罐，置于车厢平板之上：“这里面装的是十五斤稷米黑酒，请拿碗斟满。”接着，又掣出两大束透红透润已经煮熟的腊牛羊肉，“这是五斤脆骨腊羊排和五斤脆性腊牛肋。”最后又取出一大沓麦饼，“这是煎饼，我也不知多少，反正半夜琪琪就起来忙乎——摸摸，现在还是温热。怎么样？我俩立即开吃，我吃饱走人，你吃饱了忙活。把碗端起来，喝酒吃肉！”

“好！咱喝酒吃肉！”张骞不由得喜欢上这豪爽汉子。首次相见，莫非今天真是个好日子？

达斡汗果然不拖泥带水，吃饱喝足，去茅厕作了一次小解，又左右看看，说了句：“半天工夫，做了这么多活儿，三五条好汉抵不住一个草原英雄！”又说了句：“告辞！”便上马离去。

张骞走到院边，目送达斡汗的背影，渐行渐远。

九月十八日，一应事体总算全部完成，亦是巴颜头人前来送羊的日子。只是天公似乎并不作美，昨日还是晴空万里，半夜却陡地起风，至天明已经彤云密布，温度骤降，俨若寒冬。眼看着，一场大雪即将来临，这上坡的路径便会难以辨认，初来乍到之人，尤其如此。

这巴颜头人不似索氏兄弟，更不像小黄山其他牧民，将张骞看作一个平平常常牧羊者。他密奉托力鲁王爷之令，秘密监视着这个身份极其特殊的奴隶，但凡一有异常，便须及时报知王爷，此情将五公主亦行瞒却。自张骞在牛潭谷开窑折腾，他心中反而显得踏实，加上本身有些哮喘，慵懒怕动，对那三里上坡便从未爬过，只听索家兄弟一旁夸赞不止。

巴颜本欲乘送羊之日，去张骞处看看，孰料天气陡变，心中便有些犹豫。可想到这一天是订好的日子，作为头人，不可不讲信用；再者，这羊子迟送出去一天，便多耗一天的草料，于是一早便将羊子吆上路，奔牛潭谷方向而来。

巴颜穿着臃肿的皮袍，戴起硕大的护耳翻绒皮帽，一上马，一股朔风灌入口中，忍不住连打几个喷嚏，接着一阵大咳，便喘将起来。“妈的，这鬼天气！早知这样，不若昨日就将羊子送去。”懊恼之余，又开始埋怨，“张骞你一个汉人奴隶，有什么了不起？你不过替王爷杀了几个托力达土匪罢了。我说过亲自送羊子上门，可没说过不让前来迎接，你就如此托大？”

此时，头羊似乎知晓大雪将至，扭头就往回奔。巴颜劈口大骂，一皮鞭甩过去：“十里路才走得两里，你他妈的就跟老爷捣蛋，看我抽不死你！”抬头看天，雪花已然扑面而来。

再说张骞，此时更急。他一怕塔丽版宓赤借口来此，二怕巴颜头人陡然生气。巴颜坚持亲自送羊，张骞便知其意，羊子名义上为王爷所送，实际也有他的绝大人情。故而准备对其除了丰盛的款待之外，再以重礼相赠。哪知今日遇上非常天气，眼见得大雪降临，只在顷刻。

这待人做事，犹如行军打仗，须得随机应变。张骞不再掂量，即跨马下坡，迎接巴颜。

刚到坡下，雪花便至，亦恰逢索日力出帐照看羊舍，见张骞冒雪策马向西而行，于是喊道：“张兄意欲何往？你不见大雪已然临头？”

“索兄弟有所不知，今天乃巴颜头人为我送羊的日子，我见天气恶劣，前去相迎。”

“张兄稍等，我陪你去。看这天气，弄不好是个大风吹雪，羊子会中途乱跑，难以招呼。”

“算了。拢共二十只羊，有我一人便可。”张骞马不停蹄，向前疾奔。

索日力哪里肯依，骑马随后赶来，并吹起响亮的口哨。

及张骞遇着巴颜，巴颜正与头羊斗气。张骞一个石子扔去，撞上头羊头角，头羊一吓，转身上路，羊群亦上了正道。张骞这才与巴颜相见，于风雪之中在马背上欠身一礼：“谢头人诚信守诺，冒雪送羊。大雪立至，请头人回转，待天气晴好，我将专程请头人去舍下一叙。”又向巴颜扔去一物，“一件貂皮背心，聊作御寒，不成敬意，请头人收下。恕张骞失礼，未曾下马相谢。风大雪紧，张骞赶羊走了。”

索日力正好赶到：“张兄，我在前，你在后，前后都有照应。”

“张骞，你不看看羊子，点点数目，就这么走了？”巴颜在后面叫道。

“不必。能在雪天冒寒送羊，足见头人诚信。”

“果然好俊的功夫。”

张骞知其所指，没有理会，对于离群的羊子，仍以石子从旁击之。大风之下，石子竟然发出尖厉的啸声，引得索日力不禁回头注视。

而雪已下得愈来愈密、愈来愈紧，雪片也愈来愈大。由于小黄山整个形状像一条巨大的溜槽，所以风雪一从东面豁口进入，便势不可挡，如千军万马一同杀入，十分吓人。小小的羊子，行进益发艰难。

如能避开谷中风雪，当是最佳选择。可离牛潭谷山坡尚有两里路程。两里路程，平时骑马奔跑，只在眨眼工夫，而现在每进一步，都费尽气力。当 然，也可以选得一处山坳，暂时避避。可是以张骞几年在草原的经验得知，若等天气放晴，至少在两天之后，届时不说两天，就是今晚一夜，人和羊子都会被冻成僵硬的尸体。

张骞连挥皮鞭，使羊群强行前进。

而索日力为减少阻力，开始下马步行，将头羊时刻拢在身边。

此时，前边突然传来索恩、索图的呼喊："张骞、索日力无须惊慌，我们来也！"

索日力立刻精神大振："两位哥哥若再迟来一步，这羊子至少有一半就被风雪裹走。"

四条壮汉赶着二十只羊子，搁在平时，会被人笑掉大牙，而此时无疑是一种英雄壮举。张骞兀地喟然一叹：当年在城固白崖村、在斗山书院，以及后来在李广军中、在军马场、在集贤馆、在西行路途，何曾料到有此一幕？

而普通匈奴牧民的淳朴、豪放与豪爽，给他的印象又是如此深刻，这也是他未曾料想到的。克孜库尔、努卡，秀玛古丽塔、达斡汗，以及这索氏三兄弟，他们对人的真诚都使张骞感动。他们并不因为某人是一奴隶就鄙视、就疏远，甚而欺负、践踏；相反，在你最需要帮助的时候，他们便会尽心竭力地伸出援手，使你渡过难关。

羊群终于被赶到牛潭谷山坡脚下。

又大又密的雪片，乘着风势，击打得人双目难睁。五步之外，只能见到通天彻地白茫茫一片，羊子早已变成一个个雪团，连人与马儿也似被巨大的白毡紧紧地裹着。索日力对张骞大声说道："张兄，这羊子就先关在我这里吧！天晴之后，你再把它们往回赶！"

索恩、索图也说这办法好，劝张骞接受。

张骞犹豫了。如果图安全、省事，此法当然最好。可是对于张骞来说，历来做事都追求果断、彻底和完整，宁肯冒险，亦在所不惜。如果按索日力的办法去做，无疑是懦夫行径，这绝非张骞所愿。

"索兄弟，非常感谢你的真心关照。但是，你还未完全了解我张骞的为人处事之法，凡事不做则已，要做就决不半途而废，不会因为困难而退却半步，也不会因为危险而心生畏惧。所以，这羊子我还得把它们往上赶，哪怕有所损失也要达其目的——其实也未必真有损失，因为这坡势极缓，风也没有谷底这般强劲。你们已助力够多，我一人尽可。"

索日力听罢，首先发话："张兄乃英雄壮士。但帮人帮到底，亦是我和哥哥们的脾气，张兄不可因此相拒。还是我在前，张兄在后，两位哥哥在中间照拂。"

“索兄弟痛快。那就这样，走吧！”张骞在后面连挥三个响鞭，人与羊子皆为之一振。

因大风搅雪，又在初起，坡上积雪并不见深。四条汉子二十只羊，行进虽然艰难，但并无大险。

这真是：

雨水与草原互敬，
一次简单的牧民膳食，
便拥抱着一个情感世界；
阳光与云彩相逢，
一碗平常的稷米黑酒，
便盛满着人间友情。
心中有无上的颂歌，
无须为豪情的光环另行着色；
搏击着无际的风雪，
理当替坚韧的意志再塑图腾！

欲知后面又有何样故事，且看下回文章。

# 第四十五回　牛潭谷拒情五公主　托力鲁兴战突阿贺

羊舍的栅门已开，头羊却在外面逡巡，不愿意进去。因为风雪太大，双眼难睁，索日力捉了几次未能捉住，于是气得大叫：“你的主人为你们准备了多美的房舍，多好的草料，从今往后，这里便是你们的新家，怎的还如此认生？”

“索兄弟，请你们去屋里歇息，此事你就不用管了。”张骞接连几个飞步，一下将头羊搂住，抱入羊舍，放在一条宽阔的石砌槽旁。石槽逢中一隔，左边有清亮的泉水，右边有剁得精细的草料。里边无风无雪，泥坯砌就的窗户，透着光亮，舍顶苫着厚厚的草帘。那头羊似乎顿感安逸，不等张骞放手，便出溜一下蹦落于地，直奔石槽，并“咩咩”以呼。

羊们挨挨擦擦，纷纷涌入。

索恩三兄弟没去窑舍，亦相跟着走进羊舍，上下左右瞧了个仔细。

“张兄，不，张哥，不，应该叫你张大哥。你这羊舍是怎么弄的？比我那里结实、宽敞、暖和、明亮多了。你得给我们哥仨说说。”索日力显得十分认真。

索恩、索图亦随声附和。

“其实没甚奇处。我只不过将家乡的牛圈、羊圈样式，稍稍做了一些改动，把窗户向高处移了三尺，以防野兽的入侵。我们那里虽然以种庄稼为生，但也有不少人养牛、养羊，只是没有草原这么多，顶多两三头牛、十来只羊，关在同一个圈里。那羊圈的房屋与住房完全一样，但不在正房，而在偏厦。”见索日力等

人对泥坯很感兴趣，张骞便再加解释，“像这种土坯房，我们那里叫它‘胡基’房。汉人因为是固定的地方种田种地，不像草原牧民这样，春夏有春夏的牧场，秋冬有秋冬的牧场，为便于搬迁，住着帐篷。因此，汉人的房屋也就固定，一般以两种样式盖房：一种，砖瓦房，富裕有钱人家为之。分三正四正两厢三合院，或四合院天井房。大门双扇，耳门单扇，木格窗户，窗户与腰部齐平，房顶呈两撇水。厢房旁边再续房屋，叫‘拖檐’，或叫‘偏厦’，房顶为一撇水。偏厦房屋皆作为杂物堆放、茅厕猪圈、牛圈羊圈之用。小户人家所盖房屋为第二种，系土墙茅屋房。土墙亦有两种：一种，以墙板填土、夹以竹木作为墙筋，墙杵筑之，此为夯筑房；另有一种，预先制作泥坯，再一一砌之，叫作‘胡基’房——我们将砌房泥坯称作‘胡基’，就是羊圈这种。两相比较，夯筑墙较易，而‘胡基’墙较费工夫，但‘胡基’墙比夯筑墙结实。我没有夯筑工具，只有‘胡基’模具，挖窑洞的土正好用上，故此马厩、羊舍以此为之。为使‘胡基’不致干裂，和泥时拌以草屑。不过，考虑到日后羊群的扩大，羊舍就砌得宽展一些，再增三四十只羊亦不显拥挤。”

张骞说罢，右手一伸，礼让道：“各位高邻，雪天无事，请去陋室一坐。”

“张大哥你好客气。什么高邻低邻，我现在就是有事，事关你这位高邻的窑洞。”索日力偏脸打了个“嘿嘿”，又吹了声口哨，“大哥、二哥先行。两位哥哥不相信窑洞能住人嘛，且去看看。”

因为好奇，索日力先后倒是来过两次，但那已是十天前的事了。那时还不能叫作窑洞，只可称为“土洞”，所见不过是一个窑门，窑门进去接连三个洞洞。又是十天过去，晚上还点着火把干活，谁知现在是甚光景？

回头再看张骞，只见他正为羊舍关门。那门也特别，全由碗口粗细的圆木用皮绳捆扎而成；关门也特别，系用一根粗大的圆木从外边将门顶住，同时用一巨石压住顶柱。一睄马厩之门，与此一样。“这办法不错，晚上什么野兽也动不了它。”索日力暗自点头。

走到场院，那雪下得更加紧密。才一会儿工夫，积雪已深及脚踝，一踩一个雪窝。场院向外微呈倾斜，宽约七八丈，长可十余丈，院边连原有的、新栽的共八棵树，高者一二丈，矮者一人多高，看样子似为白杨。每棵树干周围都码着柴草，而柴

草之上的积雪继续落着雪花。张骞即道：“两码梢子柴，用来煮饭；两码拌子柴，用来烧炕炖肉；其余四摞饲草围树而码，一可使饲草透风不致霉变，二可为树保暖，使新栽之树不致冻死。”又趋前而行道，“那窑门还得我去开启。”

那窑门却在东边。窑门外挂着草帘，草帘外用一长条巨石顶着。索日力一瞧，怕有七八百斤。只见张骞轻轻移开顶门长石，靠在一旁，揭开草帘，现出一副粗木拼接的门扇。扇页向外一开，又是毡毯做成的门帘，掀开毡帘，这才进屋。

屋内光线稍暗，但遽然扑面的暖气，却使人周身倏地一热。少许，索恩等人方才看清，室内阔约两丈，进深两丈不到，里边是一崖壁。右边为一土炕，长一丈有余，宽八尺许，角落有一烟囱，烟囱外码放着被褥、衣服，整齐、干净。炕上铺着厚厚的草帘，草帘上面铺了两张狼皮褥子。与炕齐平是一条长形土墩，上面十分平整，铺着草席，左右两边各放三只木墩，上下各一只木墩，可供八人围坐。墙壁一人高处钉了八颗木钉，可临时挂上杂物、衣物。地面似是先撒了一层石子，而后予以夯杵，显得平整坚硬，而里边地面暗角之处，整齐地摆放着皮靴、棉靴、芒鞋、布鞋。再看炕洞，一截粗木尚有尺余，燃着的一头闪着红红的火光。

张骞率先脱下皮袍，道：“窑洞里暖和，把袍子脱下，出门时再穿，否则一热一冷，就会冻出毛病。”索日力皮袍一脱，里面只剩一件单衣，张骞赶快从挂钉上取下一件夹袄，让其穿上，而后穿过门洞，又到一间屋子。

此屋却是一间摆放杂物的闲屋，与进门炕屋一样，面临场院开了两扇窗户，室内比较敞亮，一应物事，看得一清二楚。地面亦做了处理，粮缸、酒坛顺着墙边一字排开；另一墙边却壅着一溜尺宽的细土，土厚约在六七寸，青油油冒出寸长的嫩草。索日力凑近一看，一半是刚出的韭菜，另一半是刚冒尖的芹菜。再看墙上，木钉上挂着几吊各种腊肉。而最打眼的，是中间木架上的一副手推石磨，石磨下安放着一只大木盆，大木盆里不知放着什么东西，鼓囊囊被一块湿布包着，上面压了一块石板。见几人猜疑的目光，张骞指着它解释道：“这里长着黄豆豆芽，今天可以吃了。虽然嫩了一些。”伸手掀开一角，拈出几颗豆芽，摊在手掌，让索家兄弟细看。只见豆瓣微张，嫩芽粗壮，芽尖似锥，长约寸许，轻轻一掰，便即折断。

又一指土中芹韭，说道：“只要气候适宜，蔬菜之中，唯芹韭可种。在我家

乡城固，为了在冬天吃上韭菜，上面覆以很厚的稻草，用以遮挡风寒。不过，长出来的不是青郁郁的韭菜，而是嫩闪闪的韭黄。韭黄与韭菜相比，味道极为鲜美，价值高过韭菜十倍。而芹菜经过覆盖，也可长出芹黄。相对而言，芹菜比韭菜耐寒，我们那里冬季常见。为避风雪，我在窑洞里进行试种，目前看来还算可以，不知到了酷寒的寒冬腊月，是否还能继续生长。如若不行，就将其捂成韭黄芹黄。”

索日力啧啧称奇，小声笑骂道：“张大哥，你真是个怪人。不但武功超群，弄这东西也抵过十个能干女人。”又话锋一转，“不知这韭菜、芹菜甚时能变成碗中菜肴？还有那黄豆，怎么弄能长成豆芽？”索恩、索图亦道：“韭菜、芹菜冬天帐篷里没法弄它，长豆芽大概能成。人就是个怪物，整天的奶酪肉食，捞不着吃点蔬菜，不美！”

“若说这黄豆，可算作豆中之王，变化最多。它可以做成豆瓣酱，装在罐里，长时不坏，吃饭时可使人胃口大开。它可以油炸或者盐炒，吃起来咯嘣脆响，满口喷香，可当零嘴，亦可充饥。它可以做成豆腐，而豆腐菜的花样可谓变化多端，煎、炒、烹、炸、炖、煮、凉拌、熏豆干，哪样都是美味。尤其现在这个季节，如能以韭菜、鸡蛋、豆腐为馅，包成素饺，可谓素饺之王。我们那里有句俗言，叫‘九月韭，香破口’，就指这个。黄豆还可以做成豆豉，而豆豉蒸肉、豆豉炒腊肉，可谓菜中一绝，普通百姓也吃得起。”

“张大哥，你甭说了，你越说我越馋，馋得口水直淌。你甚时把这些东西弄出来了，我拿羊子跟你换。”索日力笑道。

“那倒不必。甚时材料齐备，我做给你们品尝——其实在家乡，我也只看过我母亲做，我只在一旁帮些小忙。要说，我有一位兄弟杨柏，种庄稼，当大厨，没人比得上。”张骞一下提及两位至亲之人，心中不由得泛起一阵苦水，思念之情顿时飘飞万里，而面对索家兄弟，又一句不能道出，他叹息道，“经常吃时，不觉得珍贵，现在忆及，就不仅仅是对美食的向往。”

“张大哥，是我不好，惹你想妈妈了。咱不说这个，去你灶屋看看。”索日力一拍张骞肩膀，又向两个哥哥努努嘴，便向灶间跨去。

索日力第一眼看到的，是胡基砌的灶台上安放的大口陶锅与小口陶锅。他十分吃惊：“张大哥，你一人做饭，弄那么大一口锅干甚？若是做饭，恐怕四五十

人也够吃一顿。”

“我做饭用小锅。大锅用来炖骨头或做豆腐。”张骞将做豆腐的过程简单说了一遍。

再一看，一应灶具摆放得非常整齐，连灶上用的抹布也展脱、干净地搭在碗盏之上。而中间留一四方土墩，土墩上面铺着草席，四周各置一只可供围坐的木墩。靠墙侧依次摆放着两只大木盆、一只小木盆，以及装水的陶缸与一担挑水的木桶。洗脚布搭在一只大盆盆沿，面巾则挂在墙壁木钉之上。另一只大木盆盛着水，呈灰黄颜色。索日力看了好一会儿，不知做什么用，于是蹲下去用指头一搅，发现水底里全是草木灰，他叫道：“嘿，张大哥，净弄怪事，这又做啥？”

张骞笑道：“这草木灰用处大了。锅、碗、瓢盆里的油污如何才弄得干净？先用草木灰去擦，然后清水一洗，是不是格外清净明亮？还有清洗衣被，我们那里有一种皂荚树，结的皂荚可以专门用来清洗衣物，这里不长这个，就用草木灰泡水，留灰滗水，洗头、洗衣、洗被褥、洗灶具。到了春夏季节，蔬菜如遭虫害，撒上草木灰即可去除。”见索家三兄弟皆点头称是，于是又道，“现在不说这个。留你们吃顿便饭，你们可能不肯相扰。再说我是个大肚汉，托力鲁王爷又供粮有限，我就不说此话。但是，酒必须要喝，诺月部落的达斡汗，先后来了两次，两次共带来稷酒三十斤，喝掉了十斤，剩下的够与不够，咱四人喝完它，顺带，尝尝我从都噶部落带来的豆瓣酱、酸香黄瓜与萝卜，再拌一些豆芽。你们就在这里坐着，耽误不了多少时辰。品雪喝酒，也是一件乐事。”

索恩微微沉吟道：“你初来乍到，谈不上什么家底。你那点儿存货，系达斡汗的心意，我们怎好叨光？小菜可尝，酒就免了吧。”

索图亦道：“不若明年秋天吧？那时叨扰于你，你也不致寒碜。”

“谢谢你们的体谅。但张骞素重缘分，我来到小黄山，有幸与你们相识。仅从搬家夜上牛潭谷，以及今日风雪之中助我赶羊入圈两事，即可说明，我们是好邻居，更是好朋友。寒碜是寒碜，但寒碜也是我今日之心意。”张骞道。

“两位哥哥，张大哥话已至此，再客气就显得外道。坐下、坐下，且看张大哥如何操厨。”索日力将索恩、索图一拽，便都坐下。

虽说只是四样小菜，索家三兄弟何曾尝过，即使稷米酒，亦很难遇着，自然

是非常的高兴。这稷米酒却比马奶酒劲足，四人喝到十来斤便就醺醺然。索恩首先起身：“够了、够了，不能再喝了，否则，下坡就得‘滚老驴’。”索日力乜眼一笑：“张大哥这里啥都好，就是缺样东西。”

“缺甚？我看甚也不缺。老三你喝多了吧？”索图道。

“二哥，你真是饱汉不知饿汉饥。缺甚？缺人，缺个能干的女人！”

索恩、索图一齐哈哈大笑：“甭说，老三这是实话。”又一齐对张骞道，“要个什么样的女人？给我们哥仨说说，小黄山没有，我们可以到别的部落去找。”

张骞晓得，这事一扯起来就没个了结，便道：“这事以后再说，待我送送你们。”

三人一边向外走，一边咕咕哝哝不停地说着酒话。出了窑洞，风雪倏然一激，三人酒醒大半，这才向张骞挥手告别。张骞送至院边，高声道：“各位兄弟，走好！”

目送索家三兄弟冒着大风大雪下坡回家，张骞仍久久地站在院边，几乎立成了雪人。堂邑父雪山“滚老驴”的一幕，复又清晰如昨。他长啸一声，抽了一根粗木树枝，便迎着繁密的雪花，在场院边舞边吟，唱道：

既醉以酒兮汉祚[①]景福[②]，
景命[③]其身兮飘风[④]匈奴；
吾告维何[⑤]兮兄弟攸摄[⑥]，
遥相子守[⑦]兮何日有度[⑧]？

舞至酣畅之处，张骞索性脱掉皮袍，穿一件靛蓝紧身夹袄；蹬去皮靴，着一双齐踝毡袜，将裹风而来的频密雪花，以快如闪电的棍影，顷刻之间搅成大大小小的雪团，而后“嘭”地一下，砸入积雪。地上的积雪又如炸裂的爆竹，雪块雪粒向四周溅射而出。

直至酒意大去，周身浸汗，张骞方夹了皮袍、擒了皮靴，走进室内。又烧了一锅热水，周身擦洗了一遍，换上洁衣，往土炕炕洞里添了柴棒。寻思了一会儿，觉得尚有许多心绪拥堵于胸，于是又翻出笔、墨、石砚，磨了一砚墨液，展开一卷羊皮，挥笔写道：

骞久不命笔矣。非骞有惰性，而实难为之，虽耷文[9]亦无机缘。何哉？自使节队于噶弘因部落失陷小沙山，诸英或遭俘，或命殒异国，肢解于匈奴各处。骞被缧绁，蹎踬[10]于匈奴龙廷，遣质于托力鲁处为奴，与诸英讯息尽失，独身孤守，其思、其哀、其情、其志、其坚韧守望远念、其忍辱含垢之境遇，无由述以备细。

忆昔日，奉景命，辞帝京，制治则，登西程；精英百人，财帛无算，歌大漠之歌，扬壮士之志，别父老妻幼，生胸中雷霆，欲为大汉立不世之奇功，将蹈陌域通异国之文明。渡黄河，别边城，首战匈奴骑勇，肃百无畏殒身；走无路之路，行僻地之行，餐风饮露，晓行夜宿，竟日无宁。夜越狼谷险途，日走大漠暴尘；计脱秃头幺素，巧走各色土人；遭逢异域奇诡，攀得雪山峻岭。至峦芳洲，忧喜参半，喜倍于忧，大王秦自乐，义结金兰，入使节队，致吾信心倍增。

然天不假命，小沙丘一役，首遭骑痞突袭，继遭番骑攻击，敌数倍于我，致队员或星散，或殁于此役。幸有甘父、自乐诸人走杀追敌，可复遭恶缘，吾与诸人陷入匈奴囹圄，被匈奴遣送各地，陷身奴隶，讯息阻隔，不知各人何等境遇。

余悲矣。余被凌辱、被困囿，尚有坚韧未曾坠隳。余不悲己，余悲己之失察，致使使命损于中途，遥望西域无期。而今栖身小黄山，未竟之业何日方可重启？

待到重启之日，即为白首，亦不致悔！

时建元五年九月十八日。

张骞缓缓搁笔，捧起满卷文字，将墨痕一一吹干，凝望着最后一句，心中默然长叹：难道真要等到皓首之日，重启西域征程？皓首之日，身已老迈，只怕彼时胸怀万夫，而体力不逮矣！想建元二年四月二十八日出京，一路蹈艰历险，如蚓耕坚泥，老迈之身岂容折腾！这重启之日不在十年之内确立，使命难成矣。

张骞坚信，自己蛰伏于此，以堂邑父、秦自乐等人之韧性，终有相互聚首的一天。彼时计议西行，以己对匈奴边境的了解，当不致淹蹇于途。

见有余墨在砚，张骞又生发绘图之念，以自己在匈奴的万里历程，加之巴尔汗押囚之途所经所述，虽不晓匈奴东域详情，但北地、西陲匈奴之境，已有清晰轮廓，尤其大漠绿洲位置，更其紧要。如若以图记标注，有朝一日，对大汉大军北征匈奴，或许有其大用（后来事实证明果然如此，卫青所率汉朝大军，凭借张骞的地理知识，经历大漠时，多次度过了缺水危机）。

可是琢磨移时，仍不好下笔，如若从大青山至色楞格河为纵轴，则有东轻西重之嫌，且涉及的多为草原，而大漠未得突出。张骞见天色渐暗，雪光莹莹，遂决定不可草率成图，待翌日谋定之后再行绘制。

张骞洗笔，方觉肚饥，又见水瓮存水不多，便提了水桶去牛潭谷，欲乘初雪之际，将水打满，往返三四趟，直至双桶亦贮满清水。又至羊舍、马厩看了一遍，这才关了窑门，去灶间忙活。

大雪下了整整三天，三天里，张骞集中精力，投入到对匈奴域图的构思与绘制之中。他以腾格里沙漠、巴丹吉林沙漠、中央大戈壁、戈壁阿尔泰山、色楞格河大草原为主轴，东边旁及大青山、库布齐沙漠、浑善达克沙地、克鲁伦河草原；西及祁托求南山、弱水、疏勒河、党河、库姆塔格沙漠、北山大漠、哈顺戈壁、库鲁克塔格草原。为求准确精细，将所知大漠绿洲大小、里程，一一做了标识。

第四日放晴，目之所及，一片银装素裹。太阳显得红润柔和，蓝天显得格外纯净幽邃，有鹰鹫之类的大鸟在远空久久盘旋。而雪原反射出的熠熠光芒，让人不敢久视。张骞于场院挥铲除雪，因雪深过膝，仅能铲出路径而已。

虽日日晴好，但天气较降雪更其寒冷，那积雪表层一经融化便成坚冰，冷硬如石。张骞闲中无事，坚持破冰除雪，除却照拂羊群、马儿的草料、饮水（为防结冰，每次须事前加温），整整五天，才将场地清理出来，而所需饮水，皆以融雪解之。

九月二十八日，是张骞离“家”取粮的日子。他翻检存粮，由于从都噶部落带了不少粮食、肉食，尚可支撑十天。以积雪情况推断，一人一骑，当日返回已不可能，遂决定延后五天再定。

十月四日，积雪终于融去大半，路上稀稀落落，已有行人跋涉。张骞不再犹豫，单人独马，上路疾驰而去，连索日力的呼叫也未作理会，只听马踏冰凌的嘎嘎响声。

他做到了当日返回，虽然天已断黑，但终于回到了温暖如春的窑洞。不过，取粮时，庄月蓉与秀玛古丽塔告诉他，前日五公主踏雪而来，问及他是否曾来取粮，她们均答“未曾”，看五公主的神色，好像十分担心他断粮无继，特意嘱咐，他若来取粮，可一次付与两月之供，另外加发十天粮油，以应付意外之需。

张骞由此估计，塔丽版宓赤不日定会来小黄山“视察”她的领地。他不能不承认，这位五公主虽不敢说美艳绝伦，但说其美丽却绝非夸赞，表面上看去有些任性、刁蛮，可是率真直爽的个性，却让他心生欢喜。他不能有过分奢望，但对这位身份高贵的公主，不能有一点儿怠慢。于是利用不多的一点黄豆和石膏，做了十来斤豆腐。

果然，在他回“家”的第五天中午，塔丽版宓赤单人独骑，踏着冰凌，一到场院便高声大叫：“张骞，你给我滚出来！不晓得本公主来看你养的羊子吗？”

其实，张骞已从窗户中瞧见，因为正在端详所绘匈奴域图，揣摩其中有无需要修改、添补之处，忽听场院冰凌碎裂之声，抬眼欲观何人到此，便听塔丽版宓赤喊上了。他顾不上收捡地图，急忙出门迎接：“原来是五公主来到敝处，张骞有失远迎，得罪！得罪！”遂将马儿牵入马厩，弯腰右手一伸，“请公主察看张骞养的羊儿。若有不妥，请公主指教。”

“冷死了。世上哪有客人来了不欢迎进屋，将客人冻在外面的道理！”

“是张骞不对，请五公主进屋叙坐。”

塔丽版宓赤一进窑洞，立即欢声叫道：“想不到这里暖和得像要入夏的样子。比我阿爸的牛皮大帐还暖和——不行，我得与你一样，将外面的皮袍脱下，只穿紧身小袄。”说着，脱下叮当作响的银饰羊绒皮袍，向炕上扔去。

张骞抢先一步，将皮袍接住，小心翼翼，挂于墙钉：“这么贵重的衣服，扔在我的炕上，只怕遭践了公主的身份。”

“你这炕上挺干净、挺整齐，没有一点汗味和膻味，我怎么就不能扔？怪事！”

“五公主有所不知，在我的家乡城固，一个女子的衣服是不能乱扔的，更不能扔到一个不是自己丈夫的男人房里。何况公主尚且待字闺中，如若扔在我的炕上，消息传出去，将对公主的名誉极为不利。”

“什么臭规矩！我们匈奴人不讲这个。哼，总有一天——”塔丽版宓赤忽然

一顿，又道，“本公主渴了饿了。张骞，你不是挺能干吗，干吗没有一点表示？”

“张骞知晓了，请公主恕罪。我这就去厨间操持。”言讫，起身去了厨房。

塔丽版宓赤欲相跟而去，忽然看到钉在墙上的羊皮地图，墨笔画出的线条千奇百怪，有的曲曲弯弯，有的粗细不一，有的断断续续，有的点如繁星……看得她云山雾罩，不知就里。她凭直觉感到，这其中绝对大有学问，不是什么简单的玩意儿。

饭菜的香味逐渐蹿满了窑洞，塔丽版宓赤抵不住诱惑，舍下墙上的地图，去了厨房。从杂屋到厨房，见所有的物件都摆放得十分整齐，心中不由大加称许。

这一餐饭很是特别，几碗菜肴一拼，就是一桌小型豆腐宴。红烧豆腐、腊羊肉炖豆腐、油煎豆腐块、腌黄瓜炒豆腐，配以糯软的大米饭、乳白的奶酒，直吃得塔丽版宓赤腹胀而欲不止。

饭后问起地图之事，张骞淡然道：“雪天无聊，画了一幅域图。看到一处，便想起在匈奴所经历的一些事情。”

“那你给我讲讲，你这地图都画了一些什么？怎么才能叫人一看就明白。”

张骞于是将大漠、草原、河湖、山川、城池、道路等各种符号，作了介绍；并将地图上下左右的方位一一指明。又道：“要将地图画得比较准确，最好应该进行实地踏勘。匈奴疆域面积宽广，许多地方只能依据别人的口述，予以猜测而得。画此地图，我也是没事找事，混日光罢了，当不得真。”

塔丽版宓赤紧盯张骞的双眼：“是吗？我信你。”沉吟有顷，突然转了话题，“既然无事，我给你找上一事。假若给你一月时间，能否将托力鲁草原各部落的地图样式画出？我们托力鲁家族原有十六块草原，加上我姐姐出嫁得来的三块草原，也给我画上一张跟这一般大小的地图。”

“一月之内连踏勘带绘制，可以是可以，可是——”

“可是什么？说！是愁羊子没人招呼喂养放牧，还是怕别的部落不予接待？此事本公主自有安排，保你所到之处顺风顺水、不生芥蒂。”

“可是能用来作画的羊皮没了。”

“帛布可不可以？如若可以，我用一匹帛布换你两幅同样的托力鲁草原地形图。”

“帛布当然比羊皮更好，容易着色上墨，并且又轻又软好收拣。”张骞喜道。

“看把你喜的，比见了本公主还高兴！我该走了，谢谢你的豆腐宴。”塔丽版宓赤穿上皮袍，一掀洞帘，直向马厩走去。

张骞送至院坎边沿，塔丽版宓赤回首甩出一个响鞭。

张骞回屋，犹自欢喜。按五公主所述，走遍托力鲁草原，用不到十天，构思绘图，也就五天左右，剩下半月工夫，一可以弄清匈奴西疆情况，二可以侦知去噶弘因部落小沙丘的路径。几年来，天天念兹在兹的地方，或许能碰上幸存的使节队员。

又五天，塔丽版宓赤送来帛布和托力鲁王爷的信物——一帧精致丝绢，中间是托力鲁的名字，很大；周围是各部落土司、头人的姓名，较小。同时安排索日力接手羊子的照看。

翌日（十月十四日），张骞冒着凌厉的寒风，先向西直奔而去。

十天之中，他找到了一些匈奴以外的部落民族，并结识了其中很多人，有坚昆、鲜卑、丁令、呼揭等部落族人，而最西边的民族，是楼兰人和疏勒人。更重要的是，他了解到，西去月氏国的道路异常艰险，要经过一处绵延千里的荒漠，一处八百多里地的乱石滩，还有一处快要干涸的大湖。

及后，张骞在踏勘托力鲁草原时，了解到西南方向便是噶弘因部落，骑上快马约需两天半左右，而东北方向与另一个叫勃忽王爷的土地相接壤，正南方向有一个“突阿贺”部落。据知情人说，突阿贺部落比较弱小，但是多出美女。

张骞有过冲动，想去噶弘因小沙丘看看，但考虑到天寒地冻，又非使节队遭袭忌日，更怕暴露意图而得不偿失，遂强忍心愿，回窑洞绘图。

绘图之时，塔丽版宓赤便住在小黄山头人家里，日日到牛潭谷，看张骞作画绘图。当看到自己家乡的草原、山脉、河流、沙漠、土地，各部落的分布、道路，一一呈现在自己的眼前时，高兴得举起拳头擂向张骞胸膛：“你这个该死的南蛮子，想不到竟然这般聪明！本公主服你了。”她将两幅地图仔细折起，揣入胸兜，道：“我马上回去，让我的阿爸看看，托力鲁草原是什么样子！”她说走就走，张骞刚出门，她已认镫上马。

托力鲁看到地图，果然异常高兴。将一幅悬挂于牛皮大帐，予以炫耀，另一幅则像宝贝一样，仔细予以收拣，只许小王爷歪嘴子一人翻看。

自此，塔丽版宓赤成了张骞窑洞里的常客。

光阴荏苒，转瞬到了第二年夏季。

张骞的羊群也扩大了，春草萌生的时候，十五只母羊下了十五只羊羔。张骞也陷入无比忙碌之中：剪羊毛，理羊圈，点黄豆，种小麦，撒绿豆，弄菜园，接羊羔，牧羊群，连带杂七杂八的家务，往往直到半夜方能上炕休息。

这一时期，塔丽版宓赤为了不给张骞添乱，反倒来得稀疏。直到入夏之后，诸事皆告消停，才又频频出现在小黄山牛潭谷。

一日中午，天气奇热，为了不使羊子吃下暑草致病，张骞早早地赶羊回家。他刚启开圈门，五公主便走出窑洞叫道："死张骞，不怕把羊子热死啊？这会儿才回来！"

"原来是贵客临门。张骞知罪。我这就去为五公主找几样解暑又解渴的东西。"张骞任羊子自行入圈，快步去了菜园，摘了几条脆嫩带花的黄瓜，一个大约八成熟的香瓜，洗净后装在一个干净的木盘，给塔丽版宓赤端去："请五公主赏脸。"

塔丽版宓赤高兴得两眼放光："你这个人，弄啥成啥。在托力鲁草原，也只有我阿爸有这口福。"当即反客为主，道，"本公主赏你一条黄瓜、半个香瓜。"

"不不，还是请五公主好好享用。这黄瓜每日都有，香瓜再候一两天，又有成熟瓜儿。"

"怎的，本公主的话你敢违抗？"

"那就谢谢五公主。"张骞遂将黄瓜、香瓜取食。

"本公主今天汗出得较多，浑身发黏不舒服，想找个地方洗洗澡。"

"我马上就去为公主烧一盆热水。"

"你夏天也烧热水洗澡？我才不信。"

"夏天我就在河里牛潭谷洗洗。先洗衣服，然后洗澡。澡洗清爽，衣服也干了。干干净净的身子，干干净净的衣服，回屋舒舒服服地睡上一个午觉，舒心死了。"

"本公主今天也到牛潭谷，去清清爽爽地舒心一次。"塔丽版宓赤说罢，便向外走去。

走出院场，见后面无人相跟，又转身对张骞叫道："你不陪我一块儿去牛潭谷洗澡，是何道理？成何体统！"

张骞哭笑不得，不陪一个大姑娘洗澡，自己反倒“不成体统”。如何应付这等尴尬之事，他竟一时有些失措。那塔丽版宓赤狡黠一笑，拉起他的手，拽起就走。

张骞如醉汉一般，晕晕乎乎，去了牛潭谷。

牛潭谷水中的枯枝烂叶早被清理干净，面对一池碧波荡漾的河水，塔丽版宓赤兴奋地叫道：“好美啊！”三下五除二，脱光了衣服，纵身跳入水中。

见张骞背对着自己，傻站在潭边，她心生一计，“哎哟”叫了一声。

“五公主，你怎么了？”张骞转身伸头，关切地问道。

“不怎么，我想与你一块儿洗澡。”塔丽版宓赤突然蹿起，猛地将张骞腿杆一扯。

张骞失去重心，“扑通”一下倒进潭中。

塔丽版宓赤伸手一抱将他搂住，澡也不洗了，半躺在水沙交汇之处，嘤声道：“晓不晓得，张骞，我要嫁给你，我们现在就可以成为夫妻。你要了我吧。”伸手就去解张骞湿衣上的纽扣，将柔软白玉般的胴体，紧紧地贴了上去。

对于这猝然而至的情感，张骞虽早有预料，但没有想到塔丽版宓赤竟是这等炽热，像燎原的烈火，炙烤着自己，也炙烤着一个壮实男人的情欲。张骞感到头昏脑涨，浑身僵硬，下意识地伸手搂住对方。

当对方在耳边娇喘吁吁，展开自己，指引张骞欲行男女之事时，张骞头脑里倏地一下炸响，不由自主地将身体极力挪开。

“该死的南蛮囚子，你嫌本公主哪一点不美？”塔丽版宓赤有些扫兴。

“正因为五公主太过美丽，我怕玷污了公主的身子。”

“我乐意。你就是我相中的男人，我要做你的妻子，你怕什么？”

“我是托力鲁的一个奴隶。公主选择的配偶，应该是一个身份高贵的男人。我一无草原，二无土地，放牧的羊子，还是王爷所赠；再者，我媳妇周月英美丽贤惠，还在家里等我，我不能做出任何对不住她的事情。”

“你说的这些事，我全晓得，所以你等于没说。张骞，你给我好好听着，总有一天，我会骑着高大的骆驼，带着盛大的送亲队伍，光明正大地嫁给你。”塔丽版宓赤草草抹干了身子，澡也不洗了，穿戴整齐，也不理张骞，离开牛潭谷。

张骞讪讪地跟在后边，不知说什么好。眼见着塔丽版宓赤跨马而去。

虽然二人一身清白，但是五公主与张骞相爱相好的故事，像风一样刮遍了草原。

这次，塔丽版宓赤尚未回到王府，小黄山的头人巴颜便向王爷作了禀告，并且添油加醋，使情节更为丰富生动。

托力鲁气得满脸涨红、七窍生烟。一见五公主策马回府，便拿上皮鞭，准备将其狠揍一顿。一众女人见此，皆搂腰抱腿，劝其息怒，称五公主太过年轻，或者一时糊涂，做下错事。如若多加劝解，就会回心转意，云云。杂七杂八，一群女人像一窝雀儿，喳喳不息。

对这个被视为掌上明珠的女儿，托力鲁深知其脾性，凡是她认定的事情，决难回头。堂堂一个王爷的公主，最低也应该换来一块水草丰美的草原，怎能让一个奴隶做他的女婿！他不做任何解释，强行将塔丽版宓赤关了起来，并严加看守，不让她走出王府一步。具体安排，由左卫士长呼力泰执行。想到事涉张骞，呼力泰心情复杂。但王爷的吩咐不敢违背，他只好照章执行。

女儿的烦心事没个了结，托力鲁又逢一件更为糟心之事：南拐把子河草场被突阿贺部族侵占。托力鲁的地盘在匈奴西部，而此地多为沙漠、荒原，水草丰美的草原便显得极为珍贵。无论王爷、土司和头人拥有这样的地盘，一旦被人侵占，便不惜以发动战争予以解决。

此事一出，女儿之事便被撂在了一边。托力鲁日夜不得安神，最后决定，举精兵强将，打败突阿贺部落，夺回南拐把子河草场。

关于南拐把子河草场之争，这里须作一些交代。

托力鲁草原的南边，有一个名叫突阿贺的部落。该部落比较弱小，仅有七八百人，但是热爱和平（张骞曾考察过）。早在十几年以前，南拐把子河草原就是突阿贺的领地，属于预留牧场——即风调雨顺的年头不在此处放牧，让其休养生息。遇上特别干旱的年景，才赶场至此。五年前，托力鲁见此处无人，便派人予以占领。这一年，突阿贺原来的草场因沙化严重，遂举族迁徙至此。

这突阿贺部落原是匈奴坚昆人的后裔。这个部族有其显著特点：其一，酷爱整洁、漂亮，迁徙住所家家户户皆极为精致，饰以金顶的白围帐篷，马厩、羊舍、场地整齐划一、干净利落；其二，人皆善良，勇士较少，美女很多。部落里的女孩但凡成人，无不高大白皙、妩媚动人。因此，许多王爷、土司、头人、将军都

慕名前来，娶突阿贺的美女为妻，连匈奴单于的龙廷后宫，亦有突阿贺的美女受宠。单于为此曾下敕令，其他部落不得欺凌该部落。这也算是突阿贺人情非得已的“美女外交”。

突阿贺人的管理方式，却有些特别，实行的是族长（头人）加长老制。平时管理由头人决定，凡遇大事，诸如迁徙、战争，最终决定则由四名长老议定。而年轻族长勒古台，生得英俊高大，孔武有力，尤其箭术堪称匈奴武士中的佼佼者。他力主动武，以战斗改变突阿贺人靠美女求和平的屈辱历史，但传统的做法，使响应者不那么热烈，更遭到长老们的反对。

突阿贺人没有料到，本属自己的牧场，却惹翻了托力鲁王爷。而托力鲁又系单于族系的黄金姓氏，根本没有将单于颁给突阿贺人的敕令放在心上。托力鲁只有一个念头：已经占领的土地草原，绝不能如到嘴的肥肉，让别人抢去。他准备以雷霆万钧之力，不惜以战争将突阿贺彻底压碎。到时管什么单于、王爷、将军、土司，即使他们前来干预，一切已成事实。

兵马未动，粮草先行。为保障军队供给，托力鲁特命右卫士长额朗为辎重正统领，命张骞为副统领。所属土司、头人带领所属部众，限期到王府集合。原在西部的缅捏土司，为求娶到塔丽版宓赤，主动带了二百精骑，前来助阵。一时之间，匈奴部落之间的战争阴云，密布于南拐把子河草原。

这真是：

终生难忘，一口蓝色玉牙对温情的撕咬，
牛潭谷里，心头被捏得青肿还满脸带笑。
不是绝情，是看不见的疾风将枯叶吹落于地，
再被唤起，依然看不到绿色生命的奥妙。

孤独汉使，张骞的企望在等待中一点点聚集，
钟情的男子汉，愿将牛羊与谷粒平等互交；
冷眼相看，匈奴部族之间的备战厮杀，
旋涡之中，兴许也有料想之外的妖娆。

欲知南拐把子河草原之争如何落局，有甚事事关张骞的生存，请看下回文字。

**注释：**

①祚（zuò）：福气。汉祚：大汉朝的福祉。

②景福：洪福。

③景命：大使之任的大命令。

④飘风：旋风，风暴。此处比喻灾难。

⑤吾告谁何：我祝告你什么。

⑥兄弟攸摄：兄弟之间互相帮助。

⑦遥相孑守：在遥远的地方独自坚守。

⑧何日有度：什么时候重新获得自由，踏上征途。

⑨坌（bèn）：尘土。坌文：尘土那样的短文。

⑩蹎踬（diān zhì）：跌倒、绊倒。

# 第四十六回　突阿贺实施美人计　托力鲁罢战获艳色

勒古台派出的探子，于黄昏时分赶到南拐把子河草原，见到久候于帐外的头人，当即滚鞍下马，就地跪禀道：“族长大人，大事不好，托力鲁组织军队进攻突阿贺的消息，并非风闻，而是确有其事。后日，其大队人马即将向这里进发。”

勒古台脸色严峻，拧紧了眉毛：“你能不能将侦知的情况说详细一点？其统帅是谁？多少人马？其先锋与粮草辎重押运官，以及进军路线，按我事前对你的交代，一一报来，不要有分毫遗漏！”

这探子人虽伶俐，但并非久经战阵之人，神色有些紧张慌乱。经头人提点之后，方答得有点头绪：“老家伙托力鲁自任统帅，共计八百骑士，其中王府本部二百人马，辖地四个土司各一百人马，另有西边的缅捏土司二百人马。其正先锋为托力鲁的左卫士长呼力泰，副先锋为缅捏土司。粮草辎重押运官两人，正统领为老家伙的右卫士长额朗，副统领是南蛮汉俘张骞。关于进军路线，不用打探也只有唯一条大道可走，即南进一途。”

“何以如此肯定？”

“族长大人您想，南拐把子河草原是什么地形？北边、东边、西边全是崇山峻岭，大队人马根本无法通行，我们的大草原坦荡如砥，全凭这条南来的拐把子河。”

“嗯，你说的在理。只这关乎缅捏土司什么事？怎么他也搅和进来？还有那个汉俘张骞，一个奴隶，居然被委以押运官副统领，好生奇怪！”

“大人有所不知，据说缅捏土司不久之前死了老婆，听得托力鲁的五公主长得美丽漂亮，而且聪明伶俐，所以一心想娶其为妻，听得老家伙兴兵讨伐我们突阿贺，便主动率兵参战。至于张骞，虽然身为奴隶，却被托力鲁草原牧民奉为大英雄。去年在都嘎部落，曾孤身犯险托力达匪窟，以其绝顶的武功，斗杀托力达三十余人。”

勒古台心中不由打了一个寒噤。他原本的计划是：既然正面难敌托力鲁，就从北山小道出其不意打掉他的辎重，加上举族临时遁入深山，从而迫使托力鲁撤兵。等到托力鲁重新整兵，那时各路援军也将抵达这里，说不定单于的信使也会赶到，阻止托力鲁对突阿贺人的进攻。现在看来，要想突袭托力鲁的辎重队伍，成了难题。

张骞，你究竟是个什么样的人？有朝一日，让我们会会。勒古台暗道。

见头人沉吟不语，探子又道：“老家伙托力鲁还说了许多不堪入耳的毒语、狠话。”

“别吞吞吐吐的，有什么快说！”

“族长大人听了可不要生气。老家伙放话说，这次进攻突阿贺，要将所有的男人杀死，连老人与婴孩也不放过，而后将突阿贺所有的土地、牲畜、财产和女人，平均分给王府和各个参战的土司。我听了心想，这还了得，这灭族大祸无论如何也得设法制止。万一有这么一天，我们二百来个青壮男人一齐上阵，杀他一个够本，杀他两个赚一个，让老家伙赢也不叫他轻松！只怕是——”

“只是什么？”勒古台哼了重重一声，“我晓得你要说什么，你怕四长老不同意。”

探子无语，只望着勒古台。突然又道：“他们来了。”

勒古台顺着探子的目光望去，麻影中，四位长老疾奔而来。

探子将刚才的话向四位长老重复了一遍。大长老问道：“勒古台，身为本族族长和头人，你将用何法保全本族所有男人的性命？”

“用美女、酒肉换取族人的安宁，是我头人的耻辱。我宁肯战死，也不能让这种状况再继续下去！”勒古台遂将奇袭托力鲁辎重队伍、全族遁入山中的计划，扼要告知。

“奇袭之事，你有几成胜算？全族男丁，能上阵者不足二百人，明天一天时间，

你怎么训练他们？你自己又打过几次大仗、恶仗？以一群全无战斗经验的区区部众，去迎战那些久经沙场的悍勇之徒，与以卵击石何异！再者，强壮男人都去准备打仗，老幼妇孺怎么遁入山中？你要晓得，马与骆驼，牛与羊群，会跑会叫，要吃要喝，一天之内，所有的准备，根本难以办到。从这草原出发，无论东山西山或南山，距离最近的也在七八十里地，你让大家怎么办？勒古台头人，我们谁不想伸直腰杆，堂堂正正地做人？可是面对如此凶狠的强敌，我们只能委曲求全，而不能逞一时之勇。你年轻，血气方刚，勇气可嘉，可面临灭族大祸，你得慎之又慎，以保全为上啊！”大长老苦苦劝道。

看着满脸沧桑、须发尽白的大长老，勒古台长长一声浩叹：“罢了，罢了。依长老之思，计将安出？”

“先以酒肉计，拖延时日，等候外援；若情势危急，以美女计，不战而却强敌。不管是头人的想法，或是我等老朽的谋划，马上吹响集合号角，向全体族人告知，以期提前做好准备。因为诸事皆好说，唯有谁家女子愿为全族安危做出牺牲，须得确定。而且，连托力鲁与其他五个带兵土司，须得定下六名姑娘。”大长老面无表情，又缓缓道，“其他几位长老，意下如何？”

“为了突阿贺人今后的繁荣发展，就依大长老之计对敌。”三位长老附议。

“勒古台头人，那就请你吹响集合号角。”

勒古台无奈，只得拿起号角。立刻，一种苍凉、悲壮的号角之声，响彻南拐把子河草原。

听到头人和长老们的召唤，突阿贺人皆举起火把，从夜幕中赶到头人府。老老少少八百来人，将头人帐篷外的场地照耀得如同白昼。因为举族皆知托力鲁将以重兵进攻本族的消息，所有的人都脸色凝重，噤声不语，单等头人与长老们发令，将以何策保全族人。

勒古台满眼含泪，将自己的决定与长老们的退敌之策，一并道出。他心存希望，最后亢声喝道：“愿意随我舍身涉险，击杀托力鲁辎重车队的勇士，请出列，站在我的身后！本族长不强求、不命令，此为置身死地之事，亦是捍卫本族荣誉之事，请思定而行。”

人群中一阵骚动，陆陆续续出来八十余名青壮男人。

勒古台暗自一声叹息。据探马所报，仅张骞一人，就曾击杀悍匪三十余人，何况额朗亦非泛泛之辈。区区八十余名未经战阵的血性男儿，无疑是羊入虎口。

张骞，像一面大山压得他喘不过气来。他挥了挥手，让他们仍回到家人之中。

屈辱之语，勒古台一字也不想道出。他黯然退后，道：“大长老，此事您做主吧。”

大长老上前，苍声沙哑：“勒古台头人之勇气令人鼓舞，这是本族的未来希望所在。但在突然而来的强敌面前，眼下外援未到、自力不敌，为了本族整体利益，保全我们未来的希望，暂时只能委曲求全。”遂将退敌之策予以讲述。最后道：“酒肉之事可按老规矩经办，除此之外，我们四位长老每人再额外捐出一头四百斤以上的肥牛。只是不知谁家的姑娘能以大局为重，为本族的生存做此特殊贡献，有识大体者请站在我的面前。”

人群中又是一阵极大的骚动。面对此情，谁家的父母也不想将女儿推向火坑。因为这并非光明正大地出嫁，而是让娇美的女儿任人凌辱。好一会儿，没有一位姑娘出列。

大长老叹道：“若我有孙女儿，有两个，我会献一双。”

倏地，人群走出一位骑着白马的女郎，她面向大家脆声道：“我，阿果拉芒娃，愿意站在大长老面前，为保全突阿贺人尽一份力。”

众人吃惊，大长老更为吃惊：“阿果拉芒娃，我们全族人都晓得，你和勒古台从小一块长大，你们之间鱼水一般的恋情，突阿贺的每一块土地都有见证，你将会成为本族的第一女人。你月亮般的美丽，必将受到全族人的热爱。此次你不能去。”

“尊敬的大长老，你错了，正因为我痴心爱恋勒古台，所以我得挺身而出，为他解困，希望大长老和勒古台能理解我的心愿。我在此对天发誓，不管我将来身临何境、身处何地，我的这颗心都永远属于勒古台、属于突阿贺！”阿果拉芒娃神色镇定，掷地有声。

勒古台却暴跳如雷：“阿果拉芒娃，你给我退回去！我勒古台宁愿战死，也不能让你进入魔窟！”

“战死？死，易事。你想去打托力鲁的辎重队，可你知你的对手张骞是什么人？你听到的仅是一些皮毛，可我全都晓得。张骞的真实身份，乃汉朝皇帝派往西域

的大使，不幸被俘，军臣大单于曾以高位劝降，被张骞拒绝，这才沦落到托力鲁王府为奴。此人不但英勇神武，而且智谋过人，你两个勒古台也不是他的对手。身为汉朝大使，却在匈奴委身为奴，他为什么不去殉国而死？龙廷回来省亲的姐妹说及此事，都道此人非寻常之人，定有深藏不露的谋略。姐妹的话，对你、对我，应该都有启示。你身为族长、头人，首先应该想到的是全局，而非私情。我刚才说了，我这颗心终生都属于你。我内心的痛苦，你又知多少啊，我的勒古台！”阿果拉芒娃说着说着，不由得泪如雨下，哽咽难语。

勒古台早已肝肠寸断，嘶声吼道：“我的阿果拉芒娃，你不要再说了，我什么都明白。我今天当着所有的突阿贺人向你发誓，我要认真带领全体族人，从此努力奋发图强，终有一天，彻底洗刷现在的耻辱，让你重新回到我的身边！”

“勒古台，这才是我所爱的勒古台！姑娘们，只要能保全突阿贺族人，让我们为此尽一点儿力吧！”此时的阿果拉芒娃，显示出一种大气凛然的美丽。

在她的感召下，又接连走出十几位姑娘，与阿果拉芒娃并排而立。

所有的人都向她们投去尊敬、爱怜和不舍的目光。

大长老神态庄严，从中连阿果拉芒娃一共挑出六位姑娘，向她们庄重地深施了一礼：“谢谢你们，各位美丽的姑娘，也谢谢你们的家人。突阿贺人都会牢牢记住你们响亮的名字、月亮般的容貌，你们所受的屈辱，终有一天，会得到完全洗刷！”

从托力鲁王府到南拐把子河草原，大约一百二十余里地。公元前133年六月初的一天早晨，托力鲁率八百骑士先行出发，令额朗、张骞率辎重延后开拔，管家留守王府，料理王府事宜。

车队共四十一辆马车，一百六十名扈从。经张骞力荐，索日力为车队探马。张骞的着装十分随意，上身一件葛布单衣，里套一件无袖白褂，下穿一条麻色葛布长裤，足上一双新编芒鞋。打眼的是腰间挎了一柄新锻造的重剑，褂兜里鼓鼓囊囊装满了石子。而额朗却是顶盔贯甲，身背长弓箭盒，明晃晃的腰刀持于手中，随时准备冲锋的模样。并时时催赶车队军士加快速度。

四十一辆马车，其中四十辆每车装着二十五人四天的酒水粮秣，另一辆装着

王爷与五个土司的用度。无形之中，额朗与张骞做了无言的分工，额朗主要照看那辆特殊的马车，其余的则由张骞照拂。

此时张骞并不知晓，汉匈之间的对立，已经逐渐发生根本性变化。就在托力鲁发动这次部族之间战争的时候，小王爷布赫却北上龙廷，接受秘密任务，军臣单于将于本月大举兴兵南侵。而汉皇派韩安国为护国将军，李广为骁骑将军，王恢为将屯将军，太仆公孙贺为轻车将军，太中大夫李息为材官将军，率车兵、骑兵、步兵三十余万，埋伏于马邑（今山西境内）附近山谷之中，准备将南犯之敌诱入伏击圈，一举歼灭。

而在头一年，汉皇已为汉匈决战预做准备，李广由未央卫尉调任为骁骑将军，驻守云中郡；程不识由长乐卫尉调任车骑将军，驻守雁门郡。

车队迤逦而行一百里地，在距南拐把子河北部山岭五里处，张骞道："额朗大人，前边北边山岭之上有一小路。敌若稍有军事常识，便可由此派出一支奇兵，达到奇袭辎重车队的效果，从而赢得这场战争。故而建议车队暂停，做好战斗准备，同时派探马前去侦察，看看有无敌情。"

额朗十分诧异："你怎知北岭之上有什么小路？"又对索日力道，"本统领命令，索日力率斥候五人前去侦探，如有情况，以鸣镝为号。"

索日力奉命前往，张骞嘱道："兄弟勿要逞强，发现敌情，立即放箭回返！"这才答复额朗，"可曾记得王府大帐悬挂的地图？当时为绘制托力鲁属地地图，我跑遍了所有的地方，包括这里。额朗大人，王爷之令，张骞怎敢有丝毫马虎。"

额朗释疑，道："我也只是随便问问。其实我也晓得，打仗用兵，必须熟悉地理地形的道理。你们汉人有个叫孙武子的说过，知己知彼，方可百战百胜，是吧？"

"额朗大人读过《孙子兵法》？失敬，失敬！"张骞暗暗吃惊。

"汉文我一字不识，哪里读过，都是听别人说的。觉得挺有道理，就记住了。"这个"别人"是谁？是托力鲁？还是呼力泰？抑或是别的什么人？张骞不便深究，没再追问，而心中却警惕起来：匈奴的当户、将军、大小王爷之中，肯定有对汉人军事文化进行深入研究者。故国的将军们，是否亦知此情？

是时，索日力已经返回，报称无甚异常，车队遂又启程趱行。

转过北岭山头，托力鲁的探马便来相催，说前面军帐已经立好，午后先行酒

食宴饮，而后养精蓄锐，准备明晨向突阿贺人发动进攻，并令额朗、张骞同时列席下午的军事会议。语毕，又催马独自返回：“我得向王爷复命！”

额朗搭眼一看太阳位置，见现在已近午时，而至军营营地尚有二十里路程，即令全速向前，抵达也在未时左右，心中不由大急：“误了时辰，可怎么担待得起？如若不在北岭延误，或许也不至于！”

张骞听其话音，有责怪自己多事之意，他也不辩解，微微笑道：“额朗大人无须着急，你没听刚才探马怎么说的？王爷说的是‘午后’先行酒食宴饮，而非‘午时’，午后可以是未时，甚至是申时。额朗大人如不放心，我有一法解之，可即刻选出五十名健壮军士，带足王爷与八百骑士的酒食，快马飞奔，二十里路，也只在眨眼之间。”不等额朗点头，张骞迅即安排好一切。

额朗深深佩服张骞的机变能力，不禁有些担心：“剩你一人，这担子可重多了！”

“额朗大人放心，张骞不会误事。将来所有的功劳全都归你！”

“那就谢了！”额朗满脸春色，向张骞一揖，率驮着酒食的五十骑驰奔而去。

张骞到营地已是未时，将一应事体向火头军头领交割清楚后，并未立刻就去托力鲁的中军大帐，而是前驱营头，观察两方对垒的情状。

夏季的南拐把子河草原，像缀满无数花朵的绿毡，显得格外的温馨而美丽。阳光下，各种花儿争相显示自己的妩媚，蓝色犹如宝石，白色好似白玉，黄色灿若锦缎，而红色则艳若火焰。它们或高或矮、或大或小，都互相交叠着、簇拥着，成团成片，望不到尽头。南拐把子河，则由北向南，依势将东、西两厢草地温柔地一刀切开，形成东宽西窄的宽阔草场；极目之处，河流又现出一个大拐，去了东边的方向。

南拐把子河两旁的草原，略呈倾斜，有矮丘连绵起伏，东西两边烟岚氤氲，山界何处，难以辨认。河水不是很大，河道也不太宽，涉足试之，最深也只在膝盖上下。但水极为清亮，水潭之处，俯之可见须眉。河水清凉，虽入六月，水温亦不可直饮。

不到两里的地方，可见突阿贺牧民的帐篷，帐篷顶上皆金碧辉煌，发出耀眼的光芒，草原上牛羊尚未归圈，一朵朵白团在草地上缓缓移动，显出一片祥和景象。

张骞一直在思虑，弱小的突阿贺人会以什么方式，去抵御，或者破除八百骑士虎狼般的掠夺和杀戮。而眼前的一切，使他大惑不解，他没见到突阿贺人的一顶军帐，一名战士，反倒是一派安宁状况。

他不禁替突阿贺人感到深深的忧虑。打不过，也应该组织逃避呀，真不知这突阿贺的头人怎么想的，难道真的毫无办法，只能任人宰割？

突然，他发现从突阿贺方向，向这里走来一拨人马，走得不疾不徐，慢条斯理，没有旗帜，也没有刀枪的光芒，拉着大约二十来辆马车，缓缓而来。

张骞闪出一个念头：突阿贺人欲效仿弦高犒军故事，以酒肉之法予以退敌。他深深地替突阿贺人感到悲哀：突阿贺人以这种方式对付托力鲁，无疑是为丛驱雀、为渊驱鱼。以托力鲁诸人劫掠、杀戮的习性，此举只会更加助长其嚣张气焰。

及近半里，张骞逐渐看清，二十辆马车中，有六辆以锦帐遮蔽、装饰华丽的车辆，另十二辆大概满载着酒肉，车轴“咿咿呀呀”之声，时时传来。

张骞估计，六辆锦车之中可能装载着什么宝物，是突阿贺人积攒多年的财宝。

“张大哥，怎么不去王爷大帐赴宴，一个人饿着肚子，跑这里来干什么？想事儿还是看风景？”索日力赶来，递给张骞一束腊羊肉、一皮袋马奶酒。

“谢谢你，索兄弟。”张骞将自己的忧虑与担心和盘道出，又道，“都是牧民兄弟，面对毫无抵抗之力的人，那刀真能砍得下去？”

“谁说不是？人又不是羊子，说杀就杀。即就牛羊，也有选择。可这是王爷的盘算，我等有何法子？只能向上天祈告，希望突阿贺能逃过这次劫难。”索日力黯然道。

此时，突阿贺人车队渐渐走近。张骞定睛看去，只见前边由四个白发飘飘的老者打头，车队的驾者亦无青壮角色，无一人携带武器，亦无一名扈从。便对索日力轻声说道：“走，我们看看去！”

二人前行不过二十丈，便见军营前一小队哨马阻住车队，哨长喝道：“你们何人？来干什么？这里是托力鲁王爷营地，不许通行！”

车队为首长者拍马上前，答道：“我等奉突阿贺头人勒古台之令，以突阿贺的特产熏羊肉与烤牛肉，及其美酒前来犒军，请予放行。”

哨长吩咐两名军士：“尔等前去看看。”

两名军士刚一靠近马车，便闻到喷香的肉味，一掀遮盖，满车都是红润香氽的牛羊肉，即大声回道：“哨长大人，老家伙所言不虚。”

“既然如此，给他们让出一条道。”

老者千恩万谢，率车队向托力鲁大帐进发。其行不足五十丈即到，又被帐前卫士阻住。张骞移步上前，欲看个究竟。

“送吃送喝，没啥看头。张大哥，你既不想赴宴，那就回吧。跟牧民兄弟在一块儿，舒心、热闹！明日打仗，跟辎重队又没啥关系。”索日力拉拉张骞衣袖。

“再等等，看托力鲁王爷怎么了结此事。这可关乎突阿贺一族人的命运呐。”

“张大哥，你回头看看。你现在想走也走不了了。”张骞一回头，恰与走出帐外的呼力泰四目相对。呼力泰大声道：“张骞，你跑哪里去了，王爷问了几次，又派人去找，都没见你的人影。走走走，快去向王爷禀报。”

“我有甚事？到营地安排妥当之后，就与几个火头军闲扯，把赴宴之事便就忘却。王爷如若怪罪，张骞认罪就是。”张骞一边搪塞，一边用眼角的余光注意着那六辆华丽的马车。在他目光即将收回的一刹那，倏地看到最末丽车车帘一动，随即被一只玉璧样的手腕掀开，闪出一张无比俊美的脸庞，大而碧蓝的眼睛向他这里一盯，旋即放下车帘。

张骞大吃一惊：原来六辆丽车里，坐着六名突阿贺人献出的美女！

他有一种预感，这场部族之间的战争走向，或许另有改变。

呼力泰又在一旁相催。张骞回头对索日力道：“回去告诉弟兄们，我晚一会儿回去。”

张骞进帐，王爷、土司皆停杯，将他上下打量。托力鲁质问道：“本王爷赏脸予你，你怎的如此不知趣？迟迟不来赴席？”

张骞赶快单膝一跪，向托力鲁施礼道：“非是张骞不知王爷关照之恩，实因害怕火头军那里出什么纰漏，误了明日的战事。故而与火头军盘桓时辰长了些许。张骞知罪。”

“呃，倒是本王委屈了你。既然知罪，那就末座就座。本王爷有一事问你，你须据实回答。不说真话，小心重新给你带上枷锁！”

“王爷请讲。”张骞复又站起，躬身施礼。

“坐下坐下，军营之中，俗礼尽免——我问你，明日以何战法为宜？”

“张骞只管辎重，从未虑及如此大事。王爷与各位土司大人皆为久历战阵的智能英雄，想必早有良策在胸，哪有阶下之人置喙的地方。”

“不，你现在必须得说！”

“既如此，请王爷宽宥张骞的胡言乱语。凡战，有胜负、平手之分。胜，又有完胜、大胜、惨胜之别；负，亦有惜败、大败、惨败、覆没之异；平手，互有胜负，胜负相当。兵法云，不战而屈人之兵，善之善者也。故而明日之战，以不战而屈人之兵较为适宜。此战法是建立在王爷强大的军事及后勤保障实力之上。据我所知，突阿贺的战争动员能力，能战之士只在二百人左右，与王爷的八百猛士相比，我方无疑呈压倒性优势。但是，如若硬以战争行动对付，敌方势必要以死相拼，作困兽犹斗之举。即以一比一对开，敌二百人悉数被歼，我方亦损兵四分之一。而战后的抚恤、安置，没有大笔的钱财，就难以稳定军心、民心。反之，如果能使突阿贺人不战而降，成为王爷的附庸，王爷不但赢得了荣誉，而且扩充了实力。以上是张骞的一点小见识。不妥之处，请王爷原谅我的无知。”

张骞并不晓得，他来之前，托力鲁与土司们主张，对于突阿贺的所有男丁予以斩尽杀绝，而后瓜分其土地、牛羊、女人及财物。他只是根据自己的想法，能够免除这场血染草原的残酷屠杀，挽回千百人的性命。

托力鲁少有的吟吟一笑：“张骞，假若你是突阿贺的什么头领，将如何面对我的刀箭？”

“回王爷，张骞没想过，张骞不晓得。张骞只会协助额朗大人，保辎重队不失。”

“你现在想想也不迟。我想听听你用何法，避过此劫？”

“我将以十六字对之：避其锋芒，保存力量；伺机突袭，各个击破。”

“呃，怎么讲？”

“就是在王爷大军压境之前，将有生力量予以隐匿，在王爷退兵之后，再组织力量，对各土司实施各个击破。以局部优势，以突袭之法，先灭弱小，后谋劲敌，积小胜为大胜。”

托力鲁兀地站起：“呼力泰，从即刻起，派人给我看住张骞，勿使他与任何突阿贺人接触。如有违抗，就地斩杀！”

“王爷，张骞无错！”

“你是无错，错在你的十六字谋划不能让突阿贺人晓得。走，张骞，你也随我出去，看帐外为什么闹闹嚷嚷。”

托力鲁率几个土司等一干人走出帐外。有的土司喷着酒气，有的土司抠着牙花，呼力泰拽拽张骞，示意他与自己站在一起，悄声道：“王爷不会真的杀你。只是你那十六字计谋太厉害了，他怕你无意间泄露出去。只要过了今晚和明天，也就无事。我倒希望王爷能兵不血刃，不战而屈人之兵，如此最好。”

“谢谢你的理解。王爷硬要我说，我也是就事论事而已。”张骞小声回道。

说话间，二人突然看到令人不忍目睹的一幕。

四名突阿贺老者一见托力鲁，皆屈腰躬背，抖抖索索，一齐跪下，而后勉力忍痛，膝行寸移，艰难挪至托力鲁面前，趴伏于地，为首长者苍声沙哑，哀求道：“伟大的托力鲁王爷，您是我们突阿贺人的太阳，照耀着突阿贺的每一寸土地；你是突阿贺人的雨水，滋润着突阿贺那干涸的草原。请宽恕突阿贺人的无知与莽撞，不该玷污了王爷的南拐把子河草原。我们已令人组织所有族人，立刻全部退出。”

“老家伙，看到本王爷大兵压境才组织退出？迟了！休怪本王爷心狠，这次不杀光突阿贺的大小男人，本王爷决不收兵！”托力鲁做了个斩尽杀绝的手势。

“王爷既有此心，我们认命。不过，请王爷等我们赎罪之后，再从我们身上动手。”

“你们拿什么赎罪？且先拿五十个男人人头来再说。”托力鲁有一种猫戏老鼠的快感。

“这车上满载着我们突阿贺的特产：熏羊肉和烤牛肉，还有我们特酿的上等美酒。”

托力鲁翻眼一瞪：“在酒肉里下毒，好狠的主意！”

“不不，王爷误会了。王爷可派人将酒肉任取，我们吃给王爷您看。另外，敬献给王爷和各位土司大人的美女，也让她们陪吃。”

听到“美女”二字，托力鲁倏地来了精神：“老家伙，你们算什么东西！让美女们全都出来，给我吃肉喝酒。看那娇滴滴的样子过瘾！”又猥亵地一笑，“卫士们，动手！”

卫士们得此美差，巴不得一睹美女芳容，争先恐后，真奔丽车而去。

时已申时，虽然太阳西斜，但是仍旧十分灿烂。湛蓝天空下的草原，绿得格外深沉，极目之处呈一片墨黑，与黢黑的山际相接。南拐把子河则像一根舞动的银线，时而没入草丛，时而跃然一闪。若非军营中时时传出的声响，还以为身处于梦幻地域。

第一辆丽车上走下一位美女时，托力鲁与各土司无不目光发痴，大张了嘴巴。张骞放眼望去，觉得她像极了凡妮娅。不同的是，凡妮娅是金发碧眼，眼珠像光彩四溢的蓝色宝石，而这位美女即是褐色眼珠，但其顾盼的神采，却夺人心魂。尤其在劲风的吹拂下，俏薄的红色上衣，便被常常掀起，缀满的银饰发出不绝于耳的丁零脆响，耀眼的银光亦闪烁不定。更让托力鲁等人垂涎的是，衣服掀起的刹那间，那粉色胸衣下高挺的双乳。白玉般的脸庞，直挺的鼻梁，樱红的嘴唇，坚实的乳房，翘圆的屁股，婀娜的身段，看得托力鲁等人不由得心旌摇动，忘记了一切。

连续出来的五名突阿贺美女，或娇羞，或大方，或矜持，或庄重，或漠然，各呈风姿。看得人咂嘴咂舌，兴奋不已。

当最后那辆丽车走出一位美女时，托力鲁上下人等，顿时似泥塑木雕，痴呆发傻。那美女一颦一笑，一举手一投足，顾盼之间，无不光芒四射，众皆以为是仙女下凡。

张骞亦大为吃惊，想不到突阿贺部族里，有如此美艳绝伦的女子，与月氏王王后努汗菇相比，几乎不差分毫。可惜的是，她们的命运是如此的相同，努汗菇沦为军臣单于的性奴，而这位美女亦将被托力鲁糟践。

他深深地替这位女子惋惜。她肯定有一位深爱的男子，那男子不但年轻英武，而且敢恨敢爱，是突阿贺人中的佼佼者。然而，因为部族弱小，不得已行此献身救族之举。

张骞向这位美女投以敬重的目光，他双眉紧锁，攥紧了双拳，攥得手指关节发出“咯巴咯巴”的声响。

一闪之间，那美女向他投来满含探询和仇恨的目光。张骞感到莫名其妙，素不相识，又互无交往，缘何有此一举？

或许，在她看来，凡为托力鲁做事的人，都在可恨之列。

此时，托力鲁只觉得这世上只有他与这位美女，其他人统统都不存在。他目光发旸，声音发颤，期期艾艾道：“神仙般的美女，向前几步，到我跟前来。”

“谢王爷抬举。”只听美女嘤声悦耳，饰环叮当，到托力鲁面前立定。

“你叫什么名字？我的月亮女神！”

“我叫阿果拉芒娃。”美女表情平静。

时有卫士横插过来，询问托力鲁：“王爷，是不是把车上的酒肉拿来，让她们试吃？”

“吃你妈个 × ！油污酒臭，能让美女们试吃？你们，还有那四个老家伙，给我试吃！”

只见阿果拉芒娃不卑不亢，轻启朱唇道：“王爷，你不是想杀光突阿贺人嘛，那就先从我杀起。那几个老者有什么杀头？他们本来就离天远、离地近，杀他们反倒成全了他们的美名。”

“不不，你将是托力鲁草原上的月亮女神，我怎么能够杀你？你说得对，杀那几个老家伙，不好玩，也不刺激，没一点儿意思。”于是命令卫士，“把酒肉卸了，让那些老家伙滚回去。”

张骞见此，暗自掂量，看样子，这仗多半是打不成了。他庆幸突阿贺部族美人计的成功，又为突阿贺人叹惋不止。貌似平静辽阔的匈奴草原，亦时时上演着弱肉强食的场面，或血腥，或屈辱，永无止境。他借故欲行离开（估计托力鲁已将派人看他之事忘却），却听到阿果拉芒娃的声音突然响亮起来。

“尊贵的托力鲁王爷，您的恩泽像天上的甘霖，滋润着广阔的草原、山川和土地；您的慈爱像天上的太阳，照耀着千千万万的子民，也包括我们突阿贺人；您的神武像巍峨的群山，绵延不绝，高不可攀；您的宽宏大度像蓝天一样，美好清纯，笼盖四野。像您这样无比高贵的王爷，完全可以住华帐，吃美食，听妙音，拥春色，安心而快乐地享受人间幸福，而没有必要亲临战场，冒着刀光箭矢的危险，让意外降临。”

托力鲁早已魂不守舍，去拉阿果拉芒娃的一只小手。阿果拉芒娃顺势靠在托力鲁的胸膛：“王爷，我刚才说的话对吗？”

“对，对。月亮女神的话对极了。”托力鲁心旌摇荡，恨不能立成好事。

恰在此时，有数匹快马疾奔而来，直冲托力鲁军帐。数名卫士前去阻挡，快马中一名骑士手举一帧绢帕：“此是龙廷大单于的黄金虎皮绢，你们谁敢阻挡？阻挡者，杀无赦！”

卫士们尽皆闪开。呼力泰对张骞低声道：“想不到突阿贺人能手眼通天。这黄金虎皮绢上的命令，肯定是让王爷停战。还有那几匹快马信使，多半是一些王爷、将军和土司们的威吓或求情信函。”

“你也没看，怎知之？”

“不要忘了，突阿贺的美女。前前后后，有不少突阿贺女子在单于后宫受宠，或成为匈奴上层男人的妻妾。王爷、将军、土司们都以娶突阿贺美女为荣，千里、数千里之外来此求亲者，不乏其人。否则，以突阿贺人的财力，哪能拥有如此华丽的车辆，如此昂贵的衣饰。”

果然，托力鲁看了黄金虎皮绢上的文字，以及各信使的卷函之后，态度陡变。

阿果拉芒娃追问道：“王爷，既然我的话您觉得很对，那您对南拐把子河草原做何处理？是逼迫突阿贺人拿起武器进行战斗，还是让突阿贺人做您的子民？我可以把突阿贺头人的准备告诉王爷，我来之前，他已组织了二百名敢死之士，欲与王爷周旋，进行长期搏杀。”

托力鲁暗自心惊：这美女之语，竟与张骞的计谋暗合。难怪突阿贺没有军营出现，难道对方亦有如此智谋之士？美女只是其缓兵之计？而今既有黄金虎皮绢上的指令，不若做个顺水人情，于是哈哈大笑道：“我的月亮女神，南拐把子河草原一不生金，二不长银，平时闲着也没谁管它，什么风都向这里刮，什么鸟都往这里飞。既然突阿贺人也是我的子民，当然同样可以在这里放牧。”又对几个老者道，“回去告诉你们的头人，这是月亮女神的主意，让他抽空去王府见见！”一把抱起阿果拉芒娃，向大帐走去。

几个土司见此，心里乐得开花，兵不血刃，便获得美食、美酒、美女。托力鲁带头，五个土司更不甘落后，每人各抱一名美女，直向自己的军帐奔去。

一场战事，就此烟消云散。

托力鲁回到王府不久，即逢匈奴一年之中最盛大的节日——盛羊节。而自获得阿果拉芒娃之后，年过半百的拖力鲁便日日醉酒，夜夜笙歌，王府的内部事务全交给了管家，外部事务皆由呼力泰处置，原来的十个妻妾，似为无物。盛羊节时，他下令所有奴隶放假三天，可与全体牧民一起享受欢乐。

盛羊节主要是竞技项目，分成人与少年两组，不分男女，也不分部落，人人均可报名参加。裁判由大伙儿推举，无须王爷、土司点头。而裁判多为年高德劭、主事公道者任之，或三人或五人，每年不等，往往以参加人数多寡而定。有许多青年男女，亦可借此机会，公开谈情说爱，如果双方中意，即可择一僻静之处，将马儿拴在一处，将马鞭并排一插，行洞房之事。

竞技项目分赛马、摔跤、射箭三类，按此依次进行。赛事皆在上午，午后举行盛大的宴会，而后唱歌跳舞，尽情欢乐。

赛事根据参赛人数，可为两天，亦可三天。第一天上午轮赛，抽签分组进行，各组前两名进入下轮淘汰赛——亦即第二天上午的赛事，第三天上午为决赛，决赛之后为往届冠军的表演。参赛者无论输赢，观众皆报以喝彩与掌声。

盛羊节最抢眼的，当然是成人组的比赛，观众纷纷预测，谁是本年度三项赛事的总冠军，而连续两年获此殊荣者，便可委任其为“百夫长”，在部落享有很高的声誉。因之，在匈奴拥有“百夫长”称号的武士，皆非浪得虚名者。如在使节队中，堂邑父便是。

塔丽版宓赤在其父拥有阿果拉芒娃之后，无形中亦得到解禁。盛羊节一开始，她便极力怂恿张骞参赛：“张骞，这是你露脸的绝好机会。我不图什么百夫长，只要你在其中一种赛事上争到第一，就证明你是真心喜欢我！”

这和张骞极力掩饰自己的心意完全相反，故而他找寻各种原因予以推诿：“感谢五公主的美意。但我有数种原因，要拂了您的兴致。其一，说到底我是汉囚，侥幸取胜，匈奴人亦心中不服；其二，无论赛马、摔跤还是射箭，均非我的强项。是的，我曾参加过大大小小多次战斗，但坐骑均为战马，而非赛马；我也会一点儿搏杀之技，却与摔跤相去甚远；说到射箭，更是外行，相识以来，你可曾见我摸过一次箭矢？一点儿投石之技，也上不了台面。倘若有剑法比拼，我倒可以一试。可是匈奴武士又以刀法见长，故此，只能让公主失望了。”

“哼，巧舌如簧，鬼才信你！”塔丽版宓赤一摇马鞭，生气地走开了。

中午，张骞与索家三兄弟在一块儿吃饭，正说得高兴，突听不远处响起了悦耳的琴声，琴声中还伴随着苍凉的歌声。他张眼望去，见拉琴歌唱的是一位白须老人，身旁还有一位面容姣美的姑娘。他立即起身，向索恩三兄弟一揖：“失陪了，我去那里看看。”

这真是：

自以为强者，便可咬啮牙齿，
嚼碎别人的土地、财富、女人及酽稠的血色；
凭空里，起一片战云，随风嚣叫，
要一些人再没有明天，看不到花蕊的开放。

忧伤者注视着远方，希望有光华的亮点出现，
只要有一片草原，便有洁白的羊群游走；
在雨水之上，在嘶鸣的马儿之上，
看到一个部落的未来之梦，紫的血色之上。

欲知盛羊节上，张骞所遇父女究系何人，有何故事发生，请看下回解说。

# 第四十七回　张骞听琴琴师叙友　聂壹献计计定朝堂

见张骞漫步走近，卡帖娜低声道：“阿爸，有人向这里来了。”

达力诺停止了歌唱，却未停止拉琴：“来就来呗，有甚稀奇？草原上听我拉琴的人多了。他来这里，无非是想看我手怎么捉，指头怎么动，在两根弦上怎么弄出美妙的声音。”

“来的这个人不一般，是个汉人，而且我们认识。”

达力诺沉浸在乐声中，听到女儿所说，仍然心无旁骛：“汉人？汉人见得少吗？除非是女儿千里万里寻找的秦自乐。若是他，我们也不枉此行。”

“阿爸，你又拿他寻女儿的开心。”卡帖娜娇声道，“不过，这人却是跟他一伙的。好像还是他们的头人，是什么汉朝皇帝的大使。几年前在噶弘因，绿眼红毛土司要杀秦自乐他们五人，是这个人挺身而出，自报身份，自乐才免遭杀身之祸。只是不知为什么，这人会在这里出现。”

达力诺即刻停止了拉琴，豁然睁大了双眼，向来者看去，只见此人确非寻常之辈，暗中赞道：

白衣飒飒草原风，步履稳稳秀山同。
数年磨砺颜仍在，幽谷嶜岑[①]今又逢。
惜哉我识他不识，好似镜泊照影踪。

愿得澄澈鱼与水，妍媸枯荣勿朦胧。

转眼间，张骞已到近前，以手贴胸，向达力诺深施一礼：“请问老伯，何以停了歌唱，又停了拉琴？如果是在下打扰了老伯的清雅兴致，在下希望老伯能原谅我的无心之过。说实话，我来匈奴五年了，这是第一次听到很有寓意的歌声，以及美妙的琴声。”

“你这人的礼数倒是挺多。其实五年前我们就认得你！”卡帖娜快嘴快舌，达力诺欲行阻止，可女儿话已出口。

“呃，有这事？不知姑娘和老伯在何处认得在下？我怎么毫无印象。”张骞十分惊奇。

“是我的女儿认错人了。她有个毛病，常常将你们汉人记混，官人休怪。”达力诺不想多事。

“阿爸，你怎么——”卡帖娜不解，此人明明是秦郎的头人，缘何不让相认。

“听阿爸的，没错。”达力诺又面对张骞，“看来客官也喜欢音乐，老夫倒是遇到了知音。如若客官不嫌聒噪，老夫倒可以重唱。”

“不瞒老伯，我现在身为汉俘，是托力鲁王爷的奴隶，不是什么官人。以前是汉中城固的一介农夫，也不是什么官人。因为我自小时候便被送至书院读书，故而对音乐略知一二。我姓张，名骞，老伯叫我张骞好了。张骞尚未请教，老伯尊姓大名，江湖上有甚名号？”张骞的语气诚恳而又谦恭。

“你说什么，你叫张骞？你可真把我们父女俩害苦了。”达力诺放下胡琴，一下子站起，双手紧抓张骞左手，将他上下细细打量一番，又察看了他的面目神情，这才确认道，“还真是那帮汉人的头人，是什么汉朝皇帝的大使。”

张骞却感到迷惘和不解：“我与老伯父女素不相识，互无纠葛，何来‘害苦’一说？”

达力诺松手，退后两步：“你不知究理，这不怪你。你可还记得，五年前在噶弘因部落土司帐外之事？当时绿眼土司要拿你的五名手下，为其劫匪兄弟祭奠，是你自暴身份，展示旌节，从刀下救出他们。当时我们在场，亲眼所见。我女儿眼尖，记得深刻。五年来你虽有变化，但你一出现，她还是认出了你。我不想多事，

所以阻拦了她。”

“原来如此！此事于我及我的兄弟，皆刻骨铭心，岂会忘记？只是老伯仍未说明：我张骞行事决策失误，害苦了我的许多兄弟，而从未涉及任何匈奴友人。”

“你可晓得秦自乐？”

张骞心中怦然一跳，单膝向达力诺一跪：“他是我的结义三弟。老伯何以认得？他好吗？现在在哪里？请老伯见告，千里万里，我去寻他！”

“你是他的结义大哥，也就不必瞒你。他现在是我女儿卡帖娜的女婿。他为了寻你，三年前便出门而走。卡帖娜整日挂念，两年前南南北北，又开始寻他。我们如若知道他的下落，今天也不会在这里出现，早奔他的去处去了。”遂将秦自乐怎么反抗受刑，怎么杀掉绿眼土司，怎么向北方逃亡，怎么治伤，备细说了。

张骞听罢，一头叩下草地：“老伯请受张骞一拜，老伯——不，现在应该尊您老人家为伯父。伯父大仁大义，舍命救下我的三弟，如此大恩，张骞理当涌泉相报。三弟与伯父既为翁婿，伯父与弟媳卡帖娜，便是张骞的亲人。盛羊节之后，一定请二位亲人去西小黄山小住时日。敝处土窑虽不宽敞，但三五人尚可容纳。伯父和卡帖娜既是亲人，就无须客气。”遂将自己如何落脚西小黄山的经过，择要说了，只瞒下了五公主的关系。

达力诺笑道：“快起来说话。这伯父都叫了，可你还不知我姓甚名谁。你在匈奴已经五年，应当晓得，匈奴人有的有名有姓，有的只有名，没姓。我叫达力诺，草原上现在的人无论男女老少，都称我为老琴师。凭我这张嘴，还有这把琴，在这草原上生计不成问题。好人欢迎我，歹人也不大理会我。为了行动方便，卡帖娜也贴胡须，着男袍，女扮男装。”又随手递出一只杌子[②]，“张骞你坐。为了拉琴方便，只带了这么一只。”

张骞伸手挡住：“我就坐在草地之上。我还想听伯父唱歌拉琴呐。”又一看卡帖娜，“想来弟媳的歌声一定悦耳动听吧。”

卡帖娜低头忸怩道：“大哥休要取笑，我可没有我阿爸那么大的本领。”

达力诺替女儿圆场：“我女儿的歌声确乎不错，凡能记下的曲调与歌词，都能不差分毫，将其唱出。只是她是女儿之身，为了避免招惹祸端，出外从不张口。再者，我的曲调歌词没有一定之规，全都依据时情时景，现编现唱。卡帖娜只能

捡些现成，于无人处唱唱。”

张骞于心稍安。虽不知秦自乐现在身在何方，却在极力寻找自己，并且一找已经三年，真是个极重情义的血性汉子。他相信，自乐一旦与卡帖娜相逢，便会直奔这里。他一边与达力诺父女叙话，一边又生一念：同样喜欢音乐的王兼，不知他们可曾相遇？

于是又道：“是我急于想听到伯父与弟媳的歌声，未曾从安全之处着想。不过，我突然想到我另一个兄弟，不知伯父可曾与之相遇？”

“说说看，是怎样一个人？”达力诺正欲重新调试琴音，见问立即住手。

“这个兄弟现在已经二十七八岁，中等个儿，长得白净俊朗，喜欢吹笛弄箫，身边带有一支骨笛。骨笛的样子与我身上所带的一模一样。”张骞取出骨笛，双手递与达力诺。

达力诺接过骨笛，仔细看了看，歉然道：“你说的这位兄弟，我们从来没见过。”

张骞怅然若失：“这个王兼，你和范铁匠范佑铭都在什么地方啊？”

“张骞，你也不必过于伤怀。你的那些兄弟都是铁骨汉子，我想，他们一旦有了自由之身，也会与自乐一样，在草原上四处寻你——我们还是说音乐吧，你不是专门过来，想听老夫拉琴歌唱吗？老夫虽未寻到自乐，却与你相遇，老夫父女一样高兴，我就唱一支《草原上的缘分》吧，祝我们都能记住今天，并能得到上天相助。”

达力诺将琴音调至柔和，一面拉琴，一面吟唱道：

骏马奔驰的无边草原，
盛不下一颗寂静中等待的心灵；
不听风声，不听雷声，不听羊儿咩咩叫声，
只想听到从那神秘之门出来的呼声。

你的呼声碰到一个久久抬起的额头，
让她（他）的心儿柔软疼痛直到天明；
奇妙的缘分生长为参天大树，

丁零当啷的果子晃花胸中的眼睛。

掰开过往的道路、过往的时光，
处处的激动都打破了思念的大门；
即使一根羽毛在水面轻轻一扫，
也掀起大片大片涌动的波纹。

等待拥抱，等待亲抚，等待一个稔熟的声音，
一同展开独自共知的深情；
将一粒粒忧伤全部抛撒在草原，
在春天看到一朵朵花儿一片片羊群。

张骞听着听着，眼里便洇满了泪水。而卡帖娜早已哭成了泪人儿，又不敢放声，唯将双手捧头，伏在双膝之间，双臂抽动不已。止泪抬头时，周遭已静悄悄地围了一大圈人。

久久，张骞的心绪才得以平复："伯父，此歌不但寓意深远，感人至深，而且曲调幽邃直撞心灵。张骞来匈奴五年，有此一曲，足以得到慰藉。再多的苦难，也让我充满了与生死兄弟相聚相诉的希望。我也相信卡帖娜与秦自乐必将有聚首的一天。"又一转话头，"请问伯父，像这样的歌曲，多否？这种曲调有没有名字？"

"老夫是情切而歌。像今天这样的不多。记忆之中，只有三次。一次是在卡帖娜的母亲病逝之后，一次是你们在噶弘因与劫匪拼杀以后，我们去掩埋双方亡者之时（见第三十三回），再就是今天这次，因为与你相遇，触动了老朽的蓄积之情。看你如此地投入，足见你是一个重情重义的血性男儿。难怪自乐能舍下儿女之情，遍天下寻你。不过曲调的名字倒有，叫作《摩诃兜勒》。"

"伯父过誉了。在此我有一问，伯父上次所唱歌词歌谱可曾记下？"

"哦哟，这可让老朽有些为难。老朽说过，老朽的歌子都是即兴唱出，我不晓得什么歌谱，何况这又是五年前的事情，当时唱的歌词，虽未全部忘却，现在也联不上绊儿。"达力诺显得十分遗憾。

“阿爸，歌词我还记得，我背给你听。有了歌词，阿爸是不是可以为张大哥重唱一遍？”卡帖娜便开始背诵那祭歌歌词。

“女儿真好记性。可现在唱它，阿爸已捡不回当时那种心情，而且曲调也再不是那时的曲调。勉强唱了，也会让你的张大哥失望。倒是《摩诃兜勒》曲，我可以为你哼上两遍。”说罢，便哼起那种曲子。

“伯父不必勉强。卡帖娜所背诵的歌词，我已全都记在心中，待以后慢慢琢磨其中的意蕴，争取为其重新谱上歌谱。”张骞一顿，又委婉道：“只是我不明白，没有歌谱，重要的歌子怎么传承下去？师父和徒弟又怎么去教，怎么去学？”

“匈奴的琴手没有歌谱一说，靠的是口传心授。像《摩诃兜勒》曲，对它音符的掌控，都是师父一句一句地教习。张骞你跟我说说，汉人的歌谱是怎么回事？”

“我们那里乐器种类很多。仅我在城固斗山书院见到的，就分两类多种：打击乐有鼓、钟、磬、缶[③]、锣、钹、编钟、编磬、镲、柷与敔[④]等；弹拨乐有筝、琵琶、箜篌、瑟、琴，以及拉弦乐胡琴等。掌握运用多种乐器的技巧，全在对歌谱的运用，而无须师父在场。”

“歌谱有那么大的效力？真是了不得！可惜老朽老了，又逢汉匈交恶，若非如此，真想去你家乡那里看看，学一学你们的歌谱，见识见识你说的那些乐器。今天时辰当紧，你只说说歌谱之事。”

张骞斟酌字句，缓缓说道：“所谓歌谱，就是把听到的歌曲或自己创作的歌曲，将其曲调用谱子记下来，便成了可以传唱的曲谱。这种谱主要由角、徵、宫、商、羽五音组成。据传由孔子和他的音乐师父师襄子所创立，距今已数百年历史。而孔子的许多弟子，如颜回、子路、闵子、曾子、子思、子夏、子张等人，都善于弹琴歌唱。当然，这首先得熟练掌握使用汉字的基本知识，还须有一双灵敏的耳朵与超强的记性。”

“你说的这些，老朽已力不能及，只能听听而已。”达力诺慨然一叹。

“但是伯父见景即歌的能力，即使在我们汉人那里，也十分罕有。”

卡帖娜突然抬脸一笑：“张大哥懂那么多，肯定会操弄许多乐器。既然身上带着骨笛，不妨将我阿爸刚才所唱的歌儿，吹上一遍听听。”

“弟媳考我？那我就吹一遍试试？”

围观者中，许多人都认识张骞，唯突阿贺头人勒古台今天第一次看到。索家三兄弟早已来此，索日力立即鼓噪道："张大哥，吹一个！"并带头拍起巴掌。

张骞取出骨笛，敷上笛膜。闭眼沉思了一会儿，而后抬手，将笛身向右平举，两拇指上下抵住笛管，左外右里，双手互交，手指轻按笛孔，口唇紧挨吹孔，先试吹出一个悠长的颤音，又试吹了一个抖音和吐音，这才从第一段悠悠吹起。

塔丽版宓赤听到笛声，立即赶了过来。而歪嘴子布赫，也率领着十几名骑士，向人群冲来。塔丽版宓赤叫道："弟弟，你让张骞吹完这一曲，好不好？难道你长大了，不听姐姐的话了？"

"对不起，五姐姐。单于有令，马上要和汉人打大仗了，谁还有闲心听老琴师拉弦子，听张马儿吹笛子！你也不要护着张马儿，阿爸早就说过，不许你再和他来往！"

"呵，胆敢管起姐的事！今天你敢对张骞下手，就别怪姐姐翻脸无情，不认你这个弟弟！"

人们见歪嘴子率兵直冲而来，便闪开一条道路，张骞也移下笛子，将其攥在手中。

歪嘴子并不理会张骞，只对众人训道："大家乖乖地给我听好了，大单于有令，这次要和汉人大大地打上一仗，大大地发上一次大财。匈奴各地，大小部落，各家各户都得快快动起来。我前些时候去龙廷，就为此事。回来我一时一刻也不敢耽误，特来告诉大家，凡我托力鲁草原各个部落的每家每户，有人的出人，没人打仗的，出三个人一月用度的粮草，本月十日前到达指定地点集合，参加单于大军整体行动。大好的发财机会，比这盛羊节有意思得多。"见众人迟疑犹豫，歪嘴子生气道，"还不赶快散了，快快回去准备！今天初六，初十都得到王府集合。凡有违命令者，家产抄没，人皆为奴，休怪本王没有预先警告！"

众人默然，尽行散去。歪嘴子这才对张骞说道："张马儿，我阿爸吩咐过了，你不必去打仗，也不必上缴粮草，你仍当王府辎重队的副统领，当得好，同样有赏。"

"谢小王爷恩典，张骞晓得。"并躬身一礼。

歪嘴子说罢，又率人向参加盛羊节的人群冲去。

望着歪嘴子的背影，张骞快速地琢磨这突然发生的事件。歪嘴子已长大成人，

能直赴龙廷的军事会议。看来，汉匈之间的大规模战役，即将在本月发生。他深为大汉皇帝和一众边关大将担忧。因为匈奴这次发动战争的时段，有违他们的惯例。在以往，都是在汉地秋收之后，才举兵入侵，而这次几乎提前了一月，含有“出其不意”的举措。故国的军事部署，是否因事先侦知而到位？他身在万里之外，信息难以传送，只能默祝故国民众免遭匈奴暴匪的祸殃。

偏偏，托力鲁还命令他为匈奴这场肮脏的战争服务。这是他一百个不能做、不愿做的事，因为此事与叛国投敌毫无二致，亦是匈奴上层的政治阴谋。他张骞决不能入其彀中。何况，他得替秦自乐尽尽地主之谊，让达力诺父女去西小黄山盘桓歇息一些时日，不如此，他于心难安。他暗自筹谋：有甚办法，能脱此困厄？

见塔丽版宓赤策马而来，张骞突然有了主意：何不借她之力，脱掉那耻辱的差使？遂主动迎了上去：“五公主，您来了。该不是抓我去看您的射箭比赛吧？可惜，今年的盛羊节办不成了。”

塔丽版宓赤并未下马：“既然晓得我参加射箭比赛，你跑到这里干甚？”又一瞪卡帖娜：“是不是看人家姑娘长得漂亮，想跟人家搭讪？”

“五公主，您真会寻我的开心，您明知我不是那种人，还拿人家说笑。我是听到这位老伯琴拉得非常悦耳动听，来向他请教的。”他看到塔丽版宓赤得意的样子，又道，“以五公主的箭术，成绩肯定不俗。”

此时，达力诺父女走到塔丽版宓赤马前，向她施礼问候。勒古台却策马而去。他本以为在盛羊节能见到阿果拉芒娃，结果大失所望，只好怀着满腹的惆怅，返回突阿贺部落。

塔丽版宓赤“哼”了一声，并不理会达力诺父女，双眼直盯张骞：“我要你猜猜。”

张骞故作沉吟：“参赛者二百余人，想拿第一，恐怕危险。不过，第三，或者第二，一定逃不过您的手心。”

“该死的张骞，你还猜得真准。第一名十发全中，我只少了半中——有一箭稍稍偏离了靶心。你若在场，说不定我就会和第一名齐名。”

一旁的索家三兄弟有些尴尬，起身道：“张大哥有事，我们先回去了。”达力诺感到待在这里有些碍眼，也道：“我们也得走了。张骞，今后有缘，我们会

再次相见的。”

张骞心中着急：“琴师老伯，索家兄弟，请你们先去庄月蓉庄头儿那里相候，我等会儿就到。音乐上的许多事，我还没来得及向琴师老伯请教呢。”

塔丽版宓赤有些不太耐烦：“去去去，按张骞说的，在庄月蓉那里候着。”扭头又开始盘问张骞，“小王爷刚才和你都说什么了，看你高兴的样子，比见到我还高兴。”

“也没多说什么，只说老王爷让我担任辎重队的副统领，协助统领管好王爷部队的粮草。管得好，仗打完了有赏。”

“你乐意接受这差使？”

“没什么乐意不乐意。王爷的命令，我敢不遵？再说，这对我也有好处。”

“胡说！你曾对我说过，死也不与故国为敌。你忘了，我可记着！”

“世事变化无常。我何不借此机会，请假回到故乡，去看望一下我的母亲？如果王爷不放心，可以派他的心腹跟着我。这么些年，真不知母亲她老人家近况怎样。我真是个不孝之子。”说罢，不由得泪眼婆娑，抽噎不止。

塔丽版宓赤不为所动，暗自吃惊：“你怎知匈奴大军会派兵去汉中？”

“公主有所不知。那汉中盆地真可谓鱼米之乡，膏腴之地，富得流油，匈奴兵发汉中，又不是一次两次。即就这次目的地汉中不在其中，可大军向南每进十里，便离我的家乡近了十里；每进百里，便近百里；每进千里，那就愈来愈近了。”

“想得美。怕是不仅想见娘亲，还有周月英吧？我阿爸还没有糊涂到放虎归山的地步。我知你心中所想，请假不准，便暗中开溜，你在托力鲁草原熟人很多，对你下不了狠手，而且你的武功，恐怕呼力泰也奈何不了你。”想想，又用鞭杆指着张骞，“你等着，我绝不会让你离开托力鲁草原半步，我这就和我阿爸说去！”勒转马头，便直奔王府。

张骞长长地吁了一口气：“塔丽版宓赤，请原谅我利用你所施之计，唯其如此，方可脱困。”

遂不再耽搁，飞马向庄月蓉处奔去。

然而，见到的只有索家兄弟，张骞还未问及达力诺父女，索日力便道：“老琴师让我捎话给你，马上打仗了，你又是托力鲁部队辎重副统领，不便打扰于你，

所以走了。”

“他没说要去哪里？”

“我问了，他说他们四海为家，不必以此寻他——看样子，老琴师有点儿不太高兴。”

“这不能怪他，他以为我是一个没有操守的负国之徒。这误会大了，真是太糟糕！”

“误会就误会了，谈不上糟糕吧？你和他，也只萍水相逢而已。”

“你们有所不知，我有一位生死兄弟，而今是琴师老伯的女婿。我那位兄弟为了寻我，已经离家三年，他们为了寻他，也出来了两年。这事要叫我那个兄弟晓得了，岂不是大大的误会？”

“这还真有些糟糕。可是，王爷命你担任辎重队副统领，这事又作何解释？”

“我自有法子让王爷自动撤销他的命令。”

索日力诡谲一笑：“噢，我明白了，你想利用她，达到你的目的。”

“算是吧。这也是不得已而为之。”

索恩、索图听得摸不着头脑：“你们两个，打什么哑谜？”

索日力吹了声口哨：“二位哥哥，回去再说。张大哥，走嘞！”打马率先驰出。

张骞的计谋果然奏效，第二天，塔丽版宓赤便兴冲冲地跑来告诉他，她阿爸已撤销了命令，让他在西小黄山规规矩矩地放羊。

张骞故作失望的样子：“多好的机会，说没就没了。唉！”

“不过，也有好消息。单于这次亲率大军南下，同意同时派出一支奇兵突袭汉中，去城固白崖村，将你的母亲接来。”

张骞这一惊非同小可，连敬称也忘了：“你怎知此事？是哪支部队？甚时出发？”

“当然是听阿爸说的。由缅捏土司率一千五百人的骑兵前往，估计近日提前出发。”张骞站起，又重重跌坐在炕头，一时呆若木鸡：匈奴单于这招太狠毒了。以母亲的个性，宁死也不会北上的。

他想到一个人：呼日勒，这样阴毒的主意，也只有卖友求荣的人想得出来。

塔丽版宓赤仍然显得非常得意："怎的，听到这么好的消息，也不谢谢本公主？"

"谢个屁！我母亲危矣。你们休想将她活着带走！"张骞急得乱转，大声咆哮。

塔丽版宓赤顿时被其吓住，一向彬彬有礼的张骞，突然虎吼般暴怒，委实出乎她的意料。于此她也意识到，张母如若因此丧命，自己不但婚恋无望，与张骞的关系甚至不及一般路人。不行，她得赶快制止这种愚蠢的秘密行动。她果决地说道："张骞，你等着，我有办法让缅捏土司和其他人都去不成城固。"水都没喝一口，立即跨步出门，去解坐骑缰绳。

"五公主，请您回来，我还有话问您——请原谅我刚才的失态，我也是一时情急所致。您是一个心地善良的姑娘，哪知一些人的阴谋诡计，为了达到某种目的，无所不用其极。总没有水没喝上一口，饭没吃一碗，就让你大老远跑来，又空着肚子回去的道理。张骞并非是个不近人情的人，这个，您是晓得的。"

塔丽版宓赤又复奔来，紧紧地搂着张骞："你这个冤孽，算我前世欠你的。你刚才发火的样子，叫人好生害怕！"

张骞抚着她的头发和柔软的后背："好了好了，算我对不起您。我们一边做饭，一边说话，好吗？您要同意，就请松开手。"

塔丽版宓赤依依不舍地将手松开。张骞又道："您是个爱干净的女孩，不若您先洗洗，我做饭等您。"也不等答复，去里间拿了澡盆，盛了半盆清水，端去炕角，拉上布帘，然后去了灶间。

母亲的安危固自让人担心，而无数故国百姓面临的杀戮，更让人煎熬。饭间，张骞故作不解地问道："我只是奇怪，往昔单于发兵南进，都要避过炎热天气，一般都在秋后。那时，南方的庄稼也收了，天气也凉了，这次缘何放在六月，北方人难道不怕热坏了身子？抑或单于听了老国师什么主意？"

"听我弟回来说，这次去的地点算不上南方。好像不是老国师的主意。"

"那是什么地方？北地、云中，还是代郡？"

"有个叫马邑⑤的地方，晓不晓得？"

"马邑？我没有去过，但我晓得它在代郡。据说，那里夏天早晚都很凉快。怎么，单于大军要去马邑？马邑有什么好处？"

“不晓得吧？听我弟说，马邑看似不大起眼，却人口密集，富户比比皆是。一个马邑，抵过色楞格河大草原上所有的财富。而且，听说这次有内应接应，我们的人吃不了大亏。”

“内应？内应又会是谁？”

“内应是谁，只有匈奴大单于和老国师，以及左、右贤王，左、右谷蠡王，左、右大将军晓得，你去问他们去！”

张骞虽遭抢白，却并不生气：“算了，两国之事，我管不上，也管不了。但求单于这次能少作孽、少杀戮，还汉匈边境一片安宁。至于我母亲的安危，还得拜托五公主能对缅捏土司予以阻止。”

而心中对马邑之危已充满了焦虑，恨不能亲手将那个里通外国的奸贼内应碎尸万段。

张骞诸人的境况暂且按下不表。因自马邑之战，汉朝便开始了长达几十年的北伐匈奴战争，而且马邑之战也影响着张骞诸位英雄的命运。故而在此有必要将马邑战役作一概略交代。

且说代郡马邑，汉王朝初立时，为韩王信封国的都城（前 201），至刘彻时，为代郡边境一座小县城。此处虽四面环山，地形复杂，但因汉初几十年的和亲政策，使这里成为汉匈之间的边贸集散地。因此人口越来越密集，因贸易致富的大户也越来越多，代郡郡守颇为倚重，平时派有重兵驻守，朝廷要员、皇家贵胄亦不时光临。

时马邑有一叫作聂壹的富豪，一心谋划着能够取得贵族身份，以使后人也能得到荫庇。而要获此身份，立军功甭想，举孝廉无望，唯一途径只有结交权贵、上达天听，出奇谋，立奇功，以求世世富贵。

一个偶然机会，聂壹得与朝中大臣王恢结识。王恢时任大行⑥要职，其主张与刘彻暗合，应以武力对付北方凶顽。只是一时寻不着突破口，只能隐忍于心中。

一次酒酣耳热之际，聂壹端了满满一卮香酒，走到王恢案几前，然后双手高高举起，躬着上身道：“尊敬的大行大人，请满饮此杯，小民有几句知心话，想与大行大人说知。”

见是聂壹，王恢微微一笑：“你做你的生意，我吃我的朝廷俸禄。就像这春天里的桃花与梨花，红者尽红，白者尽白，好像扯不到一块儿。”

“大行大人委屈小人了。我虽一介商贾，但眼中并非全是金银，亦时时为国忧虑。”聂壹仍保持敬酒姿势，话语振振有词，掷地有声。

“哦，这倒稀奇了，不妨说来听听。”王恢接了酒卮，轻轻置于案几之上，“说得好，我饮下此酒；如有差池，休怪我不赏脸。”

“诺。”聂壹敛衽退回，双手扶案，侃侃言道，“商人谋利，此为常理。而为一己谋利，乃是私利、小利；若能为大众、为国家、为朝廷谋利，那才是天下大利。俗言道，国家有难，匹夫有责。我今年已逾不惑之龄，而空有些许钱财，于国毫无建树。以我二十年来穿越汉匈之境观之，举兵灭掉军臣单于，一洗和亲耻辱，此其时矣……”

王恢打断他的说辞：“聂壹，喝多了吧？难道不知兵凶战危，国之大事！你有一双眼睛看着，朝廷和边关将士更有无数双眼睛看着。”

聂壹却毫不退让：“眼睛看着，可有几人年年月月琢磨着？而今我朝兵强马壮，国库充盈，而匈奴仍原地踏步，昔日的骑兵优势已无绝对威胁。简单说吧，我已思得一计，可一举歼灭匈奴有生力量，使其国力遭到重创。”说到此处，故意停下，以观察对方反应。

“说下去，是何计谋？”王恢又微微一笑，“我还等着喝这杯酒呐。”

“是为‘请君入瓮’之计。为实施此计，我已谋划了五年。五年来，我纾解了不少钱财，倾力结交匈奴上层人士，并因此获得匈奴国师手谕，可在匈奴任何地方进行‘遛货’买卖。大行大人勿嫌我扯得太远，因为此乃实施此计的根基。大行大人已看过马邑的山川地貌，预先埋伏几十万军队，可以痕迹不露。届时，我阴告匈奴单于，愿做他们的进攻内应。以马邑的富庶和匈奴单于的贪婪，他不会不动其心。待他率军入得马邑，我大汉埋伏军队尽出，其生力军将被斩杀得所剩无几。如若得谐，军臣单于亦难逃此厄矣。其后再乘势出兵，匈奴灭亡之日便在掌控之中。大行大人，不知此计可行否？”

“以你所思，此计宜在何时实施？”

聂壹见所言奏效，遂放胆说道：“现为三月底间，最好放在今年六月二十

前后。”

“呃，大热天气，匈奴人肯听你的？”

“正因为大热天气，才好说话。我可以通过匈奴国师向军臣单于进言：‘兵无常势，水无常形’，一改秋季南进的战法，可以达到‘出其不意，攻其不备’的奇效，等到汉朝援军赶来，匈奴大军早已撤离马邑，满载而归。这样的说辞，军臣单于焉有不信之理？至于天气，我亦有释疑之辞，马邑虽在大青山之南，但仍在汉之北地，也就中午炙热，早晚格外凉爽——其实，这也有利于我方将士较长时辰的埋伏，那些南方的将士，到此清凉之地，更宜歇息作战。”

王恢端起酒卮：“聂壹，我得对你另眼相看了。若人人有此爱国炽热之心，何愁匈奴不败？北方亦得宁日矣。但是，我须预先说知，此计是否可行，我认可不算。大批的军事调动，大批的辎重粮草准备，都是非同小可之事。当然，此计若能实施，匈奴若能遭到重创，也少不了你一份功劳，赏你一个什么大夫当当，也是吾皇一句话的事儿。”一仰脖，喝干卮中之酒，又重重一撴，“今日所言，在场之人谁也不许有只字外泄。如若有犯，有司将处以极刑灭门之罪！”说毕起身，向聂壹使一眼色，甩袖步出大门。

王恢心中有事，立刻命聂壹相随，昼夜兼程，马不停蹄，奔回长安。到家第一天，便密见刘彻献计。刘彻举行朝会，王恢早早起来，赶至未央宫门外静候皇帝临朝。

卯时，刘彻准时登临朝堂。此时的刘彻早已不是五年前的少年郎，更显雍容大气，威严而不失帝王风度，有诗为证：

冠冕堂皇垂琳琅⑦，玉面凛然蓂草⑧香。
硕人其欣通睿知⑨，胸怀万里司远疆。

刘彻高高坐于朝堂之上，身体直挺，神情严肃，见众臣静候于次，便开宗明义，直奔主题：“今日所议，唯有一事，对北方匈奴顽敌，是战是和，各陈己见。”

群臣一时默然，各自暗中掂量陈辞。刘彻大为不耐，为鼓励主战大臣，首先表明态度：“朕登基以来，秉承先帝遗策，继续与匈奴和亲，并赠予大量的金钱、锦缎、茶叶、器具。可恼那军臣单于仍贪得无厌，频频袭扰我大汉边民，抢劫、

杀戮不止，陷我百姓于水深火热之中。百姓盼敉平凶敌久矣。为此，朕欲施歼敌灭凶之策，众卿意下如何？”

王恢一听，勇气大增，立即出列，朗声奏道：“陛下，臣斗胆，有看法向吾皇进言。”

“大行王恢，尽可说来，让朕听听。”

王恢受到鼓励，于是提高了音量：“臣读史册得知，战国时期，而今的代郡、云中一带有一代国，在其未被分裂之前，东北有东胡窥视，西南有齐、魏诸国觊觎，因其上下一心，百姓用命，致使国库殷实，民皆安宁，外敌不敢挑衅。而今我大汉上有天纵英明的陛下，下有将士疆场效命，百姓辛勤耕作，大小群臣用心，大汉的富强，远非当时的代国可比。对于匈奴，休有丝毫的仁慈之心，唯有将其打怕、打残、打得趴在地上永远不能动弹。于此，我大汉边境可保永久太平。和亲之策，只是权宜之计，现在改弦更张，乃天时、地利、人和，恰当其时也。臣尽言此，请陛下斟酌。若语有欠考之处，亦请陛下纠之。”

刘彻面呈悦容，听得十分入耳，正欲嘉奖几句，突听御史大夫韩安国高声叫道：“大行之言误矣！”刘彻咽下话头，悦容一敛：“韩爱卿，此话怎讲？”

韩安国不看王恢，竟自讲道：“陛下自知，当年高皇帝被困平城白登山，匈奴之马鞍垛如城墙，被困七天方以计得解，时粮绝无以果腹，奇寒无以蔽衣。回京后反思，并无愤慨之情，或欲作复仇之举，何哉？因高皇帝以圣人之心恤天下百姓之悯，而不以一己之愤陷众民于水火。因有此虑，方遣使臣刘敬（本名娄敬，后赐姓刘），携金北上，以‘和亲’求宁，于今已五代矣。其间虽有匈奴散兵犯境，但于总体观之，仍为疥癣之疾。其后，孝文帝亦曾调遣举国精兵，伏兵于广武常溪（今山西境内）山谷，欲毕其功于一役，一举歼灭匈奴精锐。孰料济北王刘兴见重兵远离，乘虚作乱，兵袭荥阳，图谋中原。孝文帝为平息内乱，只得偃旗息鼓，无功而返。孝文帝思量虑定，对外用兵不宜耽之长久，更不可举国以赴，应以百姓之宁为守，故仍效法前策，和亲匈奴。以此相较，陛下仍应回避兵凶战危之局，不应轻言战事。起码，在三五年之内，还是不予兴兵为好。”

刘彻一听，觉得韩安国所述似乎也有道理，细一琢磨，又感到有些不太对劲，问题出在什么地方，一时之间，不好措辞。于是索性一语不发，目视群臣，先听

其他人的陈述。

“陛下，御史大夫乃囿见也。”不等其他大臣开言，王恢又亢声道，“吾与众人皆知，五帝不同礼，三王不同乐，此非有意，实因时势之变。高皇帝立国之初，因连年战争，民生凋敝，亟须休养生息，故而平城战役之后，暂退一步，注重医治战争创伤。论说起来，平城之困，此乃国仇，而非私恨，若以一己之愤论及，实为大谬。洗雪国耻，高皇帝不是不想，而是当时国力不许。如今经几十年韬晦经营，已人口倍之，财富倍之，文武能臣亦倍之，早已今非昔比。加之吾皇深谋远虑，知人善任，擢拔人才不拘一格，仅军马储备，即可坚持一场持久战争，反击匈奴，此其时也。反观匈奴，所作所为，不知进退，毫无远虑之举，唯以劫掠杀戮为能事，使我大汉军民积怨累恨，已到无以复加的地步，更使我朝民心可用，军心可使。我敢预料，即使这次打个平手，将来的战场，必将在匈奴境内展开。”

韩安国被驳，脸色陡变，急切辩道：“陛下，臣尝闻，凡行事，无十倍之利，勿削常规。故此，古之君王欲行大事，必先祭问祖庙、辅以卜算。夏、商、周盛世期间，论军力，不知几倍于夷狄，但不求夷狄归之。缘何？因其居于僻地，人无教化，归之反成负担。此犹如今之匈奴，其民畜牧射猎，居住无常，民智低微，难以管束。若骤然生战，大汉边境必烽火连天，无数边民将流离失所。且匈奴地广人稀，大漠苦寒，仅辎重保障一事，便是巨大问题，若战争旷日持久，民亦不堪重负矣，是故臣主张暂以息兵为要。”

王恢明知韩安国论调陈腐，可又一时辞拙，难以反击，急切之间，涨红了脸色。刘彻一见，心里着急，遂赶快递话：“大行，无须顾忌，有话但说无妨。”

王恢缓过劲来，再次反驳道：“御史大夫此语更谬。人常说，凤鸟乘风，圣人趁时。秦穆公昔在雍地，国土方圆不及三百里，后攻占西戎，扩地千里，今之陇西、北地两郡尽属之。秦一统七国之后，大将蒙恬又攻占了东胡，致宿敌不再，并扩地数千里；继而于边境垒砌长城，使匈奴不敢南下牧马。臣故再次强调，对匈奴只可威服，不可仁慈。唯其如此，方可保我大汉边境安宁，边民亦不再处于战祸恐惧之中。”

那韩安国已然瞧见，陛下暗中支持王恢，遂退让道：“攻击匈奴，此事非同小可，诸多因素，不可不虑。譬如下棋，一着有失，满盘皆输。吾皇当慎之又慎，

勿要只想到复仇雪耻，只想到我方之利。十成之中若无九成把握，还是以维持先帝之策为宜。”

由于刘彻决心对匈奴用兵，主战、主和两派代表人物的论战，就此定局。朝会之后，刘彻立即着手布局马邑伏击战。

这真是：

萍水相逢，却是天然缘分；
一段琴音，一段歌声，草原尽显情分，
情不自禁跨上思念的骏马，
向着一抹阳光，向着旷野的缝隙直奔。
听汉匈之战的号角重新吹响，
边城，朝廷，百姓，命运，刀光，剑影，
一幅挂满硝烟的历史画卷，
马邑，带着几分忧伤，进入新的一帧……

欲知马邑之役及其结局，以及关系到张骞怎样的命运，且由下回分解。

**注释：**

①嶜（qín）：高锐的样子。岑（cén）：小而高的山。

②杌（wù）子：即凳子。

③缶（fǒu）：一种瓦制打击乐乐器。

④柷（zhù）、敔（yǔ）：两种木制打击乐乐器。

⑤马邑：今山西朔县境内，四周多山。

⑥大行：西汉时负责朝廷礼仪等事宜的大臣，位列九卿。

⑦垂琳琅：指皇帝平顶冠上的流苏。

⑧蓂（míng）草：传说中一种带香味的吉祥草。

⑨睿知：《礼记·中庸》：“为能聪明睿知。”知，同“智”。

# 第四十八回 哨长叛变聂壹殉国 马邑无果王恢顶罪

朝会散朝，王恢起身欲走，却被刘彻叫住：“大行王恢留步，朕另有旨意予你。”

“诺。臣知晓。”王恢拱礼抬头，却见韩安国侧目扫来，王恢假作不知，只注目皇帝。

“王恢，到朕的跟前来，不必行觐见大礼，就站着说话。”

“诺。臣知陛下体恤微躯，但礼不可废。”王恢上前，仍行匍匐叩头之礼。

“也罢，随你。朕问你，聂壹现在何处？”

“臣知事关重大，已将其从马邑带至家中。”

“那好。明晨带他入宫——就在承明殿候着，朕有话问他。你去吧。”

“诺。”王恢躬身退至朝门，方转身走出。而心中已充满了喜悦，兴冲冲回府。

聂壹听到皇帝召见的消息，又紧张又高兴，除了学习三跪九叩礼节，又连夜沐浴，仔细做了一番打扮。因为毫无睡意，竟自坐了一夜，将如何回话进行了反复琢磨，凌晨在屋内早早候着。听得王恢一声呼叫，立刻迈出门外。因为紧张，一只脚尖不小心勾了一下门槛，一个前倾，几乎跌成爬扑，右手赶快抓住门框，才使上身平衡。上了王恢的驷马高车，一颗心便开始“怦怦”乱跳。

王恢伸足一踢聂壹：“心放平和，不要慌乱。见了皇帝，问啥回啥，不要节外生枝。一句关总：说实话。声音不要太小，也不要太大，语速不要太慢，也不要太快；叫你抬头，你就抬头；叫你上前，你就跪步上前。皇帝几案之下有一丹墀，

跪到那个位置即可。记住，你只可自称‘草民’，不可冒出什么‘小人’‘小可’‘在下’‘鄙人’，一些民间称呼。”

“诺。小可记住了。”聂壹吁了口长气，又憋红了脸膛，“大行大人，我，我……”

“你怎么了？是不是哪里不舒服？这种时候，你可不要闹出什么毛病。”

“不是。我想小解。”

王恢松了口气：“你呀，叫我说什么好？你也是走南闯北见过大世面的人，怎么就紧张成这样！到时候忍不住，你就尿在裤裆里。”

“话是那样说，可我哪里见过皇上？心里慌不慌，由不得自己。”

“你不要想到自己，也不要想到皇上。你只想此计实施之日，那匈奴人被歼灭的场面，那是何等的血腥，何等的恢宏，又是何等的解恨！”

“大行大人，经你这样一说，果然不再想到小解一事。”

说话间，二人已到未央宫北门。皇宫的巍峨、宏大与瑰丽，让聂壹惊叹不已。他也可以算是见多识广的富豪，然而在如此雄伟的皇宫面前，自感还不及一只蝼蚁。而那些卫戍皇宫的卫士，个个身强体壮、戈甲鲜明，亦让聂壹心生敬畏。

至承明殿外，候有片刻工夫，便听黄门令拉长了声调喝道：“大行王恢、边民聂壹觐见——”

于是王恢前导，聂壹紧随，碎步轻移，至刘彻案几三丈处停下。而后匍匐行三跪九叩互礼。

“臣王恢，祝吾皇万岁，万岁，万万岁！”

聂壹照样学样：“小——”突然想到应该自称“草民”，可“小”字已经出口。亏他机智，干脆将错就错，“小民聂壹，祝大皇帝万岁，万岁，万万岁！”

刘彻暗乐，这样的称呼倒是第一次听到，新鲜而又别致。一瞧，见此人上着白绢短衣，下穿黑绸长裤，看其身材，似乎高过王恢半头，显得干练、爽利，于是道：“尔乃马邑聂壹？”

“诺。草民乃马邑聂壹。”

王恢刚才已惊出一身冷汗，现听聂壹回话，放下心来。

“抬起头来，让朕看看。”

“诺。”聂壹抬头，正好与刘彻四目相对，他自知失礼，赶快低下眼光。

刘彻不以为意。他见此人唇红齿白，面颊润泽，凤目有神，眉如刷漆，不禁有了几分喜欢：“尔虽一介商贾，却有报国之举，值得嘉许。据大行王恢说，尔有‘请君入瓮’之计，不妨详细道来，让朕听听。”

聂壹开始说得字斟句酌，尽力显得文雅，后来说得顺口，便如倒豆子一般，将几年来的谋划抖落个一干二净。

“尔可有所谋求？以朕观之，尔可不是一般草民那么简单。”

“草民的一点心思被大皇帝一眼看穿，我就全都说了吧。我等草民，文不能安邦，武不能定国，但又不甘苟活一生。活着时虽坐拥一点财富，死后照样寂寂无闻，想名留青史，唯有为国建功立业一途。于是草民便想借往返汉匈行贾之便，不惜纾尽家财，疏通匈奴上层关系，取其信任，并借马邑之有利地形，实施此计，以一役定乾坤，我亦不枉来世间走此一遭，亦使边民倒悬得解，国之大患得除。”

“尔倒不虚伪，说了真话。朕亦明明白白告知于你——还有大行王恢，此计成功，自是奇功一件，青史留名，如若有失，尔等命即休矣。”

“诺。”聂壹重重叩头道，“草民求大皇帝一事。其一，严防内部泄密；其二，严查匈奴细作；其三，求主帅虑事周全、再周全，不因小疏忽铸成大错。草民的性命不足惜，只要风声不露，此役定奏大效。”

王恢亦叩头道：“聂壹所言不差，请吾皇预做筹谋。”

“朕晓得了。聂壹，现在说说具体时日，甚时方可实施伏击之计？”

“启禀大皇帝，草民思虑如次：今日四月初六，明日动身，快马四日回到马邑；筹备礼物需时五日，四月十六日起程赴色楞格河之苏赫巴托尔匈奴龙廷。草民驼队暂缓，只让三名保镖相随，快马需时六至七日；而后勾联关系，送达礼物，递话国师，又需六七日，四月也就完了；候到匈奴单于决定兴兵侵袭马邑之确切消息，草民再返程长安，已是五月十五日前后；此期间，军臣单于之军事会议参会诸王爷、大当户、大将军，亦在赶往龙廷路途之中；六月初六日是匈奴人的盛羊节，匈奴人正好动员集兵，为使我方时日宽余，定为六月二十六日为匈奴入袭马邑，我阴作内应之日。”

“缘何定于六月二十六日？奇热天气，匈奴单于肯为此为之？”刘彻听得十分仔细。

“我可阴告敌酋，既为奇袭，当选奇时，一反常态，可收奇获。马邑于匈奴，是在南方，于大汉，却在北境，即在夏时，亦早晚凉爽，宜敌速战速撤，宜我南兵埋伏聚歼。”

“这倒有些道理。可尔乃一方富豪，金银财帛于你，并无诱惑，尔如何使匈奴信服你？”

“这个，草民早已想妥。我可阴求单于，赏封地一块，赐爵王爷，入贵胄之列，尽享荣华，自此不受劳顿之苦。我开价越高，敌信之越深。”

“尔倒工于心计。尔回朝廷谋献诱敌之计，是否亦想入官宦贵族之列？”

“大皇帝误会草民了。草民无才无德，只知商贾，即令大皇帝赏我一个县丞之职，也干不好的。”聂壹叩头不已，连连否认。

“哼，口不应心。寡人不计较尔之所求，立功受赏，天经地义。不过，尔为国是破费钱财，朕当令有司补偿于你。朕还有一事不明，尔一介草民，无一兵一卒，自身亦与武功无缘，尔如何让敌信你能做其内应？”刘彻语气威严，直击心灵。

聂壹不敢弄虚，如实禀告：“大皇帝洞悉万里，明察秋毫，草民知之矣。草民虽无一兵一卒，但草民有驼队百头，健仆百人，另有看家护院持械保镖及货队保镖五十余人。至六月二十六日敌酋率兵临城时，我便伪称发动手下夺城。我大汉军队听到鸣镝之声，即可四面出动，将敌围歼。”

“嗯，所思倒也无懈可击。尔退殿外相候，朕与大行另有计议。”刘彻道。

聂壹叩头退出，到了殿外，才知前胸后背尽皆溻湿，不敢靠近殿外卫士，择僻静处席地而坐，静候大行王恢。

刘彻连续召开了数次军事会议，并急调李广等边关诸将回京。

五月十六日，聂壹送来确切消息，匈奴军臣单于将亲率十五万大军，于六月二十六日午后进袭马邑。

五月十八日，刘彻下令，御史大夫韩安国为三军统帅、护军将军，率三十万精兵，于六月二十五夜在马邑周边设伏，并同时封城，许进不许任何人外出；命令大行王恢为将屯将军、太仆公孙贺为轻车将军、大中大夫李息为材官将军，率兵三万由代郡（今河北蔚县西南）袭击匈奴辎重，断其退路；命令骁骑将军李广

率本部人马作为侧应，其他诸将相机行动，总体兵力四十余万，由韩安国统一指挥。

韩安国虽不主张出兵兴战，但一旦领受钦命，便尽心竭力，一点不敢大意。五月二十日，即率相关部将，向马邑秘密进发，于五月二十四日潜入，将马邑市井街衢、南北关隘、周边地形，仔细踏勘了一遍，并对当地的物产民情做了详尽了解，而后确定了各部将埋伏的位置，主攻与助攻部队的衔接配合，一一做了部署。

转瞬到了六月二十六日。

军臣单于率军十余万，另由数万人马延后二十里接应，行至距马邑一百里处停下，另派一支探马前往马邑城下与聂壹接头，探其确切情况，再定进退。

韩安国派出的哨马分五批，放至距马邑之北二百五十里处。是日，各批哨马接连来报：敌军已到二百五十里处某地，已抵二百里处某地……已抵六十里处武州地界，但又停下，派出数百人的尖兵驰来。韩安国按捺住心中惊喜，单等最后一拨哨马的回报。并派中军联络官联系各部将，做好围攻的准备。各部将士得知消息之后，无不精神抖擞，斗志昂扬，纷纷做出冲锋准备，欲将匈奴犯境之敌杀个落花流水、片甲不存。

时聂壹正在北门敌楼之上观望，鸣镝射手持弓于旁。见匈奴尖兵驰来，守城将官即派两名会番语能言善辩者出城接洽。二人遥指城楼之上悬挂的几颗死囚人头道："请知会大单于，马邑已被掌控，上悬人头，便系马邑县令、县丞及守城都尉、副将、偏将之首级，请单于勿要延宕时辰，否则恐其生变。"

匈奴尖兵统领却道："单于有令，请聂壹随我等去大营一叙。"

二人知多说无益，遂即刻回城向聂壹叙及。

聂壹不料匈奴单于有此一着。他知晓，只要他稍有迟疑，必会引起匈奴单于的怀疑与警觉，则"请君入瓮"之计顷刻便会泡汤，随之而来的便是杀头灭族之祸。"富贵险中求"，万一此计被敌识破，也不过是自己这一具皮囊交代于此；而一旦成功，便将是无穷的富贵，成为大汉朝名满朝野的功臣。聂壹整整衣冠，拜别守城将官，昂然出城。

匈奴尖兵统领早已为其备好良马，刮风般离城而去。

军臣单于细察聂壹，见其气定神闲，言辞无误，兀地喝道："聂壹，你敢使奸计，该当何罪？刽子手，给我斩了！"

聂壹这一惊非同小可，心中暗叹：我命休矣。而一惊之余突然悟到，这是单于诈语，目的仍是通过考察自己的神色，以探真伪。聂壹想定之后，哈哈一笑："想不到这么快就卸磨杀驴。早知如此，何必当初？我好悔好恨，恨自己有眼无珠，悔自己错投毒主！"

军臣单于一挥手，让刽子手退至一旁："想不到，聂壹还真是条汉子。不过，有两事让人颇感奇怪，不由得生出疑虑。"

"请大单于见告，不知何事，我怎的不知？"

"据尖兵相告，马邑四门紧闭，无贩夫走卒进出，且城楼旗帜不乱，由此心中大疑。"

"大单于确乎多疑。我自后半夜起事得手之后，便令封城，许进不出，守备维持原样。大单于晓得，离马邑不远处，常年驻有汉朝重兵，稍有疏忽，走漏消息，汉兵立至，何谈内应！"

"就算是吧。那么，那里情况异常，做何解释？"军臣单于遥指远处草地上的牛羊。

聂壹以手遮阳，向那里看去："那里有什么异常？青青的草地，黑黝黝的山林，热辣辣的阳光，悠悠然吃草的牛羊，一片安然祥和的样子，怎么就'异常'了？单于太多疑了吧！"

"四野无大小牧民，唯见哑畜牲口，不太奇怪吗？"

聂壹暗责韩安国举措失着，不该将牧民禁绝，一时有些发愣，仰脸看着那些牛羊，紧张地琢磨对策。他深知，一语不对，或神色稍有慌乱，便会满盘皆输。

"聂壹，老实招来，我可饶你不死！"

迎着刺目的阳光，聂壹突然"扑哧"一笑："大单于甭要总想着杀人。你看看，天上这么毒的日头，牧民又不是傻子，能顶着日头死晒？早躲在阴凉处吃喝或歇息去了。下午回家时，自会从什么地方冒出来——大单于，现在正是午时，我们还有六十里路程才到马邑。迟则生变，我怕错过时辰出什么乱子，我又不在城里，没人能镇住场子。"

"好吧。传我命令，尖兵依然在前搜索，大队依次向马邑快速进发！"

十几万人马同时催动，大地顿时震颤，旗帜瞬间遮天蔽日，刀光立即闪亮，

有人打着呼哨，有人大声叫嚣：“到马邑发财喽，到马邑抢汉人美女喽……”

行不及数里，尖兵统领突然来报，在前边背弯一间亭子里捉得一小队汉兵。其中一名自称哨长者，被押至军臣单于面前。

“说，你们在亭子里干什么？鬼鬼祟祟，是不是汉军探子？”

“我们是巡逻哨兵。天热，在亭子里暂作歇息。”哨长道。

“你们就是汉军的细作。说，你们的将官是谁？谁派你们在此，在此做何事体？”

“我们就是在外巡逻的。我们的上官说了，不许向外透露将军的姓名。”哨长一口咬定。

军臣单于一指聂壹：“此人你可认识？”

哨长一看聂壹，并不认识，亏他机灵，顺口骂道：“当然认得。他是个叛国投敌、遗臭万年的汉狗！”

军臣单于嘿嘿一声冷笑：“堂堂的马邑富豪聂壹，竟然不认得。你不是马邑城里的兵，那你是何处汉军的兵？”

“我们就是在外执行巡逻任务的军士。这聂壹我还没有说完，你就说了，不能这样冤枉人吧？”

“巧言令色！既然是别处汉军的巡逻军士，要你们何用？就地一律给我斩了！”

刽子手一齐上前，亮起刀片。

那哨长却是个软骨头，一见闪烁的刀芒，立时瘫倒：“我说，我说，我什么都说！”

刽子手一把将其提溜起来，重又扔到军臣单于马前。

聂壹大怒：“你这个脓包、软蛋！你以为你说了，就免做刀下之鬼吗？做梦去吧！”

“将聂壹拉到后边去！待会儿再跟他算账！”军臣单于又回头对着那哨长，“聂壹吓唬你，甭听他的。快说，说了，你就自由了。”

那哨长吞吞吐吐道：“我们是御史大人韩安国安插在这里的最后一批哨马，还未来得及向韩大人回报，便被你们的前哨人马发现了。”于是，将他所知道的

汉军军事部署尽数道出。

军臣单于心中涌出一股冷气：若非这个哨长，不知有多少匈奴军士将血溅马邑。而匈奴的国力，也将从此衰落。自后甭说与刘汉分庭抗礼，恐怕自保亦是难事。他咬牙切齿，右手向下用力一劈："左侍卫长监斩，将韩安国的哨马全部杀掉！"偏过脸，又对右侍卫长道，"至于这位哨长，你派名卫士，以匈奴对付叛奴之法，让他享受一下'拖骨'的滋味。"

"可他毕竟救了我匈奴大军。这样做，今后汉军恐怕宁肯被杀，也不肯投降。"右侍卫长道。

"小小一名哨长，于我何益？带上他是个累赘，放了他，让他去给韩安国报信？一个叛国之徒，死不足惜！我得快刀斩乱麻，快速脱离险地。"随又叫道，"传令官传我命令：后队作前卫，先锋作后卫，人不离鞍，马不停蹄，甚时不出汉境，甚时不许停下，若遇敌兵，切勿恋战。"

匆忙中，又想起聂壹："聂壹何在？给我带来！"

看押聂壹的军士禀道："回单于，一时没看住，他自杀了。"

这倒有些出乎军臣单于的意外："人都说富人惜命，可聂壹为了报国，宁愿舍去万贯家财，也要蹈危涉险，倒让人心生敬佩。"遂走至聂壹自杀现场，见其手握一柄匕首，深深刺入左胸，犹自圆睁双眼，仰望着湛蓝的天空和一轮炙热的太阳；而那件雪白的白绢上衣，挨地的一面，已被鲜血洇湿；流在远处的，已凝成乌紫的血块；山风刮来，尚未沾血的衣裤，仍不停地闪动。军臣单于蹲下，为其阖上双眼："聂壹，我不怪你。你肯舍去家财，忠心事主，着实令人钦敬。"又问道，"他死前说过什么？"

"只说了两句：韩安国负我！王恢负我！"

军臣单于惊得一下站起："刚才敌兵哨长并未提到王恢，那王恢来马邑干什么？"他仰头想了片刻，突然叫道，"不好。王恢定是来劫我辎重，断我后路。"他立即命令左大将带领一万精骑疾行回程，若遇王恢兵马，拼死也要顶住，以使大军顺利撤退。

这里按下匈奴不表，且来说说汉军。

那韩安国眼见午时已过，而马邑方向却毫无动静，心下不由有些疑虑，焦躁，

遂派了一支探马前去察看。候了一个多时辰，探马头领才气喘吁吁地回报：“匈奴军队已撤离马邑，路途只有哨马尸体，聂壹自杀于路旁，哨长被马拖得支离破碎，骨肉分离，只剩一颗脑袋滚在一边。”

韩安国立即明白发生了什么。他一声叹息，沉默无语。有顷，他厉声道：“传我命令，伏兵依次整队，随我追击歼敌！”心中暗自祈祷：王恢，愿你有宫中雄辩的胆略，给我将匈奴退兵堵住。只要能全歼匈奴，拼却三万人也值！

韩安国率领大军连续追击，第二天一直追出边境，既没有看到敌军的影子，更没有看到王恢阻击敌人的战斗。他派出哨马，找到匈奴大军临时驻地，约军臣单于作一次决战，军臣单于因辎重被截，一口回绝，韩安国无法，只好带兵无功而返。

再说王恢，因马邑“请君入瓮”之计系他极力促成，故此他比任何将领都更关注马邑伏击的成败，即使在截杀匈奴为辎重部队时，亦派出数批哨马，探听马邑的消息。

当最后一批哨马送来匈奴撤退的消息后，王恢气得一身冰凉，手脚发颤：“是何人走漏了消息？这如何向皇上交代？韩安国将作何处置？”他心乱如麻，举棋不定，是战，是撤，一时难以委决。喃喃道，“韩安国，你的哨马呢，怎的不见一人？叫我如何措置？”

哨马头领见王恢失神的样子，提醒道：“大行大人，敌军离此恐怕只有二十里了，匈奴马快，盏茶工夫便到，请大人速做决定。”

王恢不比李广、程不识，从未打过大仗、恶仗，兀自道：“匈奴劲旅，兵力五倍于我，一旦接战，敌亡命于途，势必死拼，区区三万人马，亦定必损失殆尽，我如何向皇上、向天下人交代？罢罢罢，事已至此，不若为朝廷保下这部分生力军，以利今后再战。”遂下令所属部众，让出大道，匿于秘密之处。公孙贺、李息不想背负怯战的骂名，力主阻击匈奴，可主将如此，只好忍气吞声，龟缩一旁。

不一刻，匈奴龙廷左侍卫长率一万精骑奔腾而至。见辎重已失，破车、人马尸体阻道，即令千余人下马清理，余人挽弓持刀警戒。

公孙贺、李息见此，即向王恢请令：“大行大人，此为袭敌之大好时机。我二人愿率本部两万人马实施突击，大人率其余人马作为后援。请大人即行下令。”

王恢不为所动："二位将军，此乃敌之先锋，精锐中的精锐，接战之后，捡不到便宜，亦难以脱身，而敌之后续大军顷刻即到。这全军覆没之险，决不可冒。"

二人满肚子窝火，愤然道："战场之上，只有战死的将军，没有躲战的孬种。大行大人，你主战而不与敌之主力接战，真是莫名其妙。"

"匹夫之勇，二人知甚？如再鼓噪，军法从事！"王恢十分生气。

公孙贺、李息二人无话可说，眼睁睁地看着匈奴大军撤了个一干二净。

后见韩安国率大军追击敌军，王恢有些后悔。但事已至此，无法挽回，只好带着灰败的心情，率部返程。

这场精心部署的马邑伏击战，就因一个汉军小头目的被俘叛变而落空。边关将士、满朝文武大臣无不深为叹息，而满怀胜利期待的刘彻，更是失望之极。失望之极，又极度愤怒，决心要处置主要有罪大臣。

七月中旬后的一天，刘彻特别举行了一次"马邑朝会"。文武大臣皆战战兢兢，各怀心思，当事者尤其神情紧张，各谋脱责之策。

丞相田蚡首先开言："马邑之役，天下尽知，朝廷调配军队四十余万，耗资无数，竟然无果而终。此役非将士不肯用命，更非朝廷不予放手，横加干预。究其责，责在领军大臣。现当吾皇之面，相关大臣先行自检，而后由众臣评议，最后由吾皇圣裁。"

韩安国为脱干系，出列奏道："臣虽力主此时不宜向北敌出战，但此系个见。一旦接受皇命，肩负重任，敢不殚精竭虑，务使毕其功于一役。臣身为主将，自知干系重大，事前率诸将去马邑踏勘地形，了解民情，明确各部伏击位置；事后严令各部将士，实施保密措施。为避人耳目，各部均于六月二十五日深夜，人噤声，马衔枚，秘密潜入指定位置，此有参战将领作证。"略停了停，觑眼皇帝与众臣动向。

"此事朕已知之。尔为主将，当知失算之处。"

"诺，臣正欲论及。臣事后虑之，马邑未果，应在两处。一处，风声走漏，致敌逃逸，但经臣上下求索，皆为风闻谣言，查无实证。一处，敌酋狡猾警觉，致其猜疑，因之退兵。而引其警觉之处，依臣揣度，可能由于过早封城。敌酋尖

兵见城门紧闭，来往无人，且戍卒整肃，旗帜不乱，敌酋故而生疑。总之，臣为统帅主将，马邑之过，应由臣担负。”

至于哨骑悉数被杀一事，却只字不提。

众臣听了，皆认为韩安国巧言，明着看似主动担责，其实推了个一干二净，于是俱都静默，只偷瞧皇上，看皇上作何措置。

“朕问你，封城之令，何人所下？”刘彻想查出根源所在。

“臣问过守城都尉，系聂壹建言，由他所下。”韩安国暗自庆幸，并非己之所为。

“聂壹？朕正要问你，聂壹此时人在何处？”

“聂壹已经殉国。据都尉交代，当时敌尖兵头领要聂壹去见敌酋，聂壹为避其疑虑，只身赴敌阵相诱，也不知出了什么差错，聂壹见事不谐，自杀于敌人阵前。”

“你由何处知晓聂壹系自杀而非敌杀？”

“臣率领大军追击敌军时，亲眼所见。时聂壹左胸被一匕首深深刺入，显是右手猛力所致，且有都尉作证，那柄匕首系聂壹平时所带的防身武器。”

“这个聂壹，倒是个烈性汉子。”刘彻叹道。见韩安国站立不语，又问道，“爱卿还有何事要对朕说？”

一句“爱卿”称呼，使韩安国一颗心放进肚里，本想奏王恢怯战畏敌之罪，现在看来已无必要。自己何必再当恶人，让众臣生出诿过之嫌？遂道：“臣无事。陛下没让臣退下，臣不敢退下。臣不敢担负慢君之罪。”

“呃，朕倒忘了。御史大夫退出。”刘彻又瞅向王恢，“大行王恢，尔亦无事可说？”

王恢出列，跪伏于地，股栗不止：“启奏陛下，臣有罪，罪臣不该轻信聂壹所言，以致铸成大错。”

刘彻陡生恨意：这不是明着说他这皇帝有罪，暗中有所影射吗？他面生峻色，厉声道：“尔有罪，但罪不在此，罪在畏敌、怯战！尔之使命是截敌粮草、断敌后路，尔之行径，是何施为？”

王恢满腹委屈，带着哭腔道：“当时敌兵五倍于我，又在穷凶极恶时刻，与之战，必致全军覆没。为朝廷着想，保全了三万生力军。论罪，也为避敌保全之罪。”

“众卿听听，大行令说得多么轻巧！你可知晓，尔若阻敌两个时辰，韩安国

即率大军赶到。即令韩安国延后赶到，尔以三万劲旅与敌对拼，换他三万颗人头，也不致马邑之役颗粒无收。而今空空两手，尔叫朕如何向天下臣民交代？”

“恕臣与御史大人信息不畅，若知主将有追击之举，臣拼死亦要阻住窜逃之敌！”

“而今说这话，尔不觉得有脱罪之嫌？朕且问你，公孙贺、李息当时有无请战之举？”

“有。”

“尔缘何不予允准？”见王恢不语，刘彻又问，“公孙贺、李息说没说过，‘战场之上，只有战死的将军，没有躲战的孬种’？”

皇上连这话也都知晓，王恢顿生悔意，不如当时战死沙场，也免受此煎熬。

“尔不否认，那么这话是真的了。”刘彻恨不能一脚踢去，“王恢，尔可知朕现在何样心情？”

王恢叩头不已：“臣不敢猜。臣但凭皇上处置。”

“尔为大行大臣，理当做好众将表率，身先士卒，缘何如此畏敌怯战，致敌全身而退？朕想，尔若战死沙场，朕今日便会向天下臣民宣示，你王恢乃一壮烈柱国之臣。朕亦必将厚待尔之子孙。”

“臣愿以戴罪之身，再赴边关，一雪前耻。”王恢伏地不起。

“朕信你。但尔不觉得这话说得太迟，希冀太高？”刘彻强压心中之火，保持帝王风度。但这话已如泰山，压得王恢心神碎裂。

王恢知晓在劫难逃，争辩无益，便不再言语。

一场廷议下来，结果突显。韩安国虽无功而返，但依当时情势，情有可原；公孙贺、李息请缨遭拒，其勇可嘉；李广作为偏师，远距马邑，不知究竟，理当免责；唯有王恢，先有轻信聂壹之过，更有畏战拒战之罪，论罪当诛！

王恢又委屈又伤心。自己年近半百，几十年来，从文帝时起，为匡扶汉室几经出生入死，成为三朝老臣，孰料一次失着，便遭极刑，且至死还要背负怯战的骂名。而马邑伏击落空，其中的缘由均为韩安国一面之词。聂壹之死，疑点颇多，可无人主持公道，无人主张彻查。

不行，不能替人顶罪，不清不白地受死。

思来想去，王恢决定去找权倾朝野的丞相田蚡，请他出面说情，先将性命保住。

下朝当日，王恢来到丞相府。

门官认得，立即返身回禀田蚡。

听说大行王恢来访，田蚡倒也不敢坐大，当即起身相迎。

侍妾奉茶下去之后，不等王恢开口，田蚡首先说道：“我知大行大人来此所为何事。是让我出面，向圣上说情，免去一刀之罪。”

“丞相聪敏，我的这点丘壑一下便被看透。那就有请丞相大人从中斡旋。成与不成，但看天意。”王恢立即起坐，向田蚡深施一礼，“大恩不言谢，来日定有报效丞相之时。”

“皇上盛怒之下，谁敢撄其锋？此时去说，无异于火上泼油，自触霉头。”田蚡碍于情面，又不便拒绝，沉吟有顷，方道，“我得找一个管得着皇上的人去谈。眼下，我也只与王太后能搭上话头。就王太后吧。如大行大人所言，成与不成，但看天意。”

“谢丞相大人。我还有话，请丞相带与王太后，请王太后向皇上说知。”

“甚话？若是聂壹献计之语，还是打住。难道你没发觉，廷议之时，开始语及聂壹之事，圣上顿时变脸吗？”

“我也是情急之语，话一出口，便知有诿过之嫌。但话已说出，收不回来。可在丞相面前，我另有话说——是关于聂壹之死，疑点重重。据我所知，韩安国遣出的一队哨马，军士悉数被杀，哨长被‘拖骨’而死，只剩一颗头颅。以我猜度，是哨长被俘怕死，将伏击计划供出，聂壹见无法阻止哨长叛变，因之愤而自杀。这也说明，在哨长等人被俘前后，聂壹是安全自由的，其随身携带的匕首，并未被敌收缴。”

田蚡有些好奇：“何谓‘拖骨’？依你之语，哨长既已投敌，敌人又何必将其弄死？”

“这得从匈奴的习俗说起。匈奴人战场上嗜血劫掠成性，却崇尚勇武、忠义，对叛逃奴隶会施以一种极为残酷的刑罚‘拖骨’。”遂将‘拖骨’的过程作了简述，接着说道，“同样，亦极恨叛国投敌者，除了对有大用之人极尽诱降外，一般无名小卒如韩安国派出的哨长，在获得供词之后，便即除掉。韩安国的哨长及

军士被杀，他肯定亲眼见到，亦知风声走漏的因由，可在廷议时，他却只字不提。此事只要彻查，定会水落石出。”

田蚡心中却犯起嘀咕，此事牵扯到另一朝廷重臣，他不想搅和进去：“大行大人，你既知此情，何以于廷对时不向圣上说知？”

“我怕担攻讦之嫌。丞相请想，廷议时，韩安国可曾提及别的大臣与部将的姓名？我若直击韩安国，岂不被人看作小人作为？关键是死无对证，说不定现在连尸首都被灭迹。”

田蚡道：“你这话岂不是白说？关键是聂壹亦死，这只能是一桩糊涂事。”

“只要彻查韩安国的部将与军士，总有人会站出来说话。”王恢仍存一线希望。

田蚡却兜头一瓢冷水：“彻查？谁去彻查？没有皇上的旨意，谁敢动一下御史大夫？我虽为丞相，我也不敢。我还是赶紧去找王太后，把你的话原原本本递上去，若能说动皇上一二，或许可以免遭杀身之祸。”

这是明显地在下逐客令，王恢遂起身辞谢。田蚡送至门外，王恢拱手道别，踉踉跄跄地登上马车，车轮“吱嘎”一声，“咿咿呀呀”渐行渐远。

田蚡一声叹息回房，倒也不敢拖延，草草喝了一碗莲子羹汤，便令备车，向禁宫进发，去拜见王太后。一路之上，琢磨着说辞，决定不提韩安国。

说到王太后，这里不得不作一些交代。汉景帝共计十四个儿子，除先立的太子刘荣，其他十四个皆封王在外。刘荣的生母为妃子栗姬，栗姬为稳固地位，获取皇后大位，暗中多方活动。时为美人的王太后，向与景帝胞姐长公主刘嫖相善，遂乘机施以反间计，让大行大臣王恢从中进言，以“母以子贵”为由，请景帝早日册立皇后。结果果然适得其反，景帝认为是栗姬背后指使，责大行大臣僭越，干预后宫之事，将其下狱问罪。栗姬皇后大梦随之搁浅。

而王美人所生之子刘彘，时年七岁，被封为胶东王。刘嫖于是频频出入禁宫，向景帝夸赞王美人如何如何的宽容谦恭，温柔善良，知进退之礼；其子刘彘又是如何如何的聪明俊朗，孝顺可爱，勤学上进，让人一见忘俗。刘嫖与景帝一母所生，又是长姐，从小对景帝疼爱有加，对刘嫖之语，景帝自是深信不疑。时日一长，景帝便想起王美人的种种好处和妙处，想起王美人身怀刘彘时的祥瑞吉兆，一个念头渐渐萦绕心间：如若重立刘彘为太子，便可上顺天意，下固汉祚，天下得荫

庇矣。

汉景帝借机将栗姬打入冷宫，并废去太子刘荣，改封其为江陵王。

两月后，汉景帝改立刘彘为太子，同时将刘彘改名刘彻。中国历史上从此有了著名帝王汉武帝。其后不久，王美人被册立为皇后，其妹妹樱儿同时被封为夫人。

刘彻立储之后，当时的王美人便从中活动，恳求景帝宽宥王恢，使其无罪释放，并官复原职。王美人更获得宽容大度美誉，为立后之途铺平了道路。

所以，王太后一听田蚡为营救王恢而来，不但满口应承，并问计田蚡，面对愈来愈刚毅的皇儿刘彻，怎样说合，可使身为帝王的彻儿心生怜悯，放王恢一条活路。

田蚡却道："禀太后，微臣只是将话带到。王恢之事，在朝堂，是为国是，国是田蚡可以置喙。可在太后驾前，却是帝王家事，帝王家事哪有臣说话的地方，微臣实在不便言之。"

王太后知问不出什么结果，便道："哀家晓得了。你回去告诉王恢，彻儿已经不是少不更事的彻儿，我虽身为母后，也只能尽力为之，皇帝听与不听，哀家也不能打上保票。"

田蚡见机叩头退出，连夜向王恢告知太后之语。王恢黯然道："谢丞相往返奔走，王恢无他，只能听天由命，大不了一死而已。"

"大行大人无须太过悲观，或许陡生一线希望，也未可知。"遂告别而回。

翌日晨，刘彻例行向母后请安。王太后见隙问道："彻儿，母后有一事不明，可否见告？"

"母后但说无妨。"

"听说你要处决王恢，是为了甚事？"

刘彻心中不悦。这王恢路子走得够快够准，昨日上午的朝会，母后当天便知，并为其说情。他不得不作回答："禀母后得知，马邑之役，王恢临阵怯战，纵敌逃逸，歼敌计划全部落空，朕亦成为天下臣民的笑柄。劳师动众，如此结局，不杀他，无以向天下人交代。"

"彻儿可知，在先朝，王恢有恩于哀家？"

"恩是恩，过是过。其过牵扯到大汉的安危，万民的福祉。朕不杀他，万民

亦欲杀他。再说，朕既为万民之主，就不可私情用事。否则，朕何以服众？”

王太后见说不动皇帝，有些动气：“不是母后说你，一个掌持国家礼仪诸事的大臣，本就不是带兵打仗的将军材料，临阵慌神也是有的。这次失误，难道连一个戴罪立功的机会也不给他？”

“母后有所不知，马邑伏击之计，乃王恢所献。朕为了使他为国建功立业，考虑到他又系文臣，故此朕把正面迎敌任务交付于韩安国，并令公孙贺、李息两员战将帮扶于他。只令他劫敌粮草，断敌后路。王恢既然领受君令，就不应畏葸不前，阻公孙贺、李息出战——母后，朕有紧急军务需得处理，容朕明日再与母后相叙。”

“马邑之事已了，边关又有李广、程不识诸将把守，有何军事，连与母后多说几句话的工夫也没？”

“朕不妨告之母后，匈奴军臣单于看似退兵，绕过阴山，渡过黄河，由阳平关直袭汉中郡。其目的一是劫掠汉中的财物，二是欲挟持张骞生母北上，借此迫使张骞投降。两年多前，朕误听人言，以为张骞惜命甘为匈奴之奴，因之籍没了张骞家产。后来经李广派人深入匈奴王城得知，匈奴单于曾许以高官厚禄，诱使张骞降敌，而张骞宁肯被杀，变身为奴，也不愿做匈奴的帮凶与走狗。张骞既有如此气节，朕还寄希望于他能重整旗鼓，为朝廷找到大月氏。”语毕起身，拜别王太后，几步跨出房门。

愣怔移时，王太后才倏然想到，她这个刚毅决绝的皇帝儿子，几乎就没有给她多少说话的机会。她不由得长长一声叹息：“王恢，哀家对不住你。但愿彻儿能顾惜老臣，不要累及你的家人与族人。”于是不等田蚡入宫，便派一心腹，将说情结果告知。

王太后并不晓得，自己虽为皇帝生母，但刘彻对她仍心存芥蒂。

这还得从一个人说起。

这个人，就是韩嫣。

韩嫣是刘彻宠幸的弄臣，人长得十分俊美，且十分有趣。刘彻当太子时，韩嫣作为侍读，常伴其左右。刘彻登基之后，虽都渐渐长大，可在刘彻眼中，韩嫣越发风情万种，胜过后宫三千粉黛，有时便在一处夜宿。韩嫣因此可以随便出入

禁宫，并乘帝辇耀武扬威。一次，王太后率人检查禁宫，发现韩嫣正与宫女乱搞，抓了个现行。王太后大怒，以僭越、秽宫二罪，勒令韩嫣自尽。刘彻表面看似无事，却从此耿耿于怀。

王太后替王恢说情，刘彻兀自不依。

王恢获得消息之后，知求生无望，遂在家中自杀。自杀前，赋绝命诗一首：

日月方奥[①]兮吾往黄泉，忆昔明铮[②]兮政事蹙蹙[③]；
今此揖别兮不云其还[④]，自诒伊戚[⑤]兮畏此反复[⑥]。
常恒安处[⑦]兮正直是与[⑧]，念彼先贤兮靖共尔位[⑨]；
忧心且伤兮灭敌不遂[⑩]，为豆孔庶[⑪]兮云是吾飨[⑫]。
呜呼吾皇，式礼莫衍[⑬]兮万寿攸酢[⑭]！

田蚡获知王恢在家自尽消息之后，不敢怠慢，立即赴未央宫报知刘彻。刘彻面无表情，静默无语，双手抚着座椅把手，半会儿方道：“这样也好。他留下什么话没有？是否怨朕太过无情？”

“回禀陛下，王恢话没有，倒是留下一首绝命诗。”遂将其诗稿呈上。

刘彻看毕，好一会儿无语，其后右手轻轻一拍座椅：“传朕旨意，王恢仍以大行之礼安葬，家人及其族人免责。”

“诺。臣便去处理一应事宜。”田蚡告退，径直去王恢家传达旨意。

关于马邑伏击之失，似乎还应说点儿什么。

马邑伏击战的失败，可用一句话六个字概括：大谋失于细节。若说担责，皇帝应担负主要责任，而其主要责任，在其用人失误。导致用人失误的原因，是汉时的军事体制。

汉时，军事由皇帝一人总揽，这里面有其长处，亦有致命的弊端。而最大的弊端，皇帝往往凭个人的好恶，将文武大臣混用。具体到马邑伏击计划，其计谋并无问题，刘彻却将两个文臣放在重要位置。韩安国本为御史大夫，缺乏军事素养。约好以鸣镝为号，偏要画蛇添足，弄几拨哨马。而哨马又所用非人，无见机行事之力，成一些呆板的呆鸟，导致被俘叛变。事后追责，又隐瞒失误，身为主将，无一点担当。

再说王恢，其专长在朝廷与国家礼仪，却让其率军打仗，刘彻还认为阻敌退路任务轻松。最后为找回脸面，让王恢代为受过。

但不管怎么说，刘彻敢于向匈奴亮剑，证明他胆略过人，见识非常。自马邑之役其后，开始了对匈奴的全面反击。我们不知道，这位年轻的帝王做了怎样的自省与检讨，史书无文献记载。但我们在他之后大胆擢拔卫青、霍去病的事情上，完全可以看到，刘彻已经不是马邑之战时的刘彻，他正在成长为中国历史上了不起的帝王。

这真是：

云卷云舒是变幻无常的叙述，
汉匈都说马邑有金子爬出爬进的山冈；
刀枪剑戟，鲜血阳光，
沙场上准备大放一次战神的光芒。

一只呆鸟成了丢失收获的锁钥，
一人殉国赴死却被有意遗忘，
一人诿过无人敢说替罪羔羊。
拷问仇恨、泪水凝霜，
且重新填写战争册页，
驾驭大漠草原，直抵北匈胸膛。

欲知敌骑蹿入汉中有何祸端，张母月英是何情景，且看下回文字交代。

**注释：**

① 日月方奥：日月正是暖洋洋的时候。

② 忆昔明铮：昔日岁月的光辉。

③ 政事蹙蹙：（朝廷的）公事繁忙、紧张。

④ 不云其还：不说返回家乡的话。

⑤ 诒（yí）：此处作遗留解。自诒伊戚：留下来的罪我自己担当。

⑥ 畏此反复：怕这反复无常的赏罚。

⑦ 常恒安处：（从此）可以永远安歇。

⑧正直是与：和正直的人互相安慰。

⑨靖共尔位：在你的职位上谨慎行事。

⑩ 忧心且伤兮灭敌不遂：心中又愁又悲伤，是因为消灭敌人的心愿未曾如愿。

⑪ 为豆孔庶：席面上的菜肴花样繁多。

⑫ 云是吾飨：那就是我品尝的祭品。

⑬ 式礼莫衍：礼节上没有出差错。

⑭ 酢（zuò）：客人以酒回敬主人。万寿攸酢：报答你永远长寿健康。

# 第四十九回　智勇周重血战匈奴　张母月英祸中双亡

李广升帐，据案而坐，众将参拜之后，便即开言："马邑之交战便跑了宿敌，众将未得尽兴杀敌，亦成我李广一大憾事。但匈奴单于虽然暂退，仍集结一处有所图谋。近得谍报，敌已分兵数支，向我边郡袭来。不是我李广夸口，端怕他仍效马邑龟孙模样，不敢与我等明刀明枪，来一场痛快的厮杀。这次最好是单于亲自率兵犯境，也好让他见识一下我等新训练的骑兵。不过，在众将得令之前，我先得办好皇上交付的要事——李武听令！"

此时李武已升为偏将，一听叔父说有皇上交付的要事，正聚精会神地听着，却没有了下文，又突然听到叫上了自己的名字，赶快出列一揖："末将在！"

"命你率一千精骑，星夜兼程，火速赶往汉中，会同周重将军，阻击匈奴入侵汉中之敌。杀退敌兵之后及时回营，我好向皇上复命。"

"末将得令！但末将有几事不明，请骁骑将军见告。"李武再次一揖。

"说！"

"因受张骞牵连，周重将军已被降职，怎生与他配合？再者，无可靠向导，又怎生星夜兼程？"

"此事本欲另行告知于你。既然问了，又有皇上传檄旨意，于今已无须保密，索性向列位说个明白——皇上的旨意说了，匈奴入侵汉中，有两个目的，一是报复马邑之失，汉中富庶，欲加掠夺；一是绑架张骞母亲北上，以此迫降张骞，给

皇上一个难堪。皇上同时还有旨意下达汉中郡，令周重恢复原来的武职。至于将要入侵汉中的敌兵，我已命人打探到主要情况。军臣单于将任务交给右贤王，右贤王将任务交给手下大将山戎乌达，山戎乌达又将任务交给了托力鲁王爷下面的什么土司，其向导是呼日勒，你我都认得。关于你的向导，不但可靠，而且不止一个两个，有一些你还认识。”

“等等，让我猜猜，他们究系何人？”

“猜个屁！你与他们就那么两次接触。一次，张骞初来投军，你与他们一起攻打虎威城；一次，库录去皇室领赏，他们与你共处一个营帐，你说他们是谁？”

“呵呵！他们是张骞的同窗老乡，叫什么刘荀成、杨虎娃、温万世、梁清泉的。他们不是正在马场养马嘛，怎的到了这里？”

“养马场那是一个消息灵通的地方。他们关心马邑之战，原想了解他们所驯之马战力如何，不料事有不谐，于是开始关注匈奴部队的动向。他们得知匈奴派兵入侵汉中的消息，便结伴找到这里，求我暗中派出一支人马，由他们带领，去解救汉中之危，并保张骞之母不失。我虽为边关大将，有保境安民之责，但私自调用军队，此乃重罪，一旦有人阴告皇上，我这脖子上的吃饭家伙便就不保。幸好，而今有了皇上的旨意，李武你尽可展开手脚，尽力施为。你赶快出去，他们正在帐外候着。同候的还有周重的十几名亲兵，他们在周重被削职之后，投在我的营中，没让大家得知，是为了替周重保密。”

李武疾步走出将军大帐，李广又向其他将佐一一分派了任务。一旦敌骑入侵，不必请示主将，各人根据战场情况，随机应变。宗旨只一条：多多杀敌，消灭敌人有生力量。纵然与敌力量对等，亦不得退缩半步。敌狠，我比他更狠，让其见识一下李广部众的厉害！

众将皆激情万丈，准备一雪马邑之恨，来一场激烈凶狠的厮杀。

且说李武一出帐外，便见十数人装束整齐，倚马而立，像是立即出发的样了。梁清泉向前跨出一步：“禀告李武将军，奉李广将军之令，前去汉中的粮秣及运输马队，已整装待命，请李武将军即刻集合部队，向汉中进发！”

“虽多年未见，但我认识你，你是梁清泉吧？”李武止步，端详着梁清泉。“诺。卑职是梁清泉。”

“大家都是多年未曾谋面的朋友，何必弄得如此生分？”

“回禀李武将军，现在军情如火，容不得耽误。到了汉中，打跑了匈奴，我等再尽地主之谊，代张骞感谢于你，好好叙叙友情。”

“张骞亦是我的至交，无须感谢——请稍等片刻，我即刻集合队伍。”李武拨转马头，奔向营地。果然，不一会儿，便严整地走出一千精骑。

由梁清泉等人前导，李武的一千骑兵走陈仓古道[①]翻越秦岭。由于山陡路险，许多地方须得牵马而过，故而行军速度不得不缓。而由呼日勒引导的一千五百名匈奴敌骑，一过阳平关便加快了速度，先于李武半日抵达汉中西边之略阳，而后长驱直入，经何家岩、硖口驿、勉阳，直抵汉中、城固。时周重接复职旨意刚刚数日，仓促之间以千余步骑迎战，虽给敌以重大杀伤，而自己也损失惨重，仅保得城池不失，沿途村镇力不能及，致使横遭洗劫。

原来，塔丽版宓赤不但未能阻止缅揑土司兵犯汉中，在得知因由之后，反倒使缅揑坚定了决心。当歪嘴布赫小王爷当众土司说道：“右贤王有令，因其手下大将山戎乌达将率我等去上谷、陇西诸地‘取食’，需有一土司率一支奇兵，突袭汉中。其目的之一，是将张骞之母接回托力鲁。不管是抬是背，不许伤其一根寒毛，给我送一个活的老太婆回来！”

左卫士长呼力泰提醒道：“小王爷，这恐怕不妥吧？五公主曾对老王爷说过，这样会把张骞母亲逼死的，只会使张骞更加仇视王廷。而且老王爷也说这种做法，只会适得其反，小王爷难道不记得了？”

没等歪嘴子发话，呼日勒横了一眼呼力泰：“这里没有你说话的地方！单于与老国师所虑之事，难道要你一个无名小辈进行指点？汉中、城固，我哪处不知，哪地不晓？一个老太婆，不等她弄明白，就到了我等手中，一点机会也不给她，她怎么弄死自己？”

歪嘴子接口道：“就是。大不了，她闹绝食。这也想好了，到时捏住鼻子，用米糊灌她。灌她两三次，她不服从才怪！我五姐姐的话，甭要信她。她想跟张骞那个臭奴隶好，门儿都没有！小王爷我偏这样做了，就是要让张骞不再喜欢我那个五姐姐！”

话已说得如此明白，呼力泰不再言语。

缅捏土司心中吃紧：原来塔丽版宓赤与张骞还有这层情意！怪道这位五公主对他如雪山冰水，冷不叽叽。遂道：“我愿率一支人马，往汉中走走。不过，此系孤军深入，请小王爷多拨一点兵力与我。”

“与你八百骑，给我速去速回。”歪嘴子道。

缅捏土司不太乐意：“小王爷，我还是随你去上谷、陇西，汉中那里你另派别人吧。”

“给你凑个整数，一千人马！”

“不行。得翻倍。这一路上千里迢迢，万一在返回的途中遭到汉军的阻击，岂不遭殃！”

“缅捏土司，你真会说笑，山戎乌达拢共才给我配齐五千人马，你就要走了两千，你让我怎么去和汉人大军打仗？要我跟在别人后头闻臭屁捡骨头，是不是？”

“不不不，小王爷误会了。我绝对没有那意思。我只是担心，远离本部大军，兵力太单薄了，万一遇上强敌，可就凶多吉少。”

呼日勒见歪嘴子少不更事的样子，心中骂道：又不是做生意，哪有这等调兵遣将的！于是将话接了过来：“缅捏土司无须过虑。马邑之役过后，汉军主力都调往边地各郡，以防我等南进。即令探得我们率军进入汉中消息，汉军派兵支援，其路径无非两条：一是绕道河西走廊麦积山麓，由陇南入汉中堵我后路；一是由陈仓古道入褒斜道进入汉中，但此路绕行太远。翻秦岭虽近却非易事，其路高危陡险、崎岖逼仄，若想速行，除非人马插上翅膀。只要我等快进快出，候其来时，只能是马屁股后边作揖。至于汉中的守备，据我所知，也就一千人马。其中骑兵仅三百来骑，下余七百人全是步军，又没经过多少战阵，怕什么！将官里就郡尉周重、县尉陈般能打，单独较量，也就弄个平手。若我方骑士一齐上阵搏杀，他们只有龟缩退却一途。当然，为确保完成单于指令，小王爷也应予以体恤方可，如何？”

“既然单于侍卫官如此说话，我也豁出去了，就一千五百骑！再争，我去找右贤王，让他另请良将！”

不料，缅捏土司到汉中第一仗，便触了霉头。

原来汉皇为积极应对匈奴，不但朝廷扩大马场规模，同时大力支持民间养马，各地方的守备部队都扩充了骑兵，并极力提高骑兵战力。武器配以强弩与铁制大刀长枪，骑兵一律由年轻力壮者充任。其情其景早已不是呼日勒与张骞结义时可比。

汉中郡守备部队骑兵已扩至八百骑，步兵是其一半：四百人。而步兵训练科目主要有两项：近身格斗与对马步战。骑术与步战之法，均由周重亲授，剑术则由陈般教习。四百步兵分由强弩队、剑器队、长枪队、斩刀队各一百人组成。后周重遭逢削职，但单兵战力并未受多大影响。

不巧的是，是年时疫较重。按照周重之议，对部队应严加管控，时疫期间，未经许可，严禁官兵私自出营，搞什么走亲访友、娱乐聚会。可兵权不在手中，临时郡尉为巩固地位，讨好官兵，反责周重多事。周重无奈，只能眼睁睁地看着时疫传入军中，许多人打起了摆子（当地俗称，即疟疾）。士兵犯起病来，作冷作热，周身筛糠一般，哪还拿得了武器，上得了马镫。

周重复职，第一件事，便是请教老中医时疫防治之法。一时之间，军营里弥漫起浓烈的药味儿，大锅里以板蓝根、蒲公英、马齿苋为主的药汤，白天晚上从不间断，不管患病与否，每人每天早、中、晚各一大碗。周重每日带头，第一个端起药碗，不几天，疫情得到控制。

周重七月九日复职，七月十四便得到哨报，有一支匈奴劫匪，大约一千余骑，早晨已侵入黄沙、金泉[②]一带。若敌兵马快，再有不到两个时辰即到汉中。

军营里顿时响起了集合的号角，不到一刻，步、骑兵整齐地列队于演兵场。官兵们均以为是周重将军要考校大家的武艺，人人抖擞精神，准备露上一手，让周将军看看。猜疑中，只见周重顶盔贯甲，腰挎宝剑，背负强弓，手握一柄闪光锃亮的长槊、重装跨马，满脸肃杀之气，立于阵前，命令道："昨日仍在作冷发烧者出列！站在我的右方三丈远处。"

一阵微微骚乱，步、骑兵出列者一百二十余人。

"病情已愈三日者出列！站在我的左方三丈远处。"

步、骑兵出列者约一百人。

"今日紧急集合，一非操练，二非比武。接报，有一支千余匈奴敌骑犯我汉中，现在已过金泉。国家养兵千日，用在一时，而今正是我等为国尽忠、报效朝廷、

保境护民之时，望全体官兵随我努力杀敌。为此，特命令如下：右边方队张耀龙！”

“下官在！”一黑脸持枪、年约二十七八的武士拍马立于队前。

“命你持我的令箭，率右边方队军士，立即去城内街区，分片集合十六岁以上、六十岁以下无病男丁，一律换上军服，手持武器，登上四门城楼及城墙垛口，遍插旗帜，做好疑兵之计！”

“得令！”张耀龙接了令箭，却道，“请问周将军，军服在哪里领取？”

“无须领取。本将军自任本郡郡尉即有筹谋，令城内各户制作军旗一面，并按男丁之数备下军服。不知你等身体能否支撑？”

“禀将军，我等听得有仗可打，那病立即就忘了，就没了！”回头对身后列队军士道，“大伙儿说，是不是？我们还等着布好疑兵之后，跟随将军前去杀敌呐！”

“是！我们还要跟随将军去杀匈奴匪徒！”大伙儿齐声应道。

“张耀龙，出发！”周重又对左边方队道，“刘喜良接令！”

左边方队中走出一位天生一张笑脸的年轻骑士：“刘喜良在！”

此时，右边方队军士已急速出营，顷刻之间走了个干净。

周重扔过一支令箭：“命你率左边方队人马，立即疾驰城固县衙，会同县尉陈般，做好城防事宜，同时派两名身体健壮、头脑灵醒的军士，火速前往白崖村，去张骞家中找到周月英，不要管家中的坛坛罐罐，将张骞之母背至县衙。若时辰紧急，即择一隐蔽处藏身。据我所知，距张骞家三里的汉江岸边，有一大片芦苇丛，里边尽可隐匿——此非我周重私心，张骞乃朝廷派往西域使团的正使，不管现在情况如何，我等地方官兵，都有保护他家人安全的责任。此乃有关国是，要紧，要紧！”

“喜良知晓。有喜良在，将军尽管放心！”转瞬之间，亦走了个干净。

“其余部属听令，给大家半个时辰准备，饭吃七成，水喝七成。半个时辰之内，听号角集合，出北门迎击来犯之敌！”

一些军士却站在原地不动。

周重十分理解：“我知晓你们现在的心情：激动且又紧张，故而不想吃也不想喝。这是一种战前焦虑症。我敢说，你们都是我不任郡尉时来的新兵，没打过

大仗恶仗，有此焦虑，一点也不稀奇。大家放心，有我周重在，决不会让匈奴人捡到任何便宜。大家还是去吃点喝点，这样可以放松心情，从容对敌。走，大家且随我去。”

几句话，众军士再没那么紧张，跟随周重去了饭堂。

半个时辰之后，周重率军出了北门，来到一块敞地——唯北门直通大路。

当时的汉中郡，除南门濒临汉江，其余西、北、东三处城门外，均有深一丈、宽两丈的壕沟。壕沟里遍插尖利的竹桩，竹桩之上覆以柔软的草帘，人马落入，帘落桩出，遍身的血窟窿。吊桥之外的敞地，可容两千左右人马，而远处路径两边均有陷坑，夏季雨水多时，里面经常灌满泥浆，泥浆之上常常长满了水灯草、水芹菜、节巴草、棒槌草、水葫芦等各种水草。当地人进出郡城，见此都小心绕过。

敞地外围，皆为稻田或者荷塘，因为时令已到七月中旬，稻秆、稻叶或麻或黄，全都褪尽了绿色。许多稻穗梢头，谷粒下垂，粒粒金黄，连田连片，正午的阳光下，微风一吹，一望无际的金色波浪，给人以无限的喜悦。

早熟的稻田里，半个时辰之前，还有人在收割稻谷，现在只见到空无一人的拌桶，以及在田中站立的草把。远处的村庄亦寂寂无声，往昔听惯了的鸡鸣狗吠，也不知去了什么地方。

出城也才不久，有的军士便觉得好像过了很久。不一会儿，便听探马来报，敌军距此已经不到十里。

匈奴骑匪一经踏入汉中平原，行军速度便不得不慢了下来。

缅捏土司初见一望无垠金黄的稻田，即大声浩叹：“这么多稻谷，这该抵多少肥羊？难怪汉人富足，值得一抢！他妈的，这回算是来对了！”遂纵马率先疾驰。

奔出不到数十丈，缅捏土司发现大队人马却成了一字长蛇，大路上只可供双马并骑，与北方草原完全可以任意奔驰不同。遂又骂道：“他妈的都这么蠢笨！这稻田与草原有啥两样？不都是长草的地方！路上挤不下，就给下田去！”

骑匪们纷纷下田，将即将收割的稻谷遭贱得谷粒乱飞。看那马儿，前边的被纷纷绊住，后边的马儿纷纷栽倒于前边的马身——原来这稻秆儿韧性十足，马腿一被缠裹，休想向前半步，而后边的马儿收势不住，便向前跌。

呼日勒尖声大喊：“都给我回到路上，甭乱了秩序！”

缅捏土司道：“这谷子秆秆跟汉人一个秉性，看似软沓沓经不住一踩，团在一块儿就这么不好对付！喂，呼日勒，汉中郡城里，大户肥羊是不是很多？”

“那还用说！穿绸挂缎的汉人多得是！”

“有没有马邑城里那么多？听说就一个聂壹，运货的骆驼就多达百头！”

“聂壹算什么？这汉中是出丝绸的地方，农村一般小户，一年就收蚕茧几百斤。城里的绸缎庄，运货用船装，顺汉江下夏口，一起航就好几艘。那黄澄澄的金子、白花花的银子，比咱匈奴的王爷富多了！”

“他妈的，咱没工夫乱跑，就去汉中、城固两个地方，去抢那些肥羊！”

“可我们没有用以攻城的云梯，只怕不容易进城。”

“你说过，周重的人马拢共不过千人，骑兵仅仅三百而已。你鬼主意多，将他诓出城外，杀他个落花流水，那些肥羊不就顺利到手？”

“话是那样。可那是好几年前的事了，谁知现在是什么景象？不过，以我对周重脾性的了解，不打一场恶仗，那城就休想进去！”

“呵呵，呼日勒你原来是在骗我！我去流血拼命，你去单于那里邀功领赏，账算得不错。”

“缅捏土司你错了。你拼命，我能闲着？你得肥羊，回去便可与美丽的塔丽版宓赤成亲，这是多大的美事！我呢，主要是帮你完成接走张骞母亲的任务，绝了五公主不切实际的念想。如此而已，绝无他求。眼下，我们对付的主要敌人是周重。只要能将其诱出城外，大功也就告成。”

“算我没说。一切都看你的。不过，我再问你，我们从哪道城门进去？”

呼日勒觑了一眼缅捏土司，觉得这家伙自认无敌，太过狂妄，好像周重的兵力都是虚设，一声呐喊便可入城。因为不能挫了他的锐气，于是委婉道：“汉中郡四道城门，南门面临汉江，出门便是码头，是为死地；东、西两门，出门便是壕沟，过了吊桥倒有敞地，但敞地之外全是稻田，唯有田间小道与之相通，大股兵力，根本难以展开；唯北门与车马大道相通，但过壕沟需得门板。故此，我们得先去附近村庄弄些长大木板，从此门而进。”

缅捏土司立即令一百夫长，率领一队人马，顺田间小路驰向一处村子，抢了

若许门板、木板。

正是正午，骑匪们个个汗流浃背，到了北门。一见汉军在城外严阵以待，缅捏土司倒没了主意：“呼日勒，这周重弄的什么玄虚？看那骑兵，没有一千，也有八百，步兵方队最少也有三百，而且有手持弓弩的。”

呼日勒不语，心里暗自吃惊。这周重敢于出城迎战，显然早有准备。再看门楼城墙，旗帜迎风猎猎，且每个垛口皆有戎装汉兵游走守护。而城楼上的弓箭手，亦张弦以待，箭镞直指城外敞地。他粗略估算了一下，仅守城军士就有两千以上。当年他作为汉人俘虏，所知非常有限。但是，既来之，就不能空手而归，更不能示弱。他得先麻痹一下周重，而后让缅捏土司发起突袭，实施贴身肉搏，使其弓弩手无计可施。

遂与缅捏土司秘密计议之后，向对方喊道：“周老将军无恙。我乃呼日勒，张骞是我结义大哥，此来并无恶意，单于派我等一是请月英嫂子北上与大哥团聚，二是护送张家的伯母北上，以解大哥思母之苦，万望周将军勿要误会，放我等进城商议相关事宜。”

“老夫与卖友求荣之徒无话可说。”话未完，左手向下一劈。话落，上下箭矢如骤雨一般，先于匈奴射出。

须臾之间，匈奴骑匪倒下一片。那弩箭端的利害，纵有胸甲相护，亦直贯而入，如穿肉串一般，两头露出箭镞羽尾。饶是呼日勒轻功尚可，所中之箭均在要害之外，一箭穿耳而过，半只耳朵不知去向；一箭紧蹭左腿，带去一团肉块，弄得上下鲜血淋漓。而缅捏土司幸亏两名贴身卫士替其挡箭，才得无恙。

后边骑匪见事不好，疾向两旁闪躲，一阵“咕里咕咚”响过，又纷纷落入陷坑。呼日勒气得大叫：“快快，陷坑上铺门板！”

有骑匪应道：“陷坑里有咱没死的兄弟。”

呼日勒跃至那匪面前，一个大耳刮子扇去：“不知利害的东西，不铺板子，你替他去死！”拖过一块门板，便向那伤匪头顶盖去。

缅捏土司何曾吃过如此大亏，才一眨眼，二百多名凶悍的骑士便尸横于地。他双眼充血，怒目圆睁，如疯牛一般，发出惊雷的怒吼，直向周重冲去。

汉军中一些新兵竟被唬着。周重镇定道：“此匹夫之勇，且看老夫如何取其

首级！”舞起长槊，将缅捏土司敌住。两人更不搭话，一人一心保民，一人一心报仇，你来我往，乒乒乓乓，堪堪势均力敌。汉军新兵见此，立即定神以待，专心对敌。

呼日勒不容第二拨弩箭发射，便指挥众匪随缅捏土司杀入敌阵。

双方顿时搅成一团。没有呼叫，没有呐喊，只听兵器猛烈的撞击之声。双方倒下去的人马，立被践踏如泥。到处都有残肢断臂，到处都有鲜血喷溅，双方杀红了双眼，谁也不肯退却半步。

呼日勒想助土司一臂之力，但周遭人影穿梭，无从下手，眼见所带人马又一个个倒下，而周重仍死战不退，心中陡生一个疑团：莫非周重率敢死之士在此相拼，拼到匈奴人所剩不多时，城中的生力军再一拥而出，实施聚歼？想到此处，暗道一声：“不好！”便从紧随身旁号手腰间掣出牛角，亲自吹起退兵号声。

匈奴残匪迅即一边掩护，一边撤出战场。

周重亦不追赶，任其撤出，并令首先抬送己方伤者进城进行救治，再将战死军士的遗体送回处理。最后清理战场，将匈奴人的尸体集体掩埋，将死去的战马让民众取食。

周重清点双方死伤人数，己方阵亡二百二十三人，伤七十八人；匈奴人被杀四百一十二人，伤八十二人。他不能不承认匈奴人的凶悍，若非弩箭与陷坑，这一仗的伤亡大概差率不大。

总算保住了郡城。有此一仗，定给匈奴人的心中投下不小的阴影。而陈般乃智勇双全之士，定有办法对付这些匪徒。剩下唯一担心的，是月英与张骞母亲的安危，但愿有刘喜良相助，她们能躲过此劫。

张骞呀张骞，为你一人，闹出这么大的动静，你可知之？

刘喜良从周老将军的表情及口吻中猜到，张骞母亲和小姐的安危事体重大，一向陈般报毕匈奴匪情，便选了一名膀大腰圆的军士，相跟着奔向白崖村。

因张骞母亲身患时疫，刘喜良前不久为送药来过一次，所以轻车熟路，很快到了村口。刘喜良先通告了村中里正，而后去了张骞家中。

刘喜良见大门双掩，轻轻推开踏入，里面却阒无人声，于是叫道：“小姐，

月英小姐，你在哪里？赶快出来，一会儿匈奴人就打来了！”

灶房里传出周月英的声音：“谁在叫我？匈奴人在哪里？”

“我是刘喜良。匈奴骑匪大概已到郡城，和周老将军打在一处。我奉老将军之令，通知小姐与张伯母迅速转移隐藏，现在去陈般那里已来不及了。按老将军的吩咐，我们去江边芦苇丛。请小姐告诉我，张伯母在哪间房里？”

“你张伯母身子如炭火一般，烧得厉害，受不得丁点儿折腾和惊吓，这可如何是好？”

“小姐放心，我们用被子将伯母一裹，或背或抱，决不让她受到颠簸。小姐你也不能耽搁，得跟我们一道转移。”

“我正在熬绿豆粥，马上就好。你们先去伯母房里收拾，我随后就来。”周月英指了房间，便低头向罐里舀粥。

大个子军士背着张母大步出门，周月英挎着宝剑，提着粥罐紧跟而出。她放下了粥罐，准备锁门时，刘喜良急得大叫：“快走，快走！锁门啥用？匪徒一脚就能踹开！不要白耽误工夫。”

三人上马，刘喜良欲背张母，大个子军士不让，刘喜良也就随他，便率先直奔江边。

江边果然有好一处芦苇，有诗为证：

初秋芦苇赛青竹，芦花始媚抖风流；
秆儿叶儿密层层，蹊径难觅好藏头。
江风不知温柔事，乱摇芦身晃悠悠；
芦苇争高欲遮阳，底根无雨湿溜溜。

这芦苇丛只在秋后才有人光顾，且是结伙而来，主要是割下芦苇秆，回去编织芦席。平时无人涉足，因苇丛中不光有白鹳、白鹭、黄鸭等水鸟的鸟窝，更有各种蛇类和狼群藏匿其中。几人到了芦苇丛边，一时竟不知从何处进入。

周月英虽为女中豪杰，却天生怕蛇，又从未钻过芦苇丛，而事态又非常紧急，容不得丝毫迟缓。于是道：“喜良兄弟，赶快拿个主意！”

刘喜良上下看看，又端详了一会儿脚下，便道：“就从此处进入。理由两条：其一，敌人万一搜到此处，根本想不到我们就藏在他们眼皮底下，这叫出其不意，或叫‘灯下黑’；其二，这里草皮甚厚，踏过之后，草茎容易蓬起恢复原貌，不会留下脚迹。至于三匹马儿，可以这样处理——”回头叫道，“大个子，将张伯母与我，你将三匹马带着，沿着苇丛边缘向下走三里，择一疏处穿过苇丛，而后踏水而行，向下再走三里，再上岸择一苇丛将马牵入。听到我的口哨声音再出来。”

大个子军士依计而行。刘喜良背着张母，先入苇丛。

周月英踏着他的足迹，随后而入。

刘喜良回头发现不对，立即叫停：“月英小姐，不是这样走法。你踩着我的脚印，印迹岂不更深！你得另行择路，并将我们踩过的乱草扶扶，让它们尽快恢复原样。”

周月英一笑：“我也是急糊涂了，这么简单的道理都没想到。”而心中却感叹父亲看人之准，这样机敏而细心的军士，看年龄不过二十一二岁，其前途真是不可限量。

“不是小姐没想到，是小姐一心挂念伯母的缘故。”

因为紧靠路头，苇丛深处除了牵扯不断的各种蛛网，其他杂七杂八的东西踪迹全无。刘喜良踩倒一处芦苇，又掣出一张狼皮，让周月英铺上，这才轻轻放下张骞母亲。

周月英又一次见到刘喜良的体贴与细心。这狼皮还是张骞早些时候，在江边与狼群恶斗的战利品。而今在此处又复触及，不禁勾起她浓浓的思绪。

刘喜良按剑侍立一旁。周月英蹲下，去试婆母的鼻息，只见呼吸急促，热气灼人，便急急打开粥罐，再扶起半坐，左臂撑住婆母，右手舀了一勺豆粥，一试温凉，小心喂去。

张母勉强吃了一口，即轻轻推开：“不想吃。月英，我连累你们了。”语毕，便大口大口地喘气。

“婆母，是月英没用，找不着良医，害得您老人家久拖不愈。”

“不许这般……这般说……说话。人的生……生死，都……都有命……命数，你是一个……是个孝……”头一低，便没了声音。

周月英急得又掐人中，又低声呼叫。张母缓过劲，又道：“我还要……还要等骞儿回来，回来。”

“对对。婆母坚持，一定等张骞回来。他若有事，我就去找他。”而一提到张骞，周月英便满腹惆怅。几年来，关于张骞的传闻实在太多。有说他降了匈奴单于，做了匈奴的大官，还娶了匈奴女子为妻，所以皇上才大为震怒，没收了张家的田产，连带她父亲也被削职；有说他做了匈奴人的奴隶，戴着脚镣手铐，在匈奴做苦工；有说他被匈奴的结义弟兄出卖，已经被人杀害，尸骨在什么地方都不晓得；也有说他逃出了匈奴地界，去了西域很远很远的地方，回来迷路了，走到另一个地方。周月英坚信，张骞不但活着，而且仍是那么坚韧、那么忠于朝廷、那么重情重义，只是因为什么特殊原因被绊住了，一时不能动弹。

进芦苇丛不到一个时辰，便听芦苇丛外边来了许多人马，马嘶人叫，闹腾不已。因为外边的人说着番语，周月英、刘喜良一句也听不懂，但从相互争吵中可以猜到，这些匈奴骑匪是为找人而来，面对这一大片芦苇丛，从什么地方寻找，发生了争执。

周月英、刘喜良顿时紧张起来，二人盯着来路方向，倾耳听着外边的动静。万一敌人从此处搜寻进来，他们也好迅速钻入别处。

突然周月英听到一个似乎熟悉的嗓音，那种尖利与嘶嘶刺耳的声音，使她想起一个人——呼日勒。虽然事隔数年，又说的番语，但她仍然断定是他。

这么说，张骞被结义兄弟出卖的传闻是真的了。否则，呼日勒不去西域，带着一帮匈奴劫匪来这里干什么？这也说明，张骞虽然被俘，仍坚守忠诚，并无投敌一说。

也不知呼日勒说了些什么，这帮敌人分成两拨，去了上下两段芦苇丛，惊得一群群水鸟飞到半空，鸣叫不已。

呼日勒在上边不远的地方，改成汉话，对着芦苇丛喊道：“伯母、月英嫂子，我是张大哥的义弟呼日勒。张骞现在过着与匈奴王爷一样的日子，只是十分想念伯母和月英嫂子，这次特地派我来接你们去他那里享福。刚才我去伯母家里，什么都没动分毫，只是因为肚饥做了一顿米饭。我想吃顿饭并不为过，倘伯母在家，也不会让我们远天远地来了，还饿着肚子。请伯母恕义子不孝，打扰了您老人家。我晓得你们害怕匈奴人，所以藏进了这芦苇丛。请相信我这不争气的外族义子、

义弟，虽然带领着匈奴最勇敢的骑士，那也是为了预防不测，面对伯母、嫂子绝无半点儿加害之意。出来吧，我们也好及早整顿，及早北上。”呼日勒说得非常动听，也非常诚恳。

张母挣扎着坐起来，周月英赶快扶着，只听张母断断续续道：“这个人……不是东西……甭听他的……他的鬼话……”

“月英明白，月英晓得，月英不会上他的当。呼日勒是个贼子，不是好人。”周月英小声道。

“这个匈奴匪人，他怎的与你们如此熟悉？”刘喜良很是惊讶，又小声道，“看样子，这人是专程为了你们，才入侵汉中。”

“这事以后再说。喜良兄弟，你选择此处真妙，果然出乎敌人意料之外。”

倏地，敌骑又呼呼啦啦向下奔去，找了许久，什么也没找着。而路上又一敌骑奔来，用番语大声叫喊，声音显得异常紧迫。随着此人的叫喊，所有的劫匪停止了搜索，那呼日勒似乎十分惊慌，一声尖吼，敌骑又呼呼啦啦从原路撤了回去。

芦苇丛又复一片静寂，江风拂动着芦花，一俯一仰，日光下显得悠然自在。

静守了一会儿，刘喜良道：“月英小姐，你们别动，我去下边看看。只要大个子和马儿没事，那就说明没事。”说罢，轻轻拨开苇秆，反身向江边走去。

刘喜良尚未返回，路上又有数骑来到芦苇丛前面，其中一人喊道：“伯母，月英嫂子，出来吧，我是梁清泉，敌人已被打跑了。”

“出来吧，伯母、嫂子，我是沙河营的刘苟成，与张骞大哥一块儿，在斗山书院上过学。”

“我是饶家营的温万世，我和张大哥的老师都是俞志达。”

“我是沙河营的刘苟成，从小我就晓得这里有一大片芦苇丛。”

周月英再也不容迟疑，颤声应道：“我们就在你们面前，拨开芦苇丛，向前走两三丈便可看到。要不是婆母病得厉害，我们自己就出去了。”

梁清泉等人立即下马，哗哩哗啦一阵急响，很快走到了张母跟前，纷纷叫着“伯母”，问病的，道歉的，安慰的，一片汉中乡音。

张母吃力地睁开双眼，看着一张张久不见面而又熟悉的面孔，双唇翕动，拼了全力问道：“骞儿呢？骞儿！骞儿……”头一低，再无言语。

梁清泉伸手一试，已无鼻息，便率先跪下叩头道："伯母，张骞已经有下落了。"

趁张骞母亲的遗体尚热，梁清泉一下将其抄起，钻出芦苇丛，一跃上马，火速直奔张家。此时刘喜良、大个子恰好赶到，当即扶着满腹哀伤的周月英上马，一干人寂寂而去。

即将到家时，刘喜良道："月英小姐，你得挺住。张骞大哥不在家中，一切你得做主。我看大哥的同伴，对大哥的感情非同一般，所以我得先行回郡尉府，向周将军禀报这里的情况。如若需要什么，我可帮忙办理，而后再返回白崖村。月英小姐，这样可否？"

"喜良兄弟，你的话很对。我父亲刚打完仗，许多事都亟待料理。请你告诉他，应以公事为先，这里有我在，再周知婆母的养子张謇——即现在的宋回，会将婆母的后事办得妥妥帖帖。你去吧，谢谢你了，喜良兄弟。"

刘喜良与大个子遂向周月英道别，返回郡城。

张骞母亲的丧事办得周到而又隆重，一应细节，不再赘述。巧的是县令同时下达了发还田产的通告。因通告在青苗之后，今年的官租仍得如数缴纳。

周重与李武虽军务极为繁忙，翌日绝早仍赶至白崖村。叩拜上香之后，周重问女儿："月英，亲家母生前有无遗嘱，死后葬于何处？"

"说过。她说生时如果见不着张骞回家，死后就葬在门口大路旁边，也要等到张骞回家。"周月英说着，不由哽咽起来。

"你是个孝顺孩子，在这里，你该做的事都做了，丧事之后，你还是回军营吧。至于以后的事，以后再说。"

李武、梁清泉等人亦走过来，劝慰周月英。

周月英忽然向李武问道："不知李将军甚时回李广叔叔军营？这次幸亏李将军及时赶来，汉中和城固人才得免遭大难。"

"月英嫂子，你还是叫我李武吧。这次若不是周老将军施计力胜第一仗，以及我叔叔的威名，我哪会赢得那么轻松。至于回军营的事，当然是越早越好，不能在此久耽。"

梁清泉插过话来："月英嫂子，你没见着，李广将军的兵打起仗来那种狠劲拼劲，真让人大开眼界。敌匪一听是李广将军的部队，先自怯了三分；周老将军

胜了第一仗，他们又怯了三分。所以李武将军的战士犹如砍瓜切菜一般，将敌骑打得惊恐万分，落荒而逃。来时的一千五百骑，逃得性命的不足三分之一，只可惜没能抓住什么面捏的土司，以及出卖张大哥的贼子呼日勒。万幸的是，你和伯母没有遭其毒手。”

提起张骞的母亲，周月英又有些黯然，一抬头，对父亲道：“请爹爹原谅女儿不孝。女儿今天当着各位兄弟的面，将我的想法道出。既然知晓张骞在匈奴托力鲁草原做散奴，女儿就决定先随李武去李广叔叔军营，而后再从那里出发，去托力鲁草原找到张骞。张骞当奴隶，我也当奴隶；张骞放羊，我也放羊；张骞去西域，我也去西域！”

“张骞的下落，女儿从何处得知？”

“您和李武这次捉的俘虏之中，不是有匈奴人向你们交代了吗？”

周重瞅瞅梁清泉等人：“是你们告诉月英的吧？”

“我们想，这事最不能瞒的人，应是月英嫂子。嫂子都年近而立了，我们得替嫂子着想。”梁清泉带着深深的同情与感慨，坦然道。

周重竟自流下两行清泪：“路途遥远，吉凶难测，荒原大漠，又在敌国，为父不是不让你去，是怕途中凶险太大，你一个女孩儿，多有不便。你若一定要去，爹不阻拦，你看派谁相随为好？”

“爹爹放心，女儿可以女扮男装。若说伴当，喜良兄弟一人便可。”

周重颔首：“女儿的眼光，倒是不差。”

闲言少叙，专说周月英。

是年（前133）七月十八日从汉中起程，七月二十日傍晚抵达李广军营，拜见李广之后，又稍做准备，七月二十三日出发，七月三十日到陇西。中途因之前操劳过度体质下降，乍暖乍寒的北方气候一时难以适应，便开始发烧，致周身酸困，头脑昏沉，加之又淋了一场疾雨，病情骤然加重。而自上路之后，往往百里、数百里见不着人烟，虽急坏了刘喜良，亦毫无办法。勉强挨至一处崖洞，刘喜良找了一些草药，将息了两天，周月英略有好转，便又坚持上路。

至陇西，已是下午，二人择一处略微干净的客栈下榻，周月英挣扎着取出一束书简递与刘喜良。“此为李广将军付与陇西太守沈达成之信函，你速速与之，

求其延一当地名医来此。”刘喜良不敢久耽，即刻去太守府，门官却说沈太守与郡尉郑珏一块儿，去别处巡边去了。问甚时回府，答曰不知，并板起面孔，再不理睬。刘喜良知门官索要财帛，可走时急促，忘记多带银两，正自怏怏，却见一旗牌官驰然而至，见此一问，大吃一惊，原是周月英万里寻找张骞而途经此地，遂自介姓翟名英，与张骞曾有一面之缘，携了刘喜良，进入沈府。

恰沈达成与郑珏都在，问明情况之后，即命翟英赶快去请军中医官。

至客栈，众皆赫然，见周月英气息奄奄，倒在血泊之中，旁边一匈奴男子已然断气。抓来客栈老板一问，原来两匈奴客发现周月英系女儿之身，于是歹念陡起，打斗之中，匈奴人一死一伤，伤者已经逃离。沈达成即刻下令全城搜捕，并令医官全力抢救。

医官摇摇头，道：“禀告太守，人已经‘走’了。”

刘喜良扑向周月英，跪下号啕大哭：“月英姐姐，我怎么向周老将军交代啊，我真该死！”

这真是：

匈奴蛇蝎生战云，斗智斗勇老将军；
张母战乱瞑目去，又复月英难幸存。
盼子归兮子不至，欲作孟姜兮成英魂；
甘为鸱鹈兮飞北地，无惧荒原兮起困顿。

欲知后事是何故事，且由下回分解。

**注释：**

①陈仓古道：即连云古栈道和褒斜道南段，在今陕西宝鸡至汉中一带。

②黄沙、金泉：地名，在今之汉中勉县东。

# 西域英雄传 Ⅱ

XIYU YINGXIONG ZHUAN

李茂询 著

陕西新华出版传媒集团 陕西人民出版社

# 西域英雄传 Ⅲ

XIYU YINGXIONG ZHUAN

李茂询 著

陕西新华出版传媒集团 陕西人民出版社

# 第五十回　万里感应张骞聚友　部落闹鬼王府占卜

是年（前 133）七月十四日，张骞一起来，右眼皮便开始“噌噌”直跳。他用冷水浸，用中指、食指按摩，仍不管用。于是他先打了一套长拳，又练了一套轻功提纵之术，接着将青锋剑谱七十二式全部使完。眼皮似乎不跳了，却又莫名其妙地心慌心急。他以为是刚才练功所致，便倚着坎边的树身歇息。正准备回屋弄饭，吃了好赶羊出去，突然感到心被掏空，隐约之中，听到母亲不停地呼叫着“骞儿，骞儿”。

张骞不由自主地泪水长流，接着开始放声痛哭。他的哭声似乎让母亲受到惊吓，停止了对他的呼唤，接着是一声长长叹息，之后便归于静寂。

静寂之后，张骞越发心绪不宁，胸中糟乱得无以复加。想到自十九岁离家从军以来，倏忽二十几年过去，中途回家的日子，满共不足半年。而自出使西域，羁绊于匈奴，又是六年有余。家中本有一弟，又被其生父索回，幸有月英平时照拂，月英却是未过门的媳妇，母亲年事已高，偏遭匈奴祸害之年。母亲若遇不测，他这做儿子的亦将永世难安。一边，是未竟的皇命；一边，是需尽孝道的高堂。而今两端受阻，他不禁悲愤难抑，仰天一声长啸，含泪吟唱道：

蓝空驾鹤兮大麾乘风，星光深邃兮难储霓虹；
长跪号泣兮高堂祷福，游子不由兮峭壁峪峒[①]。
叩问长阳兮何照归途？燃橑[②]烹稑[③]兮卮酒霁容；

陛辞君王兮直赴汉水，西域风尘兮濯之歙颂④。

张骞刚一唱罢，塔丽版宓赤便从柴垛后边闪将出来："何事惹得你如此悲伤？又是流泪，又是痛哭，又是长啸，又是吟诵，何曾这样难受过？听你的意思，是想家了，想阿妈了？"

"啊，原来是五公主。您可真早！"张骞面带戚容，不失客气。对于所问之语，只字未作回答。

"怎的，你又忘了？我有名字，叫塔丽版宓赤，或者塔丽玛尔。我不叫公主，也不叫五公主。我问你的话，你还未回答我。"一顿，又道，"你问我的话，我可以回答你。我昨天傍黑便到了西小黄山。原想绝早赶来，蹭你一顿早饭，不料你又是打拳又是舞剑，又是哭泣又是吟唱，连个早饭影子也没有——你可欠我一个绝大的人情，这次没让你去南方打仗，你还没感谢过我！"

"塔丽——我——"张骞不想说，这种异常感觉一时也说不清。说了，她也未必能体会，于是道，"您的情意，我怎能忘记，又怎敢忘记？这里除了牛羊肉，别无长物，我给您做碗莜麦片儿汤，如何？"

"你怎的老说不听？老是'您'呀'您'的，把人都'您'生分了。你刚才叫我'塔丽'？这多好！以后你就叫我'塔丽'。莜麦片儿汤嘛，倒是稀罕东西，我喜欢。"塔丽版宓赤叽叽呱呱一通说道，让张骞减轻了那种刺心的痛感。

塔丽版宓赤一边观察张骞犹带忧戚的神色，一边看他做饭，故意调侃道："看你一副不高兴的样子，是不是嫌我吃了你、喝了你？其实，你想回家探望阿妈，是很正常很容易的事。只要你答应娶我，我阿爸反对也是白搭。他若不认我这个女儿，我正好一块儿随你回城固。那些农家活，我可以重新学起。至于周月英，我将她当姐姐看就是。"

张骞将煮好的莜麦片儿舀了满满一钵，轻轻地放在餐桌上："尝尝，看看味道怎么样？"

"我一个人吃得下去吗？你怎么不吃？"

张骞回身，默默地舀了一木碗净汤，慢慢啜饮。

"你这叫吃饭？不如喝水算了。你不舀面，我给你舀。"塔丽版宓赤起身，重新拿起一只木碗。刚拿到木勺，却被张骞攥住："塔丽，不是我不陪你，是我今天的感觉非常不好。先让我缓缓，行吗？"

塔丽版宓赤伸出另一只手，握住张骞右手，看着张骞的眼睛："匈奴人有句话，'一人流泪，全体悲伤'。我虽然体会不到你的感觉，但我是一心一意爱你的人，你这个样子，叫我怎么吃得下去？"

张骞松开手："我说不过你。"

"本来嘛。今天不管我是你的家人，或是你的客人，饭应该一块儿吃，你有什么好的、不好的感觉，应该讲给我听。"

"吃饭不语，这是祖先教给我们的礼节与习惯。塔丽，有什么等会儿再说，行不？"

吃罢饭，张骞问道："塔丽，你告诉我，王爷、小王爷为什么没有回来？马邑之战战况如何？就你所知，能否说说？"

"据回来弄给养的额朗说，马邑之战原系汉人设下的埋伏。单于快到马邑时抓了个汉军小头目，那人是个软骨头，怕死，把汉军的埋伏计划全部供出，结果汉军扑空。汉军大头目叫韩什么国的，要与单于公开决战，单于再不上当，在荒原、大漠跟他躲猫猫，一拖就是几百里、上千里。趁汉军主力在塞外瞎折腾，单于又分派几支人马南下，去抢'肥羊'。王爷、小王爷受右贤王指派，先去了上谷，后又去了陇西，现在到底去了什么地方，我也不清楚。"

"他们会不会派出一支人马去汉中？"而马邑伏击战的破败，张骞又深为惋惜。

"打仗是男人的事，这我可不晓得。"塔丽版宓赤还是瞒下了事前的计议，心里却已经"咯噔"一跳。如若单于仍想劝降张骞，这事儿谁也无法阻拦。而表现踊跃的，莫过于缅捏土司。

张骞一算日期，敌人入侵汉中，就在这一两天，他的不祥预感，并非空穴来风。

母亲，生他养他的母亲，一定遭到了巨大的不幸。人说母子连心，冥冥之中，母亲在告诉他，国仇家恨，应牢记于心！

张骞低头坐下，忍不住伏案抽泣。

铁一般坚强的汉子，仅仅凭一种预感，揣知万里之外母亲遭遇不幸，因此而悲伤不已，使塔丽版宓赤顿生怜惜之情。她轻轻揽过张骞，让他的头紧贴自己的胸膛，一只手抚着他紧实的脊背，喃喃道："哭吧，哭出来就好了。单于的事，我阿爸也管不了。"

塔丽版宓赤的体香，使张骞突然产生了警悟，他挣开那柔软的胸膛，抹去泪水："这不单是个人的恩怨，它牵扯到两国之间的关系。单于欲通过对我的劝降，以此恶心汉皇，并使吾皇由此打消出使西域、联络友邦、夹击匈奴的谋划。他们原想以长期囚禁消磨掉我的意志，可六年过去，我还是原来的张骞。依我估计，单于龙廷有人提出这个损德的主意，挟持我母亲北上，以此要挟于我，逼迫我为匈奴做事。所以，即使没有托力鲁王爷与缅捏土司，也还会有别的什么王爷、什么土司入侵汉中。这事儿我只是猜度，你知晓便是，倘若让你阿爸晓得了，对我会更加不利。我很珍惜你对我的真情，所以我的思虑也不瞒你。"

塔丽版宓赤大为感动："你是个善于思考、有勇有谋的大男人、真男人！你的话，我不会告诉任何人。只有真心爱我的人，才会将心底里的话告诉我。万一得知伯母不好的消息，相信你也能挺过去——凡事从大处着眼的人，当然有大胸襟、大担当！"

这是不作明言的暗示，张骞当然理解："我是悲情陡生。你放心，我明白我应该做什么。"

见张骞不是作假，塔丽版宓赤才道："抱抱我，好吗？我会常来看你的。"

送走塔丽版宓赤，张骞又独自坐了很久，设想若母亲真的遭遇不幸，他该怎么办。应是更无牵挂地联系同伴，坚持西域之行，以完成皇命为唯一目的。想定之后，这才打开羊栏，进行常规日程。不过，自后邻居们再也听不到他的笛声和歌声。

转瞬之间，又是半月。这半月，张骞除了收割庄稼，存贮冬饲牧草、积攒薪柴，就是陪陪常来常往的塔丽版宓赤。问及托力鲁王爷父子，回说还在前线打仗，甚时回来，她也不知。问仗打得怎样，回说仍是不知。张骞看其神色，并非假话，也就不说什么。

七月三十日，张骞突然又莫名其妙地生出不祥的预感。会是谁呢？他已没有别的亲人，让他时常挂怀的，也就是周月英。

他不相信月英会遇上什么——除非一种情况，既然母亲因匈奴人的荼毒而身殁，月英再无牵挂，以其个性，必定会因为寻他而北上。而大漠、荒原、雪山、狼群、土匪、骑痞，处处凶险，处处危艰，她一个女子，时时将遭到不测。

莫非她……？

如若真是那样，他将终生愧悔。月英几近三十，仍为女儿之身，既无应有的名分，亦未留下一男半女。有的，只是一个空壳子婚约。

若知西域之行如此受阻，就不该有那婚约。进而想到死去的同伴，李肃百、夏宏、戴羽、杜槐……他们的身后，都是一个个破碎的家庭。

连续几天，张骞做什么都毫无头绪。睁眼闭眼，眼前都晃动着月英的影子。他拼命发狠地干活，不知劳累，不知饥渴，直到八月初的一天，索日力突然出现在他面前。

张骞正在劈柴。索日力连叫几声没见应声，走到跟前大吼道："张大哥，你耳朵聋了是不是？连叫几声，都不理我这稀客！"

见是索日力，张骞一下扔了斧头，惊喜地一抱搂住："索兄弟，你可算回来了！仗打完了没有？你还去不去？"

"张大哥，你轻点轻点，身上的骨头都快被你勒折了。"索日力一迭声叫道。

张骞松开双臂，嘿嘿一笑："甭说，你还真是稀客。从六月盛羊节你被征调到辎重队算起，到现在整两月，我还一直替你担心呢。"

"从六月初八到昨天八月初八，这两个月的日子过得，可用一句话归总：一言难尽。"

"此话怎讲？"

"我得先感谢你。若不是你初任辎重队副统领时，坚持让我去了辎重队，我就得上前线作战，一旦成了骑士，我这条小命说不定就交代了，连尸骨也见不着！"

"呃，这次仗打得不顺手？"张骞暗赞汉皇一改软弱怯懦风气，将士的战力让匈奴人开始感到畏惧。

"岂止是不顺手！托力鲁这次算是遇上了硬茬，其他战场也未捡到便宜。开头，托力鲁为锻炼小王爷的军事才能，将指挥权交给了歪嘴子布赫。连带王爷本部人马与山戎乌达调拨的，共计五千人马，布赫将其分成两拨，一拨三千五百骑，攻取陇西，一拨一千五百骑，由缅捏土司率领，攻取汉中、城固。结果陇西没被攻下，三停人马损失了一停；去汉中的更惨，三停损失了两停，回来的只有四百七十余骑。你说，我上沙场，只能当个小兵，还有命回来看你？”

张骞却明知故问：“据你所知，陇西和汉中守将究竟系何样人物，怎的这等厉害？”

“陇西郡的太守叫沈达成，郡尉叫郑珏，二人原为李广的部将，所带部队与李广的作风一样，凶狠无比，敢于死战，而且诡计多端，王爷父子根本不是对手。汉中那一块儿，缅捏土司原以为系地方守备部队，只需一个冲杀，便可大功告成，汉中城里的‘肥羊’任其宰割。哪知守城者是一名沙场经验丰富的老将，叫什么周重，第一仗便吃了大亏，三停人马当下去了一停；转过手，又去攻打城固，又遇上一个硬茬，县尉陈般；陈般虽然厉害，但人手毕竟太少，眼看有些不支，却杀来一支援军——这援军的将领可不是等闲人物，是李广亲自调教的远房侄儿。缅捏土司的部队一听援军是李广的部队，谁也不听约束，只顾争相逃命，结果被杀被俘，五百余骑顿时了账。损失如此之大，这仗还能再打吗？托力鲁父子只好垂头丧气，带领残兵败将回到草原。一回来，就再没走出大帐，一个人在里面生闷气。”

张骞暗替沈达成、郑珏、李武与岳父大人高兴，但还有一个疑团未能解开：“索兄弟，缅捏土司对汉中两眼一抹黑，谁给他当的向导？”

“你不提，这茬事我倒忘了。我问你，你是不是有个结义兄弟是我们匈奴王廷卫士？”

“有一个。给单于当贴身侍卫。”

“对，我说的就是给单于当狗的那个，叫什么呼日勒的。他不但给缅捏土司当向导，还亲自带了二十多个人，去你们村子找你的母亲，要将她老人家带到龙廷去。”

张骞没有料到，呼日勒竟然如此的卑鄙无耻、恩将仇报。他不由得紧张起来：“你可知是甚时日，找着我母亲没有？”

“张大哥，你恁聪明的人，怎么也糊涂了？若是找着人，单于早派人来唤你去龙廷，好让你们母子相见。幸好，呼日勒所带的人中，有一半是托力鲁草原的。大家都佩服你是草原大英雄，骂呼日勒卖友求荣不及草原上的豺狼，所以都不愿干那缺德事。你有个朋友叫达斡汗的吧，背后让大家应付差事。还好，家里没找着。

呼日勒却道，他晓得你母亲藏在什么地方，带着人直奔一条大河——”

“那条大河叫汉江，也叫汉水，离我家只三里路。江边有一大片芦苇丛，当年我曾带他去过几次，在江边捉鱼，在芦苇丛里找鸟蛋。”

“对，我听达斡汗说，呼日勒带他们就是去了芦苇丛。呼日勒这人不但坏，还挺阴险，一口一声‘伯母’，一口一声‘月英嫂子’，叫得亲热得不得了。他们发现了脚迹，也都说没见着，故意将人领到别的地方，胡乱找了一通。恰在此时，缅捏土司派人送来急信，说李广派的援军来了，叫呼日勒赶快撤退，如若耽搁，就等着被杀或当俘虏。那呼日勒却是个胆小如鼠的家伙，不顾属下，逃命比谁都快。”

“是什么时日，你还没说。”

记得说过，事发的当天晚上，月亮都快圆了。“我还想问你呢，‘月英嫂子’是怎么回事？达斡汗当时还很奇怪，问我，不关我的事，打听这么详细干什么，我说，张骞是我的大哥，该不该问仔细一点，他这才一五一十地告诉了我。”

张骞便将他与周月英的婚事约略说了。说罢，又长长一个叹息：“虽未与她圆房，她空背一个媳妇的名头，对我母亲却极孝顺。我有负于她，此生恐怕难以报答了。”

“此话怎讲？难怪你对五公主那盆炭火若即若离。”

张骞遂将两次预感说了。一次，关于母亲的，七月十四，正是月圆时日；一次，关于周月英的，却是月黑尽头。至于五公主，即使没有周月英，也不可能走到一块儿。

“该不是你过于焦虑的缘故，将事不向好里想，只朝坏里想？至于五公主，我就不明白，为何就走不到一块儿？你来匈奴也好几年了，你该了解匈奴男女对待婚姻的态度，比汉人简单得多。什么财产、地位，只要两人瞧对眼，便可以成为伴侣，甚至你前头有几个女人，她都不管！”

张骞不便解释，搪塞道：“我不比别人，我是大汉朝出使西域的正使，身份太过特殊。”

索日力似信非信：“这档子事情，我倒忘了。”又道，“算了算了，我特地带了些酒肉，一来，感谢你让我避过了刀兵之险；二来，算是你为我接风。歇会儿，我的两位兄长也将光临。”

正说着，索恩、索图已到院子，张骞赶快起身相迎。

四人整治酒馔，刚刚妥帖，又来了客人。

达斡汗人还在外，声已入内："张骞大哥，今天来此，只为了告诉你一件大事。"

"一听大嗓门，就知是你。"张骞疾步而出，将其上下一摸，"还好还好，四肢、躯干、脑袋都在。你去了一趟汉中，对我的家乡感觉咋样？"

"我只顾逃命，哪里还管得上'咋样'！不过那地方的老百姓的确富足。户户耕织，家家余粮，所经之处，沃野连片，满眼金黄，一望无际。"一眼看到索日力，又一拳击在自掌心，"看来你已得到耳报，我就不再多说。但我可以向张大哥保证，撤退到金泉、黄沙时，别人都去抢'肥羊'，我可没向任何一家下手。要说嘛，也就是——"突然有些不好意思，声音低了许多，话也有点结巴。

"因为实在太渴太饿，我与另外两个兄弟去了一户人家，里面的人早已跑光，一见桌上堆了一堆食物，还有一坛满满的酒液，于是不管三七二十一，开始大嚼起来。只是那食物特别奇怪，用长长的树叶把米包成三角状，而且黏牙，想快吃，却吃不快。不过，那种糯软香甜的味道，让人至今难忘，那酒也很特别，米粒糟烂，只甜不醉，肚子喝胀也屁事没有。我们三人吃饱喝足，又将剩下的全都拿走。张大哥，这算不算抢劫？"

"事出有因，只可算作不速之客——人家没有请你，你便跑去弄吃弄喝。主人顶多只是讨厌，但绝对不会恨你，这你放心。"顺便又讲了米粽的制作、粽子的来历，以及醪糟（甜酒）的酿制，最后道，"看来这户人家正请人收割稻谷，粽子、米酒是作为中途打尖准备的食物。"遂又将汉中一带插秧、收谷的习俗说了个大概。

达斡汗一拍大腿："他妈的我就不明白，人家种人家的庄稼，我们放我们的牛羊，人家并未来抢我们的牛羊，我们缘何远天远地去抢人家的东西？还杀人抢人？本来是可以做朋友的，却去种仇恨的种子。不知单于和王爷们整天都在想什么！"

这是匈奴底层百姓的纯朴想法，但是匈奴的上层和骑匪骑痞们的匪性政治，却决定了他们多的是狼性，缺的是人性。但这无法向达斡汗等人解释，张骞于是提议道："屋里太闷，不若在外面树荫之下席地而坐，共庆聚会，如何？"

"这好，这好。"几人杂然而应。唯达斡汗恨意未消："这次打的什么狗屁烂仗，逃起命来，那个呼日勒跑得比兔子还快，这种丧尽天良的无耻之徒，张骞大哥，不瞒你说，我和几个朋友都想替你杀了他！你信不信，呼日勒只要活着，他就还会祸害你！”

托力鲁率部随大部队先去了马邑，撤退后又被指派进攻陇西、汉中，结果只捞到一些鸡零狗碎，人马却损失得让他难以承受。回到草原大帐，连续喝了几天闷酒，晚上就拿阿果拉芒娃发泄。弄得其他十个女人和他的部属，谁也不敢靠近他。

一天，管家领着西小黄山的头人巴颜，几次掀开大帐门帘，探头一望，又缩了回去。再一次时，托力鲁终于烦了，骂道：“你妈个 × ！有事就说，有屁就放，给我滚进来！”

巴颜战战兢兢走进大帐，一下跪着：“大王爷，我，我——”

托力鲁背抄手站起：“是不是关于五公主与张骞的事？”

“是。”

“一个奴隶，贼心不死，趁我不在家，敢打我女儿的主意，他吃了豹子胆了？管家，给我备马，我去小黄山教训教训那小子！”

“王爷息怒。这事儿怪那张骞，又不能全怪他。俗话说，一个巴掌拍不响，男人追女人隔座山，女人追男人隔层纱。您这样去，反倒会让五公主铁定了心要跟张骞好。”

托力鲁“扑通”一声坐下去：“你是说塔丽版宓赤经常去张骞那里？”

“是。不敢有瞒王爷。五公主不但经常去，而且一去就是多半天。荒山草原、单门独户，又是孤男寡女，公主那么漂亮美丽，哪个男人见了不动心——”

“算了，别说了！本王爷晓得了，你去吧。继续替我看着五公主。”

巴颜退出，托力鲁又将管家叫来：“你马上去找五公主，让她到大帐来一下。”

托力鲁感到特别闹心。一旦塔丽版宓赤随了张骞，那么缅捏土司答应给的聘礼便成了泡影。那可是一大片水草丰美的草原啊，还有草原上一百多个牧民和奴隶，以及两千多头牛羊。张骞有什么？一个穷光蛋奴隶，可怜的几十只羊子，还是他给的。这次作战又遭受那么大损失，能补一些是一些。无论如何，得想法子绝了女儿的念头。

这个法子，须得两全其美——不，应该是四全其美，既不让女儿感到父亲的绝情，又能让女儿对张骞产生厌恶和仇恨，且叫张骞有苦说不出，最后让缅捏土司与自己彼此遂心。

在法子没想出来之前，得先稳住女儿，不给她机会和工夫，有事没事往西小黄山乱跑。

不一会儿，塔丽版宓赤兴冲冲掀帘而进：“阿爸，你找我？”

托力鲁看女儿气喘吁吁的样子，有些好奇：“又在玩什么把戏，竟然累成这样？”

“看阿爸说的，女儿现在是大人了，小时候的把戏早就不玩了。盛羊节时，女儿射箭得了第二，女儿为什么不能争个第一？除了射箭一宗武艺，我还得练剑，练到比您那些骑士的刀术还要高超，看谁敢欺负女儿，敢与阿爸作对！”

“练剑？跟哪位师父学的？两个武功高超的左右卫士长，刀术尚可，于剑术却是外道。”托力鲁心里明镜一样，故意问道。

“阿爸，这事儿您就甭管了。反正这人现在是咱草原上的大英雄。”

“呵，还是草原大英雄？你是说张骞？你学剑怕是个由头吧！甭以为阿爸是个傻子，好骗。”

绕来绕去，又绕到张骞身上。塔丽版宓赤干脆再次表明态度，大不了再挨一次皮鞭：“阿爸既然晓得女儿喜欢张骞，就请阿爸成全我们，替我们祝福才是。”

托力鲁沉默了。如果训斥和皮鞭不能使女儿回头，眼下只能先装可怜，让她留在身边。

“阿爸，你咋了？怎的不说话？女儿气着您了？阿爸您该明白，女儿终归要和所喜欢的男人过日子。”

托力鲁缓缓地长叹一声：“乖女儿，今天咱不提这事好不好？你应该晓得，马邑之战白跑一趟，阿爸什么也没得着，后来打了两仗，阿爸非但没捡到便宜，反而吃亏不小。阿爸身累，心更累。阿爸多想与最亲的亲人在一起说说话，逗逗乐，喝喝茶，吃吃饭，哪怕什么都不做，陪在阿爸身边也好。女儿，你可知晓我现在最需要什么？最需要你现在这样，坐在我身旁，哪怕拌嘴吵架都可以。”

塔丽版宓赤以为，阿爸默认了她与张骞的婚事，往昔那个强悍凶狠的阿爸不见了，变成了一个孤立无助的小老头。她被感动了：“阿爸，在所有的姐妹中，我晓得您最疼我，可我还经常惹您生气。阿爸，您千万要宽心，只要您健健康康的，以后用兵就能打胜仗，把这次受的损失赚回来。我虽是女儿之身，只要练好武艺，同样可以上战场保护阿爸。”

“女儿有这份心意，阿爸挺高兴。至于上战场，那是男人们的事。让你去冲锋陷阵，血洒疆场，只会惹人耻笑阿爸。你能保护好自己，就已经非常不错了。我现在不想提打仗，女儿有什么新玩意，能不能教阿爸玩玩？”

“我们下五子棋[⑤]，咋样？谁输了，谁就学一种动物的叫声。”

托力鲁摇摇大脑袋：“什么五子棋？不懂。”

塔丽版宓赤将五子棋的玩法及规则讲了一遍，并道：“五子棋跟打仗一样，讲究行兵布阵。”

“又是跟张骞学的吧？托力鲁草原里，好像没有人会这个。”

“阿爸，甭管我跟谁学的，只要玩着有意思就可以，是不是？”

“噢，也对。那你就教教阿爸。不过事前得有个约定，阿爸是新手，前三盘阿爸如果输了，不能算作输。但是女儿也不能为了逗阿爸高兴，故意输，阿爸要凭真本事赢你！”最后一句，托力鲁特地加重了语气，并瞅了瞅女儿的神色。

塔丽版宓赤眉头向上一挑，心道：看来阿爸仍然不会放过张骞。于是有些斗气：“赢我？要赢得叫女儿服气才行。”

父女二人各怀心思，开始下五子棋。你来我往，除了午饭，不觉到了掌灯时分。晚餐过后，托力鲁兴犹未减，又开始挑灯夜战。时不时，从大帐内传出牛的哞声、羊的咩声、狗的吠声、狼的嚎声……以及父女二人的笑声。

二人正自高兴，管家扎楞格突然一头撞了进来：“王爷，王爷！本部落出怪事了！”

托力鲁倒很镇定：“出了甚怪事？是天塌了，地陷了，还是什么要紧的人死没了？你也是王府的老人了，看你慌里慌张的样子！”

“是本部落为牛、羊、马准备的一垛越冬饲草被人——不是不是，是被魔鬼点燃了。”

“到底是人，还是魔鬼？你看见了？”

“是魔鬼。我没看见，有牧民看见。除了大帐卫士，呼力泰和额朗全都上去了，正在四处寻找，许多牧民也成团结伙地相跟着找那魔鬼。有人说这是天公爷爷发怒，指派魔鬼专门来找托力鲁草原的麻烦。”管家露出一副胆怯的模样。

“阿爸，待女儿前去看看。管家，备马！”塔丽版宓赤学着张骞的胆气，显得天不怕地不怕。

“要去，也轮不着让你出阵。”托力鲁取了弓箭，几步跨出帐外，一跃上马，奔向出事地点。

燃烧的草垛约在五里之外，暗黑的夜色之中，远远亦看到耀眼的火光。到了近前，更看到那火势非同一般，有诗为证：

八月底间夜如泼墨，刺鼻燎焦火焰快活；
烈火放荡舞之蹈之，大风料峭舌卷舌缩。
祝融[⑥]光临煌煌灿灿，声声入耳毕毕剥剥；
风光耀目心中如炙，一垛干草一堆火窝。

在场的牧民十分零乱。有的跪伏于地，求天公爷爷收回成命，不要派遣魔鬼祸害大家，谁有罪您就找谁去；有的冒着烈焰大火，用长长的木杆扒拉正在燃烧的草垛，希图弄出一捆两捆，但是越扒拉火势越猛，木杆也很快被火吞噬；有的到两里外的小河取水，摇摇晃晃而来，人却不敢靠近，木瓢舀水泼之，犹如隔靴搔痒，火势不见减弱分毫……唉声叹气者，恳求哀告者，小声诅咒者，不一而足。

人们一见王爷到场，立刻噤声不语，等待发落。托力鲁一见本部落最大一垛饲草即将化为灰烬，便想到他的那些牛羊战马，在漫天飞雪之中，因冻饿倒毙的惨况，不禁又恨又怵又怒。他大声吼道：“有谁看到魔鬼了？他长得啥样？”

一名卫士拽起一个小老头：“他看见了。他家帐篷离这里最近，不到一里地。”

小老头战战兢兢，一副心有余悸的模样：“我，我，我……”

“本王爷又不怪你，你就怕成这样！给我好好说。”

小老头并不缺话，稍稍镇定后，便道：“小老儿本来胆小，偏是下午吃了一碗馊饭，夜间就想拉屎。出了帐篷，忽见一个巨大的黑影在眼前一闪，我顿时被吓得不敢动弹。不一会儿，那黑影几个纵跳，便到了草垛跟前。小老儿肚子也不胀了，麻着胆子，悄悄跟上去，想看那黑影去草垛干啥。结果那黑影先点燃了火把，然后用火把将草垛四周点着。我正想喊叫，脖子忽被一根绳索套住，只听那黑影厉声喝道：‘我系天公爷爷派来的魔鬼，专来惩治恶人，现先燃草予以警告。你不是恶人，天公爷爷没让我取你性命，但若叫喊救火帮助恶人，就休怪手下无情！’我偷眼一瞧，只见那魔鬼身长丈二，　脸青黑，两颗獠牙，闪着森森的白光，左手一柄长刀，足有五尺。我在他的手中，不如一只鸡仔，怎敢吭声。”说罢，拿出一根绳索，递与托力鲁。

塔丽版宓赤抢来一看，原是一根用红藤搓成的绳子，火光中显出一种暗红颜色，又递与她父亲。托力鲁接过，两手使劲一撴，竟然没能撴断，遂向火中扔去：“你可曾看到，魔鬼朝哪个方向去了？”

“我脖颈套着绳子，哪敢抬头。甚时走的，我都不知。王爷莫怪小老儿这没用之人。”

“呼力泰与额朗追踪的方向，你总该晓得？”

“这个我晓得。他们做了分工，呼力泰带一拨人马向南，额朗带一拨人马向东，追出已有半个时辰。”

托力鲁对随从道：“西边乃本王爷的大帐及军营，我等且向北去，看他究竟是人是鬼。五公主和扎楞格回去看家，就不要跟着凑热闹！”

几拨人马追出上百里，什么也没见着，拂晓前回到王府大帐，一个个人困马乏，疲惫不堪。托力鲁骂骂咧咧：“一个个甭跟死了老子娘似的，不就一垛饲草嘛，明日派人去各个部落，一处要一点，牛羊马儿也就有了指靠。从明晚开始，凡本部落的草垛、牛栏、羊圈、马厩都加派人马守护，看他是真魔鬼还是假魔鬼！”

魔鬼之事闹腾了半月，便再无动静，人们渐次有些懈怠。不料那魔鬼忽又出现，身影只在牛栏、羊舍中飘忽，凡那魔鬼去过的地方，牛羊皆纷纷病倒，一时间弄得人心惶惶，不知天公爷爷缘何发怒，还会有什么祸端，何时是个尽头。

呼力泰、额朗一干卫士亦束手无策。往往是他们蹲守时见不着鬼影，人一撤离忽又出现，得信后追寻，又踪迹全无。人们传说得也越来越神乎其神。有人说那鬼魅住在天上的云彩里，又有人说住在某个神秘的山洞中，还有人说是一种气，气聚则成形，气散则不见踪影。

托力鲁被搅得每天都心神不宁，坐立不安，做什么都没心思，看谁都不顺眼，只有见到温顺的阿果拉芒娃，才稍许心安。

塔丽版宓赤也格外小心起来，虽然心挂小黄山，也不便与张骞相会。不管她阿爸叫不叫她，每天早晚都要去王府大帐里走动走动，察看一下她阿爸的神色。

托力鲁嘴中不说，心中却得到些许安慰。她最疼爱的女儿，心里并非只有张骞，晓得分担父亲的苦闷，哪怕每天只是打个照面，或坐在那里，默默地陪他喝酒喝茶。

九月二十日之后一天中午，黑云密布，天气阴沉，寒风吹哨一般，在无边的草原呜呜鸣叫。而霰子混着雪粒，肆意地击打着每一顶帐篷，原野上的衰草起起伏伏，左右摇曳。草原上无一匹骆驼马儿，无一只白羊黑羊，无一条黄牛黑牛。那些活跃的牧羊犬亦不见踪影，无一声吠叫。整个原野如从来没有人烟一般，寂寂无声。纵使帐篷中的炊烟，欲表示出它特有的烟火气，刚一冒头，便被朔风一扫而光，了无烟痕。

为了避免被人打搅，塔丽版宓赤在距王府大帐两里远的地方，选了一块略带倾斜的草坡，顶着疾风散雪，开始练剑。在将剑抽出剑鞘的刹那间，她突然感到，张骞也跃入他房前的场院，在风中将剑舞得“哧哧”作响。她深深记着张骞所说过的话：对于一个练武之人，越是天气恶劣，就越是练功的绝好机会，因为这不但能锻炼人的意志，亦可锻炼人的体能。在对敌作战中，除了智慧、武功，还需要有强大的体能，尤其在与强劲对手的搏斗中，最后的胜负差别，就在于体能的强弱。并开玩笑说，对于一个女孩子，打不过逃跑时也得需要体能的支持。否则若被敌人追上，只能当俘虏。

练至青锋剑谱第二十四式，塔丽版宓赤于剑影中看到走来两骑人马。她没有在意，并不理会，继续进行下一式。不料，那两骑却在三丈之外的地方停了下来，一瘦高个竟开口说道：“姑娘好俊的功夫，不知师承何人？姑娘能否稍停片刻，我们打听一件事？”

出于礼貌，塔丽版宓赤强行收势：“二位客人倒是陌生得很，不知打听何事？”

“看姑娘的气质、模样，绝非牧民俗辈，能否请你将我们向托力鲁王爷引见引见？”

“你们是什么人，凭什么要见我阿爸？”

二人一听，急忙下马，向塔丽版宓赤深深施礼：“原来您是托力鲁王爷的公主，失敬失敬。我们二人是龙廷的左、右信使，携着黄金虎皮绢，向托力鲁王爷传达单于的指令。”

“该不会又是跟汉人打仗吧？大热天没打成，又选这天寒地冻的日子，能成吗？”塔丽版宓赤将剑归回剑鞘，上马缓辔前行，“请二位大人随我即可。”

另一胖者道：“公主说笑了。这次是为了你们草原上的一个人。”

塔丽版宓赤转身回头：“谁？谁有这等重要？单于还专派信使，携着黄金虎皮绢来此？”

“张骞，这人你晓不晓得？他可是汉朝皇帝派往西域使团的正使，官可大着呐。据说他就在你们王府当奴隶。单于说，要托力鲁王爷善待他，不得出半点差错。”高个接口道。

塔丽版宓赤暗自高兴，单于都这样对待张骞，看阿爸有何话说。于是欣然道：“张骞是这片草原上的大英雄，无人不知，无人不晓。”遂将张骞孤身恶斗匪徒托力达之事，绘声绘色说了一遍。又问：“二位信使大人，不知黄金虎皮绢上，单于怎么个讲法？”

“这个，我们也不晓得。黄金虎皮绢在密函之内，这密函在见到王爷之后方可拆阅。”高个儿回道。

“噢，是这样。”塔丽版宓赤又用鞭杆一指：“到了。前面最高最大的那座帐篷，便是我阿爸的王府大帐。”

帐前下马，塔丽版宓赤将二人向卫士作了介绍，便将马儿作了交付。见两卫士嘴脸冻得乌青，心中有些不忍，关切道：“外面风大，天又寒冷，注意穿暖和点。也不要木头样杵在那里，可以小步跑跑，多多走动。若实冷得受不了，你俩可以轮换着到大帐边守着。待我进去，给我阿爸说说。”

“多谢五公主挂念。如五公主所说，我们在帐外多多走动就可以了。”二人齐道。

两信使立即对这位五公主增加了许多好感：“五公主人好心好，日后定会找个好夫婿。”

“刚见面就拿奉承话吹捧我？二位大人可是龙廷派来的信使，我们还从未有过交往呐。”心中，却掩饰不住喜悦。

说话间，已进入大帐。一应接待礼节自不必赘述，高个左信使持黄金虎皮绢宣读道：

托力鲁草原之主钧鉴：

尔之所部有张骞焉，系龙廷要犯。以当前大匈奴利益计，此人之存在，于我将有大用。马邑之战，汉匈从此交恶，兹后唯战一途。既战，当有得有失，张骞及被羁属下，恰巧可作人质。为绝其念想，可择人择时告之张骞，经龙廷内线获悉，其母已在今年夏日因时疫病逝家中；其配侣周月英，亦因北上寻夫，病殁于陇西。张骞若回心转意，归顺龙廷，龙廷当不吝爵位，使其得意。若坚持守节，亦是令人敬佩之忠臣，龙廷亦会予以宣扬。总之，无论进退，羁縻期间，均应给予善待。

切切此告，勿得怠慢。

读罢，左信使将黄金虎皮绢双手交与托力鲁："请王爷能于今日复命，明日我等还得赶回龙廷。"

"善待，善待，要我怎么善待？"托力鲁本来心绪杂乱，不由借机发起牢骚，"上差不妨抽点工夫，去张骞那里看看，人家现在住的地方，冬天比我这大帐暖和，夏季比我这里凉快，狂风吹不进，暴雪压不塌，酒肉粮食比我这当王爷的都丰富，邀朋结友，吃喝不断线。要我再善待，除非让我认他当儿子，可这还得人家乐意，何况，我已经有个儿子。至于复命，我马上可回，就六个字：谨遵单于之令。"语毕，首先吩咐管家："扎楞格，老规矩，去后面为二位上差将程仪取来。"即摊开黄金虎皮绢背面，写了六字，并签上自己的名字，连同刚取出的财物，一同交与两位信使。又唤进来一名卫士，带二位信使去贵宾处歇息。待两信使走出帐外，托力鲁向管家一招手，悄声道，"不要声张，去将占卜老人请来。"回头见塔丽版宓赤若有所思的样子，即道，"阿爸这会儿与人有机密要事相商，乖女儿可去别处玩会儿——你曾说过，越是坏天气越应该练习武艺，眼下可正是机会。"

塔丽版宓赤疑惑地看了一下父亲，缓步出帐。而心中盘算着，龙廷信使带来的消息太重要了，不能等阿爸派一不相干的人去见张骞，她得早日让张骞知晓此事。

再说托力鲁，从马邑之战到回到草原，可谓诸事不顺，为禳灾祛祸，与管家密商，欲寻一名号响亮的卜者作法。经多日打听，寻得南边比佤部落中一位占卜老者，于是悄悄接来，定于今日占卜。孰料龙廷来了信使一搅，险些误了时辰。

移时，扎楞格带进一位老者，号“枯木绿仙”。托力鲁打眼一瞧，但见此人：

身量轻飘枯如柴，风吹霜叶落尘埃；
双目精光似电闪，铁钻直贯穿胸怀。
皮袄绿过常青树，上上下下缀口袋；
皮裤臃肿赛白雪，皮靴尖翘齐脚踝。

托力鲁见此人十分奇特，倒也不敢怠慢，恭恭敬敬问道：“不知上仙是何名号，怎么称呼？”

“小老儿无名无号，上天赐我‘枯木绿仙’是也。”

“枯木绿仙？好怪的名号。可知本王爷请上仙来此所为何事？”

“出门便就知晓，王爷请小老儿来此，是为了禳除无妄之灾，祛除作祟鬼魅。”

“结果如何？”

“小老儿还得在您大帐之内予以探查，方可占卜——如有不敬之处，尚望王爷谅解。”也不等托力鲁允准，便掏出一大一小两面镜子，先从帐门照起，逐次绕帐一圈，最后将托力鲁上下左右照了一遍，口里发出“咦”的一声，收了镜子，又掏出一块长条翠玉两颗狼牙，就在地上开始摆弄。

过了好一阵，枯木绿仙才翻着眼珠，念出几句偈语：

阴兮阴兮祟兮祟兮，真兮真兮假兮假兮；
顺兮顺兮逆兮逆兮，福兮福兮祸兮祸兮。

托力鲁摸不着头脑：“请上仙予以禳解。”

“此乃天机，不可泄露，但凭当事人用心琢磨。”

“本王爷明白了。”当即让管家捧出酬金，在案几上堆了一堆，“现在可说否？”

枯木绿仙将酬金悉数收入口袋，道：“小老儿身冒减寿之险，只可为王爷禳解四句中的前半句。所谓阴者，在天上太阳为阳月为阴，在人间则男人为阳、女人为阴，若阴胜于阳或阳溺于阴，则会发生不好的事情，常有鬼魅作祟。以上仙所示，贵府之灾是因一个女人。似顺而逆。顺，是这个女人在王爷面前表现得特别温顺，从来不作任何反抗。逆，偏偏这样，时日一长便使王爷的运气发生逆转。这个女人是去是留，是任其祸端发生，还是忍痛割爱，但凭王爷自拿主意。我的话只能到此为止，小老儿就此告别。”枯木绿仙说罢，便扬长而去。

这真是：

胸膛不过盈尺，却有万里家乡；
月光萎缩，阳光紧绷，心系芦苇汉江；
一片深情碰折两根丝弦，
等闲听得至亲魂归的浑响。

此间正有号啕之声，复有匈奴国策更张；
痴情女子只做痴事，父女斗智各有思量；
一个角色，扮成彩色的祸殃，
一位女郎，却成带香的衣装。

欲知托力鲁作何禳解，又有何阴谋布局，其中之谜，将由下回一一析出。

**注释：**

①崆峒（kōng tóng）：此处指山洞。

②橑（liáo）：薪柴。

③稑（lù）：后种先熟的谷物。

④歈（yú）：歌谣、歌曲。歈颂：此处指张骞以歌谣的形式，（向母亲）歌唱（西

域之行）。

⑤五子棋：古代的一种棋艺游戏。有“棋主、棋臣、棋将、棋卒”之分，系象棋的原始形态。其中棋主一，棋臣、棋将、棋卒各五，故名五子棋。

⑥祝融：古代传说中的火神。

# 第五十一回 托力鲁阴施轴婚计 谋脱困张骞假迎合

走过王府大帐，见天色越发阴沉，雪粒渐成雪片，随风搅成乱花。枯木绿仙不敢停歇，俯身低头，纵马而驰，向南拐把子河草原疾行而去。

夜深时分，枯木绿仙终于抵达突阿贺部落。寻至一处尚有灯光的帐篷，他溜下马来，将马儿一拍：“去，到马厩去！”那马似乎十分熟悉这里，摇摇尾巴，甩甩脖子，自行将马厩的栅门顶开。

一只牧羊犬从帐篷里奔将出来，对着黑影狂吠。

“小把戏，不认得了？”

那犬听了声音，立即停止吠叫，绕着老者的小腿转起圈子。

“小把戏，对不起，这次走得匆忙，没能给你带来吃喝。”老者蹲下，轻抚着它的脑袋、脖子。

“是舅父回来了吗？”帐篷里人没出来，浑厚的声音已经传出。

“不是我，能有谁？这么冷、这么黑的天，谁敢打搅我的头人外甥？”

走出帐外的魁梧大汉，正是突阿贺部落的头人勒古台。甥舅二人，一高一矮，一壮一瘦，端从黑影看去，即显滑稽。但勒古台对这位瘦小古怪的舅父，没来由地有些惧怯。这惧怯不仅因为他是一位名号响亮的卜者，是天公爷爷的代言人，更因为舅父的那种谜一般的神秘，以及超乎常人的智慧。

枯木绿仙一入帐内，便即叫道：“好妹妹，快给哥哥弄点儿酒肉、好茶，哥哥都快渴死、饿死、冻死了。”说着，一屁股坐在火旁，见勒古台还在站着，便道：“来来来，我的外甥头人，四年没见了，就跟我生分了？坐下坐下，让舅舅好好看看。”

勒古台的母亲说道：“哥哥，不是妹妹说你，你还是四年前你妹夫去世时见的勒古台，那时他才十七岁，少不更事。十八岁时他当头人，原来说好你要来的，结果你又去了额塞王爷那里。好不容易见一次，你总是穿着稀奇古怪的衣服，说些稀奇古怪的话，在孩子面前还装神弄鬼。别人把你当神仙，你就真成神仙了？哥哥，你都奔六十岁的人了，还孤身一人过日子，不若现在就在这里住下，头疼脑热也好有个照应。至于你比佤部落里那个狗窝，也没什么好留恋的！”

勒古台没有立即坐下，他现在最关心的，是托力鲁能不能将阿果拉芒娃放回，不在乎信不信舅父的“代天说话”。他小心地问道：“这趟子事，舅舅你进行得顺不顺利？”

“外甥头人，看你这话说的，是不是有些差池？”随即站起，掏出所有的酬金，堆在地毯上面，“看看这是什么？它们是不是最能帮我说话？”“收起，收起。甭在这里显摆。”勒古台的母亲拿过哥哥的褡裢，一边捡起酬金往里边塞，一边道，“妹子刚才的话，你甭把它当成了耳旁风。”

枯木绿仙将妹妹的手一挡：“别捡，别捡！我要让它替我说话呢。妹妹的话，哥当然记着。五年后的今天，外甥头人带几个心腹去比佤部落，在离我帐篷左边五丈远的一棵枞树那里，先将枞树放倒，然后连根掘起，里边大概有万把两金子，取回来为突阿贺组建一支三百人的武装，再招募一些其他部落的勇士。教官，我都替你想好了，届时估计那人或许没有走脱。”又看一眼勒古台，“如果舅父冥冥之中没有猜错，你和此人将有近乎十年的纠葛。什么纠葛，我无法预知，但他将是你们互为关键的朋友，倒是确凿无疑。”见妹妹又要插话，枯木绿仙将手一挥，“妹子，你甭以为哥哥在神神道道，不信以后再看。”

阿果拉芒娃的事还没弄明白，突然又冒出这么大的事！组建一支精干的部落武装，这是勒古台做梦都想干的事，只苦于部落财力不济，仅武器甲胄一项，没有五六千两金子就无法置办，不料舅父以一生的积蓄作此大谋，使勒古台感到舅父谋略之深，情感之真。他已经非常信服这位行踪诡秘的老舅，于是紧挨舅父坐下，小心地问道：“不知阿果拉芒娃是否可以重回突阿贺？你说的那位教官又系何人？”

“这个，老舅也说不准。但我可以告诉你两件事。第一件，关于阿果拉芒娃，我把‘蛋’下给了托力鲁，看他什么时候给‘蛋’找窝，找什么样的‘窝’。估计快则十天，慢则一月。如若一月之后托力鲁还把‘蛋’拿在手中，你可再装一次魔鬼，把那饲草再点上一朵，吓吓托力鲁，他自会为‘蛋’加紧找‘窝’。阿果拉芒娃要回到突阿贺，中间还有一番周折，这由托力鲁的本性所决定。第二件，我在托力鲁那里看到单于的两名信使，指令托力鲁要善待汉朝出使西域的正使张骞。而张骞尚无妻室，那‘窝’弄不好就是此人。”遂又将他留给托力鲁的几句偈语念了一遍，并作了解说。枯木绿仙眼一挤，“我的外甥头人，这下满意了吧？”

“可张骞与我何干？上次托力鲁入侵突阿贺，若非是他在辎重队，我的奇袭计划大可成功，阿果拉芒娃也不致落入魔掌。”

“世间之事，皆有命数、定数。你的谋划张骞并不知晓，所谓不知者无罪，你怨他只说明你辨事不明、心胸狭窄。我所说的教官，即是此人。若他疑虑你所训战骑会与汉人交战，你可取迂回之术，拜其为师，自行行之。此后续之事，老舅无法详述。”

是时肉已大熟，饭已弄好，酒已烫热，枯木绿仙一嗅，故意做出贪婪的模样：“老舅用餐也！”

且说托力鲁见枯木绿仙话一落点，便起身甩袖而出，对那为他准备的酒肉正眼也不瞧上一下，心中不由“咯噔”一响。他呆呆地看着占卜老人掀起帐幔出帐门，竟无一句挽留之语，像被人使了定身术一般，直到管家叫了一声“王爷”，托力鲁才突然醒过神来，喃喃道：“我知其意矣，他是怕在这里久耽，沾惹了晦气。”

“王爷，那怪老头儿走就走了吧。他不吃王府的酒肉，只怪他没那口福。”扎楞格劝道。

“你晓得个狗屁！去去去，你也出去，吩咐帐外卫士一个时辰之内，任何人都不许入帐，天大的事都暂先放下，容我一人好好想想。”管家一听，灰头土脸，诺诺退出。

托力鲁闭眼冥思，老在“顺与逆”“阴胜于阳，阳溺于阴”中打转。顺者偏偏是逆，细想之前的十个女人，虽性格不一，似乎并不那么“顺”。说风凉话者有之，讽刺挖苦者有之，撒泼耍赖者有之，故作媚态者有之……不一而足。独有阿果拉芒娃，不声不响，不哼不哈，不哭不笑，不迎不拒，怎么摆弄，就怎么接受，莫非她明里“顺”着，暗里“逆”着？阿果拉芒娃是他从突阿贺抢来的女人，其“逆”顺理成章：其一，这阿果拉芒娃在突阿贺早有情郎，他横刀夺爱，必遭嫉恨；其二，阿果拉芒娃身体很嫩，而他已是年逾半百的“老躯”，肌肤相触，使她感到很糙。她顺他，只是畏于王权，而心中不知有过多少次诅咒。诅咒累积，于是便生祸端。

而“阴胜于阳，阳溺于阴”，主在“阳溺于阴”。自从阿果拉芒娃来到王府，可谓时时“承欢”不息，夜夜“耕作”不已，其他十个女人几成“荒原”，未曾放过一只“牛羊”进去。他如夏日入水，只在一个潭里嬉戏，呛水亦自以为乐。若非占卜老人予以暗示，怎解溺水之险！

托力鲁复又思之，这阿果拉芒娃他已玩得尽兴，再玩也弄不出什么新鲜花样。譬如吃饭，再好吃的饭菜，顿顿一个模样，也会让人吃腻，倒不如将其舍去，避免再生祸祟。

只是这如何舍法，又颇费思量。既然因她生出若许祸事，就不能等闲便宜她。

倏地，托力鲁想到单于信使之所语：善待张骞。

如果将阿果拉芒娃这股“祸水”放到张骞那里，将是一种怎样的景象？

首先，他的宝贝女儿塔丽版宓赤就会因爱生仇，再也不会痴恋张骞。不但不会，反而会以各种手段予以报复。以他对这个女儿的了解，必将有好戏可看。

其次，对于单于善待张骞的指令，有了满意的交代。张骞不是一直单身嘛，本王爷将最美丽、最受宠幸的女人送与他为妻，不但甩掉了“祸祟”，而且还会为此获得美名，亦使张骞对他感恩戴德（他以为），从而能“回心转意”，为他、为匈奴龙廷卖命（他认为）。

当然，最重要的是，能获得缅捏土司的聘礼——那一片水草丰美的草原，以及那么多的牧民、奴隶和牛羊。等到塔丽版宓赤醒悟过来，一切均木已成舟，只能好好地去当缅捏土司的女人。

女儿，女儿，你不是说要下好五子棋，也讲求行兵布阵嘛，为父虽是新手，也一定要赢下这一局！

对，还有行兵布阵。

他不能悄无声息，简简单单地将美妇送与张骞，他得在托力鲁草原上闹出最大的响动。八天之后恰是他五十二岁生日，趁各部落的七名土司在场，将张骞叫来，来他一场别开生面的“轴友”会。

（附解：“轴友”是当时西匈奴的一种婚俗。因匈奴对卫生认知能力较差，患性病者较多，导致匈奴育龄妇女生育率低下。有的匈奴男人为求得后嗣，便寻一要好且身体强壮的男人为“轴友”，时日由丈夫一方确定之后，便以自己的女人为“轴女”，邀“轴友”男人当夜共寝一被，先由丈夫方行告别性事，复由“轴友”方行接纳性事，天明后由“轴友”携妇离帐。若其妇诞子，或丈夫思念其妇，即可从“轴友”处将其妇母子索回。往往，有数月或数年之后索回的，也有终生断绝不予理会的。因丈夫与“轴友”像车的两只轮子，“轴女”像车的车轴，故而，将此婚俗形式称为“轴婚”。）

思谋已定，那么派谁去周知张骞最妥？

托力鲁阴鸷一笑：莫若就让自己的宝贝女儿去吧。他要让她看到，是她亲手将张骞拱手送到阿果拉芒娃的怀里，然后去恨、去悔、去闹，最好闹他个天翻地覆。

当然，这“轴婚”之事暂且只能埋于心中，届时让众人吃惊去吧。

谋定之后，他对帐外叫道：“扎楞格，我知你一直在外面守候。你进来，有事吩咐。”

也不到一个时辰，扎楞格已冻得腿脚僵硬，说话亦打着磕绊：“王，王爷，有，有何事体？需，需要我去办，办理？”

“本王饿了。你去将案几上的酒菜热一下，顺便将五公主一同叫来，大家一块儿喝酒吃肉，也好暖和暖和。”

管家腿脚已然灵便，立即命令手下去操持酒食，自己去叫五公主。

塔丽版宓赤气喘吁吁进帐：“阿爸，您叫我？”

“又在练剑是不是？叫你来，就是让你陪阿爸吃饭。”

“阿爸，您没看现在甚时了？午时早过，女儿已经吃了。”语毕，转身欲走。

“阿爸还有事吩咐于你，你先坐下。”

塔丽版宓赤在托力鲁侧旁坐下：“阿爸，您说吧。”

“阿爸要你明日去西小黄山告知张骞，八日之后，也就是九月二十九日，就说我说的，让他参加我的生日宴会，同时宣布单于善待于他的指令。生日礼物嘛，他就不必准备了，但得请他为我唱一首祝寿的歌。注意，是请他，不是逼他。另外，将他阿母与周月英死亡的事一并告知。”

“为什么去告知的是我，而非别人？”塔丽版宓赤怀疑自己是否听岔了，问道。

“又为什么不是你，而非得让别人去告知张骞？”托力鲁在“别人”二字上加重了语气。

塔丽版宓赤犹如看到太阳从西边出来，对于父亲的一反常态，反倒很不习惯，充满了疑惑：“阿爸，您就不怕我俩之间会发生什么事情？您知道的，我非常爱他。”

“张骞是真英雄，也是真君子。阿爸不糊涂，你俩如要发生什么事，早就发生了，何必等到现在？你说，阿爸说得没错吧？”

“错是没错。但是，阿爸您这样做，反倒叫我不习惯。”塔丽版宓赤算是应了这份儿差事。

托力鲁嘿嘿一笑：“不说你不习惯，就连我自己，也感到不习惯。可单于的指令摆在那里，谁敢违拗？这可牵涉到匈奴的国策，所以我不能不习惯。”

“阿爸，您还有什么事儿要吩咐？”塔丽版宓赤站起身子。

“没了。你要干什么就干什么去。”托力鲁挥挥右手。

转瞬到了九月二十九日。一清早，索日力应约来见张骞，接手经管羊儿事宜。张骞受邀为王爷祝寿的消息，早在邻居和一些部落间传开。按习俗，祝寿都在晚间进行。故此，索日力这一天一夜都得在这里值守。因为既是邻居又是好友，彼此倒没什么客气。临行前，索日力开起玩笑：“张大哥大清早就去王府，是否与五公主有什么约会？才几天没见面，就想她了？”并分析道，“王爷破天荒地邀你去为他祝寿，我看，八成是他承认了老丈人的身份。如是那样，我们都将成为五公主的嫁妆，得称呼你为老爷了。”

“你瞎猜什么？这是永远不可能的事。他请我，无非是受单于的指令，说什么要‘善待’于我。究竟葫芦里卖的什么药，只有去了才晓得。”又指指天色，“我去这么早，是在诺月部落有些耽搁。达斡汗邀了多次，我都没有相扰，弄得达斡汗夫妇十分的不高兴，还以为我张骞这人不撇脱、不够朋友。所以今天趁此机会，扰他一下。”

“去吧，去吧！但愿张大哥这次能抱得美人归。”

“索兄弟，你又说笑。给人祝寿，又不是娶媳妇，扯不到一搭！”张骞说罢，胯下马儿已走出院子。

达斡汗见张骞专门来访，夫妇俩简直喜出望外，当即邀了几个朋友相陪。那琪琪格一边鼓捣酒食，一边将昔日张骞惩恶的场景，又渲染了一通。众人正说到趣处，塔丽版宓赤突然掀帘而入：“好哇，张骞，你不去先拜见我的阿爸，却在此处热闹。”

人们一见是五公主，立时噤声，客气让座。塔丽版宓赤摆摆手，反而去抓张骞起身。

张骞有些懊恼，却又不便发作：“达斡汗兄弟这里，我是顺道。反正王爷的寿宴晚间进行，祝寿的歌儿也已弄好，赶傍黑去不会误事。我看，不若你也留下，大伙儿一块儿高兴。”

张骞一个千斤坠，塔丽版宓赤哪里拽得动半分，于是一拳击向他的肩头，半途忽地收回：“我知你厉害，拿你没办法。你把身上的功夫卸了，让我好好地揍上两拳，出口胸中之气。”

张骞一笑：“除了脸，其他地方，你揍吧。”

塔丽版宓赤举起双拳，向张骞的脊背接连擂去。大伙儿并未听到“嘭嘭嘭”的声音，只有“扑塌扑塌”的闷响。

达斡汗小心问道：“五公主，没事吧？”

这是塔丽版宓赤当着许多人面，亲自“殴打”张骞，心中有甜、有苦、有辣、有酸，她摇摇头：“没事。只是感到没意思。拳下去，都像打在一卷羊皮上，拳头一挨上，劲道就没了，手腕反而感到酸酸的，使不上劲儿。”

众人皆感奇怪，达斡汗问道：“张大哥，给大伙儿说说，你这又是什么功夫？”

“在我们汉家，通常有三种功夫：硬功、软功、通战之功。功夫练到相当境界时，硬功可以达到身硬如铁，敌人（对手）越是用力，吃亏就越大，这也叫作‘借力打力’；软功可使身软如绵，主要在于卸去对手的进攻之力，可使对方不受到伤害，同时也保护了自己；所谓通战之功，当然是在战场上的搏杀，除诸般武器都应当应用自如外，更在于机巧与权变，达到‘器无所器’。意思是，什么东西都可以作为杀敌的利器，譬如石子、木棍、耕作器具、厨间器具。”张骞又顺手掏出骨笛，“就拿这支笛子来说，人们以为它只是用来吹奏歌儿，可在关键时刻，同样可以用它取人性命。”

众人啧啧称奇，皆谓今天算是大开眼界。

塔丽版宓赤虽与张骞交往多时，但关于武功的宏论，亦是第一次听到，心中不禁若有所思。琪琪格见其沉吟不语的样子，当即挽留道；“若非张骞，他们这干朋友难得一聚。五公主，如不嫌弃，就留下吃顿饭吧？我马上就齐整了，时辰也尚早，误不了给王爷的祝寿大事。”

张骞沉默不语，但眼神却告诉她：他现在不能随她而去。

塔丽版宓赤想到，今后要与张骞一块儿生活，跟这些牧民朋友打交道将是一种常态，现在硬行离开，无疑是对张骞的一种伤害，于是重新坐下，对张骞道：“不许你喝得醉醺醺的，去见我阿爸！”而关于张母及周月英病逝的消息，到底因难以启齿，未予告知。

五公主痴恋张骞，附近部落无人不知。这次让张骞与各土司比肩祝寿，人们猜度，托力鲁大有认婿的意图。达斡汗笑道：“五公主，现在就将张骞大哥管上了。过了今晚，明天是不是还要给张大哥上副辔头？”

塔丽版宓赤“咯咯”大笑：“你们还晓得我是五公主，就跟本公主这么讲话？”心中却是乐滋滋的，索性与张骞坐在一块儿。弄得张骞果然不敢开怀畅饮，饭毕便立即动身。

到王府大帐，刚好掌灯时分，帐外临别，塔丽版宓赤千叮咛、万嘱咐，一定得顺着她阿爸的意思说话行事，争取有个满意的结局。

张骞走近大帐，竟然见到呼力泰与额朗带着两名卫士，亲自进行守卫。二人不等张骞说话，便齐道：“七位土司大人都来了，现在就只等你。”说着，呼力泰掀开厚重的帐幔，额朗做了一个请进的手势。张骞用肩头分别撞撞二人，算是打了招呼，而后挺身而进。

张骞一入大帐，便看到九张金碧辉煌的案儿。几面敷金，几脚嵌银，在灯下发出耀眼的光芒。所有的酒器与食器，亦是镶金裹银。九张案几，托力鲁居中，七名土司分坐两边，唯独右边第一张空着——显然是为他留下的位置。每个人的身旁，都站着一位衣饰华丽的妙龄美女充当侍者。见此阵仗，张骞一下子呆住了，不知道如何是好。

“来来来，张大使，你坐这里。”托力鲁右手向右边首位一指，又道，“各位土司大人，这位是张骞张大使，几年前为托力鲁草原绘制地图时，就已与列位相识。不过，今天我仍要向大家隆重介绍，我们伟大的大单于前几天派来信使，专程告知于我，龙廷准备重用张骞大使。鉴于张大使高贵的身份、高尚的品德和非凡的功夫及能力，将来的前程、地位，远在我等之上。故此，今日借我寿辰之日，派家人专程请他前来，与大家见见，互相联络联络，日后还须仰仗张大使，对我等多多眷顾。”

众土司皆纷纷站起，杂然道：“以后尚请张大使多多眷顾。张大使来迟，先罚酒三盏。”

托力鲁如此强加于人，有些出乎张骞预料，猝然之间，他只能先以酒场规矩应付，而后再斟酌说辞，遂走向右边首席案儿，举起酒卮：“今天是王爷的寿诞吉庆之日，在此借王爷美酒，一祝王爷身体强健，寿若山塬不老之松；二祝王爷气运亨通，一年胜过一年，子民得予荫庇，牛羊得予润泽，财源滚滚而来；三祝各位土司大人心想事成，使托力鲁草原日益富强。”接着连干三卮，又斟满一卮：“我虽被单于发配于此为奴，但王爷从不以此要挟于我，视我若治下子民，张骞得以在西小黄山独自放牧，尽享山川草原之美妙时光。惜张骞身无长物，无以敬献王爷，唯以一歌为王爷添喜。”语毕唱道：

东边的日出何以那般美丽，
那是它带着永远不落的彩虹；
山巅的巨松何以那般青翠，
那是它在讲述一位长寿英雄。

啊咿哟，壮阔无边的托力鲁草原，

咿哟嘿，繁花似锦的西匈奴花丛，
这是我们世世代代生长的地方，
牛羊成群，人丁兴旺，个个幸福从容。
草原的河水何以那般明亮，
那是它有着清澈通透的心胸。
冬日的雪花何以那般的纯净洁白，
那是它带来了天上神仙的美好祝梦。

啊咿哟，五彩缤纷的托力鲁草原，
咿哟嘿，欢天喜地的匈奴人孩童，
每个季节都有我们的歌声笑声，
祝福美满，祝福长寿，祝福从繁荣走向繁荣。

张骞采用草原长调，声音显得格外高亢明亮，加上用了几分功力从胸腔的深处发音唱出，所以震得人们耳鼓嗡嗡直响，连守候帐外的呼力泰、额朗等卫士亦大感惊异。一旁赖在帐外的塔丽版宓赤顿时放下心来。张骞一改平日的抒情风韵，唱得如此豪迈奔放，歌词又是如此大气、深沉，又不失文雅、致密，既无奉承之嫌，又无卖弄之意。这份特殊的真诚，她的阿爸不满意、不钦佩才叫怪事。

事实果如塔丽版宓赤所料。张骞的歌声已停了许久，托力鲁与七位土司仍在痴癫之中。

张骞躬身征询道："这是我第一次向匈奴艺人学唱草原长调，歌词是昨日新编的，名曰《福佑草原》，不知王爷中意否？"

"中意，中意，太中意了！"托力鲁大呼过瘾，响亮地拍起巴掌，"本王爷还从来没有听过这么吉祥、这么美妙，又是这么雄浑的歌声。来来来，张大使，为你的歌声，我敬你一盏——不，是三盏！"托力鲁高举酒卮，邀张骞同饮，看看一众土司，又道，"大家都将酒卮举起，共敬张大使！"

三盏喝过，托力鲁以手示意："张大使，吃菜吃菜，不要拘礼。汉家的那一套收起，该吃就吃，该喝就喝。抱起酒壶图醉，抱着女人图睡，这才撇脱。"

一众土司也跟着起哄，纷纷乜斜了眼神，盯着身边的妙龄美女，说些不堪入耳的污言秽语。

张骞借机低头吃菜，不看土司们的各种丑态。

托力鲁却突然暗生叹息，张骞可谓人中之杰，有智慧、有能力，有大胸怀、大抱负，如能归附单于，必成匈奴栋梁，也不失为能给他带来更大利益的佳婿。可惜此人守志如铁，视富贵如粪土，只可作为利用的对象。

同时受到震撼的还有一人：阿果拉芒娃。

阿果拉芒鞋自从到王府之后，因要随时听从托力鲁的召唤，常常藏身在托力鲁背后的帐幔之内。那里有一应用品，包括铺设华丽的巨大寝榻。而今天有些特别，在土司们来到之前，便让她身匿其后。

她以极大的毅力克制自己，以使达到逆来顺受，在任何人面前都不言不语，不哭不闹，平静得像一潭无风吹拂的秋水。尤其在每次遭受凌辱的时候，亦从不拒绝，也不迎合，唯心中默念着勒古台，忍下无边的苦楚，纵有泪水，也只在心中流淌。

张骞的突然出现，使阿果拉芒娃陡地生出一种莫名其妙的感觉。她只是在托力鲁入侵突阿贺偷瞧了此人两眼，印象虽渐次模糊，但恨意从未消失。若非此人武功奇高，勒古台偷袭辎重队的计划或许可以实现，那么她也不会沦落到此地步。

而张骞一曲声震大帐的歌声，又使阿果拉芒娃产生了好奇。这究竟是一个什么样的汉人，宁当牧羊的奴隶，却拒绝点头即有的富贵，对草原土匪下手极狠，而对牧民百姓充满了柔情。这是一位既非常勇敢又充满智慧的罕见英雄。她听得出，这首歌明面上似乎是在为托力鲁祝福，实际上，是他对和平安定生活的憧憬，更隐含着一种规劝——托力鲁草原既然如此的富饶，又缘何劳民伤财，兴师动众地去侵占别人的土地和财富？甚至不惜杀伐，施以暴行。

倘若此人当时晓得勒古台的突袭之计，他又会帮助谁呢？阿果拉芒娃感到，她对此人恨得没有来由。她不由得对此人有些关心起来，屏住呼吸，侧耳听着外边的动静。

托力鲁见张骞只顾吃菜，又道：“张骞，你可知晓，前时有单于信使专程送达指令于我，命我以国宾之礼待你？”

“五公主倒是说了，可只说让王爷善待张骞。我说，现在受王爷的恩惠够多了。再说善待，实在委屈了王爷，我心里实在过意不去。”

“不不不，五公主只说了片面之词。待你以国宾之礼，是我刚才说过了，单于将重用于你。来来来，大家再将酒卮举起，为我们尊贵的国宾再干三盏！”

张骞对托力鲁突然感到十分的恶心，一种前所未有的厌憎翻涌而至。他快速作了权衡，不能因为一时口舌之争，而失却韬晦之计，于是强行隐忍下来，微笑以对。三盏饮完，即主动转移话题：“散奴张骞谢大王爷抬爱。现在我提议，为大王爷的诞辰吉日，为大王爷的健康长寿，也为托力鲁大草原的繁荣昌盛，同干三盏。我先干为敬。”语毕，连饮三卮。

“张骞不但武艺高超，歌唱得好，而且十分爽快，很投本王爷的脾气。本王爷今天高兴，另有赏赐予你，希望你能够喜欢。”随即对外叫道，“呼力泰，将本王爷赏给张骞的新衣服拿来！”

原来托力鲁早有准备，一声呼叫，呼力泰便捧着一包衣物进来。

“给张骞。请张大使笑纳。”

张骞赶快起身离座，接过衣物，向托力鲁躬身以礼：“谢大王爷恩典，张骞实在受之有愧。”

“听说你认庄月蓉为姐？此衣便是我令商头那佤哲以上等衣料，命庄月蓉为你量身定制了春夏秋冬四套。你既为大使，衣着不能太差。受之有愧的话，不必再说。”托力鲁显得十分惬意。

“认庄月蓉为姐，确有其事。大王爷如此眷顾张骞，张骞当铭记于心。请各位土司大人做证，我定当诚信守义，善之善者，恶之恶者，为托力鲁大草原的富强尽心尽力。”

“好说，好说。列位耐心，待会儿我还有更重要的事情当众宣布。”托力鲁诡秘一笑。

而一直在帐外守候的塔丽版宓赤，本欲离开，乍听其父此语，便又止步。

一土司早已欲火难禁，将美女侍者拥入怀中，上下乱摸。而这些美女侍者本是军中妓女，习惯了皮肉生涯，亦上下扭动，浪笑迎合。这土司此时听得此语，嬉笑催道：“王爷甭卖关子了，也甭吊我们的胃口了，大不了你赏了张骞衣服，再赏给他一个美女。这美女是谁，大王爷请说。”

其他几位土司生怕身边美女被赏给了张骞，皆紧紧搂入怀中，乱声相催。

“为了将单于的指令执行得完整漂亮、无懈可击，我宣布，从今晚起，张骞大使便是我的‘轴友’。从此以后，我们便是好兄弟，好朋友。”

众土司无不大吃一惊，七高八低乱声问道：“大王爷，我们没有听错吧，你与张骞做‘轴友’兄弟？”

“没错，是这样。”

“那，那‘轴女’是谁？”一干土司将怀中美女搂得更紧，端的怕她突然之间不翼而飞。

“若说‘轴女’，大伙儿也都认得，她就是我的爱妾——阿果拉芒娃。”

众土司松了一口气，却又十分的惊疑：“怎么是她？王爷你真能舍得？”

“我怎么舍不得？美女可以再有，而像张骞这样的好兄弟，在匈奴全境，谁能找出第二个？”

“宁要好兄弟，敢舍大美女，王爷好气魄，美名必将传遍原野。”众土司杂然称赞。

托力鲁本有不舍，见此心下释然，自此驱除这宗祸祟，得利而又扬名。计谋实施得这样顺利，使他心中暗喜。他晓得宝贝女儿在帐外偷听，此时去哭、去恨吧。帐外有呼力泰、额朗两员忠诚猛将守着，谁也休想翻过这两面大山。现在只看张骞的心态。以张骞的聪明个性，他不会不了解匈奴“轴婚”的风俗，以及拒绝“轴友”的后果将是什么。他紧盯张骞，观察着张骞脸上表情的瞬间变化。

张骞又一次陷入紧张的抉择。接纳或拒绝，都是两难境地。接纳，有污名节，且对不住月英（感应不能代替确认月英的生死）。拒绝，按匈奴习俗，“轴友”立刻翻脸，甚至与其血拼，以背义处置。如若为此事失去立足之地，重新陷入囹圄之厄，实在因小失大。而浊者自浊，清者自清，风来，大树不动小树动，只要洁身以对，又何惧外界评说？但表示接纳，也不能显如登徒子[①]，像众土司那般出乖露丑，于是未置可否，平静婉拒：“谢王爷美意，但家中尚有贤妻月英，虽未成婚，仍生死相依，冥冥之中，常有聚会。在此择偶，有负月英期盼，望王爷体谅不情之请。”

托力鲁面呈不悦："我最不喜欢的，是你们汉人的假模假式。明明心里十分的喜欢，却偏叫人非礼莫视，非礼莫听。不像我们匈奴人，爱就是爱，恨就是恨。其实你们汉人中做官为官的，还有那些豪绅富商，谁不是三妻四妾，还打野食？个个都是风月场上的老手。你的这一套趁早收拾，好好与本王爷做一对'轴友'兄弟。"

一干土司跟着起哄："张大使，甭傻了，跟王爷做'轴友'，这是你前世的福分。你不知阿果拉芒娃有多美，一夜风流也会让你永世难忘。"

张骞无语，显出一副无可奈何的模样。他想，尽管这种做法太出格，但是因此绝了塔丽版宓赤的念想，对于双方都是一种解脱。

托力鲁走过来，轻拍张骞肩头："大使兄弟，这不就很好嘛。"又对一干土司道，"酒没有喝尽兴的，明天上午继续。现在散了吧，各自的寝处，提前已做好了安置，大家把力气省着点儿，甭弄得明早走路打蹿蹿。"

土司们将怀中美女或搂或抱，或扛或背，嘻嘻哈哈地走出帐门。

这里再说另外两个女人：塔丽版宓赤与阿果拉芒娃。

听得阿爸要和张骞结为"轴友"，实行轴婚，塔丽版宓赤顿时如五雷轰顶，全身冰凉。她发疯般地向帐里直冲。

可她哪里冲得进去！呼力泰、额朗两双手臂上下一隔，犹似两道铁杠，塔丽版宓赤休想前进半步。情急之下，她不由得大怒："两个狗才，给本公主让开！"

呼力泰笑着相劝："请五公主千万想开点儿，不要为难我们这些靠当卫士养家的人。"

"可是，你们想没想到过我一生的幸福？我要问我阿爸，他为什么要这么做？我要质问张骞，几年来的恩情都到哪里去了？见了阿果拉芒娃，就只有新人忘旧人，良心叫狼叼了、狗吃了！"

只要塔丽版宓赤不往进冲，四名卫士便如木头一般，任其撒泼、数落。

兀地，塔丽版宓赤掏出匕首，架在自己的脖子："你们究竟放不放我进去？不放，我马上死在这里，让你们抬着我的尸首去见我阿爸！"

卫士们早已领教过这位五公主的暴烈脾气。她这不是吓唬人的做派，情急之下，什么样的事都做得出来。呼力泰"扑通"一声跪下："我晓得五公主是敢说敢做的女中豪杰。但是，请您让我把话讲完，您再做决定，好吗？”

“快说，不要故意耽搁时辰！”

“谢五公主。我认为，有三点，您今天不能进去。第一，您知晓咱匈奴人的‘轴婚’规矩，一旦‘轴婚’当众宣布，两个男人便为‘轴友’，而‘轴 友’的关系便如结义弟兄，一旦一方反悔，守约一方即可向悔约一方予以攻杀。您一旦入帐，那么毁约一方必是张骞，而张骞并不了解此等习俗，若您阿爸乘其不备实施攻击，您去帮谁？若张骞机灵且武功高强，您愿看到您阿爸血溅当场？第二，今天是您阿爸的寿诞吉日，您撞帐搅和，是不是孝顺儿女该做之事？第三，本来我羞于启齿，但您如此相逼，我不得不说。‘轴婚’之时，男女都得脱光，作为女儿，见到全身赤裸的阿爸，岂不让他无地自容，今后让他怎么做人？何况，您阿爸是这草原之主、堂堂王爷。至于我们，被撤职、被毁家、被撵出这片草原，都在其次。我的话说完了，如果您只想到自己，不考虑别人，仍然坚持进去，我们也无力挡您。”呼力泰仍直挺挺跪着，仰头盯着塔丽版宓赤，在火把的光照中，显得诚恳而又无奈，叹息道，“我们何尝不知您与张骞的相恋之情，又何尝不同情您此时的悲凉之心。可惜您生在王府，许多事，我们也难以理解，我们在此只能当好卫士的角色。”

只听匕首“当啷”一声掉在地上。塔丽版宓赤掩面而泣，转身离开，走了大约十余丈，又坐在冰凉的草地上放声大哭。

呼力泰站起，又低头捡起匕首，几人皆感凄然。按说，这位公主眼力着实厉害，张骞是万里挑一的英雄豪杰，何其美满的婚姻，被王爷一计“轴婚”生生拆散。呼力泰仰望夜空，刚才还是繁星满天，明朗粲然，此时却被乌云遮挡，一片昏暗。也不知什么时刻，塔丽版宓赤止了哭声，更不知去了什么地方。

倾听帐内，起初听到两个男人的对话，声音不大，不很真切，后来便归于静寂。

静寂难掩两名当事人的内心风暴。

阿果拉芒娃一则以喜，一则以忧。今夜之后，她便可以脱离这个老色鬼的蹂躏，进入另一个陌生男人的生活。她不知天下的老色鬼是否都像托力鲁，那方面越是不争气，便越有花样百出的折磨，还有那种令人作呕的口中腐臭，身上浓烈的古怪气味。每次她都得进行思维转移，想象着与勒古台的美妙相会，想象着勒古台那坚实有力的怀抱，以此挨过不堪忍受的时光。

而这个汉人张骞又会是什么样的人？听一帮女人说，此人来匈奴六年了，始终孤身一人，即使在都噶部落，由托力鲁授意，用年轻美丽的凡妮娅勾引，此人亦不为所动，反倒是该女子竟然舍命护得张骞安全。以此察之，此人必有过人之处。末后到西小黄山，那么骄横高傲的五公主，也对此人痴迷到癫狂的地步，托力鲁的皮鞭，反使这位公主更加肆无忌惮，干脆撕破脸皮，一条道走到底。想到此处，阿果拉芒娃忽然一个激灵：莫非自己成了托力鲁手中的一根棍子，用来打散他女儿的痴梦？而托力鲁为什么要这么做？说得通的理由，恐怕只有一个：对于利欲熏心的老色鬼，其宝贝女儿只不过是一大片水草丰美的草原，千百只肥壮的牛羊。而这个认死理、不向单于屈膝的张骞，再大的本领，却什么也不能给。

人人都夸自己无比美丽，美丽却给她带来无比的烦恼。阿果拉芒娃有时竟恨自己的美丽，倘若她只是看得过去的一般漂亮，那么她就能像许多牧民家庭的女子一样，与自己心仪的男人，过上平静和安宁的日子。那么，这个看似不近女色的张骞，会不会因为抗拒不了她的美丽，永远不给她与勒古台相会的机会？

阿果拉芒娃心怀忐忑，按照“轴婚”的习俗，脱光了衣服，睡在一床大被中间。她的左边，将是强悍的老色鬼；而右边，是另一个完全陌生的强悍男人。不过，两种强悍完全不一样。左边的，在权势；右边的，在身体。在 她，只能接受两种强悍的夹击而无处躲藏。

耳听着，两个男人同时走到床前，阿果拉芒娃谁也不看，一双眼睛直愣愣地向上盯着。

“王爷，这种‘轴婚’风俗，我真不晓得，也真的不习惯。”

“都到这一步了，你还跟我假模假式。以后你甭叫我王爷，我也不叫你张大使。”

“那叫什么？”

“你叫我‘轴哥’，我叫你‘轴弟’。我们就好比结义兄弟。来，你先试试叫我一声。”

这太突然了，张骞十二分的不愿意有这样的哥哥。比起堂邑父、秦自乐，这托力鲁实在相差太远了。可是在此情此景之中，他没有一点退路，一种上当中计的感觉油然而生。他又一次作了掂量，千般屈辱都过了，又何在此次。他沉吟了一会儿，小声叫道：“‘轴哥’，我——”

“我什么我，是不是心里还放不下周月英？‘轴哥’现在不妨告诉你，据龙廷内线侦知，你那个周月英，两个月之前，便因病死在陇西一家客栈了。眼前的阿果拉芒娃，将是你唯一的女人！”

张骞打了个趔趄：“那我的母亲呢？我母亲会不会也——？”

“‘轴弟’是个聪明人，还用得着‘轴哥’细说？周月英能离开汉中北上寻你，说明了什么？所以，‘轴哥’这里便是你永远的家！”又用脚踢了一下铺中的阿果拉芒娃，“喂，你听着，过了今晚，你就是我的‘轴弟媳’了，他那里的吃、穿、用虽然不比王府，但他是你唯一的男人，你得好好跟他过日子！”

母亲与月英的噩耗在此种情况下得到证实，张骞只感到托力鲁的阴险与恶毒。尽管如此，他的脑袋里仍然“嗡”地一响，双眼只感到一片昏黑。他立定阖目，极力克制，不让托力鲁看到他一滴泪珠。睁眼看时，托力鲁已脱得精光，一只手开始摆弄那低垂的阳具。

“脱呀脱呀，‘轴弟’！你可不要忘了‘轴婚’的规矩。‘轴婚’之前，轴友之间都要看到那传宗接代的家伙什。‘轴弟’若是害羞，‘轴哥’可以帮你脱。”

“别，别。我自己来。”张骞慌手慌脚，脱得只剩一件裤头。

托力鲁感到稀奇：“你们汉人真怪，裤子里头还穿一件小裤子。不过，小裤子也得脱掉，让‘轴哥’看到你那家伙什，看把这么美丽的‘轴女’交给你，‘轴哥’放心不放心。”

张骞脱去裤头，却夹紧了双腿。

“嗯，不错，不错，还真不错。阿果拉芒娃见了，肯定会心花怒放。说不定，明年后年，会生下一个漂亮健壮的胖小子。睡吧睡吧，只顾说话，把人冷死了。”托力鲁一头钻进被窝，一抱将阿果拉芒娃搂进怀里，双手便上上下下乱摸一通，而后如老牛爬坡，喘气咻咻。

张骞悄悄地由被角进入，勉强将身体遮住，又悄悄伸出左脚，用脚趾头将裤头夹进被窝，缓缓地将其重新穿上，然后仰直了身体，一任眼泪泉水般奔涌而出。也不知过了多久，这才揩干泪水，睁着双眼，琢磨今后去留的各种办法。

首先，他将如何面对塔丽版宓赤？由于两人是在两条不可相交的路上行走，所以终有一天会分道扬镳。塔丽版宓赤于他，是值得依托的异性朋友，而他于塔丽版宓赤，却是终生相托的恋人。从珍惜友情出发，他应该向她解释，以解除误会，求得原谅。可这样一来，他的朋友角色也就宣告完结，真真切切地成了她的恋人。这于今后重上西行之路，无疑平添了许多难解的麻烦。误会就误会吧，友情结束的这份痛苦，他只能选择承受。

再是阿果拉芒娃的去留，既然为了方便今后与使节队兄弟的联络，就不能将她留在身边。如果突阿贺部落里有她的恋人，事情便很容易解决；如果没有，也得设法将她送回突阿贺。最怕的是出现塔丽版宓赤那样的情况，那就十分麻烦。而现在唯一可做的，是坚决守好最后一道防线，不为美色所动，亦不为情所困——尽管这需要极强的意志、极大的忍耐，尤其对一个身强体壮、欲如烈火的男人来说，显得有些残酷。

不知什么时候，左边传来了鼾声，停止折腾的托力鲁，睡得像一口死猪，时不时还有磨牙的声音。张骞估摸已到子时，除了偶尔听到账外卫士们的咳嗽，一切都归于静寂。

忽然，他听到阿果拉芒娃轻轻地打了一个哈欠，又一个右侧，右臂向他这边伸了过来。张骞稍稍向外挪了挪，又将那条手臂轻轻地送回去，顺手为她的肩头掖了掖被子。不料，阿果拉芒娃兀地睁开了双眼，定定地望着他。

“你睡吧，我睡那头。”张骞避开那闪烁的目光，携了衣服，在另一头笔直地睡下。接着继续琢磨如何与分散在匈奴各地兄弟的联络办法，堂邑父、秦自乐、任扶、公羊鸣执、杨柏、范佑铭、孙治瑾、苏疾、陈尚斗、由天际、王兼……一个个，想了一遍又一遍。

他听到阿果拉芒娃不停翻身的声音。面对命运又一次巨大变化，她会想什么呢？张骞回到现实之中，开始为这个陌生的匈奴女子叹息。

走一步看一步吧。第二天凌晨，张骞首先起来，穿好衣服，走出帐外，仍去小水潭洗脸漱口。水潭上面已结了一层薄冰，一敲“嘎啦”直响。呼力泰远远叫道：“轴婚的男人，此时可不能触碰冰水！”

“放心，没事的！”又道，“这一夜，可把你们几个辛苦死了。”

“辛苦倒没啥。张骞，你抽工夫去看看五公主吧。”

“我会的。昨晚我听到她冲击大帐的声音，只怕她现在恨死我了。”

“恐怕也是。”

“算了，事情已经这个样子，不说也罢。太冷了，我得走一趟拳，暖和暖和。”张骞说罢，开始打起长拳。

不一会儿，阿果拉芒娃也出了大帐，看着张骞打拳。

“回大帐去吧，外面冷。”张骞催她离开。

“不，现在你是我的男人，你在哪里，我就在哪里。”

张骞心里不由得“咯噔”一下：坏了，气走了一个塔丽版宓赤，又来了一个阿果拉芒娃。

这真是：

充满香气迷人的尘雾，
从粉红的桃花中走出；
披着关关雎鸠在河之洲的外衣，
像那葛之覃兮施于中谷[②]。

五彩斑斓的墙壁充满昏暗，
却以桃之夭夭灼灼其华[③]作为题目；
心智岂能套牢在美艳的尘雾，
且从一片混沌中蹚向坚韧的征途。

欲知张骞如何交代阿果拉芒娃，且由下回分解。

**注释：**

①登徒子：古之贪色人物。后泛指好色之徒。

②葛之覃（tán）兮施（yì）于中谷：《诗经·国风·葛覃》句。覃，即水潭。施，蔓延。全句意思为，长长的葛藤跨过水潭，蔓延在山谷中间。此诗中比喻计谋绵密。

③桃之夭夭灼灼其华：《诗经·国风·桃夭》句。小桃长得漂亮，红花十分光耀。此诗中比喻美色。

# 第五十二回　张骞大义成人之美　痴情男女得机双偕

第三天，天气终于放晴。放晴后的南拐把子河草原上的天空，一下子干净得宛如水洗一般，头顶湛蓝，远方靛蓝，无一丝云彩。日光出奇地静谧，将突阿贺人的帐篷金顶照耀得光芒四射。草原上的积雪并不甚厚，但一眼望去，仍显得皑皑白亮，十分刺目。萎黄的枯草见不着影子，散落的树木，枝丫瘦骨嶙峋，四处乱伸，似要抓挠什么。空中几只鹞鹰乘着气流，像一团团黑色的薄饼，摇摇荡荡，飘来飘去。突然，有人“噌”地射出一箭，好像射中一只“薄饼”，眼见从空中坠落下来，却见那“薄饼”划船一般，又去了影影绰绰的山谷。

“咳，又是不中。”勤古台气恼地将硬弓往雪地上一扔。

枯木绿仙拾起硬弓，手指向弦上一弹，又去捏捏勒古台的臂膀：“我的外甥头人，这不关弓的事，是你这里的事。有准头，没劲头，不行；有劲头，没准头，也不行。既要有准头，又要有劲头，才得展筋。”

“道理我懂。求舅父另行赐教。”

“你当我真是神仙啊！我拿着你这把弓手都发困，能赐教你什么？”他一眼见到不远处一块白色石头，估摸约三四百斤，便道，“看到没有，那块石头？你端起他，先走上十步试试。”

那石头却与草地冻结一处，勒古台胀红了脸膛，也未能搬动。

“你拿这块石头都毫无办法。你怎么去解救阿果拉芒娃？又怎么去带领族人图强抗暴？”

“舅父，您甭激我！”勒古台转身回到帐篷，取了根碗口粗的木杠，又寻了一块长条青石，垫在白石一侧，然后用木杠撬那白石。“嗨”的一声将其撬起，双臂一搂，走了七步，白石坠落。

“这不行。甚时抱着它能走上一里半里，不用弓箭，一块石子也能击倒一条大汉。”

“舅父，您是在说张骞吧？听说此人独战土匪托力达时，就是用石子击杀了不少凶徒。”

“作为头人，仅此远远不够，还得学会万人敌。”

勒古台咂摸此语，渐有所悟：“舅父是说，还得学会如何带领军队打仗？可是，这从何学起？”

“但凡打仗或者做事，都需要用到计谋。计谋从何而来？一从实战，二从前人，三从兵书，四在个人应变能力。譬如，刚才你弄那块冻石，单弄分毫不动，借助外力便能将其撬起，这便叫作‘借力打力’。”

“求舅父教我。”

“我一占卜枯瘦老人，只有嘴上功夫。想学，就去找能教你而且愿教你的人。”

“天下如此之大，我到何处去找这样的智能之士？”

“凡事不可强求，但看缘分。有缘万里相会，无缘对面不识。但愿阿果拉芒娃能落在张骞窝中，如此缘分到矣。”

“舅父说话，总是那么云天雾地，让人煞费心思。”勒古台看看渐渐升高的太阳，“肚饥了，回家吃饭去。吃饭总该用不着什么计谋吧？”

“那可说不上。当年南蛮有个项羽，在鸿门请刘邦赴宴，依其亚父范增之计，欲借项庄舞剑助兴之机杀掉刘邦。你说那饭是好吃还是难吃？”

“那刘邦杀没杀掉？”

“你这不是废话，倘若刘邦被杀，哪里还有现在的大汉！我说外甥头人，你脑子里装点别的事成不成？不要整天只想着阿果拉芒娃，把自己弄成一条蠢汉！”

勒古台被训得心里发愣，无言以对。

饭毕，枯木绿仙见自己的衣服被老妹洗净烘干，便一一更换了，背了褡裢，去马厩牵出坐骑。

勒古台的母亲撵至马头："哥哥，你这人真是古怪，跟我们谁都不言语一声，说走就走。"又递出一只小口袋，"你的钱，拿上！"

"老妹真逗。我缺银子吗？我甚时缺过钱？我不在比佤部落，找我占卜的人便不知我去了何方。没了生意，我又去何方挣钱？外甥头人的雄心壮志，还等我助他一臂之力呐。"

母子二人眼睁睁地看着这位古怪老人上马，摇摇晃晃地向西南方向走去，逐渐成为雪原上的一个小黑点。

勒古台原想今日就去王府探听阿果拉芒娃的消息，听了舅父的训斥，他改变了主意，准备每隔十天去一次托力鲁草原，并叫上另外五位姑娘的父兄，一同前去打探她们的下落。

九月二十一日晚，枯木绿仙到南拐把子河草原，九月二十四日离开突阿贺部落，隔了十天，已是十月初五，勒古台等六人带足了干粮、盘缠，来到托力鲁所在的王府部落，才知"轴婚"之后的阿果拉芒娃已随张骞去了西小黄山——一切竟然均如舅父所料，众人皆啧啧称奇。大家主张立即去西小黄山，向张骞讨回阿果拉芒娃。不给就抢。勒古台想到舅父的训诫，于是道："凡事应该谋定而后动。既然知晓阿果拉芒娃的落脚之处，此事反倒用不着着急。在没有想到万全之策之前，暂且先行放下，因为我不想与他为敌，更想让他成为突阿贺的朋友，为了突阿贺的振兴，还得请他鼎力相助。我们先打探其他五位突阿贺亲人的状况要紧。"

五位姑娘的家人皆大为感动，称赞他们的年轻头人变了，变得稳重、大气、虑事周全，不再冲动了。

按照勒古台的路线规划，他们先去了最远的缅捏土司部落。

且说张骞一套长拳打完，身已燥热，看看天色，时辰尚早，而几位土司还不见人影，连托力鲁也没有出帐。管家扎楞格蹑手蹑脚暗探了几次，又悄没声息地退了出来。守卫也已换岗，呼力泰和额朗等人补觉去了。照此估计，所谓的早宴，恐怕拖到辰时也开不了席。这一大段时辰便显得格外无聊，也格外绵长——因为与阿果拉芒娃也无话可说。

就这么走却？于礼于情也不合适。最低也得向主人道别。厌憎归厌憎，礼节归礼节。他已“得罪”了塔丽版宓赤，就不能再得罪托力鲁。寄身此地，表面看似“自由”了许多，而暗中的监视从未有过缺位。张骞低头徘徊，等待托力鲁露面，以便向他道别并示以“感谢”。

阿果拉芒娃却走了过来：“哎，我说张骞，是不是不想赴‘那个人’的早宴？”她看着他，美丽的脸庞抹过一丝诡秘的笑容。

张骞亦点头一笑：“可是，你说的‘那个人’，到现在也不打照面。”

“就是龙肝凤胆，我也不想再端一次‘那个人’的饭碗。你在外面等着，这事由我去办！”说着，便大步流星地向大帐走去，不让卫士动手，掀开帐幔。

不到酒过一巡的工夫，阿果拉芒娃便肩扛手提，趸出两只硕大的包袱，一路小跑而来，弄得满身翠环叮当，响声不绝。粉红的脸庞，像春天盛开的桃花；晶莹的眼睛，则像秋天碧蓝的水潭。走到张骞面前，递出一只包袱：“这是‘那个人’赏给你的。我进去时，‘那个人’刚刚起床。”

张骞接过包袱：“你说的‘那个人’没再为难你吧？”

“为难？堂堂王爷，他好意思反悔？我说，张骞真好本事，昨晚与我连‘轴’了两次。他一听，竟然面如死灰，连连挥手道，‘我再也不想见到你俩，快滚，快滚！’于是我就‘滚’了出来。”阿果拉芒娃说得高兴，竟然眉飞色舞，“咯咯”大笑起来。

张骞一听，脸顿时红到脖根，又不想扫她的兴，笑道：“恭贺你从此获得自由之身。有些话，到了西小黄山再说吧。”随即又伸出一只手，“将你身上的包袱也给我。”

“给你？这怕不合适。都是女人用的东西，哪有让男人拿着的道理？”

“你不是说，你已经是我的‘轴女’了嘛，‘轴男’拿着又咋地？我拿着，你好去马厩牵马。记住，我的那匹，是枣红马，不要弄错了。”

不一会儿，阿果拉芒娃只骑了一匹白马过来：“你说的枣红马，里边没有，不信，你自己去看。”

张骞一愣，顿时明白怎么回事：“没有就没有吧。正好，我可以给你当名马童。”而心中猛然一叹，这塔丽版宓赤的报复真是太快，太叫人猝不及防。只可惜那马儿是经过战阵历练的战马，再想找到同样档次的马儿，难。

“张骞，你休要瞒我，究竟是怎么回事？”

“告诉你也无妨，是塔丽版宓赤将它没收了。她总算只对我一人下手，白马还留着。”

“对不起，都是因为我。”阿果拉芒娃歉然道。想想，又道，“已经送出的东西，又偷着弄回去，这可是匈奴人最丢脸的事。不行，我得从‘那个人’手里讨回来。至少，也得补上一匹。”

“没用的。你已然‘滚’出那顶大帐，就没有再‘滚’回去的道理。走吧，到了诺月部落，我找牧民朋友想想办法，或买或借，草原上没有坐骑可不行。”

正说着，扎楞格牵了一匹杂色马儿过来：“喂，张骞张大使，五公主说了，你现在是她的‘轴叔’，老一辈人不能骑那匹枣红烈马，万一颠坏了人咋办？说你只配骑这种马儿，稳当、妥帖。看你要还是不要？若是不要，我立马牵走，可不要说王府的人不讲信用，送出的东西，又要了回去！”

讽刺、挖苦，一番夹枪带棒的话，倒是塔丽版宓赤的做派。张骞接过缰绳，鞠了一躬：“谢管家大人送马。请管家大人转告五公主，张骞没有做下任何对不起她的事。”

“是吗？得了彩，还卖乖。美人正在那里等着你呢，你当别人都是瞎子、聋子？”

张骞当然不能跟这种人深说，只好受着，牵马离开。

他听到背后“呸”的一声。

细察此马，不过七岁左右，正当年轻。可是瘦骨嶙峋，毛色杂乱，目无光泽，神情委顿，尻臀部位沾满粪渍。所配鞍鞯，亦乌七八糟不辨颜色。甭说人骑，自走都成问题。

“这样病得要死的马你也接手？这不明摆着作践人嘛。”阿果拉芒娃愤愤不平地说道。

“算了，不必跟她置气。明面上，我是对不住人家，我不怪她。”又轻轻捋了捋病马的脸，叹了一声，“马儿，马儿，你是怎么搞的？我看你不过是患了虫蛊毛病，怎么就没人管你？”那马似有灵性，上前一步，将头拱进张骞怀里，又喷了喷鼻息，乱麻麻的尾巴也甩了一下。

阿果拉芒娃的心灵被猛地一击：这样大度、善良而又温情的男人，想象不来，他在面对强敌时，又是怎样一种状况？草原上的人都将他说得神乎其神。在她看来，他除了有极强的克制能力之外，其他似乎并无特别之处。她正兀自琢磨，又听张骞说道：“阿果拉芒娃，甭看这马儿现在病体支离的样子，几服药喝下去，再调理三月两月，我看它不失为一匹好马。这马底毛褐黄，杂以黑色团块，不若给它取个‘花豹’的名字，你看怎样？”

“名字倒很响亮，你就确定它患了虫蛊，且能将其医好？”

“你不晓得，我以前曾当过司御，一个马场的军马就好几万匹，什么样的马没见过？后来在使节队，有一个专管马事的陈尚斗，马经、马病我也学了不少。”

“呃，我倒是小瞧了你。你是汉朝皇帝派往西域的正使，以后得空，跟我说说你们使节队的惊险之事。另外，我的名字长了点，以后叫我‘阿果’或者‘拉芒’就成。”

“那我就叫你‘阿果’吧。阿果，你再稍等一会儿，我去将‘花豹’身上的粪渍洗洗。”遂把包袱一放，将马儿牵至小溪，另挖了一处水潭，就近扯了几把蓑草，仔细地擦净其粪渍，又掏出一块破布，蘸水打湿，将全身马毛抹了几遍。怕其受凉感冒，又将其胸腹脖颈拍擦至热，这才唤着它的名字，让它自行走到‘阿果’面前。

阿果拉芒娃看到焕然一新的马儿，即将鞍鞯丢下：“这劳什子，要它作甚！”

张骞又将其捡起：“这东西看似肮脏，但其骨架尚好，只需将外皮剥掉，换上崭新皮革，仍是一副不错的鞍鞯。这与看人一样，表面光鲜，不一定就好；看着差池，内里不一定就坏。”

这个男人看人做事，跟一般人很不一样，而结果证明又是对的。阿果拉芒娃暗自将勒古台与此人相较。此人稳重老到，让人亲近；而勒古台显得冲动、稚嫩，却热情似火。这大概与年龄、经历有关吧。如若假以时日，勒古台也会变成老成持重，看人做事，不致偏激冲动。

两人合成一人，那该多好！

“想什么呢，阿果？赶快走吧，一会儿土司们一来，就走不掉啦！”张骞牵着“花豹”，就疾步前赶。

“喂，我说，‘轴男’就该像‘轴男’的样子，哪有把‘轴女’撂在一边，独自前行的道理？别人见了，还以为你嫌弃我，或者我不待见你，还想着‘那个人’。”

张骞站住：“那你说咋办？”

“上马呀！你坐前边，我坐后边，共骑一马。行李让‘花豹’驮上，后边跟着。”

“这——”

“这什么这！我就要让所有的人都晓得，我十分中意张骞这个‘轴男’，把‘那个人’气死！”

转瞬之间，自己又成了被这个美丽女人利用的工具。不过这样也好，说明她心里另有他人。今后少却许多麻烦。遂以一个剪飞，凌空上了白马，没动阿果拉芒娃分毫，在其前面落座，一拍马脖，白马喷出一股白雾，昂首而行。而张骞的左手，紧拽“花豹”的缰绳，又觉得重剑碍事，右手一掣，反手插入背部腰带。一连串举动，一气呵成，让阿果拉芒娃和大帐卫士，人人看得目瞪口呆。阿果拉芒娃久久无语，不由得搂紧了张骞的腰肢。

至庄月蓉处，张骞缓缓停住，一个俯跃下马：“阿果，请你下来一下。”

阿果拉芒娃没问甚事，下马站在张骞一侧，好奇地看到一个中年美妇从里边迎出。

“阿果，介绍一下。”张骞将庄月蓉向前稍稍一拽：“她是我姐，庄月蓉，汉国人氏，来匈奴已经多年，在这里总管王府奴隶们的衣服被褥鞋帽，以后见了就叫她庄姐。”又拉过阿果，“姐姐，她叫阿果拉芒娃，也可以叫她‘阿果’，突阿贺部落人氏，她是我的‘轴女’，今后好打交道。”

“兄弟，你把姐都弄糊涂了，啥时又冒出这档子事？你的‘轴友’是谁？那五——”

“你说的五公主？这事已经彻底了结了。因为我的‘轴友’，就是她阿爸！”

“啊，这个老家伙，这一计够毒的。难怪一个时辰之前，五公主骑着你的那匹枣红马，气势汹汹地直奔西小黄山，跟谁也不搭理，一脸愤恨的样子。”庄月蓉忽然一惊，“不好！五公主要去拆了你家。兄弟你不晓得，匈奴女子对负心男人报复起来，手段可谓花样百出。你不要耽搁，赶快走吧，回去能救一点是一点。”

“姐姐放心，能弄开我那门的，在托力鲁草原还没有此等人物，顶多也就将我场院外的柴堆、草垛烧了。我赶也赶不上，让她出口气也好。”

“兄弟总是这样宽宏大量，难怪牧民们都愿意跟你交朋友。好吧，随你。你要的旧羊皮，我就给你取去。”

隔壁的秀玛古丽塔等几个女子早已围在一旁，见庄月蓉离开，立即插上话头：“我说张大哥，才一夜工夫，你就旧人换新人了。神女换成了仙女，好像赚长了些。只这马儿实在不敢夸奖，你却换折了许多。我们这会儿正在做饭。吃顿便饭再走，咋样？我们也能跟这位仙女亲近亲近。”

“秀头儿，你就别取笑我了。我刚才向庄姐姐解释，你们都已听到，‘轴友’是五公主她阿爸，人家是王爷，我敢不听？其实她——”张骞拉来阿果拉芒娃，“值得敬佩，又怪可怜的。”就将托力鲁入侵突阿贺，阿果拉芒娃为救族人而献身的事，认真地讲了一遍。又对阿果拉芒娃道：“这是秀头，甭看嘴快，心肠却极好，专管王府奴隶的吃喝。我来托力鲁那年，多亏了秀头儿和庄姐，才免受冻馁之罪。以后见了，称她秀头儿就是。”

“啊唷，张骞，我可没你说的那么好。那时见你这个奴隶太不一般，就想嫁给你，后来有五公主，现在又有了你的‘阿果’，长得一个赛过一个，我是没得指望了。”又故作神秘地将阿果拉芒娃一拽，“阿果，你现在就告诉我，之前你在突阿贺有没有心上人？如果有，张骞就一定会成全你们，我就又有机会了。说呀，究竟有没有？你该不会霸着两个男人都不放手吧？”

阿果拉芒娃从未见过如此泼辣而又直率的女子，尽管心中波澜顿起，却一句也说不出口。张骞见了，立刻予以解围：“秀头儿，你别为难阿果了。她能跳出火坑，已属万幸，又不知我这人的好歹，心里正乱着呢。此话背过我再问吧。”

“呵，心疼了？不问就不问，背过你再问，也好！不过你还没回答我，这早饭，你们吃，还是不吃？”

张骞不知阿果拉芒娃昨日下午甚时吃饭，吃得怎样，昨晚托力鲁的筵席，她却没有参与，一直在帐幔后边等着“轴婚”。而到诺月部落还有几十里路，于是说道：“你取笑了我这一会儿，我为何不吃？阿果不吃，我吃！不能就这么便宜你。”

时庄月蓉拿着废羊皮出来，听得此话，复又折回：“兄弟，那我就替你先放着？”

“不不，你还是给我，我好收拾，到时说走就走了。”说着拿过羊皮，便去拾掇。

阿果拉芒娃踅过来：“这废羊皮只能搓皮绳，你缺皮绳？”

“皮绳？不缺。我另有大用。趁这等饭的工夫，咱俩去那边走走，我有话问你。”回头对庄月蓉说道，“姐，我和阿果随便转转，开饭时叫我一声。”即迈步向西边无人处走去。

“有甚话？问吧。”阿果拉芒娃有些急不可耐。

“你也是个敢恨敢爱的姑娘。我呢，也从不只顾一己之私而强人所难。你老实告诉我，你在突阿贺的心上人是谁？如果他不顾一切地爱你，你也不顾一切地爱他，我就不顾一切地成全你们。”

阿果拉芒娃一下子两眼放光：“真的？你怎么晓得我在突阿贺有难以割舍的男人？”

“这还用得着去猜？你那么美丽，又正值青春妙龄，爱和被爱，是再正常不过的事情。就像这草原上的牧草，一到春天，便绿遍四野，谁也阻挡不了。”

“我说了，你可不许生气。”

“我凭什么生气？若非托力鲁来这一手，我们可能会永远互不相识。”

“你错了。其实，我早就记住了你的模样。”

张骞大惑不解：“可我们从未见面，怎的还记住了我的模样？”

“还记得‘那个人’兴兵突阿贺的事吗？”

“不义之事，怎么会忘记？”

“看没看到过，四个白首皓翁率领马车队之事？”

“当时我就在中军大帐之外，当然看得一清二楚——对了，六辆丽车载着六位美女，你就在最后一辆，出来时，可谓惊艳全场。”

“哼，还惊艳全场！当时我对你简直恨之入骨。”

“我没有对突阿贺做下任何不利之事，你的恨，让人感到莫名其妙。”

“干脆明说吧。突阿贺的年轻头人勒古台，他十分爱我，我也非常爱他。为了我，他宁肯舍去性命，我为了他，才跳进‘那个人’的火坑。当时勒古台有个退敌之策——以奇兵突袭辎重队，可慑于你极高的武功，未敢造次，以致突阿贺只能屈辱地将我们献出。当时听得有人呼叫张骞，我便掀帘而望，先后两次，以便记住‘那个人’的帮凶是甚模样。”

张骞半晌无语，最后自责道：“照此说来，我确乎成了‘那个人’的帮凶。原来‘那个人’阴谋至深，他是在利用我大杀马匪托力达的威名，来保他的辎重队。我现在能为突阿贺做点什么呢？但愿早一点见到勒古台，把这场误会解释清楚，并让你们得以团聚。”

“后来了解到你的身份与为人，就不恨了。被恨的人一点也不知情，更不知被恨的人知情之后是什么态度，这种恨就没来由、没意思。现在，你虽然是我的‘轴男’，却一点儿轴事都不做，我就更恨不起来。”

“谢谢你，阿果，你将真情毫不隐瞒地告诉于我。我明白怎么做才合适。”

“你是一个有大胸怀的真汉子。我晓得，你是一个做大事的人，我会全力支持你。我相信，你会和勒古台成为最要好最忠诚的朋友，他也一定会全力支持你。”

“阿果，你不但人长得无比美丽，心也同样无比美丽——呃，我姐在叫我们呢，咱们吃饭去！”

阿果拉芒娃突然伸出右手：“张骞，牵着！”张骞迟疑了一下，慢慢地将左手伸出。

且说昨夜塔丽版宓赤听了呼力泰一番言语，只得硬生生地停了撞帐的举动。依她的想法，若非她阿爸在里面，真想一把火将牛皮大帐烧个一干二净，拼了性命，也不能让轴男、轴女成其好事。

委屈、埋怨、仇恨、痛苦、愤懑、绝望，塔丽版宓赤无法向任何人痛诉，亦无法向任何人宣泄，坐在大帐之外痛哭了一场，然后深一脚浅一脚，向自己的闺帐走去。

她觉得夜好黑好黑，黑得又浓又黏，让人不知底里，不辨方向，脚踝被缠裹得步步沉重，好不容易挨入帐内，便“扑通”一声坐在地毯上面。

两个侍奉丫头赶快过来搀扶。问道：“五公主，你怎么了？”

“本公主不怎么，我高兴着呢。去，拿酒来，我要喝酒！”

大一点的丫头赶快端来一碗马奶酒。

塔丽版宓赤喝了一口，又“噗”地一下唾了：“我不喝这个，去，给我端一大碗黍酒——不，连坛子都给我搬来！”

“那酒坛我俩搬不动。再说，那黍酒性烈，又是冷的，喝了伤身。”小个丫头道。

“两个没用的东西，连坛酒都搬不动！若是张骞，一只手，轻轻一提，就给我拿过来。”又一把揪住小个丫头，“你刚才说什么？黍酒性烈，又是冷的？你晓得，它有本公主性烈？酒是冷的，可我的心却是热的，张骞不晓得，你们难道也不晓得？”

大个丫头急忙应道：“我们晓得，我们晓得。五公主的心一直是热的。”

塔丽版宓赤松手放了小个丫头：“晓得本公主心是热的，为何还不赶紧给我铺床！”

“我们这就去！”见五公主不再提喝酒之事，两个丫头不知她跟张骞闹什么别扭，以致气成这样，只是赶紧为其铺床。妥帖之后，两人相跟着将五公主搀起：“公主累了，请歇息！”

“我不累！你们去给我找两个张骞来，我要跟他们‘轴婚’！”

两个丫头吓了一跳：“五公主，您还没出嫁呐，怎么好提‘轴婚’大事。再说，这里只有一个张骞，正在为王爷祝寿，又从何再找一个张骞？”

塔丽版宓赤忽然明白过来，忍不住开始边哭边数落：“死张骞，臭张骞，你不好好地在城固家乡过日子，偏要听你们狗皇帝的话，闹什么出使西域，找什么月氏国？去西域又不避开匈奴，落个当奴隶的下场，当奴隶又不去别处，偏偏到了托力鲁草原。好多次都快成夫妻，偏又是个胆小鬼，怕这怕那，惹人败兴！当你是条真汉子，却还是个色中饿鬼、伪君子，一见那个突阿贺女人，照样全身酥麻，乖乖就范。死张骞，臭张骞，你叫我如何是好？”说罢，抽噎不已。

不能就这样罢休。她要泄恨，她要报复！不敢跟阿爸算账，就先恶心恶心张骞和阿果拉芒娃。

她晓得张骞有晨练功夫的习惯。一年四季，无论寒暑，无论雨雪，纵使疾风裹沙、双眼难睁的天气，在她的记忆中，好像都从不间断。昨夜即就与人“轴婚”，大概仍会晨起。为了避开张骞，头遍鸡鸣，塔丽版宓赤便翻身而起，找到为阿爸准备早宴的管家，吩咐他将那匹病马留下，而将张骞的坐骑枣红马牵出，而后一溜烟直奔牛潭谷。

王府的夜灯渐至晦暗，无边的黑幕笼罩四周。渺无人影，一片静寂，星光下兜出的风奇寒刺骨，远处的狼嗥使人毛发倒立。塔丽版宓赤连连甩出响鞭，让暴烈的声音刺破夜空，既为自己壮胆，也为宣泄心中的怨恨。

曾有一刻她生出一种幻觉，张骞从后边拍马追来，一边高喊着她的名字，一边向她不停地解释："都是你阿爸的主意，我跟阿果拉芒娃什么事也没有发生，我这'轴男'是假的，你要相信我！"

她下意识地回头一看，哪里有什么张骞！除了一片漆黑，仍是漆黑一片。而眼眶里的泪水，不由得抛洒而出。她慢了下来，抹去泪水，泪水却又不争气地溢出。而一种剜心般的痛楚，让她欲呕欲吐。

她下马蹲地，除了几口酸水，却什么也吐不出来，四肢软得爬不上马鞍。

"死张骞，你个冤家，你为什么要出现在我面前？"

途经王府的匠作坊时，曙色初霁，恰见一人如厕出来，一打照面，原是秀玛古丽塔。秀玛古丽塔大张了嘴巴，神色十分惊异："五公主，这么早？怎么一个人？张骞呢？"

"张骞死了！"塔丽版宓赤头也不回，打马而过。

"张骞死了？怎么会呢？真要死了，你跑出来干啥？真是莫名其妙。"秀玛古丽塔嘟囔道。

塔丽版宓赤了解张骞那屋门，没有三四个身强体壮的牧民相帮，休想弄开。索氏三兄弟指望不上，于是命令巴颜叫了几位牧民，一同去张骞的窑洞，希望将门弄开，而后进去，砸它个稀巴烂。

此时，索日力正在给羊喂草，见塔丽版宓赤带着几位牧民，气势汹汹而来，便迎了上去，鞠躬问道："五公主好。张骞大哥呢，怎么不跟您一块儿回来？"

"滚开！本公主的事，你少问，也少管！"回头又对几个牧民道，"去，将张骞的狗洞给我弄开！"

几位牧民见是干这破门毁家的缺德事，顿时消极起来。一位牧民捂着下腹奔向茅厕："五公主，对不起，我肚子痛！"另一位牧民则一屁股坐在地上，捂着腿肚子："抽筋抽得人站不起来。"还有一位高高举起左手："五公主您看，昨日杀羊，不小心弄伤一根指头，一用劲，便鲜血直流。"

塔丽版宓赤大骂牧民都是一些饭桶，鞭杆又一指索日力："你肯定有办法将门弄开！"

索日力虽然不知这二人之间发生了什么，但短短一天时间，这位公主竟下如此狠手，说明定是发生了令她不堪忍受的大事。可是，以他对张骞道德人品的了解，又能发生什么事呢？

索日力侃侃说道："你们二人，一边是高贵的王爷公主，一边是知心换面的朋友。所以在此情景之下，我不帮人，我只帮理。请公主将实情告知我等，如公主在理，我们就帮。"

塔丽版宓赤于是将张昨晚"轴婚"之事和盘托出。

"这么说，张骞的'轴友'是王爷，您的阿爸。公主，您想过没有，您阿爸缘何要这样做？他不惜忍痛割爱，难道真的是为了成全张骞？即就阿果拉芒娃赛过天仙，可是两个陌生人在一起，能比得上您跟张骞的感情？他现在可能比您还要痛苦万分，可他有啥法！怪只怪张骞就有天大的本事，也难脱奴隶的身份。他又是一根筋、一条道走到黑的人，死活不肯向单于低头。是的，张骞'轴婚'已经公开，公主您没了一点指望，可您就不能念在往日的情分，给他一个立足之地，非得赶尽杀绝？这样把他的家毁了，恐怕您心里只会更加难受。依我看，您报复张骞，张骞不过是替人受过；您能维护昔日之情，张骞对您便有终生负罪的歉意。您晓得张骞，有着非凡惊人的毅力，毁家只是给他带来暂时的不便，于他，精神上便得以解脱，从此再也不欠您什么。公主，您看这门——"

塔丽版宓赤忍不住又是一场大哭："呼力泰，还有你索日力，你们跟着张骞，都学得能言善辩，一个个都在理。就我这名义上的公主，谁都不帮我，连亲阿爸都算计我，我好苦啊，张骞，你可晓得？"

众人好说歹说，总算将这位撒泼的公主劝离牛潭谷。对在王府发生的纠葛，谁都避而不谈。

只那枣红马极有灵性。它似乎知晓，一旦离开这里，便再也难以见到它的主人，所以一入马厩，便头向里，屁股朝外，死活不出来。惹得塔丽版宓赤又是一番伤心，说连马儿都一块儿欺负她。

此时，张骞带着阿果拉芒娃，正在归来的途中。

行至诺月部落，见到达斡汗、琪琪格夫妇，张骞少不得又是一番解释。并道，他日若是和勒古台相遇，不妨带他去牛潭谷。同时向他解释，张骞虽与阿果“轴婚”，但只有“轴婚”之名，并无“轴婚”之实，实际以兄妹相称。只是为了掩人耳目，不给托力鲁寻事的口实，才带阿果去牛潭谷，先避避风头，实乃情非得已之举。此等情状，亦不可让五公主知晓。否则，祸事顷刻即临。切记、切记。

达斡汗喟然长叹：“此等情事，世间只有你张骞可以做到。换作别人，面对如此美妇，谁肯放过。”

短短半天工夫，阿果拉芒娃便对张骞有了全新认识，这是一位顶天立地的英雄，上至故国，下至朋友，无不忠诚以待。难怪贵为公主的塔丽版宓赤，对他爱得死去活来。她倏地生出一个骤然心跳的想法：按照匈奴人的习俗，一个女子在出嫁之前，可以与任何心仪的男人相好，只在出嫁之后，才与丈夫厮守终生。那么，她完全可以与张骞行“轴婚”之实，只要她和他都愿意。

阿果拉芒娃不由得搂紧了张骞坚实的后腰，将脸紧贴其后背，连剑鞘硌胸也不管它。

张骞当她瞌睡了，于是放慢了速度，一任白马“嘚嘚”地走着。张骞轻声地叮嘱道：“阿果，你先眯上一会儿，可不要睡得太死。到了牛潭谷，洗个热水澡，再美美地睡一觉——我晓得你昨晚一夜没睡。你没听说，‘一夜不眠，十天不安’，女人缺觉，更是乏人。”

阿果拉芒娃轻轻擂了他一下：“谁说我瞌睡了？我是遇到了好人，高兴！多时没有说话，我说了；多时没有笑过，我笑了！”说毕，接连打了几个呵欠，又嗔声道，“都怪你，偏要提‘瞌睡’二字！”

“好好好，都怪我！我只担心，半道上不要遇到五公主。”

“怎的，心疼她了？她昨晚也一夜没睡。不如叫上她一道再去牛潭谷，洗个热水澡，好好睡上一觉？”

“我一个汉人奴隶，家里突然出现两个绝世大美人，这样的艳福，我可消受不起！”

“依我看，你完全消受得起。不若将五公主请来试试？”阿果拉芒娃调皮一笑，瞌睡也没有了。

“阿果，不说这个行不行？你就跟我说说勒古台吧。”

“你这人，真叫人扫兴！这会儿，我谁都不想说。要说就说说你。现在，你好坏都是我的‘轴男’。你的情况，理应让我这名正言顺的‘轴女’晓得。”

“这倒也是。”张骞便将家乡、家庭情况作了简单介绍，至于使节队出使情节，作了节略，但对在噶弘因部落与草原骑痞的鏖战，又作了一番回顾。最后才道：“昨晚轴婚之时，托力鲁才特意向我告知，我母亲于七月十四日病逝于家中，妻周月英于七月三十日病逝于陇西寻亲途中。”说到此处，张骞又声音哽咽，双颊滴泪。

“对不起，我不晓得有这档子事。‘那个人’可够毒的，‘轴婚’之夜，却故意拿这悲惨之事恶心你。”

一时之间，二人无语。

经过头人巴颜的帐篷时，张骞一眼看到拴在木桩上的枣红马，那枣红马亦看到了他，立即四蹄跳动，嘶鸣不已，欲将缰绳挣脱。张骞头一低，别过脸去，一抖缰绳，让白马疾行而去，使相随的“花豹”竟有些赶不上趟。那巴颜闻声出帐，只见到两人的背影，疑惑自语道：刚才过去的，好似张骞？因五公主业已睡下，他也不好再行声张。

阿果拉芒娃却有感而发：“张骞，你究竟是个什么样的人？连你骑过的马儿都对你一往情深，恋恋不舍，好似生死兄弟——我估计，那马儿正在为你的无情离去而落泪呢。”

“你说对了，那匹枣红马的确是我的生死兄弟。”于是，又将独战群匪托力达的经过简述一遍，“它也是从生死线上活过来的。自那以后，我就没有把它当作马儿看待，怕它渴着，怕它饿着，怕它冻着，怕它热着。我吃块面饼，也要分给它一半。人与人，人与牲口，你跟它以心换心，不舍不弃，便可成为一生的朋友。”又一声叹息。“我不理它，亦是情非得已。此时我不能向五公主作任何解释，把局面弄得不可收拾。”

说话间，已到牛潭谷坡前。张骞向上一指：“上面便是我的窑洞。阿果，你委屈些时日。待风头一过，勒古台寻来时，你们再一块儿回突阿贺。”

“还没有进家门，就准备撵我走？世上哪有这样的主人！吃了你的，喝了你的，让勒古台加倍补偿就是。再说，我现在还是你的‘轴女’！”

“阿果，你说笑了——快走吧，我的邻居好友索日力，正向我们打招呼呐。”

阿果拉芒娃非常好奇，窑洞里还能住人？据说冬暖夏凉不惧狂风暴雪，住着很舒服，她便很是向往。于是马也不骑了，撇下张骞，独自向上奔去，累得上气不接下气也不止步。

“啊唷哟，这是大嫂吧？都说大嫂像天上的仙女，我看比仙女还仙女——你慢点，不用着急，今后这里便是你的家。我叫索日力，就住在坡下，我和张大哥常来常往。他走了，我就替他看家。估计你们就要回来，我已替他把炕烧热了。”

张骞上来道：“索兄弟，辛苦你了。外边冷，进去说吧。”又对阿果道，“你进去歇着，我先去给白马和‘花豹’弄点儿热水，让它们先暖暖肚子。”见屋里屋外一切完好无损，又轻轻擂了一下索日力，“路上还在想，依五公主的性子，我这窑洞还不知被弄成什么模样呐，谁知什么东西都没有动。索兄弟，你跟我说说，你用的什么法子，让她把火气降了下来？”

“要说这窑门吧，别的三五个人一时难以弄开。可是，按你教给我的法子，一点儿不成问题。她虽贵为公主，我也不能任其差遣。”便将整个过程讲了一遍，最后道，“这事要怪，就怪她阿爸。甭看是个王爷，却一肚子坏水。张大哥你们得千万小心，不能让他抓住什么把柄。你这人太特殊、太惹眼，不像我们这些牧民，连头人都不待见。”

“谢谢你，索兄弟。你不要急着离开，我还有样东西送给你和你两位哥哥。”即去储藏间取了八九块盐渍豆干，“拿回去，给孩子们当个零嘴。”

索日力也不客气，笑眯眯接了：“孩子们都让你惯坏了。每次从你这里回去，他们都要在我身上掏摸。一拿出来，那个高兴劲儿，叫起张伯伯，嘴甜得像抹了蜜。”

“不过一点小零嘴，不要让孩子们念叨我。今后回去，就说是花钱买来——你不要打岔，我是想要孩子们从小就明白一个道理：寸缕寸肉，一粥一饭，都来之不易，非勤恳劳作而不可得。”

“话是这样，可‘滴水之恩，当涌泉相报’，也是你说的。”

“这不一样。一个是日常交往，一个是困难帮扶，是大有区别的。”

“张大哥，我说不过你。我走了。”张骞送至院边，挥手道，“如有新客，仍来作陪！”

从对马儿，到对邻居、朋友，这张骞又是如此的细腻、体贴，这让阿果拉芒娃又一次感到震撼和感动。她再一次拿勒古台与之相较，勒古台像全身赤裸的汉子，从里到外燃烧着火一般的热情，爱就是爱，恨就是恨，鲜明而透彻。而张骞像一个静悄悄的隐身人，对人的关怀无处不在，却又不声不响。你体会到了，他就掩饰；一时体会不到，他也不说。他的想法从不跟着别人的想法走，而又显得超脱、豁达，且忠实、可靠。阿果真希望勒古台早一天来到牛潭谷，不仅为了那一份情，更为了突阿贺人的未来，与张骞相处一段时日——她断定，除了高超的武功，张骞还有更多更厉害的本领，需要勒古台学习。

盼望中，一直到第十天，勒古台才出现在她面前。

一同来的，还有达斡汗和索日力。而勒古台带来了整整两驮马的东西。

张骞却不在家，到牛潭谷淘洗水井去了。水井里掉了一些落叶、枯死的水草需要清理。

达斡汗、勒古台便欲前往，索日力却道："二位不必，我对着那个方向吹几声口哨。他一听到口哨声音，便知有客人来访，很快就会回来。"语毕，竟用口哨吹出一首十分动听的歌儿。

果然，不大一会儿，张骞提着满满两桶清水，拐过院子，即大声叫道："何方贵客，来到舍下？"

只见一名长大年轻汉子突然跪倒在他的面前："突阿贺人勒古台，特来拜见师父！"

张骞急忙放下两桶清水，双手搀扶他起来，不料对方用力下沉，重若磐石。张骞只好运力相扶，拔树般将其提起："勒古台，好汉子。刚一见面，你就拜师，谁让你这样做的？"

阿果拉芒娃和达斡汉、索日力也感到十分突然，非常诧异。没料想勒古台一来，竟会是这样。

勒古台还想行拜师大礼，却被张骞硬生生地拽住："勒古台，这师父可不是随便乱拜的。这得双方同意才可以。说说，究竟怎么回事？照理说，你首先应该认下阿果拉芒娃，然后再说别的。"

"阿果我看到了，她的笑容仍是那么灿烂，她的脸庞仍是那么美丽，说明她在这里生活得很快乐。可是，拜师是我舅父说的缘分。他说，倘若阿果拉芒娃落在你这里。那么，你我的缘分便到了。”

“你舅父是谁？竟然能依据事情的脉络，料知将要发生的事情，你舅父可不是一般人物。”

“我舅父就是比佤部落的枯木绿仙，半个多月之前，为托力鲁进行占卜的老人。为了突阿贺，我要跟你学习‘万人敌’。你撵不走我的，我把东西全带来了，请达斡汗、索日力替我做个见证。”

“我明白了。你舅父是个深藏不露的奇人——我不是说他的占卜之术，而是指能将王爷玩弄于股掌中的计谋。阿果能来这里，你我因此而相识、相交，全都拜托你这位了不起的舅父。我想知道，他现在在哪里？”

“在我家住了几天，留不住，天气稍一好转，又回到了比佤部落。即使在那里，平时也找不着他。”

“这倒合乎他的性情。”张骞又转了话头，“勒古台既然带来不少东西，我就暂且收下，大家先将东西卸了，搬进屋里，在屋里说话。外面太冷，站久了，脚都冻木了。”又一敲桶中水面：“听听，才一会儿，水又结冰了。”于是七手八脚，将东西搬进窑洞，让马儿进了马厩。

众人刚刚坐定，勒古台又道：“张大哥，拜师的事，你还没有应下。”

“拜师的事，一会儿另说。现在，你先回答我一个问题。你是否仍然爱着阿果拉芒娃？”

“那还用说！突阿贺所有人都晓得，我以生命爱着阿果，阿果就是突阿贺头人唯一的妻子。”

“这还不够。我要你说，你爱阿果爱到什么程度？譬如说，她病了，耳朵听不见声音、眼睛也迷糊、腿脚也不太灵便了，你还爱她吗？”

“我说过，阿果是我的唯一！即使她将来头发掉光了，成了老态龙钟的老太婆，她也是我的阿果！”

“如果说，我与阿果只有‘轴婚’之名，并无‘轴婚’之实，你相信不相信？”

“我相信。但是我也要说，如果阿果愿意，她也可以当我的师母。”

“不不，不能这样。我们汉人有句俗语，‘朋友妻，不可欺’，你的阿果，仍是你的阿果。今日我也请索日力、达斡汗做个见证，我以‘轴婚’得与阿果结缘，那么我仍以‘轴婚’形式，将阿果送回勒古台。不过，我这‘轴婚’与托力鲁的做法完全不同，以我的口头宣布为准。也就是说，从现在起，阿果便是勒古台的‘轴女’了，今晚在这里便可以进他们的‘洞房’。但此事还得请达斡汗、索日力兄弟为我保密，以后有人问起为何不见阿果拉芒娃，就说土匪残余前来报复，趁我不在家，将人劫走了。托力鲁对此不信也得相信，以免他再找麻烦。”

“此法甚妙。我们且为勒古台与心爱之人的团聚，也为张大哥的大义，好好庆贺庆贺。”达斡汗、索日力二人齐道。

勒古台拉着阿果拉芒娃，便向张骞跪拜谢恩，张骞却一手扶着一人不让跪下，并道：“现在，该我说说对待突阿贺人的态度。当我了解到突阿贺人是一个热爱和平的部族之后，便心怀同情，于托力鲁阵前观察，突阿贺人将以什么方式抵御强敌。倘使勒古台率兵奇袭辎重队，且我事前知情，我会以两全之策对之。我不妨告诉你们，托力鲁在中军召开军事会议时，我以不可辩驳的理由，力阻开战，主张以和平的方式谈判解决。在问到我若是突阿贺人，有何对策时，我给出了十六个字：‘避其锋芒，保存力量；伺机突袭，各个击破’。为此，托力鲁派人看紧了我，扬言此策一旦泄于突阿贺，便要取我项上人头。我今日将此策道出，仍然担着莫大的干系。我认为，在突阿贺没有精悍的军事力量之前，此策仍然管用。”

勒古台释疑，其他人受教，都觉得张骞是一位值得倾心相交的生死朋友。

“现在我再说第三件。”张骞以极诚恳的语气说道，“关于拜师一事，我不太习惯，因为师徒名分一旦确立，便是父子关系，说话做事，就有许多顾忌，没有兄弟之间来得痛快、直接。不拜师，并不等于我不愿倾其所学，需要答疑解惑之处，我照样会尽心尽力。譬如，勒古台你要学‘万人敌’，这就需要学习兵书战策，以及治理方略。短时期只可窥其门道，而实际运用则是终生之事。这事就这么定了。勒古台、阿果，你们夫妇愿在这里住多长时日，就住多长时日。现在请阿果帮我，为大伙儿准备酒宴。”

一顿酒宴，直吃到日头偏西，达斡汗、索日力方告别离去。是夜，张骞将炕让出，把车厢拉入储藏室，支起车厢，如来时第一夜那般，安然睡下。

勒古台与阿果的千般恩爱，自是无须多说。

翌日晨，盥洗毕，张骞便磨好了墨，润好了笔，将一卷羊皮展开，对勒古台道："从今日起，我开始讲征战三十六计。因为是汉字，你得一边识字，一边听我的讲解。每日两计，用十八天讲完，你看怎样？"

"但凭大哥安排，勒古台一定加倍努力。"

"今天先从胜战计开始，胜战计六计如下：瞒天过海、围魏救赵、借刀杀人、以逸待劳、趁火打劫、声东击西。"张骞用毛笔在羊皮卷上一一写出。"我们先说瞒天过海[①]：备周则意怠[②]，常见则不疑。阴在阳之内，不在阳[③]之外。太阳，太阴[④]。其意思是：自认为防备已经做得十分周全时，官兵便容易产生麻痹懈怠行为，使敌方有了可乘之机；对于司空见惯、习以为常的事，会使人失去怀疑，因之放松警惕；通过分析得知，原来隐秘就潜藏在那些公开暴露的事物里，并非存在于公开暴露事物的对立面。而公开暴露到了极端，就该想到，那是其最隐秘、最危险的潜藏。我们也可称其为深藏不露，一击得手。"

"我舅父对托力鲁实施的占卜，算不算'瞒天过海'？"

"可以算作'迷魂计'。实施此计需要两个条件：阴为里，托力鲁对占卜之术深信不疑；阳为面，你以烧草垛、疫牲口示警，加上阿果奇怪的温顺，因而成为'祸祟'的焦点，还有单于'善待于我'的信息，致使托力鲁做出'轴婚'的决定，也才有现在的结局。好了，上午就说到这里，中午再讲'围魏救赵'，下午复习巩固。"

第五天中午，张骞刚要开讲，忽听坡下鼓乐喧天、人声鼎沸，阿果拉芒娃好奇，奔至院边，因为坡上、坡下垂直距离并不很远，所以看得真切，她大声叫道："张骞、勒古台，快来看看，五公主出嫁喽！"

二人来到院边，只见五公主骑在一匹装扮华丽的骆驼上，正眼也不向这里望一下，摇晃着，径直向西而去。

使张骞大为吃惊的，不是五公主的出嫁，而是护卫队里有一人像极了堂邑父。

他有些神不守舍，喃喃道：堂邑父，我的好兄弟，果真是你吗？

这真是：

遥望山峰兮顶戴着据说十分美丽的故事，

默默凝视兮等待着产生无限绵长的梦想。
原来天长地久只在风中雨中白茫茫的雪中，
在暗夜中体味心灵，只需一盏小小的灯光。

一个熟悉的背影，勾勒出无限的思念，
一次平常的挥手，却成久久怀想的作坊；
生命相续的伙伴，你究竟在哪里？
生死相依的兄弟，你究竟在何方？

欲知堂邑父的下落，且看下文。

**注释：**

①瞒天过海：指人为造成敌方的错觉，乘其不备完成预计的谋略。

②备周则意怠：因为防守得周到、严密，反而会产生斗志的松懈和疲沓。

③阴在阳：阴，隐秘；阳，公开。意为阴阳相辅相成，在一定条件下，可以互相转换。

④太阳，太阴：阳的极端就转变为阴，而阴的极端必然成阳。

# 第五十三回　祥和饭庄囚徒得亲 英雄大会甘父夺魁

堂邑父正在假寐，忽听牢门“哐当”一响，他兀地睁眼一看，便见伸进一颗猪头样的脑袋：“堂邑父听着，国师有令，褫夺尔之百夫长一职，着其回嘎顺诺尔部落牧羊，今日起程！”

堂邑父不哼不哈，仍倚墙而寐。

“本监狱长与你说话，你耳朵聋了？还不快快谢恩！”

“何方来的苍蝇？嗡嗡直叫，吵死人了！”

“你别给脸不要脸。你的那些南蛮同伙，都被打发到匈奴各地当奴隶去了。国师念你年轻，又是族人，所以未予重罚。只让你回原籍当你的牧民，以图改过自新。你还跟国师较起劲儿来了，真是岂有此理！告诉你，国师既然叫你起程，下午的牢饭你就别想吃了。”

堂邑父咆哮道：“谁岂有此理？此去嘎顺诺尔三四千里，沙漠荒原连成一片，你让我走着回去，还是爬着回去？身无分文，马无一匹，还不及吃这牢饭稳当！”

“你怎么回去，关我屁事。还想吃这牢饭？容易，你去街上随便杀一个人就成。只怕你没那号胆气！”

“杀人算个屌！在噶弘因，我一口气连杀三十多个，连那个土匪头儿从此再也见不着太阳。但我堂邑父不是嗜血狂魔，我只杀该杀之人。”

“算我怕你，行吧？我身上还有些钱，给你权当路资。求求你，你是我的祖宗，你赶快走吧。”

“我这人向来见不得你们这号人。”堂邑父将两件脏衣一甩，搭在肩头，拿了钱，走出狱门，扬长而去。

后边还听到猪头监狱长说道：“日他妈，总算把这瘟神打发走了，害得我破费。”

堂邑父从狱卒们零零星星的对话中了解到，大哥张骞拒不低头，差点儿被单于杀掉，是老国师另有图谋，临场将其救下。据说由一个叫巴尔汗的百夫长一路押送，去了西边很远很远的一个什么部落。至于秦自乐、公羊鸣执、孙治瑾、苏疾、杨柏、范佑铭、陈尚斗、容南、容北、由天际、王兼等一干队员，一概不知被遣送至何处。一种前所未有的孤独，使他提不起精神，只在街上踽踽而行。而街上行人，无论骑马还是驭车者，一见他满脸虬须、衣服破旧的恶煞模样，皆早早避开，暗道晦气。

时已过午，堂邑父饥渴难耐，远远寻得一家酒食店面，便向那里走去。不料那店主见他走来，即令堂倌乒乒乓乓将店门关了，躲在门缝向他张望。堂邑父几步上前，将门擂得山响：“店家不做生意了？我又不白吃白喝你的。我有钱，快快开门！小心我这一脚将门踹成八块！”掏出钱一晃，又向街门前雨檐条石一蹬，条石应声裂作几瓣。远远跟着看热闹的大小人等，无不咋舌惊惧。

那店主见不是办法，缓缓将门打开，小心赔笑道：“非是我不肯卖与你，客官有所不知，昨日遇着两个泼皮，也似客官这等——呸呸，你看我这嘴，怎能将客官与之相比。”

“啰里啰唆，那两个泼皮是不是讹你了？”堂邑父择一处坐下，有些不耐烦。

“我看那两人不是好鸟，似从狱中刚出来的囚徒，便推托店中有事，不做生意了。不料其中一人掏出一把钱，往案几上一拍说，又不白吃你的，怕什么？做生意的谁跟钱有仇了？于是做了一锅肉块儿疙瘩面，两人各吃了三大碗，结果只给了两碗面钱。我说，还有四碗没有付钱，那个拿钱的人说什么第三碗才吃饱，所以只能付给第三碗的。客官，这不是讹人吗？天下哪有这样不讲理的！于是便跟他们理论起来。我说，二位若是一来便说是讨饭的花子，也就算了，可是说好了吃饭付钱，怎的讹起人来？二人变脸道，前两碗没有吃饱，自然不能算钱，是我们讹你，还是你讹我们？一言不合，闹将起来，惹得四邻八舍一齐围观，生意也做不成了。”

“难道官府就没人管管？龙城之地，还能任其胡为？”

“客官不提官府则罢，提及官府，更其晦气。”

“这倒奇了，他们的职责所在，便是护民，难不成反为扰民？”

“客官恐是远方人氏，不知龙城底里。这龙城每街都有街管，隶属东、西、南、北市况分管，各分管又隶属市况总管府统管。这街管人数亦有不等，千户大街有正管一人，副管三至四人，百户以上千户以下正、副三人，百户以下小街街管一人。这些街管人人都有背景，或王府的族人，或将军府的亲朋，平时在街上游来窜去，像好吃懒做的二流子。一见哪个店面有事，就如猫儿闹腥，不请自到，事情处理完毕，店主就得请吃感谢。四碗饭钱倒是讨了回来，但请吃的花销，四个四碗饭钱都不止。所以，但凡遇上此事，宁肯吃亏，也不想叫街管插手。你看，我一下子说了许多，耽误了客官吃饭。我看客官满身英雄气概，只是遇上了什么糟心事，才显得有些落魄。唉，如今这世道，老是打仗，谁都过不上个安生日子。”

这店主大概年及半百，双鬓已经苍苍，脸型略显窄长，面色黑红，喜欢眯眼看人，个头不高，却一身透着精灵，一件青色葛布夹袄，长可过膝，时令已交八月，脚上仍是一双靸拉草鞋。两个伙计，都还年轻，高个却是一哑巴，矮个有点儿跛脚。大概是店主图工价便宜吧，堂邑父想着。掌案的是一年轻女子，长相一般，身体甚是壮硕，偌大一疙瘩面团，噼里啪啦揉搓得有板有眼。

店主看出了自己的落魄，堂邑父便默想着措辞。使节队的事既然已经公开，这龙城居民皆已风闻，不妨道出实况。只这姓名须得改改，于是道：“我名‘甘扶’，本是汉朝之——”话刚开头，便见店主惊慌道：“昨日闹事的混混又来了，快快关门！”

哑巴二人走出没有两步，两泼皮已抢进门来，其中一疤瘌脸手持一柄长把弯刀，“啪”地往空桌上一拍：“呼巴贺，八碗面钱退还我们，我们走人！”

原来店主名叫呼巴贺。呼巴贺气得额头冒汗，双手颤抖：“昨日只向你们讨回四碗饭钱，今日怎的变成八碗？你们，你们，你们还让不让人做生意？”

疤瘌脸道：“昨日四碗，今日八碗，明日就是——”回头问另一瘦猴泼皮，“明日多少？”瘦猴道：“十二碗。”疤瘌脸将刀一拍：“对，明天就是十二碗！”

“二位爷爷，饶了我吧。我乃小本经营小店，经不起折腾。今天算我请客，挑好的给二位爷重做，让二位爷吃饱吃好。”

疤癞脸又看看瘦猴，瘦猴道：“谁稀罕你的面疙瘩，给钱给钱！”疤癞脸又将瘦猴的话重复了一遍。呼巴贺哭丧着脸，从兜里掏出一把铜子，一数，十二文：“就这十二文，都给你们。”

“十二文是几碗面钱？”疤癞脸又问瘦猴，瘦猴先伸出三根指头比画了一下，接着又伸出一只巴掌，摇摇。这次疤癞脸倒还清整：“十二文，三碗面钱，还差五碗。”见瘦猴指了一下掌案女子，又道，“算了，面钱我们也不要了，把你闺女借给我们用一晚上。”

堂邑父早已怒火中烧，看不下去，忽地一下站起，闪电般抢过那柄长刀，双手一掰，“咣”的一声脆响，断为两截。而后将其向地下一扔，只见断刀深深嵌入地面，面上露出不及两寸。围观之人，惊骇不已，两名公干模样人物，悄然溜开。

不等两泼皮清醒，堂邑父已抓小鸡般，一手一个，将两颗头颅按在桌案：“说，还讹不讹人钱财？是谁指使你们前来寻事？”

瘦猴嘴硬如铁，威胁道：“爷们儿的事，你这外来的棒槌少管为妙。”

“唬我？告诉你，老子行走江湖，杀掉的地痞、土匪我也记不清楚有多少，不在乎再添上几个！”

疤癞脸半边脸被压，嘴巴走形，咕哝道：“他，他是你什么人，管，管这野事？”

是呀，他是我什么人？堂邑父灵机一动：“他是我十年未曾见面的舅父，奉阿妈之命，扮成穷汉，看望她老人家的弟弟。今日你们不拿出八碗饭钱，我就一人掰掉你们一根指头。到了明天，就是十二碗饭钱。怎样，这钱是自己拿出来，还是由我动手？”

“他，他是你舅父，他叫什么名字？”

这真是一个又傻又横的泼皮无赖，堂邑父暗自好笑，便想捉弄一下。他右脚一伸，踢向刀把，那半柄刀身“唰啦”一下带土而出：“谁去将那刀捡来与我？”

那店主见堂邑父如此厉害，又不知底里，脚手抖索得不听使唤。倒是那掌案女子有些胆量，将那半柄刀捡起，递与堂邑父。堂邑父道：“妹妹替我将这瘦贼按住。”然后空出一只手将刀拿起：“我舅父呼巴贺，不过他还有另外一个名字，叫——”一眼瞅见瘦猴想挣开脱逃，于是提脚向其腰眼一踹，那瘦猴立即瘫似烂泥，又掉头对疤癞脸道，“另一个名字叫‘敲白牙’，专敲白吃白喝人的牙齿！”将刀背平起，作势要敲掉他的牙齿。

那疤癞脸顿时吓得变了腔调：“好汉爷爷饶，饶命，饭钱我，我给。”伸手从袖里拽出一只钱袋，向案上一放，“若是不够，他（指瘦猴）那里还，还有。”

堂邑父数出三十二文铜钱：“滚！再不要让我见到你们。”手一松，又在瘦猴腰间一点，二人抱头鼠窜逃出。

一众闲人见好戏收场，于啧啧惊异之中尽行散去。

“你叫‘甘扶’？哥哥，你真是好身手。你是哪个王爷的卫士，或是哪支队伍里的将官？又缘何如此装扮？”掌案女子显得落落大方，眼里充满了好奇，伸手欲将另一截断刀拔出，却哪里动得了分毫！

堂邑父伸出拇指、食指，夹住刀片，没见怎么用力，断刀已出，一踢，断刀擦着地面去了墙角。又将带出的泥土归拢一踩，地面立即平复如初。

“嘎女子，先给你好汉哥哥端碗热面汤去。”呼巴贺已神志归元，说话利落了许多。

堂邑父有些诧异：这女子怎么叫这名儿？张口想问，又觉不便，也就不语。

嘎女子端来一碗冒着热气的面汤，轻轻放在堂邑父面前，顺手又将桌面抹了一遍：“甘扶哥哥感到奇怪吧？我阿妈生我弟弟时，大出血，两条命都去了。剩下我跟我阿爸，阿爸给我取了这名儿，他说名儿贱，好养。你呢？看你也是疾恶如仇的好汉，怎的又是一副落魄模样？你莫怪我无礼，我说话不会拐弯抹角。”

“你这人说话做事，正对我的脾性。我就直说了吧。我虽是一个匈奴人，却有一个汉人哥哥，他的名字叫作张骞。张骞大哥对我百般呵护，心里纯净得如地上的白雪，不但武艺高强，而且心胸宽广得能装下地上所有的草原。后来他受汉皇之命，担任出使西域的正使，我也由队员成为副使。在噶弘因，我们遭逢骑痞的突袭，在赵信城，又遭到奸人的暗害，以致成了单于的囚徒。我也是今日才被放出，命我回故乡放牧牛羊，可我马无一匹，盘缠无着，故乡嘎顺诺尔尚在三四千里之外，怎么回去？我本想先把肚子填饱，然后寻一家便宜客栈住下，再找件事做，挣够盘缠，再弄匹马儿，起程回乡，谁知遇上这事！既然遇上，我就不能袖手旁观，任其胡为。”

呼巴贺大惊：“原来你是张骞的兄弟？难怪，难怪。既有一身好武艺，又有一腔侠义心！你可能有所不知，这个汉人张骞，龙城人都传疯了，都知晓他是一位了不起的大英雄。他的手下人人能干，个个忠勇，有一个叫什么由，由——”

“由天际。”堂邑父接口道。

“对对，叫由天际。还是一个十几岁的孩子，那一身功夫了得，凌空取敌项上人头，只在眨眼之间。兰札吁王爷一见，喜欢得不得了，留在身边，不离左右，哪里将他当作奴隶！还有一个叫杨柏的吧？据说不但很会种庄稼，还做得一手好饭菜，就豆腐一宗，其美味都让单于夸赞不已。甘扶你也不用客气，你也不用住什么客栈了，白天你去找机会挣钱，晚上就跟哑巴他们挤挤。我也不怕你多心，人说‘人靠衣装，马靠鞍装’，在这龙城地方，穿得太差，往往遭人冷眼，想找个事做，也无人搭理。你若没钱，我先借给你，弄一身像样的衣服，再去浴堂洗洗，把头面清理清理。吃了饭，就去把这事办了。”又一笑，“你既认下我这个‘舅父’，你的日程、行止就得由我安排。”

无意中得知由天际、杨柏的下落，堂邑父心中极是振奋。其他人的情况，待后再行打听。而对店主的好心，他婉拒了。

“钱的事，我暂时还有点儿，估计弄两套新衣不成问题。”又掏出一点儿散碎银子，权当今日的饭钱、店钱，“这柄断刀我另有用处，烦你帮忙收捡一下。为防泼皮纠伙闹事，这几天我就在左近找活儿，只要我在，谅他们也不敢将你怎样。”堂邑父说着，一条腿已大步迈出。

“嘎女子，你将甘扶拦住，我有话说。”

嘎女子应声而起，奔至堂邑父面前：“请甘哥哥留步，且听我阿爸有甚吩咐。”

堂邑父欲将其拨开，忽又停住，硬生生地将手收回：“我就在这里听着，店主有话请讲。”

“怎的，刚刚认下我这舅父，这会儿就不作数了？舅父也叫了，嘎妹子也叫了，就想赖账？”

堂邑父本来嘴巴就笨，而今面对店主这张利口，哪里是其对手。他无言辩驳，只好分别叫了声“舅父”和“嘎妹”，再无别的话可说。

“这就对了。甘扶你先坐下。”见堂邑父返身坐下，呼巴贺继续说道，“今天本遭坏事，不料却遇上了喜事，有了一个这么有本领的外甥，真是老来的福分——你看我这张嘴，又把话扯远了。你我能够成为甥舅，这都是上天安排的缘分。街上那么多面店、饭铺你都没去，缘何到了我的小店？偏偏又遇着泼皮闹事。这不叫缘分叫什么？汉人有句俗语：‘外甥是舅家的一条狗，吃了顺墙走。’这什么意思？你在张骞手下那么久，不会不懂吧？我们匈奴人更是如此，外甥吃舅家，有理十八分。我说借钱的话，也是戏言。钱借给你，我还好意思讨回来？所以，你的什么饭钱、店钱，休要再提。你看舅父这店，说大不大，说小也不小，店面净宽八丈，由十根中柱分成两半，进深十丈，还不算后边的四间雅座，全部上座，可容百人，忙时得请八名左右的临时帮工。平时我们四人，照应三四十人不成问题。面粉、肉食和酒类，都由固定商家供应，实行日清日结。经今天这么一闹，甘扶你甚事不做，只要在店里转悠一下，人们为了见识一下你这大英雄，明日起，客人肯定倍增！”

经呼巴贺提及，堂邑父细察这家店面，果然显得恢宏阔大，二十张案几对排，每一桌案四人，一次可容八十人同时进餐，雅间每间以十人计，又是四十人。如果生意兴旺，这每月的净利当有不少的收入。可再有，也是别人的，且这“舅父”之称，也不过是临时应景而已，当不得真，更不能当作指靠。他得依靠自己的努力，去挣踏实钱。

见呼巴贺话已说完，堂邑父才拱手一别：“我去洗浴、买衣服去了。”

“且慢，你初来此地不熟，让嘎女子带你一块儿去吧，那成衣店的店主就不会挣你的黑心钱。”

堂邑父对银钱之事历来不太上心，够吃够用即可，没有生意人那么会算计。不过，浴堂、成衣店在什么地方，他的确陌生，所以嘎女子相跟而行，他也无可无不可，没去多想。

嘎女子却是另一番心境，听得父亲吩咐，心中不由得喜不自禁，眉里眼里都是笑意。见堂邑父大步流星小跑一般，于是笑道：“甘哥哥，逛街又不是救火，走那么快干啥！”

堂邑父一听，放慢了脚步，可是走着走着依然故我。嘎女子跨前一步：“这样可不行。甘哥哥，你不能没有方向地乱走。浴堂靠近额尔浑河[①]，还得拐过两条大街。你跟着我，没有错。”

“就依嘎妹，我跟着就是。”

一路说些闲话，大约走了六七里地，才到浴堂。浴堂临街是修面铺子，浴池还在铺子后边。而旁边就是成衣店。

“甘哥哥，你先去洗浴，出来后再修面换衣。我就在旁边成衣店候着。”

堂邑父依言先去浴间，从上到下洗了个痛快。回忆这一天的遭遇，感到十分奇特，上午还在狱中，此时却在“水中”，凭空里还多出一个“舅父”、一位“嘎妹”。洗毕又去理发刮脸，将一头乌糟的头发，一圈乱蓬蓬的胡须，整理得新郎一般。那修面师傅一迭声夸道：“想不到尔之身坯容貌如此英武，你那妹妹见了，说不定都要高兴得晕了。再有一身新衣服换上，就再也不会叫你什么‘干哥哥’。”

饶舌，大概是生意人的通病。堂邑父算是从呼巴贺那里领教过，只要一接话头，后面还不知有多少话跟着，就像深山老林中的藤蔓，扯得没有尽头。于是岔过话头：“请问师傅，洗浴、修面一共多钱？”

“啊哟，客官讲哪里话！我们生意人虽然想多多挣钱，但也得讲究规矩。多余的钱是不能要的，更不能收人家双份。自毁信誉的事，我们是从来不干的。你尽管走人，你那钱，你妹妹早已付过。你妹妹那家叫‘祥和饭庄’，我这里叫‘祥和洗浴’，两种生意，一个招牌，我们这叫‘缘分店’。客官下回来此，就是老客，老客一律八折优惠。”

堂邑父越听越烦。一句话的事，说了一大摊废话。好容易听其把话说到一个段节，立即将手一拱，跨出店门。

后面犹自听那师傅喃喃自语：“我的话还没说完呢，这汉子，忒急。”

嘎女子早已为他选好了三身新衣：一套米色单衣，连带一双浅口羊皮软鞋、两双脚布，是眼下穿的；一套青色葛布夹袍，一双浅腰马靴搭、两双脚布；一套长绒赭色皮袍，一双缀毛高靿尖头牛皮马靴，里装两双毡布。堂邑父见了一下愣住，三套衣服，价值不菲，他哪里有那么多钱！他匆忙掏出身上所有钱，向裁衣案上一拍：“麻烦店家，请按这些钱，选两身便宜一点的春秋衣服。”

那店家年纪虽大，却甚文气，说话有点像公羊鸣执，将钱轻轻收起，递与堂邑父："衣服钱你妹妹已经付过，这钱你就收起来吧。你赶快将新衣服换了，让我看看。这么魁梧、这么英气逼人的汉子，还真是少见。"

一旁的嘎女子乍见面目一新的堂邑父，一颗心不由得"怦怦"直跳，几乎屏住了呼吸，不错眼珠地瞧着，什么话也顾不上说一句，只盼他赶快换上新衣。

堂邑父亦如梦游一般，进了换衣间，不一会儿出来，自己倒没感觉什么，只那店家大张了嘴巴："好你个甘扶，真是羡杀人也！听你嘎妹说，你是张骞使节队的副使，老国师打发你回嘎顺诺尔草原放羊，这会儿忙着挣什么买马钱和回故乡的盘缠，不料在此与你舅父和表妹相遇。明日我去找那呼巴贺老货说道说道，你就留在这里，当我的徒弟，咋样？"

"谢店家老伯美意。此事我还得与舅父商议后方可。"堂邑父只好将错就错。

"这话很对。汉人有句俗话：'娘亲舅大'，你应该听你舅父的安排——还有你表妹。"成衣店店家意味深长地一笑，又用一块下脚料将脏衣服包了，连同新衣包袱，一同递与堂邑父。

转回途中，嘎女子面呈忧悒，没有话说。堂邑父反倒有些不太习惯，走几步，又停下来，等候他这位"表妹"。想想，无论如何得要感谢人家父女，不过为其讨回了几文饭钱，不值得如此破费。他不会花言巧语，说出来的话就不怎么中听："嘎妹子，萍水相逢，如此厚待，此恩必当厚报。"

"谁要你的薄报、厚报了？想要厚报，可以，你一直住到老！最好把你的亲人一块儿接到龙城，你愿意吗？若愿意，回去我就跟我阿爸说去！"

堂邑父再怎么粗心，也听懂了其中的意思。他一声叹息，放缓了脚步："嘎妹子，我又不是木头，此情焉有不知？可是我与张骞大哥的生死之情，深过北海，大过草原，甚时不找着他，我就甚时没有落脚地点。至于家乡，父亲也已不在人世，未婚妻珀莉恐怕也另嫁他人。放心不下的，只有妹妹娲霞。所以我回嘎顺诺尔，时日也不会太长。一旦找着张骞，我们还得继续西行，完成使节队的使命。我就像天上的浮云，被风刮来刮去，说不定，说散就散了。家对我来说，此生恐怕只是一种奢望。"

"话既已挑明，我和我阿爸的心思，也就无须隐瞒。如果没有张骞这档子事，你愿意娶我吗？祥和饭庄不需要你抹桌子端碗，也不需要你立案掌勺，你练你的武艺，你交你的朋友，你能否给句实话？”嘎女子期待地盯着堂邑父。

看着嘎女子灼人的目光，竟然发现这女孩有着一种别样的美丽。略显凹进的眼窝难掩秋水般明亮的眼珠，微圆的脸蛋显出少女特有的丰润，微翘的嘴角总是露出喜人的笑意。一件天蓝色葛布上衣，一双浑圆的胳膊，而鼓突的胸脯，更显示出健康与壮硕。她的个头到他的耳际，但是堂邑父并不感到她的娇小。他坚定地答道：“我一定会娶你，并且你是我此生的唯一。但我不能害你，为此误你一生。另外，我有一事也不能瞒着你们，其实‘甘扶’是我的假名，我在家乡名叫‘甘父’，在使节队又叫‘堂邑父’，有时他们也将两个名字混着叫。”

嘎女子兴奋起来：“这已经是让人高兴的事了。今日说好，我等你三年。三年之内你来，我是你的妻子；三年之后你来，你是我的亲哥。你找你的张骞大哥，没有谁拦你，也没有人拦得了你。如果到了汉地回不了龙城，只要经常想着我就是。”接着，又问了许多关于娲霞和珀莉的事，以及甘父父亲是怎么去世的。

回到祥和饭庄，所有见到甘父的人，无不啧啧称赞他那逼人的英气。堂邑父想去洗他的脏旧衣服，去了后院。嘎女子则向父亲细说着她与堂邑父的约定。父女二人又商议了一阵，嘎女子也去了后院。

后院很深，雅间一过，是一长长的过道，两大间对开的是储藏室，紧接是六间伙计寝室，中间一道隔门，过了隔门，是呼巴贺父女的寝室，然后又是一道隔门，走过又是两间闲屋，堆着一些杂物，紧接右手是茅厕连带鸡笼、猪圈，猪圈里两大两小黑猪隔槽而喂，残汤剩羹成其佳肴。左手边码放着一大垛拌子柴与苫着的牛马干粪，紧挨柴垛的是一场院。院边从墙外伸来一根木槽，哗哗地不断流水，注入一个阔约丈许的水池，大水池旁边又有一洗菜池，一洗衣池。场地的架杆上晾晒着衣物，场院外端是一亩见方的菜地。看来，呼巴贺很会做生意，能利用的全都没有浪费。

脏衣只用清水是洗不净的。在张骞的家乡城固，可用皂荚。在京城长安亦有皂荚，也有用草木灰水的。这地方应该说有草木灰水，可他又不知那水盛在什么地方，正在犯愁，嘎女子走来，劈手夺过他的脏衣服：“这不是你该干的活计。你这衣服，还不知要用掉我多少皂荚！”

“想不到，这里还可以看到皂荚。”堂邑父有些讪讪的，“在使节队，全都是男人，衣服都是自己洗，皂荚用完了，张大哥又教我们一个办法，用草木灰水，虽然没有皂荚的好使，却也能把衣服洗净。”

“你不晓得‘有钱能买世上无’？这皂荚还是从汉人南方弄来的，挺贵呢——你甭走，我还有话说。我阿爸说了，今晚弄桌酒席，当面改口，叫我阿爸为‘阿爸’。你对我说的话，可不许反悔！”

“堂邑父一言既出，至死不悔！”

“甭跟我说什么死呀活的！无论是夫妻，还是其他什么，我都盼望着有见面的一天。”

晚上改口以后，堂邑父非常欣喜：“我又有阿爸可以孝敬了。小辈没有改口的礼物奉送，我给阿爸叩三个响头。”说着，双膝跪地，插烛似的，也不知叩了几个响头，把呼巴贺乐得，犹如醉汉一般，只顾呵呵地笑着。嘎女子提醒道：“阿爸，改口礼呢，忘了？”

“嘿嘿，是，是。贤婿想要什么，只要在龙城买得上的，尽管说！”

“我是一练武之人，刀马、弓箭自是当紧。如能寻得一张五百石以上硬弓，外加二十一支羽箭，此为最好。至于战马、腰刀，我可以另想办法，堂堂龙城，机会总会有的。”

“贤婿说的这些，于我都是外道，明日仍由嘎女子陪你，到龙城相关地方找找，不会没有你之所需。”

当夜就寝，堂邑父并未受挤，而是独处一屋。一应寝具，干净、松软，只那盖被闻着，总有一股浓浓的少女气味。惹得他好一阵难以入眠。

翌日及曙，堂邑父便起床去了后边场院。以冷水净面后，将衣架移移，便开始蹲马步，练习从张骞那里学来的梅花拳和长拳，又取了根拌子柴杈当马刀，练起刀术。

嘎女子悄悄地站在一旁，默默地看着。

吃罢早饭，嘎女子领着堂邑父，专程去兵器店。

连走了三家，都没有堂邑父中意的。所谓的强弓，顶多三百石；所谓的重刀，只有六七斤，如要五百石以上的硬弓，十斤以上的重刀，只能去匠作坊定制，而定制武器的价钱，非常昂贵。

堂邑父道："嘎妹，咱回去吧。再看也就这样。"

"再走一家吧，好哥哥，权当你陪妹妹走着玩儿。你一离开龙城，这机会不知何年何月才有。"说着，泪水就在眼眶里打转，声音竟有些哽噎。

于是又转过一条街，才到街口，便见一堆人围着一张告示，七嘴八舌地议论着。连旁边兵器铺的店家也伸长了脖子张望着告示。

二人好奇，也围了上去。嘎女子向一位老者询问怎么回事。

老者微笑道："你晓得也没啥用。它只关乎男人的事，没有女人什么事。"

"那么他呢？"嘎女子拉来堂邑父，"可不可以告诉他？"

老者看到铁塔似的堂邑父，不由得惊叹道："好英武的汉子！龙廷的卫士也未必赶得上！"遂将告示上的内容一一说了，并劝道，"多好的机会，小伙子，可千万不要错过哦！"

原来是琅艾王爷在龙城举行英雄大会的告示，定于本月二十八日在龙城跑马场进行箭术、拳术、刀术三项比赛。三项第一者，获良马一匹、良弓一张、利刀一把；两项第一者和三项第二者，可获其中两样奖励；三单项第一和三项第三者，获其中一样奖励。参赛者不分地域，不论身份，于二十七日去跑马场门口报名。

掰指算来，还有三天便是八月二十八日。

嘎女子心情极为矛盾，既希望堂邑父赢得比赛，又不希望他这么快就离开自己。她明白，一旦堂邑父赢取了良驹、良弓和利刀，那么，他就会毫不犹豫地纵横江湖，去寻找他生死相依的张骞大哥。既然无法挽留，不如鼓励他去参加英雄大会，如能争得名次，她和她阿爸也有光彩。

嘎女子在煎熬中度过了两天多时日。

堂邑父反倒消停起来。自决定参加比赛之后，除了吃饭睡觉，就一直关着门默想静坐。

且说这琅艾王爷，却是匈奴王爷中出了名的玩主。觉得在属地草原上玩儿没什么意思，就到龙城闹腾，并派精干人员常驻龙城，无论什么消息，随时向他通报。前时听说老国师要分别遣送张骞使节队，他晓得张骞手下全是能人志士，便去央求军臣单于，由他全部接手，成立一个"奴隶大队"。单于一笑置之，不予理睬。

琅艾王爷退而求其次，由他带走五人也行，并说兰扎吁能带走一个小孩（即由天际），他多要几个也未尝不可。军臣单于顺着他的话头，也允许他带走一个。琅艾王爷早已打听清楚，使节队里有一名医术高超的队员，名叫孙治瑾。于是指名就要孙治瑾。军臣单于有些不舍，但话已出口，不便收回，只好遂了琅艾王爷的心愿。

琅艾王爷凭空捡了个宝贝，但亲兵里尚无武艺达到巅峰的人物。如何能将这样的人物网罗到自己名下，又不能靠一个个地去打听，而后以礼贤下士的模样，将其延揽。最快捷的办法，就是比武，但提比武大会显得格调太低，不如“英雄大会”来得响亮。于是，这样的告示便出现在龙城街头。并自任总裁决，左、右卫士长为副总裁决，九名武艺出众的亲兵分任箭术、拳术、刀术的临场裁决。

八月二十七日这天，琅艾王爷早早来到跑马场门口，坐坐，走走，就在附近转悠，看亲兵卫士们忙乎，看报名者中有无出众人物。若偶尔见到一个、两个，就记下他们的名字，及其抽签的队别。

未时许，负责报名的亲兵过来一人，向琅艾跪报：“启禀王爷，报名处有一事委决不下，请王爷裁定。”

“我见着了，是否有年轻女子前去报名？此事有甚难处？不准！”

“如是那样，也就不必启禀王爷。那女子是来替她丈夫报名。”

“这倒稀奇。走，看看去。”

见门口有十多个妇人在那里看热闹，琅艾王爷大声问道：“替夫报名的是哪位女子？”

却从他身后过来一个身体壮硕的女子：“王爷，是我。”

“你叫什么名字，家住哪里？”

“我叫嘎女子，住在大马街祥和饭庄。”

琅艾乐了：“还有叫这名字的。你丈夫叫什么名字？他原来是干什么的？他为什么不自己来报名？”

“我丈夫的名字？噢，他说他叫甘扶。原是嘎顺诺尔草原上的牧民，前时流落龙城，我阿爸见他有些本事，就招他为婿。他因为有件事发愁，所以不想参加英雄大会。我知道他没有见过大世面，也不知王爷是爱才若渴的贤王，所以就替他做主，前来报名。”

——原来是堂邑父不想过早地暴露自己，思定之后，让嘎女子先行试探。

“嘎顺诺尔草原？倒挺远的。不知你丈夫为甚事发愁？”

“其实，应该是两件事。一是没有称手的硬弓，二是没有称手的宝刀。我们跑遍了兵器铺，见不着一张五百石以上的硬弓，也寻不上十斤重以上的宝刀，所以他不想参加这次英雄大会，等以后有机会再说。”

琅艾王爷大为吃惊：“五百石以上的硬弓，十斤以上的宝刀？他是一个什么样的人？嘎女子，你没说真话，他绝不是个什么牧羊人。他需要的东西，包括战马，我这里全有。你先替他报名抽签，明天上午卯时准时到场。我可记着你家的地点，大马街祥和饭庄，到时不来，小心我拆了你们的店！”当即命令亲兵带嘎女子前去报名。

抽签结果，甘扶（堂邑父）随第三队出场，排名第一百三十九。

报名酉时结束，总计一百八十二人参加英雄大会。琅艾王爷找出甘扶的名字，将其从第一百三十九名故意调为最后一名。他为这样的恶作剧感到非常满意：甘扶你有超常的武艺，看你还有没有超常的忍耐之力。他认为，只有这二者兼具之人，才是可堪重用的人才。

二十八日天还未亮，堂邑父、嘎女子便已起床，呼巴贺也早早准备好了精美的早餐。父女二人轮番相劝，要堂邑父多吃点，再多吃一点。堂邑父却吃到八成饱便就停下：“嘎妹、阿爸，你们有所不知，军队打仗，但凡上阵之前，战士只许吃到七八成饱。太饱了，腹中胀满，反而影响战力。”

呼巴贺听了，颇觉有理：“这倒也是。”便停了相劝。嘎女子却是不依：“你在第三队，前面还有一百三十八人，轮到你出场，肚子早瘪了。不吃也可，我给你带上！”便将能带走的一股脑儿装进食盒，“天也亮了，咱们一定赶在卯时前赶到——放心，抽签的号牌我替你拿着，保你进得了赛场大门。”

也不知呼巴贺从何处借来了两匹马，一匹牝马，一匹儿马，两人分骑了，并辔而行。

“嘎妹，说说看，琅艾王爷是个什么样人物？”

“你是指模样，还是对人、对事？”

“都讲讲吧。他闹这么大的动静，肯定有别的打算。我倒想看看，他是真的没事闹着玩儿，还是想借此网罗一些江湖豪杰。”

“这琅艾年约四十出头，个头比你稍矮，生就一副稳重模样，只脸色显得赤红。身板也还结实，精神头很足，举手投足像个练武之人。一身衣饰与众不同，除了华贵，还特别紧身，举止格外利落。他不像有些王爷那样，装得一本正经，满脸严肃。与他说话，给人以随性的感觉。”

“没了？”

“没了。呃——我漏掉了一件事情，他好像对你特别看重。他说，如果今天见不到你参加英雄大会，就要拆了我阿爸的店。看他那认真的样子，不像是说说而已。”

堂邑父突然感到后悔，不该参加这样的比赛，到时一旦身份公开，真不知该如何收场。

可箭在弦上，不得不发，走一步看一步吧。总之，不能给呼巴贺父女带来无妄之灾。他晓得那些王爷的秉性，甭看平时一副平和的样子，稍不如意，那报复的手段便出奇的强硬和凶狠。

不由得又想到张骞。若他在此，以其镇定与谋略，肯定有办法对付。

“喂，想什么呐？怎么不说话？”

“没想别的。我在想，倘若败给了别的选手，我丢使节队的人就丢大了。”

“又是使节队。怕又想到你那位张大哥了吧？你怎么不想想我和阿爸？”

堂邑父嘿嘿一笑：“谁说我没想？刚才我还在想，这回不挣一份光彩回去，怎么对得起嘎妹和阿爸对我的恩情？所以，我得竭尽全力，把比赛比出个名堂。”

“扯白。不过，我听了很高兴。”

不知不觉到了跑马场门口。因为参赛者和家人及马匹搅在一块儿，秩序显得非常混乱，不该入场的堵在门口，该入场的又进不去。负责验牌放人的几名亲兵，喊破喉咙也无济于事。有人便去寻琅艾王爷。

堂邑父实在看不下去，伸手向嘎女子要过号牌，只见他纵身一跃，单脚立于栅门木柱之上，又从一亲兵手中要来一根皮鞭，而后惊雷般厉声吼道：“家人和旁观者一律退离栅门十丈之外，参赛者手举号牌依次入场。闲人不退者且看皮鞭。”随即甩出三个炸耳的响鞭，“我数三下，三下之后仍故意搅事者，休怪皮鞭无情。”他早已看出有十来个泼皮趁乱摸妇女的前胸和屁股，于是数道，“一，二，三！”“三”字一落，立即一皮鞭向泼皮们抽去，便见一干人哇哇大叫，四散而逃。

嘎女子见堂邑父如天神一般威风凛凛，激动的泪水不由得夺眶而出。喃喃道：“此生有此夫婿，足矣。”她真想跟着大喊，为其助威，却见琅艾王爷纵马奔来，直趋栅门。

“请壮士下来，本王爷有话问你。”

堂邑父回头一望，见一衣着华服、面呈精悍之气的人，驻马于两丈之处，几名卫士不离左右。知是正主儿到了，便将马鞭向亲兵一扔，一个旱地拔葱，半空中身子一旋，飘落于琅艾马前。随即躬身一个肥喏：“小民参见王爷，王爷有话请讲。”又一挺身，神情专注于马上之人。

琅艾却不言语，骑马绕着堂邑父转了一圈，而后在其面前停下：“好俊的轻功，不知壮士师承何人？”

要说堂邑父的轻功，一得益于张骞，二得益于李中壮。可是这话他不能说。他又不擅于撒谎，憋了一会儿，才道：“回禀王爷，我没有师父，只得益于‘骞中’。”

“这名字倒挺奇怪。‘千中’？没听说过。还不知壮士姓甚名谁，何方人氏，为何要参加本王爷的英雄大会？”

“我叫‘甘扶’，嘎顺诺尔草原上一个牧民。我参加王爷的英雄大会只一个目的，挣一匹骏马、一副良弓、一柄宝刀，然后走遍匈奴的草原、荒漠，寻找走失的大哥。”

“你就那么肯定，你能拿到第一？你大哥对你就那么要紧？既然走失，你能断定，他还活在世上吗？”

“不怕王爷怪罪小民。如果不努力，怎知我不会拿到第一？至于我大哥，我可以这样说，这世上可以没有我，但不能没有他。我大哥堪称文武全才，无论其智谋、其武艺，都远超于我，尤其他的肚量和毅力，都远非他人可比。只要有他在，我们做任何事情都有信心、有决心。”

“我倒是听说有这样的人。前时汉朝使节队遭到擒拿，那个正使张骞，连单于的左侍卫长都不是他的对手，单于要封他为‘无双国士’，可他宁死不干，宁肯当一个戴枷奴隶，只便宜了托力鲁那老鬼。”

堂邑父倏地一惊，一下子发起愣怔。这是他第一次听到关于张骞大哥的消息。

他对托力鲁毫无所知，不知其人是将军，是王爷，是当户，抑或是一土司。又不敢再问琅艾，所以有些张口结舌：“单于的事我不想知道，我只关心我的大哥。”

琅艾有些失望，看来这样的人难以留在身边。但凭观察，他断定此人特讲义气，倒不如留点恩情于他，不但成全了自己贤王的名头，紧要关头，说不定还能助己一臂之力，甚或为己挡挡祸事。于是慨然道：“昆仲之间，大义如此，本王爷十分欣喜。甘扶壮士你听好了，无论你是否拿到第一，本王爷都会成全于你。”

“多谢王爷抬爱。比武场上，不应有特殊恩惠，应以公平、公正为要。不过，王爷既肯眷顾小民，请暂借良驹一匹，五百石硬弓一张，箭矢三十羽，十二斤重宝刀一把。能拿第一，悉数归我，不能夺魁，悉数璧还王爷。”

“真乃壮士之语，痛快，痛快！本王爷悉数照准。昨日，尔之媳妇报名时已然提出，一会儿且随左侍卫长巴哈尔前去认领。只是我有一事不明，赛事规定，每人十箭十发，你为何索箭三十羽？”

“王爷且请宽心，赛事规则，我会严加遵守——不知哪位是左卫士长，请王爷见告。”

琅艾左旁一高大威猛汉子拍马前驱一步：“我就是巴哈尔。参赛英雄已齐集台前，请王爷宣读本次赛事规制。甘扶壮士且随我来。”

堂邑父乘隙向栅门外摇手，让嘎女子回家。嘎女子却坚定地摆手，示意不用管她。

巴哈尔笑道：“你们这一对夫妻，倒挺恩爱，让人着实羡慕。”随即打了一个响亮的呼哨，只见台后走出一名卫士，牵一匹乌沉沉的黑马，马鞍上垛着一张硬弓，一只装满箭矢的箭袋，一柄黑乌乌的马刀。

堂邑父取弓一试，瞬间拉得弦如满月：“此弓尚可，差强人意。”

“壮士索要五百石硬弓，这已是六百石了，王府里也就我与右卫士长偶尔拿它练练。倒是还有一张七百石的，可从来没人弄得动它。”

“我说的五百石，只是一个起线。不知那张七百石硬弓拿来否？”

巴哈尔即命那卫士再去台后，将那弓取来。

堂邑父一看，却是一张罕见的铁弓，其弦粗若食指，遂双臂用力，将其拉圆，连声赞道：“真乃好弓！”

巴哈尔直惊得双目圆睁，大为敬佩："壮士真乃神力！"

一柄十五斤重的马刀，也使堂邑父满意。

那琅艾却一直睄着"甘扶"等人，见他们骑马归队，便朗声道："各路英雄请肃静，现在宣布本次英雄大会规制。规制计六大项二十七要目，具体如次……"

堂邑父认真谛听，其六大项主要有赛场纪律、赛事裁决、赛事要求、赛事日程、比赛方式、名次奖掖。至于哪二十七要目，也记不全乎。只赛事要求中有明确规定，每人箭射十次，分靶心、靶体、靶边、脱靶四等以记，靶距五十步，奔马射箭，走马为负；拳术无论拳种，相互近身格斗，以倒地者为负，认输者为负，暗手伤人者为负；刀术不论套路，骑马搏击，以弃刀者为负，认输者为负，用暗器偷袭者立即取消资格，撵出场外。比赛方法则以抽签名次决定队别，一队、二队各六十人，三队六十二人。各队又分六个小组，仍按抽签名次决定出场顺序，进行初决，每十人中取前两名进入"观决"——即观赏性比赛，因第三队第六组十二人，所以增加一名"观决"资格，三十七人中再取前六名进入最后的"赏决"，"赏决"分第一名一人，第二名两人，第三名四人。整个赛事日程长达五天，每天从卯时点名开始，午时由琅艾王爷提供饮食，歇息半个时辰，至酉时结束。并规定所有参赛者，无论当日有无赛事，都必须按时到场，否则，每人每日处以罚金，逃逸者抓捕之后籍入奴隶，并周知各王爷、将军，以逃奴待之。

堂邑父对琅艾又有了全新的看法，草原上所有的王爷，哪一个都非善类，只是手段不同而已。他算了一下自己的出场秩序，应在八月三十日第二组，今、明两天皆为看客，心中反倒有些着急。他抚着铁弓与宝刀，真想临场一试。记忆中，还是两个多月前，在小沙丘与骑痞一战，杀了个痛快，之后就奔波于途，并遭羁押，至今日才摸着良弓、宝刀，还有骏马。

看到"甘扶"急慌的样子，琅艾不由心中暗笑：有能耐，偏拖着你，急死你。

当日散场，堂邑父见嘎女子仍在场外守候，心中一暖，将其抱起，置于身前，两人共骑乌骓宝马，让牝马、儿马相随而回。嘎女子与堂邑父贴身而坐，一路迤逦，引来许多艳羡的目光。

二十九日，堂邑父并无赛事，嘎女子仍坚持随同前往，且言之凿凿："看别人比赛，一样提劲儿。"

而场外卖茶水的、卖食物的、卖衣饰的，竟成闹市。

三十日，堂邑父大感意外，自己竟是第三队第六组最后一名出场，而此时已是申时末。

赛场上几乎成了他一个人的表演。

依规定，第一项箭术。他让报靶人将靶位移至百步之外，骑马至观赛台前，与靶位成一斜线，而后弯弓搭箭，催动乌骓马，几乎跑成一束闪电，只见箭矢接连破空而出，“嗖嗖”之声不绝于耳，眨眼间奔至另一斜线，十发箭羽恰好射完。

却不见报靶人报靶。好一会儿才听报靶人大声叫道：“王爷，您自己来看。”

琅艾好奇，前去一看，心中大吓：靶位中心唯留一箭，其余九箭在靶心后面整齐地排成一条直线。

这分明是后箭催前箭，具从一孔而出。力道、准头拿捏得如此精到，可谓世所罕见。他召来所有的卫士和亲兵前来观赏，见者无不感到骇异。

其刀术，能敌住堂邑父十招者，没有一人。其拳术，与刀术境况无甚差别。

进入“观决”的三十七人，其他三十六人已知第一名非此人莫属，纷纷暗中探听堂邑父情况，欲与之结交。是日傍晚，竟有二十余人造访大马街祥和饭庄。

九月一日，堂邑父毫无悬念地取得了“赏决”资格。

九月二日，天气绝好，湛蓝的天空飘着几朵白云。极远的天际，有两个浮动的黑点。堂邑父凭经验判断，那是两只黑雕。

“赏决”的人从箭术开始。因为都是高手，其中亦有使用五百石硬功者，俱都十发十中，区别只在与靶心距离的远近。堂邑父最后出场时，仍将靶位移至百步之外。这次却是不同，每次三箭齐发，接连七次，第八次兀地见黑雕临顶，迅即举弓向空中射出三箭，至第九次、十次三十支羽箭射完，两只黑雕刚好坠落于地。

全场一片静寂。

突然，雷鸣般的掌声在场内、场外同时响起，人们大声呼喊着他的名字：“甘扶，甘扶！”

场内的琅艾王爷，激动得心都要跳将出来；场外的嘎女子，则激动得泪如泉涌，不歇不止。

刀术、拳术，亦无一人与之相敌。

临别，琅艾拍着堂邑父的肩膀：“我不阻你寻找你的大哥，我们一定还会见面的。”

“十分感谢王爷的赏赐。王爷之恩，小民只待来日相报。”言讫，鞠躬以别。

堂邑父给乌骓马取名“追风雷”。

与嘎女子相偕回家，只见店门外边跪了十数个男人，一见之下，其中竟有那两个闹事的泼皮。众人看到堂邑父下马，立即一阵“师父、师父”地乱叫。

堂邑父兀自好笑：“都给我滚起来！我甚时有过你们这样的徒弟？不知道我乏了？有甚事，以后再说！”

一干人灰溜溜地散开了。没多远，又被叫住：“先在外面等会儿，我有话相问。”果然，不一会儿堂邑父出来，与这帮泼皮说了很久。

当晚，堂邑父决定，翌日凌晨便离开龙城，嘎女子父女自是不舍，堂邑父道：“我以假名应赛，此等做法本就不妥，以琅艾王爷的上下关系，不久便会晓得我的真实身份，那时就会给你们带来无穷的麻烦。我索性一走了之，他寻不着我，日久也就淡了。”

“你想回嘎顺诺尔？”呼巴贺问道。

“暂时没那打算，或许以后会回去的。”堂邑父似乎满腹心事。

翌日晨，嘎女子直送至西城城外，才与堂邑父相拥泪别。

这真是：

满腹阴云兮无处布雨，一夕囟合[②]兮邂逅[③]得亲；
英雄大会兮彩霞出岫[④]，众皆盱盱[⑤]兮大漠孤影。
自兹去矣兮再蹈危境，水波潋滟兮日晕月轮。

欲知堂邑父究竟去了何处，又干了何等惊心动魄之事，请看下回文章。

**注释：**

①额尔浑河：色楞格河下游的一条重要支流。

②囟（xìn）：婴儿头顶骨。囟合：头顶骨合缝（始能言语），此处指机缘巧合。

③邂逅：偶然相遇。

④岫（xiù）：山峦。

⑤盱（xū）盱：张目直视。此处喻引起众人的注目。

# 第五十四回　堂邑父大闹河督府<br>公羊氏遇害沼泽地

堂邑父驻马，目送嘎女子返回。嘎女子行约十数丈，忽又回头道：“甘父，除了阿爸送你的五十两路资，另外，我在你马鞍里还放了一百两，记得收拣妥当，不要把它弄丢了。还有你得记好，三年！三年！”

“太多了,有五十两足够了。路上我有办法的,这一百两你拿回去！”说着下马，就在马鞍里掏摸，等他摸出钱，嘎女子早就跑得不见人影。

堂邑父犹豫了，因为要干的事情很多，一时不知从何下手为好。昨晚从一帮泼皮口中得知，孙治瑾就在琅艾王爷府中。而泼皮们果然无孔不入，对使节队里的杨柏、范佑铭、陈尚斗、容南、容北、任扶、赵无偏、公羊鸣执、苏疾、王兼等人的下落，也说了个七七八八。除由天际在赵信城西边兰扎吁王爷处，公羊鸣执等三人在大兴安岭，其余诸人均在北海、色楞格河附近。他想寻机除掉呼日勒，可是经英雄大会一闹，以呼日勒的狡猾，当然明白“甘扶”即甘父，早已躲了起来。

琢磨了一会儿，他决定暂时放过呼日勒，由近及远，遍访诸人。于是拍马折向东北，去龙廷郊外庄稼地，寻找杨柏。

堂邑父顺着大道一路疾驰，城郊起始尚可见到落叶树木，渐次便是大片大片的枯草，牧民毡帐也由稀落渐至全无。强劲的寒风在草原上放肆扫过，偶尔见到的马车，驭手也抱鞭缩脖，蜷作一团，问话也不搭理，翻眼一看，又将头埋进前胸。他也不知走了多少里路，终于见到一大片光秃秃的庄稼地，以及一排夯筑土墙房屋。

庄稼地空无一人，堂邑父径直走近房屋，大声喊着“杨柏”。

只见中间房屋屋门“吱呀”一声启开，走出一个管事模样的人来：“何人叫喊？杨柏不在！”便即掩门。

堂邑父用刀柄一抵：“请问，他去哪里了？”

“你是什么人？打听他干什么？”

这是一个为龙廷服务的狗才，当然不能实话以对。堂邑父灵机一动：“我是琅艾王府里的卫士，英雄大会刚刚结束，王爷想要庆祝，特借杨柏一用，为王爷打点宴席。”

“你来迟了一步。杨柏昨日去为单于做豆腐去了。”那人的口吻立即缓和了许多。

堂邑父十分遗憾，又道：“王爷吩咐，想从这里买上两斗上等面粉。别处二两金子一斗，王爷愿加倍付你。”随即掏出十两金子——他决定去看看容氏兄弟。二人南方人士，又不会打理日常生活，身处如此苦寒之地，带点儿粮食过去，亦是应当。

那人一见金子，顿时两眼放光：“琅艾王爷就是大方，昨日刚好磨了几斗面粉，原是给龙城将军府准备的，一时却无人来取。既是琅艾王爷需用，不妨匀你两斗半，金子也就不用找了。”于是呼叫手下牵开乌骓马，关入马厩，喂上草料，又躬身将堂邑父迎进屋内，递出一只杌子：“你坐会儿，我这就去为你装粮。”又叫了一个汉子，随他踅进一间套房。不一会儿，掮出两袋面粉，放在堂邑父面前：“分作两下装的，请大卫士察看——大卫士可否赏光，在这里吃顿便饭？我们都想听听英雄大会的事情。琅艾王爷这一手可真厉害，怕是又有不少豪杰投靠到他的门下了。”

堂邑父心思一转：这些人都与龙廷有着千丝万缕的关联，从他们口中，或许可以探听到容氏兄弟及其他人的一些具体消息，便道：“那就多有叨扰。越快越简单越好，以免我误了回府的时辰，受到王爷责罚。”

那人又派人去了厨房，其他四五个人便围坐上来，听他讲英雄大会。

因是亲历，无须编造，堂邑父倒也讲得绘形绘色，只是略去了射雕一节。最后说道：“琅艾王爷明年也想试种稻谷。据说，河督府去了两个懂水利的汉人奴隶，王爷想借去一用。你们有谁晓得，能否见告？也好让我少跑冤枉路。”

众皆望着那人：“请督管说吧。”

“那河督名叫刚布，自大狂妄，对手下毫无怜悯之心，对奴隶尤甚。你说的那两个人据说原是张骞手下，因为擅长水利，做了汉俘之后，被遣送到那里，搞农田水利，开渠凿堰什么的，为龙廷试种稻谷。具体情况我也不甚了解。那地儿离此不算太远，大概三百多里四百里不到，沿途都是草原，一直到希洛克河①南岸，才可见到新开的农田。而河督府就在色楞格河东岸与希洛克河交汇的不远处。听我妹从王廷传来消息说，那刚布根本不相信那里能种出稻谷，只会向龙廷索要钱粮。”督管尽管有些卖弄，却也说了实话。

“不知怎么个去法？”

“啊咿，大卫士怎么连这也不晓得？单于为了龙廷方便，也效仿秦始皇修建驿道的办法，由龙城去水利枢纽，去龙廷直属牧场，龙廷军马场，包不讷部落的铁矿、铜矿场，都有大道通行，远近距离都在四百里上下，虽然比不上南蛮的驿道，车辆通行倒也无甚大碍，而且中途也有驿站，负责接待来往大小官员的住宿日用。像你这样的大卫士，只需有琅艾王爷的号牌，保证通行无阻。”

“我也是新近去的王爷府，今天这还是第一次接受外派差遣。依我们王爷脾性，只要有一技之长的能者，哪怕他是奴隶，也乐意将其延揽到门下。他还公开对我们说道，不管府内府外，谁能为他提供重要线索者，都同样给以重奖。”

那督管喜道：“这么说，我又有发财的机会了。”遂将任扶、赵无偏、范佑铭、陈尚斗的下落一一道出，又露出贪婪的目光：“不知王爷多大奖励？”

“连带之前说的那两人，赏金至少三百两。待我查证返回时，请督管一同随我去琅艾王爷府。”

时早饭也已弄好，大饼就羊肉汤、马奶酒。吃毕，堂邑父欲行付钱，督管哪里肯依，并亲自将马牵出，将缰绳递与堂邑父，又令人把面粉驮上马背，才千恩万谢地告别。

堂邑父将督管之语与泼皮们所言，两相比照，大致差不太远，也就放心上路，沿着去河督府的大道，疾行而去。

只有杨柏始终不知堂邑父造访的消息。否则，第二年春秦自乐来寻他时，彼此也就晓得了堂邑父的情况，不至于多年后重新相聚时，才弄明白。而且，秦自乐为替容氏兄弟报仇，手刃河督刚布时，他也不知堂邑父曾经造访过容家兄弟，并向刚布进行过严厉警告。

不巧，堂邑父走不到五十里地，天气骤然陡变，黑乎乎的云层，像青乌乌浸湿的布幔，兜头笼罩下来。风也刮得十分诡异，不是当顶扑面而来，而是挨着枯草，卷地而上，发出“嚓嚓”“咔咔”“啸啸”鬼嚎一般的声音，让怯懦者心惊胆战，不知有何样祸事。

虽说是大道，行人却非常稀少。即便有，也都是三五成群，结伴而行，绝无独行者。且人人手持武器，前后呼应，作戒备状。堂邑父明白，这样的乌云皆从大漠而来，含沙量忒浓，至多飘来一些雪粒、霰子，绝无暴雪降临。恰巧这种天气，却是红狼（豺）、草原狼频频出没的时候，它们乘黄羊、狍子、野马、野猪、野驴惊慌之际，予以扑杀。对独行人马，也时有袭击。

堂邑父不敢大意。他裹紧了衣服，防护好眼睛，手持马刀，并不减速。途中，他也数次见到狼群追击黄羊、野猪的场面，因其距离较远，也只一晃而过。一般来说，狼群只要有其他野物供其扑杀，人马就相对安全。

乌骓马果然好脚力，一气奔驰了二百余里，方始减速。途经驿站时，堂邑父也未曾下马，与驿官相语数句，又开始疾奔。

天近黄昏，已经遥见希洛克河南岸的新垦农田，以及更远处劳工的毡帐，堂邑父忽然发现，有六七双磷火般的眼睛迅速向他这里靠拢。

堂邑父右手一伸，提起面袋，扔在地上，又轻拍乌骓马脖颈：“追风雷，别怕，有我在，没事。”掏出用断刀打制的六把匕首，别于腰间，左持铁弓，右悬马刀，索性驻马，静候狼群进攻。

那狼群见此人并不纵马逃命，反倒犹豫起来，好一会儿只是围而不攻。

天色渐渐向晚，狼群终于按捺不住，其中两只一前一后，率先跃起，一取马脖，一取马上之人。

堂邑父双手齐动，左手铁弓击中狼头，右手马刀反劈狼腰，两狼如布袋般“扑扑”落地，狼血雨花般溅向马身。堂邑父不容余狼组织进攻，两手轮番将匕首掷向“磷火”，瞬间，四双“磷火”尽灭，余一双“磷火”欲行远遁，堂邑父又弯弓搭箭，“噌”的一声，箭矢直向那团黑影飞去。

堂邑父深知，草原杀狼，除恶务尽，否则后患无穷。只要有一只狼逃得性命，就会唤来更多更大的狼群，直到将“敌人”撕成碎块。所以一旦下手，必须快速、凶狠，不能让一只漏网。

这些狼尸，既无工夫收拣，也不能尽行带走，他只捡起面袋，向有灯光的方向走去。

容南、容北并未和劳工住在一起，被河督单独安排在离此十里、一处小树林的旁边。理由是那里薪柴方便，有利于采伐。实际上那里东西南北，只有南边一条道可进，其余三方皆是沼泽，小树林里也只能踩着木排可进。

堂邑父顿生怒气：这无疑是对容家兄弟的一种禁锢。一旦暴雪降临，他们孤悬于外，虽沼泽冰封，亦无处求救。他策马续行，踏入枯草乱蓬的小路，终于见到一处灯光微弱的小帐。

“容南，容北，你们出来一下。”堂邑父大声叫道。

“你谁呀，天都黑定了，又有甚事？”一阵抖索，一个人身披毡毯，举着一支松明子，走出帐外。

“我是堂邑父，来看你们哥俩来了。”

那人随即以汉话颤声喊道：“容北，快出来，是堂副使、堂哥哥来了！”

堂邑父甩腿下马，大步迎了上去。

三个人顿时抱作一团，容南、容北放声大哭，身上披的毡毯也掉在地上。堂邑父发现二人身单衣薄，便半薅半扶将二人拢入帐中，又出去擒起毡毯面袋入内，问道：“马厩在哪里？”

二人接过毡毯，复裹其身，听到堂邑父问话，容南道：“没有马厩，河督只给马一匹，与我们共处一帐。”

堂邑父定睛一看，果有一匹驽马静立暗角，又嗅嗅鼻子：“怪道进来便闻到一股马尿气味。”他有些为难，倘把“追风雷”留在外边，不说会被冻坏，单是没有除尽的狼血腥味，便会招来险事。牵它入帐？帐内三人两马，拥挤得转身都成难事，遑论睡觉做饭。

那容南不由分说，将“追风雷”牵入帐内。

“追风雷”却极是聪明乖巧，进帐之后便与驽马贴身而立，尽力腾出一块地方。

堂邑父借着微弱的灯光，仔细察看毡帐和帐中的日常用具。

一看之下，堂邑父心酸得滴下大颗眼泪：毡帐不但太小，而且又破又旧，两处破洞竟用茅草塞着；“床”上有被无褥，地面铺着厚厚的长草，所谓的“被子”，是由几张带毛的羊皮拼缝而成；用以御寒的衣服，便是身上披的毡毯；饮食方面，劳作时每人每月供四十五斤莜面或者黍面，羊肉七斤，马奶酒五斤；像这闲时，月供食每人都减去三分之一，五斤腊羊肉，无马奶酒。灶台迎门，石头砌成。一口陶锅，嵌入其中，两只陶碗，一只陶钵，一担水桶，一把铜质砍刀，再无余物。一些粗细薪柴，随意堆放于帐外。

问缘何不请人将毡毯做成衣袍，二人答曰无钱。他们又非牧人，没有一丁点儿收入。问到了酷寒季节咋过，答曰找过河督，那刚布则道，拿十两金子去，马靴、皮袍一人一身。与其辩驳，说上头都是无偿供给，缘何索要钱财？我等到哪里给你弄钱？那刚布牛眼一瞪：那你们去找上头。不过有言在先，如若离开辖区，将以逃奴之罪处死。你说说，堂哥哥，我们可咋办呢？

堂邑父心肺都被气炸。这刚布果然不是好鸟。但时已晚间，去河督府尚有六十里地，此账只能明日再算。想到路上所杀之狼，随之心念一动，何不取来两匹，狼皮可作褥子，狼肉用盐一腌，亦可作肉食补充。

“二位兄弟等我一个时辰，我有一事，去去就来。”取了一支松明子，点着。只带了马刀、匕首，牵出“追风雷”，一阵疾驰，没入黑夜之中。

一个时辰不到，堂邑父举着油脂火把疾行归来，甩腿下马，便从柴堆中拣出一根粗木，“啪”地一下插入土中，而后将火把架于丫杈，又从马背上取下一摊东西。计有油脂火把六具，狼皮两张，马奶酒一罐十五斤，盐粒三斤，狼肉两具已切成条块。取完即道：“兄弟难得一见，今晚咱就大块吃肉，大碗喝酒。”

容南道：“堂副使，你又送面，又拿酒，又弄肉，让人真是不好意思。我与容北原想给你弄碗揪面的，这——”

“这里只有兄弟，没有什么堂副使。你俩记好，倘若有人问起我，你们就说并不认识，自报名号‘四方游侠’，又叫‘抱不平’，其他甚话别说。”又向容南扔出一个小布包，“里边有针线，去把你们身上的毡毯简单缝缝。烤肉的事有我，虽然赶不上杨柏的手艺，但是烤熟应该不成问题。”

三人边吃边说，直到子时方才歇息。二人要把铺让与堂邑父，堂邑父右手一挥：“这比钻雪洞宿荒村强多了。狼肉性热，冻不着我。明晨我还得去办件事情，不必等我。能回来，得到下午。下午如不见我，我就找任扶和赵无偏他俩去了。我先给你俩留下四十两金子，以备不时之需。”掏出金子之后，便挺身端坐，阖目而息。

九月初三这一天，就这样过去。

初四凌晨，堂邑父草草洗了把脸，牵出“追风雷”，马背上双手一拱：“容家兄弟记住，凡事多长一点儿心眼，多和前边的邻居联系，争取他们的关照。一定要学会忍耐，学会照顾好自己。总有一天，我们都能见到张骞大哥，再次相聚的！”

堂邑父心知要办的事关系重大，为了不给容家兄弟惹下麻烦，决定不再返回这里。

六十里路，对于“追风雷”来说，不过是小菜一碟，赶到河督府时，那刚布晏睡刚起。

河督府是一顶牛皮大帐，宽展威风，帐幔之外，竟有一恶犬、两卫士进行守护。据了解，刚布有一管家、十卫士、一狼犬，平日出行，前呼后拥，人见之，无不远远避开。而那刚布马战、步战俱皆称能，加之背景雄厚，所以横行无忌。

离大帐三数丈处，堂邑父掣刀在手，厉声叫道：“浑蛋刚布，快快滚出，爷有话问你！”

大帐并无动静，半空中却倏地飞出一条黑影，其疾犹似闪电。

堂邑父纵起一跃，劈出一刀，只听“啪”的一声，落下一样物事。定睛一看，原来是那只狼犬，肚皮被齐齐划开，污血肠肚淌了一地。

也不知这只狼犬平时害过多少人，今日算是得其报应。

两卫士见状，更不答话，挥刀而上。

堂邑父一跃下马：“既来步战，我也不想捡你两个狗才的便宜。”一卫士接战，刚及两个回合，虎口震裂，刀落于地。那卫士见势不妙，便欲逃走，堂邑父伸足一踢，击中那人一条腿肚，那人一跤栽倒，再难站起。

另一卫士见了，心生怯意，只是一味闪躲，不敢接招，口中叫道："河督大人，此人厉害！"

数招过后，堂邑父知其套路。间隙之中，以刀背反向一磕，只见卫士那刀带着"呜呜"之声，半空中连翻几个筋斗，落入数丈之外草丛，刀尖深深劈入土里。

那卫士竟惊得呆立不动。

堂邑父纵身擦过，用刀柄一杵其肘："爷今天不想杀人，滚吧！"回头一瞥，见帐内走出刚布，正弯弓搭箭，瞄着这里。

堂邑父当即将那卫士抓回，向身后一抡，那箭已发，射中卫士肩胛。他顿时大怒，两个提纵，跃至刚布面前。

刚布五短身材，倒还灵醒，马上扔了弓箭，抽出腰刀："何方小子，不问情由，来这里找死！爷的手正好痒痒，今天就拿你祭刀。"随即，一个斜劈，奔向堂邑父左胁。

堂邑父知此乃虚招，如若横刀格挡，对方将瞬间变招，或上挑，或下划。他向后一跃，避过刀锋，又向前一步一个右旋，顺其刀向借力猛击。接招之人此时只有两个选择：或立即弃刀稳住身体退后认输；或带刀转起陀螺受人一刀。那人为了保命，只好弃刀闪避。

堂邑父已料到刚布有此一着，反向上前一步，刚布恰好撞入怀中。堂邑父一脚踹其下盘，只听"咔"地一响，刚布应声栽倒，一个爬扑，嘴似啃泥。不等翻身，后颈已被结结实实踩住。

此时，管家带着其余几名卫士，围了上来。其中一人向"追风雷"走去，"追风雷"见有人走近，尥起蹶子直踢。堂邑父觑得清楚，一柄匕首扔出，击中那人一条小腿："爷说了，爷今天不想杀人，但不要一味相逼。有本事朝这里来，跟哑巴牲口较劲儿，也不嫌丢人！"足下又一加劲："命令他们扔下武器，然后退至十步之外。否则，我先卸掉你一条胳膊，让你刚布变成抹布。"

刚布只得依从照办。

"依我三件事，我便饶你不死。"

"是哪三件，好汉请讲。"

"第一件，不许克扣、虐待所有劳作人员，尤其对有一技之长的奴隶应予特别照顾。冬季的衣物、被褥以及粮油肉食，照龙廷规定发放，凡破旧帐篷一律进行更换。半月之后，我将派人暗查。”

“刚布但遵好汉之嘱，不知第二件是——”

“第二件，立即命令你的管家，将搜刮得来的不义之财如数缴出，我就在这里立等。”

刚布哭丧着声调，吩咐管家照办。

管家进帐，却久不见出来。堂邑父脚下用力，将刀一晃：“刚布，你的管家怎么回事？”

刚布声嘶力竭，骂起管家。管家这才提了只包袱，放在堂邑父面前：“好汉爷，都在这里了。”

“打开看看，报个数，看跟爷了解的相不相符。”

管家抖抖索索地解开：“里面计金子二斤二两。如有不实，拿我是问。”

“嗯，差错甚多，但我也不想将事做绝。只要河督从此改过自新，说不定我们还能交上朋友。”堂邑父意在警告，不料诈出许多赃物，实为意外收获，这对于其后查访各位兄弟，也带来了很大便利。

刚布马上接口，一迭声道：“只要放我一条生路，一定改过自新，交上你这样的朋友。”

“第三件，我走之后，不能变本加厉，借机寻仇，把给劳工和奴隶的东西索回。你的仇，你的恨，全都记在我的名下——呃，忘记告诉你，我们弟兄三人，江湖人称‘四方游侠’。大哥绰号‘老虎拔牙’；我是老二，绰号‘抱不平’；老三性烈，该杀之人半命不留，绰号‘玉面煞神’。弟兄三个，我武功最次，心也最软，你的事体，我自会向他们说知。你真的改过，万事大吉，如若阳奉阴违，接着‘玉面煞神’来时，就只能怨你命短！我的话，你记着没有？要不要剁下你一只耳朵，帮你长长记性？”

“记着了，记着了，全都记着了。求好汉爷爷把脚挪开，我好吩咐下人，为大侠准备早饭。”

堂邑父提开左脚：“滚吧，谁稀罕你的早饭！”提起包袱，一个“呼哨”，唤来“追风雷”，左足认镫，右腿一跨，骑马扬长而去。

刚布受此奇耻大辱，哪里咽得下这口恶气。何况，平白失去了三分之一的财物，那种肉痛，简直让他痛彻心扉！他派出手下，花了整整一个月的时日，从官府到江湖，从市井到部落，几乎跑遍了草原，也没听说有什么“四方游侠”。他由此断定，所谓的“抱不平”，只是一个武艺高强，借口扶弱敲他竹杠的劫匪。

他愈加贪婪，除了贪腐上拨款项，对下亦极尽勒索、敲诈之能事。

这里再说容南、容北。堂邑父走后不久，他大闹河督府的消息便不胫而走，传遍附近各个部落。二人也理解堂邑父不再返回的原因。起初，二人不敢动用所赠钱财。后来，河督府格外“开恩”，送来一些越冬的东西，而且事过月余，无甚动静，加之狼肉腥燥，所剩不多。二人决定买一只二次子[②]肥尾羊[③]，一人再置一身皮帽、皮袍、皮靴，作“越冬忍耐”之计。

哪知半月之后，管家就率人前来，户户检查所谓“匪踪”，凡来历不明的东西，统统予以没收。可怜容氏兄弟，舍不得吃的一半精制面粉，刚上身的皮袍和一只肥尾羊，被悉数掠走，并遭强行搜身，将所余钱财一并抢走。因为二人拒绝道出钱财来历，招致一顿毒打。

二十几天后，一场暴雪压塌了帐篷。二人因为伤痛、饥饿、酷寒，活活死于非命，被冻成了梆硬的冰块。不久，又被土狼啃食，被鹰鹫啄食。第二年春秦自乐来时，只见到几根白骨。

秦自乐大哭一场，掩埋了白骨，就直奔河督府。

秦自乐一到河督府，甚话不说，便大开杀戒，先是两个卫士，接着是八名卫士，咔里咔嚓，如串鱼般，纷纷倒在他的双枪之下。接着，是刚布雇来的两名高手，莫名其妙地成了鬼魂。刚布以为秦自乐便是“玉面煞神”，见其杀人如砍瓜切菜，早已吓得魂飞魄散，连告饶的话都来不及说，便做了枪下之鬼。最后揪出管家，管家指着满箱金银翠玉：“不关我事，这都归你。”秦自乐双眼一瞪：“去你妈的！”一枪便戳了个透明窟窿。遂包了金银，一把火将牛皮大帐烧了个精光。

秦自乐自遭噶弘因土司“拖骨”酷刑之后，对匈奴官府人员再无怜悯之心，逮住机会，皆悉数杀之。

上述一段，是为补话，不再叙及。

堂邑父离开河督府，便去了龙廷牧场，也是傍晚抵达。任扶、赵无偏比起容南、容北，境况好了许多。三人说起使节队的状况，堂邑父便道明自己的打算，先联络上就近队员，如容氏兄弟和他们二人，以及陈尚斗、范佑铭、孙治瑾（设法另外联络）、由天际，还有杨柏，然后远赴大兴安岭，寻找公羊鸣执、苏疾和王兼，能助其逃逸的，趁机跳出那无边无际的荒原泽国。这些事情结束，再回家乡看看妹妹娲霞，最后集中精力，找到张骞大哥，重新做出抉择。任扶二人听了，都夸堂邑父变成了另一个公羊鸣执，会从大局出发，谋划大事了。堂邑父笑道：都是形势逼的，不想事不行。

歇了一晚，给二人留下一百两金子。第二天（九月初五）一早，又去了包不讷部落，找到范佑铭；九月初六，又去了龙廷军马场，与陈尚斗匆匆告别之后，重新返回龙城。

堂邑父没去大马街祥和饭庄，而是去了龙城附近一家小客栈。观察了两天，又借刚布的名义，买通为国师府采购日用杂物的管事，又通过管事结识了一位国师侍卫，以重金获知公羊鸣执、苏疾、王兼三人的具体下落。

公羊鸣执：在绰尔河草原，达尔部落，头人达纳罕。指令让其伐木。

苏疾：在洮儿河草原，阿鹿部落，头人阿巴特。指令让其伐木、狩猎。

王兼：在归流河[4]草原，宝松部落，头人宝赤德。指令让其伐木、放牧。

那管事原在左贤王府做杂役，后疏通关系，来到龙城，并取得国师信任，谋得令人羡慕的管事要职。说到三个头人，他说细情不太了解，但都认识。比较起来，阿巴特是鄂伦春人，宝赤德是达斡尔人，两人对人都很厚道、实诚，对于奴隶和百姓不怎么区分。唯有达纳罕，是本族匈奴人，其父死在南征的战场，其对汉人积怨很深。如是汉俘奴隶，在他那里几乎活不到三年，便会因为各种意外事故死去。左贤王即使晓得了，顶多说他几句“不知疼惜人力”，不了了之——谁肯在乎一个奴隶的生死呢？

管事一番平淡的话语，堂邑父内心却激起巨大的风暴；公羊鸣执危矣！他恨不得顷刻飞到绰尔河达尔部落，不惜一切，将公羊鸣执解救出来。

他尚不知晓，这一切，都是“义弟”呼日勒向老国师给出的“建议”。

他向管事征求出行路线。管事道，由龙城去目的地，大约两千到两千五百里路程。先向南，翻过肯特山，向东南行数百里，过克鲁伦河[5]，向东经几百里荒原，到西乌尔特，那个村子较大，毡包房将近上百，在那里歇上一两天，做些翻越雪山的准备，然后向东又是几百里荒原，翻兴安岭大雪山，下山后过一条名叫乌拉盖郭勒的河流，折向北一二百里，便到绰尔河草原。因为沿途人烟稀少，荒原凶险，猛兽狼群出没无常，天气变化诡异难测，最少也得三五人结伴而行。一人独旅，实在是凶多吉少。不说饮水食物，单是油脂火把，一人一骑，又能带上几许？这种远程向导，即用重金，龙城之中，也怕难以寻得。

既是如此，又何必劳神费力，耽误时日？想到一个裁缝却去砍树，完全的牛头不对马嘴，明显是有意将其置于险地。公羊鸣执尽管机智，也难保不被人暗算。堂邑父掐指一算，今日已是九月初十，十一日一天准备，十二日凌晨出发，顺利抵达达尔部落，也在九月底间。而那里八月便见飞雪，上山伐木，无异于羊入虎口。

他备足了食物。干面饼、腊羊牛肉整整四十斤，外加五十斤油脂和二十来斤布条，以备自制火把之用。当然，还有充足的火石和引火的艾绒，以及准备换洗的皮袍衣物。最后清点了一下钱财，只剩下一斤二两金子。想想要去的地方用钱不多，返程的费用已经够用，便放倒身体，安心入睡。

堂邑父独自一人，翻山越岭，奔驰荒原，射杀过豹子，驱退过土狼，九月十九日中午，便赶至西乌尔特[6]，寻得一家毡包客栈，热食热酒饱餐一顿，傍黑又是一次好睡。凌晨醒来，有人主动找上门来，愿为向导，并说翻越兴安岭雪山是如何如何的艰难，如何如何的路径难寻，并说费用公平合理，现在虽将入冬，仍可按夏季计费。

见来者年约二十来岁，人也精悍俊朗，堂邑父笑道："兴安岭有几座雪山？山上真的无路可寻？那来往之人都走的什么道儿？"

那人道："一座都让人作难，还架得住几座。道路虽然也有，但山风一吹，便堆上了积雪，且上下都有一面陡坡，不小心滚进雪窝，没有人帮助，有时得半日挣扎，方始得出。"

"那还不算太坏。你可晓得'滚老驴'？"

那人摇头："什么叫'滚老驴'？"

堂邑父拍拍那人肩膀："你不晓得，这不怪你，你还是个孩子。我曾没有向导，连翻五座高耸入云的雪山，没有路，就连人带马‘滚老驴’下山。山谷中的雪坑，不知有多深，一旦跌入，便万劫不复，踪迹全无。有时碰上雪崩，那种汹涌澎湃的气势，简直与天塌地陷一个模样。那山，有我说的那么凶险吗？”

不料那人却一膝跪下：“你孤身一人，由龙城而来，村里人都说你是大英雄。我阿爸要我不要钱，也得随大英雄走一趟，不为别的，只为学学大英雄身上的胆气。”

“你叫什么名字？”

“我叫突尔梆。你就叫我小梆子。”

见这孩子挺是机灵，堂邑父很是喜欢。再者，大兴安岭密林重重，族别众多，环境完全不同于嘎顺诺尔，一路有人相伴说话也是好的，只是这孩子的安全让人颇不放心。何况，此番前去，究竟会遭遇什么风险，连他自己也无法预知。于是问道：“小梆子，不知你会些什么功夫？”

“大英雄面前，我可不敢妄谈‘功夫’二字。大英雄用的是世所罕见的铁弓长箭，我的弓箭只可用来狩猎防身；大英雄用的是上阵杀敌的重刀，我的只可用来刳骨砍肉。”

“你叫我堂叔叔吧。”

“谢堂叔叔。我们现在就出发吧，我在前面带路。我已经什么都准备好了。”

“我还没答应呢。”

“叔叔都让叫了，叔叔心里已经答应了。”

“真是又一个小由天际。”

“堂叔叔，小由天际是谁？他比我还小吗？”突尔梆十分好奇。

“他今年才十五岁。爱吹口哨，很调皮，很会打仗，很逗人喜欢。”

“他现在在哪里？真想见见他。我相信，我和他会成为好朋友。”

“他现在在兰扎吁王爷那里当奴隶。他有一个好朋友，却在宝松部落，给头人宝赤德当奴隶。”

突尔梆抬头想了想，突然恍然大悟：“堂叔叔，我明白了，小由天际和他的好朋友，都是汉俘。堂叔叔去达尔部落找的朋友，也是汉俘——不，你要找的人应该是三个，他们都是汉俘。一月前，他们被押经过西乌尔特时，我都见过。现在见面，我仍认得。”

堂邑父很是佩服这孩子的聪明，遂将此行的目的如实道出：“到时如果因为争执发生战斗，说不定会将你牵连进去，我不能让你遭受无妄之灾。所以翻过兴安岭之后，就在乌拉盖郭勒分手。当然，我也不能让你白跑一趟。”

“不，不。我阿爸和我阿母常说，朋友之义，高如云天。堂叔叔为救朋友，舍生忘死，兄弟情分，亦不过如此，我岂能畏葸退缩？所以，堂叔叔去哪儿，我也去哪儿。”

“此事与你毫无干系，何况他们是汉人，又是奴隶。”堂邑父决心已定，孩子这么年轻，带他犯险，于情于理，均不合适。

“天下只有好人与坏人之分，无南人、北人之别。你是北人，却是南人的铁血朋友，这说明什么？”

“堂叔叔历来说一不二。你说破天，我也不能带你。”堂邑父想，这孩子太犟，又能说会道，所以不能给他一隙空子。想想，又让“追风雷”停下：“小梆子，你现在就给我回去，我不需要你。反正出浩特（村子）不远。”

“哟哟。大英雄还说说一不二，答应的事，这么快就不作数了？”突尔梆嬉皮笑脸道，“堂叔叔有所不知，过了乌拉盖郭勒，沿途还有许多沼泽。那沼泽又有冷水、温水之分。这个季节，冷水沼泽或许已经结冰冻硬，但要跨马而行，仍旧极其危险。而温水沼泽，虽极寒天气，亦不冻结，唯见水气缭绕，四处盘旋，将通行路径尽行遮蔽，不小心误入泥淖，须臾之间，连人带马，尽数吞没。泥淖面上，痕迹全无。过了沼泽地带，你走你的，我走我的，小梆子决不拖累于你。”

陌地陌域陌路，看来离了小梆子的帮助，还真是不行。堂邑父一笑：“你也是个小调皮。那好，堂叔叔就依了你。”

小梆子欢喜道：“从西乌尔特到兴安岭山脚，还有两天的路程。离山脚不远，有一处浩特（村子）。村子不大，十四五户，但有一家客栈，是该村最大的毡包房，可容十几人同时入住，即使走‘敖特儿’⑦，客栈仍照常营业。”

“给我说说，那大兴安岭都长些什么树，有什么野物，都住些什么人？”

“你说这个？那可海了去了，一时半会儿哪里讲得完！而且，我晓得的，也只有星星点点，不全乎。就我所知，咱先说树。”小梆子理理头绪，“关于树，可分三下来说。第一，种类。有人说有几百种，有人说有几十种，到底多少种，谁也说不清，因为许多地方，人们就根本没去过。我见到的，主要有落叶松、樟子松、白桦、兴安栎、山杨等，其中以樟子松最为挺拔、通直，且有一种特别的香味，人们最为喜爱。第二，大小。在兴安岭，古树奇多，随处可见，一人合抱是为小树，三人四人以上合抱的方可称为大树，大树之高，二十丈三十丈，极为常见。人们常说，山中易见千年树，世上难逢百岁人，大概缘于大兴安岭之树吧。第三，多少。按理说，大兴安岭的树，不能用‘多少’来说事儿，而应该按所占的地块去说明。我们要去的几个部落，大概在大兴安岭中部偏下一点，向南一千多里，向北不知几千里，东西大小兴安岭相连又不知几千里，全都是树。即使在草原上，亦处处有树。很多地方，无人敢去，无人能去。看到那些树，给人的感觉，自己就是一只小蚂蚁。”

小梆子的一番话，让堂邑父的忧虑突然袭上心头：公羊鸣执，你能逃过此劫，免遭不测之虞吗？

见堂邑父默然无语，神色凝重的样子，突尔梆宽心道：“堂叔叔，我晓得你又在挂念你朋友。我看你尽可放心，砍树虽然危险，但只要有老人手跟着，就出不了大事，除非——”

“除非什么？”

“除非有人设计陷害，或者暗自动手——可这也不至于吧？你的朋友新来乍到，谁会跟他们有那么大的仇恨？”小梆子很是不以为然，“堂叔叔，你刚才问了三个问题，还有两个没说呢。你先猜猜，我身上穿的皮袍是什么皮子，带的肉食是什么腌肉？”

“做皮袍当然用羊皮，谁去用牛皮？牛皮只可做皮鞭、做马鞍、做皮靴，做刀鞘箭袋弓弦。肉食更无须细说。你该不会说是天上的大鵟兀鹫吧？”

“堂叔叔，你还真错了。我身上的衣袍是犴皮做的，肉食也是犴肉。”小梆子将袍角一翻，果然显出一种黑褐色长长的绒毛。

“把那犴肉再取一块，我再尝尝。”堂邑父接过，仔细嚼嚼，“跟牛羊肉的味道果然不太一样。”

“大兴安岭里的野物，有许多在草原上是没有的。譬如飞龙、黑琴鸡、野鸡、盘角鹿、马鹿、梅花鹿、狍子、獐子、林犴、紫貂、水貂、大黑熊、林麝……有人说有三四百种，有人说有五百多种。有许多我听说过，可是从来没见过。其中紫貂皮最为金贵，皮货商上门收，都给到二两金子一张。二两金子，够一个五口之家半年的吃喝用度。只是这紫貂非常难捕，即就经验丰富的老猎人，一生能捕获三五只都会让人高看一眼。这紫貂都在树间活动，蹿跳快似闪电，而且性极凶猛，实为林间霸王，老虎见了，都要退避三舍。堂叔叔，我看你这弓箭非同一般，遇上紫貂，没准能捕上一只。”

堂邑父来了兴趣：“如能遇上，不妨一试。”一顿，又道，“紫貂什么模样，你仔细说说。”

于是又引出小梆子一大段话，连说带比画，将紫貂说得活灵活现。他倒没有忘记最后一个问题，说完紫貂，便说起大兴安岭的住民：“总体上，匈奴人居多，但在各个部落，又不尽相同。像达尔部落，匈奴人之外，满人也不在少数；阿鹿部落，则以鄂伦春人为主；宝松部落，以达斡尔人居多。其他还有鄂温克人、赫哲人，等等。他们各有各的生活习惯，有的还非常奇特，你要我说，我也说不明白。总之，外地人第一次到那些地方去，须得处处小心，处处留意。甚事该做，甚事不该做，甚事该如何做，心中要有谱。其实，匈奴人之外的那些人，只要你遂他的意，被他们认可你是他们的朋友，你提出什么要求，他们都会答应你。”

“如果我要求他们放人呢？”

“完全没问题。只要酋长点头，他们还会举行隆重的送行仪式，夸奖此人为他们做出的贡献。他才不管什么单于、王爷的命令。”

堂邑父感到，这小梆子对他的帮助实在太大了，怎么谢都不为过。而一个计划也在形成：他完全可以不用武力，寻求两个酋长的支持，让苏疾、王兼顺利脱困。至于公羊鸣执，当然以和平解决最好，不得已时，那就下狠手对付之。

二人穿荒原、翻雪山、过沼泽，九月二十四日中午，抵达目的地。

小梆子果然信守承诺，“各走各路”。他为堂邑父指了一户满人家庭，自己去了另一户满人家庭。临了还向堂邑父做了个鬼脸：“祝堂叔叔吃好、睡好！”说完，又挥挥手。

堂邑父亦向其挥手致意。

堂邑父放眼四周，所见人户全是垛木房屋。房基离地二三尺，也有高至五尺左右的；房顶或两撇水，或方形四撇水。苫以茅草，或以板石覆之。堂邑父去的这家，基高五尺有余，人马可端进端出，方形布局，门向南开，其他各方均有木格窗户，目光可窥。他伸头一瞧，乍见黑乎乎一片，其后渐至清晰，原来左边是一马厩，右边挂着各种兽皮，下边码着柴火等一些杂物。他拴好“追风雷”，负弓挎刀拾级而上，见门扉半开，炊烟袅袅逸出，正要伸手叩门，里边迎出一位黑红脸膛年约四十岁的壮实汉子。汉子先以满语招呼，见来客一脸茫然，又改用匈奴语：“欢迎贵客光临敝舍。”即弯腰平伸右手，拉开门扉，退于一侧。

堂邑父已从小梆子口中得知，此为满人迎客之礼，亦以满人之礼还之，并按汉子所指西边木墩，坐于火塘旁边。南边母女二人略让了让，各持一条大鱼，在火上炙烤，满屋子都是烤鱼香味。那妇人见有来客，又取来一条大鱼，抹上盐粒和一种淡红粉末，双手各持一条，予以炙烤。那汉子则立于北边，低头平伸双手。堂邑父知其要替客人挂弓悬刀，此系彼此取信之礼，不能拒绝，亦不可马虎。堂邑父当即站起，解下弓箭腰刀，鞘尖向下，恭恭敬敬递出弓身刀柄，汉子接过之后，又以礼谢之，然后坐下。

那汉子乍接铁弓重刀，立呈惊异之色，将其与自用弓箭挂于一处之后，又将堂邑父打量一番，这才走过来坐下：“尊客作何称呼？”

“我叫甘扶。你称我老甘便可——还未请教贵主人大号，恳请见告。”

“我没什么大号小号，直呼萨其隆就是。部落里的人又叫我‘萨一箭’。”

“‘萨一箭’？好名字。想来你的箭术应该是响当当堪为一流。难怪我见房下挂了那么多兽皮。”

“我可不敢与贵客相比。刚才拿到你的防身武器，那铁弓、长箭，我还是首次见到，而刀之分量，亦我所仅见。老甘若非奇人，哪得有此奇物！”

说起箭术、刀术，二人越说越是投机，萨其隆竟有相见恨晚之意。并称，这里在十月“猫冬”之前，整个九月，每天晚上都要举行“安代晚会”[⑧]，希望“甘扶”能参加完“安代晚会”之后再行离开。

堂邑父趁机问道：“谢谢你的厚情美意。不过，我有一事相烦，请能如实相告。”

“有甚事，你尽管相问。”

“我有一个汉人兄弟，名叫公羊鸣执，前不久被押至达尔部落，可知他现在居于何处？境况如何？不瞒你说，我此次从龙城出发，就是专程为他而来。”

萨其隆顿时沉默不语，那妇人亦递来眼色，有查挡之意。

“老萨若有难言之隐，也就不要勉为其难。我且去头人府，直接去问达纳罕。”说罢，便起身去取弓箭腰刀。

不料萨其隆伸手一挡：“这会儿甚话都先放下，先吃饭，饭后我再详细告知于你。”

堂邑父心中“咯噔”一下，觉得有些不妙。但主人这样说了，也不好违拗，本来香喷喷的烤鱼，也吃不出什么味道。一条鱼勉强吃完，便揩手静待。

“这达纳罕可不是什么善茬。凡是汉人奴隶到了这里，都活不过数月，大多被骗至温水（泉）沼泽，推入泥淖之中，消失得无影无踪。他敢于如此作孽，原因有三个：其父在南征战场上死于汉将之手；第二仗恃其妹为左贤王阏氏[⑨]，敢于肆无忌惮作恶；第三本身有把子力气，还会点儿武艺。你说的公羊鸣执我认得，是一位很讲情理之人，可惜你来迟了一步，他已于五天前被人所害。”

五天前，堂邑父还在西乌尔特。他深深大悔，如果当时直接从河督府出发，公羊兄弟也不致死于非命。总之，是他过于相信公羊鸣执随机应变的能力，不料却遭到小人的谋害。他强忍悲痛，声调显得十分喑哑：“老萨可知我那兄弟被害的经过？”

“因为每晚都在举行‘安代晚会’，大家都睡得很迟，起得很晏。九月十九日那天，我本想在家歇着，不料部落里一个朋友上门告诉我，他在靠西五里温水沼泽旁边林子见到两只紫貂，前两天都在那里活动。于是，我带着干粮，拿上弓箭去了那里，埋伏于一处丛林之中。结果紫貂还没等着，雾幔中却来了四个人——”萨其隆喘息起来，呼吸也显得有些急促，抿了一口水，才继续说道，“四个人走过，从说话声音才知，是头人达纳罕，还有他阏氏妹妹派给他的两名卫士，另外一个便是你那汉人朋友，（堂邑父插话：“公羊鸣执。”）对，公羊鸣执。公羊鸣执见来的不是地方，便道，‘要我砍树，为什么带我到这种没有树的泥淖之地？我虽然来此不久，但对周边地理环境已了解得十分清楚。’那达纳罕冷笑道，‘你这汉奴果然聪明。但老子说这里有树，便是有树。这汉奴既不愿去，你们二位就帮帮他吧。’那两名卫士挺刀上前相逼，公羊鸣执手无寸铁，（堂邑父又插问：

“这怎么回事？没有斧子，怎么砍树？”）——这是达纳罕的规矩，凡奴隶砍树，路途只许徒手相随，动手砍树时，才由监工将斧子放于树下。公羊鸣执赤手空拳，又前有强敌，后有泥沼，退无可退，很快负伤倒地，被扔进了沼泽。三人拍手，大笑而回。我也无心狩猎，怅然而归，至今心神不宁。”

大悲至极，堂邑父反倒镇定下来：“今夜的安代晚会，我照常参加，但不会与你们一起。明早我想借几根皮绳一用，你们不必候我，事情办完，我便去洮儿河草原。”

因为安代晚会渐至尾声，是夜参加的男男女女总有六七百人。先由头人达纳罕甩巾入场，舞之蹈之，接着是他的卫士、妻妾、子女相跟入场，紧接着便是部落民众围着篝火唱着跳着。堂邑父见已达到暗察目的，且时辰够长，便隐入夜色之中，蹑足而去。

萨其隆见堂邑父起身，亦暗中相随：“甘大哥，你的马儿夜草已上，你请早点儿歇息，明早我不送你，但请见谅。”遂引至西炕，将拉帘拉了。堂邑父已知满人风俗，西炕为尊，北炕属主家大人寝处，而南炕最次，小辈居之。道声“谢谢”，倒头便睡。

堂邑父思虑已定，既然达纳罕因其父而仇杀毫不相干的汉俘，则有其父必有其子。汉皇有诛灭九族一刑，诛他一族有何不可？想到公羊鸣执惨死的情状，他止不住悲愤难抑。天尚未明，便摸索起来，悄悄取了弓箭、腰刀、皮绳、行囊，抽开门闩，一个剪脚，飞身落地，牵出“追风雷”，向东而去。

头人府在东两里处，门前有一小溪，门旁有两棵白桦大树，由两幢四撇水大房拼连而成。此时人人都在酣睡，唯门犬蜷卧假寐。堂邑父悄声下马，轻轻拍了一下马儿，然后伏身向门前台阶靠近，先向上扔出一坨肉块。那门犬见有物飞来，起身去嗅。堂邑父觑得亲切，同时投出两柄匕首，那狗“哼咹儿”一声怪叫，向前一蹿，坠下地来。堂邑父飞步上前，接住那犬，轻轻放下，拔出匕首，搪去污血，那狗还兀自抽搐。

接着一个纵跃，到了门边，正要叩门，那门“呀”的一声自动打开，伸出一颗脑袋，打着哈欠，向狗窝探视。堂邑见是其中一名卫士，右手并作刀掌，向其后颈猛地一砍，在其晕倒之际，左手抓住衣领，让其顺着门框坐下；另一卫士问：

"你怎么了？"伸头向外张望，下颚猛遭一拳，双眼金星直冒，下巴垮塌下来，嘴巴再难张合，紧接左边伸出门外的小腿再遭一击，只听"咔吧"一响，再难站起。

堂邑父取出皮绳，将二人四马攒蹄捆了，撕下其中一人半条裤子，将晕倒的卫士双颊一捏，半条裤子尽行塞入口中，这才蹑足入内。

堂邑父本来手持腰刀，见房内之人尽皆熟睡，遂将腰刀轻轻放下，一蹬上炕，将熟睡之人的脖子一一扭断，又将头放好，这才去了达纳罕面前。

达纳罕正搂着一个年轻女子交颈而眠。灯光下看其面孔，并无恶相，梦中的笑意甚至透出一种善良的模样。堂邑父轻轻拨开那个女人，肘尖向其脖子一杵，然后将达纳罕光着身子提溜出来。达纳罕猛然醒转，见一条大汉兀立面前，便出拳打去，那大汉却撒指似爪，将拳头抓住，接着向上一掰，其腕部顿时断裂。达纳罕强自镇定，大声喝问："你是谁？敢向老子动粗？你有几颗脑袋？"

堂邑父一巴掌甩去："我是谁？我是'大巴掌'！今天带你去一个好地方。"兜屁股一脚，将其踹倒，捆了个鸭子浮水，又扯过一件女人亵衣，将其嘴巴塞了个严实。四周一瞧，见炕角藏着一只黑色木箱，拿下来，一脚踏烂，露出许多黄白之物，遂扯来一件衣服，悉数包了，捆好，斜挎于肩。这才拖着达纳罕，走出门外，一脚一个，将两卫士踢下，又扔下达纳罕，飞身而下，返身，又将两支火把向头人府一扔。

此时天色及曙，道路已明，堂邑父双手拽着两卫士，马尾拖着达纳罕，直奔西边沼泽。后边，遥见头人府火光冲天，传来救火的叫声。

到沼泽边，两卫士已然清醒，达纳罕则被拖得皮开肉绽，堂邑父叉手而立："今天叫你们几个浑蛋死个明白。我乃大汉使节队副使堂邑父，被你们害死的公羊呜执，是使节队的参军。你们不是说这里面有树吗？今天都给我下去看看。"

达纳罕挣扎道："这不关我事，是大单于贴身侍卫呼日勒吩咐这么干的。你杀了我，你也休想活命！"

"去你妈的，呼日勒叫你吃屎你吃不吃？我倒想看看，谁有胆子敢来叫阵？"飞起一脚，将其踢入泥沼。接着，又将两名卫士掷入，致使泥浆溅得老高。

"堂叔叔，果然好本领。可你惹下大祸了，那个管家你没有杀掉。"堂邑父回头一瞧，果然是突尔梆——小梆子。

这真是：

是什么原因，使挂在不同树上的果子，
抱成一团，变得如此贴心亲密？
是什么力量，使天南海北的泥土，
聚合成团，变得如此生生相依？

快意恩仇，大草原上的一束闪电，
英雄风景，瑰丽人生的一大豪气；
蓝天艳阳，难抑心中的破堤伤泪；
瞻望前方，休管前路的鬼魅崎岖。

欲知又有何惊心动魄的故事发生，且看下回分解。

**注释：**

①希洛克河：色楞格河下游的最后一条支流。

②二次子：指两岁肥羊。

③肥尾羊：草原上的一种优质羊。肥大者一只重达二百多斤，仅尾巴上的油脂就有二十余斤。其肉质不膻、不腻。

④归流河：包括前面写到的绰尔河、洮儿河，均为发源于大兴安岭的嫩江支流。

⑤克鲁伦河：黑龙江上游的一条支流。

⑥西乌尔特：地名。今蒙古国东部，靠近兴安岭。

⑦敖特儿：指牛羊转场放牧。

⑧安代晚会：即跳“安代舞”的晚会。安代舞系草原上的一种舞蹈。动作舒展、粗犷、奔放，一个人拿起手巾可以跳起来，也可以数百上千人一块儿甩巾欢跳，少则半月，多则一月有余，夜夜如此。安代晚会亦是年轻男女谈情说爱的地方。

⑨阏氏（yān zhī）：匈奴王妃。

# 第五十五回　孤胆展武杀熊诛虎 侠义逞威扫匪灭恶

小梆子提及达纳罕的管家，堂邑父轻轻叹息了一下：“没杀就没杀吧。我总感觉我这次杀孽太重。达纳罕的家小即就有罪，也罪不至死，可我不但将其全部杀掉，还来了个焚尸灭迹。这要让我大哥晓得了，又会怪我行事鲁莽欠斟酌。”

“堂叔叔，我可不这样认为。匈奴侠义之士，历来是有恩报恩，有仇报仇。报恩可以舍生忘死，报仇必须除恶务尽。从达纳罕变坏可以证明，留下后患，必将贻害无穷。那管家正在去左贤王府的路上。那管家虽未直接参与杀害您朋友的行动，却是一肚子坏水，说不定那主意就是他出的。您等着看吧，少则半月，多则一月，阏氏派出的杀手就会寻来。”

堂邑父淡然一笑：“来就来吧，到时还不知谁杀谁呐。何况，有经验的杀手，提前对我总该作一番了解吧？能不能杀我，杀不杀得了我，掂量之后再决定接不接这‘活儿’。当然，私家豢养的武士，或者军令所遣的骑士，另当别论。我既非阏氏，又非左贤王，谁知他们会派什么样的狗才？算了，此事不说也罢。小梆子，我问你，你是否有意让我去萨其隆家的？”

“堂叔叔，您晓得了？”

“我晓得什么？小梆子你这话说得的，叫人莫名其妙。”

“还记不记得来时路上见到的第四座房子，有啥不一样？”

“有啥不一样？”堂邑父努力回忆，突然醒悟道：“里面住的人不一样。既无老人，也无小孩。而且人也不一样，有满人，有汉人，有匈奴人，还有穿着其他奇怪服饰的人。”

“部落里的人都叫它‘奴隶’屋，里面住的全是奴隶。我们经过那里时，正是奴隶在外活动的时刻，我仔细一瞧，没有见到您要找的公羊鸣执。我心知不妙，又不敢说，就将您指给‘萨一箭’家。在达尔部落，萨其隆是第一箭术高手，唯有他不怕达纳罕，也唯有他为人最为正义，敢说真话。堂叔叔，您实话实说，您与‘萨一箭’是否正对脾气？”

“你这个小鬼头，连我你都敢算计。”堂邑父亲昵地说道。

“堂叔叔，您错了，这叫‘谋略’。我阿爸常说，一个真正的侠士，既要讲求勇敢和武功，更要讲究策略和谋略。”

“你阿爸是做什么的？他一定是个非常了不起的侠士，可惜无缘相见。”

“我阿爸是西乌尔特的屯长。他让我多在世上历练历练，以便接替他当好屯长，保护好村民不受土匪、劫匪的侵袭。你想见见我阿爸，实在太容易了，返回时就在西乌尔特猫冬，既可避过杀手的追踪，又可结识新的朋友。明年春暖花开时，再去找你使节队的那帮朋友，多好！”

堂邑父马上意识到，这小梆子并不想“各走各路”，就此返回。

“小梆子，我也不跟你绕圈子。甭管有没有杀手出现，我在阿鹿部落、宝松部落都不会久耽。我的两个队友兄弟一旦安排妥帖，我便即行离开，由南路再向西行，回我的故乡嘎顺诺尔。现在我们就此别过，十分感谢你几天以来的陪伴。如若有缘，自会相见。”信手抓了一把金子，伸手递出。

小梆子嘻嘻一笑：“这金子可真是好东西。可惜，您给的不是地方，也不是时候。”

“何出此言？”

“堂叔叔，我说过到了达尔部落就回去的话吗？”

“好像没说过。”

“不是好像，是根本就没有。到了什么地方回去，什么时候回去，得由我自己说了算，不是由别人说了算。除非——”

“除非什么？”

“除非您是我阿爸的结义兄弟，或者您是我师父。”

堂邑父发觉这是一个圈套，怎么回答都会被钻空子。他打心眼儿里喜欢上了这个鬼灵精，若非路途凶险，使命未竟，真想去西乌尔特猫上一个冬天。他收回金子：“我算服你了，你前边带路，走吧。争取明天白天赶到洮儿河——我还没有问你，你阿爸叫什么名字？”

“堂叔叔，我叫什么名字？你不要叫我的大号突尔梆，是绰号。”

“绰号？不是叫‘小梆子’嘛，难不成你阿爸叫‘老梆子’？”

“对极了。村里的大人、小孩，我和我母亲，都叫他‘老梆子’。他说，这样叫着亲热——堂叔叔，您就不觉得我阿爸是个非常有趣的人吗？您就不想认识他一下吗？”

绕来绕去，堂邑父又被绕了进去。他暗自一笑：“咱们还是说点别的什么吧。”

“别的？那就说说你们的使节队。使节队是干什么的？使节队里有些什么人？您是匈奴人，缘何进了汉人的使节队，还当上了他们的副头领？”

堂邑父没作隐瞒，原原本本将一路的遭遇全告诉了他。说到张骞与由天际时，小梆子十分神往，为自己无缘相识而深感遗憾，他退而求其次：“您跟我说说苏疾与王兼哥哥吧。”

尚未见面，就把哥哥叫上了，这小梆子真会来事儿。堂邑父笑道：“你苏疾叔叔是个语言怪人。再难说的话，他很快就能学会，说得很顺溜。你王兼哥哥人长得很标致，很逗年轻女子喜欢，而且能将箫和笛子吹出动听的歌儿。当然，他们的武功也不差，都是百里挑一的人物，一人对付三五名武士绰绰有余。见了面，你自然晓得。”

一路之上，宽展处二人并辔而行，狭窄处小梆子前导，不觉间树林荫翳，远山苍苍，日光渐至隐没。堂邑父深知，身处空山荒野之地，最忌贪黑赶路，遂选中一处开阔洼地，准备伐木燃薪，作露宿之计。

小梆子却道：“向前五里，有两家猎户，可以去那里借宿一夜。”

“那就快走，撵在天黑之前赶到。”

方行三里，便听到前边虎啸声声，一股股腥风带着肃杀之气，扑面而来。

小梆子的坐骑顿时吓趴倒下，将小梆子的右腿死死压住，不能动弹。背后箭盒中的羽箭，亦抛撒一地，落入草窠之中。

“追风雷”亦战栗不止，前蹄杵地，不移半步。

堂邑父甩胯下马，将马头揽入怀中，拍抚其颈：“伙计，别怕，有我呢。”“追风雷”拱拱堂邑父，不再战栗。他见黑马情绪已定，即飞步上前，双膀用力，将小梆子的坐骑扶起，牵至“追风雷”后面。再看小梆子，已然翻起，只是双手发抖，拾起的羽箭，老是插不进箭盒。

虎的啸声似乎离此更近，也更加撼人心魄。树上残留的枯叶纷纷落下，光秃秃的树枝亦相互撞击，发出“簌簌”的抖声。堂邑父飞步上前，将小梆子凌空抄起，向后轻轻一扔，又打了个“呼哨”，“追风雷”应声而至。堂邑父纵身一个飞旋上马，晃眼间，已是铁弓长羽在手，迎着腥风驰去。

与老虎对垒，这是堂邑父生平第一次。他早已知晓，大兴安岭多虎，且知老虎一般瞅准的，是行人的坐骑。只有那些曾经受过人的伤害，或者吃过人的老虎，才会主动向人进攻。对付这样的老虎，最大的对手是自己的胆量，其次是对自己力量、武功的估计。今天不为别的，仅就为了小梆子的安全，他也得拼死一搏。他信任“追风雷”，也敢于一搏。

转过一处山脚，未及百步，便见两人狂奔逃来，其身后五十余步，一只吊睛白额大虎亦纵跃而至。

此时，正有一抹斜阳从山口直照大虎，金黄灿灿，闪出耀眼的斑斓。二人一见堂邑父，稍一愣怔，更不搭话，脚步不停，继续奔逃。

那老虎陡见一人一骑，当道挺立，稍作迟疑，旋即狂怒大吼，后腿一蹬，双爪前伸，跃至半空，向堂邑父头顶扑来。

几乎同时，堂邑父三箭齐发，射入虎腹，来不及拔刀，即以铁弓为器，向老虎头颅劈去。

饶是如此，老虎双爪已抓上堂邑父脊背，将一件簇新的皮袍扯得稀烂，肉皮上留下几处渗血的爪痕。再看老虎，头已碎裂，倒于侧旁，一双虎目，犹自唬人。

堂邑父精神一懈，身子有些发软，缩身下马，那“追风雷”也通身汗珠滚滚，将头钻入主人怀中。

堂邑父已神魂归元，便轻抚马儿：“好了，一切都过去了。谢谢你的勇敢。”

此时，小梆子与另两人也围了上来。

攀谈之中方知，高挑汉子系阿鹿部落头人阿巴特的胞弟，敦实汉子乃阿巴特的妻弟。这只老虎已伤害多人，不料今日二人与其狭路相逢。若非堂大侠勇武过人，仗义相救，二人之命休矣。又连夸堂邑父的坐骑，是世上罕见的神马。

这一夜的盛情款待，自然无须多说。小梆子亲眼见到堂邑父的镇定神勇，更打定主意，要将其请至西乌尔特住上一段时日。

堂邑父的皮袍已被修补一新，珍贵的虎皮也归于他的名下。他本欲不要，因心中另有打算，也就收下。问起苏疾情况，二人则交口称赞，自苏疾来到阿鹿部落，几乎家家受益。缘何？以前皮货商上门收购皮子，往往因为语言不通，只靠比画议价，给出的价钱十分低廉。苏疾来后，按质论价，据理力争，好的皮张卖到昔日两倍甚至三倍的价钱；而且教会他们由过去的投掷叉鱼，改为织网捕鱼；狩猎由过去的掷镖射箭，改为预设陷阱或张网待捕，既减少了危险，又保障了皮子的完整。唯独对熊仍采取围猎的方式。

堂邑父想问何以如此。只见小梆子又是眨巴眼睛又做鬼脸，又装作挠头将手直绕，遂话到嘴边又咽了回去，只表达对头人和众多族人的谢意，一颗心也放了下来。

下来之后，梆子才细说鄂伦春与熊的关系。与别处相较，阿鹿部落有个十分特别的风俗。鄂伦春人认为，熊都是由人变成的，称公熊为“雅西”（祖父），母熊为“太帖”（祖母），与鄂伦春人的称呼完全一样。凡带崽或怀孕的母熊以及小熊，一律在禁捕之列，这也是不为其设陷阱的原因。他们还认为，围捕大熊，是好汉与好汉、英雄与英雄的公开较量，不能搞阴谋诡计。熊被杀之后，便立刻将它的头砍下来（越快越利索越好），然后像对待死去的亲人那样，就地掘坑埋葬。吃熊肉及内脏时，举族参与，举行盛大的祷告仪式之后，再由头人或者长老向众人分配肉食。而第一获得者，将是杀熊英雄。小梆子说完又道：“今日堂叔叔杀死一只老虎并救下两个人，倘若明日再杀死一头大熊，那么你将成为阿鹿部落最为尊贵的客人，连苏疾叔叔和我，都会跟着沾光。到时你让苏叔叔随你一同离开，头人不会不答应的。”

“小鬼头，你倒想得挺周全。”堂邑父口头应着，其实已经动心。为了苏疾（还有王兼），他也希望有此机缘。

事情还正如小梆子所料。第二天巳时左右，头人的胞弟、妻弟为报告消息离开不久，途经一处林子时，便听前面左边密林中传出“哦呵呵——”相互呼叫的悠长声音。小梆子道：“鄂伦春人围捕大熊，两边的称为‘边伏’，各由二至三人组成；在后边负责追撵的称为‘后仗’，或一人，或二人，皆是大力士；在前边进行堵截的，称为‘前仗’，人员与‘后仗’一样。刚才是‘前仗’在呼叫，说大熊又扭头向后边去了。密林里不能骑马，堂叔叔如果有兴趣，我给你看马，你可以直接去‘后仗’迎着大熊。”说完，做了个鬼脸。

堂邑父甚话不说一跃下马，卸下铁弓羽箭，绰起腰刀，连刀鞘一并放下，踏着枯枝败叶，钻入密林，瞬间不见人影。

不久，便听到熊的咆哮之声，以及隐隐约约树枝折断的声音。过了多半个时辰，只见堂邑父口噙腰刀，双手拽着两条熊腿，将一头无头大熊提溜出来，后边跟着七八条鄂伦春汉子。

据“后仗”讲述，堂邑父与大熊相搏多时，后来堂邑父借树隐身，一刀劈下熊头，熊血狂喷数尺，血尽大熊才倒。真是好刚猛的力道，好锋利的宝刀。

杀虎诛熊，有人飞报头人。等到堂邑父一到阿鹿部落，数百人在头人的率领下，一齐迎了上来，不由分说，将他与小梆子一并高高地抬起。

苏疾见到堂邑父，双目早已涔涔泪下。堂邑父亦双目四扫，搜寻苏疾。见苏疾在一旁茕茕孑立，独自抹泪，立即从众人手中梭下，一边大叫一边奔去。远远地，便张开双臂，等到身前，一抱将苏疾搂起，不停地叫着他的名字。

苏疾破涕而笑：“堂邑父，放下我，我的腔骨都快被你勒折了。”

众人遂将苏疾一块儿抬了起来，“呵呵”地叫着，直将他们抬到头人阿巴特面前。

阿巴特即刻离凳而立，双手伸向自己的长凳，笑容满面地说着什么。

苏疾见堂邑父一脸茫然，立即当起通译：“这是阿鹿部落的最高礼遇，请你与他并排坐于他的右边，而且膝头靠着膝头，肩头挨着肩头，表示两人如兄弟一般亲密无间。你不能拒绝，也不能离他而坐。你应该首先点头鞠躬表示感谢，然后紧挨着他贴膝坐下，并碰碰他的腿部。我与这位小伙子，（堂邑父插言：“他叫小梆子，本名突尔梆。”）小梆子虽然受邀，只能呈‘丁’字 形，面对你和头人，侧面而坐。其他人只能迎面而立。

堂邑父依言照做，阿巴特果然非常高兴，叽里咕噜又说了一串。苏疾译道：“堂邑父，你是上天派来的神武大英雄，为我们鄂伦春人除了大害，杀死了吃人的疯虎，还救下了他的弟弟。为此，部落将举行盛大的庆祝晚会，另外，你有什么要求，只要提出来，都会满足于你。包括本族最美丽的姑娘，最贵重的物品。”

堂邑父侧脸而视，这位头人似乎年长于自己，一身罕达犴衣袍，与其他男人毫无二致，只是腰间的刀具比他人略长。粗黑的眉毛下一双圆核大眼充满了笑容，开口说话时总是先碰一下他的膝头。

堂邑父说了三点。第一，将虎皮、熊皮（部落俗规：谁杀大熊，熊皮归谁，并张挂门前，以示夸耀）送与头人；其二，不要姑娘，不要金银貂皮，只需苏疾随他一同离开部落；其三，据小梆子介绍，阿鹿与宝松是互相联盟的友好部落，举行晚会时，能否请宝松部落的头人宝赤德，以及在那里的王兼一同前来？

苏疾将堂邑父的话予以转述，阿巴特又是一通土语。待其说完，苏疾译与堂邑父：头人只接受熊皮，因为他曾杀死过大熊；他不接受虎皮，因为他还没有杀死过老虎。至于让我随你一同离开，他也同意，但得另行举办一次送行晚会，然后派出最优秀的武士，将我们送过兴安岭（当地风俗：客人从哪条路来，仍从哪条路送回，且不容拒绝，此为最高礼遇之一）。关于第三件事情，请大英雄不必操心，他们两个部落互相参加庆典活动，是常有之事。只是如果宝赤德同意王兼一同离开，那么送行晚会就得在宝松部落举行。

堂邑父别无他话，只能再次表示感谢。

一旁，小梆子却乐坏了：“堂叔叔，你有天大的本领，也敌不过当地头人的安排。”

堂邑父发现小梆子一副扬扬得意的样子，一指头戳过去：“小鬼头，算你赢了。”

小梆子早有防备，一蹦跳开：“不是我赢，是那只老虎、那头大熊赢了。不是那两个畜生帮你助威，头人和众人哪能如此服你？”

堂邑父一想也是：“算你说得有点道理。”

阿巴特一脸蒙："苏疾，他们在说什么？为何如此高兴？"

苏疾见堂邑父对小梆子犹似对待由天际，他也不知缘何如此，就编了个谎："他们说头人太热情了。小伙子怪大英雄不该不要鄂伦春人的姑娘，大英雄说，他们都是四处漂泊的人，不能做出惹姑娘伤心的事情。二人便开起了玩笑。"

"哦，原来是这样。大英雄愿替姑娘们着想，我不勉强。我见那小伙子煞是机灵，你问他愿不愿意做鄂伦春的女婿？"

苏疾将头人的话转述给小梆子，小梆子急得连连摇手："不行不行。麻烦苏叔叔转告，家有悍妇，不敢另娶。"

苏疾对头人道："他家中有一个非常厉害的媳妇，倘若晓得他在外另跟他人，找遍草原也要杀了他。"

阿巴特"哈哈"大笑："原来是个怕老婆的小汉子。走吧走吧，先去吃饭。"遂吩咐管家在前带路，自己也起身，做了一个"请"的姿势。

就餐地点倒是不远，在一幢专为招待客人的"餐厅"。餐厅并放着两张长长的条桌，每桌可坐十余人。

阿巴特与堂邑父执手居中坐下，苏疾、小梆子与八名一等勇士挨首分坐两边，每人面前置一木刳酒壶。阿巴特拍了两下巴掌，后面便走出七八名手举托盘的年轻女子，个个身姿婀娜，举止轻盈，从每位餐者左侧递放食物，而后移步退出，再折身返回厨间。

向来粗心的堂邑父，从餐宴中也发现三大特点：一是装食物的所有餐具，均为木制。木碗、木盆、木钵、木勺、木盘、木碟、木杯、木叉等，十分齐全；二是所谓"吃饭"，均为吃肉，见不着一张面饼、一颗粮食，而且没有牛肉，羊肉很少，以狍肉、犴肉、鹿肉、鱼肉为主，另有一些什么肉食，他也没见过；三是吃饭不语，且不硬行劝酒，酒壶里的酒喝完了，自个去酒樽里舀。也不知是什么酒，酒气中散发出酸酸甜甜的味道。

苏疾吃得较慢，在他未曾停止进食之前，一些人尽管食毕，仍端坐不动，直到他示意已经吃好，大家才起身离桌，恭送客人先行，然后方依次而出，热情地打着招呼离开。

阿巴特对堂邑父道："别忘了，今晚夜餐仍在这里，今晚你们就宿在苏疾那里。"

苏疾代答道："苏疾晓得，请头人放心。"

苏疾的住处，在靠北两里地，附近另有二十几家住户。有马厩、有储藏室，亦有"五谷轮回"之所（茅房）。房系新造，散发着浓浓的松木、樟木的香气。大炕也是新盘的，褥子、被子不是狍皮，就是犴皮。堂邑父既为苏疾高兴，又替公羊鸣执伤情。两人因为头人不同，公羊鸣执惨遭不幸，而苏疾却似贵宾，被鄂伦春人呵护。二人说到公羊鸣执，不禁垂泪不止。

小梆子横插道："达纳罕那么不是东西，堂叔叔还后悔杀人太多。苏叔叔您说，那些鳖孙该不该杀？"

"小鬼头，我还没问你呐，你也差点儿成鄂伦春人女婿了，他们说话，你好像一点儿不懂？"

"堂叔叔别取笑我了，我可没有苏叔叔那么有能耐。再说，算上这一回，我才来第三次。第一次，才十七岁，跟我阿爸来，祝贺阿巴特当上新头人，我不懂事，只会看稀奇、凑热闹，头人对我毫无印象。两年后，我为几个皮货商带路，路带到，我便返回。又过了两年，遇到堂叔叔。我阿爸说，堂叔叔这人不简单，肯定是草原上的大侠，仅是那张铁弓，便远非常人所能有，所以就让我死跟。结果，先看到不动一刀，报仇杀人；再看到仅凭三支箭一张铁弓，便了结了大老虎的性命，连我一起还救下三条人命；再就是今天，堂叔叔算是动了刀，却是吓人的一刀，那熊那么粗的脖子那么结实的皮子，也禁不住'拍'的一刀。我看了，那刀太重，我偷试过一次，抡不上几下，便气喘得要死。"

"甭吹了。你还没见到我大哥张骞、我三弟秦自乐的功夫，那才真是了得！"又对苏疾道，"甭看小梆子有些嘴贫，那聪明劲儿、机灵劲儿跟小由天际也差不离。一路上，我还长了不少见识。"

"我早看出来了。"苏疾一笑，又面向小梆子，"多谢了，其实我也挺喜欢你。"

正说着，管家带人带来两床新被褥。一番客气，方才离去。

堂邑父一闻身上，溲味冲鼻，于是道："苏疾，烦你烧一盆温水，我要洗洗——小梆子，你也洗洗。"

是夜，堂邑父与苏疾说了许多的话，并说了今后的打算。先就已知的，与各位兄弟取得联系，然后集中寻找张骞的下落。并想出一个笨办法，每年在噶弘因部落出事的那天，争取到小沙丘守候。在那里，一定会见到张骞大哥。

因为等候宝松部落酋长宝赤德，一直等到十月初一，方才举行庆祝晚会。王兼的变化似乎不大，除了一身罕达犴衣袍和护耳皮帽，依然是那么飘逸、俊朗。乍一见到堂邑父，那种生死离别之情，陡地涌上心头，鼻子一酸，便“呜呜”地哭泣不止。堂邑父抚着他的肩头：“怎么像个孩子似的，快快告诉我，你在宝松部落过得怎样？”

王兼一把抹去眼泪，双臂一展：“你看我过得怎样？虽然比不上苏疾哥哥，倒也没有受冻馁之苦，更比公羊鸣执哥哥强过百倍。达斡尔人没有奴隶一说，从酋长到一般百姓，只看你有没有本领，是不是好汉。”

堂邑父当然了解王兼的底细：“你除了吹箫弄笛，有一点武艺，别的还有什么让人服你？”

“甘父哥哥可别小瞧吹笛弄箫。达斡尔人特爱举行晚会，晚会必跳‘罕伯’舞。‘罕伯’舞旋律优美欢快，歌调幽默风趣，以前只是彼此呼号，我去之后以笛声伴奏，大家跳得更尽兴、更快乐。我的武艺虽不及哥哥，但舞刀弄枪，三五个达斡尔汉子也奈何不了我。另外，我还为不少人治好了病。”

“就你，还给人治病？”堂邑父、苏疾大为惊讶。

“其实也就一种病。”王兼有些不好意思出口，但还是说了，“达斡尔人卫生差，不少人得了那种说不出口的病。孙治瑾孙医官曾经开过治那病的方子，我留意记下了，于是照方找药，就这么回事。”

堂邑父忍不住笑出声来：“好你个王兼！在宝松部落一定又欠下不少风流债了吧？”

小梆子已和王兼混得熟了，一句插过来：“王兼哥哥治的是‘裤裆病’，不若改叫‘裤裆病’先生。”

王兼起身便去追打：“好你个由天际——好你个小梆子，小心你也惹上‘裤裆病’，我才不管你！”

二人笑闹一番，苏疾提议道：“再有几天，我们便将离开这里，不如下去再四处转转？”四人于是鱼贯而出，由北边转起。

是夜，阿鹿部落的庆祝晚会可谓盛况空前。堂邑父自然是大家注目的英雄，四名美丽的鄂伦春女子不由分说，将他拉至篝火中心场地，围着他唱着、叫着、跳着。一会儿，又来了几名女子，将苏疾、王兼、小梆子也拉进场地。

当阿巴特得知小梆子系老梆子的儿子之后，更是处处关照，派专人侍候。又与宝赤德商定，十月初五，在宝松部落举行欢送晚会。

依照要求，十月初三中午，堂邑父、阿巴特一行抵达宝松部落。十月初五这天，天气陡地有变，时见阴云四合，朔风阵阵，雪粒漫漫，飘摇飞舞。但达斡尔人热情丝毫不减，反认为是天降祥瑞。

“罕伯”舞的舞姿果然非常优美。达斡尔的所有年轻女子首先入场。她们穿着挂有银饰、兽骨的盛装，摆手扭肩踢腿之时，发出节奏鲜明的脆响，“丁零”之声，不绝于耳。鼓声梆声跟着发出十分激越的声调，“咚咚咚咚——咚”“梆梆梆梆——梆”“咚梆咚梆——咚咚咚咚——梆”，其声响彻夜空。跳了三圈，姑娘们开始呼号：“嘟嘟索嘟——咪，嗨 嗨”“嘟嘟索嘟嘟——嗨嗨”“嗨哟嗨哟——嗨”“哩啦哩啦——嗨”……此时，不少男人也加入女子之中，跟着一起呼号。又跳了三圈，一位稍微年长的女子便合着节拍现编现唱道：

打虎英雄在现场，个子高得像天将；
不用打听都晓得，人称好汉他姓堂。
今天问你一句话，你的媳妇在何方？
你有媳妇不打紧，叫声堂哥放心上，
没得媳妇吭一声，我就认你当情郎，
长长冬夜暖个身，留个崽崽有念想。
还有那王兼小梆子，真是想杀我小娘，
你们留下当女婿，早已备下温柔房。
下来再来说苏疾，他的本领可不一样，
人间啥话他都懂，啥话都说得很顺畅。
今天有个小要求，悄悄话儿亮一亮？
不要脸红莫害羞，你不好说我来唱……

其时，堂邑父四人正在一旁按节奏击掌，苏疾一句一句地将达斡尔语译了，到了最后，却闭口不言。王兼遂将意思说完，弄得四人都成了大红脸，没想到达斡尔女子这样奔放，对爱情的追求不作任何掩饰。那女子一曲唱毕，立即一窝蜂上来十多名女子，拽起四人上了舞场。

晚会一直闹腾到半夜子时方才收场，各回各家。堂邑父打头，向后一望，不见了王兼，脚步便有些迟疑。苏疾道："他那脾性，你我又不是不知，最后一夜了，咱不用管他。"

因过于兴奋，回到住处，竟无睡意，唯小梆子呵欠连天，先自睡去。堂邑父、苏疾遂又说起公羊鸣执死难之事。追根溯源，皆因卖友求荣的呼日勒，还有赵信城英风客栈的鹰犬财迷胖老二。堂邑父意念一动，顿起杀心，却对苏疾未作任何表露。

直至寅时，二人方和衣而卧。巳时许，王兼偷偷溜回来，堂邑父也不问他，他觉得无趣，讪讪自语道："昨夜散场之后，有人拽我喝酒。"堂邑父不搭话茬，另道："收拾一下，一块儿将那张虎皮送与酋长宝赤德。"

宝赤德倒是未作推辞，显得异常高兴："大英雄赠我的如此大礼，实为达斡尔所有人的光彩。"

一顿午饭，直吃到未时。宝赤德吩咐管家，将一匹白马赠与王兼。这一天，分明是走不成了。

十月七日晨，连带宝松部落三名护送武士，以及阿鹿部落头人阿巴特，一行八人终于起程返回。

八日至阿鹿部落，九日又耽搁了一天，直到十月十日，四名客人，六名武士，方起程向兴安岭进发。

苏疾获赠的是一匹枣红大马。

而几天以来，天气总是老样，雪粒飘飘洒洒，未见停歇，也不下大，只有呼啸的寒风猎猎有声，有时像怪兽的嚎叫，撼人心魂。路上的行人十分稀少，野炊燃薪非常困难，更非常危险，大家只能啃着硬如坚冰的冻肉充饥。堂邑父多次劝武士们回返。武士们总说，头人之令，不能相违；朋友之义，不敢相负。中途返回可以，那就有请四位一同而行，堂邑父只好作罢。

小梆子所担心的杀手，始终没有出现。小梆子似乎忘了，堂邑父也就不提。

六武士一同翻过兴安岭，直送至西山脚下小村，宿了一夜，方才返回。这时已是十月十四，北方早已寒彻大地，人迹罕有，飞鸟尽藏，百兽难见。而且，雪粒渐渐变成了雪花、雪团，被风搅着，如万箭疾舞，使人眼花缭乱，无法睁开；而彤云密布，不可仰视，偶一抬头，又如乍见雪锅倒扣，片云难寻。苏疾、王兼哪曾遭逢草原降雪？昔日长安落雪，静若无声，唯听“沙沙”作响，仰面天空，心情惬意。而在此草原之上，雪花、雪朵、雪团，疾风、旋风、卷风，雪团的碰撞混合着风的厉啸，犹似万千鬼怪，嚣叫而来，令人心悸而却步。

堂邑父仍如在使节队，前导而行。见二人骑进艰难，遂折身大声相嘱：“俯身，侧脸，紧衣，眼瞅马脖！我们须在大量积雪之前，赶到西乌尔特！”

马儿们反倒镇定，它们见惯了草原飞雪的场面，喷着白气，奋力前行。“追风雷”和小梆子的马儿识得路径，在茫茫雪野之中，竟然不出偏差。夜色降临之后，由于白雪的映照，前路仍清晰可辨。堂邑父不敢耽搁，举着火把，连夜趱行，于翌日午后抵达西乌尔特。

堂邑父坚持住在客栈，小梆子犟不过，独自回家。

三人刚刚收拾妥帖，小梆子父子便来相请，说要尽地主之谊。堂邑父倒也痛快，三人便徒步相随。

第二天起得很晏，帐外积雪已至盈尺，而乱雪更加密集，五步之外，唯辨来人身影。接着五天五夜连续如此，帐外积雪，早过三尺。起程之举，已成妄想。

第六天终于放晴，而太阳犹似一坨染黄的面团，柔弱得没有多少活气，反而需要一堆烈火炙烤它。积雪日日原封不动，半月之后，才见上面敷了一层薄翳似的晶体，烨烨闪光。

堂邑父晓得，这样的积雪，得到明年三月才能化开。这也意味着，这半年的时日，得在西乌尔特度过。

这却正合小梆子父子的心意。半年之中，互相交往，犹如兄弟。

转瞬到了翌年三月。三月十六日，是堂邑父三人动身西行的日子，小梆子父子送出百里方折身返回。堂邑父未走原路，而是折向西南，在一个名叫赛音山达[①]的地方，三人分手，各人按原定计划，分别联络其他队员。

堂邑父却去了赵信城。

堂邑父经过一番化装，将左脸涂出一人块黑痣，日暮时分，住进英风客栈。

胖老二还是那么客气：“老客是吃饭，还是住店？这里有一间上等房间，早就为你备着。”说完，就从堂邑父手中接过缰绳，将“追风雷”牵入马厩，上好草料转来，又哈腰道：“客官的坐骑真是难得一见的好马。”

“上等房间？是否去年七月便就备着？”堂邑父暗讽道，“再好的马儿，也经不住一碗‘闷倒驴’的侍候。”

“客官真会说笑。”胖老二尴尬一笑，“客官来赵信城是看朋友，还是做生意？”

“你猜得不错，是有一位老朋友要看，是有一笔生意要做。说不定，还得请店家帮我认一认这位‘朋友’，究竟如何‘招待’他才好。”

“客官又在说笑。你的朋友，我怎么认得？”

堂邑父一掌拍在案儿：“我说你认得，你便认得！”一瞥店门之外又有四条挎刀负弓的汉子牵马而入，便道，“胖老二，又有大宗生意上门了，我这会儿歇歇。”

胖老二先是吓了一跳，心中直犯嘀咕，不知此人是什么来路，怎会晓得他店里备有‘闷倒驴’，说话句句都在找碴儿。继而又来了四名武士模样的汉子，这‘黑痣’大汉又将自己支开，他一时理不清头绪，只好去应酬四名新来的汉子。

堂邑父对这四人却甚是熟悉。在赛音山达，与苏疾、王兼分手的第二天，这几名汉子便出现在他的后面。他当初以为是一伙结伴而行的草原流浪汉，或者为某个王爷办事的武士，一溜六人之多。后来发现，他快，那些人也快；他慢，那些人也慢；他歇息，那些人也歇息。离他总是不远不近，双方面目可辨。

连续两天如此，堂邑父已然明白，这些人跟踪不舍，意在图谋自己。

是达纳罕妹妹派来的杀手到了。

事过半年方才出现，天气是一个原因，杀手要做的准备，是其更重要的因素。

堂邑父不晓得，这些人是左贤王府的武士，抑或重金招来的草原惯匪、职业杀手。无论何种人物，他们都十分忌惮自己，一旦动手，并无必胜的把握。因此，尽管人数占有绝对优势，仍迟迟不敢下手——他们在等待时机。

他与这些人素昧平生，亦无仇怨，他不想主动出击，以霹雳手段杀掉他们。于是决定予以吓阻。

第三日晨，空中飞来一鹰，盘旋俯瞰，寻找猎物。堂邑父取下铁弓，三箭齐发，那鹰即刻摇摇晃晃，如风扫枯叶，落入一处蓝紫色的马兰花丛。他眼睛余光一瞥，那些人迅疾四奔，一下子跑得无影无踪。

堂邑父由此断定，这些人并非王府武士。阏氏为报私仇，无权动用军职人员，只能买凶杀人。

如是王府武士，军令所在，即使面临生死之地，也不会贪生退却。唯有不入末流的杀手或骑痞惯匪，贪得钱财，还想保命享受。

原以为他们会知难而退，不料亦跟至英风客栈。只是不知缘何六人变成了四人。

这四人既是草原骑痞惯匪，那么每人手上必定沾满了无辜之人的鲜血。为了替草原牧民除害，堂邑父决定，先除掉这四名作恶多端的匪徒，而后再找胖老二算账。

其实，堂邑父与这四人并未打过照面，彼此之间并非真就“认识”。双方只是凭行踪断定而已。他支走胖老二之后，便隐身窗前，见那胖老二领着四人进了后面房间。不一会儿，跟随胖老二的杂役退了出来，胖老二单独留下半个时辰之久，方乐颠颠地出了房门。

时已向晚。堂邑父抹了脸，洗了脚，准备就餐。

口渴，却不敢碰那一盂清水。遂靸了鞋，别了四把匕首，踱出客栈大门，去壁间面饼铺买了两块面饼，就着热水吃完，才又踱步回到客栈房间。

刚一坐定，一杂役便端来一盆羊肉汤、一沓面饼奶皮、一壶马奶酒：“不知客官刚才去了何处，羊肉汤都快晾凉了。本店的羊肉素称本城一绝，汤汁尤其可口诱人，且请慢慢享用。”

杂役刚刚退至门外，却被堂邑父叫住:“你看看，这是什么？”堂邑父手持汤勺，里边赫然一只死苍蝇。

“让我看看。”杂役接过汤勺，拈起苍蝇，一下纳入口中，“汤很干净，没有什么。”

这也可算作一个狠角色。堂邑父并不作罢：“算你狠，但羊肉汤你们必须重做！”

“客官既然有此要求，我们也不敢不遵。”那杂役便去端那盆羊肉汤。

却被堂邑父伸手阻住：“你当我不知你们的把戏？端下去，热一热，再端回来，仍然还是那盆汤。这羊肉汤就放这儿，叫你们重做，就得重做，我可以等。再者，让你们胖老二送来。”

那杂役却先去了茅厕，食指往嗓子眼一抠，立刻哇啦哇啦吐了个昏天黑地，这才去了厨房，用清水反复漱口。胖老二见了，劈头便问：“去了许久，当你事已弄成。那人现在怎样？是不是已经了账？我见那人的包袱挺是沉重，你该没动里面的东西吧？”

“甭提了。我看那人挺鬼，是个老江湖。不知为什么，羊肉汤里突然冒出一只死苍蝇，还舀出来让我看。我按店里的规矩，不给他留下讹人的把柄。可是原物不让端走，必须重做一份，而且让你亲自送去。我知‘闷死驴’比‘闷倒驴’厉害十倍，虽是一只苍蝇，也吐得直泛苦水。胖主儿，你可得另外补偿我。”

胖老二顿感棘手，此人一进店门，便句句带刺，而且晓得‘闷倒驴’毒 物，因之已有防备。一边，是四个索命凶神；一边是不肯上当的恶煞，他不知如何应对才是。

思来想去，还是先将这一恶煞对付下来再说。那边的凶神，他收了人家的三百两金子，除了用一百两作了五名杂役的封口费，自己已实落二百两。倘若做翻这尊恶煞，定有更多进项。到时就不必在此替他人卖命，随便跑到哪个部落，后半生做个富翁。再大胆一点，最后连这四名凶神一勺烩了，更是快哉。而后一把火将客栈烧了，带上五个杂役连夜遁逃，找一处做个小头人，更其不错。

胖老二将“闷死驴”药包弄开一针眼窟窿，笼于左手袖中，平端了一盆新做的羊肉汤，去了堂邑父客房，平平放下：“对不起，老客让您久等了。遵您的意，新做了这盆，请慢用。”一双眼睛却睃着那放在床头上的包袱，作势欲走。

堂邑父一把抓住他的右手：“老朋友了，就请坐下，陪我喝酒吃肉——店主放心，坏了的案儿，我会照价赔你。”

胖老二曾学过一点拳脚功夫，右手运力一挣，反被钳得更紧，无奈只得坐下。

堂邑父舀了一碗汤，倒了一碗酒，放到胖老二面前：“你先把它们都喝下去。”

这胖老二下毒手法甚是特别。每下毒，必视对手的情形和所要的结果而定。如欲活捉，即用“闷倒驴”，如要索命，即用“闷死驴”。对方若是粗率青皮，则提前下药；对手是刁钻人物老江湖，则于隐蔽之中寻机下药。无论何种办法，从不在酒中下药，而将酒称为“解疑物”——可当着对手之面，主动试饮，以解其疑。

见这铁塔恶煞弄来一汤一酒，胖老二并不惧怯，将汤喝尽，将酒饮完。然后装作礼让之式，左手暗中向羊汤一抖，双手平移，托着盆腰，向堂邑父推去：“老客失陪，我还有其他客人需要侍候。您用完了，不用管它，自会有人前来收拾。”

堂邑父却一把将其薅住：“人常说好事成双，再喝完一碗肉汤，我就再不留你。”

“客官勿怪我不识抬举。我也是刚刚用毕晚膳，已经喝下一碗，再来一碗，肚子非被撑破不可。”

“我看未必。一次能吃掉二十只肥羊，又何在乎一碗羊肉汤？”堂邑父改变了主意，决定先做掉这几个贼人，再对付那四名贼匪。

“客官的话让人摸不着头脑。但这碗汤我实在喝不下去。”

堂邑父一把攥住胖老二左臂，用力一捏。

胖老二吃痛不过，掉出一只丝织小包。堂邑父伸出两指，将其夹住：“老实讲，这是什么？”举起一看，见有一极小窟窿，轻轻一抖，落下些许褐色粉末，“胖老二，你不会说这是肉汤佐料吧？”

胖老二见事情败露，索性死撑不语，右手悄悄摸向腰间匕首。

不料堂邑父一脚踢折他的膝盖，胖老二顿时痛入骨髓，圪蹴下去，匕首随即“当啷”一声掉在地上。堂邑父伸出足尖，将其拨开：“找死！”又一把将其提溜起来，“将你那几个杂役伙计都叫进来，就说事已办妥，快来拾掇。都来了，将事说明，或可饶你不死！”

胖老二心中暗喜，恶煞此话，正中下怀。他正寻计，求得帮手，不料凭空掉下机会。想这恶煞纵有三头六臂，也架不住六人攻杀，于是向着灶间，打了一声长长的呼哨。

“让你叫人，为何打起呼哨？你敢弄鬼，小心狗命！”

“这是我们叫人的暗语。如公开一一呼唤名字，便会惊动其他客人。”

堂邑父见其如此顺从，哪里肯信？遂提高警觉，暗做准备："暂且信你一回。"

且说灶间那几个邪祟，工乍起耳朵，听正主儿的消息，忽然传来一声长长的呼哨。众鬼知事有不谐，先行杂役舀了一盆沸水端起，后面诸人绰起带刃铁制火钳火钻，直奔而来。

堂邑父早已撕下胖老二一件衣服，塞实了他的嘴巴，绑牢了他的双手。将原来的羊肉汤倒在门口，一掌拍碎陶盆，选了七八片陶片，分手拿了，单等一众小鬼。

那端开水的杂役左脚刚一踏进门里，冷不防脚底一滑，一跤栽倒，一盆开水悉数倒在自己的双膝双足，一声"哎哟"还未叫出声，脖子已被一脚踩断，脑袋滴溜到一旁。后边的人不明就里，当他不小心出了岔子，两人躬身便去搀扶，另两人挤进门，张目去寻对头。

间不容发之际，堂邑父闪电般掷出数枚陶片，后二人"扑通扑通"连声倒下，前二人挺身正自惊愕，眼前倏地飞来几片黑影，伸手刚去触摸，却已颓然委顿于地。

胖老二见这恶煞不用刀剑，仅以陶片瞬间杀掉五人，顿时吓得昏晕过去。

堂邑父将那些杀人"灶具"归在一处，拔掉胖老二口中堵物，拍拍他的脸颊："嗨，胖老二，我与你今世无冤，前世无仇，你缘何设计下毒害我？害我不成，又唤来帮凶杀我？"

"你若放我一条生路，我便告知于你。"

"谁知你会说些什么，够不够放你一条生路？"

强烈的求生欲望，使胖老二不得不服软："不是我要杀你，是后面房间里那四个人要杀你。我说，你们杀他关我何事，要杀别处杀去，甭把店里弄得一股血腥气，何况你们四人，难道怕他一人？其中一个头人模样的说道，我们为什么不亲自动手，用不着告诉你，但我们已打探清楚，你们帮人杀人，并非两次三次，如若不应下此事，即刻叫这里化为灰烬。我说我是大单于的人，谁敢！那头人龇牙道，我们是草原上的'托力达'，有什么不敢？于是我只得应承下来。"

"就这么简单？这样的谎话，你自己信吗？"

"此外，他们还给了三百两金子，答应事成之后，再给三百两。"胖老二嗫嚅道。

"你以为，三百两金子，便可以买回你一条性命？你的命也太不值钱了吧？"堂邑父想到以后西行，路费所需不菲，对这不义之财，取之何妨？能多弄点儿，就该多弄，“将你藏钱的地方告知予我，事情便可商量。当然，你也可以不说，那也只不过让我多费一点工夫而已。”

胖老二哭丧了脸，说了藏钱的地方，拖起一条残腿，道：“客官，我可以走了吧？”

“想走？可没那么容易。”堂邑父撕下脸上的黑痣，“看看我是谁，还记得吗？”胖老二瞅了瞅，又摇摇头：“好像在哪里见过。英风客栈南来北往的人太多，记不清楚。”

“我给你提个醒，去年七月，你用‘闷倒驴’在羊肉汤里下迷药，一次捉拿汉朝使节二十来人，这些人现在死的死，散的散，你说这笔账怎么算——你甭跟我提什么呼日勒，什么狗屁黄金虎皮绢！呼日勒的账我自会找他算。现在只说你自己。这羊肉汤还热着，是你自己喝下去呢，还是让我侍候着，捏住你的鼻子，让我往进灌？”

胖老二自知生还无望，双眼垂泪道：“我作孽太多，实应该死。好汉能告诉我，你叫什么名字吗？”

“我乃大汉朝堂堂使节队副使堂邑父。凡对我大汉使节作孽之人，管他什么王爷、土司、头人，一律格杀勿论。当然，凡对我使节予以关照之人，我可以为其杀熊驱虎，拼却性命而不惜！”

“能死在汉使副使之手，我亦值矣。烦请堂副使将匕首与我。”堂邑父拾起地上的匕首，递与胖老二。胖老二双眼一闭，双手用力，将匕首刺入左胸。

堂邑父取出钱财，牵出“追风雷”，又将其他马儿缰绳割断，接着去厨间找了七八根啃光的羊肋骨，一一削尖，攥于左手，右手捞起一根肥排，一边啃着，一脚踢开四名杀手房间，吐掉口中羊肉：“你们四个脓包，大概知我堂邑父之名，琅艾王爷的英雄大会，我是第一；阿鹿部落，我独杀猛虎；宝松部落，我一刀剁下熊头。你们怕我，又贪阏氏的赏钱，追我千里，不敢动手，到此使用下三烂的手段，实在枉为草原土匪‘托力达’。尔等四处作恶，命归于此，亦是应该。”

四匪大惊之下，又心生侥幸，见来者只啃羊骨并无武器，其一人强撑道：“什么阏氏？达纳罕吹牛，其妹不过是左贤王末等王妃。既然王妃重金雇用我等，就休怕——”一个“他”字尚未说完，喉间已中羊骨，人已了账，另三人吓得犹似傻子，羊骨纷飞之际，亦纷纷倒毙。堂邑父拍拍手："也算是惯匪了，怎的就这么不禁杀。"燃起两根火把向被子上一扔，将匪人钱财一卷，而后出来向其他客人大叫道："英风客栈'亮灯'[②]了，大家赶快逃命！"骑上"追风雷"，顷刻之间，跑得无影无踪。

这真是：

英雄西来，驭追风宝马，
踏兴安雪浪，望队友天涯，
杀虎诛熊，胆气独步，让人惊杀。
英风客栈，旧客识仇，悍恶尽扫，
羊骨片缶[③]，书一段侠义佳话。

下回将讲到张骞与堂邑父聚首故事，请读友们予以关注。

**注释：**

①赛音山达：地名，在今蒙古国东南方向，内蒙古浑普达克沙地西北角接壤处。

②亮灯：即汉语"走水"，指失火。

③缶（fǒu）：陶制瓦器。

# 第五十六回 绝命地双雄相聚首 小沙丘凭吊众英灵

汉武帝元光三年（前 132）六月二十一日，张骞吃罢早饭，关好房门，正将羊舍打开，“花豹”却“踢踏踢踏”跑过来，拱拱他的肩头，开始“嘶嘶”鸣叫。

张骞晓得，有客人来了。

论起这匹“花豹”，原系五公主一气之下，故意留给他的病马，经张骞一番细心调治，而今已成一匹健马。“花豹”虽是哑畜，却知感恩，自此与张骞形影不离。每次听到张骞的语声、脚步声，必停食草料，抬头乍耳，认真谛听。且极聪明，但凡有人前来，远远便可辨识敌友。如是敌骑，则作狂嘶状；如是友骑，则拱怀以告。

塔丽版宓赤本欲作践张骞，不料送来的是一匹良马、智马。

张骞遂又掩上羊舍门扉，折身随“花豹”来到院坎。向坡下一望，原来头人巴桑领着左卫士长呼力泰来了，离此尚有一百余丈。

这却让人颇费猜疑。须臾不离托力鲁王府的呼力泰，只身独骑来此干什么？张骞想，莫非王府又遇上了什么战事、匪事，令他前去卖力？正自琢磨，以何托词摆脱战事之祸，二人已到面前。张骞不得不笑脸相迎：“大热天气，左卫士长仍不辞辛劳，光临敝舍，可真是稀客。还有巴颜头人，本就有恙在身，还时时照拂于我，令人着实感动。”

“你张骞少跟我客套。你与我，谁不晓得谁的底细？听说你菜园里栽了不少黄瓜，快去摘上一些。一路之上，把人都渴死了！”呼力泰一直将张骞当作朋友，说话直截了当，不讲客气。

巴颜大张着嘴巴喘气：“你当我爬坡有瘾，是不是？不是王爷有令，我才不稀罕你的黄瓜。”

话是这样，当张骞用衣襟兜来七八根黄瓜时，巴颜伸手便取了一根长的。

二人随张骞进屋，巴颜前后一看，惊叫道：“怎么不见阿果拉芒娃？她干什么去了？王爷有令，命你二人立刻动身，随左卫士长去王府面见王爷，这可咋办？”

张骞放下心来，问呼力泰究竟怎么回事。

“我也不晓得怎么回事。见了面，不就明白了？”呼力泰喝了口黄瓜叶茶水，故意将话题转移，“我发现张骞你这人办法真多，将黄瓜叶子当茶，也只有你想得出来。”接着，又说了句十分隐晦的话，“我猜，王爷大概是想你们了吧。”

这个老色鬼，仍然念念不忘阿果那美艳的容貌，以及那凝脂般的胴体。托力鲁想干什么，他已猜中七八。遂不再追问，向二人打起哈哈，大谈茶经：“在我的家乡城固，茶的种类极多。按叶片分，有毛尖细茶，有普通粗茶。毛尖细茶皆为两叶一芽，沸水冲泡，芽尖向上而立，故而又可称其为‘芽茶’。芽茶碧绿、香气四溢，饮之回甘，其价非常昂贵。普通农家，喝普通粗茶。粗茶是在茶尖采过之后，再行复采，所以又称为二道茶；又因冲泡之后叶片舒展似足，故戏称其为‘大脚片’。按采茶人分，有女儿茶、健妇茶。凡采茶者，采茶前必浴体净手，换装洁衣。未出阁的姑娘所采之茶，曰‘女儿茶’，茶癖之人一嗅便知。并有俗规，病妇不上山，上山不解溲，健妇所采之茶一律叫‘香茶’。按季节分，有春茶、夏茶、秋茶。以春茶最为尊贵，春茶又可分为雨前茶和雨后茶。所谓雨前茶，就是春天第一场雨之前所采之茶。如果是雨前毛尖女儿茶，可以卖到天价。倘若将茶叶与黄芪、五味子、白术等药物相浸泡，则称其为‘药茶’。农人为祛火解暑，往往将荷叶荷茎晒干作茶，我们又将其叫作‘荷叶茶’。此处无荷，又欲解暑，故以黄瓜叶及嫩茎代之。”

二人起初为见不着阿果拉芒娃而焦急，继而听到张骞大篇的茶经，又感到很是奇妙。张骞说完茶事，便去弄饭：“左卫士长，你第一次来到这里，你是贵客、稀客，你好赖给个面子，吃顿便饭再走。”又对巴颜道，“巴颜头人，你是小黄山的主人，你得帮我把客留住。”一句话，将巴颜想说的话堵了回去。

呼力泰婉拒道：“我已在巴颜那里吃过早饭，我看这次就——”

“我看这次就喝碗酒吧。”张骞抢先转过话头。巴颜的话被堵，只好应声道：“那就简单点。”

此时，又听“花豹”在外嘶嘶鸣叫，张骞移步，准备出门，却被巴颜一挡：“是索日力。我让他来的，替你放羊。”话音甫落，索日力已在屋外叫道：“张大哥，我又给你尽义务来了。”

“索兄弟，你先进来，陪两位贵客喝碗酒再说。”

索日力进门，打过招呼，说了句：“我去帮厨。”便进了灶间。

“我见这两人神秘兮兮的，张大哥，他们找你干什么？”

“老色鬼又想起阿果拉芒娃，要我们一块儿去见老色鬼。”

“可阿果拉芒娃已被你放走，和突阿贺的年轻头人勒古台远走高飞，这可咋办？没料到，托力鲁这么快就反悔，想把她重新‘轴’回去！”

“你说什么？重新‘轴’回去？”

“张大哥，你不懂匈奴人的一些规矩。当一个男人通过‘轴婚’形式，将自己的女人送给‘轴友’之后，如果中途反悔，可以用同样的方式，将其‘轴’回去，原来的‘轴友’不能拒绝。托力鲁要你一同去王府，明显就是这意思。”

“你忘了，我曾与你说过的话？‘托力达’！”

“忘是没忘，可王爷能信？”

“这个，我自有回话。何况呼力泰在都嘎部落和我一同对付过‘托力达’。你只需记住一条，谁问你什么话，你都说不晓得。这可关乎突阿贺人和我的安危，千万别说漏嘴。”

“张大哥你放心，这装聋作哑之事，不学也会。”

果然，喝酒期间，巴颜几次反复套问，索日力都以住得远，不清楚搪塞过去。并开起玩笑:“张大哥虽然为人大度,但对别人老惦记他的媳妇,心里怕也很不痛快。何况，阿果拉芒娃是那么美丽动人，哪个男人见了都直流口水。”

呼力泰则道：“今天这里没有外人，张骞，你实话告诉我等，阿果拉芒娃到底去哪里了？如若你一个人找不出来，你指个地方，我们大家帮你！她又是因为什么原因，离开了这里？如是偷偷溜走，我可以派人去突阿贺部落暗查；若是与人私奔，你就告诉我那男人是谁，如果被人掠走，总该留下蛛丝马迹。否则，你我都无法向王爷交代。”

“左卫士长，你我也算是共过生死的朋友了。我身为奴隶，自知不可高攀，但此事决不会连累于你。关于阿果拉芒娃的丢失，原因比较复杂，在这里一句两句说不明白，我自会向王爷解释清楚，要打要骂要罚，自然由我一人担着。届时，不会让巴颜头人担负失察之责，更不会让左卫士长承担调查不力之责。”回头又对索日力道，“又得麻烦你替我看护羊群了。我随左卫士长走了，桌上的残汤剩菜，还是由你替我收拾一下。”说罢出门，跨上“花豹”，随呼力泰而去。

呼力泰瞅了一下张骞坐骑：“张骞，这就是五公主给你留下的那匹驽马？这也太叫人不敢相信这是真的！你用的什么法子，使它变成了一匹骏马？”

“准确地说，这马原来并非驽马，而是一匹病马。你对我的过去大概也有些了解，我在大汉当过一段时日的司御，对如何对付马儿的常见病，多少晓得一些皮毛，后来在使节队，又遇上一个满腹马经的陈尚斗，在他那里又学到治疗马病的技艺。我这匹‘花豹’，只不过肚里长了虫子，把虫子一打掉，马儿便很快恢复了健康，现在它已经与我亲如兄弟，只不过还缺乏战阵的经验。”于是又开始说起马经。

路过头人府，巴颜要一同去王府。张骞猜知他想什么，于是道：“巴颜头人，你应该信我，说没你什么事，就一定没什么事。你晓得，我从来不诿过于人。”

张骞、呼力泰二人不再耽搁，一路疾行，掌灯时分，到了王府。按照惯例，张骞去卫士营歇息，呼力泰稍作整理，去了王府牛皮大帐。

这托力鲁虽鬓发苍然，满脸皱纹，且腰显佝偻，但一见呼力泰，立即两眼放光：“他们都来了？快快让他们进帐，不必在外等候。”

“禀王爷，只来了张骞一人。”

“怎么，阿果拉芒娃病了？还是她不肯来？抑或是张骞不想让她来，可张骞他敢吗？”

“王爷，您还是亲自问张骞吧。”呼力泰不想身陷此类事件之中。

“你叫张骞过来，立刻！”

张骞礼毕，挺身而立：“王爷好，王爷安康！”

托力鲁也不让座，双手扶案，直盯张骞：“老实说说，阿果拉芒娃究竟怎么回事？”

“启禀王爷，此事说来话长，容我从头说起。”张骞显出一副十分委屈和无可奈何的样子，“自我与阿果拉芒娃‘轴婚’之后，就没有一天安宁过。每天早晚，都有一些不三不四的人出现在牛潭谷周围。常言道，人上一百，种种色色。这些人中，有的是为了一睹阿果拉芒娃的美丽，有的人纯粹是别有用心。草原上说什么的都有，总归一句话，王爷不该把这么美丽的女人，送给我这样的汉人奴隶，尽管我为王爷做过一些事情，王爷也只可以找一个一般匈奴女子作奖励，而不能将如此美艳的女人相与。有的放言道，倘若能跟王爷睡过的女人睡上一次，死了也值。我张骞纵然有点儿功夫，别人不敢明目张胆上门滋事，但明枪易躲、暗箭难防，我那里又非王府这般戒备森严。我要顾及两个人的生活开销，不能委屈阿果拉芒娃，所以我得加倍劳作，以不辜负王爷您的格外眷顾。我总不能整天把她拴在裤腰带上！日子一长，便被敌人钻了空子。”

“敌人？什么敌人？我怎么从来没有听人说过？”托力鲁有些吃惊。

“王爷可曾记得，我在都嘎部落斗杀土匪‘托力达’一事？”

“这当然不会忘记。你若无此功，本王爷也不能给你那么多奖励，也不会放你去小黄山独自放牧。难道‘托力达’与阿果拉芒娃有甚干连？”

“不是有甚干连，而是遭‘托力达’残匪报复。我有王爷所赐美妇的消息，在草原上像刮风一样，越传越远，终于被‘托力达’残匪探知，他们不敢明刀明枪，实施抢掠，只在暗中窥伺。此等情况，我哪里晓得？本月初八那天，阿果拉芒娃身上来红，在家歇息，我独自一人，去西边放牧。因为放心不下，每隔一个时辰，都要回去看看。那天也合当出事，晌午时分，我正吃罢干粮，前边不远处突然出现两只黄羊。当时我想，以我的功力，猎得一只应该不是难事。那么，我猎得一只，就可为王爷省下一只肥羊，倘能猎上两只，那就省下两只肥羊。到手的便宜不捡，岂不是傻子？一个石子扔去，一只黄羊负伤倒地，另一只见事不妙，折身窜逃，追至林子已不见踪影。搜寻一阵无果，只好回转。走出林子一看，太阳已经偏西。

这时猛地想到家中尚有娇妻，匆匆骑马赶回，远远望见两个土匪正欲举火烧房，我大喝一声疾奔上去，那两匪见势不妙，扔掉火把，即向后山密林之中遁去，其身手之矫健，在匪类中可谓出类拔萃。我追入林中，既要寻找匪人足迹，又要防备匪人暗算，寻至日暮，又想起尚未归圈的羊群，这才作罢。回到屋内，只见墙上匆忙之间用尖木刻下的一行字迹。”

“字迹？上面什么意思？”

“字迹不甚清晰，仔细辨认方知，系‘借托力鲁、张骞女人一用，托力达’一十三字。如果所猜准确，这里有三层意思。”

“呃，说说看。”

“这第一，是对王爷您的报复；第二，是对我的威胁；第三，土匪可以尽情享受美妇的滋味。”张骞装作惊怕的样子，继续道，“见阿果拉芒娃被匪人掠走，我当时便吓瘫了。我不是怕土匪暗算，而是怕无法向王爷交代。再说，阿果拉芒娃的美妙也叫人时时想念，即便她是个灾星，我也认了。我正准备告知王爷，明日动身前去寻她，不料王爷唤我前来相见，我也正好恳请王爷，让我去寻找那拨残匪。一方面找回阿果拉芒娃，一方面将那些残匪彻底消灭，为王爷出了这口恶气。即使一时寻不着匪踪，只要尽了最大的努力，心中也多少得到一点安慰。王爷，您能放我出去吗？”

为了阿果拉芒娃与勒古台这对恋人的幸福，从不说谎的张骞，却在这个老色鬼面前撒了个弥天大谎。有情节，有细节，有呼应，有因果，使人听了不由不信。而且，其中暗含了另一计划，本月二十六日夜，是使节队在噶弘因部落遭袭七周年的日子。七周年了，他无论如何得去祭拜那些亡故的兄弟，如能借寻找阿果拉芒娃的时机去小沙丘，岂不正好！

“原来如此，这不怪你。”托力鲁失望中有些祈盼，“草原之广，无人能够走遍，‘托力达’又是一帮四处流窜的匪徒，只怕你得知消息赶去，匪徒又去了别处。这样吧，我准你半个月，找着找不着，你都必须按时回来。”又向前一探身体，“你虽是奴隶，却又是我的‘轴友’，你跟我说说私房话，阿果有何妙处，让你也‘时时想念’？”

张骞没有料到，自己的随口一说，却引起老色鬼的关注。他明白托力鲁想听什么，可他与阿果拉芒娃从无肌肤之亲，这“妙处”从何说起？他只能凭空想象，予以夸大：“这床第之事，实在难以启齿。我只能以三个字形容：色、贪、狠。色，就是一看到她的美色，就不由得心旌荡漾，想纵身求欢。贪，即贪得无厌，令人心生胆怯。只要是没见红的日子，她非要得到满足，才肯罢休。狠，她根本不知如何心疼男人，只顾自己的欢悦，即便铁打的男人，也架不住虎狼般的刮骨吸髓。所以，倘若将其找回，王爷您还是重新‘轴’回来算了。王爷的身体棒得没话说，肯定有办法应付她。”

托力鲁拈须一笑：“好了，明天你仍回小黄山。什么时候动身，日子你自己定，临行之前，向巴颜打个招呼。这事我不便派人相助，一切你好自为之。”一挥手，目送张骞出帐。

张骞出帐，未作停留，连夜赶回小黄山牛潭谷。

一路夜风，倒很惬意。天上繁星点点，地上林影幢幢，草原上的飞虫带着闪闪磷光，时东时西时前时后，四处窜游。拢屋时，恰见半空现出一片月牙儿，二十一二三，月出半夜间，正是子时刚过。张骞草草收拾之后，倒头便睡。

第二天早晨，索日力赶来，见张骞在家，大吃一惊：“什么事这么着急，让你连夜赶回？”

“索日力，你我虽未结义，其实彼此早已是兄弟情谊，我也不必瞒你，此次借‘寻找’阿果拉芒娃的机会，我要远行去噶弘因部落，完成三件大事。第一件，与我的义弟秦自乐相聚；第二件，祭奠使节队那些遇难的兄弟；第三件，清算绿眼土司特鲁乌达的匪行，做最后的了断。如若顺利，十天之内便可回来；如若途中有碍，最多也就半月。路径我早已掌握，从这里出发，缘北山南边，疏勒河北岸，约八百余里，便到噶弘因部落。据我观察‘花豹’的体力，两天多即可。但我得留下一天的缓冲时间，所以二十四日早晨就得出发。今天二十二日，准备时日只有两天。另外，我离开这段日子，菜园里的那些瓜果，你每天都须浇水采摘，拿回家去，替我享用。那些玩意儿，见天就老，一老便啥用也没有。二十四日早晨，你安心在家，无须相送。好了，今日就算告别。午后如果得空，请你两位哥哥同来聚聚。”

张骞之语，其意也真，其情也切，索日力高兴而去。

二十四日凌晨，索日力三兄弟早早地来到窑洞外院，张骞已然出发。三人嗟叹良久，方各干各事。

趁早晨凉爽，张骞一路疾行，至东山日出，已走出八十里地。为使马儿少歇，遂缓辔而行。时有山丹花儿，鲜红灼眼，娇羞艳丽。各色蝴蝶，上下翩飞，而大小黄蜂，嗡嗡喧闹，弄出许多声响。头顶蓝天，亚似穹庐，洁若碧潭，似可作镜。张骞乍然觉得，草原的辽远雄阔，使人不由得豪气顿生，欲以长歌歌之。若非残酷的虐杀与战争，使宁静的庄园和草原漂起浓重的血腥气味，草原的美丽，当是人生最纯净的记忆。

然而，此次却是一次痛感之行。

机缘凑巧，二十五日夜间，张骞借宿之处，恰巧是秦自乐曾经待过的帐篷。

时老突已经亡故，汉人奴隶老赵虽不到花甲之龄，已是风烛残年，丧失放牧能力，视力更其模糊，全仗两个年轻新奴维持性命。张骞选择这样的地方借宿，也是为了方便打探消息，谁知误投误撞，正是秦自乐为奴的住处。且老赵又系汉人，两个年轻奴隶也是汉俘，让很久没有说过汉话的张骞有了意外的惊喜。

虽然张骞时年四十三岁，他仍尊称老赵为赵伯：“老伯，就您所知，小秦——秦自乐受土司‘拖骨’之刑，被何人所救？”

老赵连咳几声才道：“小秦这孩子为人爽直，心气高，武功亦令人佩服，曾生擒活狼以证我等之冤，气得刀疤脸头人格楞奇无话可说。大概不到半月，便以草原鼠为粮，谋划逃跑，说要去寻找他的大哥。可惜他在林中迷路，转来转去，出了林子，又回到了原处。那格楞奇发现不见了小秦，立刻报告了土司，也不知刀疤脸向土司说了些什么，特鲁乌达率十余武士在林外守候了两天，又饿又乏的小秦一出林子便遭擒获。土司大怒之下，当即施以‘拖骨’酷刑。”说到此处，老赵又开始气喘。

张骞赶快端了热水，扶其饮下，又轻拍其背。老赵喘息稍停，续道：“土司府里的人后来久候没见特鲁乌达回来，刀疤脸这才急了，领着一干武士顺‘拖骨’方向寻找，在离此三十里远的地方，发现打斗痕迹，挖开一堆新土，发现特鲁乌达的喉管被飞来的匕首切断，而原来独居此处的草原艺人达力诺、卡帖娜父女已经远遁，不知去向。那刀疤脸格楞奇乘机当起了大头人，土司府里的财产、女人全都归其名下。可谁知好景不长，第三年秋天八月初一的傍晚，小秦突然来到噶弘因，连杀十余名武士，并以‘掩骨’之法将刀疤脸弄死。”老赵说得高兴，竟没再气喘，“这还没完，二十天后，那些曾经参与小沙丘杀人越货的土匪，又有十余家遭到灭门报应。弄得其余的骑痞无不提心吊胆，人人自危。有的为了避祸，索性举家逃离，也不知去了什么地方。后来，连带因突部落里的那些骑痞，也惊慌不安，不知何日煞神降临。张骞，你是使节队的正使，一定得为死难的使节队员报仇雪恨！”

“不瞒老伯和在座的兄弟，我来此正有此意。不料我三弟提前做了许多。但冤有头，债有主，我得确认谁是残害无辜的骑痞，方可下手。我从来不许随便伤人，但对杀人不眨眼的恶匪，决不容情。小沙丘使节队遭袭一事，小处说，是使节队之仇；大处看，实为国仇。国仇乃大仇，大仇不报，何为国人？但欲报国仇，应从大处着眼，骑痞土匪该杀，而富国强军，联合友邦共灭敌国，更是大谋大计。匈奴灭亡之日，尔等奴隶之身也就自解。”

老赵兴奋起来：“如果真有那么一天，那该多好！”瞬间又低了声音，“匈奴国土宽广，兵强马壮，从高帝（刘邦）以来，六十多年了，汉军也从来没打过像样的大胜仗。”

“此一时，彼一时，而今的大汉皇帝，虽然年轻，却有雄才大略、深谋远虑之举，且现在国富民强，文景之治，已显效力。我等使节有此西域之行，足证吾皇非凡谋断之决心。依我所见，假以时日，匈奴必灭于吾皇之手。因此，我使节队虽遭重创，但有秦自乐、堂邑父等一众英雄相助，吾皇之西行沟通之计，亦定必完成。”

一番言语，使老赵等人备受鼓舞。俩年轻奴隶主动提出，暗查骑痞余孽，并参加明晚凭吊死难英灵之行。

俩年轻人热情可嘉，但因涉世不深，不知此举之险。张骞不便点明，他因而予以婉拒，并反复相嘱，他来此处借宿之事，不可向任何人透露，以免给他们引来意外之祸。

翌日绝早，张骞便离开此地，去别处转悠，另行打探噶弘因的近况。不料刚到一处牧民家庭附近，便听到激烈的打斗之声。张骞纵马走近一瞧，原来是一牧民汉子，正和土司府里两名武士以命相搏，并大声怒骂：“你们这帮活土匪，现在只会窝里斗，欺负自家人，咋不跟土司、刀疤脸一块儿死去！”其中一高个武士嬉皮笑脸道：“正因为是自家人，才不下手杀你。只不过向你收点保护费，再借你女人一用，咋就这么不开眼？今日你把钱缴了，再让你的女人跟我们去快活快活，万事皆休。否则，三招之内卸掉你一只胳膊，你信不信？”

“呵，土司府里的武士，光天化日之下欺侮牧民，真是不知羞耻！你们不是要卸掉他一只胳膊吗？你们卸一个让我看看！”见他们步战，张骞亦一跃下马。

“裤裆没关严，怎的蹦出一只闲鸟？”大个子向另一武士递了个眼色，“这只‘鸟儿’既然不想活了，不如将他做碗‘菜’试试？”二人当即动手，前后夹攻，频下狠招。

张骞初始担心被人认出，一想事过七年，敌手何曾料到他会突然出现？想到许多队员惨死于这些恶匪之手，而今他们连部落里的牧民都不放过，良心如此泯灭，真是不可救药！张骞杀心顿起，更不答应，重剑挥处，先是格飞高个武士的腰刀，腰刀带着“嗡嗡”之声尚在半空，矮个武士的腰刀又被重剑一撞，竟向自己的大腿划去，矮个不得不弃刀跳开。张骞哪容他躲避，剑柄顺势一磕，击中矮个后脑，“扑通”一声，倒地不起。高个武士见势不妙，飞步跨马欲逃，张骞已一跃挡住。高个武士仗恃身高，双拳直袭张骞面门，张骞恰好剑刃一举，双拳齐腕被切。见其惨痛，张骞重力一掌，向其左胸拍去，高个武士轰然倒地，再无声息。再看矮个武士，也已口吐血沫，双眼紧闭。

那牧民在一旁惊呆了，好一会儿才缓过神来，向帐内叫一声，一位美妇应声而出，牧民汉子拉着她，一齐在张骞面前跪下：“多谢壮士出手相救，否则，今日将受断臂掠妻之辱！”那美妇却道：“张大使果然大义凛然，让民妇敬佩之至！不知张大使此来何事？”

张骞大为惊奇：“你认识我？”

“七年前，我十三岁，随我阿爸去土司府，那天恰逢你们被土司绑缚场外，土司为报仇要杀掉你的五个兄弟，是你自暴身份，救下他们。你舍身赴死的大义之举，令我阿爸极为佩服，我亦终生难忘。此事莫说才过七年，即就再过几个七年，我也认得！”

“你说得不错，我正是大汉使节队正使张骞。不知二位夫妇高姓大名，怎样称呼？”

“我叫索琪娜，他叫嘎猛。我见他是条汉子，两年前嫁给了他。”女子倒很镇定，“张大使，这人头与马儿归你处置，尸身我们将它远远地埋了，你看可好！”

“为避嫌疑，马儿我牵走。至于这两个土匪，人既已死，还是给他们一个全尸吧。”张骞上马，绰起大个子尸身，“嘎猛兄弟，去哪里？”

“东边五里远的地方有一处极深的泥淖，不用动手，往那里一撂即可。”嘎猛绰起另一具尸体。

这时却听索琪娜说道：“张大使，你跟往年那位匈奴大汉不一样。连续两年了，他每年也是这几天来到噶弘因。一来便要杀掉十来名土匪，晚上提着一串人头去了小沙丘。今年不知为什么，到现在没有他的动静。那些土匪武士胆大起来，开始为非作歹，哪知遇上了张大使，活该他们倒霉！”

张骞听了，猛地停下：“索琪娜，你说什么？有个匈奴大汉也是每年这时来此？”他在老赵处听到此事时，还以为是秦自乐所为，现在听这女子一说，原来是二弟堂邑父。而且，从杀人的手法看，也应该是甘父。那么秦自乐杀了刀疤脸之后，又去了哪里呢？还有，有没有其他队员来过？

一切，今晚便可见分晓，他有些急切地盼着天黑。

“张大使，我怎会诓你？不信你问嘎猛，他亲眼见过，土匪一旦被他盯上，就休想逃脱。一弓三箭，箭箭穿胸，百丈之外，如探囊取物。三五名悍匪，根本不是对手。我想问你呢，使节队里，有没有这号人物？”

嘎猛接着媳妇的话头，将堂邑父的武艺大加夸赞。

“不瞒二位，他是我的二弟堂邑父。他的家乡还在嘎顺诺尔，到此一千余里，我们已经七年没见面了！”

“那么，杀死头人刀疤脸格楞奇，以及土司府十余名武士的年轻汉人，又是使节队的什么人？”

“他是我的三弟秦自乐，善使短枪，百发百中。他和堂邑父均为使节队副使。自那之后，秦自乐可曾再次来过？”

“不曾来过。不过，以他的本领，当不会有事。达力诺、卡帖娜舍命救他，或许他也爱上了卡帖娜，做了达力诺的女婿，不知在什么地方快活呢。这个卡帖娜，真是好运气。”索琪娜说着，不由得有些羡慕。

“谢谢你们，让我晓得了二弟、三弟的消息。”张骞拨转马头，随嘎猛去了东边。

二人转来，索琪娜正在弄饭，不由分说，将“花豹”系上马桩，又抱来许多草料，端来一盆饮水。并嘱丈夫：“嘎猛，你陪张大使在外面转转，可别让他走了。”

嘎猛家的帐篷基本上可算作独户，最近的邻居尚在三里之外。这里背靠小山，山上有林；前有小河，潭中有鱼，鱼不大，长不过三寸，背鳍麻黑而腹部雪白。左右两边，略带倾斜，相望无际，草青犹如厚厚的绿毡，各种红花、黄花、白花，缀满其间。穿过后边两里多地小山林，下坡向北二十里地，便至小沙丘。从嘎猛介绍中得知，土司特鲁乌达、大头人刀疤脸被秦自乐杀掉，后来另一个乘机上台的大头人又被堂邑父杀掉之后，就再也没人敢去接管土司府。老管家运送奴隶途中莫名其妙被杀（事见第三十四回），现由一个三十几岁的新管家（老管家之子）暂管部落事宜，他们内部有些人不敢伸头管事，却又不服新管家做事，所以现在的噶弘因部落很乱。

“土司府原来不是有一支军队嘛，头领就不顶事？”张骞路过军营，见其空落破败，有此一疑。

“而今哪里还有军队！军队的头领就是土司。土司和大头人接连死了三个，没人给他们发饷，也没人带领他们四处杀人越货，队伍也就散了。心存善念的回家做了牧人，恶念不改的便三五成群，做了流匪。像今天碰到这两个武士，因为有管家给他们发着饷银，因此留在部落，过着一半土匪一半卫士的日子，否则早已成了草原骑痞。牧民们私下都说，这是特鲁乌达兄弟恶魔惹下的祸端，他们早就该死！

这嘎猛见了张骞似乎有说不完的话题。说了部落里的事，又问起使节队、张骞的家乡、京城长安的情况，大汉新皇帝住什么样的“帐篷”，吃什么样的食物，汉人怎么过日子，等等。直到吃饭时仍问个不停，惹得索琪娜也充满了好奇，非要张骞饭后陪他们一块儿去牧场“散心”。

多年的匈奴生活，使张骞对匈奴人各阶层有了充分了解。像小黄山的索日力，像诺月部落的达斡汗，像为奴隶做饭的秀玛古丽塔，像今天相遇的嘎猛夫妇，像救下秦自乐的达力诺父女，当你真心实意地对待他们时，他们也会掏心掏肺地倾其所能，尽力地帮助你，维护你。

张骞没作丝毫犹豫，愉快地应承下来：“那敢情好，我正愁这段时光怎么打发呐。”

“你这人撇脱，我们很喜欢。我干脆叫你张大哥算了。委屈你，张大哥，你就在后边当个赶羊的羊倌。”嘎猛顺手递来一根皮鞭。

羊子赶出，张骞在后面先绕出一个漂亮的鞭花，紧接着甩出一个爆裂般的响鞭，引得嘎猛夫妻喝彩不已：“张大哥，以你的功力，这一鞭下去，可抽断一只狼的脖子！”

“鞭子太慢，我有这个。”张骞掏出一颗石子，向前一扔，不偏不倚，正中头羊羊角。头羊一蹦蹿出数丈。二人更是惊骇非常。

一天就这样过去。吃罢晚饭，已近日落，张骞辞别二人，越过小山丛林，直奔小沙丘方向。

且说堂邑父杀掉胖老二及追来的杀手，又一把火烧掉英风客栈之后，便连夜离开了赵信城，向西南故乡的方向驰去。

这条路他从未走过，只能参照天上的星星，辨认大致的方位。而夜晚是野兽的天下，不时可以看到一双双磷火般的绿光。夜风送来的，往往是臭不可闻的腥气和臊气，绿光则在腥气中时隐时现。间或听到厮杀之声，必惨烈瘆人，猛兽的嘶吼，弱者的哀鸣，传至极远之外。堂邑父一手紧攥腰刀，一手高举火把，暗黑中曳出一道光亮，在腥气和臊气中匆匆穿过。

“追风雷”自与猛虎一战，对这位高大威猛的主人，便有了无比的信任，因之胆气也壮了许多，在众兽环伺的夜色中行走，显得依然稳健、踏实。

夜中赶路，人与马都极易困乏，走出两个时辰之后，来到一处不知名的部落，堂邑父决定在此歇脚。为了不打扰主人，随意选了一座帐篷，在马厩旁边停下。

不料却惊动了牧羊犬。那狗显示出足够的勇敢和忠诚，对堂邑父的肉食收买不理不睬，只一味地狂扑狠咬，吠叫不止。堂邑父很是无奈，决定离开。

此时却见帐门开启，灯光中照见一位老者：“哪方的客人，惹得虎崽这般生气？”又回头对牧羊犬道，“虎崽不要生气，听我与客人说话。”那牧羊犬顿时停了吠叫。

面对这位风趣而又慈祥的老人，堂邑父顿生好感，他将腰躬至膝头：“老伯，深夜打搅于您，实在对不起。我这就走，随便在哪棵树下靠一靠，也就过去了。”

“你这年轻人，仗着一身好骨架，就敢一人一骑贪赶夜路？纵然媳妇跟人跑了或家中有甚急事，也不能将性命拼上。年轻人，真是不知轻重。”

堂邑父受此奚落，心中却倍感温暖。自奶奶去世，父亲亡故之后，已经很多年没有人跟他这样说话了。使节队里，张骞对他倍加呵护，然而也已经很久没有相见。骤然听到老人如此疼爱的话语，不由得心中一热，泪花儿就在眼眶里打转。

“怎的，还想让老朽抱你进帐？这你甭想，老朽可抱不动你。”老者右手一伸，做了个请进的姿势。

堂邑父让马儿进了马厩，随老人入帐。灯光下，见一老妪和一中年妇人领着两个半大孩子睡得正沉，遂在帐门前站住，轻声道：“老伯但请安睡，我就在这里坐坐，有甚见告，明晨再说。”卸下包袱，盘腿一坐。

老人摇摇头，说了声：“这孩子，倒会替人着想。”也就睡了。

翌日绝早，不等老人醒来，堂邑父便悄悄地出了帐门，转身向帐门里的老人深深鞠了一躬，牵了马儿，缓缓离开。

那牧羊犬却甚乖巧，见客人离帐而行，只起身轻吠两声，摇摇尾巴，以示送别。

东方曦微，晨风拂面，空气中再无那种令人生厌的杂乱气味。堂邑父下马，来到一处草丛，蹲下身子，双手将草尖一捋，湿漉漉的露珠沾满双掌，向脸上一抹，一种沁凉的感觉油然而生。他双脚轻挪，依次捋去，直将双鬓、脖子尽皆抹到，而后牵着“追风雷”，在部落间游走。

他得向人请教，这是什么部落，在什么方向，怎么去嘎顺诺尔，经过哪些地方。

太阳尚未露面，便见万道霞光映红了多半个天空。那红看似晕染一体，细察仍有层次，深红、鲜红、醉红、浅红、淡红、隐红、飘红，无限美妙，临空而至。堂邑父见惯不惊，好容易见一牧民启帐而出，却又去了茅厕，他只好站在近处，耐心等待。

这时，昨晚借宿之处的老者拍马赶来：“年轻人，你也太不把老朽当回事，怎的悄悄走了？听话，跟我回去吧！”也不管堂邑父怎么应答，返身就在前边走了。

堂邑父一个“谢”字尚未出口，喉头就已发哽，于是甚话不说，默默地跟在后边。

交谈中得知，这部落名叫“哈内孜”，系额塞王爷领地，土司是额塞王爷的小叔朗日惹，部落离赵信城八十余里，正南方向。老人名叫宝力奇，年轻时走南闯北，结交过不少江湖朋友。去过北海，到过乌孙，南到长安，东至大兴安岭，为人豁达仗义，系部落里第一搏格沁（摔跤）高手。昨晚见堂邑父气宇不凡，故而晨起将他追回。

堂邑父略去英风客栈灭敌一节，身份亦未加隐瞒。又讲了自己为筹措西行路资，到大兴安岭东射虎灭熊，在龙城参加琅艾王爷的英雄大会。为回嘎顺诺尔对舍妹作一安置，昨夜贪赶路程，误了宿头。

“年轻人你应记住，无论事体如何紧急，草原、荒野、大漠、密林，这四种地方都不可夜行，土匪、猛兽间或有之，但最可怕的，是迷失方向。譬如昨夜，你本该向西南而行，却走了正南，到了这里。再南，便是曼达勒大漠[①]。你现在应该折向正南，先到阿尔拜赫雷[②]，再向南翻越阿尔泰山，到了弱水，离家也就不远了。这条路线不但可以避过大漠，且时有大小部落，食宿都较为方便。我不留你，吃罢早饭，你照此而行。”

宝力奇的一番劝告，使堂邑父惭愧不已，并痛感至深。他也自谓匈奴路熟者，然而一次大漠夜行却迷失方向，导致小沙丘惨遭敌袭，使节队元气大伤，幸存兄弟四散为奴，天各一方。他由此痛下决心，不管花费多少年月，付出多大的艰辛，也得找到张骞、秦自乐等所有幸存兄弟的下落，而后重聚于大哥张骞旗下，再登西行之路。想定之后，心中再无旁骛，唯一路趱行，晓行夜宿，奔向嘎顺诺尔。

第六天中午，堂邑父终于回到久违的家乡。

他的帐篷还在。不但在，而且帐篷周围收拾得十分干净，马厩、羊舍和羊舍外边码放的拌子柴，仍是他走时的样子。他下马，卸下包袱弓箭，拍拍“追风雷”：“去，到家了，你也歇歇，到附近吃草去。”马儿轻松地摆了摆脑袋，甩甩尾巴，去了帐篷旁边的草地。

堂邑父走到帐门，帐门也是原样，一个皮绳环扣，一根两头尖圆的尺长木棒，将门紧紧别着。他抽去木棒，又插入绳扣，让其吊着，便左手推门，右手提物，准备进去，只听远远地奔来两骑，一女子高声叫道："哥哥，哥哥，你终于回来了！"

稔熟的声音让堂邑父扔下东西，折身而奔："妹妹，妹妹，娲霞妹妹！"不等娲霞下马，堂邑父双手一伸，将其高高举起，而后一躬身子，让妹妹趴在背上，准备背起她，围着帐篷跑上一圈。

这是兄妹俩从小养成的见面方式。只要堂邑父外出归来，见到妹妹，首先将她高举于头顶，再背起她绕着帐篷转圈儿，再停下来，让妹妹从衣兜里掏摸给她带来的小礼物。

堂邑父从小力气很大，娲霞又长得娇小，所以这种见面方式，堂邑父做得乐此不疲。

见堂邑父要背起娲霞转圈儿，一旁急坏了妹夫哈力维："大哥、大哥，你把娲霞放下，我有话说。是非常非常要紧的话。"

堂邑父放下娲霞："有甚话，说吧。"

哈力维招招手："大哥，你过来一下。"

"有甚话，不能跟娲霞当面说？"堂邑父有些不高兴，但还是过去了。

哈力维喜形于色："大哥，娲霞有喜了，都三个月了。"

堂邑父一蹦老高，喜笑颜开，转身轻按妹妹肩头，端详她那娇美红艳的面容："娲霞，你真了不起，哥哥一回来，就要当舅舅了。"又一指衣兜，"看哥哥给你带了什么礼物。"

娲霞习惯一掏，原是一副沉甸甸的银手镯。她惊得一愣："哥哥，这太贵重了。"

"贵重？我还嫌轻了呢。"又从腿边拔出一柄带鞘匕首，"哈力维，你也有份儿。"一下扔了过去。

哈力维一把接住，拔出一看，闪光锃亮，锋利无比，直乐得合不拢嘴，连声谢着。

二人主张，堂邑父晚上住宿可以在这里，但吃饭必须去他们那里，反正骑马也就一会儿的事情。堂邑父想想，也就点头同意。但门已开启，仍得进去看看，见被褥灶具和其他器具全都整整齐齐、干干净净，心里十分感动："谢谢妹妹妹夫，有你们照看，哥哥可以安心在外做事。"遂退出门外，娲霞插好帐门，哈力维便去帮提包袱，哪知只手难移：“大哥，里面什么东西恁重？”

堂邑父将其轻轻提起，放在马背：“什么东西，到家再说。”

路上，娲霞提起哥哥的未婚妻：“哥哥，你可能不晓得，一年前，珀莉就嫁人了。”

“这不怪她。我走时便与她有过约定，让她等我三年，三年一过我不回来，她就另嫁他人。我不能耽误了人家。”

“可她所嫁非人，那男人整天酗酒，甚事不做，还常常打她。”

堂邑父沉默下来。他明白，现在只要他点头同意，珀莉便会仍旧回到他的身边。可是以后呢，寻找众兄弟不知多少年月，继续西行，又不知所需多少年月，而且路途艰险，生死难料。如若此时心肠一软，与珀莉和好，归根结底，终究还是害了她。所以，他只能选择沉默。

“哥哥，你为什么不说话？”

“我与珀莉非亲非故，已无任何干系，我以什么身份去管人家的闲事？妹妹，此事在我面前休再提起。”

“不提就不提，哥哥你现在心肠变得真硬。”

“唉，哥哥的事，现在讲给你们，你们一时也不明白。”

因为等候外甥的出生，堂邑父在家乡住了一年多。第三年（前136）春暖花开之后，便开始寻找失散的兄弟，在匈奴各部落间奔走。首先找到了孟慎、先偃、原有才。相继又找到朱厚良、商禾、方峒秋、魏田林、石舛、尤习重，尚有秦自乐、杨柏（公元前137年初春逃离龙廷庄园，领着一些流民，到了西边一处绿洲）、于起、陈名仿、马天喻、冼老九、匡利七人未取得联系。两年后（前134）五月底，他来到噶弘因和因突部落暗访当年参与袭击使节队的骑痞，得知秦自乐被达力诺父女救走，并当场杀了土司特鲁乌达，后来又杀掉了刀疤脸大头人。他遂照此而做，杀掉噶弘因第三任执事者，又连续诛灭十名罪大恶极的骑痞全家，于六月二十六日夜祭奠死难兄弟。第二次亦是这样，直杀得骑痞们个个心惊胆战，有的举家逃离避罪。遗憾的是，来了两次，都没遇到大哥张骞与三弟秦自乐。

这一年（前132），堂邑父照例于五月底前从阴山返回。他原本想在那里寻找沙里修，后来探知沙里修在头一年马邑之战中，因叛变投敌，被俘之后已让汉军处死，便不再耽搁，返回北上。

这次的主要目标，是因突部落的骑痞，以及当年为红毛匪首出坏主意的雷公军师（事见第三十一回）。

他乔装成老头儿，于六月十五日到达因突部落。到达之后并未急于动手，而是打探雷公军师等核心匪徒的活动规律。他们大概十天半月左右出去抢劫一次，碰不着商旅，便去别的部落，飘忽而往，飘忽而归，回来便在一处“逍遥窟”中尽情享乐。

“逍遥窟”在一密林之中，背倚悬崖，崖中有一宽阔洞窟。其上有撞木网套，下有陷阱尖桩，出入系一吊桥。前两次因未思得破解之法，故未贸然行动，此次有备而来，决心灭此妖孽。

六月二十四日，雷公军师与十余名骑痞“满载”而归，并叫嚣：“张骞敢冒险前来，定叫他有来无回，死无葬身之地！”堂邑父隐于五十丈之外暗处，只静候时机。

待众匪酒酣耳热之际，堂邑父取出六十支硕大油脂火箭，迅速一一射入洞窟周遭，枯枝败叶首先从下面燃起，接着火焰愈来愈猛，吊桥绳索瞬间熔断，棵棵大树皆成火炬，众匪争相逃出洞窟，又被飞来的羽箭一一射杀。最后逃出的雷公军师被堂邑父一把擒住，腰刀一挥，将其首级取下。

回首再看洞窟，岩石竟若炉火，百步之外，亦感炙烤。其后的林木更是火焰冲天，许多野物向火场之外窜出。大火烧了两天两夜才熄，过后许多牧民捡回不少“烤肉”。森林遭毁、野物遭殃，堂邑父心感有愧，却又无奈，唯有叹息。

几天几夜操劳无休，堂邑父又乏又困，二十六日午后寻得一僻静之处，背倚一块大石，左手挽住马儿缰绳，右手杵着腰刀，侧放弓箭，遂沉沉睡去。

“追风雷”将其拱醒，时已傍晚，从这里去小沙丘尚有五十多里沙路，堂邑父稍做准备，便跨马而行。

沙地上空罕见地飘起零星小雨，堂邑父暗忖，这雨莫非隐示着今晚有重大际遇？而这种际遇除了张骞，又有何人？

此时，张骞早已到了小沙丘。依他原来猜度，时隔七年，这里早已是遍地遗骨，骨骸主人无从辨认，给他的祭奠带来麻烦。可实地一看，却令他大为惊讶，七十多座坟茔呈现眼前，分两处整齐排列，坟茔上的沙砾已呈胶合状，上面有些许小草伸肢展腰，迎风摆动，黄昏时节，显得格外凄凉冷硬。

启明星已遥挂空中，黑幕渐从西边袭来，而东边的残余光亮亦畏葸闪躲，最后倏地一下便没踪影。张骞点燃火把细察默数，坟茔形状却有差别，左边几十座呈圆锥状，右边四十五座呈圆台状。在使节队埋藏物品的上面，亦有三座圆台坟茔。

这是何人所为？张骞百思不得其解。可从坟茔形状判断，锥状坟茔里边，定必埋着使节队遇难者的尸骸，而圆台坟茔则是骑痞恶匪的归宿之处。且锥状坟茔恰好二十九座。世上没有如此巧合之事，张骞伫立左边坟茔之下，开始默念着那一个个曾经鲜活的名字：蒋八七、刘伦、尚在升、傅光、严放远、臣环、鞠无田、蹇栗、唐忠佐、栾北荒、艾古、梁州嗣、滕广条、巩用、言原、汤二娃、庞常亥、马予、柳常、钱佑喜、李石头、路之岑、方壬、庞子镛、郭殿士、雷少政、吕淦、锺离帆、陈殿善。默念甫毕，已心酸泪涌，大放悲声，凄情吟唱道：

吾有殇魂兮悲凄而吟；投躯明君兮冀成殊勋；
丘冢棺椁兮挚念慷慨，异国他乡兮枕沙而瞑。
恶战骑痞兮斗凶无惧，英雄留旅兮西行使臣；
阒敌疾威[③]兮呜呼哀哉，天降罪罟[④]兮尔予执行。
践履明志兮鸾[⑤]飞万里，捩手异境兮不悔终生；
鹤鸣九皋兮声闻于天，国之名士兮响遏行云！

张骞正泪洒坟茔，堂邑父亦到沙丘之脊。尚有半里之遥，见队员殉难处有一火把迎风摇曳，他不知是不是张骞，只惊雷般拉长了声音拼命吼道：“你—是—谁？你—是—张—骞—大—哥吗？”反复数次，终于得到回应：“甘—父！堂—邑—父！是—你—吗？”声带哭腔，亦是反复呼叫。

“我是—堂—邑—父！”七年来，堂邑父终于听到张骞的声音，不由激动得浑身发软，一下滚下马来，剩下的三十余丈沙地，几乎是连滚带爬，奔向张骞，而张骞亦难于站起，双膝跪地，张臂以迎。

二人半跪着，紧搂不放。堂邑父浑身汗水，上下透湿，一味呜呜大哭。张骞亦泪涌不止，右手捶打着堂邑父：“好兄弟，我们终于见面了！好兄弟，我们坐下说话。”堂邑父忍泪坐下，张骞取来面饼、水袋：“慢慢吃，慢慢喝。把湿衣服脱了，换件干衣。”随手递出一件葛布短袖。

堂邑父刚吃几口，便感惊讶：“这麦饼是刚做的，水也温热，大哥，这怎么回事？”

张骞简单说了来到噶弘因部落的际遇，又一指另两匹马儿：“返回时中途将那两个活物卖了，以作西行路资。”

二人由此作为话题，开始了漫长的交谈。

这真是：

生死交接的时刻，呐喊似一阵慑人心魂的狂风；
西行之路，各逞英雄，各逞忠勇，
完成一次轰轰烈烈的结束，一次所向无敌的冲锋；
来不及投去最后一瞥深望，已经坠落于陌生的星空……
生者的黑夜，并无一味的悲恸和怯懦的停歇，
只有哀伤，带动起别样的气魄，另一种恢宏！

欲知后续别样故事，且看下回分解。

**注释：**

①曼达勒大漠：即今之蒙古国曼达勒戈壁。

②阿尔拜赫雷：地名，位于今蒙古国中部。

③阗（tián）敌：残忍的敌人。疾威：暴虐、疯狂。阗敌疾威：残忍的敌人暴虐又疯狂。

④罟（gǔ）：网。罪罟：法网。天降罪罟：老天降下了法网。

⑤鸾（luán）：传说中的神鸟。

⑥九：虚数。九皋：比喻渊泽深远。

# 第五十七回　欣逢正使天际逞欢　偶遇张骞王兼说屈

说到西行路资的筹措，张骞忧虑道：“这里有三个问题均为未知。其 一，重登西域之程时机与路径的选择。路径暂时可定由托力鲁草原西端出发，沿哈顺大漠之南边缘，经罗布泊，顺库鲁克塔格南边之孔雀河北岸，西行大约一千余里，便可抵达葱岭。这是我在西小黄山多年探知的结果，其难逾越的，是一处名曰乱石滩的地方。这条路径几乎没有匈奴敌兵的骚扰，相对而言，比较安全。越过葱岭，估计用钱的地方较多，所以不得不做一些准备。问题是对出发时机的选择与把握。我们已经熬过了七年光阴，我们不能再等，我们也等不起，最多再耗上三年，三年之内，必须择机出发；其二，继续西行的队员，能予肯定的，究竟有多少？已经离世的不算，体弱者，欲返回故土者，现在无法确定，依我估计，能坚持西行的，约在十人左右。十人的往返费用，没有两万金以上，恐怕难以支撑，且不算给西域各国的礼物；其三，在此（小沙丘）埋藏的物品，因其上面有骑痞的坟茔，似乎没有被人盗挖，但是埋于地下已经七年，除了铁制物品，其他丝织物以及茶叶之类，其质地必有减损。因此，应尽快秘密起出，可起出之后放于何处，何人保管，却是一大难题。二弟，队员之中，你最自由，有何良策，不妨直说。”

堂邑父郑重道：“你既是我和自乐兄弟的大哥，更是汉皇钦命的使节队正使，我们理当为大哥分忧，并一切按照正使的指令执行。重新出发的时机及路线，均由大哥决定。至于人员的最后确定及路资的筹措，我当以我的方便条件，尽快寻找其他失联队员，并做积极的准备。现在，我只能就所经历和掌握的情况，向大哥作一禀报。”经过几年的历练，堂邑父也深知谋略的重要，说话也有了侧重和层次。他的话很长，归纳下来，有以下　些方面：

其一，解疑。

埋葬双方遗体的，是因突部落和噶弘因部落附近的普通牧民。匈奴人对于死者，无论其生前是敌是友，是匪是民，均无差别对待，认为他们的灵魂都到了“长生天”同一个地方（见第三十三回）。而将匈奴骑痞坟茔葬于使节队埋藏物品的上面，是由天际出的主意，不料还真起了保护作用。

其二，队员死难之因。

公羊鸣执：被害于达尔部落，头人达纳罕及卫士二人作为凶手，已经伏诛，同样陪葬于沼泽。

容南、容北：当年曾专程探视，见其被河督虐待，便对河督予以警告，但我走后，河督依然故我，致兄弟二人冻饿而逝。第二年春，三弟自乐去找容氏兄弟，唯见白骨。三弟一怒之下，血洗了河督府，之后三弟去了哪里，无从得知。三年前，我重去旧地，得此消息，可惜与三弟阴差阳错，未能相见。

宋石、宋木：被噶弘因土司卖与比佤部落之后，比佤新土司脱离了幺素王爷，听说宋氏兄弟擅长土木工程，遂令二人按大汉王府规模，大兴土木，两年始成。不料土司府管家不懂防火，令人于室内以刨花代替火绒，取火不慎，引起大火。宋氏兄弟纵身救火，不幸被烟火熏呛，窒息而亡。

其三，已知下落的队员。

任扶、赵无偏：北海之南朝鲁部落，土司府牧羊奴。该土司怜惜人力，二人倒无冻馁之苦。如若逃离，必须做到绝密、迅速。因其对逃奴的惩罚，极为残暴。轻则鞭笞，可致半年瘫痪；重则削其手足，致终身残疾。且待遇降等，处于不死不活状态。

范佑铭：在包不讷部落，做冶铁炼铜技术指导。我去时，部落土司对他倒还客气。老范深知，如将真本领拿出，定必造出攻伐利器。此等做法，无疑是资敌叛国之举，所以他只是以皮毛应付。我所担心的，长此下去，恐被土司识破，一旦这样，老范危矣。所以我将设法，助其早日逃出。

陈尚斗：在北海西南匈奴军马场为奴，景况与老范无异。差别在于二人个性不同，陈尚斗可谓“马痴”，虑事不如老范深刻，主观上没能意识到驯出良马，亦是一种助敌行为。我意不应苛求，只要能归队西行，可过往不究。

孙治瑾：初为琅艾王爷府医奴，后来成为琅艾王爷侄女婿。因参加英雄大会，我曾与琅艾王爷打过交道。其人有一最大特点，不看身份，只重才能，只要有一技之长者，都另眼相待。我的这匹良驹“追风雷”、这副铁弓、这柄重刀，均为其在英雄大会上所赠。我以他事为托词，离开此人，也因此不便与孙医官相见，直到五年之后才与他联系，知其境况不错。但孙医官一再表示，他并不留恋于此，只需大哥一声召唤，他便马上前来听候吩咐。

杨柏：当年去单于庄园找过他一次，因他去了别处，未能相见。后来听说三弟与他见过一次，之后杨柏便逃离了庄园，不知去向。有人说他在寻找大哥，有人说他去了西匈奴很远很远的地方。什么地方，谁也弄不清楚。依我猜想，他定是在西边某个地方，一时没找着大哥，就在那里死等。

苏疾、王兼：二人随我走出大兴安岭之后，苏疾去额德伦金山[①]西南角的格惹王爷那里，离我家乡大约五百来里，前年还来过小沙丘。王兼则去了与托力鲁草原相邻的勃忽王爷领地，以草原艺人活动于该部落，不知为什么，没有他的具体消息。找过他一次，他却行踪不定，无从找起。

由天际：由天际的经历最为奇特。当年在龙城，兰扎吁王爷携大量金银采购物品，适逢使节队员被老国师向各地遣押。兰扎吁听此消息非常惊喜，他知这帮使节队人人了得，遂买通狱吏，前往狱中选人，一眼相中由天际，使其成为自己的贴身家奴。而龙城之中，草原土匪皆有眼线，兰扎吁的财物引起他们的垂涎，他们准备于半道荒原中实施劫掠。当时兰扎吁仅有八名卫士，一名管家，再就是由天际与他自己。劫匪以三十骑进行突袭，几番厮杀之后，八名卫士中六人身亡，二人重伤，管家也伏地而亡，而劫匪尚有九人。匆忙中，兰扎吁命由天际赶快逃命，由天际却吹起口哨，说了声：“王爷休怕，我来助你！”便施展轻功，半空中凌顶以其小尖尖、小钩钩连杀最前二匪，又紧接几个提纵，将最凶狠的匪首脖子扎了个对穿。回身一看，见四名恶匪对兰扎吁围攻甚急，便返身闪击右侧二匪，兰扎吁信心大增，全力对付左边之敌。另外二匪见这小孩杀人只在瞬间，不由得怒火填胸，与由天际以命相搏，不料这正中由天际下怀，几声响亮的口哨吹过，一敌捂眼倒地，一敌耳孔喷血，眼见是活不成了。再看兰扎吁，已重创一匪，另一匪拨转马头便欲逃窜，由天际将小尖尖狠劲投出，只见串鱼一般，由脊心穿过，直透前胸。

经此一战，由天际英勇救主的美名，立即在众多土司、王爷、将军中传开，他们纷纷来王府向兰扎吁祝贺，称赞他慧眼识人，得此忠诚勇士。小小年纪便如此了得，他日长成，岂不让兰扎吁如虎添翼！匈奴人最讲有恩报恩，有仇报仇，由天际虽为家奴，但其恩不报，定必惹人闲话。兰扎吁便赏给由天际方圆六十多里的一处草原，二十名奴隶、三十户牧民、一百头牛、五百只羊，三十匹马（劫匪之马），一顶牛皮大帐，外加四名美女和一应物品用具。现在的由天际，可谓富得流油，与头人无异。

张骞不禁插言："看你说的，就如亲眼所见。不过，我倒也相信，由天际悟性高，确乎得到了中壮兄的真传——也不知李中壮回去之后情况怎样了，好叫人挂怀。"

"依我估计，他不会再去当游侠了。他得为带回去的几十名兄弟和峦芳洲的人员着想，谋一份官差，让大伙儿有个安身之处。"

"二弟所言不差，二弟会想事了，真好。你还是继续往下说吧。"

两年前，我又见过一次由天际，他已长成二十岁的英俊大小伙了，也显得稳重，不再嬉皮笑脸捉弄人。他还做出别人难以理解的举动，将他的草原与最西边的一块较小草原做了交换。说，如果张大使决定继续西行，他便可以就近出发。他对奴隶和牧民十分宽宏，如有什么难事、危急之事，定必出手相救，所以他在那里威信极高。其中有个名叫蒙利克的牧民，在家人和牛羊遭到狼群袭击的危急时刻，由天际拼命赶来，奋力与群狼厮杀，七匹恶狼纷纷倒毙于他的身前马后，他自己也湿透重衣，喘息不已。那蒙利克遂甘心为仆，任由天际怎样拒绝，也一句不听（后来张骞的妻儿得蒙利克全力照拂，幸得无恙）。

孟慎、先偃、朱厚良、方峒秋、商禾、石舛、尤习重、魏田林八人：七年前使节队在此被打散之后，因不辨方向，本欲南逃，却经几天几夜奔驰，逃到了北方无人区，八人便在那里隐姓埋名，以打猎为生。由天际利用自身条件，与商禾偶遇，遂知八人所居之地，如令队员集合听令，由天际联系即可。

马天喻、冼老九、陈名仿：三人曾与商禾撞过面。据商禾介绍，这三人在深山老林里与土著为伍，行踪不定，外人难以联系，除非他们自己出来，方可见到。

其四，尚未联系到的人员。

秦自乐：飘忽不定，似成草原游侠。遽知其消息，又倏忽不见。他好像也在找人，又像在找什么东西。但我相信，我们终归会在某一天相遇。

于起、匡利：此二人至今毫无消息，境况不解，生死不知。

其五，关于西行路资的筹措、埋藏物品的起出与保管。

我从河督府、达纳罕头人、赵信城英风客栈三处获财不少，除去必要的花销与以后的用度，所剩尚多，加上由天际所积攒的银钱，可至不虞。至于这里埋藏的物品，只要大哥下令，我协助由天际将其起出，并暂存于彼处。

以上便是我向大哥禀报的事体，请大哥酌定。另外，这些年为报大仇，我杀人不少，有的以灭门对之，大哥该不会责怪我吧？

“二弟，你为使节队做了不可不做，又非常难做的许多事情，我心中唯有敬佩与感谢。对于罪大恶极者，如杀害公羊鸣执的达纳罕、使使节队重蹈险境的胖老二及其帮凶，以及杀人不眨眼的土匪骑痞，杀了他们，是伸张正义，为民除害，没什么不对。但是对于受牵连的妇孺，应有所区别，今后应予注意。”又一看天上星辰，“离天亮还有一个时辰，咱们就地打个盹儿。”

二人将火把向地上一插，又让马儿半卧于地，一人杵剑，一人杵刀，脊背相倚，阖目而眠。

微曦时刻，二人俱醒，无水抹脸，就双掌搓热，然后向面部抹去。张骞一算时日，决定随堂邑父一道，去由天际那里看看。

堂邑父自是喜出望外：“大哥此去，由天际还不知高兴成什么样呢！”

兄弟二人，七年始聚，一路之上，过荒原，钻密林，缘漠边，晓行夜宿，不疾不徐，四匹马儿亦由疏到亲。遇水则人马皆喜，逢阴则人马皆爽，看不尽的红花白花，走不完的风路绿草，见远方奔跑的黄羊则哈哈大笑，瞧畏葸闪避的红狼则啸啸长吼。二人看什么都顺眼，遇什么都喜悦。入夜，二人相守相依，望着繁密的星空，张骞娓娓诉说七年之中的往事；白日，二人相偕相随，眺望蓝得发亮的天际，相互比试骑马扔石的准头。三天三夜，不觉乏困，不感疲累，顺利抵达“由天际草原”。

其时，由天际正与几位美女在帐外投标嬉戏，已任职管家的蒙利克，按其指令移动着标靶位置，遥见南边来了两人四马，即道：“主人，有客人来了。在你背后，南边。”由天际回身张望，果然看到半里之外有四个小黑点，正向这里快速移动。便喃喃猜道：“这里三月半年难有客人光临，难道是王爷又派人给我送来什么好东西？且不管它，我们继续——”再近一点，又颇感奇怪，“两个人，四匹马，相互换乘，定是从更远地方来的客人。我倒想看看，来者是什么人，来我这里干什么。”遂目不转睛地瞧着。

尚在百丈之外，由天际终于看清，是他日思夜想的张骞叔叔与甘父叔叔。他的心不由得开始剧烈跳动，拽过一匹已经卸鞍的马儿，一跃跨定，催马迎了上去。

三人见面，俱皆下马，由天际抱着张骞，“呜呜”地放声大哭，张骞、堂邑父亦揩着不断涌出的泪水，拥着由天际，轻拍他的脊背：“好了，我们终于相见了，应该高兴得纵声大笑。”

由天际又来了孩子气：“是我不对，刚才大哭，现在又大笑，惹得两位叔叔哭笑不得。”

张骞双手轻按由天际的肩头，仔细端详着他：“一路之上，你甘父叔叔都在夸你，说昔日的小由天际已出落得一表人才，成大小伙儿了，而且武艺更有长进，成一方霸主了。对人对事，稳重了许多，怎么这说话的味道，仍然透着调皮？”

“还不是因为两位叔叔嘛。对其他任何人，我可是一本正经。”

张骞又上下一瞧，只见由天际上下一身白绢褂裤，草原之风将其刮得不停闪动，一头浓密的黑发，束冠而盘，插一闪闪发光的金簪；英俊的脸儿，卧蚕眉儿，晶亮的双眸，略尖的鼻梁，红润的脸膛，咋看都让人欢喜，张骞口占一诗赞道：

英姿英武兮晴日朝阳，透明透亮兮聪俊儿郎；
黑发束冠兮金光闪闪，剑眉入鬓兮气宇轩昂；
两臂张合兮恰似山猿，双眸灵动兮如若星朗；
不说称美兮由此天际，使节征途兮乃添栋梁。

“张叔叔，张大使，我哪有那么好，夸得我都不好意思见人了。”又一手搭在张骞肩膀，一手搭在堂邑父肩膀，“两位叔叔这么喜欢我，就让我打个秋千。”说着，双脚离地，全身向上一圪蹴，由二人挎着向前走。二人也由着他的性子，任他甩来晃去，心中涌出一股久违的甜蜜。

由天际比张骞略高，比堂邑父略矮，每一晃起“秋千”，重心便向堂邑父倾斜，直到快到他的“靶场”时，才双脚落地。

果然，一到“靶场”，由天际便显得郑重其事，他首先拉过一个四十来岁、面相憨厚的汉子：“他叫蒙利克，死乞白赖地要当我的仆人，我一心软，就让他当了我的管家。当然，他自己的家也得管上。为让他管着方便，便让他将老婆孩子和牛羊搬到我的旁边住着。”一指旁边的两顶帐篷，“前边一座是我的灶房粮房，后面那座是他的住房。他老说沾光，其实也就一些剩饭剩菜。”又一指张骞二人，对蒙利克道，“我是你们的主子，这两位叔叔却是我的主子。十五岁时我走丢了，被兰扎吁王爷捡着，他们找了我七年，今日方才见着。这两位叔叔的本领大得吓人，你看那几十斤重的宝剑和铁弓，谁曾见过？他们这次来并非让我跟他们远行，而是看我过得好不好。过得好，就多住几天；过得差，就少住两天。蒙利克，我的话你要掂掂斤两，所有安排，莫叫我失望。现在是未时，先弄点儿便饭垫垫肚子，晚上戌时为我的主人接风。”

蒙利克一走，他又将四名美女叫来，一一作了介绍。张骞二人心不在此，一个也未能记住，只向由天际的大帐张望。由天际一笑，咕哝道：“原以为两位叔叔身边没有女人，对美女感到稀罕，却还是原来的模样。也罢，先去大帐，喝杯茶水。”由天际打开帐门，迎二人入帐，四名身着红、黄、粉、绿衣服的美女亦鱼贯而入。

由天际先请张骞中间坐定，然后与堂邑父分两旁坐下。片刻工夫，便见三名美女左腕搭着湿巾，右手执着洁白玉杯，一名体壮美女提壶，来到三人面前。先轻放玉杯，而后递上湿巾，请三人净手揩脸之后接于手中。张骞一看玉杯，杯中盛着毛尖芽茶，正自讶异，执壶已到面前，右肘向上一提，壶嘴一斜，一股沸水由杯边激射而入，茶叶随着水势几个翻滚，水入七成而止。其冲茶技艺如此娴熟，显见功夫老到。

不一会儿，水定茶立。虽系陈茶，其水依然碧绿，其香依然诱人。这样的好茶，即使在家乡城固，一般农家亦难以见到。这个由天际，真是不简单。

由天际见此立即予以解释：“去年兰扎吁王爷又让我作为他的保镖，去了一趟龙城。龙城有家专卖贵重物品的铺子，百姓都叫它‘王爷铺子’。土匪见护镖人有我，不敢动手。回到王府之后，兰扎吁便赏了我两匹白绢、四斤芽茶、一根金簪。遇上贵客，我就把这茶叶显摆显摆。反正我对茶外道，又习惯了喝白水奶茶。张叔叔来自茶乡，不知可还中意？”

“这些年来，甭说毛尖芽茶，就是茶味，亦几乎忘却。夏日为解暑降火，我以黄瓜嫩茎及叶晾干作茶，当地牧民以其为奇，还大为赞赏——说到茶叶，我倒想说说另外一事。”张骞见有美女在侧，又话题一转，“此事无关大碍，下来再说。”

堂邑父知张骞缘何欲言又止，由天际不便追问，于是谈起对昔日出行历程的怀念，以及与现在幸存队员的联系。由天际何等聪明，早已猜出张骞所言事体涉及使节队机密，扯了一通其他事情之后，突然将话题转移到几位美女身上：“这几位女子，从十二三岁便跟着我一块儿长大，算得上半个青梅竹马。我们一块儿玩耍，一块儿练功，一块儿赛马，一块儿四处野跑，一块儿面对危险。几年下来，他们都有了一些粗浅功夫，尤其那位执壶女子，一人对付三五个匈奴汉子也不在话下。就说她手中所执的那把铁壶，底部还另外附有五斤铁块，一次装水八斤，总算下来二十余斤。两位叔叔也都见识了，她在冲茶时那种气定神闲的样子。四人之中又以那位小个女子最为聪明，当年兰扎吁王爷赏我草原、奴隶、牧民及牛羊之后，我为自己的称谓而犯嘀咕。叫‘头人’？王爷没有封我；叫‘酋长’？又非家族部落，而且世上哪有小孩酋长？这女子当年才十二岁，便笑道，这还不容易，大家叫你‘主人’好了。这‘主人’的称呼就这样叫开了。她还主动要求跟我学说汉话。可我得一碗水端平呀，要教，就都得教；要不教，就都不教。再说，她们即使学了汉话，跟谁说去？三天两头，还不是忘得一干二净，所以就一个都没教。我们刚才说的汉话，我不用番语重说，她们就根本不晓得啥意思。再说，她们全是我的心腹，个个争着给我当媳妇呢。”由天际说着，就有些不好意思。

张骞本来不善于与人开玩笑，又限于辈分，限于身份，更不好取笑由天际。但他已然明白由天际这段话的含义，于是道：“交给你一个任务，你必须妥善完成。

必要时，我和你甘父叔叔可前来助你。今天是六月三十，我看时间就定在一个半月之后，八月十五日在小沙丘会齐。由天际最少准备八匹驮马，扮成贩马商人前往。”

“我明白了，张叔叔——不，张正使，这是要起出七年前所埋物品。使节队里，现在唯我有此条件。我看，有堂叔叔相助足够。张叔叔外出时日多了，容易引起匈奴王爷的怀疑，关键时刻，张叔叔不能再出丁点儿闪失。”

堂邑父亦道：“由天际所虑极是。大哥，你是使节队的天和地，天不能塌，地不能陷，你是所有幸存队员的希望所在。再者，你也应该相信我与由天际能将此事做好。”

“我当然相信。届时再看，如时机允许，我还会来的。”

正说着，蒙利克唤四位美女出去端饭。四位女郎鱼贯而出，不一刻，又端着托盘鱼贯而入。

张骞乘机将大帐内部大略看了一下。帐内十分宽敞，方圆总在二十余丈，整体两个部分，以布幔相隔。后面约占三分之一，是为寝室，前面三分之二是为‘客厅’，中间三个主座，两边各置十个几座。右边漆柜搁放茶具饮具，柜旁是一茶炉（亦可温酒）；左边堆放三个铜制火盆，看着不甚阔绰，却显得十分精致、舒心。

四位女郎一位沏茶，三位端放面碗、木筷，健硕女郎一一轻置醋壶、盐盒。张骞一看，所有食具，全为木制，面碗之大，一人足可饱食。碗中所盛，上覆葱花、青菜、肉丝，筷子一搅，面系双手抻拉条，纯是汉人做法。张骞不由得赞道：“此人厨艺，匈奴人中几乎难觅。还有这醋，其味亦很纯正。”

“此人可说是无意中捡漏。七年前兰扎吁王爷赏我二十名奴隶，其中汉人十六，乌孙人有四。我开宗明义，向他们讲道，在我这里，无奴隶一说，但得自己养活自己，并对我这主人略有贡献。其中有位三十几岁的汉人说道，他会厨艺，假若让他侍弄饭菜，我敢不敢吃？我道，你做得好，我就敢吃。就这么有了手艺不错的厨子，虽然赶不上杨柏叔叔，但一般汉人的饭菜，倒也做得可口、精致。就说这醋，同样用波孜[②]作原料，他添加塔勒[③]发酵之后，不亚于汉人的米醋。另外十九人，我让他们统统去开荒种庄稼弄蔬菜，几年下来，田地垦出一百余亩，粮食收了不少。到了冬季，除了教他们一些拳脚刀枪功夫，再就是钻山林打猎，如有成家者，则奖以牛羊，让其另立门户，眼下，牧民、奴隶中已有六岁以下小孩四十七名，只苦于没有先生教他们识字和礼义。”

张骞暗赞，这由天际再不是促狭笑闹的小调皮，而已经长成了一位心肠侠义、虑事长远、办事周全的青年将才。难怪当年夏宏要阻其西行，这是为了保留一位未来的栋梁之材。张骞犹豫了，是让他随队继续西行，重蹈险境丛生的艰难之旅，还是令他择机返回军营，以卓越的战功报效朝廷，他得认真掂量、权衡。

餐毕，张骞见尚有两个时辰天方傍黑，便提议出去转转。于是走出大帐，跨上“花豹”，向东而去。那四名女子见了，立即跨马前导，保持三数丈距离。不久，一女子拉起长调，另外三位女子附和唱道：

夏日热烈的阳光，我们的歌声在草原上飘荡，
远方尊贵的客人，是我们心中的向往；
在这绿草如茵的季节，还有什么比草原的花儿漂亮？

鲜红耀眼的山丹丹花儿，我们的情意在心中奔放，
神武无畏的英雄，是我们一生的渴望；
在这热血沸腾的时刻，还有什么比得上天地新房？

这种草原上极难听到的女声小合唱，其声格外高亢、明亮，尤其那位带头领唱的女声，更其甜润、突出。她们唱罢，皆转过头来，发出一阵响亮的脆笑。

由天际怂恿道：“张正使，张叔叔，我七年没听到您的笛声了，不妨也来一曲，以作应和？”

堂邑父亦道：“大哥，我虽不懂音乐这行，但好听的歌儿和悦耳的笛声，每一听到，心情便分外舒畅。”

张骞从怀中掏出骨笛：“此笛尽管常揣怀中，也只偶尔为之，不似前边几位姑娘，日日以歌声抒情。”话是如此说了，依然将笛孔凑向唇边。

只听一声曼妙的笛音破空而出，如锐箭远射，悠悠长鸣。接着，欢快的音调，使人不由得要一蹦下马，在草地上翩翩起舞。前阕一毕，又转调激昂，顿时马蹄嘚嘚，

刀枪当当，似入杀伐争战之中。笛曲尾声，又显得无比的坚毅果敢，充满了胜利的喜悦。

堂邑父、由天际二人又一次听到完整的笛曲《大漠行》，不由得浑身血脉偾张，冲天大吼：不到西域，誓不罢休！那四名女郎早已跑将过来，抱住张骞、堂邑父二人，又亲又搂，最后又一块儿将由天际摁翻在地，轮番在草地上打滚。一时间，只见白的衣、红的衣、黄的衣、绿的衣、粉的衣，搅作一团。

由天际好不容易将她们一一掀开，讪笑道："我们打小就这样，闹惯了。我们先一块儿唱歌，而后打打闹闹，任由她们'欺负'。这里的人早已见怪不怪，还送给我们一个雅号'四花一绿叶'，还——"却住口不说。

一着红衣体格丰满的姑娘道："两位叔叔，他不好说，我来讲。你们也看到了我们之间的关系，是否有些特殊？其实我们四姐妹虽然来自不同的家庭，但都是天际的女人，他让谁离开谁都不走。谁让他生得俊，而且风趣，武功又那么高！这里的人还送给我们几句玩笑话：'四花一绿叶，都在一帐歇，不知谁是妻，不知谁是妾。'还道：'四花一绿叶，敌手不敢劫，保得都平安，安居又乐业。'"

高个绿衣女子插言解释："我们四姐妹只以年龄叙长幼，不以妻妾论身份。只称大姐、二姐、三姐、小妹。如果生下孩子，我们都是他阿妈。如若天际去干男人干的大事，我们不挡；如若天际要回南方生活，我们追随。我们宁肯丢掉性命，也要保他安全。这一辈子，有这些年的快乐，便已知足。"

红衣女子似是大姐："二妹所言极是。二位叔叔可能还不晓得，明里看我们疯疯癫癫只会胡闹，其实，远近土匪骑痞经过两次厮杀，送给我们四姐妹和蒙利克两大绰号：'恶煞四美女，凶神一利克。'至于天际，就无须多说，'闪电杀人玉面郎'，早已风闻各地。"

两位年纪稍小的姑娘，只含情脉脉，为由天际整理衣装。

由天际自然了许多，粲然一笑接口道："张叔叔、甘父叔叔可能不知，去年羊子下羔的时候，二十几名在别处吃了大亏的骑痞，窜进这块草场欲行抢劫，还没轮上我动手，就这四姐妹加上蒙利克，杀得那帮骑痞尸陈一地，残余窜逃，而她们仅有两人受了一点儿皮外伤。"

红衣女子则道："早些年就听由天际说过，张骞叔叔、堂邑父叔叔，还有秦自乐哥哥，你们是结义三兄弟，个个都有极高的武功，曾一人对付三十余名骑痞托力达而自己全身而退。今日就算了，明天一定得让我们见识见识。”语毕，一声吆喝，四人又去前边带路。

不久，便到了庄稼地，那四名女郎亦即返回。张骞放眼望去，只见草丛中隐着一条小溪，流向一片洼地。洼地微微下倾，长一百余丈，阔八十余丈，全被垦为农田。田有埂，地有垄，畦有沟，水分两支，东西各有蓄水池。农夫们正在收割夏麦、莜麦、糜子、黄豆等庄稼，其中竟有二十余亩稻田，谷穗已经带黄，虽然不及家乡稻子丰茂，但也差强人意，令人欣喜。农夫们一见由天际，皆驻足招呼：“主人好，主人安康！”由天际笑道：“我不好，你们吃个屁，庄稼收下也是别人的。大哥、大叔们活儿重，一定得把肚子塞饱。吃不好，告诉我，我扒了蒙利克的皮！”众人皆喜笑颜开：“有酒有肉，天天打牙祭，蒙利克的皮，暂且先留着。主人有贵客，明天弄点新粮，尝个新鲜！”

由天际回头对张骞二人道：“这帮人，我越是作践他们，笑骂他们，他们就越高兴，活儿做得越卖力。”

这种家庭组合方式，以及对下人的管理态度，也只有由天际做得出来。使节队所有幸存队员中，唯有他活得自由，活得滋润，要让他离开这里重蹈危境，真让人有些不舍。张骞道：“这是人的天性使然，你以本真待人，即便傻子，也能体味到你的善意。如果让你带领一支军队，将士肯定会上下一心，常打胜仗。”

堂邑父不擅玩笑，但对可乐之事亦很欣然：“使节队少了你由天际，定必寡味。”三人离开庄稼地，继续向东，斜阳照处，草光晃眼，氤氲之气，掠地浮浮，前面左面，缥缈无际，右方山林，墨线蜿蜒。时有牧归男女，无分老幼，一见由天际，尽皆哂笑道：“四花不在，唯一绿叶，又无歌儿，主人真是啬皮。”由天际对道：“羊儿咩咩、牛儿哞哞、马儿嘶嘶、狗儿汪汪。此曲应该百听不厌。”相互逗笑完毕，这才问及张骞二人：“宁舍四花，专陪客人，此二人非贵必显。”由天际回道：“我这两位叔叔，视显贵如粪土，地位却是极尊。我是你们的主人，而他们是我的主人，比兰扎吁王爷更其尊贵的主人。”

一干牧民，便都窃窃私语，瞧着二人及其马儿，满是敬畏神色。由天际自嘲道：“大伙儿混得太熟，有时连牧羊犬都与我开起玩笑。先是假意狂吠，见我不予理睬，又到我面前撒欢儿大献殷勤，直到我唤着它的名字摸摸它的脑袋才罢。”

张骞二人不由得大为惊奇，此情此景，只怕走遍天下，也难得一见。

而晚宴时，一场四位美女的歌舞，更是别开生面。

先是剑舞。一人一柄裹银木剑，在灯下熠熠闪光。其舞在“式”而不在“势”，动作协调，整齐划一，以曼妙的身姿舞出曼妙的剑姿。张骞略略一瞧，大为吃惊——因其剑姿一招一式无不与青锋剑谱七十二式相暗合，只在一些细节上有些错讹。由天际自有其师李中壮之后，张骞并未特意教过他，而他所记如此之准，真是聪明之至。同时，张骞也明白了剑舞的含义！明日须认真演示，进行纠偏。

刀舞亦然，全是堂邑父的刀术套路。堂邑父却是个热心肠，即让蒙利克取来一根木棒权作刀片，带着四女舞将起来。一时间，大帐之内一个长条大汉，四个娇美女子，惹得大伙儿弯腰不起。

而搏击之舞纯系搞笑。四名美女，伸指所击之处，均为对方笑穴。四人皆夹紧了胳膊，偷袭躲闪，碎步直摇，弄得一身佩饰叮当作响。张骞本是严谨之人，亦忍俊不禁，掩口大笑，对摆在面前的熊掌、鹿肝、羊尾膏脂等稀罕菜品，也忘了下箸。

直到四姐妹唱起祝酒歌时，笑声才歇。

七年来，张骞与堂邑父在这里度过了最愉快的两天。

两天后，张骞启程，回托力鲁草原。堂邑父亦决定再次北上，先救出范佑铭，而后继续寻找秦自乐、于起、匡利三人。由天际犹如再度失去爹娘的孩子，哭天抹泪，直送出百里之外仍不欲返回。堂邑父兄弟情深，一路陪送，反倒极少说话。张骞多次劝阻，不见效果，最后不得不以正使的身份，一半劝解一半命令：“我现时所在地点，你们已经晓得，快马不到四天。我因备受监视，为慎重起见，以后联系到的兄弟，先在由天际这里相聚。二弟最是辛苦，动辄千里万里，几年的历练，二弟已变得有勇有谋，当哥哥的甚感放心。而由天际在其治下牧民与奴隶之中，可谓水乳交融，安全亦不成问题。我留下的马儿系为战马，将来可用作驮马，同时应驯出二三十匹良马，以备日后作为队员们的坐骑与驮马。我意三年之内，使节队必须重新登程，以完成吾皇交付的使命。我命你们即刻返回，首先做好埋藏物品的起出、保管之事，再排个顺序，将准备的活儿依次做好。好了，我们相互抱抱吧，我相信，不久之后，我们还会与更多的兄弟相见。”张骞率先下马，一抱将由天际搂下来，紧接着与堂邑父一块儿，三人泪水直涌，抱作一团。

张骞重新上马，堂邑父挽缰道：“请大哥记住宝力奇老人说过的话，勿贪黑赶路，勿远离部落，宁绕行于牧户之间，勿独行于荒野偏僻之地。你既与托力达结下梁子，就须小心他们乘机复仇。”

“二弟放心，大哥记住了。”一抖缰绳，张骞纵马而去。堂邑父、由天际直望到不见人影才罢。

沿着西南方向的草原，又走出大约三十里地，张骞来到一处小树林。时已正午，阳光炙热，乍入林子，顿觉凉爽，而草原风穿林而过，万千白杨树叶“哗哗”一片脆响，加上几个知了的鸣叫，使张骞恍如回到了城固家乡。只此处了无人迹，更无鸡鸣狗吠之声，使人感到无比的空落。他决定歇息片刻，并以剑作镰，刈来两大抱青草，置于阴凉处，并洒了些清水，让“花豹”咀嚼。自己却割来一根青藤，捋光后将所携面饼一一串起。

这是由天际命蒙利克为他赶做的新麦面饼，里边掺了肉末、香葱、鸡蛋。不计腌制煮熟的鹿肉、羊肉、牛肉，仅面饼便够他食用三天。为怕天热发馊，故而以藤条串起，待其成为干饼之后，妥为收拣。

面饼串好，张骞将其悬空挂于树枝，然后端坐于地，一手杵剑，一手按膝，眼帘一垂，开始眯盹。

那“花豹”见主人打盹儿，亦安静了许多，并不再低头吃草，而是噙起一口青草，便扬起脑袋，四处张望，偶尔喷一下鼻息。

突然，它低头走近张骞，将主人杵醒。张骞乍然醒转，倾耳谛听，左方半里之遥，似有数骑驰来。于是急速收了麦饼，持剑勒马，静候来者。

不一刻，三骑人马一齐赶至，见张骞仗剑扼于前路，还当他系剪径强盗，皆“哗啦”抽出腰刀，围将上来，其中一赤须大汉朗声问道：“呔！何方好汉，在此干甚营生？”

张骞将三人上下一睃，见诸人衣饰整洁，皆取守势，知其并非歹人，遂剑插入鞘，欠身施礼：“吾乃张骞，奉托力鲁王爷之令，去兰扎吁王爷处办事，今次返回，途经此地。尔等何人，有何贵干？”

赤须大汉等人亦收归腰刀：“尔系汉人？”

“不错。吾为汉人，却是托力鲁王爷的通译（翻译），因有一点粗浅功夫，常在外面办事。”

“我等系嘎林部落土司府卫士，今奉土司之命，前往勒孜部落接人。”

“不知勒孜部落还有多远，接什么人？”张骞随口问道。

“不远，前边三十里便是。所接是一男一女两个年轻艺人。我家土司老爷喜好音乐，命我等前去，将他们二人接到嘎林部落乐呵乐呵。”

“他们就那么乐意？”

“什么乐意不乐意。一个双目失明的瞎子，一个没了乳房的女子，四处卖唱乞讨度日。我家土司老爷接去，供他们吃，供他们喝，土司府唱罢，又允诺他们在部落里转悠，少说一年半载可以定居于嘎林部落，他们能不乐意？”

“这倒是一对苦命鸳鸯。不知他们缘何弄成这样？”张骞油然同情道。他倒想去看看，这究竟是一对什么样的年轻人。于是又道，“反正我与尔等同路，我也搭伴前去望望。”

赤须大汉似乎见怪不怪，语气漠然：“谁晓得什么缘由？我们也没见过。据说，那女子是匈奴人，有一副好嗓子，那男人却是汉人，吹箫吹笛拉胡琴，样样皆能。你也是汉人，可你在托力鲁王府，不会不晓得，匈奴女人如果有了男人还不安分，又与其他男人勾搭，逮着之后，便将其双乳割掉，将人扔于荒野，任其自生自灭。关于这个，我们管不着。只要她歌唱得好，就只听她唱歌。”

听得赤须大汉说年轻男子是一汉人，又会吹笛弄箫，心中兀地一动，想到王兼。可王兼有一双明亮漂亮的大眼睛，而且他并不会拉胡琴，立即予以否定。但此人毕竟是一遭罪失明的同胞，理应予以关切，遂又不经意地说道：“这里竟然有这样的汉人，倒是极难见到。他该不会是哪家土司的奴隶吧？”

“奴隶？亏你想得出。在匈奴，哪有这样来去自由的奴隶。如若他是，那你也是。你是奴隶吗？谁信？”

没有得到确切回答，张骞也就不再言语。不知不觉间，到了勒孜部落。

土司府附近，并无所说二人，询问之下，说是在离此十里远的一个村子里，方向西南。张骞于是随着三人，折身去了西南。

尚在百丈之遥，便见一草场之上围着一大群人。悠扬的琴声不断传来，愈近愈清晰，调门一过，一个脆亮、甜润的歌声飘然而出：

在那长满绿草的山坡，到处都开着鲜艳的花朵；
花儿虽有千千万万，美丽的少女唯有一个；
那少女是你也是我，她只生长在情郎的心窝。

宽广富饶的勒孜草原，有无数痴情的姑娘小伙；
相亲相爱的人生长路，你们唱着甜美醉人的赞歌；
风雪长夜的天地之中，一同踩过命运里的坎坷……

张骞下马，挤入人丛之中，看那女子，面容姣好，美艳动人，年约二十来岁，胸脯平若板材，见之风韵顿失；男的年约二十八九，乱发覆额，脸之上部看不真切。看其下颚，似像王兼，但腮上一圈短髭，黑乎乎的尽显沧桑，坐在杌子之上，背也略显佝偻。张骞有些犹疑，不敢断定，欲上前借其骨笛一观，忽听那男子与女子将歌儿和声重唱。

其声一出，张骞大恸，泪水不由溢满眼眶：王兼王兼，你缘何沦落到如此境地？

赤须大汉拔出腰刀一挥："走开，走开，此二人我们接走！"

众人见三人面相陌生，并不理会。一牧民上前道："你们何人？敢在勒孜撒野！"

赤须大汉便以刀背迫之："管我何人，你们听得，我们便接得！"

张骞见双方起衅，互不相让，又想了解王兼近况，遂向赤须大汉深施一礼："好汉可否听我一句？"

一路之上，赤须大汉见张骞彬彬有礼，处处谦让，心有好感，便垂下腰刀："有甚话，讲！"

"按说，我心里比尔等更急。因为这个拉琴唱歌之人，是我失散多年的大伯之子。但在歌唱献艺之中，我不敢打搅，以免扰了众人的雅兴。在别的部落惹下众怒，那可不是好事。如若因此小事引起嘎林与勒孜两个相邻部落的争端，岂非事与愿违？再说，一首歌又能耽搁多久？听听他们的歌声，是否值得一请，岂不更好？”

赤须大汉手摸下颏：“你的话，倒是有些在理。唱吧唱吧，那就再唱一首无妨！”

王兼初始听到张骞声音，有些不太相信，但是越听越真，最后认定确凿无疑，便不顾一切，扑了过来：“大哥，大哥，我好想你！”抱着张骞，放声大哭，其声凄惨，其腔哀号，令人心酸泪落。

张骞强忍悲戚，面对赤须大汉以及众人：“大伙儿稍等片刻，容我与吾弟说几句话，可否？”

众人默然以应，并未走开，皆现好奇神色。

“谢谢列位体谅之情。”张骞即以汉话询问王兼：“拣要紧的事情，说给我听听。”

王兼便从赛音山达与堂邑父分手之后讲起。不料围观之人却不答应：“我们听不懂，不要说汉话！”

王兼显得难为情，抬脸面向张骞。张骞鼓励道：“无非与男女之事相关，你与此女如此不舍，他们只会赞叹同情，不会讥笑于你。”王兼遂以番语，说了大概经过。

七年前的三月二十一日，匆匆吃罢早饭，堂邑父便对王兼、苏疾道：“你们二人现在已是自由之身，随便哪里，都可去得。我要去赵信城办一件极其危险的大事，因此就此别过。这里有百金，你二人各取一半，以备不时之需。”王兼二人欲问何事，堂邑父已刮风般走远。

苏疾、王兼结伴南下，决定去云中郡边境一探究竟。到一哲让部落，二人正在一牧民家求餐，突然传来阵阵优美的琴声，牧民主人喜道：“啊，是草原人尊敬的扎呼苏老人来了，你二人将肉饼拿上，我要前去听听。”王兼本爱音乐，拉着苏疾相随而去。

王兼完全被扎呼苏老人的琴音迷住。待散场后众人一走，他便“扑通”一声跪在老人面前："尊敬的扎呼苏爷爷，请收下王兼，作为最孝敬您的徒弟。"说罢，又连叩三头。接着掏出二十金，双手奉上："拜师之资，请师父笑纳。"

扎呼苏将金子一拨："此物于我，毫无用处。我穿四方之衣，吃八方之食，要它何用？我倒想问你，有何能耐，就敢贸然拜师？"

王兼站起，取出骨笛，吹了一曲草原长调："师父，可许徒儿相随？"

老艺人见此后生聪明伶俐，英俊喜人，又通音律，便道："相随可以，拜师就不必了。我叫你王兼，你称我爷爷便可。以三个月为期，若受不了苦楚，拉不出调子，我们各归各路。"

王兼留了下来，苏疾见状，与之相别，不知去了何地。

第二年春，王兼已能拉出一首首漂亮琴曲，并可依据场景，现编现拉，以歌配合。扎呼苏遂赠琴一把，令王兼自立门户。

借此机会，王兼游走于匈奴各个部落，希望能找到张骞及一干失散队员。凭其技艺和标致的容貌，所到之处，备受欢迎，尤其一些年轻女子，更是投来火辣辣的目光。吃穿用度，几乎无须张口相求。

这年夏天，王兼来到勃忽王爷所辖的西部草原。他信马由缰，一边哼着小调，一边看着四野茫茫的草地，以及间或出现的雪白羊群，一任呼呼而来的热风吹过。他并不着急，要去的格罗部落已经不远，而草原上的牛羊还得一个时辰才可归牧，自己又不渴不饥，所以显得非常从容。

倏地，前边小山弯里传出一支高亢嘹亮的歌声。那歌声似乎直入云端，干净、清爽，令人心弦为之颤动。王兼如痴如醉，屏息不动。突然，他打马向前，直奔而去。

原来是一妙龄女郎在纵情歌唱。

尚在数十丈远，王兼便就叫道："哎，你叫什么名字？你唱的歌儿真好听。羊儿听了，会多吃草；马儿听了，会停止嘶鸣；人听了，会忘记回家。"说着，已到姑娘面前。

"我叫查合拉灵。我唱的歌，真有你说得那么好听吗？"查合拉灵见来者是一英俊后生，心中不由得怦怦直跳，"你是干什么的？我怎么从来没见过你？"

"我呀，我叫王兼，从很远很远的东边来到格罗部落。我不会放羊，也不会打猎，只会吹箫弄笛拉琴唱歌。"当即取出骨笛，"吹得不好，查合拉灵姑娘不要见笑。"

笛声乍起，一曲草原长调激荡而出。

查合拉灵听得双眼迷离，美丽纯真的脸上，充满了钦佩和爱慕：“今晚，你就住在我家好吗？”

这是喜欢自己的明显信号，王兼焉有不知？这查合拉灵可谓美艳惊人，能得到这样姑娘的垂爱，王兼顿时心花怒放，忘了一切，更忘了峦芳洲的木嘎娜。他怕查合拉灵父母拒绝，于是小心问道：“不知姑娘家中还有什么亲人？”

查合拉灵黯然道：“阿爸战死沙场，母亲远走他乡，现在跟舅母斯琪和表姐昆古丽玛月伦一块生活。你放心，她们非常爱我，不会拒绝你的。”

王兼有些疑惑：“你表姐多大了，怎的还没有嫁人？”

“我表姐身强体壮，马上马下，做活顶个半男人。她眼光极高，非盖世英雄不嫁，整个勃忽草原上的男人，没有一个让她中意的，二十二岁了，还在家里。舅母催她，她说，找不着这样的男人，她宁肯一辈子不嫁。”又一瞅王兼，“我可不像她那样，只要遇到我喜欢的男人，现在就可以嫁给他——不早了，我们回吧。”

家中果然如查合拉灵所说，斯琪和昆古丽玛月伦母女对王兼的到来，表现得十分热情。

王兼这一住，就住了下来。为了养活自己和贴补斯琪家用，他也常常出去献艺，但最远不超过两天路程，有时撵黑还往回赶，而他与查合拉灵也进行到灵肉结合，单等适合的机会，举行一场体面的婚礼。

孰料第二年春天一过，勃忽王爷便派管家来斯琪家下聘，要纳查合拉灵为妾。

斯琪将聘礼向帐外一扔：“回去告诉勃忽王爷，查合拉灵已经有了她心爱的男人！”

管家竖起脸子：“这个事，王爷晓得，不就那个靠一把琴四处乞讨的汉人小白脸王兼？王爷不计较这个，只要查合拉灵到了王府守规矩，便没他们什么事。”

“查合拉灵不会同意的。她宁愿放一辈子羊，与心爱的男人一块儿乞讨，也不会嫁给别人。”

“少啰唆！这跟她同不同意有甚关系？你说，这草原上的一切，哪个不属于王爷？”

斯琪知事情无可挽回，便打马去了牧场，将这坏消息告诉给查合拉灵。查合拉灵道："今晚王兼一回来，我便与他连夜逃出格罗。"

然而，查合拉灵还在牧场，便被勃忽王爷的人掠走了。

王兼回来，自是伤心不已，好长时间都无心出去，整天失魂落魄地在查合拉灵放牧过的地方发呆，有时或吹或拉或歌，全是令人感伤的曲调。

查合拉灵后来便借口各种理由，时时与王兼幽会。一天，被勃忽王爷派来跟踪的人发现，双方被捉。

勃忽大怒，令人割去查合拉灵双乳，扔于荒野。又拉出王兼，抽了一顿皮鞭，正欲令人将其龟头割下，千夫长上前耳语了几句。勃忽又令人将王兼拉到面前："两条路，由你任选。一，做我军队的向导，前往上谷，龟刑可免，且令医工[④]治好被皮鞭抽伤的双眼；二，拒绝带路，伤眼不治，龟头被割，从此变成瞎子、废人！"

王兼抬头不语。勃忽抬起屁股，扔下一句话："先关上十天再说！"

而斯琪母女出去了许久，才将查合拉灵找回，昆古丽玛月伦去找来许多伤药，为表妹进行医治。

王兼因情事被关，看管的人并不怎么上心。第八天夜间，斯琪母女乘着监管人员熟睡之机，将王兼偷偷救出，不料半途被千夫长的哨马捉住。勃忽怒不可遏，一皮鞭下去，抽断了斯琪的脖子，又将昆古丽玛月伦作为奴隶，卖与了比伉部落。而王兼亦遭龟刑，双目失明。

王兼说罢，赤须大汉与众人尽皆唏嘘，纷纷将铜钱、碎银丢入木罐。王兼面对张骞，慨然道："我没有背叛大汉，没有背叛使节队，也没有背叛大哥！我有查合拉灵朝夕相守，受此辱刑，我也不悔。大哥不要挂怀于我，我不能陪大哥继续西行，但我还可继续寻找那些兄弟。今天能与大哥相遇，我很幸运，也很知足。现在，我和查合拉灵要去嘎林部落了，不知大哥有何吩咐？"

"王兼，你永远都是我的好兄弟，查合拉灵也是忠贞不贰的好女孩。我没有什么吩咐，什么时候想见大哥，就到托力鲁草原找我，那里所有的牧民，全都晓得我。"又对赤须大汉道，"到了嘎林部落，尚望多多照顾。"

"那是自然。我们又非铁石心肠。尤其对有骨气的人，即使是敌人，也都十分钦敬。"赤须大汉道。

张骞直送到小树林，将由天际所与的所有肉食面饼递给了查合拉灵，这才重返勒孜部落。当日便宿在那里。其后晓行夜宿，七月七日中午，回到小黄山，来去十四天。

回来的几天里，一个问题一直在张骞心头萦绕：由天际与王兼，同样两个英俊后生，其命运的差别缘何如此之大？待他稍稍理出一些头绪，不料自己也摊上一件麻烦之事。

这真是：

同样的草原之色，同样的阳光蓝天，
有的绿得明媚，有的绿得惨然。
看云山自许，坚贞守固，轩辕衣冠；
雁鸣马嘶，凡身怵惕，均非等闲。
且将心房修葺，越葱岭采得一束鲜花；
回还长安，看桃红柳绿，再佩春兰。

欲知张骞又摊上何事，且由下回分解。

**注释：**

①额德伦金山：山系名。在今之蒙古国西南，与我国内蒙古相接壤。

②波孜：一种发酵原料，草本植物，亦可做醋。

③塔勒：音译。匈奴人对糜子的称谓，沿用至今。

④医工：汉时对医生的称谓。

# 第五十八回　病王爷再设羁縻计　苦难女又遭绑缚劫

张骞没回牛潭谷，直接去了牧场。见索日力躺在草地上，吹着口哨，眯眼看天。

“索日力，索兄弟，劳烦你了。今日早点回家，帮我杀只羊子。”

索日力一骨碌翻起来：“我还当是我那没出息的女人到这里找我，原来是张大哥回来了。咋样，‘找’到阿果拉芒娃了？否则不年不节的，你杀什么羊子？”

“这次见到了三个‘阿果拉芒娃’，所以高兴，杀只羊子庆贺庆贺，也慰劳慰劳你们哥儿仨，慰劳慰劳我自己。”随即下马，与索日力坐在一处，“带水没有？渴死我了！”不等回答，便从索日力肩上解下水袋，拔了塞子，“咕咚咕咚”地喝了起来，直喝到打起水嗝，才将这次行程的结果，摘要说与索日力。

“你与你那匈奴兄弟七年始得相见，只此就该祝贺，何况还有那调皮可爱的由天际。王兼虽成残疾，但你已经晓得了他的下落。我真羡慕他们，有你这样赤诚无私、处处替人着想的大哥。”

“难道你不是我的兄弟？你仅仅不是使节队的队员而已。凡机密之事，从未瞒你。”

索日力感慨道：“人生有你这样的大哥，得一足矣。杀哪只羊子，你说。”

“只要是二次子，哪只都行。我先回去，把这一身汗溲洗洗。明早我还得去王府销假，说说阿果之事，看那老色鬼有何盘算。”说罢，回到牛潭谷，洗澡换衣，简单弄了口午饭，便烧水准备杀羊。

这一夜，张骞与索氏三兄弟大啖酒肉，直到尽兴方止。

翌日黎明之前，星光微照，轻风带寒，张骞便为“花豹”温水加料，而后褪去上衣，脱掉长裤，开始日常功课：打拳、舞剑、扔石。至星光渐隐，东方露白，即去喝了一大碗温水，掐起一沓面饼，张嘴叼住，接着穿衣关门，跨上马儿，向王府驰去。

过诺月部落，日近三竿，恰见达斡汗夫妇赶羊出圈，看到张骞骑马而至，达斡汗双臂一展，拦住马头：“张大哥，许久不见，你都干什么去了？今日无论如何，得在家里坐坐。”

“羊已出圈，没有回赶之理。我要去王府面见王爷说事。几句话说完，返回再来叨扰可否？”

“你可得说话算数。”达斡汗放下双臂。张骞施以一礼，即行而去。

至工匠操作房，一干人正抱着大碗，吞食莜面，只听“吸溜吸溜”“咕噜咕噜”一片声响。俗话说，一人动嘴，十人嘴香。张骞只在赶路，中途再未进食，一时之间，馋虫被逗，纵使他抑制能力极强，那种饥饿的感觉仍强袭肚腹。而工匠们与张骞早已厮熟，其中不乏喜开玩笑者，那铁匠首先调侃道：“张骞老兄，美女阿果独守在家，就不怕别人借去一用？”一陶工则讥笑铁匠说话没有准头：“那怎么是‘借’？应该是‘帮’！帮张骞制造小人儿，得感谢人家才对，且又多一门‘轴友’亲戚，多滋润的事情！”更有几个下流坯子，满嘴喷粪，语句粗俗，不堪入耳，枉自玷辱了那一碗面食。有人听不下去，以话插挡，你来我去，互相之间，竟吵将起来。

面对那些粗鄙之辈，张骞一概不予理会，均一笑置之。

庄月蓉与秀玛古丽塔等一干女工，一年四季，皆在屋内进餐，从来不到男奴堆里掺和，所以早已习惯了外面的嘈杂。突然听到张骞名字，女工们立即搁下饭碗，出门一看究竟。果然是很久没见的张骞，庄月蓉首先不依：“从这里路过，不进屋看看老姐，这算什么？”

秀玛古丽塔也凑将过来：“还有我这老妹呐！怕我赖上你？放心，我现在有男人了，是王爷商队里的一名武士，本领虽不及你，但比你爱我。”

“好姐姐，好妹妹，你们不是正在吃饭嘛。我怕打搅于人，所以准备返回时拜望你们。”

“我可经不起一个‘拜’字，这‘拜’字还是留给庄头。估计你也没有吃饭，这可咋办？”

“我老了，食量有限，刚动筷子，骞弟如不嫌弃，将就吃点？反正你赶到王府，王府也不会给你备饭。”庄月蓉说着，返身入内，欲将那份面食端与张骞。

秀玛古丽塔都伸手一挡：“吃你一人的，只领你一人情分。可还记得几年前张骞第一次来的那次？一碗羊排，一人一根，让你弟吃了个贼饱——呃，我说错了，那时他还不是你弟。今天还是照样，每人匀出一点，让你弟吃下大家的情意。说不定那阿果跟人跑了，你这兄弟能从我们这女人堆里重找一个媳妇。他若嫌弃，他心里就没你这姐姐，也没有我们这些妹妹。张骞，你会不会嫌弃？”

面对秀玛这一张利口，善于应对的张骞竟无语作答。他别无良策，只好点头应允。

这一顿饭，成了张骞终生难忘的记忆。公元前114年农历三月十八日临终的前一天，他吃了最后一顿饭。最后一顿，便是让妻子昆古丽玛月伦为他做了一碗莜面片儿汤。

吃下一碗滗不出一点儿面汤的面片，张骞去了庄月蓉房间：“姐，弟弟实话告诉你，阿果拉芒娃并非让托力达土匪掠走，而是让突阿贺的头人勒古台领走了。他们真诚相爱，我应该成全他们。前时托力鲁反悔，想重新‘轴’回阿果，我就借口寻找阿果，去找寻使节队那些幸存的兄弟。我今天去王府，就是告诉托力鲁，阿果没找着，等以后有机会再找。”

“可能不用你再找了。因为托力鲁病了，据说病得不轻，已经卧床不起。现在主事的是歪嘴子布赫小王爷。你去王府，不妨说与他听听，看他作何回答。”

“呃，有这事？这今后想出去寻人，可就有些难办。”

“说到这里，姐有几句话，不得不说。你也四十大几的人了，老家的周月英又已亡故。人来到这个世上，总该留棵根苗吧。刚才秀玛所说，既是玩笑，也是正经话。这里的未婚女子，都是知根知底的姑娘。本来秀玛古丽塔挺喜欢你，也挺适合你，可是前有五公主，后有阿果拉芒娃，她没了指望，只好嫁人。依我看，你就从这些姑娘中挑上一个，我和秀玛帮你说合说合，把家成了，你有事出去，也好有人帮你打打掩护。”

“姐姐，我不是不想成家。只因皇命在身，还得继续西行，我是怕给人家带来灾难。”

“人常说，天无绝人之路，你就预先晓得，灾难会是永远的？说不定，它只是暂时的，未来的幸福会是永久的！”

“姐姐，你说得对，容我仔细想想。一月之内，给你答复，好吗？”

“好，就一个月。”庄月蓉起身，送张骞出门，看着张骞疾驰而去。

庄月蓉没有生下一男半女。三十几岁前一直被托力鲁糟践，被遗弃之后，却无人敢娶，一晃年过半百，而今膝下冷清，孤苦一人。她不愿看到张骞如她这样，虽说男人年过六十尚能育子，而老年育子，那情景着实堪怜。现在张骞似被说动，她本想说与秀玛知晓，再一琢磨，张骞乃匈奴单于与王府关注之人，阿果走却，谁知又会出什么古怪之事？所以在没有坐实具体答复之前，还是先缓一缓。

庄月蓉尚在琢磨，张骞已到王府，迎头正好撞见塔丽版宓赤。张骞低头退到一旁：“五公主好，五公主您回王府了！”

塔丽版宓赤伸出右手，将张骞下颏一掀：“你个没良心的，看着我说话！我没回王府，怎么会在这里遇上你？你在恨我，不愿见到我是吧？是的，是我错怪了你，你恨我，该当！可不至于将以前的情分全忘了。你忘了，我可没忘！你这个死张骞，说，来王府何事？”

“您是高贵的公主，我怎敢怪您，更不会恨您。您的情分，我只能永远放在心里。至于为什么来王府，一来听说老王爷贵恙，前来探望；二来感谢老王爷的眷顾之恩，使我没有冻馁之苦；三则事关隐情，特向老王爷如实禀报。”张骞虽然抬头，目光却偏在一旁。

不料塔丽版宓赤长叹了一声：“你还是不愿正眼看我。你也甭老是‘您’呀‘您’的，听着让人别扭、生分。我也是我弟专门派人带信给我，说阿爸特别特别想我，让我无论如何都得回来一趟。来后才知，我阿爸病了，并要我原谅他，不该设计拆散我们。你所说的隐情，也无须在我面前‘隐’着。无非是你出去半个月，连阿果拉芒娃的影子也没有见着。”

“既然五公主已经晓得，我也就不必在此饶舌。”张骞说罢，拔腿欲向门禁卫士禀告。

塔丽版宓赤突然拉长了脸：“我阿爸病中都能坦白他的过错，你敢烦我？别以为我出嫁远方，管不着你，只要我给我弟小王爷递上一句话，你活得好与不好，都在我一念之间。”

“这么说，你与缅捏土司过得并不怎么样。你是公主，你有怨气，发就发吧，大不了让我重新戴上铁枷。这么一来，托力达那帮杀人不眨眼的土匪，也会对你非常感激。”

“嗬，倒是挺有骨气。你也终于不再用‘您’跟我说话了。逗你玩儿呢，你个笨张骞、死张骞！你进去吧，我阿爸唯一的‘轴友’亲戚。”塔丽版宓赤含笑瞥了张骞两眼，带头进入大帐。

张骞第一眼看到的，是勒古台的舅舅枯木绿仙，正在为托力鲁禳灾、祈福，已近尾声。中间的帐幔被全部拉开，案几与坐垫也被移至两旁。卧榻上躺着托力鲁，看不清他的面目，两边分别站着歪嘴子、管家与呼力泰、额朗两卫士长。张骞和五公主入帐后，五公主悄无声息地插在小王爷布赫身边。张骞一看，即去了额朗一旁，屏了声息，看看枯木绿仙那些让人莫名其妙的古怪动作。

整个大帐里面，显得空落无依、死气沉沉。加上估木绿仙鬼魅般的身影，十分奇特的声调，使那种死气挽结成一团团毛糙的疙瘩，塞向胸膛，而且越塞越多，让人心烦意乱。

看到在场之人的表情，个个虔诚膜拜的样子，张骞十分不解。同样面对枯木绿仙似鬼非鬼、似妖非妖的演示，他与他们的感觉为何有天壤之别？若是孙治瑾在这里就好了，对这匈奴巫师不一样的“高级”把戏，定能说出个子午卯酉。

枯木绿仙做罢法事，收了赏钱，面对张骞时，只是十分诡异地翻了一眼，便一摇一摆地走了出去。

仅此一眼，便给张骞留下了极深的印象：这是一个足智多谋，善察人心的老怪。那一眼可以进行多方面的拆解：是一种对他品德的赞许，亦是对他成全其外甥婚姻之举的感谢，也许还有对成功愚弄托力鲁的一种得意。别的巫师是装神弄鬼，他是装鬼弄神，完全不在一个档次。

张骞正自出神，忽听塔丽版宓赤唤道：“张骞你过来，我阿爸叫你。”

张骞轻移脚步，走近卧榻，看到托力鲁的模样，即刻惊骇不已。

大概是为了喂水喂食解溲方便，原来的地毡大铺已被撤除，换成了一架与膝等高的木榻。七月初的天气，并不寒冷，却铺着双层绒褥，盖着长绒羊毛大被。双腮塌陷，眼眶若井，两颗眼珠如掉入深坑的羊粪蛋蛋，在里面滚来滚去。一双伸出在外的手臂，又似被火燎过的山林焦木，枯槁黑瘦，耷拉于侧。张骞上前几步，忽然又有一股腐肉般的恶臭袭来，令人心烦欲呕。他出去方才半月，托力鲁就病成这样，真叫人难以相信。张骞暗自骂道：这个老色鬼，这病或许早已形成，只是没有爆发而已。本已疾病缠身了，还念念不忘阿果拉芒娃，真是活该。

托力鲁虽然声气微弱，但声音听着倒还清晰："张骞你来了。我晓得你是来向我禀报关于阿果的事情。此事你不用再说，你找不着她，永远也找不着。好比贼偷了东西，首先是把它藏起来，不让人发现，然后偷着慢慢享用，你说是也不是？"

"王爷的比方很恰当，但是我还是必须要找的。否则，我无法向王爷您交代。"

"我不需要你交代。你该有了体验吧，美女有什么好？美女对于男人，是索命的魔鬼，刮骨的快刀。刚才枯木绿仙跟我讲，要为我找回阳气之魂，祛除阴气之魔。我的阳气之魂哪儿去了？全被女人弄走了。今天一点点，明天一点点，到你发觉时，已被掏空了。"托力鲁好像突然大彻大悟，对女色作了一番评价。

对于托力鲁的"自悟"，张骞感到十分的可憎、可恨、又可笑。十房妻妾不满足，还四处猎艳，稍有姿色的女人，都难逃其魔掌。自己恶魔在先，反怪被凌辱者是索命恶魔，世上竟有这等恬不知耻的家伙。

张骞假意安慰道："王爷铁打的身坯，不会有事的。恢复只在指日。王爷是否还有其他吩咐？"

"你和五公主的事，你不要怪她。要怪，就怪我，也怪你自己。单于封你为匈奴无双国士，地位在众王爷之上，几乎与老国师比肩，可你倔强，就是不予应承。"

"王爷放心，我从来没有怪过五公主，也从来没有记恨她。此事也不能怪王爷。您说得对，要怪，就怪自己不识趣，放着高官厚禄不要，偏要在王爷这里当奴隶。一个奴隶，怎能与高贵的公主相配？可我生就的禀性，改不了，也无法改。但王爷对我的厚爱，这份恩情，张骞始终记在心间。"

"这就好。这里没你甚事，你去吧。"又瞅着五公主，"女儿有甚话，出去跟他说。”

待张骞与五公主出了大帐，托力鲁才唤着歪嘴子：“布赫，你到阿爸面前来，阿爸有话嘱咐你。”

歪嘴子有些不太情愿，屏息上前几步：“阿爸，有甚话，您说。”

“你对刚才出去的那个人，有甚感觉？”又对呼力泰、额朗道，“你们二人，也可以讲讲。”

“阿爸指的‘张马儿’？我对他有甚感觉？他又不是十几岁没被男人搞过的美女，我没感觉。”歪嘴子见姐姐不在面前，说话便很是放肆。

托力鲁气得双手直颤，猛地大咳起来。管家赶快扶其坐起，抚胸抹背，又递上温水，啜饮少许，喘息稍定，才又续道：“你甚时才能学会看人、察人？在他与你姐姐的事情上，以我察之，他是真的既不怨恨于我，也对你姐毫无责怪之意，这是不是有违常理？再者，对于失去阿果拉芒娃，他也毫无痛惜之情，而且来这里这么些年，我给足了他成家立业的条件，他缘何不娶妻生子？对于一个身强体壮的男人来说，这正常吗？视‘无双国士’的高官如敝屣，见到绝世美女不用情，其人的坚毅与谋虑，不知超过我们父子多少倍！这也说明，他的志向从未有过动摇。”

托力鲁的一番剖析，使众人无不钦服敬佩，他虽病体支离，仍思谋老到。歪嘴子问道：“我以何策对付‘张马儿’为妥？”

托力鲁又气得面部变形，开始喘息：“你，你，你每天只会想着女人，女人。我的话说得那么明白，你还搞不懂，你，你，咳——”说到此处，托力鲁不得不再次停歇。

“搞不懂就是搞不懂嘛，为一个‘张马儿’，犯不着费这么大心思、这么生气。”

“我不为张骞生气，是为你生气。到现在了，还张口一个‘张马儿’，闭口一个‘张马儿’。你已经不是可以随意任性的小孩子，你是独守托力鲁草原的大王爷，说话做事要懂得收放、懂得恩威并施。你以游戏口吻对待张骞，张骞必轻看于你，认为你浅薄无知，也必以游戏之心对你。”

“我是习惯了嘛，以后改就是。想想张骞这人，还真有问题。”歪嘴子装作有了大悟的样子。

“那你说说，将以何策对之？”

歪嘴子又开始眨巴起一双豆眼：“我马上咋想得出来？得等到明天或者后天再说。”

托力鲁又叹了一声：“明日你去找商头那佤哲，就说我说的，要他务必留意，买一个年轻女奴隶回来。这女奴隶必须合乎六个条件：一，年纪在二十七岁左右；二，没嫁过人；三，脾气暴躁倔强；四，身强体壮，男人难以降伏；五，没什么要紧亲人；六，长相不丑，也不很漂亮。告诉他，这事越早越好。”

“这么多框框，一时之间，哪里寻得？”歪嘴子摇头道，“张骞不是认了个姐姐叫庄月蓉的，让那老女人替张骞挑一个，多省事的事，也免得王府白白花钱。”

歪嘴子一下戳到托力鲁的隐秘，他不由怒道：“我的话都白说了。这事由那佤哲去办，你着的什么急？王府的年轻女奴隶，谁跟张骞不认识、不熟悉？个个巴不得嫁给张骞，然后合起伙来对付你，找一个完全陌生的、脾气不好的女奴去跟张骞搅和，再许给她好处，这样就可以达到三个目的：其一，显示了你这年轻王爷对他的恩眷与关怀；其二，在张骞身边安上一颗结结实实的钉子；其三，用女人这条柔韧的绳索将张骞绊住、拴住。一旦有了小人儿，他即使不顾惜女人，也不能不顾惜孩子，这是作为父母的天性，再是英雄豪杰，也难逃此关。至于花钱的事，你简直说的屁话，一个奴隶能值几个钱？若是跑了张骞，单于的一个处罚过来，你就承受不起！或者张骞接受了‘无双国士’的封号，那对我们的好处，谁又估算得准确？”托力鲁一下说了许多，又喘得上气不接下气，最后挣扎道，“你们几个都是我的心腹。小王爷若有虑事不周的地方，应予时时提醒。”

管家及两卫士长皆诺诺以应。关于张骞的事情，也就这么定了下来。

这时，张骞与塔丽版宓赤仍在大帐之外，为一件事发生了小小的争执。

塔丽版宓赤薅着张骞的马缰：“你今天必须答应我，我返回时，在牛潭谷至少待上三天。”

“这恐怕不妥吧。五公主你已嫁给了缅捏土司，我又孤身一人，你这样做，于你于我都极为不利，此事我不能应你。”张骞断然拒绝。

“你可别想歪了。我只是想听听你吹的笛子、你唱的歌儿，看看你画的地图、写的汉字，你怕什么？缅捏土司也非别人想象的那样小心眼儿。再说，谁胆敢烂嘴胡说，本公主饶不了他。”

张骞索性下马步行：“反正这马儿是你留下的，你牵回去好了。”张骞负气，从旁绕开，拔步而奔。

塔丽版宓赤神色黯然，跨马跟上，一抛缰绳：“一匹病马，成一良驹；一个旧人，难以再新。你走吧，你终究还是不肯原谅我，我不怪你，谁让我做事没有你那么冷静。”

张骞重新上马：“这不是谁原谅谁的问题，是我们的地位太过悬殊。你对我的好，将是我终生美好的记忆。我走了，如果有缘，我们还会再见。我没有什么相送，就为你唱一首歌吧。”于是轻轻唱道：

我有一支已经温凉的歌曲，在草原的上空飘荡无依；
被风吹，被日晒，被雪裹，被狂沙肆意遮蔽。
塔丽版宓赤，你可晓得这是为什么？
皮鞭的任意挥舞，组成我们的第一次相遇。

我有一支唱过无数遍的歌曲，在牛潭谷里下沉不起；
被梦见，被撞见，被想见，被当胸猛地一击。
塔丽版宓赤，你可晓得那水为什么沸腾？
一次炽热地相拥，便是我们永生的记忆。

我有一支谙熟于胸的歌曲，在岁月的等待中沉默不语；
待揭封，待熔化，待开启，待一次心灵的惊喜。
塔丽版宓赤，你可明白终止心愿的痛苦？
他日若有相逢，情分的大树之下能得以荫庇……

塔丽版宓赤止不住掩面而泣：“张骞你杀了我吧！求求你，不要再唱了。”真到静下来的时候，她睁眼一看，张骞已经走远。

塔丽版宓赤后来回到缅捏土司府，半年的日子里怏怏如病，茶饭无味。

而张骞一路耽搁，当天回到牛潭谷，已是小半夜。在场院蹿游的两只狼见到燃烧的火把，立即遁入后边的山林。张骞见惯不惊，察看了一下羊圈栅门，为“花豹”关好马厩，草草地将脚洗了，倒头便睡。

张骞之事暂搁，这里得说说昆古丽玛月伦。

顺着勃忽王爷帮凶们奔驰的方向，斯琪和昆古丽玛月伦母女走出八十里地，在一处草原与大漠相接的洼坑里，找到已经昏迷的查合拉灵。

查合拉灵的胸衣已被渗血全部洇湿，凝结成暗紫的血块。切乳之刑过后，伤口似乎被什么药草敷过，与涌出的鲜血混成疙瘩样的东西。母女俩不敢动它，又怕回家途中将其伤口挣裂，于是用软毡裹之，再用宽布带绑缚于昆古丽玛月伦后背，回到家里已是掌灯时分。

解下查合拉灵时，斯琪痛惜得泪珠滚滚：“灵儿，我苦命的孩子。早知如此，一开始就该让你和王兼远走他乡，永远都不要回来。”

“阿母这话等于白说。表妹缘何受辱？一怪王兼，二怪勃忽那老东西，三怪她自己。王兼人标致，嘴巴甜，会拉琴，会唱歌，却中看不中用，没本事保护我表妹；勃忽那东西，都能当灵儿的爷爷了，还贼心不死祸害人，有机会，我就杀了他；表妹太痴情，太软弱，没有血性，痴情没有错，但没有血性只能受欺负。要是我，拚掉性命也要咬他一口，叫那老东西不死也不得好活。”昆古丽玛月伦一边说着，一边烧着盐开水，准备为查合拉灵清洗伤口。

斯琪叹了口气，无奈之中又有担忧：“今天亏得路熟又去得早，再晚一会儿，土狼闻腥而至，那灵儿就危险之极。而今命是捡回来了，可今后的日子咋过？我老了，你一嫁人离开，灵儿的身体又没你壮实，又不能再嫁，怕是只能指靠乞讨为生了。”

“不是还有王兼嘛！他若是个有血性的好汉，就不会丢下灵儿不管，为人拉琴唱歌，也比乞讨光彩得多！”

斯琪道：“你说王兼？王兼自己也命运难卜，不是已被勃忽下令关了起来，强迫他为匈奴军队带路南征打仗？若要不从，非但要受龟刑，性命恐怕也难保住。”

“我真是搞不懂，这单于和这些王爷，为何不让我们安心放牧牛羊，安心过自己的日子，偏要远天远地跟不相干的人打仗？不是打仗，我阿爸和舅舅也不会把命丢在月氏国，灵儿也不会受此奇耻大辱！”昆古丽玛月伦愤然道。缓缓，又道，“关押王兼的毡帐我倒晓得，看守好像也不那么严厉。毕竟，此为情事，并非敌国奸细，或是要紧奴隶。”

“女儿的意思，是想偷偷地把王兼救出来？”

“这得看这人值不值得一救。如果是个软骨头，救他干啥？若是灵儿不愿，救他何用？若救，亦应等候灵儿醒转之后；再者，亦可看看王兼的操守。凡惜命卖国之人，亦必卖友求荣，视妻若敝屣。”

“女儿见地，果真在常人之上。只是为娘者有些焦心，什么时候，女儿才能心有所属？你今年都二十有三了，女人的妙龄之际已经不多，若再拖延，怕是越来越难，心愿难遂。”

“事涉灵儿，怎的忽又扯到我的婚事？我向已表明，与其滥嫁，不如守身。我有的是力气，身体壮过许多男人，养活阿母与我，不在话下。除非遇到胸怀大志、神勇正义之人，彼时不用相催，我都会主动示好，与其相偕终生。我才不管他是乌孙，是匈奴，还是汉人。”

“我拗不过你，但愿有天神福佑，保得女儿有此奇缘——水已晾温，可以为灵儿清洗伤口了。”斯琪拿起剪刀，在火苗上反复烤了烤，又将剪刀放入盐水焯了焯，取出，凑近脸庞，感到不凉不热，这才将查合拉灵结痂的胸衣一点一点小心剪开。其后，又一点一点为其清洗伤口。最后，敷上一层薄薄的伤药，待其稍干，再敷一层，复以净衣轻轻裹之。

中途，查合拉灵轻轻哼一声，并微微睁眼看了一下，便又昏迷过去。

昆古丽玛月伦不忍心看，又不得不看。昨日还是高挺诱人的双乳，而今已成两处碗口大的伤口。查合拉灵动人的容颜，犹如木头燃烧过后的白灰，使人一见便沁凉入髓，周身寒彻。她可以预见，表妹的胸脯日后留下的，将是两块肉棱交错的丑陋伤疤，足以吓跑所有的男人。

女人如此，真是生不如死。

而她，又能帮助表妹些什么？力不能手刃仇人，智不能助亲人脱去困厄，她真希望有一位让勃忽闻风丧胆的仁义侠士，突然出现在面前，使正义得到匡扶。

她明白，这不过是一种想象，面对实际，她唯一能做的，是让表妹鼓起勇气，好好地活着。如有什么心愿，尽力助其实现。

第八天，查合拉灵终于可以下地行走，厨间的一些轻活亦可上手。

中午饭罢，查合拉灵少有血色的脸上突然泛出一抹红晕："姨母，我想求你们帮我办一件事。不过这事很是危险，不太好办。"

"甚事？你说。只要是灵儿的心愿，危险也得去办。"斯琪道。

昆古丽玛月伦已猜到十之八九："妹妹心里是不是放不下王兼，想让我们将其救出？"

"勃忽说，王兼只关十天。第十天，王兼若是仍不答应为匈奴军队带路，就要处以重刑。而今天已是第八天了。我无处可求，只能对你们说说。我晓得此事挺难，更不能因为救王兼再搭上你们。实在不行，就别去冒险。"

"灵儿，你这样舍生忘死地爱一个人，是匈奴姑娘的骨气。至于王兼，他曾说，他是汉朝皇帝使节队的队员，若真是这样，就不会向勃忽屈服。怎么救他，救不救得了他，还是各看各命。反正，今晚后半夜，我们先去看看，试探试探再说。"斯琪拉着查合拉灵的双手，一边抚着，一边说着。

这是一个冰凉而又银辉遍地的夜晚。皎洁的月光使草原异常的安谧，除了风静静地从身上刮过，看不到任何人影，也听不到任何响动。这样的月色，既给斯琪母女带来了方便，同时也带来隐蔽上的不便。她们不敢骑马，因为马的目标太大，奔跑起来动静太大。那些爱管闲事的牧羊犬，一旦狂吠起来，立刻会引起王府夜勤执守人员的注意。二人即将走近关押王兼的毡帐时，便矮下身子，放轻了脚步，从阴影处贴于帐外。张目四周，并无看守人员。估计看守者亦入帐内，进了梦乡。

昆古丽玛月伦取出剪刀："阿母，咋办？"

"机会也就今晚、明晚。既然没有被发现，还等什么？"斯琪耳语道。

不一时，毡帐被剪开一个大洞，撑帐的格木亦被削去两根。又静候有顷，昆古丽玛月伦伏身钻入帐内，又静候片刻，待眼睛适应了帐内的黑暗，才借着微光仔细察看。

一看之下，不觉哑然失笑。那看守与王兼并躺而眠，只不过王兼双手被细绳绑着，看守则用长条布带，一边拴着自己的手腕，一边拴着王兼的双手，睡成死猪一样，又是打鼾，又是磨牙。

昆古丽玛月伦悄悄拍醒王兼。见王兼张嘴欲叫，立即伸手捂住，并轻轻“嘘”了一下。王兼会意，便即住声。又让王兼举着双手，将绳剪断，示意王兼从破洞中钻出。遂又将布带拴在一根木柱之上，打好死结，亦即钻出。

三人躬身而行，察看四周，走走停停，至两里之遥，方敢说话。

“王兼放心，灵儿已见大好，正在家中候着。你的胡琴、笛子，亦在家放着。她让我们前来救你，望你勿负她一片痴心，嫌她残疾之身。”斯琪正色道。

王兼双眼自受鞭笞之伤，一直未能得到医治。他又不肯折节低头，充当匈奴走狗，背上叛国骂名，所以眼伤愈来愈重。他不禁心中悲凉，应道：“我怎会嫌弃于她，只怕我的残疾，更甚于灵儿。”

“王兼，平白无故，何出此言？”昆古玛月伦颇有猜疑。

“月伦姐姐有所不知，鞭刑之后，我这双眼现在只能依稀看到一点微光。就拿此刻来说，我是听着你的脚步声，才得以紧跟。”

“不要紧。回家之后，带上伤药，和灵儿一块儿远走高飞，找个合适的地方，好好治治，会好起来的。”斯琪安慰道。

王兼突然大惊失色，将昆古丽玛月伦用力一推：“你们快逃，千万不要管我！”

“没有什么动静呀，你怎么了？”斯琪道。

“后边有马队追上来了。有十五匹，不，有二十匹，距此已不到二百丈。”王兼本好音乐，听力就灵，双眼负伤之后，双耳功能则更灵。

斯琪母女亦渐渐听到马蹄杂沓之声。

王兼双膝跪地，哀求道：“他们要的是我，你们快走吧！”

“那里有两处草丛，我们先藏起来吧。”斯琪道。

“勃忽不是傻子，他们会搜的——现在逃也来不及了。你们藏好，我尽力向别处跑远点儿。”王兼说罢，便拔腿向左方狂奔而去。

马队将王兼捕获，拉至勃忽王爷马头前边。勃忽一声怪笑，如母鸡打鸣：“跑呀，怎么不跑了？你是铁了心不跟本王爷‘建功立业’了？我成全你，回去马上用刑。”又回头叫着卫士，“大伙儿在周围给我搜，没有人帮他，王兼怎么逃得出来！”

一卫士将斯琪捉住。勃忽冷冷调笑：“你这个老女人，也看上小白脸了？也想风流风流快活快活？去你妈的，敢跟本王爷作对，叫你不得好死！”皮鞭一挥，半空中挽成一个螺旋，向下将斯琪脖子套紧，再狠劲一抽，斯琪接连几个旋转，黑发四散，倒在草地，再无声息。

这是匈奴草原上臭名昭著的杀人手段“抽螺鞭”，与“拖骨”一样，野蛮而又凶残。在草原上，牧民多以这种鞭法对付草原狼，达到绝杀的目的。

昆古丽玛月伦从另一处一蹦而出，直奔母亲，抱起脖断颈裂的母亲，悲愤得放声号哭。

勃忽又一鞭子向她抽来：“嗬，这里还有一个！”

昆古丽玛月伦听得半空中传来嘶嘶鞭声，接连几个翻滚，躲过了这一鞭。又根据挥鞭人的位置，向右几个翻滚，躲过了另一鞭。到第三鞭，趁勃忽暴跳如雷之际，不顾右臂负伤之险，一把薅住鞭梢，跳起来纵身一跃，拼尽全力一扯，勃忽一个倒栽，从马上坠落。她夺鞭在手，立即以同样鞭法，向勃忽的脖间狠命抽去。

一群卫士惊骇不已，眼见得救无可救，尽皆呆若木鸡。

但这种鞭法只宜在马背上施为。人在地面，高度限制了空间，鞭势难成螺旋，便没有了绝杀之力。勃忽乃久经沙场的战将，从马上栽下后，便一个翻滚从马肚下穿过，饶是这样，左腿及脚踝亦被狠抽一鞭，痛得他龇牙咧嘴，爬不起来。

昆古丽玛月伦立即弃鞭持剪，如飞追去。

几个卫士这才猛醒，立即挥刀相阻，欲将其斩杀。

“不要杀她！给我擒住！”勃忽挣扎站起，叫道。

一矮粗敦实卫士欺她是一女子，猥亵一笑，弃了腰刀，使出一式“黑虎掏心”，以爪为拳，直袭胸前双乳。不料昆古丽玛月伦向侧旁一闪，持剪一个切手，剪刀扎其腕部。矮粗汉子不得不半途将拳爪收回，随即一个偏脚挑其裆部。

昆古丽玛月伦见这汉子如此下流，即将剪刀一阵乱舞，舍命欲与其同归于尽。

那汉子竟怕将起来，持连几个纵跳闪开：“疯了，疯了，这女人疯了！”

其实，昆古丽玛月伦并不懂得拳脚功夫，有限的几招，完全是平时看王兼练拳时，偶然记下来的。此时凭着一股勇气，一副健壮的身坯，拳路虽然似是而非，反让敌手摸不清门道，因此心中发怯。

众卫士皆讥笑矮汉是一“脓包”。此时，一精瘦汉子束紧腰身，挥拳而上。

可他并不急于进攻，只在昆古丽玛月伦前后左右快速跳跃，其步子十分奇诡。正在众人眼花缭乱之际，忽见那女子被踩在脚下，趴在草地，动弹不得。

精瘦汉子将昆古丽玛月伦推到勃忽面前。

月光下，勃忽凑近，仔细瞧着："说，你叫什么名字？你与王兼是什么关系？"

只见女子满脸怒容，不作任何应对。

勃忽唤来管家："将此女给我关起来！"

"请问王爷，关什么地方？"

"这也问我！押回王兼，立即用刑，然后将其撵出勃忽草原，地方不就眷出来了？"

昆古丽玛月伦陷入极度悲痛愤恨之中。表妹陡遭惨刑，母亲横死鞭下，王兼受刑被逐，桩桩件件，皆是勃忽所为。她不知自己将是何样命运，但有一条必须坚守：杀母之仇，不共戴天，此生必报！因此，她必须活下去，不能便宜那个老东西。

被缚之后，她没再反抗。

管家出坏主意："此女留着恐为祸患，不若处死省心。"

"本王爷怕一个女人？传出去岂不成了笑话！前时嘎顿王爷捎信，要从我这里买两个女奴，你另外挑一个年纪相仿的，一块儿给嘎顿送去。"勃忽道。

"王爷这主意不错，我明天就办。"

经过三四天的颠簸，昆古丽玛月伦被卖与嘎顿王府为奴。嘎顿见她身强体壮，姿色虽非绝佳，倒也很是顺眼，便将她指派给"粮头"（管理王府粮秣供应的家奴）。

这粮头的妹妹却是嘎顿的外室（非妻非妾的女人），粮头正是仗着这点势力，当上了粮头，并对下面常搞欺男霸女之事。他见昆古丽玛月伦有几分姿色，又系新来奴隶，初见面便开始动手动脚。昆古丽玛月伦一巴掌甩过去，打得他耳朵嗡嗡直响。他自知理亏，又见对方体壮，未敢还手，却恼羞成怒，给她安排了一项重活脏活，每日为王府磨面筛粉。

这粮头仍不死心，大约过了半月，见昆古丽玛月伦一人在磨间劳作，趁其不留意，从背后一抱箍住，一只手便去扯她的裤子。昆古丽玛月伦急中生智，足下一蹬，一个仰背倒下，将粮头砸倒，空出一只手，便在他的脸上乱抓乱挖。于是你来我往，在里面打成一团。

旁间有人听到响动，过来一看，见是如此场面，于是唤来数人，将二人拉开，送往王府，让王爷处置。

那嘎顿见一男一女皆成粉人，从头到脚，白花花一片，唯有眼眶里眼珠骨碌碌乱转，忍不住“扑哧”一声大笑。他不问，也知因由。他不便处置粮头，便直接派给昆古丽玛月伦更脏的活儿，每日为王府上下人等清除秽物。

昆古丽玛月伦自是不依：“明明粮头欺人在先，为何偏斧头砍我？我是面粉磨得不好，或是干了偷窃见不得人之事？你是王爷，我是奴隶，与其这样不公不正，你派的活儿，我不干，不若将我杀了！”

嘎顿干笑一声：“勃忽王爷都不杀你，我缘何杀你？你是烈女，杀之于我不祥，律金答王爷那里缺人手，你去他那里吧！”

昆古丽玛月伦又被转卖到律金答王府。

未及半年，再被转卖到比佤部落土司府。

是时，比佤土司戈罕正在大兴土木，亟缺人手。见昆古丽玛月伦系一健妇，心甚悦之，立即派往宋石、宋木修造处，由二宋分派活儿。

宋石正为几方柱石打磨尺寸，见土司派来一位女奴，不甚为意：“弟弟，你问她一下，能干什么活儿，会干什么活儿，你看看随便指派一下。”

宋木放下手中刨子，侧身坐在一堆木头上：“姑娘，请你过来一下。”

昆古丽玛月伦仔细一看，见是一位眉眼清秀、面带微笑、约莫三十几岁的汉人，心中有了几分好感，即走过来，远远地，抄手往旁边一站。

宋木伸手向对面木头一指：“请姑娘坐下说话。”见其落座，又客气道，“姑娘贵姓？怎样称呼——我没别的意思，只是为了日后方便呼叫。譬如我叫宋木，”又一指量石之人，“他叫宋石，是我兄长。”

“我叫昆古丽玛月伦。我没有姓。”

宋木喃喃念了一遍，摇摇头：“姑娘，你名字挺是不错，只是太长，可否取其中‘昆丽’二字相称？”

“随便。‘昆丽’就‘昆丽’。”

“昆丽姑娘，你在家里或在别处，都干些什么活儿？”

昆丽低头，双眼泛泪："我原来有家，现在没了。我会放羊、做饭，还会磨面、做箭、打杂。"

宋木顿时默然，匈奴年轻女子之中，罕有为奴者。直觉告诉他，这是一位十分不幸的苦命女孩，他不想为难她："昆丽姑娘，看得出来，你是一个非常勤劳肯干的女子。可是这里都是粗木大石男人才干的重活。我又不能将你交回土司，你看这样行否？凡这场地上的活儿，你觉得能干得了的，你帮着干干。"

"那我就跟着你，学拉锯、刨木头。"

"你看着简单是吧？其实并非像掮把镢头挖地那样，一镢头下去，将土巴掘起来就成。就拿刨木头来说，首先得依据预计的尺寸选料，木头选好，再行截料；然后将截料放在料凳上卡住，用墨斗盒绷线，或三棱，或四棱，或五棱、六棱，在截料料身，两端料口打线、吊线、画线；接着，用锛子将料木的外皮及多余的木层一一砍削，使其由毛料变成坯料，变成坯料之后，再用短刨将其初步刨光，最后用长刨刨至所画墨线，中途还得经常瞄瞄，做到分毫不差。一般来说，悟性高的，三年可以出师当一名木匠，差劲的，四年五年，仍做不了精细木活。像戈罕土司这样的大厦，即就放在我们那里修造，能独当一面的木匠，亦为数不多。拿我来说，十二岁拜师学艺，二十年了，才有现在这般能力。"

"那我就拜你为师，先学上三年。"

"啊哟，昆丽姑娘，这我可不敢。我们这行，从来不收女徒弟。再说，我是戈罕花钱买来的奴隶，没资格收徒。"

"资格不资格放在一边，为何不收女徒弟？"

"我们的祖师爷鲁班有规矩，盖房的主家有讲究，女人不能上房，更不许接触大梁。匈奴人都住帐篷，夯土上大梁盖房之人极少，或许不讲究，但祖师爷的规矩不能破。"宋木耐心解释。

"鲁班是谁？他可真管得宽。你说，你也是奴隶，是谁把你们卖到比佤的？"

一提奴隶之事，宋木深为刺心。使节队被打散，正使张骞大哥下落不明，他不知还有无出头之日，只是在这里与哥哥一起苦熬。他对这位匈奴姑娘不想多说："鲁班是汉国很早很早以前的一位优秀木匠，这些木匠工具，大多由他发明。至于我们的奴隶身份，你多知无益。我看你有一把子力气，那就先跟别人拉大锯吧。

不拉大锯时，把这场子里的杂物拾掇拾掇。”

“不，我就跟你学刨木头。”

宋木无可奈何：“那你就先看看。”

几个月下来，昆古丽玛月伦倒也刨得有模有样。一些人稍有空闲，便好奇地盯着她，看她躬腰抬头起起伏伏的样子，皆啧啧称奇。尤其土司管家，时时跑来场地，将地上的刨花收拢，当作引火材料，火石一打，刨花“轰”地一下燃起，非常好玩。

而为了防腐防蛀，按照汉人惯例，戈罕不惜重金，购来桐油，将对所有檩条、椽子、枕木、大梁、挑檐、木柱、门窗一一油过。匈奴人将这种木料称为“油木”。那“油木”根根呈金黄之色，亮得诱人，一敲“当当”作响。戈罕见之大悦，将二宋称为“大匠”，不以奴隶待之。

一日，瞅枯木绿仙远归，戈罕请其来新造土司府一观。枯木绿仙搭眼一望，坐下不语。

戈罕心中忐忑：“请上仙赐教。”

“此处盖房，谁的主意？盖房者可曾有过建言？”

“当然是本老爷主意。我见此处极是宽阔，四周观之无碍，故选址于此。盖房者系俩汉人奴隶，倒也说过此处不宜，可奴隶之语，岂能信他？”

枯木绿仙翻眼一看戈罕：“老爷如此自负，我无话可说。”说罢起身就走。

对这位被族人崇拜如神的人物，戈罕哪敢冒犯：“恳请上仙指点一二。”

“这里有现成的人物，老爷不妨问问你那俩奴隶。”经过昆古丽玛月伦面前时，枯木绿仙兀地站住，“土司老爷，何时购得此女？可否能予出让？我愿出双倍价钱。”

戈罕正在懊恼，脱口回道：“不让。十倍价钱亦是不让！”

枯木绿仙一声叹息：“终归不是有缘人，可惜了，可惜了。”

戈罕此时亦想起宋石、宋木当时之语：此处建房，背无依靠，前无活水，左膀右臂无近邻帮扶，孤居于此，犹如自困。想想，得一补救之法：房后植树，房前掘池，左右各迁十户牧民。

时已十月，天寒地冻，牧民贮草难移，且牛栏、羊舍修建不易，房后植树亦是空谈，唯一能做的，只有掘池。因新厦油味太重，虽成亦不可搬入。一切只待来年春天。而昆古丽玛月伦来到比佤部落，倏然已经四个年头，二十七岁仍身无着落，不由得黯然神伤。她的话愈来愈少，每日只是卖力地掘坑。宋石、宋木因新厦已成，亦参与挖池劳作，眼看着，坑深数丈。

一天早晨，奴隶们下坑不到半个时辰，突见新厦火光冲天而起，宋石叫声："不好！"率先从坑里爬向地面，宋木紧跟而出，回头一看，见昆丽随其身后，遂一脚将她踹回坑底。昆丽翻身起来，再爬泥阶，到了地面，见管家面无人色，双眼茫然，呆傻如痴，而宋石、宋木早已身陷火海之中。

一座新厦，就这样完了。昆丽气极而疯，抓起一柄斧子，便去砍杀管家，幸亏一干人拦着，管家才捡得一命。戈罕由此生了一场大病，直到翌年夏初才好。独有昆古丽玛月伦，一有空闲，便去废墟坐着发呆。这年（前 132）七月，商头那佤哲自领受老少俩王爷之令，便派出数支人马去各部落搜寻相应女子，自己因与土司戈罕有些账目需要清算（新厦虽毁，但欠账必还），便偕武头一道，率二十来个精悍人马，来到比佤部落。

戈罕无力清账，愿以十名奴隶相抵。遂唤来全部奴隶，由那佤哲挑选。那佤哲一眼见到昆古丽玛月伦，得知情况后，心中不由得暗喜：真是天上十朵云，朵朵不下雨，偏是一云出，地上湿淋淋。

昆古丽玛月伦抵死不愿离开，武头倏地在后颈一掌将其击昏，捆缚于马背，驮回托力鲁草原。商头、武头双双交差。

这真是：

踩倒痛楚，踏扁荆棘，不管它是何休咎；
坚韧铺路，坎坷无声，黑云白云乱影，
意志阶梯，磨难为履，再登云端重楼。
月光如银，日光似金，草原美景遮羞；
一份坚守，十分坚贞，吃遍苦中之苦，
清香难吮，甘甜浅尝，无人馈赠坦途。

欲知昆古丽玛月伦是何命运，张骞又逢何事，且由下回分解。

# 第五十九回　孤单苦女张骞佳偶　一众英雄沙丘相聚

一个女子,六个条件。那佤哲自领受到这份差使,便觉十分奇怪。王府两个王爷,老者卧病在床，少者年纪十八九岁，单是脾气暴躁倔强一条，就非所需。而且，六条之中，并无对放牧、厨艺之类的要求，年纪偏要二十七岁左右。一切说明，王爷们系针对某一人而为之。那么，这人会是谁个？在老少王爷眼里，这个人非常重要而又绝非“自己人”。如此想来，无须臆测，此人便凸显眼前：那就是曾为商队除去大害的张骞。

武头初时亦大惑不解，虽是商头领的差使，自觉仍有一份责任，背过他人，询问那佤哲：“商头，这份差使看似简单，实则太难。单是前面两条，就如让母牛下羊崽，难为。不说汉家女子，单就匈奴这块，二十六七了还没有嫁人，除非她是瘸子、瞎子、聋子，或者丑得吓人，我们上哪儿找这样的人？”

“如若所猜不错，此事似乎专对张骞。五公主被老王爷拆散，阿果拉芒娃又莫名其妙丢失，张骞没了羁绊，拍屁股说走就走，这是何等的干系！最好的办法，就是给他再弄一个厉害的绊脚索。”

武头点头称是：“既是为了张骞，我们还不得不努力去做。只是一条，真要找到一个脾气暴躁性格倔强的女人，岂不害了张骞？”

那佤哲狡黠一笑：“你整天舞枪弄棒，不懂女人。脾气再坏的女人，只要遇到她喜欢的男人，就啥脾气也没了，变得又软又香，像一锅熟透的羊肉，任那男人享用。”

“你这个家伙，真是服了你。”

直到猛然见到昆古丽玛月伦，二人皆会心一笑：此女配张骞，再合适不过。而那佤哲以其丰富的阅人经验，更看出此女的异相：宽阔肥厚的下巴，平坦削直的双颊，颀长入鬓的秀眉、隆准笔挺的鼻梁，加上右耳耳垂上一颗罕见的黑痣，无不透出一种非凡的刚毅与桀骜。二十七岁尚未出嫁，与其说是遭遇不幸，不若说是强悍性格使然。他暗替张骞高兴：张骞，你得妻矣！

为了保险，他从戈罕土司的奴隶中，又选出两名女奴。

昆古丽玛月伦不久苏醒，发觉脚手皆被皮绳捆死，俯身放在马背，随着马儿的颠簸，头脚随之上下颠动，腔骨被勒得生痛。她左右一瞧，发现相邻两位女奴景况与她一样，而男奴全都装在羊皮袋中。不大一会儿，她感到肚子憋胀难忍，于是大叫：“我要撒尿！”随之后腰一闪，出溜下地，滚在一旁。

那武头怕她生事，即令大伙儿停下，将另两女奴簇下，归在一处，分别解开一手一足，绳头总在一处，攥起，命四名武士面向外，分站四方：“撒吧，快点！”

“手脚都捆麻木了，你们站那么近，撒不出来！”昆古丽玛月伦放眼四顾，见此处荒原无际，燥风如削，无山，无树，无水，无鸟，无兽，无任何人迹。远看似有牧草绿地，近瞧都是一些稀稀落落的芨芨草、沙棘、沙葱诸般矮物小草，间或有蚂蚱蹦起，有翘尾巴红色蚂蚁爬过。这种蚂蚁虽小却极是厉害，爬到肉皮便切齿吮血，瞬间又痛又痒，肿起大包，亚似毒蜂所蜇。她用脚抹开那些蚂蚁，努力辨认比佤部落的方向，却哪里辨认得出来！且日已偏西，她亦知不远处便是大漠，侥幸逃出，仅饮水一关，就会将人渴死。想想，纵然逃回比佤部落，又有何用？宋石、宋木已葬身火海，心中的一点希冀已然破灭，而母亲的大仇未报，遂断了逃跑的念头。系好裤子，对着商头大叫：“我要骑马！告诉你们，我已经想通了，顺顺当当跟随你们，去托力鲁草原！”

“你是奴隶，就得按奴隶的规矩办。”那佤哲怕出意外，再说，按她的想法做了，其他奴隶怎么办？那不乱套了！

“我这奴隶是冤枉的。勃忽老东西杀了我阿母，我找他寻仇，反被他捉住当作奴隶卖了。”

“你的仇，我们管不着；你冤不冤枉，我们也管不着。我们只认你在比佤部落的身份，你还是乖乖地让人绑起来，受点儿罪，总比受死强百倍。”那佤哲虽然猜到她的“用途”，仍旧毫不容情。

昆古丽玛月伦赖在地上不起来：“那就让我死在这里。”

“你想死？这却由不得你。”那佤哲对武头道，“派两个人，把她绑起来，仍然架在马背上。”

昆古丽玛月伦越闹，越被捆得更结实，连晚上夜宿都不予松绑。以致几天后到达托力鲁王府时，脚脖、手腕都被勒出深深的伤口。

这是一个完全陌生的地方。昆古丽玛月伦一到，便与另两名女奴被扔在王府大帐之外，随即引来一些闲人围观，指指点点，胡乱猜着。只见那个领头的商头进帐不久，便见走出一位衣饰华丽的丑八怪。那丑八怪非常年轻，歪扯的嘴巴还时时吊着涎水，让人一见就十分恶心。他被众人簇拥着，大家都恭敬地叫他“布赫王爷”。昆古丽玛月伦不愿看他，将脸偏向一边。

听了商头的叙说，歪嘴子只关注昆古丽玛月伦：“喂，你叫什么名字？原来家在何地？”

昆古丽玛月伦仍不正脸看他：“我就叫‘喂’。原来的事，忘了！”

“好好跟王爷说话。王爷一高兴，说不定你就有喜事。”那佤哲走过来，正言劝道。

昆古丽玛月伦眼睛一翻，嘴巴一撇：“喜事？笑话，这一路上我的‘喜事’还少吗？”

“这次是真的有喜事。”

“算了，她爱说不说。”歪嘴子极不耐烦，面对管家道：“扎楞格，让闲人散了，我有话吩咐。”

等不相干的人走尽，歪嘴子才道：“你别以为你不说，我就不晓得。你叫昆古丽玛月伦，原在勃忽草原。因为你胆敢反抗王爷，才被罚作奴隶，转了两家王府，又被卖与比佤土司戈罕。本王爷看你着实可怜，偌大年龄了，未能出嫁，所以本王爷替你做主，明日你以王府家奴身份，本王爷亲自送亲，将你嫁与张骞为妻。你去了，只要做好三件事，本王爷便恢复你的牧民身份。你愿留在这里，本王爷给予方便；要去别处，本王爷不予阻挡。这第一件，劝他归顺匈奴大单于，如能这样，你的身份将贵如王妃；第二件，若他仍然固执忠于汉人朝廷，你得替我盯住他的动向，但凡有可疑之人、可疑之事，立即向王府禀报；第三件，既是你们之间的私事，也是王府的公事，你得让他喜欢上你，多生几个孩子，让他心有牵挂，即使有异常举动，也难舍你们母子。我的话，你可听清了？你胆敢背弃本王爷，与张骞一个鼻孔出气，我就扒了你的皮！”

昆古丽玛月伦暗自一惊。张骞？此人的名字倒是听说过。那是王兼初始与查合拉灵相好之时，母亲曾盘问他的来历。王兼说过，他是汉朝使节队队员，他们头领，就叫张骞，被俘不降，被弄到什么地方当奴隶。听说此人满肚子学问，武功极高，待人诚恳谦和。当然，能给这样的人当媳妇，那真是喜事。可这丑八怪王爷说了这么多条件，真要那么做了，那还叫夫妻吗？她断然道：“布赫王爷，你究竟是让我给张骞当女人，还是要我给王府当说客、当细作？我不认得他，不嫁！”

“此事可由不得你。你说不嫁就不嫁了？你乖乖地听从本王爷吩咐，自有你的好处。你的嫁衣，王府已为你准备妥帖，今晚好好洗洗，收拾干净一点，明早出嫁！”

昆古丽玛月伦突然跳起，怒道：“这样嫁人，毋宁死！”

“如此不知好歹，给我结结实实捆起来！”歪嘴子嘴上严厉，心中却暗乐：如此烈性女子，可真够“张马儿”喝上一壶。当不当王府细作也无所谓，一个女奴隶，大不了重新换一个。

这一夜，昆古丽玛月伦没有梳洗，亦没有安生睡上一觉，脑壳里乱糟糟的。一时是查合拉灵和王兼，几年中什么消息也没有，不知是否还活在世上，又活得怎样；一时是阿母的惨死，何时大仇得报；一时又是比佤部落土司新厦的熊熊大火，若非宋木将自己踹回坑底，恐怕她也会葬身火海；一时又想到眼下，明日就要见到张骞，到底当不当他的媳妇，心里毫无底数。晚间虽然没有被捆绑，但帐外却彻夜有人值守。

七月底间的草原之夜，从篷顶通风孔仰望天空，只见星星格外繁密，亦格外幽邃、神秘，像一只只静得出奇的天眼，窥探着人心的暗角。有人不敢与它们对视，便一直昏睡；有人反以窥视对之，便有莫名的感慨滋生。昆古丽玛月伦便是如此心境。短短几年，便经历了如此之多的磨难，难道她的命运真的要归结于这个凭空冒出来的汉人张骞吗？

翌日天刚及明，管家即令人给她送来了饮水、饭食与嫁衣。而外面，不知从哪里找来了两个汉人吹鼓手，呜里哇啦，将唢呐吹得一片声响。那押送她的商队武头，牵来一匹打扮漂亮的牝马，早早地就在外面相候。另外四名武士，好似出阵的将士，正严阵以待。

昆古丽玛月伦依旧一身打着补丁的麻色葛布夹衣，足蹬一双五颜六色的布条芒鞋，一袭浓密的长发，散乱地披在双肩。歪嘴子布赫不知是为了照顾王府的脸面，抑或为了给人们、给张骞一个良好的出嫁印象，并没有将她"结结实实"绑起。但她受伤仍在渗血的手腕，让细心的人们不难发现，她曾经受过的折磨。

她挟着嫁衣，走出帐外，一眼瞧见鞍鞯簇新的红鬃牝马，便知这是王府为她准备的"嫁妆"。她看了看前后全副武装的四名武士，不等武头相逼，即只手一搭，右胯一摺，利索地跨上牝马，惹得一干人惊诧不已。

稍候片刻，歪嘴子跨着一匹白色骏马，马脖上一串铃铛脆响而至。

其时，呼力泰、额朗一干王府卫士亦在一旁观看。额朗话带酸味："左卫士长你看，王府嫁女，本该是咱们的差使，小王爷却让商队干了。"

呼力泰倒还心气平和："此女的脾气、秉性唯商队武士们熟悉，由他们护送，倒也顺理成章。我只是不解，既然张骞是当事人，昨天就应派人去小黄山通知张骞，缘何不让张骞晓得？这边逼此女强嫁，那边迫使张骞强娶，我也分不清，这到底是在办喜事，或是办混事。我们不去更好，免得见了张骞双方尴尬，不好说话。他还以为我们得了王府什么好处，和王爷一块儿算计他，今后连朋友也做不成了。"

"你说得不错。他们这样去，恐怕连热水也喝不上一口。"额朗与呼力泰一样，一旁冷冷地看着。

那伭哲觉得这样做不太妥当，遂向歪嘴子禀道："布赫王爷，是否应该派一快马，先与张骞说知？"

歪嘴子却是一顿抢白："是想让张骞杀羊弄酒招待你我，还是叫张骞走人，我们去吃闭门羹？你也是见过各种世面的老人了，就不晓得王府缘何让你选中此女嫁与张骞？我们只需将此女送到张骞房里，咱就立马走人。我已派人吩咐那里的头人巴颜，为大伙儿准备好了吃喝。”

于是歪嘴子打头，吹鼓手随后，四名武士和昆古丽玛月伦居中，商头与武头押后，临时又拉了王府两名女奴，放在中间与昆古丽玛月伦相伴，一行十二人骑，于唢呐声中，向西小黄山进发。

途经匠作坊时，歪嘴子让送亲队伍故意放慢了速度，让观看的人们议论、猜疑——他认为，这些人都与张骞相熟，尤其张骞所认的那个姐姐，只要不是傻子，都会猜到，王府在为何人送亲。张骞胆敢拒绝，看人们怎么说他！这颗“钉子”钉得越牢靠，张骞就越休想拔掉“她”。

果然，庄月蓉一眼便看穿了托力鲁与歪嘴子的意图。张骞与她相约的相亲时日还有几天才够一月，王府下手可真是快当。她睄了一眼商头与商队的武头，便知此女的到来，与他们的“努力”直接相关。她不由密切地观察骑在牝马上的陌生女子：一身旧衣，难掩健硕的身材；双目昂视，难掩眼神中的仇恨、愤怒与茫然；面孔板着，难掩脸上的凛然、尊贵与几分美丽。这样的女子到了张骞身边，如能彼此相爱，那将是一对了不起的夫妻；如若此女心怀异端，那骞弟必受极端的伤害，其西行大计将受掣于此女而难以实现。

骞弟骞弟，但愿你以你的真诚，赢得此女之心，使其成一佳偶。庄月蓉暗自祝福，目送送亲队伍渐行渐远。待她回过头来，听得秀玛古丽塔不无失望地说道：“张骞总是受到王爷们的特别关照，成不了我们这些女人的佳婿。算了，想也白想，还是干自己的事吧。”

八月一日凌晨，西小黄山罕见地下了一场小雨，直到天已透亮仍未结束。雨的范围不大，从牛潭谷的山林上升起一团厚厚的浓云，天空中的风未能将其刮走，于是堆在西小黄山的上空，越堆越高，组成一块巨大的云幕。那幕表被风的指头“唰”地一刮，云幕便像一个细筛筛底，雨珠从千千万万个筛孔中漏了下来。那雨珠因为太小，身量太轻，俱都飘飘摇摇，成为弯曲的雨线，等到头顶三数丈，又变成了雨雾、雨沫，裸露的皮肤便被润湿。又因雨珠太密，半里之外便朦胧不清，裸露的皮肤上又似敷上一块块滴水的湿布。那些本应早起的鸟儿，此时仍窝在巢中，有的啾啾，有的喳喳，小声喧闹，显得焦急。院边那棵楸树上的一个喜鹊窝里，一对喜鹊夫妇乱叫着，似乎正在管教它们的孩子，不让它们冒雨而出，以免因翅膀太湿而跌落于地。

张骞并未因此中断他的晨课。先打拳，再舞剑，再投掷。投掷的靶位设在那棵楸树树枝上用细线绑着的一些大小不等的小布块、小布条，迎风忽忽悠悠、起起伏伏。地面上，依次标出十丈、十一丈、十二丈……直至二十丈的距离。他先以杨树树叶投之，而后以长短粗细不一的小木棍投之，最后以大小形状不一的石子投之。布条打没了，就打树枝；树枝打没了，就再换一根树梢。

这日因树叶湿重，投出的距离较远，命中率也较高，受到击打的布块、布条，便像秋千一样，荡得很高。大约投出二十余片树叶，正想换作小木棍时，突见一只小喜鹊从树上掉落下来。张骞眼疾手快，一个飞跃，将其稳稳接住。那对喜鹊夫妻顾不上霏霏细雨，在张骞头顶不停地盘旋鸣叫。

因为这样的事经常发生，张骞便特地做了一个“送鸟兜”——一根与院边最高鸟巢等高的木杆，上面绑了一个布兜，倘有雏鸟落下，便举兜送之。久而久之，众鸟习惯，若遭厄难，便在其头顶盘旋绕飞，向他求救。果然，那对喜鹊夫妇一见张骞举起“送鸟兜”，便双双归巢等候。

此时，云层渐至稀薄，终于，灿明的日光穿透云层，直入草地，醒目而鲜亮的光斑逐渐扩大，而头顶上的云团呈现出晶红金黄的艳丽色彩，远方蓝天上鹞鹰亦顺势出现。

因牧点草湿，羊子出圈，得多候上一个时辰。这多出的一个时辰，使张骞有机会对所绘的地图进行补充修改。就在他铺开地图，准备动笔的时候，突然莫名其妙地感到心神不宁，坐立不安。他强自镇定，闭眼运功，仍收效甚微。于是拿了绳索、牵出马儿，去地里收割黄豆，除去已经罢园的瓜架。

今年的黄豆收成不错，下地总有三斗以上，做豆腐、煮粥，来年的豆酱，绰绰有余。他和在城固家乡一样，每到庄稼收获季节，心中便充满了喜悦，一切烦恼都撂在了身后。

“花豹”似有同样的心境，一边看着主人劳作，一边喷着响鼻，发出兴奋的嘶叫，嘴便向那黄豆秆儿伸去。张骞赶快过来，将它轻轻一拍：“不是我舍不得，生黄豆豆腥气太重，吃不得。你有黑豆呐。我这就去拔一些，驮回去，弄熟了再吃。”不知不觉之中，心情宁静了许多。

不过，他对刚才发生的情况，仍感到非常奇怪。思来想去，不应该有什么事发生。塔丽版宓赤已去了缅揑土司，不会前来相扰；阿果拉芒娃已回到突阿贺，与勒古台恩爱生活。或许，是幸存的队员中有人发生了意外？或许，是姐姐庄月蓉见一月的约定时间将到，擅自做主，为他选下媳妇，并请人送了过来？仔细一想，也不可能，这位姐姐脾气和软，从不强人所难。张骞索性什么也不想，从昆丽被洪水吞噬，父亲失事汉江，到一路西行以来，所经历的事情何其多多！他卸下豆荚，弄了口便饭。又去取了两次水，便拿了镰刀、藤条，打开圈门，骑上“花豹”，吆了羊群，去了三里之外的牧场。羊群自行散开之后，他便躬下腰肢，挥镰刈草，为马儿、羊群准备越冬的饲料。

将及午时，觉得有些口渴肚饥，张骞遂坐在草捆之上，取了水袋、干粮，一边啃食，一边看着远方的光景。

西边缥缈之处，离此三十里远的地方，便是连绵的沙丘。沙丘不大，约一天即可穿过，过去之后北边二百里远的地方，是蜿蜒起伏的雪山，山脚下五六十里的地方，有一条大河，当地人称其为孔雀河。据说，从那里一直向西，穿过一处七八百里的乱石滩，经过一个光怪陆离的大湖，再西行一千余里，便是巍峨摩天的葱岭，越过葱岭，就再无险地。

他陷入了沉思。幸存的队员中，除了堂邑父、由天际，以及尚未见面的孙治瑾、任扶、苏疾、陈尚斗、赵无偏、孟慎、先偃、朱厚良、商禾、方峒秋、原有才、魏田林、石舛、尤习重，范佑铭亦不知是否救出，而三弟秦自乐与杨柏，至今没有讯息，一旦起程西行，又有几人能够相随？尽管他相信堂邑父的联络能力，但一想到还得等到明年六月二十六日方能相见，心中不由得有牵挂，又有些焦急。

相邻两里远的下方，传来了索日力夫妇的长调。按习惯，这是中午歇火之后，他们夫妇之间进行的对唱，内容不拘，现编现唱。他有时不唱，只以笛声相对。唱罢，又各干各的事情。

张骞此时心绪杂乱，便取出骨笛，准备以笛声相对，刚凑至唇边，却发现大道上来了一支送亲队伍，分辨不清面孔，倒是唢呐的声音，送来一片喜庆。而索日力夫妇也停止了歌唱，盯着愈来愈近的队伍看着。

张骞诧异，小黄山一带，没听说谁家今日娶亲，难道是别的部落什么人家？猜疑间，却见送亲队伍停在牛潭谷下面，从里边走出一骑，直奔索日力。不一刻，索日力便骑了马，向他这里疾驰而来。

索日力来到张骞面前，犹自喘息："张大哥恭喜，歪嘴子小王爷给你送媳妇来了。你赶快回去准备接待客人。这里有我，你尽管放心！"

"什么，媳妇？我甚时让他给我找媳妇了？事前一声招呼不打，这是不是强人所难？"想到西行之计，只宜暂时顺从，遂又长叹一声，"谁让我是奴隶。罢罢罢，我先去应着。你无须在这里久待，一会儿赶羊子回去，也好看看热闹。"

"张大哥，你这才是正经话。快去快去！我马上吆羊子回去。"

张骞刚刚将门打开，送亲队伍便进了场院。

他打眼一瞧，队伍里除了歪嘴子布赫、头人巴颜，商队中的商头、武头，其余四名匈奴武士、两名吹唢呐的汉人奴隶，都曾打过照面，另两名王府里的年轻女奴，也都认识。唯有那骑着红鬃牝马，着一身补巴葛衣的女子面生。既是出嫁，却不穿嫁衣，还由四名武士押送，可见此女性子刚烈，非同一般。这肯定是那佤哲不知从何处买来的女奴，有意害他——尽管，这不是那佤哲的主意。

他不得不作应酬，搬出所有的木凳，又一手抄起两根粗木，将其围成一个框形："屋里太窄，坐不下许多人，请王爷、头人、商头、武头及各位贵客宽宥。大家都是第一次光临敝舍，我却什么都没备下。我去取几块豆干，请王爷和大伙儿尝尝。"即取出全部豆干，由歪嘴子起，每人发给一块，至昆古丽玛月伦面前，又道，"姑娘第一次见面，请挑一块大的。"

歪嘴子立即叫道："什么第一次见面？从今天起，她就是你媳妇！她也并非'轴'货，干净得很！你得感谢商头和武头，他们拿你当朋友，劳神费力，就为了报答你杀托力达那份情。武头，你带人将张骞的媳妇送进屋里，我们走！"

武头和四名武士便要动手，昆古丽玛月伦臂膀一挥："不必劳烦各位大驾，我有腿，自己走！"便见她夹起包袱，大步入内，"砰"的一声，将门一关。

商头想跟张骞说几句话，无奈歪嘴子相催甚急，只得说道："我这月内暂不外出，请你抽暇来商队，好好聊聊。"

等到索日力吆羊回来，送亲队伍除留下的那匹牝马，所有人都走了个干净。

“到屋里坐坐吧。”

“不了。新媳妇我已见过，改天再说。”索日力狡狯一笑，又眨眨眼睛，“新嫂子初来乍到，够大哥忙活一阵了。这事儿谁也帮不上什么，别人去了，反而碍眼。”说罢，便向家走去。

张骞掀开门，便见“媳妇”鞋都没脱，横躺在炕上，听到门响，头也不抬：“渴死我了，有水没有？”见张骞手上拿着放牧时的水袋，一把抢过，爬起来坐着，嘴对嘴，“咕嘟咕嘟”喝了个一干二净，又一蹦下地，“憋死我了。茅厕在哪里？我去去就来。”张骞出门，给她指指地方，便立即将放在炕上的地图及毛笔、墨锭收拣一旁，再将狼皮褥子铺好。想想，又取下一张，另外放着。

“媳妇”开门便道：“你好大力气，两根木头，怕有四百多斤，双手一抄，跟拿筷子似的。”说罢，又“嘭”的一下倒在炕上，“豆干好吃，只是咸了点，不知用何物做的？”接着一个长长的哈欠，“别跟我说话，困死我了，我要睡觉。”

“洗个热水脚吧？这样会舒服一些。”

“洗吧。你倒是挺干净。”

等张骞将热水端来，“媳妇”已鼾鼾大睡。他犹豫了片刻，遂轻轻挽起她的裤管，准备脱下她的芒鞋。

挽起她的裤管时，张骞惊呆了：脚脖被勒破的深深伤口上，已经结了厚厚的血痂；再看手臂，几乎与脚伤一样。他不知这个凭空而来的“媳妇”是什么样的女子，所受的苦楚倒是不少。一个年轻匈奴女子，成了王爷们互相贩卖的奴隶，本身就说明了她有着不一般的命运与经历。不管她是肩负着托力鲁父子的特殊使命也好，抑或为了给他平添累赘与牵挂也罢，反正得先治伤。

也不知她熬过了多少不眠之夜，看其沉沉入睡的样子，炸雷也休想将其震醒。张骞换了溶盐好酒，将净布煮过，双手用酒液擦过，一点一点为其洗去血痂，上好伤药，又用沸水煮过的软布轻轻裹好，这才用热水为其擦洗脸颊、双手、双脚。

这是张骞第一次直面一位素不相识的年轻女子，并在其熟睡情况下对其“动手动脚”，心里不由得一阵阵“怦怦”乱跳，手也不听使唤。在为其擦洗脸颊时，都望着侧旁，不敢正视一眼。那女子睡梦中下意识地打了他一下，他吓得立刻移开面巾，歇了一会儿，才接着为其擦手擦脚。

这是什么样的脚手！结实、粗糙、硬茧硌手，指甲缝里满是泥垢。

他拿来剪刀，细心地剪去那些过长的指甲，又用净布揩去那些泥垢。不管脚趾、手指，那种年轻女子特有的纤细秀美，立刻跳入眼帘。因为在炕上蹲得太久，张骞起身时，双腿酸麻不听使唤，不得不坐下来，将双腿伸直，由上向下搓了一阵，方跨过“媳妇”的身体，缩脚下炕。

张骞背着身子弯腰勾鞋，冷不防腰际被轻轻捶了一下。他回头一看，原来是这女子翻身，由向里侧卧变成四仰八叉，一头黑发全压在了身底。双臂展开，胸膛衣服上的补丁，被双乳顶起，显得格外扎眼；胸侧一颗即将断掉的纽绊，随时都会断开，乳白的皮肤从里面露出的一小块儿，也显得分外刺目。张骞的心房不由得又是一阵“怦怦”乱跳，赶快移目他向，又恰见她的脸庞。脸色微黑，但很周正，且有几分秀润，突出的是她的眉毛、鼻梁和下巴，让人一见便难以忘怀，为一般匈奴女子所不具有。她的双臂是结实的，双腿是粗壮的。他由此判断，这是一位十分勤劳而又行为果敢的女子。

她被绑缚而来，她的出嫁，是被强迫，说明她并不属于他。与阿果拉芒娃一样，她的心必定另有所属，她的到来，不过是形式不同而已。张骞决定，为其准备好足够的水和干粮，待她睡醒后，让她走人。

这一夜，他又回到车厢板上。凌晨起来，见那女子还在熟睡，便轻手轻脚出门，照样进行他的晨课。等到辰时，又轻手轻脚进入厨间，弄了口便饭，吃罢，又给她留下一钵，收拾妥帖。挨到巳时，行将出门，又转回身，将她那双行将破损的芒鞋提起，量了量尺寸，拿出庄月蓉为他新做的一双布鞋，将后跟用针线撮紧，摆放于炕前。而后提起芒鞋，撂在门外，这才启开圈门，让羊儿马儿自行出来。

两匹生马，共处一夜，张骞只当“花豹”欺负那匹牝马，孰料相安无事。“花豹”出来之后，并未离开，似在等候牝马。而那匹牝马即刻一跃而出，到了“花豹”身旁。他顾及陌生女子远行用马、半扛半顶，将牝马强行归圈，上好栅门，这才吆羊出行。“花豹”四蹄蹬地，不愿离开，张骞轻声抚慰了一会儿，其四蹄方缓步而动。

张骞笑着嗔骂道：“你倒多情，初次相见，便就动心。”

且说昆古丽玛月伦，一觉醒来，日已当顶。她伸脚下炕，却找不着她那双芒鞋，只见一双崭新的黑布布鞋放在炕前。因内急太甚，顾不上其他，右脚向那鞋壳伸去，才倏然发现脚手伤口洗净后上药被软布裹着，脚手指甲悉被剪齐，且被擦洗得干干净净。想到睡梦之中，脚手被一个陌生男人盘来弄去，一抹红晕不由得泛上双颊，热烘烘地烧将起来。

憋了一天，进了茅厕，便“双管齐下”。舒服过后，欲作收拾，习惯地去找石头软草，却无处可寻。面前却有两只小筐，一筐放着一沓净布布绺，一筐放着几块揩过大便的脏布，有几只苍蝇在其上下嗡嗡乱飞。看那小筐，均为葛藤编就，极为方正，虽已麻黑，仍不失美观。她不知何以有这么多的废旧布块，但是一个孤身男人，能将日子过得如此精细周到，她可从未碰到过，也从未听说过。

回到场院，她又将屋里、屋外仔细看了两遍，一切都是那么的整齐、干净、有序，特有安全感。这种窑洞式房屋，她是第一次见到，可谓大雪压不垮，狂风吹不倒，大火烧不着，尤其那炕，睡上去让人格外踏实。

她已从丑八怪王爷口中得知，这个男人的名字，叫张骞。

张骞的名字，最早由王兼道出，系大汉出使西域使节队的正使。而使节队的队员，个个都是能人，系从全国各郡县层层选拔而出，而张骞能成为他们的头领，足见其本领非凡。王兼夸他有六奇：肚量奇大，敢于担当；武艺奇高，从不卖弄；学问奇深，从不炫耀；待人奇诚，从不隔心；意志奇坚，极能忍耐；吃得奇苦，率先而为。昆古丽玛月伦当时认为与她太过遥远，只是乐得一听。其后在比佤部落，也常常听到宋木哥俩提及张骞，因事不关己，也从未追问。直至托力鲁丑八怪王爷强行逼嫁之前，她还想到过逃跑，进行过抗争。

而今，她竟以媳妇的身份出现在张骞面前，享受到他真诚深切的关爱。仅仅为她剪指甲一事，便唤起她儿时对于母亲的甜蜜回忆，她真是料想不到，她能有这样的福气。

进门时，她发现那双芒鞋就在门外放着，脏兮兮的样子，实在再难上脚。昆古丽玛月伦琢磨片刻，决定不再换上那双芒鞋。既然要当张骞的媳妇，穿他一双新鞋又待怎的？

坐在炕沿，她看着对墙，突然发现衣袍下面有把宝剑，不由得有些好奇。她取下衣袍，再取宝剑时，因其太沉，几乎没有拿住。她双手捧着，试试斤两，心中暗暗吃惊。因手腕有伤，不敢用力，没有将宝剑抽出，可想将其重新挂上墙壁，却是难上加难。她想，即令手腕无伤，恐怕也难做到，只好任其放在炕上。

昆古丽玛月伦感到肚饥，便去了厨房，揭开锅盖，一钵莜面片正在水中温着。她很是诧异，几个时辰了，水仍烫手，这怎么回事？去灶洞一看，原来有两根手臂粗的木棒，燃着红炭的一头，被一层红灰盖着。她会心一笑，张骞此人，处处有办法，这样一来，生火做饭便成易事，免了次次敲打火石。

一钵莜面片下肚，又返回炕间，准备解开包袱，将携带的东西掏出，放在合适的地方。当她伸手去取时，猛地发现包袱大了不少。这可有些古怪，将其迅速解开，发现里边有一沓够她三天食用的麦饼，以及一个装得满满的水袋和五块豆干、一方腊羊肉。

意思十分清楚：既非心甘情愿嫁他，他也不作挽留，可以携带干粮饮水走人。昆古丽玛月伦放下东西，跑到马厩一看，果然，那匹红色牝马给她留着。

她突然双眼涌泪，索性坐在场院的柴捆上，“呜呜”放声大哭了一阵。其后才提了柴捆，进了灶间，烧了一大锅热水，痛痛快快洗了个澡，换上簇新的嫁衣。沿着小路向西去了趟牛潭谷；又顺着小路向东去了趟菜园与庄稼地。菜园里，豆架、瓜架已落，唯有一些不成形的余果。显眼的是几条留种的老瓜，黄灿灿十分突出。一畦韭菜，一畦芹菜，一畦香葱，两畦青菜，两畦萝卜，仍绿得诱人。庄稼地里，一大片麦子已经黄梢，再有几天即可收割，而地上的豆捆，尚待运回。昆古丽玛月伦见太阳已经偏西，再有半个时辰，张骞便会赶羊回家，即折身回屋，取了菜刀、提篮，牵了马儿，返回菜地、庄稼地，割了一把韭菜，剥了几棵芹菜，剜了几根香葱，拔了一蔸青菜，一律装进篮子，又绑了几捆豆捆，让马儿驮上，回屋，先在灶间操持起来。

再说张骞，到了牧场，便将陌生女子忘却。对他来说，突然到来的“媳妇”，只不过是一次没什么意思的玩笑。他依然故我，一心做着自己的割草活儿，一心想着西行大计。直到中午，看到窑洞上冒起炊烟，知那女子已起，在为她自己鼓捣什么，弄毕也就走却。偏在收牧时刻，那炊烟倏然又起，于是就有些纳闷儿，上路的饮水、干粮已为她备足，她缘何不走？

或许，是嫌今日太迟，准备明晨起程？这倒要问个明白。

不过，这女子确实能睡，此前不知欠下多少瞌睡，一个对时方醒。

羊儿赶进圈内，张骞准备取了车子，再拉一趟饲草，却见那女子换了一身鲜红漂亮的嫁衣，戴着缀满白玉、翠玉，银链的头饰，缓步而来："回来了。还想做甚？"

这种不加称呼的问候，让张骞不太习惯，随口应道："离晚饭还有一会儿，我得去将今天割的饲草运回，否则晚上大风一刮，我都无处可找。"又随口夸了一句，"这身衣服，配上你这个人，再合适、再漂亮不过。"

那女子高兴得两眼放光："是吗？可这身衣服一穿，就甭想做其他杂活。"

"做甚杂活？如果你想再歇一晚，明早起程，那干粮就得取出来晾着。"

"我为甚明早起程？"

"去找你的丈夫、孩子，或者你的心上人。"

"我没有男人，哪来的孩子？"

"那你可以回家，回到你生活过的草原，回到你的亲人身边。"张骞的语气非常诚恳。

"我已经没有家，也没有了亲人。生活的草原上，只有杀母的仇人。我现在就是一棵草原上没有根的草，一股不知刮向何处的风，一只被卖来卖去的羊——我连羊也不及，今日不知明日的圈在哪里。"

听到陌生女子愈来愈低沉、愈来愈冷漠的语调，张骞内心一颤，歉然道："姑娘，实在对不起，我不晓得你的命运如此凄苦。你能跟我说说你的身世吗？"

"这有何不可？虽然你现在不知我是何样女子，可你张骞的名字，我却早已晓得。你是大汉皇帝派往西域使节队的正使，响当当的大人物，因在噶弘因部落遭到土匪骑痞突袭而被俘，是不是？"

张骞吃惊不小："呃，你何以晓得？"

"让我出嫁，嫁给谁，丑八怪王爷那伙人开始始终不跟我说。直到丑八怪王爷说漏嘴，我才晓得。得知你就是张骞，我也才敢倒头便睡。至于为什么早已晓得你张骞，我是从王兼那里得知。"又一声叹息，"也不知王兼，还有我那痴情的表妹查合拉灵，现在是死是活。"

"上一月在勒孜部落，我偶然碰到过他们。王兼已双目失明，查合拉灵与他陪伴，二人以艺人方式谋生，冻馁倒不至于，只是日子太过凄苦。王兼原是使节队员，即令今后有了机会，他也难以归队。说来说去，他竟成了你的表妹夫。既然有此等情节，我就不该怀疑你。”

“怀疑我什么？怀疑我是丑八怪王爷派到你身边的坐探？真是笑话！”又偏头瞄了张骞一眼，“这都一天多过去了，你还从来没问过我的名字。”

“我没想过留你，又何必打听你的名字。”

“那我现在告诉你，我的阿爸和我的舅舅十多年前在西征大月氏时，舅舅死在路途，阿爸战死沙场，带回来的唯一遗物便是几颗大蒜。阿母为营救王兼，被勃忽王爷活活打死，我也被卖为奴隶。我已无家可归，这里便是我的家，你休想撵我离开。”

听到“大月氏”三字，张骞立即来了神采：“等等，你先一样一样说清，我们再说别的。告诉我，我该怎么称呼你？”

昆古丽玛月伦又瞟了一眼张骞，狡黠一笑：“怎么称呼，你心里清楚。若说名字，你就叫我‘昆古丽玛月伦’，倘嫌名字太长，就叫我‘昆丽’——在比佤部落，宋石、宋木哥俩就是这么叫的，可惜他俩都不在了。若说今后的关系，你就得叫我‘媳妇’，或者‘昆丽媳妇’，或者直接叫我‘哎’‘喂’，这样更省事。”

昆丽！这个让张骞深感刺痛终生难忘的名字，现在在这里突然出现，让他顷刻之间神色凝固。那个汉江边上美丽少女的身影，顿时清晰地到了他的面前。

“张骞，你怎么了？是不是看不上我，不乐意我给你当媳妇？”

“不是不是。”张骞很快缓过神来，“是‘昆丽’这名字，使我想起来很久以前，我曾经深爱过的一个姑娘。”于是将他与昆捷、昆丽父女的关系，悉数说与了昆古丽玛月伦。同时，将后来与周月英的恋情，亦娓娓道出，说到月英北上寻他而半途殒命时，不禁哽咽难语。

这么坚强、这么忍得万般屈辱和挫折的汉子，而提及所钟情的女子，竟是如此的软弱，昆古丽玛月伦感动不已，一下扑到张骞胸前，搂着他的脖子，吹气般说道：“让我做你的昆丽和月英，好吗？”

张骞伸出双手，搂住她的腰肢：“轻点儿，你手腕有伤。我们进屋说话。”

“既知我手腕、脚腕有伤，那你把我抱进去。”随即，将头、脸靠紧了张骞。

面对这般撒娇的昆古丽玛月伦，张骞哪里受得了，虽极力克制，亦忍不住心头"突突"乱跳，浑身沁汗。他左臂搂起她的肩背，右臂挎起她的双胯，一下将她抱起，走进屋内，右脚一勾一蹬，将门掩上，右臂一松，让她站立。

昆古丽玛月伦却趁机又搂住他的脖子，拽到炕前，仰面倒在炕上，就去解他胸前的纽绊。

张骞像被火燎一般，上下滚烫："我满身汗味，我去洗洗。"话却软弱无力。

"我就要闻你这身汗味！"昆古丽玛月伦几下褪去光鲜的嫁衣，将光洁而结实的胴体展露无遗，又将手足无措的张骞紧紧搂入怀中……到激情之处，昆古丽玛月伦一任野性奔驰，狂喊着："张骞，张骞，张骞！"激情过后，又狂吻张骞，抚着张骞坚实的后背，呢喃道："叫我，叫我什么都行。昆丽，昆古丽，周月英，玛月伦，你叫呀！"

"玛月伦，我就叫你玛月伦，媳妇玛月伦。"

"好好好，刚才你跟昆丽、周月英，这次你就跟媳妇玛月伦。"说着，又再次求欢。

对于男女之间因情欢悦，我们的前人有一个恰当的比喻：双方一同做了个"吕"字。

二人整理下炕，张骞这才细问大月氏之事。

"细情我不晓得，大致情况了解一些。据回来的人说，大月氏人虽败于匈奴，但战力依然凶悍，从党河一带西迁，先至天山之北，打败了那里的土著，后继续西迁，到伊犁河①一带，那里水草丰美，于是又在那里立国。匈奴派了两万人马前去征讨，因路途异常艰险，渴死、饿死、病死、被狼群攻杀者不计其数，余众到了大月氏新立王地，又战死者多多，生还者不足两千人，自此匈奴单于不再提远征大月氏一事。"又拿出大蒜，递与张骞，"此物西域所得，宜捣碎拌入凉菜，抹入面饼，搅入汤片，使其味道鲜香；或将其切片，菜熟舀出时倾入；或将蒜皮剥去之后，整瓣用醋盐腌之，半月后取出生食，可开胃增食。因一路困顿，仅留得十几枚种蒜，待明春种入，蒜叶炒菜、蒜薹炒肉，奇香无比，土里面结的疙瘩，便是新蒜，将其辫起，挂着，可常年食用。有人还带回石榴、葡萄、巨胜（即芝麻，又叫胡麻、狗虱、油麻、藤弘）等种子，可惜匈奴人不擅稼穑，未得保留。"

张骞接过大蒜，见其瓣状环拱，蒜皮紧裹，成一圆球，外皮薄而色白，蒜瓣皮呈棕红竖纹，遂剥下一小瓣，去皮，纳入口中，刚一咬碎，便辛辣冲鼻，舌头辣痛，其口难张，眼眶溢泪。玛月伦立即掰了一块麦饼："张口，嚼嚼。"张骞嚼着麦饼，哪知其味立变，一种从未有过的蒜香充满齿间，吞食后赞道："这大蒜真是个好东西。有朝一日回到城固家乡，一定要多带一点。还有你说的葡萄、石榴、巨胜什么的。"玛月伦又道："这大蒜吃时嘴香，过后却嘴臭，所以吃罢大蒜，便要用盐水漱口，或嚼点茶叶，或吃点东西压压。"说得张骞立即去了厨房，大漱其口。玛月伦相跟进来，忍不住放声大笑，"我的张郎，你怕把媳妇臭着了，是不是？你忘了，咱俩还没吃晚饭呐。"

晚饭并不丰盛，肉片汤就麦饼。这却是新婚夫妻第一次共进餐食，心中有着从未有过的甜蜜、踏实，互相瞧着笑着，眉里眼里充满了爱恋。

饭后已到掌灯时刻，玛月伦换了另一身净衣，将嫁衣整整齐齐叠好，放在炕头显眼地方，然后不由分说，担起主妇的责任，让张骞做他该做的事情。

而张骞为玛月伦重换伤药做着准备。

换药之后，张骞便向玛月伦详细介绍了家乡与使节队的情况，最后道："我有几个要求，希望你再难也能够办到。"

"什么事？是不是想让我多生几个孩子？"

"媳妇真会说笑。第一件事，从明日起，跟我一块儿学着说汉话，学习识汉字，倘若有一天我们一同回到城固白崖村，你也能很快适应那里的农村生活。要晓得，从草原放牧到种田收谷，那种变化非同小可。第二件，将来我们的孩子一定得送到斗山书院让他读书，哪怕卖田卖地都得供他学业有成。第三件，学一点防身功夫，不图上阵杀敌，但要能够自保，等闲三五人伤害不了你。最后一件，也是最艰难最危险的一件，两三年之内，只要找到使节队的出使信物朝廷旌节，同时三弟秦自乐归队，无论队员多少，我们就得重新启程，继续西行，寻找大月氏国。返程之后，立刻与我一块儿回大汉京城长安，先向吾皇复命，而后再说其他。这期间，你得离开小黄山，去一隐蔽的地方，躲避歪嘴子王爷以及单于手下人的追拿。地点我都想好了，到由天际牧场那里，由蒙利克义士保护，此去不过三天多时日。而在西行出发之前，每年六月二十三四，我得离开这里，在六月二十六日这天赶到噶弘因部落小沙丘，一方面祭奠那些战死的队友，一方面与幸存的队员聚齐，商议西行之计。此事往返大概需时十天半月，你在家需打打掩护。这几年熬过，便可回到我们真正的家。”

玛月伦郑重道：“我非常高兴，我有如此的缘分，嫁得一个真正的大丈夫。我们虽然没有胡达[②]做媒，但是机缘巧合好像前世所定。你所说的说汉话，学汉字，学武功，那是必须的，也是我想的。至于出使西域一事，如若没有孩子，我与你同进退、共生死；如若有了我们的孩子，我们母子就去蒙利克那里，我会尽心抚养孩子，等候你的佳音。总之，你是一个做大事的人，千万不要受到我们的羁绊，不要为此而分心。”

张骞感动地搂紧了玛月伦：“你真是我的好媳妇。今生有你，实乃大幸。”

婚后第十天，张骞请来了索氏三兄弟、达翰汗夫妇和姐姐庄月蓉，为昆古丽玛月伦补办了一次小型而隆重的迎亲婚宴。婚宴开始之前，张骞深情地为新婚妻子唱了一首新歌：《我等待，我的真爱》：

我等待，我的真爱，
月光中，阳光中，风光中，其人何在？
初恋走失，继者夭折，心若微雨，
湿得小草，湿得河岸，湿得尘埃，
难得汹涌澎湃，难得田园灌溉。

我等待，我的真爱，
昆古丽，玛月伦，炽热情，缘情似海。
明明白白，真真切切，实实在在，
花开草原，花开云天，花开心田，
一曲歌唱彻人世，一曲歌唱暖胸怀。

一曲歌唱罢，众人无不泪眼盈盈。玛月伦忍不住抱着张骞，将头紧紧地贴在他的胸前。

日子，在甜蜜而又紧张中一天天过去。

转瞬，到了第二年（前 131）三月末，此时玛月伦已怀孕五个月。虽是这样，除了剪羊毛，为羊羔接生、煮饭，她仍坚持每日学汉话、识汉字、练习投掷之技。

六月二十日，玛月伦便提醒张骞：“还有几天就六月二十六，什么时候动身去噶弘因，提前吱一声。”

看着玛月伦挺着个大肚子，张骞道：“去那里加把劲也就两天半，我心中有数。”

“你不用为我操心，还有一个多月才生呐。你那是大事，你那些兄弟都盼着见你呐，八年了，容易吗？我看，就定在六月二十三日早上，我打掩护，你走人。”

“谢谢你，媳妇。”张骞张开双臂，给了玛月伦一个深情的拥抱。

六月二十六日下午，张骞首先到达小沙丘，他走近当年埋藏物品的地方一看，发现已变成两个深坑，便知物品已被堂邑父、由天际全部取走。究竟损掉几许，见面便可知晓。趁天色尚早，便剑挖手捧，为死去队友的坟茔添沙土。正忙着，只见对面沙丘上下来一队人马。张骞定睛一看身影，打头的正是堂邑父，遂丢下宝剑、马儿，纵跳着直奔而去，在凹垴处双方相会。

众人见到张骞，无不悲喜交加，大恸之中仍以汉礼跪拜，堂邑父带头正言道：“使节队副使堂邑父特向张正使禀报：大汉使节队队员六十二人从峦芳洲整顿后重新出发，八年前在此阵亡三十人；被俘之后，公羊鸣执、宋石、宋木、容南、容北不幸身亡；范佑铭守节不屈，受刖刑[③]；王兼受鞭刑，致双目失明；沙里修变节投敌，被汉军俘虏后处死；秦自乐、杨柏、于起、陈名仿、马天喻、冼老九、匡利七人尚无联系；本次有堂邑父、任扶、孙治瑾、苏疾、由天际、赵无偏、陈尚斗、孟慎、先偃、商禾、方峒秋、原有才、魏田林、石舛、尤习重十五人和伤残者范佑铭、王兼二人，向大使报到，请张骞大使面见！”

张骞眼含热泪，和队员们一一拥抱。其中以任扶变化最大，容颜苍老犹似老头，二人相拥最久；而与范佑铭拥抱时，则一膝跪地，赞许他不将冶炼精技传授敌人，宁受刖刑而不低头，实为大汉英雄……

堂邑父愧悔道：“我去迟了一步，致使范兄弟遭此酷刑。”又道，“此次大伙儿能一起抵达，多亏了由天际，大伙儿前后几天方在他那里聚齐。至于物品损失情况，还是由由天际向你禀报。”

由天际眼一眨巴：“禀什么报，张大使去我那里过目之后，自然全都清楚。反正好的坏的，我和堂叔叔全都弄了回去，我一时半会儿可说不明白。我倒是操心秦自乐秦哥哥，三位副使，现在就差他一个！”

由天际的一句话，使张骞和大伙儿的心顿时沉了下来：是呀，八年了，缘何谁都不知秦自乐的消息？

这真是：

彼黍离离④兮吾之唯一，彼稷之实⑤兮使人醉迷；
牛潭谷中兮步之趑趄⑥，小黄山上兮何处觅蘼⑦？

异国他乡兮苦女成妻，八载沙丘兮众英相聚；
泪眼婆娑兮忠君明志，何逢自乐兮拔步西移？

欲知秦自乐有何英雄之举，且看下回惊心动魄介绍。

**注释：**

①伊犁河：发源于中国新疆天山，注入哈萨克斯坦之巴尔喀什湖。

②胡达：匈奴对媒人的称呼，今蒙古族沿之。

③刖（yuè）：脚。刖刑：古代剁去双足的一种酷刑。

④彼黍离离：那黍子长得一排排。

⑤彼稷之实：那高粱结了米粒儿。

⑥趑趄（zī jū）：徘徊。步之趑趄：徘徊不进的样子。

⑦蘼：即蘼芜，一种香草，又名江蓠。何处觅蘼：到哪里去找（我需要的）香草。

# 第六十回　图脱困两队员自折　谋旌节一英雄拼命

和十七位幸存队员一一相见拥抱之后，张骞即让大家席地而坐。见每人都看着自己，露出询问的目光，便知大家都在关心一个问题：下一步应该怎么办才合适？

关于此事，张骞思考何止百遍。八年的苦熬，难保有的队员思维情绪不发生巨大变化，再也没有八年前出发时的雄心与豪气，强烈的思乡之情在左右着他们的心智。那种继续西行的使命感，可能只有少数队员没有磨灭。但他不能责备那些盼着回家的队员，他们能坚持操守活到现在，已经非常不易，所以不能苛求他们。有鉴于此，完成皇命继续西行之大任，便不可再拖。

虑定之后，张骞挺直了胸膛，一手叉腰，一手做出果决的手势："首先，感谢大家，刚才以大汉使节队队员之礼与我相见。这说明，虽然时隔八年，历尽了艰辛，我们仍然是大汉使节队。只是，现在的使节队，与八年前从长安出发时的使节队相比，已经发生了很大变化。这第一个变化是，人少了，我们都变老了。原来的小调皮由天际，现在已成了标致大小伙；而副使任扶，变得大家都不敢相认。第二个变化是，由两眼一抹黑，到现在人人都成了匈奴通。我们走过了许多地方，真正见到匈奴手执权柄者与一般匈奴牧民的重要区别。这些经验，都极其宝贵，在将来汉匈之战中，都可为我朝军队助力。第三个变化是，我们基本做到了知己知彼，对于匈奴的部族、军队结构、训练方式、战马培育、武器配备、军士体能及战力，以及他们野性、兽性的养成，都有了较为深刻的认识。"

“张大哥，今后怎么办，你还是说说你的决定吧，我们总不能老在由天际那里游手好闲吃大户。”原来一向不太爱说话的商禾起身道。石舛、尤习重、方峒秋也紧跟着相催。

“大伙儿不要以为，我刚才所说，是为空话。起码，你们回去之后，人人都可胜任通译，了解匈奴人的风俗民情，此于我朝仍有大用。”张骞笑道。

大伙儿也笑将起来。

“今日来此祭奠为国捐躯的各位兄弟，连我一起一十八人。在做出决定之前，我们先把情况捋捋。以我察之，我们十八人，包括尚未取得联系的秦自乐等七人，有以下几种情况：其一，身体强健，仍可胜任长途跋涉、克服艰难险阻者；其二，因环境恶劣致使身体受损、体能衰弱者，如任扶副使等人；其三，思乡心切，家有老幼需要照看者；其四，受刑致残行动不便者，如范佑铭、王兼；其四，在所属之地已娶妻成家者，如陈尚斗、孙治瑾，以及我自己。”

许多人并不晓得张骞娶妻一事，其中堂邑父尤为惊讶。去年二人在此相见时张骞尚是单身，一年未见便有了家室，使他感到有些突然。但是，堂邑父与其他人全都了解，张骞不是一个随便之人，其中必有相当的因由委屈。大伙儿不由得目视张骞，欲听他的解释。

张骞明白，既担正使之责，个人之事便与大伙儿的利害相干系，必须解释清楚之后，方可做出决定。于是道：“此事发生在去年与堂邑父相见后不久，托力鲁王爷父子受匈奴单于指令，欲对我进行羁縻、监督，送一匈奴女奴与我。于交谈中得知，此女性极刚烈，系王兼新妇查合拉灵表姐，名曰昆古丽玛月伦。后来勃忽王爷强纳查合拉灵为妻，并将王兼逮捕，令其为匈奴军队南侵带路，王兼不从。王兼受刑前一天夜晚，昆古丽玛月伦母女营救王兼失败，其母被勃忽王爷当场处死，自己沦为奴隶。心怀这样深仇大恨的女子，岂可甘为匈奴王爷们的走狗？而我自己，母亲已逝于匈奴匪患，未婚妻周月英亦不幸病殁于北上寻夫途中，且昆古丽玛月伦向我盟誓，全力支持我继续完成西行使命。我们可算意气相投，同病相怜，所以走在了一起。不瞒大家，玛月伦下月便将临产。对于她们母子的安排，我已有打算，一旦西行起程，便将其送至由天际处，请义士蒙利克予以保护。”

王兼首先仰脸大笑：“张骞大哥成了我的表姐夫，真是快哉！查合拉灵，你该为此高兴，为此好好唱上一曲。此事我回去找到查合拉灵，便当作为第一要事。”

由天际不甘落后：“王兼你与查合拉灵的歌唱得怎么样，我们不晓得，但是张大使夫人公子到了我那里，不仅有义士蒙利克，我那四个小婆娘也都不是吃素的，决不会让她们母子掉下一根寒毛。”

众人听罢，纷纷向张骞祝贺。

张骞见机宣布了自己的决定（而非命令）：

一、继续完成西域之行的使命，寻找重新立国的大月氏，并与相关国家取得联系，最迟后年（前129）四月二十八日由由天际处出发；返回故乡的队员同日同地出发。

二、凡决定西行或回国的队员，一律于后年四月十八日之前在由天际处聚齐，决定留守匈奴人员自便。

三、范佑铭、王兼二人因行动受制，不便随行。为二人今后生活计，使节队起出的物品中，凡可用的茶叶、丝绸以及金银器皿，除西行使节队带走部分，下余部分皆配予二人。二人如愿落脚由天际处，由由天际妥为安置。他日若汉军碾平匈奴，我等且有幸存者，当上奏朝廷，接二人回国。

四、凡决定随我继续西行的队员，请告知副使堂邑父，凡决定回国的队员，请告知副使任扶。并请任扶回京之后上奏吾皇，张骞等人已去了西域。

五、驮马与坐骑的配备。无论西行或者回国，一律按一人一骑一驮马配备。每人十天的干粮与饮水，马儿半月的饲草和豆料。途中以干粮主之，以炊饮辅之，晓行夜宿，不赶夜路。使节队另配驮马五至八匹，用以驮运国礼。总计约需良马四十至五十匹，除去现有的坐骑，不足部分由陈尚斗、由天际二人设法补充。

六、社稷旌节目前尚无下落，不能俟其出现重定出行日子。旌节的尺寸样式队员皆知，此事就交由我来解决，依样重做一个。只是匈奴无生漆可买，只能以土红代之。

七、关于西行与回京队员旅资的筹措，由堂邑父、任扶依据人数、实际情况，予以大概估算。每人现有银钱多少，差额多少，届时予以调剂。

八、秦自乐等七名失联队员，都予留意打听，一旦得以联系，请将此决定予以转告。

九、今晚夜宿此地，为死去的弟兄守灵。他日如能踏平匈奴，当上奏朝廷，将他们的骨骸迁回故里。

十、决定西行的队员如有妻小，一同带至由天际所在草原，由义士蒙利克予以保护。

"各位兄弟，张骞如有疏漏不妥之处，请予见告。"

"张大哥心细如发，虑事合情合理周全。我只有一点建议，起出的埋藏物品之中，那些备用的一百多匹马儿的马掌当不致损坏，既然西行途中要过七八百里的乱石滩，每匹马的马掌当不得少于二三副，我已无法做得此活，张大哥不要忘了多带马掌，依我之见，须另加驮马两匹，专驮马掌。"范佑铭大声道。

王兼立即附和："范铁匠说得对，马掌不是小事！"

陈尚斗揎袖而起："张大使放心，马场上的头马赛过我的兄弟，我一个呼哨，带出三十几匹骏马出走，不费吹灰之力。"

由天际亦道："生漆这玩意儿，兰扎吁王爷那里或许就有。他搜罗了一个汉人漆匠，专门为他漆过几件家具。找着了，我给你送去，顺便看看你那夫人与公子，以及受人夸赞的窑洞——堂叔叔，到时咱们一块去。"

任扶几次张口，却又欲言又止。作为副使，他应该坚持西行，可衰弱的身体，又使他不得不接受体谅之情。

众人对张骞的决定并无异议，都感到他们的正使意志仍一如往昔，但更客观，更实际，充满了对部下的关切与爱护。一些人高兴得乱叫道："由天际，拿酒，拿酒！"

张骞早已发现由天际一行拿了不少酒袋肉食，于是道："天也快黑了，大伙儿也饿了，我们开始吧。"又面对大伙儿，提高了音量，"今日之酒，我有一提议，除了老范与王兼，其他队员每人选一至二名亡故的队员，以酒祭灵，鞠躬共饮，三次为度。而后团坐一处，互敬互饮，两人一只酒袋，饮多饮少，随量自便。祭酒明晨再说。”

趁张骞说话的工夫，堂邑父变戏法似的，从一只大包袱里拿出木制酒碗，每人一只，一十八只，刚好发完。

大伙儿点起火把，围坐一圈，说说笑笑，互敬互饮，好不尽兴。尽兴之后，各自择地而憩。

因噶弘因等两个部落的土司头人被堂邑父杀得心惊胆战，小沙丘的夜晚宁静得有些瘆人。天空繁密的星星显得刺眼，地上频频的夜风格外沁凉，唯有燃烧的火把送出微弱的暖气，马儿的鼻息传出几丝活气。八年前的呐喊搏斗，兵器的碰撞格杀，战马的嘶鸣啸叫，全都遁入那一堆堆无言的坟茔。

范佑铭与王兼一如既往，二人圪蹴在一块。人们早已习惯了他们的做派，谁都不以为意，有人只听到他们咕咕哝哝说了很久的话。谁知翌日早晨大伙儿起来后，发现二人仍手拉手并排躺着。由天际跑到他们身边一看，惊得大叫：“张叔叔，堂叔叔，你们赶快过来，范铁匠和王兼他们，他们——”话未说完，便大放悲声。

张骞一听，便知事有不妙，赶来一看，果然见二人已双双自杀，肢体渐至僵硬。他费了大劲，才将二人的手分开，又抹了几次，将范佑铭的双眼阖上。堂邑父等人围了上来，尽皆垂首，久久无语。

张骞顷刻之间进行了深深的反思。明面上，是二人不愿意拖累大伙儿，选择与夏宏一样的方式，宁肯与死去的队友共眠于此，而诱因当与他宣布的决定有关。仔细琢磨，大约在于两点，一是将使节队留下的财物全部给予二人，为其生计提供支持；二是日后上奏朝廷，将为国捐躯队员的骨骸迁回故里。二人选择在此时此地结束自己，极大的原因，可能是第二点。

但是，张骞不能将其点破。原因很简单，一旦点破，定必影响西行队员的意志与士气。谁能保证，明年西行往返路途，没有挫折，没有牺牲？想骸骨回国，无异于痴人说梦。

张骞不禁流下两行清泪，长声浩叹：“二人真可谓宁折不摧的义士！二人欲与故去英灵相伴，我们就随其所愿吧。”遂就地以剑掘坑，众人相帮着，将二人分开并排埋入。

毕，于二人坟前各摆酒一碗，张骞举着酒碗居中而立，口占诔文：

张骞率余众禀大汉吾皇：

今有大汉使节队员讳范佑铭及王兼者，为国守节，吠以呵而不屈，魈[①]以利而枉诱。范某遭敌刖刑致双足尽失，王某遭鞭笞双目皆盲。是日张骞率余众相聚旷丘，八载血仇，思若涔[②]池。惟二君谋定，效昔日夏君宏者。图解算数，筹谋脱困，竟赴瑶池仙路。

死者已矣，生者不息。吾侪幸者，当觇之前瞻，续皇命而不辍，以感二英驰骋之愿。

酹酒以祭，伏维尚飨。

时建元三年八载之后之六月二十七日。

随之，张骞双手举碗擎酒齐眉，鞠以三躬，分酹二坟，余酒一饮而尽，含泪退下。堂邑父等十五人依次酹酒以祭，默立一旁。

祭奠一毕，张骞即道："范佑铭、王兼为守大义离我等而去，是宿敌匈奴欠我大汉、欠我使节队的又一笔血债。若我辈深陷于悲怆之中，实乃敌之所盼。故我等应重新振作，以求大义得伸，大仇得报。现在我命令，大伙儿吃饱喝足，不能将由天际拿来的酒肉重新拎回去。而后就此别过，欲回原地者仍回原地，愿留守相约之地者，随我去由天际那里。限半个时辰结束，勿忘下次聚会的时日。"言讫，带头为大伙儿斟酒。

不料，由天际却犯起忧愁："倘若秦大王秦哥哥发现我一下子弄了四个婆娘，我该怎么向他、向自东妹妹解释？秦大王若要戳我一枪，我可受不了——张叔叔、堂叔叔，到时只有你们才能当我的保镖。"

张骞一拍由天际肩膀："放心，八年了，秦自东早就长成大姑娘。你们天各一方，不通音讯，二十几岁的大姑娘还不嫁人，可能吗？不放心，西行归来，你去一趟峦芳洲。"

而心里，又勾起了对三弟秦自乐的无限思念。

为替容南、容北报仇，秦自乐血洗了河督府之后，便扔下血衣，换上净衣，又选了几套秋冬服饰，用大包袱一捆，将几近十斤的金饼，几近三百斤的其他财物，分作三个羊皮口袋装了，再牵了一匹红鬃骏马。复去容南、容北所在的村子，找到一位心地善良、办事公平的老者，卸下两袋财物："河督府从河督到卫士，已全部被我杀掉。按说，我的两位兄长在此冻饿惨死，你们将其视为汉人奴隶，而坐视不帮，我完全可以对你们不予理会。但祸是我惹的，不能让无辜之人遭受无妄之灾。你们不仁，我不能不义，故而将两袋财物给你们卸下。我也不知其多少，请这位老人清点之后，均分给各户，速速逃命，不要等到官府来人抓捕你们。"说罢，扬长而去。耳后犹听老人愧悔之声："真是羞死人了。如此高洁义士，天下实在少见。"

得知二哥堂邑父去年就来过这里，秦自乐便有一种莫名的惆怅从心中升起。这么说来，二哥仍是自由之身，可以四处走动，寻找大哥张骞与其他兄弟。而他却两眼一抹黑，一个人、一条线索也无，他找谁去？到处都是草原、荒原、大漠，动辄数百里、几千里，从一个部落到另一部落之间，数天见不到一顶帐篷、一户人家。随处可见者，只有黄羊、狼群、兀鹫及其他野兽。

一时无法找人，不若先找极为贵重的物品——使节队的社稷旌节，以及大哥张骞的那把举世无双的青锋宝剑。

可这也得有确凿线索才成。究竟是在龙廷，还是落入某个王爷之手，得要弄个明白。他与龙廷相关人员无任何瓜葛。有钱也花不出去，得不到一点消息。

思来想去，他只能用笨办法去获取消息——到龙城，在繁华热闹的酒肆、高档酒店中碰机会。

于是他扮成阔商模样，先在城内转悠，最后选了一处离单于龙廷最近的福荫大街福远客栈。

这家客栈却是不同，当街以巨型石条砌了五层台阶，台阶之上夯筑地面，地面之上仿汉人衙署建筑，门庭高大，廊柱粗壮，红墙亮瓦，飞檐翘角，显出一种恢宏气势。招牌亦非布幌，门侧廊柱前边一丈多高的黑漆木牌，上书两行汉文、匈奴文涂金大字：福远客栈。

秦自乐牵马登阶，刚上台面，便遭一衣饰整洁汉子盘诘："尊驾何来，有无'王引’抑或‘司引’？”

秦自乐不知何为“王引”，更不知甚是“司引”。便道：“此话怎讲？有此怎的，无此又将怎的？烦小哥指教。”

随即递上大约半两金子。“看你就是初来龙城的散客。”那汉子揣了金子，笑道，“所谓‘王引’，就是各地王爷或者土司、将军派来龙城办事的‘官客’，他们手中都有王爷们的印鉴、印信；所谓‘司引’，就是龙廷的国宾或单于、大国师的贵客，由龙廷礼宾司监直接派人引导或凭司监的手谕前来入住。我们也接待散客，但客人必须与客栈主人相熟，或者是其手下人的亲朋具保之后方可入住。”

秦自乐见机又递出五两金子：“哥哥可否行个方便，通融一下？哥哥的名讳，不妨亦请告知小可？”

“我叫格力高。见了主人，你就说是我同父异母兄弟，你母亲是一汉家女子，所以才有汉人模样。主人见你生得如此清秀又这么会挣钱，说不定会喜欢上你——呃，你叫什么名字，做何生意，我好禀报主人。”

“我叫达力奇。”想到达力诺卡帖娜父女，秦自乐编出这样一个名字。“生意嘛，这看咋说，眼下只可算作小本经营。”想到使节队里的玉石匠赵无偏，续道，“主要做点玉石珠宝之类的玩意儿。当然，对于那些古怪离奇的东西，我也颇感兴趣。”

那格力高暗自吃惊，出手如此阔绰，盘弄玉石珠宝，还是“小本经营”！身怀巨富，还敢独行江湖，这个年轻汉子，绝非简单人物。如自己真有这样的“弟弟”，又何必在此当个守门小厮！他几乎以巴结的语气说道：“达力奇兄弟，你不晓得，这个客栈系王廷所建，主要接待一些王公贵族。像去年琅艾王爷在龙城举办英雄大会，他和他的卫士、管家，就在这里下榻。”

“英雄大会？想必定是高手相互比拼了，可惜我无此眼福。不知夺魁者是什么人？”

“我守候于此，也无缘得见。名字倒是听琅艾王爷手下人说过，叫作‘甘扶’，嘎顺诺尔人氏，大马街祥和饭庄店主是他的岳丈，未婚妻叫什么嘎女子。琅艾王爷要留甘扶去王府做贴身卫士，甘扶却道先回家乡做些安置，再回龙城与嘎女子完婚，然后再说去王府的事情。”

秦自乐心中默念道：“甘扶？甘父？莫非他就是二哥？可从来没听说过他的

未婚妻住在龙城呀，这倒奇了。”即又问道，“哥哥可曾见过‘甘扶’长什么模样？”

“人我没亲眼见过，听别人说，这人是匈奴人，身坯高大威猛，为人忠义厚道。比武场上，唯他一人拉得了七百斤铁制硬弓，并一次连发三箭，当空射下一只猛禽，赢得满场喝彩。夺魁之后，琅艾王爷将那把铁弓，还有一匹乌骓宝马，都赠予他。那祥和饭庄的生意，从此也出奇的好。”秦自乐由此认定，所谓的“甘扶”，就是二哥堂邑父。而从时日计算，也很合理，二哥是在英雄大会之后去看望容家兄弟，而后大闹河督府，再以后便去寻找失散的兄弟，根本就没有回家乡。至于未婚妻的事情，明日去祥和饭庄一问便知底细。

“兄弟你有所不知，匈奴这些王爷里，有两位王爷比较特殊。一是这琅艾王爷，生性爱玩，爱找乐子，稀奇古怪的人物，不管是匈奴人、汉人，是一般百姓，或是奴隶，都搜罗在一搭；一是额塞王爷，生性爱物，凡是稀奇古怪的东西，只要他一看中，都搜罗到他的藏宝室，有的东西看过几眼，便丢在那里再不望它。”

这无疑是一条异常重要的消息，使节队的旌节和张骞大哥的宝剑，极有可能被额塞王爷搜罗。为了不引起格力高的注意，秦自乐开起玩笑：“哥哥，你说漏了一点，所有的王爷共同的特殊点：一是贪财，二是好色。恨不得天下的财物都为其所有，天下的美女都为其妻妾。”

“你这话真逗。我可不敢去说那些王爷。”

“你当然不敢。不说也罢。不知你们的主人高姓大名，还有这收费怎么算法，请一并告知。”

“啊哟哟，你看我这人真是，这么重要的事都忘记跟兄弟说了。”格力高一跺脚，好像很对不起人的样子，“主人的名字跟你只错一个字，叫宝力奇，年近五十，膝下只有一个宝贝女儿，叫塔丽琪琪格，我们都叫她塔丽公主。人长得不赖，就是脾气有点躁。你见了，小心为好。至于收费，这与客栈的档次与寝室设施相关，分贵宾间、礼宾间、小散间、大散间四个档次。贵宾间每人每天十两金子；礼宾间每人每天八两金子，小散间为一人间，每人每天五两金子，如果包月，每天只需四两金子；大散间为双人间，每人每天三两金子。一日三餐，酒肉定量，饭食管够。菜品均为上等，牲畜饲料不计，包吃包住，不为客人留食，过时不候。这客栈对外叫作‘福远’，实际是龙廷客栈，所以贵宾间虽贵，一天花费价值五只肥羊，但客人并不付钱，每月只需去一次礼宾司府衙进行结算。但是客人若要‘开荤’，就得自付费用，起价十两金子，多者不计。外来重要散客，即令有钱，亦无资格入住贵宾与礼宾间，只能入住散间，就餐亦在另一饭堂。唯有‘开荤’一事，无论何样客人，收费皆是一样。像兄弟你，只能入住小散间，若需‘开荤’，要提前回答宾客管事的提问，要，或不要，说个明白。现在，先将马儿拴在侧边，带上你的行头，去见客栈主人。”

“等等，有两件事，我还没弄明白。”秦自乐急急道，“第一件，何谓‘开荤’；第二件，一般散客，缘何还要去见客栈主人？”

“我说你这位兄弟，你也是跑江湖做‘小本生意’的人，你是真不懂，还是假装不懂？我们刚才说什么来着？大凡男人，贪财好色是其本性。‘开荤’说白了，就是客人掏钱，找个年轻貌美的女人陪他睡觉。至于第二件事，因为这是龙廷客栈，安全当然放在第一，作为贵宾、礼宾的客人，主人倒不怎么管他，独有散客，主人最为上心，必须在面见得其允许之后，才可交由宾客管事为其开好房间，并发一特殊牌牌，以作为出入证明。”

原来如此。遂掮了钱袋，拎着大包，随守门小厮去后院，走过门庭，又下五个台阶，逢中道直走。

后面极是宽敞。凡空处，皆植名贵树木，而各种花卉亦整齐排列。中道两侧各有八排嵌木板房，墙垛书以序号：左一、右一；左二、右二……每排房十间门户，亦有序号。格力高指道：“左前五排为贵宾房间，右前五排为礼宾房间；左后三排为小散间，右后三排为大散间。中道尽头三列夯筑土墙粉壁房，前列左为膳堂，贵宾、礼宾用餐处；右为饭堂，散客、店员、杂役用餐处。中列三间，是主人父女起居间以及会客厅堂，两旁左为男女店员宿处，右为贮藏室、膳房操作间，后列最左住杂役、马童，紧挨敞间是饲料房、草料房及马厩、驼厩。柴薪之类就码在膳房外面，用草帘苫着。”

秦自乐暗道：设置如此周密，不愧为龙廷客栈。所谓的店员之中，除了妇人，肯定有保镖之类人物，格力高只是避而不说罢了。因为他刚从相遇两名统一着装的“店员”看出，其步态身姿显见颇具武功功底。而遇到的妇人，均在二三十岁，且妖娆昳丽，步态轻盈。他判断，这些女子，白天是为侍者，夜间即成“荤者”。

到后面中列排房，秦自乐见一老者正在檐下低首踱步，而左侧花丛之中，一妙龄女郎正蹲着马步。

格力高一见老者，立刻谄笑道：“主人早，主人安好。”

“放屁！这会儿都快中午了。有甚事，说！”侧脸一瞅秦自乐，“此系何人？给你说过多少次了，不相干的人，不许进来！”

格力高诺诺，张口结舌。秦自乐见不是事，放下行头，行一贴胸鞠躬礼：“伯伯，请勿责怪我的兄长。我和兄长多年未见，今日偶然经过福荫大街，见客栈雄伟恢宏，十分好奇，遂登阶相问。攀谈得知，我是他失散十几年的同父异母弟弟，他见我正在寻找宿处，便引荐于此。”

此时那练功女郎走了过来，见秦自乐生得眉清目秀，十分标致，便娇声道：“阿爸，人家好歹也是客嘛，缘何不去厅堂说话？”

“女儿晓得个甚？阿爸自有分寸。”又瞅着秦自乐，“你叫什么？家在哪里，父母何人，干什么营生？”

一连串数问，像审讯囚犯一般，秦自乐极不习惯。若非为了打探消息，他才不愿意进入这样的客栈。他强压对这只匈奴走狗的不满，一一作了回答。称自己现住赵信城城边，母亲系汉国汉中郡人氏。目前做玉石奇玩小本生意。

“来龙城意欲何为？”

“龙城乃云龙扈从之地，多富商大贾，亦是王公贵胄、豪门贵妇相聚处所，我欲在此辟一门面，专做于阗玉玩及世间奇玩生意。”

“呵呵，年纪轻轻，口气不小，一块于阗小玉，便值千金，你这还是小本生意？走走，且去客堂叙话。”见格力高相跟而入，宝力奇训道，“不去门前值守，这里关你甚事？”格力高无奈，讪讪地退下。

塔丽琪琪格欲唤侍女前来奉茶，老者阻道：“阿爸与这位小客叙话，无须别人知晓。”那女郎倒也乖巧，立即去自提了开水进来，为二人各冲了一杯毛尖细茶。

秦自乐双目一扫，见这客堂别具一格。一律的锃光明亮朱红木漆家具，一律的白色玉杯、玉碟、玉碗，虽都有瑕疵，亦是世间少见。回眼间，恰好与女郎的目光相撞，那种含情脉脉的样子，看得秦自乐浑身不自在。他赶快移开目光，面向店主：“伯伯见多识广，所交朋友，皆高端人士，有甚奇玩，可否见告——当然，生意场上，我还是懂得，有价值的信息，自会付酬。倘能中介成功，中介费当在此物价值的五分之一。”

“中介怕是不成，我只能将信息与你说知。”

“也成。若信息特别重要，我付你金子。”

“去年夏天，汉国皇帝派往西域的使节队被打散，从大使张骞以下，我方俘获二十余人。其中有两件宝物，一件汉使旌节，一件张骞的兵器青锋宝剑，被额塞王爷不费吹灰之力，从单于手中讨要了去。当时在这客栈还显摆了两天，这两件举世无双的宝物，应该算是奇玩了吧？这消息告诉了你，你有本事将其弄到手？”

秦自乐立即起身，掏出一枚金饼，放在宝力奇面前：“能否请伯伯将那两样东西详细说说？至于怎么弄到手，得等候时机。世间再好玩的东西，都有玩腻的时候，那时求他出手，就容易得多，现在额塞王爷正在兴头上，求他无疑自触霉头。”

“不好意思，小客破费了。那两样东西，说起来是宝物，实际上，那旌节也中看不中用，完全像是一种比较好看的小孩玩具，看久了，便觉得就那么回事。那把宝剑却是无人能用，重达三十多斤，甭说上战场，当时几名自称力大的武士，各自舞了不到十个回合便咻咻气喘，羞惭而退，这能叫宝物？我看你还是算了吧，花冤枉钱，不值！”

“值与不值，看看再说。我还怀疑那是赝品，还得让张骞过目之后再行确定。”随又一叹，“也不知此人身在何方，受哪位王爷看押辖治。”

“此乃匈奴国最高机密，除了大单于、老国师，还有押解人员，我们谁也不知张骞行踪。算了，不说这个，还是说说你在龙城开店之事。”

此时却见那女郎起身，向店主招手道：“阿爸，你出来一下，女儿有话对你说道。”

宝力奇一见女儿神态，心中已猜出六七分。女儿快二十岁了，仍然高不成低不就，他很着急，可急也没用。

秦自乐倒没有多想，心思全都放在张骞与额塞王爷身上。他晓得从这店主口中再套问不出其他信息，便提了行头，也相跟着迈出厅堂。

“小客留步，叔另有话说。”店主急声叫道。

“小哥哥何必如此着急？再坐一会儿不碍事吧？”那女郎也软声细语，出面挽留。

秦自乐顿觉不妙，又不得不重回厅堂。

“匈奴人说话做事，从来不绕圈子。我就直说了吧。小女一见到你，就知是天降缘分，多少王公贵族的子弟求婚，她都不动心，独独今天一反常态。我也觉得你俩可谓天作之合、一对璧人。老夫不惜腆颜相告，欲招你为婿。你若家中有妻，让其做妾。若无妻室，恰巧正好。你就住在这里，白天就让塔丽陪你四处走走逛逛，早晚你教她识字练功，半月之后为你们完婚。就这样，你俩去吧。”

这般强加于人，世上哪有如此婚姻！在秦自乐的心中，即就天上的仙女，也无法与卡帖娜相比，何况这刚刚认识的女子。于是回道：“叔与塔丽的厚爱，小生深为感谢。只是此事太过突然，我又是漂泊不定之人。不说别的，我去一次于阗，路途无比凶险不说，单是往返时日，三五月亦是常事，到时误了小姐企盼之心，罪莫大焉。再说此乃大事，不可不禀告高堂，倘若私自结亲，传至江湖，我这不孝之罪实难担负，谁肯与我相交？生意也甭想再做下去。”

“这么说，你是不应了？”宝力奇脸色阴沉下来。

“不是不应，是不敢应，不能应，无法应。我若不做这种玩命的生意，怎肯不应？望叔与塔丽姑娘体谅则个。再说，我功夫粗浅，识字不多，凡夫俗子一个，不敢妄攀高枝。”

“你会后悔的。连王爷们都晓得，老夫历来一言九鼎，说出去的话，从不收回。”

秦自乐更加反感。这种仗势欺人的威胁，反而让他豪气顿生：有什么手段，尽管使出来。

女郎亦恼羞成怒：“如此不识抬举，敢惹本姑娘不高兴，有你好看！”

一场会见，不欢而散。

秦自乐提了行头，便欲离开这是非之地。

不料，才走得三五丈，便被两条彪形大汉拦住：“客栈规矩，至少宿过三夜，方可离开。”

世上哪有这般霸道的客栈！秦自乐怒气横生，便欲发作，可眼见四处都是龙廷鹰犬，自己的事刚有眉目，此处又系龙城核心，遂强压怒火，去管事处登记。

管事却是一个特年轻、特美丽的姑娘，语气嘤声含羞：“小哥哥，我与你‘开大荤’好吗？”

“什么意思？”

“人家这是第一次嘛，所以才叫‘开大荤’。”

“你受谁的指使，来此坏我名声？”

姑娘一脸茫然：“指使？什么指使？我喜欢小哥哥，想跟小哥哥做永久夫妻，有错吗？”

看来这姑娘真是不知。倘若真与这姑娘好上，则姑娘危矣。秦自乐婉拒道：“此一时心绪不佳，没那兴趣。”

一夜挨过，翌日绝早，秦自乐便出了店门，到了街上，立即运起功力，走起旋风步。他知后面有两人跟踪，倏地回转身子，眨眼间肩撞二人，二人不备，立时倒地，秦自乐左右开弓，迅即掐住二人手腕筋脉，一提捞起。二人龇牙咧嘴，有苦难言，像被使了定身法，一错眼，便不见了被盯之人的影子。

摆脱两个走狗之后，秦自乐放缓了脚步，看起街景。此时尚早，人们往来稀落，一些店铺也未开门，秦自乐独自彳亍，兴味索然。在这异域陌地，他想到更多的是，何时将旌节、宝剑弄到手，然后去寻找大哥、二哥。

太阳渐渐升高，原本清晰通透的街区，也渐渐朦胧起来。处处生出的炊烟，似一团团云雾，彼此缠绕不息，组成更大的云团，到半空被晨风一吹，便像巨大的漏风苫布，笼罩在城中上空，让阳光变成一种古怪的色调，不黑不白，不明不暗，使人极不舒服。

街上的形人渐渐多了起来。首先出现的是收集人粪尿的清道夫；随之是赶早场的小商贩，肩挑、车推、马驮，去固定地点摆摊；再是赶早市的食客，分别去了面馆、汤馆、饭庄、酒肆。秦自乐这才加快步伐，径直去了大马街祥和饭庄。

进门，便见一健硕女子正在大案上切面，一老者在饭桌上收钱，两个汉子用条盘托着大碗面食从里间送出。女子见秦自乐进门，便问道：“客官几人，香面几碗？”

“暂且一人，先来一碗。另有两人，等会儿再说——恕我冒昧，姑娘是否就是嘎女子？”

嘎女子大为惊奇，立刻停刀：“你怎么晓得我的名字？”

“甘扶是我结义二哥，我的真名叫秦自乐。我来，是想问你一件事，再求你办一件事。”

“啊，你就是三弟，这可真是稀客，他曾不止一次地说过你，还有你们的大哥张——”

秦自乐急忙点头：“是的是的，我们的大哥姓张，我们有很久没见面了。”那收钱老者倒挺机灵，过来说道：“这里说话多有不便，嘎女子，你领这位三弟去后面相叙，这里有我，不用你管。”

听了嘎女子与堂邑父定亲的经过，秦自乐深为二哥高兴，当即改口，称嘎女子为二嫂，并明确了额塞草原的方位，由龙城顺色楞格河到鄂尔浑河，走完鄂尔浑河，翻杭爱山，到巴彦洪戈尔[③]就是，如若顺利，四至五天便到。嘎女子道：“我给你准备六天的干粮，到时来取。龙廷客栈不是你待的地方，早早离开为好。”

秦自乐随嘎女子出来，老者便吩咐跑堂汉子端来一海碗肉丸子片儿汤，笑嘻嘻道：“你是我女婿的弟弟，一定要吃饱、吃好，见到他就说老夫和我那女子十分想他，让他早一点回龙城，与我女子完婚。”秦自乐一边吃着，一边应着，突然搁下筷子：“伯伯，有点小事，我马上回来。”一个旋风步便到了门外，一手抓住一条大汉，“走走，跟我进去吃面。”那两汉子猝不及防，急挣不脱，只好相跟而进。

到了饭桌，秦自乐加力一摁，二人不由自主“嗵”的一声坐下。便听那“达力奇”叫道：“我这两位朋友没吃早饭，请伯伯给他们各来一海碗，钱由我付。随之用胳膊肘子轻轻碰了一下老者。那嘎女子的父亲老江湖了，哪里不明白，连声应道：“好的，好的。还请客官多多照顾小店生意。”

那两条汉子见“达力奇”放下了筷子，怎敢再吃，便也放下筷子。

“不急，不急。你俩慢吃，我的闲工夫多着呢，吃罢之后，咱们结伴一块走走。我请客，我去结账。”

到了老者面前，秦自乐耳语道：“饭钱你得收下，不能让龙廷客栈那两只狗看出破绽。”

一旁的嘎女子亦道：“秦兄弟说得对，阿爸你就收下。”

秦自乐付账转来，见二人连汤都喝得点滴不剩，即道：“若是没有吃饱，就再来两碗？”

二人连连摆手：“饱了，饱了。客栈里虽说食具漂亮，食物也精致，却比不上这里的味道，尊客初来龙城，却会找地儿。”

“我也是好奇。听说这祥和饭庄主人的女婿甘扶，去年在琅艾王爷举办的英雄大会一举夺魁，所以前来看看，究竟是什么样的女子，能让大英雄如此动情。”

“是不是大失所望？比起我家客栈主人的小姐，是不是差远了？”一黑脸汉子道。

“那倒也不至于。祥和饭庄的女子虽然不是那般美丽，但是身体特别壮实，而且特别勤劳，是治家过日子的一把好手，生起娃娃来，一定不差。几十年过去，说不定又是好几个甘扶。”

“这倒也是。”一长脸汉子又试探道：“小哥是不是也想找这样的女人？”

“我现在还顾不上想这等美事。等我攒够能买下千里草原的钱，安定下来之后再说。”又回头道，“二位不必在后面鬼鬼祟祟跟着，就这样陪我四处逛逛。”也不管二人应不应声，便加快了脚步。

一旦秦自乐运起旋风步，便如鱼儿一般，在稠密的人群车马中自由穿梭，那二人累得一身臭汗，也愈追愈远。在人影消失，二人正在焦急时，又见“达力奇”在远处向他们遥遥招手，弄得二人苦不堪言。

要说这旋风步，秦自乐原来并无此等功夫，为其养伤时所悟。当时噶弘因土司欲用“拖骨”之刑置他于死地，他为了求生、报仇，途中极力翻转、跃步。开始好几次都跃至马臀，终因功亏一篑未达目的，若非达力诺、卡帖娜父女相救，几乎命丧黄泉。后来思之，输就输在脚力速度未能快于马的奔速。病愈之后，先在密林之中练习快速穿行，后来又与马儿比拼速度，由五里、十里渐渐增至五十里而不落下风，一个提纵仍能跃至马背。河督府一战，他以一人之力对付十二名武士，仍可毫发无损，初次得到了实战检验。龙廷客栈的跟踪者，哪是对手。

时快时慢，时紧时松，午时又选了一家酒肆，让二人吃喝一顿。至傍晚，仍然一样，直到街上了无人迹、店铺关门，才回到客栈。脚一洗，门一关，倒头便睡，谁也不见。

第二天依然，只不过跟踪者换了人，夜归回店，发现有人进过屋内。秦自乐冷冷一笑，没有理会。

第三夜回客栈，格力高轮值夜班，见了秦自乐，便问宝力奇父女与他怎么回事，父女二人每天相问三四次。秦自乐以关心他开店之事对之。并道：“如若再问，就说为找不着可靠的店员及保镖发愁。”

三日夜满，秦自乐绝早起来，将两匹马儿牵出，去柴堆中取出钱袋和短枪枪袋，将及栈门台阶，却被宝力奇父女拦住。

“三日已过，伯伯缘何阻我？”秦自乐下马施礼。

“老夫并非阻你，因小女放心不下，最后相问，你真的要执意离开？”

“非我执意，是因许多事情要办。”

“我还是那话，出了这道大门，你会后悔不迭。”宝力奇面无表情。

塔丽琪琪格的话语却酸中带恨：“你记着，不管谁跟了你，我都会叫她没有好日子过。”

“谢了。”秦自乐冷然一礼，即跨马登阶而去。

出龙城行约二十里，便是一望无际的大草原。夏季的草原犹似一幅幅提花织锦，美不胜收。青葱的绿草，如翠玉铺陈，在太阳的灼照下闪闪发光；而红艳艳的山丹丹花儿，紫茵茵的薰衣草花儿，黄悠悠的野菊花儿，在劲风吹拂之下，一俯一仰，一摇一摆，如美女弄姿，呈现出无比的妖娆；深远的天空，碧蓝温润，好像蕴含着无穷多的水液，只需稍稍一杵，便会漏下晶莹的水珠。旷野无人，远远地只可见到一些零星小树，在风中不停地左右摇摆。再行十里，时断时续，传出牧羊犬的吠叫之声，并有蘑菇般的几顶白色帐篷点缀其间。

通往龙城的“京畿大道”，可供四马并行，土路上有深深的辙痕。“大道”有时建在色楞格河河岸。河水清澈透明，水边绿草丛生，三四寸许的黑脊小鱼游其间，河道宽处几近四里，窄处亦在两里上下，水势洪大，浪花滚滚，人马不可涉；河水急处，喧豗之声不绝于耳；河水缓处，又悠悠漫漫，了无声息。

秦自乐并不催赶，任马儿不疾不徐地走着。爽爽地吹着凉风，爽爽地望着四野，又行约二十里地，觉得肚饥，于是取出一块麦饼，准备边走边嚼。麦饼在一青色软布口袋里装着，可挎可提。他从嘎女子手中接过时并未注意，此时取出一看，饼厚过寸，油香喷鼻，一口咬下，酥得掉渣。他不由得心中发颤，泪水欲滴，暗祝二哥、嘎女子婚姻得偕。

一块麦饼下肚，便有饱感。收拾好饼袋，随之将枪袋系于身后，连带达力诺备下的与最新制作的，满共十二支短枪，全部装入。而在养病期间削下的十来支木质小枪，亦未舍得丢弃，放在马鞍之下双手能及的地方——他听那帮街痞们吹牛说过，官道偏僻之地，常有他们的“朋友”劫道，且所获不菲。

秦自乐单人独骑，且有驮马相随，他不能不小心。

复行三十余里，除起初遇到过一个王爷的马队，从身旁一驰而过，再没有见到车马商旅之类的人影。秦自乐放眼望去，遥遥的氤氲之处，闪出一垄小丘，横亘于道。周边，有青郁的树林，如泼墨一般，黑沉沉一片。到了近前，他驻马细察，只听见右边松林中传出呼啸之声，左边白杨树叶密集的“哗哗啦啦”碰撞之声；官道则如一座褪色老迈的木桥，将小丘一分为二，从丈许高的壕堑中笔直穿过。秦自乐不敢大意，检查了一遍木枪、铁枪；来不及拣拾石子，又掏出十来枚小金锭，纳入怀中。

刚至壕堑中段，秦自乐忽听松林中一声呼哨，左右林中瞬间驰出两队人马，人人蒙面，手挥马刀，前六后四，将他堵在中间，更不搭话，上来便下杀手。

变起突然，秦自乐左手拔枪，右手以金锭分向前后之敌面前飞掷，前后最前之敌“扑通扑通”接连倒下。敌首大叫：“果然是有钱之主，杀人都用金子！主人说了，杀掉此人，一半金子归咱。发财之机唯此一次！”其余劫匪听了，皆舍命而上。秦自乐听了，已知来者何人。

秦自乐前后一觑，见身后一匪正弯弓搭箭，一箭疾射而出。遂一跃下马，那箭从马背穿过，不偏不倚，正中前敌一匪胸膛。他决定先解决后敌，再对付前敌。即以旋风步飞至持弓之匪马后，不待那匪扭头，已一个提纵跃起，一柄木枪，从后颈直穿而过。秦自乐顺势将其踢下，骑了此马，直奔另外二匪。二匪惊骇之下，舞起刀花，欲图自保，一匪倏见头顶闪过一道黑影，一摸头顶，竟插进了一把木枪，随即一个倒栽，一动不动。余下一匪伏身欲逃，不料右耳突来一物，血从耳孔激射而出。

前边下余四匪见隙直奔那两匹宝马，欲将财物夺之。秦自乐的坐骑大白马立即尥起蹶子，将靠前匪马踢中，匪马忍痛不过，脑袋直甩，四蹄一撅，马背上的匪徒一个前冲，从马头滚落，白马一蹄尥起，恰迎其胸，只听“咔吧”一响，亦不知胸骨断了几根，落于地上，再不动弹。待后匪奔至，白马已率驮马跃至主人身边。秦自乐三枪齐发，将余匪悉数歼灭。

秦自乐用枪尖挑开众匪的面罩，其中即有第一天在龙城跟踪他的两条汉子。被白马踢伤的黑脸汉子尽管肋骨断了数根，犹自清醒，一见秦自乐，即刻告饶："'达力奇'，勿要杀我，我什么都告诉你。"

"你这人，真是见钱眼开，毫无义气。说吧，我听着。"

黑脸汉子忍痛道："我家主人——呸，是宝力奇，强招你为婿，是看中你的钱财。你说过，你要买下千里草原，就是匈奴的大王爷也无此等财力。那塔丽小姐，既看上你的人，也看上你的财。但你拒绝他们，回避他们，他们深恨于你。他们曾派人潜入你的宿处，既没发现金银财宝，也没见到刀、剑之类的武器。但你敢于独走江湖，武艺肯定非同一般，估计你离开龙城必取道额塞王爷草原，所以派了龙廷客栈十名顶尖武士半道劫杀你。"

"你不义在先，我不仁在后。我不杀你，也不救你。你腔内瘀血渐多，挨不过两个时辰。"秦自乐换乘白马，吆了驮马，径行离去。

不料，白马一声长嘶，匪徒的十匹乘马，皆蜂拥相随。秦自乐一笑，拍拍白马脖颈："你倒是一战服众，成了头马。"浩浩荡荡，秦自乐俨然成一马贩。

自此之后，倒也无事，途中遇过一次狼群，十几只红狼见马群汹涌，亦自避之。一路之上，无论早晚，遇牧村则歇之，荒僻之地则赶之，不日到了额塞草原。

秦自乐带了马群，直接抵达王府，请卫士通禀，有战马欲售，且愿落户于此，并自报姓名曰"达力奇"。

那额塞王爷听说有战马可买，喜不自禁，唤了管家，跨出大帐，来到帐外场地。只见十匹战马，鞍鞯齐全，齐刷刷排成一排，气势轩昂，神情振奋，令人过目难忘。额塞王爷竟撇开管家，走到秦自乐面前，笑嘻嘻问道："你这壮士，十匹马儿，索价几何？"

秦自乐早已下马相候，见这位王爷衣饰华丽，身坯精壮，一张胡茬面孔堆笑相问，即深施一礼，回道："人们夸赞，额塞王爷是一出名贤王，能做贤王治下一位小民，系我所愿。是故马不作价，唯盼王爷赐我生活之所需，此则足矣。"

额塞手摸下颏，沉吟良久，管家立即上前，与之耳语。额塞面对秦自乐，复嘻嘻一笑："你虽年轻，却挺有趣。达力奇，我与你毡帐一座，冬夏寝具各一，炊具一套，种羊三只，母羊二十只，外加牧奴两名，马儿你自有两匹，这就算了。至于建帐地点，你尽可任选。具体办理，皆由我的管家负责。你可中意？”

“小民谢王爷赏赐。这已让小民大喜过望了。”

秦自乐选了一处小河汊口，与王府相距不到十里的地方住了下来，暗自打探额塞王爷的藏宝地点。

将及一年过去，旌节与宝剑藏在什么地方，毫无所知。

种种迹象表明，额塞王爷的藏宝地点，就在他的王府大帐里面。

这就难了。思来想去，只有一个办法！争取当上王府卫士，最好是贴身卫士，方可寻机下手。而要让额塞王爷做此决定，就得引起他足够的注意。那么，在盛羊节上进行武艺的展示，将是最好的机会。

掐指一算，相距盛羊节仅有二十七天。而射箭非他所长，短期训练难达二哥堂邑父那样的境界——不若弃了弓弦，以箭作枪？此技定可受人注目。于是第二天开始，专练此技，至二十一天，百步之内，亦可“箭不虚发”，且能左右“开弓”，弯腰、斜身发之皆中。

盛羊节前一天，额塞王府来了一位贵客——额塞王爷的连襟巴布彦王爷。因其拜会其儿女姻亲律金答王爷，返程途经此地，被额塞王爷留住。二人同娶突阿贺部落女子为妻，恰巧又是姐妹二人，巴布彦之妻为长，额塞之妻为幼，所以二人多有往来。又因两家地域毗连，为睦邻一致对外计，也相互多有礼让。尤其巴布彦草原，西临托力鲁，南接幺素，此二人皆非善茬，故此巴布彦对额塞多有借重，额塞亦知唇亡齿寒之理，但凡巴布彦有所求，他均不予拒绝。

盛羊节第一天，摔跤、拳术比拼。秦自乐未着摔跤服，穿一身白色绢衣，翩然上阵，言道：“我以一对十，大家数数，三百之内，我将十人上衣尽行脱下，若有一人上衣仍在，我自动下场；或我的衣裤之上有一点污痕，亦算我输。在场高手，谁愿与我对垒？”

这未免目中无人，太过狂妄。跤手们个个不服，纷纷上场，一数，多出一人。秦自乐谦笑道：“多一人就多一人吧，我输了，也只逗大家一乐。”

两位王爷与大小牧民何曾见过此种比法！皆屏了声息，呆呆地喊数：“一，二，三，四……”

人们哪里看得见秦自乐的身影，只见一道白光，闪电般左右穿越，一件件摔跤衣蝴蝶般地从半空里飘飞至场外。数至二百七十八下，秦自乐已在二位王爷面前立定，场上十一名摔跤手，人人光着上身。

在场之人尽皆噤声，一会儿，突然响起雷鸣般的掌声。几名少女发疯般地奔向秦自乐，秦自乐一个飘步躲开，再轻轻一跃，单足立于系马桩上，向众人鞠躬致谢。

“此人叫甚名字？来你这里多长时日？”巴布彦问额塞。

“好像叫什么力奇，待会儿一问便知，来此已经一年。平时倒没觉得他有什么特别的地方。”

“看来此人与我有缘。我一来此，他便献上此等绝技，可否承让，让我将其带走？”

额塞真恨自己有眼无珠，事已至此，不妨大方一点：“兄长所言，我无话可说。干脆，另两样宝物，也一并送你——你不用问，我现在就告诉你。一件，汉朝使节队的旌节；另一件，汉朝使节队正使张骞的兵器。一柄乌黑的重剑，望你能够喜欢。”

“喜欢，喜欢。得一人已经足矣，何况还有宝物。兄弟以后但凡有事，派人知会一声便可。”

第二天，秦自乐又献绝妙“箭术”，额塞知此人功力非凡，懊丧不已。巴布彦恐其反悔，连夜将秦自乐叫来，与自己的卫士宿在一处，翌日早晨便告别额塞，带着“达力奇”与宝物，返回自己的王府。

秦自乐只随身带走了金子，其他奖赏全留给了两名汉人奴隶。

直到第二年，秦自乐方从相好的卫士口中得知，旌节与宝剑已由额塞转赠予巴布彦。他不由暗悔，当时若多加留意，说不定旌节、宝剑已经到手。可惜那时总想着脱身之计，如何重回额塞草原。

宝物却似泥牛入海，毫无踪影。秦自乐凭卫士身份，亦不知巴布彦的藏宝地点。

一晃，在巴布彦王府待了六年之久，连带养伤一年、在额塞草原的一年，八年时日过去了，除了三年前得知大哥张骞在相邻的托力鲁草原，旌节之事竟毫无进展，秦自乐暗自着急起来。

终于，第八年的盛羊节之后，机会来了。

巴布彦因与幺素发生边界纠纷，打了两仗，都处于下风，于是请来姻亲律金答王爷前来助拳，并当着几名心腹卫士的面，从王府厨间之侧打开藏宝之门，取出一些金银珠宝，以作为律金答的出兵费用。

六月二十九日天亮之前，秦自乐悄悄牵出白马，又悄悄潜入藏宝间，借着火烛的微光，取了旌节与宝剑，悄悄溜了出来。

匆忙之间，却忘了扔掉火烛。门外一卫士大吼道：“有贼，有贼，快来王府抓贼！”

巴布彦立令吹起牛角号，光着身子，绰起弓箭腰刀，跨上战马，追将出来。其后律金答王爷及王府所有卫士，亦舞刀大喊“捉贼，捉贼”。

秦自乐骑着白马，向着托力鲁草原方向狂奔，虽然接连杀掉二十余名追敌，余敌仍紧追不舍。时辰已近午时，几个时辰过去，秦自乐已人困马乏，而羽箭已经告罄，所余只有三支铁枪、四支木枪，追敌尚有三十余人。他决定先杀掉两个王爷，而后再以宝剑近搏。眨眼间，敌骑已追将上来。

这真是：

以浩气作节，以残躯作别，
为国死忠，为义死决，
死又论什么飘然一叶。
谋征程，夺旌节，
未曾思量留芳世界，
思量只在，国仇得报，敌侮得灭！

欲知秦自乐何以脱敌，且由下回分解。

**注释：**

①魑（xiāo）：指山林中的精怪。

②洿（wū）：停滞不流的水。

③巴彦洪戈尔：地名，在今蒙古国境内。

# 第六十一回　自乐苦战双王弃野<br>张骞得子产婆弄俗

只因制作旌节旄球材料阙如，需要从埋藏物品之中寻找，张骞又去了由天际所在之处。宿了一夜，六月二十九日绝早便往回赶。

他又一次来到去年曾经经过的地方：小树林。树林仍是原来的样子，只不过没遇上什么人。因为挂念即将临产的昆古丽玛月伦，他不想多作停留。那“花豹”却记忆深刻，到了此处便缓了步子。张骞轻拍马背：“不行啊，家中有人盼着呐，走吧走吧。”想想，又跃身下马，取了水瓢，放了几把黑豆，倾入半瓢饮水，捧与“花豹”。马儿将水一气吸干，又舌头一卷，将黑豆悉数纳入口中，边走边嚼。

张骞亦取出干粮，悠悠地嚼着。

再走二十里，就将进入勒孜部落荒原。在匈奴，部落与部落之间，并无非常明确的边界，大多依山势、河道或森林的走向、大树的标识，作为自然界线，且有两里左右的缓冲区。只有在牧场、帐篷越界过于明显时，才会发生纠纷。如若越界一方不予退让，强行占领，就会发生驱赶行为，直至爆发战争。

“花豹”加料之后，显得很是兴奋，尾巴一甩，开始一路小跑，不一会儿，已走出十几里地。再有五六里，便可到达一条小河，又可饱喝一次。

而这条小河，正是兰扎吁王爷之嘎林部落与巴布彦王爷之勒孜部落的自然分界线。穿过勒孜部落，再穿过敖朗格部落，便进入托力鲁草原的诺日部落，到西小黄山也就不远了。

又走了两里，张骞忽然听到前边隐约传来杀伐之声。他不以为意，因为在匈奴内部，经常有此等情况发生。可近及一里之遥时，却发现状况有异，是近乎三十名匈奴武士，在拼命追杀一人。张骞倏地想起几年前在小沙丘与骑痞的遭遇战，几十名骑痞追杀自己的场面与此何其相似！那么，此人会是谁个？若非他武功十分高强，匈奴武士也用不着这么多人追杀他一人。

能被匈奴武士这般“在乎”之人，必定是位让王爷、土司们深感惧怯的英雄。

不管此系何人，他都应出手相救。

张骞又一拍马儿：“花豹别怕，咱去看看。”随即左手掣出重剑，右手扣紧两颗石子，催马上前，直击匈奴武士后队。

将及百丈，张骞突见被追之人眨眼投出两支短枪，匈奴人顿时一阵慌乱，对两个落马之人叫着“王爷”。其中一人嘶声叫道：“杀了他！给我杀了他！”其后再无声息。

于是，又开始了一场更凶狠的追杀。

张骞兀地一惊，从投枪的身姿看去，莫非是三弟秦自乐？

再走近一瞧，果然是他，遂大声叫道：“三弟堵住，大哥来了！”声到、马到、人到，张骞从后面接连斩杀六七名匈奴武士，又用石子击倒五六名，顷刻之间，匈奴武士半数已去。余者乍见后面突然冒出一位更厉害的恶煞，顿时慌了阵脚。

秦自乐听到张骞以汉中乡音雷鸣般的呼叫，精神陡涨，不再奔逃，反身堵杀追敌。那重剑使得虽然略感吃力，但在短时内，仍可将敌刀格飞，并趁敌胆寒欲逃之际，以旋风步将敌刀于空中接住，迅即当作短枪，杀敌于瞬间。

叮叮当当，咔里咔嚓，唯见刀片在空中如蝶舞般乱飞，烈日下映出闪烁不定的光芒。几匹受伤的马儿四处乱窜，一些马儿守在倒地不起的主人身旁，啸啸嘶鸣。三十余名巴布彦精锐武士，霎时只剩得数骑逃脱。

兄弟二人在此死地相见，不由得下马相拥大恸，好一阵方才平复。秦自乐告知张骞，为夺回旌节历年蛰伏之经历，以及此次被敌追杀之因，张骞亦约略叙说了自己的概况。

二人检查死伤之敌，见伤者仅有三人，其余皆已了账。前来助拳的律金答王爷一枪毙命，枪尖从面门而入，又由后脑而出，白色的脑浆被染成粉红，令人一见欲呕。三名伤者皆为重伤，其中以巴布彦王爷最为清醒，短枪系从右胁而入，只要不拔短枪，止住流血，或许可以保命。但在这荒原旷野之地，何来医工？到了夜晚，只恐成为狼群口中之食。

见张骞与秦自乐从身边欲走，巴布彦挣扎道："'达力奇'，我从始至终待你不薄，你缘何偷我宝物，还要杀我？"

"王爷，你这话说反了吧？"秦自乐从张骞手中取了旌节："请问王爷，这是什么？以王爷的学识，不会不认识这杆上的六个嵌金大字吧？'大汉友好使节'，这本来就是大汉使节队的重要信物旌节，我将其取回，让它物归原主，怎可冠以'偷窃'二字？真的偷窃者，是你们那狗屁单于，还有你们这些狗屁王爷！"

巴布彦脸成酱紫，手指秦自乐："你，你，你，你原来蓄谋已久，我怎么就未曾瞧……"

"未曾瞧出是吧？我懒得与你理论。这是我大哥，大汉使节队的钦命正使张骞。"秦自乐一指张骞，"让他跟你讲讲。"

"你就是张骞？"半躺于地的巴布彦吃惊不小。就是这个中年壮汉，就在刚才，不过一会儿工夫，就将他剩下的三十多名武士，如砍刀切菜一般，杀了个七零八落，他目露怨毒，便欲站起，可是难以忍受的伤痛，让他摆不出王爷的威仪，不由一声叹息，竟自阖目等死，"我晓得，不该将你的旌节与宝刀据为己有，也不该亲率卫队追杀你的兄弟。你今日让我见识了托力鲁草原上大英雄惊人的武艺，过人的气概，你一人独战六十多个托力达匪徒之事，我信了。现在，你就杀了我吧。"

张骞的语气非常的和缓诚恳："王爷，很不幸，也很抱歉，你我竟以这种方式见面。在任何情景之下，对于俘虏和伤者，无论之前有何样的仇恨，我都不会下手的。相反，我还得谢谢你与额塞王爷，若非你们收拣，旌节则有可能丢失，或被损坏。因为那旌节虽被称为宝物，但在你们匈奴人的眼里，顶多是个稀奇玩物，看久了，也就看厌了。我想，额塞王爷就是如此，否则，他不会将旌节送你。我看了一下，除了旌牛尾须弄掉了一些，旌球上的灰垢较多之外，大体上还算完好。至于那把青锋宝剑，因系玄铁铸成，又因其太重，无人使得动它。可要将其化成铁水重铸，我敢说，你们匈奴还没有有此冶炼技艺的人才。即令在大汉境内，拥有此等技艺的匠作，也就那么五六人而已。所以，此剑对于你们，纯系可观不可用的物什。”

“额塞害我！”巴布彦垂头丧气。

“你错了。不是别人害你，是你的贪心与疑心害了你。贪心不说了，我凭甚说疑心？”张骞将秦自乐拉到面前，“我这位兄弟原是峦芳洲的王爷，本名不叫‘达力奇’，而叫秦自乐，是我大汉使节队的副使。他在你那里待了六年，只是为了取回本来属于我们的东西，并非什么金银财宝。不是在此夸口，以我等之能力，什么样的美女宝贝不能拥有？我若应下你们单于之求，便立可身居显位，而我兄弟回到峦芳洲，仍可当他的王爷。六年的相处，你完全可以了解我兄弟的品性与为人，可你从来就不相信他。你的所谓待他不薄，只是你看中他的武艺，一种笼络利用的手段。天色未明时你追杀他，此情可宥，因为你还不知所追何人。可天色大明之后，已经晓得你所追杀之人身份，可你何曾放弃？你不去检查究竟丢失了什么宝贝，反而亲率五十多名武士，从凌晨一直追杀到正午，追出数百里地而不弃手，欲杀之而后快。现在反倒诬我兄弟杀你，天下哪有此等强盗说辞？”

巴布彦无言以对：“张大使，你将怎的待我？”

张骞扔下一只水袋一个小包：“大凡伤者，多渴思饮。你忙于追杀，未带饮水，我无琼浆玉液与你，水袋中乃你草原小河之水，可将就饮用。小包之中为我随身携带之伤药。若你命不该绝，天黑之前，或许碰上救星；若你命毕于此，也怨不得别人——三弟，我们走吧。”言讫，反身跨马，身负旌节、宝剑，向两里之外一洼地驰去，欲在彼处与秦自乐叙话。

此时，早有三四十匹敌马聚在秦自乐白马身后。秦自乐旋风般于敌尸拔下短枪，在草丛上搪去血渍纳入枪袋，随即跨上白马，奔向洼地，马群亦相跟而来。

张骞大笑赞道：“三弟，你的坐骑真好本事！”

“这已经是第二次了。”秦自乐兴高采烈，下马之后，便讲述了六年前在色楞格河壕堑杀伏之事。同时接过水和干粮，狂饮大嚼道，“大哥，你猜我这会儿最想干什么？”

张骞无比疼爱地看着这个满腮胡髭、一脸苍颜的三弟。为了大汉旌节，除了一年养伤，忍辱含垢几近八年，这对于峦芳洲大王出身的秦自乐，是何等的不易！

秦自乐显出一种对兄长完全依赖的顽皮神气：“我最想吃饱喝足之后，就在这里美美睡上一觉。”说着，长长地打了个呵欠。“可是听到你讲，嫂子快要生了，盼着你回去。你走吧，我自个儿去由天际那里——天黑之前，或许可以赶到。”

“你我兄弟，八年未见，哪有乍见乍离之道理，何况去由天际那里你路径不熟。这样吧，三弟你坚持一下，现在即刻动身，说不定，还能见到你二哥和其他一些队员。这些马儿，明年正好派上用场。”

“也好。就依大哥。”

这时天空突然一暗，阳光似乎被乌云遮却。二人抬头一看，也不知从何处飞来的鹞鹰、兀鹫一类的食肉大鸟，漫天而至，在遥远的天际，一个一个小黑点仍在不断出现。

“三弟，你在这里稍等片刻，我去看看那位王爷。”张骞跨上“花豹”，向巴布彦驰去。

几只大鸟喙染血污，不情愿地闪跳一旁。张骞倚马一瞧，巴布彦已自杀身亡，被大鸟啄得面目全非。正欲折返，倏见巴布彦身旁的兵器，遂灵机一动，将所有遗落的兵器全部归拢，割下马缰绳捆了，带回。

秦自乐接下兵器，道：“难怪大哥去了这长时辰。”对巴布彦，却只字不提。

“那位王爷已经去了他们所说的‘长生天’。三弟似乎晓得巴布彦就是这下场吧？”也不等秦自乐回答，就去马群中挑出三匹驮马，让秦自乐相帮着，将兵器重新归类，打理整齐，驾上驮马。二人换乘，张骞骑白马率马群前导，秦自乐骑“花豹”押后，浩浩荡荡地快速进发。

中途只在小树林作了一次短暂歇息。歇息时张骞道：“趁此时机，跟三弟说三件事情。第一件，后年四月十八日去由天际处聚会之前，你有四个选择，其一，随我继续完成西行之旅，完成使节队使命；其二，仍回峦芳洲，等待时机归汉；其三，与卡帖娜完婚之后，继续留在匈奴，过平常牧民的生活；其四，回故乡汉中，寻得族人，在故土生息。这件事你现在不用回答，相见时再说。需要强调的是，无论你如何选择，你永远都是我的好兄弟。第二件，从现在到后年四月十八，你一定要回到卡帖娜身边，与她完婚，莫要辜负了人家。第三件，也是我从这群战马与缴获的武器想到的，我因玛月伦即将临产，所以委托于你，帮助由天际、蒙利克组建一支武装队伍，平时放牧，战时对敌。我临时想到的，可设大刀队、长矛队、弓弩队、火攻队，人员求精，求其忠诚可靠。队伍组建完毕，你去卡帖娜那里，具体训练由由天际和留在那里的队员负责。待玛月伦生完孩子满月无碍之后，我再过来看看。今晚你熬一下瞌睡，我们与由天际共同计议。若你二哥未走，那则更好。反正总归一条，使节队的这块地盘，决不能丢。”

“大哥未雨绸缪，小弟十分赞成，同时也谢谢大哥对我婚事的挂怀。如时机许可，我会去卡帖娜那里。至于大哥所说第一件事的四个方面，现在我就可以明确告诉大哥，为找回旌节，我花了六年光阴，所为何端？不就是为了跟随大哥继续完成我们的使命？大义面前，我什么都可以放下。”秦自乐显得有些激动，语气快而坚决。

“我晓得了。请三弟谅解，作为使节队正使，我得如实地将小沙丘决议说得明白。”

“还有一事，大哥可能不甚了解。不知二哥对你说过没有，他出狱不久，因机缘巧合，在龙城订了一门亲事，姑娘的名字叫嘎女子。他临走时虽说只让嘎女子等他三年，可是据我观察，那嘎女子似乎要一直等下去。当然，我也不敢断定，过去八年了，现在什么情况，不好料想。”

“有这等事？你二哥可从未说过。今日如能见他，我定要问个清楚。”张骞起身道，“我们加快速度，往前赶！”

暗夜静谧，马群奔腾。由天际、苏疾、任扶、赵无偏、孟慎、先偃、朱厚良等人立即惊起，众人点燃火把，手抄武器，前去探看时，张骞已然奔至面前：“各位兄弟，吓着了吧？大伙儿看看，后面谁来了。”说时，秦自乐已下马疾奔而至，一抱搂住由天际：“长高了，长壮了，长得我都认不出你了。”由天际稍稍一愣，便扔了火把武器，双手回抱对方，泣声道：“秦哥哥，大哥哥，好哥哥，哥哥哥哥……”一阵乱叫。

张骞没有见到堂邑父、陈尚斗、孙治瑾等人，便知他们已然离开，心中不由得一声叹息：堂邑父的姻缘由此错过，此生怕是难再了。

秦自乐也没了瞌睡，大伙儿互道思念，互诉八年历程，张骞又重作安排。旌节的修补交与苏疾，青锋宝剑的保管交由由天际，组建武装队伍交给秦自乐、由天际、任扶和蒙利克，直到子时，方才歇息。张骞叮嘱，翌日晨他重新出发时，大伙儿不必相送。

翌日绝早，天色朦胧之中，张骞悄悄起来，悄悄出帐，于草尖上抹了几把露水，将脸擦擦，正准备去马厩牵出“花豹”时，却见一人已将他的坐骑拉了过来。

“蒙利克，你可真早！”张骞一眼瞧出，迎了上去。

“张大使，请您稍候。我家主人吩咐过，见您起来，便让我唤醒他。”说着，就向由天际的帐篷走去。

张骞一步上前，抓住蒙利克：“我亦叮咛过，不许他们相送。我本来有话要单独与你说说，现在正好。我的话，主要有三个层面：一者，你不但是你家主人由天际最为可靠的得力帮手，同时也是使节队最值得信赖的朋友。你的忠诚，我们已深有体会。你虽然不是使节队员，但我们已将你当作自己的兄弟一样看待。你的品性，可与我的二弟堂邑父相媲美。二者，广纳牧民，守护好这片草原，组建一支精悍武装。此事虽由秦自乐与你家主人等人牵头，但实际上的大量工作以及后续的管理，全都依赖于你的智慧与能力——你不用怕没有经验，只要你肯用心学，就没有干不好的。三者，后年四月底，你家主人可能将随使节队西行。那么，到时你将承担起这片草原主人的重大责任。或许，还有某些人的妻小将要放在这里，由你保护。”

蒙利克骤感压力空前，郑重道：“此事太过重大，张大使可否留一稳重队员在此主事？”

“你是草原义士，我相信你能胜任今日所托。在后年四月之前这段时日里，一定会帮你打好基础。我回托力鲁草原之后，待家中稍一安定，即会过来看看。你也不必相送，回家去吧。”张骞接过缰绳，一跃上马。

“张大使且慢！”蒙利克随即扔上一包干粮、两只水袋，“干粮是新做的，水是刚灌的，知你赶路在即，我家主人故此不作强留，预祝大使内堂（夫人）母子平安。”

“蒙利克，记住我刚才说的话。”张骞双腿一夹马身，向西南方向小跑而去。

张骞回到牛潭谷，已是七月三日中午。一进场院，见门掩着，便大声叫道：“昆古丽玛月伦，我回来了！”房内却无人应声。他迅速向牧场方向奔去，却见一只边羊离群乱跑，玛月伦正艰难弯腰，在草地上寻找石头。于是轻轻弹出一颗石子，击中那只羊的尾巴。玛月伦听到响动，伸腰一看，张骞已一个箭步飞来，将她一抱搂住。

玛月伦几乎瘫在张骞怀里，一任热泪直淌，握拳轻轻地捶击张骞后背。一会儿，才缓声道："轻点儿，小心咱们的孩子，他怕是晓得爸爸回来了，又开始闹腾呢。"

张骞松开双臂，端详腆着大肚子的玛月伦，又捧起她娇羞的脸庞，不停地吻着她的额头、眼睛、嘴唇和耳朵，接着开始捋着她长长的黑黑的头发："你先走，我就赶羊回家。"

"好吧，我听你的。"玛月伦见张骞果真准备收牧，便甜甜一笑，"那我先回了噢。"

张骞亦放声一笑："你不回也行，我一会儿背你——哦，现在不行，你还得自个儿走着。"玛月伦低头一看自己的大肚子，忍不住又甜甜一笑："好你个张骞，也有不正经的时候。"

二人回家，张骞便忙里忙外，什么也不让玛月伦插手，甚至晚上洗澡，都由张骞一手操劳。其关怀体贴，让玛月伦感到无与伦比的甜蜜和幸福。直到而今，她还在想，这是一个什么样的男人啊！部下可以不管生死，跟随于他；朋友可以不计得失，竭力帮助于他；高傲骄横的五公主，可以不顾主奴之别，拼命相爱于他；而自己在见面第一天，便突然变得柔软起来，愿意与他共生共死。

昆古丽玛月伦暗自祷告，愿天降吉祥，给我们一个儿子，将来成为像丈夫一样的男人。

除了去牛潭谷提水，无论张骞在家里、在地里还是在牧场，她都要腆着个大肚子，看丈夫干活的那种韧劲、拼劲、利索劲儿，还有那种特有的周到和细致。

玛月伦因为怀孕，腿脚有些浮肿，走路显得僵硬，过沟跨坎时，张骞不得不放下手中东西，半搀半抱地帮她扶她："明天你再不要出来，嫌闷就在场院里转转。"玛月伦应着，可第二天不见张骞人影，就慌就急，于是拄着棍子，去看张骞做活，远远地，只看。

七月十日这天，张骞与妻计议，近日去寻一接生婆，提前将其请来，以免到时准备不周，手忙脚乱。玛月伦却道："我没那么娇气。许多匈奴女人生孩子，都是自个儿生自个儿捡，要甚接生婆？接生婆又不能替我生孩子！到时只要你在身边，把剪刀磨快在火上烤烤，放在我手边，烧一盆热水准备着，就成！”

“我听说了，人生人，吓死人，这不是什么娇气不娇气的事。有接生婆，也多一份儿胆气，这事你得听我的。”

张骞的话刚落点，屋外便有人接口：“月伦嫂子，张大哥的话没错，你得听他的！”

声到人到，张骞起身正欲出门，达斡汗带头一脚踏入：“今天不约而同，都想来看看嫂子。”一侧身，接着进来四人：突阿贺年轻头人勒古台、达斡汗妻子琪琪格，以及索日力夫妇。勒古台道：“阿果拉芒娃也坚持要来，是我没让。我怕她路上遇到熟人，传出去对张大哥不利。”

三家都带来了婴孩穿的衣服及其他用品，花花绿绿，摆了满炕。玛月伦分娩之后所需的补品、物品，也一概齐备。张骞欲去弄饭，索日力伸臂一扬：“饭菜下边业已弄好，这次就不相扰劳，下次孩子的满月酒，那是一定要喝的。”

琪琪格则道：“接生婆的事情，就由我去张罗。在我们诺月部落，就有一个，名叫阿迭音娜，接生很有一套办法，我的一双儿女，就经她之手，安安全全来到人世，那时阿迭音娜才三十来岁。而今快五十年了，她所经见的更多。若是我们的草原大英雄请她接生，她还不知高兴成什么样子，说不定酬劳都免了。”

“酬劳当然是不能免的。只是不知怎么个谢法？”张骞问道。

“酬劳之事，张大哥和嫂子就不用操心，一切有我。”达斡汗回道。

勒古台立即抢过话头：“这不成。达斡汗你们请人跑路还贴钱，不公平。依我之见不若这样，达斡汗你们夫妻负责请人，一定得在七月十四日之前，让阿迭音娜到张大哥家候着。索日力你们住得近，到时多多帮着。酬劳由我担着，要牛给牛，要羊给羊，要钱有钱。我大小也是个头人，不能让我一毛不拔吧？”

几个人说说笑笑，就这样替张骞做了主张。张骞倒也爽快，说道：“那就有劳各位，我也实在分身乏术，不敢长时间离开。如此盛情，只好来日感谢。”凡事妥当，索日力便催勒古台、达斡汗等人去家吃饭。玛月伦挪着步子，随张骞出门送客。到场院才知，勒古台还带了一匹驮马，卸了一堆物品，码放在墙边。张骞扶着妻子，看到一干人去了索日力的毡帐，才反身回屋。张骞因为没弄清如何答谢产婆，又询问妻子："你给我讲讲，匈奴人如何答谢产婆？"

"你想弄清这个？弄清楚了做甚？想再找几个老婆，给你生一大堆崽崽？"玛月伦故意调侃。

"看你把我当什么人了？若有那种心思，只需向匈奴单于点点头，我要什么没有？我只是好奇，拿这个与汉人相比，有何不同。再说，朋友的情分有多重，心里也有个底细。"

"逗你玩儿呢。你是什么人，难道我不晓得？"玛月伦诡秘一笑，"这种事，无一定之规。产婆分人分等次，喜事的一方也看情况分等次。据我所知，初入此道的妇人，不会主动索要谢礼，随主家的心意。因为这是喜事，如若吝啬，会被人耻笑，所以再穷的匈奴人也得显示大方，起码得拿出一只肥羊以作答谢。如果产妇难产，谢礼就得加倍。为当户、将军、王爷、土司的妻妾接生，谢礼都很重，有的多至五匹壮马十头肥牛，但产婆也无不提心吊胆，若出现大纰漏，致母子一方或双方亡故的，产婆的人头便立被砍下。而在一般牧民家中，产婆顶多以一定的财物抵赔，无性命之忧。当然，产婆有时也谢绝谢礼，如对重要的姻亲或自己的兄弟姐妹，若要硬给，产婆在为孩子做满月的时候，会以礼物形式加倍奉还。另外一种就是为大英雄的家人接生，也不要谢礼。你晓得，我们匈奴人崇拜勇敢的武士，更崇拜大英雄。琪琪格的话没错，如果阿迭音娜能为我接生，就够她炫耀一辈子，因为你张骞是托力鲁草原所有人公认的大英雄。我能为你生孩子，我也将受到匈奴女人的羡慕和尊敬。"话到此处，玛月伦脸上泛起了红晕。

"你倒会说，本是受苦受罪受累的事，反倒成了一种享受。"

"本来就是嘛，不怕你是大英雄，还是不懂女人心，怀孕生孩子固然像受罪，但那种苦却带着甘甜，苦不过一时时，却充满了希望。当一个活生生的小生命从自己的肚子里爬出来，到活蹦乱跳围着自己叫阿妈，叫阿爸的时候，那种心情该是多滋润！"

张骞笑道："假若条件许可，那你就多多地给我生。"

"只怕你吃不消——你不要往歪里想。不知你注意到没有，在匈奴，最大的喜庆场面是什么？不是婚丧嫁娶，也不是什么庆典，而是给孩子做岁日。为啥子？匈奴地广人稀，不少牧民家里还生不了孩子，所以添丁进口那是最大的喜事。多一个男孩，将来就多一个战士；多一个女孩，将来就多一个母亲。人缘好的，声望大的，若逢给孩子做岁日，甚至全部落的人都参加，人忙得脚筋痛，你吃得消？”

张骞顿时沉默，明年此时，他还不知在什么地方奔波，孩子的岁日，只能缺席。

玛月伦已知张骞的决定计划，以及对她们母子安置的地方，见他不语，立刻转移话题：“这孩子还没有名字呐，你不提前取一个？”

张骞好像早就思谋已定，脱口便道：“如是男孩，就叫他张勇，希望他长大了能勇猛向前；若是女孩，就叫她张勤，希望她长大了像她妈妈那般勤快。你看可好？”

“好，好。我完全赞成，有学问的人就是不一样。”玛月伦满心欢喜。

说着，就到七月十四，张骞二人刚刚吃罢早饭，就见琪琪格将一位中年妇人领到了场院，正是产婆阿迭音娜。

玛月伦迈步迎接客人，阿迭音娜一步跨前，将她扶住，趁机看了个仔细。琪琪格对这里已经熟悉，便先入内，将产婆的换洗衣服及其物品，与玛月伦的衣物归置在一处。张骞最后相跟着准备进屋，孰料阿迭音娜回眸一笑：“张骞兄弟，你该干啥干啥，我们三个女人说话，用不着你一旁偷听。我看玛月伦的样子，也就在这三四天之内，生孩子的事，你用不着操心，也操不上心。到时我让你做甚你就做甚。这两天你抽工夫将你常骑的马鞍弄净晾干即可。”

张骞不明白，这女人生孩子怎么会跟马鞍扯在一块儿。或许这是匈奴人的风俗吧，他也不便细问。既然对方刚称自己为“兄弟”，于是回道：“谨听阿姐吩咐，一切有劳阿姐。”

目送阿迭音娜进屋，扭头见到树下拴着的两匹客马，张骞立即去马厩提出两只马槽，置于客马前面，又端出草料，满满撒入。又进屋端出满满一盆清水，送至马前。他见灶房存水已然不多，遂提了水桶去牛潭谷。

将这些细碎之事做完，张骞果然感到，在三个女人面前十分碍眼，便打个招呼，就去打开圈门，准备到牧场放羊。

阿迭音娜可谓阅人多矣，但这样细心周到的男人极为少见。之前，她总以为张骞这样的大英雄，一定是个粗粗拉拉整日酗酒练武之人，乍一相见，却是那么的干净、文气、谦和且不乏柔情，难怪五公主对他爱得死去活来，难怪原来性烈如火的昆古丽玛月伦显得这般幸福。她想，她应该为这个小生命的降临做出最大的努力。

这一天的家务没有让张骞插手，全由琪琪格一人操持。第二天，琪琪格临行前突然道："张骞大哥，能否为我们展示一下你的剑术和以石击人的功夫？——当然不是叫你真的打人，可以选个什么东西代替一下。"

张骞取出重剑，将衣服一紧，在场院中立定，而后凝神抱剑致礼："列位注意，献丑了。"便将青锋剑谱七十二式全部走完，将剑搁下。又取出一张废旧羊皮，挂在他经常练功的树枝上，然后退至十多丈远的地方，以跳跃、奔跑、躬身、背投、旋步等各种姿势，瞬间投出十颗石子，毕，取下羊皮，让其传看。琪琪格一数，正好十个窟窿。

琪琪格等人虽不会武功，亦知其功力非凡，其力道、其准头，绝非一朝一夕之功。阿迭音娜由衷地赞道："兄弟以一人之力攻杀几十名托力达土匪，此言不虚。这也是兄弟提前给我的谢礼，好，好，好！"

跨上马儿的琪琪格回头道："隔几日，我还会来的。"这才走了。

玛月伦随后几天的饮食，便由阿迭音娜一手操持，她们相互之间，以姐妹相称。

张骞洗刷马鞍时，却发现了一个秘密：鞍架里塞了一包东西有些硌手。掏出一看，竟是一两一锭的金馃，不多不少，整整十枚。他极力回忆，是谁放进去的。堂邑父？可他从未接触过"花豹"，更没有挨过马鞍。由天际？自己不干，却指使他人如蒙利克去干。可依由天际的性格，必做一定的暗示，哪怕是一句开玩笑的话。想来想去，也没有。那么，这必是秦自乐了。唯有这个三弟，接触"花豹"的时日最长。在勒孜草原与巴布彦一战之后，两人便换乘马匹向由天际处进发，而且也讲述了为容南、容北复仇血洗河督府的事儿，这金子定是从那里所得。而秦自乐在晓得玛月伦即将临产的消息后，便以此表达他的心意。

张骞没有动它，就在马厩里，找了个秘密地方将其藏起。

一晃，到了七月十七日。

白天一天，玛月伦都还安好，可戌时刚过，玛月伦便开始阵痛。阿迭音娜急令道："张骞兄弟，快快将油脂大灯点着，将鞍鞯取来放在炕头，同时给我一碗热水！"

张骞快速将其备好，听得又是一道命令："你去炕头，双手互叠，置于玛月伦乳下，将她抱于马鞍之上，抱紧，不要松手。"

张骞依言而行。只见阿迭音娜上炕双腿伸直，与玛月伦对面相距不到二尺，将那碗热水向头顶连举三下，然后用左手平端，右指掐水向玛月伦腹部轻轻一弹，咕咕哝哝，念念有词，也就三五句的样子，又连续两次，最后满吸一口，"噗"的一下又向玛月伦腹部喷去，大叫一声："上天佑汝，马上平安！"遂将余水向地下一泼，将空碗揣入怀中，"兄弟，将她抱起！"趁抱起的一刹那，阿迭音娜将马鞍取出，顺手向炕里挨墙中间一放，"兄弟，现在你去为我妹子煮一碗荷包蛋，记住，要五个，用陶碗盛，不要太咸。盛来之后，便去烧一锅热水。"

阿迭音娜亦将业已备齐的接生用品放在手边，并叮嘱玛月伦，不要慌，不要急，不要怕疼，该用力的时候用力，该缓劲的时候缓劲，一切按她所说的做，保证母子平安。

玛月伦挣扎着："有阿姐，有张骞，我高兴，我什么都不怕！"

张骞端来鸡蛋："不烫，正热。"

"你喂她。"阿迭音娜道。

"好。"张骞用筷子将鸡蛋一夹两半，凑近玛月伦，一半一半地喂着。

看到张骞细心却又笨手笨脚的样子，阿迭音娜不由得悄声一笑。

张骞顿时明白，丈夫为产妇喂食一招，并非匈奴人习俗，而是产婆阿姐善意的玩笑。但他乐于接受这样的玩笑。这种做法，可以使玛月伦心情愉快，更有信心。

喂到第三个，玛月伦伸手将碗接过："还是我自己来顺手。"吃毕，张骞欲去接碗，阿迭音娜却将他的手一拨："兄弟烧水去。"拿起空碗，端端正正放在马鞍之上。

水刚烧热，又听外间叫道："张骞，过来！"张骞急忙奔到炕头，便见玛月伦已褪去裤子，双腿叉开，腿下垫着一床软毡，屁股下坐着软垫。他一时不知做什么才好，就听阿迭音娜命令道，"上炕，搂腰，靠紧！"张骞手撑炕沿，双腿跪起，搂紧玛月伦的腰肢。

"羊水已破，宫口已开，妹子用力！"

玛月伦忍着剧痛，咬牙用力，不一刻，身上便汗珠滚滚。张骞看着心疼，举起袖管，揩去媳妇脸上的汗珠。

“妹子加油，再加一把劲，我已看到孩子的脑壳了！”又对张骞道，“找块干净软布，塞进妹子嘴里。”

这是怕玛月伦用力时咬伤牙齿，张骞并未备下厚一点的小布包，兜里倒是常揣干净布绺，可一两块薄薄的布绺保护不了牙齿。匆忙之间，便用布绺将左手拇指、食指一裹，塞入玛月伦口中。

阿迭音娜暗自点头称许，突然右手取了那只陶碗，高高举起，向地下一摔：“天上的娇儿，此时不出来，还待何时！”随着“啪啦”一声脆响，一个光溜溜的婴孩，已被接在手中。

阿迭音娜提起婴儿双足，在其屁股上轻轻拍了三下，立即，房间里便充满了婴儿响亮的啼哭之声。

“恭喜二位，是一男孩。”随即急声催道，“热水，热水，热水！”

阿迭音娜将婴儿收拾利索，用软毡松松一裹，放在炕头：“张骞兄弟，高兴傻了吧？还有你媳妇呐。”

“诺，诺。我这就去。”张骞将脏水倒掉，又端来一盆热水，将玛月伦汗透的衣裳脱去，为其仔细地擦洗，再换上干净衣服，一手将她抱起，一手撤去污垫污毡，重新铺上狼皮褥子，然后双手抱着她，让儿子与她齐肩并躺于炕头，再轻轻盖上被子：“玛月伦，谢谢你。”

“哎，张骞兄弟，我的话还没说完呐。”

“诺。张骞也谢过阿姐。”张骞转过身子，一揖到底，“但听阿姐吩咐。”

阿迭音娜洗过手，整整衣冠：“三件事，你得记住照办。第一，这孩儿降生，已交子时，故而其生日应为七月十八日。从七月十八到八月十八，在这一月之内，不能让妹子接触任何生冷、硬邪东西。如冷硬的食物，未曾煮开的生水，冷雨邪风的袭击，等等。第二，给你们的孩儿弄只小枕头，里边松松地装上一些小颗黄豆和薰衣草，头放正，勿偏睡，双膝放平，用宽布带松松绑住。坚持一个月，保你的儿子头型四肢长得端端正正。第三，为你的儿子咂奶，直到咂出奶水为止。你别不好意思，阿爸也不是白当的，你得替他砸出无奶之前的口粮。一般妇人，孩儿下地，三天见奶，也有奶量不足甚至回奶情景。所谓回奶，就是本来奶水已出，妇人突然受到较大刺激，心情或郁闷、或悲抑，以致奶水阻断。匈奴人当然可以用羊奶、牛乳代替，但对于一个流动性极大的族群来说，此乃极麻烦之事。何况，一个匈奴女人不能哺育自己的孩子，不但会受到族人的讥笑，更有对孩子一生的愧疚。生育与养育，是匈奴女人最大的幸福所在。你是我们敬重的草原大英雄，你若这样做了，只会让我们更加称赞你。此事不能拖延，明晨便即开始，勤快得力的话，妹子两日之内即可见奶，你的儿子也就有饱饭可吃，他也将会成为人见人爱的大胖小子。”

张骞深以为然，再次感谢。而阿迭音娜的一番话语，使他对匈奴人又有了别样的认识。

疲乏已极的玛月伦不想说话，却一直醒着。孩子降生，肚子突然感到空落无依。她侧脸看看甜甜入睡的儿子，又正脸看看目光谦和的丈夫，还有伶牙俐齿的阿迭音娜，想到自己二十七年多的挣扎等待，今日终于看到了未来的幸福与希望，每当张骞关爱地注目于她时，她便回以恬然的微笑。

因为琪琪格的到来，阿迭音娜多留了一天。她一再谢绝谢礼，张骞仍把攒下的三十两金给了她。阿迭音娜走后，庄月蓉、秀玛古丽塔，以及勒古台和乔装后的阿果拉芒娃也先后来到牛潭谷。勒古台强行放下一百金以作贺礼，张骞实在无法拒绝，便告诉了他后年夏初准备西行的秘密计划。最后道，后年三月底前，帮忙弄一匹辕马、一匹走马，以便离开此地，去兰扎吁西部草原安置玛月伦母子，勒古台这才作罢。

接着，又是呼力泰、额朗、那瓦哲、巴颜等人结伴而至，一番应酬，不必多叙。而索家三兄弟及各家主妇，亦是见天见日都要来看看，坐坐，有时相帮着做些看似细小却又烦琐的活计。

从秋到冬，每个房间都挂着洗净的尿布。而玛月伦的奶水很旺，吃不完时，双乳胀得发痛，只好挤掉。尽管忙得不记时日，张骞仍不放弃练功，并且做到一丝不苟。

眨眼一年过去，张勇已能应名，并开始牙牙学语，还学会了撒娇。一会儿不理他，他就会看着父母装哭。抱起他，他会乐得手舞足蹈，嘎嘎直笑。往往，这也是张骞夫妇最开心的时候，所有的困乏，全都没有了。

翌年（前 129）三月二十日，张骞开始着手准备。他先列出一个清单，凡衣食住行，能想到的，皆一一列入，最后道："车子半新，可拉七百斤左右，毡帐几乎未曾用过，农具只带镰刀、柴刀，其他全留给索日力，粮食、肉食大约三百来斤，手磨、木盆、灶具大约一百多斤，衣服、被褥、毡帐二百余斤，加起来就七百来斤了。至于干粮、火把、饮水可随骑携带，这一切由我看着，你只需将孩子带妥即可。"

"带什么东西，你斟酌，只是不要缺了勇儿所需物品。"昆古丽玛月伦道。

"那是当然。如果不管快慢，可以吆上羊群；如果要赶早落脚，至多能带两只奶羊。"

"快慢你定。什么时日起程？"

"约定四月十八日聚齐，因为我是使节队正使，许多事需提前做好。再说，对你和勇儿也须找一处隐秘稳妥的地方安置，我也才能放心西行。所以，四月初一子时一过，便离开这里，秘密起程。只要索家兄弟不透露，巴颜头人发现也在两天之后，到他给歪嘴子布赫小王爷报信，咱早就走远了。"

"咦哟，只十来天了，真有点舍不得离开这里。半夜起程，天冷着呢。如果吆上羊群，路途约需几天？"玛月伦一连串说道，又点着孩子的下额道，"勇儿，勇儿，你爸爸要带着咱们搬家呐，高兴不？"

"跟你爸爸一样，一点也不安静。"玛月伦又和儿子额头挨着额头，逗着。

这时，勒古台和阿果拉芒娃带着一匹驮马到了场院，听到玛月伦在屋里逗着孩子，阿果叫道："嫂子，把孩子抱出来，让我看看！"勒古台亦道："张大哥，马送来了，你出来看看。"

张骞夫妇赶快出门迎接，阿果接过孩子，亲了又亲，随即取出一只银项圈，给张勇戴上。勒古台则指着驮马道："此马作辕马，拉上八九百斤没有问题。驮了点东西，都是日常需用的物品，你得收下。"又一指那匹漂亮的红鬃马，"那匹马脚力甚好，可作为嫂子的坐骑。我与阿果回突阿贺，共骑一马即可。不知大哥何日起程？"

"四月一日子时从这里秘密出发，去兰扎吁西部草原。四月二十八日再从那里秘密起程，去西域。"张骞道。

"那我提前一天到这里，送你们去兰扎吁草原。"

"勒古台兄弟，你的情意，我领了。路途较远，费时较多，你是突阿贺部落的头人，不能离开太久。”

“如果在以前，确如你说，但自打从你这里受教之后，经过这几年的整顿，突阿贺已实力大增，一切都有章有序。前时，我舅父枯木绿仙还在教我，凡大恩，须以性命相报。何况，嫂子带着幼小的孩子，大哥纵有本领，亦有难于应对之事。大哥如果客气，反倒让我心中不安。”

阿果在一旁也道：“你们的事，就是我们的事。我相信，假若我们有事，大哥也决不会袖手旁观，必予全力相助。”

“若能有勒古台这样的兄弟相帮，那再好不过。”张骞笑道。

不算本日，勒古台和阿果又留了整整一天。该洗涤的衣物全部予以洗净，该捆扎的物品悉数予以绑缚，该清理晾晒的东西一概予以打理，届时只待装车。

勒古台送回阿果拉芒娃，果真于四月初一前一日复至西小黄山。入夜，与张骞一道装车，而后在此做了最后一顿晚饭，子夜一时，吆集羊群，车辆驾辕，张骞前导，玛月伦居中，勒古台押后，避开牧民住户，先向西绕行十里，转过一处小丘，而后取道兰扎吁西部草原，一天半之后，走出托力鲁领地，张骞这才彻底放心。自后只选有人烟处行走。太阳偏西即将帐篷支起，早晨饭后即将毡帐收束，骑着马儿赶着羊儿，一边放牧，一边赶路。

当其时也，草原之上嫩草初生，黄草犹在，青黄相间，斑驳陆离。劲风一吹，黄草皆伏，青草毕现；劲风一过，黄草复起，青草隐身。黄草若父，为其遮风挡寒；青草如子，欲脱襁褓庇护。于此反复之中，终至青葱遍野，横无际涯。

牧民迁徙，草原常事。时遇部落骑兵，皆都绕行，毫不相扰。至第六日，来到勒孜部落那处荒原。

张骞驻马：“勒古台，你们在此稍待片刻，我去左边看看。”遂纵马而去，到去年与巴布彦王爷打斗的地方寻其遗迹，一见他物皆无，唯有白骨，不由叹嗟而返。即向勒古台、玛月伦讲述了前年六月二十九日，秦自乐为夺回旌节，在此杀双王拼死打斗之事。二人深为秦自乐的执着与勇武而赞叹。

是夜宿于小树林。张骞砍木为炊，又讲了偶遇王兼与查合拉灵之事，与此毗邻的嘎林部落便是勃忽王爷的领地。他晓得，此语定必勾起玛月伦的伤心往事。但他是个对亲人、对朋友、对兄弟从不瞒事的人，话说出去，就得有个结局，于是道："玛月伦，我知你心中放不下此事，今日既然提及，我不妨将事说开。勃忽逼王兼就范充当其走狗未遂，于是挟嫌报复，此乃汉匈之争中的一次小型斗法，虽小却是公仇。岳母为救王兼被害，看似私仇，亦是公仇。抛开你我夫妻不说，即使你系一陌生牧民，我等晓得，也会还你一个公道。今日请勒古台兄弟作证，使节队诸事一旦安排妥帖，此事便要给一个了结。"

"我当然信你。你曾给我讲过，堂邑父为报公羊鸣执被害之仇，灭了达纳罕全家；还有你三弟秦自乐，为报容南、容北惨死之仇，血洗了河督府。我有你这样的丈夫，实为上天赐给我的福缘。正因为你的大义和大度，也才有勒古台这样贴心的好兄弟。"玛月伦无意之中，又现出她烈性的一面，说起话来当当作响。

勒古台还是首次听到关于堂邑父、秦自乐的英雄豪举，不由羡慕道："平生能有你这样的大哥，真是幸事。可惜我不是使节队员，不能追随大哥西域一行。"是夜，勒古台变得啰唆起来，问了张骞许多事情。

第七天午后，抵达目的地。勒古台与由天际一见如故，很快打得火热。由天际十分喜欢他的大义，勉强留了两天，才让勒古台返回。临行，勒古台久久地拥抱着张骞，哽咽得几乎要流下眼泪，张骞、由天际直送出五十里外，才与其依依告别。

而蒙利克早就为玛月伦母子做了秘密妥当的安排。在一处从外看似沙丘，进去不到十里便是大片绿洲的地方，搭建了帐篷，一应用具悉已备全，并安排了七八户可靠牧民相伴。见张骞吆了羊群而来，立即派了一名汉人女子、一名汉人小个子，帮其放牧。张骞将所带毡帐搭在旁边，以作为堂邑父与秦自乐来后的临时住所。

张骞要做的事情很多。查看、挑拣埋藏物品，整训由天际、蒙利克所组建的新军，检查武器配备，为任扶等人归汉绘制路线图，向皇帝书写呈文，指导玛月伦练功，整日连轴转。

第一个到来的是苏疾，接着是孙治瑾和他的媳妇。蒙利克见此，便让其夫妇与玛月伦毗邻而居。孙治瑾来后第二天，赵无偏、任扶几乎同时抵达，孟慎、先偃、商禾、朱厚良、方峒秋、原有才、魏田林、石舛、尤习重等九人前后分两批而至。四月十六日，堂邑父至；十七日，秦自乐至；十八日午，陈尚斗率三十六匹良马，最后一个到达。

张骞责备堂邑父，在龙城与嘎女子的婚约，缘何不予告知，堂邑父道："大哥有所不知，我在家乡本来有一叫珀莉的未婚妻，相约三年为期，可听我妹妹娲霞说，我走后的第二年，她便跟了别人。而我与嘎女子分别已经九年，匈奴人不比汉人，哪有女子三十多岁不嫁人的。与其见面尴尬，还不如不见。这一段时光里，我与妹妹一家，尤其那小外甥相处甚好。"

"以后若有合适的女子，还是找一个最好。兄弟归兄弟，夫妻归夫妻，不一样的。"

"以后的事，以后再说吧。"

张骞又问秦自乐，为甚不将卡帖娜带来，并问起赠金之事。秦自乐说，金子来自河督府，因当时玛月伦即将临产，故有赠金之举。除去用掉了一斤，其余八斤全部作为西行旅资。至于卡帖娜，因其父达奇诺年老体弱需要照料，故此不能相随。云云。

而陈尚斗心情比较郁闷。究其因，系妻儿被敌监守，无法脱身。也正因如此，他才能带着良马独自出逃，敌人寻他不着，还不知马场敌酋如何对待他的妻儿。张骞听罢说道："之前我已说过，对任何队员都不予硬性要求，只要不为敌效力，留在匈奴亦可。"陈尚斗回道："我本系孤身队员。妻儿固自连心，但若因此滞留，有违使节初心。大哥的好意，我可以心领，但我不能做一只离群的孤雁。"

经四月十九日正、副使相互汇总，决定随张骞继续西行的队员，连张骞一起，共计八人，他们是：张骞、堂邑父、秦自乐、苏疾、孙治瑾、由天际、赵无偏、陈尚斗。随任扶回国的十人，他们是：任扶、孟慎、先偃、商禾、朱厚良、方峒秋、原有才、魏田林、石舛、尤习重。任扶说了他们各自回国的理由。朱厚良十年前从长安出发时，其父便卧病在床，现在生死不知，家中老母与妻儿需要他照顾。方峒秋走后家中便无青壮男人，以致田园无人耕作，房屋无人修缮。原有才媳妇病弱、孩子残疾，令人挂怀。魏田林因为人仗义，当年惩治了村中恶霸，现不知家里是否遭到报复，他得回去看看。石舛、尤习重身体有伤，无力西行。还有人对西边是否真有月氏国，心中存疑，而且十年的奴隶生活，罪已受够，希望回去谋得一官半职，只图后半生过个安宁日子。

张骞蔼声道："任副使，我不便直接面见决定回国的兄弟，我怕因为正使的压力，使他们重新做出违心的决定。我有几点意见，请予转告。其一，回国途中，你们仍是一个紧密的团体，必须服从你的指挥，万事小心，统一行动。其二，我遵从他们的决定，虽然不能随我继续西行，但他们仍是大汉的英雄，也是我的好兄弟。其三，因为沙里修的叛国事件，回国的兄弟——也包括你，定会受到朝廷的严格审查，你们心中得有准备。这是国家为安全着想的必要手段，不能有怨气、有怨言，应向有司如实禀报自己在匈奴十年的经历。所谓清者自清，浊者自浊，须忍得一时的委屈。其四，我有一份向吾皇的呈文，若路遇不测，请即毁掉，勿使落于敌手，知我行踪。其五，应使回国兄弟明白，匈奴宿敌不除，大汉百姓便无安宁日子。所以回去做官也好，为民也罢，皆要为国家多多创造财富。富国强军，乃是胜敌之根基。其六，回去之后，相互之间不要断了联络。我建议，就定在四月二十八日，每年在长安聚会一次，有困难的，相互帮帮。此六点，四月二十七日，我再重复讲讲。"

任扶立即起身，拜道："张正使大义，任扶深感钦佩，我当如实向回国兄弟转告。"

张骞起身回礼："自家兄弟，不必如此。"随即转入另一话题，"王兼之死，与勃忽王爷直接相关。查知此人屡屡犯我大汉边民，烧杀抢掠，无恶不作。其王府距此不过两日骑程，我意明日准备，后日出发，调集蒙利克等骨干新军二十骑协助，由我与三弟及由天际率领，以兰扎吁王爷卫队的名义，替朝廷剪除这一恶酋。"

堂邑父兀地站起："大哥，怎的不让我去？"

"没有别的想法，只是怕你去了下不了狠手。"张骞让他坐下，笑道。

"这得看对什么人。我可晓得，嫂子的母亲，一个手无缚鸡之力的老人，为救王兼，被勃忽当场以鞭刑活活处死。这种狠毒的恶人，哪能容他继续留在世间！"

"行。算你一个。"

这一仗，因为计划周密，行动突然，二十名新军武士在四名顶尖高手的带领下，实施集中突击、四面截杀的战法，将勃忽及其以下七十余名军队骨干全部歼灭，而新军武士中仅三名轻伤。缴获的财物、马匹、武器，让人大开眼界。

经此一战，新军士气大振。使节队亦一扫十年阴霾，而昆古丽玛月伦更是心情无比舒展。

这真是：

短枪一击，黑暗踏进荒原，
强虏伏地，敌酋盘蜷呜咽。
张骞援手，自乐血拼脱险，
兄弟相念，只在大汉旌节高悬。

花儿绽放，异域夜色喜诞，
产婆弄俗，天涯深处传喧。
月伦说事，友情芳华舒展，
逆境遥望，只待溶解西域灿烂。

欲知八英雄西域征途艰险奇事，且由下回分解。

# 第六十二回　故人旋惠犒及队友　新程西行巧逢杨柏

汉武帝元光六年（前129）四月二十八日晨，在由天际牧场辖地，正中新军列队，两旁牧民齐集，于由天际帐外送行。四名少妇哭成泪人儿一般，倚马而恸。昆古丽玛月伦怀兜张勇与孙治瑾之媳并骑而立，脸色凝重，不发一语。不一刻，只见张骞高举旌节，率使节队七人二十匹驮马，任扶率回国人员九人十匹驮马，从东边演兵场并列而来。

蒙利克举起红旗一绕，众皆噤声。待两列马队居中停下，蒙利克即刻拍马上前："蒙利克率全体勇士、全体牧民，在此恭送张骞大使西行顺风顺水，恭送任扶副使顺利回国！勇士们，美女们，且为各位英雄好汉送壮行酒！"

立刻，新军中走出十八位武士，牧民中走出十八位少女，少女捧碗，武士提壶，分别走到十八位队员面前，哗哗斟满酒碗，少女举碗而敬。

十八人尽皆下马，先躬身以礼，然后双手接碗，再仰脖一饮而尽。如是者三次。

"恭送任副使率众回国！"蒙利克一声令下，新军战士列队致礼，回国人员由朱厚良前导，任扶押后，向张骞等人挥手告别，向南而去。

见任扶诸人渐行渐远，蒙利克又大声命令："西行英雄家属出列！二十名勇士出列！奉张骞大使指令，送西行众英雄至三十里返回。"一时之间，昆古丽玛月伦等六名妇女，二十名参加消灭勃忽王爷战斗的勇士，依次列于使节队之后。

张骞拍马，至玛月伦面前："将勇儿与我！"

玛月伦递出张勇，张骞左手环抱儿子，右手勒缰并擎旌节，纵马至最前列：“我命令，西域之行，现在出发！”堂邑父紧随其后，依次为苏疾、孙治瑾、赵无偏、陈尚斗照看驮马，秦自乐、由天际殿后，分两列起程。

是时晨日渐起，霞光渐收，碧空幽邃，远山渐明。一望青草呈翠，黄草已没，风遥遥而沁凉，云飘飘而悠然。旷野无际，前路无涯；草长长则互蓬，花灼灼则相映。鹰鸟初临，蜂蝶渐舞，让人别有一番感慨。十年前的今日，使节队出长安，万人空巷；十年后的今日，使节队重整旗鼓，精英不足十人，而其豪气未减丝毫，意志未损半分。张骞心中一声浩叹：吾皇知否？使节队又上征程！

幼儿张勇，似知远别。时而脸颊紧贴张骞；时而小手抚弄张骞的头发、耳朵；时而双脚乱蹬、双手乱舞，嘴中呀呀而语；时而双眼紧盯旌节，伸手去捉，没有一刻闲着。

约至三十里，张骞令队列停歇，将张勇送回玛月伦手中，又与蒙利克拥抱相嘱。见由天际与四名少女玩伴抱成一团，遂笑吟吟在一旁候着。双手向衣襟一搭，才倏然发觉，儿子向他怀里泚了一泡大尿，弄得衣襟尽湿，而刚才与蒙利克相拥时竟然丝毫不知，不由得感到好笑，又有些尴尬。

玛月伦则粲然一笑，拨了一下张勇的小鸡鸡，又指指自己的怀里。虽无语，张骞已全然明白。

由天际发觉众皆无声，一把推开四女：“你们这些嫩婆娘，成心让小哥哥出丑。小哥哥又不是不回来，回来就带你们去长安城里玩他个痛快！”说着一跃上马，“张大使，张叔叔，下命令吧！”

“我命令，使节队全体下马，拜别众亲人、众勇士！”

使节队八人立即下马，结成一排，躬身拜别。

“众亲人、众勇士止步。使节队全体上马，各就各位，出发！”

“不要回头！”张骞又发出一条指令。随即，将旌节收拣。

使节队一时无人言语，唯听马蹄踏着草地的那种闷响，像是“踢踏踢踏”，又像“扑嗒扑嗒”，更像“呼嚓呼嚓”。约行二十余里，由天际终于忍耐不住：“张叔叔，唱支歌吧，或者您给我们吹吹笛子也行。若唱歌，就唱《大漠行》，这么多年没唱，都生疏了。”

众人皆随声附和。张骞道：“由天际的提议很好。大伙儿先把《大漠行》的词儿默儿遍，如果有地方实在记不全乎，也不要紧，跟着大伙儿唱两遍，也就记起来了。”语毕，率先唱道：

大国情怀兮云海四方，明戈骏马兮神威飞扬。
大漠荒原兮悲喜负载，异域踏阙兮英雄儿郎。
泓下龙吟兮衡轭奋蹄，登峰造极兮葱岭履荒。
践而无逵兮勿问懭悢，劈棘所届兮问鼎他乡。

使节队告别众人，独自上路之后，大伙儿不约而同地说起汉话。而唱歌，自然亦用汉语。匈奴十年，十年番语，一朝得解，无不欢畅，有的干脆用家乡话说事。

出发首日，前一百里尚有路迹，亦有零星毡帐可见。渐入荒草滩之后，便无路可循，无人可寻，亦无大型野兽现身。其偏僻，其荒凉，其寂静，其空旷，让人心灵紧缩。

走出兰扎吁西部草原之后，使节队只见到两拨人马，一拨二十来人，一拨十余人。相见之时亦马不停蹄，匆匆而过，至多投来一瞥，似有什么要务，向北直奔——前几日，在奔袭勃忽王爷时得知，匈奴上层贵族分成了两派，开始了内战。所遇人马，或许正为此事去联络某个王爷。

张骞依据事前的了解，过了这一百多里的荒草滩，便是哈顺大漠[①]的南缘，而后进入库鲁克塔格[②]。出发首日，他想让大伙儿早点歇息，赶在日落之前，寻得一处稍洼地段，令大伙儿下马解鞍，让马儿觅草而食。孙治瑾与苏疾烧起一锅开水，又丢入些许茶叶，赵无偏、陈尚斗取出麦饼干肉，大伙儿就着茶水，取而食之。

肚腹一饱，由天际嘻嘻笑道：“张叔叔，这会儿没事，又睡不着。闲坐无聊，就想自己的婆娘，不若每人讲个故事或者笑话，逗逗乐子。您看可好？”

苏疾首先赞成，孙治瑾等人亦跟着叫好。张骞一笑：“由天际，你先来一段。不过有一要求，不许说男女脐下三寸之处，违者给大伙儿翻三十个筋斗。”

“那是，那是。那地方尽管常年不见阳光，也只能自己用，自己看，如若随便借与别个，弄不好要死人的。”由天际看似油嘴滑舌，却是一脸正经，“我要说的，是一位匈奴王爷晾衣裳的故事。这位王爷不知姓甚名谁，权且叫他‘杂毛’王爷。又因其年已五十开外，头发斑白，还不断纳妾，牧民都叫他‘老杂毛’。有一年夏天，老杂毛得了一匹白绢，于是令成衣匠为他做了两件同样的绢衣，好换着穿。不料这绢衣却不耐脏，没两天便汗渍斑斑，遂命王府一位女奴为其洗涤。老杂毛也不知从何处得知，这绢衣晾晒极有讲究。不能搭在晾衣竿上，怕黏上竿上的霉点；不能晾在绳子上面，怕衣裳干后勒出绳印。老杂毛威协女奴道：假若衣服上出现霉迹或者勒痕，小心皮鞭伺候。这女奴无法，衣服洗净之后只好双手抻着，站在烈日下死晒。这时恰好一牧民吆一公牛路过，见女奴晒得汗珠滚滚，便出一主意，将一只袖管套上一只牛犄角即可，不由分说，取过衣服将其套上。不料那衣服耷拉下来，将一只牛眼遮住。那牛顿觉碍事，乱甩乱蹦，甩不掉，便开始狂奔，那牧民一时口急，在后边追着牛大叫道：杂毛王爷疯了，杂毛王爷疯了！”

张骞等人知由天际在此胡诌，堂邑父却较起真来：“这样的王爷是有，可这样的牧民不见得就有。分明是牛犄角上挂了件杂毛王爷的衣服，牛怎么就成杂毛王爷了？”

“堂叔叔，这叫借题发挥，较不得真的。故事嘛，听着好玩就成。堂叔叔，不妨您也来一个？您就把在琅艾王爷英雄大会上一举夺魁之事说说？还有您和嘎女子的故事。”

“我嘴笨，说不来。孙医官治的病人多，遇到的事儿肯定多，让他来一个。”堂邑父回避道。

孙治瑾见大伙儿一齐看着自己，便道：“有一个女人得了肠痛[③]，要找个医工[④]瞧瞧。她男人说，花那冤枉钱干啥？晚上压一压就好了。可是到第二天仍痛，女人琢磨，怕是自己的男人不行，就找了另外一个男人来压。等到第三天，仍不见好，于是就想，怕是得找个身长体大的男人来压。胖大男人压过之后，女人更痛，没法子，只好去找医工。医工一瞧，说道：你肚里有妖孽作祟，我这里有仙药与你三颗，将其用沸水化开，喝下即好。那女人依言喝药之后，屙下三条大蛔虫一窝小蛔虫。她男人一见，大骂道：你个不要脸的女人，三个大男人也则罢了，甚时还勾搭上那么多小男人？”

众人一听，笑得前仰后合。苏疾指着孙治瑾道：“好你个孙医官，平时看不出来，一肚子坏蛆！”

待大伙儿笑过，张骞道：“由天际和孙医官的故事虽俗，却不失雅趣。我讲一个夫子[5]教学的故事。前秦赵地有一位夫子，读书不求甚解，被一豪族之家聘为夫子，教授子弟读书。夫子第一次教《大学》，读到‘於戏！前王不忘’时，就按字面读去，主家一听，即道：夫子错了，此处的‘於戏’，应该读作‘呜呼’。到冬天，读《论语》注解‘傩[6]虽为礼，却似於戏（嬉戏）’时，就将‘於戏’读作‘呜呼’。主家道：夫子，你又错了，这里就该读作‘於戏’。年终结算俸钱，主人却不见面，让其儿子持书简而出。夫子一看上面写着三行字：该呜呼时却於戏，该於戏时却呜呼，夫子夫子呜呼呜呼，俸钱毛也没有一根。”

这次却是赵无偏挑刺：“张大哥的故事虽好，只是太过文气。我敢担保，堂邑父他就没懂。”

“啊哟哟，堂哥哥，对不起，对不起，是我低估了你对故事的理解。”赵无偏赶快道歉。

“玉石匠，你也太认真了吧，这种事也值得道歉？你不妨也讲个好听一点的故事，让大伙儿乐乐？”

张骞立即打岔：“好故事留到以后再讲。现在先集中好马儿，四周选好火把位置，插好油脂火把，用锹拍实。晚上有人小解，动作放轻一点，千万不可走远。爱打呼噜的兄弟先忍一忍，等其他兄弟睡着了再睡。好了，现在开始行动。”

大伙儿立即忙活起来。不一会儿，在静寂的星空之下和无边的荒野之中，燃起几支灿亮的火把，有的马儿嘶鸣了几声，便都向张骞的“花豹”、堂邑父的乌骓马、秦自乐的大白马靠拢，围成一个半圆。

翌日天刚及明，突然狂风骤起，天色变暗，似乎又重回夜间。气温也陡然降低。风刮得十分诡异，像无数巨型铁铲，将地面上所有的东西连根抄起。张骞急令大家将马团在一处，形成一道屏障，检查驮马物资捆扎有无松动，并两人互帮，取衣御寒。候至巳时左右，风才有所减弱，东边的天空上才出现一轮昏曚的日头。抬眼看去，像一团黄黄的湿泥，黏在半空。

大家不得不减慢速度，艰难前行。在风速骤然加快的时候，则全部下马步行。使节队一如十年前的秩序，堂邑父打头开路，张骞帮着辨别方向、路径。不同的是，断后的任务交给了秦自乐，苏疾、孙治瑾、由天际、赵无偏、陈尚斗照看驮队，苏疾、孙治瑾二人还得兼管炊具、干粮、食品和饮水。

连续三天，一直在草滩上行走，风时强时弱，天忽明忽暗，无边的荒野再无人迹。

第四天，荒草渐稀，沙堆渐多。将及中午，倏地风停云收，日光灿亮，气温陡地升高，好似跌入火炉之中。大伙儿又不得不停了下来，脱去厚衣，换上单衣，戴上眼罩、遮阳帽。由天际干脆脱光了衣服，裸起上身，连声骂道："什么鬼天气，作冷发烧，天公爷爷也闹病——哎，孙医官，你给这里的天公爷爷把把脉，看它是不是患上了疯病？"

孙治瑾见由天际光着身子，急急说道："你赶快把长袖衣服穿上，不要天没病，你先病。你先看看胳膊肘，起没起小水泡？"又回头对张骞道，"张大哥，你得下令，烈日之下不要打赤膊，否则皮肤会晒伤的，一溃烂，可就麻烦了。"

张骞依言命令不得脱衣，而由天际懊悔道："啊哟，还真有水泡。这太阳真毒！"摸摸胸膛，又道："真怪，这么大的太阳，身上却光溜溜的，没汗！"

"那是你汗一出，便被太阳晒没了。到出不了汗的时候，就会患上暑热病，严重的，会死人。"孙治瑾解释道。

马儿亦显得有气无力，行动迟缓。

为了减少人和马儿的体力消耗，避免患上暑热病，张骞令大家就地歇息，检查食品与饮水情况，待日落之后再登行程。

大伙儿帮着苏疾、孙治瑾将所有食品打开，发现凡羊皮袋中的食物全都腐败变质，不可食用，不得不将其扔掉；而布袋中的面饼、奶片、干肉，全都硬若石头，虽然仍可食用，亦仅够三天。至于人畜饮水，也仅能维持四天左右。如若每日这般炎热，食物与饮水将大打折扣。

寻找水源与食物，成了当头紧要之事。而这就需要寻找有人居住的地方。张骞在托力鲁草原便已探听得知，他们现在所经过的大漠地段，因为临近天山余脉，常有雪山融水流经，或成地下暗河，或成大小不等的湖泊，因此常可见到大小不等的绿洲。有绿洲便有人居群落，便有食物、饮水，使节队便可得到这方面的补充。于是他让大家安心，坚持走上一天半天，便有结果。

果然，第五天午后，他们来到一处绿洲。绿洲方圆不过十里，中间有一处扁圆形的小湖，湖岸周围有十二三顶帐篷，而且罕见地长着几十棵小树，有十几匹马，二十几头牛，七八峰骆驼，二百来只羊，没有牛栏、马厩、羊圈，就那么散在各处。牧民悠悠地四处转着，或干脆躺在草地，衣服将脸一遮，睡觉。若有羊子跑出草地，到了沙丘，牧羊犬汪汪一叫，羊子便立马回转。

张骞一行刚在绿洲露头，所有的牧羊犬便开始吠叫。立即，南边有人吹起了牛角号，一个头人模样的壮汉，骑着一匹光溜溜的红马，举着一把铜制弯刀，率先奔来，堵住西边的入口。接着，有老少不等的十五六个男人，或骑马，或奔跑，一齐赶到。他们或手持木箭，或高举石斧，持铜刀者，三四人而已，皆怒目圆睁，作势死拼之势。

张骞令大家下马，刀剑不出鞘，箭不控弦，满含笑意，缓缓走近。走近一瞧，对方不像匈奴人种，倒与昔日都嘎部落的凡妮娅相似。碧蓝的眼睛，高而尖削的鼻梁，金色或麻色的头发，深陷的眼窝，剽悍的模样，都引起了张骞深切的回忆。他曾向凡妮娅学过几句乌孙语，他正想上前问讯，苏疾已赶在了他的前面，先深施一礼，以番语申述来由。

那壮汉见来人并无恶意，遂将刀放平，却大摇其头，表示不懂。

苏疾又以墨山[7]语相问，对方仍表示不懂。

张骞道："苏疾，你以乌孙语试试。"

改用乌孙语之后，果然接上了话茬。壮汉在明白张骞一行并非强盗，而是西行的商队之后，立即将他们迎进了帐篷，其他人自行散去。

交谈中得知，壮汉这一支家族亲戚有一百多人，原来住在古尔班通古特大漠[8]东西草原，那里水草丰美，适宜放牧，谁料二三十年前来了大批大月氏人，将他们打败，并予以赶杀，祖父便带着他们来到这里，分布在周围四个绿洲。他这里是最小一处，不料迎来这些远客，若非苏疾会说乌孙语，几乎闹出一场误会。

在此听到关于大月氏的消息，张骞等人莫不大受鼓舞。苏疾问道："那大月氏人为什么不住下来，怎的又离开了，去了更远的地方？"

"这你得去问大月氏人，我们怎么晓得？"壮汉两手一摊，表示不知。

这时堂邑父拿出二两金子，求他卖给一些腊肉和奶制品（这里不种庄稼，不产粮食）。

壮汉却摆手拒绝，指着堂邑父等人挎在腰间的刀剑，表示愿意用两只羊换取一把刀（剑）；又指指堂邑父背负的铁弓长箭，愿意拿出三只肥羊来换。

堂邑父取下铁弓，对苏疾道：“你跟他说，只要能把这弓拉圆，我就白送。”

苏疾知此弓乃堂邑父心爱之物，有些犹疑：“这恐怕不好吧？”

“没事，就让他试试。”不等苏疾发话，堂邑父已取下铁弓，双足站定，两手一张，将弓弦拉得犹似满月。而后将其递与壮汉，示意应拉得和刚才一样。

壮汉只当是一般弓弦，只手来接。哪知弓将及手，身子不由得一倾，几乎掉落。急忙之间，另一只手伸出相助，方没露丑。于是双手张力，挣得满脸绯红，却哪里动得分毫。大惭之下，壮汉倒也爽快，再也不提以武器换食品的条件，取了金子，吩咐族人，拿来许多食品。

食品、饮水得以补充，秦自乐称赞堂邑父：“二哥这般机智，可为大家解决了难题。如果那个头人不要金子，坚持要拿我们的武器去换，可就大大的麻烦。像我这些短枪，半大小子也能要上几下。”

“那汉子不知你那短枪的妙处，正因为半大孩子也能要上几下，才不入他眼。就我这把铁弓，除了大哥能将其拉满，其他人哪有六七百斤的膂力？他不试试，怎知我等的厉害。”堂邑父信心满满。

“下次有什么交易，钱归我出，二哥可不许抢先。大哥不让这金子归公，总得要花出去。”秦自乐说道。

“等我的钱用完了再说——大哥自有大哥的道理，倘若起出的物品之中没有那黄白之物，当属另讲，可那些东西既然有了，大哥自然让咱们留着，或者紧要时刻用来救急。”堂邑父语气笃定。

使节队的财物由苏疾管着，以方便他与陌生部落打交道。见堂邑父抢着出钱，便欲补还。堂邑父哪里肯依！张骞见状，即道：“此事不急，晚间夜宿再说，现在赶路当紧。”

此时虽时已过午，但这里比起汉地长安，要晚黑一个多时辰，且渐偏凉爽，正是赶路的时候。苏疾听了，也就作罢，大家遂向西一路趱行。

至三十里许，沙丘渐少，荒草渐多，扑面刮来的大风也不再那么干燥。复行二十余里，又是一望无际的荒草滩。几里路的远处，竟然出现了一片小树林，树林里还蜿蜒流出一条小河流，低洼之处形成一个小水潭，在落日的余晖下，发出粼粼的波光。

张骞高兴地叫道："那里就是我们今晚的夜宿之地！"

人和马儿尽皆兴奋，一时间马嘶人吼，疾行而去。那由天际也不管什么秩序，一马当先，跑在最前面。

未及一里，由天际倏地勒马撴住："张叔叔，树林那里去人了。"瞪眼一瞧，立刻大叫，"不好，是匈奴骑兵，总有三十多人！"

还未等张骞发话，驯马师已紧张得声音发抖："是匈奴单于派来追击我们的人马。张大哥，我们赶快回避吧。敌人人多，又是精锐，再不撤，就来不及了。"

由天际拨转马头，对着陈尚斗："你这个驯马师好生奇怪，你怎么晓得他们是匈奴单于派来的？难道他们是神仙，晓得我们从这里经过，特地在前边准备截杀我们？而且还晓得敌人都是精锐。"

"我，我，我不过是依理猜想。不，不信算了。"陈尚斗张口结舌。

"那你为何不好好说话？又紧张个甚？"由天际不依不饶。

陈尚斗额头冒汗，无言以对："我，我不紧张。"

"由天际，少说两句。提高警惕也是对的。"张骞将话岔过，问堂邑父，"二弟，你意如何？"

"不管对方是敌是友，或是不相干的什么人，反正不能回撤。一旦回撤，定必引起对方的猜疑与误会，认为我方不敢与其争锋，因之向我方发起进攻。我也不相信这是单于派来的人马，因为这里已是匈奴西部的边境，他们不会等到现在才动手。我们不妨以静制动，看看对方有何反应。"

张骞略一思忖，即向大伙儿说道："堂邑父刚才的判断，我认为有理。这里已是匈奴边境，各种势力错综复杂。今日有此遭遇，实为意料之中。大伙儿不必紧张，更不要慌乱，干脆下马，席地歇息，静待事态发展。"

大伙儿依言，围坐一处。虽说不必紧张，但都紧握武器，随时准备投入战斗。

大约过了一刻左右，对方来了一人一骑。

待其走近，人们发现，原来是一位手无寸铁、五十开外的老者。大伙儿的紧张情绪顿时缓和了下来。

“请问，你们谁是头人？”老者说着一口流利的番语。

张骞一指堂邑父：“我俩都是。”又一指身后的六人及驮马，“我们欲去西边遛货。不知你们是哪个部落，有无生意可做？”

老者一声叹息：“你们这些人真是，为了图财，不惜将命搭上。此去一两千里荒漠、荒原，没有人烟，凶险无比，去过的人无一人返回。不过，看你们一个个倒是身强力壮的汉子，或许能熬得一人两人回来——莫嫌我啰唆，我叫布和，是缅捏土司的管家。这里是我们新开辟的牧场，为了收服附近的一些部族，我家老爷命我带了一些人马四处走走，前几天还和墨山、狐胡、姑师[9]打了几架，今日返回土司府，暂宿于此。”

“失敬失敬，原来是管家大人！”张骞赶快敬以番礼，续道，“你家土司老爷虽然未曾谋面，但我晓得他是托力鲁王爷五公主的女婿。我与托力鲁王爷的商头那佤哲认识，打过多次交道。包括小王爷布赫。卫士长呼力泰和额朗，也都认识。”他觉得这位管家不似坏人，富有同情心。能将打仗说成“打架”，说明他不愿以血腥手段征服别人，乐意以非战争手段服人。相较而言，此人当属匈奴统治阶层中的善类。

“啊唷，看来你这人神通广大，朋友众多，认识不少王爷吧？依我拙见，今晚不妨宿在一处，热闹。二位意下如何？”

“好的好的，恭敬不如从命，那就打扰了。”堂邑父踩了一下张骞的脚尖，应声答道。

张骞笑道：“那敢情好。请布和大人稍候，待我们收拾一下。”随令大伙儿检查一下驮马，然后上马，随布和去小树林处。张骞、堂邑父、布和三人并骑而进，张骞看似神情松弛，但戒心始终未曾放下。

缅捏土司的部队由一位百夫长带领。张骞一行人去时，对方早已生起了篝火，士兵们围坐一处，一边吃肉喝酒，一边说着狐胡、墨山的女人。见布和领了八个陌生人走来，众人也只好奇地抬眼看了看，又继续吃肉喝酒说女人。

布和领着张骞、堂邑父来到一位大汉面前，忽地自拍额头：“你看我这人，只顾了说话，还未请问二位头人的名讳。”

“只怪我们自己失礼，忘记将我们的姓名说知。我叫张汉，是个汉人；他叫甘父（指堂邑父），是匈奴人。我们是结拜兄弟，在一起快二十年了。我们俩共赴生死，共同打拼，几乎走遍了汉朝和匈奴的重要地方。如今小有积蓄，在汉地长安城郊，有我们的庄园；在匈奴东南一带，也有我们的牧场。”

布和凑近那大汉耳旁，不知说了些什么，只见那大汉立即起身，做了个请坐的手势：“我是百夫长克鲁塔尔，欢迎远方的客人共聚晚餐。还有你们的那些兄弟，请一块儿坐下。”即命手下拿来酒肉，让张骞等人分食。

张骞知匈奴人爽直，遂不客气，让秦自乐等人放开肚皮，大吃大喝。这些人在匈奴生活了十年，豪爽起来，更胜过一般匈奴人，不一会儿，相互之间竟显得熟稔了许多。

酒足饭饱之后，使节队分作两批，去小河洗澡、洗衣。不料这却引起匈奴人的讥笑，说他们一年到头不洗也没甚事，只有女人才会那么讲究。张骞只能解释，甚事都有一个习惯，习惯一旦养成，就难以改掉。那布和倒是见多识广，对此并不感到稀奇，并称汉人的卫生之道，值得匈奴人效仿。

不料，克鲁塔尔对张骞的佩剑产生了兴趣：“张汉头人，你那宝剑玩意儿，能否让我看看？”

“这有什么不可以？”张骞解下重剑，递与克鲁塔尔。

那百夫长起身抽出重剑，立即叫道：“此剑好沉。”站入人圈之中，以刀法舞弄，未及十下，便手腕酸困，气息难继，遂知这位张汉头人功夫了得。他顿生敬意，将剑入鞘，双手捧还张骞：“可否请好汉为我等展示一下剑术？”同时吩咐部下，多点几支火把。

张骞深知，在此场合无须矫情，一个提纵，跃入场中，并于纵跃刹那间双手剑鞘分离，右手持剑左手握鞘，向周遭人群先行持剑礼，道声“献丑了”，将青锋七十二式舞出的同时，左手剑鞘亦相应使出护身、阻敌、击杀等招式。疾速之时，只见剑芒，不见人影，刮起的剑风，使得篝火毕毕剥剥火星四溅，面临剑风，如利刃相劈，躲之犹恐不及。

直到张骞已经收式，人们仍如痴似醉。即令堂邑父、秦自乐、由天际等一干队员，十年来也是首次完整地看到张骞的高超剑术。

张骞气定神闲，又以剑礼致谢，正欲走出场心，这时突然爆发起热烈的掌声，有的匈奴士兵还跳出来大呼小叫。克鲁塔尔一下子直奔张骞，紧紧抱住："你不是张汉，你是张骞。你就是托力鲁草原上的大英雄，独战托力达群匪的张骞！五公主不止一次对我们说过，世上只有张骞，才有这把重剑。我不管你是什么人，你们要到什么地方去，反正今天能够相见，就是缘分，就是朋友！"

"你猜得不错，我是张骞。如你所说，这是缘分，也是朋友，我很高兴。"

布和亦过来说道："原来你就是张骞？五公主经常念叨你呢。你该不会怪罪我家老爷当年率兵攻打汉中吧？"

此事不提，张骞亦不会忘却。按照达斡汗的描述，虽然匈奴兵三停损折了两停，但周重的损失也让汉中百姓难以承受。其战之惨烈，不用想象也可猜到八九成。此战固然是匈奴上层的布局，但作为具体执行者，说没有责任，那也是自欺欺人。可布和既然问及，又在此等情景之下，为了西行大计不致因此受阻，遂含糊应道："此事已成过去，无须再提，如若没有上层的派遣和奸人的挑唆，恐怕土司老爷做梦也不会想到，他会去汉中一趟。"

"张骞，我果然没有看错，你是一个真正具有大胸怀、大抱负的大英雄。"布和又叹道，"你不知道，我家老爷为此后悔死了，认为是他生来做下的最大一桩错事，仅就我们部落，就留下几百家孤儿寡母。为了养活这些遗孤，我们不得不一走数百里，开辟新的牧场。在收服这些部族过程中，也尽力做到不杀人伤人。就像刚才，有人主张要和你们打上一架，我和百夫长劝住了。我们不是骑痞，更不是土匪，何况你们当时主动示好，坐地歇息，我们何必动粗？幸亏如此，才避免了误会。"

张骞见布和、克鲁塔尔真诚相待，便将队员依次作了介绍：

"这位是甘父，是我的二弟。你们已经晓得，他也是头人。但你们不晓得，九年前在龙城琅艾王爷举行的英雄大会上，他曾经一举夺魁。他现在使用的七百斤铁弓，还有那匹乌骓马，便系琅艾王爷当年所赐。"

"这位是秦自乐，是我的三弟。原系峦芳洲的年轻王爷，后来随我四处闯荡。他惯用短枪投技，目及之处，百发百中。曾一人独战劫匪五十余人全身而退，江湖送他绰号'玉面神煞'。"

“这位叫苏疾，是我们的通译。再难懂的语言，他只需学上一遍两遍，便可举一反三，与之交流。武功虽不及我的二弟、三弟，但对付三五悍匪的围攻，亦可应付裕如。”

“苏疾旁边的那位，原是汉皇宫中的医官，叫孙治瑾。但凡疑难杂症，皆可手到病除。若与土匪作战，亦毫不含糊，三几条大汉也休想近身，现在是琅艾王爷的侄女婿。”

“那两位，高个儿叫赵无偏，是大汉朝著名的玉石匠；个儿稍矮的叫陈尚斗，是大汉朝著名的驯马师。他俩的武艺，可与苏疾相伯仲。”

“最后最年轻也最英俊的那位——”

“张叔叔，您歇歇，还是我自己来说吧，有吹嘘的地方，张叔叔再行纠正——小的姓由，名天际，就是由天边而来的意思，但不能由此就叫‘由天边’。说我年轻可以，若说英俊，委实不敢当，我只是比南方人喂的猪仔、北方人养的羊羔长得周正而已。我所用的武器非常简陋，翻来倒去，仅有两件，一把‘小尖尖’，一把‘小钩钩’。我不敢说百发百中，百发一百零一中倒是经常发生。为何？因为长大以后，力气也大了一点点，一不小心，小尖尖从后颈窝插进去，再从喉管里戳出来，前后两个洞洞，岂不是一发两中？当然，人家的刀剑也不是用来割草的，所以我得用小钩钩管管它们，以方便小尖尖做它感兴趣的事情。大伙儿不要见笑，对方一不傻二不笨三不呆，就任你戳他的窟窿？这就得用到一点点轻功。我那师父为人实在，不留后手，将平生所学的轻身功夫悉数传授，故而学会了一些飞身捡便宜的功夫。张叔叔，我说完了，不当的地方，您指正。”

张骞心中暗笑，这由天际虽已长大，也成熟了许多，但仍带着顽皮的脾性。看似轻描淡写，实则隐含着冷飕飕的杀气。

这一番介绍，令布和、克鲁塔尔等一干武士，更不敢小觑张骞等人，也更为恭敬有加。翌日晨，布和便让克鲁塔尔派哨马先行，去土司府禀告，有远方贵客造访，请土司老爷和五公主做好接待的准备。同时礼让张骞率队在前，由向导带路，土司骑兵随后，一同行进。

此时已是使节队西行第七日。七天仍未走出匈奴国境，令大伙儿着实感到匈奴国土的宽广。幸好，在这偏远之地，匈奴单于的统治有所缺位。缅捏土司的手下并不在意他们西行的目的，连好奇打探的都没有。张骞唯一担心的，是塔丽版宓赤，只有她，了解他们缘何西行。而从他与这位五公主的感情纠葛看去，他没有对不起她的地方，最后那次以歌声对她的表白，已经表明了自己的心迹。此女是特别重情之人，应当不会坏事，或许能予以相助。至于缅捏土司，此时正忙于扩充地盘，且对五公主服帖，只要没有呼日勒之类人物的挑唆，亦当不会相阻。万一有什么突变，对方最方便使用的武装力量，也就是克鲁塔尔这支部队，而昨晚的一番介绍，无疑起到了震慑作用，对阵起来，他们不会尽力，脱困当不是难事。

他先以汉语与堂邑父交换了看法和对策，嗣后又和秦自乐说了自己的情况及意见，若事态恶变，以维护驮队为要。

将及中午，来到山丘互抱的平畴之地。布和道，拐过山弯，便是土司府。

此时，有三骑迎面疾驰而来。

是三名年轻女子，打头的骑一匹大红马，尚在数十丈外，便接连打了三声响鞭。

无须辨认，仅从马鞭挥出的花式、力道和响声，张骞也晓得，是塔丽版宓赤迎接他来了。于是，他亦从队列中驰出，高声叫道："五公主，塔丽，塔丽版宓赤，你好吗？"

"死张骞，臭张骞，什么风把你刮到这里来了？是你想我，特地看我来了，是吗？"塔丽版宓赤明知故问。

张骞避而不答，只是一味夸赞："几年没见，你更漂亮、更迷人了，我都不敢直接看你了。看到你，只怕我觉都睡不安稳。当年都怪我辜负了你。不过也好，缅捏土司那么爱你，生活既安定又幸福，要啥有啥，在这一方呼风唤雨，随心所欲。一生有这样的归宿，我真替你高兴！"

"净说一些屁话！不过，还能见到你，我很高兴。既然来了，就多住几天，不要急着就走。"看到渐渐走近的堂邑父等人，又道，"他们都是你的部下吧？让他们一同住下，保证不会亏待他们。你那些事可紧可松，十年都过去了，也不在乎多住上三天五天——你放心，我那男人心胸开阔得很。只是这里偏僻得要命，一年到头见不到一个客人，就我那弟弟布赫，我嫁到这里好几年，还未来过一次。唯一的一次，还是管家扎楞格奉命而来。我那男人乍见来了这么多客人，保管比我还要高兴！"

两人说话间，大红马不停地用前蹄刨着草地，对着张骞时时嘶鸣。塔丽版宓赤不禁滴下一颗热泪："这马儿情深念旧，见到昔日的主人，在不停地跟你打招呼呢。既然如此，临行时你将它带走吧。"

"我现在有'花豹'，还是你留下吧。留下它，也是一个念想。"张骞说得十分真挚而恳切。

"也好。如今，也只有它使我常常想起牛潭谷的那段日子——你跟他们一块儿走吧，他们来了。"又对着布和唤道，"管家，咱们先回！"

张骞等人随后缓辔而行。

"大哥，刚才迎接你的便是五公主？"堂邑父问道。

"是的。她的真名叫塔丽版宓赤。我到托力鲁王府当奴隶的第一天，便就认识了。"

"这女子倒是挺有眼光，人不但美丽，而且敢恨敢爱，有股子不惧一切的狠劲儿。你们怎么又分手了呢？"

"若是一般牧民家的女子，也许会走到一起。就像我现在的妻子昆古丽玛月伦，因为她的表妹查合拉灵与王兼的关系，算是知根知底，自然就生活在一块儿。可这位五公主不同，因为她是托力鲁最宠爱的女儿，也是最漂亮的女儿，他要用这个女儿为他换来一片水草丰美的地盘，可我什么也没有。我又不能为了儿女私情出卖灵魂，投靠军臣单于。后来，托力鲁设计，以'轴婚'的方式打破了他女儿的追求，让她嫁给了缅捏土司。等到这位五公主明白了事情的原委，却木已成舟。当然，为继续西行之计，我亦不可与之解释。"便又将"轴婚"的过程，约略说了一下。

"有这档子事儿？一箭数雕，这个托力鲁的手段够毒的。我等西行之事，塔丽版宓赤是否晓得？"

"晓得。但是我不说明，她不戳破，彼此心照不宣。"

"该不会坏事吧？她不戳破，可还有那位缅捏土司，能不背后使诈？为万全计，大哥，此处不宜久待。"堂邑父不太放心。

"这种地方，用汉话讲，是山高皇帝远，恁事没人管。按理说，这位五公主本来心有愧悔，弥补都来不及，还会生事？你也晓得，这匈奴女子一旦喜欢上一个男人，连性命都可以不要。所以，她欢迎我们，完全出自真心。至于那位土司，互相倒也认识，只是没有打过交道。目前他正在抢占地盘，又有五公主罩着，那位管家布和，也还心存善良，估计不致生事。不过，你的担心也是对的，不能因此放松警惕。我想，只要那位土司没有异常举动，明日可以在此休整一天，后日早晨再行离开。”

“大哥，你应将此事向大伙儿说明，否则都心中没底。”

“我亦有此意。饭后抽点儿工夫，将此事向大家说个明白。”

说话间，已到土司府，塔丽版宓赤站在大帐之外，专候迎接，一见张骞率队而来，即命一干人等，将货物卸入旁边客帐，将马牵入马厩。又对百夫长道：“克鲁塔尔，这一时你们都辛苦了。你告诉那些士兵，饭后去管家那里领取赏钱。赏钱领过，愿意回家的放假十天，不想回家的就在营帐歇息，你一会儿到大帐来，陪客人喝酒。”

那克鲁塔尔眉开眼笑，乐颠颠得像捡了大元宝，一迭声地称是。

张骞乘机将土司府附近的地形、地势观察了一遍。只见两边山丘互嵌，中间闪出一块方圆六七里地的草滩，山丘之上各有三四座营帐，上下左右有任何风吹草动，都看得一清二楚。草滩左边坐北朝南，依次矗立十余顶帐篷，土司府的一应设置均在其内，而右边靠里，散落着一二十户奴隶和牧民的牧帐，有一群群的牛羊蹿游吃草。这里避风而又隐蔽，是一宜居之地。

土司府大帐之外有一十丈见方的饮马池。看不到地表水，但地下水似乎很浅，饮马池的北边，竟有两股泉水注入，且水量丰沛，一股由地下鼓突而出，一股由池坎奔涌而出。而人们用水，则凿木为槽，由此导入另一贮水池。

午餐堪称丰盛，尤其吃到久违的白米干饭，使大伙儿惊喜不已。而不见土司之面，又让张骞等人心生疑窦。

张骞小心问道：“五公主，恕我冒昧，你这里不产稻谷，何来大米？若是远购，其贵重将无法可比，我们无法承受。另外，久久不见土司大人，亦不知是何缘故？”

“张骞，你多虑了。几年不见，你仍然这么客气。此事还是让管家跟你们说吧。”

“此事说来，也颇让人感到奇怪。”布和抿了一口马奶酒，轻咳一声，“由这里向西三十里地，有一架山梁，翻过豁口，便是大漠，入大漠不到二十里地，便是一处绿洲。那绿洲说大不大，说小也不小，方圆总在十里往上。那里与这里一样，地下水取之不尽，用之不竭，十分丰沛，低洼处还有一人多深的水潭，多少年都没有被发现，一直荒着。也不知是七年前或八年前，突然去了一帮人，在那里建立起一个城国。傍水修了一条街道，房屋全为土墙，房顶用泥坯拱砌，门窗悬帘，夏天收起，冬天挂起。修稻田六十余亩，麦地、杂粮地七十多亩。也有牛羊，但是不多，每家也就三两只，鸡、鸭、猪仔倒是家家都有。我家老爷是个闲不住的人，周围几百里之内，不管荒漠、草滩、荒山、树林，他都一一去过。两年前，他无意间发现那处城国，于是与他们做起了交易。用我们肥美的牛羊，换取他们的米麦。如果没有这档子事，我们家女主人也就拿不出什么好东西招待大家。至于我家老爷，他见米麦即将吃完，遂又带了两个卫士、几匹驮马，大清早去了城国那里。如果顺利，再有一两个时辰也就回来了。”

使节队的人都大为惊异，在这遥遥万里的地方，竟有一帮以种庄稼为生的人群。他们从哪里来？为什么在此处落地生根，且生活习惯和汉人一样？他们究竟是些什么人？一个个问题，全都浮上心头，一齐将目光投向张骞。

“管家大人，请问他们是不是一群汉人？”张骞问道。

“我刚才忘记说了。他们和你们一样，是汉人。他们之间说话我虽然听不懂，但我晓得，那是汉话。”布和道。

张骞继续追问：“那头领长什么模样，可否晓得他的名字？”

“你问那头领的模样？”布和抬脸翻翻眼睛，“这我得想想，怎么说才好。”

塔丽版宓赤显得很不耐烦：“你这人真是，不要人家问一句，你回一句。你把你所了解的全都说出来，不就结了！”

“公主说得对——那头领的个头与甘父相仿，脸黑黑的，眼睛鼓鼓的，身子骨壮壮的，年纪大约三十多岁四十靠边。姓什么，我不晓得，好像都叫他师父，又叫他头领、头人。他跟人打架的武器，就是手中的铁锹或者镬头，锹和镬头比别人的都长一些、重许多，刀一碰上，叮咣乱响。对了，他们懂我们的话，还会说我们的话，说得还挺顺溜。”

“土司老爷和他过过招？”

“没有。是手下人冒失，一言不合打了起来。我一说明来意，误会解除，那架也就只打到半截。”

根据布和的描述，那人多半就是杨柏。张骞不由得暗喜，一扫队友，皆有如此反应，随机一变：“我看饭也吃饱了，酒也喝足了，管家大人和百夫长都还有事，女主人也该歇息，我们暂且告辞，回客帐料理一些内部私事。”

“也好。等我那四处野跑的丈夫回来，晚上再好好聚聚。”塔丽版宓赤应道。

众人一回客帐，张骞便道：“趁现在的机会，我跟各位兄弟说四件事。第一件，我与五公主塔丽版宓赤的关系与友谊，细节不必详述，只挑当紧的地方说说。”便将整个过程予以简要介绍，“因为此事现已牵涉到使节队的安危，不单是我个人的情感之事，所以必须向各位兄弟道明。处理得好，大家安全；处理不妥，便生变数。不过请放心，我会将我这个当事人放在恰当位置。第二件，依照管家所讲，他们所遇之人极有可能就是杨柏。不管是与不是，我决定明日都要找个由头去那里看看。如果是，那极有可能是他年复一年地在此等着我们，因之须得在此多候几日。如若不是，就仍按原定计划，明天准备，后日起程。第三件，主动与五公主、即将回家的缅揑土司、管家布和以及百夫长克鲁塔尔搞好关系，拉近距离。我将任务大致分解了一下，塔丽版宓赤由我去出面联络；布和善心未泯，由苏疾领头，孙医官、玉石匠和驯马师相辅，与此人多套近乎；克鲁塔尔似乎是个武痴，堂邑父、秦自乐、由天际多多投其所好，不妨露两手，让他从心底钦服你们。第四件，以货队的名义，送塔丽版宓赤一匹彩绢，送缅揑土司二十斤茶叶。只要他们肯收下礼物，使节队的安全可报无虞，说不定还有额外关照。大家对此有什么看法与想法，直接道出。”

“大哥有此奇遇，大伙儿跟着沾光，此为绝好之事。若再遇杨柏，更添欣喜。我看——”秦自乐话刚开头，帐外便闯进一个人来：“听五公主说，家里来客人了，客人便是托力鲁草原大英雄张骞，我特地过来看看。”

张骞立即起身致礼：“一听这大嗓门，便知是缅揑老爷。当年在南拐把子河草原有缘相识，至今不忘。几年过去了，仍是这般英雄，令人佩服。五公主和管家说，您带人换粮食去了，可还顺利？”

“顺利个屁！”缅揑土司一把拽住张骞，“咱都坐下，慢慢说。先把你这几位好汉给我说道说道。”

张骞猜度，这缅捏土司必有所求，且他已听过克鲁塔尔等人的介绍，在此不过是对号入座，所以只一一介绍了各人姓名。

缅捏土司心生羡慕，不由得感叹："我若能有你这一帮朋友，我的山川土地草原至少能再扩大一倍，当个王爷也不在话下。诸位也最低弄个头人当当，美女、财帛、酒肉，一生享用不尽。"又话头一转，"我说张骞，你是怎么弄的？听说你与我岳丈是'轴友'，王爷将美丽的阿果拉芒娃赏给你，你却把那美人弄丢了，真是可惜。"又咂咂嘴巴，"我就没有你那么好的运气。"一张圆盘大脸、一双椒豆般的小眼、一圈铁锈样的胡髭，透出一股令人生厌的色相。对入侵汉中之事，似乎完全忘却，只字不提。

张骞压住心中的厌憎，将话拽入正题："你去换粮食没换着，是怎么回事？是否因为双方的交易没有谈拢？"

缅捏土司突然变得不那么利落："去年因为偶遇，我们没带东西，也没带金银，由管家出面协商，赊了一些米麦。今天我又带了人去，对方将酒肉等东西收下，却不给粮食，说这只能抵去年的旧账，再换须另拿东西。我说走得仓促，没有备足，可否通融一下，或者仍然赊账，或者派人随我来取应付物品，工钱可以另计。那头人却死活不愿，非得以现兑现。我的两名卫士忍耐不住，便跟那头人打将起来。我想打就打吧，一个种庄稼的农人，能有多大能耐？打到对方认输，也方便往下续谈。谁曾料想，那头人使一把铁锹，怪招迭出，十来个回合，那俩卫士便败下阵来。我哪肯服气，挥刀相迎，斗在一处，也堪堪只能护得自身，没有进攻之力。俩卫士一见，便舍力而上，这时对方立即拥出一支铁锹队、一支镢头队，将我们围在垓心。我见势不妙，只好空手而归。"

这分明是缅捏土司强索无果吃了败仗，却被他说得冠冕堂皇充分有理。张骞灵机一动，这是送来的机会，何需另找？也不戳破他的蛮横无理，微微一笑："我知土司老爷的意思。你想让我们帮你助拳，挣回今天的面子，可我们又是客人，你又不便张口，是也不是？"

"张骞果真厉害，我的心思瞒不过你。你是五公主的朋友，便是我缅捏的朋友，今天晚上可得一醉方休。好了，我还有事，就不打扰了。你们如果乐意，可到四处转转看看，对于你们，我没有禁地。"缅捏土司笑呵呵地说毕，便出帐而去。

缅捏土司走后，大伙儿又说了一会儿话，见天黑还有一个多时辰，便四处闲逛。

晚宴之前，当张骞向缅捏夫妇送出礼品时，两人简直高兴坏了。因为在匈奴，一匹彩绢与同等重量的黄金等值，甚至超过黄金。而茶叶亦价值不菲。

一宿无话。

翌日早晨，缅捏土司令克鲁塔尔点了二十名骑士，并自任向导，让张骞八人紧随，克鲁塔尔殿后，浩浩荡荡，一路向西，向土司所说的城国进发。

张骞想想，有两件事须得向缅捏说清楚，于是上前，只与土司错后半个马头："缅捏老爷，我有两个不太成熟的看法，想跟您说说，不知可不可以？"

"我们都是痛快人，用不着客气。有甚想法，你尽管说。"

"此时的庄稼，尚为幼苗，亟须劳力管护。有的，甚至还没有下种。所以对阵的时候，勿要伤人。你想，一旦致伤致残，甚而致死，这庄稼谁种、谁管、谁收？就算这次打赢了，得到了想要的东西，那么明年呢？后年呢？这好比吃鱼，你得先养鱼，水放得满满的，料放得足足的，就经常有鱼吃。也好比养羊，得先把母羊伺候好了，才能生出健壮的羔子。而且，据你所说，那城国的头人武功比你的卫士高超，可你的卫士一根寒毛也没伤及，这说明那头人并不想与你结仇。你仔细想想，是不是这个理？"

"嗯，你一提醒，还真是这个理。你还有甚，快说。"

"据我所猜，那头人不是一个不讲道理之人。据此我认为，想把一件事情做好，不仅想到自己，还得想到别人。你们是邻居，他们势单力薄，完全可以在互不伤害的情况下，将他们争取过来，使他们心甘情愿地成为你的子民。我有一策，可以不动一刀一枪，使他们臣服于你。"

"有何良策，赶快教我！"缅捏土司猴急道。

"其实也很简单，我们趁此机会商量一个制度，将交易换成另外一种方式——上贡与赏赐。这年秋收之后，由他们上贡固定数量的米麦，如逢灾年，可予减贡；而后，由土司府赏赐固定的牛羊之数，由他们自己带回。你看可否？这样一来，你大可不必亲自出面劳累奔波，只需府里一个管事经办即可。"张骞经过深思，面对恶邻，唯此可以为自己的同胞争取一个和平、安宁的环境。

缅捏高兴得大叫："此策妙极，这事今天你就帮我办了。你们返回之后，哪里也不要去。张骞，你给我当军师，他们都去当头人、当军官！”

这分明是让他打头阵，张骞含糊应道：“到时再说吧。”

此去三十里草滩，并不平坦，呈北高南低倾斜状。北边隐约之处有山形出现，呈一片青郁；南边则昏蒙蒙不甚清晰，不知是沙丘，抑或草原，静寂得令人惊悸。草滩最初十里尚有零星牧民，其后便无人烟，唯有草丛乱长，野花灼眼，时有疾风刮过。草滩走完，一股股炙热的风浪扑面而来。缅捏一指前边小沙梁，说道：“连续翻过三座死梁（固定沙丘），再从一条小沙沟穿过去，便可到那小城国。”

沿途所见，沙丘之上，时有蹄痕；沙葱、沙棘、芨芨草等物，亦稀稀落落，格外显眼。小沙沟的尽头，果见一处纵约十里、宽六七里的条状绿洲，东南角落，有一片小树林，掩映之下，有小街傍水而建，附近一大片稻田、麦地，阡陌纵横，禾苗嫩绿，一派田园风光。猝然之间，疑为江南水乡。张骞不由得欣喜，道声“缅捏老爷，我且带人先行一步”，便一马当先，直奔小街。

街口早已被两队持械农夫堵住，当头一黑脸汉子杵一把大铁锹，威风凛凛，叉腰而立。张骞离他尚有十丈之遥便滚鞍下马，悲喜交加，大声叫道：“杨柏，我的好兄弟，果然是你！”那黑脸汉子听到张骞呼叫，亦弃了铁锹，双臂直舞，狂奔而来：“大哥，大哥！你让杨柏想得好苦，盼得好苦！”两人抱成一团，不由得涕泪滂沱，泪飞如雨。

这真是：

振旅恺以[10]入西兮十载之期，
再歌《大漠行》之征程兮英雄一体；
偶得故人之惠兮其情可窥，
奇逢兄弟一隅兮的皪[11]慰藉。

欲知杨柏何以在此出现，以及其相关情事，请看下回后续。

**注释：**

①哈顺大漠：即今新疆境内之哈顺戈壁。

②库鲁克塔格：山系名。今新疆境内，孔雀河之北一带，尽头即博斯腾湖。

③肠痛：古人对阑尾炎的称谓。

④医工：古人对医生的称谓。

⑤夫子：古时对老师、先生的敬称。

⑥傩（nuó）：古时腊月驱除疫鬼的仪式，戴面具舞干戚，配以鼓乐。后演变为傩戏。

⑦墨山：今新疆吐鲁番西南一带，库鲁克山中。

⑧古尔班通古特大漠：今新疆准噶尔盆地南边。

⑨墨山、狐胡、姑师：当时分布在吐鲁番一带的西域小国。

⑩振旅：原意为整顿军队，此指整顿使节队。恺（kǎi）：欢乐、和乐。恺以：以和乐和希望的心情（踏上西征旅途）。

⑪的皪（lì）：鲜明的样子。

# 第六十三回　绿洲立足杨柏施政　草滩度势张骞斡旋

九年前的三月十二日，送别秦自乐之后，杨柏便陷入极度的自责与向往之中。他经手收获的粮食，没有一粒由他支配，没有一粒可向秦自乐相赠；他做下的饭菜，没有一碗他可以做主，没有一碗能舀与自乐兄弟。他由愧生恨，对这样的奴隶生活充满了厌憎。

死里逃生的秦自乐，向他叙说了今后的打算，准备独闯江湖，寻找大哥张骞及其他兄弟的下落。对于受到生命威胁的兄弟，将瞅准机会，实施解救。杨柏心中顿生波澜，只要张骞仍然活着，那么使节队的希望就在，重登西域行程的时日就在。他牢记着张骞曾经说过的誓言：哪怕使节队只剩下一人，也要完成出使西域的使命，何况张骞并未出现意外！

他决计逃离。

一夜折腾，杨柏反复掂量两事：一是如何逃离，是独自出逃，还是再联络几个可靠的汉人奴隶一块儿出逃；二是逃出之后，去什么地方，去干什么，提前应该做些什么准备。

与张骞、堂邑父、秦自乐相比，他没有他们那样的高超武艺，且应变能力、对敌的智谋也自感逊色，单独出逃，凶多吉少。若图稳妥，就需要在相识的汉人奴隶之中，选其三五可靠者结伴而行，一路之上，可彼此照应。杨柏将相识汉俘筛了一遍，计有四人进入视线：方友伯、方友仲、王青、周力。方氏兄弟曾为云中郡一支地方武装的小头目，善使长枪、长戟，懂稼穑，所据围子遭破被俘，沦为农奴；而王青、周力系代郡某一商旅镖师，本为习武的村民，首次被聘走镖，便遭匈奴劫匪突袭，沦为奴隶，卖与龙廷，在此操持农活已经四年。此四人为人仗义，不甘为奴，只是太过年轻（方友伯最为年长，也才二十八岁），无人带头策划，自身缺乏谋略，只得忍气吞声，蛰伏于此。

去什么地方，以什么维持生计，杨柏反复琢磨，最后谋定：一直向西，走出匈奴地界，找一块隐秘之地，以稼穑为生。若有机缘，候到张骞，便跟随西行；若机缘错过，那就认命，老死于彼——能使若许同胞获得自由，也无憾此生。

三月十五这天，是春小麦下种的日子。清早，杨柏向一矮胖匈奴汉子施礼道："督管大人，据我所知，方友伯、方友仲是去冬来的新奴，于稼穑之道，尚是外行，对番语亦一知半解。我意欲带此二人为徒，授以耕种之法，同时教以番语，以便让此二人卖力，为龙廷多打一点粮食，多流一些汗水，不知可否？"

督管眼珠一翻："此二人是你亲戚？"

"不是。"

"是你的老乡？"

"也不是。"

"这就怪了，非亲非故，你管他们干甚？此处从来无此先例，上头不许你们拉帮结伙。收他们为徒？你想得美！我告诉你，杨柏，干好你自己的活，别管他人的事！不会？几顿鞭子一抽，自然就会了。"

"在我们那里，十年也难当好一个庄稼汉。若是鞭子能解决那些农事，那实在容易得很。我从八岁学做庄稼，父亲手把手教我，整整十年，才学会扶犁掌耙、撒种管理；又五年，才会选种育种，看土质、看节令、看气候播种。我一个庄稼汉，所思所想，不管在何处何地，都是庄稼之事。学做庄稼二十二年以来，另外想的，就是如何将收下的粮食、蔬菜和喂养所得之肉食，一一做成人间美味。至于你所说的拉帮结伙，也只有土匪才干那种事，农人里面，我还是首次听到。你不同意，当我没说。"杨柏说罢，反身离开。

"杨柏，你给我站住！"

杨柏头也不回："不知督管大人还有何事？"

“带徒之事休要提起。这里新奴颇多，我一双眼睛，也看不准他们做得好坏。我限你每件农事每次只带两人以半日为度。先委你为‘庄稼知事’；教得好，再委你为‘农头’。”

“诺。晓得了。”杨柏回头，鞠以一礼。

龙廷农场土地肥沃，均为黑土，历来以撒播之法播种小麦。因无优秀撒手，稀稠不均成其顽疾，因此导致三大缺陷：种子超量、杂草丛生、产量低下。杨柏来后，出自本能，力主改撒播为点播，并称其有四大优势：节约种子、易于除草、利灌抗旱、产量增收。督管将信将疑，允许以三分之一土地试种。

开播当日上午，杨柏便与方友伯、方友仲结队，去了督管指定地块。方友伯挖窝，杨柏播种，方友仲掩土。杨柏先以闲话说事：“友伯，你们那里种麦，是撒还是点？”

方友仲却接过话茬：“我们那里分地块。坡地撒种，平地点种——我说句闲话，杨哥你不要多心。”

“甚话，你说。我不会多心。”

“匈奴人种庄稼，收好收赖关你屁事？你却出馊主意，鼓弄这点播，让人格外劳神费力。你是否在此逞能，让主子赏你一个匈奴女人，再生他几个小奴隶才高兴？”

方友伯怕杨柏难堪，赶快解释：“杨哥莫怪，我弟说话从来不关后门。他也是有口无心，只为这看不到尽头的奴隶日子而焦急。”

杨柏笑道：“那为何不想法子逃走？”

“逃？往何处逃？人生地不熟，两眼一抹黑，我们这张汉人面孔，到哪儿都叫匈奴人起疑。有几个人倒是逃过，可还没看到长城，便被抓了回来。先是被打个半死，之后亦不知被卖到何处，还不及待在这里，起码饿不死、冻不死。”方友仲显得无可奈何。

方友伯拄着锄把叹了口气：“所谓独木难支，孤掌难鸣。我看你也不是坏人，索性跟你说了吧，倘若有人能带头出谋划策，且诚实可靠，义字当先，我和我弟拼了命，也跟他干。”

“赶快打窝，不要停下，以免引起龙廷走狗的注意。”杨柏打眼一看，见那狗子四面觑着，遂压低了声音。“话到此处，我也无须瞒着二位。我实乃大汉朝出使西域的钦命使节，途中遭噶弘因与因突部落骑痞夜袭，使节队被敌打散，我和正使张骞及其他几位副使和队员，约二十来人被押往匈奴各地为奴。我因为懂稼穑会烹饪，被弄到此处为奴。三月十二那天来找我的人叫秦自乐，是我们的副使。他杀掉噶弘因土司之后，成了自由之身，以江湖大侠名号，寻找张骞与其他队友。我没有他那样的高超武艺，但我可以以另外一种办法，结束这种奴隶的日子。”

方友仲有些急不可耐，连还没撒进种子的窝子也掩上了浮土：“杨哥快说，什么办法？我恨不得明天就离开这里！”

“为求稳妥，此事在缓而不在急。初步设想，可分四步进行。第一步，联络敢死之士，宜精不宜多，以我察之，王青、周力尽可信之、纳之。我等五人，盟誓之后，即进行第二步：麻痹敌人，迷惑敌人。我意秋收之后择机出走，在此数月之内，我等应该事事当先，处处卖力，使敌放松监管。我出点播的主意，概因于此，敌见丰产，必信赖于我。第三步：暗做准备。大凡上路需用之物，冬季御寒衣物，主要农具，各样种子，临时帐篷，坐骑、驮马等，都须做好筹措。武器以铁锹、镢头为主，仿照枪棒之法变通习之。第四步，选择时机，逃出藩篱。没有时机就创造时机，务使出逃顺利。”

至于出行方向，去什么地方，以什么为生，杨柏亦将所谋作了说明：“这样做，有两大好处：其一，可以出其不意。一般地，汉人逃奴皆向回国方向，而我等反其道而行之。以匈奴地域之辽阔复杂，人烟之稀少空旷，待其追无所获，再回头寻找，我等踪迹早已消失。其二，可以静候待机。在西匈奴边境秘地，做屯田垦殖，自主自治，一无徭役租税，二无兵燹相扰，实为快乐逍遥之所。待使节队西行归来，愿回故土者尽可随行，愿终老该地者，可尽享人生。”

“杨哥深藏不露啊，原来是高人一个。”方友仲眉飞色舞，“哥的话，让人心里直痒痒。尿的个卵，普天之下，哪里的田土不养人，哪里的田土不埋人？真能寻得那样的好地方，能快活一世，又复何求？只是，只是——”

“我晓得你心中所虑，仅仅我等五人，难成气候，何况又是五个光棍。此事我已思得解决之法。如若顺利，七月底八月初离开这里，到明年二月选定地点，半年时间，我们可以解决许多事情。例如，选一弱小部落暂时落脚，而后解救其中的男女奴隶，聚合三五十人，组成十几户家庭，应当不是什么难事。何况你们正当年轻，又是一表人才，不仅匈奴女奴喜欢，一些匈奴姑娘怕也不舍，到时何愁无佳偶相配？”

一番言语，将二人说得眉开眼笑。

下午，杨柏又与王青、周力二人结对点麦。听罢杨柏的策划，二人更是摩拳擦掌，迫不及待，直怨杨柏来迟，眼巴巴地，还得再等候四个多月。

一天，督管拦住杨柏，疑惑地问道：“你好奇怪，凡与你结对播种之人，而今无人看管，亦十分卖力，不知所用何法？今天你必须告知于我。”

“原因非常简单。龙廷每年收粮，皆有定数，除了以留种的名头多弄点粮食，剩下的，才是这一百多名奴隶的口粮。丰收了，口粮就多一点，督管大人及你十来名手下，日子也就好过；一旦减产，非但各地王爷来此空手而归，想叫大家吃饱肚子更是难上加难，我们饲养的牛羊又十分有限，这样就极易出事，是也不是？”

督管点头：“你这个汉奴，看事倒还挺准。”

“所以我就告诉他们，大家现在苦点儿、累点儿没啥，只要多打粮食，督管大人肯定高兴。督管大人一高兴，这一个冬天和明春，就能吃上饱饭。再则，我有办法将麦草、稻草和黍子秸秆变废为宝，经过发酵之后，使之成为牛羊美味的饲料。多喂牛羊就有肉吃，而多出的粮食还可以用来酿酒。有酒有肉有粮食，就是当个奴隶又怕什么？我还跟他们说，归根结底，就在多打粮食。他们听我这么一说，就变得肯干起来。”

“你说的倒挺不错。他们凭什么信你？你真有办法将那些乱草变成牛羊爱吃的饲草？”

“他们大多是汉奴，而我也是汉奴，他们相信我不会害人，就这么回事。而将麦草秸秆变饲草之事，我在家乡十几岁就会干。督管若是信我，至少再弄八辆马车、四口铡刀，马车运草、铡刀铡草，再弄十几把大铁锹、十几张大板镢，挖出四个大坑，作为饲草酵池，保你再多喂三十匹马、十头牛、二百只羊。那马儿运草结束，可以训练它们拉犁，马比牛的劲儿大，且走犁更快，争取八月一个月，将地翻坯[①]完毕，经一冬‘晾坯’[②]，土中杂草病害得以去除。明春解冻之后，土质酥软，则更宜耕种，禾苗极易‘坐蔸’[③]，何愁不丰收！若有余力，还可以再开垦一些新田新地。”

督管被说得眼光发亮目露贪婪："又是车又是马又是牛又是羊，又是铡刀又是铁锹又是锄头，这么多东西，我到哪里弄去？我又不敢向龙廷伸手，手下十来个人，手头也不宽余。你说得美，可没法使。"

"此事千万别让龙廷晓得。龙廷里的人一晓得，势必增加每年的供粮之数，那么这一切的努力都算白费。眼下才在三月，到秋收还有数月，这段时日里，你尽可利用一切关系，向相关的王爷、将军们求助，或租或赁，以粮食换取所需，我想没有不成的。"

"嗯，办法倒是不错，可你为什么帮我？"督管露出几分猜疑。

"督管大人说过，只要弄得好，就让我当'农头'。只要当上'农头'，你们吃肉，我啃点骨头喝些汤总可以吧？我们汉人里有句俗语，'人为财死，鸟为食亡'，还有一句，'人不为己，天诛地灭'。而我这是'君子爱财，取之有道'。凭本事，凭能力，让自己过得好一点，难道不好？所以，帮你，实际上也在帮我自己。"

"你这样的奴隶，我倒是少见。"督管算是默认。

从四月到七月，杨柏所开列的物品，陆陆续续到场。其中兰扎吁王爷投入最多，他开头不太放心，中途到农场看了一次，果然看到这一年的稻麦杂粮长势比往年大好，举凡铁锹、锄头、犁铧之类的农具尽皆运到。

方友伯、方友仲、王青、周力暗中窃喜，对杨柏所作所为佩服得五体投地，盟誓时再无犹疑，天天盼着逃离的日子。杨柏反复告诫，越到临近的日子，越要沉得住气。

六月，天气炎热之时，杨柏向督管建言，让他弄几顶帐篷搭建于院场，白日午休晚间睡觉，既防蚊蝇又透气凉快。而奴隶们则仍睡土屋。

转瞬到了秋收。杨柏先用黍子烤了两大缸浓烈的黍酒，接着用新收的黄豆做了二百多斤豆腐，一半用清水漂着，一半做成半干的豆干。杀了两只肥羊用盐和调料一腌，又宰了一头肥牛，割成肉条于盐水浸泡一夜，挂于树枝上让风吹干水气，牛头剖开、牛杂洗净，置于大锅炖熟，去掉骨头，提起沥干，拌以盐粒调料，晒过两日，码放整齐，以备筵席之用。

丰收大宴定于八月初十这天午后酉时举行。征得督管同意，杨柏让方氏兄弟与王青、周力帮厨。

杨柏一边忙活，一边吩咐："今日后半夜，便是我等的行动时刻。现颁布两条纪律：第一，不许喝醉，各人根据酒量，喝至三四成即可，以免误事；第二，装醉止语，不管何人，一律以醉态对之，话语以含混不清为要。"杨柏努力仿照张骞下令时之状态，显出思维的缜密与果决，"今晚行动，各司其职，各人所行之事如下：我与方友伯先去马厩，牵出所需坐骑、驮马，勒上口嚼，带至末房山墙之下相候。而后友伯去弄两顶帐篷与油脂火把，捆扎结实，上上驮马。我将这里的两口铜锅起出绑好，再去管护那里弄些财物，以作路资。友仲专管搬运种子、粮食。种子在马厩左侧草垛之中，总重一百五十余斤，粮食在右侧草垛之中，总重四百斤，其中大米、白面各一百斤。王青只管铁锹、锄头、犁铧、犁驳的捆缚与搬运，除每人手头一把铁锹或锄头以作武器，每种最少弄出二十把。周力之责，主在铡刀。匈奴铁器奇缺，将来留上一把，其他可以用来制作刀剑，以备不虞。同时，衣物被褥亦应同时捆好运出。出行队列如下：我在前负责探路，友伯、友仲居中，照看驮马，王青、周力殿后，并协助友伯、友仲。开席之后，不再相商联系，重在将龙廷这十来条走狗灌醉，以我起锅敲锅为号，统一行动。"

四人皆称杨柏胸有韬略，行事周密。赞道："杨哥都如此了得，那正使张骞，副使甘父、秦自乐更似神人。若有缘一见，足慰平生之愿了。"

"会有这一天的。你们到时便知，比起他们，我差远了。"杨柏不由得又勾起思念之情。

那督管等一干匈奴走狗，早已馋虫挠心。见杨柏将宴席整治得香气四溢，如此丰盛，未到酉时，便催着开席。杨柏一默，此时开宴，没有两个时辰闹腾不会结束，彼时已入亥时。候其醉入梦乡，也就到了子时，便道："督管大人，各样已经齐备，何时开席，放在什么地方，就等你一句话。"

督管紧盯美味佳肴，双手直搓："既然已经齐备，那还等什么？地点就放在这晒场。"

杨柏即命友伯、友仲、王青、周力四人为督管一席端送菜肴，然后大喊道："开席喽，各席席长排好队列，依次领取菜肴。做得不差，请吃光喝净；不合口味，端过来倒到我怀里！"

人们纷纷道：杨柏敢说这话，肯定不差。

未及一个时辰，包括督管一干走狗，皆如饿鬼出世，风卷残云一般，席席告罄。杨柏早有准备，接着是大盆大块牛杂牛肉、羊杂羊排，冒着热气，流水一般上到各席。人们这时才猜拳行令，豁嗓乱吼，弄得沸水一般，人人酒气熏天。一见督管诸人已被灌得差不离儿，杨柏这才提起十斤装的大酒壶，左手卡一摞大碗，来到督管一席劝酒："对不起，督管大人，我一直在厨上忙着，此时才有点儿空闲。诸位若瞧得上我这汉奴，就请连干三碗。"语毕，将大碗一一布上，将酒斟满，最后给自己斟上，"我先干为敬。"以左袖遮掩，一碗酒，顺着左肘，流向腰际，如是三碗。这些匈奴人倒也撇脱，竖起拇指，先夸了杨柏的厨艺，三碗酒接连下肚，其中两人去撕羊排，羊排还未到手，人已倒地不起，嘴里犹自叫着：我没醉，再来三碗。

亥时将及一半，这帮匈奴狗便都烂醉如泥，雷声不应。再看其他各席，亦都东倒西歪，就地撒尿，而后磕磕绊绊，回房睡觉。

杨柏起出两口铜锅，各浇几瓢冷水除热，用干牛粪将锅中油污揩净，拿起菜刀，"当当"几下，再将锅底灰磕去，摞起，用皮绳从锅沿边孔（受当年由天际启发，提前钻孔）穿过，放在一边。折身去了督管房间，搜出钱匣，蹑足出门，见场上的火把已尽数熄灭，知友伯等四人听得锅响已开始行动，遂右手提着铜锅，左腋挟了钱匣，径直去了马厩。

五人紧密配合，捆扎上驮。杨柏轻声叮咛："大家镇定，不要慌急，以免忙中出错。"

大约半个时辰，一切就绪。杨柏又嘱道："马蹄起步放缓，大家不要出声，想咳嗽，想打喷嚏，将嘴捂严。后面紧跟，握紧手中铁锹，走！"

暗夜之中，众皆无语。起初，方友伯等人处在兴奋之中，倒不觉得什么，待到远离农场，不见农场踪影之后，便感到无边的空寂静得可怕，而不停的夜风、酒后的身子，更显得奇冷无比。友仲先时酒后发热，衣着最为单薄，此时便一迭声打起喷嚏，连声骂道："这简直不是人待的地方！"王青、周力像受了传染，也连打喷嚏。

杨柏不得不停下来："此事怨我，没有跟你们提前说明，出发时衣服穿厚一点。现在赶快加衣。"

王青道："能否点支火把照照？"

"不行！此地离农场不足五里，不能因小失大。待上了色楞格河南岸河堤，再行二十里再说。"杨柏斩钉截铁，予以拒绝。

摸索着，刚将棉衣穿上，后面突然冒出一团黑影。

周力首先发现，立即紧张起来："杨哥，后边有人！"

其他三人紧握铁锹，等候杨柏发话。杨柏来到后面，低声道："先不用慌，看看再说。若真是追敌，定必打着火把，数十人呐喊而来，而尾随者似为一人一骑，可能另有因由。"

说着，那人已在暗中轻呼："杨柏哥哥，你不仗义，有这等好事，缘何将小可撇下？"

"高越海！怎么是你？"众人惊呼。

"又为什么不是我？你们莫嫌我小，我都二十岁了，当奴隶已经四年，就等有杨柏哥哥这样的人能带我走出去。"高越海又诡秘一笑，"你们大概都在猜疑，我怎么晓得你们今晚行动——其实，自杨柏哥哥一到农场，我就注意上你了，你的一言一行，一举一动，都让人感到十分特别。开始我有些迷惑，渐渐知你深藏谋略。当发现你们暗中操练铁锹板锄格斗功夫之后，便知你们在为逃出牢笼做着准备，而今晚的酒肉战场，就为此而设。说实话，今晚我吃得很饱，却滴酒未沾，为的就是能在暗中跟上你们。当然，我也不能空手相随，顺便取了百来斤腊牛肉腊羊肉，还有十来把斧头、十几把镰刀，外加手中这把铁锹。我不管你们去什么地方，只要不当匈奴人的奴隶就成。"

虽在暗夜，大伙儿似乎仍可看到那张年轻调皮的圆脸，一双机灵聪慧的大眼睛，以及略显瘦削的身板。杨柏热情地轻轻一笑："越海小兄弟，欢迎你的加入，还带来这么多好东西。你就与你方家两位哥哥一块儿照顾中间驮马。大家不要再行耽搁，放马快走。"杨柏一抖缰绳，又去了前面，纵马疾行，十里许抵达河边南堤。

其时也，夜色深沉，繁星满天，秋风沁凉，万籁俱寂。大地之上，暗黑无际，无一星亮光，无一丝火光，无一声喧嚣，无一点嗥叫。远处，野兽磷火般的眼光一闪而过；近旁，瑟缩的秋虫一跃而没。唯有色楞格河的河水，或缓缓而流，或哗哗奔涌，静静的星光之下，映出啵啵带声的水光。岸堤大路，无须火把，马蹄之声，“嗒嗒”不绝。六人此时才亮开嗓门，各抒胸怀，臆想落脚之地的环境和日后生活的情景。

黎明之后，杨柏一行抵达当时秦自乐独战十匪的垭豁。杨柏不知此情，但见树林密布，黄叶飘飘，籽实累累，心念一动，即令停下，道：“大家在此暂歇，我先宣布几条出行纪律，然后再采集一些树的种子。”

“你说吧，杨哥，你们都听你的。”众人异口同声。

“我们此行的目的，是去遥远的西匈奴境外，寻找一块安身立命之地。那么我们最缺的是什么？是人，是年轻力壮的男人和女人——大家不要发笑，这人世间，就是男人与女人的世道。人从何处来？依我之计，两个途径：但凡路途遇到贩奴者，设法将其劫下，此其一；寻一弱小部落，落脚一段时日，各位各施美男之计，每人上手一两名匈奴姑娘，以作妻室，同时将土司或头人府中男奴婢女予以解救，此其二。所集人马不能过少，但也不能太多，我意以男女五十人左右为宜。而后以汉制，我先暂时充任里正④，方友伯为啬夫⑤，公共财物、粮食分配由方友仲管理，可名为‘治粟令’。王青任铁锹队执长，周力任镬锄队执长，平时负责垦殖耕种，如遇外侮，守卫家园，闲时精心操练武艺是为游缴⑥。小高机灵，多学当地土人语言，充任通译，负责对外交际及联络。经过我等同心协力不懈奋斗，我相信，我们的未来家园一定十分美好。为此，我宣布的纪律只有两条：第一，一切行动必须服从命令听指挥，不得各行其是；第二，讲品格，讲礼义，以扶危济困为人生要务，不得遇事退缩，诿过于人。日后，此亦将作为我等所居之地的规矩。”

众人杂然道：“无规矩不成方圆，如此最好。我们也好各司其职，干好职事。只是杨哥里正一职不甚贴切，起码应为亭长、乡长，甚或县令才可。”

方友伯插言：“杨哥既命我为啬夫，那杨哥就应该是乡长。将来我们的地盘大了，人口多了，有了自己的军队，那杨哥就该是县令、新郡郡守。”

“以后之事，以后再说。里正也罢，乡长也罢，事情还得一件一件踏踏实实地去做。”杨柏不便拂了大家的兴致，继续委婉地说道，“路途之上，有两点须得遵守。第一，若遇匈奴军队，务要镇定，以兰扎吁王爷开拓团对之。纵使相与骑痞、土匪，我等以农具示穷，亦可避免灾祸。争战，只在情非得已之下进行。但有此事发生，下手务必凶狠，不给敌人喘息之机。第二，秋季蚊蝇蛇虫仍然较多，应避其叮咬，避免时疫发生。另外，我等既为农人，衣服就不必讲求整洁，穿得破旧一点，反倒有利于行走，不易引起别人的歹意。关于旅程，以晓行夜宿为要，晚间争取宿于村落毡帐牧民之处，以有利于食物、饮水及马儿饲草的补充。你们若有好的想法，不妨道来。”

杨柏首次带领众人，独当一面，才深知昔日张骞之难。各种出乎意料的事体，都得由他拿出主意予以应对，是何等不易！一点儿思虑不周，都可能招来灾祸，而他们的这一行程，才刚刚开始！

周力首先表态：“我所想的，杨哥你说了；我没想到的，你也说了。我跟你一块儿去采集树种吧。”

其他人亦道无甚可说，于是都去采集树种。

一行人至色楞格河与哈努伊河⑦交汇处，又走完哈努伊河南岸，越过杭爱山，在一处名叫帕卡的部落落脚。此处多有林草混交地带，于是自制弓箭，平时以打猎为生，并多与牧民相结交，帮其驱赶草原狼，使部落狼害大减，从而赢得草原六勇士称号，一时名声大振，引得不少姑娘前来串门。

翌年元月中的一天，适逢土司生日，杨柏自荐，为其整治酒肴，于是农场一幕又复重演。二十余名男女汉奴、十七八名匈奴姑娘，六名贫苦年轻牧民，俱随杨柏而去。等到土司诸人酒醒，杨柏一行早已走出百里之外。杨柏又命沿途泼水，水落成冰，马蹄打滑，土司率众追赶时接连跌跤，只好自认倒霉，丧气而回。

友伯诸人俱得美妇，杨柏亦自不待言。中途歇息，杨柏举火造饭，人人尽饱。清点人数，计有男二十六人，女三十人，最小者十七岁，最大者三十二岁，清一色青年男女。越过额德伦格山⑧之后，又解救男奴三人，女奴二人，全队总计达到六十一人、七十匹马、三十一头牛、一百零五只羊，队伍拉长一里有余。

杨柏重新颁布了纪律，并将队伍进行了整顿，明确了各自的职责，任命了相关头领。以农场六人为核心，形成了一个坚强的团体。

到达一个名叫达拉英布拉克⑨的小村时，据当地土人道，此处并非通往葱岭正西方向，还得向南再走七八百里方可，只是所经之地多为荒漠，没有人烟，倒是大漠之中有不少绿洲，绿洲之中，时有人迹。

二月初，杨柏率队来到缅揑土司现时新辟之地，方友伯、王青主张在此扎营，以作永久之所。杨柏道："此处草滩荒芜，但纵横百里，与匈奴毗邻，一旦辟为家园，必受觊觎，以我等战力不足三十人计，怎敌匈奴大队骑兵？何况我方经受不起伤亡之痛。我意仍按原来商定之计，去西边大漠之中寻一方圆十里左右绿洲，以隐秘求安全，与相邻绿洲结帮求共生。十年八年，待基础牢靠之后，再徐图发展，不知大家意下如何？"

"说定了的事，就不能朝令夕改。匈奴王爷、土司之贪，又不是未曾见过。杨哥哥以长远计实行保全之策，我看就不要再生异议。我且先行，前去探路。"高越海打马上前，又道，"谁愿随我一道前往？"

当即，有七八人骑马应声而出。稍许，方友伯、方友仲、王青、周力亦拍马请命。

"今日已晏，权且暂歇。探路乃艰难辛苦之事，不能如此草率，须得预做筹谋准备。"杨柏将众人召集一处，下马立定，以镰刀在雪地上画图，标明荒草滩在大漠的大体位置，然后道，"我等六人，分为四个小队，方友仲、高越海率三人去正西方向，王青、周力率三人去西北方向，我率三人去西南方向，各自深入大漠五十里，找着找不着绿洲，午时都须返回。若绿洲已有人居住，可打探附近概况，应谦之以礼，待之以诚，即使语言不通，亦可无碍。方友伯率其他男女部众，小心据守于此，多为牲畜寻找饲草。今晚好好歇息，明晨多带干粮饮水按时出发。同时带上铁锹板锄，以作防身武器。"又一看日头，道，"还有半天工夫，友伯去将所有男人集合，拿上斧头，随我去右边五里远的林子砍树。"

此时所见，四处皆白茫茫一片，阳光映射之下，显得格外刺目。眼前所见，雪却甚薄，萎黄的草尖，或寸长，或尺长，密密麻麻，鞋尖一踢，草根立裸。马儿、牛儿们皆以蹄踢之，连草带雪，一并啃食。有风，却使人感到干燥冷硬，寒气逼人。右方远处，略略倾斜的坡上，黑乎乎像倒扣的锅底，那就是林子了。在这荒草滩上能见到树林，实在罕有，这将为构建新的居所，提供多大的便利！

杨柏命令，所伐之木，连枝丫整体拖走。有人不解，杨柏道："主干有主干的用途，枝丫有枝丫的用处，到时大家便知。"有人笑道："这枝丫烧火做饭，比牛粪、马粪顶用。"

杨柏笑笑，不予理会。

二月初四日，杨柏与另外两队人马先后返回。杨柏深入大漠三十余里，所见两处绿洲，一处过小且水源不足，一处已有人居，杨柏以其恳切，与头人互结友邻；王青、周力所到之处倒有绿洲，但不成大块，三块互隔二至三里，且最大块长不过五里，宽不过三里，难以统辖照应；唯方友仲、高越海所寻绿洲较为理想，长在十里开外，宽亦超过五里，偏西洼地有一水潭，没及锹把，冬季不涸，水温且暖，入大漠约三十里左右，此去快马也就半个时辰。

杨柏见未到未时，当即命方、高二人带路，携了火把，向所述地方疾驰而去。

经过一番踏勘，如若放牧，载畜最多五百头，人口不得超过二百人；如若垦荒种植，可得水田、旱地各在千亩，且尚有一半草地可供放牧，加上秸秆以作饲草，养育人口当在四五百人上下。杨柏大喜，当晚颁布了一条十分奇特，又使众人欣喜的命令：所有尚未婚配的女子，今夜必须选定自己的夫婿，组成新的家庭。否则，明日搬迁，以孤寡待之，另行安排。

众皆大乐。一时之间，争妻的，抢夫的，闹作一团，有争执不下的，杨柏只好出面调解。剩余三女，又让其在二方、王、周、高五人中自行选择，二十九个家庭，不到一个时辰，便组合整齐。

二月初五中午，整体搬入绿洲，杨柏将其地命为“念汉里”。并颁布了一系列关于节庆、建房、垦殖、用水、畜牧、公共财产的分配与使用、练兵、防卫、卫生、禁赌、奖惩等律令，俨然如一小小城国。几年经营下来，成数百里之内最为富强的绿洲，与“念汉里”结为友邻的不下十处。

杨柏终于安静下来，与张骞互相细瞧。十年始得重聚，彼此俱显苍颜；十年苦楚，一言难尽；十年期盼，念想得解。堂邑父、秦自乐、孙治瑾、苏疾、赵无偏、陈尚斗、由天际等纷纷上前，与杨柏相拥执手，互道思念，引得杨柏复又唏嘘不已。

杨柏数数，见使节队仅余八人，便生疑惑。据他所知，当年小沙丘一战，多数队员逃了出去。即就押往匈奴龙城途中，亦有二十余人，而任扶、公羊鸣执、范佑铭、王兼、容氏兄弟、宋氏兄弟、朱厚良、方峒秋、石舛等人缘何俱都不见？他忍不住问道：“张大哥，怎么……”却欲言又止。

张骞一声叹息，眼含泪水，喉头发哽，欲语难出。倒是由天际一敛戚容，面呈正色：“杨伯伯，张叔叔他们一时难以道出，这伤心之事还是我与您说说。公羊伯伯已在达尔部落被害，堂叔叔已让那恶土司达纳罕一家人抵命；容家兄弟被活活冻饿而亡，我秦大哥已将河督府上下人等悉数剿灭；王兼哥哥被勃忽王爷鞭笞双目失明，后来与双腿致残的范铁匠一同自殉于小沙丘，勃忽王爷已被我等聚歼；宋家哥俩为救新房失火而殒命火场；任扶副使体衰而率朱厚良等人取道回国；还有数人，至今无法联络。我等八人，昨日抵达此地，本在土司府做客，缅捏土司言称在您这里吃了败仗，据其所述，张叔叔怀疑是您，故而一同前来，一见果然所疑不差。”又一指街道田亩，嘻嘻一笑，“杨叔叔，真好本事，在此建起一座汉人集镇，一处汉人田园风光，比我那里光彩多了。”

杨柏将紧随其后的方氏诸人，向使节队一一作了介绍。其后又道：“我任里正，故将此地命为‘念汉里’。初来此地计二十九户六十一人，现新增男童十七、女童十五，人口将及百人。本里大小人等，除对外讲番语，在内一律遵汉礼、习汉俗、讲汉语、识汉字。里中幸有高越海，原系官宦人家出身，识得《大学》《中庸》《论语》及一些兵书战策与杂艺，得以教习孩童，同时兼任通译与外务。我不主张对外用武，所以刀枪剑戟弓弩之类并不齐备，自卫武器就以铁锹、板锄为主，将枪法戟法予以变通运用。”

“不忘母国，不忘祖宗，守诚待人，自强自立，于万里之外异域他乡闯出一片天地，你真是不易。”张骞执杨柏之手，久久不放，“你是使节队里至诚守信的好兄弟，如若让你随行西域履艰蹈危，心中着实不忍。今日相逢，足慰我心，随不随行，我不强求于你，去留我都高兴。”

“张大哥，张正使，此话简直折杀杨柏。我缘何在此落脚？其因不说自明。我知大哥绝非轻言放弃之人，皇命未完，必将西行，因而在此苦苦相候。我若求一己之苟安，尽可在龙廷农场混混日光，何必千辛万苦，来到这里进行垦殖？当然，能使一些奴隶免去折磨和欺压，也是心中所愿。”

“既然如此，这里就应做一些妥当安排——你所做的内部管理体系已经无甚缺漏，先不说它。眼下亟须解决的，是‘念汉里’与缅捏土司的关系，我琢磨了几条，你先与‘念汉里’各位执事说知，再与缅捏土司谈妥，我再从中说合，缅捏土司白得领地，他不会不予应承。记住，因时顺变，先求保全，要紧，要紧！”

杨柏一下有了主心骨，顿觉轻松了许多。转身便告知里中各位执事，自己将随张骞继续西行。关于“念汉里”与缅捏土司的关系，他将张骞的主张与意见亦作了转告。众人议论了一会儿，杨柏又折身向张骞走来。

趁此机会，堂邑父等人下马步行，进入小街，逐户看去。

再说缅捏土司，虽然不通汉话，但见张骞等人与此处头人如此亲热，便知今日这仗是打不成了，即命克鲁塔尔一干武士弓不再控弦，刀一律入鞘，静观事态变化。

张骞回望，见缅捏土司在一旁静候，恐其遭到冷落，立即凑到近旁，遥指田地、街面、水渠、道路、牧场，一一赞其布局之妙，又称赞以农具作自卫武器搏斗不欲伤人的优点，实为智者之举。

缅捏土司似有所悟：“张大使，我知你意，以力服人，口服心不服；以理服人，才叫人心服口服。”

“土司大人果然聪明，你部落的强大，指日可待。”

杨柏空着双手，大步走来，张骞立即牵着他的右手，拉到缅捏面前：“他就是杨柏，是我失散多年的兄弟。之前他是这里的里正，也即匈奴部落里的头人。这次他将随我西行。里正交由一位名叫方友伯的下属担任。此处今后便作为你的领地，交由土司府保护，不受外敌侵扰。但他有几个条件，望土司大人能予允准。”

缅捏一听白得这块良田沃地，还有这块土地上的许多子民，不由得心花怒放：“杨柏头人，快说快说，你有何条件，尽管道出，我无不允准。”

杨柏趋前一礼：“谢土司大人体恤下民，能以宽怀之心待我下民，实为‘念汉里’百姓之福。所谓条件，不若说是我等的请求。这第一条便是‘只贡不税’。每年秋收之后，以总产十分之一向土司府纳贡，以米麦为主，土司府按我之所需，以贡粮最低一半价值予以赏赐。双方除此另有所需，按同等价值互相协商现场交换。第二条是‘只耕不战’。‘念汉里’里的青壮男人只管稼穑耕种，不参与任何战争。这个道理其实非常简单，因为要想成为一个懂行的庄稼汉，庄稼要想丰收，没有十年八年的历练，近乎痴人说梦。而参战必有伤亡，对于农人来说，对于土司来说，其损失是难以承受之重。第三条是‘只护不管’。土司府对这块领地只负保护之责，不干涉‘念汉里’的内部管理。原因是这里的子民比较特殊，男女老少大都是汉人，他们习汉礼，说汉话，外族之人完全不懂，怎么去管？用什么法子去管？仅此三条，据实恳告。土司大人的胸怀犹如无边无际的草原、宽广无垠的蓝天，定能允准下民所求。”

张骞十分诧异，十年前的杨柏与现在的杨柏相较，简直判若两人。从“念汉里”的构建，他看到了杨柏的组织能力与号召力；从这一席谈话，他又见到了杨柏的思维与雄辩能力。他只不过对其稍提点，孰料他竟发挥得如此之好。想想堂邑父、秦自乐、由天际等人的变化，亦是如此。张骞对西行之旅，更是信心大增。

缅捏土司听罢，觉得条条入理，无以反驳，遂干脆应道：“你说的三条，我都准了，可由张大使和我的百夫长克鲁塔尔共同做证。明日土司将大摆筵席以作庆贺。杨柏头人、新任的方友伯头人，以及其他各位执事，一概不准缺席！张大使，把你的那些兄弟叫上，咱们回转。”

杨柏却双臂一展：“土司大人，这里没有让客人空肚子走人的道理，更没有怠慢主人之理。‘念汉里’的男女老少从此便是你的子民，怎么说你也得看看他们。何况，他们正在整治饭食，无论如何你也得赏脸留下，吃顿便饭再走。”

缅捏听着受用，倒也晓得空手吃白食不好意思：“今日来得仓促，事前又不知‘念汉里’从此归属我缅捏部落，没带一点赏赐，这，这，这实在让人难为情。”

张骞赶快插话：“土司大人，此是杨柏代表‘念汉里’的归属之心，休要费了他的一番好意。至于赏赐之事，依我之见，在我们走后，土司大人选一吉日，举行一个归属仪式，于仪式之上加赏，双方脸上皆有光彩。土司大人意下如何？”张骞明知杨柏本意是要招待使节队的兄弟，却拿土司说事，使他又一次看到杨柏的老辣与成熟。

缅捏又兴奋起来：“张大使主意不错。杨柏，那我们就却之不恭了。”

一行人便向小街进发。

念汉里之小街，虽无曲桥亭榭，倒也玲珑别致。街宽可四马并骑，街面系沙土夯筑。各家看似蓬户瓮牖，却整齐划一，极为净洁。一律挑檐长出，一律泥坯砌墙。长木为梁，人字分水，上苫树枝草编。街中修一明堂，宽敞爽亮，可纳百人。杨柏将众人迎入，分坐于蒲墩之上，马儿悉数被牵于街后水岸。而水岸周边有白杨竞长，松枝四展，亦有垂柳摇曳，桃李争荣。红花白花，枝叶纷繁，蜂儿蝶儿，嗡嗡嘤嘤。水中青草，柔若美发，水波映日，光闪粼粼。放眼所见，稻田初绿，麦地泛青，黍秧丛立，豆苗依依，一派江南乡村模样。

这样的美丽风光，缅捏只在汉中见过，而今部落骤添如此宝地，实则得益于张骞。若依原来劫掠之举，予以血腥杀伐，宝地必成废地，则似胜实败。杀鸡取卵，实不足为。

张骞见其沉吟不语，即道："土司大人，有何感触？"

"没甚。只叹身边无智谋之士。克鲁塔尔唯有忠勇，管家布和只有老诚。这种美地，还是让五公主多来走走。她知汉俗，懂汉话，定受'念汉里'人的欢迎，她也会玩得十分开心。"

"土司大人这主意不错。五公主美丽漂亮，性格爽朗，若常来此地，定为这里大大增色。我还有一条计议，此处除新任里正方友伯，那位担任通译与外务的高越海，心中颇有韬略，土司不妨多于接触。"

缅捏大为兴奋："张大使，我信你。若高越海可堪大用，那我可谓得地得人，双喜临门。"

张骞与高越海虽无深入接触，但有一事却让他对此人另眼相加。三十多名孩子，除去婴幼儿，应该还有二十来个六七岁的孩子。自他到了小街，这些孩子见了客人皆彬彬有礼，聚团玩耍亦无吵闹，一如当年他在斗山书院破蒙读书模样。他由此断定，高越海是有相当学养之人。倘若缅捏土司能予信任，亦可为大汉减去一敌，最低，也不会像当年入侵汉中那般积极。

正和缅捏相谈甚欢，便见由天际立于街头，锐声叫道："杨柏头人命我相呼，有请两位正主入席，大家好冲入酒肉大军，杀他个人仰马翻！"

张骞一笑："什么样的话，到你嘴里都没个正形。"

由天际一瞅缅捏，狡黠一笑："诺。张叔叔对极。正形的话儿，应由缅捏老爷来说。"

"你叫由天际是吧？倒是挺对我的脾气。"缅捏敞怀大笑。

除了没有汉江之鲤，席面菜肴完全是城固家乡风味。酒是自酿的稠酒，猪是自喂的肥猪。油炸锅巴焦黄香脆，盐菜酱肘油而不腻；腌制萝卜酸爽可口，猪牛羊排三牲共聚；芹菜豆腐青白滑嫩，凉拌猪杂齿间留香……杨柏于劝酒中介绍道，每当添丁进口和大的节日，皆由集体出资，全里之人在明堂聚会一天。若逢交岁，则聚会三天。平时，明堂便是学堂。而街道无论雨雪，每日清扫一次，使之无粪渍、无草屑污物。

缅捏暗自咨嗟，与此相较，他那里实在太过差劲。

餐毕，已日影长长。匈奴骑士没喝过稠酒，见其绵软可口，便饮无节制，哪知此酒后劲十足，路途被风一戗，俱都醉意生发，摇晃不止。

缅捏欲催部下快点，自己也颠倒欲坠，口舌打结："这，这杨柏头，头人，弄，弄的甚，甚酒……"话未说完，一个酒嗝上来，几乎溜下马背。幸亏张骞眼疾手快，将其扶正。缅捏兀自嘟囔，"明，明天，叫他，他们几，几个都，都来，不醉，不……"

张骞见此，一边称赞缅捏豪爽，邀请"念汉里"所有执事人员到土司府赴宴，一边不得不将杨柏所赠米麦黄豆从克鲁塔尔等人手中取下，由自己与堂邑父、秦自乐等分别驮于马背，一边还得照看缅捏等一些醉汉。一路走走停停，回到土司府，夜已深沉，缅捏也酒醒大半。

塔丽版宓赤与布和早已在帐外迎候。缅捏一见管家，立即令其将相关之人叫起，连夜操持明日酒宴，务必要精美、丰盛，不能让"念汉里"比了下去。五公主却告诉张骞，下午时分，又来了一位他的部下，模样非常狼狈，饭后一直待在客帐，好像怕见生人。

"他没说他叫什么名字？是怎么找到这里来的？"张骞猜不透，兄弟们也猜不着。

"他没说，我也没问——你这人真是。客帐就在旁边不到一里远，你们到那里一看，不就结了？"

"谢五公主。"张骞在马上抱拳一揖，即带着满腹疑问，驰向客帐。

打眼望去，客帐已然灯火明亮，众人尚未离鞍，帐中已奔出一人，迎声大叫："张大哥，各位兄弟，你们可回来了！"

张骞滚鞍下马，张臂相迎："哦，是任扶兄弟！怎么你——朱厚良那干弟兄们呢？"

二人相扶，进入帐内，任扶复与堂邑父等人一一相拥，这才愧声道："四月二十八日那天，从由天际牧场一别，我率朱厚良、孟慎、先偃等九名兄弟回国，走了不到二十里，心中便直犯嘀咕。我的身体状况与十年前相比，显得略差，但无病无痛，西行并无大碍，何况我又系钦命副使，完成吾皇使命，继续西域征程，我亦责无旁贷。故此，复行约三十里地，我将己之决定告诸众人，并将南归地图、张正使与皇帝的奏书，交由朱厚良负责办理。这一来一去一百里地，紧赶慢赶，仍未赶上，若非你们滞留于此，尚不知何日才能得见。”

“你单人独骑赶路，真是危险。”张骞犹自担心。

“一路之上没有人烟，也碰不上一个人，连野物都很稀少，就是太孤独、太寂静，让人心悸。特别到了夜间，更是令人惶恐惊惧，即就听到啸啸风声，亦倍感亲切。”灯下，任扶头发蓬乱，面容憔悴。衣饰亦显脏污，口气也有些熏人，“只是到了缅揑部落吃了一些苦楚。他们将我当作汉人奸细抓了起来，绑在帐外，听候发落。后来被五公主发现，一番盘问，得以释疑，赠以饭食，允我在此相候。张大哥，这五公主对你好像挺不一般，不知是甚关系？”

“是甚关系？她差一点成了我们的大嫂。”堂邑父拍拍任扶的肩膀，“任副使，你这一身应该好好整治整治，明日土司的大宴，甭让使节队丢份儿。”遂将今日去‘念汉里’之事，替张骞说了。

张骞即令苏疾去和管家交涉，讨要一些热水，让任扶搓澡换衣，大家抹脸洗脚。赵无偏、由天际同去，提水拿盆。

由天际提脚欲出，却又回头问道：“任叔叔，我有一事，始终不明，能否告知大家？”

“甚事？你说。只要是我晓得的，便无甚可以隐瞒。”

“那好。茫茫旷野，方向难辨，路无可路，你是怎么断定我们所经之路迹？”

一经提醒，大伙儿均感惊奇，这任扶追踪认路的本领，可谓天下无双。俱都看着任扶，等待答案。

任扶沉吟有顷，方道：“此事事关蹊跷，容我向张正使先行禀报，其后再说可否？”

任扶话音刚落，只见陈尚斗扑通一声当众跪下，一边自打脸子，一边哭道：“是我浑蛋，我无耻，做下背叛张大哥、背叛各位兄弟的丧尽良心之事，你们杀了我吧，大卸八块！”

“陈尚斗，究竟怎么回事，你先跟兄弟们说说。”张骞一把将其提起，安慰道，

“我想，若非情非得已，以大伙儿对你的了解，你是不会做下不利使节队之事的。”

陈尚斗啜泣着，将前因后果说了。

原来，四月八日后半夜，陈尚斗便与妻子一块儿，分别背负着两个孩子，去马场马厩放出之前选定的三十匹马儿，准备出逃。孰料一匹马儿尾巴一扫，将尚在襁褓中的幼子扫疼，孩子立即哇哇大哭不止。妻子说，逃命要紧，这些马儿就甭管了，可陈尚斗不舍，答应为使节队弄马的事儿，就得办到。二人尚在僵持，马场场督便带人将他们围了起来，夺去陈尚斗背上的孩子，用皮绳将陈尚斗绑定，逼他说出逃跑之因。陈尚斗说，杀了我吧，杀了我，我也不会说出半句一字。场督说，我不杀你，我先杀你两个孩子，再杀你的妻子，最后把你关进牢里，慢慢折磨你。威逼之下，陈尚斗只得道出使节队重新出使西域之事。场督便以她们母子为人质，命陈尚斗以马粪做成箭头记号，让单于派人追击。

“这几天我整日痛苦万分，过着不人不鬼的日子，让我去死吧！”陈尚斗说着，便欲拔刀自刎。

张骞早已防此一着，陈尚斗刚一举刀，便被夺走：“陈尚斗，你给我听好，既已知错，就不能错上加错。自杀只证明你是一个懦夫，知错而不想改错。有自杀的勇气，不如重新振作，为大汉朝建功立业。你的那些记号早已被任扶抹去，我已看到，任扶带来了整整两大袋马粪，以作路途薪柴之用。”

由天际却呵呵笑道：“陈叔叔，要不要我告诉您一个小秘密？您后来辛苦做的一些箭头，都被我拆成了粪堆。否则的话，任叔叔早就赶上了我们。陈叔叔，不要想不开，以前错了怕个屌，只要以后不错，您就仍是我的陈叔叔。陈叔叔，您笑一个，笑一个让大伙儿看看，好不好？我给任叔叔打水去啰！”一蹦，便出了帐门。

第二天，缅揑土司举行了盛大的宴会，杨柏、五公主不约而同，为使节队准备了许多耐于贮存的食品。

五月十日，使节队十人重新出发，缅揑土司派克鲁塔尔等六名卫士，直将使节队送至百里之外才行返回。

这真是：

龙廷农场农奴，几多离黍⑩几多乡愁；
万里故园难赴，何避茫茫草原狐兔⑪？
且将大漠绿洲，拟作江南风月岸柳；
举颈相望张骞，日星漫漫终相聚首。

欲知后续又有何故事发生，请看下回解说。

**注释：**

①翻坯：农耕术语。庄稼收割之后，将地犁上一遍，翻起大块田土。

②晾坯：农耕术语。翻起的土块不用管它，任其一个冬天风吹日晒，这一过程，叫“晾坯”。

③坐蔸（dōu）：农业术语。指禾苗扎根分蘖的过程。

④里正：汉时基层官制。十里为一亭，十亭为一乡，乡之上为县，分别设里正（里魁）、亭长、乡长、县令。

⑤啬夫：本指收割庄稼的农夫，此处指官职。乡一级除乡长外，还设啬夫，主管一乡之诉讼及赋税徭役。

⑥游缴：汉时乡、县负责地方治安保卫的基层官员。

⑦哈努伊河：色楞格河上游的一条支流，发源于今蒙古国杭爱山。

⑧额德伦格山：山系名，位于今蒙古国西南。

⑨达拉英布拉克：地名。位于今新疆东北边境。

⑩离：繁茂。黍：小米。典出《诗经·黍离》首句：“彼黍离离。”本意指乱世，此处喻为磨难。

⑪ 狐兔：比喻匈奴骑兵。

# 第六十四回　居延血战九英殉难　牧场愚弄一鬼遭戏

话说在由天际牧场分别时，殿后的朱厚良举目回望，见张骞等人正与送行牧民挥手而别，没来由鼻子一酸，眼眶里竟涌出泪水：自此一别，今生是否还能见到张骞大哥等人，唯有天知！

任扶一看朱厚良有些迟缓，便道：“看你怅然若失的样子，莫非又有犹豫？究竟是南归回乡，还是随张骞西行，这时再拿主意不迟。”

决定回国的队员听到任扶讲话，俱皆停下，望着朱厚良，也不言语。

“决定了的事也就定了。我只是心里难受，感到有愧。”朱厚良抬手擤了一下鼻子，借机抹去泪水。

任扶“唉”的一声长叹：“哪个乐意如此？可你们不是伤病在身，就是思乡焦虑。谁曾料想，在匈奴为奴一耽就是十年！张骞对此，亦十分谅情。”

尽管任扶如此解说，大家仍心绪难宁，并不欢悦，一路之上，很少有人说话。

任扶感到心里好似压了一块石头，愈来愈远，也愈来愈重。

走出由天际牧场，来到一处牧草稀落的沙丘坡前，此时日头已高，光蔽四野。仰望蓝天无际，一碧如水；平视来路绿草如茵，去路沙丘漫漫。按照张骞羊皮地图所示，越过前边六十余里沙丘，便是百里荒原，向东南方向再走三十里地，即到回国第一站——板屋[①]。

“请各位兄弟暂歇，我有话要讲。”任扶道。

众人各自下马，石舛一撂缰绳："正好，我这会儿尿胀得不行。"即刻快步去了一旁解溲。

孟慎、尤习重等人亦相跟着走出队列。

俟大伙儿围坐一处，喝水吃干粮的时刻，任扶脸色凝重起来，显得欲语又难以启齿的样子。

看到任扶的神色，朱厚良已猜到十之七八。于是道："任副使，大家都是自己兄弟，有甚话你就直说，不必碍难。你这样子，反倒显得外道。"

"是呀，是呀，有甚话你就说吧。"众人附和道。

"作为回国的领队，我应该带领大家顺利返回故乡。"任扶斟酌了一下，续道，"可是，各位兄弟也都明白，钦命的三位副使，夏宏已经殉国，李中壮当年在峦芳洲负伤之后，已率其他伤愈兄弟返回大汉。这次西行重启时，张骞见我体弱，命我承担归汉领头之责。作为正使，这是张骞对我的体恤。但是作为唯一留下来的钦命副使，我这样回去，怎么向吾皇交代？如若我有伤有痛，难登险途也则罢了，而我仅是面衰而已，履艰克难并无大碍。思来想去，我应重归使节队，完成吾皇所赋使命，寻找大月氏，并与西域各国交好，即使拼掉性命，亦是该当。"

任扶语毕，又向九位归国队员深鞠一躬："各位兄弟，对不住了，我不能随大伙儿一块儿回归故里了，我得即刻反身，追赶使节队——临别之前，我有几件事需做安排。其一，朱厚良作为领队，孟慎作为副手，务使归国之旅安全、顺利。其二，张骞所绘制的回程地图现交付与朱厚良，张骞给皇帝的羊皮奏书由孟慎保留，回到长安，若一时见不着李广，可请李武从中斡旋，务使奏书能达天听；路途如若遭险，奏书与地图或藏或毁，应该当记机立断，绝不可落入敌手，致使匈奴掌握使节队的行踪。其三，归国旅途你们九人是一紧密团体，回去之后，你们仍是一个紧密团体。尽管有人相距较远，亦要在有生之年每年聚会一次。记住，我们是生死兄弟，宁可舍己，也要顾全他人。余不多叙，任扶就此告别。"任扶从怀中取出地图、奏书，分别交付与朱厚良、孟慎，而后与众人一一拥抱，便走向自己的坐骑。

任扶的举动，使大家有些猝不及防，感到愕然，直到任扶话已说完，还无言以对。大家好像失去了主心骨，而朱厚良顿时感到肩上的担子重若千斤，见任扶一只脚已踩上马镫，便大喊了一声：“任副使！”

“还有什么事吗？”任扶将脚取出，回头站住。

朱厚良想说，他也要追随张骞，继续西行，张口却道：“我们走出五十里不止，张骞大哥他们也不止此数，甚至更快。这一来一去一百多里，又是无路之路，人迹罕至的荒原，万一撵不上他们怎么办？”

“不怕。我一人一骑，他们数人多骑，还有驮马，三天之内，定能赶上。再说，正因为是人迹罕至的荒原，我才好顺着马粪的痕迹向前赶路。没甚事，我就走了。”

朱厚良心情复杂。他想随其西行，却被任命为回国领队，看到大家热切的目光，又不忍丢下他们。他见任扶西行之意已决，又道：“任副使，你不能就这么只身匹马毫无准备地离开。请你稍等片刻，起码带足三五天的干粮、饮水，还有夜间照明驱兽的油脂火把——原有才、魏田林，请你们解下驮马上的食物、水袋以及火把，给任副使备上。方峒秋、石舛，随我一同前去帮忙。孟慎，你去留住任扶，莫让他走了。”

“朱厚良，算了算了，留下来你们用。我可以再向蒙利克讨要。”

“蒙利克那里就那么方便？他还得找人临时去弄，岂不耽误更多时辰？”

任扶不再拒绝，心中十分感动。让朱厚良担任南归队员的领队，实为合适人选。

一切就绪，他重新上马，驰出百丈之外，回头一望，一干兄弟仍在原地，面向他这一方。任扶忍不住，脸上挂泪。

为了重振回国信心，朱厚良与孟慎作了一番简短计议，索性让大家取出干粮饮水，围坐一处。然后以坚定的语气说道：“各位兄弟，我们经受了十年的磨难，能够活下来，已是不易之事。我等因为伤病，因为父母年迈需要照顾孝敬，因为妻儿久别需要维护，不能随张正使西行完成使节之使命。张正使能予充分理解，故乡亲人们亦会充分谅解。我临时受命，担任大家的领队，我就有责任将大家安全地带回故国。我们向南每走一步，便离家乡近了一步；每走一里，便近了一里。但是，我们也不能丝毫放松警惕。南归沿途，不但有大漠、荒原，更有飘忽无常的土匪、骑痞和残暴的敌骑，所以我们还得随时做好战斗准备。为了便于相互照应，有序行进，兹将队列做如下调整，我与方峒秋、石舛前导开路，原有才、魏田林、尤习重居中照顾驮马，孟慎、先偃、商禾殿后。”

九人之中，原有才左臂伤口尚未愈合，一挣便就出血；魏田林伤在右脚脚踝，上马、下马需人相扶，马一稍快，马镫撞及脚踝，则钻心般疼痛；而尤习重右眼患翳、视物模糊。除却朱厚良自己，另外五人或病体初愈，或尚在服药，受不了暴晒，更受不得风寒。朱厚良时时关注这些苦难兄弟，不敢太快，亦不便相催，走上三四十里，便小歇片刻。

登上沙丘，恰逢日中，气温骤然升高，前胸、脊背沁出汗珠，股股热浪随风蹿入，使人鼻息发窒。登上丘顶，朱厚良放眼望去，沙粒泛出惨白耀眼的颜色。目之所及，除却沙丘，还是沙丘，迎风一面似倒扣的簸箕，背风面则呈月牙状的断崖。而遥远的地方又昏蒙蒙一片，见不着边际模样，全然没有草原那般清晰。抬头仰望，唯头顶可见蓝色的天幕，稍远的地方便似沾满灰尘的铜镜。偏是这样，大约半里之外的一处沙丘锋面之上，竟然跑来一群黄羊，一见这边有人，又“呼啦”一下从另一方向逃走，顷刻间消失得无影无踪。

众人立即振奋起来，不由得加快了速度。魏田林也似乎忘了脚踝上的伤痛，高兴地叫道：“大漠之中有黄羊奔跑，说明此处只是‘小漠’，也说明张骞大哥所绘地图之准。”

朱厚良再一详察，所见沙丘并无风吹沙移现象，而且稀稀拉拉长着一些沙棘、沙葱、沙柳之类的物事，时而有蚂蚁、蚂蚱、沙鼠、甲虫、蜥蜴、毒蝎出没。他没能耐唱歌，又不会像由天际那样逗乐，只能扯起嗓子吼道：“各位兄弟加把劲儿，争取未时穿过沙丘，到草原择地歇脚造饭。”

未时末，果然又见草原。只是远看绿茵连天，走近却牧草稀落，马蹄踏处，尘灰飞扬。四野寂静，无一座毡帐，无一只牛羊，显得无比荒凉、凄清。朱厚良见大伙儿皆有累意，遂择一稍凹草地，下马歇脚，并自任炊工，掘一灶坑，支上铜锅，牛粪作薪，艾绒助燃，先烧一锅开水，每人盛一木碗。又取一木墩，剁出若许牛羊肉粒，倾入锅内，量出十五碗水添进锅中，复以小火慢炖。盆内倒入适量麦粉，和成面团，以净布盖严，待其醒好，又将面团反复团捏，直至面团光滑时，肉粒已经大熟，再放入适量盐粒佐料，以及沙葱葱段。然后揭开锅盖，左手托着面团，右手拇指、食指、中指三指并力，面片如飞般落入锅内。不时间，用木勺将累积面片拨开，荡出一块空隙，直至面团揪完，又搅搅，盖上。待汤液潽出，又倒入一碗凉水，如是者三次，便即撤火。

朱厚良手执木勺，先从魏田林叫起，接着是尤习重、原有才，再是后卫两人，前卫二人，最后轮着孟慎和他自己。给孟慎舀足之后，锅底仅剩五六个面片和一些带糊味儿的面糊，他将锅边薄薄的面裙一并刮下，磕入碗中，凑了一浅碗。孟慎等人见了，都要给他匀点，朱厚良哪里肯依！笑道："我可从来不吃别人碗里的东西。"又对大伙儿道，"我这是大姑娘上轿，头一回，分寸拿捏不准，做得不好，将就吃点。没吃饱的，再用干粮填填。以后吃饭，就按今天的顺序。"

"看你不慌不忙有章有序的手段，哪像第一回做饭？这碗面片儿汤，与杨柏弄的滋味，也差不了几分。"石舛吃完，又用水一涮，连涮碗水也一并喝下，"只是这涮碗水显得差劲。"

大伙儿一齐笑了起来，道：石舛这话说得，等于放屁。尤习重却伸着舌头，将碗舔净："像我这样，最后一点渣渣，还是原汁原味，还不用洗碗。"

方峒秋又不一样，他伸出右手食指，顺着碗沿一刮，再放入嘴里吸溜一吮："我这吃相，是否文雅一点？"

大伙儿嘻嘻哈哈，互相开起玩笑。朱厚良见机与孟慎计议道："张正使所绘地图，标有两条回国路线，此时不妨向兄弟们告知，做到心中明白可好？"孟慎道："如此甚好，也好让兄弟们有所选择。"

朱厚良先将锅揭起，放在一旁晾着，然后站直了身子，轻咳了两声："瞅这会儿工夫，我跟大伙儿说两件事情。第一件，兄弟们若不嫌我做的饭难吃，这火头军的活儿，就甭跟我争抢。十年前，我曾暗中向杨柏请教，不料在此施为，做得不好，大家原谅则个。第二件，张骞大哥为我们绘出了两条南归路线，一条南线，一条北线，两条路线各有利弊。我们南行百里左右，便是第一站板屋。以板屋分界，若走南线，就先偏东南而行，经伊哈托里[②]，到居延，再向正南，穿越马鬃山，过花海[③]，再转东南，过嘉峪关地界，抵达大通河，顺大通河过黄河，到达陇西。这条路线较近，且无大片大漠，如若顺利，十天左右可到陇西。但此路匈奴部族部落较多，常有敌骑游荡，汉匈之间，交战频繁，故其凶险难料。若走北线，则从板屋出发，先向东行，经丹墨音呼都、哈唐布拉格、敖包特呼拉尔、查干托洛盖[④]，然后折向南方，穿过巴丹吉林大漠，越过长城，到达北地郡。此路路途人烟稀少，多有大漠，路程较长，即使顺利，所需时日也需半月以上。无论南线北线，最危险的地方，一在部落集镇，二在边关。”

众人议论纷纷，各有主张，相互争持不下。石舛信手揪了一把草叶，用劲一吹：“你们不用争了，且听领队怎么安排，任副使临别之时，有过什么计较。”

人们立即静默，一齐看着朱厚良。

朱厚良显得有些拘谨，这领队一职，于他来说，实在勉为其难。这事关系生死成败，一旦失误，追悔莫及。于是婉转说道：“任副使临行并无什么计较，但他转告了张骞大哥对总体大局的判断。张大哥说，他是匈奴单于重点看押对象，而他早在一个多月前便离开了托力鲁草原，托力鲁王爷从发现到寻找，需时十天左右，以快马向军臣单于禀告这一消息，当在十二至十五天，再就近侦知其他队员去向需时三至五天。依单于判定，搜寻重点当在南归方向，预计南下追击之敌最迟也将于今明两日之内由龙城出发。依此估算，我等只有五至七天的空档。”

大家顿时紧张起来。

孟慎却拿着手中的木碗，问道：“如果我现在要将这只碗藏起，你们说，我该用什么方法？”

“当然得找一处十分隐秘的地方。”石舛道。

“不。我的左边有一株草，大家都看见了吧？我现在小心地将草带土挖起，然后埋入木碗，再将草恢复原貌，谁能料想，我会这么做？”

“孟慎，你是说我们走南路？”朱厚良悟道。

其他诸人亦有所悟。

孟慎欲再行解释，朱厚良岔道：“孟慎，大家都已明白，你不用再说。思来想去，还有两事应予认真计议。”于是先与孟慎说了，又与众人道，“路线已定，但还有两事大家须得明白。其一，关于张骞所绘之路线图，其不但关乎我等之归程，更关乎我大汉军队征战匈奴之途径。因在每一大漠之中，标注了绿洲准确位置，有利于我大军对水源与草料之补充。其二，张骞大哥向皇帝的奏书，关于使节队每一位出征队员的命运，不管是为国捐躯的，现在继续西行的，或是我们这些返回故里的。因该奏书表述了所有队员忠君爱国之心迹，澄清和消除了叛国者沙里修之恶劣影响。我们可以受苦受罪老死异域，但不可蒙冤蒙尘遭人白眼。而回国之旅，仍为险途，为万妥万当计，我与孟慎相商，从今日起，利用歇息的工夫，将地图记熟，将奏书背过。万一遭遇不测，哪怕我们有一人回到京城，亦可完成张骞大哥所托付的任务。”

大家皆以为然。

孟慎遂拿出张骞奏书，领读道：

吾皇陛下：

微臣张骞，于匈奴西僻之地，遥以叩奏西行情事。

自臣当朝伏帷受命，忝任正使，率使节队一百又四人，携多样瑰奇礼物，于建元二年四月二十八日吉时，振旅西行，寻踪大月氏。初至陇西，即逢敌骑，幸得郡守沈达成助力脱困。然首战即有李肃百殉国。不日，副使夏宏遭逢敌探，奋力搏杀，毙敌酋龙廷卫士四人，己亦重伤难继，后于翻越雪山之时坠崖而殁。

首战之中，适有一名由天际者，冒矢却敌，臣无由遣回，留于队中，此情望陛下察之。

续越雪山，雪山巍峨，陡峻无路，复遭雪崩，致两英失踪。

至峦芳洲，因误会与土人发生误战，虽误会得释，但伤者颇众。臣据此笃以不揜[5]，耽延经月。查峦芳洲大王秦自乐，祖籍汉中，先祖乃先秦将军，为避暴秦之祸，举族颠沛于此，凡六十余载矣。经臣晓喻今事，秦憗[6]大汉也。

峦芳洲虽成汉地，然臣日夕焦灼，盼得西行。遂决计不予久候，命副使李中壮继续疗伤，愈后率三十九名伤者返程回国。

因副使出缺，臣假命堂邑父、秦自乐继之，以成西域之使。臣复率余众六十人出峦芳洲，续西行陌旅，入大漠，辄遭沙暴，致二人不知所终。

是年七月二十六日凌晨，于噶弘因部落小沙丘处，突遭草原土匪骑痞一百余人袭击。我方奋而搏杀，敌渐怯之时，敌土司率大批武士复加围攻，激战竟日，我方战死二十九人，被俘二十七人，逃亡五人。

初，敌酋以胁迫利诱，欲使臣等变节事敌。然二十七人之中，仅有沙里修叛国偷生，臣等耻其所行，屡作挞伐，深恶之。后，敌酋将臣等二十六人肢解为奴，相距最远者，几达万里。至此，饭于土簋[7]、饮于铏[8]皆为奢望，枷锁鞭笞是为常态。

臣等本欲为国死节，然使命未竟，有负吾皇。臣尝告臣下，死，易事耳，而蛰伏待机，忍非人之辱、承非人之痛，非大丈夫不能也。使节队即令剩下最后一人，亦得继续西行。

逢此百罹[9]，臣等亦无怨艾，更无屈膝惧然易容[10]，故此有公羊鸣执、容南、容北、宋石、宋木、范佑铭、王兼七人命竭而去。

骞虽遭重挫，然勇往之心历久弥坚。经历年不懈努力，聚得一十八人。倥偬间，十载过去，有生之年无多，国之大计不允久耽。臣遂定于十年之后之四月二十八日，率堂邑父、秦自乐、苏疾、孙治瑾、赵无偏、陈尚斗、由天际七人，续作西行之旅，命副使任扶率朱厚良、孟慎、石舛、方峒秋、先偃、商禾、原有才、魏田林、尤习重九人回国。

任扶以下九人，于西行非不愿也，是不能也。彼等皆因伤病体弱，难以再次蹈艰履险，臣深为谅之。此十人，乃忠君体国之士，伏乞陛下恤之、惜之、信之、任之。而任扶所携之回京路线图，系臣多年考校所绘，大漠之中绿洲均有标注，可供大汉北征军旅参照，伏请陛下酌之。

综观匈奴上下，肉食者均贪婪残暴、寡廉鲜耻，不可教化；而境内民众则大多祈望止战。但其民尚武，一旦上阵，又复变性。故吾皇欲求国之坚固，唯有以战止战耳。

骞明日即率部西行矣，臣不求天下震耳，唯求使命得成。臣另伏告陛下，臣家人尽失，故娶匈奴奴隶之女为妻，彼已为臣诞下一子，此一隐情，恳请吾皇谅之。

臣此行远去，不知何夕返程，更不知能否复觐天颜，倘臣捐躯异域，冀求后继智能之士再蹈贱迹。

远臣张骞于缧绁十年后之四月二十七日跪奏。

孟慎读罢，尤习重首先叫道："太长太难了，一时半会，哪能记住？依我之见，朱厚良、孟慎，只需你们二人记住即可。我读书不多，记性也差，就免了吧。"

"生死存亡，诸事难料。我以为，抵京之前，谁也不可心存侥幸。"朱厚良一出口，觉得语气太过刚性，又委婉道，"我也知道大哥的奏书有些长、有些难，但与十年奴隶煎熬日子相比，它长吗、难吗？与使节队的整体利害关系相比，它长吗、难吗？与我们翻过的雪山、走过的荒原大漠相比，它长吗、难吗？我们应当感谢张骞大哥，有了这份奏书，使我等更有底气，更有荣誉保障。"

孟慎紧接道："张骞大哥的奏书，其实并不难记，文中列举之事件，哪件不是我们亲身经历？只要按事件去想，就不难记住，且容易记住。兄弟们，我们的空档日子不多，请务必咬牙坚持，走得稍快一些，撵在敌骑追来之前，脱离险境，到达陇西。彼时，再好好歇息养病。"

鉴于尤习重患有眼疾，朱厚良将其与商禾作了对调："我们三人一组，互相提醒，行进途中，可边走边说，有明日一天，大家便都能记下。地图也按照此法，到居延时，也就差不离了。"

朱厚良等人哪知，他们正一步步走向巨大的危险。

按照所掌握的情况计算，张骞并无错讹，南下队员是应有五天左右的空档。但是限于消息的闭塞和事有意外，使朱厚良等遭到灭顶之祸，使节队又一次蒙受巨大损失。汉皇无法获知真相。关于使节队的情况，朝廷内外，只有谣言与传闻，即使有李广力争，亦难免对张骞的猜疑。

此为后叙，此处不提。

事情重回八年前。

农场督管一觉醉醒，已经日上三竿，睁眼一看，发现钱匣不翼而飞。他不便声张，即向门外蹿去，却与一名手下撞个满怀。他正要发作，那手下惊慌道："督管老爷，大事不好，杨柏带着方友伯、方友仲、高越海等五名汉奴，连夜潜逃了，还有九匹马、一顶帐篷和许多铁器，都没有了。"

督管一下子面如死灰，大喊大叫道："死人！快追，快给我追呀！"

“追？怎么去追？督管老爷，你晓得他们甚时逃的，逃往哪个方向？”

一次逃走六个奴隶，这在龙廷农场，从未有过此事。更要命的是其中有个杨柏，其使节队员的身份让人吃惊，看样子他是逃奴的主谋。督管感到责任重大，却又没甚主意，急得团团转：“这可咋办？这可咋整？”

“去找老国师，他一定有办法。”

“看来只有这样。”督管急急慌慌，单人独骑，去了龙城。他琢磨，此事搁在张骞使节队头上，才好说话。

听罢督管禀报，老国师问道：“你说杨柏率奴逃逸，系由张骞和他的手下一手策划，有何证据？”

“有。今年三月开犁下种之前，农场来过一个给幺素王爷买种子的汉人——”督管正要说下去，冷不防又进来一个龙廷卫士打扮的矮子。

老国师对那矮子道：“呼日勒，看你着急的样子，又有何事？”

“你这里有人，我等会儿再说。”呼日勒便欲出去。

“别走。这是龙廷农场的督管，正在说杨柏率奴逃跑之事，他说这是张骞派人一手策划的，你也听听。”

“杨柏？这人我晓得，是个庄稼把式，还弄得一手好饭菜。他率奴逃跑，怎么回事？”

督管将不利情况隐过，又复述一遍，最后道：“我怀疑那汉人是张骞手下，假冒王爷之人，和杨柏说了好一会儿话，样子十分熟悉。”

“那汉人长什么模样？”呼日勒问道。

“这都过去几个月了，当时也没怎么注意。个头大概中等偏上，年纪不大，二十几岁，模样不差，衣饰簇新，人很精明，身上没带武器——不对，后腰好像别了两支短枪。就这。”

“呼日勒，此人你可认识？”老国师道。

“不认得。我在使节队时，没见过这号人。”呼日勒回道，想想，又道，“或是张骞后来新招之人，若真是这样，此人就是秦自乐，在五千多里之外的噶弘因部落当奴隶。”（其土司被杀之事，两年后才传到龙廷，而在匈奴内部，部落之间的争斗时有发生，一个小土司的死活，匈奴上层并不怎么注意——笔者附注。）

老国师即对督管道："猜疑也得符合情理。按你所说，张骞与此事有相当干系。那我问你，远在托力鲁草原的张骞，何以得知杨柏在你那农场里为奴？杨柏又为何带走与使节队毫不相干的五个奴隶？你这些话都是屁话。你先回去，这事待后再说。"

督管无言以对，灰溜溜告辞。老国师看着呼日勒，等他发话。

"今年上半年，接连发生两起焚尸灭迹凶杀大案，老国师是否派人查过？"

"你说说看，是哪两样大案？"

见老国师刚将督管轰走，呼日勒兴致大减，嗫嚅道："一是河督刚布与他的卫士悉数被杀，大帐被焚，尸身烧得面目全非，钱财被劫掠一空；再是赵信城英风客栈，龙廷的眼线全部被屠，客栈毁于大火，遗骸中还多了四名来历不明的汉子。"

"你是怎么看待这两宗案子？"

呼日勒本想探探老国师的口气，然后决定挑起动议，对以张骞为首的其他队员进行第二次打压，以解心头之患，孰料老国师深藏不露，让他先行摊明看法。他涩涩地咽下口水，道："河督一案，我不好说。表面看，像是土匪劫掠，可是烧帐焚尸，似乎多此一举。这反而证明，行凶者武功非常高强，且对刚布心怀极端仇恨。英风客栈一案，则纯为仇杀，是张骞使节队漏网队员所为。今日我不妨向老国师禀告一件实情，当年擒拿使节队其他成员，英风客栈栈主用了迷药手段。另外，龙廷客栈的十名卫士，不知为何被人杀死在百里之外的色楞格河畔。"

"你说的，我晓得了。这几件案子，就交给你，别人没有你那么尽心。甚时查到真凶，甚时再告诉我。"

"是。我——"

"还有别的事？"

"没有了。"呼日勒只好退出。兴冲冲而来，却揽上这个烫手差使。他根本不敢明目张胆地去查。掰指头一一数去，张骞被托力鲁看押，其他人没那本领，能做此大案者，唯他的"二哥"堂邑父，还有那个让他深感惧怯的秦自乐。这两个煞神，躲犹不及，哪敢招惹。而他更不明白，老国师对此大案缘何并不上紧。

访查得知，河督刚布与客栈掌事胖老二，皆因二字：太贪。而刚布贪不谋事，国师早欲将其撤换；胖老二贪且害人，坏及单于名声。两案均无人佐证，呼日勒也就懈怠下来，忽忽几年过去，两案亦成陈迹。

呼日勒日日纵欲，原被孙治瑾治愈的淋症，这年（前 129）早春，又随春草的冒头，悄悄找上门户。初，不以为然，月余之后，渐次加重；再半月，下体开始肿胀，脓液滴沥，疼痛烧灼，伴以高热，举步维艰，像一活死人。见美食馋而不思，见美妇欲而不达，本就丑陋不堪，更加枯槁如鬼。极力忆及孙医官昔日用药，奈何呼日勒心在旁骛，记不全乎，只得依其蹩脚方子抓药，效力大打折扣，时好时坏，如蛆附疽，煎熬难挨。

苦思之计，呼日勒遂于是年四月初，去琅艾王爷处寻求孙治瑾。他虽无耻贪婪，倒也知晓不能以脏病示人，遂伪言奉命，暗查使节队汉人"案底"。他亦知晓，自己虽系手持黄金虎皮绢之龙廷卫士，可琅艾王爷并不待见，他只能退而求其次，延至四月初八午后，方与王爷管家一晤。

管家听其所求，即道："不巧之至，孙治瑾外出采药未归。"

"草刚冒芽，便去采药？采药不都在秋后？"呼日勒疑道。

"你非医道中人，就不可乱讲。孙医工说了，芽药在春而根药、籽药在秋，花药只在夏。"管家有些不屑。

"不知孙医工去了何方？所随何人？甚时方回？"

"这哪个晓得？采药又非打猎，时东时西时南时北，哪有准向？甚时回来，他自个也难拿捏，每年用药大致采得够用方可。至于何人相随，当然是他的媳妇。"

"王爷就不派卫士加以保护？万一他寻机逃跑，怎么交代？"

"我家王爷从不做鬼祟之事。孙医工系王爷侄女婿，何谈保护？这么多年，他想逃早就逃了，何需等到而今？再说，面对无边无际的荒原大漠，若无向导引领，只是白白送死。孙医工生活安逸，备受尊重，何需生此念头！"管家愈说愈有抢白之意。

碰了一鼻子灰，呼日勒怏怏回转。"英雄大会"上夺魁的甘扶是否就是甘父，他也无由证实。

事有凑巧，刚入龙城南门，撞面碰着小王爷布赫。两个丑货相见，顿成龙城一道别样风景。

"小王爷，你不在托力鲁草原享福，远天远地来龙城做甚？是不是想在这里找个光鲜女人回去做小王妃？只要你有钱，这事我一定给你办得漂亮。”呼日勒对孙治瑾的出走始终存疑，却又无从排解心中不快，此时逮着歪嘴子，便拿他寻开心。

“好我的侍卫哥哥，兄弟我摊上大事了，无论如何，这次你得帮我。起码，王爷的爵位，得要保住。”布赫求道。

“何事这般严重？”呼日勒认真道。

“龙廷的要犯张骞，带着女人娃娃，一个多月之前，便跑得不见踪影。遍寻不见，只好向单于禀报。我正愁无人引见，恰好遇着侍卫哥哥，且请哥哥带我先去拜见单于。托力鲁草原虽穷，也少不了哥哥的好处。”

呼日勒大吃一惊。这张骞的忍耐之力着实惊人，时光过去了十年，老婆娃娃俱全，日子也过得顺溜，怎么悄无声息，一跑就没了踪影？联系孙治瑾的同时出走，呼日勒似乎看到，在某个不为人知的地方，张骞正聚拢着那些剩余队员，密谋着西行或南归之事。

对于龙廷来说，这无疑是一桩惊天大案。

呼日勒立即勒转马头，带着歪嘴子直奔龙廷。

不巧，军臣单于正在大发雷霆，他们被拦在帐外。

只听军臣咆哮道：“两个王爷，五十多名卫士，追击一人，反而被打得大败，搭上三十几名卫士性命不算，连两个王爷也同时折了进去！你们说，这是不是匈奴的奇耻大辱？你，还有你，一个巴布彦王爷的得力卫士，一个律金答王爷的手下干将，你们说说，是怎么回事？”

一人颤声回道：“大单于息怒。非是我等惜命不保王爷周全，实因这汉人武功极高，神鬼难敌。尺长短枪，迅如闪电，枪不虚发，招招皆在要害，我等手中腰刀，难派用场，以箭射之，反被其绰入手中，变作短枪利器。我等舍命追杀，正欲得势，不料又一汉人蹿入。此人武功更高，取人性命如同儿戏，一柄重剑，无人能敌，手扣石子，百发百中。近以剑，远以石，身轻似雁，飘忽无形，让人防不胜防。”

另一人亦随声附和，连称实情确乎如此。

“既如此，尔等缘何留得性命？”

先行开言者继续回道："大单于有所不知，这两汉人却怪，对退出阵外或放弃争战之人，便不予理会。"

军臣单于无语。两王爷系因追击他人引来杀身之祸，即又问道："可知两汉人姓名？此事缘何引起？"

"回大单于，使枪汉人名秦自乐。几年前流落到巴布彦草原，王爷见其武艺不错，人又年轻精灵，便将其招为王府外围卫士，几年来倒也安分守己。哪知此人深藏祸心，去年六月末的一天天亮之前，去王爷府库实施偷盗，结果被人发觉，王爷于是亲自带人追击。适逢律金答王爷在此做客，见此便上阵助拳。至于半道杀出的汉人，当时并不晓得，只听使枪汉人称其为大哥，而那人将他称为三弟。"

"可知丢失了何物？"

"回大单于，只丢失了额塞王爷所赠之汉使旌节。若知如此，王爷也不用管它。那东西中看不中用，没甚意思。"

"你晓得个屁！那是汉皇发给使节队的信物，一旦丢了，汉皇对他们就要降罪。你们倒好，去年夏天发生的事情，到现在才来禀报，你们一个个都干什么去了？"

"禀大单于有知，此等大事，我等哪敢懈怠。事发之后，阖府上下，议论纷纷，有主张立即禀报龙廷的，有主张寻找仇敌，先报仇雪恨的。最后还是小王爷做出决定，先查明仇家身份及其落脚地点，若王府能够对付，就不给龙廷再添麻烦，若对付不了，再行禀报。现经多方查证，秦自乐系汉使节队副使，自后下落不明，使重剑者便是张骞。现由托力鲁王爷看守。张骞乃龙廷要犯，亦不知他缘何出现在勒孜部落，我等不敢擅作主张，故来报知，请大单于酌定。"

"竟有此等怪事？勒孜与托力鲁，相距几近千里，张骞去那里何事，又怎么腾出时日去的？左侍卫长，你派两人去托力鲁那里查查，若情况属实，即将张骞带回龙廷，另作处理。"

听到此处，呼日勒在帐外大声叫道："大单于，呼日勒有大事要报，张骞已经跑了，托力鲁小王爷在外候着。"

军臣单于立道："左侍卫长，去将呼日勒和托力鲁的人一同叫来。"

呼日勒二人进入大帐之内跪伏于地，等候单于发问。

军臣单于面对歪嘴子："你叫什么名字？说说，张骞究竟怎么回事？"

为掩饰失察之责，歪嘴子极力否认张骞去过勒孜部落："我叫布赫，托力鲁王爷唯一儿子。一年多来，因我阿爸身体抱恙，王府事务由我打理。十年来，张骞从无逾规行径，特别在娶妻生子之后，更是极少离家。上月不知何故，张骞携其妻儿突然失踪，王府派出多路人马，找遍方圆五百里仍无着落。我阿爸觉得干系重大，命我专程向大单于禀报，接受大单于责罚。"

呼日勒乘机说了孙治瑾失踪之事。

军臣单于问老国师："国师怎么看？"

"前日，昨日，亦有人向我禀告使节队汉人脱逃之事。其中军马场有一姓陈的还被人捉住，供认组织逃逸，后答应做我方内线，我才放人。本来我就要说及此事，不料又传来张骞失踪消息。现在可以肯定，这是一次汉使有预谋的逃跑行动，其准备时日，从秦自乐夺得旌节，便即开始。"

"依国师推测，张骞是继续他的西行之路，还是奔南归汉？"

"以我揣度，奔南归汉的可能性较大。有三个条件，限制张骞继续西行。其一，使节队人员凋零。十年来，据我所知，连同被汉军处死的沙里修，有六人命丧北地，两人分别断腿失明，而体弱患病者亦在不少，能长途跋涉者屈指可数。其二，所需路资不菲，他们又非强盗，何处筹措？即令从河督府获得一些钱财（勃忽王爷被杀的消息，此时龙廷尚未得知——笔者注），与其所需相差甚远；其三，礼物尽失，何以交接友邦（龙廷及匈奴人并不知晓小沙丘埋藏物品一事——笔者注）？汉人自诩为礼仪之邦，西人又多贪奇，空着双手见人，即令口吐莲花，有雄辩天才，又有谁愿与其交好？若按时日计算，张骞将在六月初前后启程，今日已是四月二十五日，大单于，请火速组织精骑，各以五十骑为旅，分正南、正中、东南三支队伍，明日即刻出发，分别予以截击。告诉我们的勇士，能生俘最好生俘，如遭反抗，允许我们的勇士行使权宜之计，让那汉皇小儿去发他的雷霆之怒吧。"

"国师所言极是。此事就交左侍卫长托乌坎达去办。"托乌坎达领命之后，军臣单于又看着下面："呼日勒、布赫，你二人退下。至于托力鲁走失张骞一事，待龙廷追击勇士回来再说。"

由于有呼日勒做向导，托乌坎达所率五十精骑，先于朱厚良一行半个时辰抵达居延。

没有人烟，没有走兽，没有飞鸟，没有云朵，甚至风也刮得十分吝啬。倒是花儿，远远近近都可见着。可都小而稀落，不似草原那么成团成块。紫色的，好似时睁时闭的眼睛，在阳光下闪烁不定；黄色的，好像抛撒的染料，显得黏黏糊糊；红色的犹如抹了胭脂的手指，透出妖冶的招摇，只有白色，极似迓门而出的小不点儿，让人感到它的娇柔与羞怯。因了它们，一望无垠的沙坪、沙窝、沙丘显出若许生气，也使穿行于此的人们，有着几分慰藉。

然而，对于朱厚良一行，孤寂与干渴，仍为行旅主调。对付孤寂，大家以记诵张骞奏书予以排解；至于干渴，朱厚良、孟慎鉴于伤者弱者所需，以及马儿赶程之要，于饮水并未限制。二人计议，两日即到居延，届时补水不迟。

时居延系一部落所在，名为草原，实为纵横百里之绿洲。其中有河流，有水泊，有森林，甚至辟有蔬果麦地，南北商旅常在此地驻扎，系为要冲，汉人多有滞留。

四月二十九日午后，朱厚良九人抵达居延边界。众人不知距部落取水处尚有多远，便继续前行，欲寻得当地牧民予以打探，哪知走了将近十里，仍不见一座毡帐，倒有一座磨盘状山丘挡住了视线。朱厚良见状，不敢大意，便命大家就地歇息，吃点干粮，带了方峒秋，去山丘背后察看。

恰在此时，天气陡变，天上几块乌云瞬间增厚变大，天空顿时暗将下来，像一口巨大的饭锅，倒扣头顶，几道闪电过后，山摇地动的雷声便在头顶凌空暴响，似将胸腔炸裂。马儿亦感惊骇，止步不前。不一会儿，疾风挟着万千颗冰雹横扫过来，打得人鼻青脸肿，难以招架。而陡降的气温，使人如落冰窟，一身薄衣难耐极寒，上下牙齿，捉对儿直嗑。

方峒秋呼叫不应，便并骑扯着朱厚良胳膊，示意去马腹下暂避。朱厚良手指前方，表示坚持继续侦查。二人正相争持，不料山丘抹脚处兀地窜出一大群匈奴骑士，借闪电疾风之势，高举腰刀，杀将而来，相距不过数十丈。

朱厚良二人见势不妙，拨转马头便逃，至与另七人相聚时，敌骑亦紧跟围了上来。

双方谁也听不着对方的呼喊，双方都忘了灼目的闪电、轰响的雷声、利刃似的疾风、暴豆般的雹子。朱厚良将尤习重、原有才、魏田林推至中间，其他六人面对敌骑，准备随时战斗。

敌人觉得胜券在握，并不急于进攻。凹眼尖鼻大汉似是头领，待围定之后，拍马上前一步，手持腰刀，作抛掷状，示意要朱厚良等人弃械投降。朱厚良见势危，掏出羊皮路线图，向孟慎做出劈砍毁证动作，孟慎点头，表示明白，立刻掏出张骞羊皮奏书，二人迎风同时挥出剑花，将羊皮劈作碎片，被疾风吹至半空，旋着舞着转着飘着，不知落在什么地方。

匈奴骑士一个个像看什么玩意，无人理会那些飞向远方的羊皮碎片，但是对于对方所表达的态度，已然晓得：宁肯粉身碎骨，肢体成为羊皮碎片，也决不投降！

托乌坎达关注一件事：南归的汉人使节队中，有无张骞。对于对方剑挥羊皮的把戏，并未觉得有什么异常。他见对方九人之中并无张骞，感到十分失望，于是决定围而不攻，尽量予以活捉，拷问张骞的去向，呼日勒几次试图带人进攻，都被拦住。他对十年前龙廷之中的“一踢之痛”，始终耿耿于怀，欲寻机报复。

尽管呼日勒蒙着面孔，亦被朱厚良等人认出，于是示意队友，一旦开战，先杀掉这个叛贼。可呼日勒似乎发觉到羊皮的秘密，独自追逐一块碎皮去了。

呼日勒一双鼠眼滴溜溜乱转。他突然觉得情况不大对头，九人之中既无张骞，朱厚良、孟慎砍削羊皮干甚？于是顺风去抓一片飞舞的羊皮，追至一里多地，于倒伏刺蓬中捡得另一碎皮，一看，上面竟有字迹。他虽不识汉字，却知羊皮乃重要物件，上面定是张骞写了什么东西，且对匈奴极为不利。于是又追出一里多地，想多找出几片。

此时突然云收日出，狂风骤停。呼日勒暗叫一声“不好”，拨转马头，就往回赶，他得阻止托乌坎达趁此发动攻击，将这些汉使杀绝。起码，应将领头的朱厚良、孟慎抓住，让其吐出羊皮书中的内容。

见天气放晴，朱厚良即刻作短暂动员：“各位兄弟，今日一途，唯死处求生。突围方向，仍是正南。先由孟慎、先偃、商禾发起冲锋，原有才、魏田林、尤习重紧随其后，我与石舛、方峒秋断后。大家先检查武器、物品，以我举剑为号，只要保得一人两人回京，便是胜利！”

托乌坎达不知呼日勒追那碎羊皮干甚，也懒得管他，见天气陡地变好，便向朱厚良喊话：“各位汉使英雄，我乃龙廷左侍卫长托乌坎达，奉命捉拿尔等。现在尔等已在我悍勇之士包围之中，尔等有三条路可供选择：第一条，说出张骞等人的下落，留下一人带路，其他人回到长安；第二条，放下武器，缴械投诚，保尔等性命无虞；第三条，顽抗到底，命丧居——”

“延”尚未出口，朱厚良已举剑一挥：“冲！”

孟慎、先偃、商禾并骑而冲，气势锐不可当，连斩敌骑五人，杀伤二人，冲出包围，向南直奔而去。

托乌坎达大怒：“第一卫队放箭，第二卫队追击，无果者自断左臂（龙廷卫士出战不力失败者，皆断其左臂，逐出卫队，终生受辱，故其卫士宁肯战死，也不退缩——笔者注），第三卫队堵截后边三人！”

卫队之敌，皆弓弩高手，奔马射箭是其强项。原有才走在最后，右臂连连挥剑，拨去飞来箭矢，大喊：“孟慎快走，不要管我！”只因左臂之伤无法挽缰避敌，以致马儿中箭倒地，右腿被马压住，被追来之敌一刀削中头骨。

魏田林破嗓大吼：“原有才！”不顾脚踝之痛，疯虎一般，狂舞双刀，转身迎敌。

一干匈奴卫士，一时竟被唬住。待到明白，魏田林已冲到面前，两敌匆忙以手掷箭，穿入魏田林前胸，而几乎同时，魏田林双手掷刀，一中掷箭之敌面门，一中掷箭之敌脖子，三人同时倒下。

听得魏田林大叫，孟慎回头一瞧，不由目眦尽裂，便欲回身救友，尤习重左眼看得清楚，怒道：“孟慎你们三人难道忘了，朱厚良怎么说的？你们快走，我来挡箭！”双手挥舞短戟，将飞来之箭纷纷拨去。

然而时机转瞬即逝，敌人已成包围之势。尤习重奋力抵住最前三敌，见首敌抡起腰刀劈面砍来，即以右手之戟一格，左手之戟顺向刺入敌人右胁，挑断数根肋骨，花花绿绿的内脏“嘭”地膨出。趁后敌惊愕之间，复将带血戟尖在敌面门一晃，见敌举刀上护，其胸暴露，即以右戟刺入。尤习重以绝杀之技连毙二敌之后，眼睛渐至朦胧，只能看着敌影出招接招。不一刻，在他又伤其一敌时，不幸背部肩胛连中两刀，重伤而亡。

而尤习重的坐骑却守在一旁，不停地悲鸣嘶叫。敌人见此马如此忠诚，皆投以尊敬的目光，不去惹它。

孟慎强忍巨大悲痛，率先偃、商禾向南疾驰，后面十余敌骑紧追不舍。夕阳残照之下，唯听一片马蹄之声，平地之上卷起阵阵狂风，草尖随之起伏不定。

匈奴龙廷卫士坐骑，皆为优中选优骏马，追至五里，孟慎三人便又被敌围困。

敌骑头目刚刚见识了汉使的战力，那种视死如归的勇敢，既令人佩服，也让人心悸。他想兵不血刃，立一奇功，便力劝孟慎等人放下武器。孟慎佯以应之，却对先偃、商禾道："敌骑仅二十来人，冲杀出去仍有机会。我来麻痹敌人，你二人随时准备冲杀——不要相争，也不用管我，这是命令！"嘱毕，复与敌周旋，话未到十句，孟慎叫道："此时不走，更待何时！"

接着，一场剧烈的厮杀，旋即展开。

孟慎三人情况暂且不叙，且说同时与敌拼杀的朱厚良三人状况。

托乌坎达见汉使瞬间冲出六人，即刻拍刀将朱厚良三人堵住。朱厚良接招之后，顿觉此敌力猛刀沉，便知遇上了强敌，一时之间，难以脱身。遂暗自掂掇，既如此，先与之缠斗，以保石舛、方峒秋不失。

朱厚良觑眼一瞧，见石舛二人被敌分割困住，便虚晃一招，欲与石舛相会，不料又来一敌，将他堵住。朱厚良顿时吃紧，渐渐剑走下风，守多攻少。

石舛是一性急之人，见朱厚良被强敌所困，心中焦躁，面对一敌大吼一声："看枪！"却枪从旁出，将另一敌挑于马下。趁正面之敌愣神之际，枪尖顺势刺破敌之颈脉，鲜血箭一般直喷而出。石舛信心大增，接着又刺伤一敌。而就在此间，方峒秋抡一杆长柄大斧，亦接连毙一敌、伤一敌。

托乌坎达见使枪汉使极是凶狠，即令四骑与朱厚良厮杀，驱马去迎石舛。

托乌坎达接招便下重手。石舛一枪刺来，即被斩为两截。石舛手握无枪之棍，索性以棍作枪，拼尽全力，将其投向一敌胸腔，自己后背亦受重力袭击，跌于马下。石舛知生还无望，拔出匕首，割喉自尽。

方峒秋在连杀二敌之后，亦力尽自戕。

托乌坎达嗟呼不已，回望唯一活口，见两卫士已死其剑下，不由得大怒，挥刀迫入。

此时只听呼日勒大声尖叫道："侍卫长，留下活口！朱厚良，我有话说！"

托乌坎达略一迟疑，而朱厚良已挥剑自刎。托乌坎达阻挡不及，掷刀于地，说了句"汉使，真英雄也"，即下马，向朱厚良深鞠一礼，帮其阖上双眼。

呼日勒即向托乌坎达说了羊皮书一事，并道："此必是张骞所为，其中必有重大情由，对我匈奴极为不利。"

"但愿能留下一二活口，重刑之下，许能吐出实情。"托乌坎达不抱希望。

果然，追击卫士只回来三分之一，称汉使六人恶战而亡，无一活口。托乌坎达兀然暗惊，其所率五十精骑，而汉使仅九人，己方便死伤过半，倘若真的遇到张骞等顶尖人物，则巴布彦、律金答两王爷的灭顶之祸将会重现，此于单于龙廷，无疑颜面尽失。故而，对于追捕张骞一事，再也不抱希望。

偏是呼日勒揪着不放："我有一途，可以侦知张骞究竟是西去，还是从另外方向南归。"

"说说看。"托乌坎达无可无不可。

"之前我曾去过一趟琅艾王爷府，从其下人口中知一要事。汉使之中有一由天际者，人虽年幼，却聪明伶俐武功上乘，曾因救得琅艾性命，被奖以一块封地，据说离板屋不远。张骞之老婆孩子必藏匿彼处。若其老婆孩子仍在，说明张骞已经西行，若其老婆孩子不在，证明汉使南归分作了两队。我们今日所遇九人，只是甘为张骞牺牲的诱饵。请左侍卫长与我十人，前往侦知。"

"知之又能怎样？且候别队消息再说。"托乌坎达怪呼日勒多事。

"那可大不一样。若张骞西行，可将其老婆孩子扣作人质，逼张骞就范。如其南归，也可解心中之疑。"

托乌坎达觉得此法太过卑鄙，但又不便驳斥："与你五人吧，你不见此处后事极多，需要人手？"

"五人就五人。"呼日勒带着五名卫士，不日寻至由天际牧场。

听说来了六名远客，蒙利克亲自出帐接待："尊敬的朋友，你们来自何方，来此有何要事？"

呼日勒十分傲慢："我叫呼日勒，系单于贴身侍卫。我们来自龙廷，当然有大事要办。"

原来此人就是卖友求荣的呼日勒。由天际曾不止一次说过，此人极其阴险狠毒，为天下英雄所不齿，遂拿定主意，不予理会："你是单于侍卫，有何凭证？有无琅艾王爷通行凭据？"

呼日勒掏出一帧黄绢："此是单于所赐黄金虎皮绢，见它，如见单于。"

"就这？半个时辰，我这里的工匠便可弄出十个八个。而今强盗骗子太多，谁能证明你这东西是不是假货？"

"他们可以做证。"呼日勒一指五名卫士。

"骗三岁小孩儿呐。自己人给自己人做证？真是笑话。"

呼日勒气急，强按心中火气："你是什么人？如是头人，我有两件事情问你。其一，由天际去哪里了？其二，张骞的老婆孩子藏在什么地方？"

"不管你是不是骗子，是不是最无义最无耻之人，但我可以告诉你，我是这片草原的主人。至于由天际，我倒是听说过，可无缘见到他；至于啥子'张千''张万'，从来没有人提到过。这里是琅艾王爷的天，琅艾王爷的地，从来不许别人在这里放野屁！"

呼日勒大怒："卫士们动手，先把此人给我抓起来，然后在这里反复给我搜！"

"姑娘们，有人撒野啰！"蒙利克大叫。正在一旁练武的昆古丽玛月伦与"草原四花"，立刻仗剑而来："老蒙，怎么回事？"蒙利克一指呼日勒，"把这丑八怪抓起来，先给他洗个粪澡，然后派人送到琅艾王爷处。此事与另外五位客人无关，好好招待他们，他们愿去哪里就去哪里。"

五位卫士本就看不惯呼日勒之小人做派，又见来者是五名美女，便即作壁上观。

女人们上下其手，将呼日勒全身剥了个精光。玛月伦恨极，将其双手死死摁住，然后用皮绳绑了双手双腿，随"四花"用剑尖挑来许多新屙马粪、牛粪，在其身上反复搽抹。唯四妹最为调皮，将其下身阴毛一攥一攥揪扯，弄得呼日勒杀猪般乱吼乱叫，一迭声求饶。

饭后，五位卫士为呼日勒求情，蒙利克也即顺阶而下，放了呼日勒。

这真是：

谁是报国主角？且看当年西域使节，
十载英雄之路，一朝英雄鲜血，
我当仰天长啸，居延草原抛泪，
何谓血性，何谓牺牲，何谓英烈！

悲噎难掩，一束历史闪电光曳，

苍茫大地，横笛吹断，将古今中华照彻！

九英南归悲文难述，张骞十英西行艰危。欲知后续情节，且看之后文字。

**注释：**

①板屋：地名，今之蒙古国西南。

②伊哈托里：地名，今之蒙古国南边。

③居延、马鬃山、花海：地名，在今甘肃北部，与蒙古国交界。

④丹墨音呼都格、哈唐希拉格、敖包特呼拉尔、查干托洛盖：均为地名，依次位于蒙古国南部边境。

⑤揜（yǎn）：困迫。

⑥慭（yìn）：服从、臣服。

⑦簋（guǐ）：圆形土碗。饭于土簋：用圆形土碗盛食物。

⑧铏（xíng）：陶器。饮于铏：用陶器盛汤。

⑨罹（lí）：忧患、苦难。

⑩惧然易容：因为害怕而变颜失色。

# 第六十五回　西行路众英雄用命　乱石滩陈尚斗病殁

张骞率领众人走了一会儿，无人说话，由天际感到太闷，于是凑近堂邑父："我有一事相问，堂叔叔，您得据实回答，不许骗我。"

"甚事？问吧。只是不能拿我寻开心。"堂邑父人虽实诚，但与由天际相处久了，亦怕落进这小鬼头的"圈套"，弄出什么笑话。

"哪能呐。您是我尊敬的甘叔叔——我要问的是，刚才送行的克鲁塔尔也是百夫长，倘若十几年前，他和你同时相遇张伯伯，会不会也结拜为异姓兄弟？而且也会进入使节队？"又轻声一叹，"我由天际这一辈子算完了，遇不上意气相投的人，跟他歃血为盟了。"

"哦，你问这事？我倒要想想。"堂邑父装作琢磨的样子，突然哈哈一笑，"我已有答案，你猜猜？"

由天际觉得堂邑父再也不像以前的堂叔叔，变得机智"狡猾"起来，他想将场面找回来，一旁等待下文的苏疾、孙治瑾等人，早已吵吵："老甘，你也学会了卖关子。你什么话都没说，叫人怎么猜？"

"去问张骞张大哥呀。当年我是俘虏，还敢提结拜之事？若非张大哥主动认可，我哪有这样的大哥？"

人们一听，认为老甘之话在理，苏疾便要去问张骞，不料由天际横插一句："依我看，就别去问了，答案其实明显摆在那里，此事绝不可能。"

几人感到莫名其妙，堂邑父也一头雾水：“由天际，你这话说得，怕是不大合适。”

由天际诡谲一笑：“各位叔叔，你们的算学怕是差了一点。据我所知，克鲁塔尔当百夫长刚及一年，今年年方二十七岁，长我两岁零一个月。堂叔叔跟张伯伯相遇于十三年前，那时克鲁塔尔才十四岁，他怎么可能与堂叔叔同时出现在汉中？所以说，此事绝无可能。若说可能，再相处一段时日，我和他倒可义结金兰。可是我这人又不想当弟，只想当兄长。我看，大伙儿走快一点儿，到了大月氏国，或许能碰上一两个异国兄弟。”

张骞前边听了，暗自好笑，这由天际绕来绕去，仍旧是拿人寻开心。堂邑父却是个实心眼，反而点头承认：“由天际，你说的没错，我忘记了年龄这一层。我倒是遇到过一个人，还跟他说过你，你们很适合做兄弟。只是那是九年多以前的事儿了，那时那人已经二十一岁。”

“长我五岁？不成不成。不过，我倒想见见，能让堂叔叔看得上眼又至今难忘的人，肯定错不了。堂叔叔，请您告诉我，这人住在何方何地？叫什么名字？”

“他呀，离此倒也不远，大约五千里左右，在一个名叫西乌尔特的地方，本名突尔榔，俗名小榔子，你们俩论长相、论聪明，简直像极了，而且他也会吹口哨。当时看到他，我便想起你，所以至今记得。”遂将认识小榔子的经过，讲了一遍。

自己在大兴安岭的奇特经历，这是堂邑父第一次向大伙儿讲述。尽管他不擅表达，但对其诛虎杀熊的壮举，大家仍感到惊心动魄；为其替公羊鸣执报仇雪恨的行动，感到大快人心。

“五千多里，还说不远，堂叔叔，您在故意吊我胃口呐。”由天际知其说笑，倒也不以为然，却对堂邑父的英雄之举来了兴趣，“这西去之路，还不知甚时完结，您能否讲细一点，讲慢一点？还有张骞大使伯伯、峦芳洲大王自乐哥哥、任叔叔、孙叔叔、苏叔叔、赵叔叔、陈叔叔，还有满身烟火气的杨柏叔叔，把你们这十年来所遭之罪、所受之苦、所历之险、所存之念，一人讲上一天两天，差不多也该翻过葱岭了。”

“我说五千里路程不远，那是有依据的。”堂邑父道，“算一算，从长安到缅捏土司府多远？缅捏土司草原到色楞格河匈奴龙廷，又是多远？从这里到大月氏究竟多远，谁晓得？当年周月英为寻找张骞大哥北上，怕是从未想过远与不远。

那个有情有义的小梆子，再远，也值得一见。”

本是闲话，堂邑父却扯上了周月英。张骞与秦自乐便各具心思。张骞是难以忘怀周月英的恩情，秦自乐却是对小妹婚事的挂念——自从看到由天际被一群美艳的少妇所簇拥，便知他这个“妹夫”已经名存实亡，成了一个空壳子核桃，小妹算来也二十三岁了，可不要白白傻等。

由天际何等乖巧，见张骞、秦自乐俱皆不语，立道：“堂叔叔，您说得极是，等西行归来，无论多难多远，我都要去趟峦芳洲。如果需要，我就留在那里；倘若不需要，我就回京城长安。我那地方，就交给蒙利克。那几个婆娘，或去或留，爱咋样咋样。”

堂邑父有些后悔，自己随便一句话，却惹得三个人犯起了心事，于是大谈在英风客栈杀灭胖老二的故事。这次他说得非常仔细，由怎么想到以陶片制敌，到怎么用羊肋骨作暗器灭凶，完完整整说了一遍。最后道：“我这算不上什么。按说，最精彩的故事，还是我大哥孤身大战土匪托力达之事，三弟为夺旌节独战群雄灭二王之事。”

秦自乐当然明白由天际话中含意，张骞也只是怀念，并无悲愤，即道：“由天际这主意不错，每人都将这十年来的经历讲讲。该记的记下，该忘的忘掉。如若回到家乡，也让后人晓得我们出使西域都遭遇了些什么，以及我们是怎样坚持信念，保持气节的。今日已经不早了，就宿在此处，该准备的，准备准备。赵无偏、陈尚斗，你二人帮杨柏辛苦一下，其他人在附近找找，看能弄到什么吃的。路还远着呢，粮食、干粮，能省就省着点。”说罢，便率先出去。

众人依言，各自散开，却哪里寻得着什么。目之所及，除了沙砾，便是沙尘，连一点绿意也没有。一阵燥风卷地而来，非但毫无爽意，反倒使人周身感到干裂。远处，时不时见到一股股旋风拔地而上，将绒沙带起，直至半空，犹如滚滚烟尘，飘飘摇摇，四散而落。幸好，夜宿之地，石头居多，此种景致，无由得生。

夕阳的余晖，将人们的影子拉得很长。那些影子时长时短，时伸时缩，渐渐归于模糊。但是天色仍然十分亮净，不似汉中、城固和京城长安，太阳一落，便即麻影，黄昏短暂得只在一瞬之间。

人们走出了几乎十里之外。由天际一直跟着堂邑父，先是发现两株极矮的小树，堂邑父看了一眼便即去了旁边，由天际却甚是好奇，蹲下身子，仔细端详。先是看到几片“树叶”：其小如豆，扁而且厚，触之坚实；其色灰麻，上有绒毛，摸之扎手；其味涩苦，喉间发哽，嚼之生涎。目测高不及盈尺，两三枝丫，犹似小棒，偏又长成楞柯形状，楞柯上生着若许芒刺。看其树根，尤其奇特，树干不过拇指粗细，根部却似五指张开的拳头，深深地插入沙石缝隙。由天际正自琢磨，要不要将此“树”进行“采伐”，只见堂邑父扔来一样物事：“由天际，拿着！”

由天际凌空接住，原来是一只硕大的沙鼠，已被堂邑父打晕。他提溜着沙鼠，刚要迈步，只听堂邑父疾声叫道：“站着，别动！”由天际放眼看去，只见堂邑父也似木桩般兀然而立。

此时，半里之外的边际突然跑出几只野物，有野牛、野山羊，也有野马、野驴、野骆驼，它们成双成对，有的还拖家带口，如刮风一般向南奔去。堂邑父并不在意那些野畜，独独关注眼前周围。

不大一会儿，便见一只沙鼠口衔一物，从东而来。这只沙鼠不知是口中之物过重，抑或肢体有甚毛病，行动并不快捷。堂邑父瞅准机会，扔出一块石头，将其击翻，提起一看，即道：“顺此方向，快去找找，不过两里之地，肯定另有一只，不死也是重伤。”

由天际依言骑马而去，果然找到一只半死不活的成年沙鼠，等他转回，只见鼠窝已被掘开，深约三尺有余，堂邑父单膝跪地，正将沙鼠“粮库”中的食物一件一件往出掏，摞起一小垛。

由天际扒拉一看，全都不识。他大为振奋：“堂叔叔，天还亮着呐，我们再去附近找找？”

“起码周围三里之内，再无沙鼠。这里不比大草原，水草茂密，食物丰盛，土拨鼠随处可见，成草原大害。这沙地气候恶劣，食物异常匮乏，沙鼠领地常在三里以至五里左右。沙鼠之间常为争夺领地发生战斗，而且非常惨烈，非将一方咬死或咬成重伤不可。有时一打就是两个时辰，成为两败俱伤乃至同归于尽的结局。若是公鼠一夜未归，母鼠第二天便会另寻夫婿，如若同遇两只公鼠，母鼠就在一旁看它们打架，随胜者而去。它们欲生小鼠，也须看天时，只有在逢雨雪之后行之，小鼠长成，便将其撵出巢穴，任其自生自灭。沙鼠的巢穴与‘粮库’，一般就在离这种树根不远的地方，既可避免野兽的践踏，也可避免沙土塌陷。”

“嗬，这与人世间几乎没甚差别。堂叔叔，我只是不明白，您怎么晓得，东边两里远的地方，还有一只重伤不能逃跑的沙鼠，而且还让我快点去？”

堂邑父指着由天际手中的沙鼠说道：“你提起它的后边左腿看看，是不是被咬伤了？虽然刚结血痂，说明它跟另一只沙鼠打了一仗，那只沙鼠因为护食，不肯放弃口中美味，所以吃了大亏，结果命丢了，口中之食也没了。让你快去，是怕来自空中的秃鹰和兀鹫，那些大鸟时时都在人眼见不着的地方盘旋，几十里范围之内，地上再小的活物或尸体，都能看得一清二楚——这在十年前的西行路上，我们早已领教过，何况我在草原又有了十年经历，甚不晓得？”

“我只是没能想到，这鹰嘴夺食的事儿，根本不容迟缓。可这沙鼠‘粮食’里不但没有一粒种子，连一颗野果、一截草根也没有，都是一些七棱八翘的东西，这能吃吗？”

堂邑父得意一笑：“傻了吧？一个人再聪明，不晓得的事儿，想破脑壳，还是不晓得。这里寸草不生，哪来的种子、野果？但却长两样东西。”随手拿起一根一握粗细黄皮带须的块茎，“这叫酥油草坨坨。它上面的叶子很小很小，不绿不黄，乌青乌青，团在一处，从不露出沙面，人们根本发现不了，偏是那些野物鼻子一嗅，老远便就闻着，野物用蹄子，沙鼠用爪子，将其掏出。这酥油草坨坨吃起来就像羊奶奶酪，汁液丰富，既解饥又耐渴，是这沙地上的宝贝。”堂邑父又拿起一株草不像草、根不像根略带紫青颜色的东西，“还有这种，它叫马丫突拉草。甭看它貌不惊人，却可救人性命，但凡在大漠上患了暑热病，唯它可解。哦，别动，母沙鼠快回来了，你将公鼠干脆弄死，放在它们的‘粮食’旁边，这次不用动手，便有好戏可看。”

堂邑父话刚落点，便见一只沙鼠口衔几根马丫突拉草，出出溜溜，从东而回。到了窝前，看到“家”已被抄，公鼠直挺挺地死在旁边，便吐掉口中之草，围着“粮堆”和公鼠，一边“吱吱”地叫着，一边不停地转圈儿。最后拼命地乱蹦，一直蹦到精疲力竭，昏死过去。

不费吹灰之力，堂邑父将其提溜起来，让由天际将酥油草坨坨和马丫突拉草包好，上马而回。

这次不等由天际相问，堂邑父便予以解释：“老鼠看人，只看人的双脚，并不看上面。这沙鼠可能只见过四只蹄子的野物，从未见过人，但它仍会从脚上判断有无危险。我们只要站着不动，它就会认为十分安全。人们缘何将老鼠的眼光叫‘鼠目寸光’？就是这理。或许，这沙鼠比一般老鼠看得远一些，但也远不到跟马儿一样。”

这时母沙鼠已经苏醒，开始挣扎，四肢上下划动，尾巴左右乱甩。堂邑父弯起左手中指，向其脑袋一叩，沙鼠又昏晕没了知觉：“现在来说这只母鼠。只要窝里没有小鼠，公鼠出去觅食也好，打架也好，母鼠都会相随。如果为争地盘公鼠打赢了，它会去采集食物慰问公鼠；如果公鼠为此丢了性命，它会又生气又伤心，开始折磨自己。这只母鼠看到公鼠得胜而回，便去寻找食物，准备犒赏公鼠，谁知一回来，发现巢穴被毁，公鼠已亡，所以有了刚才一番折腾。”堂邑父说罢，又一声叹息，“比起草原上的土拨鼠，沙鼠的日子确乎难过一些。”

“堂叔叔，我算是开眼了。想不到这看似平常的沙鼠，其中也有许多故事。这一番西行，不知还会遇上多少奇妙之事。”随即感叹道，“这沙鼠之间，除了争斗，也算得上有情有义。”由天际神情变得庄重。

“情义恐怕谈不上，主要还是生存依赖。那母鼠一旦没了公鼠，一时又无别的公鼠与它共同对付危险，就必受欺负，遭到强盗鼠的掠夺。它无以为生，只有死路一条。”

二人一路说着，不觉间，到了宿营地方。

回来的人们之中，以堂邑父、由天际收获最为丰富，再是张骞、秦自乐各自捕得一只沙鼠，孙治瑾弄得一包酥油草坨坨和马丫突拉草，任扶和苏疾二人则不管什么，但凡地上长的，一概收入囊中。

一只沙鼠一斤多重，五只沙鼠可得鼠肉将近七斤，杨柏乐得合不上嘴，立即和赵无偏、陈尚斗收拾起来。

孙治瑾却将所有的马丫突拉草收集一处，用细绳扎好，小心地放入药囊之中，道：“这有大用，吃了可惜。”

这一顿鼠肉炖酥油草坨坨，直吃得大伙儿眉开眼笑。任扶道：“我若南归，就无此口福了。想不到这沙鼠比土拨鼠好吃多了，不但细嫩，而且香汆，酥油草坨坨也脆甜爽口。”

任扶的一句话，勾起了大家对南归兄弟的关怀与思念。孙治瑾推测道：“如若顺利，朱厚良与孟慎他们已经过了居延；走北路的话，应该过了丹墨音呼都格。”

苏疾接口道：“有张骞大哥的路线图，怎会不顺利？要说，让人不放心的，是尤习重的眼睛，不知孙医官你那药起不起作用。”

张骞这几天总觉得有些心神不宁。从由天际牧场出发，今天整整六天了。如果没甚耽搁，走南路应该到了马鬃山一带，而非居延；走北线应该到了苏泊淖尔沙草地。他最担心的是怕料敌有误，出什么意外。若真有此事，那真是终生悔恨。面对眼前这些兄弟，他又不能将此担心道出，故而以别的话题岔开：“挂念回京的兄弟，这是情理之事。相比之下，他们更替我们担心。我们的努力，亦是他们的希望。今天是五月十四，我们消耗的水和食物，已接近一半，而乱石滩之路，可能明日才会开始。我决定明日干脆在此休整一天，主要目的，再猎捕一些沙鼠，找出一些酥油草和马丫突拉草。”随即拉起堂邑父，“二弟，你给大伙儿讲讲，捕沙鼠、寻找酥油草，都有哪些诀窍。”

“诀窍说不上，沙鼠的习性晓得一些。我嘴笨，大哥让由天际说吧。”

“也好。天际你一直跟着你堂叔叔，说吧。”

“我已经吃得打嗝了。”也不知是真是假，由天际连嗝两声，这才说道，“看在甘叔叔和杨叔叔让我吃得打嗝的份儿上，张伯伯又有命令，我就讲了。我取了个名字，叫作《堂邑父智取沙鼠》。且说五月十四这天午后，大汉使节队来到一处不知其名不见人烟的沙地。正使张骞见时辰离夜尚早，遂命众兄弟寻找充饥之物。有由天际者，沙地谋生，一片茫然，即紧随副使甘父而去，冀求沙地生存之道。说起甘父，使节队中，人人佩服。他又名堂邑父，不但忠勇可嘉、义薄云天，其绝境求生之法，亦令人心折。二人走走停停，已有十里之遥，仍一无所获，由天际未免心中着急，见一沙棘矮丛，即下马查其究竟。此时但见一鼠，口衔一物，摇晃而来。说时迟，那时快，堂邑父一石击去，那鼠‘吱’的一声叫道：‘朗朗乾坤，大好日光，谁人偷袭，痛杀我也。’当即一翻白眼，昏倒于地……”由天际绘声绘色，将堂邑父捕沙鼠，掏“粮仓”的经过说了一遍。

苏疾道：“由天际，你们捕的沙鼠是否皆为精怪，不但能说人话，而且是你的乡言俚语？”

由天际嘻嘻一笑：“苏叔叔，我们晓得，不管什么话，都难不倒您。我呢，只能靠猜。明日您若捕到沙鼠，您可以问问它们究竟说了些什么，记得不要忘记告诉我们。”

众人笑了个七仰八倒。苏疾也笑了：“好你个由天际，我可不敢再去招惹你。”

张骞却注意到，陈尚斗只露出一丝浅浅的笑意，并不像别人那么乐呵。他明白，陈尚斗的心事并未完全放下。依据由天际所讲的捕鼠故事，张骞又重新做了安排：“明日不宜再滞留此处，实施捕猎行动。早起餐后，前行三十里，而后分开行动。我与陈尚斗，堂邑父与赵无偏，秦自乐与陈治瑾，任扶与杨柏，苏疾与由天际，分东、西、南、北、中五个方位进行。这不是比拼，只看各位兄弟的运气，还得看两人之间的配合，此事明日我不再重复。另外，鉴于现在既无敌骑暗袭，也无野物相扰，从今夜起，直到见着人烟之前，夜宿不再设哨。明月之夜，燃火把一根，暗月之夜燃火把二至三根。孙治瑾所带药物十分有限，大家必须爱护身体，夜宿必须盖好被褥，不要因天气渐热、沙石烘烤贪凉致病。如需解溲，仍按老规矩办事，于逆风处半里之地解决。好了，大家准备就寝歇息。睡不着的，就看天上的月亮，数天上的星星。”

由天际嘟囔道：“张伯伯不像大使，倒像个管家婆。”话是这么说，却抱着铺盖，往苏疾一搭挤。先拣去石子，将沙地抹平，然后铺上垫褥。苏疾假意一推：“去去去，你不是与杨柏一块儿嘛，干吗烦我？晚上睡觉，像个死猪，半夜还得让人照看。”由天际却嬉皮笑脸：“苏叔叔，您怎么忘了张骞头领刚才怎么说，明日的猎鼠行动，我是您的伴当。再说，睡成死猪，那可是福分。”

二人说说笑笑，不一会儿，便随大家进入梦乡。马儿们则自动站成两排，除几匹还在反刍，余皆阖目而憩。

唯张骞睡意迟迟不到。他仰望天空，一轮将圆的明月侧东高悬，因为没有风沙的遮蔽，显得格外清亮而洁净，而月辉似乎十分的安详和温柔，给白日暴虐的沙地以轻轻的安抚。明月反而让天空更加幽远、幽暗、幽邃、幽谧，更加深不可测。繁星隐没，唯有稀稀朗朗的星星，闪闪烁烁，眨巴眨巴。尤其北斗七星，勺子一般，挂于天际，使人感到有了依靠与安慰。他想起了家乡城固的月圆之夜，对于北斗七星，他顶多只是好奇与欣赏，从未想过它与方向与命运相连接。

沙地之夜，除了月光与星光的无声陪伴，所剩便是无边无际死一般的沉寂。家乡、草原、沙地三相比较，此时的家乡是草虫的天下，是稻秧及其万物的天下。夜行者可以看到青蛙跳出一片月辉，可以听到稻秧分蘖拔节、吱吱吸水生长之声，其声给人以无限的希望与喜悦。草原月圆之夜，不仅是草虫们的天下，更是野兽们的天下，夜行者只能停下脚步，燃起火把，看着周围磷火般的眼睛匆匆而来、匆匆而去。间有哀鸣嚎叫之声灌入耳中，使人遽然惊醒。而沙地之夜，什么也没有，唯有沉寂、压碎心灵的沉寂，使人感到从未有过的孤独与绝望。若非有这帮生死相依的兄弟，实难想象，一人独行，怎么走得下去。

张骞一一想着这随他西行的九名弟兄，他们有各自的秉性，各自的特点，但对他的信任都完全一样。即令职衔原高于他的任扶，对他亦尊敬有加，言听计从。因为有了他们，他对这死寂之夜反而有了宁馨之感，他听着胸腔中心跳之声，渐入梦中。

陈尚斗却一直在假寐。由于明日日程安排，他与张骞并排而眠。他与张骞从未有过贴身接触，平时崇敬多于亲近，乍然，有些局促不安，睡下之后，身子便如这夜的沉寂，一动不动。他知张骞有着世所罕见的恢宏与大度，又有非常人可比的细心与警觉。故此，除却身子无辗转反侧之象，连鼻息亦调整到最缓最慢。他偶尔偷窥一眼，见张骞双目炯然，遥望夜空，在沉寂中沉思。

张骞在想什么呢？突然，一种负罪感涌上心头。陈尚斗陡地惶悚不已，使节队的最后希望，张骞的最后努力，几乎葬送在自己之手。他痛恨自己因小节而失去大节，因小家而伤害了国家。他想，倘若张骞遇此景况，只会咬碎牙齿往肚里吞咽，决不会像他这般，沦为敌人的工具。敌人鞭笞的伤痛已渐次愈合，而心中的伤痛，却如这沉寂之夜，月光和星光似不断压来的巨石，使他有着无以名状的窒息。

也不知何时，陈尚斗方带着悔恨睡去。

翌日晨起，张骞将命令又略作修改：“今日在此休整不变，明日，也即五月十六，我等将进入乱石滩，据我在托力鲁草原所了解，乱石滩乃人间险地。其险不是崇山峻岭、夏日飞雪，亦非大漠沙尘滚滚，更非草原土匪骑痞出没无常，当然，也无敌骑之围追堵截。其险在举步维艰，炽热难耐，且行程旷远，约七八百里。这七八百里，如在草原，快马快则三天，慢点四天可达。可在乱石滩，能日行百里算得最佳，这还须得天气帮忙。若逢炎夏，人马根本不敢入内，白日里石头上可将肉烤熟，而今选在五月通过，此为最好时光。为使马儿不受蹄伤，依陈尚斗之议，今日须给全部马儿更换新掌。按一个时辰更换四匹马掌计，不歇不息须得五个时辰。故此，陈尚斗今日不能参与捕猎行动，任扶予以帮扶，并照看驮马物品。我与杨柏各自单兵作战，杨柏必须午时返回，侍弄饭食，其他人未时之前返回，给陈尚斗留出更换马掌工夫。任扶你无须相争，于你来说，养精蓄锐乃尔之要事。”

未时，堂邑父与赵无偏最后归来。相较起来，堂邑父二人拔得头筹，计猎获四只沙鼠，一堆马丫突拉草和酥油草坨坨。杨柏也显得阔气起来，做了一顿鼠肉酥油草坨坨烩馍，吃得大伙儿周身沁汗，直呼妙不可言。

由天际吃罢仍围着铜锅乱转。杨柏取笑道：“看甚？它又不是你的‘四朵鲜花’。”

“它可比那‘四朵花儿’重要。看到它，使我想起许多往事。”

“是呀。它若有知，会感谢你的救命之恩。当年若不是你用小尖尖一戳，它早被狂风刮跑了。”

“我可不敢贪天之功，据为己有。小沙丘一战，若非鞠无田以身护锅，此物早被匈奴匪徒抢走。这是鞠叔叔留下的念想，睹物思人，真叫人感慨良多。”

由天际这么一说，杨柏等人不由得神色黯然。十年前，从京城出发时是何等气魄，而今上路只区区十人，除去李中壮带回去四十来人，许多兄弟都不幸殁于异域他乡。一时之间，皆默声不语。

“看我这张嘴，没来由提这事干甚？鞠叔叔若天上有知，定会怪我太没出息。我等正背负着他们的遗愿，为完成大汉朝的使命，跟随张骞伯伯，继续西征呐。我想，到了西边，找到大月氏，一定有许多好看的、好玩的、好吃的、好用的宝贝，说不定带上一些回到长安，也让人们长长见识。”

“由天际这话说得不错。我们此行不但要联络大月氏，还应该将我们那里没有的物产种子带回去。我在都嘎部落时曾经遇到过一个乌孙姑娘，让我第一次用黄瓜种子育出了十分可爱的黄瓜苗。移栽之后搭上黄瓜架，到了夏天，只要勤浇水，越是天旱越肯结瓜。绿油油的叶子藤蔓，黄灿灿的黄瓜花儿，溜青溜青的大小黄瓜，好不诱人。摘上一条，直接生吃，嘎嘣脆响，满嘴汁水，满口清香。日日摘，日日结，吃不完，腌成条，风味极是独特。在小黄山，我还用嫩尖儿、嫩叶儿制成黄瓜叶茶，夏秋冲泡，解暑解渴。”张骞以黄瓜为例，大讲引用物种的好处。

“那个乌孙姑娘叫甚名字？我们怎么从来未听大哥提到过。”这次却是秦自乐插言。

“我们的张大使如今敢说吗？昆古丽玛月伦的眼里，可容不得沙子。”孙治瑾混到相互知心，也会说上俏皮话。

张骞微微一笑，怅然道：“她叫凡妮娅，是一个很美丽很善良又很勇敢的异族姑娘，尤其那一双蓝色的眼睛，比我家乡汉江的江水还要清澈。可惜，在我和草原土匪托力达作战时，她为了掩护我，死于敌手。后来，每年一到栽种黄瓜的季节，我都更加怀念她。此事我全都告诉了玛月伦。此外，还有关于五公主塔丽版宓赤之事，我与阿果拉芒娃轴婚之事，你嫂子也全都了解。你们可能不晓得，玛月伦看似泼辣，其实内心十分柔软，很明事理，反而为有这样痴心的女子感到敬佩。”

“我也不过是一时图嘴巴快活，说说而已。我们谁都清楚，张大哥，你是一个做事光明磊落、极为宽宏大度之人，每当危急时刻，你都在为我等遮风挡雨。我看这事就不必继续闲扯，张骞大哥你为大伙儿唱支歌吧。我可好多年没听你唱过，不知各位意下如何？”瞧见陈尚斗忙着为马儿钉掌，孙治瑾又道，“驯马师，忙也不在此一时，歇会儿，歇会儿。”

大家应声附和，连不善开玩笑的堂邑父也笑道：“孙医官这叫饭饱生余事。不过，大哥能为我们这些粗坯夯货唱支歌，也挺不错。我是不会唱，尤其编不了词儿，我若是会一点点，也要牛吼一阵子。”

明日就将踏上西行的艰苦征程，乱石滩的传闻虽有添油加醋的成分，但是估计也很不美妙。今日大伙儿既然有此兴致，不若唱一支轻松点的小调：“我也多年没有张口唱歌，既然大家有此雅兴，又不嫌我声音发糙，那就唱上一支我家乡的民歌，它的名字叫《看到情郎心发慌》。大家不要笑，在这人世间，年轻小伙看漂亮姑娘怦然心动，那些春心萌动的女孩，见到英俊聪明的小伙子，当然会铭记于心，思之慕之。否则，人间就不会有悲欢离合之事，有相思难解之说。”张骞轻咳两声，抿了一小口水，开始唱道：

看到情郎心发慌，棒槌砸到石头上；
娘问我在江边干啥呢，我在江边洗衣裳。

看到情郎心发慌，采莲误把莲花伤；
娘问我在荷塘干啥呢，一条泥鳅划过塘。

看到情郎心发慌，一锄抡向黄豆秧；
娘问我在地里干啥呢，一棵野草地里长。

哎呀你个挨刀死的，你个笨死的急死的，
切莫误了好时光，我俩早日配成双。

张骞唱罢，众皆开怀大笑。由天际道：“叔叔们猜猜，是那个姑娘先到江边，还是她那个情人先到江边？她那个情郎离她有多远，在干什么？她娘是有意去江边，还是无意去江边？”

苏疾笃定道：“这还用说，当然是那个小伙子先到江边。那个小伙子经过姑娘门前，口哨一吹，打个暗号，表示先去江边等她。那姑娘急急慌慌，心像猫抓似的，抓了几件衣服随后便跟到江边。江边约会，肯定不在秋冬，而是春暖花开艳阳高照的季节，小伙子除了洗澡捉鱼，还能干甚？当然，洗澡不会光着屁股，不过随便擦擦而已。她娘只要不痴不傻，当然得去看看小伙子的模样。于是借口寻找女儿去了江边。”

众人又洪然大笑，这吹口哨打暗号分明指的是由天际。由天际倒十分开心：“苏叔叔说得没错。汉人、汉江、汉中，如果我也生在张伯伯的家乡，肯定会被某个姑娘所迷倒，当上她的情郎应该不成问题。只是可惜，我没去过汉江，也没见过汉江，江边长大的姑娘——这里只有甘叔叔去过汉中，那里的人吃米吃鱼，姑娘是不是水做的？脸蛋拇指一弹就出水？”

堂邑父说笑却是外道：“那里好看的姑娘太多了。别的不讲，就说我前头的大嫂周月英，眉眼如画，脸色红里透白，比单于的阏氏还好看。我平时都不敢和嫂子对视，怕多看一眼就会亵渎了她。”

这话无意戳到张骞痛处，大伙儿顿时默然。堂邑父意识到问题时，话已出口，于是显得有些尴尬。张骞却诚恳道：“我应该感谢堂邑父，这么些年过去了，仍然十分敬重周月英。他不因玛月伦的出现就忘记故人，也不因敬重故人而轻视玛月伦。从根本上看，我们都是匈奴掠夺之战的受害者。若非战争，我不会失去周月英，珀莉不会离堂邑父而去，由天际不会成为孤儿，大伙儿也不会失去亲人。有此十年奴隶的磨难，今后我们会在自己的家乡，唱着优美的情歌，与心中的姑娘厮守终生。大家想想，是不是这个理？”

很少说话的赵无偏道：“我晓得了，为了让我们的后人、我们的家乡永远有这样的情歌，这次西行历程再苦再难，也一定跟随张大哥走到底！”

由天际却急了：“赵叔叔，您这话想封门是不是？可我的问题还没完呐。那姑娘缘何不洗衣服了，又去采莲子，采莲子缘何又眼睛瞅着下面，去看泥鳅？还有，姑娘又到荷塘干甚去？”

大家又开始说说笑笑，重新争论起来。秦自乐虽祖籍汉中，却没见过汉江，也不知荷花、荷塘是怎么回事，当然也不晓得那些风趣优美的民歌小调与匈奴草原上的长调迥然不同。询向堂邑父，堂邑父也只能将汉江说个大概，其他全都不甚了了。问急了，便道：“三弟，这次西域归来，去汉中住下，不就全都明白了。”

“二哥说得对。到时候，大哥、二哥、我，我们都去城固，一生一世，都在一起。”秦自乐暗下决心。

张骞有些出乎意料。一首极为平常的情歌，竟惹出若许话题，勾起大伙儿许多向往，心甘情愿地往由天际设计的“陷坑”里跳。他也认真琢磨起来，觉得越琢磨越有味道。明白如话的歌词，不仅朗朗上口，易记易唱，且让人心情愉悦，余味无穷。他真是佩服那些大字不识却充满智慧的无名歌者。

是夜，圆月又白又亮，清辉笼罩四野，人们不再感到静寂的压迫，于梦中进入民歌的水乡。

五月十六日，当第一绺阳光映入眼中，使节队起程，继续在无路之路上行进。

他们背负着阳光，前边映着长长的影子。影子一俯一仰，胯下之马，马上之人，在空旷静默的沙地上，组成一串不断摇动的图像。地上“扑嚓扑嚓”的蹄声，给人以稍许安慰，少了一些寂寥。唯有由天际，似乎永远也睡不够，一声一声，长长地打着呵欠。

野驴、野马、野骆驼愈来愈难见到，天空中兀鹫之类的大鸟，也几乎没了踪影。扑面而来的旋风，似从草原烈火中刮来，除了没有烟尘的味道，那种特有的炙热，使人愈来愈有强烈的感受。

走了不到四十里地，使节队进入传说中的乱石滩。

准确地说，这里不应叫石滩，而应叫石海、石渊。目之所及，麻黑一片，全是石头。大者如头颅，小者似鸡蛋，光滑浑圆，无一星土，无一粒沙，大小相垒，石石互嵌，坚硬无比，不辨东西，亦不知南北。掣一石，余石皆动，石石相撞，“哔唧唧”之声石定方息。太阳照处，蓝光紫光，熠熠灼目。触摸石头，如红锅取饼，缩手不及。

此时入夏不久，看日头，不过巳时左右，尚未进入乱石滩腹心，便如此之热，实难想象，六月七月盛夏时节，这乱石滩将是甚样景况。看来，石头上烤肉的传闻，所言不虚。

使节队中，数苏疾最“胖”，亦最不耐热，一到乱石滩，便汗珠滚滚。他索性打起赤膊，将葛布衬衫在胸前甩来甩去，希图扇出些许凉风。殊不知半个时辰不到，脊背便被灼伤，冒起亮晶晶的水泡。紧跟其后的赵无偏见了，大叫道：“苏疾，你背上起泡泡了。”

张骞即令大伙儿停下：“我不知在乱石滩行进，比大漠还要严酷，故而提前未做安排，致使苏疾等人平白遭到晒伤。据此情况，现做如下要求：其一，将遮阳帽、眼罩系紧，以防被疾风吹没。这里不比大漠，更不比草原，一旦风吹落地，下马去追，乱石滩中，人与马均难追及；其二，一律身着长袖长裤衣裳，勿使皮肤暴露于阳光之下，如觉胸闷头晕，应立即告知于我，不许默声硬抗；其三，不许催赶马儿，如若马儿举步维艰，亦应及时相告以调整换乘；其四，午时前后就地歇息，以缓解马儿体力，蹄甲不致受到烫石灼伤，同时，大伙儿的精力、情绪得以调整；其五，由于此段行程不能加速，预计的八天时日通过乱石滩，看来难以实现，至于尚需多少时日，现在亦难以估出。而据杨柏相告，若按现在这种消耗计，只有六天用度。故此，从今日起，食物、饮水及马儿饲草、饲料，在保证基本体力的前提下，实施减量供给。每日两餐，每餐供粮四两；每日饮水两次，每次半斤。马儿喂饲两次，分于中午、晚间进行，每匹每次饲草二斤，水半斤，具体由陈尚斗掌握。食物、干粮由杨柏分配，饮水则由任扶掌管。我想，只要熬过乱石滩，食物、饮水及马儿的草料，一定能予解决。这次是与我们自己作战，同样十分残酷，但我们不能败给自己。十年的奴隶岁月，我们什么苦没吃过？什么罪没受过？咬牙坚持一下，应该不成问题。现在，大家就地歇息，由任扶、杨柏分派水和干粮，孙治瑾帮助陈尚斗给马儿分配水与草料。”

由天际首先道：“张伯伯放心，好日子有好日子的过法，遭罪的日子有遭罪日子的活法。这乱石滩也算是人间罕见的世面，熬过它，这一辈子都有说不完的故事，我是绝对不落人后的。”说毕，随手将一块圆石翻了个个儿，使其阴面向上，用脚将翻滚小石一拢，垫住大石，然后一坐，“赵叔叔，待您坐好，我有两事，需要请教。”

张骞暗赞，仅此选坐小事，亦见由天际聪明，所提之事，必与石相关。

赵无偏依由天际翻石之法，坐于石头凉面：“甭说请教，你有甚事，尽管问吧。”

“赵叔叔是玉石匠，天下奇异之石所见甚多，不知此处有无宝贝，譬如像和氏璧那种价值连城的玩意儿？另外，此处石头无论大小，缘何个个如圆珠一般，且光溜溜无糙手之感？”

赵无偏面相看似精灵，对人对事却如石头般实在，对于由天际的考问，他并不认为是闲话戏言：“依我察之，这些石头无甚奇处，只是一些普通石头而已。既无绿玉，亦无白玉，更无和氏璧那样的宝贝。贪财贪色，是天下人之共性，如若此地有美玉，必有冒险者来此淘宝，何至至今杳无人迹？大小石头，尽皆浑圆，想必为早年大水激流冲刷所致。”赵无偏自感这种解释甚是勉强，言语便有些游移。

“赵无偏，你这话鬼才信你。这种鬼地方，一年怕也见不着一朵云一滴雨，何来大水？何来激流？而且，有河水就必有沙子，此处你可见到一粒沙子？”苏疾不以为然。

“那你说说，是甚原因？”赵无偏认真起来。

“依我看去，这里日日刮风，年年刮风，千百年下来，大小石头便被吹成圆圆的光光的。”

“可这么多的石头又从何来，你说？”

“这个——”苏疾觉得难以回答，胡诌道，“这好比天底下我们所见到的人种，一个地方与一个地方都不一样。从人的模样，到穿衣吃饭；从说话做事，到礼仪举止，简直千差万别。我认为，这里天生如此，没甚奇怪。”

赵无偏连连否认：“这种说法，你自己都无法相信。”

“你们不必相争，我看这是天公爷爷丢下来的东西。沙子放在一处，便成了大漠；草籽一撒，便成了草原；捏一把雪扔向大山，那里便会发生雪崩；把大小圆石撂在这地方，这里便有了乱石滩。”堂邑父煞有介事，言之凿凿。

由天际觉得所答均不可信，却又感到非常好玩儿：“张伯伯，使节队里，数您读书最多。您来评评，哪个叔叔最为有理？”

张骞已经知晓，由天际所采用的迂回战术，其最终目的，是要从他这里获得答案。但他并不说破，以满足这孩子的一点小小的得意：“孔老夫子曾经说过，知之为知之，不知为不知。我们的先祖有一个非常古老的传说，共工触不周山致天柱折。我们不知不周山在何方何地，所谓的天柱，看来也并不存在，但共工只要是个人，再是盖世英雄，也不过千把斤力气，怎可一头将一面大山碰垮？故而此话也只是听听而已。至于这乱石滩的石头从何而来，又缘何成为这种模样，当与离此最近的天山有关。或许，这里在很久很久以前发生过一次强烈地动（古人将地震叫作地动——笔者注），由于山崩地裂，地下喷火（火山爆发），将天山上的石头化成了火红的铁水，千颗万颗冲向千丈万丈以上的高空，被狂风暴雨一浇，而后轰轰隆隆滚落此处。当然，这只是我的猜测。待我们走出乱石滩，向天山附近的人们一问，或许能有个令人信服的答案。”

众人深以为是。

至未时，使节队又缓缓地向前行进。

堂邑父仍然打头。他以自己与乌骓马的影子为准，稍有偏离，便拨拨缰绳。乌骓马很快适应了这种“道路”，每一举蹄，先轻轻踏向小的石头，听到“咯当”一响之后，方用力踏入；若有圆石被挤飞出，便即刻避开，另选落蹄之处。后来渐次熟练，落蹄的失误愈来愈少，速度较之开始，也快了一些。

至酉时，张骞即令大伙儿歇息。他估算了一下，这一天行进，不到百里，心中不禁泛起忧虑。

此时放眼周遭，四面皆石，夜宿躺卧，是为奢想。能持剑（刀）坐眠者，仅张骞、堂邑父二人而已。由天际眼珠一转，有了主意：“苏疾叔叔，今晚与你扯伙搭铺，可否？”

苏疾正为夜宿犯愁，听得由天际呼叫，知其又有什么鬼主意，便走了过来：“怎么个搭法？你说。”其他人听了，也都伸头观望。

由天际如此这般一比画，二人便动起手来。先将四块大的圆石两两相对，以一膝之距拼妥，中间的小圆石则汰大留小力求平整，其后各将褥子叠为四折，对接相垫，再取一束饲草，卡入两大圆石中空。一切妥帖，二人即头枕饲草，下坐厚褥，成躺卧状，再展开被子，上盖自身，下盖对方腿脚，舒服而惬意。

无须张骞讲述，人们皆照样脱靴。秦自乐由由天际想起了远在峦芳洲的母亲、弟弟和妹妹。若由天际真能成为自己的妹夫，以其聪明与智慧，无论在峦芳洲，在汉中老家，或在京城长安，定有非常不错的发展前程。他真希望早日完成西行使命，回归正常生活，什么功名利禄，一切都可以不要。

由于每日在石中踩踏，加之石头受烈日暴晒而热浪奔腾，人畜皆昏昏然如睡，醺醺然似醉。张骞与堂邑父以极强的毅力在前引导，后面的人畜则下意识地跟进。人们口唇干裂，喉咙冒烟，嗓子暗哑，谁也不想说话。

张骞当即命令，每人将自己和马儿的尿液积攒起来，以备危急时刻之需。

这样又过去了四天，进入乱石滩的腹心。天气奇热无比，大家都无汗可出，皮肤燥若干柴，就算有衣服遮罩，有些地方亦被灼起水泡。水泡一触即破，一破即有黏液流出，形成硬硬的干痂。

五月二十二日将及中午，陈尚斗的坐骑突然嘶哑痛吼，抬着前边左蹄，站立不动。大家一见，纷纷下马，上前围观。张骞凑近陈尚斗，“马儿怎么了？是否被石头硌伤，马儿惜痛？”

“待我看看。”陈尚斗拿了小锤，去敲蹄铁，马儿受痛，猛地一蹬，若非他富有经验，料到有此一着，早被蹬中面门。他扔下小锤，上前拥住马儿头面，右手轻抚马儿双颊，柔声相嘱。那马儿双眼溢泪，拱着他的腋窝，显出依依不舍的模样。陈尚斗回望张骞：“此马随我多年，彼此犹如兄弟，可否将马儿和我的半斤水，提前给予，让这马儿喝了？”

“任扶，你将我的那半斤水倒在一块儿，用饮水盆端来。”张骞即刻吩咐。

陈尚斗投来感激的目光：“我刚才照了一眼，马儿并没受伤，而是因病。”

“病？你是说马蹄上有病？那是什么病？是否还能继续行走？”张骞有些着急。

“如若估计不错，它得的是‘蹄黄’。此病多发生在夏季。马、牛、羊、骆驼、驴，甚至人的脚掌，皆有可能患上此病。若得此病，则痛入心扉，足不能落地，遑论行走。”陈尚斗心情灰败，声音低哑。

“有无可治之法？”

“有倒是有，可眼下哪有条件去做？就说这马儿，得先将其放倒，让五六个大力小伙摁住，而后取一小型锐器，用火燎过，从蹄茧中剜出那颗作祸的黄色腺体，敷上伤药。以后每天换药一次，十天左右方可站立，半月之后方可走动，一月之后便可疾驰如常。这段时日，唯有与最熟之人相守，方可奏效。事实上，人们只能放弃，为解除它的痛苦，采取——”陈尚斗虽顿口不说，大家亦明白其中之意。

杀马？草原上人们倒是常见，但在使节队中，无人当过马屠。陈尚斗绝对不肯出手，剩下九人，谁能任之？张骞沉吟了一会儿，仍然不好下达命令，最后慢慢抽出重剑：“苏疾、孙治瑾，你二人将陈尚斗搀于旁边歇着。二弟、三弟、由天际、赵无偏、任扶帮我。杨柏取盆，准备接血，能直接饮用者，将碗拿来。”

“大哥，还是我来。”堂邑父肩膀靠开张骞，抽出马刀。

张骞紧搂马头，在马儿咽气倒毙的那刻，随之蹲下身子，也未让其发出嘶鸣之声。

任扶等人早已饥渴难耐，大口吞咽滚热的马血。由天际给张骞端来一碗，张骞抿了一口，终因嫌其腥咸而没有喝。由天际不好相劝，默默接过。

陈尚斗拒绝别人相陪，背对大家，抱着脑袋，一动不动，独坐远处。

孙治瑾、苏疾、赵无偏帮着杨柏整治马肉。杨柏先以少量沸水将马血蒸熟，切成十份，再以余水将马皮之毛褪掉。因无水洗涤内脏肠肚，只好用利刃刮削，并敲碎马骨，取出髓油。除了马骨，凡能果腹之物，悉作利用。对于陈尚斗，因虑其心绪，杨柏特别为其烤了一串马肉，让由天际送去。

草原之人，对肉食的称呼，牛羊鸡狗猪狼，可分类直呼，唯独对马肉采用别称：红肉。其不但取肉的颜色，更含有对马的避讳和敬意。由天际举着一串熟肉，在陈尚斗面前一晃："陈叔叔，香喷喷的红肉，想不想？这可是杨叔叔特地为您准备的。"

"拿开，别烦我！"陈尚斗看也不看，抬手一挥。

由天际不以为意："陈叔叔，您是不爱吃，不愿吃，或是不想吃，吃不下？"

"我头晕、胸闷。不吃。"

由天际悒悒折身说与张骞。孙治瑾不待张骞发话，便去了陈尚斗身边，看看脸色，看看舌苔，又翻起眼睑，看看眼仁。即向张骞等人招招手。

大伙儿围了上来，孙治瑾道："陈尚斗本来患有暑热病，加上刚才马儿的刺激，故而病情未得好转。大家劝劝他吧，我去弄碗马丫突拉草汤药，先让他喝下。"

陈尚斗却叫道："孙医官别弄，弄来我也不喝！"

"定量供水与服药是两回事。别以为我不知你心中所想，以为将水给了马儿，现在就拒绝喝药。我命令你，药必须得喝！"张骞语气严峻，不容拒绝。人们又多方劝解，陈尚斗始终不语。

十多天的消耗，驮马都减轻了负载。张骞从驮马中挑了一匹最好的健马，作为陈尚斗的坐骑。

然而陈尚斗的病情非但没见减轻，反而愈见加重。食物一口未进，饮水喝入便即吐出，周身烧得烫人。到了夜间，更是谵语不断。

张骞问孙治瑾有无更好办法，孙治瑾道："医工治病，三份在治，七份靠养，须得病患与医工相互配合。任何药物，只是为病患提供一份外力支撑，如若病患没了执念，身体又太差，药物就发挥不了效力。何况，仅凭马丫突拉草去孤军奋战，而陈尚斗心思太重，又不擅与人交往，这就难了。张大哥，你得做好准备，依我预计，陈尚斗最多只能熬过今晚，或许能看到明天的日出。”又长长一声叹息，“见陈尚斗这种样子，我心里实在难受得要死。”

张骞的心情顿时沉重不已：“孙医官，你已经尽力了，你应注意歇息，好好保重。”遂召来堂邑父、任扶和秦自乐，做了详尽的安排。

第二天早晨，骨瘦如柴的陈尚斗已经无法起身，但神志清醒，对一直守候在身旁的张骞说道：“非常遗憾，我不能随你去西域了。我有三件事，你得应下：第一，这些马儿同样是使节队的兄弟，它们千辛万苦，千里万里相随不舍，你得善待他们；第二，从今日起，每日你得命令兄弟们仔细检查蹄铁的磨损状况，随时注意更换，这乱石滩最易出现情况；第三，从西域返程之后，如有机会，告诉我的老婆，让她改嫁他人。”说毕，溘然而逝。

这真是：

当你见到的一棵小草都成了珍宝，
当你想见一只蚂蚁都成了幻想，
当汉江鱼的鱼汤成了悠远的奢望，
你是否见过，有人以死亡踏过四野皆石的地方？

西域英雄，让无际乱石发出震耳的铿锵，
八百里鸟兽绝迹，却注释着中华历史的辉煌；
大汉使节队，踩过用凶险构筑的篱笆，
脊背嶙刚，负载起光秃秃的太阳、紫幽幽的月亮。

凝目而视，穿过两千一百多年的经纬，
没有呐喊，却听到惊心动魄的回响。
旌节为旗，穿凿出一隙透亮的空域，
生命的杠杆，掮出一束拷问尘世的激昂。

欲知后事如何，请随大汉使节队的脚步继续前进。

# 第六十六回　乱石长滩生死跋涉 鬼域魔境甘父获救

人们肃立于陈尚斗遗体周围，看着他那枯槁的身体，萎黄的面孔，皆默默无语。

张骞轻轻抱起他尚未僵硬的身体，将其放平："由天际，去取一把剪刀给我；任扶，将陈尚斗的汗巾打湿拿来；杨柏，去将陈尚斗的国服取来。"

当从陈尚斗衣兜中掏出汗巾时，大家惊诧不已，本来柔软雪白的一方葛布，现在已似一块焦黑的锅巴，一抖之下，发出沙沙的响声。各人的汗巾虽也不堪入目，但还不致失了汗巾的模样，靠近的人不但嗅到浓烈的汗味，同时还夹杂着马身上的气味。任扶接过汗巾，心里不由发颤——其对马儿的疼护，真可谓痴。

张骞接过剪刀，先打开陈尚斗的发髻。由于多日未予清洗，汗液头油使其头发如一团乱麻，互相缠绕虬结，木梳根本派不上用场。张骞索性以手指为梳，先将其一小股一小股分作发绺，然后一绺一绺梳至顺溜，重新挽上发髻。接着，生怕碰痛了陈尚斗似的，小心翼翼地为其剪去双手、双足指甲，换上新鞋。

时任扶捧湿巾而至。张骞依俗，从上至下为其"洗浴"，仔细擦去脸上的灰垢及其双手上的污渍，依序解开陈尚斗的纽绊，准备为其擦洗前胸后背。解开纽绊，掀起衣服的一刹那，大家尽皆愣住：前胸后背六七处鞭伤痂痕，深若田畦沟垄，格外狰狞醒目，左边一块瘀青鲜明可见。张骞双目滚泪："驯马师，你何必如此瞒着各位兄弟！"捧着湿巾，迟迟不愿触碰那满是伤痕的皮肤。

杨柏手捧华丽的国服，道："张大哥，换衣服的事，就交给我。驯马师的遗体如何处理，我们都在等你的命令。事已至此，得首先节哀。”堂邑父、秦自乐、孙治瑾等亦相继劝慰。

杨柏的一句话，使张骞顿然警悟。死去的陈尚斗固然令人痛惜，而活着的每一位队友则更应该珍视。如此险恶境地，自当不可久作滞留。湿巾上的水分蒸发得很快，张骞不再迟疑，在其前胸后背各揩了三下，又在其左脚右脚依次擦了三下，然后用一块新面巾遮住陈尚斗的遗容，交由杨柏为其换衣，唤了秦自乐、由天际等人去了旁边。

对于陈尚斗遗体的处置，张骞已有决定，这里一无泥土二无沙粒，只能予以石葬。遂在一旁依照太阳的方位，取出旌节，插于东南方向：“就在这里，大家动手吧。坟头拼以四块大石，其上置一大石。坟头之后搬走大石，捡出小石，见底最好，如不能见底，亦应容下一身。”

众皆会意，立时忙碌起来。

放置好陈尚斗的遗体，张骞却躬身在其头部、双足之处，轻轻地依次放满了小石头。第一遍之后，见有缝隙外露，就又来了第二遍。

由天际却有看法：“陈叔叔背这么多石头上路，怕是难得走动。”

“就你想法古怪。在我老家冀州，人死之后，不算棺材，深埋五尺，上垒泥土，其重何止这些的碎石！”苏疾一边继续拣着石头，一边又道：“你难道忘了，我们汉人最忌讳、最不愿见到的，就是人死之后，抛尸荒野，最讲求的是入土为安。你陈叔叔如在天有知，定必感激我等，使他身上压得实在，且无坍塌之虞。此为入石为安，亦未尝不妥。”

由天际陡地想起十年前夏宏赴死之壮烈，不禁感伤道：“陈叔叔总算有点运气，埋在这里，既无蝼蚁虫豸蛀蚀，亦无狼群水浸之害，除却寂寞孤独，千百年后，尸身犹存。”

由天际一语提醒了张骞，既然无法为其立碑，当以他法为其留名。即令杨柏剪下一块条状丝绢，磨墨提笔，以汉隶写下“大汉西域使节队使节陈尚斗”十二字，塞入其已经僵硬、五指紧蜷的右掌。

直至碎石堆成一座小丘，张骞方率众拜揖吟道：

逶迤石径兮如涉隩隩[1]，迢递缥缈兮陟陟陉岘[2]；
双目眏眏[3]兮举足辵辵[4]，石滩漫漫兮不辍不撼；
坦荡如砥兮自视堁堁[5]，宽而不慢兮实乃其鹓[6]；
吾当奋疾兮旌节高擎，啈[7]友于野兮铿行奂焕[8]。

告别陈尚斗，九人默默无语，重新踏入乱石滩，登上西行征程。

行约一个时辰，太阳便已当顶。阳光炙热如烤，石头烫热如烙，没有一丝风刮过，没有一点响声传来，四周一片沉寂。而马蹄踏翻石头的猝然一响，反使空寂更加酽稠，使人如坠深不见底的泥淖，眼耳口鼻尽皆失灵，头晕眼花，摇摇欲坠。

走在最前面的堂邑父，随着乌骓马的步子一摇一晃。他热得有些窒息，胸腔里一阵阵"别别"乱跳，昏晕使他双目难睁，接连在马上打了两个趔趄，说了声"大哥，歇吧"，便弓身下马。也不管石头多热，一屁股坐下，双手抱着脑袋，一阵猛摇，这才抬头道，"我今天是怎么了？脑壳好像不听使唤。"

张骞亦感头昏脑涨，四肢无力，但神志依然清醒。堂邑父这种状态，他从未见过，心中不由得一紧，跟着下马道："二弟，你怎么了，哪里不舒服？要不要让孙医官瞧瞧？"

"大哥，没事。就是天气实在太热，歇上一会儿，自然就会好的。再则，就是心里难受，我这乌骓马，一路走来，全凭陈尚斗照料，我几乎就没操过心。"

"死者长已矣，生者当不息。我的'花豹'，三弟的大白马，何尝不是一样？驯马师所希望的，不是只念他的好，而是希望我等安全地走出乱石滩，翻过葱岭，找到大月氏。二弟你是使节队的向导，你可千万要保重。有什么不舒服，不能瞒着。"

大伙儿见张骞下马，亦相继下马歇息。杨柏和任扶分别送出干粮与水。

"任扶，杨柏，干粮与水，尚可支撑几日？"

杨柏和任扶对望了一眼，杨柏小声答道："以这样的定量，不算今日，尚有两天用度——不过我想，我们进入乱石滩已经九天了，再有两日，兴许就可看到草原。"

张骞心中不由得"咯噔"一下，眼下马力、人力都如拉满的弓弦，日行速度七十里不到，谁也不晓得还有多少里程方能走出乱石滩。万一断粮断水，这可咋办？而以现在的定量，又绝不可以再减。如若再减，恐怕今日、明日有人便会倒下。他不禁看了看那几匹驮马，答道：“我晓得了，你们去吧。”

堂邑父自称没事，张骞却感到不大对劲：一张大脸瘦成了长条，前几日放光的容颜，如今已变得枯黄无华；炯炯有神的眼睛，目光显得有些呆滞；一圈络腮胡须，乱糟糟卷成一团。只是因为有一颗强大的内心，使其仍然给人以铁汉形象。

张骞没让堂邑父打头，自己去了前面：“二弟，你在后边跟着，我若走偏，你吱一声。”

“我能行。我是向导，还是我来开路。”堂邑父吃了点东西，又喝了一点水，歇息之后，神态与体力有所恢复，“大哥，其他兄弟亦须关照，不能把他们落下。”

“那你慢点儿，别贪图赶路，马儿也须顾惜。不行，就歇会儿。”即让“花豹”停下，等候后面队友。

九个人，十余匹马儿，稀稀拉拉，竟有一里多长。

九个人，除了堂邑父和自己，依次为孙治瑾、赵无偏、杨柏、任扶、由天际、苏疾、秦自乐。张骞一一询问、观察。众人见到他，精神均为之一振。由天际道：“张伯伯，看到您，我至少打两个呵欠，肚子里的饿鬼也跑了两个。不信您问苏疾叔叔，他是看到了的。只那渴死鬼太不要脸，像草原上的土匪骑痞，欲谋害于我。”

“实在渴得难忍，就吮两口自己的尿液。”张骞道。

由天际回道：“小可向张伯伯禀报，我那尿液现在只差伸出舌头去舔。马尿倒是攒下半袋，但那得给马儿留着，一旦马儿没了，我岂不长长地受罪？我这双脚一旦起了燎浆大泡，溃烂不愈，也就成了陈尚斗的马儿，命归于此。再说，那马尿的臊味儿也非比寻常，喝它，得把鼻孔捏紧。这两天，尿也越来越少，一天难得有那么两次，每次都像滴眼泪水，而且嫣红似朱，尿管管生疼。我真羡慕您，张伯伯住在汉江边，想到那滔滔一江碧水，嗓子眼里便有一股爽爽的甜味儿。”

从由天际看似轻松的话中，张骞已深感一种巨大的危机，正带着狞笑向使节队迫近：严重缺水，会使人很快虚脱，患上暑热病，而因缺水所引起的尿结，会更加加重病情与痛苦，但他对此不能有丝毫的表露，只报以一笑：“对自己尿液的使用，我没作规定，没了也就没了。对马儿与马尿之间的关联，倒是十分清醒。我派你一个差使，今晚歇息之前，给大家讲则故事，故事要与水相关，且让人充满希望。”

由天际搔了搔脑壳：“这样的差使？这可比让我去杀一个匈奴武士还难。我尽力吧。”

“好了，那你就尽力吧。”见苏疾在一旁听着，又道，“苏疾，你是否也讲上一个？”苏疾摆手道：“我可没有那能耐。”张骞笑笑：“你的能耐非常人所及，不过不在这里。”

待苏疾走过，秦自乐上前道：“大哥，你可曾注意到二哥？埋葬陈尚斗时，我发觉他显得很沉闷，脸色也不太好。他平日饭量很大，也爱喝水，现在一天就那么点食物与饮水，他那么大的身坯，能撑几天？我真替二哥担心。大哥，要不想想办法吧？这一路之上的用度，驮马已空出了三匹。”

“三弟，你不用说了。我就是为了此事来与你计议，虽然陈尚斗临终之时有过嘱托，让我善待马儿，但在情况非常危急时刻，救人当为第一要事。可我又不能在陈尚斗殁身当日就行此举，我想明日干脆耽搁半天，由你去选出一匹羸马杀之，以飨大家。若你下不了狠手，此事就交由我来处置。”

“大哥说哪里话！大哥此意，正与弟不谋而合，弟必当尽力。”秦自乐兴奋道。

“你去前面，与你二哥说会儿话。你可看看你二哥的情况，如发现有什么不妥，即刻停下准备歇息。我在后面守着，不再下达歇息命令。”

“诺。大哥，我去前面了。”秦自乐别过张骞，便小心催马上前。

独自走在最后，张骞渐觉有些迷糊。他未曾料到，乱石滩如此难行，又如此奇热。这才五月天，就要把人烤熟似的，倘若在五六天之内还走不出这乱石滩，那么人和马儿不被饿毙，也会被渴死、晒枯。大汉使节队也就被葬于此。他怀疑自己的决定，是否就是个错误。去西域的途径，在北，在南，定必另有通道，虽有绕行之难，但并无送命之险。

他苦涩地吞咽了一下干裂的口腔，做着最坏的准备：走通西域，这是大汉之前亘古未有之举，此事总需有人冒着难以预料之险，前往一探，其路径之对错，只待以后评说。而目前既入乱石滩，便无后退之理。他自感不适，但不能说与任何人知道。倘若他与堂邑父相继步陈尚斗之后尘，则西行重任唯有交付秦自乐。自乐年轻、勇敢，有耐力、有韧劲，十年的磨炼，行为做事，有一定章法。危急时刻，当向余众宣布。

不虞之事有了明晰决定，张骞再无他虑。虽仍然昏沉，但已不是那么迷糊，由着“花豹”的性子，不紧不慢地在后面跟着。

酉时许，前行不过三十里，西边的太阳尚在散发炽热的光芒，使节队便已停下。张骞赶到时，人们已背着太阳，面向东方，围坐成半圈。秦自乐挨堂邑父坐于右边，左边则坐着孙治瑾。见张骞走来，孙治瑾让出一个空位。张骞先半蹲一旁，执起堂邑父一只手掌，其粗大的手指虽然坚硬如铁，却感觉不到那种力拔山河的力量；看其脸色，晦暗无光，萎黄乏彩。相离才短短两个时辰，情况便糟糕甚多。他忧虑而又担心：“二弟，现在是不是浑身乏力，提不起劲儿？”

“有一点，但不碍事，大哥放心。兄弟们都这样，连马儿也热得大喘气。倒是大哥你，身体可不能打绊。你健康，我们才有希望。”堂邑父说起话来，仍如平常，显得中气很足。

张骞略微放心，回头问孙治瑾：“像堂邑父这种情况，尚有几人？”

“每人都有一点，以堂邑父、任扶最为严重。天气奇热是一方面，主要还是肚里缺食，人便没有了耐力，再加缺水，则雪上加霜。只有等到晚上热气一退，人也就不再昏晕。”

“可曾让堂邑父、任扶服用过降暑药物，譬如马丫突拉草之类的草药？”

“我倒是准备给他们服用，可他们坚决拒绝，说马丫突拉草所备不多，不到紧急关头，不能动它。”

张骞扫了一眼众人，他知晓，这些相依为命的兄弟，尽管脾气不同，但心性一样：宁肯自己赴死，也要保全他人性命。省下一棵马丫突拉草，便给了别人一次生还的机会。他决心明晨杀马以食，遂道：“杨柏，今晚干粮每人加倍，明日杀马以饷。至于水——”张骞望着任扶，“除你与堂邑父加以倍量，余皆如常，此系命令，毋得推托！”

众人听得明日杀马以饷，虽有不舍，但仍呈喜色。杨柏、任扶依令而行。堂邑父、任扶饮完定量之水，对其加量只略啜几小口，仍盛入水袋，将盖旋紧。

由于连日以来以定量食物果腹，所以倍量进食之后，即有饱胀之感。此时太阳已落，满天的光气渐渐由深红变成粉红，又由粉红变作紫黄，再由紫黄变成浅黄、嫩黄、淡白，最后一条黑线划过，乱石滩便落入一只巨大的黑色袋中。由于没有一丝白云，所以没有彩霞的万般变化，唯见一层一层一幕一幕，鲜朗而分明的层次更迭。太阳一落，热气顿时减退，微风刮来，初起是微温的爽意，半个时辰不到，爽意便变成了凉意。大家根据乱石滩夜宿经验，纷纷换上了夹衣。

大伙儿一时并无睡意，杨柏点起两支火把，插在营地中间，火舌随风时起时伏，时伸时缩，不停地飘忽摇曳。四周十分安静，没有蚊飞蚊叮，没有虫鸣虫咬，没有蚂蚁乱爬乱钻，更无野物磷火般乱窜的眼睛。天空繁星密布，又颗颗明朗；唯有一条银河，星若云团，密密实实，颗粒难辨，除却一些耀眼的星星，一堆堆白光一片，又相互缀连，显得幽远神秘；而月牙像一片被撕破的晚秋树叶，无一点活气，似乎即将飘然而落。俗语说："二十一二三，月出半夜间。"现在是五月二十四，月亮早已没了十天之前那么神气。

由天际倒没有忘记张骞派给他的差使。他明白张骞意图之所在，因此颇费了一番琢磨。但他不能点明是受了张大使的指派，那么说就没什么意思。见大家已将"床位"安置妥帖，便道："各位叔叔、伯伯，可不能忘了我们登上西征之路的约定，每人都要将自己在匈奴的十年经历讲讲。张伯伯、堂叔叔讲了一段——这次轮着自乐哥哥。讲什么好呢？呃，有了，就讲你在噶弘因部落遭'掩骨'之刑，小牧场相会卡帖娜父女，斗杀噶弘因土司那一段，大伙儿听了，保证过瘾。自乐哥哥，你暂做准备，我先讲个小故事，让大伙儿乐呵乐呵。"

由天际随即起身，左手抹腰，右手向下一砍："先秦魏国有两个商人，一叫王财，一叫贾富，相约各带五匹驮马的精美青铜及漆器制品，去大漠北地荤粥、猃狁[①]换购良马。依照昔日情景，穿越大漠需时五天，二人各带水袋十只，计五十斤饮水，以供人畜之用。那王财临行之前以重金请一卜者进行占卜。卜者曰，应另备黄金二斤。王财曰，我自有精美器皿，要此何用？卜者曰，别无他用，只作买水之资。王财曰，我向何人买水？二斤金饼可以买下一条小河。卜者曰，届时向有水之人买水，当然，若嫌贵得离谱，你也可以不买，我劝你，还是买下为宜。若不看你今日以匹马之资请我，我也无须多此一说。王财将信将疑，暗中备下黄金二斤。"

"我嗓子发干，且容缓缓。"由天际深吸一口渐凉之气，续道："再说那贾富，亦请得一名卜者卜其前途。那贾富却是一啬皮，所与卜金，仅够两只鸡资。卜者笑曰：好，好。再问，仍是两字：好，好。贾富暗喜，卜者两次皆曰‘好，好’，此行必定好上加好。遂与王财一块儿择一吉日起程。”说到此处，又停了下来。

“由天际，苏叔叔这里还有一口清水，你且喝下。”苏疾说着，递出自己的水袋。

“谢苏叔叔关心。这会儿谁拿水与我，我也不会喝的。”由天际郑重地双手一推，“不过，故事我还得讲完。这王财、贾富二人在大漠行至第四天，皆平安无事，各自水袋里的水尚有八斤。而王财暗中藏金之事，贾富出发时便从其仆人口中获知，于是琢磨如何将王财之金弄到自己手中。他掐指一算，下余一百二十里大漠行程，一天便可走出，八斤水中尚可匀出三斤，若以斤水斤金做成这桩生意，岂不妙哉！于是道：王财，尔所余之水似乎不多。王财道，咱俩一样用法，我的怎的少了？贾富取出三只水袋晃了晃，你听听，我的至少还有十斤，你那里可能只有六斤左右。王财道：我不信。我常年做生意，难道掂不出斤两？贾富道：这有什么奇怪？几天大漠征程，早已浑身乏力，手臂酸软，一斤重的东西能掂出二斤。王财心中顿时着慌，连声说道，大漠缺水，这可是要命之事。贾富道：我虽有帮你之意，但所携之水，亦仅够自用。王财求道：可否匀我些许？贾富故作沉吟，说看在结伴同行之谊，可以匀你一点，不过不能白白相与。王财即道：在商言商，我自明白，你开个价。贾富道：那就斤水斤金，你自掂量，不予强求。王财吓了一跳，一斤黄金一斤水，实乃天价！但为了保命，只能忍痛认购，央告之下，求贾富另外赠水一斤。”由天际讲到此处，便又停住，偷眼一觑张骞，火把光照之中，张骞正聚精会神地听他讲述。

“由天际，你这什么故事？没头没脑，这就完了？”苏疾道。

“哪里哪里，精彩的当然在最后——谁曾料想，日落之前，大漠突然起了沙暴，王财、贾富二人被吹散，倒退了五十里。风停沙定之后，王财损失了两匹驮马，但凭着所购的三斤饮水，终于走出了大漠。他等候了半日，不见贾富出来，遂安置好驮马及货物，返身寻找贾富，入大漠三十里，见贾富只身渴死于一座沙丘之下。王财从其身上取回二斤黄金，又找回四匹驮马。这王财经此一劫，看透世情，返回魏国之后，将贾富财物璧还其家人，家财散与族人，并更名王生，从此不涉商事，过起淡泊日子。”

“由天际这则故事，倒也有些意思。只那卜者之语，大可不必听他。”张骞笑道。

“这真谓君子喻以义，小人喻以利。所幸那王财并未得意忘形、幸灾乐祸，仍不失为一君子。君子坦荡荡，小人长戚戚，实为至理。”苏疾感叹道。

“由天际，你十五岁之后便一直在兰扎吁王爷手下，这先秦魏国之事，又从何处听来？”孙治瑾问道。

众人也都相疑，即就无中生有，也须编得合理。

由天神秘一笑：“此乃机密，恕不相告。”

“没有那么玄乎。大家不可忘了，由天际牧场、农场那些所谓奴隶，大多都是汉人，其中定有智能之士，只是我们不得而知罢了。”张骞一语道破。

由天际被说得有些不好意思：“张伯伯，您太厉害，什么都瞒不了您。”

一宿无话。

翌日凌晨，秦自乐、杨柏二人绝早起来，便去选马、杀马。二人将驮马一匹一匹看过，十几天前本来膘肥肉满的马儿，均呈瘦骨嶙峋之状，一匹驮马负载的货物辎重，现由两匹分负都够呛。选来选去，哪一匹都不忍下手，好一阵委决不下。

此时，张骞默默走来，看看，指了一匹个头略小的黄马，低声道：“就它吧。走远一点，不要让其他马儿看到那种场面，也不要弄出什么动静，要干脆利索。我去叫他们起来，愿意喝马血的，马上过来。”

张骞叫醒众人。立时，有几人赶了过来。

整个过程果然无声无息，连人们说话的声音都难以听到。

吃了一顿饱饭，又经一夜歇息，堂邑父的状况已有所好转，但与昔日相比，仍显得有些差劲。张骞也有了精神，不再迷糊。他非常清楚，这都是因为暑热和饥渴所致。倘若有充分的水分补充，再有几顿饱饭，即使天气燠热，也能熬得过去。可现在身处绝境，一匹瘦马肉食，顶多支撑三天，所剩几斤麦粉，也不敢动它，万一有人病倒，还可救人于危急之中。

他真希望如由天际故事所说，有一卖水之人，一斤水二斤金饼，他也舍得。

但愿三天之后，能走出这乱石滩。

他走近堂邑父：“二弟，我没有别的意思，只是想让你多歇息片刻。所以，那马儿之事，就交给了三弟与杨柏。”

“大哥，你当真将我当作病患了？昨日是有一点不太对劲，现在你看——”堂邑父呼地一下站起，突然眼前一花，一个晃悠，便打起趔趄，张骞伸手扶住：“二弟，不要逞强。”

堂邑父站定，见杨柏扔了马骨，便道：“杨柏，马骨留下，说不定下次能派上用场。”

“老甘，你想以骨引雕，然后将其射杀？可上次马骨仍在乱石滩半日，连一只大鸟的影子也没见着。”

“上次是上次，下次是下次。说不准那兀鹫下次就会光临。”

“好的，老甘，我信你。”杨柏将马骨重新拾起，“你让什么时候扔，我就什么时候扔。”

一番耽搁，大家直到卯时过后方才动身。此时，太阳已升得老高，乱石滩又热浪渐起。张骞自行打头，让堂邑父退后，暗嘱秦自乐注意照看，苏疾、由天际殿后。

行约三十里，只见遥远的天际出现一抹闪光的蓝色，愈近，愈加耀眼。张骞不明就里，便问堂邑父：“二弟，你可知晓，那蓝光是什么东西？是否有甚危险？”说着，即行驻马，等候回答。

“此等境况，我从未见过，也从未听别人说过。看那情景，似是一种光气，或是天公爷爷闹什么玩意儿。非火非水，非风非沙，应该无甚危险。”

“大哥，你且退后，待小弟前边探路。二哥说得对，无火无水，无风无沙，怕它作甚？”秦自乐不由分说，上前拽住张骞马缰，让大白马上了前列。

张骞不让，却力不从心，只好嘱道：“三弟小心，宁肯慢点，不要冒险。”

“大哥放心，小弟晓得。”秦自乐紧盯前方，任凭马儿“咔嚓咔嚓”踏石而行。同时隐约听到最后的由天际正在说着怪话。

前行三里许，人们便如坠入蓝色的洞窟。

它蓝得无边无际。前后左右，天上地下，浑然一体，没有界线，没有着落，也没有任何标记。目光所及，连方向也难以判定，使人只感迷惑。

它蓝得无比晶亮。那种蓝宝石般的蓝光，在四周上下不停地闪烁，使人刺目而眩晕，时时皆有失明景象。不敢看石头上的光照，而强烈的阳光，偏让刺目的蓝色若无影的高墙，耸立在万里晴空之中。

它蓝得无比深邃。那种可见而不可捉摸的蓝色，让天空变得一片墨绿，阳光浸成了青紫，石滩上淌起了闪光的蓝河。它无声无息，又无处不在，一种从未有过的神秘，带着惊心动魄的压迫，直让人喘不过气来。

谁也未曾经历过此等场景，谁也不明白个中原因（其时张骞等人并不知晓，他们正沿着罗布泊北缘西行。而那时罗布泊碧波荡漾，又适逢夏日，其湖水在强烈的日光照耀下，反射之蓝色将北缘尽行遮蔽，以至形成如此奇景——笔者注），人们策马立在原地，好一会儿没动。

张骞见此，索性讲道："天下之大，无奇不有。乱石滩，天下之异象，是为人之禁地。但我等进乱石滩七日以来所见，无非就是缺水源、无人迹、无生气，寂寞与饥渴使人难以逾越。现在所处景象，不过是多了一种颜色。尽管我等不明其中因由，可我们知其无害无碍，所见方丈之内，阳光依旧，石头依旧，并无异常。这好比一处大湖远看无比湛蓝，捧起一捧湖水，水却清澈明亮。凡事，心中以为它怪诞便就难解，心中认为无奇便就坦然。故此，我敢断言，蓝色的出现与消亡，犹如我等十年前越过的雪山，一处阶段而已。我等一如昔时，该怎么走就怎么走，不必担心不必犹疑。"张骞鼓足了劲，将话讲完，只觉胸腔异常憋闷，脑袋里"嗡嗡"直响。他赶快闭了一会儿眼睛，听得大伙儿纷纷议论时，才又睁眼四看。

没人发觉他的异常，但人人都赞同他的评断。多时没有吹口哨的由天际倏地吹起响亮的口哨："赵叔叔，这下您可成天下首富了，等我们彻底消灭了匈奴，就可以将这里所有的蓝宝石运回大汉，倘若献给汉皇，定会大大地封您个侯爷。到时候，谁也不敢直呼您的名讳赵无偏！"

"做梦吧。还是先走出这鬼地方，找着大月氏，能活着回去再说。"赵无偏道。

虽然由天际说着笑话，但大家紧绷的气氛却得到了缓和。秦自乐对张骞说了句"大哥，你去后边"，便又前行而去，并对堂邑父道："二哥，帮我把握好方向。"

然而，满目的蓝色，让使节队出现了"左线漂移"（此为人们在大漠荒原森林之中迷失方向的现象，步子一点一点向左或者向右移动，最终绕行一个大圈，又回到出发地点——笔者注），下午申时许，人们发现，仍旧回到了原地。

秦自乐显得垂头丧气："我真是窝囊，犯了十年前同样的错。十年前，我逃入森林，走了两天，不料一出森林便被噶弘因土司捉住，几乎丢掉性命。这次又害得大家白白劳累一天。大哥、二哥，我真不是当向导的材料。”

任扶、杨柏、苏疾、孙治瑾、赵无偏尽皆不语，但谁都看得出来那沮丧和埋怨的眼神。独有由天际，用他的“小尖尖”敲打着石头。“这些杂种东西，都他妈的一个模样，亲娘见了，怕也认不出来谁兄谁弟。”

张骞深知，此时此刻，秦自乐需要的是谅解与鼓励，而非埋怨与责备。遂道：“迷路之事，谁也不愿经历，可谁都有过这方面的经历。我们在匈奴生活了十年，见过的例子不是一个两个，就算是老匈奴人，一到陌生的地域，亦常犯迷糊，何况我等汉人，又是此等地方，除了堂邑父，换作任何人，谁敢保证，就不出偏差？所以，自乐兄弟无须过于自责，大家也不必过分失望。今晚就在此歇息，明日继续我们的行程。”

堂邑父欲行揽责，都被张骞阻住：“二弟无须再言。今日一天你未曾倒下，已是万幸，倘若再言，三弟可就难受死了。还是少说多歇，明日还得指靠于你。”

人们发觉，天色渐暗，蓝色渐褪，至黑夜降临之后，那蓝色已悉数消失，仍然是四野沉寂，繁星满天。而第二天随着太阳光亮的逐渐强烈，那令人惊恐的蓝色也随之愈加强烈。

开初一个时辰，堂邑父走得比较稳健，双眼紧盯西边方向，极少主动说话。紧跟其后的张骞亦极少向其问讯，只数次叮嘱道，如若身体不适，应及时相告，不得硬撑。

堂邑父诺诺以应。一个时辰之后，日光炽热如烈火灼面，蓝色酽稠似锭缸沸液，比起昨日，更胜一筹。他突然说道：“烦请大哥做件事情。”

“二弟不必说请，要做何事，直说即可。若是力有不逮，神思不继，务必不要勉力为之。”

“身陷迷幻境地，迷路之事不解决，恐蹈昨日三弟覆辙。我已思得一法，名曰‘漂步’，请大哥帮我试之——每三十丈或五十丈处矗大石一块，以作标记，一里之后回身瞄之，若大石成一直线，则‘漂步’之法可行；若大石弯曲似弓，则‘漂步’便须修正。”

张骞虽满口应承，却不知何为“漂步”。堂邑父不做解释，他也无须解释，便已开始“漂步”之行。

原来，所谓的“漂步”，就是路走“之”字。堂邑父直走二十丈之后，便向右斜出五丈，再走二十丈，又向左斜出五丈，如此反复，行约两里停下。众人瞄之，除向左约略斜出，几乎瞧不出弯曲。堂邑父道：“此法看来可行，但是须得修正。若按现时法子，百里之后，向左偏离当在两里之上。我现在将向左‘漂步’五丈减为四丈，再试一次。”

如此又试了两次，“漂步”之数方才定下。

张骞感叹道：“大凡胸有此等秘法的向导，旷野大漠千里不失方向，等闲人们还当他只以日月星辰地形地貌为准，岂不知还另有韬略。”

秦自乐悔声不绝：“十年前二哥若有此法教我，我也不至于遭那一场大险、一次大罪。”

由天际忍不住插嘴：“自乐哥哥，岂不知‘祸兮福所倚’？若非那场大险，又怎得与卡帖娜姐姐相识相亲，成就一段好姻缘？”

众人皆以为是，并盛赞堂邑父此法甚妙。堂邑父道：“此也是被逼无奈，苦思所得。我知向导干系甚大，十年前在翻越雪山时曾与公羊鸣执发生过争执，对‘差之毫厘，谬以千里’便深有感触，不知错在何处，又怎么纠错。”

“二弟勿要自责，你已经非常了不起了。”张骞说道。后来张骞随卫青北征匈奴，于大漠荒原中行军而不失方向，并准确找到绿洲，使大军获得水源补充，因此立下战功，获封“博望侯”，全赖此次乱石滩蓝色幻境寻路之法。此是后话，不提。

由于精神高度集中，又炎热缺乏饮水，一天下来，堂邑父已疲惫不堪，第二天巳时许，大家刚走出蓝色乱石滩，他便终于支撑不住，病倒途中。眩晕、呕吐、脸色枯黄，眼窝深陷，瘦成一副骨架，与陈尚斗死前一个模样。

大家顿时慌了，围着堂邑父，或站或蹲，不停地问候。

最为焦急的当然是张骞。前两日他已发觉堂邑父不太对劲，当秦自乐上前开路时，堂邑父并未阻拦，与之相争，而是晕晕乎乎跟在后面，方向对错，有无偏差，也似无精力细究。昨日一天的劳累，张骞担心的事，到底还是发生了。他急忙询问孙治瑾：“孙医官，甘父所犯何病？有甚法子可予施治？”

“甘父所犯暑热病已经数日，前时较轻，因体壮扛着。昨日又复犯暑，病情急速加重，以致形成重疾。若在草原部落，几次绿豆汤下去，暑气便可渐解。而在此处，也唯有马丫突拉草和水吞下，或可得救。再则，过于饥饿以致体力下降，仅以药物，一时之间，也难以奏效。”孙治瑾如实禀告。

张骞正要下令，堂邑父却扯住他的裤脚，让张骞蹲下，声音时断时续，微弱难辨：“大哥，不必了。我晓得……我即刻就要离开了……实在对不起，我不能跟随大哥……去找大月氏，更不能……陪你回城固家乡。我无甚牵挂……妹妹娲霞生活安定。我现在只求一事，请勿拒绝……”

张骞坐下，将堂邑父上身及头部揽于怀中：“二弟，不要说‘求’字，有甚事，你尽管说。”

“大哥，你在托力鲁草原……待了十年，应该知晓……匈奴有‘助吃天灵天魂’之俗……请大哥帮我了此心愿，让我回到嘎顺诺尔……吉祥之地，转世再成为一个男人……我们……我们再成为兄弟……”堂邑父声音更其微弱，又慢慢扭头看着众人，最后盯住由天际，粲然一笑，“小调皮，你来第一口……看堂叔叔……身上的鲜肉好不好……吃。你用你的‘小尖尖’……朝我左胸就那么……就那么轻轻一戳……先喝血……再……再吃肉。”说着，将眼一闭。

生吃活人肉？匈奴风俗令人瘆得心慌。由天际一下子缩出圈外，一屁股坐在乱石之上，抱紧了他的武器，昂声大哭：“堂叔叔，我做不了，我做不到。什么狗屁‘助吃天灵天魂’习俗！我才不干杀害亲人的勾当！”

张骞脸色凝重而又严峻：“二弟，按说，我应该尊重匈奴人的习俗，满足你的心愿。但是，你的情况与其他匈奴人完全不同，你是受大汉皇帝敕封的大汉使臣。一般匈奴人临近去世之时，可以‘助吃天灵天魂’，那也只是象征性地割下那么一小块意思一下，从无让人大块吃肉一说，更无生喝人血之论。你的心意，大伙儿明白，你意图用一己之身，解大伙儿乏食之困。二弟，你现在主要是身体虚弱，又受暑热之侵，万一你果真离我们而去，我们也应按大汉使臣的身份，安排你的后事。”张骞语毕，抬头立道，“现在我命令，全体就地歇息，堂邑父病情什么时候好转，什么时辰出发。秦自乐挑一匹驮马杀之，以作饷食，若货物余马难以负重，宁弃货也得保人。杨柏以马血煮碗酥油草坨坨和麦粉糊糊，送与堂邑父。孙医官将你所存马丫突拉草酌量捣碎，以马血熬之，与堂邑父解暑。其他人立定而围，为堂邑父扇风并遮挡烈日。”

为挽救这位异族兄弟的性命，张骞尽着最大的努力。所有人也都明白，堂邑父在使节队中的地位与作用，无人能予替代。张骞命令一出，尽皆忙活起来。

“大哥，你不必为我如此费力。”堂邑父无力地双目一阖，随即滚出几颗泪珠。

“二弟，你是一条堂堂男子汉，大哥不许你说丧气话，你必须好好活着！”张骞决然道。

秦自乐紧接道:“大哥说得对,二哥不能失了勇气,自断念想,自绝信心。大丈夫，大英雄，就是死，也应死得轰轰烈烈，不能这么难看。”

“是呀是呀，一会儿吃药吃饭，可不能叽叽歪歪，婆婆妈妈。堂叔叔可不能像小娘们儿。”由天际笑道。

不一刻，孙治瑾端了一碗黑乎乎的东西走来：“加了一点水，还是那么酽稠，老甘你可不许怪我。”

张骞将堂邑父扶起坐着：“孙医官，你喂他。”

孙治瑾蹲下，挖了一勺凝胶似的东西，喂到堂邑父嘴边：“老甘，马血里边的草屑全是捣碎的马丫突拉草，莫要糟蹋了。”又解释道，“没水，用马血调药熬药，我这还是第一次。老甘莫怪。”

堂邑父吃了两勺，索性将碗接过：“谢谢你，孙医官。”大口将一碗血药吃完。

一碗血药，两碗白粥下肚，堂邑父立刻有了精神，不用张骞相扶，便独自坐起，道：“看来这次是死不成了。”

众皆欣喜，称这大个子身板果然了得。张骞亦即站起，不料倏地眼冒金花，一阵眩晕，随即又赶快坐下。发觉双腿发软，全身烧灼一般疼痛。他情知有些不妙，遂闭目养神。

谁也没有发现他的异样，独有由天际投来疑惑一瞥：“张伯伯，你这是怎么了？”

“不怎么，瞌睡。”张骞随口应道，却暗嘱自己，咬牙也要坚持，千万不能倒下，以免给大家造成慌乱。

为了照看堂邑父，也为了使自己的精神得以恢复，使大伙儿的心情得以缓解，从上午巳时过后，张骞一直让大家原地歇息。下午酉时许，偏西的日光已不似正午那么炙热，秦自乐、杨柏、孙治瑾、赵无偏、由天际五人牵马徒步，结伴在周边缓缓转了一圈儿，希图能找点马丫突拉草、酥油草之类的东西。可惜视线所及，除了石头，还是石头，连个绿影儿也见不着，就连到处可见的蚂蚁也无一只。由天际时不时地唠叨一句："什么鬼地方，没有沙鼠，石头缝里总该有石鼠吧？"又自嘲道，"也是，石鼠吃什么，喝什么？总不能喝风屙屁。"

为了不致迷路，几人也不敢离宿地太远。虽然学得堂邑父的"漂步"之法，但像这么乱走，"漂步"也不敢试用。所以，宿地的马儿始终都在视线之中。约至戌时，秦自乐道："算了，再找也无甚结果。与其空耗体力，不若回到宿处，也免得张大哥为我们担心。"

五人怏怏回到宿地，又一块儿去看堂邑父，见其病情愈益见好，大家也喜形于色。堂邑父的声音也洪亮了许多："刚才做了一梦，我去了天神爷爷那里。天神爷爷见我掀门欲进，立即开口大骂：这里没你位子，哪里来滚回哪里！不听话，乱棍伺候。我说我替兄弟讨口饭吃，天神爷爷道，这几天没饭，饿不死你！我说，那就讨口水喝。天神爷爷说，没水！随即，一个大耳刮子扇来，我就醒了。实在对不起大家，饭没讨着，连一口水也没有。"堂邑父说着，难过得就要掉下眼泪。

匈奴人信鬼神，堂邑父亦莫能外，大家皆习以为常。只这兆头不怎么好，使节队无粮断水的日子似乎一时不能结束。见堂邑父将梦看得那么认真，由天际也认真道："我们应该恭喜堂叔叔，因为梦境都是反着的。您那匈奴的天神爷爷弄出这么大一块乱石滩，还不给饭不给水，或许大汉朝的天神爷爷看不过去，说不定将食物与水放在前边什么地方，让我们赶快去取。"

张骞不说梦的好坏，只以坚定的语气道："天无绝人之路，我就不相信，乱石滩没有走完的一天——或许明天，或许后天、大后天，它就有变化。"

大家皆以为然。

经过一夜歇息，又服用了一次马丫突拉草，从来没服过药的堂邑父似有立竿见影之效，翌日早晨起来，除了有点乏力之外，人已十分清醒，骑马跟随队伍没有什么问题。

头马仍是秦自乐。一种不服输的劲头在他的心中憋着。事不过三，这次他掌握了向导之法，且没有了蓝色的干扰，又谨慎了许多，每走两三里，都要向后瞄瞄。

而紧随其后的堂邑父，因病情大好，亦时时帮忙盯着。张骞虽觉好转，但病根未除，身体总感到不得劲儿。见有秦自乐、堂邑父在前，便说了句，“我去后面看看。”到了最后，放松自己，默默养神。

将及午时，热浪又一次滚滚而来，张骞昏晕中叫着前面的苏疾：“传我命令，大家就地歇息。”说罢，任由“花豹”踏着乱石，缓缓上前。

沉闷之中，张骞忽然听到由天际、赵无偏、杨柏等人嘶哑着嗓子叫道：“城池，城池，前边有城池！和陇西一样大的城池！我们找到大月氏了。”

秦自乐见“城池”近在咫尺，便不顾一切，拍马向前。

却被堂邑父叫住：“三弟别去，那是天神爷爷骗人的把戏，假的！”

堂邑父大病初愈，声音一大一急，就逮不上气息：“三弟，你有所不知，这地方不比峦芳洲，四周都是森林草地，从来无此景象。在匈奴……匈奴大漠，每当夏日，就常有此种幻影……幻影出现，让人空空欢喜一场。有人头次见到还信……信以为真，一跑几十……几十里，那城池好像……好像仍在眼前。等到太阳……太阳一偏，那城池就……倏地一下没了。这乱石……乱石滩与大漠一般，寸草不生。三弟……三弟你就在这里……这里等会儿，看那城池还……还有没有。”

“二哥，你病刚好，你不要说了，我信你，大伙儿都信你。”

“堂邑父说得没错，大家不要空耗体力，去找什么城池。今日能见此幻影奇景，也是大家的奇缘。”张骞说罢，又道，“大家还是准备歇息，将此时的毒日避过再行起程。”

果然，不一会儿，那“城池”便开始摇晃起来，带着光芒，由清晰渐至模糊，最后倏地一下，变得无影无踪。一些队员由希望的峰巅跌入失望的谷底，前后不到半个时辰（古人不知海市蜃楼一说，皆以“幻影”称之——笔者注）。

这真是：

当吞咽烈日的块垒，成为国是的纲常。
吃紧的喉头即是自卫和进攻的刀枪；
造一段亘古未有的历程，
修一座意志非凡的桥梁，

九死一生的往事并未在叙说过去，

坠入苦难罗网的英雄掼碎了一地时光。

欲知大汉使节队何日走出乱石滩，又所遇何样奇事，且看后续故事。

**注释：**

①隩（yù）：水涯深曲的地方。隩隩：双声，常连用。

②迢递：遥远。陟：登上。陉岘（xíngxiàn）：中间断开的高山。

③睒（shǎn）睒：眼睛眨动，此处喻搜寻路径。

④辵（chuò）辵：行走踌躇。

⑤堁（kè）堁：尘土、小土堆。

⑥鹓（yuān）：凤凰类的祥鸟，喻优秀人才。

⑦唁：古时对亡于国是者的悼念与慰问。

⑧奂（huàn）：盛大，众多。焕：鲜明、光亮。

⑨荤粥、猃狁（xiǎn yǔn）：春秋战国时的北方游牧民族。至公元前 209 年冒顿单于弑父继任后，被匈奴吞并。

# 第六十七回　张骞重疾队友受挫　奇雨异草绝境逢生

五月二十七日将及正午，天气奇热，石头似从铁匠炉中取出不久，可将生肉烙至半熟。天空更不敢仰视，遮阳帽一卸，阳光若万千金针，瞬间刺痛头皮。偶尔也有风刮来，但携带的不是凉爽，更像熊熊燃烧的火苗，舔舐着裸露的皮肤，使人无法退让，更无法躲避。人人嘴唇干裂，白皮翘起，舌头发僵，喉间发燥，口腔发黏，昏昏然不想说话。马儿亦显出十分疲惫的样子，垂着脑袋，跟着头马，咻咻地喘气，愈行愈慢。

秦自乐从前面向后边的张骞传话，请求提前歇息。苏疾应声回问张骞，张骞回了声“不必硬撑，歇——”突然眼放金光，如入暗夜。他情知不妙，立即溜下马来，倒在地上。

苏疾着慌，下马奔向张骞，将其搂起。手触之处，隔着衣服，亦感滚烫。看其面部，脸色蜡黄，双目紧闭，气息微弱。苏疾连喊数声，亦无应答，已知不省人事。他哑声带着哭腔竭力大喊：“孙医官快来，张骞大哥昏过去了！”

听得苏疾呼喊，众人心头似被强力撞击，俱皆发颤，不顾一切赶将过来，叫大哥的，叫张大哥的，叫张伯伯的，乱作一团。孙治瑾用力掐着张骞的人中、合谷、涌泉等大穴，过了半个时辰，张骞才缓缓睁开双眼，环顾了一下，挣扎欲起——却哪里能够！一阵眩晕，又昏了过去。

人们像一下子失去了砥柱与靠山，心中顿感茫然，西行信心受到巨大打击。

任扶、赵无偏、杨柏的心绪最为灰败，张骞病情出现得如此陡然与严重，实出意料之外。毅力、意志非常人可比的张骞也难敌暑热病的袭击，说明其预后并不乐观，如结果像陈尚斗那般，真不知使节队的前景又在哪里？他们真希望张骞能像堂邑父那样，在鬼门关里走一遭，重又回到大家身边。

最为着急的，当然是堂邑父与秦自乐。堂邑父将秦自乐、任扶叫到一旁，道："张正使出现此等凶危病情，我最有责任。自从踏入乱石滩，我与他相处的时辰最多，但我粗心的毛病始终未能完全改正。尤其最近几日，回忆起来，他早已身体抱恙，为了照看我与诸位队友，他一直硬撑。自然，就眼下情势，不是检讨自己的时节。现在亟须做的，主要在两点：其一，我们三位副使不能惊慌失措，失去镇定，将不良情绪影响到其他队友；其二，就现有条件，全力抢救我们的正使。如果发生万一，我想，张正使在清醒时刻，亦必有妥当安排。不知二位副使有甚计议？"

秦自乐断然道："时刻紧迫，不容在此多说。我也有两点计议：第一，在正使不能理事期间，由副使堂邑父暂行正使之责；第二，现在使节队的一切事体，都一律放下，以抢救张正使为第一要务。任副使有甚计议直说，如无异议，能否请任副使代为宣布？"

堂邑父觉得自己摄正使之责有些不宜："自乐提议，我皆赞同，只这暂行正使之责不能由我出面，而应从你们二人之中选任。原因十分简单，一则我大病初愈，身体未能复原；二则我系匈奴人氏，对汉人文化习俗不甚了解，只恐出现错讹与偏差。"

任扶略一掂量，倒也直撇："十年前，我对张正使容纳堂邑父、呼日勒为使节队员，心中甚有疑虑，后来事实证明，我只对了一半，堂邑父实为忠义仁勇英雄，所有队员无不服膺。至于病体一说，以我观之，现在九人之中，无人不受饥渴暑热侵害，只在轻重程度不同而已。其他事体，如汉人文化习俗，我与自乐兄弟自会一旁襄助。说实话，张骞、甘父、自乐你们三位英雄结义成兄弟之后，给我们带来的是欣慰、信心与果敢。我能够从南归途中折返西行，主要原因，就是冲着你们三位义薄云天的好汉而来。"又对秦自乐道，"自乐说得对，面对现实，不容我等有半点迟疑。我现在即去宣布我们刚才的决定。"语毕，转身而去。

秦自乐暗自称许。他平日与任扶说话不多，谈不上有多大的私人情谊，但在此关键时刻，任扶却显示出磊落大方的气概，让他不由得对任扶又有了不一般的认识。见堂邑父发着愣怔，便即一把抓起这位匈奴汉子的右手：“二哥，走吧，大伙儿都在等着你呢。”

堂邑父仍在思谋如何处置，方可保得张骞大哥性命。任扶回看没见堂邑父跟来，当他犹疑。遂道：“堂邑父可还记得，张正使早年对此即有安排？若他不在，以你继之；你若不在，以我继之；我若不在，自乐继之；自乐不在，公羊鸣执继之；以下相继有杨柏、孙治瑾等。凡此一切，皆以继续西行完成皇命为要。此语我可未曾忘记！”

“我何曾忘记？我在思谋，如何救得正使性命。安排如有缺漏，二位当即补遗。”堂邑父心急火燎，忘了烈日，忘了烫石，疾步上前。

“甘父，是我错疑了你。”到大伙儿面前，任扶简明扼要，宣布了三位副使的决定。

有了主事之人，大伙儿的情绪顿时安定，不再茫然无措。但听堂邑父说道：“使节队暂停西进，就地歇息，一切以救治张正使疾病为要务。为此我宣布以下处置意见：一者，大家勿得慌乱，不可动摇信念。应该相信张正使的意志、毅力与体力，不达目的，决不会弃我等而中途罢休。即使万一有甚不测，他也必有所嘱。二者，孙医官将现有药物分量调剂，对张正使对症治疗。三者，由秦自乐、杨柏落实，选杀驮马一匹，以补充张正使和大伙儿的体力。苏疾、赵无偏、由天际随我与任扶就地寻找马丫突拉草与酥油草，不许远走，找着找不着，午时之前必须回到此处。现在各司其职，即刻行动。”

然而景况并无扭转。四处找草之人全都空手而归，孙治瑾全力施救，张骞仍昏迷不醒，偶尔清醒，又瞬间昏厥。孙治瑾以马血熬药服之，亦吐多进少；杨柏将熟肉捣碎，捏腮硬塞，其吞咽动作亦甚轻微。

众人轮番为其遮阳扇风，心中不由得焦灼。由天际声带哭腔：“张伯伯，您不要吓我。缘何同样的马丫突拉草，甘叔叔吃了就顶事，您吃了却不显应？我晓得，您是该吃的没有吃进去，不该省的您却留下许多，岂不知这样做，恰恰违背了大家的心愿！您该学学甘叔叔，该吃的药全部吃尽，该吃的食物全都吃光。平时，我们都服从您的命令，而今我们对您的命令，怎么就不顶用了？张伯伯，您不能不讲道理！”

一番杂七杂八的话语，倒让张骞清醒过来。他挣扎了一下，才知道被堂邑父揽在怀中。他环视了一下周围队友，看到一双双极为关切的目光，不由得泛出几滴泪珠。他声音微弱，却句句清晰：“我已如这将要落地的太阳，不能率领大家继续西行征程了。我若留在这里，大家切勿悲伤，仍以对待陈尚斗一样，将我埋于此地。尔等八人由堂邑父带领，或越葱岭继续寻找大月氏，或返程回到大汉，你们自定，我不强求。如若西进，我无所嘱，如若返程，不可再蹈乱石滩，当向当地土著详细打探，或南或北，定必另有途径，虽有绕行之苦，亦不过多费一些时日。至于乱石滩之路，自五月十一日踏入，中途走走停停耽误约在七日，今天二十七日，依我估计，依现在行速，大约再有两日，至多三日，便可见到草原，寻找水源亦非难事，望尔等八位……”话将结束，又坠入昏迷，唯气息尚存。再唤，未见睁眼。

这一夜，便由堂邑父、秦自乐、孙治瑾、杨柏轮流值守。任扶体弱，堂邑父未让其参与。夜半时分，张骞梦呓，连声叫着幼儿张勇、妻子昆古丽玛月伦的名字。堂邑父凑近张骞耳旁，轻声道：“大哥放心，嫂夫人与公子之事，只要我与三弟在，就一定会将他们送回你的家乡，安置妥帖之后，我们才会离开城固县白崖村。”张骞似乎晓得堂邑父在一旁答话，又叫道：“二弟，三弟，任扶，杨柏，孙治瑾，坚持，坚持，再坚持！”堂邑父接道：“大哥所言极是。我们一定坚持，坚持，再坚持，不找到大月氏，誓不回还。”

嗣后，再无声息，鼻孔热气直喷。

张骞始终高烧不退，堂邑父心中十分煎急：“孙医官，马丫突拉草尚有几许？”

“大小仅余七根。”孙治瑾明白堂邑父用意，“你想此时为张正使施药？”

“对。”又分头询问任扶、杨柏：“你们那里还有多少存水、多少存粮？”

“我那里水已不到一斤，明日大家将无滴水可喝。”任扶道。

杨柏回道：“我那里麦粉只有半斤，马肉倒可供一日食用。只是半日不到，马肉全都干硬如这脚下石头，无水难以吞咽。”

“这样吧，将麦粉炒熟，分作两次，搅成糊糊。药也捣成细粉，分作两次，不用熬制，直接和成液状，此时用药伺食一次，明晨出发时再来一次。”

“可他吞咽不进去咋办？”杨柏道。

“可知小儿用药否？”

“捏住鼻孔硬灌？如此对待正使，恐怕有失礼仪。”孙治瑾供职于皇廷，凡涉礼仪之事，从不敢越出半步。此时他虽知唯有此法可救张骞，心中犹自犹疑。

“特殊情况，一切从权，不如此，命危矣。”秦自乐亦赞同甘父做法。

“孙医官放心，我拿主意，我大哥不会责怪于你。”堂邑父说道。

于是一切按此法进行。堂邑父捏住张骞鼻孔，先行灌药，接着由杨柏一小勺一小勺填食，秦自乐则不停地拍着张骞后背。张骞虽轻呕了几下，但药及食物没被呕出。

张骞终于从鬼门关前被拽了回来。尽管，人仍在昏迷之中。

这一夜，堂邑父等人并未得到较好歇息。尤其堂邑父，自与张骞结义以来，随着时间的推移和历艰蹈险的频繁，情感愈深，情谊日重，早已习惯了在张骞的思谋之下行动做事。张骞乍一病倒，一种从未有过的空落与彷徨，顿时袭上心头。倘若张骞果真离他而去，那种心灵的创伤，必将空前巨大，终此一生，亦难修复。汉人常说，长兄如父。而他对父亲的记忆，已成遥远的过去，早已朦胧，不甚清晰，存留的，只是一种血脉亲情的怀念。倒是张骞，对他的认可、赞许、体贴与关照，已从惺惺相惜，升华为以性命相许。故此，他忘却了自己大病初愈之事，心思全都放在张骞身上，哪怕张骞还剩下一口气，也得拼尽全力，进行抢救。

看三弟秦自乐，似有同感，那种焦灼情状，堂邑父从未见过。好几次想对他说什么，却又欲言又止。为张骞灌药喂食之后，堂邑父习惯地右手杵刀，左手搁膝，坐于张骞左侧，瞑目而憩。而秦自乐于张骞右侧，半卧躺下，双眼瞪着黑洞洞的暗夜，却毫无睡意。半会儿，终于忍不住，轻声问道：“二哥，大哥该不会有事吧？我刚才去试大哥的鼻息，仍旧热得烫手。”

“三弟，你安心歇息，大哥不会有事。”想想，又道，“大哥刚服药不久，兴许再过一会儿便可退烧。”

“大哥真的不会有事？”

“不会。”

“为甚？”

“因为他是张骞，是咱俩的大哥。他不会丢下大家不管。”

“二哥所说，倒有道理。二哥，你肩负重责，又大病初愈，也勿操劳过度，应该好好歇息。”

“谢三弟挂念。睡吧。”堂邑父少有地柔声回道。

五月二十八日晨，第一个醒来的，是苏疾。醒来后，只感到周身酸痛，四肢乏力，双手撑着余热未尽的石头，方才坐起。左右一看，见人人皆在酣睡，他知为救张骞，多少人一夜未眠，便不忍唤醒大家，遂又阖目而坐。阖目之后，却又心神不宁，挂念张骞，不知其病情有无好转，起身欲去瞧瞧。不料腿脚一软，踩翻一块石头，碰得“哗啦”一响，将众人惊醒。

杨柏翻身而起，却双眼难睁，以手揉搓，方知被眼眵糊住。揉去厚厚的眼屎，便欲埋锅造饭，向东一望，只见红艳如血的太阳正杀气腾腾地纵身扑来，才倏然想起，现已无水无粮无法生炊。快快地，放平砧板，将干硬的马肉剁成颗粒，分作九份，候一干兄弟前来取食。张骞的一份，用布袋包了，自己送去。

张骞的病情略有减退，但仍然发烧，仍在昏迷。堂邑父命令仍按昨夜办法，将最后一点饮水、最后一点麦粉、最后几根马丫突拉草，为张骞全部用上。而后一边用劲嚼着马肉颗粒，一边琢磨驮运张骞之法。

若在草原荒漠，此事最易，只需将其绑缚于背，双人骑马即可。而在眼下，却是不能，所有的马儿皆瘦骨嶙峋，肋若柴棒，即使最壮的乌骓马，亦只可驮起他一人。将张骞大哥负于马背？可人在昏迷之中，毫无挺身之力，欲要前行，得有两人左右挟持。且不论地下乱石难行，单是马儿之间，步履就难协调，何况而今人人都在昏昏欲倒状态，倘若不小心因此负伤，那真是使节队的灭顶灾难！

思来想去，唯有两法：一是用一大布袋，四人将其抬运；二是轮流背负，徒步前行。

为检验抬运之法是否可行，堂邑父唤来身体尚称强壮的秦自乐、杨柏、由天际，取出一匹葛布，横向回环拼成一副“担架”，让苏疾纵向躺入试之，让赵无偏从旁照应。方行十余步，其后两人杨柏、由天际便连连打跌，苏疾亦称身若藤捆，极为难受。

由天际叫道：“葛布遮挡，脚下不明，脚趾几被踢破。莫若几人轮换，将张伯伯背起！”

“看来，也只有此法。”堂邑父帮着将葛布卷起，又道，“背运由五人组成，依次为我、秦自乐、由天际、杨柏、赵无偏。五人逐人轮换，每人每次限行百步，若难达百步，不许勉强，应及时换人。任扶、苏疾、孙医官，尔等三人不要相争，照看好驮马、坐骑，亦相当重要。大伙儿努力，再有两三天，便可走出这乱石滩。”

去背负张骞时，堂邑父与大伙儿却看到动人一幕。张骞的坐骑“花豹”正守在张骞身旁，低下嘴唇，轻轻地不停地拱着张骞的身体，时时发出一种嘶嘶悲鸣之声。堂邑父上前抚了抚马儿，捞起张骞一双胳膊，搭于自己双肩，待秦自乐等人用布带相帮着捆妥之后，给张骞戴上遮阳帽，便足蹬芒鞋，跨步前行。那花豹却是不舍，紧随其后。

张骞灼热的鼻息直喷堂邑父后颈。大概因为颠簸，倏尔清醒，挣扎道：“二弟，放下我。否则谁都走不出去。我命你放……”接着，又昏迷过去。

“大哥别动。要生，我跟你一块儿生；要死，我跟你一块儿死。”堂邑父眼前一黑，几乎跌倒，赶快阖目立定，待再无眩晕感觉，方举步前行。

秦自乐已有察觉，即让由天际傍于左，自己傍于右。三人护着张骞，并排向前。

徒步乱石滩，更为艰难。背负张骞的人，无法戴上遮阳帽，脑袋顶着阳光死晒，不一刻，鬓角上的筋脉便“嘣嘣”直跳，整个头部开始胀痛，似要炸裂。而脚下芒鞋不敌烫人石头。稍不注意，便从石上一滑而下，或腿部打闪，或偏成趔趄。若非两旁之人及时帮扶，亦不知栽倒几次。他们谁都晓得，此时此处一旦栽倒，非被石头垫伤不可，若无人相搀，亦休想爬起。因此，行进的速度很慢。

堂邑父等人关心脚下，更时时关心背上的张骞。若张骞开始挣扎，众皆以喜；若张骞久时不动，便则以忧。行数十步，即停下脚步，试其鼻息，察其脸色。

将及中午，炎热更甚，石头更烫。人人皆头昏脑涨，迷迷糊糊，无力举步，连咳嗽的力气也无。在轮到赵无偏背负张骞时，刚走了十余步，便一个爬扑，向前栽去。堂邑父、秦自乐猝不及防，只注意着两边伸手去拉，亦被带倒，倒下俱都昏迷，未能醒转。其后的杨柏见势不妙，对着发愣的由天际喊了一声“救人”，便上前去解绑缚张骞的布带，孰料刚一蹲下，眼前一黑，便即昏迷倒于侧旁。

由天际见顷刻之间，前边倒下五人，向后一瞧，不知甚时，任扶、苏疾、孙治瑾亦齐齐躺倒。孙治瑾大概是最后昏迷，他将任扶、苏疾并排放平，二人只手相搭，而自己在未完全昏迷前躺于苏疾身旁，以手相牵。那些瘦骨嶙峋的马儿，则静静地站立在他们身边，遮出一片可怜的阴影。

由天际亦头昏脑涨，四肢无力。面对此情此景，只感到无限悲凉，欲哭无泪。他喉间发哽，双手发颤，努力解下张骞，将其放平，一试，鼻息急促，热得烫手，便取了遮阳帽，将其面部遮住。其他七人，一一试之，境况与张骞无别。由天际深知，此时只要有水，人人皆可活命；没水，只能等死。或明天，或后天，暑热越重，死亡越近。而在此等水，无疑是痴心妄想。他绝望地看了一眼天上火轮般的太阳，以及蓝得发亮的幽空，又看看四野发着热芒的石头，解下捆扎国服的包袱，一套一套给每个人换上，最后躺在张骞、堂邑父中间，头北足南，右手拉着张骞，左手拉住堂邑父，说了句："张伯伯、甘叔叔，黄泉路上，我给你们做伴。"言讫，昏然睡了过去。

后来，公元前126年，张骞返京受审之后，与李广叙话谈及乱石滩时，心犹怵然，情极切甚。说道：

"羁縻匈奴之前，西行之路，遭雪山雪崩，逢大漠沙暴，虽凶险苦艰，然时日有限；羁縻之中，十载岁月，孤寂苦熬，斗恶狼于山塬，战群匪于僻地，鞭笞欺凌，勘守监察，虽禁锢为囚，然牧民情挚，心灵慰藉。唯续行西域，过乱石滩，使节队几至全军覆没。乱石滩人云七八百里，入其境即入缄闭[①]之地。其地也，经年无雨，寸草难觅，寸物不存，蓝天幽邃，炎阳如炙，四野皆石。其石也，大若升斗，小若禽卵，圆圆滚滚，坚硬似铁，至中午，石烫如烙，无法下脚。什么鸟儿喳喳、虫儿鸣鸣，全为奢想。日行其地，空寂与幽怖相伴，干渴与暑热相随；夜无宿处，石硌身骨生痛，面袭寒星身羸。欲速不达，趑趄挨步，未及旬日，人瘦如柴，马皆嶙峋。吾虽壮汉，亦被暑热，若无甘父、自乐、治瑾诸人拼死相救，以斤水草药灌之，命早休矣。是年五月二十八，使节队九人悉患暑热，昏迷待毙。幸天佑大汉，忽降甘霖，众皆复苏，今次方与老将军相晤，翕然[②]疆场，逐凶北地，扫廷犁穴矣。"

夜半，狂风骤起，气温陡降。由天际先被冻醒，接着秦自乐、杨柏相继醒来。三人睁眼，星光全无，漆黑一团，由天际、秦自乐牵手一处，竟不能对视，彼此只见黑影而已。二人正自惊异，耳际但听杨柏叫道："还有哪位兄弟醒着？"由天际应声道："杨叔叔，这天怎么黑得古怪？"

"看样子，像是要下雷雨。"杨柏难掩惊喜，站直了身子，"天际过来，搀着我，先去点着油脂火把，再取出锅碗瓢盆，准备接取雨水。"

秦自乐大声应道："杨柏，天可怜见，看来我等命不该绝于此地。你二人先且忙着，我得去找出御寒衣服，为张骞大哥穿上，同时唤醒其余兄弟。"

"嗬，自乐副使，恐怕无须你去呼叫，你看那西边天际——"杨柏话音甫落，只见一束闪电通天彻地而明，不一刻，传来震耳的雷声，豆粒大的飞雨，被风裹挟，直击脸颊。

驮马面前，漆黑一片，包裹难卸，衣饰不辨。秦自乐摸摸索索，取出两支火把。杨柏敲击火石，将燃即被大风刮熄。急切之间，由天际解开衣绊，张衣遮风，方将火把点燃，顷刻之间，那火苗向东窜出二尺多远。

此时，头顶倏地劈下一道闪光，一个炸雷瞬间爆裂，乱石滩似被颠覆倾倒，碎石互相碰撞弹跳，只听"丁里咣啷"响声不绝。秦自乐双手刚刚触及衣包，暴雨便"哗"地直泼下来。

"秦副使，由天际，赶快去将所有人的兵器移开，以免成为雷引，遭受雷殛之患！"杨柏已点燃第二支火把，当即递与由天际。

此时，又有苏疾、孙治瑾、赵无偏被雷雨惊醒。

接着，任扶亦苏醒过来。

由天际高举油脂火把，紧跟秦自乐向张骞、堂邑父竭力奔去。暴雨浇得火把"吱啦吱啦"阵阵作响，燃烧的油脂混着雨珠直向手臂溅落，由天际赶快将火把向外倾斜，手臂上已然有几处感到灼痛。他顾不上管它，一边大张了嘴巴，吞咽着迎风送来的雨水，一边踢开各人身边的兵器。只听秦自乐一迭声呼叫着："大哥二哥，下雨了，我们得救了！"

堂邑父倏地转身，一抱搂起张骞，喜极而泣："大哥你听，多响亮的雷声！多猛烈的大雨！多爽气的大风！我们的坚持不懈，终于感动了天公爷爷，让我们能够活着走出这吃人的乱石滩。”

张骞虽已苏醒，但仍浑身无力，想独自坐起，挣扎了两次，又不得不倚着堂邑父的臂膀，眼瞅着秦自乐与由天际，极力放大声音：“其他兄弟都没事吧？雨下得真奇。这是天佑我大汉朝，佑我使节队。真好！”

“大哥放心，其他人全都醒过来了，正忙乎着帮杨柏接水。还有四只木头马槽，恐怕都接满了雨水。”秦自乐将脸上的雨水一抹，又道，“大哥，趁这雨水，我给你把身上擦擦。”

“也好。”火光下，张骞一瞧身上衣服，大是惊讶，“谁给我换上了国服？还有你们，怎么都穿上了国服？”

由天际于是讲了昨日中午的情况。一眼瞧见堂邑父身边的弯刀，一脚将其踢至两丈之外。

说时迟，那时快，只见一束闪电直击马刀，一个炸雷劈将下来，人被震得东倒西歪，拳大的石头都被弹起，“叮咣”之声不绝于耳，一股焦呛气味弥散于空，瞬间又被风雨带走。

由天际手握火把前去一瞧：“甘叔叔，你的马刀刀把没了，弯刀也成了铁弓。”

堂邑父刚才还觉得由天际行动奇怪，此时方知这一脚救下了他和张骞的两条性命：“慌急之中，我倒忘了避雷大事。天际能如此果敢应对，实为我等幸事。”

“若非杨柏叔叔提醒，我亦无此经验。杨叔叔说，旷野之地如逢雷雨，一忌于大树之下躲避，二忌手握铜铁器具，否则易成雷殛对象，眨眼之间，便即丧命。”由天际干渴已解，嗓门盖过风雨之声。

此时，又一束晃花眼睛的闪电，通天彻地直入驮马，震耳欲聋的雷声过后，一匹驮马倒毙于地。

马群顿时狂奔乱跳，嘶鸣不已。奔窜之中，又有两三匹被乱石绊倒。

“不好！我得去那里看看。”由天际躬身，一个倒钻将国服扔下，仅剩一件裤头和一件无袖白褂，摇着火把，乘着风雨，几个提纵，扔了火把，先将带头的乌骓马脖抱住，右足直踢马儿左胯，连声叫“吁”。

乌骓马终于镇定下来。余马亦相跟停下。不一会儿，竟互相舔吮鬃毛之上的雨水。

由天际又捡起仍在燃烧的火把，察看倒下的四匹驮马。被雷殛的马儿已死，周围散落着蹄铁及其他铁器。其余三匹，一匹跌折了一条前腿，另两匹尚无大碍。只是以他一己之力，难于将其扶起，于是叫道："秦哥哥，赶快过来帮我！"

秦自乐刚替张骞擦毕身体，又给他换上一身干衣，让赵无偏用雨布为张骞遮雨。听得由天际呼唤，即赶了过来，苏疾、孙治瑾、堂邑父亦先后赶到，几个人七手八脚，移开货捆饲草，将两匹马儿扶起。

雨来得猛，去得也疾。不过半个时辰，又见满天星星。风也变得格外柔和，抚摸一般，拂过脸颊，浑身上下，充满了透骨的凉意，有人忍不住打起喷嚏。

"大家赶快将湿衣脱下，将身体擦干、擦热，换上一身厚点的干衣，捂捂。一旦着凉，明日头上日头一晒，脚下热气一蒸，寒热夹攻，非得患病不可，麻烦可就大了。"孙治瑾率先脱下湿衣，浑身上下，狠劲擦着，"还有马儿，也得将其鬃毛捋干。"

张骞已然擦过换上了干衣，其他人尽皆忙活起来。只那由天际，吹起久违的口哨，却不用布巾，只用双手，从脖子到脚跟，边搓边甩边道："这身上的垢痂，没有一斤，也有半斤，雨水一泡，一搭手，便是筷子粗细的条条——孙叔叔，人的头发、尿液能入药，不知身上这玩意儿能否当药使？若是能成，收集一搭，还真不少。"说得大伙儿都笑将起来。

唯杨柏愁着。不久天将及曙，使节队一下子损失了两匹马，肉是有得吃了，可这生肉怎么将它弄熟？任扶带来的干马粪，以及使节队所余下的干牛粪全被大雨打湿，剩下不多的饲草，虽被淋湿，倒还可以慢慢将其煨着，可以后马儿怎么办？谁晓得这乱石滩还需几日走得出去？

看来，明日早晨大伙儿还得以生肉充饥。

无水时，干啃生肉，有水了，还得嚼吃生肉，这也是没办法的办法。

可张骞咋办？病成那样，现在总算醒转，无论如何，得给他弄口熟食。杨柏茫然，无目的地四处乱看，当他看到即将熄灭的油脂火把时，兀地叫道："我有主意了！"

一旁的孙治瑾，亦在犯愁。张骞虽醒，但病根未除，其腹胀满，叩之如鼓，若无泻火清积之药，一时之间，不思饮食，恐难复原。一听杨柏之语，便即问道："何事如此兴奋？"

“想给张骞大哥弄口熟食，苦于无薪作炊，看到火把，故此高兴。”杨柏道。

“张骞此时不宜进补肉食。即使热肉热汤，他也吃不下去。吃下去，只会呕吐不止。现在宜以清淡为要，最好是粮蔬一类粥食。不过你倒提醒了我，我可用热水打湿布巾，于其胃腕脊心进行热敷按摩，使内中毒气得以泄出。”

“可惜粮食无粒米捧面，晒干的野蔬倒有一点，不知是否可用？”

“如此甚好。虽然难比鲜蔬，这已是极大幸事。张骞于使节队，其重要程度你我皆知，我等理应竭尽全力予以保护。事不宜迟，你我不必候至天明，现在立刻去做。”

杨柏唤了众人，将锅碗瓢盆之水灌入水袋，锅内留水些许，以火把烧热。堂邑父将张骞搂至锅前，孙治瑾行热敷按摩之事。杨柏再将水烧开，每人盛上一碗，而后将一把野蔬细细切了，煮成蔬粥，由孙治瑾一勺一勺地喂与张骞。

“杨叔叔，那么多马肉，缘何不与张伯伯弄上一点？如此清汤寡水的焦干野菜汤，有什么喝头？”由天际很不理解。

“去问你孙叔叔吧，他会告诉你为什么。”杨柏笑道。

由天际亦嘻嘻一笑：“原来是孙叔叔的主意，那我就不问了。”又一看天空，“这离天明还有一会儿，甘叔叔，不若让杨叔叔赏给我们每人一块生肉，沾上盐水垫饥，然后还可睡上一会儿。”

“杨柏，你晓得的，死马不能久搁，不若先处理一匹？另一匹伤马天明再说。”堂邑父以征询的口吻说道。

“我也正有此意。”杨柏又看着苏疾、赵无偏，“你二人帮忙打下手。”又对堂邑父、秦自乐等人道，“堂副使看护张骞大哥，其他人劳烦将所携牛粪马粪摊开晾着。还有被雨水淋湿的饲草及货品，也得查看一下，以免受热发生霉变——我这是越俎代庖了。”

“是我粗心了。杨柏所虑极是。”堂邑父倒不以为是什么越俎代庖。

大伙儿一边忙活，一边议论这场雷雨。有人说，这雨下得奇妙，乱石滩可能数年难得见一滴雨水，偏是这时天降大雨，说明使节队里有大福星，这福星不是别人，就是张骞。有人说，天降大雨，说明已经到了乱石滩的边缘地带，再有两天便可走出这块夺命魔境。有人说，只要有水，即使生肉，也并不那么难吃……

一夜折腾，饥渴得解，大家一觉睡到日出方醒。杨柏最早起来，含了口水，用食指掏摸发黏的口腔，然后漱了漱，不舍地吐掉。看看已被风吹得半干的牛马大粪，准备为大家做上一顿热食。

杨柏剁肉的声音唤醒了大伙儿，由天际睡眼惺忪最后起来，突然惊喜大叫："叔叔们快看，这里有草！绿茵茵的小草！"

所有队员都围了上来。连杨柏也放下刀俎，张骞由堂邑父搀扶着走来。

这两棵高约寸许的小草，生在由天际枕边不远的一处石缝，俯看不见，侧视方可瞧着。两棵小草各有三片长短不一的小叶，在石头的暗影中并排斜倚，其色嫩黄带绿，上有几颗小小的晶莹露珠，显得格外的娇弱而羞怯。

这是使节队自进入乱石滩以来，首次见到的小生命。这草籽不知在此等待了多少岁月，一场雨水又使它们重获新生。大伙儿更增强了信心与希望，在周围又找见了七八棵那样的小草。大家并不认识它们，叶片又窄又厚，筋脉呈黑紫之色，连堂邑父也叫不上名字。由天际道："依我之见，不妨就叫它'百岁草'。"

孙治瑾采了一棵，纳入口中，细细品道："这名字取得不错。涩中带甘，或许可作药用，可惜太小，也太少。若再有两天，长高长壮一些，或可采之一试。"

"说不定还能作为野蔬，作充饥之用。"杨柏却想着炊饮之事。忽然想到等待下锅的马肉，立即一跳走开，"我还有正事，不陪你们在此闲扯。"苏疾、赵无偏亦顿时醒悟，相跟着过来帮厨。

相隔多日，大伙儿又一次吃上了带汤的热食熟食，皆心满意足，十分高兴。出发时，虽然阳光毒辣，热气蒸腾，不一会儿便汗流浃背，但队伍仍旧未曾减速，连马儿也有了劲头。

张骞仍四肢无力，时有昏迷，但次数较昨日少了许多。清醒时，张骞极力欲自己行走，可刚迈数步，就需搀扶。不得已，只好放弃坚持，照旧让堂邑父等四人轮流背负。

由于当日出发较晚，只行得五十里许，所见小草虽然疏朗，但渐渐增多。张骞喜道："我们快走出乱石滩了，今日不若早点歇息，养精蓄锐，明日作最后一战。"

张骞本意，是再经一夜调养，明日即可上马前行，不让兄弟们为他劳累。堂邑父是实在人，便照此吩咐下去，于日落之前择地宿营。由天际知张骞体恤大家，却故作不解："还可行得十余里呐，这么早便就歇息？"

依堂邑父之言，杨柏将马骨远远地扔了出去。

不一会儿，遥远的西边天际出现两个黑点。那两个黑点越来越明显，越来越大。终于，像两片巨大的树叶，飘浮而来。

不用猜疑，大家明白，那是两只大鸟。不管它们是雕、是鹰、是鹫，抑或是兀鹫，反正是天上久违的活物。它们的出现，像老友一般，打破了大家心中的寂寞。同时说明，乱石滩的夺命历程，亦行将结束。

大伙儿不由得欢呼起来，准备看大鸟掠食马骨的场景。

堂邑父却取来铁弓羽箭，准备将其射杀。

杨柏、苏疾等人求告道："堂邑父，放过它们吧，我们现在不缺那一只。天上有个伴儿，心里也有想头。"

"我晓得。但是你们也应该晓得，鸟肉比马肉要好许多，为了能让张骞大哥尽快恢复体力，不妨射其一只。"

说话间，大鸟已飞至头顶，盘旋回环数圈之后，其中一只亚似利箭，激冲而下。

堂邑父早已张弓以待，弦上三支箭矢同时向那团黑影射出，半空五十余丈高处，只见那只大鸟倏地一顿，又冲高而去。大伙儿有的发出"唉"声，有的则"咦""啧"连音。堂邑父则笑道："兄弟们别急，这大鸟非等闲之辈。即就中箭，亦不愿落入猎人之手，必拼死逃遁，或坠于悬崖，或投入密林。此处皆为乱石，至多飞出一里半里必坠。当然，若箭矢中其一翅，亦会'扑'然而落——看来此鸟双翅未损。"

也就在堂邑父说话的工夫，那只大鸟已在西边半里之处，如树叶一般飘摇而落。而另一只大鸟迅即飞至极高之处，像在碧蓝的天空杵了一个墨点，传来一阵阵凄厉的唳叫，才慢慢消失在远空。

不待吩咐，由天际立即去捡那只大鸟。

杨柏却有些伤感："这一双大鸟，不知是夫妻，是父子，或是母女，今夜是孤守巢穴了。"随之又喜道，"算了，咱不管此等鸟事。堂邑父，你解了我们难事，张骞大哥有鸟肉做嚼口，我得谢你。"

"你这话可就外道了。张骞是大家的大哥，不是你杨柏一人的大哥。"堂邑父正言道，"说到鸟事，这里不妨多说几句。这大鸟不似人类，将亲情看得当紧。

它们是强者生存，弱者该死。一对成鸟，常常育得雏鸟一只。若是两只，大者强者必对幼者、弱者或啄或推，致其身亡，以免与己争食，成鸟对此亦视而不见。雏鸟长大，亲鸟授以飞翔捕食本领，待其学成，便将其逐出巢穴。雄鸟雌鸟若一方不幸身亡，其悲不过暂时，重新觅得配偶之后，早就将前鸟忘得一干二净。故此，大可不必以人情比鸟情。大鸟即使夫妻之间，往往也会为食物而发生争斗。所谓人为财死，鸟为食亡，大概就是这个道理。当然，人的情况比之鸟儿，要复杂很多。一般人可能为财而送命，但为亲情而死，为大义而死，为兄弟君王而死，所见亦不在少数。”

堂邑父的一番议论，让张骞及其他人大为惊异。秦自乐道：“二哥这十年长进可谓不小。由鸟事论及人事，由鸟之争食引至人之为财为义，头头是道，令人折服。”

“我见杨柏心软，以此喻之。人服大鸟，是其凶猛；人服人，是其明大义，真英雄。不管匈奴与汉人，都有义士知音一说，志同道合，方为知己。我没读过什么书，讲不出大道理，仅此而已。”堂邑父认真说道。

“汉人有君子与小人之辨。所谓君子喻于义，小人喻以利，君子以道义作尺度，小人以利益相交往。以道义立世者，是故心胸坦荡；以利益算计者，是故患得患失。堂邑父虽未读书，但却明晓事理，践行大义，是我们的好兄弟。”张骞此时清醒，见机插言。

这是两三天以来，张骞第一次讲话，尽管气息很弱，大家已是满心欣喜。

为使张骞吃得可口，易于消化，杨柏将鸟肉细细剁成茸状，捏作肉丸，用清汤炖了，端与张骞，准备喂食。张骞轻轻一推：“我自己来吧。”伸手接碗，却洒去不少汤汁。杨柏急忙双手捧住：“烫，还是我端着稳当。”张骞默默一看，见堂邑父、秦自乐、由天际诸人目露关切，遂拿起勺子，舀汤吃肉。

一碗吃了少半，张骞放下勺子，将碗轻轻一推：“不想吃了。实在对不起大家。”

孙治瑾道：“没有反胃，已经非常不错。”又轻叹一声，“若是野蔬或粮食，情况会好许多。”

“或许明天就会有的。”由天际笃定道，“张伯伯，昨日您给大家带来了雨水，明天就必定会带来野菜。”

事情果然如由天际所言，使节队行约四十里许，石缝中渐渐出现了沙砾，青草也多了起来。那些草虽然孱弱，长不及三寸，但青葱诱人，马儿们更是兴奋，争相扑去，连带草根，卷入长舌。

又行五里，天气大热，仰看蓝天，太阳当顶，张骞又有些昏迷。堂邑父即令歇息，让任扶、苏疾守护张骞与驮队，连带自己六人，分四个方向寻找野蔬。

此处又不一样，又是沙石参半，且大石甚少，细沙居多，有小片长草出现，将沙石遮掩。大约前日有雨在此经过，原本半枯的草叶，现在也支棱回伸，于阳光之下闪出翠光。偶尔，还可见到黄白之花和轻舞的飞虫，花儿、虫儿尽管小得可以忽略不计，但对于来自乱石滩的使节队员，不啻有着极其强烈的鼓舞——看来，乱石滩的夺命之旅，即将结束。

堂邑父走出不到十步，虽未见到沙葱、酥油草和马丫突拉草，却发现了另外一种可以果腹的驼奶子果。这种像蒿类一样的草茎上，长着三五颗或七八颗小指指肚大小的墨绿豆豆，咬破厚厚的皮质，里面便流出奶液般的果汁，并有奶液的味道。其嫩茎、嫩叶亦可嚼食，比起酥油草，更胜一筹。堂邑父当即高声喊着各人的名字：“大家且先到这里看样东西，然后分头去找。”

秦自乐首先赶到；“二哥，看见什么好东西了？看你高兴的样子。”

“二哥当然高兴。有这东西，大哥的身体很快就能恢复，大家的食物也能得到改善。”堂邑父提溜着那株尺许长草，拨拨那些圆而厚的小叶，以及茎秆上那些纺锤形的小果：“这叫驼奶子果，因其像母骆驼的奶子，汁水洁白香腻，是草原人难觅的补品，不料此地有这物事。既有一棵，就当有三棵、四棵、百棵、千棵，甚至连片都有。说不定，还能碰上沙鼠。”

此时，杨柏等人亦相继赶来。

听了秦自乐的转述，杨柏道：“我刚才也见到这么一棵草不像草、蒿不像蒿子的东西，摘了一颗，尝了一下，觉得不是毒物，可以当作野蔬充饥。正跟孙医官说话，不料听到堂副使的呼唤。”即拿出所采驼奶子果以示。

“我怎的就没有杨叔叔那么好的运气？还说啥，我们赶快去找、去采呗。”由天际道。

“在草原待了十年，我采药也去过不少地方，这驼奶子果倒是第一次见到。说不定，它可以入药治病。西域真是个神奇的地方。乱石滩东西两端，物种竟有不同，怪事。”孙治瑾一边说着，一边随大家四散走开，各自寻找驮奶子果及其他野蔬。

这次寻找可谓丰收。前后一个时辰，六人回到歇息之处，所采驼奶子果、马丫突拉草及沙葱等野蔬，少者二斤有余，多者多达三斤以上。杨柏摘了一碗驼奶子果，如烩肉丸般，为张骞做了一顿清淡喷香的饭食，端与张骞。

“此物是甚？闻着挺香。大家可人人有份？”张骞凑近一闻，问道。

张骞看到脚下厚厚的沙粒和满眼的绿草之后，知晓即将结束乱石滩的行程，骤然完全清醒。

杨柏并不将手缩回，显得十分惊喜：“张骞大哥，你能闻着饭食的香气，说明已经大好。”他趁机将筷子递出，“此物名叫驼奶子果，我也是第一次见到，若非堂邑父详解，我等哪知它的妙处。张大哥放心，我等所采甚多，人人尽可饱餐。再说，明日还可续采，大哥不用挂念我等。”

张骞这才接过碗筷，呼呼啦啦吃了个碗底朝天。一碗驼奶子果下肚，竟能自主站起，缓缓地移开步子。

“张骞大哥，可否再盛一碗？”杨柏殷切地望着。

孙治瑾却过来插挡：“病后用餐，不宜过饱，应少食多餐。不妨再备上两碗，每隔一个时辰用餐一次，到傍晚，饱餐无妨。”

“孙医官所言极是。我便去准备。各位兄弟且随我去，享用驼奶果大餐。”杨柏接过碗筷，敲着木碗，笑道。

饭后大约一个时辰，走出二十里上下，使节队终于走出了乱石滩。所见之地只有一些零星石头，脚下皆为沙土。草亦繁盛茂密，黄羊、野马及草原狼的影子时隐时现，各种花儿和各种长草，在带着热气的劲风吹动下，不停地左摇右摆，时卷时舒、时起时伏。考虑到驼奶子果生长环境所限，在征得张骞同意之后，堂邑父即命停止前进，宣布了三个任务：一者，多多采集驼奶果及其他野蔬，同时刈下带秆的荆棘，以作薪柴；二者，寻找地下水泉，将所携雨水洗涤身上汗衣，水袋换装泉水；三者，将马儿散出，任其采食鲜草。

此地驼奶子果着实可观，有的地方竟是成簇、成块连片生长，方圆几达一两里。由天际、苏疾等便弃了苗子，只摘果子。杨柏觉得可惜，返身取了镰刀："大家不要小瞧这驼奶子果秧苗，将其嫩枝刈下，盐粒渍过晒干，便是上等蔬食。谁敢料定，今后路途之上，处处可得此等佳肴？"

众人即依杨柏之言，如收谷一般，刈下一堆堆驼奶子果，就地晒着，待其蔫后收回洗净，再以盐粒腌之，以备他日之需。

堂邑父却一刻也未忘找水之责。他一面挥镰收着驼奶子果，一面瞧着有无低洼之处。他放眼四周，见此地地面略向西南倾斜，周围荒草一望无际，并无显著洼地。他有些失望，既无山岭蓄水之迹，亦无低凹聚水之象，这地下泉水恐是难有。

正自呆望，堂邑父倏然发现，离此西南半里之遥的地方，驼奶果及其杂草生长得格外茂密、葱郁，很是异样，遂大声叫道："由天际，去取几把镢头、铁锹，随我去那地方看看。"

由天际知为掘井取水之事获此指派，兴奋地唱了一个肥喏，而后吹起口哨，几个提纵，如飞而去，又如飞而来，捎来两把镢头、两把铁锹："堂叔叔请赐教，所战何方何地？"

"看清楚没有？就那地方。"堂邑父一指草势葱郁之地。

"我去也！"由天际一手携锄、一手持锹，又用提纵之术，如飞奔去。

孰料，由天际尚在半途，前面突然窜出一兽，如驴般大小，见迎头有人，于是斜刺里直向张骞歇息之处箭矢一般奔去……

这真是：

乱石狰狞，伸出枯槁之手，
带着炙热的毒刺、干渴的血刃，
千年万载，只以此作祟，
禁绝任何壮美与绚烂的歌声。
踸踔于炼狱，罹患于魔病，
乱石滩扯去了全部生命绿裙；
谁可告诉，谁能书写，谁会掂量，

什么是顽强，什么是坚贞，什么是忠诚？

欲知后续又有什么奇异事端，且看下回分解。

**注释：**

①缄（jiān）：封闭、收敛。缄闭：封闭与隔绝。

②翕（xī）然：一致。

# 第六十八回　野马狼群血腥荒原　陌路遗骸以礼葬骨

众皆大骇。大病初愈的张骞，怎能与如此猛兽相敌。人们尚在惊愕，堂邑父、由天际已绰起铁锹，鹘起兔落一般，直追而去。

而秦自乐见此，亦忘了身后仅别了两柄木枪，舞镰一跃，大叫道："畜生，休想伤我大哥！"接连几个旋风步，已如飞般追近那只猛兽。

张骞反倒临危不慌，十分镇静。他试试手中重剑，觉得尚可敌得七八回合，倘一击奏效，危机便可解得五分。猛兽一旦受挫，必致一滞，届时队友赶来，危势也就过去。

他亦瞧清，猛兽系一野猪，正撩着森森獠牙，狂奔而来。对于野猪，他并不陌生，在家乡城固山中，常常见到。此物狂野凶猛，不吃人，却经常伤人。当地俗言道，一猪二熊三豹子，尤其成年野猪，连狗熊、豹子见了亦退避三舍，而被激怒、被伤过的野猪，更其凶猛无比。而今遥遥万里，不料此地也有此物。张骞双手握剑，闪立一旁，准备一剑断其一足。

那野猪奔跑正欢，陡见一人持一闪光长物从旁边劈来，迅即向前低头猛蹿，不防后臀突生疼痛，遂弃了撞击，折向北边狂奔而去。眨眼之间，已无踪影。

"可惜是支木枪，未能杀却这一畜生。"恰巧赶到的秦自乐，犹自惋惜，又前后看了看张骞，"幸好，这野畜未能伤到大哥。"

"野猪皮糙肉厚，莫道是支木枪，即就真枪，也未必能伤它性命。也只有三弟的功力，可将木枪掷进其皮肉，一般猎人，只当给它挠个痒痒。我也只想敲掉它一颗獠牙，将其吓走即成。三弟可曾瞧见，那是一只带崽的母兽？”张骞语气平静，娓娓而道。

大伙儿见张骞有惊无险，尽皆额手称庆。张骞复道：“野猪习性，喜钻山林。由此推知，左近必有山地森林，远不过五十里，近则二三十里。按其逃逸方向，山林当在北边。这只野畜熟知驼奶子果生长之地，且知该物成熟季节，为求有充足奶水哺育幼兽，不惜只身冒险来此觅食，不料我等打搅了它的嚼口。这是我的一点思量，不知准确与否。堂邑父、秦自乐、孙治瑾，尔三人经验最为丰富，不妨说说尔等见地。”

“我可没有张大哥想得那么细密。我还是去找地下的泉水。”堂邑父又直面张骞道，“大哥既能骑乘，就请随我等一同去那地方看看，说不定还能为我指拨一二。”堂邑父意图十分明显，这样一来，既方便了照看张骞，也便于他安心做事。

张骞哪有不晓之理，于是点头应允：“指拨谈不上，看看倒是可以。”

秦自乐、孙治瑾等人还想说点什么，见此亦都称许。而由天际已将“花豹”牵来，口中却说着他事：“真想去北边找找，那山林究竟在什么地方，又是什么样子，有无山菌可采，有无野物可猎——最好能划拉一只野猪，补补肚里的油水。”话是这样，方向还是原来的地方。

经野猪一闹，又见堂邑父寻水处驼奶子果生长茂密，并且张骞亦去了彼处，大家皆不约而同，向那地方集中，苏疾等人连驮马也一并吆来。

几人七手八脚，轮番向一处湿洼之地掘挖。深不及二尺，有渗水如汗液般沁出。由天际抢过铁锹：“叔叔们歇着，让我捡这现成的功劳。”不由分说，舞着铁锹，“嚓嚓”入土之声不绝，带水沙土如窜飞的蝴蝶，直落草丛。深方五尺，只听北边里壁“哗”的一声，一股小碗粗的泉水，喷向由天际的脸和脖子，胸襟淋得透湿。

由天际抹着脸上的水珠，大声叫道：“真是爽杀人也！若是热水，该是多么惬意。”说话间，水已浸过膝盖，他遂从水中一蹦而出，“此水被我弄脏，且先将其放掉。”立即挖出一个缺口，待浑水尽去，方又堵上缺口，说道，“杨叔叔，可否先烧点开水，让我等暖暖肚子？”

“我倒是想先烧点开水，可一会儿煮肉弄驼奶子果粥饭咋整？是将我的腿杆当柴，还是把你那双腿杆献出？”

“啊哟。那你我不用敌人动手，就都成了范铁匠了。不成，不成。这办法还得另想。”

由天际的一句话，又勾起大家对范佑铭的沉重回忆。由天际发觉此话有失，但话已出口。他眼珠一转，对秦自乐道：“秦哥哥，张伯伯既说北边有山林生长，骑马而去，并不遥远，你可否陪着小弟，一块儿去那里找找？若有山林，也好弄些干柴回来。”而央求的眼神，却投向张骞。

堂邑父、秦自乐尚在犹豫，张骞已经发话：“欲去也可，但不许久耽。找着找不着，均以一个时辰为限，现在大约正当午时，未时必须回来。要去，就多去一人——赵无偏，你也去，带上弓箭，主要监督他们守时，不许贪婪。其他人守候原地采集驼奶子果。看来此地多有野畜猛兽出没，刀枪弓箭应随身携带，以防险情突发。”张骞身体虽虚，但神志已得恢复，对人员的安排布局及涉及现场的判断，准确而又周到。

秦自乐三人携了斧子、锯子，由由天际打头，循着野猪逃窜方向和踩踏的痕迹，纵马而驰。马儿经乱石滩的煎熬，似乎也憋坏了本性，一旦到了一望无际的荒野，无须相催，便奋蹄飞奔，不一刻，已驰出三十余里。由天际勒马大叫：“秦哥哥，赵叔叔，张伯伯所料果真不差。你们看，前边不远处便是一座小山，小山之上青乎乎一片，想必定是森林，乃野猪藏身之地。”不待秦自乐回答，便向小山驰去，耳际犹自听到秦自乐在大声相吼：“由天际，毋得冒险，待我三人同进！”

也就在秦自乐喝令相阻的时刻，草丛中突然窜出三只土狼，直袭由天际。其坐骑倏然受惊，双蹄高高拔起，将由天际掀下马来，“小尖尖”“小钩钩”两件武器被压身下，唯右手一柄短把斧子尚可格挡土狼攻击。

那头狼见突袭成功，立刻一个纵跃，双爪凌空扑下，呲起森森狼牙，直取由天际颈项。

此时，秦自乐离由天际尚有五丈之遥，近身相救已不可能。而赵无偏已吓得大惊失色，声音几乎变腔：“由天际，快躲马腹之下！”间不容发之际，只见一道白光闪出，直击凌空狼头，但听“扑”的一下，落在由天际尺远之地，接着“嗷”的一声惨叫，再无声息。

由天际趁机一个侧翻，挺身而起，将斧子向一狼掷去，迅疾抽出武器，向另一狼杀去。前狼见一物飞至，纵身躲避，饶是如此，一只狼耳被利落削去。后狼见同伴顷刻之间被“人”杀得一死一伤，反身逃离。那只伤耳之狼哪敢恋战，亦舍命窜逃。刹那间，两只狼便无影无踪。

赵无偏将由天际上下看了一遍，犹心有余悸：“幸亏秦副使枪法百发百中，相救及时，否则今日之事真是不可想象。”又百思不得其解，“在匈奴十年，草原狼、土狼、红狼也见得多了，它们一般不会攻击人类，只对马、牛、羊等牲畜下手。这里的土狼却放弃马儿，只对人类实施攻击，真是咄咄怪事。”

秦自乐责备道：“由天际，你人长大了，小时候的脾性仍无多少变化，还是那么调皮、任性，今日便是一个教训。今后应该记住，做任何事情，切记不得莽撞，要像你张骞伯伯那样，凡事三思而行，做到持重、稳重、慎重。凡在陌生地域，更须如此。”

“待我先谢过秦哥哥的救命之恩。”由天际一脸郑重，便行叩头大礼。双膝着地，头尚未叩下，便被秦自乐强行拉起：“小弟无须这样，记住刚才所嘱，便是我愿。”

“诺。小弟谨遵哥哥所嘱，但江山易改，禀性难移，还望哥哥——还有赵叔叔，多加提醒。”一笑，又将赵无偏之疑提起，“至于此地土狼弃牲畜而专袭人类，我倒有点小见地。依我猜度，这里的土狼及其他野畜，可能从未见过我等人类，认为两条腿的‘野物’与马儿相较，个头小而易于‘得手’。我敢说，逃走的那两只土狼，今日吃了大亏，以后但凡见了人这种‘猎物’，犹恐避之不及，再不敢实施攻击。不信，待会儿回去问问甘叔叔。”

秦自乐点头称是，赵无偏却心不在此，将那只狼尸提将起来：“秦副使，你真好手段，今日算是亲眼看到你的真功夫。”由天际好奇，一睄眼，只见一根短枪不偏不倚，从左眼而入，右眼而出，像枚头簪，贯脑穿过。

由天际踩着狼尸脑袋，将短枪拔出，去草丛揩尽上面的血污，双手捧与秦自乐：“秦哥哥，你得给小弟说说，远距杀狼如此之准，如何才能做到？”

“这个说简单也简单，说复杂也复杂。”秦自乐又将话头一转，“我们此行目的，是去寻找薪柴，狼尸先撂在这里，返回时捎上。关于投掷杀敌，以后再说。”

“走着也是闲着，不妨摘要说说。十年前我人尚小，在峦芳洲跟你打过一架。

那时只知秦哥哥枪法快似闪电，尚不晓得掷枪退敌更是妙招。”由天际央告道。

“多说有卖弄之嫌，不说点你又心有牵挂。”秦自乐掣出一支短枪，比画道，“这投掷退敌重在两点：首先，越是危险越要镇定，万万不可先自慌张。若在间不容发之际，倘有一丝慌乱，便会忙中出错，危及自己或同伴的性命。再者，要精确估出进攻之敌（或逃跑之敌）的提前量。这种提前量由四方面估计：敌之攻击速度、自己的运行速度、当时的风向风速、与敌之间相距的远近。提前量过大，枪便落空；过小，则不能击中要害。投掷退敌，务求一击必中。若击杀失误，则形势将会顿时逆转。而要达到一击必杀之功，唯有一法：善于观察、善于总结、善于苦练。譬如刚才击杀头狼之事，我看彼此相距约在七丈，狼身呈腾越之势，故而提前量是其两个身位，狼头到达的空间，恰好短枪亦到，从其头部对穿而过。如若提前量只其小半身位，短枪便会从其头前落空飞过；如若提前一个身位，短枪便会扎入后边肚腹，但其攻势仍在。以小弟之资质与悟性，加之现在所具武功功底，三数月即可小有成效。届时，身负若许‘小尖尖’，不近敌身，亦可杀敌退敌。”

一番言语，说得由天际心中直发痒痒：“秦哥哥，你得教我。伐薪回去，我就削它一捆‘小尖尖’，一有闲暇，我就练练，秦哥哥一旁点拨助练。今天就此说定，不知可否？”

一边以笃定的语气硬相强约，一边又说“可否”。秦自乐暗自好笑，这世上怕也只有由天际做得出来：“先伐薪砍柴，以后之事，以后再说。”算是作了应承。

由天际满怀欢喜，立即冲到前面，赵无偏刚欲呼叫，由天际已放慢了速度，在前边候着。

不一刻，三人便抵达树林。

这片森林与出征时所见林子，以及草原树林，相同，又有很大不同。相同者，似乎从未有过人迹，一切皆呈原始状态。不同者，远看似在山丘，近观却是一处条状台地；远看森森一片，及近却甚稀落；远看好像树林驳杂，拢身却是胡杨一种，且棵棵巨大，幼树甚少，藤萝挂树，自成体系。煦风刮来，万千树叶相磨相擦，发出铃铃声响，反而更显幽谧、宁静。

秦自乐道：“当年我在峦芳洲时，曾听西来商客说过，西边沙缘荒滩生有奇树名曰胡杨，该树生千年不死，死后千年不倒，倒后千年不朽，今日若寻得一株死树抑或倒地之树，凭我等三人，三停之中，能运得一停回去，也需勉力而为。”

“看来，想采点山菌回去给张伯伯补补身子，是没甚希望了。”由天际一边说着，一边四处逡巡。突然，他遥相一指，“秦哥哥，赵叔叔，左边十数丈处，似有一棵倒地胡杨。”

三人牵马拨碍，果见一棵粗约二人相围的卧地秃树，亦不知其有多少年代，仍枝丫完整，韧性十足，即就主干，其重亦在两千余斤，枝丫一千余斤。三人凭手中锯斧，对主干一时奈何不得，连两支桶粗大型枝丫也只能放弃。

一阵乒乒乓乓，三人连锯带砍，弄下偌大一堆枯枝，张牙舞爪，乱戳乱伸。赵无偏举斧欲削，令其归整，秦自乐却予以相阻：“无偏且慢，若将乱枝归整，费时费力不计，马儿怎么驮运？我在峦芳洲时，当地土人倒有一法，用藤条将树丫整枝或数枝绑定，让马儿拖曳而回，此法省时省力，且可成倍多运。我意即刻在附近搜寻粗大结实的藤萝，依此法运之。”

“秦哥哥此法甚妙。我与赵叔叔去也。”由天际拽了赵无偏，便去了附近藤萝密布之处。

秦自乐三人走后，张骞、堂邑父等六人亦作了简单分工。张骞除参与采撷驼奶子果，还承担起瞭望观察之责。其他五人则随身携带弓箭刀枪武器，先行采摘果子、刈割驼奶子果嫩茎，而后洗涤汗污衣服，并以温水沐浴、洗却头发及身上的汗垢。

采撷驼奶子果时，张骞暗自庆幸，过乱石滩除陈尚斗途中殒命，剩下九人终于逃过一劫。尤其自己与二弟堂邑父，危重大病尚能存活，全赖这些生死兄弟舍命相救，他们虽秉性有别，但其对信念的坚守、忍受饥渴折磨的耐力，无不堪称英雄。当见到堂邑父等骨瘦如柴的身躯时，又忍不住落下酸楚的眼泪。这些幸存的使节队员，每一个人都应万分珍惜，万般维护，以期能够全身返回京都。

此时时已正午，炎炎烈日当顶炙烤，地上的杂草有的因蔫而耷拉低垂，摘下的驼奶子果亦颗颗温热。但这里毕竟与乱石滩大相迥异，时时从北向南刮来的阵风，虽然气息燥热，却有着丝丝爽意。依照太阳的位置，张骞察看着四周状况。东边是出入乱石滩的来路，西边是将要踏入的路径，地势均为坦荡。而南北呈一大大的斜坡，北高南低，南边缥缈无际，一眼可以透过二十余里，倒是北边颇觉神秘，目不及五里，便被一片山梁遮却，不知梁后是何景况。

杨柏见生火煮饭时辰已到，自己亦感肚饥，遂停下洗涤劳作，准备埋锅操弄饮食，却听张骞叫道："北边山梁有情况，大家及早做好准备。"

在场者除了张骞、杨柏，堂邑父、任扶、苏疾、孙治瑾都还光着身子，听得张骞命令，顾不上穿衣，即刻操起武器，向北边望去。

大家于是看到惊心动魄的场景。

山梁上先是出现一群野马，大约三十余匹，不知为什么，显得惊慌不已，向西奔出不到两里，倏地又掉头向东奔逃。继而看到七只分散的狼。它们分工明确，两只狼不远不近，傍着头马奔驰，马群两侧各有两只狼负责夹击，后面一只狼将逃逸的野马重新赶入马群。就那么一会儿向西，一会儿向东，不紧不慢，反复驱赶，来来回回，转了十数圈之后，狼群突然加快了速度，开始有选择地攻击。

渐渐，前面两只狼与两侧四只狼，各自驱离出两匹野马。头狼率先一纵，跃上马背，四肢蹬开，狼爪嵌入马身。野马纵跳腾挪，竭尽全力，左甩右摆，那狼似一块黏性极大的膏药，紧贴其背。而另一只狼则在野马腹部前后奔窜，时不时从马颈马腹撕下血淋淋的肉块。不到片刻工夫，那野马终因伤累，纵跳速度疲缓下来，只见马背之狼趁机向前一蹿，一口咬定马脖，四只狼爪抓着马身，随着野马的挣扎，像一个巨型瘿瓜，晃来晃去。最后，那匹野马喉管大概被狼牙切断，只见訇然倒下，四蹄弹了几弹，便再无声息。

另外一匹离群野马，亦遭同样命运。

眼前一切，近者半里之遥，远亦不足一里，张骞等人看得十分真切。大家正自叹惋，堂邑父突然大声叫道："大家快做准备，小心马群引来狼群！"拿了铁弓，却在弓端绑定一条长长的皮绳，皮绳前端挽出一个大大的环扣，"杨柏、苏疾，保护好张骞大哥，我等三人对付狼群。"

"二弟，缘何如此？"张骞不知堂邑父弓绑皮绳做何用途。

"有马套马，无马套狼。铁弓就是套马杆。套得野马，将其驯服，可作驮马；套得土狼，将其剥皮，可与大哥做床狼褥。"堂邑父信心满满。

"二弟怎知野马狼群将奔此处？"

“野马受惊，逃无可逃，其必向我处延祸。而此地土狼恐怕从未尝过人的苦头，认为人弱小可欺，必弃马而向我等实施攻击。”堂邑父随即又将马刀“呛啷”一下掣出。

张骞等人虽在匈奴生活了十年，但对狼及其他野兽之事，比之堂邑父，所见所闻，终究稍逊。孙治瑾尚在穿衣，刚刚套进一只袖管，便见野马奔腾而来，狼群亦暂弃死马，又重新布阵追撵。孙治瑾哪敢再行耽搁，立即褪去衣服，绰起弓箭，严阵以待。

堂邑父却迎了上去，甩起皮绳，套住一匹犍马，将其与乌骓马挽在一处，拍拍坐骑马脖：“兄弟，交与你了，勿令让其脱逃。”当即以箭作枪，投向头狼。

张骞道：“杨柏、苏疾，无须管我，杀狼为要。杀却土狼，便即安全。再说，我有这个——”张骞摸出十几块卵石，“当年我杀土匪托力达，就凭此退敌，难不成狼头比人骨更硬？”

二人听罢，并不远离，只张弓搭箭，射向前攻之狼。

堂邑父睄眼一看，立即大声吩咐：“任副使、孙医官，你二人对付左边两狼；杨柏、苏疾，对付右边两狼，前面两狼有我，而后集中杀掉后边一狼，务争全歼。万一逃逸，也不用追赶，以保护张骞大哥与驮马为要事。”

其间，堂邑父所投箭矢正中头狼前胛，那狼一个跟头翻倒，起身带着箭矢便欲逃跑。此时，秦自乐、由天际、赵无偏三骑拖曳着柴捆，呼呼啦啦迎头赶到。那些土狼何曾见过此等“怪物”？瞪眼一滞，瞬息之间，不知进攻抑或撤退。余狼乍见头狼被一物击中，便都止步，原路逃窜。

秦自乐、堂邑父等人哪容狼群喘息，彼此心照不宣，前堵后截。一时之间，箭矢短枪齐发，狼们纷纷倒地毙命。由天际觑眼一瞧，叫道：“赵叔叔，后边那狼是留给咱俩的了！”掏出匕首，砍去柴捆，即向那狼迎头一掷，也不知那狼伤在什么地方，摇晃了一下，而后挣命而逃。由天际干脆飞身下马，运起轻功，追向那狼。到赵无偏赶来，那“小尖尖”已将狼脖刺了个透明窟窿，倒地之狼犹自狼眼圆睁，龇着森森狼牙。

至此，七只西域土狼悉数被歼。

在使节队员与土狼搏杀之时，乌骓马与那匹被俘野马的搏斗，亦近尾声。

拴着乌骓马与野马脖子的皮绳，均为死扣。死扣的好处，是马儿挣扎欲逃时，不致越勒越紧，发生窒息毙命之险。那野马脖套皮绳，极不舒服，便欲挣脱。先是低头前杵，却被乌骓马昂头提起；接着左右乱摆，又被对方马头一钩撴住。那野马见两着无果，便与对方开始角力，也将马头一勾，欲将对方掩倒，或将脖间的皮绳挣脱，一根皮绳拽得绷直。于是两匹马儿双双用力，就那么僵着。后来野马开始转圈儿，马头一俯一仰；乌骓马则一仰一俯，四蹄蹬地，不为所动。接着，野马高举前蹄，乱踢乱踹，又张嘴去咬皮绳；乌骓马照样回踢，将皮绳再次绷紧，野马渐渐力不能持，终于放弃了挣逃，随乌骓马去了使节队的马队。乌骓马随之发出胜利的嘶鸣。

若在前两日，乌骓马刚出乱石滩，要独斗野马，获胜并无把握。幸得昨日今日水草补充，力量得以恢复，自跟随堂邑父以来，历经许多战阵，胆量早已高出一般马儿之上。它虽是哑畜，却达到与主人已经心灵相通。当堂邑父以语相嘱之后，其便全力不使野马脱逃。

听得马声欢叫，堂邑父便知乌骓马在向他报喜，即对秦自乐、杨柏说道：“捉了一匹野马，我得前去看看。这里狼事已了，且由你们处置。”说罢，拿了鞍鞯缰绳，即向野马走去。

“二哥捉马杀狼，两不耽误，真叫人佩服。这里尽管放心，杨柏先弄起午饭，我等负责剥皮刳肉，一下子获得八匹肥狼，一匹野马，够忙活一阵子。”秦自乐笑道。

张骞亦道：“我倒成了坐享其成的闲人——对了，我帮杨柏生火煮饭，总可以吧？”

“大哥，只要看到你身体逐渐好转，我们比什么都高兴。”堂邑父脚步不停，话语真切。

那野马见有人走来，立刻躁动不已，不住地跳动腾挪，昂头奋嘶。堂邑父却不理它，先抱着乌骓马的长长脸颊，与其抚摸亲热，温语问候。毕后才一边解开皮绳，一边细察这匹野马。只见它通身棕红，红中又略带暗黑；腰脊细瘦，肌肉紧实；四腿骨突，蹄甲坚硬；马面窄削，鼻翼宽大；双眼灵动，耳郭尖阔。是一匹健壮、机灵的野马。

那野马见那人与自己的对手亲热，反倒安静下来。直到那人攥着皮绳，伸手欲触其头时，便又开始蹿跳。这堂邑父与陈尚斗不同，完全不按驯马师的套路实施，他一个纵跃，抱紧野马颈脖，运起神力，一下将其摔倒，然后迅速安上辔头缰绳，再解去脖间皮绳。趁其翻起时刻，一甩胯，跨上光脊马背，任其颠、蹿、立、跳、奔、刹，堂邑父双腿犹似铁夹，将其死死钳住。折腾了半个时辰，野马终于安定下来，按照堂邑父的指令，加入使节队马群，配上了鞍鞯。

堂邑父为其取了一个十分响亮的名字，“野红”。

在堂邑父驯服野马时，张骞等人全都停下了手中活计，为他呐喊，为他紧张，为他高兴。“野红”一归顺，由天际立即抱来一抱驼奶子嫩草，送到野马面前：“野红，我们以后便是朋友和兄弟，你会喜欢的。”

野红似乎放下了戒心，开始喷着鼻息，安静地吃草。

因为驯马一事，加上八只狼皮需及时剥离，直至未时方吃上午饭。乱石滩的日子早已打破了大家的生活规律，众人亦习以为常。午饭虽然迟了一个时辰，却是走出乱石滩以来第一顿正经午饭，驼奶子果干饭炖狼肉，人人吃得心满意足，连张骞也有了胃口，肉汤泡“干饭”，吃下一碗半，身上也有了力气，不用人们搀扶，便可自主上马下马，连那“花豹”也显得非常兴奋，围着张骞撒欢儿。

因狼肉、狼皮都需及时处理，张骞干脆下令停止前进，就地休整。由天际趁机带路，领着苏疾、孙治瑾去胡杨林拖曳薪柴，出发之后，赵无偏也跟了上来。

一行四人，虽为薪柴，却各有目的。由天际意欲再找一些可做短枪的枝丫。苏疾则纯为好奇，孙治瑾想借此寻得奇草异药，赵无偏是不惯狼腥。大家一路说说笑笑，不觉间，便到了前时猎狼之处。

这次由天际有备而来，却连只狼影也未见着。最后只好依样画葫芦，拖着柴捆，回到宿地。

经过堂邑父一番指点，八件狼皮褥子亦宣告完成。但在狼褥分配上，堂邑父、秦自乐、由天际与一干队员却发生了争执。由天际自称年轻，坚决拒绝；秦自乐拍着胸脯，称铁打的身体，无须狼褥护身。最后还是堂邑父一锤定音：“大家晓得，历来夜宿，我只坐息，狼褥于我没甚用处。再说，我身体狼亢，一张狼皮，首尾难顾。反正西去途中，人烟稀少，野畜颇多，再次猎狼，不是难事，说不定还会遇上比狼更大的家伙，到时可不许艳羡。”

张骞知拒绝大家的关照，反倒显得矫情，于是痛快地接受了秦自乐为他特备的狼褥。

是夜，微风吹拂，大家睡成一排，两端两支火把上的火舌，时卷时舒，透着安谧与生气。而久已消失的虫鸣，此刻开始了它们的弹唱，乍然间，使人犹入江南水乡。张骞看着天上细细的月牙，心中一默，已是六月初二。而由此到葱岭，尚有将近两千里行程，如若一路顺利，六月下旬便可翻越，从而避过大雪封山季节，像乱石滩那样的险途，当不会再次出现。

难得有一次如此宁静和安心的歇息，张骞没做哨位值守的安置，反倒是那匹刚被驯服的"野红"，大概是野性使然，守候在堂邑父身旁，成为一匹哨马，偶尔阖眼，却轻轻地喷着鼻息。

凌晨时分，刮起了南风，气温使人感到瘆凉。而随着风向，模模糊糊送来一种奇怪的声音，时而似牛哞，时而像羊叫，时而像马嘶，时而"呜——呜——"地拉起长调，并且一声比一声更高更响，最后又毫无声息。歇了一会儿，那种声音便又开始重复，如此反复数次，至天色大明，声音亦彻底消失。

杨柏首先被那声音惊醒，他开始怀疑，南边不远的地方，难道有什么牧场？侧耳细听，那声音只是像牛吼马叫，但并非真正的牛马之声。再说，牧民们也不会绝早赶牛羊出圈，而那种"呜呜"的长调也从未听过。他揣着满腹疑虑，等候堂邑父能予解释。

不久，众人皆醒，对此无不感到讶异。由天际操起武器，去牵坐骑："既闻其声，当距此不远，待我前去看看。"

"天际不可冒险，看你甘叔叔有何说法。"张骞赶快予以制止。

"对此我也知之不多。据说过了乱石滩，南边有一条河，名叫孔雀河。孔雀河里生活着一种长腿黑翅白羽的大鸟，名叫鸬鹚，其声十分洪亮，善学牛马及各种野畜之声，顺风可传至十里之外。其声有一特点，第一声较低，其后便一声高过一声，六七声之后，便声嘶力竭，瘫痪水中。片刻之后，体力恢复，就又开始鸣叫。如若三五只聚在一处，叫声则互有区别，绝不雷同。它们多在凌晨或黄昏时鸣叫。昨日一直刮着北风，其声难以听到，现在是南风，故此听得明朗。"看到由天际专注的样子，又道，"至于那鸬鹚究竟是什么模样，我也只是听别人说起，从来未曾见过。据说凌晨叫过之后，便到别处觅食去了。想再去找它，很难见到。”

由天际啧啧叹道：“可惜了，可惜了。早知其如此，早早去那里等候，待它叫得疲累，捉它几只，岂不十拿九稳？尝尝鸬鹚肉的味道，以后也好有个说道。”苏疾等人也积极附和。

张骞一笑，插言道：“先不说鸬鹚，我给大家讲个故事。很久以前，一个村子里有七八个牧童，途经一条大路，看到大路旁有一树李子，枝头果实累累，鲜亮诱人，于是纷纷爬上树去，欲摘而食之，唯有一孩不为所动。小伙伴们深感奇怪，问其因由，那孩答道，大路之旁，有果如此繁茂，其果定必酸涩，难以下咽。众孩不信，摘之入口，果如其孩所说。我想那鸬鹚鸣叫之后，无比孱弱，仍生生不息，狼不捕之，鹫不搏之，任其嘶声鸣叫，恐怕那肉或腥臭无比，或其毒致命。”

“张骞大哥所言不差。天下之大无奇不有，人世间既有毒草，当然也有其他毒物。鸬鹚能在此处生存，自有它们的生存之法。”孙治瑾立刻赞同。

“当然，我也想亲眼见见这种奇鸟，它们缘何声嘶力竭地去学牛马鸣叫。可是我们此行的目的，是为了寻找大月氏，其他皆为附带。留点遗憾，也是一种念想。”

杨柏乘机道：“若许马肉、狼肉，昨日虽已切割，尚有部分没有腌制，如此暑热天气，极易腐坏。有此工夫，不妨相帮，将此事做妥，也可保得大伙儿半月肚腹无忧。”

鸬鹚之事，就此不了了之。只张骞于羊皮卷中做了记载，并依堂邑父所述，于舆图之上对孔雀河作了标注。

其后一连两日，境况相差无几。张骞也彻底康复，一柄重剑，七十二剑式亦施展如常。即便如此，堂邑父仍挑选赵无偏居前开路，任扶、孙治瑾、苏疾、杨柏居中，秦自乐、由天际在后。张骞作为首领，或前或后，进行提调。

一路荒原，不见人烟。荒原虽起起伏伏，不甚平坦，但时有野畜出没，上演或流徙、或追逐、或搏杀的场面，给人以强烈刺激。连续两日如此，大家又早已习惯了草原生活，也就见惯不惊。至第三日，却来到一处连绵的矮丘。矮丘不高，冒尖者不及五十丈；矮丘不大，雄阔者不足一里之围。丘与丘之间皆凹出一片平塆，有的有小溪流淌，草间有花儿，亦有青藤矮刺成蓬成架。有的没有滴水清泉，草势便甚为稀落。炎阳似乎比乱石滩更为炙热，不敢仰视，不敢裸身而行。但天上时有云团飘过，像黄河春季开河的浮冰，在头顶送来一片阴凉。而从远处刮来的大风，比起乱石滩，让人爽快许多。让人更费猜疑的是，翻过一面山丘之后，永远不知前面山丘之后是什么样子，会看到什么，碰到什么。

由天际突发奇想："张伯伯，许久没听您吹笛吹箫了，为我们吹支好听的歌吧，老的新的都成。说不定那面山丘背后住有人家，好奇热情的男女，跑出来欢迎我们。"

张骞正与秦自乐并辔而行，说着峦芳洲与其弟妹之事，猜想十年来的变化，不料由天际冒出这样的想法。迟疑之间，秦自乐已表示附和："大哥，那就吹支曲子，抑或带领大家唱支歌。整天这般走路，人也太闷，容易疲乏。"

"三弟所说甚是。长途远行，除却耐力与信念，还得提振士气。我先吹支我家乡城固的民歌小调，而后编支新歌与兄弟们一块儿唱唱。"

由天际高兴得眉飞色舞，立即向前面大喊："甘叔叔，您走慢点儿。张伯伯要给大伙儿吹曲子，还要教大伙儿唱新歌！"

众人立刻驻马回头，向后瞧着，只见张骞手握骨笛，坐骑已到队列中间。不一会儿，一曲欢快悠扬的曲子弥漫于空，飞入耳中，使人心情愉悦，烦忧尽除，疲累顿解。

这是使节队自四月二十八日重整旗鼓，继续西征以来，到今天六月五日，一个多月之中，最为舒心的日子。尽管不见人烟，更不知大月氏尚在何地，但饮食无忧，敌情远去，艰危已克，能放心走路，已是莫大的幸事。

见大伙儿高兴，张骞又吹了两支曲子。最后道："现在虽然未到午时，我意就在前边梁顶歇息。趁歇息之机，为大伙儿编首新歌，歌名我已想好，名曰《西域路歌》，希望兄弟们喜欢。"

"秦哥哥，我到前面去了。"由天际听得张骞如此说话，早已按捺不住，一扬鞭，吹起口哨，奔至堂邑父、赵无偏身旁："甘叔叔、赵叔叔，我先去也！"率先登上梁顶，又大叫道，"杨柏叔叔快来，这里还有一池清水！"扭头向荒坡一看，又不无惋惜道，"一群野驴，被我吓跑了。"

众人上得梁顶，却是一处马鞍形状，凹坑漾出一汪水波，波光粼粼刺目。不大，方圆不过二十来丈；亦不深，以石投之，并无"叮咚"之声。四周水草密密，时见野畜骸骨，有蚊蝇嗡嘤其间。杨柏捧水以闻，道：“此水只可洗涤，不可生饮，饮之必坏肚腹。若灌水袋，须得将其煮沸。”

张骞试之，水感温热，他看看头顶烈日，又细察水边野畜杂乱相迭的蹄痕，遂道：“此非活水清潭，为安全小心计，大家不要沾染，亦不许马儿误饮。为避免意外，另择高地歇息。”语毕，即去了右边高地。

趁大伙儿择地坐歇，张骞独自踱步，时而瞭望着缥缈未知的西边天界。时而凝目来时的路径和遥远思念之中的京城长安。不觉间，身陷匈奴十年，直至而今方重启西域征途，一路走来，月余时光，已备尝艰危，使节队险遭倾覆。思虑之际，兀然一叹：古今谁见，荒原大漠，奇寒酷暑，为其一念，忍辱含垢，万死征途！不由得纵情而唱：

噫兮乎，
十年羁旅，别家离国，苦楚无算，兄弟苍颜聚首；
噫兮乎，
今岁新梦，脱却缧绁，天教使节，旌节征途抖擞！
咦哟兮，
牧星月，敛寒暑，旷野伏险，一路阳光北斗；
咦哟兮，
陌域且赋新歌，古今谁见我等，
舍身天下黎庶，管他严霜强虏！

听到张骞展喉高歌，众人立即挺身而起。不一刻，又不约而同地围将上来，随着歌声的起伏，时而愀然万状，时而昂扬不已。当唱到最后一句，声音提至最高时刻，大家禁不住热泪盈眶，将张骞抬了起来，开始又哭又笑。

由天际起初尚为自己虑事不周而生愧，此时已完全沉浸在张骞《西域路歌》意境之中，一迭声说道：“张伯伯，快快教教我们，也好让我们长精神、长志气！”

苏疾大声道：“由天际，你急个甚？这《西域路歌》，张正使不教我们，又教谁去？”

人们放下张骞,除杨柏边做饭边学唱,余者皆挺胸拔背,屏息端坐。尤其堂邑父,显出极为认真的样子，使张骞很是感动。他又唱了一遍，而后逐字逐句稍作解释。讲了此曲得自《摩诃兜勒》大曲，又作了些许变通。其声调、音节作何处理，如何吸气运气，达到一气贯之，唱出其中的韵味与气势，又约略讲讲。并道，其实唱歌、运功、做事皆为一理，讲求的是意念相守、心性合一。如此，就没有唱不好的歌、学不好的功夫、做不成的事体。

一首《西域路歌》，张骞又讲出一番感慨，大家学唱起来非常之快。

六月初，使节队又进入半漠半草的荒野，连绵的小山丘，变成了肚腹一般的沙塬。天空又呈靛蓝，日头晒得更紧，风也呈炙热状，野物时有所见，但少了许多。不过，上午、下午常有大鸟凌空盘旋，沙塬上也有沙鼠、野兔出没。荒野上除却不时见到马丫突拉草、酥油草、驼奶子果、沙葱、沙棘之外，还有从未见过的蓝叶牵着小蔓开着紫花的莎草。人们不知其有毒无毒，孙治瑾乘歇息之时欲摘其一片小叶试尝，却被张骞劈手夺走：“孙医官，亏你还是医术精湛、尝过百草之人，怎不知此草有毒？说不定，还有剧毒！”

“张大哥，你怎知此草——”孙治瑾满眼疑惑。

“你想知晓，我怎么判定此为毒草是吧？”张骞一指那些马儿，“你看那些低头啃草的马儿，有哪一匹去碰那草？马儿的鼻子肯定嗅到了一种毒草才有的特别气味，而我们却闻不着，是否有此理？”

“这一层，我确乎未曾注意。”孙治瑾心中感叹，张骞察事、虑事之细微，无人能及。

众人亦惊出一身冷汗。唯堂邑父说道：“在匈奴，但凡看到从未见过的野草和虫子，绝不轻易触碰，一般皆以野畜相试，判定之后，辈辈相传。依想，牛儿、羊儿、马儿、骆驼，以及野外牲口，长年累月下来，对草的气味便格外敏感。”

任扶则在一旁四处闲望。自从舍弃回国之机，重返使节队之后，他便一直默默做事，主动说话的时候很少。早在峦芳洲之前，他便解除了对堂邑父的怀疑，知其不是呼日勒那样的奸诈小人。既然大事有张骞谋虑，行程有堂邑父探求，他觉得多说无益。既如此，倒不如多做一些事情。望着将要踏入的远方，他突然发现离此百丈之外的地方有些异样。究竟什么景况，却又看不真切。他唤来秦自乐、由天际："你们眼神好，看看那里，有些什么？好像堆了一堆乱七八糟的东西。"

二人不看则已，一看便大吃一惊，那里并非堆了一堆东西，而是有几只大鸟正在争抢啄食食物，由于较远，被任扶看成一堆"东西"。而大鸟啄食野畜腐肉，系草原常有之事，故而吃惊之余，又不以为意。秦自乐道："那不是一堆'东西'，只是几只鹰鹫在争抢腐肉。"

由天际却叫道："秦哥哥，你再仔细看看，好像还有衣服的碎片被啄得四处乱飞！"

衣服碎片？此事可非同小可！秦自乐定睛一望，拉着任扶折身就向张骞与众人予以禀告。

"去看看！"张骞话音未落，大家便一窝蜂拥去，张骞、堂邑父、杨柏反被落下，吆着驮马向那里赶。秦自乐见张骞赶至，遂闪在一旁："大哥，你看此人像何方人氏？"

所谓的"人"，已成骨骸，且散落不成形状，精肉脏器全被啄食。可辨认的，只有头发与遗物，还有不远处的一具马骨。此"人"头发棕色，卷曲成团，不似汉人，亦非匈奴汉子。看其腿骨、臂骨、趾骨、指骨，生得身长体大，十分健硕。所遗一柄铜刀，重约十斤；所遗弓箭，则似路途土人所用，简陋粗糙；只箭镞有别，土人为坚木，此人为铜矢。所谓的马鞍，倒更像一块皮革软甲，只是多出几层而已。一只软皮食袋，已经空空如也，张骞将其拾起，解开皮绳，嗅嗅，一种食物的香气时断时续地从中逸出，倒提抖抖，有一种粉状东西似薄雾一样散落。而其最显眼的是一根长近二尺，与木碗等粗的亮黄木筒，一端整体为底，一端被软木塞着。杨柏将其拿起一摇，里面有液体晃荡："原来是这家伙的饮水。"便欲扔下。

张骞急忙接过："给我看看。"那软木塞却忒紧，食指、拇指钳住用力，方始拔出，一股酒气随之外溢，即道，"杨柏，取只碗来。"接过木碗，倾入少许，只见水色艳红，酒气中似有轻微的酸气，指头蘸了少许一尝，却又有些甜味。遂递与堂邑父，"二弟可曾见过此种酒色，又系何物酿制？看去不似粮食酿造，倒似某种水果制成。而据我所知，柿子、拐枣、杏李、甜瓜，均无此色。"

"酒色如此鲜艳，我亦从未见过。"大胆抿了一口，又连声赞道，"好喝，其味极佳。”堂邑父将碗重递张骞，“此人倒会享受，携此佳品作为饮水，难怪食尽而不舍饮用。”

“既如此，大家均可尝尝——再找找，可否找到其他遗物。我不相信，此人凭空途经此地做甚？又因何致死？”张骞对其疑点重重：此人从何处来，到何方去？是信使，是商旅，是匪人，一概不知。

由天际于五丈之外捡来一只皮口袋，解开一看，俱为精美玉器，另有一只巴掌大的口袋，里面却是圆饼状的金币，约有二斤多重、六十余枚。他锐声叫道：“张伯伯、甘叔叔、秦哥哥，发财了，发财了！”

当众打开，赵无偏拿起一枚绿莹莹玉佩：“此为于阗国所产，品质绝佳，若在长安出售，当值万金。”又捏出一块金币，递与张骞，“此币正面是一图像，反面饰以花草，不晓得是为何意，正使可曾见过？”

“玉器小心收拣，其后或许有他用。至于金币，汉地未曾得见，堂邑父、秦自乐所获及在托力鲁王府，亦无此样币式。头像鼻高眼凹，脸长容肃，头上所戴似为王冠。若推测不差，系西域某国国王图像。而背面花草之中有穗状物，则草意为牧场，穗为粮食。”又沉吟有顷，复道，“看来此人非等闲之辈，其死纯系偶然。”

孙治瑾一直在拨弄遗骨，此时接口道：“张骞大哥料想极准。此人应该先是误食毒物，后遭狼群围攻，因丧失自卫能力，致其人马双亡。此人干粮告罄，在采食驼奶子果时，不小心将毒草顺手采去。我查验其遗骨，确有中毒迹象，虽不明显，却隐约可见。”

大家立刻想到，之前张骞从孙医官手中夺草一幕，不由得又倒吸了一口凉气。

“好了，此事就此撂过。不管其系何人，也可算是西行所遇第一人。他至少让我们晓得，他的同伴已先他而亡，说明路途艰难遥远；再则，向南去于阗国，由此有另一条路经，可以绕过更为艰险的乱石滩，提醒我等返回时可从南边通过。”张骞按情理分析之后，又道，“我等既无法找到他同伴的遗体，也无从知晓他的民族风俗。不过，人死之后，入土为安，此为常理，大家还是一齐动手，将其骸骨埋葬，至于其重要遗物，还是带走保存，也算是西行证物。杨柏、苏疾就不必动手，去准备午饭，并烧点热水，事后让大家净手。我与孙医官拼骨，其他人挖坑。”

按照张骞吩咐，大家各司其职，最后瘗土为冢，鞠躬告别。

午后不久，来到一处山丘，下了山丘，便见一条干涸的河流，宽窄不一，最宽约有半里，窄处仅三丈余。河中满是沙砾、卵石、乱草，两岸水痕明显，低洼之处有黑黑的湿泥，边沿裂若龟纹，表皮青白颜色。弯弯曲曲未及五里，河床中渐渐现出一层亮亮的浅水，映出闪烁的日光，且水草也多了起来。又四五里，见到一片胡杨树林，虽然有些稀疏，却也树荫相连，入其内，顿生爽意。大家因要赶路，未作停留，穿过胡杨树林，不料却遇到了麻烦，一大片沼泽，横亘于眼前。秦自乐、由天际向南向北各自跑出五里无果，若想绕行，又怕错失方向，张骞决定先行试探，寻出一条路径。

此处看似泥潭，不若说是泥流。表皮断断续续，有厚毡般的苔藓水草，一任稠泥从下面缓缓飘移，其速让人难以察觉。无苔藓水草遮蔽的地方，则如开锅的稠粥，“咕嘟咕嘟”不停地冒着气泡。而对岸不远的地方，间有野马、黄羊之类的野牲，不时向这里张望。

堂邑父晓得，泥淖之地，看似平静，却极为凶险。在大兴安岭，公羊鸣执即命殒此种地方，达尔部落头人达纳罕，死于泥淖，了无痕迹。此处无小梆子相助，一切皆需自拿主意。他向张骞说了大兴安岭泥淖之事，意在劝说张骞绕行。

张骞道：“二弟可曾忆及汉江以木筏竹排渡江，黄河以羊皮筏渡河之事？来时所经胡杨树林，何不剁木作筏？有绕行工夫，木筏早成。”

堂邑父深以为是，大家于是动手，叮叮梆梆，做成一个大大的木筏。张骞自任划工，分六批渡完。

日落时分，大家终于见到前边一处小山弯里，飘出一股袅袅的炊烟，夕阳之下，显得格外白亮而又亲切。

由天际吹起口哨，纵马而驰：“张伯伯，甘叔叔，秦哥哥，我先去看看！”

这真是：

路踦[①]其旅兮荒原趱程，
野马狼群兮触目惊心；
食藆[②]餐风兮野蔬为肴，

寂寂炎阳兮星月伴暝。

欲知炊烟之下又有何奇遇，且由下回相叙。

**注释：**

①掎（jǐ）：抓住。

②薧（kǎo）：干肉。